Maxim Gorki · Klim Samgin · Buch 4

Maxim Gorki

Klim Samgin

Vierzig Jahre

Buch 4

Mit Anhang zu
Buch 3 und 4

Deutscher Taschenbuch Verlag

Aus dem Russischen übersetzt von Hans Ruoff.
Dem Text der Vollständigen Gorki-Ausgabe, Moskau 1974/75,
entsprechend bearbeitet und mit Anmerkungen versehen
von Eva Kosing. Mit einem Nachwort von
Helene Imendörffer.
Titel der Originalausgabe:
»Žizn' Klima Samgina« (Moskau 1927–1937)

Von Maxim Gorki
sind im Deutschen Taschenbuch Verlag erschienen:
Autobiographische Romane (2007)
Drei Menschen · Die Mutter (2017)
Foma Gordejew · Eine Beichte · Das Werk
der Artamonows (2029)
Konowalow und andere Erzählungen (2035)
Der Vagabund und andere Erzählungen (2052)

April 1982
Deutscher Taschenbuch Verlag GmbH & Co. KG, München
© 1980 Winkler Verlag, München
ISBN 3-538-05260-3
Übersetzungsrechte beim Aufbau-Verlag, Berlin und Weimar
Umschlaggestaltung: Celestino Piatti unter Verwendung
einer »Klim-Samgin«-Illustration von 1934.
Gesamtherstellung: Friedrich Pustet,
Graphischer Großbetrieb, Regensburg
Printed in Germany · ISBN 3-423-02100-4

VIERTES BUCH

Berlin empfing ihn unfreundlich: Es rieselte der ihm von Petersburg her wohlbekannte feine, graue Regen, und die Gepäckträger streikten. Da mußte man die zwei schweren Koffer selbst schleppen, in einer Menge verärgerter Menschen die Unterführung durchschreiten und mit ihnen die Treppe hinaufgehen. Die Menschen, größtenteils von hohem Wuchs, beleibt, brummten und knurrten, stießen einander rücksichtslos mit dem Gepäck und entschuldigten sich anscheinend nicht. Vor Samgin schritten, ihn behindernd, in militärischer Haltung zwei in Jägertracht, mit runden Hüten, hinter dem Hutband hatten sie kleine Vogelfedern stecken. Vermutlich, um die Leute, die sich über die Gepäckträger ärgerten, zum Lachen zu bringen, trugen die Männer mit den Hutfedern ein kleines Körbchen an einem Stock und taten so, als brächen sie unter dem Gewicht ihrer Bürde zusammen. Doch es lachte nur eine hochgewachsene, hagere Dame, die, von den Schultern bis zu den Knien mit allerhand Paketen behängt, in der einen Hand einen Koffer, in der anderen ein Necessaire trug; sie lachte schrill, gezwungen, aus Liebenswürdigkeit; es war für sie sehr unbequem zu gehen, man stieß sie mehr als die anderen, und ihr Lachen unterbrechend, rief sie den Spaßvögeln beunruhigt zu: »Mein Gott! Da ist Glas darin! Oh, Richard, die Vase . . .«

Auf dem Platz vor dem Bahnhof stand keine einzige Droschke. Über die nassen Pflastersteine durch das dichte Regennetz schritten düster und stumm ordentlich gekleidete Menschen. Der Regen war eigentümlich sanft, er fiel völlig geräuschlos auf die Steine, sehr deutlich zu hören aber war das eintönige Plätschern des Wassers, das aus den Regenrinnen rann, und das zornige Patschen der Schritte. In dichten Reihen standen wuchtige Gebäude, die Feuchtigkeit hatte ihnen eine fast gleichförmige Farbe rostigen Eisens verliehen. Samgin, der fühlte, wie kalte Niedergeschlagenheit durch Kleidung und Haut in ihn eindrang, stellte die Koffer hin, nahm den Hut ab, wischte sich den Schweiß von der Stirn und rief sich ins Gedächtnis: Es gibt keine auswegslose Lage.

Hinter ihm tauchte ein graubärtiger, stämmiger Mann auf, mit Ledermütze, einer blauen Bluse bis zu den Knien, einem Messingschild auf der Brust und in Riesenschuhen.

»Zwei Mark bis zum nächsten Hotel«, bot ihm Samgin.

»Nein«, sagte der Gepäckträger, ohne ihn anzublicken, und zog die Schulter hoch, als stieße er etwas von sich.

Proletarische Solidarität oder – Angst, von den Kollegen verprügelt zu werden? dachte Samgin ironisch, während der Gepäckträger ihm von der Seite mit einem Auge ins Gesicht blickte, mit einer Bewegung des Kinns auf eines der Häuser deutete und laut sagte: »Pension Balz.«

Samgin vergaß, sich zu bedanken, nahm seine Koffer, trat in den Regen hinaus, und eine Stunde später saß er, nachdem er ein Bad genommen und Kaffee getrunken hatte, am Fenster eines kleinen Zimmerchens und rekonstruierte in der Erinnerung die Szene seiner Bekanntschaft mit der Pensionswirtin. Dick, fast kugelförmig, in rotbraunem Kleid und grauer Schürze, eine Brille auf der Nase, die zwischen den Pölsterchen der roten Wangen eingezwängt war, hatte sie als erstes gefragt: »Sie sind kein Jude, nein?«

Sie hatte selbst rasch und geschickt das Bad bereitet und den Kaffee serviert, wobei sie erklärte, daß sie die Nichte eines Streikenden habe entlassen müssen. Dann hatte sie den Gast unverfroren durch die Brillengläser gemustert und gefragt, was in Rußland vorgehe. Seine Deutschkenntnisse prüfend, hatte Samgin knapp, aber bereitwillig geantwortet und gedacht, es sei schön, nachdem er die Grenze passiert hatte, hinter sich irgendeine Tür so fest zu schließen, daß es möglich wäre, wenn auch nur für kurze Zeit, den ermüdenden Lärm des Heimatlandes nicht mehr zu hören und ihn sogar zu vergessen. Die Wirtin hatte unterdessen laut, entschieden und als wäre es nicht für einen, sondern für viele bestimmt, gesagt: »Bebel gehört nicht in den Reichstag, sondern ins Gefängnis, wo er schon gesessen hat. Man behauptet zwar, er sei kein Jude, aber er ist auch Sozialist.«

Samgin hatte lächelnd gefragt, ob sie denn glaube, daß alle Juden, auch die reichen, Sozialisten seien.

»O ja!« schrie sie zornig. »Lesen Sie die Reden Eugen Richters. Die Sozialisten sind Leute, die Deutschlands rechtmäßige Herren ausplündern und aus dem Lande jagen wollen, aber das können nur Juden wollen. Ja, ja – lesen Sie Richter, das ist ein gesunder, ein deutscher Kopf!«

Und bereits mit gluckernden Kehllauten fuhr sie, die Ellenbogen schwingend wie ein Huhn die Flügel, fort: »Deutschland ist selbst Vorbild für ganz Europa. Unser Kaiser ist genial, wie Friedrich der Große, er ist ein Herrscher, wie ihn die Geschichte schon seit langem erwartet hat. Mein Mann Moritz Balz hat mir stets eingeprägt: ›Liesbeth, du mußt Gott dafür danken, daß du zur Zeit eines Herrschers lebst, der ganz Europa vor den Deutschen in die Knie zwingen wird. . . .‹«

Sie war so dick und weich, daß ihre rechte Gesäßhälfte herabhing, wie ebensolche Blasen blähten sich Busen und Leib. Doch wenn sie sich erhob, verschwanden die Blasen, weil sie zu einer großen verschmolzen, fast ohne die Vollkommenheit von deren Form zu verletzen. Auf dem Gipfel dieser Blase entsproß eine kleine rötliche Eiterbeule mit einem Spalt, aus dem Worte hervorquollen. Aber hinter der äußeren Unansehnlichkeit der Pensionswirtin entdeckte Samgin etwas Bedeutendes, und als sie aus dem Zimmer hinausgerollt war, dachte er: Ein russisches Frauenzimmer dieses Berufes beurteilt nicht solche Fragen . . .

Der Regen hatte aufgehört, grauer Dunst füllte die Straße, Lokomotiven pfiffen, Eisen dröhnte und ließ die Fensterscheiben erzittern, von einem vierstöckigen Haus entfernten einförmig stämmige Arbeiter in blauen Blusen und komischen Kappen – sie sahen genauso aus, wie der »Simplicissimus« sie darstellte – die Käfige eines Gerüsts. Samgin sah zum Fenster hinaus, rauchte und geriet, dem aufdringlichen Rascheln kleiner Gedanken lauschend, in lyrische Stimmung.

Mein Leben ist ein Monolog; doch ich denke in Dialogen, wobei ich stets irgendwem etwas zu beweisen suche. Als lebte in mir irgendein Fremder, Feindlicher, der jeden meiner Gedanken überwacht und vor dem ich mich fürchte. Ob es wohl Menschen gibt, die ohne Worte zu denken vermögen? Die Musiker vielleicht . . . Ich bin müde. Übermäßig entwickelte Beobachtungsgabe ist lästig. Man nimmt allzuviel Banales, Sinnloses mechanisch in sich auf.

Er schloß die Augen, und in der Dunkelheit erschien vor ihm ein wohlgebauter, nackter, rosiger Frauenkörper.

Wenn ich mich in sie verliebt hätte, dann hätte sie alles aus mir verdrängt . . . Was denn alles? Sie hat mich einen unheilbaren Schlaukopf genannt, sagte, an solchen wie mir kranke die Welt. Das stimmt nicht. Es ist nicht wahr. Ich bin kein Bücherwurm, kein Dogmatiker, kein Moralist. Ich weiß viel, suche aber nicht zu belehren. Ich ersinne keine Theorien, die stets das freie Wachstum der Gedanken und der Einbildungskraft einschränken.

Hier überfielen ihn wie Herbstfliegen fremde, vor kurzem gelesene Worte: »Letzte, äußerste Freiheit«, »Tragik vermeintlichen Allwissens«, »Naivität eines Wissens, das wie Narziß sich selbst bewundert« – das Gedächtnis raunte ihm immer mehr solcher Worte zu, und es schien, als raschelten sie außerhalb seiner, im Zimmer.

Er holte ein paar Bücher aus dem Koffer heraus, im Vorwort des einen trafen seine Augen auf den Satz: »Wir nehmen alle Religionen, alle mystischen Lehren an, nur um nicht in der Wirklichkeit zu sein.«

Wenn das nicht Pose ist, so ist das bereits Verzweiflung, dachte er.

Ans Fenster peitschte wieder der Regen, es war zu hören, wie der Wind rauschte. Samgin begann ein Poem Miropolskijs zu lesen.

Das Lesen von Belletristik war ihm ein dringendes Bedürfnis, ebenso wie die Gewohnheit des Rauchens. Die Bücher bereicherten seinen Wortschatz, er wußte eine geschickte und wohlklingende Anordnung der Worte zu schätzen, ergötzte sich daran, wie mannigfaltig die verschiedenen Autoren ein und denselben Gedanken in Worte kleideten, und besonders gefiel es ihm, an Menschen, die sich scheinbar nicht in Zusammenhang bringen ließen, Gemeinsames zu finden. Wenn er Leonid Andrejew las, dessen katzenartiges Schnurren fast immer in ein wehmütiges Wolfsgeheul überging, erinnerte sich Samgin mit Vergnügen des tiefen Gebrumms von Gontscharow: »Wozu das Wilde und Grandiose? Das Meer zum Beispiel. Es macht den Menschen nur traurig, man möchte weinen, wenn man es anschaut. Das Heulen und die wütenden Donnerschläge der Wogen ergötzen das schwache Gehör nicht, sie wiederholen nur immerzu seit Anbeginn der Welt ihr stets gleiches Lied düsteren und unenträtselten Inhalts.«

Diese Worte riefen die beunruhigte Frage Tjutschews ins Gedächtnis: »Was meint dein Heulen, nächtlicher Wind?« und seine inständige Bitte:

> »Oh, sing nicht diese Schreckenslieder
> Vom alten Chaos . . .«

Und von neuem gedachte er Gontscharows: »Ohnmächtig ist das Brüllen des Tieres angesichts dieser Klageschreie der Natur, nichtig auch die Stimme des Menschen, und der Mensch selbst so klein und schwach . . .«

Dann soufflierte ihm das Gedächtnis dienstbeflissen Byrons »Finsternis«, Shelleys »Ozymandias«, Gedichte von Edgar Allan Poe, Musset und Baudelaire, Sologubs »Flammenkreis« und vieles andere dieser Art – alles das hatte er einst gelesen und war in der Erinnerung geblieben, um zuweilen zu ertönen.

Aber die Worte von der Nichtigkeit des Menschen angesichts drohender Naturkraft, vor dem Gesetz des Todes verdarben Samgin nicht die Stimmung, er wußte, daß diese Worte ihre Autoren nicht im geringsten zu leben hinderten, wenn die Autoren physisch gesund waren. Er wußte, daß Arthur Schopenhauer, nachdem er zweiundsiebzig Jahre gelebt und bewiesen hatte, daß der Pessimismus die Grundlage religiöser Gesinnung sei, in der glücklichen Überzeugung gestorben war, seine nicht sehr fröhliche Philosophie von der Welt als einem »Gehirnphänomen« sei »die beste Schöpfung des neunzehnten Jahrhunderts«.

Religiöse Gesinnungen und Fragen metaphysischer Art hatten Samgin nie beunruhigt, zudem sah er ja, wie rasch der religiöse Gedanke Dostojewskijs und Lew Tolstois, zum lüsternen Geschwätz Mereshkowskijs absinkend, seine Schärfe verloren hatte, in den kühlen Worten des Halbnihilisten Wladimir Solowjow leidenschaftslos wurde, sich in der Spitzfindigkeit des Wollüstlings Wassilij Rosanow zersetzte und in den Nebeln der Symbolisten unterging und verschwand.

Dostojewskij las er in kleinen Partien, mit einiger Selbstüberwindung und fand, daß dieser hochoriginelle Künstler die Menschen am kundigsten, beweiskräftigsten und weisesten herabwürdige. Ihm gefiel der gramvolle und demütige Spott Tschechows über die Banalität des Lebens. Meist zeigten ihm die Bücher die Menschen als jämmerlich, im Kleinkram des Lebens, in den Widersprüchen von Verstand und Gefühl, im trivialen Wettstreit der Eigenliebe verfangen. Letztlich war die Belletristik für ihn so etwas wie ein nicht dummer, zuweilen sehr interessanter Gesprächspartner, mit dem man schweigend streiten, über den man schweigend lachen konnte und dem man nicht zu glauben brauchte.

Vor dem Fenster glitten gelbliche Sonnenflecke über die feuchten Hauswände. Samgin warf das sonderbare Büchlein auf den Tisch, zog sich eilig an, ging auf die Straße und stellte, als er auf den irgendwie besonders harten Bürgersteigen dahinschritt, alsbald eine Ähnlichkeit Berlins mit Petersburg fest, die er in der Fülle von Militärpersonen erblickte; dann fand er, daß in Berlin die Offiziere noch aufgeblasener seien als in Petersburg, und entsann sich, daß dies schon mehrfach festgestellt worden war. Er ging durch die Geschäftsstraßen wie auf dem Grund eines tiefen Grabens, die zwei Reihen wuchtiger Gebäude bewegten sich auf ihn zu, aus den offenen Türen der Läden wehte der Geruch von Leder, Öl, Tabak, Fleisch und Gewürzen, von allem war viel vorhanden, und alles war aufreizend eintönig. Ihm fielen die Worte Ljutows ein: Deutschland ist vor allem Preußen. Die Apotheose einer Kultur unmäßiger Bierkonsumenten. Wenn man in Paris die Notre-Dame mit dem Eiffelturm vergleicht, begreift man die Ironie der Geschichte, die Schwermut Maupassants, den Widerwillen Baudelaires, die eleganten Sarkasmen von Anatole France. In Berlin braucht man nichts zu begreifen, das Reichstagsgebäude und die Siegesallee sagen alles ganz klar. Die Metropole Preußens ist eine Stadt auf Sand, so etwas wie ein Geschwür an der Hüfte Deutschlands, ein Stein in seiner Leber ...

Die grauen Wolken begannen wieder zu feinem Regen zu zerstieben. Samgin nahm eine Droschke und kehrte ins Hotel zurück. Am Abend langweilte er sich im Theater, wo er sich ansah, wie man ein Stück von Wedekind spielte, am nächsten Tag ging und fuhr er vom Morgen bis zum Abend in der Stadt herum und besichtigte sie, danach widmete er einen Tag einer Fahrt nach Potsdam. Zu den bekannten, negativen Urteilen über Berlin vermochte er von sich nichts hinzuzufügen. Ja, es war eine schwere Stadt, eine langweilige, und es war an ihr – an den Gebäuden und den Menschen – etwas bedrückend Gespanntes. Die stämmigen, großen Maurer, die Zimmerleute arbeiteten schweigend, mürrisch, mechanisch. Sie hatten ebenso hochgewölbte Brustkästen und hölzerne Gesichter wie die Militärs. Es gab sehr viele Dicke. Samgin beschloß, die Museen zu besichtigen und dann abzureisen.

Nun befand er sich in der Gemäldegalerie.

Nach der drückenden, schwülen Feuchtigkeit der Straßen war es sehr angenehm, in der Kühle der menschenleeren Säle umherzugehen. Die Malerei interessierte Samgin nicht sonderlich. Er betrachtete den Besuch von Museen und Ausstellungen als Pflicht eines kultivierten Menschen – eine Pflicht, die Gesprächsstoff liefert. Die Bilder las er gewöhnlich, wie Bücher, und sah selber, daß sie dadurch entwertet wurden.

Wenn er für ein paar Sekunden vor der Darstellung eines Frauenkörpers stehenblieb, dachte er an Marina: Sie ist schöner.

An Marina dachte er aus irgendeinem Grund unfreundlich, vielleicht ärgerte es ihn, daß die Kunst sich in diesem Fall nicht über die Wirklichkeit erhob. In der Landschaftsmalerei stand sie fast immer über der Natur. Samgin zog der Genremalerei die ruhigen, sanften Bildchen wohlwollend und romantisch geschminkter Natur vor. Schufen nicht sie die Stimmung einer ihm fremden wohltuenden Traurigkeit? Er setzte sich in dem großen Saal auf eine Polsterbank, schloß die ermüdeten Augen und überlegte: Womit ließen sich diese Hunderte von farbigen Erinnerungen an die Vergangenheit vergleichen? Das Gedächtnis raunte ihm die elegischen Verse Tjutschews zu:

> ... Elysium der Schatten,
> Der stummen, lichten, wunderschönen,
> Die weder an den Plänen dieses tollen Jahres
> Noch an der Freude und dem Leide haben teil ...

Er erhob sich und ging weiter, wobei er erregt die Verse wiederholte, dann blieb er vor einem ziemlich dunklen Quadrat stehen, auf dem seltsame Gestalten phantastisch gemischter Formen in chaotischer Unordnung verstreut waren: Menschliches war mit Vogelartigem und Tierischem verbunden, ein Dreieck mit aufgemaltem Gesicht ging auf zwei Beinen. Die Willkür des Künstlers hatte bekanntes Existierendes auseinandergerissen, es in Teile zertrennt und diese Teile komisch keck zu Unmöglichem, Mißgeformtem vereint. Samgin blieb etwa drei Minuten vor dem Bild stehen und fühlte plötzlich, daß es den Wunsch erweckte, die Arbeit des Künstlers zu wiederholen, seine Gestalten wieder in Teile zu trennen und diese von neuem zu vereinen, aber nun bereits so, wie es ihm, Samgin, belieben würde. Er protestierte gegen diesen Wunsch und ging befremdet weiter, kehrte aber sofort zurück, um den Namen des Malers zu erfahren. »Hieronymus Bosch«, las er auf dem matten Messingtäfelchen und erblickte noch zwei kleine, aber ebenso seltsame Bilder. Er setzte sich in einen Sessel, betrachtete die Arbeit, die sich mit keinem Begriff der Malerei bestimmen zu lassen schien, und bemühte sich lange zu erraten: was mochte der Künstler Bosch sich gedacht haben, als er aus getrennten Stücken des Realen diese phantastische Welt schuf? Und je mehr er sich in die Vereinigung der unvereinbaren Formen von Vögeln, Tieren und geometrischen Figuren hineinsah, desto gebieterischer regte sich in ihm der Wunsch, all diese Gestalten zu zerstören, den Sinn zu finden, der sich in ihrer düsteren Phantastik verbarg. Der Name – Hieronymus Bosch – erinnerte an nichts in der Geschichte der Malerei. Sonderbar, daß dieses aufreizende Bild im besten Museum der deutschen Hauptstadt einen Platz gefunden hatte.

Samgin begab sich zu dem Verkäufer von Katalogen und Photographien hinunter. Der kleine Mann mit gelbem Gesicht und seidenem Käppchen sagte, ohne das rechte Auge von der Zeitung loszureißen, er habe keine Monographie über Bosch, möglicherweise seien aber in den Buchhandlungen solche vorhanden. In einer Buchhandlung fand sich eine Monographie in französischer Sprache. Zu Hause zündete sich Samgin, nachdem Frau Balz ihn mit Gänsebraten, Kartoffelsalat und Karpfen bewirtet hatte, eine Zigarette an, legte sich auf den Diwan und begann, das schwere Buch auf die Brust gestützt, die Reproduktionen zu betrachten.

Geflügelte Affen, Vögel mit Tierköpfen, Teufel in Gestalt von Käfern, Fischen und Vögeln; neben einer halb eingestürzten Hütte hat sich der heilige Antonius erschreckt zusammengekauert, auf ihn zu kommen ein Schwein in Frauenkleidern und ein Affe mit komischer Kappe; überall kriechen allerhand Reptilien; unter einem Tisch, der aus unerfindlichem Grund in der Wüste steht, hat sich eine nackte Frau versteckt; Hexen fliegen umher; das Skelett irgendeines Tieres spielt auf einer Harfe; in der Luft fliegt oder schwebt eine Glocke; ein König mit Eberkopf und Bockshörnern kommt dahergeschritten. Auf dem Bild »Die Erschaffung des Menschen« ist Zebaoth als bartloser junger Mann dargestellt, im Paradies steht eine Mühle – auf jedem Bild düstere, aber dennoch komische Anachronismen.

Im Text der Monographie wurde darauf hingewiesen, daß der böse und düstere König Philipp II. von Spanien sehr gern Bilder von Bosch gekauft habe.

Vielleicht ist der König mit dem Eberkopf Philipp, dachte Samgin. Dieser Bosch ist mit der Wirklichkeit verfahren wie ein Kind mit Spielzeug – er hat sie zerbrochen und dann die Stücke zusammengeleimt, wie es ihm beliebte. Unsinn. Das taugt für den Feuilletonisten einer Provinzzeitung. Was würde Kutusow zu Bosch sagen?

Die feucht gewordene Zigarette zog nicht richtig, der Rauch schmeckte schlecht.

»Des Vaterlandes Rauch erscheint uns süß und angenehm.« Das Vaterland riecht schlecht. In ihm wird zu oft und zu viel Blut vergossen. »Der Wahnwitz der Tapferen« . . . Ein Versuch, »aus dem Reich der Notwendigkeit ins Reich der Freiheit« zu springen . . . Was verheißt der Sozialismus einem Menschen meines Typs? Die gleiche Einsamkeit, die wahrscheinlich »in der – o weh! – nicht menschenleeren Wüste« noch schärfer zu spüren ist . . . Das »Reich der Freiheit« werde ich natürlich nicht mehr erleben . . . Leben, um zu sterben – das ist kein guter Einfall.

Die Gedanken hatten einen bitteren Geschmack, aber die Bitterkeit war angenehm. Sie rannen ununterbrochen wie kleine Bächlein kalten Herbstwassers.

Ich bin nicht unbegabt. Ich vermag etwas zu sehen, das anderen entgeht. Die Originalität meines Verstandes wurde schon in der Kindheit festgestellt . . .

Ihm schien, daß in ihm eine neue Stimmung entstehe, aber er konnte nicht begreifen, was eigentlich daran neu sei. Die Gedanken formten sich von selbst exakt zu Worten, die ihm längst vertraut waren, er war ihnen oft in Büchern begegnet. Er war schläfrig, aber es gelang ihm nicht, einzuschlafen, ihn weckten immer wieder Stöße einer unbegreiflichen Unruhe.

Was mag dem König von Spanien an Boschs Bildern gefallen haben? dachte er.

Am Abend – in der häßlichen Scheune des »Wintergartens« – beobachtete er mißtrauisch, wie zwei Exzentriker sich auf dem Podium in komischen Versuchen überboten, mit dem Gewohnten zu brechen. Die hohnvollen Kunststücke dieser gewandten Leute hatten etwas offenkundig Zweideutiges – das Publikum lachte nicht, und man konnte meinen, der Ernst, mit dem sie das Allgemeinübliche verzerrten, beleidige die Zuschauer.

Bosch war auch ein Exzentriker, entschied Samgin.

Rechts vor ihm saß ein Mann in grauem Anzug, mit nachlässig zerzaustem Haar; er blickte sich unruhig um und schwang dabei eine Zeitung, sein Gesicht war lang, spitzbärtig, knochig und großäugig.

Ein Russe. Ich habe ihn irgendwo gesehen, stellte Samgin fest und neigte von nun an jedesmal den Kopf, wenn der Mann sich umblickte. Aber in der Pause stellte sich der Mann neben ihn und sagte mit dumpfer, heiserer Stimme: »Samgin, nicht wahr? Dolganow. Entsinnen Sie sich – Finnland, Wyborg? Haben Sie die Zeitungen gelesen? Nein?«

Er stieß Samgin mit der Schulter an die Wand und murmelte, indem er die Stimme bis zu einem heiseren Flüstern senkte, hastig: »Man hat Stolypins Landhaus gesprengt. Er ist heil davongekommen. Etwa zwanzig Personen sind in Stücke gerissen. Eine Bekannte – die Ljubimowa – ist hineingeraten...«

»Wie – hineingeraten? Ist sie verhaftet?« fragte Samgin zusammenzuckend.

»Erschlagen. Mit dem Kind.«

»Die Ljubimowa?«

»Sie haben sie gekannt? Ich auch. In der Jugend. Sie wurde in der Sache der Volksrechtler – Mark Natanson, Romas, Andrej Leshawa – gerichtlich belangt. Sie benahm sich nicht besonders gut... Hören Sie – zum Teufel, diese Jahrmarktsbude! Gehen wir für ein Weilchen in eine Schankwirtschaft. Ein Ereignis. Reden wir ein wenig darüber.«

Er zupfte Samgin am Arm, rang nach Atem, hüstelte trocken und sprach heiser. Samgin merkte, daß ein paar ruhige Leute mit roten Gesichtern ihn und Dolganow unverfroren mit starren Augen musterten. Er begab sich zum Ausgang.

Die Ljubimowa ... Sollte sie es wirklich sein?

Er hätte sich gern ausführlich erkundigt, aber Dolganow ließ ihn nicht zum Fragen kommen, stieß ihn, auf seinen langen Beinen wankend, immer wieder mit der Schulter und keuchte abgehackt: »Ja, da haben Sie's. Ein Feuerwerk. Ein politischer Fehler. Terror bei Vorhandensein einer Repräsentativregierung. Diese Teufel ... Ich bin für die Trudowiki. Für die grobe Arbeit. Sind Sie Sozialdemokrat? Das begreife ich nicht. Lenin hat den Verstand verloren. Die Bolschewiki haben die Lehre des Moskauer Aufstandes nicht begriffen. Es ist Zeit, zur Besinnung zu kommen. Aufgabe der vernünftig Denkenden ist, die gesamte Demokratie zu organisieren.«

Samgin stieß die Tür eines kleinen Restaurants auf. Sie fanden einen freien Tisch in einer Ecke an der Tür eines Zimmers, in dem Billardkugeln klapperten.

»Für mich dunkles Bier«, sagte Dolganow. »Bier ist gesund. Ich komme aus Davos. Tuberkulose, Pneumothorax. Das habe ich mir in Totma geholt, in der Verbannung. Auch so ein Loch wie Davos. Ich sehne mich nach Menschen. Sind Sie emigriert?«

»Nein. Ich bin auf Reisen.«

»Aha. Was meinen Sie: Werden die Kadetten das ganze Gesindel – die Oktobristen, Monarchisten und so weiter – in die Zange nehmen? Die ganze Intelligenz ist durchweg von ihnen, den Kadetten, organisiert ...«

In dem tiefen, schnarrenden deutschen Stimmengewirr war Dolganows dumpfe, farblose Stimme schlecht zu hören, seine abgehackten Worte klangen undeutlich. Samgin wartete, wann er müde werden würde. Dolganow trank gierig Bier, in seiner Brust gluckste und knackte es, die glühenden Augen zwickten, wenn er sie zusammenkniff, Samgin gleichsam in die Gesichtshaut. Der Bierschaum haftete ihm am Spitzbart und am Schnurrbart, der trübsinnig bis unter das Kinn herabhing, man konnte sich einbilden, Dolganows Worte schäumten. Unter dem Schnurrbart hervor glänzten unangenehm zwei Goldzähne. Er sprach und sprach, und seine Augen glühten immer stärker, fiebriger. Samgin stellte ihn sich plötzlich tot vor: auf einem weißen Kissen ein graues, erdfarbenes Gesicht mit erloschenen Augen in dunklen Höhlen, mit spitzer Nase, doch der Mund ein wenig geöffnet und darin diese zwei goldenen Hauer. Er hätte ihn gerne so bald wie möglich verlassen.

»Ljubimowa – ist das ihr Mädchenname?« fragte er, als Dolganow der Atem ausgegangen war.

»Der Name ihres Mannes. Ihr Mädchenname war Istomina. Ja«, sagte Dolganow und warf mit dem Finger die feuchten Schnurrbartzipfel nach links und rechts. »Eine dunkle Gestalt. Obwohl – wer weiß? Sawelij Ljubimow, ein Freund von mir, glaubte es nicht, erbarmte sich und ließ sich mit ihr trauen. Wahrscheinlich hat sie den Familiennamen wechseln wollen. Damit man sie vergäße. Noch einmal«, befahl er auf deutsch dem vorbeikommenden Kellner.

Samgin hätte gern gefragt, wie sie aussehe und wie alt sie sei, aber Dolganow lehnte sich im Sessel zurück, schloß die Augen und gab dadurch Samgin Gelegenheit, rasch aufzuspringen.

»Ich muß jetzt gehen, leben Sie wohl!«

»Was tun Sie morgen? Gehen wir in den Reichstag? Er tagt nicht? Das sind Teufel! Wo sind Sie abgestiegen?«

Samgin sagte, er müsse morgen früh nach Dresden fahren, und entzog seine Finger nicht sehr höflich der feuchten, heißen Hand Dolganows. Als er, das Taschentuch um die Hand gewickelt, schnell durch die schlecht beleuchtete und leere Straße schritt, hatte er das Gefühl, daß er Trost brauche oder sich in irgendeiner Hinsicht vor sich selbst rechtfertigen müsse.

Ljubimowa ...

Sie war in seiner Erinnerung schon längst erloschen, dieser Schwindsüchtige hatte sie gleichsam von den Toten auferweckt. Er erinnerte sich an die behutsame Gebärde, mit der diese Frau ihre Brüste im Korsett verwahrt hatte, erinnerte sich an ihre schweigsame Zärtlichkeit. Was war ihm sonst noch von ihr in Erinnerung geblieben? ... Nichts.

Er fühlte, daß die Begegnung mit Dolganow den neuen, noch unklaren, aber sehr wichtigen Fluß seiner Gedanken gestört, unterbrochen hatte, der in dieser Stadt zum Ausbruch gekommen war. Mit dem Spazierstock erregt auf die Steine des Gehsteigs klopfend, dachte er: Es steht schlimm um ihn. Er kann auf der Reise nach Rußland im Zug sterben. Die Deutschen werden ihn in die Erde scharren, seine Ausweispapiere ordnungsgemäß an den russischen Konsul senden, der Konsul wird sie in Dolganows Heimat schicken, doch er hat dort niemanden. Keine Menschenseele.

Er zuckte zusammen, schob den Stock unter die Achsel, preßte die Ellenbogen an die Hüften und ging langsamer weiter, als fühlte er, daß er sich einer gefährlichen Stelle näherte.

Da wird nun ein Mensch geboren, lernt lange etwas, erlebt eine Menge verschiedenartiger Unannehmlichkeiten, befaßt sich damit, soziale Fragen zu lösen, weil die Wirklichkeit ihm feind ist, vergeudet Kräfte auf der Suche nach seelischer Nähe zu einer Frau – ein höchst nutzloser Kraftverbrauch. Mit vierzig Jahren wird der Mensch einsam ...

Als er erkannte, daß er an sich selbst dachte, versuchte Samgin von neuem und nun bereits erbittert, auf Dolganow zurückzukommen.

Im Grunde ist er eine Null.

Doch seine Gedanken vom Schicksal des einsamen Menschen loszureißen, fiel ihm bereits schwer, mit ihnen kam er in seinem Hotel an, mit ihnen ging er zu Bett und konnte, sich selbst auf verschiedenen Lebenspfaden vorstellend und dem eisernen Dröhnen und geschäftigen Pfeifen der Lokomotiven auf dem Rangierbahnhof lauschend, lange nicht einschlafen. Ein Regenguß peitschte etwa zehn Minuten ans Fenster und setzte plötzlich, wie von der Finsternis verschlungen, aus.

Am Morgen schritt Samgin, der nur ungern den Pflichten eines Reisenden nachkam, mit einem roten Baedekerbändchen ausgerüstet, durch die Straßen der durchweg steinernen Stadt, und diese wohlgeordnete, unwohnliche Stadt weckte in ihm drückende Langeweile. Ein feuchter Wind trieb die Menschen in alle Richtungen, es trappelten die Hufe riesengroßer Pferde mit zottigen Beinen, Soldaten marschierten vorbei, eine Trommel rasselte, hin und wieder glitt ein Auto vorüber und trompetete wie ein Elefant, die Deutschen blieben stehen, gaben ihm ehrfurchtsvoll den Weg frei, verfolgten es mit freundlichen Blicken. Samgin geriet auf einen Platz, auf dem wohlgeordnet wuchtige Gebäude verteilt waren, fast über jedem von ihnen strahlte inmitten graublauer Wolken ein eigenes Stück blauen Himmels – das alles waren Museen. Bevor noch Samgin sich entschieden hatte, welches von ihnen er besuchen solle, donnerte es, ein Regenguß prasselte nieder und trieb ihn ins nächstliegende Museum, dort befand sich eine Waffensammlung, die Wände waren bunt und langweilig mit Fresken bedeckt, alles Episoden aus dem Deutsch-Österreichischen und dem Deutsch-Französischen Krieg. In Gestellen staken Gewehre verschiedener Systeme, Degen, Säbel, Armbrüste, Schwerter, Speere und Dolche, ausgestopfte Pferde standen umher, die mit Eisen bedeckt waren, und auf den Rücken der Pferde ragte die eiserne Rüstung der Ritter. Von der Unmenge verschiedenartig bearbeiteten Eisens ging ein widerlich öliger und kalter Geruch aus. Samgin dachte voller Abscheu daran, daß sicherlich viele dieser Werkzeuge kriegerischer Pflichterfüllung Menschenschädel gespalten, Arme abgehackt, Brustkästen und Leiber durchbohrt hatten, wobei der Schmutz und Staub der Erde reichlich mit Blut getränkt worden war.

Idiotie, entschied er. Im Winter werde ich zu schreiben beginnen. Über Menschen. Zunächst werde ich Porträts entwerfen. Ich werde bei Ljutow anfangen.

Jedesmal, wenn er an Ljutow dachte, fiel ihm die Episode der Jagd auf den nichtvorhandenen Wels ein und erhob sich die Frage: Warum hatte Ljutow, der wußte, daß der Müller ihn betrog, gelacht? Diese Episode hatte etwas Allegorisches und Kränkendes. Und Ljutow trieb überhaupt immer ein falsches Spiel. Trieb er vielleicht mit sich selbst eins? Es war nicht zu begreifen, was er wollte.

Ich werde die Menschen so schildern, wie ich sie sehe, ich werde ehrlich schreiben, ohne Antipathien sprechen zu lassen. Und Sympathien, fügte er hinzu, denn er sah ein, daß es auch Sympathien geben könne.

Das Gedächtnis rückte eigenmächtig die Gestalt Stepan Kutusows in den Vordergrund, fand aber selbst, daß es unangebracht sei, diesen Menschen allen anderen voranzustellen, und schob den Bolschewik mit unüberwindbarer, nur dem Gedächtnis möglicher Schnelligkeit beiseite, indem es ihn durch eine ganze Reihe weniger unsympathischer Leute ersetzte. Dunajew, Pojarkow, Inokow, Genosse Jakow, die zurückhaltende Jelisaweta Spiwak mit ihrem kühlen Gesicht und dem ruhigen Blick ihrer blauen Augen, Stratonow, Tagilskij, der Diakon, Diomidow, Besbedow, der Bruder Dmitrij ... Ljubascha ... Margarita, Marina ...

Es war eine beträchtliche Anstrengung erforderlich, um diese Parade abzubrechen, an der es nichts Angenehmes gab.

Die meisten Menschen sind nur Teile des Ganzen, wie auf den Bildern von Hieronymus Bosch. Bruchstücke einer Welt, die durch die Phantasie des Künstlers zerstört worden ist, dachte Samgin und atmete auf, denn er spürte, daß er etwas gefunden habe, woraus sich sein Verhalten zu den Menschen erklären ließ. Dann suchte er eine Weile, wo seine Sympathien lägen. Und – lächelte, als er es gefunden hatte: die Anfimjewna. Eine Sklavin. Eine heilige Sklavin. Am Ende ihrer Tage ist sie mit dem Aufstand in Berührung gekommen, aber als Sklavin ...

Zu den Fenstern blickte die Sonne herein, das modrige Halbdunkel des Museums hellte sich auf, die zahlreichen Bajonettkämme erglänzten noch kälter, und besonders eisig strahlte die eiserne Rüstung der Ritter. Samgin suchte sich der Verse aus den Bylinen zu erinnern, »Wie die Recken in Rußland ausstarben«, entsann sich aber plötzlich des Alptraums jener Nacht, in der er sich selbst in Dutzende, in eine Schar von Samgins zerspalten gesehen. Eine sehr unangenehme Erinnerung ...

Am Abend reiste er nach Dresden, saß dort lange vor der Sixtinischen Madonna und überlegte: Was könnte Klim Iwanowitsch Samgin über sie sagen? Ihm fiel nichts Originelles ein, und alles Triviale war bereits gesagt. In München stellte er fest, die Bayern seien dicker als die Preußen, Bilder gebe es in dieser Stadt anscheinend nicht weniger als in Berlin, und das Wetter sei hier noch schlechter. Die Bilder und Museen hatten ihn ermüdet, er beschloß, vor der massiven deutschen Langeweile in die Schweiz zu flüchten, dort lebte die Mutter. Das Wort »Mutter« bedurfte einer Füllung.

Sie ist schön, verstand sich anzuziehen, ist verwöhnt durch die Aufmerksamkeit der Männer. Um Bücherweisheit bemühte sie sich nicht sehr. Sie ist vernünftig. Hat den Vater richtig eingeschätzt und den Freund gut gewählt – Warawka war der interessanteste Mann der Stadt. Und – er »machte leicht Geld« . . .

Dann erinnerte er sich des rothaarigen Weisen Tomilin, wie er im Garten vor der Mutter kniete.

Er hatte auch seine eigenen Gedanken, dachte Samgin seufzend. Ja. Erkenntnis – der dritte Trieb. Es hat sich gezeigt, daß dieser Gedanke zu Gott führt . . . Das ist gottselig. Eine Gottseligkeit. »Die Behauptung, die irdische reale Erfahrung sei Wahrheit, verlangt, daß man dieser Wahrheit diene oder sich ihr widersetze, doch sie offenbart sich nach einiger Zeit als Lüge. Und so bemüht sich, so kreist der Verstand fruchtlos, bis ihm zu Bewußtsein kommt, daß im Mittelpunkt des Kreises ein Geheimnis liegt, das Gott heißt.«

Er zwang sein Gedächtnis, den Autor dieses Zitats herauszufinden, und während es noch in gelesenen Büchern wühlte, stürmte der Zug in einen Tunnel und rollte mit ohrenbetäubendem Dröhnen, als stürze er in einen Abgrund, in undurchdringliche Finsternis hinein.

Am Morgen befand sich Samgin in Genf, und gegen Mittag begab er sich zum Wiedersehen mit der Mutter. Sie wohnte am Seeufer, in einem kleinen Haus, das allzu freigebig mit Stuck verziert war und einer Zuckerbäckertorte glich. Das Häuschen verbarg sich behaglich in einem Halbkreis von Obstbäumen, die Sonne schien wohlwollend auf die rotbäckigen Früchte der Apfelbäume, unter einem von ihnen, auf einer Marmorbank, saß mit einem Buch in der Hand Wera Petrowna in himmelblauem Kleid, ihre Haltung erinnerte den Sohn an eine Photographie des Maupassant-Denkmals im Park Monceau.

»Oh, mein Lieber, ich freue mich so«, sagte sie auf französisch, und da sie offenbar befürchtete, er werde sie umarmen und küssen, hob sie entschlossen, gleichsam abweisend, ihre Hand zu seinem Gesicht. Der Sohn küßte die Hand, die kalt, glatt wie Glacéleder und parfümgetränkt war, blickte der Mutter ins Gesicht und dachte beifällig: Eine Prachtfrau.

»Bist du zu Fuß gekommen?« fragte sie, aus dem Französischen übersetzend. »Bleiben wir hier, das ist mein Lieblingsplatz. In einer halben Stunde gibt es Mittag, wir werden Zeit haben, ein wenig zu sprechen.«

Sie erhob sich, um auf der Bank Platz zu machen, und setzte sich wieder, nachdem sie ein Lederkissen untergelegt hatte.

»Du siehst sehr gut aus. Bist aber schon etwas ergraut. So früh . . .«

Samgin antwortete mit Ausrufungsworten, Lächeln und Achselzucken – es fiel schwer, passende Worte zu finden. Die Mutter sprach mit fremder Stimme, tiefer, leiser und nicht so selbstsicher wie früher. Ihr Gesicht war stark gepudert, aber durch den Puder schimmerte dennoch eine eigentümlich violette Haut. Er konnte den Ausdruck ihrer untermalten Augen, die von kunstvoll verlängerten Wimpern verdeckt waren, nicht erkennen. Von den grellroten Lippen sprühten überstürzt belanglose, unnötige Worte.

»Was geht denn dort vor, in Rußland? Wirft man immer noch Bomben? Warum verbietet die Duma nicht diese Exzesse? Ach, du kannst dir nicht vorstellen, wie wir in Europas Meinung verlieren! Ich fürchte sehr, daß man uns kein Geld mehr geben wird, keine Anleihen, verstehst du?«

Samgin sagte lächelnd: »Man wird sie geben.«

Er hörte Besorgnis in den Worten der Mutter, aber diese Besorgnis schien ihm nicht durch Erwägungen über die Anleihen hervorgerufen, sondern durch irgend etwas anderes. So war es auch.

»Viele prophezeien, daß Rußland Bankrott machen werde«, sagte sie hastig und fragte, seine Hand berührend: »Ich hoffe, du bist nur mal so hergekommen . . . bist nicht emigriert, nein? Ach, wie froh ich bin! Übrigens war ich von deiner Vernunft überzeugt.«

Und nach einem Aufseufzer fuhr sie ruhiger fort: »Ich verstehe nicht: was soll das bedeuten? Wir haben protestiert, man gab uns eine Verfassung. Und nun wieder Emigranten, Bomben. Dmitrij gehört natürlich auch zur Opposition, ja?«

»Ich glaube nicht. Übrigens weiß ich es nicht, er hat mir lange nicht geschrieben.«

Die Mutter nickte mit ihrem üppig frisierten Kopf und sagte: »Oh, sicherlich, sicherlich! Revolutionen werden von unfähigen und . . . eigensinnigen Leuten gemacht. Er gehört zu ihnen. Das ist nicht mein Gedanke, aber es trifft sehr zu. Nicht wahr?«

Samgin wollte diesem Gedanken beistimmen, hielt sich aber zurück. Die Mutter erweckte in ihm ein Gefühl des Mitleids mit ihr, und das band ihm die Zunge. In allem, was sie sagte, hörte er eine künstliche Spannung, Unaufrichtigkeit, die sie wahrscheinlich bedrückte.

Ein Apfel löste sich vom Zweig, fiel ins Gras, und – es erblühte gleichsam plötzlich eine rosa Blume im Gras.

»Hier gibt es sehr viele Russen, und – stell dir vor! – dieser Tage habe ich, wie mir scheint, Alina gesehen, mit diesem ihrem Kaufherrn. Aber ich mag die endlosen russischen Gespräche schon nicht mehr. Ich habe zuviel Leute gesehen, die alles wissen, jedoch nicht zu leben verstehen. Pechvögel, lauter Pechvögel. Und sie sind sehr erbittert, weil sie Pechvögel sind. Aber – laß uns ins Haus gehen.«

Sie führte den Sohn in ein kleines Zimmer mit Möbeln in Schutzüberzügen. Die zwei Fenster waren mit teerosenfarbenem Mull verhängt, von außen beschattete sie das Laub der Bäume, das milde Halbdunkel war von kräftigem Apfelduft erfüllt, ein Sonnenstreif hing in der Luft und beleuchtete, auf ein rundes Tischchen treffend, auf diesem einen Reigen von sieben Elefanten aus Elfenbein und blauem Glas. Wera Petrowna sagte leise und hastig: »Mir ist es geglückt, dieses Haus billig zu kaufen. Die Hälfte davon vermiete ich an Doktor Hippolyte Donadieu ...«

Gabe an Gott? übersetzte Klim innerlich – er sah das Gesicht der Mutter im Profil, und ihm kam es vor, als zittere ihr Ohr.

»Ein sehr kultivierter Mensch, ein Musikkenner und hervorragender Redner. Vizepräsident des Hygienikervereins. Du weißt natürlich: Hier gibt es so viele Kranke, daß die Gesundheit der Gesunden sehr beschützt werden muß.«

Samgins Stimmung wurde bedrückt. Mit der Mutter war es langweilig, peinlich, und ihn überkam ein Gefühl, als schämte er sich dieser Langeweile. In der Tür erschien vom Garten her ein hochgewachsener Mann in hellem Anzug und begann, den Panamahut schwingend, in etwas grobem Baß: »Nun, ma chère, wie ich wußte und dich zu überzeugen suchte ...«

Wera Petrowna warf die Arme hoch, als wollte sie ihn umarmen oder von sich stoßen, nicht ins Zimmer hereinlassen, und sagte unnatürlich laut: »Mein Sohn Klim.«

Doktor Donadieu war sehr erfreut, ergriff Samgins Hand, schüttelte sie und überschüttete ihn mit einem Hagel schnarrender Worte. Klim, der nur einzelne Worte und Sätze auffing, verstand, daß die Bekanntschaft mit einem Russen dem Doktor stets großes Vergnügen bereitet habe; daß der Doktor im Jahre 1903 in Odessa gewesen sei, einer wunderschönen, fast europäischen Stadt, und es sei sehr traurig, daß die Revolution sie vernichtet habe. Möglicherweise begreife er, Donadieu, nicht alles, aber nicht nur er, sondern überhaupt alle Franzosen seien der Meinung, daß die Revolution in Rußland verfrüht sei. Dann zwinkerte er und fügte lächelnd hinzu: »In dieser Hinsicht verstehen die Franzosen einiges – nicht wahr?«

Lang, dürr, mit Resten graumelierten schwarzen, krausen und offenbar spröden Haars auf dem gelben, melonenförmigen Schädel, spitzbärtig und mit einer Höckernase, redete er unermüdlich, wobei er die dichten Brauen hochzog, ein ebenso dichter Schnurrbart bewegte sich schnell über der sehr dicken Unterlippe, die feuchten, wie geölten dunklen Augen strahlten und gleißten. Als die Mutter merkte, daß der Sohn die Sprache Frankreichs nicht besonders beherrschte, half sie ihm fürsorglich bei einzelnen Wörtern, übersetzte ganze Sätze und brachte ihn dadurch noch mehr in Verlegenheit.

»Die Welt wird von Frankreich inspiriert«, sagte der Doktor und schwang dabei die linke Hand, während er mit der rechten die Uhr aus der Westentasche hervorholte und Wera Petrowna das Zifferblatt zeigte.

»Sofort«, sagte sie, doch ihr Mieter und Kostgänger fuhr fort, sich hastig in Lobreden auf Frankreich zu ergehen, wodurch er Wera Petrowna zwang, daran zu erinnern, daß Turgenjew mit berühmten Schriftstellern Frankreichs befreundet gewesen sei, daß die russischen Dekadenten Schüler von Franzosen seien und daß man Frankreich nirgends so glühend liebe wie in Rußland.

»Uns lieben alle, außer den Deutschen – die Türken, die Japaner«, rief der Doktor aus. »Die Türken sind ganz vernarrt in Farrère, die Japaner – in Loti. Haben Sie ›Das Paradies der Tiere‹ von Francis Jammes gelesen? Oh, das ist eine Sache!«

Es interessierte ihn nicht sehr, ob man ihm zuhörte, und obwohl er oft fragte: »Ist es nicht so?«, erwartete er keine Antwort. Die Mutter rief zu Tisch, der Doktor faßte Klim unter und sagte, sich im Gehen wie ein österreichischer Tambourmajor wiegend, gerührt: »Ich bin Optimist. Ich glaube, daß alle Menschen mehr oder weniger, aber immer geglückte Schöpfungen des größten Künstlers sind, den wir Gott nennen!«

Donadieu, entsann sich Samgin und empfand das Verlangen, einen Kalauer zu erfinden, doch die Mutter fragte ihn erbarmungslos: »Hast du verstanden?«

Im Speisezimmer wurde der Doktor weniger redselig, aber noch didaktischer.

»Ich bin ein Ästhet«, sagte er, die Serviette unter dem Bart befestigend. »Für mich ist eine Revolution auch Kunst, die tragische Kunst weniger Starker, die Kunst von Helden. Aber nicht der Massen, wie die deutschen Sozialisten meinen, o nein, nicht der Massen! Die

Masse, das ist der Stoff, aus dem Helden gemacht werden, das ist das Material, aber nicht die Sache!«

Dann begann er zu essen, wobei er die kräftigen Zähne stark entblößte, die Augen vor Vergnügen an der Sättigung zusammenkniff, voll Wonne seufzte, schnurrte und die Ohren bewegte, welche die deutliche Form einer Neun hatten. Die Mutter aß mit dem gleichen Genuß wie der Doktor, ebensoviel, schwieg aber dabei und bestätigte die Reden des Doktors nur durch Kopfnicken.

Mit diesem Hygieniker wird sie ihr ganzes Geld verleben, dachte Samgin roh, und das Gefühl des Mitleids mit der Mutter verfärbte sich plötzlich zu Feindseligkeit ihr gegenüber. Der Doktor bewirtete ihn: »Probieren Sie diesen Wein. Mein Onkel schickt ihn mir aus der Provence. Das ist reinstes Blut unserer südlichen Sonne. Frankreich besitzt alles und – sogar Überflüssiges: den Eiffelturm. Das hat Maupassant gesagt. Der Arme! Venus ist ihm nicht gnädig gewesen.«

Nach dem Essen wurde Donadieu benommen, verzichtete auf Kaffee, steckte sich eine kleine Zigarre an und erklärte schwer seufzend: »Bedauerlicherweise habe ich in einer Stunde Sitzung. Aber wir sehen uns natürlich noch ...«

»Ja«, sagte die Mutter, aber so unsicher, daß Klim Iwanowitsch begriff: sie fragt.

»Ich reise heute noch nach Paris«, teilte er mit.

Der Doktor verabschiedete sich lebhaft, die Mutter schwieg eine Weile, den Kaffee umrührend, dann erkundigte sie sich: »Hast du es sehr eilig?«

»Ja, ein Mandant wartet auf mich.«

»Geschäftlich geht es dir nicht schlecht?«

»Durchaus angemessen. Du wirst es mir doch nicht übelnehmen, wenn ich jetzt gehe? Ich möchte mir die Stadt etwas ansehen. Und du ruhst dich sicherlich um diese Zeit aus?«

Wera Petrowna erhob sich. Klim warf einen Blick auf ihr Gesicht und stellte fest: Ihr Kinn zittert, und die Augen sind kläglich geweitet. Das erschreckte ihn fast.

Sie wird sich aussprechen wollen.

»Verstehst du, Klim, man steht so einsam in der Welt«, begann sie. Samgin ergriff ihre Hand, küßte sie und fing so freundlich, wie er nur konnte, zu sprechen an.

»Er ist doch ein sehr interessanter Mensch.«

Er hätte gern hinzugefügt: Ausplündern wird er dich, sagte aber unwillkürlich: »Leb wohl, Mama! Du hast hier eine sehr behagliche Unterkunft gefunden.«

Wera Petrowna schwieg, blickte zur Seite und fächelte sich mit dem Spitzentaschentuch das Gesicht. Derart schweigend begleitete sie ihn bis ans Gartengitter. Nach zehn Schritten wandte er sich um – die Mutter stand noch am Gitter und hielt sich, das Gesicht zwischen den Händen, an den Gitterstäben fest. Samgin empfand einen unangenehmen Stoß in der Brust und atmete auf, als hätte er die ganze Zeit den Atem angehalten. Er ging weiter und überlegte: Was mag sie von mir denken?

Dann warf er sich vor: Ich hätte ihr etwas . . . Lyrisches sagen sollen.

Aber der Vorwurf wandte sich sofort gegen die Mutter.

Bei ihren Mitteln hätte sie es sich weniger . . . schablonenhaft einrichten können. Donadieu! Irgend so ein Veterinär.

Er schritt lange, bis zur Ermüdung durch die sauberen Straßen der Stadt, hinter ihm her krochen, wie seine Schatten, wirre Gedanken. Sie hinderten ihn nicht, die Fülle von Uhrmacherläden wie auch die vielen alten Männer und Frauen zu bemerken, die betont langweilig und dauerhaft gekleidet waren, gekleidet für ein langes, geruhsames Leben. Ihm fielen die alten Leute bei ihm in der Heimat ein und vor allem der Historiker Koslow mit seiner altmodischen Äußerung: Als wahrhafter Liebhaber des Tees, der ihn ohne jegliche Beimischung trinkt . . . Derselbe Koslow an der Spitze der monarchistischen Kundgebung, mit offenem, brüllendem kleinem Rachen, mit dem Stock in der Hand. Der Diakon. Der graubärtige Volkstümlerbelletrist . . .

Ich habe nur wenig alte Leute gekannt.

Am Abend saß er außerhalb der Stadt auf der Terrasse eines kleinen Restaurants, rauchte, auf das Bier wartend, und sah sich um. Links, in einem grünen Tal, glitzerte die Rhône, rechts spiegelte ein See die rote Glut der untergehenden Sonne. Die Berge waren in mildernden bläulichen Dunst gehüllt, tief in den klaren Himmel hinein stach die Spitze des Dent du Midi. An den Seeufern waren weiße Häuschen adrett angeheftet, in der Ferne gruppierten sie sich in dichter Menge zu einer kleinen Stadt, hingen aber, auf den Abstufungen der Berge verstreut oder an den kahlen, bläulichen Höhen zu den silbernen Graten der Schneegipfel hinaufklimmend, auch über ihr. Aus der Stadt, über den See, drang Musik durch die blaue Stille, die Entfernung dämpfte die kupfernen Seufzer der Trompeten und verlieh der Musik einen träumerischen, traurigen Ton. Über dem See flogen krummflügelige, weiße Möwen in der Musik, aber ihre Spiegelbilder im Wasser wirkten rosa. Im allgemeinen war alles sehr malerisch, und die Natur reproduzierte mit vollkommener Genauigkeit farbige Ansichtskarten.

Es gibt fast keine Fliegen, stellte Samgin fest. Und überhaupt wenig Insekten. Doch wozu brauche ich diese verkrüppelte, bucklige Welt?

Das schmackhafte und mäßig kalte Bier wurde von einem breithüftigen, vollbusigen Mädchen mit freundlichen Augen in einem großen, rotwangigen Gesicht gebracht. Ihre molligen Lippen lächelten irgendwie zärtlich oder – müde. Möglicherweise rührte diese Müdigkeit von dem Glück her, ohne an etwas zu denken in einem sauberen, stillen Land zu leben, zu leben in Erwartung des unvermeidlichen Eheglücks . . .

Dürftig wenig haben die Frauen in mein Leben getragen.

Vier kräftige Männer tranken mit Maßen Bier, sie hüllten einander in Zigarrenrauch und unterhielten sich ruhig: wahrscheinlich hatten sie alle strittigen Fragen entschieden. Am Fenster spielten zwei alte Männer, die einander mehr glichen als Brüder, schweigend Karten. Die Menschen hier waren der Landschaft entsprechend eckig. Wenn sie lächelten, entblößten sie sehr weiße Zähne, aber das Lächeln veränderte fast gar nicht die fest erstarrten Gesichter.

Sie leben im Einvernehmen mit der Natur und auf Kosten schwindsüchtiger Ausländer, dachte Klim Iwanowitsch Samgin ironisch, dachte es und ärgerte sich über irgend jemanden.

Warum kleiden sich meine Gedanken in fremde, triviale Formen? Ich merke das so oft, aber – warum kann ich es nicht vermeiden?

An der Terrasse schritten eilig zwei Männer vorüber, der eine, ohne Hut, schälte eine Apfelsine, der andere schwang ein Taschentuch oder ein Papier und sagte auf russisch: »Plechanow hat recht.«

»Was denn – soll man mit den Kadetten gehen?« fragte sehr sonor der Mann ohne Hut, seinen Händen entfiel ein Stück Apfelsinenschale, er bückte sich, um es aufzuheben, aber ihm glitt der Kneifer von der Nase, er richtete sich rasch auf, fing den Kneifer an der Schnur und vergaß die Schale. Und während er das alles tat, fand der Mann mit dem Papier Zeit, zu sagen: »Sozialismus ohne Demokratie ist Nonsens, doch die Demokratie ist bei ihnen.«

Sie waren vorbei. In zehn Schritt Abstand folgte ihnen ein hochgewachsener alter Mann, den üppigen, weißen Schnurrbart voller Abscheu hochgezogen, trieb er mit dem Stock die Apfelsinenschale vor sich her, die Schale wich störrisch den Schlägen aus, hüpfte aufs Straßenpflaster, der Alte trieb sie wieder auf den Gehsteig und schwang schließlich, als er sie in einen Gully gestopft hatte, siegesfroh den Stock.

Der Hausherr, stellte Samgin fest.

Es wurde dunkler, von den Bergen wehte duftige Kühle herab, Lichter flammten auf, auf der schwarzen Fläche des Sees zeigten sich kupferne Risse. Der bläuliche, dunstige Himmel schien sehr erdnah, die strahlenlosen Sterne, die wie Bernsteinstücke aussahen, vertieften ihn nicht. Zum erstenmal kam Samgin der Gedanke, daß der Himmel sehr arm und traurig sein könne. Er blickte auf die Uhr: Bis zum Zug nach Paris blieben noch über zwei Stunden. Er bezahlte das Bier, erfreute das bildhübsche Mädchen durch ein hohes Trinkgeld und begab sich gemächlich nach Hause, mit seinen Gedanken bei dem alten Mann, bei der Apfelsinenschale: Die großzügigen russischen Naturen spotten gewöhnlich über die Alltagsdisziplin Europas, aber ...

Aus einer Gasse kam wie von einem Berg herab eine Frau gerannt, prallte nach kräftigem Zusammenstoß mit Samgin an die Wand und murmelte auf russisch: »Oh, Teufel – verzeihen Sie ...«

Dann ergriff sie ihn sofort mit der einen Hand an der Schulter, mit der anderen am Ärmel und fuhr keuchend fort: »Du? Oh, komm rasch. Ljutow hat sich erschossen ... Komm doch! Was ist mit dir? Hast du mich nicht erkannt?«

»Dunjascha«, sagte Samgin verblüfft, wobei er ihr ins Gesicht schaute, in die tränenfeuchten, blinkenden Augen, doch sie stieß ihn, zog ihn mit und erzählte rasch, mit trockenem Aufschluchzen: »Gestern noch war er lustig, komisch, wie immer. Ich komme hin, aber dort macht die Polizei Krach, man läßt mich nicht durch. Alina ist nicht da, Makarow auch nicht, und ich kann die Sprache nicht. Ich stoße alle beiseite, dränge mich ins Zimmer, und ... da liegt er, und der Revolver am Boden. Oh, Teufel! Ich laufe, Inokow zu holen, und auf einmal – du. Na, schneller! ...«

»Du hinderst mich beim Gehen«, beklagte sich Klim Iwanowitsch.

»Ach was, Lappalien! Hierher, hierher ...«

Sie drängte ihn hinter ein eisernes Gitter in einen Garten hinein, dort standen schweigend etwa zehn Männer und Frauen, auf den Steinstufen des Hauseingangs saß ein Polizist; er stand auf, worauf sich zeigte, daß er sehr groß und breit war; er versperrte mit seiner Gestalt die Haustür und sagte halblaut und undeutlich irgend etwas.

»Laß mich hinein, du Dummkopf«, murmelte Dunjascha ebenfalls halblaut und stieß ihn mit der Schulter beiseite. »Die begreifen nichts«, fügte sie hinzu, Samgin zur Tür hineinziehend. Im Zimmer stand am Fenster ein weißgekleideter Mann mit einer Zigarre zwischen den Zähnen, ein zweiter, in Schwarz und mit Tressen, saß rittlings auf einem Stuhl und fragte streng: »Sind Sie ein Verwandter?«

Klim Iwanowitsch nickte stumm, während Dunjascha ärgerlich sagte: »Komm, komm! Es hat keinen Zweck, mit ihnen viel Umstände zu machen. Sie machen mit uns auch keine.«

Als sie ihn in das nächste Zimmer hineingestoßen hatte, schmiegte sie sich mit der Schulter an die Tür, wischte sich mit den Händen das Gesicht ab, dann holte sie ein Taschentuch hervor, knüllte es zusammen und drückte es fest an den Mund. Klim Iwanowitsch Samgin begriff, daß er nicht Dunjascha anzusehen, sondern nach rechts zu blicken hatte, wo die Lampe brannte. Aber er wandte sein Gesicht nicht sofort dorthin. Dort, auf einer Chaiselongue, lag mit aufwärts gerichtetem Gesicht Ljutow im weißen Hemd mit weichem Kragen. Auf dem Tisch brannte eine kleine Lampe unter grünem Schirm und machte Ljutows Gesicht unangenehm zweifarbig: die Stirn war grünlich, während der untere Teil des Gesichts von den Augen bis zum Spitzbart erschreckend dunkel war. Samgin kam es vor, als sähe er das bekannte, schiefe Lächeln, die zusammengekniffenen Augen. Er wäre gern gegangen, aber in der Tür stand der betreßte Polizist, schwang ein quadratisches Stück Papier vor Dunjaschas Gesicht und knurrte verhalten. Er schritt auf Samgin zu und stellte gleich vier Fragen: »Sind Sie Russe? Ist das ein Verwandter von Ihnen? Hat er das geschrieben? Was steht hier?«

Samgin nahm ihm den Briefumschlag aus der Hand, dort, wo man die Adresse zu schreiben pflegt, stand in kräftigen und aufrechten Buchstaben: »Verzeih, lieber Freund, Alja, daß ich einen Skandal mache, aber, verstehst du, ich kann nicht mehr. Wlad. L.«

Er übersetzte dem Polizisten mechanisch die Worte des Zettels und bewegte sich zur Tür, er wäre sehr gern gegangen, aber der Polizist stand in der Tür und knurrte immer lauter, zornig, während Dunjascha auf ihn einredete: »So scher dich doch weg!«

Die Zeit verstrich langsam und immer langsamer, Samgin fühlte sich in die Kälte irgendeiner Leere versinken, in einen Zustand der Gedankenlosigkeit, doch da verschwand der goldblonde Kopf Dunjaschas, und an ihre Stelle trat majestätisch Alina, ganz in Weiß, wie aus Marmor. Ein paar Sekunden lang stand sie neben ihm – atmete laut, schien immer größer zu werden. Samgin sah, wie ihr bildschönes Gesicht weiß wurde, die Augen sich unschön vorwölbten, mit unnatürlich tiefer Stimme sagte sie: »Oh, nein, nein ... Wolodka!«

Sie sank in die Knie, und während sie mit den behandschuhten Händen nach Ljutows Gesicht, Händen, Brust griff, seinen Kopf auf dem bunten Kissen hin und her wandte, ihn schüttelte – begann sie zu heulen, wie Bauernweiber heulen.

Auch Dunjascha begann zu heulen, Samgin sah, wie Tränen von ihrem Gesicht auf Alinas Schulter tropften. Dann trat Makarow neben ihn und murmelte: »Davongemacht hat sich Wolodja...«

Ljutows rechte Hand hing von der Chaiselongue herab, die Finger waren unschön gekrümmt, gespreizt, als wollten sie etwas ergreifen, der Zeigefinger war gestreckt und deutete auf den Boden, berührte ihn fast. Alina riß sich die Handschuhe von den Händen und jammerte: »Du meine liebe Seele, meine zarte Seele... Du Kluger.«

Dunjascha nahm ihr schluchzend den Hut von dem üppigen Haar, und als sie ihn entfernt hatte – stand Alina auf und war so zerzaust, als wäre sie lange gegen starken Wind gegangen.

»Ich habe ihn vernachlässigt«, stöhnte sie. »Seine Unrast ermüdete mich. Wolodja – ist das möglich? Was ist mir nun geblieben?«

Ihre Stimme klang immer kräftiger, in ihr machte sich aufkommender Zorn bemerkbar. Ohne den Hut war ihr Gesicht, über das die Haare herabhingen, klein und kläglich geworden, auch die feuchten Augen waren jetzt kleiner.

»Er hat sich selbst nicht gemocht«, vernahm Samgin. »Die Menschen jedoch – alle, wie eine Kinderfrau. Er verstand alle. Schämte sich für alle. Spielte sich als Narr auf, nur damit man nicht errate, daß er alles begriff...«

Makarow faßte Alina an den Schultern.

»Nun – genug! Hör auf. Hier mag man keinen Lärm.«

»Schweig, du!« rief sie, den Kragen der Bluse aufknöpfend und dabei irgendwelche Bänder zerreißend.

»Die Polizei bittet, die Leiche beschleunigt fortzuschaffen. Werden wir ihn in Moskau beerdigen?«

»Um keinen Preis!« schrie die Frau wütend auf. »Hier. Auch ich selbst werde hierbleiben. Für immer. Verflucht sei es, dies Moskau, und ihr, alle!«

Dunjascha legte Ljutows Hand auf seine Brust, aber die Hand glitt wieder herab, und der Zeigefinger berührte das Parkett. Der Eigensinn der toten Hand gefiel Samgin nicht, ließ ihn sogar zusammenzucken. Makarow drängte Alina wortlos in eine Ecke des Zimmers, stieß dort mit dem Fuß die Tür auf, sagte zu Dunjascha: »Geh zu ihr!« und wandte sich an Samgin: »Gib acht, daß die Frauen keine Dummheiten machen, ich gehe für eine halbe Stunde weg, zur Polizei.«

Samgin zuckte mit den Achseln, dann ging er hinter ihm in den Garten hinaus, setzte sich auf eine gußeiserne Bank, nahm eine Zigarette heraus. Auf ihn zu kam sofort ein dicker Mann mit Zylinder, er glich einem Berliner Droschkenkutscher, er stellte sich als Agent eines »Bestattungsbüros« vor.

Wie unnötig das alles ist: Ljutow, Dunjascha, Makarow..., dachte Samgin, sich des Agenten erwehrend. Geradezu lächerlich eng ist es auf der Welt. Und die Wege der Menschen sind gleichartig.

Er zündete die Zigarette an. Blickte auf die Uhr – bis zum Zug nach Paris waren es noch über zwei Stunden. Die fahle Mondscheibe begann kräftiger zu leuchten, der Nebel über dem See wurde auch heller, von den Bergen krochen Wolken herab, hinter ihnen zogen Schatten her. An zwei Punkten der Stadt erklang Musik, an dem einen stach besonders das Klapphorn, an dem anderen das Cello hervor. Die Musik half Samgin nicht, in seinem Gedächtnis einen traurigen Aphorismus zu finden, der dem Vorfall angemessen gewesen wäre, und das Gefühl der Leere verstärkte sich dadurch. Immerhin erinnerte er sich, daß Warwara, als Spiwak im Sterben lag und über der Esse des Seitenbaus das Säulchen erwärmter Luft aufstieg, dieses dem Auge kaum wahrnehmbare, durchsichtige Flimmern bemerkt und ihn dazu gebracht hatte, auch etwas nicht in Worte zu Fassendes zu empfinden. Vor seinen Augen schwebte das graue Gesicht, mit dem schiefen Lächeln der schmalen, dunklen Lippen, der Zeigefinger, der den Boden berührte. Rasch nacheinander erinnerte er sich der Begegnungen mit Ljutow, seiner unruhigen Augen, seiner schalkhaften, doppelsinnigen Äußerungen. Was verbarg sich hinter alledem? Hatte Alina wirklich die Wahrheit gesagt: Er schämte sich für alle, spielte sich als Narr auf, damit man nicht errate, daß er alles begriff? Ihm fiel der traurige Scherz von Peter Altenberg ein: Ebenso wie ein gutes Buch, das man bis zur letzten Zeile gelesen hat, gestattet ein Mensch manchmal, ihn erst nach seinem Tode zu verstehen.

Da kam Dunjascha heraus, blickte Samgin mit blinzelnden, verweinten Augen an, setzte sich neben ihn und sagte halblaut: »Sie hat mich hinausgejagt. Oh, ich habe Angst um sie! Was wird sie anfangen? Wolodja war für sie Vater und Freund...«

»Und Makarow Liebhaber?« fragte Samgin, sich erhebend.

»Nein, nein – was denkst du? Er! Dieser... Eiskalte... Wohin willst du? Bitte – geh nicht weg! Makarow muß zur Polizei, ich bin stumm, man darf Alina nicht allein lassen, man darf es nicht!«

Sie ergriff ihn bei der Hand und zwang ihn, sich neben sie zu setzen.

»Bist du Emigrant?«

»Nein.«

»Inokow hingegen ist emigriert.«

»Ist er hier?«

»Ja. Ich lebe mit ihm.«

»Sieh mal an. Schon lange?«

»Schon über ein Jahr. Er ist gut.«

»Gratuliere«, sagte Samgin und fügte unerwartet hinzu: »Sieh dich vor, daß er dich nicht ins Gefängnis bringt.«

»Oh, was soll das? Bist du eifersüchtig?« fragte sie verwundert. Samgin wunderte sich auch, denn er fühlte, daß ihr Verhältnis mit Inokow ihn kränkte. Aber er sagte eilig: »Selbstverständlich nicht! Vielleicht – ein wenig.«

Jetzt kam Makarow heraus, deutete mit der Zigarette auf das Fenster und sagte zu Samgin: »Sie möchte mit dir sprechen ...«

Samgin betrat mit innerem Protest das Haus. Alina saß mit aufgeknöpfter Bluse, Hals und Schulter tief entblößt, in einem Sessel und hatte den Mund mit dem Taschentuch verdeckt, ihr Adamsapfel bewegte sich krampfhaft. In der rechten Hand hielt sie einen Kamm, die Hand hing über die Armlehne des Sessels herab und zuckte sacht, auch ihr ganzer Körper schien leicht zu zittern, nur die Augen waren reglos auf Ljutows Gesicht gerichtet, sein buschiges Haar war mit irgend etwas eingefettet, glattgekämmt, und das Gesicht sah jetzt schöner aus. Samgin stand eine Minute lang schweigend da, im Begriff, etwas Originelles zu sagen, kam aber nicht dazu. Alina begann zu sprechen, ihre dunkle, tiefe Stimme klang dumpf, ausdruckslos und stockte.

»Trotz allem ist es Egoismus, die Beziehungen zu den Menschen ... in solch schrecklicher Weise abzubrechen!«

»Ja«, stimmte Samgin bei.

»Er hat dich nicht gemocht.«

»Wirklich?«

»Er sagte, alle Menschen seien dir gleichgültig, du verachtetest die Menschen. Du trügest – wie Sand in der Tasche – so einen Verstand zweiter Wahl mit dir herum und würfest ihn, nach und nach, in Prisen, den Menschen in die Augen, deinen wirklichen Verstand jedoch verbärgest du vorläufig, bis man dich zum Minister ernennen werde ...«

»Das ist ... geistreich«, sagte Samgin halblaut und fragte sich: Phantasiert sie etwa?

Dann rüttelte er das von ihr Gesagte rasch im Gedächtnis auf und fand an Ljutows Worten nichts für sich Kränkendes.

»Er sprach von Menschen immer im Ernst, doch von sich selbst im Scherz«, sie erhob sich hastig, warf das zusammengeknüllte Taschentuch auf den Boden, ging ins Nebenzimmer, zog dort eine quietschende Schublade heraus, ein Schlüsselbund fiel zu Boden, Samgin kam es vor, als hätte Ljutow gezuckt, ja sogar die Augen ein wenig geöffnet.

Das war ich, der gezuckt hat, beruhigte er sich, rückte die Brille zurecht und warf einen Blick in das Zimmer, in das Alina gegangen war. Sie kniete am Boden und warf irgendwelche Lappen, Schachteln und Futterale aus einer Kommodenschublade.

Sucht sie nach einem Revolver?

Aber sie stand auf, schüttelte etwas Schwarzes aus, taumelte und setzte sich aufs Bett.

»Wie schrecklich«, murmelte sie, Samgin ins Gesicht blickend, ihre feuchten Augen waren weit geöffnet und der Mund halb offen, aber ihr Gesicht drückte nicht Angst, sondern eher Verwirrung, Erstaunen aus. »Ich höre immerfort seine Worte.«

Samgin fragte, ob er ihr nicht Wasser geben solle. Sie schüttelte verneinend den Kopf.

»Ich wollte von dir erfahren ... ich habe vergessen, was. Ich werde mich entsinnen. Geh, ich muß mich umziehen.«

Samgin konnte sich nicht entschließen zu gehen.

Gehe ich, so wird auch sie ... Sie ist unzurechnungsfähig ...

Er erinnerte sich, wie sie, ein hübsches junges Mädchen, Gedichte von Brjussow deklamiert, wie sie sich später über die schwere Bürde ihrer Schönheit beklagt hatte, erinnerte sich ihres Triumphes im Götzentempel Aumonts und ihres hysterischen Benehmens bei der Beerdigung Turobojews.

»Geh, schick Dunjascha zu mir«, wiederholte sie beharrlich und begann, die Bluse auszuziehen.

Er ging hinaus vor die Haustür, von der Bank stürzte ihm Dunjascha entgegen: »Läßt sie mich rufen?«

Auf der Bank blieb ein Mann mit Strohhut zurück, er saß, die Ellenbogen auf die Banklehne gestützt, mit ausgestreckten Beinen da, sein vom Mond beschienener Hut leuchtete, als wäre er aus Kupfer, auf dem Weg ruhte sein kopfloser Schatten.

»Guten Tag«, sagte er halblaut, ohne sich zu erheben, streckte nur die Hand aus und fragte, Samgin zu sich heranziehend: »Wir begegnen uns immer unter sonderbaren Umständen, wie?«

Er hatte einen neuen, noch faltenlosen grauen Anzug an, der metallisch glänzte. Samgins Hand drückte er schmerzhaft fest.

Jetzt wird er sich seiner Heldentaten erinnern und sich wahrscheinlich bei mir bedanken, dachte Samgin ärgerlich, doch Inokow sagte halblaut, nachdenklich: »Der Kaufherr hat den Markt beendet. Sonderbar: Gestern noch war er der lustige, wie immer interessante, sympathische Streichemacher ... Das Wort nehme ich vom Verb hin und her streichen.«

Klim Iwanowitsch musterte Inokow von der Seite und fand, daß er gealtert, abgemagert war, seine Backenknochen ragten spitz vor, in den Augenhöhlen lagen schwarze Schatten.

»Sind Sie krank gewesen?«

»Ja, man hat mich mißhandelt. Mit welchem Eifer man bei uns aufhängt, wie? Sie sind in Wut geraten, die Schweine. Ich bin auch nur mit knapper Not dem Galgen entgangen. Es kam sogar zu einem Kampf, der Begleitmann wollte mich mit dem Säbel spalten. Jetzt erhole ich mich, spitze die Ohren, beobachte. Russen sammeln sich hier nicht wenig an. Sie reden in allen Tonarten: Die einen bereuen, die anderen stammeln, im großen und ganzen – amüsieren sie sich.«

Er begann lauter und scheinbar lustiger zu sprechen, lachte sogar nach einem Kalauer, hielt aber sofort die Hand vor den Mund und erstickte beinahe am Lachen – weil aus dem Fenster Dunjascha herausschaute und vorwurfsvoll den Kopf schüttelte.

»Verzeihung, Verzeihung«, flüsterte Inokow und nahm sogar den Hut ab. Unter dem Haar hervor verlief schräg zur linken Braue eine flammendrote Narbe, er berührte sie mit dem Finger.

Er zeigt seine Kampfauszeichnung, dachte Samgin, der an einem alten Bekannten leicht Neues und Unangenehmes entdeckte. Er stellte sich Dunjascha in den Armen dieses Menschen vor.

Es sind wahrscheinlich harte, grobe Arme.

Er dachte an Ljutow: Er war scharfsinnig, kannte sich in den Menschen aus.

Aus dem Fenster quoll wie Rauch das beschwörende Murmeln Dunjaschas, Inokow erzählte auch halblaut irgend etwas, von unten aus der Stadt, drang ein schweres, aber weiches, sonderbar schmatzendes Geräusch herauf, als schlurrten riesengroße Schuhsohlen über Pflastersteine. Samgin nahm die Uhr, blickte auf das Zifferblatt – die Zeit verstrich langsam.

»Sind Sie Anarchist?« fragte er aus Höflichkeit.

»Ich habe Kropotkin, Stirner und andere Väter dieser Kirche gelesen«, antwortete Inokow leise und gleichsam widerstrebend. »Aber ich bin kein Theoretiker, ich habe kein Vertrauen zu Worten. Entsinnen Sie sich – Tomilin lehrte uns: Die Erkenntnis ist der dritte Trieb. Das mag bei einigen zutreffen, die so wie ich sind und das Leben emotional auffassen.«

Wie ein Wilder, setzte Samgin, der sich eine Zigarette anzündete, in Gedanken hinzu.

»Tomilin ist mit seinem Trieb auf Gott gestoßen, nun – er ist ein

Feigling, der rothaarige Eber. Ich aber habe mal darüber nachgedacht: Aus welchen Motiven handle ich? Es stellte sich heraus: Aus Motiven persönlicher Kränkung über das Schicksal und – aus Prahlerei. Es gibt so ein Theoriechen: Theater für sich selbst, nun, ich spielte mich also wahrscheinlich vor mir selbst auf. Das ist langweilig. Und – verantwortungslos.«

»Wem gegenüber?« entschlüpfte es Samgin unwillkürlich.

»Na wieso denn – wem gegenüber? Sie scherzen ...«

Er zündete sich auch eine Zigarette an, dann schaute er ein paar Sekunden lang das zusammengeschmolzene Mondstückchen an und begann von neuem: »Im Ural machte ein Grüppchen junger Burschen Expropriationen und beauftragte nach einer geglückten einen ihrer Kameraden, das Geld, einige zehntausend, in Ufa, sei es den Soris, sei es den Sozis, zu übergeben, wie sie die Sozialrevolutionäre und die Sozialdemokraten nannten. Doch die Stiefel des Burschen waren gänzlich aus dem Leim gegangen, und so nahm er von den Tausenden drei Rubel und kaufte sich Stiefel. Er übergab auftragsgemäß das Geld, erklärte, daß er sich drei Rubel angeeignet habe, kehrte zu seinen Leuten zurück, doch sie erschossen ihn wegen der Aneignung des Dreirubelscheins. War das roh? Es war richtig! Treffliche Burschen. Sie verstanden, daß die Revolution eine redliche Sache ist.«

Im Begriff, ihm scharf zu widersprechen, warf Samgin die noch nicht zu Ende gerauchte Zigarette weg, trat auf sie und zerrieb sie mit der Schuhsohle.

»Die Revolution richtet sich gegen die Verantwortungslosen«, sagte Inokow halblaut, aber bestimmt. Samgin kam nicht dazu, ihm zu widersprechen, Makarow trat auf sie zu, brummte zornig vor sich hin, daß die Polizei in allen Ländern gleich dumm sei, und bat um eine Zigarette. Elegant gekleidet, stattlich, grauhaarig, riß er ein Streichholz an, hielt es wie eine Kerze mit der Flamme nach oben, löschte es, ohne die Zigarette angezündet zu haben, und riß, den leisen Stimmen der Frauen lauschend, ein zweites an.

»Wie faßt du das auf?« fragte Samgin mit einer Kopfbewegung zum Fenster hin. Makarow setzte sich, scharrte mit dem Fuß und seufzte.

»Einen Brief an mich unterzeichnete Ljutow einmal mit den Worten: ›Ein Moskauer, erster Gilde, ein überflüssiger Mensch.‹ Rußland ist, wie du weißt, reich an überflüssigen Menschen. Es hat unter den Adeligen überflüssige gegeben, diese – bereuten, jetzt sind reumütige Kaufleute aufgetaucht. Sie erschießen sich. Vor kurzem in Moskau gleich drei – zwei Männer und die unverheiratete Gribowa.

Alle aus reichen Kaufmannsfamilien. Der eine – Tarassow – war sehr begabt. Unsere Bourgeoisie ist im großen und ganzen ungebildet und irgendwie nicht von der Dauerhaftigkeit ihres Daseins überzeugt. Es gibt viel Nervenkranke ...«

Makarow sprach langsam und gleichsam ohne rechte Lust. Samgin warf einen Seitenblick auf sein scharf umrissenes Profil. Noch gar nicht so lange her hatte dieser Mensch nur gefragt, ausgefragt, jetzt jedoch entschloß er sich zu erklären, zu belehren. Und seine Schönheit war im Grunde unangenehm, etwas banal.

»Ein unsympathischer, aber interessanter Mensch«, begann Inokow leise. »Wenn ich ihn ansah, dachte ich manchmal: Woher kommen bei ihm diese Geisteskrämpfe? Hat er Angst vor dem Leben, oder schämt er sich? Jetzt denke ich, daß er sich seines Reichtums, seiner Schicksalslosigkeit und des Romans mit diesem tollen Weib schämte ... Er war klug.«

»Tja ... Es gibt bei uns solche Geister: arbeitsam, aber unfruchtbar«, sagte Makarow und wandte sich an Samgin: »Entsinnst du dich, wie wir den Wels fingen? Vor kurzem, in Paris, sagte mir Ljutow plötzlich, daß gar kein Wels dagewesen sei und daß er mit dem Müller verabredet hatte, sich mit uns einen Scherz zu leisten. Und, stell dir vor, diesen Scherz halte er aus irgendeinem Grunde für sehr übel. War das etwa eine Allegorie? Erklären – konnte er es nicht.«

Samgin fühlte, daß diese zwei ihn durch ihre Ansichten empörten. Bei ihm entstand das Bedürfnis, sich an etwas Gutes bei Ljutow zu erinnern, aber ihm fiel nur ein abgedroschenes lateinisches Sprichwort ein, das ein zehrendes Gefühl von Ärger erweckte. Dennoch begann er: »Ich habe keine Sympathie für ihn empfunden, aber ich muß sagen, daß er ein eigenartiger, vielleicht einzigartiger Mensch gewesen ist. Er hat seine eigene, originelle Note in den Lärm des Lebens hineingetragen ...«

Makarow warf die Zigarette in einen Strauch und murmelte: »Na ja, das ist bekannt: Es gibt praktisch nutzlose Dinge, die aber kunstvoll hergestellt sind und Schönheit imitieren.«

»Ich spreche nicht von Dingen ...«

»Es gibt auch unter den Menschen Imitationen ungewöhnlicher ...«

Aus dem Hause trat Dunjascha.

»Kommt in die Küche hinunter, dort gibt es Tee und Wein.«

»Was macht Alina?« fragte Makarow.

»Sie hat sich hingelegt, flüstert irgend etwas ... Welch eine herrliche Nacht«, sagte sie seufzend zu Samgin. Die zwei gingen weg, während sie ihm unverwandt ins Gesicht blickte und mit Flüsterstimme sagte: »So gehen Menschen zugrunde. Kommst du?«

Samgin dachte, er werde sich zum Zug verspäten, folgte ihr aber. Ihm schien, daß Makarow in kränkendem Ton mit ihm gesprochen und über Ljutow irgendwie verräterisch geurteilt hatte. Und sicherlich hatte er einen Roman mit Alina, und Ljutow hatte sich aus Eifersucht erschossen.

In der Küche herrschte säuerlicher Gasgeruch, auf dem Herd, in einem großen Teekessel, kochte laut das Wasser, an den weißgekachelten Wänden strahlte würdig das Kupfer der Pfannen, in einer Ecke verbarg sich inmitten getrockneter Blumen die grell bemalte Statuette einer Madonna mit Kind. Makarow hatte sich an den Tisch gesetzt und, die Ellenbogen aufstützend, den Kopf zwischen die Hände gepreßt; Inokow, der Wein in die Gläser einschenkte, sagte halblaut: »Das stimmt: Er ist kein Fanatiker, sondern Mathematiker. Wenn in Moskau der Gouverneur Dubassow befiehlt, ›die Aufrührer mit Waffengewalt auszurotten, weil es unmöglich ist, über Tausende Gericht zu halten‹, wenn in Petersburg Trepow den Befehl erteilt, ›keine blinden Salven abzugeben und mit Patronen nicht zu sparen‹ – so bedeutet dies, daß die Regierung dem Volk den Krieg erklärt hat. Lenin sagt daher zu den Arbeitern über die Schweinsköpfe der Liberalen, der Menschewiki und anderer hinweg: Bewaffnet euch, organisiert euch zum Kampf um eure Macht gegen den Zaren, die Gouverneure, die Fabrikanten, zieht die arme Bauernschaft mit, andernfalls wird man euch vernichten. Einfach und klar.«

Dunjascha schenkte sich Tee ein, hörte Inokow bis zum Schluß zu und ging mit den Worten: »Seid nicht zu laut.«

Inokow reichte Samgin ein Glas Wein, stieß mit ihm an, wollte etwas sagen, aber statt seiner ergriff Klim Samgin das Wort: »Ist das, was Ihnen einfach und klar erscheint, nicht zu sehr vereinfacht?«

Dann wandte er sich herausfordernd an Makarow: »Du unterschätzt die Macht der Bourgeoisie ...«

Makarow trank einen Schluck Wein und antwortete widerwillig, ohne die andere Hand vom Kopf wegzunehmen, in sein Glas blickend: »Ich behandle sie ärztlich. Mir scheint, ich kenne sie. Jawohl. Ich behandle sie. Siehst du – ich habe eine Arbeit geschrieben: ›Die sozialen Ursachen der Hysterie bei Frauen‹. Ich zeigte sie Forel, er lobt sie, schlägt mir vor, sie zu veröffentlichen, das Manuskript ist von einem Kollegen ins Deutsche übersetzt worden. Doch zum Veröffentlichen – habe ich keine Lust. Nun, veröffentliche ich, so werden sieben oder siebzig Personen sie lesen, und was dann? Zum ärztlichen Behandeln habe ich auch keine Lust.«

Irgendwo in der Nähe des Hauses stapfte ein Pferd über das Pflaster. Eine Baßstimme sagte auf deutsch: »Hier.«

Das Pferd war auf einmal wie vom Erdboden verschlungen, und einen Augenblick lang wurde es im Haus, in dem sich fünf lebende Menschen befanden, und rings um das Haus unangenehm still, dann rasselte etwas Metallisches.

»Man hat den Sarg gebracht«, meinte Inokow unnötigerweise, blies kräftig in die Zigarettenspitze und schoß ein rotes Glutklümpchen in die Küchenecke, während Makarow mürrisch sagte: »Das ist ein Zinkkasten, in den Sarg werden sie ihn dort, bei sich im Büro legen. Die Polizei hat verlangt, daß die Leiche vor Tagesanbruch weggeschafft wird. Alina wird schreien. Geh zu ihr hin, Inokow, auf dich hört sie ...«

Am Fenster kamen zwei gleich dicke, schwarzgekleidete Männer vorbei.

»Die Ärzte sollen populäre Broschüren darüber schreiben, wie häßlich die Lebensweise ist. Ja. Den Medizinern wird dieses Häßliche besonders deutlich sichtbar. Die Ökonomie allein genügt nicht, um den Arbeitern Widerwillen und Haß gegen diese Lebensweise einzuflößen. Die Bedürfnisse der Arbeiter sind primitiv gering. Ihre Frauen sind zufrieden mit zehn Kopeken mehr Arbeitslohn. Bei uns gibt es wenig Menschen, die sich des ganz tiefen Sinns der sozialen Revolution bewußt wären, es sind alles nur ... mechanisch in ihren Prozeß Hineingezogene ...«

Makarow sprach abgehackt, immer zorniger und lauter.

Das sind Gedanken Kutusows, stellte Samgin fest, der unwillkürlich dem Lärm und den Stimmen oben lauschte.

»Wo, worin erblickst du die soziale ...«, begann er, aber in diesem Augenblick ertönte oben ein rasender, erschütternder Schrei Alinas.

»Na, da haben wir's«, murmelte Makarow, aus der Küche laufend; Samgin ging nach ihm hinaus und blieb vor dem Hauseingang stehen.

»Ich lasse es nicht zu, ich erlaube es nicht«, schrie Alina tief und heiser. In den Garten kamen von oben, durch den Körper Ljutows miteinander verbunden, die zwei schwarzen dicken Männer herunter, der eine hatte Ljutows Beine unter die Achsel geklemmt, der andere sich in die Schultern der Leiche verkrallt, während der unnatürlich zur Seite gewandte Kopf pendelte und nickte. Alina, riesengroß, zerzaust, neigte sich vor, griff mit dem einen Arm nach dem Kopf, an ihrem anderen Arm hing schluchzend Dunjascha. Makarow und Inokow suchten Alina zu packen, sie wehrte sich gegen sie mit Stößen, traf Inokow mit ihrem Hinterkopf, über ihrem weißen Gesicht wallte das Haar hoch empor.

»Untersteht euch«, schnaubte sie ganz außer Atem; ihr Mund war geöffnet und ließ zusammen mit den dunklen Flecken der Augen ihr Gesicht wie zerschlagen erscheinen.

»Hör auf«, sagte Makarow laut. »Wohin willst du denn?«

Sie schnaubte wie ein Pferd und entwand sich seinen Händen, während Inokow hinter ihr herging, prustete, sich schneuzte und mit dem Taschentuch das Kinn abwischte. Alle vier zu einem Körper vereint, gingen sie wankend und mit den Füßen scharrend vor die Umzäunung hinaus. Samgin folgte ihnen, ging aber, als er merkte, daß sie sich bergab bewegten, bergauf. Ihn erreichten ein eisernes Dröhnen, die hysterischen Ausrufe: »Eine Blechkiste ... welche Gemeinheit ... In eine Blechkiste ... Gehen Sie weg!«

Samgin schritt eilig aus und stolperte immer wieder in der Dunkelheit.

Ich muß mir einen Stock kaufen, dachte er und lauschte. Dort unten stapfte wieder schwerfällig das Pferd über das Pflaster, doch es war kein Räderlärm zu hören.

Gummibereifung.

Dann entsann er sich, daß die Leute aus dem Bestattungsbüro, als sie Ljutow trugen, zu dritt den Buchstaben H gebildet hatten.

Er fühlte jedoch, daß die kleinen Gedanken ihm diesmal nicht halfen, den soeben erst erlebten Eindruck zu verwischen. Während er vorsichtig und langsam bergauf schritt, lauschte er, wie etwas Unbekanntes in ihm wuchs. Das war nicht die gewohnte Denktätigkeit, die Worte automatisch zu bekannten Sätzen verbindet, das war das Zunehmen einer sehr seltsamen Empfindung: Irgendwo tief unter der Haut reifte, pulsierte, wie ein Geschwür, das Wort: Tod.

Die Verbindung der drei unangenehmen Laute dieses Wortes schien zu verlangen, daß man es flüsternd ausspreche. Klim Iwanowitsch Samgin fühlte, daß eine klägliche und trübselige Unruhe sich in seinem ganzen Körper ausbreitete und ihn entkräftete. Er blieb stehen, wischte mit dem Taschentuch den Schweiß von der Stirn und blickte sich um. Die schwarzen Bäume vor ihm sahen im mondbeschienenen Nebel wie Hügel aus, die weißen Villen erinnerten an Kapellen eines vornehmen Friedhofs. Der Weg, der sich zwischen diesen Villen hindurchschlängelte, führte irgendwohin aufwärts ...

Es war unhöflich von mir, mich von ihnen nicht zu verabschieden, entsann sich Samgin und ging rasch zurück. Er glaubte schon, unterhalb des Hauses angelangt zu sein, in dem Alina und ihre Freunde sich befanden, aber da ertönte hinter dem Gartenzaun, hinter der dichten Hecke in der Stille deutlich die Stimme Makarows: »Diese Idioten, sie klammern sich an ihre Macht über die Menschen, fürchten sich aber, Kinder in die Welt zu setzen. Was? Frag doch.«

Samgin blieb stehen, fächelte sich mit dem Taschentuch das Gesicht und hielt Ausschau nach der Gartentür.

»Nein, niemals«, sagte Makarow. »Kinder kann sie keine bekommen, sie hat sich durch Abtreibungen ruiniert. Einen Mann braucht sie nicht als Gatten, sondern als Diener.«

»Als Ernährer«, fügte Inokow hinzu.

Da Samgin keine Tür fand, begriff er, daß er sich dem Haus von der anderen Seite genähert hatte. Das Haus lag hinter Bäumen versteckt, Inokow und Makarow befanden sich weit von ihm entfernt und sehr nahe an der Umzäunung. Er wollte ihnen schon etwas zurufen, aber da fragte Inokow: »Und was denkst du über Samgin?«

Makarow antwortete undeutlich, und Inokow lächelte wahrscheinlich, denn seine Stimme klang vergnügt, als er sagte: »Ja eben! Ein Apparat, der weniger denkt als räsoniert...«

Samgin entfernte sich eilig, bergab, und rief sich ins Gedächtnis: Ich habe ihm zweimal geholfen. Übrigens – der Teufel möge sie holen. Man soll die Seele vor der Verunreinigung mit dem Unrat kleiner Kränkungen und Kümmernisse schützen.

Der Satz gefiel ihm, brachte ihn aber wieder zu dem großen Kummer zurück, den er dort oben erlebt hatte.

Er verbrachte eine sehr schwere Nacht: Er konnte nicht einschlafen, ihn beunruhigten irgendwelche unbekannten, unklaren und zusammenhanglosen Gedanken, der Kopf Wladimir Ljutows pendelte, seine Arme pendelten, und der eine war bedeutend kürzer als der andere. Am Morgen ging er halbkrank zur Post, erhielt dort ein Bündel Briefe aus Berlin, kehrte ins Hotel zurück und fand in dem Bündel, als er es geöffnet hatte, zwischen Briefen und Dokumenten ein kleines und leichtes Kuvert, das mit Marinas Handschrift beschrieben war. Auf einem dünnen Blättchen fliederblauen Papiers teilte sie mit, daß sie in zwei Tagen nach Paris abreisen, im »Terminus« absteigen und dort etwa zehn Tage zubringen werde. Das erregte ihn dermaßen, daß er sogar in Verwirrung geriet, und als er sein Spiegelbild anblickte, wurde er noch verwirrter und war bereits bestürzt.

Das ist kindisch, warf er sich mit mürrischem Gesicht vor, aber seine Augen lächelten. Mich zieht nur die Neugier zu ihr hin, suchte er, in den Spiegel blickend und den Schnurrbart zwirbelnd, sich einzureden. Nun, es mag auch ein Körnchen Romantik dabeisein, die nicht der Ironie entbehrt. Was ist sie? Der Typ der von Natur nicht dummen, belesenen bürgerlichen Frau von heute...

Aber die Freude erlosch nicht. Da fragte er sich: Was verwirrt mich denn und weshalb?

Eine Antwort auf diese Frage zu finden, fehlte es ihm an Zeit – er mußte feststellen, wo Marina jetzt war. Er errechnete, daß Marina sich schon drei Tage in Paris befinde, und begann seinen Koffer zu packen.

In Paris stieg er in dem gleichen Hotel wie Marina ab, brachte sich sorgfältig in Ordnung, und nun stand er – voller Ärger über sich selbst wegen der Erregung, die er empfand – vor der Tür ihres Zimmers, während hinter der Tür deutlich die bekannte kräftige Stimme erklang: »Nein, nein, Sachar Petrowitsch, darauf lasse ich mich nicht ein.«

Ihr antwortete ein dünnes und pfeifendes Stimmchen: »Sie werden es bedauern! Leben Sie wohl.«

Die Tür ging weit auf, aus ihr stürzte ein feister, kurzbeiniger Mann mit großem Bauch und scharfen Äugelchen in einem gelben, aufgedunsenen Gesicht. Schwer atmend, durchbohrte er Samgin mit einem zornigen Blick, stieß ihn mit dem Bauch und krähte, weich mit einem Fuß aufstampfend, gleichsam drohend: »Immerhin rate ich Ihnen – überlegen Sie es sich! Oh, überlegen Sie es sich!«

Dann schwebte er, die kurzen Beinchen behende vorschnellend, geräuschlos über den Teppich des Korridors.

»Ah, du bist angekommen«, sagte Marina unnötig laut und erhob, während sie in der linken Hand irgendwelche Papiere schüttelte, die rechte rasch zu Klims Kinn empor. Sie hatte ihm früher nie die Hand zum Kuß gereicht, und in dieser Gebärde spürte Samgin irgend etwas.

»Nun – ist Marischa nicht schön?« fragte sie und warf die Papiere auf den Tisch.

»Sehr.«

»Du geizt mit deinem Lob.«

»Allzu schön.«

»Nun, allzu Schönes gibt es nicht«, bemerkte sie lässig. »Setz dich, erzähle, wo bist du gewesen, was hast du gesehen . . .«

Sie ist aufgeregt, stellte Samgin fest. Sie schien noch jünger und schöner, als sie es in Rußland gewesen war. Das einfache, hellgraue Kleid unterstrich die Schlankheit ihrer Figur, die hohe Frisur, die sie größer machte, krönte gleichsam ihr gebieterisches und markantes Gesicht.

Sie ist übermäßig groß, kaufmännisch gesund, stellte Samgin mit Verdruß fest, der Verdruß wurde zu einer Befriedigung darüber, daß er die Mängel dieser Frau sah. Und das Kleid ist geschmacklos, ergänzte er und sagte: »Du hast dich vortrefflich gerüstet für Siege über die Franzosen.«

»Hier – hat man mich nur frisiert, das Kleid ist in Moskau gemacht, und zwar schlecht, wenn du es wissen willst«, sagte sie, während sie die Papiere in einen kleinen, schwarzen Koffer legte, ihn unter den Tisch schob, und nachdem sie ihm noch einen Stoß versetzt hatte, fragte sie: »Verfolgst du, wie bei uns die Banken wachsen und das Kapital sich organisiert? Es ist schon eine ›Gesellschaft für den Verkauf von Eisenerz‹ entstanden – die Prodarud. Das Syndikat ›Kupfer‹.«

»Was war da für ein Ungeheuer bei dir?«

»Das war Sachar Berdnikow.«

In ihrer dunklen Stimme klangen ständig zornige Untertöne. Sie zündete sich eine Zigarette an, warf das Streichholz weg, traf aber nicht in den Aschenbecher und wartete, wann Samgin das brennende Streichholz vom Tischtuch nehmen und sich dabei die Finger verbrennen werde.

»Heute hat er – unter anderem – gesagt, daß ein Bankier gegen gute Zinsen selbst für die Herbeiführung eines Erdbebens Geld hergeben würde. Ob ein Bankier das täte – weiß ich nicht, aber Sachar würde welches geben. Zum Essen ist es noch zu früh«, sagte sie nach einem Blick auf die Uhr. »Möchtest du Tee? Du hast noch keinen getrunken? Ich schon längst ...«

Sie klingelte und fuhr fort: »Ich habe mich eine Weile in Moskau und Petersburg unterhalten. Habe in einem Kaufmannshaus einen neuen Propheten und geistigen Führer gesehen und gehört. Ich entsinne mich, du hast mir von ihm erzählt: Tomilin, er ist dick, rothaarig, ganz voller Fettflecke, wie ein Plinsenbäcker aus einer Garküche. Ihm hörten Dichter, Anwälte, junge Damen aller Sorten, überreizte Geister und wirre Seelen zu. Ein belesenes Mannsbild und sehr verbittert: Wahrscheinlich ist sein Ehrgeiz nicht befriedigt.«

Unten, vor den Fenstern, schrie und lärmte irgendwie besonders mannigfaltig und lustig die Riesenstadt und störte beim Anhören der zornigen Reden, das Stubenmädchen mit gestärkter Schürze, einem Vogelgesicht und verwundertem Blick weit geöffneter, schwarzer Augen störte auch.

»Er sprach davon, daß die wirtschaftliche Betätigung der Menschen ihrem Sinn nach religiös und aufopfernd sei, daß in Christus die Seele Abels gestrahlt habe, der von den Früchten der Erde gelebt hatte, während von Kain die ruchlosen Menschen, die Gewinnsüchtigen, die vom Satan verführten Ingenieure und Chemiker abstammten. Dieser Blödsinn begeisterte aus irgendeinem Grunde Tugan-Baranowskij, er krümmte sich auf seinen langen Beinen und schnarrte: ›Wir sind ein Agrarland, ja, ja!‹ Dann trug ein stupsnasiger Dichter etwas Komisches vor: ›Im Kahn der Illusion werden wir uns trösten, die Träume werden unsern Kummer lindern‹ – irgend etwas in dieser Art.«

Sie lächelte hämisch, aber das Lächeln glättete nur die Falte zwischen ihren zusammengezogenen Brauen, während die Augen streng, zornig funkelten. Ihre gepflegten Hände bewegten sich, als hätten sie ihre Geschmeidigkeit verloren, ungestüm, eckig, sie stießen an das Geschirr auf dem Tisch.

»Es ist überhaupt etwas langweilig. Man räumt auf nach dem häuslichen Fest, die Leutchen haben Katzenjammer, sie putzen an sich herum, alles bißchen Hübsche, das sie zum Fest aus ihrem Inneren hervorgeholt hatten, verstecken sie verlegen. Sie sind darauf gekommen, daß sie sich gestern nicht ihrem Stand und ihrer Position gemäß benommen haben. Die Obrigkeit indessen bemüht sich immerfort um Beruhigung, hängt Missetäter auf. Sie sollte mit dem Würgen warten, ihnen selbst wird die Luft ausgehen. Überhaupt, wenn man in der Provinz lebt, stellt man sich die Menschen in den Zentren ... nun, sagen wir, gehaltreicher, mit einer interessanteren Füllung vor ...«

Was will sie nur? überlegte Samgin, der fühlte, daß Marinas Stimmung ihn bedrückte. Er versuchte, sie auf ein anderes Thema zu lenken, indem er fragte: »Und wie steht es mit Besbedow?«

»Er hat mir aus Nishnij Nowgorod einen Brief geschrieben, er treibt sich auf der Messe herum. Er schimpft, bittet um Geld und um Verzeihung. Ich antwortete: Verzeihen könnte ich, Geld gäbe ich ihm keins. Es sieht danach aus, daß es zwischen mir und ihm zu einem schlimmen Ende kommen wird.«

Samgin entschlüpften unwillkürlich die Worte: »Mir scheint – du bist kaum fähig zu verzeihen.«

Er erwartete, daß die Frau ihm eine scharfe Antwort geben werde, aber sie zuckte mit den Achseln und sagte lässig: »Warum nicht fähig? Verzeihen bedeutet auf etwas pfeifen, und ich bin sehr wohl fähig, jedem beliebigen in die Fresse zu spucken.«

Niemals hat sie so grob gesprochen, stellte Samgin fest, der eine wachsende Unruhe empfand und etwas Unangenehmes erwartete. Ihre Bewegungen und Gebärden waren ungestüm, eckig, was gar nicht ihre Art war.

Sie ist durch irgend etwas verstimmt ...

Er fragte rasch, wo sie gewesen sei, was sie gesehen habe. Sie hatte zweimal den Louvre besucht, übermorgen werde sie ins Parlament gehen, um sich Briand anzuhören.

»Gestern war ich im Bois de Boulogne und sah mir die Kokottenparade an. Es waren natürlich nicht lauter Kokotten, aber alle sahen so aus. Richtige ›articles de Paris‹ und – zum Vergnügen.«

Dann kniff sie schelmisch das rechte Auge zu und sagte: »Versorge dich mit Geld! Du mußt dich zerstreuen, denn du bist, wie ich sehe, mißmutig!«

»Und mir scheint, du bist es . . .«

»Ich? Ja! Ich – ärgere mich. Ärgere mich, daß ich kein Mann bin.«

Sie zündete sich eine Zigarette an, dann stand sie auf, warf einen Blick in den Spiegel und blies den Rauch gegen ihr Spiegelbild.

»Ich war bei der Generalin Bogdanowitsch, von ihr habe ich dir schon erzählt: Ihr Mann ist General, Kirchenältester der Isaakskathedrale, ein halber Idiot, aber – ein Gauner. Sie ist ein nicht dummes Frauenzimmerchen, beobachtet sehr gut, hilft in Geldangelegenheiten gleichermaßen menschenfreundlich allen Nächsten, ohne Unterschied der Nationalitäten. Ich bin auch früher schon bei ihr gewesen, doch diesmal hatte sie mich zu einem Gespräch mit Berdnikow eingeladen – von diesem Gespräch werde ich dir später erzählen.«

Sie schritt, während sie sprach, von einer Ecke zur anderen, rauchend, die Brauen bewegend und ohne Klim anzusehen.

»Ich naive Provinztrutschel habe es sehr gern, wenn man mir Sinn und Verstand beibringt, und die Generalin liebt dieses fruchtlose Handwerk. Jetzt weiß ich, daß es mit Rußland sehr schlimm steht, niemand liebt es, der Zar und die Zarin auch nicht. Ehrliche Patrioten gibt es in Rußland nicht, sondern nur ehrlose. Stolypin ist doppelzüngig, ein heimlicher Liberaler, bereit, den Zaren an jeden beliebigen zu verraten, und will Diktator werden, das Vieh! Übrigens: Das Landhaus Stolypins haben nicht die Sozialrevolutionäre in die Luft gesprengt, sondern Maximalisten, eine kleine Gruppe, die sich von den Orthodoxen abgespalten hat, bei denen anscheinend in der Zentrale nicht alles in Ordnung ist, man verdächtigt irgendeinen von den Zentralisten der Freundschaft mit dem Polizeidepartement.«

Nachdem sie das lässig mitgeteilt hatte, sprach sie weiter von der Generalin.

»Dort verkehren lauter titulierte Leute, mit Orden oder mit Brieftaschen vom Umfang einer Bibel. Sie alle – glauben an Gott und wollen einander etwas verkaufen, das ihnen nicht gehört.«

Samgin schaute auf ihr markantes Profil, auf die kleinen, rosigen Ohren, die schöne Rückenlinie, er sah hin und hätte gern die Augen fest geschlossen.

Sie blieb vor ihm stehen, ihre goldgelben Augen funkelten gespannt.

»Wenn ich zu heiraten wünschte, könnten sie mir für ein- bis zweihunderttausend Rubel einen sehr reichen Tattergreis verkaufen ...«

Klim Iwanowitsch Samgin, der sich durch eine unerwartet aufblitzende, beunruhigende Vermutung geblendet fühlte, schloß für eine Sekunde die Augen.

Was könnte sie hindern, in Diensten des Polizeidepartements zu stehen? Ich sehe nicht, was ...

Er nahm die Brille ab und begann die Gläser mit einem Stück Wildleder zu putzen – das half ihm in schwierigen Fällen.

»Warum bist du gekrümmt, als hättest du Magenschmerzen?« fragte sie, und ihm schien, Marinas Stimme klänge ohrenbetäubend.

»Du erweckst bedrückende Gedanken«, murmelte er.

Sie begann wieder umherzuschreiten und sagte halblaut und sanfter: »Ja. Es ist sehr unerfreulich. Jetzt, wo gierige Dummköpfe und Faulpelze beginnen werden, Gesetze zu machen, werden sie Rußland ausverkaufen. Sie dringen schon nach Mittelasien vor, und das ist unsere nackte Flanke! Und die Engländer wissen vortrefflich, daß sie nackt ist ...«

Sie behandelte ermüdend lange dieses Thema, wobei sie irgendwessen Geldbesitz errechnete, Namen bekannter Industrieller, Grundbesitzer und Ministernamen nannte. Samgin hörte ihr fast nicht zu, ihn bedrängten seine eigenen Gedanken.

Sektierertum war nur ein vorübergehendes Spiel. Patriotismus? Ist kaufmännisch. Vielleicht auch ein Spiel. Die Begünstigung Kutusows ... Das läßt sich am schwersten erklären. Das Departement ... Es ist alles möglich. Welche Ideen würden ihr Grenzen setzen? Sie ist nicht dumm, belesen. Eine Abenteurerin. Sie glaubt nur an die Macht des Geldes, alles übrige ist nur da, um kritisiert, um negiert zu werden ...

Und Klim Iwanowitsch Samgin freute es beinahe, daß er über diese Frau feindselig denken konnte.

»Jedoch – es ist Zeit zum Frühstücken!« sagte sie. »Hier ißt man um diese Zeit zu Mittag. Gehen wir.«

Sie ging in das kleine Schlafzimmer, und Samgin fiel auf, daß sie sich beim Gehen in den Hüften wiegte, wie sie das früher nicht getan hatte. Nicht zu sehen, mit irgendwelchen Schlössern schnappend, sagte sie: »Ich habe Stepan gesehen, seine Frau hat man ins Krestygefängnis gesperrt. So ein kleines, farbloses Püppchen ...«

»Somowa.«

»So heißt sie, glaube ich. Er schickte sie einmal zu mir. Seine Stimmung ist unerschütterlich. Starrköpfig. Ich schätze Starrköpfige.«

Sie kam heraus. Auf den Schultern einen blauen Umhang mit Polarfuchsbesatz, das kastanienbraune Haar mit goldgelben Spitzen bedeckt, am Hals glitzerten imposant Smaragde.

»Nun – ist Marischa nicht schön?« fragte sie.

»Ja.«

»Na eben.«

Sie frühstückten im Hotelrestaurant, dann fuhren sie in einem Wagen über die Boulevards, waren auf der Place de la Concorde, besichtigten die Notre-Dame – der dicke Kutscher mit grauem Schnurrbart und komischem Wachstuchhut sagte belehrend und nicht ohne Stolz: »Das muß man bei Mondschein sehen.«

»Ein Moskauer Droschkenkutscher sagt nicht, wann man den Kreml am besten ansieht«, bemerkte Samgin halblaut, Marina hüllte sich in Schweigen, doch er erinnerte sich sofort: Etwas Ähnliches war ihm am Benehmen der Berliner Pensionswirtin aufgefallen. Wir Russen haben keinen Patriotismus, kein Gefühl der Solidarität mit unserer Nation, der Achtung vor ihr, vor ihren Verdiensten gegenüber der Menschheit, das hatte Katkow gesagt. Ihm fiel ein, daß zu Katkows Beerdigung Paul Déroulède gekommen war und ihn einen großen russischen Patrioten genannt hatte. Samgins bemächtigten sich bunte, kleine Gedanken, er verscheuchte sie ärgerlich und wartete ungeduldig, was Marina von Paris sagen werde, aber sie bemerkte nur kärglich Belangloses: »Ein Bummlerstädtchen, welch eine Menge Menschen in den Straßen. Und die Männer sind etwas mickrig – merkst du das? Wie bei uns in Wjatka . . .«

Samgin, der ab und zu einen Seitenblick auf sie warf, dachte, sie sage absichtlich unaufrichtig triviale Dinge, um etwas zu verbergen.

Sie schlug vor, sich die »Revue« in der Folies-Bergères anzusehen. Sie fuhren hin, kauften Parterrekarten, aber bald sagte Marina lächelnd: »Wir hätten eine Loge nehmen sollen.«

Ja, das Publikum musterte Marina sehr unverfroren, es erhob sich von den Plätzen, tuschelte. Samgin fand, daß die Augen der Frauen neidisch oder geringschätzig blickten, daß die Männer süßliche Grimassen schnitten, und irgendein Geck mit dunklem Gesicht, halbergrautem Lockenhaar und üppigem Schnurrbart riß seine schwarzen Augen so gespannt auf, als hätte er Marina schon einmal gesehen und besänne sich jetzt, wann und wo.

»Was meinst du: ein Marquis oder ein Friseur?« raunte sie.

»Ein unverschämter Kerl. Und anscheinend betrunken«, antwortete Samgin ärgerlich.

Auf der Bühne spielte sich etwas Unbegreifliches ab: Ein kleiner, gewandter Artist stellte einen Boxer mit groteskem Riesenbizeps dar, an seinem Jungengesichtchen klebte ein graues, gestutztes Bärtchen, er schlug Purzelbäume auf einem Teppich und suchte einen rotgesichtigen Riesen im Frack ununterbrochen und hastig von irgend etwas zu überzeugen.

»Das soll, wie es scheint, Lépine sein, der Bürgermeister von Paris oder der Polizeipräfekt«, sagte Marina. »Es ist uninteressant, irgendwelche interne Angelegenheiten.«

Es erschienen und verschwanden Sängerinnen, Exzentriker, tanzende Neger. Marina bemerkte brummig, auf der Messe in Nishnij Nowgorod werde das alles »in besserer Form« geboten. Aber nun hüpften unter rasendem Dröhnen und Heulen des Orchesters etwa dreißig kunstvoll entblößte junge Mädchen hinter den Kulissen hervor und begannen, im Takt einer herausfordernden Musik ihre nackten Beine aus ganzen Bergen von Spitzen und bunten Bändern hochzuwerfen; jede von ihnen sah wie eine riesengroße, gefüllte Blüte aus, ihre Beine zuckten wie die Stempel in der Blumenkrone, die Mädchen jagten mit solcher Geschwindigkeit auf der Bühne umher, daß es schien, als hätten sie alle ein und dasselbe grell geschminkte, verführerische lächelnde Gesicht und als triebe sie ein wütender Wind auf der Bühne herum. Dann, mitten im stürmischen Tanzgewirbel, durchbrach eine hochgewachsene, geschmeidige Frau den Kreis der Mädchen und stürmte zur Rampe vor, wobei sie einen Soldaten in roten Hosen, mit zerbeultem Käppi und dummem, rotnasigem Gesicht hinter sich herzog. Hunderte von Händen begrüßten sie mit Applaus und Zurufen, schlank, geschmeidig, in kurzem, kniefreiem Rock, rief auch sie irgend etwas, lachte, zwinkerte zur Seitenloge hinüber, der Soldat machte Kratzfüße, verneigte sich, warf jemandem Kußhände zu – die Frau kreischte schrill auf, packte ihn, und sie begannen, einen Bogen auf der Bühne beschreibend, im Profil zum Publikum einen tollen Machiche zu tanzen.

»Oho! Das ist anschaulich«, sagte Marina etwas leise, und Samgin sah, daß ihre Wange sich tief gerötet hatte, auch ihr Ohr war rot angelaufen. Er stellte sie sich entblößt vor, wie er sie in der »Fabrik künstlicher Mineralwässer« gesehen hatte, und dachte befremdet: Dieser Zynismus braucht sie nicht verlegen zu machen.

Die Tänzerin kreischte, der Soldat lachte aus vollem Halse, die dreißig halbnackten Frauen hatten sich umarmt und wiegten sich im Takt der Musik, ununterbrochenes Händeklatschen, Paukenschläge, Singsang des Blas- und Streichorchesters, der bunte Lichtstrahl eines Scheinwerfers beleuchtete unablässig die Tänzer, und das alles zusammen schuf einen seltsamen Eindruck – als kreise, hüpfte der ganze Saal, als kippte er dabei um, versänke irgendwohin.

»Ja, die können was«, sagte Marina langsam und nachdenklich, als der Vorhang fiel. »Sie servieren in schöner Weise dieses ... Fleisch des Götzenopfers.«

Der überraschende Schluß des Satzes empörte Samgin, er wollte sagen, daß Moral nicht immer angebracht sei, fragte aber statt dessen: »Bist du mal in Moskau bei Aumont gewesen?«

»Ja. Einmal. Warum?«

»Dort war alles interessanter, prunkvoller.«

»Ich erinnere mich nicht.«

Nach Hause gingen sie zu Fuß. Die herrliche Stadt lärmte festlich, ließ Lichter blinken, die Läden prahlten mit einer Fülle schöner Dinge, auf den Boulevards herrschte fröhliches Stimmengewirr, Gelächter, von den Kastanien fielen die gefingerten Blätter herab, aber der Wind war fast nicht zu spüren, und es schien, als würden die Blätter durch die heitere Kraft des Stimmengewirrs, des Gelächters und der Musik heruntergerissen.

»Die ehemaligen Meister der Revolution haben es sich angenehm gemacht«, sagte Marina und fügte nach ein paar Sekunden hinzu: »Jetzt – sind sie unsere Gläubiger.«

Auf die Menschen, die vor ihnen gingen, fiel der gemusterte Schatten der Kastanien.

»Schau: als wäre alles in Lumpen gehüllt«, bemerkte Marina.

Mit ihr Arm in Arm zu gehen war unbequem: Man konnte schwer mit ihr Schritt halten, sie stieß mit der Hüfte an. Die Männer sahen sich nach ihr um, das erregte Samgin. Er erinnerte sich der Aufregung, die er gestern beim Lesen ihres Briefes empfunden hatte, und dachte: Weshalb war ich erfreut? Wie kam ich auf den Gedanken, daß sie im Dienst der politischen Polizei stehen könnte? Wie sonderbar ist doch alles ...

Marina erklärte, daß sie etwas essen möchte. Sie betraten ein Restaurant, einen runden Saal, der hell, aber sanft beleuchtet war, auf einem kleinen Podium spielte ein Streichquartett, die Musik entsprach sehr gut dem schnarrenden Stimmengewirr, dem Lachen der Frauen und dem Klingen der Gläser, es waren sehr viele Gäste da, und alle schienen sich schon seit langem zu kennen; die Tischlein schienen so aufgestellt zu sein, daß man bequem die Garderobe der Damen genießen konnte; im Mittelpunkt des Kreises tranzten ein hochgewachsener blonder Mann im Frack und eine schlanke Dame im roten Kleid Walzer, auf ihrem Kopf ragte wie der Schopf eines ungewöhnlichen Vogels ein großer Kamm, an dem bunte Steine glitzerten. Links von Samgin saß einsam, einen Brief lesend, ein bejahrter Mann mit Resten lockigen Haars auf dem glänzenden Schädel, mit gutmütigem, weichem Gesicht; als er die Augen von dem Papierbogen hob, blickte er Marina an, lächelte und bewegte die Lippen, seine schwarzen Augen hefteten sich unverwandt auf Marinas Gesicht. Das Porträt dieses Mannes hatte Samgin in Zeitschriften gesehen, doch er konnte sich nicht entsinnen, wer das war. Er sagte zu Marina, daß einer der Prominenten Frankreichs sie ansehe.

»Weißt du nicht, wer?«

Sie musterte ungeniert den Franzosen und sagte gleichgültig: »Die Verkörperung leiblicher und geistiger Sattheit.«

Samgin preßte die Lippen fest zusammen. Ihm gefiel ihr Benehmen immer weniger. Ihre goldgelben Augensterne hatten sich verdunkelt, sie machte, die Brauen zusammenziehend, ein mürrisches Gesicht und wischte die Lippen so kräftig mit der Serviette ab, als wünschte sie, daß alle begriffen: ihre Lippen seien nicht geschminkt ... Drei Paare tanzten einen unangenehmen manierierten Tanz, in Marinas Nähe stolzierte wie ein Gockel ein schieläugiger, krummbeiniger Mann, der mit einer Menge Orden und einem totstarren Lächeln auf dem gelben Gesicht geschmückt war, jedesmal, wenn er sich Marinas Stuhl näherte, wandte sie sich angewidert ab und raffte den Saum ihres Kleides hoch.

»Wie haben sie das Menuett entstellt«, sagte sie. »Erinnerst du dich an Maupassant? ›Der König der Tänze und der Tanz der Könige.‹«

Samgin schien es, daß alle Männer und Damen Marina anblickten, als warteten sie, wann sie tanzen werde. Er fand, daß sie diese Blicke allzu geringschätzig beantwortete. Marina schälte eine Birne, indem sie dicke Schichten herunterschnitt, während neben ihr eine rothaarige Dame mit Brillanten am Hals und an den Fingern die Schale geschickt in fast papierdünnen Schichten von der Birne entfernte.

Spielt sie etwa – die russische Nihilistin? Doch an ihr ist wohl etwas davon – vom Nihilismus ...

Er stieß wieder auf die brennende Frage: Wie war er auf den Gedanken einer Beziehung Marinas zum Polizeidepartement gekommen?

Wenn sie dort im Dienst stände, hätte man sie, solch eine Frau, wahrscheinlich nicht in der Provinz, sondern in Petersburg, in Moskau eingesetzt ...

Dann suchte er festzustellen, welches Gefühl dieser sonderbare Gedanke in ihm erweckt hatte.

Unruhe? Ich habe keinen Grund, mich meinetwegen zu beunruhigen.

Nach einigem Nachdenken fand er, daß der Gedanke an die Möglichkeit einer Beziehung Marinas zur politischen Polizei in ihm nichts als Verwunderung erweckt habe. Bei Gelächter und Musik hierüber nachzudenken war unangenehm, ärgerlich, aber diese Gedanken auszulöschen, vermochte er nicht. Zudem hatte er mehr getrunken als gewohnt, fühlte, daß der Rausch ihn lyrisch stimmte, Lyrik und Marina waren jedoch unvereinbar.

»Die Franzosen denken wahrscheinlich, wir seien verheiratet und hätten uns verzankt«, sagte Marina angewidert, wobei sie mit dem Obstmesser die zurückbekommenen Francs auf dem Teller herumwarf, sie nahm nicht einen von ihnen und nickte auf das leise »Merci, madame!« und die tiefe Verbeugung des Garçon nicht einmal mit dem Kopf. »Ich bin uneins, uneins mit mir selbst«, fuhr sie fort, als sie sich bei Samgin eingehakt hatte und das Restaurant verließ. »Aber weißt du, so plötzlich aus einem Land, in dem gehenkt wird, in ein Land hinüberzuspringen, das den Henkern Geld gibt und in dem getanzt wird . . .«

Samgin empfand das Verlangen, sie anzuschreien: Ich glaube dir nicht, ich glaube dir nicht!

Aber er wagte es nicht und sagte leise: »Ich verstehe dich nicht ganz.«

Sie fuhr fort: »Man kommt sich . . . ungewöhnlich vor. Als wäre man unglücklich. Doch ich mag das Unglück nicht . . . Ich hasse das Leiden, unsere russische Lieblingsbeschäftigung . . .«

Sie verstummte. Das Hotel befand sich in der Nähe, in fünf Minuten erreichten sie es zu Fuß.

Samgin ging in sein Zimmer, trat, ohne Mantel und Hut abzunehmen, ans Fenster, riß zornig beide Flügel auf und blickte hinunter . . .

Das Unbegreiflichste, Dunkelste an ihr sind ihre revolutionären Reden. Gewiß, Reden sind noch keine Überzeugungen, keine Sympathien, aber bei ihr . . . Er wußte nicht zu bestimmen, worin er die Eigentümlichkeit der Reden dieser Frau erblickte. Mit leichtem Schwindelgefühl sah er zu, wie dort unten, über den schwach beleuchteten kleinen Platz, lautlos die dunklen Menschenfigürlein glitten, gedämpft die Wagenräder ratterten. Man konnte meinen, alles dort sei im Lauf des Tages müde geworden, wolle stehenbleiben, ausruhen, stehenbleiben in der nächsten Sekunde, an dem Punkt, an dem sie es antreffen werde. Samgin warf Mantel und Hut auf einen Sessel, setzte sich, zündete eine Zigarette an.

In jenem Winkel der Erinnerung, wo sich die Gedanken an Marina abgelagert hatten, war es noch dunkler, aber, wie es schien, leichter geworden.

Was habe ich gefunden, was verloren? fragte er sich und antwortete: Ich habe dadurch, daß ich die Neigung zu ihr eingebüßt habe, gewonnen, aber – eine gewisse Hoffnung ist verschwunden. Worauf hatte ich gehofft? Ihr Geliebter zu werden?

Er stellte sich Marina nochmals entkleidet vor und entschied: Nein. Natürlich nicht. Aber es schien, sie sei ein Mensch aus einer anderen Welt, verfüge über etwas Starkes Unerschütterliches. Doch auch sie ist tief mit Kritizismus infiziert. Eine Hypertrophie kritischen Verhaltens zum Leben, wie bei allen. Bei allen Bücherwürmern, denen das Gefühl des Glaubens fehlt, die nichts außer Rede- und Gedankenfreiheit schützt. Nein, es sind Ideen notwendig, die diese Freiheit ... diese Anarchie des Denkens einschränken.

Dann dachte er, sie sei trotz allem ein origineller Charakter.

Der Typ der urrussischen Frau.

> Sie hält das Pferd im Galopp an
> Und tritt in die brennende Hütte ...

Schließlich und endlich, weiß der Teufel, was an ihr ist, dachte er müde und fast erbost. Es kann nicht sein, daß sie im Dienst der Polizei steht ... Das habe ich erfunden, um von ihr loszukommen. Weil sie zu mir über die Sprengung von Stolypons Landhaus sprach und ich mich an die Ljubimowa erinnerte ...

Ein paar Sekunden brachte er es fertig, nicht zu denken, dann gestand er sich ein: Du hast viele Frauen gesehen und möchtest eine Frau, das ist es, mein Freund! Aber trinke lieber Wein. Es ist spät, sie werden keinen mehr hergeben ...

Dennoch klingelte er, es erschien der diensttuende Kellner, und fünf Minuten später betrachtete Samgin, nachdem er ein Glas von dem wohlschmeckenden Wein getrunken hatte, das Zimmer mit den Augen eines Menschen, der es eben erst betreten hat. Die weichen Plüschmöbel, der dicke Teppich, die Draperien an den Fenstern und Türen – das alles machte das Zimmer sonderbar flauschig. Womit ließ es sich vergleichen? Es fand sich kein Vergleich. Er zog sich langsam bis auf das Nachtzeug aus, trank noch Wein und spürte, als er auf dem Bett saß, daß sich das Gefühl eines reifenden Geschwürs erneuerte, das er in Genf empfunden hatte. Aber jetzt war das kein unangenehmes Gefühl, im Gegenteil – ihm schien, daß etwas sehr

Ernstes in ihm heranreife und daß er kurz vor einer wichtigen Entdeckung an sich selbst stehe. Er vergaß, das Fenster zu schließen, und ins Zimmer drang plötzlich von dem Platz eine Lachsalve, dann ein schriller Pfiff und Geschrei.

»Idioten«, schimpfte Samgin und trat ans Fenster. »Sie lachen . . . dann – sterben sie . . .«

Ihm schien, daß er die letzten fünf Worte flüsternd gedacht habe. Unsinn. Man denkt nicht flüsternd. Man denkt lautlos, nicht einmal in Wörtern, sondern einfach so . . . in Wortschatten.

In diesem Augenblick hatte er das Gefühl, in ihm wäre irgend etwas geplatzt, und seine Gedanken schrien beharrlich, eigenmächtig, betrübt: Einsamkeit. Allein in der ganzen Welt. Eingezwängt in irgendeine idiotische Höhle. Allein in der Welt meiner bildlich und linear gestalteten Empfindungen, in der Welt des bösen Spiels meiner Gedanken. Leonid Andrejew hat recht: Denken ist vielleicht eine Krankheit der Materie . . .

Samgin saß vorgeneigt, die Hände auf die Knie gestützt, ihm war, als brächte ihn das Ungestüm des Denkens in Schwung wie die Schläge des Klöppels den ehernen Leib einer Glocke.

»Prometheus – eine Maske des Satans«, das stimmt . . . Hieronymus Bosch hat seine Weltauffassung kühn geformt, wie es keiner vor ihm gewagt hat . . .

In dem flauschigen Zimmer schwankte, kreiste alles, Samgin wollte aufstehen, konnte es aber nicht und vergrub den Kopf im Kissen, ohne die Füße vom Boden hochzunehmen. Er erwachte spät, klingelte und beauftragte das Stubenmädchen, Madame Sotowa zu fragen, ob sie ins Parlament ginge. Es stellte sich heraus, sie geht. Das war nicht sehr angenehm; er trachtete nicht danach, sich anzusehen, wie das gesetzgebende Organ Frankreichs arbeitete, er liebte keine großen Versammlungen, hatte auch deswegen keine Lust hinzugehen, weil er sich bereits überzeugt hatte, daß er die Sprache der Franzosen sehr schlecht kannte. Aber aus irgendeinem Grund mußte er sehen, wie Marina sich benehmen werde, und – so saß er nun Schulter an Schulter mit ihr in der Publikumsloge.

»Da ist sie, die regierende Demokratie«, sagte Marina halb flüsternd.

Samgin sah unverwandten Blickes auf die Reihen kahler, schwarzhaariger, grauer Köpfe, von oben wirkten die Köpfe im Vergleich zu den an den Sesseln haftenden Rümpfen unverhältnismäßig groß. Mechanisch kam der Gedanke, daß die Urgroßväter und Großväter dieser Kaulquappen die »Große Revolution« gemacht, einen Napoleon hervorgebracht hatten. Er erinnerte sich des über die Jahre 1830, 1848 und 1871 in diesem Land Gelesenen.

»Liberté, égalité – aber Weiber lassen sie nicht als Abgeordnete ins Parlament«, bemerkte Marina brummig.

Ein Mann mit dem Gesicht des Kardinals Mazarini verlas in süßlichem Tenor und stark schnarrend irgendein Schriftstück, man hörte ihm schweigend zu, nur auf den Bänken der Linken ertönten ab und zu mürrische Zwischenrufe.

»Da ist auch der Verräter Aristide«, sagte Marina.

Auf der Tribüne stand ein lustiger Mann, auch großköpfig, braunhaarig, mit nachlässig zerzauster Frisur, eine stämmige, etwas schwerfällige und anscheinend ein wenig gebeugte Gestalt. Die dicken Wangen des breiten Gesichts hingen schlaff herab und gaben sehr lebhafte, stets lächelnde Augen frei. Die Augen zusammenkneifend, streckte er den Hals vor und nickte einem der Abgeordneten in der vordersten Sesselreihe bejahend zu, bleckte die Zähne und begann in zwanglosem, freundschaftlichem Ton zu sprechen, wobei er mit der linken Hand über den Rockaufschlag und den Pultrand strich, während die rechte langsam durch die Luft schwebte, als verscheuchte sie unsichtbaren Rauch. Er sprach flüssig, mit kräftiger, etwas heiserer Stimme, seine deutlichen Worte jagten scherzend und freundlich, pathetisch und mit einer Traurigkeit einander nach, aus der Ironie zu klingen schien. Man hörte ihm sehr aufmerksam zu, viele Köpfe nickten beifällig, es waren kurze, gedämpfte Zwischenrufe zu vernehmen, man spürte, daß die Zuhörer in Antwort auf sein freundschaftliches Lächeln ebenfalls lächelten, und ein ganz kahlköpfiger Abgeordneter bewegte seine grauen Ohren wie ein Hase. Dann begann Briand mit stärkerer Stimme und hoch hinaufgezogenen Brauen zu sprechen, seine Augen wurden größer, die Wangen röteten sich, und Samgin fing einen besonders leidenschaftlich ausgesprochenen Satz auf: »Unser Land, unser herrliches Frankreich, das wir bis zur Selbstvergessenheit lieben, dient der Sache der Befreiung der Menschheit. Aber man muß daran denken, daß Freiheit durch Kampf erreicht wird . . .«

»Bewilligt also die Mittel zur Aufrüstung«, sagte Marina, auf ihre Uhr blickend.

Man applaudierte Briand, aber es waren auch Protestrufe zu hören.

»Nun, mir langt es! Ich habe noch vierzig Minuten Zeit, um zu frühstücken – magst du?«

»Mit Vergnügen.«

»Ja, so ist das«, sagte sie, als sie die Straße betraten. »Sohn eines kleinen Schankwirts, Sozialist gewesen, wie auch sein Freund Millerand, aber im Herbst des Jahres sechs ließ er auf Streikende schießen.«

In dem kleinen Restaurant schräg gegenüber dem Parlament bestellte sie ein Frühstück und fuhr fort: »Geschmeidige Leute sind das. Sie steigen an Ideen hinauf wie an Leitern. Es ist möglich, daß Briand Präsident wird.«

Sie seufzte auf und dachte eine Weile nach, während sie Schnaps in die Gläser einschenkte.

»Ein ungemein zählebiges, gewandtes Volk. Irgendwann werden sie die plumpen, dicken Deutschen schlagen. Laß uns auf Frankreichs Wohl trinken.«

Sie tranken, dann begann sie schweigend ihren Hunger zu stillen, und als sie mit dem Frühstück fertig war, sagte sie beim Weggehen: »Am Abend gehen wir auf den Montmartre, in irgendeine lustige kleine Kneipe – einverstanden?«

»Vortrefflich.«

Doch am Abend, als Samgin an Marinas Tür klopfte, riß ein stämmiger, breitschultriger Mann die Tür vor ihm auf, wandte ihm den Rücken zu und sagte in heiserem Tenor: »Und er, dieser Schurke, lacht . . .«

»Komm herein, komm herein«, forderte Marina lächelnd auf. »Das ist Grigorij Michailowitsch Popow.«

»Ja«, bestätigte Popow und streckte Samgin lässig den langen Arm entgegen, umfaßte mit langen, heißen Fingern seine Hand und stieß sie wieder von sich, ohne sie gedrückt zu haben; dadurch legte er sofort Samgins Verhalten zu ihm fest. Marina stellte ihm Klim Iwanowitsch vor.

»Aha«, sagte Popow gleichmütig, wobei er mit den Füßen stampfte und scharrte, als zöge er Gummiüberschuhe an.

»Fahr fort«, forderte Marina ihn auf. Sie war schon zum Ausgehen angezogen – sie hatte den Hut auf, die linke Hand stak bis zum Ellenbogen in einem Handschuh, und in der rechten hielt sie eine lederne Aktentasche, die röhrenförmig zusammengerollt war; Popow stand vor ihr und formte mit den Fingern in der Luft verschiedenartige Zeichen, als unterhielte er sich mit einer Taubstummen.

»›Wenn in der Residenzstadt‹, sagte er, ›in der ein Gardekorps untergebracht ist, ein Polizeidepartement und noch vieles dergleichen existiert, das sechswöchige Bestehen eines revolutionären Arbeiterdeputierten-Sowjets möglich war, wenn in Moskau Barrikaden, in der Flotte Meutereien und im ganzen Land ein teufliches Durcheinander möglich sind, so ist das als eine Probe für die Revolution aufzufassen...«

»Der ist aber scharfsichtig«, sagte Marina und blickte auf die Uhr.

»Ich sage zu ihm: ›Sie – ihr Geld, wir – unsere Kenntnisse‹, doch er bleibt bei dem Seinen: ›Garantieren Sie mir, daß es keine Revolution geben wird!‹«

»Nun ja, das ist begreiflich! Geldgeschäfte zu machen ist leichter, geruhsamer, als Werke, Fabriken zu bauen und sich mit den Arbeitern herumzuplacken«, sagte Marina aufstehend und schlug sich mit der Aktentasche aufs Knie. »Nein, Grischa, hier ist ein Bankier wenig, man braucht einen hohen Beamten oder jemanden, der dem Hof angehört... Nun, jetzt muß ich gehen, wenn ich in einer Stunde nicht zurückkehren kann, rufe ich Sie an... und Sie sind frei...«

Popow begleitete sie bis zur Tür, kehrte zurück, zwängte sich ungeschickt in einen Sessel, holte einen ledernen Tabaksbeutel und eine Pfeife hervor und fragte, während er sie stopfte, lässig, und ohne Samgin anzublicken: »Sind wir uns nicht schon begegnet?«

»Nein«, antwortete Samgin entschieden.

»Hm... Also habe ich mich getäuscht. Ich habe ein schlechtes Personengedächtnis, doch ich war mit einem Mann Ihres Namens bekannt, wir gingen zusammen in die Verbannung. Es war ein Ethnograph.«

Mein Bruder, wollte Samgin sagen, enthielt sich aber und sagte: »Dieser Familienname ist nicht häufig.«

Popow, der sich bemühte, die Pfeife anzuzünden, und ein Streichholz nach dem anderen abbrach, erwiderte: »Auf der Oka gibt es eine Dampfschiffahrt Katschkow und Samgin, und es hatte einen Montanindustriellen Sofron Samgin gegeben.«

Sein Gesicht verschwand in einer dichten Rauchwolke. Es war ein unangenehmes Gesicht: breitstirnig, straff mit dunkler Haut bespannt und reglos, wie aus Stein. Auf den Wangen – blaue Flecke von dem abrasierten Bart, der dichte, schwarze Schnurrbart war kurz gestutzt, die Lippen waren dick und von der Farbe rohen Fleisches, die Nase groß, verunstaltet, die Brauen buschig, über ihnen befand sich eine dichte Bürste graumelierten schwarzen Haars. Popows Bewegungen und Gesten waren schwerfällig, ungeschickt, alles rings um ihn zitterte und knarrte. Er hatte eine dunkelblaue Jacke von ungewöhnlichem Schnitt an, wie eine Jägerjoppe. Unangenehm war auch sein heiserer Tenor, in ihm spürte man zornige Spannung, die Bereitschaft, loszuschreien, etwas Grobes, Böses zu sagen, und besonders unangenehm waren die kleinen, wie Kirschen vorgewölbten, dunklen Augen.

Ein Flegel, und anscheinend dumm, urteilte Samgin und stand auf, da er in sein Zimmer gehen wollte, setzte sich aber wieder, weil ihm der Gedanke kam, daß dieser Mensch vielleicht etwas Interessantes über Marina sagen werde.

»Eine tolle Bestie, dieser Sofron. Ich begegnete ihm in Barnaul und bot ihm meine Dienste als Geologe an. ›Ich traue den Gelehrten nicht‹, sagt er, ›ich mache selber welche. Mein Geschäft leitet ein ehemaliger Kellner aus einer Schenke in Tomsk. Vor etwa dreißig Jahren saß ich einmal, über irgend etwas nachdenkend, in einem Restaurant, doch der Kellner, so ein scharfäugiger, junger Bursche, ließ mich nicht in Frieden: »Was befehlen Sie zu bringen?« – »Ein Glas Vogelmilch!« – »Verzeihung«, sagte er, »die Vogelmilch ist uns ausgegangen!« Er sagte es ehrerbietig, ohne zu lächeln. Da sage ich zu ihm: »Gib den Kellnerberuf auf, mein Junge, und tritt bei mir in Dienst.« Elf Jahre später machte ich ihn zum Geschäftsführer. Jetzt ist er Hausbesitzer, Abgeordneter in der Stadtduma, besitzt ein hübsches Kapital, sicherlich etwa hunderttausend Rubel. Ich habe noch drei solche Leute. Sie dienen mir treu. Mit den Gelehrten dagegen lassen sich keine Geschäfte machen, sie kennen den Wert eines Rubels nicht. Sich mit ihnen zu unterhalten – ist interessant, manchmal sogar nützlich.‹«

Popow hatte träge zu sprechen begonnen, schloß jedoch erregt schnaubend und in einem Ton, als wäre er selbst die tolle Bestie.

»Das von der Vogelmilch ist ein alter Witz«, sagte Samgin.

»Alles ist alt, alles!« erwiderte Popow mürrisch und fuhr fort: »Er, dieser Sofron, war dreiundsiebzig Jahre alt, dabei pflegte er zwanzig bis dreißig Werst weit zu reiten und ohne jegliche Vorsicht Wodka zu trinken.«

Samgin hörte gleichmütig zu und wartete auf einen passenden Augenblick, in dem er sich nach Marina erkundigen könnte. An sie dachte er ununterbrochen, immer beharrlicher und unruhiger: Was machte sie in Paris? Wohin war sie gefahren? Wer war für sie dieser Mann?

Ist das etwa Eifersucht? fragte er sich lächelnd und fühlte plötzlich, ohne geantwortet zu haben, daß er gern etwas sehr Gutes, Ungewöhnliches über Marina gehört hätte.

»In unserem versumpften Vaterland sind wir, die Intellektuellen, in eine schwierige Lage versetzt, wir müssen der industriellen Bourgeoisie die Binsenwahrheiten vom Wert der Wissenschaft einflößen«, sagte Popow. »Doch wir haben vom falschen Ende angefangen. Sind Sie Sozialdemokrat?«

Samgin nickte stumm.

»Auch ich habe der Zeit meinen Tribut gezollt«, fuhr Popow fort, wobei er die Asche aus der Pfeife in den Aschenbecher herausstocherte. »Fünf Monate Gefängnis, drei Jahre Verbannung. Ich beklage mich nicht, die Verbannung war eine gute Ergänzung der Studentenjahre.«

Er steckte die Pfeife in die Tasche, stand auf, reckte sich, irgend etwas krachte an ihm, er betastete besorgt seine Achselhöhlen, schob die schwarzen Brauenbüschel zur Nasenwurzel zusammen und begann zornig: »Lenin hat Verwirrung angerichtet, er hat das Spiel verdorben, die Sozialdemokratie in Rußland kompromittiert. Das ist keine Politik, sondern Bluff, jawohl! Man muß sich die Deutschen zum Vorbild nehmen, bei ihnen verläuft das Wachstum des Sozialismus normal, auf dem Weg der Auslese aus der Arbeiterklasse und ihrer Aufnahme in die regierende Klasse«, sagte Popow, machte einen Schritt und blieb mit dem Fuß an einem Bein des Sessels hängen, dann stieß er ihn mit dem Knie weg und stellte ihn schließlich, ihn an der Lehne fassend, beiseite. »Wir kennen unser Land schlecht, daher kommen auch die Verirrungen ins Phantastische. Ein chaotisches Land! Seine Bevölkerung besteht durchweg aus Nihilisten, Symbolisten, Maximalisten, überhaupt aus Phantasten. Wir brauchen jedoch eine kulturell gebildete Bourgeoisie und eine technisch hochqualifizierte Intelligenz – andernfalls verspeisen uns die Deutschen, jawohl! Außerdem werden die Engländer die Japaner aufhetzen, und sie selbst werden zu uns nach Mittelasien und in den Kaukasus eindringen...«

Samgin hielt es nicht länger aus und fragte, wohin Marina gefahren sei.

»Ich weiß nicht«, sagte Popow. »Irgend jemand hat sie angerufen, anscheinend der Konsul.«

»Kennen Sie sie schon lange?«

»Seit meiner Studentenzeit. Warum?«

Samgin schien es, als hätten Popows Krebsaugen ihre Farbe geändert, Popow beugte sich vor und fragte: »Haben Sie die Absicht, sie zu heiraten!«

»Gibt es denn keine anderen Motive«, begann Samgin, aber Popow unterbrach ihn und fuhr mit pfeifender Stimme fort: »Ich habe sie schon vor ihrer Heirat gekannt, wir lernten im gleichen Zirkel Weisheiten, jetzt sind wir uns wieder begegnet, vor anderthalb Jahren etwa. Eine interessante Dame. Sie wäre sicherlich noch interessanter, doch ein... Phantast hat sie aus dem Gleis gebracht. Erste Liebe und dergleichen mehr...«

Er verstummte, nahm wieder die Pfeife aus der Tasche. Sein Ton ließ Samgin Kränkung für Marina empfinden und verstärkte seine feindselige Einstellung gegen den Ingenieur, aber trotzdem begann er sich noch eine Frage über Marina auszudenken.

»Im allgemeinen ist sie eine Gestalt ihrer eigenen Erfindung«, sagte Popow plötzlich, wobei er die Pfeife zärtlich mit seinen langen Fingern streichelte. »Wie die meisten Intellektuellen. Wir sind nicht imstande, in der historisch gegebenen Geraden zu denken, und gleiten immerfort nach links ab. Schwenken wir aber nach rechts, dann gleich bis zum Verfassen von Büchern über die religiöse Bedeutung des Sozialismus und sogar bis zur Vereinigung mit der Kirche ... Ich bin der Ansicht, daß Plechanow recht hat: Die Sozialdemokraten können – bis zu einem gewissen Punkt – mit den Liberalen in ein und demselben Wagen fahren. Lenin proklamiert Pugatschowtum.«

Er stopfte lächelnd die Pfeife, so daß sich sein fleckiges Gesicht unnatürlich vergrößerte, während die Augen sich unter den Brauen verbargen.

»Darüber, wie Menschen sich selbst erfinden, will ich Ihnen einen sehr interessanten Vorfall erzählen. Eine Gesellschaft von Studenten erging sich in Erinnerungen darüber, unter welchen Umständen jeder von ihnen zum erstenmal eine Frau erkannt habe. Der eine prahlte, der andere bedauerte, ein dritter log, und ein vierter erklärte: ›Bei mir war es die eigene Schwester.‹ Und er erdichtete ein Geschichtchen, das alle durch seine Ungereimtheit in Verwunderung versetzte. Er war ein Bürschchen aus reicher Kaufmannsfamilie, sehr bescheiden, nicht dumm, ein vortrefflicher Musiker, seine Schwester kannte ich auch – ein sehr nettes, sittenstrenges Mädchen, besuchte die Gerierschen Kurse und arbeitete ernsthaft über die Geschichte der Renaissance in Frankreich. Ich sage zu ihm: ›Du hast gelogen!‹ – ›Ja‹, gestand er. ›Weshalb?‹ – ›Ich schämte mich vor den Kameraden, siehst du, ich bin noch unschuldig!‹ Was sagen Sie dazu?«

»Amüsant«, erwiderte Samgin.

Popow erhob sich und krächzte wütend: »Spüren Sie denn nicht den tieferen Sinn dieser Anekdote? Amüsant!«

»Entschuldigen Sie bitte«, sagte Samgin, »aber ich dachte gerade an etwas anderes. Ich möchte Sie nach der Sotowa fragen.«

Popow stand mit dem Rücken zur Tür, in dem kleinen Vorzimmer war es dunkel, und Samgin erblickte Marinas Kopf hinter Popows Schulter erst in dem Augenblick, als sie sagte: »Warum steht denn bei euch die Tür offen?«

»Oho, wie rasch du wieder hier bist«, wunderte sich Popow.

Sie ging schweigend ins Schlafzimmer, klirrte dort mit Schlüsseln, ein Schloß schnappte, sie rief: »Grigorij! Hilf mir doch mal ...«

Er ging weg, man hörte Gurte klatschen, das Leder eines Koffers knirschen, und es war ein rasches, bis zum Flüstern gesenktes Sprechen zu vernehmen. Dann sagte Marina entschieden: »Sag es ihm auch so.«

Sie kam, noch den Hut auf dem Kopf, vor Popow heraus und sagte: »Nun, ich fahre mit euch nirgendshin; ich begebe mich sofort zum Bahnhof und – nach London! Dort bleibe ich nicht länger als eine Woche, kehre hierher zurück, und dann – bummeln wir!«

Popow erklärte etwas grob, daß er nicht gern jemanden zur Bahn begleite, zudem wolle er essen und – bitte daher, ihn zu entschuldigen. Er reichte Samgin die Hand, blickte ihn aber nicht an und ging. Samgin stand auf und fragte: »Darf ich dich begleiten?«

»Nein, nicht nötig.«

»Dann – auf Wiedersehen!«

Sie gab ihm nicht die Hand und sagte lächelnd, in unschönem Ton: »Du hast hier Popow über mich ausgefragt, ja?«

»Ich habe ihn nur gefragt, ob ihr euch schon lange kennt.«

Marina wischte sich mit dem Taschentuch das Lächeln von den Lippen und seufzte.

»Das war natürlich eine Frage, auf die weitere gefolgt wären. Weshalb könnte man sie nicht an mich richten? Auf jeden Fall mache ich dich darauf aufmerksam: Grigorij Popow ist noch lange kein Lump, nur weil er träge und dumm ist . . .«

»Hör mal«, fiel Samgin ihr ins Wort und sagte leise, eilig und die Worte sehr sorgfältig wählend: »Du bist eine ausnehmend interessante, ungewöhnliche Frau – das weißt du. Ich bin noch keinem Menschen begegnet, der in mir ein solch starkes Verlangen erweckt hätte, ihn zu verstehen . . . Sei mir nicht böse, aber . . .«

»Ich bin dir nicht im geringsten böse, ich verstehe sehr gut«, begann sie ruhig und gleichsam ihren eigenen Worten lauschend. »In der Tat: Da lebt ein gesundes Weib ohne einen Geliebten – das ist unnatürlich. Sie scheut sich nicht, Geld zu erwerben, und spricht vom Primat des Geistes. Über die Revolution urteilt sie nicht ohne Skepsis, jedoch – wohlwollend, das ist bereits ganz teuflisch!«

Sie reichte ihm die Hand.

»Ich muß jetzt zur Bahn. Bei der nächsten Begegnung hier, in den Mußestunden, sprechen wir noch miteinander . . . Falls wir Lust dazu haben sollten. Auf Wiedersehen, geh nun!«

Samgin hielt ihre Hand in der seinen fest, weil er noch etwas sagen wollte, fand aber keine fertigen Worte, während sie lächelnd fragte: »Scheint dir etwa, daß du in mich verliebt bist?«

Dann schüttelte sie seine Hand von der ihren ab und sagte eilig:

»Es ist alles sehr einfach, mein Freund: Wir interessieren uns füreinander und brauchen uns darum. In unserem Alter muß man das Interesse für einen Menschen schätzen. Oh, so geh doch schon!«

Es erschien ein Diener mit der Rechnung, Samgin küßte Marina die Hand, ging, und dann, als er, mitten in seinem Zimmer stehend, beschlossen hatte, auf die Boulevards zu gehen, zündete er sich eine Zigarette an. Aber er rauchte die ganze Zigarette, ohne sich vom Fleck zu rühren, in die trübgraue Leere über den Dächern vor dem Fenster blickend, und sagte sich, daß es sicherlich regnen werde, hierauf klingelte er, verlangte eine Flasche Wein und nahm das neue Buch von Mereshkowskij, »Der Anmarsch des Pöbels«, zur Hand.

Am Morgen stand er, nachdem er Kaffee getrunken hatte, am Fenster wie am Rand einer tiefen Grube und betrachtete die rasche Bewegung der Wolkenschatten und trüben Sonnenflecke an den Hauswänden und auf dem Pflaster des Platzes. Dort unten liefen geschäftig, als gehorchten sie dem Spiel von Licht und Schatten, verkürzte Menschen umher, von oben wirkten sie fast kubisch, wie platt an den Erdboden gedrückt, der dicht mit schmutzigem Steinpflaster bedeckt war.

Klim Samgin fühlte sich so, als hätte er eine gewohnte Last von den Schultern geworfen und müßte jetzt alle Bewegungen seines Körpers ändern. An seinem Schnurrbart zwirbelnd, dachte er an die Schädlichkeit hastiger Erklärungen. Ihn verlangte deutlich danach, daß die Vorstellung von Marina in jenen grellen Farben, mit jener die Neugierde reizenden Kraft wiedererstände, wie sie in Rußland gewesen war.

Was beunruhigt mich? überlegte er. Die Furcht vor Leere an der Stelle, wo Gefühl und Einbildungskraft eine originelle Gestalt erschaffen hatten?

Hinter ihm schnappte die Türklinke. Er zuckte zusammen und blickte über die Schulter nach hinten – zur Tür drängte sich ein dikker Mann herein, legte keuchend den Hut auf den Tisch, öffnete den obersten Rockknopf und kam, den Bauch vom Ausmaß eines kleinen Fasses vorgewölbt, behende auf Samgin zu, wobei er den langen rechten Arm schwang, als wollte er damit schlagen.

»Berdnikow, Sacharij Petrow«, sagte er mit hoher, fast weiblicher Stimme. Seine gedrungene, sehr warme Hand drückte kräftig Samgins Rechte und zog sie abwärts, dann setzte sich Berdnikow mit hochgehobenen Rockschößen fest in den Sessel, nahm ein Taschentuch heraus und wischte damit kräftig sein großes, schlaffes Gesicht ab, als wollte er es dadurch sichtbarer machen.

»Verzeihen Sie, daß ich hier eindringe«, sagte er und blies, die

Wangen aufblähend, einen kräftigen Luftstrom gegen Samgins Brust.

An seinem höckerigen Schädel klebten glatt schüttere Strähnen lichtroter Haare, das Gesicht war – wie bei einem Kastraten – ganz kahl, nur an dem Platz der Brauen waren gelbe Börstchen spärlich verstreut, darunter lagen vorgewölbte Krebsaugen, bläulich-kalt, mit unbestimmtem Ausdruck, aber anscheinend vergnügt. Unter den Augen hingen bläuliche Faltensäcke auf die gedunsenen, weizenteigfarbenen Wangen herab, zwischen den Pölsterchen der mürben Wangen stak eine nicht große, knorpelige und spitze Nase, die zu diesem großen Gesicht nicht paßte. Der Mund war groß, ein Froschmaul, die Oberlippe war fest an die Zähne gepreßt, während die Unterlippe übermäßig dick, geschwollen war, als hätte eine Fliege hineingestochen, und verächtlich herabhing.

Ein Komiker, definierte Samgin, der an dem Gesicht und der Gestalt des Dickwanstes etwas Sympathisches fand.

»Sie studieren mich?« fragte Berdnikow und fügte mit leichtem Kopfnicken hinzu: »Ja, ich sehe nicht berückend aus. Wir stießen schon just in Marinuschkas Tür zusammen – entsinnen Sie sich noch?«

Er brachte das so streng in Erinnerung, daß Samgin, ohne zu antworten, dachte: Er scheint ein Flegel zu sein.

»Auch heute wollte ich zu ihr«, fuhr der Gast seufzend fort. »Aber sie war nicht da. Nun, da ging ich zu Ihnen.«

»Womit kann ich dienen?« fragte Samgin.

Berdnikow schloß das rechte Auge, schüttelte, sich im Zimmer umschauend, den Kopf und seufzte tief, so daß die Zeitung auf dem Tisch sich bewegte.

»Ein Gläschen Wasser hätte ich gern, Apollinarisbrunnen«, sagte er. Seine scharfen Augen lächelten vergnügt.

Ein interessantes Tier, fuhr Samgin in seinen Definitionen fort.

Auf das Wasser wartend, beklagte sich Berdnikow über das unangenehme Wetter, über Herzschwäche, dann trank er gemächlich Wasser und begann, mit dem Zeigefinger auf den Tisch klopfend, sachlich, aber wie es schien auch lässig: »Nun, lassen Sie uns keine Zeit verlieren. Ich bin just ein kommerzieller Mensch, also ein direkter. Ich bin gekommen, um Ihnen einen beiderseits vorteilhaften Vorschlag zu machen. Sie können gut verdienen, wenn Sie mir in einer wichtigen Angelegenheit helfen. Und nicht nur mir, sondern auch Ihrer Mandantin, der ehrbaren Witwe meines Herzensfreundes...«

Hier wäre einer, der mir von ihr erzählen könnte, dachte Samgin, während der Gast seinen wabbeligen Körper vorneigte und mit einem Seufzer sagte: »Das ist eine Frau, wie? In einem Lied möchte man sie besingen.«

»Von seltener Schönheit«, bestätigte Samgin.

»Just so ist es: von seltener!« stimmte Berdnikow mit zweimaligem Kopfnicken bei, und es war seltsam zu sehen, daß der Kopf an einem so dicken, kurzen Hals leicht wackelte. Dann rückte Berdnikow mit dem Sessel etwas weiter von Samgin weg, und sein hohes Weiberstimmchen ertönte wieder geringschätzig und energisch, freundlich und, wie es schien, hoffnungslos: »Nun, kommen wir zur Sache! Ich bitte um geduldige Aufmerksamkeit. Die Sache ist die: Marinuschka ist just in die Gesellschaft gewisser Scharlatane geraten – Sie verstehen natürlich, daß die Reichsduma Scharlatanen große Aussichten für die Zukunft eröffnet und so weiter. Man redet Marinuschka zu, mit irgendwelchen Engländern einen Vertrag über den Verkauf irgendwelcher Grundstücke im Ural abzuschließen ... Das ist Ihnen natürlich bekannt?«

»Nein«, sagte Samgin.

»Wirklich?« rief Berdnikow vergnügt aus, faltete die Hände auf dem Bauch und fuhr, Samgin durch die schillernde Unbestimmtheit seiner Stimmung und durch seine Zungenfertigkeit in Erstaunen versetzend, fort: »Wie kann das Ihnen denn unbekannt sein, wenn Sie ihr Anwalt sind? Sie scherzen ...«

In Samgins Gesicht blickten, bläulich lächelnd, runde, kühle Äugelchen, die dicke Unterlippe bewegte sich angewidert und entblößte den gelben Glanz goldener Hauer, die schwammigen Finger der rechten Hand spielten mit der Platinkette auf dem Bauch, der Zeigefinger der linken tippte geräuschlos gegen den Tisch. Das ganze Benehmen dieses Mannes, seine Worte, das geschmeidige Spiel seiner Stimme hatten etwas beleidigend Unseriöses. Samgin fragte trocken: »Angenommen, ich kenne den Vertrag, der Sie interessiert. Was folgt weiter?«

»Gestatten Sie mir des weiteren, Ihnen mitzuteilen, daß es sich bei dieser Sache um eine hohe Summe handelt und daß ich den Vertrag in allen seinen Einzelheiten kennenlernen muß. Und so schlage ich Ihnen vor, mich einzuweihen ...«

Samgin sprang vom Stuhl auf und rief eilig: »Ich bitte Sie, damit aufzuhören! Wie konnten Sie es wagen, mir solch einen Vorschlag zu machen?«

Er stieß unwillkürlich noch ein paar Worte hervor und hatte dabei das Gefühl, daß sein Zorn verfrüht sei, daß er ihn zu laut bekunde, vor allem aber – daß der Vorschlag dieses Dickwanstes ihn nicht so sehr beleidigt als erschreckt oder verwundert hatte. Er stand vor Berdnikow und fragte zornig: »Weshalb halten Sie mich für fähig ... kennen Sie mich denn?«

»Nein, ich kenne Sie just nicht«, sagte Berdnikow sanft und sogar gleichsam trübsinnig, wobei er sich an den Armlehnen des Sessels festhielt und seinen schlappen, unförmigen Körper hin und her wiegte. »Doch es bedarf gar keines besonderen Mutes. Ich schlage Ihnen eine vorteilhafte Sache vor, wie ich sie auch jedem beliebigen anderen Anwalt vorgeschlagen hätte ...«

»Ich bin für Sie kein beliebiger!« rief Samgin.

»Was denn sonst?« fragte Berdnikow neugierig, und seine sinnlose Frage kühlte Samgin noch mehr ab.

Flegelig bis zur Komik, stellte er fest und sagte, sich eine Zigarette anzündend, in strengem Ton: »Ich wiederhole: Von dem Vertrag, der Sie interessiert, ist mir nichts bekannt.« Das habe ich unnötigerweise gesagt, und es war nicht ganz das Richtige! fiel ihm sofort auf; das Streichholz in seiner Hand zitterte, und es ärgerte ihn, das zu sehen.

Die Hände auf die Armlehnen des Sessels gestützt, hob Berdnikow langsam seinen schlaffen Körper und stellte ihn auf die Beine, seine blinzelnden Vogelaugen sprühten bläuliche Fünkchen. Er murmelte: »Was heute unbekannt ist, kann man morgen erfahren. Marina zahlt Ihnen sicherlich nur sehr wenig, hier aber ...«

»Genug davon«, bat Samgin nun schon beinahe.

»Na, na, schon gut, machen Sie keinen Klamauk«, entgegnete Berdnikow, leicht mit den Beinen zappelnd, um die hinaufgerutschte Hose hinunterzuschütteln, und kreischte trübsinnig auf: »Für welchen Teufel arbeitet sie nur? Wenn ein Mann ihr Herz erobert hätte, aber es ist ja kein Mann in ihrer Nähe zu sehen«, sagte er mit weinerlichem Kreischen, den Blick starr auf Samgin gerichtet und den Rock zuknöpfend. »Sie greift nach Millionen, nach schweren Millionen«, fuhr er fort und schwang dazu drohend den langen Arm hoch. »Das sind Zeiten, Herr Samgin! Wegen Kleinigkeiten, wegen des Erlöses aus Schnapsläden morden die Menschen, werfen Bomben, bringen sich an den Galgen, wie?«

Berdnikow brach in ein sonderbar blubberndes Gelächter aus: »Ppu-bu-bu-bu!«

Sich wiegend, wölbte er die Lippen, sie vereinten sich mit der Nase und bildeten eine komische Beule auf seinem Gesicht.

»Sagen Sie ihr nicht, daß ich bei Ihnen gewesen bin und zu welchem Zweck. Sie wird sich vielleicht geschäftlich just noch mit mir einigen«, sagte er, zur Tür schwimmend. Er verschwand leicht und lautlos, wie Rauch. Seine letzten Worte hatten sehr unbestimmt geklungen, sie ließen sich als Drohung wie auch als eine freundschaftliche Warnung auffassen.

Eine freundschaftliche, Klim lächelte innerlich, im Zimmer umherschreitend und auf die Uhr blickend. Wie lange hat dieser Mensch hier gesessen: zehn Minuten, eine halbe Stunde? Sein unverfrorener und dummer Vorschlag hat mich nicht beleidigt, denn ich kann mich doch nicht verdächtigen, zu einer meine Ehre verletzenden Handlung fähig zu sein . . .

Dann, als er sich beruhigt hatte, fiel ihm ein, daß er Berdnikow hätte aufhalten und über Marina ausfragen sollen. Es ist töricht von mir, solche Begegnungen und Gespräche nicht aufzuschreiben. Aufschreiben bedeutet von sich schieben, vergessen; auf jeden Fall, einen Eindruck formulieren, umreißen. Mein Gedächtnis ist übermäßig mit sozialem Plunder überlastet.

Die Worte »sozialer Plunder« gefielen ihm sehr. Er blieb stehen, schloß die Augen, und mit einer Geschwindigkeit, wie sie nur die Gedächtnistätigkeit erreichen kann, begann vor ihm ein bunter Wirbel von Erlebnissen, ein ermüdender Regen unvereinbarer Menschen zu kreisen. Besonders sichtbar waren Warawka und Kutusow, den er schon längst hätte vergessen haben sollen, Ljutow und Marina – war an ihnen nicht etwas Verwandtes? –, Mitrofanow und die Ljubimowa, der rothaarige Tomilin, als grünlicher Schatten huschte Warwara vorüber, und ebenso, für den Bruchteil einer Sekunde, erstanden die in ihr Los ergebene Kulikowa, Anfimjewna, dann immer weitere und weitere bekannte Gestalten. Unbegreiflich, unfaßbar war der Sinn ihres Daseins.

In diesem Augenblick der Rückkehr in die Vergangenheit empfand Samgin zum erstenmal etwas Neues: Alles, was das Gedächtnis ihm vor Augen führte, schien außerhalb von ihm, in einem fernen, aber dennoch ihm feindlichen Nebel zum Leben erwacht zu sein. Er selbst stand im Mittelpunkt eines dichten Kreises von Schatten, die von seinem Denken, von seinem Gedächtnis beleuchtet wurden. Unter den vielen Menschen befand sich kein einziger, mit dem er sich erlaubt hätte, freimütig über das für ihn Wichtigste, über sich selbst, zu sprechen. Kein einziger außer Marina. Als er die Augen öffnete, erblickte er im Spiegel sein von Zigarettenrauch umgebenes Gesicht; der Gesichtsausdruck war peinlich unklug, trübsinnig und entsprach nicht dem Ernst des Augenblickes: Da steht ein Mensch, die Schultern hochgezogen, als wolle er den Kopf verstecken, und blickte mit zusammengekniffenen Augen, über die Brille hinweg, ängstlich sich selbst an wie einen Fremden. Er schüttelte sich zornig, machte ein mürrisches Gesicht, begann wieder im Zimmer umherzugehen und dachte:

Die Wahrheit ist bei denen, die behaupten, daß die Wirklichkeit den Menschen entpersönliche, ihm Gewalt antue. Es ist etwas ... Unzulässiges in meiner Beziehung zur Wirklichkeit. Beziehung setzt Wechselwirkung voraus, aber wie kann ich ... richtiger: will ich auf die Umwelt anders einwirken als zum Zweck der Notwehr gegen ihre einschränkenden und verderblichen Einflüsse?

Ihm fielen die Worte Marinas ein: Die Welt setzt dem Menschen Schranken, wenn der Mensch keine Stütze im Geist hat. Etwas Ähnliches hatte Tomilin behauptet, als er von der Erkenntnis als einem Trieb sprach.

Ja, die Erkenntnis ist automatisch und fast sinnlos, wie der Geschlechtstrieb, sagte sich Samgin streng und erinnerte sich wieder Marinas; sie hatte lächelnd gesagt: Zum freien Bürger, mein Freund, machen den Menschen nicht Verfassungen, nicht Revolutionen, sondern die Selbsterkenntnis. Nimm mal Schopenhauer zur Hand, lies ihn fleißig, und danach Sextus Empirikus über die »Pyrrhònischen Grundzüge«. In russischer Sprache scheint es dieses Buch nicht zu geben, ich habe es auf englisch gelesen, es gibt auch eine französische Ausgabe. Über Pessimismus und Skepsis hat sich das menschliche Denken nicht hinausgeschwungen, und wenn man diese zwei Höhenflüge von ihm nicht kennt, wird einem nichts klar, glaub es mir!

Samgin blieb stehen, lehnte sich an die Wand und zündete eine Zigarette an. Ihm schien, daß er noch nie so angespannt nachgedacht hatte und noch nie irgend etwas ungemein Wichtigem so nahe gewesen war, das im nächsten Augenblick sich ihm offenbaren, explodieren und alles zerstreuen würde, was ihn bedrückte und ihn hinderte, das Wesentliche in ihm, einem mit »sozialem Plunder« überlasteten Menschen, zu finden. Er rauchte langsam die Zigarette, stand lange an der Wand, aber es geschah nichts, explodierte nichts, sondern er empfand einfach Müdigkeit und die Notwendigkeit, irgendwohin zu gehen. Er machte sich auf den Weg, sah sich die Bilder im Luxembourg-Museum an und aß in einem kleinen, gemütlichen Restaurant zu Mittag. Bis zum Abend ging und fuhr er durch die Straßen von Paris und merkte sich alles, wovon er in Zukunft jemandem erzählen könnte. Auf den Boulevards der schmucken Stadt, unter dem freundlichen Schatten der Kastanien, an den prahlerisch reichen Schaufenstern der Läden und Restaurants vorbei, von wo Gelächter und Musik sich auf die Bürgersteige ergossen, bewegten sich fröhliche Herren, Damen, junge Männer und junge Mädchen lärmend

aufeinander zu; sie schienen alle nach ein und demselben zu suchen
– nach einer Möglichkeit, harmlos zu lachen, zu schreien und sich
damit zu brüsten, wie leicht sie zu leben verstanden. Der lebensfreudige Lärm regte angenehm an, wie guter alter Wein. Samgin ließ sich
von der Menge treiben und dachte daran, daß die Franzosen bedeutend weniger philosophierten als die Engländer und die Deutschen.
Immanuel Kant und Schopenhauer oder Hobbes konnte man sich
schwerlich auf den Boulevards von Paris vorstellen. Es war kaum
anzunehmen, daß in dieser Stadt ein Mann wie Dostojewskij geboren werden könnte. Unmöglich war auch der Kanonikus Jonathan
Swift an einem Tischchen eines der Restaurants. Sehr begreiflich
aber waren das dröhnende, fette Lachen des Mönches Rabelais, und
der unerschöpfliche Scharfsinn Voltaires, und vollkommen am
Platze war der kahlköpfige Dicke, Béranger – der Anakreon des
19. Jahrhunderts. Ob es einen französischen Fanatiker geben
konnte? Samgin suchte rasch in seinem Gedächtnis nach einem solchen und – fand keinen. Ihm fielen die Verse von Poleshajew ein:

> Franzos, du Kind,
> Bald stürzt geschwind
> Du einen Thron,
> Bald treibst geschwind
> Legislation . . .

Diese Verse stimmten vollkommen mit dem Rhythmus der
Schritte Samgins überein. In seiner Erinnerung leuchtete für einen
Augenblick der Name Baudelaires auf und – erlosch wieder, ohne
einen Gedanken erzeugt zu haben. Er dachte: Die Bourgeoisie
Frankreichs hat das Blut und die Schrecken der Revolution gerechtfertigt, denn sie hat gezeigt, daß sie leicht und klug zu leben versteht,
und hat ihre wunderschöne, uralte Stadt wirklich zu einem Athen
der Welt gemacht . . .

Am Abend saß er im Theater und genoß, wie die berühmte Lavallière in der Rolle der Frau eines sozialistischen Abgeordneten und
komischen Bourgeois tapfer tanzte, wobei sie dem Publikum ihre
kurzen, schwarzen Spitzenhöschen zeigte, und wie geschickt sie irgendeinen exotischen König belustigte, der als Gast in Paris weilte.
Den Heimweg trat er zu Fuß an, es verlockte ihn, eine Frau mitzunehmen, aber – er entschloß sich nicht dazu.

Ich habe ihre geheimnisvollen Geschäfte und sonderbaren Bekanntschaften satt, dachte er, als er sich schlafen legte, böse von Marina, als wäre sie seine Frau. Er ärgerte sich auch über sich selbst;
seine gestrigen Gedanken kamen ihm naiv, fruchtlos vor, sie hatten

seine gewohnte Stimmung nicht geändert, obwohl ihm ein paar haltlose Gedanken gekommen waren, die ihm durch ihre Abstraktheit angenehm waren.

Die Welt ist eine Hypothese, hat ein »erklärender Herr« gesagt, ich glaube, es war Petrashizkij. Er hatte recht: Die Welt ist für mich ein ununterbrochener Strom widersprüchlicher Erscheinungen, die sich im Wirbel irgendwohin aufwärts oder abwärts auf einer Spirale bewegen, welche es ermöglicht, an eine Ähnlichkeit, eine Wiederholbarkeit der Geschehnisse zu denken. Der Blick aus der Vergangenheit – von unten nach oben – oder aus einer gewünschten Zukunft – vom hypothetischen oberen Bogen der Spirale nach unten – in die Gegenwart, ist im Grunde ein Spiel, das die Gedanken dogmatisiert. Weiter nichts. Das Denken dogmatisiert stets, es kann nicht anders. Eine Formel, eine Form – das ist bereits ein Dogma, eine Einschränkung. Das Denken ist eines von den Phänomenen der Welt, ein Teil, der das Ganze in sich einzubeziehen strebt. Die Seele? Die Seele eines halbwilden Dorfbauern, der »Geist« Marinas. Es erhebt sich die Frage, ob man das Recht hat, zu Ende zu denken, das Recht, Dogmen, Hypothesen, Theorien aufzustellen und zu bejahen. Die »erklärenden Herren« stellen sich diese Frage nicht. Den Geistesaristokraten, den Schönheitsrittern ist dieses Recht nicht abzuleugnen, hier ist eine ästhetische Rechtfertigung durchaus zulässig. Maßt sich aber dieses Recht der Dorfmüllerssohn Kutusow an, ein Schüler des mit seinem Studium nicht fertig gewordenen Studenten Uljanow... Und es muß eine Verantwortlichkeit für das Denken geben. Wer hat das behauptet? Ich glaube, Joseph de Maistre. Bei uns – Konstantin Pobedonoszew... Unmerklich und zwangsläufig führte das Denken in einen Winkel, in dem die höchst unangenehme Wirklichkeit verdichtet war. Samgin schaute finster drein, rauchte und trommelte, während er dem engen Kreis fruchtloser Betrachtungen zu entrinnen suchte, zornig mit den Fingern auf einem Bändchen Erzählungen von Maupassant herum. Er kam sich im Bereich des Gelesenen immer öfter wie in einem Konfektionsladen vor, in dem er jedoch keinen zu seiner Figur passenden Anzug fand. Und die Eigenliebe prägte ihm immer beharrlicher ein, daß er sich solch einen bequemen, leichten und dauerhaften Anzug selbst zuschneiden und nähen müsse.

Gegen drei Uhr saß er, in die Lektüre der Speisekarte vertieft, auf der Terrasse des Restaurants im Bois de Boulogne.

»Hören Sie mal, Samgin«, ertönte über seinem Kopf die heisere, gesenkte Stimme Popows, »hier sitzt mein Schwiegervater, eine interessante Persönlichkeit, ein steinreicher Mann! Ich habe ihm gesagt, daß Sie der Anwalt der Sotowa sind, und sie ist eine alte Bekannte von ihm. Er will Sie kennenlernen . . .«

Popow sprach bittend, auf seinem Gesicht war eine Verlegenheitsgrimasse erstarrt, er zog die Schultern hoch, als fröre ihn, und glich überhaupt sonderbar wenig dem schwungvollen Mann, als den Samgin ihn bei Marina beobachtet hatte.

»Ich bin gerade im Begriff, zu Mittag zu essen«, sagte Klim, den Popows Gebärden interessierten, und überlegte: Er scheint nicht sehr zu wünschen, daß sein Schwiegervater mich kennenlernt.

»Wir könnten ja gemeinsam zu Mittag essen«, murmelte Popow, und Samgin beschloß, sich diesem kleinen Gewaltakt der Wirklichkeit zu fügen.

Sie gingen in eine Ecke der Terrasse; dort saß hinter einem Blumenspalier, unter einem Lorbeerbaum, ein großer, massiver Mann am Tisch. Samgins Kurzsichtigkeit erlaubte ihm erst in dem Augenblick, als er dicht auf den Dickwanst zugetreten war, Berdnikow zu erkennen. Berdnikow saß, die Ellenbogen auf den Tisch gestützt, da und hatte den Kopf vorgestreckt, soweit sein dicker Hals das erlaubte. In dieser Stellung erinnerte er sehr an eine Kröte. Samgin schien es, daß Berdnikows Vogeläuglein prüfend glänzten, als fragten sie: Nun, wie werden Sie sich benehmen?

Irgendein unklarer Verdacht durchzuckte Samgin, er blickte erzürnt auf Popow, doch der Ingenieur, der einen Stuhl heranrückte, streifte Samgin schmerzhaft am Fuß und sagte, ohne sich zu entschuldigen: »Samgin . . . Klim Iwanowitsch – nicht wahr?«

»Sachar Petrow«, erwiderte Berdnikow mit fröhlichem Stimmchen und reichte Samgin, ohne sich zu erheben, seine weiche Pfote. »Bitte ergebenst, nehmen Sie Platz.«

Wenn er es wagen sollte, von dem Vertrag zu reden – fahre ich ihm übers Maul! beschloß Samgin.

»Wir, mein Schwiegersohn und ich, erörterten gerade zur Anregung des Appetits einige Fragen, und plötzlich sah ich: Da kommt just ein Russe, also – auch ein Redseliger, und dann stellte sich heraus, daß Grigorij Sie kennt.« Er sprach mit einem wohlwollenden Lächeln, seine Augen hatten sich dadurch freundlich und ölig getrübt. »Nun, bestellen Sie! Für mich, Grigorij, etwas mehr Spargel und Schweizer Käse – das ist der reinste und gesündeste Käse. Ich bin just ein Liebhaber von Vegetabilien und Milchprodukten, schwärme auch für Obst. Wofür die Franzosen ein wahrhaft künstlerisches Verständnis haben, das sind Frauen und Gemüse. Die Frau haben sie so kunstvoll erzogen, daß sie sich ihnen sogar gleichsam musikalisch darbietet, und das französische Gemüse ist das beste der

Welt, das wird allgemein anerkannt. Sind Sie noch nicht morgens auf dem Zentralmarkt gewesen? Besuchen Sie ihn mal. Er ist nicht weniger erstaunlich als der Louvre.«

Samgin hörte schweigend und mit gespitzten Ohren zu. In ihm wuchs der Verdacht, daß dieser Schwiegervater und auch Popow sicherlich versuchen würden, ihn über Marinas Angelegenheiten auszufragen, und ihn nur deshalb eingeladen hatten. Im Grunde war es kränkend, daß sie ihre Angelegenheiten vor ihm verbarg ...

Berdnikow rückte beim Sprechen die Krawatte mit der großen schwarzen Perle daran zurecht, unter der Krawatte hervor blinkte ein großer brillantener Hemdknopf, an einem dicken Platinring funkelte bös flammendgrün ein Smaragd. Die scharfen Pupillen des Dickwanstes glänzten heute auch grünlich.

»Papachen ist, was Frauen anbelangt, ein großer Schlingel«, murmelte Popow, das sachliche Gespräch mit dem Kellner unterbrechend.

»Glauben Sie ihm nicht«, sagte Berdnikow mit einer schwachen Bewegung seines schwerfälligen Körpers, schürzte die Unterlippe, sog an ihr und fuhr nach einem Seufzer immer noch ebenso getragen und wohlwollend fort: »Er wird Ihnen meinen Lebenslauf so verfassen, daß Sie entsetzt sein werden.«

Wahrscheinlich ein Sonderling wie Ljutow, dachte Samgin, als er der glatten Rede des Dickwanstes zuhörte, sie beschwichtigte seinen Verdacht. Aber Popow, der den aufgetragenen Imbiß aufmerksam musterte, fragte unvermittelt und etwas plump: »Ist die Sotowa nach England abgereist?«

Samgin richtete sich auf, blickte Berdnikow über die Brille hinweg streng ins Gesicht – es zerschwamm und zerrann gleichsam in einem gutmütigen Lächeln. Der Dickwanst schien Popows Frage überhört zu haben. Er neigte sich zu Samgin hinüber und sagte vergnügt: »Er nennt mich Papachen, hat aber das Recht dazu verloren, denn seine Frau ist ihm davongelaufen, auch war sie nicht meine Tochter, sondern eine Nichte von mir. Ich habe keine Kinder gehabt: Trotz großer Auswahl fand ich keine Frau, die für die Mutterschaft geeignet gewesen wäre, so daß ich mit wechselndem Vorspann reisen mußte ...« Dann fragte er unerwartet: »Gehören Sie irgendeiner politischen Partei an?«

»Nein, ich befasse mich nicht mit Politik«, antwortete Samgin etwas trocken.

»Eine große Seltenheit in unseren Zeiten, in der just sogar Knaben und Mädchen sich in die Politik eingemischt haben«, sagte Berdnikow mit tiefem Seufzer und fuhr komisch kummervoll fort: »Besonders um die Mädchen ist es schade, sie sind vollständig ungenießbar geworden wie beispielsweise Fruchtpaste mit Essig. Auch Popow ist den Anfechtungen der Politik erlegen, er ist dem Marxismus zugetan, droht, den Bauern zum Sozialisten zu machen, obwohl der russische Bauer, sogar der allerärmste, dennoch kein Proletarier ist . . .«

Popow, der gerade Schnaps in die Gläser einschenkte, zog mürrisch die buschigen Brauen zur Nasenwurzel zusammen, schnalzte mit den Lippen, leckte sie ab und sagte halblaut und heiser: »Und wozu seid ihr da? Ihr, solche Rundlichen wie du, werdet ihn zum Proletarier umerziehen, darin besteht ja eure Aufgabe . . .«

»Na, schon gut, ich bestreite es nicht, mag es so sein und sogar vollkommen so!« entgegnete Berdnikow lebhaft und fuhr, Samgin zublinzelnd, fort: »Was nicht zu meinen Lebzeiten geschieht, beunruhigt mich nicht, und die gesegneten Zeiten, die Tschechow verheißen hat, werde ich nicht mehr erleben. Nun, trinken wir auf die schöne Zukunft!«

Er hob das Gläschen zur Nase und roch daran, sein Gesicht schrumpfte zu einem komischen, fast formlosen weichen Klümpchen, zu schrägen Falten speckiger Haut zusammen, die runden Augen versteckten sich, erloschen. Samgin sah diese Grimasse zum zweitenmal auf dem schwammigen Weibergesicht Berdnikows, sie erweckte in ihm den Gedanken: Ein spaßiger Schwätzer. Und anscheinend nicht dumm.

Ihn wunderte besonders die Beweglichkeit des Dicken, seine Zungenfertigkeit. Er suchte sich sogar zu erinnern, ob ein so lebensfreudiger und komischer Typ in der russischen Literatur dargestellt sei. Unterdessen bestrich Berdnikow in besonders kunstvoller Weise ein Radieschen mit Butter, verzehrte es, fächelte sich mit der Serviette vor dem Gesicht herum und sagte dabei in singendem Tonfall mit dünner Stimme: »Ich wetze gern meine Zunge an allerhand hohen Weisheiten! Man wirft uns Russen vor, wir redeten viel, nun, ich halte das just für keine Sünde. Die Kirche warnt uns: ›Wer viel redet, wird nicht erlöst‹, redet aber selber unermüdlich, obwohl es für sie Zeit wäre, einzusehen, daß ihre Reden uns buntscheckiges Volk nicht einfarbig machen, sondern just das Gegenteil bewirken. Für uns, Herr Samgin, gibt es allerhand zu reden. Die Europäer unterhalten sich untereinander nicht über unsere Themata, sie sind bereits wohlgeordnet: sie trinken, essen, lieben, verwerten unsere Rohstoffe, essen unser liebes Brot, leben gemächlich dahin, und zum Gespräch wählen sie die ehrgeizigeren, dümmeren unter ihren Nachbarn in die Parlamente. Die Sozialisten werden für diese Rolle aufgezogen, sie sind es auch, die über die Erweiterung der Bedingungen für das Essen, das Trinken und das Familienleben öffentlich sprechen. Über die Seele sprechen sie nicht in den Parlamenten, das wäre geradezu anstößig, und sogar komisch. Wir hingegen reden alle just von der Seele. Wir sind ein Hirtenvolk, in den geistigen Gefilden weideten wir vor noch gar nicht so langer Zeit bei Lawrow und Michailowskij, gestern bei Friedrich Nietzsche, und heute kauen wir das Gräslein von Karl Marx und käuen es wieder.«

Popow schnitt ungeschickt und erbarmungslos an der Ente herum, Knochen krachten, Stücke entglitten dem Messer, er brummte: »Oh, Teufel . . .«

Samgin sah, während er sich sättigte und aufmerksam zuhörte, wie in der Ferne, hinter den Baumstämmen, in endloser Reihe Wagen sich langsam fortbewegten, in ihnen auffallende Gestalten eleganter Frauen, neben ihnen wiegten sich Reiter auf schönen Pferden; über kleinem Gesträuch schwebten in der bläulichen Luft die Köpfe von Fußgängern mit Strohhüten und steifen Hüten, irgendwo weit weg spielte ein Orchester deutlich »Carmen«; die lustige, kecke Musik harmonierte sehr gut mit dem Stimmengewirr, alles war angenehm bunt, aber nicht aufdringlich, alles war festlich und schön wie eine gut inszenierte Oper. Und über diesem Fest schlängelte sich, seinen Lärm leicht durchdringend, die dünnstimmige, zugespitzte Rede Berdnikows; er sog an Spargeln und sagte: »Wir sind kein Volk starken Willens, sondern ein denkendes, wir streben nicht so sehr danach, etwas zu vollbringen, als etwas zum allgemeinen Wohlbefinden auszudenken. Messianismus, nichts anderes als just Maulafferei. Entschuldigen Sie. Der Wille ist bei uns nicht ausgebildet, sondern unterdrückt worden, von außen – durch den Staat, und von innen zersetzte ihn die Gedankenfreiheit. Um das Volk hat man sich eifrig gekümmert, man fragte es immerzu: ›Wirst erwachen du, von Kraft erfüllt?‹ Und nun ist es erwacht, wie wir es wünschten, und hat dem Staat Riesenverluste zugefügt, indem es die höchst kultivierten Höfe der Gutsbesitzer zerstörte, in Trümmer, Staub und Asche verwandelte.«

»Man hat ihm sein liebes kleines Gut niedergebrannt«, sagte Popow, Champagner einschenkend, gleichmütig.

»Und das Vieh abgeschlachtet«, ergänzte Berdnikow. »Nun, ich beklage mich jedoch nicht. Da ich ein Stoiker bin, sage ich: ›Schlag mich, aber belehre mich auch!‹ O-ho-ho! Wohlan, trinken wir Champagner auf unser Wohl! Außer diesem unschädlichen Getränk erlaube ich mir sonst nichts, ich bin ein Mensch, der sich Schranken auferlegt.« – Er goß ein Gläschen Kognak in seinen Pokal, stieß mit

Samgin an und fragte freundlich: »Sind Sie meines Geschwätzes überdrüssig?«

»Ich höre Ihnen mit großem Interesse zu«, antwortete Samgin ganz aufrichtig.

»Sie schweigen jedoch immerzu.«

»Ich rede nicht gern.«

»Vorsicht ist eine gute Eigenschaft«, sagte Berdnikow, und Samgin sah von neuem, wie sein Gesicht komisch zusammenschrumpfte. Dann begann der Dickwanst unvermittelt und gleichsam ohne Grund zu lachen. Er lachte mit dem ganzen Körper, das Lachen bewegte sich in Wellen in ihm fort, sein Bauch wogte, Hals und Wangen blähten sich auf, die dicken Weiberschultern schüttelten sich, aber das Lachen war fast lautlos, es schluchzte irgendwo im Leib, brach aus den aufgeblähten Wangen und den Lippen in blubbernden Lauten hervor: »Ppu-bu-bu-bu . . .«

Samgin dachte: Eigentlich müßte er schrill lachen.

»Er ist ein großer Meister müßigen Geredes«, sagte Popow träge, jedoch mit sichtlichem Ärger, während er Klim Rotwein einschenkte. »Behalten Sie im Auge: Er legt nicht darauf Wert, was er sagt, sondern darauf, wie er es sagt!«

»Hören Sie?« fiel Berdnikow ihm ins Wort. »Er hat mich zum Ästheten befördert. Und sonst schimpft er mich einen Nihilisten. Jedoch, inwiefern bin ich schuld, wenn bei uns die Gedankenfreiheit eben auf leeres Gerede und auf nichts anderes hinausläuft? Nun, sagen Sie mir doch, wo liegt bei uns eine mustergültige Gedankenfreiheit vor? Tschaadajew? Bakunin und Kropotkin? Herzen, Kirejewskij, Danileskij und andere dieser Brut?«

»Da zeigt dieser kokette Mann Ihnen die gute Seite seiner Ware, schauen Sie, sozusagen, wie dick belesen ich bin«, sagte Popow immer noch ebenso träge und nun bereits hänselnd. Berdnikows Körper geriet ins Wanken, schwamm gleichsam, sich auf den Tisch legend, davon, die runden Äugelchen loderten wütend grünlich auf, er begann rascher, unter Zischen und Aufkreischen zu reden: »Nein, warte! Zeige mir doch mal statt der Bakunins und Kropotkins die russischen Owens, Fouriers und Saint-Simons, zeige sie, na? Herzchen, bei uns sind an ihrer Stelle die gottverzückten Sjutajews, die Bondarews und der verschrobene Graf, der wegen der Dürftigkeit seines Verstandes von ihnen verführt wurde. Au, das war häßlich, war frech von mir gesagt«, rief er aus, wobei er sich linkisch erschrocken verstellte. »Aber denken Sie sich nichts dabei, Herr Samgin, denn ich bestreite ja nicht das Genie, verhimmle gemeinsam mit allen den universellen Künstler. Dennoch halte ich mich für berechtigt zu sagen: Dumm wie ein Genie! Und das betrifft nicht nur irgendeinen einzelnen, sondern überhaupt das Genie in der Kunst ...«

»Tschernyschewskij ...«, begann Popow mit zornig zusammengezogenen Brauen.

Der Schwiegervater machte eine abwehrende Handbewegung: »Hör auf! Dieser Absolvent des Priesterseminars war ein fleißiger Schüler, doch zu einem Wundertäter haben ihn die Literaten wegen seiner Bauernfreundlichkeit gemacht. Ich sage dir, daß der Burjäte Schtschapow just ein tieferer Denker war als er, jawohl! Es gibt noch einen Denker – Fjodorow, aber seine ›Philosophie der gemeinsamen Sache‹ kennt niemand.«

Er neigte sich mit ganzem Körper zu Samgin hinüber und entblößte lächelnd seine goldenen Hauer: »Werter ... Kirill Iwanytsch, wir sind Altgläubige, verschimmelt, bemoost! Unsere Slawophilen, die Volkstümler jeglicher Art sind lauter Altgläubige! Und es braucht nur irgendein Peter, ein großer oder kleiner, den Versuch zu machen, uns europäisch zu orientieren, so brüllen wir schon: ›Ein Antichrist! Selig sind die Sanftmütigen ...‹«

»Mir scheint, Sie unterschätzen die Ereignisse, die soeben erst ...«, begann Samgin, aber Berdnikow ergriff ihn am Rockärmel und fuhr rasch und bereits erbost fort: »Ich ertrage die Sanftmütigen nicht! Wenn man mich zu einem universellen Herodes machte, würde ich just eine allgemeine Ausrottung der Sanftmütigen, Unglücklichen und Leidensfreunde anordnen. Ich schätze die Sanftmütigen nicht! Es steht schlecht um sie, sie sind unfähig, man kann mit ihnen nichts anfangen. Ich bin kein humaner Mensch, ich produziere just Eisen, doch – wozu braucht es ein Sanftmütiger? Entsinnen Sie sich an Tolstois Märchen von den ›Drei Brüdern‹? Wozu braucht ein Dummkopf das Eisen, wenn er sich nicht wehren will? Die Hütte deckt er mit Stroh, die Erde pflügt er mit dem Hakenpflug, sein Wagen hat ein hölzernes Gestell, und an Nägeln verbraucht er jährlich ein halbes Pfund.«

Samgin, der einen kleinen Rausch bekommen hatte, ermüdete es, dieser dünnen, schrillen Stimme zuzuhören. Es war interessant, aber – zuviel ... Ja, so sahen also die Gedanken aus, die solch ein Mensch in sich trug.

Was für ein Mensch? fragte sich Samgin, mochte aber nicht nach einer Antwort suchen, und sein argwöhnisches Verhalten Berdnikow gegenüber verschwand. Samgin fühlte sich ungewöhnlich guter Stimmung, als ruhte er aus nach einem langwierigen kasuistischen Streit mit einem hartnäckigen Gegner in einem Zivilprozeß.

Es war angenehm, hinter den Bäumen das ruhige Defilieren der festlichen Menge in der Allee zu beobachten. Die Menschen gingen in den schrägen Sonnenstrahlen einander entgegen, wobei sie sich gleichsam prahlerisch zur Schau stellten, einander mit Wohlgefallen betrachteten. Die durch Stimmengewirr gedämpfte Musik begleitete sie lyrisch freundlich. Oft hallte ein fröhliches Lachen, das Wiehern eines Pferdes herüber, hinter der Ecke des Restaurants wurde flott auf einer Geige gespielt, erklang schmalzig ein Cello, sang eine Frauenstimme einen »Machiche«, und Popow, der grimmig das Gesicht verzogen hatte und mit seinem behaarten Finger am Glase den Takt schlug, deklamierte halblaut und deutlich:

>»Sous votre jupe blanche
>Brille la hanche ...«

Berdnikow trank fortwährend, wobei er Kognak zum Champagner hinzugoß, wurde aber nicht betrunken, nur seine Stimme hatte sich gesenkt, war matter geworden, als wäre sie angelaufen, auch seufzte der Dickwanst immer öfter, schwerer. Er fuhr fort, die Buntheit seines Wortgefieders zur Schau zu stellen, doch bereits weniger vergnügt und allzu offenkundig bemüht, seine Zuhörer zum Lachen zu bringen.

Samgin dachte, daß der Augenblick gekommen sei, an dem er mit Berdnikow über Marina sprechen könnte, aber es störte Popow – seine Stimmung hatte etwas Gespanntes, Lauerndes, man konnte meinen, daß er irgendein geschäftliches Gespräch anzuknüpfen beabsichtige, während Berdnikow das nicht wolle und darum so viel, fast ununterbrochen rede. Nun murmelte Popow mürrisch irgend etwas von Verantwortungslosigkeit – der Dickwanst strich sich mit den Händen über sein knochenloses Gesicht und begann heller, sogar gleichsam boshaft: »Vor wem soll man sich denn verantworten? Du weißt selbst: Ich mache Geschichte, vielleicht schlecht, aber dennoch mache ich es, wobei ich es den Intellektuellen freistelle, über mich zu urteilen und mich zu tadeln. Aber – sie dürfen sich in meine Angelegenheiten nicht anders einmischen als nur mündlich! Dir ist von der Geschichte die Rolle des Koch-Moralisten zugeteilt worden, mir – die Rolle des Katers Waska, während der Proletarier selbst in Deutschland noch nicht für die Sache reif ist, Geschichte zu fabrizieren. Ich sehe jedoch ein: Die Revolution ist nicht einfach an einem Ast aufzuhängen, und Stolypin ist ein rechter Provinzdummkopf Er sollte zuerst nachgeben und dann allmählich wegnehmen, wie das kluge Herren tun. Er jedoch will das Dorf durch Sonderland zersplittern, wobei er annimmt, daß er auf den russischen

Feldern amerikanische Farmer schaffen wird, doch er kann nur Millionen bettelarmer Rebellen schaffen, für die Schaffung von Farmern fehlt es ihm just an landwirtschaftlichem Inventar, selbst wenn er halb Rußland den französischen Bankiers verpfänden würde.«

»Sprachgewandtheit in Verbindung mit der Naivität oberflächlichen Denkens – da gehört nicht viel dazu«, begann Popow schulmeisterlich und sogar zornig, aber der Schwiegervater unterbrach ihn: »Meinst du damit mich? Danke schön.«

Dann trank er ein Glas Champagner mit Kognak und fuhr, zu Samgin gewandt, fort: »Der Aufstand hat die Schwäche der Regierung, die Möglichkeit einer wirklichen Revolution gezeigt, die Kadettchen haben sich durch ihre Reise nach Wyborg in den Augen vernünftiger Menschen bis an ihr Lebensende kompromittiert. Wenn jetzt unser Proletarier sich entschließt, Lenin zu folgen, und es fertigbringt, den lieben Bauern – die mächtigste Figur im Spiel – mitzureißen, so platzt Rußland wie eine Blase.«

Er brach in ein Gelächter aus: »Ppu-bu-bu-bu.«

Und während er seinen Riesenbauch streichelte, der sich fast bis zum Kinn aufgebläht hatte, mit der Hand auf ihn patschend und mit dem Smaragd am Finger und dem Augenlächeln funkelnd, schloß er: »Unsere einzige Rettung, Kirill Iwanytsch, liegt im Gold, im ausländischen Gold! Es müßten viele Milliarden Francs, Mark und Pfund in unser Land hineingeschüttet werden, damit die Eigentümer des Goldes sich im Augenblick der Gefahr zu seinem Schutz erheben, sehen Sie, das ist just mein Gedanke!«

»Unsinn«, sagte Popow mit fest geschlossenen Augen und wiegte den Kopf von der einen Schulter zur anderen.

»Ein Patriot!« entgegnete Berdnikow und blinzelte Samgin zu. »Patriot und Sozialist, weil er im Leben Pech gehabt hat. Er machte eine Erfindung, man hat sie ihm gestohlen, die Frau ist ihm davongelaufen, und beim Kartenspiel hat er kein Glück.«

»Genug damit! Fahren wir spazieren«, schlug Popow müde vor, während Berdnikow Samgin besonders freundlich ins Gesicht blickte und sagte: »Ich necke gern! Als ich noch ein kleiner Junge war, neckte ich den Vater, mein Vater war Steiger, dann brachte er es zu einem eigenen Geschäft und wurde ein steinreicher Mann. Er prügelte mich erbarmungslos, aber das hat mir, wie Sie sehen, nicht geschadet. Tschechow hat recht: Wenn man einen Hasen schlägt, lernt er Streichhölzer anzünden. Was halten denn Sie von Tschechow?«

»Ein hervorragender und sehr wahrheitsliebender Dichter«, sagte Samgin und merkte, daß dies in unangebracht strengem Ton gesagt war und komisch geklungen hatte. Er warf einen Blick auf Popow, aber der Ingenieur wählte gerade sorgfältig eine Zigarre, während Berdnikow die Krawatte zurechtrückte und beifällig den Kopf vorstreckte, das war offenbar seine Manier, sich zu verneigen.

»Ein höchst eleganter Schriftsteller«, sagte er. »Einige beklagen sich, er sei traurig. Doch es wäre ja unvernünftig, sich über den Oktober zu beklagen, weil da schlechtes Wetter herrscht. Jedoch auch im Oktober gibt es sehr schöne Tage...«

»Wenn Oktobristen geboren werden«, fügte Popow mürrisch ein.

»Na, gratuliere, du hast einen Witz gemacht!« sagte Berdnikow beifällig, und seine Froschlippen verzogen sich zu einem breiten Grienen. »Die Sonnenuntergänge sind schön im Oktober. Und die Morgenröte. Ich bin ja bis zum vierzigsten Lebensjahr Jäger gewesen, habe elf Bären erlegt...«

Popow ließ einen Wagen holen, der Dickwanst redete Samgin zu, »das gesellige Beisammensein nicht abzubrechen«, aber Samgin hatte diese Absicht auch nicht gehabt. Berdnikow forderte ihn liebenswürdig auf, sich neben ihn zu setzen. Popow nahm mit der Zigarre zwischen den Zähnen breitbeinig auf dem Vordersitz Platz. Er war offenbar betrunken, rauchte mit komisch aufgeblähten Wangen, verzog das Gesicht, bewegte die Brauen, blies Samgin den Rauch ins Gesicht, und Samgin fühlte immer deutlicher, daß der Ingenieur ihm lästig war. Der Wagen fuhr auf die breite Allee hinaus und ordnete sich als Glied in die endlose Kette der in verschiedener Hinsicht merkwürdigen Karossen ein. Samgin fühlte sich angenehm angeregt durch das Defilieren der festlich vergnügten, schmuck gekleideten Menschenmenge, durch den spiegelblanken Glanz des verschiedenfarbigen Lacks, der Metallverzierungen der Wagen und des Geschirrs an den gepflegten Pferden, die gleichsam im Bewußtsein ihrer Schönheit langsam und feierlich einherschritten, so daß man die kraftvolle Grazie ihrer Bewegungen bewundern konnte. Grell glänzte das Livreengold der götzengleich reglosen Kutscher und Grooms, ihre Köpfe mit den lackierten Hüten sahen aus, als wären sie aus Metall, auf den Gesichtern war strenge Würde erstarrt, als lenkten sie nicht nur die Pferde, sondern diese ganze Bewegung im Kreis, über dem kleinen See; auf dem stillen, in Sonnenstrahlen immer noch zartrosa schimmernden Wasser schwammen inmitten der darin widergespiegelten Wolken Schwäne, deren Hälse stolz und wie Fragezeichen geschwungen waren, während am Ufer grell gekleidete Kinder umhertollten und den Vögeln Brot zuwarfen. Hie und da blinkten Bronzegesichter von Negern auf, die durch weißes

Lächeln, den Glanz ihrer Zähne und das bläuliche Porzellan ihrer lustigen Augen auffielen, es schien, als phosphoreszierten diese matten Augen. Hinter den Wagen her und ihnen entgegen bewegte sich eine dichte Männermenge, über ihnen wiegten sich, hüpften in den Sätteln Militärs, die schön waren wie Spielzeug, Zivilisten in Zylindern, Amazonen mit phantastischen Hüten, die dünnbeinigen Gäule warfen stolz die Köpfe hoch. Das rhythmische Pferdegetrappel war in dem bunten und schallenden Stimmengewirr, in dem ununterbrochenen Lachen kaum zu hören, zuweilen ertönte unerwartet und sehr sonderbar ein Pfiff, aber dennoch schien es, daß die Fußgängermenge sich dem dumpfen Rhythmus des Hufschlags unterwarf. Eine dichte Männergruppe applaudierte einmütig, in ihrer Mitte schritten würdig Schwarzbärtige, mit Bronzegesichtern, in weißen Turbanen und Kapuzen, sie wurden begleitet von Zuaven in weiten roten Hosen. Fortwährend erklang, bald über den Lärm der Menge siegend, bald in ihm untergehend, die Musik einer Militärkapelle. Die Sonne, die auf den Staub in der Luft schien, färbte ihn zartrosa, auf dem zartrosa Spiegel des Sees zeigten sich zwei Reihen Federwolken, die sich wie Riesenflügel eines unsichtbaren Vogels am Himmel ausbreiteten, und die Schwäne, die in das Spiegelbild dieser Wolken hineinschwammen, wurden fast unsichtbar. Das war sehr schön, wehmütig, es erinnerte Samgin an irgendwelche Märchen, an Gedichte von Schwänen, an ein trauriges Lied von Grieg. Er hätte sich gern schläfriger Gedankenlosigkeit hingegeben, sich in Betrachtung dieses farbenfreudigen Lebens vergessen. Es hinderte das mürrische Gesicht Popows, der stumpfe, betrunkene Blick seiner Augen, es hinderte die süßlich freundliche Stimme Berdnikows.

»Welch ein malerisches Stückchen Welt, wie?« sagte er, als dächte er Samgins unklare Gedanken zu Ende. »Leichtigkeit, Freude am Dasein, das ist wahrhaft demokratisch und anspruchslos.«

»Ja«, sagte Samgin zu seiner eigenen Überraschung. »Sie verstehen es, sich von den Alltagssorgen und der Gewalt der Wirklichkeit zu erholen.«

Durch diese Worte erfreute er Berdnikow sehr.

»Ja eben! Just so ist es! Hier lebt die klügste Bourgeoisie Europas. Bei uns, in Petersburg, auf der Strelka, herrscht monumentale Langeweile, Aufgeblasenheit – sie fahren, als gäben sie einem vornehmen Toten das Geleit . . .«

Sich hin und her wiegend, stieß er Samgin mit seiner warmen, weichen Schulter. Samgin warf ab und zu einen Seitenblick auf ihn und nickte. Er betrachtete mit Wohlgefallen die Frauen, wollte nicht, daß man dies merke, und wollte sogar sich selbst nicht eingestehen, daß er sie mit Wohlgefallen betrachtete. Während er zusah, wie sie, in grelle Stoffe gehüllt, mit Spitzen, Blumen und Straußenfedern geschmückt, auf den Polstern der bizarren Karossen halb liegend, auf die Menschen gleichgültig oder hochmütig, freundlich oder herausfordernd lächelnd blickten, dachte er an die herben Romane Zolas, die pikanten Erzählungen Maupassants und suchte festzustellen, welche von diesen Frauen mit Nana oder Renée Sacchar, mit Madame de Burne oder den Heldinnen Oktave Feuillets, Georges Ohnets, den Heldinnen der modischen Stücke Bernsteins verwandt sein mochte. Es war vollkommen klar, daß diese unerhört eleganten Frauen, die majestätisch in den Karossen dahinschwebten, sich der Macht ihres Liebreizes tief bewußt waren und daß die Hunderte von Frauen, die sie um ihren Wohlstand beneideten, das Bewußtsein der Macht und Kraft dieser sich siegesbewußt und schamlos zur Schau stellenden schönen Frauen, wenn dies überhaupt möglich war, noch mehr vertieften.

Ja, sagte Samgin zu irgendwelchen in ihm noch nicht ausgeformten Gedanken. Ja, ja. Und dachte an Alina neben der Leiche Ljutows.

Das Stimmengewirr der Menge schien leiser zu werden, wenn besonders originelle Karossen auftauchten. Neben dem Wagen, den es auf Berdnikows Seite überholte, schritt tänzelnd und mit dem Zaumgebiß spielend ein mäßig großes, weißes Pferd, dessen üppige, lange Mähne fast bis zu den Hufen herabreichte; es war vor eine strahlend fliederblau lackierte Spielzeugschachtel auf zwei hohen Rädern gespannt; in der Schachtel saß, die weißen Zügel fest gestrafft, eine kleine üppige Frau mit bräunlicher Gesichtsfarbe, dunklen Augen und grell geschminktem Mund. Sie lächelte, das Pferd lenkend und anfeuernd, freundlich und neckisch, sie hatte ein silberbesticktes blaues Jäckchen an, die Radspeichen des Wagens waren auch versilbert und sprühten, sich drehend, gleichsam weiße Funken, ebenso funkelte auch das Silber der Stickerei an den Ärmeln des Jäckchens. An der Rückseite der Karosse, auf einem hohen, schmalen Bänkchen, wiegte sich, die Arme auf der Brust verschränkt, ein kleiner Neger, ganz in Weiß, mit einem komischen Mützchen auf dem kraushaarigen Kopf, mit kindlichem Gesichtchen und würdig oder gekränkt aufgeworfenen Lippen. Berdnikow lüftete respektvoll den Hut und streckte den Kopf vor, wobei er das Gesicht zu einem Lächeln verzog; die Frau blickte ihn an, zog die schwarzen Brauen hoch und gab dem Pferd einen Schlag mit dem Zügel. Berdnikow setzte mit einem Seufzer den Hut wieder auf.

»Ein Rabenaas«, sagte er, vor sich hin pfeifend. »Sie ist sehr in

Mode ... Steht hoch im Preis. Zur Zeit hält sie ein Finanzier aus, ein Kandidat für den Posten des Handelsministers ...«

In einem schwarzen Wagen von bootsähnlicher Form, vor den ein Paar sehnige Graue gespannt waren, saß halb liegend eine langbeinige Frau; ihr üppiges rötliches Haar, das mit schwarzen Spitzen bedeckt war, machte ihr Gesicht klein wie das eines Backfischs. Ihre goldblonden Brauen waren zusammengezogen, die Augen von den Wimpern verdeckt, die fest zusammengepreßten, grellen Lippen verliehen ihrem Gesicht einen Ausdruck von Müdigkeit und Widerwillen. Unter einem schwarzen Spitzenschaum war deutlich ihr langer Fischleib zu sehen, der straff von perlmuttfarbener Seide umspannt war, der Wagen wiegte sich auf weichen Federn, der Körper der Frau hob sich sanft und sank wieder in sich zusammen, als schmölze er. Die Pferde wurden von einem großen, blauwangigen Kutscher mit dickem schwarzem Schnurrbart gelenkt, neben ihm saß ein Mann im Schottenkostüm, glattrasiert, mit nackten Waden, an der Jacke eine Menge goldener Knöpfe, die aussahen, als wären sie die Kuppen von Nägeln, die man in seinen dicken Körper hineingetrieben habe.

»Was ist denn das? Eine Allegorie etwa?« fragte Popow schmunzelnd.

Berdnikow entgegnete sofort: »Man verwendet Häßliches, um die Schönheit zu unterstreichen, verstehst du? Die wissen, mein Bester, womit man sich jemanden zu Willen machen kann. Wegen dieses Herzchens hat es schon zwei Duelle gegeben ...«

»Nadelduelle?«

Berdnikow wollte etwas sagen, pfiff aber nur durch die Zähne: Den Wagen überholte ein kleiner aus Korbgeflecht, darin saß eine Frau in Rot, neben ihr wackelte, die lange Zunge herausgestreckt, ein großer Hund mit dem Kopf in scheckigem, glattem Fell, seine gestutzten Ohren waren aufmerksam gespitzt, über dem zähnegefletschten Maul hingen altersschwach blutunterlaufene Lider, matt glänzten die rotbraunen, versteinerten Augen.

»Hunde, Neger – schade, daß es keine Teufel gibt, sonst würden sie auch die Teufel spazierenfahren«, sagte Berdnikow und lachte sein sonderbares, schnaubendes Lachen. »Manche stellen sich furchtbar dar, na, und um Furcht einzuflößen, muß man just übertreiben. In dieser Hinsicht erlauben sie sich eine derartige liberté, daß für die moralité kein Platz mehr bleibt!«

Popows Gesicht wurde tief blutrot, seine Augen wölbten sich vor, es schien, als bemühte er sich angestrengt, nicht einzunicken, doch seine behaarten Finger trommelten nervös auf den Knien, und sein

Kopf drehte sich so schnell hin und her, als suchte er nach jemandem in der Menge und fürchtete, ihn zu übersehen. Auf den Schwiegervater warf er ab und zu zornige Blicke, hieß dessen Geschwätz offensichtlich nicht gut, und Samgin erwartete, daß dieser unangenehme Mensch nun gleich beginnen werde, dem Schwiegervater zu widersprechen, und daß ein endloser, vergeblicher und bei dieser Parade schöner Frauen unangebrachter humoristischer Dialog zweier Russen losknattern werde, die über alles Bescheid wußten.

Über alles, außer über sich selbst, dachte Samgin. Ich ziehe Monologe vor, man kann ihnen zuhören, ohne zu widersprechen, wie man dem Rauschen von Wind zuhört. Das verpflichtet mich nicht, irgendwelche Wahrheiten im Vorrat zu haben und mich anzustrengen, ihre zweifelhafte Heiligkeit zu verteidigen . . .

Ein Zweigespann dunkel bronzefarbener, monumental großer Pferde zog würdig einen soliden Landauer: In ihm saß eine alte Frau in schwarzer Seide, mit schwarzen Spitzen auf dem grauhaarigen Kopf und einem langen, dürren Gesicht; den Kopf hielt sie aufrecht, hochmütig, die grauen Flecken ihrer Augen blickten auf den breiten, blauen Rücken des Kutschers, die behandschuhte Rechte hielt eine goldene Lorgnette. Neben ihr lächelte gutmütig, mit dem Kopf nickend, eine dicke Dame, ihnen gegenüber saßen zwei Jungen, auch reglos und unpersönlich, wie Puppen.

»Die de La Rochefoucauld«, erklärte Berdnikow, nahm den Hut ab und verdeckte damit sein Gesicht. »Marquise oder Gräfin . . . irgend etwas dieser Art. Eine Moralistin. Frömmlerin. Die Alte ist auch eine Aristokratin – wie heißt sie doch? Ich habe ihren Namen vergessen . . . Bouillon, Cotillon . . . Crillon? Sie ist geschäftstüchtig, hat Krallen und scharfe Zähne, ist von großem Gewicht in Industriekreisen, der Teufel soll sie . . . Sie macht in Philanthropie . . . Speist die Armen . . . Sind Sie, Herr Samgin, Moralist?« fragte er, sich mit seinem ganzen Gewicht an Samgin lehnend.

»Ich ziehe es vor, Enthaltsamkeit zu üben«, antwortete Klim und machte sich Vorwürfe wegen der unüberlegten Antwort.

»Angenehm, das zu hören«, vernahm er einen beifälligen Ausruf. »Ich verurteile diese Frauen just nicht. Mehr noch, wenn man ausrechnet, welche Einkünfte die Kokotten Paris verschaffen, kann man vor ihnen sogar just Achtung haben. Ich scherze nicht! Das Textil-, Juwelier- und Schneidereigewerbe, die Herstellung von Möbeln und von allerhand articles de Paris – das alles halten die Kokotten in Gang, glauben Sie mir! Zuerst kommt die Kokotte und erst nach ihr jede andere femme. Und beachten Sie, daß die Kokotte hauptsächlich nicht den Franzosen schröpft, sondern den Ausländer. Nun haben die hiesigen Bankiers uns eine kleine Anleihe zur Begleichung der Unruhen gewährt – doch ein ernst zu nehmendes Teilchen dieser Anleihe entfällt auf die Einnahmen der Kokotten ...«

»Weiß der Teufel, was Sie da reden«, brummte Popow.

»Ich rede die Wahrheit, Grigorij«, antwortete bissig der Dickwanst und stieß dabei den Schwiegersohn mit dem Fuß im weichen Wildlederschuh. »Hier verbraucht manche Frau in einem Jahr Waren von nicht geringerer Summe als bei uns in der gleichen Zeitspanne die Bevölkerung eines ganzen Bezirks. Das muß man begreifen. Bei uns hingegen bemüht sich die durch die Literatur verdorbene Dame, in Wunschtraumgewändern zu leben, bald bildet sie sich ein, eine Anna Karenina, bald eine Verrückte aus Dostojewskijs Romanen oder eine Madame Roland zu sein oder – eine Sofja Perowskaja. Langweilig ist bei uns die Dame!«

Samgin hörte zerstreut zu und suchte endgültig sein Verhältnis zu Berdnikow zu bestimmen. Popow hat sicherlich recht: Ihm ist es einerlei, wovon er redet. Samgin mochte sich nicht eingestehen, daß einige Gedanken Berdnikows neu und beneidenswert originell waren, aber er fühlte das. Es war sonderbar, sich zu erinnern, daß dieser Mann versucht hatte, ihn zu bestechen, aber es tauchten bereits Motive auf, die seine Schuld milderten.

Er ist den Verkehr mit bestechlichen Beamten gewohnt ... Ihm entging irgendeine Bemerkung Popows, Berdnikow schrie den Schwiegersohn geringschätzig an: »Was weist du mich immerzu darauf hin, von wem dies und von wem jenes stammt? Ich nehme überall alles, was mir gefällt. Suworin ist kein Dummkopf. Für wen philosophieren die Leute? Für den Bauern etwa? Für mich!«

Es entbrannte ein Streit, wie Samgin es schon erwartet hatte. Die Karossen und die schönen Frauen schienen immer zahlreicher zu werden. Sie wurden von einem Zweigespann stattlicher Füchse überholt, in dem Wagen saßen lachend zwei Frauen, ihnen gegenüber ein feister, kahlköpfiger Mann mit grauem Schnurrbart; den Zylinder leicht über dem Kopf erhoben, sagte er irgend etwas zu der Menge, blähte die roten Wagen auf und bewegte komisch den Schnurrbart, man applaudierte ihm. Ein Wind kam auf, vermengte das Reden, das Lachen, den Applaus, das Schnauben der Pferde und verlieh dem Lärm die Stärke eines Chors.

Es ist ein doppelt so genialer Bosch notwendig, um solch eine Wirklichkeit in eine alptraumhafte Groteske zu verwandeln, dachte Samgin, mit irgend jemandem streitend, der noch nichts hatte sagen können, das einer Widerrede bedurft hätte. Die Traurigkeit, die er zu überwinden suchte, verschärfte sich, ihm fielen auf einmal aus unerfindlichem Grund die Frauen ein, die er gekannt hatte. Für diese Beziehungen verdient das Schicksal keinen Dank . . . Und im allgemeinen muß ich sagen, daß mein Leben . . .

Er suchte eine Definition und fand keine. Popow berührte mit dem Finger sein Knie und sagte: »Ich steige hier aus. Auf Wiedersehen.«

»Und wir fahren noch ein wenig in der Stadt spazieren«, schrie Berdnikow vergnügt und dünnstimmig. »Dann – in irgendein Vergnügungslokal; Sie haben doch nichts dagegen?«

»Vortrefflich«, sagte Samgin. Endlich bot sich ihm eine Möglichkeit, über Marina zu sprechen. Er blickte Berdnikow an, dieser lächelte, verzog das Gesicht, stieß ihn mit der Schulter an und fragte: »Sind Sie müde?«

»Nicht im geringsten.«

»Sie sind geduldig. Dennoch sind Sie blaß geworden. Wissen Sie: Man lebt und lebt, redet und redet, und doch bleibt just irgend etwas unausgesprochen, irgendein kleines, aber das allerwichtigste Wort. Stimmt das?«

»Ja«, gab Samgin gern zu, »das stimmt.«

Berdnikow schmatzte lächelnd mit den Lippen, als küßte er die Luft.

»Und so stirbt man, ohne dieses Wort ausgesprochen zu haben«, fuhr er seufzend fort. »Werde ich Ihnen durch mein Geschwätz lästig?« fragte er, wartete aber nicht auf eine Antwort. »Ich bin alt, und im Alter ist das Gespräch unser einziger Trost, man redet, als wühlte man in der Seele den Staub des Erlebten auf. Es gelingt einem ja auch selten, aufrichtig zu plaudern, wir sind einander unaufmerksame Zuhörer . . .«

Samgin stellte fest: Dieser Mann hatte ernster und sympathischer zu sprechen begonnen, seit Popow weg war.

Wahrscheinlich ist er ein sehr einsamer Mensch und der Einsamkeit müde, dachte er, während er Berdnikow aufmerksamer zuhörte.

»Zudem ist die wirkliche Aufrichtigkeit stets zynisch, anders kann es just auch nicht sein, denn der Mensch ist ja ein Nichtsnutz, ein Betrüger, sein Leben besteht darin, daß er sich selbst in Worten angenehme Kunststücke vormacht, das unglückliche Kind.«

Dann lehnte sich Berdnikow bereits mit dem ganzen Gewicht seines wabbligen Körpers an Samgin und rief mit gesenkter, gleichsam feucht gewordener Stimme: »Wie unglücklich sind doch wir Menschen, mein bester Iwan Kirillowitsch . . . Verzeihung! . . . Klim Iwanowitsch, ja, ja . . . Das begreift man erst am Vorabend des Endes, wenn irgendeine Krankheit leise heranschleicht und einem nachts wie eine Kupplerin zuraunt: ›Ach, Sachar, mit welch einem Dämchen ich dich bekannt machen möchte!‹ Damit meint sie den Tod . . .«

Berdnikow brach in sein sonderbares Lachen aus, während Samgin dieses Lachen ganz unangebracht fand und unangenehm überrascht dachte: Welch ein . . . Chamäleon . . . Das Wort Chamäleon kam ihm unverdient beleidigend vor. Welch eine Geschmeidigkeit . . . Zügellosigkeit?

Aber auch diese Worte charakterisierten Berdnikow nicht. Der Wagen rollte durch eine sehr schöne Straße, zu beiden Seiten schwebten elegante Villen gemächlich vorüber, die durch eiserne Gitter verbunden waren. Auf dem Eisen strahlte eine reiche Vergoldung, auf den Gehsteigen schritten Menschen und überholten die schwerfällige Bewegung der Gebäude. Samgin hatte Durst, er sehnte sich nach Ruhe und Stille, um im stillen die regen, bunten Gedanken Berdnikows aufmerksam abzuwägen, zu überdenken, um ihn zu verstehen, mit ihm über Marina zu sprechen. Ihm schien, daß noch nie jemand so freimütig, im Ton einer solch unbegrenzten Intimität mit ihm gesprochen habe, und er mußte zugeben, daß einige Sätze des Dickwanstes ihm gefielen. Nein, er besitzt mehr Tiefe, ist origineller als Ljutow . . .

»Es wäre schön, Tee zu trinken«, schlug er vor.

»Tee? Es ist just die richtige Zeit dafür!«

»Irgendwo an einem stillen Fleck . . .«

»Ganz recht, an einem stillen!« rief Berdnikow, blähte die Wangen auf und atmete befriedigt einen Luftstrom aus. »Auf russische Art, am lieben kleinen Samowar! Ich lade Sie zu mir ein! Ich wohne in einer Pension, einem vortrefflichen Unterschlupf für Waisenkinder des Lebens, die Inhaberin ist eine russische Dame, unsere Botschaftsangehörigen besuchen sie gern . . .«

Ohne Samgins Zustimmung abzuwarten, nannte er dem Kutscher die Adresse und bat ihn, schneller zu fahren. Sein Unterschlupf lag, wie sich herausstellte, in der Nähe, und nun stieg er, von Stufe zu Stufe hüpfend, als wäre er aus Gummi, die Treppe hinauf und versetzte dabei Samgin von neuem durch die Behendigkeit seines kugelförmigen Körpers in Erstaunen. Auf einem engen Treppenabsatz befanden sich drei Türen. Berdnikow stemmte sich mit dem Bauch gegen die mittlere, trat zur Seite und forderte Samgin auf: »Bitte ergebenst.«

Gleich danach rollte er irgendwohin in ein rötliches Halbdunkel und rief: »Anna Denissowna! Annettotschka-a?«

Samgin putzte die Brille und schaute sich währenddessen um: Ein kleines, fensterloses Zimmer, das wie der Warteraum eines Zahnarztes aussah, mit Polstermöbeln in grauen Leinenüberzügen, in der Mitte ein runder Tisch, auf dem Tisch ein Album, an den Wänden die grauen Vierecke von Stichen. Durch die bordeauxroten Draperien an der Tür zum Nebenraum strömten rötliches Dämmerlicht und Parfümgeruch ins Zimmer, und irgendwo weit weg ertönte in der Stille die gedämpfte Stimme Berdnikows: »Den lieben kleinen Samowar und so weiter. Ja, ja. Werotschka und Georgette? Sie sollen nicht weggehen. Klar! Nun ja, just so ... Ppu-bu-bu-bu ...«

Eine Minute später kam er hinter den Draperien vorgerollt und rief freudig: »Kommen Sie, Klim Iwanowitsch!«

Dann ging er neben Klim her und sagte halblaut: »Das sieht hier wie ein kleiner Puff aus, ist aber sehr gemütlich und ›fern vom Lärm der Stadt‹.«

Sie gingen in der Stille durch drei Zimmer, das eine war groß und leer wie ein Tanzsaal, die zwei anderen waren etwas kleiner, dicht mit Möbeln und Zimmerpflanzen gefüllt; dann traten sie in einen Korridor hinaus, er machte einen rechtwinkligen Knick und stieß auf eine Tür, Berdnikow öffnete sie durch einen Fußtritt.

»Nun sind wir am Ankerplatz! Wenn es Ihnen zu heiß ist, können Sie das Überflüssige ausziehen«, sagte er und streifte dabei ungeniert den Rock von den Schultern. In Hemdsärmeln sah er noch dicker aus, und der Brillantknopf an seinem weichen Hemd funkelte jetzt noch stärker. Er riß auch die Krawatte herunter und warf sie nachlässig auf den Spiegeltisch, auf dem eine Vase mit Blumen stand; mit dem Taschentuch das Gesicht fächelnd, beugte er sich zum offenen Fenster hinaus und sagte befriedigt: »Das tut wohl!«

Seine hausherrliche Ungezwungenheit berührte Samgin etwas unangenehm. Er verzog das Gesicht, als er aber im Spiegel seine eigene Gestalt erblickte, die neben Berdnikows rundem Riesenleib komisch dürr aussah, lächelte er unwillkürlich, und ihm drängte sich der unvermeidliche Vergleich auf: Don Quichotte und Sancho ...

Gleich danach vernahm er die scherzhaften Worte: »Sie und ich stecken in diesem Zimmerchen wie ein Rubel und ein Zehnkopekenstück in ein und demselben Geldbeutel ...«

Dann ertönten sofort die gleichsam erschrockenen Worte: »Au, verzeihen Sie, das war ein dummer Scherz, Sie mit einem Zehnkopekenstück zu vergleichen! Sie können mir aufs Wort glauben, Klim Iwanytsch: Ich weiß Sie just sehr zu schätzen! Ich bin in tiefster Seele froh, in Ihnen nicht einem Schwätzer und Quaßler begegnet zu sein, nicht einem Tunichtgut wie, sagen wir, mein Schwiegersöhnchen, sondern einem Mann mit konzentriertem Verstand, der das, was er sieht und tut, philosophisch durchdenkt. Solche Menschen sind selten wie beispielsweise ... zweiköpfige Fische, die es ja überhaupt nicht gibt. Für mich ist die Bekanntschaft mit Ihnen ein Glücksfall, ein Fest ...«

Er wäre, wie es scheint, fähig, in Versen zu sprechen, dachte Samgin und sagte, sich mit dem Dickwanst versöhnend, lächelnd: »Aber erlauben Sie, ich bin doch berechtigt zu meinen, Sie hätten nicht mich, sondern sich selbst mit der kleinen Münze verglichen ...«

Berdnikow streckte den Kopf vor, schnappte laut mit den Lippen, als hätte er irgendein unpassendes und verfrühtes Wort in den Mund geschlossen; er schwieg ein paar Sekunden lang, wobei er Samgin verwundert anblickte, dann wand sich sein Stimmchen schrill empor: »Herr, du mein Gott, natürlich! Sie sind just voll dazu berechtigt. So ist das nun mal mit diesen kleinen Scherzen! Ich hatte doch nur auf den umfangmäßigen, körperlichen Unterschied zwischen uns angespielt. Aber Sie wissen ja: ›Der Scherz nimmt keine Rücksicht auf die Wahrheit ...‹«

Es erschien eine stattliche Frau mit schwarzen Brauen, in einer halbdurchsichtigen weißen Bluse, mit Brüsten wie zwei kleine Wassermelonen und mit einem übermäßig freundlichen Lächeln auf dem geschminkten Gesicht – besonders betont waren darin die giftig roten Lippen. In den Händen ihrer bis zu den Ellenbogen entblößten Arme trug sie ein Tablett mit Teegeschirr, Flaschen und Schälchen, ihr folgte ein kraushaariges, schnurrbärtiges Kerlchen mit dicken Lippen wie bei einem Neger; es schien, als wäre sein bräunliches Gesicht sehr dunkel gewesen, aber dann abgeblaßt. Er brachte einen kleinen silbernen Samowar herein. Berdnikow kommandierte auf französisch: »Tun Sie den Benediktiner weg, bringen Sie Cointreau ... Licht ...«

Samgin schaute sich um. Das Zimmer war eingerichtet wie in einem teuren Hotel, ein Drittel war durch eine dunkelblaue Draperie abgeteilt, dahinter stand ein breites Bett, von dort drang sehr starker Parfümgeruch. Die zwei geöffneten Fenster gingen in einen kleinen alten Garten hinaus, der von einer dicht mit Efeu berankten Mauer umgeben war, die Baumwipfel ragten bis zu den Fenstern herauf, süßlich duftende Feuchtigkeit strömte in das Zimmer, in dem es dunkel und schwül war. Und in dieser Schwüle schlängelte sich das dünne Weiberstimmchen und zeichnete Muster aus Worten: »Ja-a, der Scherz nimmt keine Rücksicht auf die Wahrheit, das ist just so! Vor zwei Jahren lernte ich zufällig, so nebenbei, wissen Sie, in Moskau einen berühmten Schriftsteller kennen, einen Pessimisten, jedoch nicht ohne Humor. Sie wissen natürlich, wer das war? Wir tranken. Ich frage ihn: ›Wie kommt es, daß Sie so düster schreiben?‹ Und er antwortet: ›Ich schreibe, ohne die Wahrheit zu schonen.‹ Wir lachten beide sehr viel und tranken ein ganz klein wenig Kognak auf das schonungslose Verhalten der Wahrheit gegenüber. Er ist interessant: Ein Idealist und neigt sogar zur Mystik, in der Alltagspraxis jedoch ein grausamer, ganz gerissener Patron, ich hatte damals mit Papier zu tun und nebenbei in das Verlagswesen Einblick bekommen. Dieser Mystiker handelte ohne den geringsten Fehler mit den Produkten seines seelischen Erbrechens. Au«, er lachte und blubberte. »Wie unschön habe ich mich verplappert! Das Wörtchen ›Erbrechen‹ müssen Sie im Sinne von Eifer und Versuch der Seele auffassen, über die Grenzen des Realen . . .«

Samgin hörte gleichmütig zu und wartete auf einen geeigneten Moment, um seine Frage zu stellen. Auf dem Tisch, der von einer Spirituslampe beleuchtet war, strahlte selbstzufrieden und prahlerisch der Samowar, glänzte das Porzellan des Geschirrs, blinkten im Kristall der Schälchen weißliche Funken und in den Gläsern der goldgelbe Kognak.

Ich würde gern hören, wie er mit Marina spricht, dachte Samgin. Ihm entgingen ein paar Worte.

»Wie im Zirkus üben sich im Kopfbrecherischen, sie sind von Dostojewskij verführt«, sagte Berdnikow. »Hier jedoch ist der Intellektuelle just satt genug, die Bourgeoisie ernährt ihn recht schmackhaft. Maupassant besitzt eine Jacht, France ein Häuschen, Loti ein Museum. Nun, es ist zu hoffen, daß auch bei uns in zehn bis zwanzig Jahren der Intellektuelle die Nahrungsnorm erhalten wird, und dann wird er fühlen, daß sein Weg und der des Proletariers sich scheiden . . .«

»Kennen Sie die Sotowa schon lange?« fragte Samgin, nachdem er einen Schluck Kognak getrunken hatte.

Berdnikow antwortete nicht sofort. Er nahm die Teekanne vom Samowaraufsatz herunter, deckte das Abzugsrohr zu, öffnete die Teekanne, roch an dem Tee und begann ihn in die Tassen einzuschenken.

»Hier riecht es nach Kohlendunst«, erläuterte er seine besorgten Manipulationen. Dann fragte er: »Ein bemerkenswertes Persönchen? Tja, ich kenne sie. Habe sogar um ihre Hand angehalten. Sie hat mir nicht die Gnade erwiesen. Ich denke, sie bewahrt sich für einen Adeligen auf. Möglicherweise träumt sie auch von einem Titulierten. Sie wäre eine vortreffliche Gouverneursgattin!«

Er schwieg eine Weile und fuhr dann, während er in die Tasse blickte und die Zitronenscheibe darin mit dem Löffel zerdrückte, nachdenklich, ohne Übereilung fort: »Ich kenne sie seit etwa sieben Jahren. Ich begegnete ihrem Mann in London. Das war auch ein Kerlchen mit drolligen Eigenschaften. Nicht ohne Ideal. Er handelte mit Hanffaser, doch hätte er sich gern zum Trost seiner Seele mit irgend etwas Feinem befaßt. Er gehörte zu jenen Leuten, deren Seele einer Geschwulst gleicht und – juckt. Er pflegte immerzu Umgang mit Quäkern und überhaupt mit englischen Pfaffen. Sie zogen sogar mich mit hinein, aber mir schienen die englischen Pfaffen just von nichts etwas zu verstehen außer von Portwein, von Gott aber redeten sie nur von Amts wegen, anstandshalber.«

Er deutete mit einem Augenzwinkern auf Samgins Glas, goß aus dem seinen den Kognak in den Tee, füllte ein zweites, trank es aus und nahm hinterher einen Schluck Tee. Samgin, der beobachtete, wie leicht und sicher seine Bewegungen waren, wartete ungeduldig.

»Er, Sotow, gehörte zu solcher Menschensorte, zu den Reinlichen, es gibt solche in unserer Kaufmannschaft. Sie sind wie Pilatus, sie suchen immerzu, mit welchem Wässerchen sie nicht nur ihre Hände, sondern überhaupt ihr ganzes Fleisch von Sünden reinwaschen könnten. Doch ich liebe just nicht die Leute, die nach Heiligkeit streben. Ich selbst bin ein großer Sünder, bin von jung auf mit Sünde durchräuchert, alle Teufel der Hölle haben sicherlich eine hohe Achtung vor mir. Die Menschen achten mich nicht. Ich sie auch nicht . . .«

Samgin sah, daß Berdnikows schwammiges, fast formloses Gesicht auf einmal feste Formen angenommen hatte, es schien kleiner, eckiger geworden zu sein, an den Backenknochen waren Wülste zutage getreten, die Nase hatte sich gespitzt, das Kinn sich gehoben, die Lippen waren fest zusammengepreßt, verschwunden, und in den Augen zeigte sich irgendein kupfergrüner Glanz. Seine rechte Hand, die über die Armlehne des Sessels herabhing, war vom Blutdruck angeschwollen.

Er scheint betrunken zu werden, überlegte Samgin, doch sein Gesprächspartner fuhr mit gesenkter, feucht gewordener Stimme fort: »Ich bin ein Geschäftsmann, und das ist dasselbe wie ein Militär. Sündlose Geschäfte gibt es nicht in der Welt. Männer wie Proudhon und Marx haben das weit gründlicher bewiesen als allerhand Kirchenväter, Humanisten und dergleichen mehr . . . unwissende Seelen. Lenin behauptet völlig richtig, daß unser Stand samt und sonders ausgerottet werden sollte. Ich sage – sollte, glaube jedoch nicht, daß dies möglich ist. Wahrscheinlich glaubt es auch Lenin nicht, sondern will damit nur bange machen. Wie denken denn Sie über Lenin?«

»Das ist ein unernster Denker«, sagte Samgin.

Berdnikow schien sich zu wundern und blickte Samgin ein paar Sekunden lang schweigend und blinzelnd ins Gesicht.

»Ist das Ihre aufrichtige Meinung?«

»Ja. Alles, was ich bei ihm gelesen habe, ist äußerst primitiv.«

»So-o«, sagte Berdnikow unbestimmt gedehnt und lächelte. »Sawwa Morosow hingegen – haben Sie von einem Mann dieses Namens gehört? – hält Lenin für eine sehr . . . ernsthafte Persönlichkeit, er scheint sogar seine destruktive Tätigkeit materiell zu fördern.«

»Ist er auch ein Pilatus?« fragte Samgin ironisch.

»Ich weiß n-nicht. Für einen Pilatus scheint er zu klug zu sein. Und denken Sie denn, in der Primitivität läge keine Gefahr? Das Christentum ist in seinen Anfängen auch primitiv gewesen und hat dennoch die Menschen für mehr als ein Jahrtausend blind gemacht. Ich urteile ja auch primitiv, dennoch bin ich ein gefährlicher Mensch«, sagte er gelangweilt, während er von neuem Kognak in die Gläser einschenkte.

Sie schwiegen eine Weile. Der zartrosa-staubige Himmel vor dem Fenster hatte sich entfärbt, leicht graue Wolken erschienen am Himmel. Stockend und dünn summte der Samowar.

Er möchte nicht von Marina sprechen, dachte Samgin, er hat zuviel getrunken. Ich scheine auch einen Rausch zu bekommen. Ich muß gehen . . .

Aber Berdnikow begann zu sprechen, ohne rechte Lust und mit einem Lächeln auf dem Gesicht, das wieder seine festen Formen verloren hatte.

»Die Sotowa interessiert Sie also? Das begreife ich. Sie ist ein fetter Happen. Aber ich sage Ihnen offen, ohne Sie damit in irgendeiner Hinsicht verletzen zu wollen, ich kann von ihr erst sprechen, wenn ich weiß, ob sie für Sie nur eine vorteilhafte Mandantin oder noch etwas anderes ist.«

»Nur eine Mandantin, und ich kann nicht sagen, eine vorteilhafte«, antwortete Samgin sehr entschieden.

»Aha«, rief Berdnikow lebhaft aus. »Ja, ja, sie ist geizig, sie ist gierig! In geschäftlichen Angelegenheiten ist sie ein Henker. Sie ist klug. Gröbster Bauernverstand, mit einer Kleidung aus Büchern verziert. Für mich – ist sie – ein Feind«, sagte er in drei Stößen und klatschte sich dazu dreimal mit der Hand aufs Knie. »Für das Wachstum der russischen Industrie ist sie auch ein Feind. Sie ruft die Waräger herbei – verstehen Sie? Sie verkauft den Engländern ein Riesenunternehmen. Eine Wucherin. Sie hat in Moskau einen Handlanger, irgendein Geißler oder Skopze, er befaßt sich damit, von ihrem Geld

Wechsel zu diskontieren, ein sehr schlauer Räuber! Er ist ihr Sklave, der Hundsfott ...«

Er geriet in unschöne Erregung. Seine Schultern zuckten, er streckte den Kopf vor, sein gelbliches, schwammiges Gesicht versteinerte von neuem, die Augen blinzelten wie geblendet, die Lippen schwollen an, bewegten sich, waren rot und unangenehm feucht. Seine dünne Stimme kreischte, stockte, in seinen Worten kochte Wut. Samgin, der sich abscheulich fühlte, senkte sogar den Kopf, um das widerliche Zittern dieses wabbeligen Körpers nicht vor sich zu sehen.

»Ein krimineller Typ«, vernahm er. »Sie werden sehen, sie wird im Gefängnis enden! Und sie wird Sie noch in irgendein Kapitalverbrechen verwickeln. Eine Anstifterin, sie zeigt Dieben den Weg.«

Er sprang unnatürlich rasch vom Stuhl auf, wodurch er den Tisch ins Wanken brachte, daß alles auf ihm klirrte, und während Samgin die Lampe festhielt, stemmte sich Berdnikows Bauch gegen seine Schulter, und über seinem Kopf schrillten die hastigen Worte: »Hören Sie ... Ich erneuere mein Angebot. Verschaffen Sie mir den Entwurf des Vertrags. Ich gehe bis zu fünftausend, verstehen Sie?«

Samgin versuchte aufzustehen, aber Berdnikows Hand drückte schwer auf seine Schulter, während er die andere Hand erhob, als schwüre er oder als wollte er Samgin auf den Kopf schlagen.

»Warten Sie!« sagte Berdnikow ruhiger und nüchterner, sein Gesicht bedeckte sich mit Schweißperlen wie mit Tränen und zerrann. »Sie können dem Ausverkauf Ihres Heimatlandes nicht wohlwollend gegenüberstehen, wenn Sie ein redlicher russischer Mensch sind. Wir selber werden es auf die Beine bringen, wir, die Starken, Talentierten, Furchtlosen ...«

»Ich habe schon gesagt: Ich weiß nichts von diesem Vertrag. Die Sotowa weiht mich nicht in ihre Angelegenheiten ein«, fand Samgin gerade noch Zeit zu sagen, während er erfolglos der schweren Hand zu entschlüpfen suchte.

»Das glau-be ich nicht«, rief Berdnikow. »Weshalb halten Sie sich denn in ihrer Nähe auf, na? Sie wissen nicht, ob sie diese Abmachung vor Ihnen verheimlicht? Dann erfahren Sie es! Sie sind doch kein kleiner Junge. Ich werde Ihnen eine Karriere ermöglichen. Treiben Sie keine Possen. Zum Teufel mit der Pilatus-Anständigkeit! Sie sehen doch: Das Leben geht vom Schlechten zum Schlimmeren. Was können Sie dagegen tun, Sie?«

Die letzten Worte hatte Berdnikow sichtlich geringschätzig gesagt und verlieh dadurch Samgin die Kraft, ihn beiseite zu stoßen, sich zu erheben und nach dem Hut auf dem Spiegeltisch zu greifen.

»Ich habe keine Lust, Ihnen zuzuhören«, rief er, vor Entrüstung stotternd. »Sie haben den Verstand verloren . . .«

Berdnikow stieß ihn mit dem Bauch, drückte ihn an die Wand und kreischte ihm ins Gesicht: »Und du bist bei Verstand! Wozu, in Teufels Namen, ist dein Verstand da? Welches Loch könnte man denn mit deinem Verstand stopfen? Na! Ihr studiert an Universitäten – an wessen? Geh! Scher dich zum Teufel! Hinaus . . .«

Und Berdnikow stieß einen unflätigen Fluch aus. Samgin erinnerte sich nicht, wie er auf die Straße hinausgelaufen war. Zitternd, ganz außer Atem, schritt er, den Hut in der Hand, dahin und schrie innerlich, heulte hysterisch: Ich hätte ihn in die Fratze schlagen sollen. Ich hätte ihn schlagen müssen.

Es dauerte eine ganze Weile, bis er merkte, daß die Passanten ihm allzu schnell aus dem Weg gingen und daß einige stehenblieben und ihn ansahen, als wollten sie erraten, was er jetzt tun werde. Er setzte den Hut auf, bog in eine schmale, schwach beleuchtete Straße ein und ging langsamer.

So ein gemeines Vieh! Er war gar nicht betrunken, dieses Schwein! Solche Leute müßte man ausrotten, erbarmungslos ausrotten.

In der Straße herrschte eine übelriechende Wärme, fast vor jedem Hauseingang saßen oder standen Menschengruppen, ein ununterbrochenes Gemurmel begleitete Samgin. Die Leute lachten, riefen etwas, das vielleicht gar nicht ihm galt, aber das widerliche Gefühl vergällender Kränkung steigerte. Er wäre gern an einen freien Fleck, auf einen Platz oder ein Feld, in Einöde und Einsamkeit gegangen. Als er von Straße zu Straße wanderte, stieß er erst nach einer Weile auf einen ziemlich altersschwachen Wagen: Der dürre, häßlich langleibige Gaul wurde von einem lustigen, redseligen Alten gelenkt, der Wagen fuhr langsam, ratterte und frischte die rundliche Gestalt des wütenden Dickwanstes und seine kreischenden Sätze so deutlich in der Erinnerung auf, daß Samgin geradezu Schwindel und körperlichen Schmerz empfand.

Zu Hause verlangte er Sodawasser, zog sich aus, wobei er die Kleider abwarf, als wären sie mit Schmutz besudelt, dann zündete er sich eine Zigarette an und legte sich auf das Sofa. Das Gefühl der Vergällung wurde beklemmender, in der grauen Rauchwolke schwebte wie eine Blase das wütend aufgeblähte Gesicht Berdnikows, das Denken verlief ungeordnet, verworren, flüsterte widerspruchsvolle Entschlüsse ein und verwarf sie wieder.

Ja, ausrotten, ausrotten sollte man solche . . . Welch ein widerlicher, zynischer Verstand. Ich muß von hier wegfahren. Morgen schon. Ich habe meinen Beruf falsch gewählt. Was, wen kann ich aufrichtig verteidigen? Ich selbst bin schutzlos vor solchen wie diesem Schuft. Dann – Marina. Ich werde es ablehnen, bei ihr zu arbeiten, werde nach Moskau oder Petersburg übersiedeln. Dort kann man unauffälliger leben als in der Provinz ...

Ihm schien, daß er einen festen Entschluß gefaßt habe, und das beruhigte ihn ein wenig. Er stand auf und trank noch ein Glas von dem kalten, perlenden Wasser. Dann zündete er sich eine neue Zigarette an und trat ans Fenster. Unten, über den kleinen Platz, der von Hauswänden umgrenzt und von trüben Flecken gelber Lichter erhellt war, glitten, wie in flüssigem Fett, kleine, dunkle Menschen.

Will ich denn unauffällig leben? Unabhängig will ich leben. Dieser ... Bandit hat die Unabhängigkeit des Denkens im Zynismus gefunden.

Ihm fiel mechanisch ein, daß die Griechen den Zyniker Diogenes einen Hund genannt hatten.

Die Griechen haben recht: In einem Faß zu hausen, seine Bedürfnisse einzuschränken – das ist unter der Menschenwürde. Der Zynismus hat etwas mit der christlichen Askese gemein ...

Samgin erwehrte sich zornig der Gewalt von Erinnerungen aus Büchern. Berdnikow hatte auch viel gelesen. Aber bei ihm schien das Gelesene sich mit dem Erlebten, mit der unmittelbaren Erfahrung fest verschweißt zu haben.

Es ist nicht zu leugnen, daß dieses Vieh sehr originell zu denken und zu sprechen versteht. Für ihn ist die Welt nicht bloß ein »System von Sätzen«, wie sie es für Ljutow war. Er handhabt das Denken als Waffe zur Selbstverteidigung besser als ich. Ist er banal? Wohl kaum. Er ist ein leidenschaftlicher Mensch, und Leidenschaften pflegen nicht banal zu sein, sie sind tragisch ... Man könnte meinen, ich rechtfertige ihn. Aber ich will bloß objektiv sein. Ich bin auf einen Angehörigen der Klasse gestoßen, die von der Konkurrenz lebt. Er hat sich mit Recht als einen Militär bezeichnet: Sein Leben verläuft im Angriff auf andere und in der Abwehr gegen ihn gerichteter Angriffe. Er suchte in mir einen Verbündeten ...

Will ich mir vielleicht suggerieren, daß eine Niederlage im Zweikampf mit einem Riesen nicht schmählich sei? Aber habe ich denn eine Niederlage erlitten? Ich begreife den Grund seines schändlichen Ausfalls, aber ich rechtfertige ihn nicht, verzeihe nicht ...

Ihm schwindelte. Samgin zog sich aus, ging zu Bett und suchte im Liegen die Endbilanz von allem zu ziehen, was er an diesem außerordentlich inhaltsreichen Tag erlebt und durchdacht hatte. Er wünschte sich sehr, daß das Ergebnis tröstlich ausfiele.

Ich werde klüger ...

Das Gedächtnis beschäftigte sich, wenn auch bereits müde, immer noch mit den spielerischen Sätzen: Der Mensch ist ein Nichtsnutz, ein Betrüger, sein Leben besteht darin, daß er sich selbst in Worten angenehme Kunststücke vormacht, das unglückliche Kind ...
Und es ertönte das feuchte, blubbernde Lachen.

Ende des von Gorki selbst druckfertig gemachten Teils von Band IV

Er erwachte spät und empfand im Mund einen sauren Rostgeschmack, sein Kopf war mit schwerem Dunst beladen, die Luft im Zimmer war auch dunstgrau, wie vor Tagesanbruch. Ohne rechte Lust erhob er sich und zog die Fenstervorhänge auf – der Wind sprühte lautlos Wasserstaub gegen die Scheiben, blaugraue Wolken wälzten sich auf die Dächer herab. Ebenso wie gestern, wie immer, lärmten, hasteten Menschen auf dem Platz. Es war sehr schwierig, in diesen alles verschlingenden Lärm eine eigene, sichtbare Note hineinzutragen. Gleich aussehende Wagen rollten nach allen Richtungen, und man konnte sich leicht vorstellen, daß es ein und derselbe Wagen sei, der auf der Suche nach einem Ausgang von dem engen, kleinen, mit winzigen Menschengestalten übersäten Platz nach allen Richtungen vorstoße.

Die Stadt lärmte dumpf, erregt, aus einer Straße kamen blaugraue Musikanten auf den Platz heraus, die mit dem matten Kupfer von Trompeten behängt waren, zwei Reiter ritten heraus, der eine dick, der andere klein wie ein Halbwüchsiger, er saß betont stolz auf einem langleibigen, bronzefarbenen, dünnbeinigen Roß. Mechanisch schreitend tauchten kleine, plattgedrückte, bleifarbene Soldaten auf.

Die dem Tode Geweihten grüßen dich, entsann sich Samgin eines lateinischen Satzes, trat ärgerlich vom Fenster weg und überlegte: Soll ich Marina davon erzählen ... von dem Gestrigen?

Die Frage blieb unbeantwortet. Er klingelte, verlangte Kaffee, russische Zeitungen, begann sich zu waschen, und in seiner Erinnerung klang aufdringlich: Morituri te salutant!

Als Samgin sich mit dem zusammengewundenen nassen Handtuch den Rücken frottierte, dachte er: Möglicherweise hat einer der Cäsaren – Tiberius, Claudius, Vitellius – Berdnikow geähnelt, das dachte er und wunderte sich, daß er es harmlos, gleichmütig gedacht hatte.

Beim Kaffee las er die Zeitungen. Korrekt brummten die »Russkije wedomosti«, vorsichtig frohlockte die »Nowoje wremja«, im »Russkoje slowo« übte sich ein berühmter Feuilletonist abrupt, wie ein alter Köter bellt, langweilig im Spötteln, während in der zweiten Spalte die Zahl der standrechtlich Gehängten errechnet war. Es wurde täglich und eifrig gehängt.

Morituri ...

Das Zeitunglesen hatte er bald über, es verlangte ihn nach einem

Fazit. Das überfüllte und überlastete Gedächtnis sagte ihm dienstbeflissen wie immer Aphorismen und Verse ein. Am angebrachtesten schienen Samgin die anderthalb Zeilen Shemtschushnikows:

> ... In unseren Zeiten
> Ein Ehrenmann ist, wer sein Heimatland nicht liebt ...

Dann fiel ihm der Vorwurf Jakubowitsch-Melschins ein:

Warum dich lieben? Bist du denn eine Mutter uns?

Die Zeit rückte schon über Mittag hinaus. Samgin nahm Mereshkowskijs Buch »Der Anmarsch des Pöbels«, legte sich aufs Sofa, kam aber bald zu der Überzeugung, der Verfasser habe einige seiner Gedanken vorweggenommen und ihnen eine laxe, entstellende Form verliehen. Das war ärgerlich. Er warf das Buch auf den Tisch und rekonstruierte in der Erinnerung das grelle Bild der Frauenparade im Bois de Boulogne.

Welch ein malerisches Stückchen Welt, erklang in seiner Erinnerung der Satz Berdnikows.

In diesem Augenblick trat das Stubenmädchen ein und fragte, ob es den M'sieu nicht stören würde, wenn sie mit dem Zimmeraufräumen begänne. Nein, das werde ihn nicht stören.

»Merci«, sagte das Stubenmädchen. Sie hatte ein komisches Häubchen auf, war sehr schlank, feingliedrig, unter dem Häubchen quollen rötliche Löckchen hervor, in dem spitznasigen Gesicht lächelten lustig und freundlich bläuliche Augen. Als sie das Bett machte, erweckte sie in Samgin eine gewisse spielerische Absicht.

»Sie sehen wie eine Engländerin aus«, sagte er.

»O nein! Ich bin aus dem Elsaß, M'sieu.«

Sie sah Samgin so sicher an, als hätte sie schon erraten, woran er dachte. Das verwirrte ihn, und er warnte sich: Sie wäre natürlich auch für eine geringe Summe zu allem bereit, aber – ich könnte mir einen Schnupfen holen.

Er stand auf, ging in den Korridor hinaus und dachte: Berdnikow hat dort wahrscheinlich einen kleinen Harem.

Die Hände in den Taschen, ging er lautlos auf dem weichen Teppich hin und her, vergegenwärtigte sich den gewundenen Verlauf seiner Gedanken an diesem Morgen und war mit ihrem Spiel zufrieden. Mit Leichtigkeit fielen ihm die Verse von Fjodor Sologub ein:

> Ich bin der Gott geheimnisvoller Welt,
> Die ganze Welt lebt nur in meinen Träumen.

Samgin setzte sich an den Tisch und begann, nachdem er beim Kellner eine Flasche Wein bestellt hatte, zu schreiben. Er hörte nicht, wie Popow an der Tür klopfte, und hob den Kopf erst, als die Tür aufging. Popow warf den Hut mit Schwung auf einen Stuhl und kam, das feuchte Gesicht mit dem Taschentuch abwischend, mit weit aufgerissenen Augen und blitzenden Zähnen auf den Tisch zu.

»Sie haben sich mit Berdnikow verzankt?« fragte er im Ton eines alten Bekannten und sagte, während er im Sessel Platz nahm, ohne eine Antwort abzuwarten, gleichsam als entschuldigte er sich: »Es sieht so aus, als hätte ich Sie hereingelegt. Aber ich befand mich in einer blödsinnigen Lage: Sie mit diesem Banditen nicht bekannt machen, das konnte ich nicht, zudem war er, wie sich herausstellte, schon bei Ihnen gewesen, dieser Teufelsgevatter . . .«

Durch das unerwartete Erscheinen und die Ungeniertheit des Gastes ein wenig verdutzt, aber auch interessiert, überlegte Samgin: Er ist hergeschickt, um sich zu entschuldigen. Aber ich entschuldige nicht, beschloß er. Und fragte: »Hat er Ihnen gesagt, daß er bei mir gewesen ist?«

»Na ja! Was ist denn: lügt er?«

»Nein.«

»Er lügt nicht? Hm . . .«

Popow brummte, war über irgend etwas erfreut, zog eine Zigarre aus der Westentasche, riß die Augen auf und sagte: »Ist Ihnen aufgefallen, wie ich mich gestern benommen habe? Na, sehen Sie. Darf ich offen reden?«

»Anders – lohnt es nicht«, sagte Samgin trocken.

Popows straffes Gesicht veränderte sich, unter der harten Bürste seines dunklen Haars krochen zwei tiefe Falten auf die Stirn herab, schoben sich über die Brauen über die Augen und verdeckten sie; der Ingenieur biß die·Spitze der Zigarre ab, spuckte sie auf den Boden und fragte mit gesenkter, etwas heiserer Stimme: »Verzeihen Sie den Ausdruck – hat er versucht, Sie zu bestechen?«

»Gesetzt den Fall. Nun?«

Der Gast machte mit der Hand, in der er das brennende Streichholz hielt, eine abwehrende Bewegung und krächzte hastig, leidenschaftlich: »Wir befinden uns in der gleichen Lage, mich will man auch kaufen – verstehen Sie? Der Teufel soll all diese Berdnikows in Hosen und Röcken holen, aber wir müssen ja – ob wir nun wollen oder nicht – unsere Kenntnisse verkaufen.«

»Aber nicht die Ehre«, erinnerte ihn Samgin. Popow zog die Brauen hoch, blinzelte verwundert.

»Nun . . . selbstverständlich nicht!«

Dann zündete er unter Saugen und Rauchpaffen die Zigarre an und sagte nachdenklich: »Die Kenntnisse sind von der Ehre zu trennen ... wenn das möglich ist.«

Meine Äußerung war dumm, überlegte Samgin ärgerlich und beschloß, mit diesem Mann vorsichtiger zu sein.

»Gehören Sie zu den Felsenfesten?« fragte Popow.

Der Kellner brachte den Wein und half dadurch Samgin, die Frage nicht zu beantworten, Popow wartete auch nicht auf eine Antwort, sondern fuhr fort: »Dieser Ausdruck ist übrigens, wie mir scheint, schon außer Gebrauch. Ich bin der Ansicht, daß Plechanow recht hat: Die Sozialdemokraten können sehr gut mit den Liberalen in ein und demselben Wagen fahren. Der europäische Kapitalismus ist gesund genug und wird wohl hundert Jahre lang weitergedeihen. Unser geistig unentwickeltes russisches Muttersöhnchen muß bei den Warägern lernen, wie man leben und arbeiten soll. Unser Land ist groß und reich, aber es ist vom bettelarmen Bauern, einem schwachen Konsumenten, verstopft, und wenn wir uns nicht umstellen, droht uns das Los Chinas. Euer Lenin jedoch will zur Beschleunigung dieses Loses eine Rebellion nach dem Muster Pugatschows organisieren.«

Samgin trank schluckweise Wein und wartete, wann der Ingenieur beginnen werde, sich für Berdnikows Benehmen zu entschuldigen. Er war natürlich im Auftrag des Dickwanstes zu diesem Zweck hergekommen. Popow fing an, ebenso erregt zu reden wie bei der ersten Begegnung. Die Zigarre in der einen Hand, das Weinglas in der anderen, sagte er, Samgin vorwurfsvoll anblickend: »Euch Juristen berühren diese Fragen nicht so wie uns Ingenieure. Grob gesprochen – Ihr wahrt die Rechte jener, die ausplündern, und jener, die ausgeplündert werden, ohne die bestehenden Verhältnisse zu ändern. Unsere Aufgabe ist es, zu bauen, das Land mit Erz, mit Brennstoff zu bereichern, es technisch auszurüsten. Was die Waräger betrifft, so wissen wir besser als der Kaufmann, welcher Waräger dem Lande nützlicher ist, während der Kaufmann nach einem billigen Waräger sucht. Doch wenn man uns Geld gäbe, könnten wir auch ohne Waräger auskommen.«

Er trank das volle Weinglas in einem Zuge aus und fuhr, sich immer mehr erregend, fort: »Wir brauchen einen Industriellen europäischen Typs, einen Organisator, der einen Ministerposten bekleiden könnte wie hier in Frankreich und wie bei den Deutschen. Und ›es ist nicht schlimm, wenn der Bauer leidet‹ oder der· halbbäuerliche Arbeiter. Es ist historisch notwendig, daß sie leiden, man soll nicht nachhinken! Unser Industrieller jedoch ist ein ungebildetes Tier, ein

Räuber, ein Kleinkrämer. Er ist erst vor kurzem dem Käfig der Leibeigenschaft entsprungen und ist immer noch ein Sklave ...«

»Kennen Sie die Sotowa schon lange?« entschlüpfte es Samgin unerwartet.

Popow schloß die Lippen, blähte die Wangen auf und murmelte, nachdem er sein fleckiges Gesicht mit dem Taschentuch abgewischt hatte: »Haben Sie vor, Sie zu heiraten?«

Samgin schien es, als blinkte in den Augen des Gastes ein Lächeln auf ...

»Berdnikow kennt sie. Er ist ein Zyniker, ein Lügner, er verachtet die Menschen wie das Kupfergeld, durchschaut aber alle und jeden bis aufs letzte. Er hat keine hohe ... wahrscheinlich übrigens gerade eine hohe Meinung von Ihrer Patronin. Er nennt sie eine dunkle Dame. Zwischen ihr und ihm bestehen offenbar irgendwelche unausgeglichenen Rechnungen, sie hat ihm vermutlich ein Stück Haut vom Leibe heruntergeschnitten ... Nach meiner Ansicht ist sie eine Gestalt ihrer eigenen Erfindung ...«

... Im Zimmer war es heller geworden. Samgin warf einen Blick auf die Rauchschwaden, stand auf und öffnete das Fenster.

Hinter ihm trommelte der Ingenieur mit den Fingern auf dem Tisch herum, Samgin dachte: Wann wird er endlich anfangen, sich für den Schwiegervater zu entschuldigen?

Und da er noch etwas über Marina zu erfahren wünschte, fragte er: »Kennen Sie Kutusow?«

»Ich habe ihn gekannt. Ich kenne ihn. Als Student gehörte ich seinem Zirkel an, dann brachte er mich mit Arbeitern in Berührung. Er lehrte vortrefflich Marx, ist aber selbst ein Phantast. Das hindert ihn übrigens nicht, im Umgang mit Menschen primitiv zu sein wie eine Axt. Doch im allgemeinen ist er ein rauflustiger Bursche.« Nachdem er diese Charakteristik hastig und irgendwie müde dahingemurmelt hatte, beugte sich Popow plötzlich im Sessel vor, als hätte er einen Schlag ins Genick erhalten, und fragte: »Hören Sie – wieviel hat Berdnikow Ihnen für eine Einsicht in den Vertrag geboten?«

Samgin dachte eine Weile über irgend etwas ihm Unklares nach und antwortete lächelnd: »Ich glaube – fünftausend, dieses Schwein.«

Popow blickte zu Boden und schnalzte mit den Fingern: »Tja ... dieser Teufelsgevatter! Sicherlich – hätte er auch mehr gegeben.«

Dann lehnte er sich im Sessel zurück, lockerte die Stirnfalten, wölbte die runden Vogelaugen vor und sagte lobend: »Die Sotowa hat ihn mächtig in die Klemme genommen! Er kann se-ehr schwungvoll mit Geld um sich werfen. Er ist ein Sportsmann!«

Popows Blick und Ton waren hinlänglich beredt. Samgin hatte ein Gefühl, das an Schreck grenzte.

»Ich wünsche nicht, über dieses Thema zu sprechen«, sagte er und begriff, daß dies nicht so streng gesagt worden war, wie es hätte sein sollen.

Der Ingenieur arbeitete sich schwerfällig aus dem Sessel heraus, blickte sich um, nahm den Hut und fragte, seitlich zu Samgin stehend, mit einem lauten Seufzer: »Sie wünschen nicht? Keinesfalls?«

»Scheren Sie sich zum Teufel!« schrie Samgin, sich die Brille von der Nase reißend, und stampfte sogar mit dem Fuß auf, während Popow ihm seinen breiten Rücken zuwandte, auf die Tür zuschritt und etwas Unverständliches, aber wahrscheinlich Beleidigendes vor sich hin murmelte.

Samgin zitterten die Knie, er setzte sich auf das Sofa und betrachtete blinzelnd den Bügel seiner Brille.

Halunken. Gauner.

Noch nie hatte er seine Wehrlosigkeit, seine Ohnmacht so bitter empfunden. Ein nervöser Krampf schnürte ihm für einen Augenblick die Kehle zu, und der erwachsene, fast vierzigjährige Mann konnte nur mit Mühe das kleinmütige Verlangen unterdrücken, vor Kränkung zu weinen. Eine Zigarette nach der andern rauchend, lag er lange da und ließ seine Gedanken durch das Kunterbunt des Erlebten schweifen, und die Abendlichter waren schon aufgeflammt, als sich vor ihm in nie dagewesener Schärfe die Frage erhob: Wie konnte er dem unaufhörlichen Strom von Banalität, von Zynismus und dem unaufhörlich brodelnden hinterlistigen Geschwätz entrinnen, das keinerlei Ideen und »erhabene Worte« verschont, sondern sie alle in ätzenden Staub verwandelt, der das Hirn vergiftet?

Er brauchte nicht lange in dieser Richtung nachzudenken. Sehr leicht kam ihm der einfache Gedanke, daß in einer Welt des Kaufens und Verkaufens nur Geld, viel Geld Freiheit gewährleisten könne, daß nur Geld es ermöglichen werde, sich von der Menschenherde abzusondern, in der jeder rasend nach Unabhängigkeit auf Kosten der anderen strebt.

Wenn es Geld für den Angriff gibt, muß es auch Geld für die Selbstverteidigung geben. Die Arbeiter Deutschlands sind in Gestalt ihrer Partei Großbesitzer.

Er stellte sich vor, daß er reich wäre, irgendwo in einem kleinen, wohnlichen Land lebend, vielleicht in einer der Republiken Südamerikas oder – wie Doktor Russel – auf Haiti. Er kenne nur soviel der fremden Sprache, als für den unvermeidlichen Verkehr mit den Eingeborenen nötig sei. Er brauche nicht über alles und so viel zu reden, wie das in Rußland üblich sei. Er besitze eine umfangreiche Bibliothek, lasse sich die interessantesten russischen Bücher kommen und schreibe sein Buch.

Ich bin kein Peter Schlemihl und werde nicht unter dem Verlust meines Schattens leiden. Und ich habe ihn nicht verloren, sondern freiwillig auf die qualvolle Notwendigkeit verzichtet, einen Schatten hinter mir herzuschleppen, der immer schwerer wird. Ich habe schon die Hälfte meiner Lebensfrist hinter mir, ich habe das Recht, mich auszuruhen. Welchen Sinn hatte dieses unablässige Erfahrungsammeln? Ich bin reich genug. Worin besteht der Sinn des Lebens? Es ist lächerlich, in meinem Alter »kindliche Fragen« zu stellen.

Aber er mußte die praktische Frage stellen: Bedeutet das alles, daß ich Berdnikow nachgeben darf?

Er antwortete entschlossen: Nein, ich darf es nicht.

So entschlossen, als wüßte er von dem Vertrag und könnte eine Kopie von ihm anfertigen.

In dieser Stimmung verbrachte er mehrere Schlechtwettertage, indem er Museen oder die lustigen kleinen Kneipen des Montparnasse besuchte, und eines Abends, als er in einem kleinen Restaurant saß, hörte er hinter sich auf russisch: »Man erzählt sich, auch die Frau Lew Tolstois habe Inguschen zum Schutz von Jasnaja Poljana gedungen.«

Das ist Makarow, stellte Samgin fest.

»Die Gutsbesitzer verlassen sich also nicht mehr auf die Kosaken, sie rufen sozusagen Kolonialtruppen herbei? Interessant. Oder sind die Kaukasier vielleicht billiger?« Es war Kutusows Stimme, die das sagte. Da Samgin nicht erkannt werden wollte, neigte er den Kopf noch tiefer über den Teller, aber die Landsleute hatten bereits gezahlt und gingen auf die Tür zu. Samgin warf einen Seitenblick hinter ihnen her, erblickte die stattliche Gestalt und den kraushaarigen Kopf Makarows, den steil abgeschrägten Hinterkopf Kutusows, seine breiten Schauermannsschultern und entsann sich feindselig des säuerlichen Scherzes von irgend jemandem: eine zwar nur episodische, aber unangenehme Gestalt.

Zu Hause erwartete ihn ein Telegramm aus Antwerpen. »Rückkehre nicht Paris reise Petersburg Sotowa.« Er zerriß das Papier in kleine Stücke, legte sie in den Aschenbecher, zündete sie an und wartete, mit dem Bleistift darin herumrührend, bis das Papier sich in Asche verwandelt hatte. Danach wurde ihm so trostlos zumute, als wäre plötzlich das Ziel verschwunden, dessentwegen er sich in dieser Riesenstadt aufhielt. Im Grunde genommen – eine unangenehme, von wohlhabenden Ausländern verwöhnte Stadt, sie lebte nur zur Schau und verpflichtete all ihre Einwohner zu dem gleichen.

Die Kokottenparade im Bois de Boulogne ist auch eine Banalität wie die Folies-Bergères. Der Cocher sieht auf mich wie auf einen Menschen, dem er die Ehre erweisen könnte, ihn in seinem schäbigen Wagen durcheinanderzurütteln. Die Garçons bedienen mich herablassend, wie einen Wilden. Ebenso herablassend sind wahrscheinlich auch die Mädchen.

Dennoch beschloß er, noch etwas dazubleiben, soweit es sein Geld erlaubte, das Moulin-Rouge und das Chat-Noir zu besuchen, nach Versailles zu fahren. Bei einem Antiquar am Seinekai kaufte er das alte, solide Buch »Paris« von Maxim du Kahn, einem Freund Flauberts, las morgens darin und machte sich danach auf den Weg, »das alte Paris« zu besichtigen. Er hatte diese Stadt einmal geschmäht, doch es gefiel ihm sehr, durch ihre historischen Straßen zu gehen, und er fühlte, daß Paris ihn irgend etwas lehrte. Die Schaufensterscheiben, durchsichtiger als die Luft, prahlten mit einer Fülle von reichem Gold, Edelsteinen, Pelzen, mit einer unerschöpflichen Menge von Herbststoffen, mit der verführerischen Duftigkeit von Damenwäsche; die Pariser schrien und lachten, aus den Türen der Restaurants flatterten Bruchstücke von Musik, und das alles zusammen schuf einen Wirbel von Tönen, der Rhythmen und Melodien einsagte, Verse, Aphorismen und Anekdoten ins Gedächtnis rief. Lästig waren die »Freudenmädchen«. In den Straßen von Moskau oder Petersburg baten sie, hier jedoch schienen sie ihres Rechtes auf Beachtung sicher zu sein und verlangten rasche Entscheidungen.

»Komm, Alter«, sagten sie, wobei sie einem kühn ins Gesicht blickten, und gingen vorbei, ohne auf Antwort zu warten.

Sie haben Angst vor der Polizei, dachte Samgin. Aber sie sind dennoch zu streitbar. Alles Amazonen. Ja, hier kommt die Macht der Frau deutlicher, anschaulicher zum Ausdruck. Das wird auch durch die Literatur bestätigt.

Er entsann sich eines vor langer Zeit gelesenen Aufsatzes des Philosophen N. Fjodorow über die Pariser Ausstellung vom Jahre 1889 und fügte hinzu: Und durch die Industrie.

Er empfand das Verlangen nach einer Frau immer deutlicher, und das trieb ihn in ein Abenteuer hinein, das er als komisch bezeichnete. Spätabends geriet er in irgendwelche enge, winkelige Straßen, die dicht mit hohen Häusern bebaut waren. Die Linie der Fenster war unterbrochen, es schien, als versänke das eine Haus vor Enge in die Erde und als würde das banachbarte emporgepreßt. In der Dunkelheit, die mit drückenden Gerüchen geschwängert war, saßen und standen auf den Gehsteigen und an den Türen sehr demokratische Leute, es ertönte gedämpftes Stimmengewirr, verhaltenes Lachen, ein langgezogenes Gähnen. Man spürte eine Stimmung von Müdigkeit.

Samgin merkte, daß seine Gestalt gespanntes Schweigen oder aber feindselige Ausrufe hervorrief. Ein dicker Mann mit großem Kopf und einem Gesicht voll grauer Stoppeln zog den Hosenträger vom Leib weg und ließ ihn wieder los, es knallte so laut, daß Samgin zusammenzuckte, doch der Mann sagte beruhigend: »Nein, nein, M'sieu, das ist kein Revolver!«

Wahrscheinlich der Spaßmacher seines Stadtviertels, entschied Samgin und gelangte, nachdem er seine Schritte beschleunigt hatte, ans Ufer der Seine. Über ihr wurde der Stadtlärm dichter, und der Fluß strömte so langsam dahin, als fiele es ihm schwer, diesen Lärm in den dunklen Spalt fortzuschwemmen, den er sich in der Anhäufung steinerner Häuser gebrochen hatte. Auf dem schwarzen Wasser zitterten, als strebten sie zu zerrinnen, die Spiegelungen der trüben Lichter in den Fenstern. Eine schwarze Barke hatte sich ans Ufer geklebt, an Bord stand ein Mann, der mit einer langen Stange das Wasser abtastete, vom Fluß her sagte irgendein Unsichtbarer dumpf zu ihm: »Weiter rechts, André. Weiter rechts. Noch weiter rechts. Basta. Hoffnungslos.«

Der Mann warf die Stange in die Barke, dann sagte er schallend und erbost: »Zum Teufel! Dieser Bulle wird uns eine Strafe aufbrummen!«

Aus einer Haustür trat rasch, fast gegen Samgin prallend, eine Frau in weißem Kleid, ohne Hut, maß ihn mit einem Blick und ging danach gemächlich vor ihm her. Sie war von mittlerem Wuchs, sehr schlank, leicht.

Die da, beschloß Samgin plötzlich, während er ihr folgte. Sie ging bis zu einem kleinen Restaurant, davor brannte eine Gaslaterne, zu beiden Seiten der Tür standen Tischchen, an einem spielten ein kleiner, durch irgend etwas komisch wirkender Soldat und ein kahlköpfiger Mann mit Raubvogelnase Karten, auf dem dritten Stuhl saß eine beleibte Frau, eine Brille blinkte in ihrem breiten Gesicht, Stricknadeln blinkten in ihren Händen und silbergraue Haare auf ihrem Kopf.

»Du kommst heute spät, Lise!« sagte sie. Die Frau in Weiß setzte sich an einen freien Tisch und antwortete klangvoll: »Die Herren richten sich nach ihrer Uhr.«

»Und ihre Uhr geht stets nach«, ergänzte mit angenehmer Stimme der Soldat.

Samgin bestellte sich ein Glas Wein und nahm Lise gegenüber Platz, während die beleibte Frau ins Restaurant hineinging, wobei sie einem der Spieler vorwarf: »Du riskierst schrecklich viel! Ich habe gezählt: Du hast schon fast einen Franc verspielt.«

Lise war anmutig. Ihr Gesicht war sehr schön durch fein geschwungene, dunkle Brauen, kühne, fröhlich offene, braune Augen, eine kleine, neckisch aufgestülpte Nase und einen fest umrissenen Mund. Sie hatte eine schöne, mäßig hohe Brust.

Sie ähnelt einer Ukrainerin, stellte Samgin fest, als er sich den ersten Satz einer Anrede ausdachte, aber Lise eröffnete selbst das Gespräch: »M'sieu ist Ausländer? Oh, Russe? Was ist denn mit Ihrer Revolution? Sind die Bauern nicht mit den Arbeitern gegangen?«

»Wie viele Fragen«, sagte Samgin lächelnd, doch sie fügte noch zwei hinzu: »Revolutionär? Emigrant?«

»Weshalb meinen Sie das?«

»Oh, Bourgeoisausländer pflegen unser Stadtviertel nicht zu besuchen«, antwortete sie geringschätzig. Der Soldat und der Kahlköpfige hatten aufgehört, Karten zu spielen, und waren verstummt. Ohne sie anzusehen, spürte Samgin – sie warteten, was er sagen werde. Und, wie das nicht selten bei ihm vorkam, sagte er: »Ja, ich habe am Moskauer Aufstand teilgenommen.«

Er konnte sich sogar kaum enthalten, sich nicht Emigrant zu nennen. Die Bekanntschaft bahnte sich leicht und einfach an, festigte gewisse Absichten und gab dadurch Anlaß, sich zu beeilen. Die beleibte Frau stellte eine Karaffe Wein vor ihn hin, vor Lise einen Teller mit Blumenkohl und legte ein Brötchen dazu.

»Setzen Sie sich an meinen Tisch«, schlug Lise vor, und als er das getan hatte, fragte sie: »Nun also? Was macht man jetzt bei Ihnen?«

Samgin begann von dem zu erzählen, was er am Morgen in den Zeitungen Moskaus und Petersburgs gelesen hatte, aber Lise erklärte anspruchsvoll: »Das ist weniger als das, was man in unseren bürgerlichen Zeitungen, geschweige denn in der ›Humanité‹ schreibt. Die fremden Menschen, stören Sie die?«

Auf den Kahlköpfigen deutend, sagte sie rasch und deutlich: »Das ist mein Onkel. Sie haben vielleicht seinen Namen gehört? Er ist es, von dem dieser Tage der Genosse Jaurès geschrieben hat. Mein Bruder«, sie deutete auf den Soldaten. »Er ist kein Soldat, das ist nur sein Kostüm für das Podium. Er ist Chansonnier, schreibt und singt Lieder, ich helfe ihm, die Musik zu machen, und begleite ihn.«

Die Männer drückten Samgin sehr kräftig die Hand, Lise jedoch preßte seine Finger noch stärker zusammen und sagte, ohne sie loszulassen: »In zehn Minuten müssen wir mit unserer Arbeit beginnen. Das ist hier in der Nähe – nur zwei Minuten. Es wird eine halbe Stunde dauern . . .«

»Eine Stunde«, sagte der Soldat.

»Schweig! Wenn wir fertig sind, kommen wir hierher zurück, und Sie erzählen uns dann . . .«

Der Kahlköpfige mischte sich ein. Er sagte abrupt, mit heiserer Stimme: »Zurückzukehren – hat keinen Sinn. Es wäre einfacher, wenn ich dort aufs Podium träte und vorschlüge, die Mitteilung eines Genossen über die gegenwärtigen Ereignisse in Rußland anzuhören.«

Da bin ich in eine witzige Geschichte, in ein Vaudeville hineingeraten, sagte sich Samgin. Und während er mit Betrübnis in die freundlichen Augen, auf die hohe Brust Lises blickte, erklärte er, daß er zu seinem Bedauern in einer Stunde in die Schweiz reisen müsse. Lise ließ seine Hand los und sagte mit sichtlichem Verdruß: »Das kann ich verstehen, dort gibt es viele von Ihnen. Dennoch ist es sonderbar: In Paris gibt es nicht wenig russische Emigranten, aber sie sind . . . nicht aufgeschlossen genug. Als ob der französische Arbeiter euch nicht interessiert . . .«

Samgin schlug sofort vor, auf das Wohl des französischen Arbeiters zu trinken, man tat das, er verabschiedete sich und ging so schnell weg, als fürchtete er, man werde ihn zurückhalten. Er lachte nicht gern über sich selbst, er erlaubte sich das selten, doch jetzt, als er durch die dunkle, stille Straße schritt, lächelte er.

Ein Vorfall, von dem man Freunden nicht erzählt. Wie gut, daß ich keine Freunde habe.

Er dachte noch über vieles nach, wobei er sich bemühte, das unangenehme, säuerliche Gefühl eines Mißerfolgs, einer Ungeschicklichkeit zu unterdrücken, und fühlte sich nicht so sehr vom Wein als von der Frau berauscht. Als er durch den Korridor seines Hotels ging, warf er einen Blick in das Zimmer des diensttuenden Stubenmädchens, das Zimmer war leer, das Mädchen schlief also noch nicht. Er klingelte, und als das Stubenmädchen eintrat, fragte er, ihr die Hände auf die Schultern legend, lächelnd: »Könnten Sie mir ein Vergnügen machen, ja?«

Das Mädchen kniff seine scharfen Augen zusammen und begriff die Frage nicht gleich, doch als sie begriffen hatte, schmiegte sie sich an ihn, und er übersetzte ihre Antwort so: Oh, M'sieu, das ist für den, der sich darauf versteht, immer angenehm!

Ihre raschen Küsse waren auch scharf, sie prickelten irgendwie ungewöhnlich auf Samgins Lippen, und das erregte ihn sehr. Zwischen den Küssen fragte sie flüsternd: »Etwas später, M'sieu, wenn ich meinen Dienst beendet habe, ja? Fünfundzwanzig Francs, M'sieu?«

Sie entglitt seinen Armen und entschwand.

Sachlich, einfach, ohne jegliche Verlogenheit, spendete Samgin ihr innerlich Beifall. Er wartete nicht lange, aber sehr ungeduldig auf sie. Sie erschien und sagte, während sie sich auszog, halblaut: »Für mich ist es sehr schmeichelhaft, daß M'sieu in Paris, wo es so viele schöne Frauen für jeglichen Geschmack gibt, keine Partnerin gefunden hat, die seiner würdiger wäre als ich. Es wird mich sehr freuen, wenn ich beweisen kann, daß dies ein Kompliment für M'sieus Geschmack ist!«

Geschmeidig, kräftig, bewies sie dies mit der Unermüdlichkeit und dem Eifer eines Zauberkünstlers, der noch von seiner Kunst begeistert ist und sie an und für sich schätzt, und nicht bloß als ein Mittel zum Leben.

Samgin verbrachte noch etwa zehn Tage in Paris in der Stimmung eines Menschen, der sich nicht entscheiden kann, was er tun soll. Nun würde er nach Rußland reisen, in eine stille, kleinbürgerliche Kaufmannsstadt, in der die von der Revolution aufgerüttelten Menschen ihre Gewohnheiten, Gedanken und Beziehungen in die gebührende, ihm bekannte, langweilige Ordnung fügten – und in der Marina Sotowa ihre zweifelhafte, ziemlich dunkle Weisheit vor ihm entfalten würde.

Ich bin wahrscheinlich der einzige, den sie mit dieser Weisheit behängt, um sie zu bewundern. Sie ist verführerisch wie das Leben und ebenso unverständlich.

Er dachte daran, daß es, wenn er die Mittel dazu hätte, schön wäre, hier zu bleiben, in einem Land, wo das Leben fest geordnet war, in der Stadt, die als die beste der Welt galt und grenzenlos reich war an Verlockungen ...

Für Wilde und Halbwilde, von deren Geld sie lebt und sich schmückt, rief er sich die Auffassung von Paris ins Gedächtnis, die er noch vor kurzem gehabt hatte.

Nein, die Menschen hier sind einfacher, dem einfachen, realen Sinn des Lebens näher. Hier gibt es keine Ljutows, Kutusows, keine philosophierenden Räuber wie Berdnikow, wie Popow. Hier sind auch die Sozialisten vernünftige Menschen, ihre Aufgabe läuft auf ein reales Ziel hinaus: eine Verschlechterung der Arbeitsbedingungen für die Arbeiter zu verhindern.

Gedanken dieser Art entwickelten sich mit wohltuender Leichtigkeit, gleichsam von selbst. Das Gedächtnis soufflierte dienstbeflissen Dutzende von Aphorismen: Wahre Freiheit ist die Freiheit in der Auswahl der Eindrücke. In einer Welt, in der alles sich ununterbrochen ändert, ist es dumm, nach Schlußfolgerungen zu streben. Viele trachten danach, die Wahrheit zu erkennen, jedoch – wer hätte sie erlangt, ohne die Wirklichkeit zu verzerren?

In Samgins Hirn war ein gewisser ruhender Punkt, ein kleiner Spiegel entstanden, der ihm stets, wenn er dies wünschte, alles zeigte, woran er dachte, wie er dachte und worin seine Gedanken einander widersprachen. Zuweilen ermüdete ihn diese Eigenschaft seines Verstands sehr, hinderte ihn zu leben, aber immer öfter ergötzte er sich an der Tätigkeit dieses Zensors und gewöhnte sich, diese Tätigkeit für eine sehr originelle Eigenschaft seines Seelenlebens zu halten.

Während der letzten Tage, die er in Paris verbrachte, ging und fuhr er vom Morgen an in der Stadt und der Umgebung herum, kehrte gegen Nacht ins Hotel zurück, ruhte sich aus, nach zehn Uhr erschien dann Blanche und fragte ihn zwischendurch, in den Pausen: wer er sei, ob verheiratet oder ledig, was Rußland sei, fragte, warum dort Revolution herrsche und was die Revolutionäre wollten. Über sich selbst band er ihr dummes Zeug auf, auf die Frage nach der Revolution indessen antwortete er streng, daß man über so etwas nicht mit einer Frau im Bett rede, und ihm schien, daß diese Antwort ihn in Blanches Augen noch mehr gehoben habe. Die sachlich naive Schamlosigkeit dieses Mädchens und daß sie akkurat, wie ein fremder Arzt für seine Visite, von ihm Geld verlangte, erweckte in Samgin Verachtung gegen sie. Aber eines Tages, als sie ermüdet eingeschlafen war, nachdem sie ihm ihren von Strähnen wirren Haars umgebenen Kopf unter die Achsel geschoben hatte, empfand Samgin so etwas wie Mitleid mit ihr. Er wollte auch schlafen, doch neben ihr war zu wenig Platz. Auf den Ellenbogen gestützt, richtete er sich auf und blickte in ihr Gesicht mit dem halboffenen Mund, den schwarzen Schatten in den Augenhöhlen, sie atmete schwer, ungleichmäßig, und es war etwas sehr Trauriges an diesem kleinen Gesicht, das tags angenehm von einer leichten Röte belebt, jetzt aber bis zur Unkenntlichkeit entfärbt war. Er zündete sich eine Zigarette an und dachte: Nun, im Grunde ist sie kein übles Mädchen. Möglicherweise wird sie sich etwas Geld zusammensparen, einen Mann finden, ein kleines Restaurant eröffnen, wie die mit der Brille.

Dann entsann er sich, daß der elegante Held von Maupassants »Unser Herz« ein Stubenmädchen zu seiner Geliebten gemacht hatte. Er weckte Blanche, und das veranlaßte sie, sich bei ihm zu entschuldigen. Bei der Abreise schenkte er ihr ein Armband im Wert von hundertfünfzig Francs und gab ihr noch fünfzig dazu. Das rührte sie sehr, ihre Wangen erglühten, ihre Augen funkelten freudig, und leise, unter Lachen, murmelte sie beglückt: »Oh, Sie sind – großmütig! Ich werde mein ganzes Leben lang an den Russen denken, der so . . .«

Und da sie kein Wort fand, sagte sie nochmals: ». . . großmütig war.«

Samgin klopfte ihr gnädig auf die Schulter.

Drei Tage danach, am Morgen, fuhr er vom Bahnhof zu sich nach Hause. Über der Stadt, zwischen feinflockigen Wolken, strahlte ein blaßblauer Himmel, über die festgefrorene Erde glitten kalte Sonnenstrahlen, der Wind tanzte umher und riß das letzte Laub von den Bäumen, alles seit langem bekannt. Und gut bekannt waren die wie Streichhölzer einander gleichenden russischen Menschen, die, herbstlich warm gekleidet, eilig zum Finanzamt, zum Kriegsgericht, zum Landesamt und anderen Behörden schritten, die grauen Gymnasiasten, die grünlichen Realschüler, die schokoladebraunen Gymnasiastinnen, die ungezogenen Schüler der städtischen Schulen. Alles war bekannt, aber alles war kleiner, nichtiger geworden, die Gebäude der Stadt schienen vom Wind auseinandergerückt, hatten sich voneinander entfernt, und die klare Herbstluft entblößte erbarmungslos die Gebrechlichkeit der Holzhäuser und die schwerfällige Häßlichkeit der steinernen.

Bei der ersten Gelegenheit ziehe ich nach Moskau oder Petersburg, dachte Samgin traurig. Marina? Heute oder morgen werde ich sie sehen, werde herablassende Sentenzen zu hören bekommen. Genug! Wo ist jetzt Besbedow?

An allen vier Fenstern seiner Wohnung waren die Läden geschlossen, und das steigerte sehr seine unbehagliche Stimmung. Die Tür öffnete die dürre, finstere alte Felizata, sie schien noch gebeugter, zusammengesackt. Stets schweigsam, verneigte sie sich auch jetzt wortlos vor ihm, aber ihre trüben Augen blickten ihn wie einen Fremden an, die lappigen Lippen bewegten sich, und sie ruderte mit den Armen, als würde sie gleich fragen: Wen wünschen Sie?

Doch als Samgin sich nach Besbedow erkundigte, sagte sie klanglos: »Man hat ihn ins Gefängnis gesteckt.«

»So? Weswegen denn?«

»Er hat Marina Petrowna umgebracht.«

Samgin hatte gerade erst mit dem einen Arm aus dem Mantel schlüpfen können, der andere sank kraftlos herab, wie ausgerenkt, und der Mantel glitt von ihm zu Boden. In dem halbdunklen Vorzimmer wurde es noch dunkler, stickiger, Samgin lehnte sich mit dem Rücken an die Wand und murmelte: »Erlauben Sie ... Wieso? Wann?«

»Am Tag nach ihrer Ankunft. Mit einer Pistole erschossen.«

Die kleine Alte ging in die Zimmer, polterte dort mit den eisernen Schließbolzen der Fensterläden, ins Zimmer brachen nacheinander zwei schmale Lichtstreifen herein.

»Soll ich den Samowar bringen?« fragte Felizata.

Samgin nickte und betrat vorsichtig das Zimmer, das widerlich leer war, alle Möbel waren in eine Ecke zusammengerückt. Er setzte sich auf das staubige Sofa, strich sich mit den Händen über das Gesicht, die Hände zitterten, und vor seinen Augen stand gleichsam in der Luft der entblößte Körper der Frau, die auf ihre Schönheit stolz gewesen war. Es war schwer, sich vorzustellen, daß sie tot sei.

Umgebracht. Von einem Idioten ...

Das Bild Marinas verdrängte ein plumper, grobschlächtiger Mann mit weißem Gesicht voll gelben Kückenflaums an Wangen und Kinn, blauen, glasigen Äugelchen, dicken Lippen und einem dummen, gierigen Mund. Aber die ernüchternde Tätigkeit des Verstands, der sich auf die ihm gewohnte Arbeit konzentrierte, den Menschen vor Gefahren und unnötigen Aufregungen zu bewahren, ging rasch vonstatten.

Ich werde an der Voruntersuchung und auch an der Hauptverhandlung als Zeuge teilnehmen müssen.

Entrüstung brach in ihm aus, und zum hundertstenmal tauchte die bekannte Frage auf: Weshalb, weshalb muß ich immer wieder an den abscheulichen Geschehnissen teilnehmen?

In der Tür erschien Felizata, die Hände so auf die Brust gelegt, als wäre sie schon tot und läge im Sarg.

»Ich soll Ihre Ankunft der Polizei melden, muß ich das denn?«
»Selbstverständlich.«
»Den Samowar wird Sascha bringen.«

Im Zimmer nebenan patschten schwere Schritte, ertönte der kupferne Klang eines Tabletts, klirrte Geschirr. Samgin begab sich dahin – dort verneigte sich vor ihm, glücklich lächelnd, ein üppiges, rotwangiges Mädchen mit blauen Augen und einem dicken, bis unter die Hüfte herabreichenden blonden Zopf. Samgin sagte ihr, er werde auf den Samowar aufpassen, sie solle unterdessen gehen und ihm die Lokalzeitungen der letzten vierzehn Tage besorgen. Dann fiel ihm ein, daß er im Zug nicht mehr dazu gekommen war, sich zu waschen, er ging in die Toilette, wusch sich lange, vergaß dabei den Samowar und trug ihn dann toll brodelnd und mit Streifen getrockneter Wasserströme bedeckt ins Speisezimmer. Fast eine Stunde lang saß er am Tisch und wartete ungeduldig auf die Zeitungen, während der Samowar ununterbrochen brodelte, ihn durch sein Summen und Pfeifen erregte und das Zimmer mit Dampf füllte.

Wohin, zum Teufel, haben sie die Rohrkappe des Samowars verkramt? entrüstete sich Samgin und wollte, da er fürchtete, daß das ganze Wasser verkochen und die Lötstellen des Samowars schmelzen könnten, den Deckel von ihm abnehmen, um nachzusehen, ob noch viel Wasser in ihm sei. Aber der eine Knopf am Deckel fehlte, der andere wackelte, er verbrannte sich die Finger und mußte daran denken, wie barbarisch nachlässig das Personal mit den Sachen der Herrschaft umgehe. Schließlich kam er auf den Gedanken, Wasser in das Heizrohr zu gießen, um die Kohlenglut zu löschen. Diese Hantierungen hinderten ihn am Nachdenken, der schmackhafte Duft des noch heißen Brotes und des Lindenhonigs erregte seinen Appetit, und er konnte nur an eins denken: Ja, ich muß wegfahren.

Zu seiner Verwunderung standen in den Zeitungen nur zwei Notizen; die eine berichtete:

»Gestern wurde die ganze Stadt durch die Ermordung der bekannten und ehrenwerten M. P. Sotowa erschüttert. Das Verbrechen wurde unter folgenden Umständen aufgedeckt: M. P. Sotowa pflegte ihren Kirchengeräteladen sonntags um zwei Uhr mittags zu schließen, gestern jedoch waren die Händler in der Bolschaja-Torgowaja-Straße äußerst verwundert, daß der Laden zu der gewohnten Zeit nicht geschlossen war, obwohl in ihm weder Käufer noch die Inhaberin zu bemerken waren. Der erste, der sich entschloß, den Dingen nachzugehen, war der Wechselstubeninhaber K. F. Chrapow. Als er den Laden betrat und nach der Inhaberin rief, erhielt er keine Antwort, doch als er sich in das kleine Zimmer hinter dem Laden begab, sah er sie am Boden liegen.«

Diese Idioten, sie können nicht einmal anständig schreiben, stellte Samgin fest.

»In der Meinung, daß die Sotowa ohnmächtig sei, ging er hinaus und machte hiervon dem Galanteriewarenhändler J. P. Perzow Mitteilung, wobei er ihm vorschlug, Perzows Untermieter Doktor Jewgenjew anzurufen. Aber da kam gerade K. G. Bekman, der Arzt der Stadtpolizei, durch die Straße, und dieser stellte fest, daß die Sotowa durch einen Genickschuß getötet wurde und daß seit dem Eintritt des Todes bereits nicht weniger als zwei Stunden verstrichen seien. Weitere Einzelheiten dieser erschütternden Tragödie verschieben wir in Anbetracht der vorgerückten Stunde auf morgen.«

In der nächsten Nummer teilte die Zeitung jedoch nur die Verhaftung »des Neffen der Ermordeten, Besbedow, in berauschtem Zustand« mit. In der übernächsten Nummer berichtete sie kurz von der feierlichen Beerdigung der Ermordeten, »deren Sarg die ganze Stadt zur letzten Ruhestätte das Geleit gab«.

Samgin ließ die Zeitung seinen Händen entgleiten, sie fiel ihm auf den Schoß, worauf er sie angewidert unter den Tisch warf und in Nachdenken versank. Obwohl die Verhaftung Besbedows den Grund der Ermordung erklärte, kamen ihm dennoch irgendwelche unklaren Gedanken.

Dieses Schwein. Dieser Idiot. Wie konnte er ... sich dazu entschließen? Er – fürchtete sie ...

Am Nachmittag saß er beim Untersuchungsrichter in einem Zimmer mit Fenster zum Hof und dem Blick auf einen Stoß Birkenholz. In dem Zimmer herrschte ein kohlendunstähnlicher Geruch von Tabaksrauch und trockenem Moder. Über einem breiten, aber nur mittelhohen Schrank hing ein Öldruck – das Porträt des Zaren Alexander III. mit einer Polizistenmütze auf dem Kopf, die vortrefflich zum Tragen des dichten, schweren Bartes geeignet war. Hinter einem ziemlich alten Schreibtisch saß, eine Zigarette zwischen den Zähnen, in einem Ledersessel mit hoher Lehne ein grauäugiger, kleiner alter Mann, sauber gewaschen, in adrett passender schwarzer Uniformjacke. Seine gelben Wangen waren dicht mit roten Äderchen gemustert, ein graues Spitzbärtchen verlängerte vornehm das Gesicht, der gezwirbelte Schnurrbart verlieh ihm etwas Kampflustiges, auf dem kahlen Schädel, über den Ohren, ragten gleich Hörnern graue Haarschöpfe empor, im ganzen ähnelte der Untersuchungsrichter Gudim-Tscharnowizkij dem Helden eines französischen Melodrams. Er hatte sich in der Stadt den Ruf eines überaus leidenschaftlichen Wintspielers erworben, und Samgin erinnerte sich, wie man im Anwaltszimmer des Kriegsgerichts erzählt hatte: Einmal hatten Gudim und seine Partner ununterbrochen siebenundzwanzig Stunden lang gespielt, und in der achtundzwanzigsten war einer von ihnen, nachdem er »groß Schlemm« gemacht hatte, vor Freude gestorben, wodurch er es Leonid Andrejew ermöglicht habe, eine schöne Erzählung zu schreiben.

»Nun also«, sagte in sanft murmelndem, weichem Baß der Untersuchungsrichter, »ich habe Sie, verehrter Klim Iwanowitsch, in Sachen der geheimnisvollen Ermordung Ihrer Mandantin herbemüht ...«

»Wieso – der geheimnisvollen?« fragte Samgin. »Der Mörder ist doch verhaftet?«

Der Untersuchungsrichter schöpfte Atem, strich sich mit dem

Finger über den Schnurrbart und sagte voll Bedauern: »Da er das Verbrechen nicht eingestanden hat, ist er, wie Ihnen bekannt, bis zur Entscheidung durch das Gericht nur verdächtig.«

Die Augen des Untersuchungsrichters waren farblos, das Augenweiß war trüb, die grauen Pupillen waren wäßrig, aber Samgin schien es, daß sich hinter diesen Augen andere versteckten. Er empfand innere Unruhe, Spannung und war deswegen unwillig über sich selbst.

»Ich vermisse Ihren Schriftführer«, sagte er.

»Sie beliebten völlig richtig zu bemerken«, entgegnete Gudim, geneigten Hauptes sich eine neue Zigarette anzündend, er rauchte ununterbrochen. »Das kommt daher, verehrter Klim Iwanowitsch, weil ich gar nicht beabsichtigte, Ihre vom Gesetz verlangte Aussage aufnehmen zu lassen. Wenn meine Unpäßlichkeit mich nicht hinderte – mir schmerzen die Füße, ich kann nicht gehen –, dann wäre ich selber, persönlich zu diesem Gespräch in Ihrer Wohnung erschienen. Sie werden natürlich mit der ganzen Strenge verhört werden, die in diesem Fall notwendig und vom Gesetz vorgeschrieben ist. Gewisse Momente in den Aussagen Besbedows verlangen das dringend. Unter den obwaltenden Zeitumständen droht diesem Subjekt eine sehr harte Strafe, er fühlt das – und ist, da er sich selbst reinwaschen möchte, natürlich nicht geneigt, andere zu schonen.«

Samgin schien es, der Stuhl unter ihm habe einen Ruck nach hinten gemacht.

Er, Gudim, bohrte sich den Bleistift in den Bart und fuhr, an seinem Kinn kratzend und den Blick irgendwohin in die Ecke, hinter den Schrank gerichtet, zu murmeln fort: »Ich habe Sie sozusagen zur ... Information hergebeten.«

»Das heißt?« beeilte sich Samgin zu fragen, der verwundert und noch mehr beunruhigt war.

»Das heißt ... um Sie gewissermaßen über ... die Sachlage zu unterrichten.«

Der Untersuchungsrichter sprach mit Pausen, und diese waren abscheulich.

»Ich will offen reden, geradeheraus«, fuhr er mit gesenktem Stimmchen fort. »Die Sache ist die, daß Petersburg sich für diesen Fall interessiert, man hat von dort, um die Voruntersuchung zu überwachen, den stellvertretenden Staatsanwalt hergeschickt. Ich habe das Vergnügen gehabt, ihn zu sehen: Unter uns gesagt – er ist ein unverschämter Kerl und würde, wie alle großstädtischen Karrieristen, weder Vater noch Mutter schonen. Unser Staatsanwalt ist, wie Ihnen bekannt, Schwiegersohn des Gouverneurs und Anwärter auf den Posten des Staatsanwalts am Obergerichtshof. Das Erscheinen eines Beobachters verletzt ihn natürlich. Damit ist noch nicht alles gesagt ... So daß hier, wissen Sie, überhaupt vielleicht ...«

Die Telefonglocke schrillte, der Untersuchungsrichter legte den Hörer an den grauen Knorpel seines Ohres. »Hallo? Habe die Ehre. Jawohl. Anordnung des Staatsanwalts. Unterbrechen? Ja, aber – das Motiv ... Hallo? Unverzüglich? Hallo?«

Die roten Äderchen auf den Wangen des Untersuchungsrichters traten schärfer hervor, die Augen röteten sich auch, und der Schnurrbart zuckte. Samgin fühlte deutlich, daß irgend etwas nicht in Ordnung sei.

»Man bittet mich, ins Gericht zu kommen, unverzüglich«, sagte der Untersuchungsrichter und hüstelte trocken. »Und Sie scheinen heute aus dem Ausland eingetroffen zu sein?«

»Aus Paris.«

»Ach, Paris! Ja-a!« Der Untersuchungsrichter wiegte bedauernd den Kopf. »Ich bin als Student dort gewesen, dann, nach der Hochzeit, reiste ich mit meiner Frau hin, wir verbrachten dort einen ganzen Monat. Ist das Leben nicht seltsam, Klim Iwanowitsch? Erst Paris, Florenz, Venedig und dann – siebenundzwanzig Jahre lang – hier! Ein langweiliges Städtchen, nicht?«

»Ja.«

»Eine bedrückende Stadt«, sagte Gudim-Tscharnowizkij überzeugt. »Ist die Sotowa auch dort gewesen?«

»Ein paar Tage. Dann reiste sie nach London.«

»So. In London – bin ich nicht gewesen. Doch – dürfte ich fragen: Wissen Sie nicht, welche Verbindungen sie in Petersburg gehabt hat?«

»Sie sprach davon, daß sie bei General Bogdanowitsch verkehre«, antwortete Samgin, ohne zu überlegen.

»Oh!« sagte der Untersuchungsrichter, die Hände gegen den Tisch gestemmt und mit hochgezogenen Brauen. »Das ist eine Persönlichkeit! Es heißt sogar, er sei gewissermaßen ... ein Hebel! Entschuldigen Sie«, sagte er, »ich kann nicht aufstehen – die Füße!«

Wie wirst du denn aufs Gericht gehen? dachte Samgin trübsinnig, als er dem Alten die kalte Hand drückte, doch der Alte, der seine Augen durch ein flüchtiges Lächeln noch mehr entfärbte, sagte halb flüsternd und im Tone eines Ratschlags: »Gestatten Sie, Klim Iwanowitsch, aus einem Gefühl der Achtung und Sympathie Ihnen gegenüber daran zu erinnern, daß es in unserer Rechtspraxis – und insbesondere heutzutage – Geschehnisse gibt, die in einer sehr ... schädlichen Weise aufgebauscht werden.«

Er sagte irgend etwas von verängstigter Phantasie der Spießbürger, von Voreiligkeit der Provinzkorrespondenten und gewinnsüchtiger Redseligkeit der Presse, aber Samgin hörte ihm nicht zu und unterdrückte nur mit Mühe das Verlangen, seine Hand den kalten Fingern zu entziehen.

Draußen war es sonnig und kalt, die Pfützen, die im Lauf des Tages aufgetaut waren, bedeckten sich von neuem mit einer dünnen Eiskruste, der Wind wehte geschäftig, trieb Hühnerfedern, ledriges Herbstlaub und Zwiebelschalen ins Wasser, riß an Samgins Mantel und schürte seine Unruhe. Und wie als Antwort auf jeden Windstoß tauchte die Frage auf: Was mag Besbedow über mich zusammengeschwatzt haben? Ist er eines Mords fähig? Wenn er es nicht gewesen ist – wer dann?

Hier fiel ihm ein, daß in der Zeitungsnotiz kein Wort über den Zweck des Mords stand. Von Marina dachte er nicht nur gleichmütig, sondern fast feindselig: Eine dunkle Dame.

Ihm kam von neuem der Gedanke, daß sie möglicherweise im Dienst des Polizeidepartements gestanden habe, dann entsann er sich, daß sie ihn zweimal beauftragt hatte, für irgend etwas Strafe zu zahlen: das eine Mal hundertfünfzig Rubel, das andere Mal fünfhundert.

Das waren wahrscheinlich Bestechungsgelder. Was hat Gudim von mir gewollt? Er hat ungesetzlich gehandelt. Sein abschließender Ratschlag war ein sonderbarer Ausfall.

Irgendwelche unangenehmen Hämmerchen klopften im Inneren seines Schädels gegen die Schläfen. Zu Hause betrachtete er etwa eine Minute im Spiegel seine erregt glänzenden Augen, die grauen Fäden in dem gelichteten Haar und stellte fest, daß die Wangen voller, das Gesicht runder geworden waren und daß zu einem solchen Gesicht das Bärtchen nicht mehr paßte, es wäre besser, es abzunehmen. Der Spiegel zeigte, wie im Nebenzimmer das üppige, bildschöne Mädchen mit den roten Wangen, den blauen Augen und dem goldblonden, bis unter die Hüfte herabreichenden Zopf den Tisch deckte.

Sicherlich eine dumme Gans, sagte sich Samgin.

»Ist der gnädige Herr zu Hause?« fragte Felizata sie.

»Er ist zu Hause«, antwortete das Mädchen klangvoll und fröhlich.

Ich habe kein Zuhause, widersprach Samgin innerlich, im Zimmer umherschreitend. Ich habe nicht nur im realen Sinn keins: also Frau und Kinder, einen bestimmten Bekanntenkreis, einen angenehmen Freund, einen klugen Menschen, mir ungefähr ebenbürtig – ich habe auch kein Zuhause im ideellen Sinn, im Sinn innerer Behaglichkeit . . . Walt Whitman hat gesagt, der Mensch habe das bescheidene Leben satt, er lechze nach drohenden Gefahren, nach Unerforschtem, Ungewöhnlichem . . . Koketterie eines Anarchisten . . .

> O Lust, in hartem Kampf zu stehn,
> In düstern Schlund hinabzusehn.

Romantik von Halbwüchsigen . . . Mayne Reid, Flucht aus dem Gymnasium nach Amerika.

Felizata trat ein, steckte ihm wortlos eine Visitenkarte zu, Samgin hielt sie an die Brille und las: Anton Nikiforowitsch Tagilskij.

»Ja, ja«, murmelte Samgin unentschlossen. »Er mag hereinkommen . . . Bitte schön!«

Doch auf ihn war bereits auf kurzen Beinchen ein rundliches, einem roten Kupfersamowar ähnliches Männlein in einem kräftig rotbraunen Anzug zugerollt.

»Guten Tag! Oho, Sie sind gealtert! Und ich? Hätten Sie mich nicht erkannt?« rief er mit klangvollem Tenorstimmchen. Samgin sah einen kahlen Schädel, ein rotes, rasiertes Gesicht mit Borsten an den Schläfen, verquollene Schweinsäugelchen und unter einer breiten Nase die dunklen Bürstchen eines kurz gestutzten Schnurrbarts.

»Ich hätte Sie nicht erkannt«, gab er zu.

»Entschuldigen Sie, daß ich so, ohne Förmlichkeiten . . . Das das Recht alter Bekanntschaft. Wir haben teuflisch viel Rechte, nicht? Man sollte sie einschränken – was meinen Sie?«

Samgin verlieh seinem Gesicht einen sachlichen, abwartenden Ausdruck und forderte ihn etwas trocken auf: »Bitte schön . . .«

»Mittagessen? Danke. Ich wollte Sie eigentlich ins Restaurant einladen, Sie haben hier, auf dem Platz, ein nicht übles Restaurant«, sagte Tagilskij rasch und klangvoll, während er vor Samgin her ins Speisezimmer ging und sich an den Tisch setzte. Er glich erstaunlich wenig dem Menschen, als den Samgin ihn in dem strenggehaltenen Studierzimmer von Preiß gesehen hatte, damals wirkte er reserviert, stolz auf seine Kenntnisse, benahm sich anderen gegenüber belehrend, wie ein Professor gegenüber Studenten, jetzt hingegen warf er mit Worten um sich wie der Wind.

Er ist hergekommen wie in eine Schenke. Natürlich um mich über Marina auszufragen.

So war es auch. Tagilskij knöpfte seinen kurzen Rock auf, wobei eine sehr bunte Weste sichtbar wurde, und teilte, während er die Serviette hinter den Kragen steckte, mit, daß er beauftragt sei, das Untersuchungsverfahren in Sachen der Ermordung der Sotowa zu überwachen.

»Es heißt, sie sei eine schöne Frau gewesen?«

»Ja. Sie war sehr schön.«

»Aha. Nun, wennschon. Einen schönen Gegenstand zu verderben – ist angenehm. Schöne Menschen werden häufiger umgebracht als häßliche. Aber zu töten pflegen Ehemänner, Liebhaber und, in der Regel, stets von der Frontseite: durch Kopf-, Brust- oder Bauchschuß, hier jedoch erfolgte die Tötung von der Hofseite – durch Genickschuß. Das ist ebenfalls üblich, aber zum Zweck der Beraubung, während im vorliegenden Fall keine Beraubung festgestellt worden ist. Hierin erblickt man – ein Geheimnis. Doch meiner Ansicht nach ist es kein Geheimnis, sondern es ist ein Feigling!«

Er roch mit geblähten Nüstern am Suppendampf, seine Äugelchen flackerten auf, und er sagte huldvoll: »Kuttelsuppe? Für die schwärme ich!«

Dieses Vieh treibt ein falsches Spiel, dachte Samgin.

»Der Untersuchungsrichter, dieser alte Esel, hat Sie vorgeladen, aber ich habe diese Prozedur abgebrochen. Diese kleine Sache muß nicht an die große Glocke gehängt werden. Sie werden fragen, warum? Ich weiß es nicht. Wahrscheinlich – aus Dummheit, möglicherweise – aus Dummheit, verbunden mit Niederträchtigkeit. Auf Ihr Wohl!«

Er kippte ein Gläschen Wodka in den Mund, schloß, mit der Zunge schnalzend, für eine Sekunde die Äugelchen und begann von neuem mit Worten um sich zu werfen: »Sie haben ein höchst elegantes Äußeres. Das Äußere eines Bräutigams für eine wohlhabende Witwe.«

Halunke, schimpfte Klim innerlich.

»Da sieht man, was ein Aufenthalt in Paris ausmacht! Ich hingegen bin zwar farbenprächtig erblüht, jedoch nicht anziehend für einen wählerischen Blick«, sagte Tagilskij, ab und zu einen Blick auf das Dienstmädchen werfend, und als sie hinausgegangen war, seufzte er: »Welch ein leckeres Mädchen, eine Teufelin ...«

Und gleich danach fragte er: »Hat die Sotowa einen Geliebten gehabt?«

»Ich weiß nicht.«

»Sie hat einen gehabt«, sagte Tagilskij kopfnickend, trank noch ein Gläschen und fuhr fort: »Es besteht die Ansicht, in letzter Zeit seien Sie ihr Geliebter gewesen.«

»Unsinn«, entgegnete Samgin trocken.

»Unsinn bedeutet: glaubwürdig, aber – nicht wahr. Bei uns, in Rußland, ist Unsinn recht oft die echte Wahrheit.«

Tagilskij aß gemächlich, und der Vorgang der Sättigung hinderte ihn nicht am Reden. Während er, den Blick auf den Teller gerichtet, mit Messer und Gabel geschickt die Knochen eines Hühnchens bloßlegte, fragte er, ob Samgin die Vermögensverhältnisse Marinas kenne. Und nach verneinender Antwort teilte er ihm mit: an Bargeld und in wertbeständigen Aktien seien ungefähr vierhunderttausend vorhanden, an Landbesitz im Ural und hinter der Wolga im Gouvernement Nishnij Nowgorod wahrscheinlich doppelt soviel.

»Vielleicht auch – das Dreifache. Jawohl. Angehörige sind nicht vorhanden. Demnach haben wir es mit erblosem Gut zu tun, das nach den Gesetzen unseres Reichs an den Staat fällt. Das beunruhigt gewisse ... Leute, die am Leben Geschmack finden, sehr.«

Er ließ das Arbeitswerkzeug – Messer und Gabel – seinen dicken Fingern entgleiten, patschte sich mit den Händen an die Wangen und sagte, während er Wein in die Gläser einschenkte, schon nicht scherzend, sondern ernst: »Ich trinke, Sie jedoch trinken nicht, und Ihre Vorsicht, Ihr mürrisches Gesichtchen ... genieren mich zwar nicht gerade – ich verstehe mich nicht aufs Genieren –, stören mich aber dennoch. Inmitten des Stammes, der diese Stadt bevölkert, bin ich ein Fremder, die Einheimischen verhalten sich mir gegenüber feindselig. Bei ihnen hier haben sich noch Stammesbeziehungen erhalten und überhaupt ... hier scheinen Gauner vorzuherrschen.«

Die Ellenbogen auf den Tisch und das Kinn auf die Hand gestützt, streckte er den linken Arm mit dem Weinglas in der Hand über den Tisch aus, und seine farblosen Augen blickten Samgin ungut, gleichsam herausfordernd ins Gesicht. In seiner sonoren Stimme klangen bissige, streitsüchtige Untertöne.

Mit ihm muß man sanfter umgehen, beschloß Samgin, der sich Berdnikows erinnerte, er stieß mit ihm an und sagte: »In meiner Stimmung macht sich wahrscheinlich Müdigkeit bemerkbar, ich komme gerade von der Reise.«

»Nehmen wir es an«, stimmte Tagilskij halb bei. »Und erinnern wir uns, daß zwar gewissermaßen eine Wucherin ermordet worden ist, aber Sie sind ja kein Raskolnikow und ich kein Porfirij. Erinnern wir uns auch, daß wir vor ein paar Jahren über Marx gesprochen haben ... und so weiter. Auf Ihr Wohl!«

Sie tranken. Tagilskij fuhr fort: »Also: einerseits – reiches, erbloses Gut und alle zu seiner Inbesitznahme berechtigenden Dokumente in Händen spitzbübischer Einheimischer. Verstehen Sie?«

»Ich verstehe«, sagte Samgin.

»Andererseits: In einem der Ladenschränke fand sich eine ansehnliche Menge illegaler Literatur der Sozialdemokraten und freundschaftliche – auf Du geschriebene – Briefe irgendeines Marxisten, Glaubenslehrers und Haarspalters an die Sotowa. Weswegen, zum Teufel, mag ein reiches Weib illegales Material bei sich aufbewahren? Und deshalb wird vermutet, dies sei Ihr Eigentum.«

Samgin richtete sich auf und fragte zornig: »Verhören Sie mich?«

»Ich verhöre nicht und frage nicht, sondern erzähle: Es wird vermutet«, sagte Tagilskij, wobei er die Augen mit fetten Lidpölsterchen verdeckte, während sich auf seiner Stirnhaut leichte Runzeln bewegten. »Die Interessen Ihrer Mandantin sind recht mannigfaltig: Bei ihr ist eine stattliche Anzahl höchst seltener Frühdrucke und Sektiererhandschriften vorgefunden worden«, sagte Tagilskij nachdenklich.

Die Luft auf der Straße schien sich mit grauem Staub angefüllt zu haben, die Fensterscheiben waren angelaufen, im Zimmer war rauchiges Halbdunkel entstanden, Samgin wollte die Lampe anzünden.

»Es lohnt sich nicht«, sagte Tagilskij leise. »Die Dunkelheit bringt die Menschen vortrefflich einander näher ... in gewissen Fällen. Das Recht, Sie zu verhören, hat man mir nicht eingeräumt. Ich bin zu Ihnen nicht als Vertreter der Staatsanwaltschaft gekommen, sondern als Intellektueller zu einem ebensolchen, ich bin gekommen, um Sie in einer recht dunklen Angelegenheit zu konsultieren. Können Sie mir das glauben?«

»Ja«, sagte Samgin, der sehr beunruhigt war, nach kurzem Zaudern. Er erinnerte sich an die Mitteilung des Untersuchungsrichters von den Aussagen Besbedows, und nun auch noch das illegale Material.

»Ja, ich glaube Ihnen«, wiederholte er, und ihm war, als hätten sich sogar seine Muskeln gespannt wie vor einem Sprung über eine Grube.

Will er mich fangen oder was? dachte er, Tagilskij indessen sagte: »Aus diesem Fall läßt sich ein Kriminalprozeß mit politischem Hintergrund zusammenschustern, und dabei kann man viel Geld ergattern. Ich bin dafür, daß das Geld geklaut wird und – daß man sich beruhigt. Dazu ist notwendig, daß Besbedow den Mord gesteht. Was meinen Sie – hat er ein Motiv gehabt?«

»Ja, er hat eins gehabt«, antwortete Samgin überzeugt.

»Welches denn?«

»Rache.«

»Richtig, das wird durch seine Briefe bestätigt«, sagte Tagilskij mit Vergnügen. »Erzählen Sie von ihm«, schlug er vor und zündete sich eine von Samgins Zigaretten an. Samgin zündete sich auch eine an und begann vorsichtig von Besbedow zu erzählen. Er hätte diesem rundlichen Männlein mit den Schweinsäugelchen und dem Gesicht eines Gewohnheitstrinkers sehr gern geglaubt, aber – er glaubte ihm nicht. In allem, was Tagilskij sagte, war eine gewisse Wahrheit zu spüren, doch man spürte auch die Gefahr, in einen aufsehenerregenden Kriminalprozeß verwickelt zu werden, an dem er nicht einmal hätte als Zeuge teilnehmen wollen, doch er konnte auch als Mittäter einbezogen werden. Würde er aus Beweismangel freigesprochen, fiele dennoch auf ihn ein Schatten.

Ich bin kein Iwanow, kein Jefimow, sondern Samgin. Ein seltener Familienname. Samgin? Das ist der, welcher ... Ich bin wehrlos, überlegte Samgin unruhig. Tagilskij unterbrach seine Erzählung: »Im großen und ganzen ist dieser Besbedow ein Idiot, eine Null. Zu einem Alibi fehlen ihm fünfzehn oder zwanzig Minuten. Er verlangt, daß Sie ihn verteidigen ...«

Samgin schwieg und wiederholte für sich: Ich bin wehrlos.

Im Zimmer war es ganz dunkel geworden. Samgin fragte leise: »Soll ich die Lampe anzünden?«

»Zünden Sie die Lampe an«, antwortete im gleichen Ton Tagilskij, und während Klim Streichhölzer anriß, die jedoch abbrachen, sagte der Gast etwas Bedeutsames: »Wir kennen uns wenig und haben, soweit ich mich erinnere, in der Vergangenheit keine Sympathie füreinander empfunden. Mein Besuch erweckt bei Ihnen sicherlich diesen oder jenen Verdacht. Das ist natürlich. Wahrscheinlich werde ich Ihren Verdacht noch stärken, wenn ich sage, daß ich nicht der Verteidiger von irgendwem oder irgend etwas bin. Ich verteidige nur mich selbst, weil ich nicht in eine schmutzige Geschichte hineingeraten will. Diese Möglichkeit droht auch Ihnen. Und darum müssen wir, vorübergehend, ein Verteidigungsbündnis schließen. Wir könnten auch ein Offensivbündnis schließen, das heißt die Presse informieren, aber das wäre vorläufig verfrüht.«

Er sucht mich zu beruhigen, kombinierte Samgin. Er schwindelt. Dann sagte er halblaut: »Ich erinnere mich sehr gut an Sie, kann aber nicht sagen, daß Sie bei mir Antipathie erweckt hätten.«

»Na, dann sagen Sie es eben nicht«, riet ihm Tagilskij.

Im Lampenlicht schien sein Gesicht an Würde gewonnen zu haben: Es war magerer geworden, die Wangen waren eingefallen, die Augen hatten sich weiter geöffnet, und der Schnurrbart hatte sich irgendwie gutmütig gesträubt. Wäre er von höherem Wuchs und nicht so dick gewesen, hätte er einem Offizier irgendeines Ersatzbataillons geglichen, das in einer entlegenen Kreisstadt einquartiert ist.

»Erinnern Sie sich an Stratonow?« fragte er. »Oktobrist. Hat mit Regierungszuschuß eine große Lederfabrik gebaut. Preißens Reden lesen Sie natürlich. Als Redner glänzt er nicht. Der russische Liberale bietet einen trübseligen Anblick. Und unsere Reichsduma ist eine Laienaufführung. Tja. Für die Rolle des Bändigers und Retters hat man den Saratower Gouverneur eingeladen. Ein angesehener Mann, aber – dummkopfähnlich und ein Prahlhans ... Im vergangenen Jahr bin ich mit ihm und anderen auf Jagd gegangen, hörte, wie er von seinem Stammbaum erzählte. Ein Unwissender in der Genealogie ebenso wie in der Ökonomik. Er vergaß seinen Vorfahr, der – ich glaube in den dreißiger Jahren – in Sewastopol von Matrosen erschlagen wurde.«

Er hatte einen Korken auf die Gabel gespießt und schlug damit beim Sprechen an den Glasrand, seine Worte mit gläsernem Klang begleitend, dieses Läuten war Samgin unangenehm, es hinderte ihn festzustellen, ob und inwieweit er an Tagilskijs Aufrichtigkeit glauben konnte. Tagilskij indessen, der mit zusammengekniffenem linkem Auge noch ebenso schnell und bissig weiterredete, dachte offenbar nicht an das, wovon er sprach.

»Er prahlte mit der Weisheit seines Vaters, der gegen die Dorfgemeinde, für das Farmertum – die Einzelhofwirtschaft – schrieb, und nannte ihn einen Verehrer Immanuel Kants, dabei hat sein Papachen Auguste Comte verehrt und sogar ein kleines Werk über die naturwissenschaftlichen Gesetze im sozialen Bereich geschrieben. Ich habe mich, wissen Sie, mit der Genealogie der Adelsfamilien befaßt, mich interessierte die Rolle der Ausländer beim Aufbau des Russischen Reichs ...«

Dann hörte er plötzlich zu läuten auf und sagte: »Besbedow setzt ... großes Vertrauen in Sie. Ich denke, daß Sie ihn überreden könnten, den Mord zu gestehen. Eine Teilnahme des Verteidigers an der Voruntersuchung ist zwar unzulässig, bevor dem Beschuldigten die Anklageschrift eingehändigt ist, aber ... Denken Sie mal hierüber nach.«

Der Gast erhob sich und rief hierdurch beim Gastgeber einen kleinen Seufzer der Erleichterung hervor.

»Um Sie nicht ... mit amtlichen Formalitäten zu belästigen, werde ich in etwa zwei Tagen auf einen Sprung zu Ihnen kommen«, sagte Tagilskij und reichte Samgin die Hand – eine weiche, sehr heiße Hand. »Ich erhebe Anspruch auf Ihr Vertrauen in dieser ... recht garstigen kleinen Sache«, sagte er und lächelte zum erstenmal so breit, daß sein ganzes Gesicht gleichsam zerrann, die Wangen sich zu den Ohren hin ausbreiteten, den Mund auseinanderzogen und seine kleinen Nagezähne bloßlegten. Dieses Lächeln erschreckte Samgin.

Nein, er ist ein Halunke!

Aber der rundliche Mann rollte ins Vorzimmer hinaus und sagte dort halblaut: »Wissen Sie – alles ist möglich! Und wenn Sie irgendwelches illegale Material besitzen, wäre es besser, wenn es verschwände ...«

Samgin, der ein nervöses Zittern empfand, als hätte ihn eine Nadel gestochen, fragte dumpf: »Stand die Sotowa im Dienst des Polizeidepartements?«

»Wie-ie? Ach, verteufelt«, murmelte Tagilskij, die Arme hochwerfend. »Was ist das? Eine Vermutung? Eine Gewißheit? Liegen Tatsachen vor?«

»Eine Vermutung«, sagte Samgin leise.

Tagilskij stieß einen Pfiff aus: »Und Tatsachen liegen keine vor?«

»Nein. Aber mir kam zuweilen der Gedanke ...«

»Eine Vermutung ist ein Urteil, das Tatsachen verlangt. Und nach Kant ist nicht jedes Urteil eine Erkenntnis«, murmelte Tagilskij nachdenklich. »Haben Sie Ihren Verdacht niemandem mitgeteilt?«

»Nein.«

»Parteigenossen?«

»Ich bin parteilos.«

»Tatsächlich? Sehr gut ... das heißt, es ist gut, daß Sie es niemandem mitgeteilt haben«, fügte er hinzu und drückte Samgin nochmals die Hand. »Nun, ich gehe. Haben Sie Dank für die Bewirtung!«

Er ging. Kurz wie ein Axthieb schlug die Haustür zu. Der kurze Dialog im Vorzimmer hatte Samgins Unruhe ein wenig behoben. Von einer Ecke des Zimmers zur andern wandernd, begann er Wortformen zu suchen, um ein sehr kompliziertes und bedrückendes Gefühl in die Sprache des Denkens zu übertragen. Der ermüdende Wirrwarr von Eindrücken verlangte ein exaktes, klares Wort, das diesen Wirrwarr entknotet und ein bestimmtes Verhalten zu dessen Quelle – zu Tagilskij – festgelegt hätte.

Er scheint mir nicht geglaubt zu haben, daß ich parteilos bin. Er hat mich vor der Möglichkeit einer Haussuchung gewarnt. Was will er von mir?

Ihm fiel ein, wie Tagilskij bei Preiß kalt und hart vom Staat als einem Organ zur Unterdrückung der Persönlichkeit gesprochen hatte, und als Preiß ihm schulmeisterlich sagte: »Sie übertreiben«, hatte er lässig geantwortet: »Die Geschichte ist es, die übertreibt.« Stratonow hatte gesagt: »Ihre Ironie ist die Ironie eines Nihilisten.« Ebenso lässig hatte Tagilskij auch ihm geantwortet: »Sie täuschen sich, ich ironisiere nicht. Ich finde jedoch, daß ein Mensch, dem das Leben schmeckt, die Wirklichkeit nicht zerkauen kann, bevor er sie nicht mit dem Salz und Pfeffer der Ironie gewürzt hat. Belehren –

das tut die Skepsis, der Optimismus hingegen zieht Dummköpfe groß.«

Der Tagilskij vergangener Zeit – das war ein selbstbewußter Mann, der schulmeisterlich mit Ziffern und Tatsachen umging, oder ein betrunkener Zyniker.

Ja, er hat sich stark verändert. Er treibt natürlich ein falsches Spiel mit mir. Das muß er. Aber an ihm war jetzt irgend etwas Neues aufgetaucht . . . Etwas Anständiges. Das enthebt einen nicht der Vorsicht im Umgang mit ihm. Er ist dick. Die Dicken reden mit hoher Stimme. Julius Cäsar hält – bei Shakespeare – die Dicken für ungefährlich . . .

Hier fühlte sich Samgin unangenehm an Berdnikow erinnert.

Ich habe unnützerweise von meinem Verdacht gegen Marina gesprochen. Meiner Zunge entschlüpft nicht selten . . . etwas Überflüssiges. Das kommt von meiner Anständigkeit. Von meiner Abneigung . . . etwas Dunkles, Unredliches, Schlechtes, von anderen Eingeflüstertes in mir herumzutragen.

Im Spiegel glitt eine Samgin wohlbekannte Gestalt mit bekümmertem, intelligentem Gesicht vorbei. Samgin verfolgte sie mit einem Seitenblick und beschloß: Nein, ich will keine voreiligen Schlüsse ziehen.

Marina? fragte er sich. Und ein paar Minuten später gelangte er zu der Überzeugung, daß jetzt, wo sie nicht mehr da war, die Notwendigkeit, an sie zu denken, nicht mehr so zwingend war.

Ich brauche nicht an sie zu denken, sondern nur im Zusammenhang mit ihr. Marina . . . Er erinnerte sich ihrer ungewöhnlichen Stimmung in Paris. Schließlich und endlich ist ihr Tod gar nicht so rätselhaft, irgend etwas . . . Ähnliches mußte passieren. »Jedem das Seine«, wie man so sagt. Sie lebte in der Nähe von etwas, das im Strafgesetzbuch vorgesehen ist.

Drei Tage etwa verbrachte er mit eifriger Arbeit – er ordnete drei Gerichtssachen der Sotowa, seine Abrechnungen mit ihr und stellte fest, daß er noch zweihundertdreißig Rubel von ihr zu erhalten hatte. Das war angenehm. Er arbeitete und wartete, daß jeden Augenblick Tagilskij erscheinen könnte, wünschte sich, daß er erschiene. Aber Tagilskij lud ihn zur Staatsanwaltschaft vor und empfing ihn dort in Uniformjacke mit vergoldeten Knöpfen. Er wirkte jetzt größer, schmaler, sein rotes Gesicht schien verblüht, war graubraun geworden, die Augen waren weiter geöffnet, er sprach, seine klangvolle, bissige Stimme zügelnd, träger, matter.

»Der Staatsanwalt ist erkrankt. Krankheit ist sehr nützlich, wenn sie gewissen Unannehmlichkeiten auszuweichen erlaubt, ausgeschlossen von ihnen bleibt der Tod, der bereits von allen Unannehmlichkeiten, abzüglich Höllenqualen, befreit.«

Mitten in dieser Rede sagte er scharf in die Telefonmuschel: »Ich bitte, sich herzubemühen.«

»Nun, Fragen an Sie«, begann er offiziell, wobei er mit dem Finger einen Brief zu Samgin hinüberschob. »Wissen Sie nicht, wer der Verfasser dieses Sendschreibens ist?«

Der Brief war in kleiner, aber leserlicher Handschrift geschrieben, die Worte so dicht aneinandergereiht, als wäre jede Zeile ein einziges Wort. Samgin las:

»Deine Zweifel und Einwände sind naiv, da ich aber weiß, daß Du ein kluger Mensch bist, fühle ich, daß die Naivität gekünstelt ist. Marx wird von den Hofkötern der Bourgeoisie, ihren Stubenhündchen entstellt, die Namen dieser Hunde sind Dir bekannt, ihr Bellen und Heulen ist Dir natürlich verständlich. Gib das Phantasieren auf, lies Lenin. Dich ›stößt seine grobe Ironie ab‹, das kommt daher, weil Du sein Pathos nicht spürst. Und viele sind unfähig, das zu fühlen, weil eine solche Verbindung von Ironie und Pathos äußerst selten ist, und vor Iljitsch fühle ich sie nur bei Marat, aber nicht in solcher Kraft.«

Kutusow, kombinierte Samgin. Das ist sein Stil. Soll ich ihn nennen? Sagen, wer es ist?

Ins Zimmer trat der stellvertretende Staatsanwalt am Ort, Brunde-Saint-Hippolyte, ein Geck und schöner Mann, Tagilskij streckte die Hand nach dem Brief aus und fragte: »Sie wissen es nicht?« Die Frage klang suggestiv, und das freute Samgin sehr, er drückte dem Gecken fest die Hand und antwortete auf seine Frage: »Wie ist Paris, äh?« mit Leichtigkeit: »Wundervoll!«

Brun lächelte selbstzufrieden, strich sich mit den Fingern über das seidige Schnurrbärtchen, dessen Härchen dicht an dicht gebürstet waren.

»Mein Freund Fürst Urussow hat trefflich gesagt: ›Paris ist ein Becken von Siloah, in ihm werden alle seelischen Krankheiten und Kümmernisse geheilt.‹«

»Das Becken von Siloah ist so ein heilkräftiges Schlammbad, ähnlich dem von Sak«, bemerkte Tagilskij und – fragte streng: »Doch wer ist Berdnikow?«

Von Berdnikow sprach Samgin mit Vergnügen und veranlaßte dadurch den stellvertretenden Staatsanwalt zu der schmeichelhaften Bemerkung: »Oh, Sie haben ja die Begabung eines Belletristen!«

»So«, unterbrach ihn Tagilskij, sich eine Zigarette anzündend. »Also: Ein Geschäftsmann mit Orientierung auf ausländisches Kapital? Französisches, ja?«

»Ich weiß nicht.«

»Und die Sotowa – auf englisches, nach den Dokumenten zu urteilen?«

»In diese Angelegenheit hat sie mich nicht eingeweiht. Die Sachen, die ich führte, sind von mir zur Abgabe ans Gericht bereitgelegt.«

»Vortrefflich«, sagte Tagilskij; Saint-Hippolyte sah ihn gelangweilt an, schnalzte zweimal laut und ging weg, während Tagilskij, in Papieren blätternd, murmelte: »Dieses Bürschchen da wird leicht Karriere machen! Zu Anfang wird er eine Reiche heiraten, das fällt ihm leicht, wie eine Fliege totzuschlagen. An seinem Lebensabend wird er Senator, stellvertretender Minister, Mitglied des Reichsrats, überhaupt – ein großes Tier sein! Doch all seinen Veranlagungen nach ist er ein Dummkopf und Ignorant. Na – der Teufel soll ihn holen!«

Er klopfte mit der flachen Hand auf die Papiere und begann mit einem Unterton von Verwunderung: »Die Sotowa war aber eine Dame mit großem Wirkungsbereich! Und nach dem Widerhall ihrer Unternehmungen zu urteilen – eine Frau von nicht geringem Verstand und von großer Gier. Ich bin geradezu frappiert: Marxisten, Finanzleute, Sektierer. Gründe für Ihre Vermutung einer nahen Beziehung zum Polizeidepartement – spüre, finde ich nicht. Es sei denn, was das Sektierertum anbelangt? Es ist ganz unbegreiflich, zu welchem Zweck sie all diese Büchlein und Handschriften gesammelt hat. Solch ein großer, bildungsloser Unsinn, solch ein armseliger Unverstand ... Neben diesem Plunder – eine Bibliothek russischer und europäischer Klassiker, Bücher von Le Bon über die Entwicklung der Materie, der Kraft. Lester Ward, Oliver Lodge in englischer Sprache, die letzte deutsche Ausgabe von Humboldts ›Kosmos‹, Marx, Engels ... Und alles mit dem Bleistift in der Hand gelesen, es sind Zettel eingelegt mit Hinweis, was wo zu suchen ist. Sie wissen natürlich das alles?«

»Nein«, sagte Samgin. »Bei ihr zu Haus bin ich nur zwei- bis dreimal gewesen ... Geschäftlich trafen wir uns im Laden.«

»Der Laden war eine Tarnung? Wie?«

Samgin zuckte stumm mit den Achseln und sagte plötzlich: »Sie war die Steuerfrau eines Schiffs der Geißler. Die örtliche Gottesmutter.«

»S-sie?« wiederholte Tagilskij stotternd und lachte fast klanglos in kurzen Atemstößen, wobei er auf dem Stuhl hochsprang, sich schüttelte und den scharfzähnigen Mund öffnete. Dann wischte er sich mit dem Taschentuch die Tränen des Lachens von den Wangen und fuhr fort: »Bei Gott, solche Wirrköpfe wie bei uns gibt es nirgends in der Welt. Was bedeutet das? Gottesmutter, wie? Ach, diese Teufel ... Jedoch – gehen wir weiter.«

Er begann rasch bezüglich der Geschäftspapiere Fragen zu stellen, und nach etwa zehn Minuten fragte er schroff: »Wem konnte sie im Wege stehen – was meinen Sie?«

»Besbedow, Berdnikow«, antwortete Samgin.

»Ermordet hat sie – Besbedow«, sagte zornig Tagilskij, sich eine Zigarette anzündend. »Es erhebt sich die Frage der Initiative: Aus eigenem Antrieb oder auf Anstiftung? Ihre Charakteristik Berdnikows ...«

Er verstummte und las irgendein Schriftstück, während Samgin, etwas betreten über die Entschiedenheit der Antwort, sie zu mildern versuchte: »Besbedow kann man sich sehr schwer als Mörder vorstellen ...«

»Warum? Auch Kinder morden. Stiere töten.«

Nachdem er das Schriftstück beiseite geworfen hatte, begann er sehr rasch und zornig zu reden: »An der Wolga, in Stawropol, tötete ein Hammel einen Gymnasiallehrer. Der Lehrer saß als Sommerfrischler auf der Erde und studierte die Lebensweise irgendwelcher kleinen Kräuter oder Käfer, während der Hammel einen Anlauf nahm und – wuppdich! – dem Lehrer die Hörner ins Genick rannte! Und – verwaist waren die Käferchen.«

Er erhob sich, sein Bauch stemmte sich gegen den Tischrand, die Hände knöpften die Uniformjacke zu.

»Die Voruntersuchung ist abgeschlossen, die Anklageschrift fertig, aber noch nicht vom Staatsanwalt unterzeichnet.« Er blieb vor Samgin stehen und fragte, ihn mit dem Bauch fast berührend: »Gab es Juden unter ihren Bekannten, unter den Leuten, mit denen sie geschäftlich zu tun hatte, wie?«

»Nein. Ich weiß es nicht.«

»Gab es keine, oder wissen Sie es nicht?«

»Ich weiß es nicht.«

»Und ich denke: Es gab keine«, schloß Tagilskij und freute sich über irgend etwas. »Hören Sie: Lassen Sie uns zu Besbedow gehen, versuchen Sie ihn zu einem Geständnis zu überreden – einverstanden?«

Der Vorschlag kam unerwartet und gefiel Samgin gar nicht, aber als er sich erinnerte, wie Tagilskij ihn davon abgehalten hatte, die Bekanntschaft mit Kutusow einzugestehen, nickte er stumm.

»Also«, murmelte Tagilskij, ihm mit einigem Zögern die Hand reichend.

Am Morgen des nächsten Tages fuhren er und Tagilskij bei der Pforte des am Stadtrand gelegenen Gefängnisses vor. Kalter, staubfeiner Regen rieselte, vernichtete den nachts gefallenen Schnee und legte den Erdschmutz bloß. Das Gefängnis war ein düsteres Viereck hoher, dicker Backsteinmauern, innerhalb der Mauern war ein seit langem nicht mehr getünchtes Gebäude in der Erde verwurzelt, voll von Flecken wie wundgelegene Stellen, an den Ecken des Gebäudes standen vier Türme, in seiner Mitte ragte auf dem Dach das Kreuz der Gefängniskirche.

»Ein Dingelchen, aus elisabethanischen Zeiten«, sagte Tagilskij. »Vortrefflich, fest hat man die Gefängnisse bei uns gebaut. Wir gehen in die Zelle des Untersuchungsgefangenen, statt ihn ins Büro holen zu lassen. So wird es intimer werden«, brummte er eilig.

Sie wurden vom Gehilfen des Gefängnisdirektors empfangen, einer kleinen, schwarzen Gestalt mit dem verwaschenen Gesicht einer abgegriffenen Puppe aus alten Lappen, mit einem Revolver am Gürtel und einem Säbel an der Seite.

»In die Zelle Besbedows«, sagte Tagilskij. Der kleine Mann blinzelte erschrocken mit seinen Mausaugen und befahl einem Wärter: »Hole den Untersuchungsgefangenen Besbedow aus der . . .«

»Ich habe gesagt – in die Zelle!« erinnerte ihn streng Tagilskij.

»Zu Befehl! Aber er sitzt im Karzer.«

»Weswegen?«

»Er tobt unerträglich, wird handgreiflich.«

»Herauslassen, in die Zelle führen . . .«

»Wir haben keine freien Zellen, Euer Hochgeboren. Herr Besbedow ist in der Massenzelle für Strafgefangene untergebracht. Bei uns ist alles überfüllt . . .«

Die Hand am Mützenschirm, mischte sich vorsichtig der Wärter ein: »Der linke, rückwärtige Turm ist frei, da man gestern abend den Politischen in den Karzer abgeführt hat.«

Dieser Zwischenfall stimmte Samgin trübsinnig. Der scharfe Kommandoton Tagilskijs war unangenehm; sein Gesicht, aufgeblasen, gewölbt wie die Halbkugel eines großen Gummiballs, schien versteinert, die roten Schweinsäugelchen waren zornig aufgerissen. Die kurzen, dicken Beinchen trugen ihn geräuschlos wie Katzenpfoten über das nasse Kopfsteinpflaster des Hofes, über die gußeisernen Stufen der Treppe, über die abgetretenen Läufer des Korridors; als er die Turmzelle betreten hatte, die rund war wie das Innere eines Fasses, schloß er rasch hinter sich die Tür, als versteckte er sich.

»Bring Stühle«, sagte der Gehilfe des Aufsehers zu dem Wärter. Tagilskij hielt ihn zurück.

»Nicht nötig. Bringen Sie den Untersuchungsgefangenen. Sie warten im Korridor.«

Samgin setzte sich auf die Pritsche. Das Licht fiel durch ein quadratisches Fenster unter der Decke in die Zelle herein, es fiel als trüber Streif, ließ die Wände im Halbdunkel. Tagilskij setzte sich neben Samgin und fragte ihn leise: »Haben Sie schon mal im Gefängnis gesessen?«

»Ja. Nicht lange.«

»Und ich – habe andere hineingesetzt«, entgegnete Tagilskij ebenso leise. »Die Intellektuellen sperren sich gegenseitig in Gefängnisse. Sieht das nicht wie ein ... Mißverständnis aus? Wie ein Witz?«

Samgin kam nicht zum Antworten – Besbedow trat ein. Er schritt wie von einer Stufe herab, deren Höhe er falsch abgeschätzt hatte, machte einen Schritt, und seine Beine knickten ein, er stolperte und sprang gleichsam in den Streif trüben Lichtes hinüber.

»Stellen Sie sich an die Wand«, befahl Tagilskij allzu laut, und Besbedow taumelte gehorsam ins Halbdunkle zurück, lehnte sich an die Wand. Samgin konnte ihn nicht gleich erkennen, er sah zuerst nur eine schwerfällige und fast formlose Gestalt, hörte ihr schweres Keuchen, unartikulierte Ausrufe, die einem Aufstoßen glichen.

»Hören Sie, Besbedow«, begann Tagilskij, ihm antwortete ein dumpfes, heiseres Heulen.

»Man hat mich verprügelt. Mich mit Füßen getreten. Ich will einen Arzt, man soll mich ins Krankenhaus schaffen ...«

»Wer hat Sie geschlagen?« fragte Tagilskij.

»Die Strafgefangenen, die Wärter, alle. Hier schlagen alle. Weswegen schlägt man mich? Ich werde mich beschweren ... Wer sind Sie?«

Samgin spannte seine Sehkraft an und blickte mit einem Gefühl heftigen Abscheus auf Besbedow. Das ihm wohlbekannte aufgedunsene, breite Gesicht war unkenntlich eingefallen, die Wangen hatten ihr Fett verloren und hingen herab wie bei einer Bulldogge, und die Ähnlichkeit des Gesichts mit einer Hundeschnauze wurde durch die Wolle an Wangen und Hals und durch die gebleckten Zähne gesteigert; das zerzauste Haar ragte in Büscheln auf dem Kopf wie eine zerfetzte Mütze. Das eine Auge war von einer Geschwulst verdeckt, das andere, geweitet, blinzelte fortwährend. Besbedow wurde von einem Zittern geschüttelt, seine Beine knickten ein, sich mit der einen Hand an die Wand klammernd, zog er mit der anderen den fast ganz abgerissenen Ärmel des zerknitterten Rockes zur Schulter hinauf, das Hemd war auch zerrissen und ließ die Brust sehen, ihre weiße Haut war ganz voller Flecken.

»Wie soll ich, so zerschlagen, vor Gericht erscheinen? Mich kennt die ganze Stadt. Mir fällt das Atmen, das Reden schwer. Ich muß ärztlich behandelt werden ...«

»Sie müssen ein Geständnis ablegen, Besbedow«, begann Tagilskij streng von neuem, und von neuem ertönte ein heiseres Heulen: »Aha, Sie sind das? Wieder Sie? Nein, ich bin kein Dummkopf. Geben Sie mir Papier ... ich werde mich beschweren. Beim Gouverneur.«

»Der Verteidiger ist zu Ihnen gekommen«, sagte Tagilskij laut.

Samgin erinnerte ihn sofort aufgeregt, mit Flüsterstimme: »Ich weigere mich, ich kann nicht ...«

Besbedow indessen kratzte an der Wand herum und schrie: »Ich will ihn nicht! Ich habe erklärt: Samgin – oder ich brauche keinen! Sie üben auf mich Druck aus! Ihren Advokaten traue ich nicht.«

»Er, Samgin, ist hier«, sagte Tagilskij.

»Ja, ich bin nun gekommen«, bestätigte Klim halblaut und fühlte, daß er die Rolle eines stummen Zuschauers vorgezogen hätte.

Besbedow riß sich von der Wand los und machte einen Schritt auf ihn zu, stieß mit dem Knie an eine Ecke der Pritsche, ächzte auf, setzte sich auf den Boden und ergriff Samgin am Bein.

»Klim Iwanowitsch«, keuchte er inbrünstig. »Herrgott ... wie froh ich bin! Nun, jetzt ... Wissen Sie, sie wollen mich aufhängen. Jetzt hängt man alle auf. Man versteckt mich. Man schlägt mich, wirft mich in den Karzer. Haben mich hin und her geschwungen und – hineingeworfen. Sie lieber Mensch, Sie wissen es ... Bin ich denn eines Mordes fähig! Wenn ich dessen fähig wäre, hätte ich schon längst ...«

»Sie reden ... irrsinnig, zu Ihrem eigenen Nachteil«, warnte ihn Samgin und suchte sein Bein, indem er vorsichtig damit zuckte, aus Besbedows Händen zu befreien, während dieser krampfhaft fortfuhr, wie ein Aufstoßen klingende Worte herauszuschreien: »Sie wissen, was für ein Satan sie war ... Eine Hexe mit Kupferaugen. Das habe nicht ich gesagt, sondern die Braut. Meine Braut.«

»Beruhigen Sie sich«, forderte Samgin, völlig bedrückt, ihn auf, und ihm schien, daß Besbedow tatsächlich ruhiger wurde. Tagilskij zog sich schweigend unter das Fenster zurück und quoll dort auf, zerrann im Halbdunkel. Besbedow saß, das eine Bein gekrümmt, da und streichelte mit der Hand das Knie, das andere Bein hatte er unter die Pritsche gesteckt, seine Hand zupfte immerfort am Rockärmel.

»Sie hat mir das ganze Leben verpfuscht, Sie wissen es«, sagte er. »Sie konnte alles. Entsinnen Sie sich – dieser Narr, der Wächter, so ein riesengroßer? Er ist ein Entlaufener. Er war es, der den Wechsler umgebracht hat. Und sie – versteckte ihn, den Mörder.«

»Geben Sie sich Rechenschaft darüber, was Sie reden?« fragte Tagilskij. Besbedow riß den Ärmel ab, schwang ihn in Richtung Tagilskij hoch und steckte sich dann den Ärmel unter die Achsel.

»Ich gebe mir Rechenschaft, ich verstehe, ich habe keine Angst vor Ihnen . . . Ach Sie, Staatsanwalt. Jetzt – habe ich keine Angst. Auch vor ihr – habe ich keine Angst. Sie ist tot, ich kann alles von ihr sagen. Was meinen Sie, Klim Iwanowitsch, meinen Sie, sie habe Sie geschätzt? Die?«

»Ich glaube Ihnen nicht, ich kann Ihnen nicht glauben«, schrie Samgin nahezu und sah dabei mit Abscheu in das zu ihm emporgerichtete zottige, zuckende Gesicht. Er blickte flüchtig zu Tagilskij hinüber – dieser stand mit geneigtem Kopf da, eine Rauchwolke schwebte darüber, sein Gesicht war nicht zu sehen.

Er will mir trotz allem irgendeine Falle stellen, dachte Samgin voller Unruhe, während Besbedow, der nach Samgins Knie und dem Pritschenrand griff, aufzustehen suchte und, wahrscheinlich verwundert, erschreckt, zischte: »Sie glauben mir nicht? Wie wollen Sie mich denn verteidigen? Sie müssen mich verteidigen. Was ist denn mit Ihnen?«

»Ich habe nicht die Absicht, Sie zu verteidigen«, sagte Samgin so fest, als er konnte, und rückte aus dem Bereich seiner Hände weg. »Wenn Sie es getan – wenn Sie den Mord begangen haben . . . Es wird leichter für Sie – legen Sie ein Geständnis ab!« fügte er hinzu.

Besbedow stand auf, wankte, warf die Arme hoch, es war, als hätte er Samgins letzte Worte nicht gehört, er begann leiser zu sprechen, aber seine Rede kam Klim dadurch noch tobender, noch brennender vor.

»Was ist mit Ihnen? Ich – schätze Sie. Sie sind ein schrecklich kluger, weiser Mann, sie aber machte sich über Sie lustig. Mir hat es Mischa erzählt, er – weiß es . . . Sie sagte zu Creigthon, dem Engländer . . .«

»Hören Sie auf«, rief Samgin und schleuderte den Rockärmel beiseite, der ihm auf den Fuß gefallen war. »Das alles haben Sie erfunden. Sie sind ein kranker Mensch.«

»Ich? Nein! Man hat mich übel zugerichtet, aber ich bin gesund.«

»Schreien Sie nicht, Besbedow«, sagte Tagilskij, der auf ihn zutrat.

Besbedow stürzte hinkend zur Tür, stieß mit der Schulter dagegen, die Tür ging auf, auf der Schwelle postierte sich der Gehilfe des Direktors, hinter seiner Schulter ragte das graubärtige Gesicht des Wärters empor.

»Zumachen«, befahl Tagilskij. Die Tür wurde mit eiligem Eisengerassel geschlossen, Besbedow lehnte sich mit dem Rücken daran, drückte wie eine Frau die Arme an die Brust und zupfte an dem zerlumpten Hemd herum.

»Also, Besbedow«, begann der stellvertretende Staatsanwalt klangvoll. »Hören Sie mit Ihrem hysterischen Getue auf, es nützt Ihnen nichts, sondern schadet Ihnen nur. Klim Iwanowitsch und ich – wir wissen, wann einer sich den Anschein eines unschuldigen, erschreckten Jungen gibt, wann er lügt ...«

Besbedow stieß mit dem Hinterkopf an die Tür und schrie fast mit seiner normalen, Samgin bekannten Stimme: »Ich – lüge nicht! Ich will leben. Ist das eine Lüge? Dummkopf! Lügen denn die Menschen, wenn sie leben wollen? Na? Ich bin jetzt reich, nachdem man sie umgebracht hat. Ich bin ihr Erbe. Sie hat sonst niemanden. Klim Iwanowitsch ...«, schrie er beklommen und schluchzend.

Tagliskijs Stimme übertönte ihn: »Sagen Sie geradeheraus: Haben Sie selbst den Mord begangen oder ein anderer, den Sie angestiftet haben? Nun?«

Besbedow brüllte auf, machte einen Schritt nach vorne, fiel nach der Seite um und blieb formlos ausgebreitet am Boden liegen.

»Ach, Teufel«, murmelte Tagilskij, der zur Pritsche gesprungen war, dann schritt er über Besbedows Beine hinweg und klopfte mit der Schuhspitze an die Tür.

»Feldscher, Arzt«, befahl er. »Den da – hier, im Turm lassen. Verlangt er Papier, Tinte – ihm geben.«

Als sie durch den Korridor gingen, fragte er halblaut: »Simuliert er?«

»Ich bin nicht sicher.«

»Uff, Teufel, wie schül es ist!« sagte Tagilskij, sein Gesicht mit dem Taschentuch abwischend, als sie auf den Hof hinaustraten, dann nahm er den Hut ab und brummte, den kahlen Kopf schüttelnd, als wehre er feine Regentröpfchen ab: »Dreckmenschlein. Säufer?«

»Nein. Narr und Prasser.«

Tagilskij brummte: »Ein schädliches Subjekt. Er ist imstande, uns eine schöne Suppe einzubrocken ... der Teufel soll ihn holen!«

Er will mir angst machen, überlegte Samgin.

Tagilskij trocknete mit dem Taschentuch seine Glatze und setzte den Hut auf. Samgin dagegen empfand eine drückende, feuchte

Kälte in der Brust, eine klebrige, fast eisige Nässe im Gesicht. Ihn beunruhigte die Frage, warum dieser Dicke ihm die Zusammenkunft mit Besbedow verschafft hatte. Und als Tagilskij vorschlug, in einem Restaurant zu Mittag zu speisen, lud Samgin ihn zu sich ein, lud ihn liebenswürdig ein, bemühte sich jedoch, zu verbergen, daß er das sehr wünsche.

Dann trommelte eine Zeitlang hartnäckig Regen auf das Lederverdeck des Wagens, das von den Dächern rinnende Wasser murmelte, die Gummireifen glucksten in den Pfützen, der Wagen holperte über die Schlaglöcher des Pflasters, der Nachbar stieß mit der Schulter gegen Samgin, der Kutscher rief: »He, O-bacht!«

Ja, man muß sehr vorsichtig mit ihm sein, dachte Samgin von dem Nachbar, während dieser aus unerfindlichem Grund von Sologub murmelte: »Er ist sowohl talentiert als auch ein Pessimist, aber – kein Baudelaire. Er ist mollig warm und weich, wie ein Kissen.«

Samgin, der vor Kälte schlotterte, fragte sich: Konnte Besbedow einen Mord begehen?

Nach einer Antwort suchte er nicht, ihn hinderte daran die zerzauste, jämmerliche Gestalt, das zerschlagene, von Angst und Entrüstung entstellte Gesicht, ihm fiel die neidische Klage ein: Die Frauen mögen mich nicht, ich bin ihnen gegenüber offenherzig, geschwätzig, schütte sofort mein Herz aus, während die Weiber das Geheimnisvolle lieben. Sie mag das Frauenvolk natürlich gern. Sie sind rätselhaft, verbergen irgend etwas in sich, und das macht neugierig...

Bei Samgin zu Haus zündete sich Tagilskij eine Zigarette an, lehnte sich an die weißen Ofenkacheln und stand ein paar Minuten lang schweigend da, wobei er zuhörte, wie der Hausherr bei dem Dienstmädchen eine Vorspeise zum Mittagessen und Wein bestellte.

»Wie nett sie ist«, sagte er, als das Mädchen gegangen war, und seufzte, dann hielt er die Zigarette senkrecht, beobachtete, wie sie gleich einem Fabrikschlot rauchte, und erzählte währenddessen: »Zwei Jahre lang etwa, bis zum Frühling des laufenden, habe ich auch so eine gehabt, eine rundliche, lustige, eine junge Kleinbürgerin aus Pskow. Meine Frau brachte es sogar zu so 'ner Art von familiären Beziehungen mit ihr, gab ihr Bücher zu lesen und ... befaßte sich überhaupt mit der ›intellektuellen Entwicklung der primitiven Natur‹, wie sie mir erklärte. Meine Frau war ein naives Menschenkind.«

»War?« fragte Samgin.

»Ja. Wir sind auseinandergegangen. Nun also – Polja. In diesem Frühjahr tauchte an ihrer Seite ein wohlanständiger junger Mann auf. Eine vollkommen natürliche Erscheinung:

> Das ist nun mal so Brauch:
> Damals war es Frühling.
> Die Muttergottes auch
> Empfangen hat im Frühling.

Meine Frau fuhr mit Polja fort, um das Landhaus herzurichten, ich ging aus Langeweile in den Zirkus, zum Ringkampf, harrte aber nicht bis zum Ringkampf aus, komme nach Hause – im Arbeitszimmer ist, wie ich sehe, Licht, an meinem Tisch sitzt Poljas Kavalier und ist in das Sichten von Papieren vertieft. Ich habe ein Revolverchen bei mir, einen kleinen Browning. Ich frage: ›Haben Sie etwas Interessantes gefunden?‹ Er wollte aufstehen, seine Beine rutschten unter den Tisch, er plumpste in den Sessel, hob die Hände hoch und erklärte: ›Ich bin kein Dieb‹ – ›Sie sind ein Esel‹, sage ich. ›Sie hätten sich gerade für einen Dieb ausgeben sollen, dann hätte ich die Polizei angerufen, die hätte Sie abgeführt und Sie in Frieden zur Erfüllung Ihrer nächsten Aufgaben entlassen, und damit wäre die Geschichte beendet gewesen. Nun erzählen Sie mal, wie es mit Ihnen so weit gekommen ist.‹ Es stellte sich heraus: Er war der Sohn eines Postbeamten, war Sekretär an einem Mädchengymnasium gewesen, hatte den Mädchen illegale Literatur gegeben, das war an den Tag gekommen, man hatte ihn verhaftet, ihm gedroht, ihm einen Vorschlag gemacht – er hatte eingewilligt. Ich frage: ›Und was ist mit Polja?‹ – ›Und sie‹, sagt er, ›steht mit mir zusammen im Dienst.‹ Es blieb mir nichts anderes übrig, als von dem Mädchen Abschied zu nehmen. Ich erzähle danach im Obergerichtshof: Die Dinge stehen offensichtlich schlimm, wenn man schon bei Mitgliedern der Staatsanwaltschaft geheime Haussuchungen vornimmt! Mein unmittelbarer Vorgesetzter lädt mich vor und ermahnt mich: ›Sie erzählen Witze‹, sagt er, ›die die Regierung kompromittieren. Sie vergessen‹, sagt er, ›daß Peter der Große den Staatsanwalt das Auge des Herrschers genannt hat.‹«

Tagilskij sprach langsam, mit müde gurrender Stimme. Samgin suchte zu begreifen: Warum erzählte er das? Und plötzlich unterbrach er die Erzählung, indem er fragte: »Möchten Sie mir nicht erklären, welchen Sinn für Sie mein Besuch ... im Gefängnis hatte?«

»Ich habe erwartet, daß Sie mich danach fragen werden«, entgegnete Tagilskij, steckte die Hände in die Hosentaschen, zog die Hose etwas hoch, ging auf die Speisezimmertür zu, schloß sie, steckte den schwelenden Zigarettenstummel in die Erde des Gummibaumbottichs. Und während er im Zimmer umherspazierte und die kurzen Beine komisch und gewichtig wie ein Gockel hochwarf, begann er, als läse er ein Schriftstück vor: »Der eines Kriminalverbrechens – eines Mordes – Verdächtige«, erinnerte er, den rechten Arm hochschwingend, »hat den hartnäckigen Wunsch geäußert, gerade Sie möchten ihn vor Gericht verteidigen. Weshalb? Weil Sie sein Untermieter sind? Das ist etwas zu wenig. Vielleicht besteht noch irgendeine andere Beziehung? Von diesem Verdacht hat Besbedow Sie rein gewaschen. So – das wäre der eine Sinn.«

Er trat auf Samgin zu und fuhr, den Bauch fast gegen dessen Knie gestemmt, fort: »Es gibt noch einen anderen. Aber er ist ... auch mir selbst nicht ganz klar.«

Sein rotes Gesicht erblaßte, seine zusammengekniffenen Augen blitzten ungut auf.

»Ich verstehe Sie; Sie glauben, ich wolle eine gewisse gerichtliche Gemeinheit gegen Sie begehen.«

»Sie täuschen sich ...«

»Machen Sie mir nichts vor, Samgin.«

Tagilskij fuhr mit der Hand durch die Luft und begann von neuem umherzugehen, wobei er in ironischem Ton sagte: »Es ergibt sich also, daß ich Ihnen als Ware meine Aufrichtigkeit anbiete, während Sie ... keinen Bedarf nach ihr haben und offenbar überzeugt sind, es sei faule Ware.«

»Sie wissen natürlich, daß die Menschen einen überhaupt nicht zu Vertrauen geneigt machen«, sagte Samgin schulmeisterlich, erfaßte aber sofort, daß er herablassend sprach und dadurch die Ironie des Gastes steigern konnte. Der Gast, der mit dem Rücken zu ihm stand, betrachtete die Buchrücken im Schrank und sagte: »Sogar sich selbst trauen sie wenig.«

Er drehte sich wie ein Ball um und setzte hinzu: »Der russische Intellektuelle lebt in einem ununterbrochenen Zustand der Selbstverteidigung und mit ununterbrochenen Übungen in der Kunst zu streiten.«

»Das ist sehr wahr«, gab Klim Samgin zu, da er fürchtete, daß der Dialog in einen Streit umschlagen könnte. »Sie haben sich sehr verändert, Anton Nikiforowitsch«, begann er so freundlich, als er nur konnte, um dem Gast etwas Schmeichelhaftes zu sagen. Aber das erübrigte sich – das Dienstmädchen rief zu Tisch.

»Essen tue ich gern«, sagte Tagilskij.

Samgin schenkte Wodka ein, sie stießen an und tranken, der Gast schenkte sofort jedem ein zweites Gläschen ein und sagte dazu: »Ich beginne, gemäß einem Vermächtnis meines Vaters, mit dreien. Das war das beste von seinen Vermächtnissen. Mir scheint, ich werde krank. Meine Temperatur klettert, innerlich fröstelt mich eigentümlich, während unter der Haut sich Bläschen bilden und platzen. Das verpflichtet mich, tüchtig zu trinken.«

Samgin, der sich bemühte, liebenswürdiger zu ihm zu sein, bewirtete ihn eifrig und erzählte von Paris, Tagilskij stillte fleißig seinen Hunger, schwieg und sagte dann plötzlich kopfschüttelnd: »In Moskau, als wir uns trafen, begann ich zu trinken.«

Nach einer Pause fügte er hinzu: »Um nicht zu denken.«

»Sind Sie Moskauer«, fragte Samgin.

»Ich bin aus Tula. Mein Vater machte Samoware bei den Brüdern Bataschow.«

Er wischte sich mit der Serviette über den Mund und leckte, da er ihr nicht traute, die Lippen mit der Zunge ab.

»Ich bin ein Intellektueller in erster Generation. Und Sie?« fragte er, die Wangen zu einem Lächeln aufblähend.

»In dritter«, sagte Samgin. Tagilskij, der sich gerade eine Zigarette anzünden wollte, murmelte: »Bereits ein Aristokrat, im Vergleich zu mir.«

Samgin, der sich auch eine Zigarette angezündet hatte, sah ihn fragend an.

»Ein interessantes Thema«, sagte Tagilskij kopfnickend. »Als mein Vater an die dreißig Jahre alt war, las er irgendein Buch über das ausgelassene Leben der Goldgräber, ließ sich verleiten und fuhr in den Ural. Mit fünfzig Jahren war er Inhaber einer Schankwirtschaft und eines Freudenhauses in Jekaterinburg.«

Tagalskij kniff die roten Äugelchen zusammen, schwieg ein paar Sekunden lang und blickte Samgin aufmerksam ins Gesicht, Samgin hielt diesem prüfenden Blick, ohne zu blinzeln, stand.

»Meine Mutter, die nie ein Wort sprach, starb, als ich elf Jahre alt war. Im gleichen Jahr erschien eine Stiefmutter, die Witwe eines Diakons, ein kraftstrotzendes, zynisches und widerlich scheinheiliges Frauenzimmer. Ich wollte sie mit einer Flasche – einer leeren – auf den Kopf schlagen, mein Vater verprügelte mich tüchtig, während sie mich niederknien ließ und selbst hinter mir auch niederkniete. ›Bitte Gott um Vergebung dafür, daß du gegen mich, die dir von Gott gegebene Mutter, die Hand erhoben hast!‹ Ich sollte laut beten, aber ich begann unflätige Verse aufzusagen. Es gab nochmals Prügel, und mein Vater geriet in eine solche Raserei, daß ihm ›das Herz stockte‹ und daß die Stiefmutter erschrak, als er, auch groß und beleibt, umfiel und nach Atem rang. Danach weinten sie beide. Gefühlvolle Menschen . . .«

Samgin hörte zu, beobachtete das Gesicht des Erzählers und glaubte ihm nicht. Die Erzählung, erinnerte an etwas Gelesenes, an eine der von den wenig bedeutsamen Schriftstellern der siebziger Jahre verfaßten Geschichten. Aus irgendeinem Grund war es angenehm, zu erfahren, daß dieser modisch gekleidete Mann der Sohn eines Bordellinhabers war und daß man ihn geprügelt hatte.

»Wir wohnten eng beisammen«, fuhr Tagilskij gemächlich und dem Scheine nach gleichmütig fort. »Ich sah mehrfach ... sozusagen die Leidenschaftsausbrüche zweier Tiere. Auf dem Hof, in einem großen Anbau der Schankwirtschaft, waren die Dirnen untergebracht. Mit zwölf Jahren begann ich zu onanieren, eine von den Dirnen ertappte mich dabei und lehrte mich, das normale Geschlechtsleben zu bevorzugen ...«

Samgin verbarg das Gesicht im Zigarettenrauch und überlegte: Weshalb muß er mir diese Abscheulichkeiten erzählen? Wenn ich Ähnliches erlebt hätte, hielte ich es für meine Pflicht, es zu vergessen ... Die Motive solcher häßlichen Beichten sind nicht zu begreifen.

Tagilskij sprach mit geweiteten Augen und blickte dabei über Samgins Kopf hinweg, dort, vor dem Fenster, im Garten, pfiff der Wind und knarrte irgendein Ast.

»Man schlug mich so, daß ich mich sanft stellen mußte, obwohl ich mehr als einmal meinen Vater oder die Stiefmutter hätte erstechen mögen. Aber trotzdem war ich ihnen im Wege. Mein Vater schätzte den Nutzen der Bildung hoch, da er sie als Unabhängigkeit von der Polizei auffaßte, die ihn ständig belästigte. Er nahm für mich einen Nachhilfelehrer, ich bereitete mich für das Gymnasium vor und absolvierte es mit der Goldenen Medaille. Ich will nicht davon reden, was mich das gekostet hat. Ich wohnte nicht in der Schankwirtschaft, sondern bei der Schwester meiner Stiefmutter, sie vermietete Zimmer mit Beköstigung an Gymnasiasten. Von der Teilnahme an Fortbildungszirkeln drückte ich mich nicht nur, sondern bekundete auf jegliche Weise meine ablehnende, sogar feindliche Haltung ihnen gegenüber. Dort gab es Kinder, die es im Leben leicht hatten – Söhne von Kaufleuten aus den Bezirken, von Ingenieuren, von Fabrikärzten –, Aristokraten. Der Vater verwöhnte mich nicht mit Geld, er verlangte nur, daß ich mich ordentlich kleide. Ich gewann meinen Stubengenossen im Kartenspiel Geld ab und sparte.«

Samgins Stimmung spaltete sich: Es war angenehm, daß ein Mann, den er für gefährlich hielt, sich vor ihm entblößte, entwaffnete, und immer beharrlicher wünschte er zu begreifen, weshalb dieser rundliche, wohlgenährte Mann so vertraulich wurde. Tagilskij indessen gurrte, seine klangvolle Stimme zügelnd, und immer öfter brach hinter dem trübseligen Gurren lautes Schluchzen hervor.

Er erinnert durch irgend etwas an Berdnikow, warnte sich Samgin.

»In der siebten Klasse befand sich der Sohn eines Steigers, der Leiter eines Marxistenzirkels, ein hartnäckiger, langnasiger Bursche ... Im vergangenen Jahr erfuhr ich zufällig, daß man ihn zum drittenmal verbannt habe ... Ich glaube, sogar ins Zuchthaus. Er lehrte mich, daß die Intellektuellen ebensolche Diener der Bourgeoisie seien wie die Köche, die Kutscher und so weiter. Aus einem Gefühl der Abneigung gegen alles, was mich verletzte, beschloß ich, ihm zu beweisen, daß dies nicht stimme. Mein Vater hatte mir befohlen, an der Tomsker Universität zu studieren, um Arzt oder Anwalt zu werden, aber ich fuhr nach Moskau, denn ich hatte beschlossen, Staatsanwalt zu werden. Mein Vater verweigerte mir seine Hilfe. Ich studierte gern, die Professoren waren mir gewogen und schlugen mir vor, an der Universität zu bleiben. Aber im vierten Juristenjahr heiratete ich, meine Frau gehörte einer soliden Juristenfamilie an, ihr Vater war Staatsanwalt in der Provinz, ein Onkel von ihr Professor. Ich hatte einen Sohn, er starb im fünften Lebensjahr. Er war ein rechtschaffenes, offenherziges Kerlchen. Er verbot der Mutter, ihn zu küssen. ›Du hast Seife an den Lippen‹, sagte er. Mit der Seife meinte er den Lippenstift. ›Mama, du schreist Papa an‹, sagte er, ›als wäre er der Koch.‹ Den Koch konnte er nicht ausstehen. Nach seinem Tod gingen meine Frau und ich auseinander.«

Tagilskij schüttelte sich plötzlich heftig auf dem Stuhl, blinzelte mit den Augen und sagte eilig: »Sie verzeihen mir ... diesen Monolog ...«

»Aber ich bitte Sie!« rief Samgin aus, der das sichere Gefühl hatte, ein bedeutenderer und stärkerer Mann zu sein als sein Gast. »Ich höre mit großem Interesse zu. Und es ist für mich, offen und ehrlich gesagt, sehr angenehm, schmeichelhaft, daß Sie so ...«

»Na, und so weiter«, unterbrach ihn Tagilskij und hob das Glas zum Mund. »Auf Ihr Wohl!«

Er trank, schnalzte mit den Lippen, strich sich mit den Händen über die Wangen und seufzte laut.

»Wie Sie sehen, haben Sie einen richtigen Pechvogel vor sich. Weshalb? Ich muß Ihnen sagen, daß meine Fähigkeit, Prozeßknoten zu lösen, den Wirrwarr von Begriffen zu klären, von der Obrigkeit sehr geschätzt wird, und wenn das nicht der Fall wäre, hätte man mich wegen meines störrischen Charakters und meiner Vorliebe, Widersprüche aufzudecken, schon längst aus dem Sattel gehoben. In der Rechtspraxis sind nicht die Menschen, sondern Normen, Dogmen, Begriffe wichtig – das werden Sie wissen. Die Menschen mit ihren Taten braucht man nur, um die Dauerhaftigkeit der Begriffe zu prüfen, und zu deren größerer Festigung.«

Tagilskij stand auf, trat ans Fenster, hauchte die Scheibe an, schrieb mit dem Finger ein X und ein Y darauf und sagte undeutlich: »Die Menschen wiederum haben zwei widerspruchsvolle Grundelemente in sich, das biologische und das soziale. Ersteres diktiert gebieterisch: Behaupte deinen Platz und festige ihn auf jede Weise, sonst – stoßen dich deine Nachbarn in den Staub. Das soziale Element hingegen verlangt engen Kontakt mit den Klassennachbarn. Da haben wir schon die Ursache vieler Skandale. Außerdem gibt es die Gewalt der Klasse und ihre Rache. Sie als Intellektueller in dritter Generation werden wohl kaum begreifen, wo hier der Haken steckt. Ich hingegen begreife vortrefflich, daß mein Weg in zwanzig Jahren im Kassationshof des Senats enden muß, das ist das wenigste, was zu erreichen ich imstande bin. Aber das armselige Milieu des Justizministeriums widert mich an. Ist mir organisch zuwider. Alles an ihm ist mir zuwider: die Menschen, die Begriffe, die Absichten, die Taten.« Er murmelte immer undeutlicher.

Er wird betrunken, entschied Samgin lächelnd und fühlte, daß ihn dieser Mensch ermüdet hatte. Ein Mensch fremden Stils. Der Gestalt nach und danach, wie er ißt und trinkt, muß er ein fideles Haus sein.

Da er fürchtete, der Gast könnte sich plötzlich umwenden und das Lächeln auf seinem Gesicht merken, löschte Samgin es.

Der Sohn eines Freudenhausbesitzers – als Senator.

Erneut fiel ihm ein, als was für ein Puter Tagilskij sich im Kreise von Preiß benommen hatte. Wahrscheinlich hatte er sich auch schon damals seinen Weg in den Senat entworfen. Der etwas ungeschliffene Pojarkow hatte zu ihm gesagt: Rechnen muß man zwar, aber man darf dabei nicht vergessen, daß man mit Buchhaltung keine Revolution macht. Dann hatte er davon gesprochen, daß die Vulgarisierer Marxens eine besondere Vorliebe für Zahlen zeigten und daß Marx nicht bloß ein Ökonom, sondern der Begründer einer wissenschaftlich fundierten Wirtschaftsphilosophie sei.

Der stellvertretende Staatsanwalt rollte in eine Ecke davon, nahm in einem Sessel Platz und redete, sich mit den Fingern die Stirn reibend, weiter.

Samgin, der durch seine Erinnerungen abgelenkt war, hörte unaufmerksam, halb im Schlaf zu und wurde plötzlich durch den sonderbaren Satz geweckt: »Eine Seele, klein wie ein Edelstein.«

»Verzeihen Sie, wer hat die?«

»Die Somowa. Ein Jahr vorher begegnete ich ihr bei einer Theosophin, es gibt da so ein dümmliches, dürres und ehrsüchtiges Frauenzimmerchen, sehr reich und einflußvoll in gewissen Kreisen. Und nun mußte ich ihr in einer Zelle des Kresty-Gefängnisses begegnen – sie hatte eine Beschwerde eingereicht wegen grober Behandlung und der Absage, sie in einem Krankenhaus unterzubringen.«

»Wen, die Somowa?«

»Ja.«

Ich habe sie gekannt, wollte Samgin sagen, enthielt sich aber.

»Eine Akulka«, sagte Tagilskij sehr laut mit normaler Stimme. Als großer Meister im Beobachten von Äußerem stellte Samgin fest, daß Tagilskijs Lächeln so schwerfällig war, als widersetzten sich ihm die Gesichtsmuskeln. Und es verdeckte die kleinen Äugelchen Tagilskijs vollständig.

»Wissen Sie, was eine Akulka ist? Eine aus Holz gedrechselte Bäuerin, ein Spielzeug, und in ihr befinden sich noch eine solche und noch etwa sechs Stück, und in der letzten, der allerkleinsten, steckt ein Holzkügelchen, das sich nicht öffnen läßt. Ich hatte den Auftrag, es zu öffnen. Dieses Mädchen hatte die Flucht eines sehr ansehnlichen Genossen aus der Verbannung organisiert. Und sie war überhaupt ein in der konspirativen Technik bewandertes Mädchen. Man hatte sie in einem Treff verhaftet, und zwar schon zum drittenmal. Ich hatte erwartet, so einer bösen Wölfin zu begegnen, und erblickte ein wirklich krankes Figürchen, eine Monomanin der revolutionären Idee, die sie sogar wohl kaum verstanden, sondern sich gefühlsmäßig, als Glauben zu eigen gemacht hatte.«

Tagilskij seufzte und sagte gleichsam mit Bedauern: »Solche Frauen sind keine Seltenheit, der Teufel soll sie holen. Eine von ihnen – die Wanskok, die Anna Skokowa – wurde von Leskow in dem Roman ›Bis aufs Messer‹ recht gut dargestellt – haben Sie ihn gelesen?«

»Nein«, sagte Samgin, der aufmerksam zuhörte.

»Ein schlecht geschriebenes, aber interessantes Buch. Es erschien zwei bis drei jahre vor den ›Dämonen‹. Pissemkijs ›Aufgewühltes Meer‹ ist doch, glaube ich, auch vor Dostojewskijs Buch erschienen?«

»Ich entsinne mich nicht.«

»Na, der Teufel soll ihn holen, den Dostojewskij, ich mag ihn nicht!«

Er müßte ihn mögen, dachte Samgin.

»Nun also, eine Akulka. Häßlich, klein, hat aber so eine Art von ... innerer Anmut ... Eine kluge Seele, und in den Augen solch eine Zärtlichkeit ... die Zärtlichkeit einer Kinderfrau, für die die Menschen vor allem zu hartem Leben verurteilte kleine Kinder sind. Darum sagte dieses revolutionäre Mädchen zu mir: ›Ich habe Sie kommen lassen, damit Sie anordnen, daß man mich ins Krankenhaus überweise, ich leide an Krebs, Sie jedoch verhören mich. Das ist nicht schön, ist unredlich. Sie wissen doch, daß ich nichts sagen werde. Und – schämen Sie sich denn nicht, Staatsanwalt zu sein in dieser Zeit, in der Stolypin ...‹ na, und so weiter. Aus irgendeinem Grund fügte sie hinzu, ich sei klug, gutherzig und darum – müsse ich mich besonders schämen. Überhaupt – sie hat mir eine Predigt gehalten wie einem Toten. Das war ein äußerst humorvoller Augenblick. Ich sagte ihr natürlich, ein Staatsanwalt sei verpflichtet, klug zu sein, und seine Geste sei die seinem Amt entsprechende Gerechtigkeit. Sie machte ein erstaunlich trauriges Gesicht. Und mir wurde auch traurig zumute. Na, ich verabschiedete mich und ging. Damit ist auch das Märchen beendet.«

»Und sie?« fragte Samgin, der beobachtete, wie Tagilskij im Zigarettenetui nach einer Zigarette fischte.

»Und sie wurde bald danach vom Krebs aufgefressen!«

Tagilskij stand auf und sagte, während er auf den Tisch zuging, halblaut: »Ich habe Sie mit Erzählungen ermüdet. Es gibt solche Gedächtnislaunen«, fuhr er fort, während er Wein in die Gläser einschenkte. »Manchmal erinnert man sich wahrscheinlich, um schneller zu vergessen. Um das Gedächtnis zu entlasten.«

Er reichte Samgin die Hand und trank gleichzeitig aus dem Glas.

»Nun, ich gehe. Haben Sie Dank ... für Ihre Aufmerksamkeit. Geboren wurde ich, noch bevor mein Vater Schankwirt wurde, er war Verlader auf einem Güterbahnhof, als ich geboren wurde. Die Schankwirtschaft legte er sich wahrscheinlich von Geldern dunkler Herkunft zu.«

Als er sich im Vorzimmer anzog, begann er von neuem: »Man erzieht uns als Denkmaschinen, und – nicht anhand von Tatsachen, sondern zur Entstellung der Tatsachen. In Begriffen, aber nicht in denen der Logik, sondern in einer Mystik von Begriffen und entgegen der Logik der Tatsachen.«

Samgin bemerkte vorsichtig: »Man erzieht uns zu Trägern einer Energie, die Kultur schafft ...«

»Ach wo! Die Kultur wird gemäß den Weisungen der Kolonialwarenhändler geschaffen.«

»Bewirtet wird man bei Ihnen gut«, sagte er zum Abschied.

»Es freut mich sehr, daß es Ihnen gefällt. Besuchen Sie mich wieder.«

»Ich werde es nicht versäumen.«

Samgin sah durchs Fenster zu, wie die kleine, gedrungene Gestalt mit raschen und kurzen Schritten die Straße überquerte, und fragte sich, während er die Brillengläser mit einem Stück Wildleder blank rieb: Weshalb mußte dieser auch früher schon unangenehme, jetzt aber verdächtige Mensch mir wieder in den Weg treten?

Gleich danach jedoch dachte er: Mich zu beklagen – habe ich keinen Grund. Er treibt wohl kaum ein falsches Spiel. Er scheint auch nicht einmal sehr klug zu sein. Das von Ljubascha hat er wahrscheinlich erfunden, es ist Literatur. Und zwar schlechte. Schließlich und endlich ist er trotz allem ein unangenehmer Mensch. Hat er sich geändert? Es ändern sich nur Menschen ... ohne inneren Kern. Billige Menschen.

Kurz tauchte die Vermutung auf, Tagilskijs Einstellung habe etwas mit der Einstellung Makarows oder Inokows gemein. Aber er hatte keine Lust mehr, an Tagilskij zu denken, und so entschied Samgin, um rascher mit ihm Schluß zu machen: Wahrscheinlich hat er irgendwelche kleinen Gesetzwidrigkeiten und Gemeinheiten bekämpft und – ist müde geworden. Oder – er hat Angst bekommen.

Ihn übermannten kleine Gedanken, er zündete sich eine Zigarette an, legte sich auf das Sofa und lauschte: Die Stadt lebte still dahin, nur irgendwo bei Nachbarn ertönten Axtschläge, als würde ein Baum gefällt, dieses dumpfe Geräusch hatte eine sonderbare Ähnlichkeit mit dem trägen Bellen eines großen Hundes und dem langsamen, gemessenen Schritt schwerer Füße.

Stillgesta-anden! erinnerte er sich des Kommandogeschreis eines Unteroffiziers, der Soldaten ausbildete. Vor langer Zeit, in der Kindheit, hatte er dieses Geschrei gehört. Dann fiel ihm das bucklige kleine Mädchen ein: Was treiben Sie da? – Vielleicht war gar kein Junge da?

Ja, offensichtlich hat es einen Tagilskij, wie er mir vorkam, gar nicht gegeben. Auch eine Marina hat es nicht gegeben. Ihre Lebenspraxis war sicherlich verbrecherisch, das ist ganz natürlich in einer Welt, in der Berdnikows am Werk sind.

Er schloß die Augen, stellte sich Marina unbekleidet vor.

Kupferaugen ... Ja, an ihr war etwas Metallisches. Ich kann mir nicht denken, daß sie von mir so gesprochen hat ... wie dieser Idiot verkündet hat. Kupferaugen – das Wort ist nicht von ihm.

Und – gleich danach mußte Samgin zugeben, daß Besbedow überhaupt unfähig sei, irgend etwas zu erfinden. Empörung gegen Marina wallte in ihm auf.

Ein Warawka im Weiberrock.

Der Wein, den er beim Essen getrunken hatte, verwirrte seine Gedanken, machte sie zusammenhanglos.

In seiner Erinnerung tauchten die Worte des stellvertretenden Staatsanwalts von der Gewalt der Klasse, von ihrer Rache auf.

Was wollte er sagen?

Hinter den Scheiben des Schranks glänzten die goldenen Aufschriften an den Buchrücken, in ihrem Glas spiegelte Zigarettenrauch. Und da Samgin sich über das an diesem Tag Erlebte zu erheben suchte – erheben durch Sättigung mit literarischer Weisheit –, wiederholte er innerlich Sätze aus einem Feuilleton über die gegenwärtige Literatur, das er vor kurzem in einer liberalen Zeitung gelesen hatte; die Sätze klangen auf neue Art keck, in ihnen wurde von der »geistigen Armut der Leute« gesprochen, »denen das Leben einfach, verständlich scheint«, von »der Größe der Märtyrer des unabhängigen Denkens, die ihre geistige Freiheit mehr schätzen als alle Verlockungen der Welt«. – »Ist der Mensch ein Gesellschaftstier? Ja, wenn er ein Tier ist und nicht ein Schöpfer von Legenden, nicht fähig, in seiner geheimnisvollen Seele Harmonie zu schaffen.«

Darüber schlummerte Samgin ein und versank in Schlaf, er wachte nur noch auf, um sich auszuziehen und ins Bett zu legen.

Den nächsten Tag verbrachte er vom Morgen bis zum Abend in Erwartung irgendwelcher Besuche oder Ereignisse.

In der Stadt redet man wahrscheinlich abgeschmacktes Zeug von meiner Beziehung zu Marina.

Er bedauerte zum erstenmal, daß er, allzusehr von ihr in Anspruch genommen, weder in der Gesellschaft noch in Anwaltskreisen feste Verbindungen geschaffen hatte. Er hatte kein Verlangen gehabt, unter den sechzigtausend Einwohnern der Stadt nach einem oder zwei wenn auch weniger interessanten Menschen als die Sotowa zu suchen. Er war überzeugt gewesen, daß er bei seinen Reisen in Sachen seines Moskauer Patrons und Marinas die Provinzler gut genug kennengelernt habe. Die Anwälte waren meist alte Justizwölfe, leidenschaftliche Spieler, Feinschmecker und Theaterfreunde, sie glichen völlig den Leuten, die Borborykin in dem Roman »Beim Niedergang« dargestellt hatte. Die jungen Anwälte waren Gecken, »Kadetten«, zwei von ihnen verfochten die modernistischen Richtungen in der Kunst, einer spielte nicht übel Cello, und alle drei zusammen waren leidenschaftliche Wintspieler. Samgin hatte sie hin und wieder zu sich eingeladen, und da er selber schlecht spielte, brachten die Spieler einen vierten mit, einen alten Mann mit einem Glasauge, der dem Richterkollegium des Kreisgerichts angehörte. Er war ein langer, dürrer, griesgrämiger, krummnasiger Mann mit langem Spitzbart, hatte etwas mit einem stelzbeinigen Vogel gemein, geschmeidig gemacht, er wackelte fast ununterbrochen mit dem Kopf und genoß den Ruf eines Kenners aller Kartenspiele Europas.

Durch diese Leute wußte Samgin, daß man ihn in der Stadt für eine »Großstadtpflanze«, für einen hoffärtigen und ungeselligen Menschen hielt, der seine Gründe habe, einsam zu leben, daß man in ihm einen Mann mit extremen Überzeugungen vermutete und, geschreckt durch die Ereignisse des Jahres fünf, keine nähere Bekanntschaft mit diesem Mann aus dem damals rebellischen Moskau anstrebte. Das alles rief Samgin sich am Abend ins Gedächtnis, als er in den vertrauten, mehrfach durchstreiften Straßen der Stadt spazierenging. In der kalten, bläulichen Luft erklang das Läuten zum Abendgottesdienst, die Glockenschläge verschmolzen, einander einholend, zu kupfernem Dröhnen, das lyrisch und friedfertig stimmte. Der Mond schien klar auf die Privathäuser der Kaufmannschaft, die durch Höfe und Gärten getrennt und durch dichte Zäune verbunden waren, goldene Kirchenkuppeln und Kreuze strahlten darauf. Hinter den Doppelfenstern schimmerte hie und da gelbliches Licht, aber die Fenster der meisten Häuser waren nicht erleuchtet, das gewohnte, beständige Leben spielte sich geräuschlos in den Hinterzimmern ab. Samgin dachte nicht zum erstenmal daran, daß in diesen dauerhaft gebauten Häusern ziemlich langweilige, aber im Grunde nicht dumme Leute wohnten, daß sie nicht lange, nur etwa sechzig Jahre lebten, erst spät zu denken anfingen und im Laufe ihres ganzen Lebens sich nicht fragten, ob Gottheit oder Menschheit, ob zuverlässiges Wissen, ob . . .

Ich entscheide diese Fragen ja auch nicht, rief er sich ins Gedächtnis, fragte aber nicht, warum, sondern dachte daran, daß die französische Provinz nach dem Jahre 1795 wahrscheinlich ebenso ausgeruht hatte. Er kam an dem schäbigen Theater vorbei, das ein Gutsbesitzer noch vor der »Epoche der großen Reformen« erbaut hatte, kam am Adelskasino, am Kaufmannsklub vorbei, bog in eine breite Straße mit Privathäusern des Adels ein und verlangsamte unschlüssig den Gang, als er sich einem zweistöckigen steinernen Haus mit drei Säulen an der Vorderseite und dem Torschild: »Weißnäherei von Madame Larissa Nolde« näherte. Ihm fiel der Zweizeiler ein:

> Dort wurde nicht sehr viel genäht,
> Und nicht das Nähen war dort wichtig.

Dort befand sich bei den anderen Anjuta, die blond, mollig und warm war wie frischgemolkene Milch. Ihre grauen Augen lächelten kindlich lieb und schüchtern, und dieses Lächeln stimmte sonderbar wenig mit ihrer Berufserfahrenheit überein. Ein sehr spaßiges Mädchen. Als sie einmal nachts mit ihm im Bett gelegen hatte, hatte sie ihn gebeten: »Schenken Sie mir doch ein neues Liederbuch! Es ist so ein dickes, wissen Sie, mit einem Bildchen auf dem Umschlag, Mädchen tanzen darauf einen Reigen. Ich habe es in einem Laden gesehen, aber – ich genierte mich, hineinzugehen und es zu kaufen.«

Er hatte gefragt: warum denn ein Liederbuch? Ob sie Gedichte gern möge.

»Nein, Gedichte – mag ich nicht, sie sind sehr schwer zu verstehen. Ich habe einfache Lieder gern.«

Und ganz leise, mit schwacher Stimme, hatte sie zwei Lieder gesungen, ein abgeschmacktes, das Samgin abgelehnt, und ein anderes, das er sich sogar aufgeschrieben hatte. Auf seine Frage, ob Anjuta jemanden geliebt habe, hatte sie geantwortet: »Nein, das ist nicht vorgekommen. Wissen Sie, in unserem Beruf wird einem die Liebe zuwider. Obwohl, manche Mädchen schaffen sich ›Kreditkunden‹, so etwas Ähnliches wie Geliebte, an und verlangen von ihnen kein Geld, aber das machen sie nur so, als Spiel, um sich die Langeweile zu vertreiben.«

Dann hatte er gefragt, ob es vorkäme, daß Männer grob mit ihr umgingen. Sie schien ein wenig gekränkt zu sein.

»Weshalb denn grob sein? Ich bin zärtlich, bin hübsch und – bin nie betrunken. Wir haben ein anständiges Haus, das wissen Sie selbst. Die Gäste sind sehr namhafte Leute, sie genieren sich zu randalieren. Nein, bei uns geht es still zu. Manchmal langweilt das einen sogar.«

Sie hatte, während sie sprach, vor dem Spiegel gestanden und, nackt wie ein Hühnerei, ihr üppiges und weiches Blondhaar zu einem Zopf geflochten.

»Doch zur Zeit der Revolution war es interessant, es kamen neue Gäste, und da, wissen Sie, ging es lebhafter zu. Einer, ein ganz junger Mensch, tanzte ausgezeichnet, richtig wie im Zirkus. Aber er hatte jemandem Geld gestohlen, und die Polizei kam, um ihn zu verhaften, da lief er auf den Hof hinaus und – knack! – erschoß sich. Er war so unbeschwert, so geschickt.«

Ich könnte über dieses Mädchen eine Geschichte schreiben, dachte Samgin. Aber bei uns wurde und wird ja, dank Dostojewskijs Güte, so viel über die Prostituierten geschrieben. »Güte den Gefallenen gegenüber.« Doch die Gefallenen fühlen sich nicht als solche, und unsere Güte – brauchen sie nicht.

Er war an das Ufer des Flusses hinausgekommen, der mit einer grauen Schuppenhaut aus Schlammeis bedeckt war. Das steigende Wasser rieb sich leise an dem verschmutzten Ufer, es knarrte das Steuer einer kleinen Barke, ihr Mast wankte, und irgendwo in der Nähe stöhnten rhythmisch unsichtbare Menschen: »Hau – ruck, noch mal ruck ...«

Hier wurde der Spätherbst besonders spürbar, die Luft war mit drückender, feuchter Kälte durchsetzt.

Eine halbe Stunde später saß Samgin im Saal des Kaufmannsklubs und hörte einen Vortrag des Privatdozenten Arkadij Pylnikow über »Die kulturellen Aufgaben der Demokratie«. Als Samgin eingetreten war und sich in die sechste Stuhlreihe setzte, sprach der Dozent Pylnikow gerade davon, daß »die fad-grünen Sammelbände des ›Snanije-Verlags‹ ihr kurzes Dasein beendet, jedoch vermocht haben, alles ästhetisch und philosophisch Stümperhafte und politisch Schädliche auszusäen, was sie hätten aussäen können, wodurch sie die weisen, unvergeßlichen Werke der Genies der russischen Literatur, dieser unsterblichen Herzenskenner, die die bezaubernde Magie des Wortes voll und ganz beherrscht hatten, auf einige Zeit verschüttet haben«.

Der Dozent war mittelgroß, wohlgenährt, breithüftig, kahlköpfig, hatte große Ohren und ein Henri-Quatre-Bärtchen.

Mit den Lackschuhen scharrend und den Schenkeln zappelnd, stieß er damit die Frackschöße von sich, und sein Hinterteil sah wie geflügelt aus. Die rechte Hand streckte er dem Publikum entgegen, als wollte er ihm helfen, in der linken Hand hielt er Papierzettel und näherte diese Hand, die er wie ein Taschentuch schwang, ab und zu dem Gesicht. Er sprach leicht, mit sichtlicher Freude, mit einem Lächeln auf dem gutmütigen, flachen Gesicht.

»Ton und Sinn des städtischen, des Kulturlebens, seinen Anstrich verlieh ihm jener Teil der philosophisch bewanderten Intelligenz, der den Weg ging, den Herzen, Belinskij und andere gewiesen haben, deren berühmte Namen Ihnen bekannt sind. Gerade diese Intelligenz, mit Pawel Nikolajewitsch Miljukow an der Spitze, einem Mann von außerordentlichem politischem Weitblick, hat, lange bevor sie sich zu der mächtigen Partei der konstitutionellen Demokraten zusammenschloß, selbstlos die Arbeit der kulturellen Erziehung unseres Landes geleistet. Es wurde das augezeichnete ›Programm für die häusliche Lektüre‹ herausgegeben, eine Ausgabe der Klassiker zeitgenössischen radikal-demokratischen Denkens organisiert, namhafte Professoren bereisten die Provinz und hielten Vorträge über kulturelle Fragen. Der Zweck dieser mannigfaltigen und hartnäckigen Arbeit bestand darin, den russischen Bürger zum Europäer zu erziehen und die Jugend zu befähigen, dem moralisch zerrütten den Einfluß von Leuten zu widerstehen, die, nachdem sie die strittige Lehre von Marx ungeschliffen als Glauben angenommen hatten, die Studentenschaft mit der Propaganda des Anarchismus in das Arbeitermilieu trieben. Sie wissen, was dieses wahnwitzige Spiel, dieses Spiel von Abenteurern, das Volk gekostet hat . . .«

Samgin saß auf dem äußersten Stuhl am Durchgang und sah deutlich vor sich fünf Reihen aufmerksamer Hinterköpfe von Frauen und Männern. Die Leute in den ersten Reihen saßen nicht sehr dicht, sie waren durch Lücken getrennt, hinter Samgin waren ihrer noch weniger. Auf der Empore hörten nicht mehr als ein halbes Hundert stumm zu.

Vor drei Jahren hätte man den Redner von der Empore herab ausgepfiffen, dachte er gelangweilt. Und es war überhaupt langweilig, obwohl der Redner immer freudiger sprach.

»Schöpfer wirklicher Kulturwerte ist stets der Besitztrieb gewesen, und Marx hat das gar nicht geleugnet. Alle großen Geister haben das Eigentum als die Grundlage der Kultur verehrt«, verkündete Dozent Pylnikow, wobei er mit der rechten Hand nach der Wasserkaraffe tastete und immer noch die linke schwang, in der er aber nicht mehr Zettel, sondern irgendein grünes Büchlein hielt.

»Wohin führt uns der unverantwortliche Kritizismus?« fragte er und fuhr, mit den Fingern der rechten Hand an das Buch schnippend, fort: »Dieses Büchlein hat den Titel ›Beichte eines Menschen des zwanzigsten Jahrhunderts‹. Der Verfasser, ein gewisser Ichorow, lehrt: ›Errichte in dir selbst ein Laboratorium und analysiere in dir alle menschlichen Wünsche, die ganze menschliche Erfahrung der Vergangenheit.‹ Er hat ›Die Blinden‹ von Maeterlinck gelesen und daraus den Schluß gezogen: Die ganze Menschheit ist blind.«

Hier ertönten von der Empore, gleichsam von dort herabfallend, die tief, grob und langsam gesprochenen Worte: »Na, das stimmt nicht! Wir stehlen und führen Krieg als Sehende.«

Der Redner warf den Kopf hoch, auch viele aus dem Publikum richteten ihre Köpfe nach oben, im Saal ertönte ein Zischen, als wäre irgend etwas geplatzt, etwa fünf Personen standen auf und gingen zur Tür.

Es kann zu einem Tumult kommen, sagte sich Samgin und ging auch, da er plötzlich Zorn gegen den Redner verspürte, weil er fand, daß seine Sätze ziemlich abgeschmackt waren und sehr ernste, sehr gewichtige Gedanken kompromittierten. Er, Samgin, hätte zu den Themen, die der Dozent Pylnikow angeschnitten hatte, etwas Schärferes und Bedeutsameres sagen können. Besonders erregten ihn: der Ausfall gegen den Kritizismus und das unangebrachte, alberne Zitat aus dem grünen Büchlein.

Ich muß nachlesen, was das ist, beschloß er.

Ihn kränkte der Gedanke, daß kleine Leute ihm zuvorkamen, ihn überflügelten, besessen von der Leidenschaft zu predigen, zu belehren, zu beichten, irgendwelche hohle Leute, irgendwelche Seifenblasen, die die regenbogenfarbige Buntheit des Denkens oberflächlich widerspiegelten. Er ging, sich vor Kälte schüttelnd, und dachte: Ich bin schon bald vierzig Jahre alt. Das ist mehr als die Hälfte des Lebens. Seit meiner Kindheit gestand man mir außergewöhnliche Fähigkeiten zu. Mein ganzes Leben lang empfinde ich eine heilige Unzufriedenheit mit den Geschehnissen, den Menschen und mit mir selbst. Diese Unzufriedenheit kann nur ein Zeichen großer Geisteskraft sein.

Das beruhigte ihn nicht mehr so leicht wie früher.

Mein ganzes Leben ist eine Kette zusammenhangloser Zufälligkeiten, dachte er. Ja eben – eine Kette . . .

Drei Tage etwa verbrachte er in einer ungewohnten Stimmung des Ärgers über sich selbst, in Erwartung von Ereignissen. Marinas Akten wurden vom Gericht nicht angefordert, auch er selbst wurde nicht vorgeladen. Und Tagilskij erschien nicht.

Idioten, schimpfte er und dachte, daß er diese Stadt wohl verlassen müsse.

Die Intelligenz ist ein Nomadenstamm. Gut, daß ich keine Familie habe.

Tagilskij kam zur Mittagszeit, und sein erstes Wort war: »Bekomme ich etwas zu essen?«

Er erschien in einem merkwürdigen grauen Schoßrock, der wie eine Uniform aussah, und dieser Anzug machte ihn größer, würdiger. Gestimmt war er lustig, so hatte Samgin ihn noch nicht gesehen.

»Ich wundere mich, wie Sie in solch ein abgelegenes Nest verschlagen worden sind«, sagte er, während er die Bücher im Schrank betrachtete. »Hier ist sogar der Staatsanwalt dermaßen verwildert, daß er Verhaeren mit Wedekind verwechselt. Er geht an Zucker zugrunde. Der Gouverneur ist überzeugt, daß Korolenko der Stammvater aller Ereignisse des Jahres 1905 sei. Die Direktorin des Gymnasiums sucht zu beweisen, daß das Grammophon und das Kino den Glauben an Gespenster, an ein Leben nach dem Tod und überhaupt an Teufelswerk festigen.«

Dann warf er über die Schulter einen Blick auf den Hausherrn und fragte plötzlich: »Und Besbedow, haben Sie schon gehört?«

»Was?«

»Er ist gestorben.«
»Woran?« rief Samgin beunruhigt aus.
»Herzschlag.«
»Er schien völlig gesund.«
»Das Herz ist ein tückisches Organ«, sagte Tagilskij.

»Ein sehr sonderbarer Tod«, entgegnete Samgin, immer noch ebenso beunruhigt und die Ursache seiner Unruhe nicht begreifend.

»Ein kluger Tod«, erklärte der stellvertretende Staatsanwalt entschieden. »Durch ihn wird der Fall Sotowa ganz bequem und rechtmäßig entschieden. Der einzige Erbe, der zugleich der des Mordes Verdächtige war, hat sich davongemacht. Das erbenlose Gut fällt an den Staat, und jemand wird sich daran die geschickten Hände wärmen. Die Leute, die an aufsehenerregenden Kriminalprozessen interessiert sind, wie zum Beispiel dem Prozeß Talmà, der Ermordung der Generalin Boldyrewa in Pensa, dem Prozeß der Brüder Swjatskije in Poltawa, haben verspielt. Und verspielt haben auch jene, die einen politischen Prozeß auf Grund eines Kriminalverbrechens hätten zusammenschustern wollen.«

Er klopfte mit dem Finger an die Schrankscheibe und sagte lässiger, als scherzte er: »Besbedows Tod ist auch für Sie vorteilhaft, denn Sie hätten doch als Zeuge an der Voruntersuchung teilnehmen müssen, wenn Sie nicht als Verteidiger aufgetreten wären. Und – wissen Sie: Es ist möglich, daß der Staatsanwalt Sie als Verteidiger abgelehnt hätte.«

Er will mich durch irgend etwas einschüchtern, vermutete Samgin und fragte: »Weshalb?«

Tagilskij gähnte ungeniert, erklärte, daß er die Nacht über bis fünf Uhr morgens gearbeitet habe, und fuhr fort, mit Worten um sich zu werfen.

»In der Stadt geht das Gerücht von Ihren intimen Beziehungen zu der Ermordeten. Nebenbei bemerkt: Man erklärt sich damit Ihr zurückgezogenes Leben. Sie hätten sich angeblich geniert, der Günstling einer wohlhabenden Witwe zu sein . . .«

Samgin begriff, daß er sich hier empören mußte, und empörte sich: »Welch eine Idiotie!«

Tagilskij indessen nahm Platz und hämmerte dabei wie ein Specht: »Zudem: Sie dürfen nicht meinen, daß das Polizeidepartement etwas vergessen könnte, nein, diese ehrbare Institution besitzt die Eigenschaft eines ewigen Gedächtnisses.«

»Was wollen Sie damit sagen?« fragte Samgin, nachdem er die Brille zurechtgerückt hatte, obwohl sie dessen gar nicht bedurfte.

»Stellen Sie sich vor, jemand habe, im Gespräch mit einem Freund,

Ihr Verhalten in den Tagen des Moskauer Aufstands gebührend hervorgehoben.«

Er befestigte die Serviette an der Brust und erläuterte: »Ich spreche nicht von einer Denunziation, sondern von einem Lob.«

Gauner, beschimpfte Samgin innerlich den Gast und sah ihm dabei ins Gesicht, aber das Gesicht war so sehr an der Jagd nach einem eingemachten Reizker auf dem Teller interessiert, daß Samgin dachte: Doch vielleicht ist er bloß ein Schwätzer ... Laut sagte er, wobei er den Worten einen lässigen Ton zu verleihen suchte: »Meine Teilnahme am Moskauer Aufstand erklärt sich aus der Topographie des Ortes – ich lebte in einem Haus zwischen zwei Barrikaden.«

Und da er fürchtete, etwas Überflüssiges gesagt zu haben, setzte er hinzu: »Selbstverständlich rechtfertige ich mich nicht, sondern erläutere nur.«

Aber Tagilskij brauchte offenbar weder Rechtfertigungen noch Erläuterungen; den Kopf vorgeneigt, mischte er sorgfältig mit der Gabel Essig und Senf auf dem Teller, dann jagte er mit der Gabel Pilze in dieser Flüssigkeit herum, dann schenkte er Wodka ein, nickte dem Hausherrn zu, krächzte, nachdem er den Schnaps ausgetrunken hatte, genießerisch, beförderte ein paar Pilze in den Mund, zerkaute sie, durch die Nase schnaufend, schluckte die Pilze hinunter und begann, während er jedem ein zweites Gläschen einschenkte, endlich zu reden: »Ich war in München, als dieses ... ungewöhnliche Ereignis begann und die Zeitungen von ihm zu zetern anfingen wie von einer Übersetzung aus dem Französischen.«

Er trank noch ein Gläschen.

»Ich konnte es nicht recht glauben. Moskau? Das satte, dicke, selbstgenügsame, tief provinzielle, zivile Moskau macht Revolution? Phantasterei. Und dennoch erwies es sich als rauheste Wirklichkeit.«

Er füllte sich Suppe in den Teller und fuhr lebhafter fort: »Ich weiß nicht, welche Rolle den Bolschewiki in diesem Akt zukam, aber ich muß zugeben, daß sie Feinde sind, wie sie ... Gott jedem bescheiden möge! Kraft meines Amtes hatte ich das Vergnügen – ich spreche ohne Ironie! – das Vergnügen, die Aussagen einiger von ihnen kennenzulernen und mich mit manchem von ihnen persönlich zu unterhalten. Insbesondere mit Pojarkow, erinnern Sie sich?«

»Ja.«

»Man hat ihn für fünf Jahre irgendwohin weit weg deportiert. Er ist geflohen. Bolschewik – ein entschlossener Typ, der äußerst nützlich ist in einem Land, in dem die Menschen rasch müde werden, zwischen dem Ja und dem Nein herumzupendeln. Die Ästheten und

Freunde anständigen, schulgerechten Denkens finden Lenins politische Lehre primitiv grob. Liest man ihn aber aufmerksam und ehrlich – ach, hol's der Teufel!« Tagilskij brach den Satz ab, weil er das eben erst mit Wodka gefüllte Gläschen umgeworfen hatte. Samgin legte den Löffel hin und nahm die Serviette ab, denn er fühlte, daß ihm der Appetit vergangen war und daß in ihm Zorn gegen diesen Menschen entbrannte.

Er will mich fangen. Er schwindelt. Er macht sich über mich lustig. So ein gemeiner Kerl.

»Sie versetzen mich in Verwunderung, Anton Nikiforowitsch«, begann er, während Tagilskij, der das Gläschen wieder füllte, possenhaft sagte: »Ich hatte nicht erwartet, daß ich Sie in Verwunderung versetzen würde, und wundere mich, daß ich Sie in Verwunderung versetzt habe.«

Samgin hielt seinen Grimm zurück und bereitete die vernichtende Frage vor: Wie können Sie, ein Vertreter des Gesetzes, ruhig und fast lobend von dem Verkünder einer Lehre reden, welche die Grundgesetze des Staates verneint?

Doch Tagilskij hatte die Suppe aufgegessen, schnitt sich ein Stück Käse ab und teilte, während er sich Butter aufs Brot strich, mit: »Hier ist so ein Mitarbeiter irgendeiner Moskauer Zeitung eingetroffen und schnüffelt herum – wie, was, wer – wen? Wahrscheinlich wird er bei Ihnen aufkreuzen: Ich rate Ihnen – empfangen Sie ihn nicht. Mir hat das ein gewisser Pylnikow, Arkaschka, mitgeteilt, ein allwissendes Kerlchen und geschwätzig wie eine Narrenschelle. Anwärter auf den ›Lehrmeister des Lebens‹ – es gibt so eine vom Gewerbeamt nicht registrierte Art der Beschäftigung. Aus dem Nowgoroder Adel, ein Onkel von ihm stellt irgendwo in der Nähe von Nowgorod Klosettspülbecken und Urinmuscheln her.«

Das alles hätte er lachend oder erbost sagen müssen, stellte Samgin fest.

»Der seltene Typ eines vollkommen glücklichen Menschen. Er ist mit der Nichte irgendeines Bischofs verheiratet, seine Frau heißt Agafja, und im Brockhaus steht: ›Agafja – Name einer Heiligen, deren wirkliche Existenz zweifelhaft ist.‹«

Tagilskij, der sich virtuos sättigte, schwatzte immer hastiger, und Samgin fand keine Gelegenheit, seine bissige Frage anzubringen, auch hatte die Mitteilung über den Zeitungsmitarbeiter seinen Grimm gedämpft und das argwöhnische Interesse für Tagilskij von neuem verschärft. Er fühlte, daß dieser Mann ihn immer mehr aus der Fassung brachte.

Menschen waren für Samgin nur interessant, solange er bei genauem Betrachten an ihnen keine Ähnlichkeit mit sich selbst entdeckte. Er fand und definierte ziemlich schnell das grundlegende System von Sätzen, in das dieser oder jener Mensch seine Erfahrung einzuordnen gewohnt war. Er sah, daß die Ideen und Gestalten der Belletristik und die kritischen Bewertungen ihrer Ideen und Gestalten am leichtesten zu erfassen und ins Gedächtnis aufzunehmen waren. Auf Grund dieser Ideen stellte er seinen Unterschied zu jedem fest und suchte seine Unabhängigkeit von allen zu konstatieren. Tagilskij war widerspruchsvoll, ungreifbar, aber manchmal und immer öfter klang in seinen Worten etwas Bekanntes, wenn auch kränkend Entstelltes. Und es war, als fühle auch Tagilskij diese kaum wahrnehmbare Ähnlichkeit und als necke er Samgin mit ihr.

Nun hatte er das Kalbfleisch mit Genuß verzehrt, entfernte sorgfältig wie ein Pariser mit einem Stück Brot die Soßenreste vom Teller, beförderte es in den Mund, schluckte es hinunter, trank etwas Wein nach und patschte sich dankbar mit den Händen an die Wangen. Das alles hinderte ihn fast gar nicht, klingende Wörtchen auszustoßen, und man konnte meinen, die Speisen würden, sobald sie in seinen Magen gelangten, sofort zu Worten verdaut. Die Schultern an der Stuhllehne, die Hände in den Hosentaschen, sagte er: »Weshalb leben Sie hier? Leben muß man in Petersburg oder in Moskau – aber das nur, wenn alle Stricke reißen. Ziehen Sie nach Petersburg. Ich habe dort einen guten Bekannten, ein angesehener Rechtsanwalt, Neoslawophile, das heißt Imperialist, Patriot, ein wenig ein Idiot und im allgemeinen ein Vieh. Er ist mir in mancher Hinsicht verpflichtet, und obwohl er, glaube ich, drei Mitarbeiter hat, würde sich auch für Sie eine schöne Tätigkeit finden. Ziehen Sie um.«

»Ich will es mir überlegen«, sagte Samgin und dachte: Für irgendwen ist es notwendig, daß ich von hier verschwinde.

Dann – fragte er nach der Tätigkeit: »Ist sie schön im Sinne des Honorars?«

»Na, was könnte es denn für einen anderen Sinn geben? Verteidigung der Erniedrigten und Beleidigten, Festigung der Gerechtigkeit? Das wird von den Professoren in den Fakultätsvorlesungen empfohlen, kann aber, wie Sie wissen, keine praktische Bedeutung haben.«

Gleich danach erzählte er: Ein naiver Jurist habe Stolypin ein Memorial vorgelegt, in dem bewiesen wurde, daß die Agrarbewegung von reichen Bauern geleitet worden sei, daß dies ein Krieg der »Kulaken« gegen die Gutsbesitzer gewesen, daß er mit den Kräften der Armen und sehr umsichtig geführt worden sei; bei der Teilung der Beute seien die kleinen Dinge hohen Wertes in die Hände der Kulaken gelangt und spurlos verschwunden, während die Dinge großen Umfangs, die in die Höfe und Hütten der Armen geraten waren, den Führern der Straftrupps als vortrefflicher Hinweis gedient hätten, wer der Verbrecher sei. Als Stolypin von dem Memorial Kenntnis genommen hatte, habe er angeordnet: »Der Humorist ist nach Sibirien zu verbannen, möglichst weit weg.« Aber den Humoristen hatten bereits Feuerwehrpferde zertreten, als er vom Bad heimgefahren war. Samgin hörte sich die Erzählung wie eine von den Anekdoten an, die erfunden werden, um die Dummheit der Administratoren zu veranschaulichen.

Die altherkömmliche Tradition der »kritisch Denkenden«, sagte er sich. Sonderbar, daß auch dieser hier nicht umhinkann, eine Anekdote zu erzählen...

Sein Verhalten Tagilskij gegenüber schwankte an diesem Tag besonders scharf und ermüdend. Die Erbitterung gegen den Gast war verglommen, bevor sie noch hatte auflodern können, der unangenehme Gedanke, daß Tagilskij irgend etwas Ähnliches zwischen ihm und sich selbst gefunden habe, machte dem Nachdenken darüber Platz, weshalb Tagilskij ihm zuredete, nach Petersburg überzusiedeln. Er demonstriert nicht zum erstenmal wohlwollendes Verhalten zu mir, aber – weshalb? Das beunruhigte ihn dermaßen, daß sogar die Absicht in ihm aufblitzte, diese Frage laut, unumwunden an den stellvertretenden Staatsanwalt zu richten.

Aber die geröteten und trüben, wahrscheinlich trunkenen Augen Tagilskijs waren ungute Augen. Samgins Kurzsichtigkeit hinderte ihn, den Ausdruck dieser Augen mit der nötigen Genauigkeit zu bestimmen. Und sogar ihre Farbe schien sich je nach der Beleuchtung zu verändern, wie die von Perlmutt. Dennoch war an ihnen fast immer etwas Scharfes.

Lügneraugen, stellte Samgin ärgerlich fest und bemerkte: »Sie sind heute gut gelaunt.«

»Merkt man das?« fragte Tagilskij. »Aber ich bin überhaupt ein Mensch, der... nicht zu gedrückten Stimmungen neigt. Und heute bin ich froh, daß diese kleine Sache zu den Akten gelegt werden wird.«

Er stand auf, breitete die Arme weit aus, und das veranlaßte Samgin, sich des ironischen Ausrufs: So lang ist Ihr Arm nicht! zu erinnern, der durch Prahlerei hervorgerufen zu werden pflegt.

Er benimmt sich ungeniert wie ein Student, fuhr Samgin zu beobachten und zu erwägen fort, während Tagilskij, nachdem er sich von neuem mit den Händen leise und zärtlich an die Wangen gepatscht hatte, im Zimmer umherzukreisen begann und dabei sagte: »Ich widerspreche gern. Das habe ich mir von Kind auf angewöhnt. Manchmal widerspreche ich in Ermangelung eines besseren Objekts mir selbst.«

Ich habe noch nicht gesehen, wie er lacht, erinnerte sich Samgin, den trägen Worten lauschend.

»Zu etwas Gutem wird diese Gewohnheit mich nicht führen. Ich bin bereits ein kompromittierter Mann – ich äußerte ein paar unvorsichtige Bemerkungen über die Absicht Stolypins, Arbeiter, Deputierte der Duma zu verhaften. In unserem Ministerium suchte man, wie dieser Gesetzwidrigkeit ein Anstrich von Legalität zu verleihen sei. Ich erhielt einen Anpfiff mit Verwarnung.«

Tagilskij blieb stehen, nahm eine Zigarette heraus und verstummte, sie zwischen den Fingern knetend.

Offenbar – braucht er irgend etwas von mir, wozu sollte er sonst vertraulich werden? dachte Samgin, als er ihm die Streichhölzer reichte.

Tagilskij nickte und nahm die Streichhölzer, die Zigarette war zerbrochen, er steckte sie in den Aschenbecher, die Streichhölzer in die Tasche und fuhr fort: »Man hat mich hergeschickt, um die Nüchternheit meines Verstands und meine politische Zuverlässigkeit auf die Probe zu stellen. Aber ich habe, wie mir scheint, die Hoffnungen nicht erfüllt. Übrigens sprach ich schon hiervon.«

Nachdem er sich an den Tisch gesetzt hatte, schwieg er wieder eine Weile und zündete sich gemächlich eine Zigarette an.

»Ich gedenke meinen Abschied einzureichen. Zu euch, den Advokaten, werde ich nicht gehen – ich würde mich unbehaglich fühlen mitten unter den vielen . . . professionellen Liberalen – Pardon! Ich ziehe eine private Stellung vor. In der Industrie. Irgendwo im Ural oder hinter dem Ural. Sind Sie im Ural gewesen?«

»Nein.«

»Ach«, seufzte Tagilskij und begann sogar mit einem gewissen Feuereifer von den Schönheiten des Urals zu erzählen. Das Hänselnde an seinen Worten und in seinem Ton war verschwunden, aber Samgin erwartete gespannt, daß es sich von neuem zeigen werde. Der Gast erregte und ermüdete durch seinen Wortschwall. Alles, was er sagte, wurde von dem Hausherrn als unaufrichtig und als ein Vorwort zu etwas Wichtigerem empfunden. Plötzlich erhob sich vor Samgin die Frage: Doch – wie hätte ich mich an seiner Stelle benommen?

Die Frage war ebenso unangenehm wie unerwartet, und Samgin löschte sie sofort aus, indem er streng zu sich selbst sagte: Wir haben nichts miteinander gemein.

Tagilskij indessen rauchte und sagte, mit der Zigarette dirigierend und blaue Rauchmuster in die Luft malend: »Der Ursibirier ist primitiver, er ist ernster und erfolgreicher damit beschäftigt, sich seinen Platz im Leben zu sichern. Tolstojaner und allerhand Reumütige und überhaupt Schwätzer gibt es dort nicht. Dort begreifen die Leute: Wenn das Grundgesetz des Daseins Kampf ist, so hat jedes Ich das Recht zu Unverschämtheit und Grausamkeit.«

»Hm«, machte Samgin.

»Ja, ja, sie begreifen es!«

Jetzt, nachdem Tagilskij von der Landschaft zum Genre übergegangen war, verschärfte sich die Aufmerksamkeit für seine Worte noch mehr und setzte sich bereits ein bestimmtes Ziel: eine Ähnlichkeit im Denken zu bestreiten, einen Unterschied zu finden und zu behaupten.

»›In Sünden hat mich meine Mutter empfangen‹, sie müßt ihr auch zur Verantwortung ziehen – ich jedoch bin verpflichtet zu sündigen«, vernahm er. »Und hier hat gestern Arkaschka Pylnikow . . .«

»Ist er noch hier?«

»Ja. Er ist weniger zur Aufklärung der Köpfe als zur Hochzeit seiner Schwester, einer Hörerin der Frauenhochschule, hergekommen, sie heiratete einen Sohn des reichsten Mannes im Ort, des Jedokow oder Jesdokow . . .«

»Iswekow«, verbesserte Samgin.

»Mag es so sein, falls das noch schlimmer ist«, sagte Tagilskij. »Nun also, nach dem Hochzeitsschmaus schüttete Arkaschka vor der halb betrunkenen Kaufmannschaft sein Herz aus, indem er vor den Rasuwajews das Thema seines künftigen Vortrags: ›Die Religion als Regulator des Verhaltens‹ entwickelte. Er zählte, an Hand eines Referats von Mereshkowskij in der ›Religiös-philosophischen Gesellschaft‹, alle Versündigungen Tolstois gegen die Religion, die Wissenschaft und die Kunst auf, erinnerte an die Äußerung Lews, ›man möge die eingeseifte Schlinge um seinen alten Hals zuziehen‹, und erklärte das alles mit Gewissenskrankheit. Das Gewissen. Dann brachte er die flammende Überzeugung zum Ausdruck, daß Rußland unvermeidlich zu einer theokratischen Staatsordnung gelangen werde, und schwatzte überhaupt weiß der Teufel was zusammen.«

Er stand auf, um den Zigarettenstummel in den Aschenbecher zu stecken, und warf diesen um.

Er ist betrunken, entschied Samgin.

»Die Kaufleute jedoch hörten ihm zu, als erzählte er ihnen von Operationen des Finanzministeriums. Das Staunen von Unwissenden ist natürlich billig, aber die Intelligenz, wie die erschrak, Samgin, he?« fragte er, den Mund in die Breite gezogen und die gelben Zähne entblößend. »Ich meine damit nicht den Arkaschka, der ist ein Dummkopf, und Dummköpfe fürchten sich vor nichts, das kennt man aus den Märchen. Ich meine überhaupt die Intellektuellen. Sie erschraken. Die Literaten, wie die aufheulten, he?«

Er nahm die Uhr aus der Westentasche und fuhr, den Blick auf das Zifferblatt gerichtet, träge fort: »Dostojewskij hielt für die charakteristischste Besonderheit der Intelligenz – und Tolstois – die ungestüme, fanatische Geradlinigkeit des schwerfälligen, unbeholfenen russischen Verstands. Unsinn. Wo ist sie – die Geradlinigkeit? Dort, wo sie vorhanden ist, läßt sie sich gerade aus der Angst erklären. Sie sind erschrocken und – rennen geradeaus, ›immer der Nase nach‹. Nichts weiter.«

Er stand auf, wankte.

»Na, ich habe viel zusammengeredet . . . es langt. Für ein halbes Jahr, wie?« fragte er und klappte dabei laut den Uhrdeckel zu. »Als Zuhörer sind Sie . . . ideal! Wie ist das – verstecken Sie sich hinter dem Schweigen, oder ist es Verachtung?«

»Sie haben interessant gesprochen«, antwortete Samgin, Tagilskij trat dicht auf ihn zu und sagte etwas Unerwartetes: »Es ist möglich, daß ich mehr als andere meinesgleichen für mich selbst schauspielere, mehr als andere, die Gogols, Dostojewskijs und Tolstois mit eingerechnet.«

Er zeigte wieder seine gelben Zähne.

»Das ist schlimm, ich weiß es. Es ist schlimm, wenn ein Mensch um jeden Preis sich selbst gefallen will, weil ihn die Frage beunruhigt, ob er nicht ein Dummkopf sei. Und er ahnt, daß – wenn er kein Dummkopf ist – dieses Spiel mit sich selbst, für sich selbst, ihn noch schlechter machen kann, als er ist. Begreifen Sie, wo da der Hase im Pfeffer liegt?«

»Nicht ganz«, sagte Samgin.

Tagilskij machte eine wegwerfende Handbewegung: »Ich glaube Ihnen nicht. Sie begreifen. Kommen Sie nach Petersburg. Ich rate es Ihnen ernsthaft. Hier ist es öde. Morgen reise ich ab . . .«

Er hinterließ Samgin in einem Zustand noch nie erlebter schwerer Müdigkeit, aufgerieben von der Spannung, in der Tagilskij ihn gehalten hatte. Er warf sich aufs Sofa, schloß die Augen und bemühte sich einige Zeit, ohne an irgend etwas zu denken, aus den überraschenden Worten »ich schauspielere für mich selbst« und »ein Spiel mit sich selbst« den Sinn herauszuhören. Dann versuchte Samgin sich zu beruhigen, indem er nach und nach und schnell alles das im Gedächtnis rekonstruierte, was Tagilskij bei seinen drei Besuchen gesagt hatte: Das stimmt: Er ist ein Schauspieler. Für sich selbst? Natürlich nicht, er schauspielert für mich, um mit mir zu spielen. Und überhaupt – mit jedem, mit dem dieses Spielen interessant ist. Weshalb ist es mit mir interessant?

Vor ihm schwankte fast physisch spürbar die rundliche, gedrungene kleine Gestalt, die rosigen Hände der kurzen Arme, zärtlich das Gesicht streichelnd, das Gesicht indessen war unschön, war prall verfettet, reglos. Und die obszönen, geröteten Säuferäugelchen.

Gestalt und Gesicht eines Komikers, aber an ihm ist nichts Komisches bemerkbar. Er ist böse und verbirgt das nicht. Er ist ein gefährlicher Mensch. Als Samgin jedoch seine Eindrücke überprüft hatte, mußte er zugeben, daß ihm an diesem Mann irgend etwas gefiel. Ich bin nicht wenigen Schwätzern begegnet, manchmal erweckten sie in mir ein Gefühl, das an Neid grenzte. Worum beneidete ich sie? Um die Fähigkeit, alle Widersprüche des Denkens zu einer Kette zu verknüpfen, sie mit irgendeinem einzigen eigenen Flämmchen zu beleuchten. Im Grunde ist das eine Vergewaltigung der Denkfreiheit, und Neid auf Vergewaltigung ist töricht. Aber dieser ... Samgin war unangenehm überrascht über seine Entdeckung, doch je mehr er über Tagilskij nachdachte, desto mehr kam er zu der Überzeugung, daß der Schankwirtssohn ihm unangenehm war. Wodurch? Als Intellektueller in erster Generation? Wegen seiner Liebe für Widersprüche? Wegen seiner Bosheit? Nein. Das ist es nicht.

An das »Schauspielern für sich selbst«, an das »Spiel mit sich selbst« dachte er nicht mehr.

Sich mit Gedanken abzugeben, die ihn sehr beunruhigen, war Samgin nicht gewohnt, und er wies sie sehr leicht von sich. Aber die Erinnerungen an Tagilskij saßen dauerhaft in ihm fest, er überprüfte gern ihren Wirrwarr und überzeugte sich immer wieder, daß von Tagilskij weit mehr in ihm zurückgeblieben war als von Ljutow und anderen Freunden bunter privater Redebeflissenheit.

Im Laufe der nächsten Tage gelangte er zu der Überzeugung, daß er tatsächlich nicht in dieser Stadt leben sollte. Es war klar: In der örtlichen Anwaltschaft, ja, wie es schien, auch bei einigen Bürgern, hatte sich das argwöhnische und feindselige Verhalten gegen ihn verstärkt. Man grüßte ihn, als ob man, wenn man die Mütze lüftete, ihm damit eine unverdiente Gnade erwiese. Einer von den Anwaltshelfern, die zum Wintspielen zu ihm zu kommen pflegten, beantwortete seine Einladung mit einer trockenen Absage. Und Gudim, der ihm im Gerichtskorridor begegnete, räusperte sich und fragte: »Kennen Sie dieses Staatsanwältchen aus Petersburg schon lange?«

»Ja.«

»Huhu! Ist das heute eine Hundekälte!«

Na – so mag dich der Teufel holen, du alter Esel, dachte Samgin und lächelte: Tagilskij muß ihnen wirklich die Suppe tüchtig versalzen haben.

Den Mitmenschen gegenüber verhielt er sich geringschätzig genug, um sich durch sie nicht sehr beleidigt zu fühlen, aber sie zeigten ihm beharrlich, daß er in dieser Stadt überflüssig war. Besonders demonstrativ verhielten sich die Justizbeamten, indem sie ihm fast Tag für Tag Pflichtverteidigungen in kleinen Strafsachen übertrugen und seine Zivilprozesse verschleppten. Das alles veranlaßte ihn, einige Kleider, Möbel und unnötige Bücher zum Verkauf auszusondern, und als er eines Abends mitten unter den Sachen stand, die im Speisezimmer zusammengetragen waren, deklamierte er, die Hände in die Taschen gesteckt, innerlich:

> Ich bin der Gott geheimnisvoller Welt,
> Die ganze Welt lebt nur in meinen Träumen.

Von diesen Zeilen flammten eigenmächtig andere auf:

> Und was hinderte mich,
> Aufzubauen die Welten all,
> Die da wünschte sich
> Meines Spiels Ritual?

Hier erinnerte sich Samgin der Welt, die auf Hieronymus Boschs Bildern dargestellt war, und danach kam ihm der Gedanke, daß Fjodor Sologub ein vortrefflicher Dichter sei, aber ein »gefangener Denker« – er hat zugelassen, daß eine einzige Idee von ihm Besitz ergreift: die Idee von der Nichtigkeit und Sinnlosigkeit des Lebens.

Diese Gefangenschaft des Denkens setzt seiner Begabung Grenzen, zwingt ihn, sich zu wiederholen, macht seine Gedichte allzu vernünftig, in ihrer Logik langweilig. Diese meine Bewertung will ich aufschreiben. Und – ich müßte Dostojewskijs »Dämonen« mit dem »Kleinen Dämon« vergleichen. Es wird Zeit für mich, ein Buch zu schreiben. Ich werde es »Leben und Denken« betiteln. Ein Buch über die Vergewaltigung des Lebens durch das Denken – ein Buch über die Freiheit des Lebens – ist noch von niemandem geschrieben.

Doch hier verdüsterte sich Samgins Gesicht, denn er erinnerte sich, daß Iwan Karamasow geraten hatte: Das Leben muß man vor aller Logik lieben.

Versuchen wir, nochmals daran zu erinnern, daß der Mensch das Recht hat, für sich und nicht für die Zukunft zu leben, wie die

Tschechows und andere Epigonen der Literatur lehren, beschloß er, in sein Arbeitszimmer hinübergehend. Schon Herzen lachte in den vierziger Jahren über die Positivisten, die das Leben für eine Vorstufe der Zukunft halten. Tschechow mit seiner Verheißung eines herrlichen Lebens in zwei-, dreihundert Jahren, der entkrönte Gorki mit seiner naiven Behauptung, »der Mensch sei zu etwas Besserem auf der Welt« und das Wort Mensch »klinge stolz« – das alles sind Verkünder des trivialen Positivismus von Auguste Comte. Diese Theorie ist zum Marxismus, ihrem noch häßlicheren Extrem, ausgewachsen ...

Samgin fuhr zusammen, ihm schien, es stände jemand neben ihm. Aber da war er selbst, den die kalte Fläche des Spiegels widergab. Ihn blickten aufmerksam die dank der Brillengläser verschwommenen Augen eines Denkers an. Er kniff sie zusammen, die Augen wurden normaler. Er nahm die Brille ab und dachte, während er sie blank rieb, von neuem an die Menschen, die »Friede auf Erden und den Menschen ein Wohlgefallen« herbeizuführen versprechen, dann entsann er sich nebenbei, daß jemand – war es nicht Nietzsche? – die Menschheit eine »vielköpfige Hydra der Banalität« genannt hatte, er setzte sich an den Tisch und begann seine Gedanken aufzuschreiben.

Ein paar Tage später saß er in einem Eisenbahnwagen zweiter Klasse, hatte dreihundertdreiundachtzig Rubel in der Brieftasche, zwei Koffer bei sich und einen im Gepäckwagen. Er saß da und dachte: Stiehlt man mir das Geld oder verliere ich es – komme ich in Petersburg als Bettler an.

Es war kränkend: Da hatte er nun fast vierzig Lebensjahre hinter sich, war etwa zehn Jahre davon beim Gericht tätig gewesen und hatte nur ein paar Groschen zusammengespart. Und kränkend war auch, daß er ein halbes Hundert wertvoller Bücher in sehr guten Einbänden hatte verkaufen müssen.

Er fuhr in einem Wagen zweiter Klasse, es gab nur wenige Mitreisende, und durch das eiserne Dröhnen des Zugs hindurch drang wie ein hell plätscherndes Bächlein die bekannte Stimme Pylnikows.

»Die ganze Welt muß gerechtfertigt werden,
 Damit man leben kann«,

skandierte deutlich der Privatdozent, während irgendein erboster Mann im Baßton schrie: »Was ist denn das – ist hier Kölnischwasser vergossen worden? Man bekommt ja keine Luft!«

Durch den Wagen spazierten, einander ablösend, die Gerüche von Schinken, Schuhwichse und gebratenem Fleisch, vor dem Fenster, im grauen Halbdunkel des Abends, bewegten sich Schneehügel und schwarze Bäume, schwankten irgendwelche Gerten, als drohten sie den Zug auszupeitschen, während hinter Samgin jemand unter Hüsteln und grimmigem Ausspeien mißmutig erzählte: »Der eine Inguschete wurde getötet, der andere verwundet, die drei übrigen brachten den Verwundeten in die Stadt, ins Krankenhaus und – verschwanden ...«

»Gnädige Frau«, rief Pylnikow triumphierend. »Immerhin, immerhin – wie entscheiden Sie denn die Frage nach dem Sinn des Daseins? Gottheit oder Menschheit?«

Samgin gegenüber lag, das Gesicht nach oben, die Augen geschlossen, ein langbeiniger Mann mit rotem Spitzbärtchen, er lag, die Arme unter den Nacken geschoben. Pylnikows Geschrei weckte ihn, er schwang die Füße auf den Boden hinunter, setzte sich und ging, nachdem er mit seinen blauen Augen Samgin erschrocken ins Gesicht geblickt hatte, hastig in den Durchgang hinaus, als eilte er jemandem zu Hilfe.

»Der Riß verläuft gerade auf dieser Linie«, schrie Pylnikow. »Verzichten wir auf die geistige Kultur, die auf religiöser, christlicher Grundlage beruht, zugunsten einer Kultur, die durch und durch materialistisch, barbarisch ist – verzichten wir oder nicht?«

Unerklärlicherweise erstickte plötzlich Kölnischwasser alle anderen Gerüche, während Pylnikows Rede von einem schweren Husten und dem barschen, laut ausgesprochenen Satz übertönt wurde: »Nicht prügeln hätte man sie sollen, sondern ihnen die Hände abhacken, die Hände!«

»Na, immerhin hat man ihnen mit den Hanfkrawatten genug Angst eingejagt ...«

»Und die Verluste? Wer ersetzt mir die Verluste?«

Und von neuem tauchte das siegreiche Stimmchen Pylnikows auf: »Sind Sie denn von der Zuverlässigkeit des Wissens überzeugt? Ja und – was hat überhaupt wissenschaftliche Erkenntnis hiermit zu tun? Eine wissenschaftliche Ethik gibt es nicht, kann es nicht geben, doch die ganze Welt lechzt gerade nach einer Ethik, die nur die Metaphysik schaffen kann, jawohl!«

Ein Chaos, dachte Samgin, der das Gefühl hatte, man vergifte ihn, indem man unnötige Gedanken gewaltsam in sein Hirn hineinpresse. Ein Chaos ...

Vor kurzem noch hatte es ihm gefallen, dem wirren Gerede der Menschen zu lauschen, er war überzeugt gewesen, daß die geschwätzigen Reisenden in den Zügen, die Gäste in den Restaurants ihn mit Kenntnis wahrer Lebenswirklichkeit bereicherten und dadurch die ziemlich trockenen Systeme von Büchersätzen mit Fleisch und Blut füllten. Doch er fühlte sich bereits übersättigt, müde von der Fülle an Menschenkenntnis und ihm schien, daß es Zeit sei, alles, was er gesehen, gehört und erlebt hatte, in eine feste Form zu bringen, in sein eigenes, originelles System. Nun aber drang, wie der Wind durch die Fugen schlecht geschlossener Fenster und Türen in ein Zimmer, aufdringlich etwas bereits Überflüssiges, Unnötiges, aber gleichsam Unbekanntes herein. Ihm fiel ein, wie Pylnikow, sein rosiges Gesicht mit dem grünen Büchlein verdeckend, vorgelesen hatte: »Ich sah in einem Blindenheim, wie diese Unglücklichen mit vorgestreckten Armen umhergehen, ohne zu wissen, wohin sie gehen. Besteht aber nicht die ganze Menschheit aus ebensolchen Blinden, gehen sie nicht auch tastend durch die Welt?«

Ich weiß, wohin ich gehe, weiß, was ich will, sagte sich Samgin.

Im Durchgang erschien der langbeinige Mann mit dem rötlichen Bärtchen, ihn stieß eine beleibte Frau, die in einen grauen Schal gehüllt war, gleichsam vor sich her.

»Verstehst du?« fragte sie halblaut, aber sehr vernehmlich und mit tiefer Stimme. »Mitten im Zentrum.«

»Es ist nicht zu glauben«, murmelte Samgins Nachbar.

»Ja, ja! Ein Provokateur im Parteizentrum. Tatsache!«

Sie schob den langen Mann mit einer Handbewegung beiseite und ging vorüber ans Ende des Wagens, der Mann jedoch wankte, setzte sich Samgin gegenüber und sah ihm, sich auf die Lippen beißend, ein paar Sekunden lang verständnislos ins Gesicht.

Gleich wird er zu reden anfangen, dachte Samgin, aber da erschien der Schaffner und zündete die Kerze an, vor dem Fenster wurde es dunkel, Blech scheppterte, wahrscheinlich hatte jemand einen Teekessel fallen lassen. Dann wurde es stiller im Wagen, und noch deutlicher erklang das bohrende Stimmchen des Dozenten: »Es handelt sich nicht darum, wie das Individuelle mit dem Sozialen zu versöhnen sei, in einer Epoche, in der das letztere betäubt, blendet, die Wachstumsfreiheit unseres Ichs begrenzt – es handelt sich darum, ob man überhaupt versöhnen soll.«

»Geben Sie mir ein Streichholz«, bat Samgins Nachbar kläglich den Schaffner; während er sich unbeholfen eine Zigarette anzündete, wandte Samgin ihm den Rücken zu, streckte sich auf der Polsterbank aus und verspürte das boshafte Verlangen, Pylnikow mit einem Taschentuch den Mund zu stopfen.

Petersburg empfing Samgin mit einem frostigen, kalt strahlenden Morgen. Auf der Bronzemütze und den dicken Schultern von Zar Alexander glitzerte der Reif, die Nadel der Admiralität sah rotglühend aus und deutete gleichsam auf die weiße Wintersonne. Ein paar Tage verbrachte er, indem er in Museen umherirrte und abends im Theater saß, wobei er ein angenehmes Gefühl der Unabhängigkeit von den vielen Menschen empfand, die diese Riesenstadt bevölkerten. Die Gemälde, die altertümlichen Gegenstände, die durch ihre bunten Farben und wunderlichen Formen das Auge erquickten, ermüdeten auch angenehm. Die Schauspieler in den Theatern sprachen irgendwelche nebelhaften, leichten Worte von der Liebe und dem Leben.

Ich muß mir Arbeit suchen, ermahnte er sich und wanderte von neuem durch die zahllosen Säle der Eremitage, betrachtete die Dinge und fühlte sich zufrieden, da das Beobachtete keine Fragen stellte, keine Antworten forderte und erlaubte, an sie nach Belieben zu denken oder – nicht zu denken. Klim Iwanowitsch Samgin dachte leicht und tröstlich nicht an die Kunst, sondern an das Leben, durch das er ging, ohne etwas zu verlieren, sondern im Gegenteil, immer mehr Gewißheit gewinnend, daß sein Weg nicht nur richtig, sondern auch heroisch sei, aber er konnte oder wollte nicht den inneren Sinn von Tatsachen aufdecken, in ihnen Übereinstimmung suchen – befürchtete es vielleicht sogar. Er hatte oft fühlen müssen, daß eine Übereinstimmung, ja sogar die Ähnlichkeit eines Gedanken ihn beleidigte und entwürdigte, da sie ihn in die Reihe von Gewöhnlichen herabsetzte. Seine persönliche Lebenserfahrung hatte noch keine originelle Form erlangt, mußte sie aber erlangen. Er, Klim Samgin, war schon in der Kindheit für außergewöhnlich befähigt erklärt worden, das vergaß er nicht und konnte er nicht vergessen, denn Menschen, die bedeutender gewesen wären als er, hatte er nicht gesehen. Weitaus die meisten Menschen waren Ignoranten, die ganz in der simplen Angelegenheit der Ernährung, der Vermehrung und der Besitzanhäufung aufgingen, über der Masse dieser Menschen und der Masse selbst bewegten sich Leute, die, nachdem sie dieses oder jenes System von Sätzen angenommen und sich zu eigen gemacht hatten, sich Konservative, Liberale oder Sozialisten nannten. Sie spalteten sich in zahllose kleine Gruppen – in Volkstümler, Tolstojaner, Anarchisten und so weiter, aber das machte sie, nicht zu ihrer Zierde, noch kleiner, uninteressanter. Sich einer beliebigen Reihe solcher Menschen anzuschließen, ihre Dogmatik anzunehmen, hätte bedeutet, die Freiheit des eigenen Denkens einzuschränken. Samgin stand rauchend am Fenster, und eine Erregung, die ständig wuchs, trieb, stieß ihn irgendwohin. Vor dem Fenster schneite es immer dichter, über die Fensterscheiben kroch der bläuliche Zigarettenrauch, kitzelte die Augen, reizte die Nase, Samgin stand reglos da und erwartete, daß ihm nun gleich irgendein ungewöhnlicher, neuer und reiner Gedanke kommen werde, den niemand kannte, daß er auftauchen und ihn mit einem Gefühl der Macht über das Chaos erfüllen werde.

Jedes Dogma ist natürlich sinnvoll, aber Dogmatik ist unvermeidlich eine Vergewaltigung der Denkfreiheit. Ljutow war undogmatisch, aber er lebte in Angst vor dem Leben und wurde von der Angst getötet. Der einzige Mensch, der ein unabhängiger Herr seiner selbst war – war Marina.

Doch des Stehens müde, setzte er sich in einen Sessel, und dieser freie, alles entscheidende Gedanke – war nicht gekommen, während die Erregung noch ebenso stark geblieben war und ihn zwang, zu Warwara zu fahren.

Die Fahrt ging lange und langsam durch das kalte, weiße Schneetreiben, das mit dem dumpfen, feuchten Trappen der Pferdehufe und dem Geräusch der Gummireifen auf dem Holzpflaster erfüllt war, die nassen Schneeflocken hefteten sich an die Brillengläser und an die Haut der Wangen – das alles beruhigte nicht.

Weshalb, zum Teufel, fahre ich hin? Wie töricht ...

Aber er geriet in Verwirrung, als Warwara, die sich vom Sessel erhoben hatte, wankte und, sich an der Lehne festhaltend, erschrocken, mit schwacher Stimme sagte: »Nein, nein, komm mir nicht zu nahe! Setz dich dorthin, etwas weiter weg, ich fürchte, ich könnte dich anstecken. Ich habe Influenza ... oder etwas Ähnliches.«

Er erkundigte sich nach der Temperatur, nach dem Arzt, sagte ein paar der in solchen Fällen üblichen tröstenden Worte, musterte Warwaras Gesicht und entschied: Ja, sie ist sehr krank. Das mit roten Flecken bedeckte Gesicht sah wie verbrannt aus, die grünlichen Augen glänzten unangenehm, die Stimme klang gesteigert schrill und, wie es schien, aufgeregt, der trockene Husten war von einem pfeifenden Geräusch begleitet.

»Ich trinke immerfort Tee«, sagte sie, das Gesicht hinter dem Samowar verbergend. »Mag das Wasser sieden, doch nicht das Blut. Weißt du, ich bin ein Angsthase, wenn ich krank bin, fürchte ich, daß ich sterben werde. Welch ein widerliches Wort – dieses ›sterben‹.«

»Du bist ein gesunder Mensch«, sagte Samgin.

»Nein«, widersprach sie. »Ich bin krank, schon seit langem. Der Gynäkologe, ein Professor, hat gesagt, mein Leben hinge nur noch an einem Fädchen. Eine Abtreibung ginge nicht spurlos vorüber, sagte er.«

Jetzt beginnt die Durchsicht der Vergangenheit, dachte Samgin mißbilligend und zündete sich, ohne um Erlaubnis zu fragen, eine Zigarette an, worauf Warwara die Hand ausstreckte und sagte: »Gib mir auch eine.«

Nachdem sie sich eine Zigarette angezündet hatte, begann sie öfter zu husten, aber das hinderte sie nicht am Reden.

»So ein widerwärtiger, weicher, glatter Kater, hochmütig und herzlos«, rächte sie sich an dem Gynäkologen, aber da sie wahrscheinlich fand, daß dies noch zu wenig sei, fügte sie hinzu: »Ein Tolstojaner, Moralist und Rigorist. Tolstois Moral nützen Leute einer besonderen Sorte aus . . . Solche, die an einen bösen und kalten Gott glauben. Und kleine Gauner, wie etwa Nogaizew. Glaube bitte Nogaizew nicht: Er ist skrupellos, gierig und überhaupt – ein Schuft.«

»Ich denke, dies stimmt«, gab Klim zu; sie nickte zweimal.

»Es stimmt, es stimmt, ich weiß es . . .«

Der Anblick ihrer Hände wurde immer unangenehmer: Mit dem rosigen Perlmutt der spitzigen, sorgfältig polierten Nägel blitzend, griffen sie unermüdlich und unruhig nach dem Teelöffel, der Zuckerzange, der Tasse, knisterten mit der orangefarbenen Seide des Morgenkleids, das sie unnötig zurechtzupften, betasteten die roten Ohrläppchen, das zerzauste Haar auf dem Kopf. Und das beherrschte Samgins Aufmerksamkeit so sehr, daß er nicht ins Gesicht der Frau sah.

»Welch eine schreckliche Stadt! In Moskau ist alles so einfach . . . Und warm. Der Ochotnyj Rjad, das Künstler-Theater, die Sperlingsberge . . . Moskau kann man aus der Ferne betrachten, ich weiß nicht, ob man Petersburg von einer Anhöhe sehen kann, ob das dort möglich ist. Es ist so flach, riesengroß, steinern . . . Weißt du – Stratonow hat gesagt: ›Wir Politiker wollen das aus Holz erbaute Rußland zu einem steinernen machen.‹«

Redet sie im Fieber? dachte Samgin, um sich blickend und das kleine unaufgeräumte Zimmer betrachtend, das mit dicken Draperien behängt war; in ihm stand ein so starker Apothekengeruch, daß der Tabakrauch ihn nicht verdrängte.

»Nirgends, denke ich, fühlt man sich so einsam wie hier«, sprach die Frau. »Ach, Klim, welch ein quälendes Gefühl – Einsamkeit! Die Revolution hat in den Menschen das Bewußtsein der Einsamkeit schrecklich verschärft und gesteigert . . . Und viele sind dadurch zu Tieren geworden. Wie nennt man sie – die im Kriege plündern? Nach den Schlachten?«

»Marodeure«, half Samgin nach.

»Ja, solche Leute sind Marodeure ...«

»Du sprachst schon hiervon«, erinnerte er sie.

»Das ist schrecklich, Klim ...«, sagte sie in pfeifendem Flüstern.

Sie ist ernsthaft krank, dachte er mit Besorgnis, als er die krampfhaften Bewegungen ihrer Hände verfolgte. Es ist, als fiele oder als ertränke sie, verglich er, und dieser Vergleich steigerte seine Besorgnis noch mehr. Warwara sprach unterdessen immer undeutlicher:

»Du weißt natürlich – ich war verliebt in Stratonow.«

»Nein, ich wußte es nicht«, entgegnete Samgin und sah sofort ein, daß er dies nicht hätte sagen sollen. Aber – hatte er denn nicht irgend etwas sagen müssen?

»Das behauptest du aus Zartgefühl«, sagte Warwara, nach Atem ringend. »Ach, was für ein gemeines, grobes Tier Stratonow ist ... Ein Steinhauer. Ein Schurke ... Einer für reiche Weiber ... Und du – aus Stolz. Du bist so rein, so redlich. Du hast den Mut ... mit dem Leben nicht einverstanden zu sein ...«

Sie war plötzlich verstummt. Samgin erhob sich ein wenig, blickte sie an und richtete sich sofort erschrocken auf – die Gestalt der Frau hatte ihre natürlichen Umrisse verloren, sie war im Sessel zusammengesackt, der Kopf war kraftlos auf die Brust gesunken, ein halb geschlossenes Auge, eine sonderbar dunkel verfärbte Wange war zu sehen, die eine Hand lag auf dem Schoß, die andere hing über die Armlehne des Sessels herab.

Der erste Gedanke, der Samgin vom Schreck eingegeben wurde, war: Ich muß gehen, der zweite: Einen Arzt rufen!

Er lief in den Korridor hinaus, fand einen Kellner, fragte ihn, ob sich nicht ein Arzt im Hotel befände. Es zeigte sich, daß einer da war: Auf Zimmer zweiunddreißig, ein Doktor Makarow, heute aus dem Ausland eingetroffen.

»Holen Sie ihn.«

»Der Herr hat das Haus verlassen.«

»Rufen Sie einen anderen an – unverzüglich!«

Der wohlerzogene Mann mit kleinem Kopf ohne Haare hielt Samgin zurück und schlug ihm halblaut vor, einen Sanitätswagen kommen zu lassen.

»Sie werden zugeben müssen – es ist uns peinlich! Vielleicht handelt es sich um etwas Ansteckendes.«

»Ja, gewiß! Ja, ja«, gab Samgin zu, und als er zu Warwara zurückkehrte, sah er: Sie saß am Boden, hatte die Hände auf ihn gestützt, den Rücken an den Sesselsitz gelehnt und den Kopf weit zurückgeworfen.

»Ich hatte aufstehen wollen und fiel um«, begann sie mit ganz schwacher Stimme, aus ihren Augen rannen Tränen, die Lippen bebten.

Samgin hob sie auf, legte sie aufs Bett, setzte sich neben sie und bemühte sich, ihre Hand streichelnd, ihr nicht ins Gesicht zu sehen, das kindlich rührend und gleichsam schuldbewußt war.

»Mir ist schlecht, Klim«, sagte sie leise und kläglich, »mir ist sehr schlecht. Ich bekomme keine Luft.«

»Makarow ist hier«, sagte Samgin. »Erinnerst du dich an Makarow?«

Sie nickte.

»Ja. Der schöne Mann.«

Er fühlte sich auch schlecht und gedemütigt. Ihn demütigte seine Ohnmacht, die Unfähigkeit, ihr zu helfen, irgendwelche tröstenden Worte zu sagen. Dennoch sagte er: »Laß den Mut nicht sinken. Willensstärke nützt mehr als alle Arzneien.«

Warwara indessen schnappte gierig nach Luft und murmelte: »Beim Notar Selinskij – mein Testament. Ich vermache alles dir . . . Sei mir nicht böse, Klim. Du – brauchst es, mein Freund. Du bist redlich. Das Haus und alles . . .«

»Das sind Lappalien«, sagte er. »Sprich nicht – ruhe dich aus.«

»Du wirst alles verkaufen. Geld bedeutet Unabhängigkeit, Lieber. Im Handtäschchen. Und in der Mappe, im Koffer. Ach, mein Gott! . . . Ist denn wirklich . . . nein – werde ich denn wirklich . . . Lösch das Licht über dem Bett aus . . . Es blendet.«

Sie weinte und rang immer heftiger nach Atem, während Samgin sich auch beengt fühlte, und das Atmen war schwer, als rückten die Zimmerwände zusammen, verdrängten die Luft und hinterließen nur schwüle Gerüche. Und die Zeit schlich so langsam dahin, als wollte sie stehenbleiben. In der Schwüle, im Halbdunkel wurde Warwaras fiebernde Rede immer schwerfälliger, immer stockender: »Erinnerst du dich, wie der Musiker starb? Wir saßen im Garten, und über dem Schornstein flimmerte es silbern . . . die Luft. Es war doch bloß Luft? Ja?«

»Ja – bloß Luft«, bestätigte Samgin und dachte, daß es vielleicht besser gewesen wäre, zu sagen: Ich weiß nicht.

»Stratonow . . . ist ein Schurke! Er hat mich in den Leib gestoßen . . . Wie ein Droschkenkutscher.«

Es trat jemand ins Zimmer, Samgin stand auf und schaute hinter der Portiere hervor.

»Doktor Makarow«, sagte zu ihm ungehalten mit sonderbar bekannter Stimme ein geckenhaft gekleideter Mann, ganz in Schwarz, rasiert, mit gestutztem Schnurrbart, mit Militärgesicht. »Makarow«, wiederholte er sanfter und lächelte.

Kutusow, begriff Samgin und deutete wortlos mit einer Handbewegung auf das Bett. Er ist mit Makarows Paß gekommen. Illegal. Gut, daß ich ihn nicht begrüßt habe.

Der höfliche Kellner, der in der Tür stand, murmelte, daß der Sanitätswagen gleich eintreffen werde, und fragte: »Sind Sie ein Verwandter von Frau Samgina?«

»Ihr Mann.«

»Wo geruhen Sie zu wohnen?«

Klim nannte sein Hotel.

Der Kellner verneigte sich ehrerbietig und verschwand.

»Wie ich da . . . hereingeraten bin!« sagte leise Kutusow, der, das rechte Auge zusammengekniffen und sich mit der Hand das Kinn reibend, hinter der Portiere vortrat. »Weigern – konnte ich mich nicht: Gibst du dich für etwas aus, so trag auch die Folgen. Das ist doch Ihre Frau?« flüsterte er. »Hören Sie, ich bin ja nicht nur dem Paß nach Arzt, habe in der Verbannung sogar ein wenig praktiziert. Mir scheint, sie hat eine Lungenentzündung, zudem – eine kruppöse, und damit ist nicht zu spaßen. Verstehen Sie?«

Dann trat er dicht auf Klim zu und schlug vor: »Lassen Sie uns vereinbaren: Was wäre besser? Wenn wir uns nicht kennen?«

»Ja«, antwortete Klim.

»Richtig. Es gibt einen Makarow – einen Freund von Ihnen, aber dieser Name ist nicht selten. Nebenbei bemerkt: Er hat wahrscheinlich auch schon an einem anderen Punkt die Grenze passiert. Nun, ich gehe. Wir müßten mal miteinander reden, wie? Haben Sie nichts dagegen?«

»Nein. Wenn man sie fortgebracht hat.«

»Vortrefflich.«

Kutusow ging, während Samgin, der horchte, wie Warwara beim Husten fast an ihren Worten erstickte, bei sich dachte: Weshalb habe ich eingewilligt?

»Wein hat er mir vorgesetzt . . . wie einer Prostituierten«, vernahm er, als er sich dem Bett näherte.

Warwara empfing ihn mit heiserem Geschrei: »Wer ist das? Du? Geh weg!«

»Das bin ich, Klim«, sagte er, sich zu ihr niederbeugend.

Aber sie erkannte ihn nicht, betastete aufgeregt mit unruhigen Händen ihre Brust, das Morgenkleid, die Kissen und wiederholte dabei keuchend: »Weg! Du Tier . . .«

Es verstrichen noch etwa fünf Minuten, bis die Sanitäter mit einer

Tragbahre kamen und sie hinaustrugen, sie schwieg bereits, und in ihrem dunkel verfärbten Gesicht leuchteten matt die unangenehm grünen, gleichsam bösen Augen.

Sie liegt im Sterben, entschied Samgin. Sie stirbt gewiß, wiederholte er, als er allein war. Das unangenehm stumpfe Wort »stirbt« hinderte ihn am Denken und war lästig wie eine Herbstfliege. Es wurde verscheucht von dem höflichen, kurzbeinigen und rundlichen Männchen, dessen kleiner Kopf wie eine Billardkugel glänzte. Der kleine Mann kam geräuschlos wie eine Katze herein und hielt leise eine kurze Rede: »Nach dem Gesetz sind wir verpflichtet, die Polizei zu benachrichtigen, weil ja alles möglich sein kann und die Kranke ihre Habe zurückgelassen hat. Wir haben uns aber, entschuldigen Sie, erkundigt und festgestellt, daß Sie der legitime Ehemann sind, demnach scheint alles in Ordnung zu sein. Zur Bestärkung sollten Sie jedoch dem Gehilfen des Reviervorstands etwa fünfzig Rubel schenken ... Damit man Sie nicht belästigt, das tun sie gern. Zudem sind sie verängstigt – wir haben unsichere Zeiten ...«

Samgin hatte einen Hundertrubelschein und noch ungefähr zwanzig Rubel bei sich. Er gab hundert.

Darauf erklärte der Kellner mit beglücktem Stimmchen, dieses Zimmer müsse desinfiziert werden, und erbot sich, Warwaras Sachen in ein anderes Zimmer zu tragen, und wenn Herr Samgin hier zu übernachten wünsche, so werde das der Hotelleitung sehr angenehm sein.

Er ging.

Ein Halunke und wahrscheinlich ein Spion, stellte Samgin voller Abscheu fest und dachte sofort, daß das Eindringen von Alltagsperioden in die Dramen des Lebens nicht nur natürlich sei, sondern, indem es den Ablauf der dramatischen Geschehnisse unterbreche, es ermögliche, sie leichter zu überstehen. Dann fiel ihm ein, daß er diesen Gedanken in der Rezension irgendeines Theaterstücks in einer Pariser Zeitung gelesen hatte, und er begann über praktische Dinge nachzudenken.

Worüber will Kutusow reden? Soll ich überhaupt mit ihm reden? Eine Begegnung mit ihm ist nicht ungefährlich. Makarow – riskiert ...

Er öffnete die Luftklappe des Fensters und bemerkte, als er, eine Zigarette zwischen den Zähnen, im Zimmer umherschritt, auf dem Spiegeltisch die goldene Uhr Warwaras, nahm sie, wog sie auf der Hand. Diese Uhr hatte er ihr geschenkt. Beim Aufräumen des Zimmers konnte sie gestohlen werden. Er steckte die Uhr in seine Hosentasche. Dann öffnete er, nach einem Blick auf sein besorgtes Gesicht im Spiegel, das Handtäschchen. Es enthielt eine Puderdose, Handschuhe, ein Notizbuch, ein Fläschchen Riechsalz, einen Migränestift, ein goldenes Armband, dreiundsiebzig Rubel in Scheinen und eine ganze Handvoll Silbergeld.

Sie mochte Silber, fiel ihm ein. Wenn sie stirbt, habe ich nicht genug Geld, sie zu beerdigen.

Die Tatsache, daß Warwara ihm das Haus vermacht hatte, rührte ihn nicht sonderlich und wunderte ihn nicht, sie besaß keine Angehörigen. Ein Testament wäre gar nicht notwendig gewesen – er, Samgin, war der gesetzliche Alleinerbe.

Er setzte sich, öffnete auf dem Schoß den kleinen, sehr eleganten Handkoffer mit Eckbeschlägen aus patiniertem Silber. Er enthielt ein Necessaire, in der Tasche seines Deckels eine kostbare Mappe, in der Mappe irgendwelche Papiere und in einem ihrer Teile neun Hunderttrubelscheine, er steckte die Hunderttrubelscheine in die Innentasche seines Rocks und legte statt ihrer die dreiundsiebzig Rubel hinein. Das alles tat er mechanisch, ohne zu erwägen, ob er es tun sollte oder nicht. Er tat es und dachte: Sie hat nicht wenig Menschen gesehen, aber ich bin für sie die lichtvollste Gestalt geblieben. Ihre erste Liebe. Irgend jemand hat gesagt: »Alte Liebe rostet nicht.« Eigentlich hatte ich keine triftigen Gründe, die Verbindung mit ihr abzubrechen. Die Beziehungen spitzten sich zu ... weil alles ringsum sich zugespitzt hatte.

Eine Minute lang suchte er ehrlich, ob es in der Vergangenheit nicht irgend etwas gäbe, woran Warwara ihm hätte die Schuld beimessen können. Aber – er fand nichts.

Als er sich wieder eine Zigarette anzündete, brachten die Geldscheine in der Rocktasche sich durch trockenes Knistern in Erinnerung. Samgin blickte um sich – alles ringsum war unordentlich, unangenehm, von schwülen Gerüchen durchsetzt. Es kamen zwei Zimmerkellner und ein Stubenmädchen, er sagte ihnen, daß er zu dem Arzt auf Zimmer zweiunddreißig ginge, und wenn aus dem Krankenhaus angerufen würde, sollten sie es ihm sagen.

Kutusow saß in Hemdsärmeln, mit aufgeknöpfter Weste am Tisch beim Samowar, eine Zeitung in den Händen, Zeitungen lagen auf dem Sofa und dem Boden herum, er erhob sich, stieß sie mit dem Fuß beiseite und rückte mühelos einen schweren Sessel an den Tisch heran.

»Hat man sie fortgebracht?« fragte er, Samgins Gesicht musternd. »Und ich lese gerade die heimische Presse. Wildes Fieber und liberal-intellektualistische Versuche, ein X für ein U vorzumachen. Das Wesentliche sind die Stolypinschen Einzelhöfe und die Eile der Industriellen, so rasch wie möglich alles zu verkaufen, was das ausländische Kapital kaufen möchte. Und dieses schläft nicht, es drängelt sich sogar ins Textilwesen, das feste Moskauer Geschäft. Alles in allem – Theater. Doch Sie – sind gealtert, Samgin.«

»Von Ihnen kann man das nicht behaupten«, sagte Samgin.

»Um mich – kümmert sich die Obrigkeit, sie schickt mich zur Erholung weit in den Norden, dort habe ich vierzehn Monate lang ausgeruht. Nicht so ganz bequem, aber – sehr gut für die Seele. Dann bin ich ins Ausland gegangen.«

Kutusow sprach halblaut, und in seinen fliederblauen Augen spielte wie immer ein Lächeln. Sein etwas grobgeschnittenes Gesicht wirkte ohne Bart noch markanter und leicht einprägsam.

»Haben Sie Lenin gesehen?« fragte Samgin, sich Tee einschenkend.

»Selbstverständlich.«

»Hält er noch fest an seinen Gedanken von ehemals?«

»Durchaus und sogar noch fester. Der Alte ist bewundernswert. Manchmal fällt es einem sehr schwer, ihm beizustimmen, aber nach einigem Hin und Her stimmt man ihm schließlich bei. Er sieht in die Zukunft durch eine Ritze in der Gegenwart, die nur er kennt. Auf euch Intellektuelle schimpft er überaus heftig . . .«

»Weswegen?«

»Wegen des Menschewismus und aller anderen Sorten von Liberalismus. Lunatscharskij und Bogdanow sollen da irgendeinen Unsinn verfaßt haben?«

»Ich habe es nicht gelesen.«

»Iljitsch sagt, sie polierten den Sozialismus mit bürgerlichem Denken, da sie fänden, man müsse ihn veredeln.«

Kutusow stand auf und ging, die Hände in den Hosentaschen, zur Tür. Klim stellte fest, daß dieser Mann schlanker, leichter geworden zu sein schien.

Er ist abgemagert. Oder es kommt vom Anzug.

Kutusow war unterdessen zum Tisch zurückgekehrt und begann etwas gelangweilt, ohne den üblichen Nachdruck zu sprechen: »Die Frage nach den Wegen der Intelligenz ist klar: Entweder geht sie mit dem Kapital oder gegen dieses – mit der Arbeiterklasse. Doch ihre Rolle als Katalysator bei den Aktionen und Reaktionen des Klassenkampfs ist fruchtlos, eine für sie verderbliche Rolle . . . Und auch lächerlich. Mit der Fruchtlosigkeit und der wahrscheinlich dunkel erkannten Verderblichkeit dieser Position erklärt Iljitsch jenes fürchterliche Geschrei und Gezeter, an dem die gegenwärtige Literatur so reich ist. Er erklärt das richtig. Ich habe einiges gelesen –

Andrejew, Mereshkowskij und andere –, weiß der Teufel, wie die sich nicht schämen? Das ist eine Art kindlicher Angst ...«

Er beugte sich zu Samgin vor, blickte ihn besonders eindringlich an und fragte mit gesenkter Stimme: »Hören Sie mal, Sie waren doch der Anwalt der Sotowa – was war das für eine Geschichte mit ihr? Ist sie tatsächlich ermordet worden?«

Und die knappen, vorsichtigen Antworten Klims wiederholend, stellte er Fragen: »Von wem? Der Neffe wurde verdächtigt. Motive? Ein Dummkopf. Wenig für einen Mörder. Sie unterdrückte ihn – aha! Das sieht ihr ähnlich. Und was ist nun mit dem Neffen? Im Gefängnis gestorben – hm ...«

Er hält sich für berechtigt, mich im Ton eines Untersuchungsrichters zu befragen, dachte Samgin und sagte: »Mir scheint – man hat ihn vergiftet.«

»Ein richtiger Kriminalroman. Sie sind kein Freund von Kriminalromanen? Ich lese gerne Conan Doyle. Ein Spiel mit der Logik. Nicht sehr weise, aber amüsant.«

Während er dies sagte, knetete er mit den Fingern sein Kinn und sah Samgin mit jener Spannung ins Gesicht, der man anmerkt, daß einer nicht an das denkt, was er ansieht. Seine Augen verdunkelten sich.

»Eine dunkle Geschichte«, sagte er leise. »Wenn man sie ermordet hat, war sie also jemandem im Wege. Der Dummkopf ist hier überflüssig. Die Bourgeoisie indessen – ist kein Dummkopf. Aber eine mechanische Rolle konnte natürlich auch ein Dummkopf spielen, dazu ist er ja da.«

Samgin nahm die Brille ab und rieb gesenkten Kopfs ihre Gläser blank.

»Ich habe sie fast zwei Jahre lang näher gekannt«, begann er. »Ich kannte sie, konnte sie aber nicht verstehen. Wissen Sie, daß sie die Steuerfrau eines Schiffs der Geißlersekte war?«

»Wa-as? Sie?« Kutusow fuhr geringschätzig mit der Hand durch die Luft und lächelte. »Das ist Provinzunsinn, Klatsch.«

Er war sehr verwundert, als Samgin ihm von der Feier der Anrufung des Geistes erzählte, runzelte die Brauen, die Igelhaare auf seinem Kopf bewegten sich.

»So ein Theater«, murmelte er und verstummte, sich mit den Händen kräftig die prallen Wangen reibend.

»Welcher Meinung sind Sie denn letzten Endes von ihr?« fragte Samgin.

»Vor allem war sie ehrgeizig«, antwortete Kutusow nach kurzem Zögern. »Sie war durchaus nicht dumm, aber die treibende Kraft ihres Verstands war eben der Ehrgeiz. Sie war von gesundem Fleisch und wählerisch, Widerwillen war vermutlich das hemmende Prinzip ihrer Sinnlichkeit. Kinder mochte sie nicht und wollte sie keine«, sagte er mit gerunzelter Stirn und schwieg wieder eine Weile. »Sie war wißbegierig, belesen. Für das Sektenwesen interessierte sie sich sehr, ja, aber ich kenne diese Bewegung schlecht, meiner Ansicht nach sind alle Sektierer – mit Ausnahme vielleicht der Läufer, das heißt der Anarchisten –, wohlhabende Bauern und sonst nichts weiter. Sektierer sind sie nur auf Zeit, solange sie Bauern sind, wenn sie aber Kaufleute werden, vergessen sie ihre Meinungsverschiedenheiten mit der Kirche, die um die Wahrheit, das heißt um die Macht kämpft. Das Interesse für kirchliche Angelegenheiten hat ihr Mann ihr eingeimpft.«

Kutusow wurde auf einmal sehr lebhaft: »Sehen Sie, das war ein interessanter Typ! Ein Mann von großem Haß gegen die Kirche und gegen jegliche Macht. Er las Pascal französisch, las Jansen und suchte, die Willensfreiheit leugnend, zu beweisen, daß alles, was der Mensch für sich tut – durch und durch sündig sei und daß die Freiheit sich nur auf die Wahl der Sünde beschränke: Krieg führen, Handel treiben, Kinder zeugen ... Da er es für unmöglich hielt, daß der Mensch der Gnade Gottes teilhaftig werde, befand er sich auf dem Weg zum Satanismus oder zur vollständigen Gottlosigkeit. Ein leidenschaftlicher Mensch war das. Er verstieg sich im Eifer so weit, daß er einmal sagte: ›Gott ist, wenn man ihn kirchlich auffaßt, ein Feind des Menschen.‹«

Nachdem er sich eine Zigarette angezündet hatte, ließ er das Streichholz bis ans Ende ausbrennen, verbrannte sich die Finger und sagte, während er die Hand in der Luft schwenkte: »Jetzt scheint mir, daß Marina gerade durch diese Gedanken auf Abwege gekommen und ins Chlystentum hineingeraten ist ...«

Doch gleich danach schüttelte er verneinend den Kopf, stand auf und fuhr, im Zimmer umherschreitend, fort: »Aber nein! Das Chlystentum war nur Theater. Dahinter verbarg sich etwas anderes. Das Chlystentum war Tarnung. Sie war gierig, liebte das Geld. Ihr Mann gab mir großzügiger für die Bedürfnisse der Partei. Ich sah in ihm einen künftigen Revolutionär. Ich hatte meine Gründe. Er urteilte auch über das Dorf richtig und taugte nicht zum Sozialrevolutionär. Ja, das ist es, was ich von ihr sagen kann.«

»Sie haben weit mehr von ihm gesagt«, bemerkte Samgin; Kutusow zuckte wortlos mit den Achseln, dann lehnte er sich mit dem Rücken an die Wand und sagte, die Hände in den Taschen, die Zigarette zwischen den Zähnen und vom Rauch das Gesicht verziehend:

»Sie hatte die unsinnige Idee, Geld zusammenzusparen und irgendwo in Sibirien etwas im Geist Robert Owens aufzubauen ... Eine Phalanstère vielleicht ... Im großen und ganzen – Theater. Sie war eine Intellektuelle. Ein gutes, gesundes Gehirn, dessen Entwicklung und freie Äußerung durch die Dogmen und Normen der Klasseninteressen der Bourgeoisie stark eingeschränkt waren. Die Menschheit organisiert sich aktiv für einen weltumfassenden Kampf – für eine Rauferei, wie Iljitsch sagt. Die Türkei, Persien, China, Indien sind von dem nationalen Bestreben erfaßt, sich der eisernen Hand des europäischen Kapitals zu entwinden. Da letzteres sieht, was ihm dadurch droht, stärkt es nicht weniger eilig seine Kräfte, vergrößert die kampflustigen industriell-technischen Kader auf Kosten der begabtesten Arbeiter, indem es aus ihnen hochqualifizierte Arbeiter, Meister, technische Handwerker macht, wie in Deutschland. Durch geschicktes Einwirken auf den Besitztrieb, auf den Ehrgeiz zieht es die Gebildeten unter den Proletariern als Kleinaktionäre zum Geschäft der Massenausplünderung heran. Die Vorbereitung des Kampfs gegen den Orient schließt natürlich nicht den Kampf gegen das Proletariat bei sich daheim aus – die Jahre 1905 und 06 haben die Kapitalisten einiges gelehrt. Die Bourgeoisie ist kein Dummkopf«, wiederholte Kutusow lächelnd.

Während er sprach, blickte er durchs Fenster, in die dichtgraue Dunkelheit draußen und auf einen gelben, öligen Lichtfleck in der Dunkelheit. Und er sprach, als erinnere er sich selbst: »Die Intellektuellen – besonders die unsrigen, sind ausgehungerter als die in Europa, sie spüren dunkel die Tragik des Heranreifenden, und viele erschreckt nicht die Gefahr zeitweiliger Niederlagen des Proletariats, sondern das Unheil eines Sieges, Iljitsch hat recht. Hundertfach recht. Sie erschreckt die Idee einer Macht der Arbeiterklasse. Und so suchen sie Zuflucht im religös-philosophischen Dickicht, bei den Geißlern, in der Unzucht, beim Teufel. Und – besonders – beim Versöhnlertum verschiedener Formen und Arten. Doch wissen Sie, Samgin, es ist sehr gut, daß bei uns die Selbstherrschaft und die Bourgeoisie gleichermaßen unbegabt sind. Aber es ist sehr schlimm, daß wir etwas viel Bauern haben«, schloß er und drückte lächelnd den Zigarettenstummel wie ein Handwerker an der Stiefelsohle aus. Samgin jedoch zündete sich unverzüglich und eilig eine Zigarette an, und diese fast komische Eile bedurfte einer Erklärung.

Er wird mich auszufragen beginnen, wie ich denke. Wird mich zu überzeugen suchen, es sei möglich, daß die Arbeiter die politische Macht ergreifen ...

Solange Samgin Kutusow aufmerksam zugehört hatte, empfand er kein Verlangen, ihm zu widersprechen – trotzdem bereitete er sich auf eine Selbstverteidigung vor, indem er sich glatte Sätze ausdachte: Der Mensch hat das Recht, zu denken, wie es ihm beliebt, aber das Recht, zu belehren – erfordert Begründungen, die mir, dem zu Belehrenden, einleuchten ... Worauf, außer auf den Besitztrieb gestützt, kann man im Proletarier das Gefühl der eigenen Würde wecken? ... Historisch denken kann man nur, wenn man vom bürgerlichen Denken ausgeht, da es die Urquelle des Sozialismus ist ...

Er bereitete noch ein paar Sätze vor, aber sie befriedigten ihn alle nicht, denn jeder von ihnen versprach einen frucht- und nutzlosen Streit zu entfachen.

Er zweifelt nicht an seinem Recht, zu belehren, ich aber will keine Belehrungen hören. Samgins bemächtigte sich eine immer unangenehmere Unruhe: Er begriff, daß es Kutusow, falls ein Streit entbrennen sollte, ein leichtes sein werde, seine Gleichgültigkeit gegen sozialpolitische Fragen zu entlarven und aufzudecken. Er bezeichnete sein Verhalten zu Fragen dieser Art zum erstenmal als gleichgültig und glaubte sogar sich selbst nicht: War das so?

Dann korrigierte er seine Vermutung: Es ist vorübergehend herabgesetzt ...

Kutusow rieb sich mit den Händen die Wangen und sagte: »Die Haut juckt unangenehm. Ich habe sie mir auf dem Rückweg aus der Verbannung erfroren. Und mein Genosse – hat sich die Füße verdorben.«

»Wissen Sie, daß die Somowa gestorben ist?« erinnerte sich Samgin plötzlich.

»Ja, ich weiß es«, entgegnete Kutusow und wiederholte nach dröhnendem Husten: »Natürlich, ich weiß es ...« Er schwieg ein paar Sekunden lang, dann fügte er gedämpft und seltsam hart hinzu: »Sie gehörte zu den Frauen, die aus Heldenverehrung in die Revolution gehen. Aus Romantik. Sie war ein moralisch gebildeter Mensch ...«

»Was heißt das?« fragte Samgin.

Kutusow schnippte zweimal mit den Fingern und antwortete, als ärgerte er sich über jemanden: »Untrügliche Witterung für den Feind. Eine kluge Seele. Erinnern Sie sich an sie? Ein junges Kätzchen. Klein, weich. Und – ein ausgeprägtes Gefühl des Abscheus vor jeglicher Schurkerei. Es kam einmal zu einem Zwischenfall: Man hatte entschieden, jemandem eine sehr schmutzige, aber durch das Zusammentreffen von einigen dramatischen Umständen persönlicher Art erzwungene Tat zu verzeihen. ›Zu verzeihen – habt ihr kein

Recht‹, sagte sie und suchte, wenn auch nicht sehr logisch, so doch hartnäckig zu beweisen, daß dieser Held keine kameradschaftliche Behandlung verdiene. Man entschuldigte. Und das feindliche Lager hatte einen durchaus nicht dummen Schurken gewonnen.«

»Schlug sie vor, ihn zu töten?« erkundigte sich Samgin wißbegierig.

Kutusow lächelte, kam aber nicht zum Antworten: Es wurde an die Tür geklopft, und dann sagte das ehrerbietige Stimmchen: »Telefonisch wurde durchgegeben, daß die Kranke . . . Frau Samgina sehr gefährlich krank ist.«

Kutusow blickte Klim stumm an, drückte ihm stumm die Hand.

Klim Iwanowitsch Samgin hielt sich für verpflichtet, ins Krankenhaus zu fahren, beschloß aber auf der Straße, zu Fuß zu gehen.

Die Stadt war prächtig verschneit, und der vom Vollmond beschienene Schnee wirkte angenehm grünlich. Die Schaufeln der Hausknechte scharrten, Besen raschelten, und die Schlitten der Droschkenkutscher glitten fast lautlos über den weißen Schnee. Die Lichtfülle in den Vitrinen und Schaufenstern der Läden, der gelinde, anregende Frost und alles ringsum machte das abendliche Leben sauber, freundlich funkelnd und flößte irgendeine nachsichtige Stimmung ein.

Die Somowa hat er sehr subjektiv geschildert, dachte Samgin, als er sich aber der Erzählung Tagilskijs erinnerte, hörte er auf, an Ljubascha zu denken. Er, Kutusow, ist viel sanfter geworden. Sogar interessanter. Das Leben weiß die Menschen abzuschleifen. Einen sonderbaren Tag habe ich hinter mir, dachte er und vermochte sich nicht eines Lächelns zu enthalten. Ich kann das Haus verkaufen und werde wieder ins Ausland fahren, werde meine Memoiren schreiben oder – einen Roman.

Doch hier erkannte er, daß er von der Straße abkam, in der das Krankenhaus lag, und verlangsamte den Schritt.

Es ist spät, man wird mich wohl kaum zu . . . der Kranken lassen. Und – was hat es für einen Sinn, zu ihr zu gehen? Dem Vorgang des Sterbens beizuwohnen ist bedrückend und zwecklos.

Er ging weiter und saß eine halbe Stunde später, die Papiere in Warwaras Mappe sichtend, bei sich im Hotel. Er fand einen Wechsel Dronows über fünfhundert Rubel, einen Safeschlüssel, den Entwurf eines Vertrags mit einer finnischen Fabrik über die Lieferung von Papier, Zeitungsausschnitte mit Besprechungen irgendwelcher Bücher, Notizen Warwaras. Dann ging er ins Restaurant hinunter und aß zu Abend, kehrte in sein Zimmer zurück, zog sich aus und legte sich mit Mereshkowskijs Buch »Nicht den Frieden, sondern das Schwert« ins Bett.

Er erwachte zeitig, in sehr guter Stimmung, er läutete, um sich Kaffee bringen zu lassen, aber der Zimmerkellner trat ein und sagte: »Auf Sie wartet ein Mann aus dem Bestattungsbüro ...«

Samgin blieb eine Minute lang auf dem Bett sitzen und lauschte, welchen Widerhall die Nachricht von Warwaras Tod in ihm auslösen werde. Er vernahm nichts, verzog, unzufrieden mit sich selbst, das Gesicht und fragte vorwurfsvoll irgend jemanden: Bin ich denn herzlos?

Als er sich anzog, dachte er: Die Arme. So früh. So schnell.

Dann versuchte er, in Worten denkend, sich die Reihe und Menge der unangenehmen Scherereien vorzustellen, die ihn erwarteten. Die Scherereien begannen unverzüglich: Es erschien ein Mann im schwarzen Rock, rotwangig, schnurrbärtig, mit einer dicken Schicht schwarzen Haars auf dem Kopf, das, in den Nacken zurückgekämmt, ihm Ähnlichkeit mit einem Diakon verlieh, während das schwarzbärtige Gesicht an einen Polizisten erinnerte. Groß und stämmig, hätte er im Baß sprechen müssen, aber er sprach in hohem, klangvollem Tenor: »Unser Büro erhielt die Nachricht vom Ableben Ihrer verehrten ...«

»Wann ist sie gestorben?« erkundigte sich Klim.

»Um halb sieben des heutigen Morgens, und ich bin unverzüglich ...«

Samgin unterbrach ihn, indem er sagte, er müsse heute um fünf Uhr von Petersburg abreisen, und die Bestattungszeremonie müsse beschleunigt vollzogen werden.

»Dem Büro für Leichenbegängnisse ist Ihr Wunsch Befehl«, sagte der Mann mit ehrerbietiger Verbeugung und nannte den Preis der Zeremonie.

Das ist teuer, überlegte Samgin, finster dreinblickend, unterließ es aber, zu feilschen, da er das für unter seiner Würde hielt.

»Also – ohne priesterliches Geleit«, sagte der Vertreter des Büros. »Wie es Ihnen beliebt«, fügte er hinzu.

Um zwei Uhr mittags schritt Samgin, barhäuptig und sich Wangen und Ohren reibend, hinter dem Leichenwagen her. Es war ein leuchtender Tag mit trockenem Frost, der scharfe Schneeglanz blendete unangenehm die Augen, das Stechen und Zwicken des Frostes reizte Samgin, und er dachte an das dunkel verfärbte, spitznasige Gesicht Warwaras, ihre gekränkt oder verwundert hochgezogenen Brauen, ihre schief geöffneten Lippen. Das Gehen war lästig und beschwerlich, in den Gummiüberschuhen sammelte sich Schnee an, die mit schwarzen Tüchern bedeckten Pferde schritten schnell voran und verdarben die Luft mit dem Hauch ihres Atems und säuerlichem Schweißgeruch, der Schnee knirschte unter den Rädern des Leichenwagens und unter den Füßen der vier Männer in Zylindern, in sonderbaren Kapuzenmantillen und mit brennenden Kerzen in den Händen. Ein fünfter schritt mit einem Kreuz in den Händen vor den Pferden einher. Der Wind blies Schnee von den Dächern, brach über den Weg herein, kreiste, durchsichtige Wirbel hochreißend, vor den Füßen der Menschen und Pferde und schwang sich wieder auf die Dächer hinauf.

Idioten, nannte Samgin sie zornig, unter krauser Stirn hervor um sich schauend. Der Leichenwagen fuhr durch irgendwelche leeren Straßen, fast keine Kaufläden in den Häusern, die seltenen Passanten schienen den Leichenzug nicht zu beachten, aber Samgin dachte dennoch, daß seine einsame Gestalt bei den Leuten einen kläglichen Eindruck machen müßte. Und nicht nur einen kläglichen, sondern wohl sogar einen lächerlichen: Die knochigen, alten Gäule setzten ihre Beine unsicher in den Schnee, die schwarzen Gestalten in Zylindern schwankten auf dem Weiß des Schnees, schwerfällig schleppten sich ihre Schatten über den Schnee, an den Kerzenspitzen flackerten unnötige kraftlose Flammenzungen – und ein einsamer Mann mit Brille, mit entblößtem Kopf und zerzaustem spärlichem Haar. Samgin ahnte, daß an alledem etwas übermäßig abstoßend Düsteres war, das ein Lächeln hervorrufen konnte, wie es eine Karikatur hervorruft. Ihm fielen seine unangenehmsten Eindrücke ein: die Beerdigung Turobojews, der allegorisch zu Boden deutende gelbe Finger Ljutows, der in die Luft gesprengte Gouverneur – Samgin fühlte sich gekränkt und deprimiert. Er war sehr erfreut, als ihn ein eleganter Schlitten einholte, aus dem Dronow heraussprang, auf ihn zukam und sagte: »Zu Fuß werden Sie es nicht schaffen, es ist doch – weit! Fahren wir vor, empfangen wir sie auf dem Friedhof.«

Ohne Samgins Zustimmung abzuwarten, ergriff er ihn am Arm, ließ ihn im Schlitten Platz nehmen und riet ihm: »Setzen Sie doch die Mütze auf . . .«

Der Kutscher rüttelte an den Zügeln, der Fuchs preschte ungestüm in eine Flut scharfer Kälte, Samgin kauerte sich zusammen, verbarg das Gesicht im Mantelkragen und dachte trübsinnig: Ich werde mich erkälten.

In blitzschneller Fahrt gelangten sie rasch zum Friedhof. Dronow sagte dem Kutscher: »Du wartest!« Dann fragte er Samgin: »Frieren Sie?« und schimpfte: »Zum Teufel, ist das ein grimmiger Frost!«

Nachdem er Klim die Eingangsstufen eines kleinen, einstöckigen

Hauses hinaufgeschubst hatte, öffnete er zwanglos, als beträte er ein Restaurant, die Tür, in der Wärme lief Samgins Brille sofort an, doch als er sie abnahm – standen vor ihm Nogaizew und eine hochgewachsene, großnasige Dame männlichen Aussehens, die eine Sealskinmütze aufhatte.

»Mein aufrichtiges Beileid – ich bin auch ungemein betrübt«, bekundete er, Samgin die Hand schüttelnd, während die Dame mit tiefer Stimme sagte: »Orechowa, Marija, eine Freundin Warjas, wir hatten uns fast vier Jahre nicht mehr gesehen, trafen uns zufällig, im September, und nun – bin ich gekommen, sie dorthin zu begleiten, von wo man nicht mehr zurückkehrt.«

Sie zog sich majestätisch in die Zimmerecke zurück, die mit einer Menge Ikonen und drei Öllämpchen geschmückt war, setzte sich an den Tisch, auf ihm brodelte stürmisch ein stark dampfender Samowar und glänzte Geschirr, in dem Zimmer herrschte der Geruch von Lampenöl, von Butterteig und Honig. Samgin nahm mit Genuß am Tisch Platz und umfaßte mit den Fingern ein heißes Glas Tee. Von der Wand herab sah ihn durch eine angelaufene Glasscheibe hindurch das Gesicht des bärtigen Zaren Alexander III. an, und darunter befand sich ein Bildchen, auf dem ein wohlgestalter Christus mit einem langen Stecken in der Hand die Schafherde hütete.

»Ja, so schleicht sich der Tod an uns heran«, sagte Nogaizew, der seinen Rücken an den Kacheln des Ofens wärmte.

»Es tut mir unerträglich leid um Warja«, sagte die Orechowa, einen Fladen in ein Schälchen mit Honig eintunkend. »Wer hätte das gedacht ...«

Dronow, der irgend etwas in seinen Hosen- und Rocktaschen suchte, entgegnete laut: »Über den Tod nachzudenken ist zwecklos. Über das Leben – ebenfalls. Man muß leben und – sonst nichts weiter, zum Teufel.«

»Du solltest den Mund halten, Wanja«, riet ihm Nogaizew.

»Warum denn?«

»Du hast einen Rausch«, erklärte Nogaizew. »Und das, mein Lieber, ist im gegebenen außergewöhnlichen Fall nicht ganz angebracht ...«

»Pah«, sagte Dronow. »Es liegt gar nichts Außergewöhnliches vor. Ein Mensch ist gestorben. Heute werden in dieser Stadt wahrscheinlich Hunderte sterben, in Rußland Hunderttausende, in der Welt Millionen. Und niemandem tut es um irgend jemanden leid ... Frage mal lieber beim Friedhofswärter nach Wodka«, schlug er vor.

»Das wäre nun doch unschicklich – hier Wodka zu trinken«, bemerkte die Orechowa.

Dronow, der irgendeinen Zettel las, murmelte: »Sogar an den Gräbern wird getrunken...«

»Liegt das Grab weit?« fragte Samgin. Die Orechowa antwortete: »Leider sehr weit, in der sechsten Parzelle. Wissen Sie – es ist eine solche Teuerung!«

Samgin seufzte. Er hatte sich erwärmt, seine Stimmung wurde sanfter, der angetrunkene Dronow kam ihm sympathischer vor als Nogaizew und die Orechowa, aber es war unangenehm, daran zu denken, daß er von neuem zwischen Gräbern und Grabmälern irgendwohin weit weg durch den Schnee stapfen und die wehmütigen Grabgesänge anhören mußte. Da öffnete sich die Tür, und jemand sagte: »Man hat sie gebracht.«

Nogaizew nahm Samgin beiseite und raunte ihm zu: »Nun kommt, wissen Sie, so ein... Kleinkram. Popen, Bettler, Totengräber, man muß Trinkgeld geben und überhaupt... Ihnen wird das zuwider sein, geben Sie also Marija Iwanowna etwa... na, fünfzig Rubel! Sie wird schon alles regeln...«

Ja, das Grab lag weit entfernt, und es war schwer, auf den launisch gewundenen, von Schnee schlecht geräumten Wegen hinzugelangen. Die Steine und die Bronze der Grabmäler, die Schneehügel auf den Gräbern und die üppigen Hauben auf den Kreuzen strömten eine besonders scharfe und durchdringende Kälte aus. Je weiter, desto niedriger, armseliger wurden die Kreuze, und es wurden weniger, schließlich kam man an eine Stelle, wo es fast gar keine Kreuze gab und nebeneinander vier Gräber ausgeworfen waren. Über einem fünften erhob sich bereits ein länglicher Haufen aus Klumpen gefrorener Erde von schmutziggelber Farbe, und daneben standen, reglos wie ein Grabmal, gesenkten Hauptes zwei Frauen: Eine alte und eine junge. Als der untersetzte, dicke Pope, der den Ornat über den Pelzmantel angezogen hatte, eilig zu reden begann und der Küster ebenso hastig zu singen anfing, rührten sich die Frauen nicht, als wären sie erfroren. Samgin schaute auf den Sarg, die Gruben, den öden Ort und dachte schaudernd: So wird man auch mich...

Im Krankenhaus, als man den Sarg hinaustrug, hatte er einen Blick auf Warwaras Gesicht geworfen, und jetzt schwebte es gewissermaßen vor seinen Augen, grau, spitznasig, mit zusammengekniffenen Lippen, sie waren schief zusammengekniffen und ließen an der linken Mundseite einen kleinen Spalt offen, in den Spalt ragte die Goldkrone eines unteren Schneidezahns. So hatte Warwara stets bei Streitigkeiten die Lippen verzogen, wenn sie ausrief: Ach, laß mich!

Er stellte sich sein Gesicht auf dem Sargkissen vor – unnatürlich lang und – ohne Brille.

Man wird, glaube ich, nicht mit Brille beerdigt ...

»Ja, das steht uns allen bevor«, murmelte die Orechowa, während Nogaizew sich laut räusperte und hustete, rings um sich schaute, das Schnupftuch aus der Tasche nahm und hineinspuckte ...

Das war kränkend fast bis zum Weinen. Der Pope schüttelte seine dunkelblonde Mähne und rief laut aus: »In seligem Tod gib uns die ewige Ruhe, o Herr ...«

Die Ketten des Weihrauchfasses klirrten, bläuliche Rauchwölkchen schwebten über dem Schnee, der Küster lamentierte etwas heiser: »E-wiges Gede-enken, e-ewiges ...«

Ja, so wird man auch mich, drängte sich Samgin unablässig ein und derselbe Gedanke in ein und denselben Worten auf, die kalt waren wie die trockene und klingende Frostluft des Friedhofs. Dann warf Nogaizew, lange und gerne, gefrorene Erdklumpen ins Grab, während die Orechowa nur einen, aber einen großen hineinwarf. Dronow stand da, die Mütze unter dem Arm, die Hände in den Manteltaschen, und sah mit geröteten Augen auf seine Füße.

»Na, schon gut, gehen wir!« sagte er, Samgin mit dem Ellenbogen anstoßend. Er war besser gekleidet als Samgin – und als er den Friedhof verließ, umringten ihn die Bettler, etwa zehn alte Männer und Frauen.

»Schert euch zum Teufel!« rief er und murmelte, während er im Schlitten Platz nahm: »Ich kann Bettler nicht leiden. Warzen an der Fresse des Lebens. Dabei ist es schon ohne sie häßlich. Stimmt's?«

Samgin antwortete nicht. Der durchfrorene Gaul raste dem Frost entgegen, daß der Schlitten und alles ringsum hüpfte, unter seinen Hufen flogen Schneeklumpen hervor, die scharfe Kälte schlug ins Gesicht und riß daran, und diese äußere Kälte, die sich mit der inneren vereinte, machte Samgin willenlos. Dronow indessen schob seinen Arm unser Samgins Ellenbogen und murmelte: »Sie klagte über Einsamkeit. Es ist der letzte Schrei der Mode – über Einsamkeit zu klagen. Aber – bei ihr war das Schmerz und keine Mode.«

Das Wort »Einsamkeit« schien auch zu hüpfen, es zerfiel in Silben und drohte ihn aus dem Schlitten zu schleudern. Er schmiegte sich fest an Dronows Schulter und dankte ihm, als Iwan sagte: »Fahren wir zu mir, Tee trinken.«

Sie hielten vor den Eingangsstufen eines zweigeschossigen Hauses und liefen eine gußeiserne Treppe in den ersten Stock hinauf. Dronow schloß mit seinem Schlüssel die Tür auf und schubste Samgin in die dunkle Wärme hinein, half ihm beim Ablegen, sagte: »Nach links« und lief irgendwohin in die Dunkelheit davon.

Mit klammen Händen nahm Samgin die Brille ab, rieb ihre Gläser blank und schaute um sich: Ein kleines Zimmer, ein ovaler Tisch, ein Sofa, drei Sessel und ein halbes Dutzend himbeerroter Polsterstühle an den Wänden, ein Schrank mit Büchern, ein Harmonium, an der einen Wand eine große Reproduktion des Bildes »Die Sünde« von Franz Stuck – eine nackte Frau mit grobem Gesicht in der Umarmung einer Schlange, dick wie ein Wasserrohr, der Kopf der Schlange – auf den Schultern der Frau. Über dem Harmonium eine große Photographie der »Recken« von Wiktor Wasnezow. Neben dem Bücherschrank eine schwere Draperie. Vor den zwei Fenstern – eine hohe, blinde Wand aus roten Backsteinen. Und in dem Zimmer ein sehr starker Parfümgeruch.

Er ist verheiratet, dachte Samgin mechanisch.

Da rasselten unangenehm die Messingringe der Draperie, und mit hoch erhobener Hand an der Draperie zerrend, erschien eine Frau und sagte: »Guten Tag. Ich heiße Tossja. Treten Sie bitte ein ... Ach, Teufel!«

Und sie zerrte so heftig an der Draperie, daß die Ringe quietschten, die Zugschnur hochschnellte und ihr mit der Quaste gegen die Brust schlug.

Samgin betrat ein etwas größeres Zimmer, das mit ungepolsterten Möbeln und einem großen Eßtisch in der Mitte eingerichtet war, auf dem Tisch brodelte ein Samowar. Am Büfett hantierte eine kleine, dürre Alte in schwarzem Kleid und seidenem Häubchen, sie holte Flaschen aus dem Büfett heraus. Den Tisch und das Zimmer beleuchteten von der Decke herab drei himmelblaue Rosetten.

»Petrowna«, sagte Tossja, an der kleinen Alten vorbeigehend, und schwang die Hand, als wollte sie sie schlagen, deutete aber nur über die Schulter mit dem Daumen auf sie. Die kleine Alte, die in jeder Hand eine Flasche hielt, hob den Kopf und nickte, sie hatte ein spitznasiges Vogelgesicht und auch Vogelaugen, rundlich und schwarz.

»Nehmen Sie bitte Platz. Ist es sehr kalt?«

»Ja, sehr.«

»Trinken Sie Wodka.«

... Tossja hatte eine tiefe, etwas dumpfe Stimme, sie sprach langsam, halb gleichmütig, halb träge. Ein glattes, modisches Kleid von aschgrauer Farbe umschloß ihre stattliche Gestalt, das üppige schwarze Haar war auch modisch über die Ohren gekämmt und betonte unschön die hohe Stirn. Ja alles an ihrem Gesicht war betont: Die Brauen waren zu dicht, die dunklen Augen zu groß und vermutlich untermalt, die gerade spitze Nase war unangenehm knorpelig und der kleine Mund übermäßig grell geschminkt.

Ein sonderbares Gesicht. Ungeschickt hergerichtet. Düster. Wahrscheinlich – eine Dekadente. Und schwärmt für Leonid Andrejew. Etwa dreißig bis fünfunddreißig Jahre alt, überlegte Samgin. In dem Zimmer war es warm, die Friedhofsgedanken vergingen nach und nach. Samgin beeilte sich, sie aus der Erinnerung zu verscheuchen, und hatte sehr wenig Lust, zu sich ins Hotel zu fahren, er fürchtete, diese kalten Gedanken würden ihn dort mit neuer Kraft überfallen. In der Stille des Zimmers erklang beruhigend die Bruststimme der Frau, sie sprach, sichtlich bemüht, ihn zu unterhalten, von Lappalien, beklagte sich, daß die Fenster der Wohnung auf den Hof hinausgingen und daß sich vor ihnen eine Wand befände.

»Das erinnert Sie wohl an ›Die Wand‹ von Leonid Andrejew?« fragte Samgin.

»Nein. Ich mag Andrejew nicht«, antwortete sie, ein Gläschen Kognak in der Hand haltend. »Ich lese immerzu die lieben Alten – Gontscharow, Turgenjew, Pissemskij . . .«

»Dostojewskij«, half Samgin nach.

»Auch ihn mag ich nicht«, sagte sie so einfach, daß Samgin dachte: Wahrscheinlich unabgeschlossene Gymnasialbildung, dritte Tochter eines kleinen Beamten, er dachte das und fragte: »Und – Gorki?«

»Der ist manchmal ganz interessant, aber auch er schreit sehr. Er ist wahrscheinlich ebenfalls böse. Und kann keine Frauen darstellen. Man merkt, daß er es gern tut, es aber nicht kann . . . Jedoch – was ist denn mit Iwan? Ich will mal hingehen und nachsehen . . .«

Eine gute Figur, stellte Samgin fest, als er zusah, in wie leichtem Gang sie entschwand. Wodurch mag Dronow sie angezogen haben?

Kurz darauf kehrte sie mit einem Lächeln auf dem markanten Gesicht zurück, aber das Lächeln hatte es fast gar nicht verändert, nur der Mund hatte sich vergrößert, und die Brauen waren hochgezogen, wodurch die Augen größer geworden waren. Samgin dachte daran, daß man Augen von solcher Farbe gewöhnlich Samtaugen mit schmachtendem Blick nennt, doch bei ihr waren sie eigentümlich hart, poliert und glänzten metallisch.

»Stellen Sie sich vor – er schläft!« sagte sie achselzuckend. »Er wollte sich umziehen, fiel aber auf das Liegesofa und – schlief ein, wie ein Kater. Denken Sie bitte nicht, er hätte das aus Respektlosigkeit vor Ihnen getan! Er hat einfach die ganze Nacht durch Karten gespielt, kam um zehn Uhr morgens heim, betrunken, wollte sich schlafen legen, erinnerte sich aber an Sie, rief bei Ihnen im Hotel an, im Krankenhaus . . . und fuhr dann zum Friedhof.«

Samgin bat sie höflich, sich keine Sorgen zu machen, und erklärte, daß er gleich gehen werde, aber die Frau sagte, am Tisch Platz nehmend, immer noch ebenso gemächlich: »Nein, ich lasse Sie nicht gehen, bleiben Sie ein bißchen bei mir sitzen, lernen wir uns näher kennen, vielleicht werden wir einander sogar gefallen. Nur – glauben Sie mir: Iwan achtet Sie sehr, er schätzt Sie sehr. Und Ihnen ... wird es allein schwer sein in diesen ersten Stunden nach der Beerdigung.«

Die ersten Stunden, stellte Samgin fest.

»Iwan sagte mir, daß Sie sich schon lange von Ihrer Frau getrennt haben, aber ... trotzdem ... es ist nicht erfreulich, wenn jemand stirbt.«

Nach kurzem Schweigen fügte sie hinzu: »Es ist besser, nicht an etwas zu denken, worüber nachzudenken zwecklos ist, ja?«

»Ja«, stimmte Samgin bei, während sie fortfuhr: »Damit Sie es mit mir einfacher haben, will ich Ihnen von mir erzählen: Ich bin ein Findelkind, wurde in einem Waisenhaus aufgezogen, dann gab man mich in eine Klosterschule, dort erlernte ich die Goldstickerei, drei Jahre lang lebte ich mit einem Maler, war Aktmodell, dann spannte mich ihm ein Schriftsteller aus, aber ich verließ ihn nach einem Jahr, arbeitete als Verkäuferin in einer Konditorei, dort lernte Iwan mich kennen. Wie Sie sehen – ich bin nichts Besonderes. Nun wissen Sie, wie Sie sich mir gegenüber zu verhalten haben.«

»Ein nicht gerade lustiges Leben«, sagte Samgin verlegen, sie entgegnete: »Nein, manchmal war es auch lustig. Der Maler war ein netter Kerl, jetzt gehört er schon zu den Berühmten. Der Schriftsteller dagegen war ein nichtswürdiger Mensch, selbstsüchtig und neidisch. Er ist ebenfalls eine Berühmtheit. Schreibt süßliche kleine Erzählungen über langweilige Menschen, über Leute, die an Gott glauben. Er gibt sich den Anschein, als glaube er selbst auch.«

Wen mag sie damit meinen? dachte Samgin und wollte sie fragen, aber – er kam nicht dazu: Die Frau hatte an einer Tasse, die sie mit dem Handtuch abtrocknete, den Henkel abgebrochen, warf ihn in die kupferne Spülschale und fuhr fort: »Wissen Sie, die Revolution hat uns sehr an Außergewöhnliches gewöhnt. Sie hat uns natürlich einen Schreck eingejagt, lehrte einen aber, daß jeder Tag etwas Außergewöhnliches mit sich bringen müsse. Und jetzt hat sich daraus ergeben, daß Stolypin immerfort Leute aufhängt und aufhängt, und alle sind rasch abgestumpft. Der alte Tolstoi hat erklärt: ›Ich kann nicht schweigen‹, das klang, als hätte auch er gern geschwiegen, aber seine Position ist nun mal so, daß er reden, schreien muß ...«

»Das stimmt wohl kaum«, sagte Samgin.

»Es stimmt nicht?« fragte sie. »Nun, was macht das? Ich verstehe eben alles sehr einfach, grob.«

Samgin suchte, während er zuhörte, zu entscheiden, wie er sich zu dieser Frau, zu ihrer Biographie einstellen sollte, die nicht sehr einer Beichte glich.

Weshalb hat sie das erzählt? Eine sonderbare Methode, einen Gast zu unterhalten ...

Sie fuhr unterdessen fort, ihn zu unterhalten: »Wissen Sie, wenn ein einfacher Mensch sein Elend zu empfinden beginnt – hat man seine liebe Not mit ihm! Er fängt dann an, vor Ihnen zu spielen, sich zu zieren, und für Sie ist das nicht einmal unterhaltsam, sondern nur bedrückend. Sehen Sie, mein Wanetschka ist ein einfacher Mensch, das kränkt ihn sehr, und er möchte immerzu irgend etwas ... Erschütterndes tun! Beim Rennen oder beim Kartenspiel eine Million gewinnen, den Zaren umbringen, die Duma sprengen, ganz einerlei, was. Und alle wollen sehr etwas Außergewöhnliches. Wir Weiber malen uns das Schnäuzchen an, pudern uns, lassen unsere Füßchen, unsere hübschen Brüste sehen, während ihr Männer das Außergewöhnliche in Worten, in Zeitungen, in Büchern suchen müßt.«

Es war unangenehm, das zu hören. Während sie sprach, sah sie Samgin so eindringlich an, daß es ihn verlegen machte, da es ihn noch unangenehmere Worte erwarten ließ. Doch plötzlich veränderte sie sich, schlug einen anderen Ton an.

»Nehmen Sie doch mich selbst: Weshalb zeige ich mich Ihnen wohl so offen? Weil ich möchte, daß wir uns rascher kennenlernen. Sehen Sie, Iwan erzählt von Ihnen als einem wirklich außergewöhnlichen Menschen, als einem von denen, die das Unglück haben, klüger zu sein als ihre Zeit ... Ich glaube, so hat er es gesagt ...«

»Na, das ist allzu ... schmeichelhaft«, entgegnete Samgin.

»Warum denn schmeichelhaft, wenn es ein Unglück ist?« fragte sie.

Samgin wies auf ein paar Fälle persönlichen Unglücks einzelner hin, die sehr viel für das allgemeine Wohl der Menschen getan hatten, und dachte, während er dies sagte: Wie sonderbar sie ist! Es sind Anzeichen eines originellen Verstands vorhanden, doch zugleich ist alles grob, naiv ...

»Das allgemeine Wohl«, wiederholte Tossja. »Es ist schwer zu begreifen, wie das gelingt. Ich habe eine Freundin, sie ist Lehrerin an einer Fabrik in der Provinz, dort herrscht Diphtherie, es sterben schrecklich viel liebe Kinder, aber Lymphe gibt es nicht. Hier in der Stadt gibt es davon, soviel Sie wollen.«

»Ein Zufall«, sagte Samgin. »Mangelhafte Organisation ...«

Er empfand das Verlangen, ihren Satz »... das Unglück, klüger zu sein als ihre Zeit«, laut zu wiederholen, aber – er tat es nicht.

Ja, gerade daraus erklären sich viele schwere Schicksale. Wie sonderbar, daß man Gedanken vergißt, die das Gewicht und die Bedeutung von Axiomen haben.

Alles in allem war es sehr angenehm, in einem kleinen, gemütlichen Zimmer, in warmer, wohlriechender Stille am Tisch zu sitzen und der weichen, tiefen Stimme einer schönen Frau zuzuhören. Sie wäre noch schöner gewesen, wenn ihr Gesicht eine größere Beweglichkeit besessen hätte, wenn ihre dunklen Augen sanfter gewesen wären. Sie hatte auch schöne Hände und sehr geschickte Finger.

Sie ist es gewohnt, Bonbonnieren zuzubinden, kombinierte er und dachte dann, daß er gegen Dronow ungerecht gewesen sei.

Er blieb lange sitzen und hörte ihren sonderbar freimütigen Erzählungen von sich selbst, ihren etwas groben Urteilen über Menschen, Bücher und Ereignisse zu.

»Nun – besuchen Sie uns«, forderte sie ihn auf. »Bei uns versammeln sich allerhand Leute, es gibt interessante darunter. Auch sind ja alle interessant, wenn man sie nicht hindert, von sich selber zu reden . . .«

Als er ging, drückte Tossja mit ihrer weißen Hand sehr fest die seine und sagte: »Nun sind wir auch schon alte Bekannte . . .«

»Stellen Sie sich vor, dieses Gefühl habe ich auch«, entgegnete er, und das entsprach fast der Wahrheit.

Den Rest des Abends verbrachte er in Gedanken an diese Frau, und wenn sie abbrachen, zeigte die Erinnerung ihm das dunkle, spitze Gesicht Warwaras mit den fest geschlossenen Augen, dem schiefen Lächeln auf den Lippen; an der rechten Seite nicht fest geschlossen, entblößten sie drei unangenehm weiße Zähne mit der Goldkrone auf dem einen Schneidezahn. Sie zeigte das öde, mit einer dicken Schneeschicht bedeckte Stück Friedhof, die Haufen rotbrauner Erdklumpen, die zwei reglosen Gestalten an dem eben erst zugeschaufelten Grab.

Warwara klagte über Einsamkeit, dachte er. Sie war nicht klüger als ihre Zeit. Und diese Tossja? Was kann Dronow ihr außer erträglichen Lebensverhältnissen bieten?

Er beschloß, Dronow gleich morgen für seine Anteilnahme zu danken, aber als er am Morgen beim Kaffee saß – erschien Dronow selbst.

»Verzeih, Klim Iwanowitsch, ich habe mich gestern wie ein Schwein benommen«, begann er, Samgin die Hände schüttelnd. »Ich hatte mir vor Freude einen Rausch angetrunken, denn ich hatte beim chemin de fer siebentausenddreihundert Rubel gewonnen – ich habe Glück beim Kartenspiel.«

»Wie es scheint, auch in der Liebe?« fragte Samgin freundschaftlich, ohne auf die Anrede mit dem »Du« zu achten.

»Ist Tossja nicht interessant?« entgegnete Dronow, der sich hatte in einen Sessel fallen lassen, daß dieser knarrte. »Sie ist sehr interessant«, antwortete er eilig sich selbst. »Sie wird von so einem kleinen Bolschewiken bearbeitet, er hat die Schwindsucht, man wird ihn bald zu den Urvätern tragen, aber – er ist großartig! Bist du nur für kurze Zeit hier, oder willst du ganz dableiben? Ich bin gekommen, um dich zu uns einzuladen. Wozu sollst du allein in dieser Rumpelkammer hocken?«

Dronow hatte es sehr eilig und glich wenig dem Menschen, als den Samgin ihn gekannt hatte. Er hatte offenbar etwas eingebüßt, etwas hinzuerworben, im allgemeinen jedoch – gewonnen. Sein plattes, breitnasiges Gesicht war jetzt wohlgenährter und ruhiger, die Backenknochen traten nicht mehr so auffällig hervor, die rotbraunen Augen huschten nicht mehr so nervös umher, nur die Goldzähne blinkten noch greller. Den Schnurrbart hatte er abrasiert. Er redete hastiger als früher, aber nicht mehr so unverfroren. Wie ehemals lehnte er Kaffee ab und bat um Weißwein.

»Ich weiß, mein Lieber, daß du keine Sympathie für mich empfindest, aber das stört mich nicht...«

»Von Sympathien verstehe ich nicht zu reden«, unterbrach ihn Samgin. »Aber du – hast unrecht. Ich bin tief gerührt über dein Verhalten...«

»Schon gut – lassen wir das«, winkte Dronow ab und fuhr fort: »Dort, bei unserer letzten Begegnung, sagte ich, daß ich dir nicht traue. Ich meinte damit, daß ich deinen Worten nicht traue, daß ich dir nicht traue, wenn du in fremden Worten redest. Ich kreise immer noch auf ein und demselben Fleck, wie ein Kalb, das mit einem Strick an einem Baum festgebunden ist.«

Er trank ein ganzes Glas Wein, trocknete sich mit dem Taschentuch rasch die Lippen und schwang es in der Luft, wobei er fortfuhr: »Ich kann reich werden. Jetzt ist die geeignetste Zeit, Reichtum zu erwerben, wie die gestrigen Handelsgehilfen dummer Herren zu Reichtum gelangen: die Wtorow, die Batorin und andere. Die Revolution hat ihr Werk vollbracht: Sie hat das Leben bis auf den Grund erschüttert. Jetzt muß man die Gierigen zufriedenstellen und beschwichtigen, das heißt – sie satt machen. Alle – kann man nicht sättigen. Stolypin hat beschlossen, die Besten zu sättigen. Ich gehöre zu den Besten, weil ich klug bin. Aber ich – wie soll ich mich ausdrücken? Ich möchte gern wissen, und das bringt mich... ins Wanken. Das kann mich ins Verderben stürzen – verstehst du? Ich will reich werden, aber nicht, um Kinder zu zeugen und ihnen eine Millionenerbschaft zu hinterlassen. Nein, Kinder der Reichen sind Idioten. Ich will reich werden, um den Leuten, die mich kommandieren, zu zeigen, daß ich nicht schlechter bin als sie, sondern – klüger. Aber ich weiß, weiß gut, daß der Kaufmann auf Kosten der klugen Leute lebt und nicht durch eigene Kraft stark ist, sondern durch jene, die ihm dienen. Ich werde Millionen für die Revolution hergeben. Sawwa Morosow gab Tausende, doch ich – Iwan Dronow – werde Hunderttausende geben.«

»Du phantasierst«, sagte Samgin, der ihm mit großer Neugier zuhörte.

»Ohne Phantasie kommt man im Leben nicht aus, kann man das Leben nicht ordnen. Von der Fehlordnung des Lebens hat man jahrtausendelang geredet, man redet immer mehr, aber – es ist nichts mit Sicherheit festgestellt worden, außer daß das Leben sinnlos ist. Es ist sinnlos, mein Lieber. Das weiß jeder kluge Mensch. Vielleicht sind das ausnehmend widerwärtig kluge Leute, wie zum Beispiel – du . . .«

»Danke für das Kompliment«, sagte Samgin, der immer aufmerksamer zuhörte, lächelnd.

»Keine Veranlassung. Du bist widerwärtig klug, so sehe ich dich seit jeher, von Kind auf. Aber – höre, Klim Iwanowitsch, ich fühle nicht . . . mit meinem ganzen Wesen, daß ich reich werden muß. Manchmal – sogar recht oft – widert es mich an, mich mir als einen reichen Mann vorzustellen, als so einen auf kurzen Beinchen. Wäre ich schön, so wäre ich schon längst ein erstklassiger Schurke. Glaubst du mir?«

»Ich habe kein Recht, dir nicht zu glauben«, sagte Samgin ernst.

»Also dann sage mir: Ist die Revolution zu Ende – oder fängt sie eben erst an?«

Samgin öffnete gemächlich eine neue Schachtel Zigaretten, nahm sich eine – sie erwies sich als zu fest gestopft, er mußte sie weichkneten, doch sie platzte zwischen seinen Fingern, er war gezwungen, eine andere zu nehmen, aber diese erwies sich als zu feucht, wie alles in Petersburg. Während er das tat, kam er auf den Gedanken, daß Dronows Frage sich sowohl mit Ja als auch mit Nein beantworten ließe, daß aber – Dronow in beiden Fällen eine Begründung verlangen würde. Er, Samgin, stellte sich nicht die Frage nach dem Schicksal der Revolution, da er wußte, daß sie faktisch beendet war und nur als Erinnerung lebte. Als eine von den nicht angenehmen. Samgin fühlte, daß er durch Dronows Frage in weit größere Unruhe versetzt worden war als durch das Gespräch mit Kutusow.

Weshalb?

Und während er die Zigarette an der heißen Flanke des Samowars trocknete, begann er vorsichtig: »Deine Frage ist die Frage des Menschen, der feststellen möchte, mit wem er gehen und wie weit er mitgehen soll.«

»Na ja!« rief Dronow, im Sessel hochschnellend, aus. »Das ist die persönliche Frage von Tausenden«, fügte er hinzu, wobei er mit der rechten Schulter zuckte, dann sprang er auf und fing an, beide Hände auf den Tisch gestützt und zu Samgin vorgeneigt, halblaut zu reden, als teilte er ein Geheimnis mit: »Tausende von Intellektuellen sind von der Notwendigkeit an der Gurgel gepackt, rasch eben darüber zu entscheiden: Mit den Herren oder mit den Arbeitern? Viele haben sich schon entschieden, indem sie die Begriffe: Mit der Gottheit oder mit der Menschheit? unterschoben. Verstehst du? Sie entschieden: Mit der Gottheit! Wir pfeifen auf die Menschheit! Mit der Gottheit – ist es bequemer, die Verantwortung ist weiter weg. Aber das, mein Lieber, gleicht Gaunerei, der Heuchelei.«

Er richtete sich, dem Tisch einen Stoß versetzend, auf, schwang den Arm hoch und schrie, mit der Faust drohend, schrill: »Professor Sacharjin hat in Livadia, im Schloß, die Höflinge angebrüllt und mit den Füßen gestampft, weil sie den kranken Zaren in einem schlechten Zimmer untergebracht hatten, siehst du, das verstehe ich! Das ist Macht des Verstandes und des Wissens . . .«

Dieses Geschrei löschte Samgins Unruhe, er sah Dronow lächelnd an, nickte und dachte: Nein, er ist der gleiche geblieben, der er gewesen ist . . .

Dronow wischte sich mit dem Taschentuch die schweißbedeckte Stirn und die roten Wangen, setzte sich, trank von dem Wein und fuhr leiser, ja gleichsam betrübt fort: »Du lächelst. Ich verstehe – du bist irgendwo dort«, er fuchtelte mit der Hand über seinem Kopf. »Du hast dich in philosophische Höhen emporgeschwungen und – bist zufrieden mit dir. Jedoch – erinnere dich mal unserer Kindheit: Von dir – war man entzückt, mich – beleidigte man. Erinnerst du dich noch, wie ich euch beneidete, euch beim Spielen störte, nach dem Kopekenstück suchte?«

»Ja, ich erinnere mich. Du machtest das sehr geschickt und beharrlich.«

Dronow stieß einen Seufzer aus und schüttelte den Kopf.

»Ihr, die Kinder der Intelligenzstämme, verhieltet euch mir, dem Demokraten, dem Emporkömmling gegenüber . . . aristokratisch. Wie die Amerikaner zu einem Neger.«

»Du übertreibst.«

»Mag sein. Aber Kindheitseindrücke behält man ausgezeichnet im Gedächtnis.«

Dronow, der um sich schaute und Samgin fragend anblickte, sagte: »Weißt du, Klim Iwanowitsch, die Zahl der Erniedrigten und Beleidigten ist riesengroß. Sie ist riesengroß und nimmt ständig zu. Es sind keine im Sinne Dostojewskijs, sondern, wie es scheint, bereits welche im Sinne von Marx . . . Nietzsche . . . Und sie werden immer klüger.«

Er glaubt, die Revolution sei noch nicht zu Ende, entschied Samgin.

»Vor kurzem las ich den Roman ›Die Pest‹ von einem gewissen Lopatin«, begann Dronow etwas gelangweilt zu erzählen. »Das Buch ist eben erst erschienen. In ihm wird gesagt, daß die Menschheit dumm, das Leben langweilig sei, daß es nur mit einem Gott, einem Teufel und bei Vorhandensein von etwas Ungewöhnlichem, Unbekanntem, Geheimnisvollem interessant sein könne. Es wird bewiesen, daß die genialen Gelehrten und all ihre Entdeckungen und Erfindungen schädlich seien, daß sie die Phantasie töteten, die Seele mordeten und ein Geschlecht selbstzufriedener Menschen hervorbrächten, denen alles bekannt, klar und verständlich sei. Die Fabel des Buches ist so: Ein häßlicher Mann, aber genialer Gelehrter verseucht Moskau mit der Pest, auf diesen Gedanken hat ihn ein betrunkener Student gebracht. Moskau wird isoliert und stirbt fast aus. Als man zufällig erfährt, daß die Pest künstlich verbreitet worden ist, tötet man den Gelehrten. Da siehst du, mein Lieber, was für Büchlein . . . häßliche Menschen schreiben.«

»Ja«, pflichtete Samgin bei, »es wird sehr viel Schund veröffentlicht.«

»Schund?« Dronow kratzte sich an der Schläfe. »Nein, das ist kein Schund, denn das wird von Tausenden gelesen. Ich muß mich doch als künftiger Buchhändler mit der Ware vertraut machen, ich sehe alle Neuerscheinungen durch – Belletristik, Poesie, Kritik, das heißt alles, was freimütig die Stimmungen und Absichten der Menschen ausplaudert. Ich zähle bereits zu den Buchkennern, Sytin ist äußerst zuvorkommend geworden, und überhaupt – ich bin bemerkt worden!«

Seine Stimme klang jetzt selbstzufrieden, er hielt das leere Glas in der Hand, glättete mit der anderen Hand sein rötliches Haar, und seine Schenkel zuckten abwechselnd, als stiege er eine Treppe hinauf.

»Jetzt wird die Sache so hingestellt: Die wahre und ewige Weisheit sei durch die verdammten Fragen Iwan Karamasows gegeben. Iwanow-Rasumnik behauptet, daß eine Lösung dieser Fragen nicht auf logische oder ethische Normen zurückgeführt werden kann und dadurch zum Glück auch unmöglich ist. Beachte: zum Glück! Hast du die ›Probleme des Idealismus‹ gelesen? Bulgakow fragt darin: Wodurch unterscheidet sich die Menschheit vom Menschen? Und antwortet: Wenn das Leben der Persönlichkeit sinnlos ist, sind auch die Schicksale der Menschheit sinnlos – ist das nicht schön?«

»Ich habe im letzten Jahr wenig gelesen«, sagte Samgin.

»Leonid Andrejew, Sologub, Lew Schestow, Bulgakow, Mereshkowskij, Brjussow und – nach ihnen – Dutzende weniger bedeutender Autoren behaupten, daß das Leben sinnlos sei. Und das sogar etwa so.«

Er zog ein Notizbuch aus der Tasche und las lächelnd, mit weit aufgerissenen Augen und in freudig heulendem Ton vor: »›Die Menschheit ist eine millionenköpfige Hydra der Banalität‹, das ist Iwanow-Rasumnik. Und hier Mereshkowskij: ›Die Menschen sind in ihrer Mehrheit noch nie so klein und nichtig gewesen wie im Rußland des 19. Jahrhunderts!‹ Und Schestow sagt: ›Die persönliche Tragödie ist der einzige Weg, dem Dasein einen subjektiven Sinn zu verleihen!‹«

Er schlug mit dem Buch auf die Hand, steckte es in die Tasche, trank den Rest des Weins aus und sagte: »Ich habe mir etwa hundertfünfzig solcher Aphorismen notiert. Ein ganzes Jahrhundert lang haben sie die Kuh gemolken, und – da hast du die Sahne! Ich will ein Büchlein herausgeben mit dem Titel: ›Wo sind wir nach hundert Jahren hingelangt.‹ Und – ein Fragezeichen. Habe ich dich zerredet? Na – entschuldige.«

Klim Samgin hielt es für notwendig, das letzte Wort zu haben.

»Alles das ist bei dir sehr einseitig, es gibt doch auch andere Erscheinungen«, begann er schulmeisterlich, aber Dronow schwang seine Persianermütze hoch und unterbrach seine Rede: »Tschechow und das allgemeine Wohlergehen in zwei- bis dreihundert Jahren? Das sagt er aus Liebenswürdigkeit, aus Mitleid. Gorki? Mit dem ist es aus, auch ist er ja kein Philosoph, aber heute wird gefordert, daß ein Schriftsteller philosophiert. Es heißt, er sei ein Geschäftsmann, schlau, sei emigriert, obwohl ihm keinerlei Gefahr gedroht habe. Sei aus dem Geplänkel des Idealismus mit dem Realismus davongelaufen. Du solltest mal am Abend auf ein Stündchen zu mir kommen, Klim Iwanowitsch. Mich besuchen immer allerhand Leutchen. Heute werden welche bei mir sein. Was sollst du hier allein hocken? Wie?«

»Ich will es mir überlegen«, sagte Samgin.

Dronow hatte schon den Mantel angezogen, stampfte beim Hineinschlüpfen in die Gummiüberschuhe mit den Füßen, murmelte aber plötzlich: »Diesen ganzen Staub haben die Marxisten aufgewirbelt. Sie haben angst gemacht, sie! Es begann so ein ... eiskalter Wind zu blasen, und alle kamen sich leicht gekleidet vor. Ich auch. Ich habe zwar etwas Speck am Leib, aber Kälte beunruhigt mich trotzdem. Ich erwarte dich«, sagte er im Weggehen.

Samgin verspürte vor allem die schon mehrfach empfundene Unzufriedenheit mit sich selbst: Es war sehr unangenehm, zugeben zu müssen, daß Dronow interessanter, geistreicher geworden war, daß er die Fähigkeit erworben hatte, Gedanken knapp zusammenzufassen.

Das ist eine gefährliche Fähigkeit, aber – bis zu einem gewissen Grad – ist sie notwendig, um sich gegen die Gewalt feindlicher Ideen zu wehren, dachte er. Es ist schwer zu begreifen, was er anerkennt und was er ablehnt. Und – weshalb lehnt er, während er das eine anerkennt, das andere ab? Was für Leute versammeln sich bei ihm? Und wie benimmt sich ihnen gegenüber diese sonderbare Frau?

Noch unangenehmer war es, sich zu überzeugen, daß viele Gedanken der gegenwärtigen Literatur seinen, Samgins, Eindrücken Form gaben und daß er, wie immer, mit Formulierungen zu spät kam.

Ich lese wenig. Und – unaufmerksam, warf er sich streng vor. Ich lebe in Monologen und Dialogen fast immer mit mir selbst.

Nach einigem Nachdenken fand er, daß er wenig unter Menschen käme, und faßte den Entschluß: Am Abend – zu Dronow.

Als er hinkam, war Dronow nicht zu Hause. Tossja lag halb aufgerichtet im Besuchszimmer auf einer breiten Couch, unter dem Kopf ein Bettkissen mit weißem Bezug, über das Kissen ausgebreitet lagen die üppigen Strähnen ihres dunklen Haars.

»Sieh da – das ist mir lieb«, sagte sie, Samgin ihren bis zur Schulter entblößten Arm entgegenstreckend, wobei die nicht ausrasierte Achselhöhle sichtbar wurde. »Entschuldigen Sie: Ich habe gerade gebadet, bin von Kohlengas benommen und trockne mir jetzt das Haar. Und das ist mein guter Freund und Lehrer, Jewgenij Wassiljewitsch Jurin.«

In einem großen Ledersessel saß tief eingesunken ein Mann, der die spitzen Knie seiner langen Beine weit aus dem Sessel vorragen ließ.

»Verzeihen Sie, ich kann nicht aufstehen«, sagte er, die Hand erhebend, und streckte sie ihm hin. Samgin, der ihm vorsichtig die langen, dürren Finger drückte, erblickte einen kahlen Schädel, der wie an der Sessellehne angeleimt war, ein graues, knochiges, zur Decke gewandtes Gesicht, das mit einem ebensolchen Spitzbart geschmückt war, wie er, Samgin, ihn trug, und unter einer hohen Stirn – sehr helle Augen.

»Setzen Sie sich auf die Couch«, forderte ihn Tossja auf und rückte beiseite. »Jewgenij Wassiljewitsch erzählt gerade so interessant.«

»Ich denke – es genügt?« fragte Jurin, bekam einen Hustenanfall und spuckte in ein blaues Fläschchen mit Metalldeckel aus, doch während er hustete, fand Tossja Zeit, Samgin die Hand zu streicheln und zu sagen: »Es ist sehr schön, daß Sie gekommen sind . . . Nein, fahren Sie fort, Shenetschka . . .«

»Nun also«, begann Jurin gehorsam, »ich gewann daher den Eindruck: Arbeiter, die besonders gern ernste Musik hören, erweisen sich am empfänglichsten für alle Fragen des Lebens und natürlich besonders – für Fragen der sozialen ökonomischen Politik.«

Er sprach mit der typisch farb- und kraftlosen Stimme des Tuberkulösen, seine offenbar künstlichen, sehr gleichmäßigen und weißen Zähne blinkten matt. Um den Hals trug er ein kariertes seidenes Cachenez, obwohl es im Zimmer warm war.

Tossja war in einen grünen bucharischen Chalat gehüllt, an den Füßen hatte sie schwarze Strümpfe. Samgin stellte fest, daß unter dem Chalat bloß ein Hemd sein mußte und daß ihre Körperformen wohl darum sich so deutlich abhoben.

Sie ist sicherlich sehr leicht zugänglich, entschied er, während er ihr nachdenklich verfinstertes Gesicht betrachtete. Mit aufgelöstem Haar ist ihr Gesicht, wie auch sie überhaupt, schöner. Sie erinnert an irgendein Bild. An das Porträt einer Odaliske, einer Sklavin . . . An irgend etwas Derartiges.

»Die Arbeiterklasse birgt in sich eine Unmenge verschiedenartig talentierter Menschen, und alle gehen sie unnötig zugrunde«, sagte Jurin trocken und kalt. »Da ist zum Beispiel . . .«

Da traten zwei Damen ein: Die Orechowa und eine mittelgroße Brünette, die sehr stark einer Dohle ähnelte, die Ähnlichkeit mit einem Vogel steigerte sich, als sie mit kleinen Schritten auf Tossja zuhüpfte, sich niederbeugte und, sie küssend, unartikuliert hervorstieß: »M-mütterchen, du meine Schöne.«

Sie richtete sich auf wie von einem Stoß gegen die Brust und sagte munter, schrill, mit offenkundig unnatürlichem und schlecht gespieltem Schrecken: »Jurin? Sie? Hier? Weshalb? Und – die Krim? Hören Sie – das ist Selbstmord! Tossja – wie ist das möglich?«

Tossja, die das geküßte Gesicht ungeniert mit dem Taschentuch abwischte, ließ ihre schwarzen Füße auf den Boden herabgleiten, sagte: »Darf ich bekannt machen: Samgin – Plotnikowa, Marfa Nikolajewna. Ich gehe mich anziehen« und entschwand.

Die Orechowa hatte sie ernsthaft begrüßt, dann Samgin mit teilnahmsvollem Blick die Hand geschüttelt und half nun Jurin, sich aus dem Sessel zu erheben. Er nahm ihre Hilfe wortlos an und ging, groß, mit hängenden Schultern, zum Harmonium; er trug einen Anzug aus dickem Tuch, aber auch der Anzug verbarg nicht die Spitzen seiner knochigen Schultern, Ellenbogen und Knie. Die Plotnikowa erzählte hastig der Orechowa: »Die Wyrubowa gewinnt immer mehr Einfluß bei Hofe, die Zarin ist ganz vernarrt in sie, und es heißt sogar, zwischen ihnen bestünden gewisse Beziehungen . . .«

Sie definierte die Beziehungen mit Flüsterstimme, rief entsetzt aus: »Denken Sie nur! Und das – die Zarin!« und fuhr fort: »Und zu gleicher Zeit hat die Wyrubowa einen Geliebten, irgendein einfacher sibirischer Bauer, ein Hüne, von gigantischem Wuchs, sie bewahrt sein Porträt in ihrem Evangelienbuch auf . . . Nein, denken Sie nur: das Porträt des Geliebten im Evangelienbuch. Weiß der Teufel, was das ist!«

»Das alles, meine Teure, sind Lappalien, aber ich kann Ihnen einige Neuigkeiten mitteilen . . .«

»Was ist es, was?«

»Ich sage es nachher, wenn Dronows kommen.«

Jurin begann etwas Feierliches und Düsteres auf dem Harmonium zu spielen. Die Frauen, die nebeneinander saßen, verstummten. Die Orechowa hörte mit wohlwollendem Kopfwiegen zu, die Lippen gespitzt und sich das Knie streichelnd. Die Plotnikowa puderte sich die Nase, sah eine Minute lang mit ihren runden Vogelaugen in den Rücken des Musikers und sagte dann leise: »Das ist sicherlich schädlich für ihn . . . Das scheint doch etwas Kirchliches zu sein, ja?«

Da erschien Tossja in einem blauen Sarafan, mit dickem Zopf, der über die Schulter auf die Brust herabhing, und mit Glasperlen am Hals – jetzt glich sie einer Gestalt aus dem Bild »Die Bojarenhochzeit« von Makowskij.

»Spielt er nicht gut?« fragte sie Klim, er neigte stumm den Kopf – Harmoniummusik gefiel ihm überhaupt nicht, und jetzt war es ihm aus irgendeinem Grund besonders unangenehm, zu sehen, wie dieser Mann, der zu baldigem Tod verurteilt war, Arme und Beine bewegend, als klömme er irgendwohin empor, dem Instrument tiefe, düstere Töne entlockte.

»Er hat keine Kraft«, sagte Tossja leise. »Doch noch im Sommer hat er bei uns im Landhaus ausgezeichnet gespielt, besonders Klavier.«

»Der Sarafan steht Ihnen sehr gut«, sagte Samgin.

»Ja, das tut er«, bestätigte Tossja mit Kopfnicken, wobei sie mit ihren geschickten Händen das Zopfende zuflocht. »Ich mag die Sarafane, sie sind bequem.«

Sie verstummte, und Samgin vernahm durch die Musik hindurch einen leisen Streit der zwei Damen: »Glauben Sie mir: Dumbadse wurde durch eine Bombe verletzt!«

»Nein. Das stimmt nicht.«

»Doch, doch! Ihm wurde der Mützenschirm weggerissen ... und ...«

»Keinerlei und!«

»Sie heißen Tatjana?« fragte Samgin.

»Taïssja«, antwortete sehr leise die Frau, nachdem sie ihm die Zigarette aus den Fingern genommen hatte: »Aber wenn man mich Tossja nennt, komme ich mir jünger vor. Ich bin doch schon fünfundzwanzig.«

Sie begann zu rauchen und fuhr, den Blick auf Jurins Nacken gerichtet, ebenso leise fort: »Welch eine strenge Musik! Er wählt immer solche. Beethoven, Bach. Etwas Majestätisches und Strenges. Er ist bewundernswert. Und nun – ist er krank, es geht mit ihm zu Ende.«

Samgin blickte ihr ins Gesicht – ihre Brauen waren finster zusammengezogen, sie biß sich auf die Unterlippe, man konnte meinen, sie beginne gleich zu weinen. Samgin fragte eilig, ob sie Jurin schon lange kenne.

Kunstfertige Rauchringe in die Luft blasend, sagte sie mit etwas gelangweilter Flüsterstimme: »Acht Jahre. Er war Telegrafist, erlernte das Geigenspiel. Er war so gut, so zart und klug. Dann wurde er verhaftet, saß neun Monate im Gefängnis und wurde nach Archangelsk verbannt. Ich wollte sogar zu ihm fahren, aber er floh, wurde bald darauf in Nishnij von neuem verhaftet und machte sich schon im Jahre fünf frei. Ende des Jahres sechs verhaftete man ihn wieder. Im Frühjahr entließ man ihn wegen Krankheit, sein Vater hatte sich um ihn bemüht, Wanja – ebenfalls. Er hatte einen Bruder, der Schlosser, dann Matrose war und in Sveaborg getötet wurde. Sein Vater war Baumeister, dann Unternehmer für Erdarbeiten, sehr reich, in diesem Sommer ist er gestorben. Shenja ist nicht einmal zu seiner Beerdigung gegangen. Man hat ihn in seiner Erbschaftsangelegenheit hierher vorgeladen, aber Shenja sagt, man zöge die Sache absichtlich in die Länge und warte darauf, daß er stirbt.«

Warum beeilt sie sich so, mir von sich zu erzählen? dachte Samgin argwöhnisch.

Dieses Geflüster bei dem trübseligen Heulen des Harmoniums anzuhören war sehr unangenehm, Samgin fühlte in dieser Verbindung etwas an düsteren Humor Grenzendes und atmete erleichtert auf, als Jurin zu spielen aufhörte, den gebeugten Rücken aufrichtete und sagte: »Das war Meyerbeers Musik zu Äschylus' Tragödie ›Die Eumeniden‹. Auf dieser Kiste läßt sie sich nicht spielen, auch habe ich einiges vergessen. Gibt es Tee?«

»Komm«, sagte Tossja und erhob sich.

Die schwerfällige, wie ein Mann aussehende Orechowa, die ein schweres Wollkleid in der Farbe rostigen Eisens anhatte, legte die Hand auf die Schulter der Plotnikowa, klopfte mit dem Finger auf irgendein Knöchelchen und sagte entrüstet: »Im ›Café de Paris‹ saß zur Zeit der mi-carême, also mitten in der Fastenzeit, der Großfürst Boris Wladimirowitsch mit Kokotten beim Abendessen, von Papierschlangen umwunden, und die Kokotten hatten ihm eine Blase, die ein Schwein darstellte, ans Ohr gebunden. Denken Sie sich nur, meine Teure, das ist ein Repräsentant der regierenden Dynastie, wie? Da sieht man es, welche Schande sie Rußland machen! Beachten Sie: Das hat Reinbot, der Stadtkommandant von Moskau, erzählt.«

»Gräßlich, gräßlich!« entgegnete in zischenden Lauten die Plotnikowa. »Man sagt, daß Baletta, die Mätresse des Großfürsten Alexej, uns mehr koste als Tsushima!«

»Was denken Sie denn? Das ist so!«

Jurin, der Tossja am Arm führte, erklärte ihr: »Die Eumeniden, auch Erinnyen genannt, sind Rachegöttinnen, majestätische, grimmige Göttinnen. So etwas wie Marja Iwanowna.«

»Wie, wie? Wer ist so etwa wie ich?« reagierte unruhig wie ein erschrecktes Huhn die Orechowa.

Aus dem Vorzimmer erschien Nogaizew, sich mit dem Taschentuch den Bart wischend, seine freundlichen Augen strahlten, ihm folgte würdig ein langhaariger Mann, straff eingeknöpft in einen schwarzen Rock, flachbrüstig und unnatürlich aufrecht. Nogaizew zog sogleich die Brieftasche heraus, schwang sie hoch und verkündete: »Eine außerordentlich interessante Neuigkeit!«

»Ich habe auch eine!« entgegnete eilig die Orechowa.

»Was haben denn Sie für eine?«

»Nein, erzählen Sie erst die Ihre.«

Nogaizew versteckte die Brieftasche hinter seinem Rücken und fragte: »Warum denn? Den Vortritt hat die Dame!«

»Nein, nein! Nicht in diesem Falle!«

Während sie stritten, hob der Mann im schwarzen Rock, ohne sich zu bücken, Tossjas Hand zu seinem Gesicht empor, küßte sie schweigend und lange, dann beugte er die Beine im rechten Winkel, setzte sich neben Klim, reichte ihm seine kleine Hand und sagte halblaut: »Anton Krasnow.«

Als Samgin ihm die Hand drückte, wunderte er sich: Er hatte erwartet, es würden harte Finger sein, fühlte aber, daß sie weich, gleichsam knochenlos waren.

Dann erschien Dronow, nachdem er eine kleine, rundliche Dame mit einem Zwicker, rötlichen Löckchen und hübschem Puppengesicht vorgelassen hatte. Dronow hörte sich den Streit an, zog sein Notizbuch aus der Tasche, zwinkerte aus unerfindlichem Grund Samgin zu und rief: »Aufgepaßt!«

Dann begann er laut und in singendem Ton, einen Diakon nachmachend, vorzulesen: »O vermaledeiter und verachtungswürdiger russischer Judas ...«

»Das ist es, das ist es«, schrie Nogaizew auf. »Ich habe das gleiche! Und Sie?« wandte er sich an die Orechowa.

»Nun, ja«, sagte sie mißmutig mit einem Kopfnicken.

»Aufgepaßt!« sagte Dronow nochmals und begann von neuem: »... Judas, der in seinem Geiste alles Heilige, sittlich Reine und sittlich Edle erstickte, sich wie ein grimmiger Selbstmörder an dem dürren Zweig überheblichen Verstandes und verderbten Talentes erhängte, moralisch verfault ist bis ins Mark seiner Knochen und mit seinem empörenden sittlich-religiösen Gestank die ganze Lebensatmosphäre unserer intelligenten Gesellschaft verpestet! Anathema über dich, du gemeiner, außer Rand und Band geratener Verführer, der du mit dem Gift deines leidenschaftlichen und zersetzenden Talentes viele, viele Seelen deiner unglücklichen und geistesschwachen Landsleute verseucht und in ewige Verderbnis gestürzt hast.«

Während Dronow vorlas, kontrollierten die Orechowa und Nogaizew den Text nach ihren Aufzeichnungen, und kaum hatte er geendet, sagte Nogaizew rasch: »Das ist aus der Rede des Bischofs Germogen über Tolstoi – verstehen Sie? Wie finden Sie das?«

»Ungebildet«, erklärte Krasnow achselzuckend: »Beachten Sie die Wortverbindung – sittlich-religiöser Gestank! Überlegen Sie doch, ist eine solche Wortverbindung in einer Strafpredigt der Kirche zulässig?«

Die Dame mit dem rötlichen Haar schüttelte keck ihre Locken und fragte in einem Ton, als wäre sie bereit, lange und unversöhnlich zu streiten: »Und wenn es Ketzerei ist?«

»Wenn Ketzerei stinkt – wie kann sie dann religiös-sittlich genannt werden? Das ist doppelt ungebildet.«

Die Anwesenden begannen zu lärmen, indem sie eifrig einander ihre Entrüstung über die Rede des Bischofs bekundeten, aber Krasnow klopfte mit dem Teelöffel auf den Tisch, und als die Leute verstummten, räusperte er sich und begann: »Die vulgäre Rede des ungebildeten Bischofs kann uns nicht verletzen, muß uns nicht aufregen. Lew Tolstoi ist eine Erscheinung von zutiefst ethisch-sozialem Sinn, eine Erscheinung, die noch immer keine richtige, für die Mehrheit der denkenden Menschen annehmbare, objektive Bewertung gefunden hat.«

Er hatte Nogaizew und die Frauen offenbar erzogen, ihm zuzuhören, sie tranken still Tee und bemühten sich, keinen Lärm mit dem Geschirr zu machen. Jurin, der den Kopf an die Rückwand des Sofas gelehnt hatte, blickte zur Zimmerdecke, nur Dronow, der neben Tossja saß, murmelte: »Nach Moskau unbedingt morgen. Und du?«

»Nein. Ich mag nicht«, sagte Tossja zeimlich laut, als hätte sie einen Stein in einen ruhig dahinfließenden Bach geworfen.

»In der kleinen, aber hochwertvollen Broschüre von Preobrashenskij ›Tolstoi als Denker und Moralist‹ werden elf Definitionen der Persönlichkeit und Lehre des ehrwürdigen und berühmten Schriftstellers gegeben«, sagte Krasnow mit schläfrig geschlossenen Augen, und Samgin, der sein Gesicht von der Seite beobachtete, dachte: Wahrscheinlich hält er sich so gezwungen aufrecht und ist so straff gekleidet, weil er am ganzen Körper weich und schlaff ist wie seine sonderbaren Hände.

Das schwarze Tuch des Rocks und der weiße, hohe, gestärkte Kragen unterstrichen sehr unvorteilhaft für Krasnow den grauen Hautton seiner Wangen, die Haare an den Wangen lagen glatt, kraftlos, die Enden abwärts gerichtet, ebenso auch auf der Oberlippe, am Kinn vereinigten sie sich zu einem kleinen Keil, und das verlieh dem Gesicht ein sonderbares Aussehen: als ränne es insgesamt nach unten. Die Stirn war von Längsfalten durchfurcht, das lange Kopfhaar war weich, lag fest an und sah darum dicht aus, doch die Haut leuchtete hindurch. Die Augen waren nicht zu sehen, da sie müde von den oberen Lidern verdeckt waren, die Nase war eigentümlich mißraten, übermäßig und trübsinnig lang.

Wahrscheinlich ist er schon über vierzig, stellte Samgin fest, während er zuhörte, wie Krasnow aufzählte: »Pantheist, Atheist, Rationalist, Deist, ein bewußter Lügner, der sich als russischer Renan oder Strauß aufspielt, der größte Denker unserer Zeit, ein kläglicher Dialektiker und so weiter und so weiter, und endlich sogar ein Verkünder der Moral des Egoismus, in der sowohl epikureische und grob utilitaristische Motive als auch sozialistische und kommunistische Tendenzen enthalten sind, auf letzterem bestehen besonders die

Professoren: Gussew, Koslow, Jurij Nikolajew, die angesehene Denker sind.«

»Und das alles ist Unsinn«, sagte Jurin, ungeniert gähnend. »Unsinn und leeres Geschwätz«, fügte er hinzu, während Tossja den Redner lässig fragte: »Möchten Sie Tee?«

Alle begannen gleichzeitig zu reden, ohne aufeinander zu hören, aber als wären sie bestrebt, in die Lücke der langweiligen Rede einzudringen, da sie einmütig wünschten, diese und die Erinnerung an sie mit ihren Worten zuzuschütten. Die Dame mit dem rötlichen Haar erklärte: »Ich bezweifle, daß Germogens Rede richtig aufgeschrieben worden ist . . .«

»Eine zuverlässige Quelle, eine zuverlässige«, schrie, mit dem Fuß stampfend, die Orechowa.

Die Plotnikowa, die mit einer Tasse Tee in der Hand dastand, sagte zu Krasnow: »Ein Anarcho-Kommunist – Sie vergaßen das zu erwähnen! Und das ist das Beste, was über ihn gesagt worden ist.«

Nogaizew redete freundlich auf Jurin ein: »N-nein, Sie urteilen außerordentlich schroff! Man muß doch begreifen, feststellen, ob er für oder gegen uns ist.«

»Für wen ›für uns‹?« fragte Jurin. Dronow holte unterdessen Flaschen und Teller mit Imbiß aus dem Büfett hervor, stellte sie auf den Tisch und lärmte mit dem Geschirr.

»Sehen Sie, so streiten sie immer«, sagte Tossja lächelnd zu Samgin. »Sie streiten wohl nicht gern?«

»Nein«, sagte er, die Frau nickte beifällig: »Das ist gut. Shenja hingegen streitet gern, obwohl das für ihn schädlich ist.«

Eine Wolke bläulichen Rauchs wogte über dem Tisch.

»Morgen reise ich nach Moskau«, sagte Dronow zu Samgin. »Hast du keine Aufträge? Du reist selbst? Morgen? Dann reisen wir also zusammen!«

»Man muß protestieren«, schrie die Rothaarige, während die Plotnikowa vorschlug: »Man sollte die Rede Germogens nach Europa schicken . . .«

»Mein Teurer«, redete Nogaizew, die Hand aufs Herz gedrückt, auf Jurin ein. »Es wird viel erdichtet! Die Philosophen, die Schriftsteller. Gogol erschrak vor der russischen Troika und schrie . . . wie heißt es doch? Wohin strebst du und so weiter. Dabei hat es zu seiner Zeit gar keine Troika gegeben. Und niemand strebte irgendwohin, außer den Petraschewzen, die noch mal das gleiche tun wollten wie die Dekabristen. Doch was waren denn die Dekabristen? Von Ihrem Standpunkt gesehen, waren sie Feudalherren. Doch sie waren ja . . . unter uns gesagt, Komiker.«

Jurin schrie heiser: »Sie sind selbst ein Komiker . . .«

»Nun ja, von Ihrem Standpunkt gesehen, sind die Menschen entweder Schurken oder Dummköpfe«, sagte Nogaizew in gutmütigem Ton, aber seine gelben Augen flackerten wie Phosphor auf, und der Bart an seinen Kinnbacken sträubte sich. Auf ihn kam, eine Flasche in der Hand, Dronow zugerollt, über den Flaschenhals war ein Glas gestülpt und klirrte.

»Komm, komm«, sagte er, wobei er Nogaizew unter den Arm griff und ihn in das Besuchszimmer führte. Dort setzten sie sich mit der rothaarigen Dame und der Orechowa zum Kartenspiel, während Krasnow unter bedächtigem Kopfwiegen und mit den Wimpern die Augen verdeckend zu Tossja sagte: »Die Menschen, liebe Taïssja Romanowna, lassen sich einteilen in Kinder der Zeit und Kinder des Lichts. Die ersteren werden von dem Sichtbaren und angeblich Existierenden verschlungen, die letzteren hingegen suchen, von innerem Licht erleuchtet, nach der unsichtbaren Stadt . . .«

»Das ist so die Gesellschaft, die sich bei uns versammelt«, unterbrach ihn Tossja, die Rotwein in die Gläser einschenkte. »Ist es nicht interessant?«

»Ja, sehr«, antwortete Samgin liebenswürdig, während Jurin, die Hand nach dem Glase ausstreckend, irgend etwas vor sich hin murmelte.

»Nun – wie steht's? Lesen Sie das Buch von Du Prel?« fragte Krasnow. Tossja antwortete mürrisch: »Ich versuche es. Es ist sehr schwer zu verstehen.«

»Ist das etwa ›Die Philosophie der Mystik‹?« erkundigte sich Jurin und fuhr, ohne eine Antwort abzuwarten, fort: »Lies das nicht, Tossja, es ist dumme Philosophie.«

»Beweisen Sie es«, forderte Krasnow ihn auf, aber Tossja bat sehr streng: »Nein, bitte nicht streiten! Erzählen Sie uns lieber von der Königin, Anton Petrowitsch.«

Krasnow neigte unterwürfig den Kopf, rieb sich mit der Hand die Stirn und begann: »Königin Ulrike Eleonore von Schweden war in ihrem Landschloß verschieden und lag im Sarg. Mittags traf aus Stockholm ihre Freundin, die Gräfin Stenbock-Fermor, ein und wurde vom Wachthabenden an den Sarg geführt. Da sie übermäßig lange von dort nicht zurückkehrte, öffneten der Wachthabende und die Offiziere die Tür, und – was bot sich da wohl ihren Augen?«

Die Leute im Besucherzimmer kündigten laut an: »Herz.«

»Karo«, rief Nogaizew.

»Die Königin saß im Sarg und umarmte die Gräfin. Die erschrokkene Wache schloß die Tür. Man wußte, daß die Gräfin Stenbock auch schwer krank war. Es wurde ein Eilbote zu ihr ins Schloß entsandt, und – es stellte sich heraus, daß sie in dem gleichen Augenblick gestorben war, in dem man sie in den Armen der entschlafenen Königin gesehen hatte.«

»Klar!« sagte Jurin. »Die Wache war stockbesoffen.«

Krasnow hatte von der Königin halblaut und in solchen Hauchlauten erzählt, als fiele ihm das Reden schwer. Das war sehr eindrucksvoll und so unangenehm, daß Samgin protestierend mit den Achseln zuckte. Dann dachte er: Seine Hände sind gar nicht schlaff.

Ja, Krasnow hatte sonderbare Hände, sie bewegten sich die ganze Zeit, ununterbrochen, geschmeidig wie Schlangen, als hätten sie keine Knochen. Sie bewegten sich gleichsam unschlüssig, blind, aber die Finger erhaschten griffig und unfehlbar alles, was sie brauchten: das Weinglas, ein Biskuit, den Teelöffel. Die Bewegungen dieser Hände steigerten bedeutend den unangenehmen Eindruck der Erzählung. Die Worte Jurins beachtete Krasnow nicht, das Glas hin und herwiegend, mit seinen unsichtbaren Augen das Spiel des Lichts im Rotwein betrachtend, fuhr er ebenso halblaut mit Mühe fort:

»Über diesen Vorfall wurde ein Protokoll aufgesetzt und von allen unterschrieben, die ihn gesehen hatten. Bei uns ist es im ›Historisch-satirischen Journal‹ vom Jahre 1815 veröffentlicht worden.«

»Da hat man den richtigen Ort gefunden, diesen Unsinn abzudrucken«, fügte Jurin hüstelnd und Wein trinkend ein, während Tossja mit einem Lächeln sagte: »Ich mag alles Derartige sehr gern. Lesen tue ich es nicht gern, aber es anzuhören, bin ich stets bereit. Ich habe gern Angst. Es ist so angenehm, wenn es einem unter der Haut kribbelt. Nun, erzählen Sie noch etwas.«

»Gern«, erklärte sich Krasnow bereit.

»Drei zuwenig«, sagte die Orechowa zornig, mit Baßstimme.

»Warum haben Sie denn die Pique-Dame ausgespielt?« warf Nogaizew ihr vor.

»Iwan Praschtschew, Offizier und Teilnehmer an der Niederwerfung des Polenaufstands vom Jahre 1831, hatte einen Burschen namens Iwan Sereda. Dieser Sereda wurde tödlich verwundet und bat Praschtschew, seinen Angehörigen drei Goldstücke zu übersenden. Der Offizier sagte, daß er sie übersenden und für seinen treuen Dienst sogar noch etwas zulegen werde, schlug aber Sereda vor: ›Komm an dem Tag, an dem ich werde sterben müssen, aus dem Jenseits zu mir.‹ – ›Zu Befehl, Euer Wohlgeboren‹, sagte der Soldat und starb.«

»Und ich habe eine Zehn, ho, ho!« rief Dronow freudig.

»Dreißig Jahre später saß Praschtschew mit seiner Frau, seiner

Tochter und deren Verlobtem spätabends in seinem Garten. Ein Hund schlug an und stürzte ins Gebüsch. Praschtschew folgt ihm und sieht: Im Gebüsch steht Sereda und macht vor ihm eine Ehrenbezeigung. ›Nun, Sereda, ist der Tag meines Todes gekommen?‹ – ›Jawohl, Euer Wohlgeboren!‹«

»Das nenne ich Disziplin!« sagte Jurin entzückt, aber sein ironischer Ausruf unterbrach nicht den beharrlichen Fluß der Erzählung: »Praschtschew ging zur Beichte, empfing das Abendmahl und traf alle notwendigen Anordnungen, und am Morgen warf sich die Frau des Kochs, seine Leibeigene, ihm zu Füßen, ihr setzte mit einem Messer in der Hand der Mann nach. Er durchbohrte mit dem Messer nicht seine Frau, sondern den Leib Praschtschews, wovon dieser unverzüglich verschied.«

»Es ist unheimlich, zu leben, Tossja!« rief Jurin aus.

»Es ist unheimlich, zuzuhören, aber zu leben ... zu leben ist nicht unheimlich«, antwortete sie und begann, das Teegeschirr vom Tisch abzuräumen.

Im Besuchszimmer beklagte sich Nogaizew laut, melancholisch: »Das ist kein Spiel, sondern ein Verbrechen. Es ist Verrat.«

Dronow lachte mit »o«, während die rothaarige Dame an ihrem schallenden Gelächter schier erstickte, und die Orechowa brummte betrübt.

»Sie, Herr Jurin, ironisieren alles«, begann Krasnow, Tossja die gespülten Tassen hinschiebend. »Ich bin für Sie offenbar ein Idiot ...«

»Eine annähernd richtige Diagnose.«

»Da sehen Sie es, nun wollen Sie mich schon beleidigen ...«

»Dadurch, daß ich Ihre Selbstbeurteilung für richtig halte?« fragte Jurin.

»Aha, das Wort ›annähernd‹ haben Sie bereits weggelassen!«

Samgin verzog das Gesicht und dachte:

Mir scheint, sie fangen gleich an, sich zu zanken.

Und wahrhaftig, Krasnow begann mit erhobener und zischender Stimme, als zöge er die Luft durch die Zähne ein: »Sie, ein gefährlich, unheilbar kranker Mensch, sollten ...«

»Sterben«, beendete Jurin den Satz. »Ich werde auch sterben, warten Sie nur ein wenig. Aber meine Krankheit und mein Tod sind meine persönliche Angelegenheit, eine äußerst, engbegrenzt persönliche, und sie wird niemandem Schaden bringen. Aber Sie sind eine schädliche ... Person. Wenn man sich dessen erinnert, daß Sie Professor sind und die Jugend vergiften, indem Sie Popen aus ihr machen ...« Jurin dachte einen Augenblick nach und sagte bittend, mit Humor: »Ich wünsche mir sehr, daß Sie vor mir stürben, heute noch! Auf der Stelle ...«

»Töten Sie mich doch«, schlug Krasnow vor, wobei er langsam, gleichsam mit Mühe den Hals reckte und das Gesicht hob. Seine schmalen Äugelchen blinkten bläulich auf.

»Die Kräfte fehlen«, antwortete Jurin.

Tossja, die den Samowar in den Händen hielt, sagte leise: »Was habt ihr? Seid ihr verrückt geworden? Ich bitte, mit diesen... Scherzchen aufzuhören. Für dich, Shenja, ist es schädlich, dich zu ärgern, du trinkst zuviel Wein. Und rauchst auch.«

Samgin rückte die Brille zurecht und blickte Tossja verwundert an, er hatte nicht erwartet, daß diese Frau in einem so grob gebieterischen Ton zu sprechen vermochte. Noch verwunderlicher war es, daß man ihr gehorchte, Krasnow bat sogar: »Verzeihen Sie...«

»Helfen Sie mir mal lieber den Tisch decken, es wird Zeit, daß wir zu Abend essen. Ihr Kartenspieler, kommt ihr bald?«

Sie stellte den Samowar auf das Tischchen neben dem Büfett und wandte sich, während sie die Servietten auf die Gedecke verteilte, an Samgin: »Die einen spielen mit Karten, die anderen mit Worten, Sie indessen schweigen wie ein Ausländer. Doch Ihr Gesicht ist ein übliches, und Sie sind wahrscheinlich ein nüchterner, heftiger, eigensinniger Mensch – ja?«

»Ich weiß nicht. Ich habe mich selbst noch nicht erkannt«, sagte Samgin unerwartet, und ihm schien, er habe die Wahrheit gesagt.

»Wie ein Ausländer«, wiederholte Tossja. »Manchmal, wenn bei uns in der Konditorei die Leute Kaffee tranken, schwatzten und lachten, saß irgendwo in einem Winkelchen ein Engländer und verachtete alle.«

»Das liegt mir fern«, sagte Klim, sie indessen sagte: »Die Engländer kann ich schon gar nicht leiden! Solche... Truthähne!« Und ins Besuchszimmer hinein rief sie: »Ihr Kartenspieler, kommt ihr bald?«

Die Kartenspieler erschienen, die einen erfreut, die anderen betrübt. Freude strahlte aus dem Gesicht Dronows und aus den Augen des würdig aufgeblähten Gesichts der Orechowa – die rothaarige Dame zuckte nervös mit der Schulter, Nogaizew hatte die Hände in die Taschen gesteckt und schaute zur Zimmerdecke hinauf.

Man speiste friedfertig zu Abend, war entzückt von dem Wohlgeschmack des Schnäpels und der riesengroßen Truthenne, verglich die gastronomischen Schätze der Miljutin-Läden mit den Schätzen des Ochotnyj Rjad, und alle, außer der Orechowa, stimmten zu, daß man in Moskau besser, abwechslungsreicher äße. Krasnow, der Nogaizew gegenübersaß, wollte schon anfangen, davon zu reden, daß der ständig zunehmende Verstand der Menschen ihren Geschmack an den irdischen Gütern erweitere und dadurch die Zahl der Leiden vergrößere, was keineswegs dazu beitrage, dem Dasein einen tieferen Sinn zu verleihen.

»Die Wahrheit des Buddhismus besteht in dem Axiom: Jedes Dasein ist Leiden, aber in Leiden verwandelt es sich infolge der Begierde. Die ständige Zunahme der Leiden infolge der Zunahme der Begierden und schließlich der Tod – überzeugen den Menschen, daß sein Bestreben, persönliches Wohl zu erreichen, illusorisch ist.«

»Nein, vom Tod gar bitte ich nicht zu reden«, erklärte Tossja streng, Dronow unterstützte sie: »Ich bin auch dagegen. Der Teufel soll ihn holen!«

»Shenja hat richtig gesagt: Der Tod ist eine persönliche Angelegenheit jedes einzelnen.«

»Dennoch, wenn auch eine persönliche«, wollte Nogaizew gerade beginnen, als aber Tossja ihre dunklen Augen auf ihn richtete, änderte er den Ton und sagte rasch: »Wissen Sie übrigens, es geht das Gerücht, daß bei den Sozialrevolutionären nicht alles zum besten bestellt sei.«

»In ihren Köpfen?« fragte Jurin.

»In der Partei, im Zentrum«, erläuterte Dronow, der offenbar die Ironie der Frage nicht begriffen hatte oder nicht begreifen wollte. »Dieses Gerücht ist nichts Neues.«

»Die letzten Verhaftungen sollen die Folgen einer Provokation sein ...«

Krasnow teilte mit, daß Iliodor, der rebellische Mönchpriester von Zarizyn, durch Rasputin herbeigerufen, in Petersburg aufgetaucht sei und daß die Wyrubowa den Mönchpriester der Zarin vorgestellt habe.

»Interne Angelegenheiten, Familienangelegenheiten«, sagte Nogaizew, während Dronow den Witz machte: »Ein Mönch ist einer Dame schmackhafter als ein geräucherter Schnäpel ...«

»Ach, Wanetschka«, seufzte Tossja.

Samgin, der verfolgte, wie Krasnow seinen Hunger stillte, wie rasch und sicher seine geschmeidigen Hände die besten Bissen fanden, dachte: Der wird jederzeit satt werden.

Die rothaarige Dame schüttelte ihre Locken und fing laut zu reden an.

»Es ereignet sich schrecklich viel in unserem Land!« begann sie seufzend, wobei sie ihre bläulichen, runden Augen weit aufriß, und ihr Gesicht wurde davon noch puppenhafter. »So ist es immer gewesen und – ich weiß nicht, wann das ein Ende nehmen wird. Immerzu Ereignisse, Ereignisse, und ein intelligenter Mensch muß sich über alles Gedanken machen. Bauern- und Studentenrevolten, Terror, Krieg mit den Japanern, Terror, Aufstand in der Flotte, von neuem Terror, der 9. Januar, Revolution, Reichsduma und dennoch Terror! Zu guter Letzt fürchtet man sich, die Straße zu betreten. Ich verliere vollständig den Kopf! Womit wird das enden?«

Jurin raunte Tossja lächelnd etwas zu, sie drohte ihm mit dem Finger und sagte: »Nicht nötig! Sei nicht unartig.«

Alle schwiegen. Samgin dachte, diese Frau spräche ironisch, als er aber ihr Gesicht eingehender betrachtete, sah er, daß sie Tränen in den Augen hatte und daß ihre Lippen zuckten.

Zuviel getrunken, entschied er, während die Rothaarige noch erregter und protestierend fortfuhr: »In Frankreich, in England braucht die Intelligenz sich nicht mit Politik zu befassen, wenn sie nicht mag, wir jedoch – müssen es! Jeder von uns ist verpflichtet, sich über alles, was im Land geschieht, Gedanken zu machen. Weshalb ist er dazu verpflichtet?«

Sie schluchzte leise auf, die Orechowa streichelte ihr die Schulter und riet ihr herzlich, im Baß: »Regen Sie sich nicht auf, liebe Anna Sacharowna – das ist schädlich für Sie.«

»Ich sehne mich so nach Ordnung, nach Ruhe«, schrie Anna Sacharowna, die sich mit einem Taschentüchelchen die Augen wischte, nervös auf.

Samgin sah sie unfreundlich an und dachte: Wie plump kann man doch einen sehr wertvollen Gedanken entstellen!

Krasnow sagte versöhnlich: »Es steht uns frei, vom Bösen abzurücken und Gutes zu tun. Unter Lew Tolstois chaotischen Gedanken gibt es einen christlich richtigen: Sage dich los von dir selbst und von den dunklen Taten dieser Welt! Nimm den Pflug in die Hände und gehe, ohne dich umzuschauen, an die Arbeit auf der Furche, die dir vom Schicksal zugewiesen ist. Unser Ackerbauer, der unser Ernährer ist, befolgt demütig ...«

Man hörte ihm nicht zu. Die Orechowa und die Rothaarige hatten sich vom Tisch erhoben und verabschiedeten sich von Tossja, auch Nogaizew erhob sich. Dronow sagte zu Samgin: »Wir fahren also?«

Als Samgin durch die angenehm vom Mond beleuchteten Straßen heimging und die scharfe, aber erfrischende Luft einatmete, lächelte er innerlich. Er war zufrieden. Er dachte an die Versammlungen rund um die Pasteten der Anfimjewna und an alles, was er vor dem Moskauer Aufstand beobachtet hatte, er dachte daran und sah, wie scharf die Themen der Streitgespräche, die Interessen sich verändert hatten, wie offen von dem gesprochen wurde, was man früher verschwiegen hatte.

Gewiß, das sind andere Leute, rief er sich ins Gedächtnis, dachte aber gleich danach: Jedoch, in irgendeiner Hinsicht sind sie wohl interessanter. Wodurch? Stehen sie dem Alltagsleben näher?

Ohne diese Frage zu entscheiden, fand er, daß es angenehm war, sich als der klügste unter diesen Leuten zu fühlen. Unangenehm war nur der hysterische Ausfall dieser dummen rothaarigen Puppe.

Welch eine dumme Gans.

Im allgemeinen war Samgin, der aufmerksam in sich hineinlauschte, zuzugeben bereit, daß er, wie ihm schien, sich noch nie so guter Dinge und so sicher gefühlt hatte. Seine Grundstimmung war eine Stimmung der Selbstverteidigung, und er hatte bei weitem nicht immer gewisse scharfe Fragen offen an sich gerichtet, die ihn in seiner Selbsteinschätzung hätten herabsetzen können. Diesmal aber fragte er sich: Kommt das denn wirklich daher, weil ich dadurch, daß ich eine Erbschaft gemacht habe, ein unabhängiger Mensch geworden bin? Ein zeitweilig unabhängiger, fügte er hinzu, als ihm einfiel, daß ihm der Wert der Erbschaft noch unbekannt war. Aber diese Frage verlangte aus irgendeinem Grund keine Entscheidung, vielleicht, weil die Gestalt Tossjas mit dem durch den Sarafan kriegerisch gehobenen Busen in seiner Erinnerung erstand. Samgin befand sich in jenem Alter, in dem bei vielen Männern und Frauen mit großer sexueller Erfahrung der normale biologische Trieb sich in physiologische Neugier verwandelt, die den Charakter des beharrlichen Wunsches annimmt, in Erfahrung zu bringen, worin der eine oder die eine sich von einem anderen oder einer anderen unterscheide. In solchen Fällen vermögen Erinnerung und Einbildungskraft, miteinander vereint, einige Menschen ebenso zu tyrannisieren wie leidenschaftliche Liebe. Aber eine Messalina hätte wahrscheinlich die Neugier Don Juans nicht lange befriedigt, ebenso wie er nicht die ihre. Tossja kam Samgin verführerisch und leicht zugänglich vor. Er dachte mit Vergnügen an sie, und wenn er sie sich entkleidet vorstellte, bildete er sich ein, sie habe Ähnlichkeit mit Marina, wie er sie nach der »Anrufung des Geistes« gesehen hatte. Sie blieb immer noch ein wunder Punkt seines Hirns, eines der kränkendsten Momente seines Lebens, und hinderte ihn nachts nicht selten am Einschlafen. Zudem hatte er sich seit einiger Zeit als Ablenkungsmittel gegen unangenehme Eindrücke angewöhnt, in Paris gekaufte Bücher zu lesen, die, indem sie die Aufmerksamkeit auf die Spiele der Sinnlichkeit richteten, leicht die fruchtlose und ermüdende Geschäftigkeit kleiner Gedanken beendeten.

Den ganzen nächsten Tag verbrachte Samgin allein immer noch ebenso guter Dinge in herablassendem Nachdenken über Dronow und dessen Bekannte. Vor dem Fenster wirbelte ungestüm ein Schneesturm, er heulte und pfiff und warf Schnee an die Scheiben; ab und zu zeigte sich und verschwand wieder in den weißen Wirbeln der große, schwarze, bärtige Zar auf dickem, reglosem Roß, er zügelte das Roß, als hätte er den Weg verloren und wüßte nicht, wohin er reiten solle. Samgin schritt rauchend umher, saß oder lag und verteilte, als spielte er Schach, die Figuren seiner Bekannten, wobei er sich bemühte, Ähnlichkeiten zwischen ihnen zu finden. Zunächst schob er die Gruppe von Menschen beiseite, die ihn am wenigsten interessierten und ihm am unangenehmsten waren. Das waren Leute, die durch ein bestimmtes System von Sätzen beschränkt waren, an ihrer Spitze stand Kutusow, und man konnte von vornherein wissen, was jeder von ihnen aus diesem oder jenem Anlaß sagen werde.

Das sind abgeschlossene Menschen, die zu keinem weiteren Wachstum fähig sind. – Pfaffen der sozialistischen Kirche nannte er sie. Sie haben vergessen, daß der Sozialismus von der Bourgeoisie erdacht worden und von der armseligen Phantastik des Christentums hervorgebracht worden ist. Sie sind die Verkünder des Klassenkampfs und der absolut unmöglichen Diktatur des Proletariats, das in jeglicher Hinsicht ungebildet ist. Ich – lehne den Sozialismus in jener Form, wie ihn die Deutschen auffassen, nicht ab. In Deutschland ist er – ein für die bürgerliche Kultur natürlicher Schritt voran. Dort ist er historisch verständlich. Aber bei uns? In einem Land, in dem ein Rasin, ein Pugatschow, Bauernmeutereien, der Moskauer Aufstand möglich sind ... Wahnsinn. Abenteuersucht von Ehrgeizigen, die nichts zu verlieren haben ...

Er war selbst aufrichtig verwundert über die Schärfe und Bestimmtheit dieser Bewertung, er hatte noch nie in einem solchen Ton gedacht, und das hob sofort seine Stimmung, richtete ihn auf. Als er in den Spiegel blickte, sah er, daß sein angefeuchtetes Haar getrocknet war, glatt anlag und dadurch zeigte, wie spärlich es war und wie stark es sich gelichtet hatte. Er nahm die Haarbürste und lockerte es sorgfältig, aber selbst als es dadurch üppiger geworden war, brachte es ihn dennoch auf den Gedanken: Ich werde bald eine Glatze bekommen.

Das war sehr unangenehm.

Die Bürste in der einen Hand, glättete er mit den Fingern der anderen die graumelierten Schläfen und betrachtete währenddessen etwa zwei Minuten lang streng sein Gesicht, ohne an irgend etwas zu denken, in sich hineinlauschend. Das Gesicht kam ihm bedeutend und klug vor. Es war das etwas nüchterne, aber feine Gesicht eines Menschen, der sich nicht scheut, frei zu denken, und jeglicher Vergewaltigung des unabhängigen Denkens, allen Versuchen, es einzuschränken, von seinem Wesen her feind ist.

Ein In-tel-lek-tu-el-ler, benannte er sich in Gedanken und voller Achtung, eine neue Kraft der Geschichte, eine Kraft, die sich ihrer Bedeutung und Richtung noch nicht genügend bewußt ist. Dann entfernte er mit dem Kamm die ausgegangenen Haare aus der Bürste, rollte sie zu einem Knäuel zusammen, legte ihn in den Aschenbecher, zündete ein Streichholz an und seufzte, als die Haare knisternd verbrannt waren, auf. Danach begann er, durch sein Opfer an die Zeit etwas abgekühlt, von neuem, die Menschen nach Merkmalen von Charakterähnlichkeit zu gruppieren. Dronow stellte er neben Mitrofanow. Dann gliederte er ihnen Tagilskij an. Nach einigem Nachdenken fügte er zu ihnen als vierten – Makarow hinzu, überlegte aber sofort, daß dies nicht gut, mißglückt sei.

Zu ihnen muß Ljutow. Und Berdnikow. Jawohl, gerade das Vieh Berdnikow.

Aber der schwere Dickwanst Berdnikow wurde in Samgins Spiel zu dem Bären des Märchens, das davon berichtet, wie kleine Tierchen sich zu freundschaftlichem Leben in einem Pferdeschädel niederließen, doch es kam der Bär und fragte: »Wer wohnt da in dem Schädel?« und als die Tierchen sich ihm vorgestellt hatten, sagte er: »Und ich bin der Drücketot von euch allen«, setzte sich auf den Schädel und zerquetschte ihn mitsamt seinen Bewohnern.

Diese unangenehme, demütigende Erinnerung an das kunterbunte, zynische Geschwätz Berdnikows brachte ärgerlicherweise die Anordnung der Figuren durcheinander, machte das Spiel uninteressant. Zudem besaßen diese Figuren an und für sich, wenn auch viele kleine Ähnlichkeiten in ihrem Denken und Reden vorhanden waren, nur eine große und deutliche – Unbestimmtheit ihrer Absichten.

Worauf suchen Makarow, Tagilskij sich zu stützen? Was wollen sie? Weshalb gab Ljutow den Sozialrevolutionären Geld? Wodurch hinderte ihn die Selbstherrschaft zu leben?

Vor dem Fenster, im Schneesturm, sprang auf seinem reglosen Roß der schwarze, bärtige Zar mit der Polizistenmütze – ein Zar, der in nichts, in keiner Weise dem anderen ähnelte, der auf dem Senatsplatz ungestüm dahinjagte und mit den Hufen seines rasenden Rosses die Schlange zerstampfte.

Samgin trat vom Fenster weg, legte sich aufs Sofa und begann über die Frauen, über Tossja, Marina, nachzudenken. Doch am Abend, im Zugabteil, ruhte er sich von sich selbst aus, indem er der ununterbrochenen, erregten Rede Iwan Wassiljewitsch Dronows zuhörte. Dronow saß ihm gegenüber und hielt ein Glas Weißwein in der Hand, die Flasche hatte er zwischen die Knie geklemmt, mit der Handfläche rieb er sich bald das unrasierte Kinn, bald die Wangen, und Samgin kam es vor, als hörte er sogar durch den eisernen Lärm unter seinen Füßen hindurch das Knistern der Bartborsten.

»Verstehst du, was für eine Sache das ist«, sagte Dronow halblaut und hastig, sein Gesicht mit den starken Backenknochen verzog sich, die Augen huschten so wie früher unruhig umher, blickten bald durch das Fenster hinaus in die Dunkelheit, die von Funken und Lichtern durchbrochen wurde, bald Samgin ins Gesicht, bald in das Glas. »Ich habe keine Lust, den kürzeren zu ziehen. Das Leben scheint – weiß der Teufel – plötzlich alt und schrumpelig geworden zu sein, doch zugleich bekommt es etwas Krampfhaftes, so was Überstürztes, weißt du ... greif zu, Kinder! Na, in der Industrie, im Handel ist das natürlich, hier heißt es – wie die Marxisten lehren – entweder fabriziere Bettelarme, oder du wirst selbst ein Bettler. Jedoch – die Bettelei ist zwar ein nationales Gewerbe, aber keines von den angenehmen, zur Steigerung des Stolzes trägt sie nicht bei. Dabei heißt es: ›Mensch – wie stolz das klingt‹, und er, dieser Teufel, möchte stolz sein. Na, verstehst du ...«

Er warf den Kopf in den Nacken und schüttete sich den Wein in den Mund, überschwemmte Kinn und Brust, schob das Glas auf das Tischchen und fuhr, während er seine Krawatte aufband, fort: »Mich bringt die Intelligenz in Verlegenheit, mein Lieber. Ich rechne mich ja – wohl oder übel – zu ihr. Doch nun, verstehst du, spaltet sie sich scharf und tief. Die Idealisten, die Mystiker und die Buddhisten studieren den Joga, geben den ›Boten der Theosophie‹ heraus. Sie haben sich der Blavatskys und Annie Besants erinnert ... In Kaluga hat es nie etwas anderes als Kalugaer Backwerk gegeben, doch jetzt befassen sich die Einwohner mit Okkultismus. Man sollte meinen, daß nach der Revolution ...«

»Diese Bewegung hat noch vor der Revolution begonnen«, erinnerte ihn Samgin.

»Als Schutzimpfung? Zur Prophylaxe?« fragte Dronow, der die Flasche behutsam in die Ecke des Polstersitzes gestellt hatte.

»Möglicherweise«, gab Samgin zu.

»Tja. Also hat irgendwer irgend etwas vorausgesehen? Wer führt denn darüber das Kommando?«

Samgin zuckte lächelnd und stumm mit den Achseln.

»Die realistischen Schriftsteller sind Pessimisten geworden«, murmelte Dronow, seine nasse Krawatte auf dem Knie glättend, dann schwang er die Krawatte hoch und sagte: »Vor kurzem hörte ich folgende Äußerung über dich: Du habest nicht die allen Russen eigene Angewohnheit, dich in die Seele deines Nächsten einzuschleichen oder, mangels einer Seele, in seine Tasche. Das hat Anton Nikiforowitsch Tagilskij gesagt . . .«

»Ich kenne ihn sehr wenig«, beeilte sich Samgin zu bemerken.

»Doch er hat dich, meiner Ansicht nach, richtig . . . eingeschätzt«, fuhr Dronow nunmehr kühl und, wie es schien, gekränkt fort. »Du verhältst dich den Menschen gegenüber . . . ablehnend. Ja sogar, wie es scheint, verächtlich . . .«

»Das stimmt nicht«, sagte Samgin streng. »Er kennt mich ebensowenig wie ich ihn. Kennst du ihn schon lange?«

»Schon seit etwa zwei Jahren. Wir lernten uns auf dem Rennplatz kennen. Er hatte sein Geld verloren oder – es war ihm gestohlen worden. Er borgte sich welches von mir und – gewann sehr viel! Die Hälfte davon bot er mir an. Aber ich lehnte ab, setzte auf das gleiche Pferd und gewann dreimal soviel wie er. Na – wir zechten . . . ein wenig. Und lernten uns kennen.«

»Was für ein Mensch ist er?« fragte Samgin, die Ohren spitzend.

»Der Teufel weiß es«, antwortete Dronow nachdenklich und begann, von neuem in Feuer geratend, hastig zu reden: »In ihm steckt alles mögliche. Er ist im Innenministerium angestellt, steht möglicherweise im Dienst des Polizeidepartements, gleicht aber – am allerwenigsten einem Spion. Er ist klug. Vor allem – klug. Er ist voll Sehnsucht. Wie ein hoffnungslos Verliebter, doch man weiß nicht, wonach. Er macht Tossja den Hof, aber – du müßtest sehen, wie. Er sagt ihr Dreistigkeiten. Sie kann ihn nicht ausstehen. Überhaupt – er ist ein in Kursivschrift gedruckter Mensch. Ich liebe solche . . . Unvollkommenen. Wenn einer vollkommen ist, paßt zu ihm selbst der Teufel nicht mehr als Kamerad.«

Damit meint er mich, dachte sich Samgin und sagte: »Du hast eine interessante Frau . . .«

»Sie gefällt allen«, sagte Dronow mit mürrischer Miene. »Aber einer Ehefrau – gleicht sie wenig. Im Haushalt ist sie nachlässig wie ein Dienstmädchen. Tagilskij kennt sie schon lange, er hat mich auch mit ihr bekannt gemacht. ›Möchten Sie nicht‹, sagte er, ›ein junges Mädchen zu sich nehmen, ein gutes, dem aber sein Schicksal gleichgültig ist?‹ Tagilskij hatte von ihr offenbar einen Korb erhalten, und jetzt nennt er sie eine Reisende durch Schlafzimmer. Aber ich bin nicht eifersüchtig, und sie ist ein redliches Weib. Mit ihr – ist es interessant. Und, weißt du, man hat seine Ruhe: Sie wird einen nicht betrügen, nicht verraten.«

»Und Jurin?« fragte Samgin.

»Ein Bolschewikchen. Ein recht kluges. Aber, wie du siehst, ein abgelegtes Kartenblatt. Dem gilt Tossjas Liebe, aber – eine mütterliche.« Er sprach in so gelangweiltem Ton, daß Samgin dachte: Er verstellt sich.

Etwa zwei Minuten lang schwiegen sie, dann sagte Dronow: »Nun, wie steht's, legen wir uns schlafen?« Als er aber den Rock ausgezogen und auf den Polstersitz geworfen hatte, blickte er auf die Uhr und begann von neuem: »Ich bin unterwegs, um mir die Manuskripte zu einem unerhörten Buch zu beschaffen. – Petja Struve hat es gemeinsam mit seinen Kameraden verfertigt. Man sagt, ein Werk zu dem Thema ›Blas zum Rückzug!‹ Er hat doch schon im Jahre 1901 aufgefordert: ›Zurück zu Fichte‹, na also ... Und zugleich ist bei den Sozialrevolutionären irgend etwas faul. Überhaupt – ein ziemlicher Verfall. Jurin behauptete, das alles sei gut! Es werde sozusagen die Spreu und allerhand Unrat abgesiebt, so daß das reinste, gute Korn übrigbleiben würde ... Tja ...«

»Eine richtige Ansicht«, sagte Samgin, um etwas zu sagen.

»Ich weiß nicht«, entgegnete Dronow und verstummte, aber als er schon in Nachtwäsche auf dem Schlaflager saß und sich das Kinn rieb, murmelte er auf einmal zornig: »Weißt du, das Treffendste und Bedrohendste, was ersonnen wurde – ist trotzdem die Klassentheorie und die Idee von der Diktatur der Arbeiterklasse.«

Samgin neigte den Kopf und blickte Dronow über die Brille hinweg an, aber Dronow hatte sich bereits hingelegt und sich die Decke über den Kopf gezogen.

Er ist gekränkt, entschied Samgin und löschte das Licht. Er ist interessanter und, wie es scheint, klüger geworden. Aber trotz allem habe ich mich unnötig mit ihm auf das Du eingelassen.

»Komisch«, sagte Dronow.

»Was?«

»Daß ein Mann, der von Geburt Deutscher ist, den Russen Patriotismus beibringen will.«

Nach kurzem Schweigen gab Samgin dem Verlangen nach, Dronow eins auszuwischen, und sagte trocken und schulmeisterlich: »Struve hat ganz bestimmte Verdienste um die Intelligenz aufzuweisen: Er hat sie als erster darauf hingewiesen, daß die Rolle der Persönlichkeit in der Geschichte eine Illusion, ein Selbstbetrug ist ...«

»Und was noch?« fragte Dronow nach kurzem Schweigen.

Außerdem – hat er der Persönlichkeit das Recht zuerkannt, die Erscheinungen leidenschaftslos wissenschaftlich zu beobachten, wollte Samgin sagen, entschloß sich aber nicht dazu und sagte mit schläfriger Stimme: »Es ist schon spät. Schlafen wir ...«

Dronow gab nicht nach, er lag auf der Seite, rührte mit dem Finger in der Dunkelheit herum und sagte giftig, mit erhobener Stimme: »Die Rolle der Persönlichkeit leugnete er, als er Marxist war, aber dann trat er, wie du wissen wirst, zum Idealismus über, und einen Idealismus ohne Individualismus gibt es nicht, ein Individualismus indessen, der die Rolle der Persönlichkeit im Leben leugnet, ist Unsinn! Er ist unmöglich ...«

Samgin antwortete ihm nicht, dachte aber im Einschlafen: Ich lese wenig über philosophische Fragen.

»Moskau!« weckte ihn Dronow, der einen dicken, flauschigen, tabakfarbenen Anzug anhatte, sorgfältig frisiert war und stattlich aussah.

»Frühstücken wir im Hotel ›Moskowskaja‹, um ein Uhr?« schlug er vor.

»Wenn ich es schaffe«, sagte Samgin und fuhr, nachdem er beschlossen hatte, nicht im Hotel »Moskowskaja« zu frühstücken, vom Bahnhof direkt zum Notar, um sich mit Warwaras Testament vertraut zu machen. Dort erwartete ihn eine Unannehmlichkeit: Das Haus war einmal für zwanzigtausend Rubel an eine Privatperson verpfändet. Der dürre, flachbrüstige Notar mit gelbem Gesicht, einem spitzen Büschel grauer Haare am spitzen Kinn und rötlichen Barschaugen teilte mit, daß der Hypothekengläubiger bereit sei, das Haus durch Zuzahlung von zehn- bis zwölftausend Rubel zu erwerben.

»Mehr nicht?« fragte Samgin, der begriff, daß er als Alleinstehender von zwölftausend Rubel etwa vier Jahre durchaus standesgemäß leben könnte. Der Notar schüttelte verneinend seinen kahlen Kopf, schnalzte mit den Lippen und wiederholte: »Mehr nicht.«

Der Notar flößte kein Vertrauen ein, und Samgin kam der Gedanke, daß er Dronow zu Rat ziehen sollte, der wisse sicherlich, wie man Häuser verkauft. In Warwaras Haus widerfuhr ihm noch eine Unannehmlichkeit: Die Haustür öffnete ein junges Mädchen – schwarzhaarig, spitznäsig, und schrie, aus unerfindlichem Grund voller Freude, vergnügt auf: »Warwara Kirillowna ist nicht zu Haus, sie ist verreist, nach Petersburg!«

Ihre Freude kam Samgin anstößig vor, er sagte streng: »Warwara Kirillowna – ist gestorben!«

»O Gott«, sagte das Mädchen leise, fragte jedoch, zurücktaumelnd: »Oder lügen Sie vielleicht?« Und gleich danach rief sie schrill: »Felizata Nasar-na!«

Es erschien eine bekannte Gestalt – die flachbrüstige, schmallippige Frau mit einem Spitzenhäubchen auf dem Kopf, sie beugte würdig den Nacken und richtete stumm ihre glasigen Augen auf Samgins Gesicht, während das Mädelchen, mit dem Finger auf ihn deutend, aufgeregt und hastig vorbrachte: »Er sagt – Warwara Kirillowna sei gestorben.«

»Davon weiß ich nichts«, sagte die Frau, ohne Samgin beim Ablegen zu helfen, und als er aus dem Vorzimmer in die Wohnräume gehen wollte, trat sie ihm in den Weg.

»Erlauben Sie mal, wie ist denn das . . .«

»Scheren Sie sich weg«, rief Samgin. »Kennen Sie mich denn nicht?«

»Ich kenne Sie wohl, aber – ich kann doch nicht . . .«

Sie trat einen Schritt zur Seite und kommandierte mit hölzerner Stimme: »Anka, ruf beim Polizeirevier an, daß Miron Petrowitsch herkommen soll.«

»Sie sind ein dummes Frauenzimmer!« erklärte Samgin. »Ich werde Sie davonjagen«, schrie er auf und schämte sich sofort seines Zorns, während die Frau, die ihm auf den Fersen folgte, monoton und todlangweilig sagte: »Wenn Sie das Recht dazu haben – können Sie mich ja davonjagen, aber mich zu beschimpfen, sind Sie nicht berechtigt. Ich bin hier angestellt, mir ist die Habe anvertraut.«

»Aber Sie wissen doch, wer ich bin«, erinnerte Samgin sie friedfertig.

»Ich stehe in Warwara Kirillownas Dienst und habe von ihr keine Weisungen in bezug auf Sie erhalten . . .« Sie ging hinter Samgin her und blieb in der Tür jedes Zimmers stehen, da sie offensichtlich fürchtete, er könnte irgendeinen Gegenstand an sich nehmen und in die Tasche stecken, wodurch sie in dem Hausherrn den Wunsch erweckte, sie mit irgend etwas auf den Kopf zu schlagen. Das dauerte etwa zwanzig Minuten und fiel Samgin immer mehr auf die Nerven. Er rauchte, ging umher, saß herum und fühlte, daß sein Benehmen den Argwohn dieses zweibeinigen Hechts steigerte.

Wenn ich sie auch nur vierundzwanzig Stunden hierbleiben lasse – wird sie mich bestehlen, überlegte er.

Endlich kam der dicke, schwarzbärtige Stellvertreter des Reviervorstehers, hörte schweigend beide Seiten an und sagte in eindringlichem Baß: »Als Jurist sollten Sie wissen, daß man einen vom Arzt oder vom Krankenhaus ausgestellten Totenschein vorweisen muß.«

»Den Schein habe ich beim Notar gelassen, Sie können sich erkundigen.«

»Dazu sind wir nicht verpflichtet«, sagte der Polizeibeamte mit einem tiefen Seufzer und die großen, schwarzen Augen in dem ziegelroten Gesicht mit den Wimpern verdeckend.

»Ich werde Ihre Bemühungen bezahlen«, sagte Samgin und reichte ihm einen Fünfundzwanzigrubelschein.

»Vortrefflich«, entgegnete der Polizeibeamte, machte eine Ehrenbezeigung, indem er seine breite Hand zu dem Plüschschädel erhob, und ging, wobei er Felizata mit dem Finger winkte, ihm zu folgen.

Samgin fühlte sich abscheulich. Ihn übermannten unangenehme Erinnerungen an das Leben in diesem Haus. Unangenehm waren die Zimmer, die mit verschiedenartigen altertümlichen Möbeln überladen, mit Kleinigkeiten überfüllt waren, die von dem ästhetischen Geschmack der Hausherrin zeugen sollten. In Warwaras Schlafzimmer hing an der Wand eine große Photographie von ihm, Samgin, im Frack, mit einem Kopf von der Form des Kürbisses, sie war auch unangenehm.

Hol sie der Teufel, mag dieses dumme Frauenzimmer stehlen, entschied er und ging zu der Verabredung mit Dronow.

Moskau war reich geschmückt mit Schnee, seine dicken Daunenpfühle lagen auf den Dächern, die Laternen waren mit weißen Häubchen bedeckt, überall glitzerte das kalte Silber, auch der eiskalte Schneestaub über der Stadt erinnerte an den sanften Glanz patinierten Silbers. Unter den Füßen der Menschen knirschte wie Knorpel der Schnee, die eisernen Kufen der Schlitten schurrten und kreischten leise.

Eine gemütliche Stadt, dachte Samgin beifällig.

Dronow war noch nicht im Hotel, Samgin fand mit Mühe ein freies Tischchen in dem Saal, der dicht mit Speisenden vollgestopft und mit lautem Stimmengewirr, Klirren von Glas, Metall und Porzellan gefüllt war. Samgin saß nicht zum erstenmal in diesem Tempel Moskauer kulinarischer Kunst, ihm gefiel es, hier zu sein und dem verschiedenstimmigen Gemurmel stattlicher Menschen zu lauschen, ihm schien, sie seien, von Sattheit berauscht, hier wahrscheinlich offenherziger als woanders. Einstmals war ihm sogar der Gedanke gekommen, daß dieses kunterbunte, wirre Gemurmel mit den »Gemeinschaftsbeichten« in der Kathedrale von Kronstadt Ähnlichkeit haben müsse, die von dem berühmten Popen Ioann Sergijew veranstaltet worden waren. Wenn Samgin einzelne Sätze und Bruchstücke erregter Reden auffing, war er überzeugt, dies verhülfe ihm besser, zuverlässiger als Bücher und Zeitungen zur Kenntnis dessen, »worin der Lebensinhalt der Menschen besteht«. So sagte auch jetzt hinter ihm eine angenehm weiche Baßstimme in ermahnendem Ton: »Wir Provinzler leben ruhiger als ihr Moskauer, wir haben Zeit, euch zu beobachten, und – was sehen wir?«

»Nehmen Sie noch von dem Stör«, riet dem Baß eine träge, farblose Stimme.

»Mit Vergnügen nehme ich davon.«

Vor Samgin indessen krümmte sich wellig ein langer, schmaler Rücken, der straff von einem langschößigen altrussischen Überrock umspannt war, und beklagte sich sonor mit leichtem Näseln: »Was sollen wir nun anfangen, mein lieber Pjotr Wassiljitsch? Im Frühjahr erklärte der vereinte Adel, er sei gegen politische Reformen, jetzt hat sich unser, der Moskauer, für die Unantastbarkeit der Selbstherrschaft geäußert, aber – wir, die Industriellen, was sollen wir tun?«

Und der weiche Baß, der wahrscheinlich den Stör aufgegessen hatte, mahnte von neuem: »In dem raschen Wechsel eurer literarischen Geschmäcke bemerken wir dennoch – eine gewisse Einförmigkeit derselben. Die antidemokratischen Ideen Ibsens scheint man zwar schon satt zu haben, aber an seine Stelle ist in den Theatern Hamsun getreten, doch ist ja Meerrettich nicht schmackhafter als gewöhnlicher Rettich. Hamsun ist doch auch Antidemokrat, ein Feind der Politik . . .«

»Aber sein Held, Kareno, sagte sich ohne weiteres los von seinen Ideen zugunsten eines Sitzes im Storting«, fügte die träge Stimme ein.

»Eben, eben! Das ist es ja, daß er sich lossagte, wie auch bei uns viele Rasnotschinzen von heute sich lossagen, dem persönlichen Erfolg zuliebe sich vor gesellschaftlicher Betätigung drücken, wobei sie das Vermächtnis der Väter und die Lehren der Revolution mißachten . . .«

»Ach was: Vermächtnis, Lehren! Uns ist ein neues Vermächtnis gegeben worden: enrichissez-vous – bereichert euch! Da haben Sie das Vermächtnis der Revolution . . .«

»Meinen Sie das ironisch?«

Der Träge begann zornig zu reden: »Äh, wieso denn Ironie? Jedermann möchte fressen.«

»Zum Nachteil seiner Menschenwürde . . .«

»Sie sind ein vorsintflutlicher Mensch, Nifont Iwanowitsch. Doch die Jugend, diese Rasnotschinzen . . . die sind wachsam! Mein Sekretär hat im Jahre sechs irgendwelche dummen Streiche gemacht, man verhaftete ihn. Er ist ein tüchtiger Bursche und nicht dumm, bereitete sich für die Universität vor. Nun, ich half ihm aus der Patsche. Er jedoch – einen Igel wünsche ich ihm unter den Rock, dem Hundsfott – machte bei mir eine Kopie von einem Schriftstück und verkaufte sie an eine interessierte Person. Siebentausend Rubel Honorar büßte ich hierbei ein. Dabei wäre es eine gewinnsichere Sache gewesen.«

»Dort gehört alles uns, bis an den Fluß Balaja alles uns!« sagte jemand an dem Tisch neben Samgin heiser und so laut, daß dieser und noch viele andere sich nach dem Schreienden umsahen. Dort saß ein Rotstirniger, Großäugiger mit sehr dichtem blondem Vollbart und grimmigem Schnurrbart, der die leuchtendroten dicken Lippen nicht verdeckte, und malte mit der einen Hand, in der er die Gabel hielt, Ornamente in die Luft. »Von Birsk bis tief hinein ins Gebirge – gehört alles uns! Und die Einwohner dort sind Baschkiren, Wilde, ein nichtsnutziges, arbeitsscheues Volk, Kehricht auf der Erde, laufen als Bettler auf dem Gold herum, zu faul, das Gold an den Tag zu fördern . . .«

Ihm hörten ein kahlköpfiger Mann mit graublauen Ohren und einem Halsbandorden und eine großnasige, lange Frau zu, die ganz in Schwarz gekleidet war und einer Nonne glich.

Der Mann mit dem Orden sagte, sich erhebend: »Wir das alles werden ansehen, ich und mein Ingenieur«, die Frau indes sagte schallend und böse: »Müß man ljange dörthün fahren?«

»Na, wieso denn lange? Vier Tage und Nächte auf dem Dampfer. Wir fahren auf der Wolga, der Kama, der Belaja – dort, an der Belaja, gibt es Stellen von solcher Schönheit, daß man staunen muß, Klarissa Jakowlewna, hundertmal staunen muß.« Er richtete sich in seiner ganzen Riesengröße auf und trompetete erregt: »Ich bin kein Feind des Staates, wenn Sie eine so große Sache vorhaben, gebe ich das Land billig her.« – Der Mann im altrussischen Überrock wandte den Kopf, wobei er Samgin ein dunkles Auge, eine spitze Nase und ein graues Ziegenbärtchen zeigte, sah zu, wie der Bärtige im Gehen die Silbermünzen des herausbekommenen Betrags nachzählte, die ihm auf einem Teller gebracht worden waren, und sagte halblaut zu seinem Gesprächspartner: »Als Trinkgeld hat er drei Fünfkopekenstücke liegenlassen, dieser Eber! Ein Samaraer Kaufherr von den Uralkosaken. Ein steinreicher Mann, er besitzt baschkirisches Land vom Umfang ganz Frankreichs. Ich habe ihn in Nishnij auf der Messe gesehen – der versteht zu prassen! Ein Tier von tollem Wagemut, leidenschaftlicher Kartenspieler, Wüstling und Trunkenbold.«

»Es wird Zeit, daß diese Mammute aussterben.«

»Sie werden aussterben . . . Bald.«

Den frei gewordenen Tisch besetzten sofort ein schneidiger Student, der einem Offizier in Zivil glich, und ein bescheiden aussehender Mann mit schütterem Bärtchen, der entfernt Tschechows Jugendporträts ähnelte. Der Student nahm die Speisekarte in die Hände, verdeckte damit sein rotwangiges Gesicht, das ein goldblondes Schnurrbärtchen zierte, und sagte mit dunkler Stimme, als läse er von der Karte ab: »Lies mal ›Der Sozialismus und die Seele des Menschen‹ von Oscar Wilde, Boris.«

»Das habe ich schon gelesen«, antwortete leise, schuldbewußt der Bescheidene.

»Entsinnst du dich an die Stelle bei ihm: ›Die Armen sind eigennütziger als die Reichen‹?«

»Das ist ein Paradox ...«

»Ein Paradox, mein Lieber, ist ein Protest gegen die allgemein übliche Plattheit«, sagte eindringlich der Student, kniff seine grauen, kühlen Augen zusammen, schaute sich um und fügte hinzu: »Ein Paradox muß man nicht als Entstellung, sondern als Widerspiegelung auffassen.«

Er hinderte Samgin, dem interessanten Gespräch hinter ihm zuzuhören, der Mann im langschößigen Überrock sprach vernehmlich, aber das näselnde Bächlein seiner Worte verschwand fortwährend in dem ununterbrochenen Wirbel des Lärms. Dennoch konnte man, wenn man das Gehör anspannte, einige Sätze auffangen.

»Stolypin findet meinen Beifall; er hat ein gutes Werk unternommen, ein weises Werk. Die besten Menschen satt zu machen – das ist bereits europäische Politik. Alles in unserem Leben baut sich ja auf der Auslese der Besten auf – nicht wahr?«

Irgendwer rief spöttisch: »Geplatzt ist euer Syndikat ›Nagel‹, kein einziger Nagel ist übriggeblieben!«

»Du täuscht dich, Stepan Iwanytsch, es ist nicht geplatzt, sondern hat sich erweitert, jetzt heißt es ›Draht‹.«

»Sehen Sie, Pjotr Wassiljitsch – in Deutschland hat man die besten Sozialdemokraten satt gemacht, hat sie in den Reichstag gesetzt: Übt gesetzgebende Gewalt aus, Jungens! Da sitzen sie nun und üben gesetzgebende Gewalt aus, und alles ist ruhig, es gibt keinerlei Eruptionen.«

»Dennoch gibt es Streiks!«

»Was sind denn Streiks? Hat man eine Krankheit nach außen getrieben, so kann man sie bequemer kurieren. Nein, mein Teurer, die ganze Weisheit besteht in der Auslese der Besten. Julius Cäsars Ausspruch über die Dicken, die Satten war richtig.«

»Nach ihm, nach Cäsar, wurde bemerkt, daß der Satte den Hungrigen nicht versteht.«

»Das sind so kleine Scherze!«

»Überlegen Sie doch mal, mein Lieber, als Abgeordneter und Mitglied der Regierung: Jemeljan Pugatschow hätte doch, rechtzeitig festgenommen, neben Grigorij Potjomkin zur nächsten Umgebung Katharinas der Großen gehören können ...«

Die Revolution hat die Menschen gelehrt, originell zu denken, freimütiger, stellte Samgin fest.

Und gleichsam seine Beobachtung bestätigend, brummte irgendwo in der Nähe eine griesgrämige Stimme: »Die Balkanpolitik hat uns nicht wenig Geld und Kräfte gekostet, und – nun hat man die Annexion Bosniens und der Herzegowina anerkannt, wodurch man Österreich bedeutend gestärkt hat und – also auch Deutschland ...«

Jetzt kam Dronow gelaufen, unordentlich, zerzaust, aufgebracht, und rückte mit Gepolter den Stuhl ab.

»Das Buch habe ich verpaßt, es wird bereits gesetzt. Ich habe mir Sonderabzüge der ersten Druckbogen verschafft. Zum Teufel, ich habe es verpaßt! Zwei kleine Sammelbände habe ich herausgegeben, aber der dritte – ist mir entwischt. Jetzt, mein Lieber, sind Sammelbände Mode geworden. Von den Bolschewiki, von Lunatscharskij, Bogdanow, Tschernow bis zu Gringmut, dem Monarchisten, sie alle bieten ihre Ware armseliger Gedanken en gros und en detail an. Eine gängige Ware. Was werden wir essen?«

»Stell dir dich selbst im Sozialismus vor, Boris, was wirst du tun, du?« sagte der Student. »Begreife: Der Mensch ist außerstande, anders zu handeln als nach Maßgabe der Interessen seines Ich.«

Samgin fühlte plötzlich: Er wollte nicht, daß Dronow diese Reden höre, und begann ihm sofort von seinen Angelegenheiten zu erzählen. Sich mit der Hand die Stirn und das widerspenstige Haar auf seinem Schädel streichend, hörte Dronow ihm stumm, ins Wodkaglas blickend, zu und nickte dann mit dem Kopf, als würfe er etwas von ihm herunter.

»Das Haus zu verkaufen ist eine leichte Sache«, sagte er. »Häuser stehen hoch im Preis, Käufer gibt es nicht wenig. Die Revolution hat die Gutsbesitzer aufgescheucht, viele siedeln nach Moskau über. Komm, trinken wir. Hast du bemerkt, was für ein Student da sitzt? Eine Neuauflage. Vervollkommnet. Der wird nicht aus politischen Gründen ins Gefängnis kommen, und wenn er hineinkommt, dann wegen etwas anderem. Ach, Klim Iwanowitsch, ich habe kein Glück«, schloß er unerwartet seine abgehackte, erzürnte Rede.

Es mußte etwas gesagt werden, und so fragte Samgin: »Worüber bist du mißmutig?«

»Darüber, daß ich meinen Platz im Leben nicht habe«, antwortete Dronow seufzend und trank ein Glas Wein.

»Du wirst ihn schon noch finden . . . Das Leben scheint unbeengter, freier zu werden«, fügte er unwillkürlich hinzu.

»Freier? Ich weiß es nicht. Es gibt mehr Unruhe, vielleicht kommt es einem deshalb freier vor.«

Er begann hastig und nachlässig zu essen, Samgin indessen – von neuem zuzuhören. Es wurden weniger Gäste im Saal, die Stimmen klangen deutlicher, irgend jemand schrie erregt: »Die Interessen der Industrie versteht bei uns nur Witte.«

»Und – die Interessen der Landwirtschaft? Aha?«

Anderswo wurde über das Theater gestritten: »Nein – genug mit Ostrowskij und der Verspottung der Kaufleute jenseits des Moskwaflusses. Diese Kaufleute sind die Vergangenheit Moskaus, eine ferne Vergangenheit!«

»Und – die Provinz?«

»Nun, so mag denn das Kleine Theater in die Provinz fahren, doch das richtige, kulturpolitische Theater mag sich von allem Barfüßlertum und Nihilismus säubern – und gebt ihm Platz im Kleinen Theater, das wäre das Richtige! Es hat genug Leute für zwei Bühnen – beunruhigen Sie sich nicht!«

Dronow hatte die Suppe aufgegessen, wischte sich mit der Serviette die Lippen ab und sagte: »Da schweigst du nun. Schweigst monumental, als wärest du aus Bronze. Tust du das nach dem Gebot: ›Ihr sollt eure Perlen nicht vor die Säue werfen, auf daß sie dieselben nicht zertreten mit ihren Füßen‹ – ja?«

»Ich liebe keine Predigten. Auch keine Prediger«, sagte Samgin trocken.

»Dich selbst liebst du natürlich. Prediger mag auch ich nicht. Vielleicht fürchte ich sie sogar.«

Nach kurzem Schweigen sagte er nachdenklich und mit zunehmender Selbstsicherheit: »Jedoch nicht alle. Nein, nicht alle. Sei mir nicht böse, wenn ich das grob gesagt habe. Die Sache ist die, daß ich dich beneide, um deine Ruhe beneide. Mitunter meine ich, du wahrtest deine Weisheit wie Unschuld. Du möchtest sie nicht besudeln.«

Er machte eine wegwerfende Handbewegung.

»Das Leben wird dich vergewaltigen. Komm, trinken wir!«

Samgin sah ihn an und begriff, daß Dronow sich schon gesättigt hatte, er ließ seine unruhigen Äugelchen im Saal umherschweifen und brummte: »Ich kann diesen Mammonstempel nicht leiden. Fahren wir zu dir, ich lese dir dort die Sonderabzüge vor, sie müssen zurückgegeben werden.«

Samgin willigte ein, bestellte sich aber Kaffee, denn er wollte noch etwas sitzen bleiben und zuhören. In dem dichten Wortgestöber fing sein Gehör ständig etwas mit seiner Stimmung Harmonierendes auf. Und wie stets, wenn er diese Harmonie bemerkte, fühlte er mit einem Verdruß, der immer schärfer wurde, daß irgendwelche Schwätzer ihn bestahlen, indem sie seine mannigfaltige und umfangreiche Erfahrung in von ihnen grob vereinfachte Gedanken verwandelten, bevor er selbst dazu kam, ihnen eine unumstößlich exakte, blendend markante Form zu verleihen. In einer solchen Verdrußstimmung fuhr er heim und erzählte unterwegs Dronow von dem anekdotischen Vorfall mit Felizata. Dronow begann zu schnattern.

»Diese dumme Trine? Sie hat eine Unmenge englischer Romane gelesen, hat eine Vorliebe für Humphry Ward und spielt die Rolle einer ergebenen Dienerin. Ich habe ihr den Spitznamen ›Reiher‹ gegeben – sieht sie nicht so aus? Der englische Roman trägt sehr viel zur Konsolidierung der Dummheit bei – findest du nicht?«

»Nicht jeder«, korrigierte ihn Samgin und erinnerte sich an die Anfimjewna.

Als Dronow im Vorzimmer ablegte und in Felizatas langes, würdiges Gesicht blickte, sagte er lächelnd und etwas grob: »Was machst du denn für Hokuspokus, du Reiher, wie?«

Sie schien auch zu lächeln, ihr schmallippiger Mund durchschnitt die grauen Wangen und wurde breiter, die Stimme weicher. Während sie Dronow aus dem Mantel half, begann sie: »Iwan Wassiljewitsch, ich bin verpflichtet . . .«

»Niemand ist verpflichtet, dumm zu sein. Richte den Samowar her und beschaffe zwei Flaschen hellen ›Graves‹ – kennst du den?«

»Gewiß . . .«

»Mach dich ans Werk . . .«

Ein Frechling, stellte Samgin mechanisch fest, als er sah, daß Dronow sich wie der Herr des Hauses benahm.

Dann ging Dronow ins Besuchszimmer, blieb mitten darin stehen, schaute sich um und murmelte, die Stirn reibend: »Warwara Kirillowna hatte allerhand Krimskrams gern, dabei war sie eine ernsthafte Frau und wußte sehr gut, wie Geld schmeckt. Sie hätte reich sein können.«

Nach einem Blick auf die Uhr setzte er sich sofort in einen Sessel, nahm ein Päckchen Korrekturfahnen aus der Tasche und fragte: »Na also, um was geht es?«

Er scharrte im Sitzen rasch, doch leise mit den Schuhsohlen, als schliche er sich an irgend etwas heran; sein Gesicht mit den starken Backenknochen bewegte sich auch, die Brauen zuckten, die Lippen warfen sich auf, wodurch der Schnurrbart sich sträubte, die Schielaugen eilten blinzelnd über das Papier. Samgin, der sich mit dem Rücken an die warmen Kacheln des Ofens gelehnt hatte, zündete sich eine Zigarette an und wartete.

»Aha, da steht es«, murmelte Dronow und las sofort hörbar, sogar feierlich vor: »›Das Innenleben der Persönlichkeit ist die einzige Schaffenskraft menschlichen Daseins, und sie, nicht aber die selbstgenügsamen Prinzipien einer politischen Ordnung ist die einzig sichere Basis für jeglichen gesellschaftlichen Aufbau.‹«

Dronow schloß das linke Auge, schwang die Papierstreifen wie eine Flagge hoch und fragte: »Eine nette geradlinige Formulierung, wie? Das ist ein hübscher Hieb nicht nur gegen die Marxisten ...«

»Lies weiter«, schlug Samgin vor, der zu rauchen aufgehört hatte, und rief sich nicht ohne ein Gefühl von Stolz ins Gedächtnis: Ich habe stets gegen den Einbruch der Politik in den Bereich des freien Denkens protestiert ...

»Hier ist viel unterstrichen«, sagte Dronow, mit dem Papier raschelnd, und begann erregt, kreischend zu lesen: »›Die russische Intelligenz mag den Reichtum nicht.‹ Uff! Hast du gehört? Doch vielleicht mag sie ihn nicht wie der Fuchs die Weintrauben? ›Sie schätzt vor allem nicht den geistigen Reichtum, den der Kultur, jener idealen Kraft und schöpferischen Tätigkeit des menschlichen Geistes, die ihn zur Weltbeherrschung und zur Vermenschlichung des Menschen treibt, zur Bereicherung seines Lebens durch die Schätze der Wissenschaft, der Kunst, der Religion ...‹ Aha, der Religion? ›... und der Moral.‹ Nun, natürlich, auch der Moral. Zwecks Zähmung der Widerspenstigen. Ach, diese Teufel ...«

Er liest abscheulich schlecht, dieser Dummkopf, stellte Samgin, der sehr interessiert war, zornig fest, warf die erloschene Zigarette weg und zündete sich rasch eine neue an, während Dronow vorlas: »›Und, was am bemerkenswertesten ist, sie dehnt diese Abneigung sogar auf den materiellen Reichtum aus, da sie instinktiv dessen symbolischen Zusammenhang mit der allgemeinen Kulturidee erkennt.‹ Den symbolischen?« wiederholte Dronow fragend mit geschlossenen Augen. »Den symbolischen?« sagte er nochmals, die Korrekturfahnen schwingend.

Er las immer aufreizender unangenehm, scharrte fortwährend mit den Füßen, sprang auf dem Stuhl hoch, schaukelte, wobei er die Fahnen in der reglos vorgestreckten Hand hielt, das Gesicht ihnen näherte und aus unerfindlichem Grunde nicht gewillt war oder nicht auf den Gedanken kam, den Arm zu beugen und ihn dem Gesicht zu nähern.

Er ist mit irgend etwas zufrieden, stellte Samgin ärgerlich fest. Aber – womit?

Klim Iwanowitsch hörte dem Vorlesen auch mit einem angenehmen Gefühl zu, aber er hatte keine Lust, in der Beurteilung dieses Buches mit Dronow übereinzustimmen. Er merkte, mit welchem Wohlgefallen das hastige Stimmchen die ungewöhnlichen Sätze aussprach, einzelne Worte langsam im Mund zergehen ließ, sie genoß. Aber die Bemerkungen, mit denen Dronow immer häufiger und reichlicher den Text des Buches unterbrach, die skeptischen Ausrufe und die Mimik Dronows kamen Samgin abgeschmackt, unangebracht vor und ärgerten ihn.

»›Die Intelligenz liebt nur die gerechte Verteilung des Reichtums, aber nicht den Reichtum selbst, sie haßt und fürchtet ihn sogar eher.‹ Fürchtet? Na, das klingt nach Unsinn. Heutzutage fürchtet sie ihn nicht sehr. ›In ihrer Seele verwandelt sich die Liebe zu den Armen in Liebe zur Armut.‹ Hm – davon habe ich nichts gemerkt. Nein, das mutet wie Blödsinn an. Was noch? Zum Teufel, hier ist viel unterstrichen! ›Bis zu den letzten, den Revolutionsjahren haben in Rußland die schöpferischen, talentierten Naturen in irgendeiner Weise die revolutionäre Intelligenz gemieden, da sie deren Hochmut und Despotismus nicht vertrugen . . .‹«

Das stimmt, dachte Samgin und dachte so entschieden, daß er sich sogar aufrichtete und die Brauen zusammenzog: Ihm kam es vor, als hätte er diese zwei Worte laut gesagt und als würde Dronow ihn gleich fragen: Warum stimmt es?

Dronow fuhr hingerissen und eilig fort, das Unterstrichene herauszugreifen: »›Die Liebe zur ausgleichenden Gerechtigkeit, zum gesellschaftlichen Guten, zum Volkswohl hat die Liebe zur Wahrheit paralysiert, das Interesse für sie vernichtet.‹ – Was ist Wahrheit? fragte Mister Pontius Pilatus. Weiter! ›So wie wir sind, dürfen wir nicht nur nicht von einer Verschmelzung mit dem Volk träumen – sondern müssen sie mehr fürchten als alle Hinrichtungen der Zarenmacht und müssen diese Zarenmacht lobpreisen, die uns als einzige mit ihren Bajonetten vor der Volkswut schützt . . .‹«

Dronow schwankte mit einem leisen Pfiff auf dem Stuhl, klatschte sich mit den Korrekturfahnen aufs Knie und murmelte, mit den Augen blinzelnd, verblüfft: »D-das . . . ist stark gesagt! M-mannhaft! Die schreiben, als beschlügen sie ein Faß mit Reifen, der Teufel soll sie schinden! Die sind vor Furcht zur Furchtlosigkeit gelangt, bei Gott! Klim Iwanowitsch, was sagst du dazu, wie? Die haben doch, mein Lieber, eine gewisse Stimmung nett erfaßt, wie?«

Er kniff die Augen fest zusammen und brach in ein Gelächter aus.

Sein Lachen kam Samgin gekünstelt und gleichsam betrunken vor. Samgin wurde von der Notwendigkeit bedrückt, etwas zu antworten, Antworten indessen verlangten Vorsicht, Überlegung.

»Um dieses Buch ernsthaft zu beurteilen, muß man es natürlich ganz durchlesen«, begann er langsam, wobei er die Ornamente des Zigarettenrauchs beobachtete und mit Mühe an das dachte, wovon er sprach. »Mir scheint – es ist polemischer, als es sein sollte. Seine Ideen verlangen . . . philosophische Gelassenheit. Und nicht solche scharfen Formulierungen . . . Der Verfasser . . .«

»Die Verfasser«, verbesserte Dronow. »Es sind sieben! Lauter Rasnotschinzen – Intellektuelle, die gleichen, die . . . ach, Teufel! Na ja . . . sie sind am Ende ihrer Kräfte! Ein ›Neues Wort‹ – wie?«

Dronow brach von neuem in Gelächter aus. Klim Iwanowitsch Samgin indessen nutzte die Pause und versuchte, noch ein paar kluge Sätze für Dronow zu finden, solche, die keinen Streit hervorrufen könnten. Aber die erforderlichen Sätze fielen ihm nicht ein, und über Dronow nachzudenken, seine Einstellung zu dem Vorgelesenen zu bestimmen – hatte er keine Lust. Es wäre gut, wenn dieser fade Kerl und Frechling ginge, in die Erde versänke, überhaupt – verschwände, und zwar, wenn möglich, auf immer. Seine Anwesenheit hinderte gewisse sehr wichtige Gedanken Samgins über sich selbst am Ausreifen.

Da erschien, denkbar rechtzeitig, Felizata in der Tür.

»Der Tee ist fertig. Wünschen Sie, daß ich ihn herbringe?«

»Scher dich zum Teufel, du Reiher«, sagte Dronow und ging, ohne eine Aufforderung des Hausherrn abzuwarten, ins Speisezimmer.

Der Hausherr warf einen ärgerlichen Blick auf Dronows stämmige Gestalt und schaute rings um sich. Der Tag neigte sich schon dem Ende zu, es herrschte Dämmerlicht im Zimmer, der Zigarettenrauch suchte in der Dämmerung nach einem Platz für sich und breitete sich langsam aus. Die bekannten, von Warwara geliebten Sachen hatten angenehm weiche Umrisse angenommen, in einer Ecke verweilte noch ein matter Widerschein der Sonne, und ein vergoldetes Buddhafigürchen brachte sich in Erinnerung. Es war sonderbar, sich als Herr dieses Figürchens, des Zimmers, dieses Hauses zu fühlen. Allein zu bleiben in dieser warmen Behaglichkeit, frei zu denken . . .

Im Speisezimmer flammte Licht auf und beleuchtete deutlich Dronow. Iwan hatte eine Flasche Wein zwischen die Knie geklemmt, krümmte sich zusammen, lief dunkel an vor Anstrengung und keuchte beim Korkenziehen.

Klim Iwanowitsch Samgin fühlte sich in Unruhe versetzt, aber diese Unruhe wurde immer angenehmer. Es kam ein Augenblick, in dem er sich gekränkt wunderte: Warum konnte ich meiner Erfahrung nicht ebenso einfach und klar Form geben?

Aber bald danach stellte er mit einem Gefühl des Stolzes fest: Dieses Buch enthält Gedanken, die mir sehr naheliegen, die vielleicht von mir geboren, ausgesät worden sind.

Dann erinnerte er sich an die Gestalt Pjotr Struves: Es waren noch keine zehn Jahre vergangen, seit er die komische, leicht gebeugte, hagere Gestalt des zerzausten, rothaarigen, krampfhaft redseligen Marxisten, des Bekämpfers der Volkstümler, gesehen hatte. Besonders komisch wirkte dieser Buchgelehrte neben seinem Mitkämpfer, dem schwarzhaarigen Tugan-Baranowskij, einem hochgewachsenen, dünnbeinigen Mann mit dickem Bauch und blubbernder Tenorstimme.

Führer der Jugend, dachte Samgin, als er sich erinnerte, wie die jungen Hörerinnen der Frauenhochschulen und die Studenten diese Männer vergötterten, wie gebannt sie ihren Reden in den Diskussionen der »Freien Ökonomischen Gesellschaft« zuhörten, wie verliebt sie sie empfingen und begleiteten bei den illegalen Abendveranstaltungen, in den engen Wohnungen von Intellektuellen, die mit dem Marxismus sympathisierten, weil ihnen das »sich selbst genügende ökonomische Prinzip« gefiel. Unangenehm war es, daran zu denken, daß Kutusow der erste war, der auf die unsinnige Unvereinbarkeit des Marxismus mit der Propagierung »nationalen Selbstbewußtseins« hingewiesen hatte, die eben damals Struve in dem Artikel »Zurück zu Fichte« eingeleitet hatte. Dann dachte Klim Iwanowitsch Samgin mit einem Gefühl der Selbstzufriedenheit wie einer, der einen großen Fehler hätte begehen können und ihn nicht begangen hatte: Ich habe nie etwas propagiert, für mich besteht keine Notwendigkeit, meine Ansichten zu ändern.

Doch Dronow war aufs neue von krampfhaftem Suchen nach dem »neuen Wort« erfaßt, er wühlte in den Korrekturfahnen und las hastig daraus vor: »›Der Bourgeois des Westens ist ärmer an sittlichen Ideen als der russische Intellektuelle, dafür aber überragen seine Ideen in vielem seine emotionale Struktur, das Wesentliche jedoch ist – er hat ein verhältnismäßig in sich geschlossenes Geistesleben.‹ Na, das grenzt bereits an Pfaffentum! ›Die Eigenheiten des russischen nationalen Geistes weisen darauf hin, daß wir berufen sind, auf dem Gebiet religiöser Philosophie schöpferisch zu sein.‹ Jetzt schlägt's dreizehn! Das ist bereits Blindheit. Wahrscheinlich hat das Berdjajew ausgedacht.«

Er trank schluckweise Wein, knabberte Biskuits, fuhr fortwährend mit den Füßen umher wie ein Dielenbohner und war entzückt.

»Dieses Büchelchen – wird viel Staub aufwirbeln! Es wird wohl fünf Auflagen erleben oder auch mehr. Ach, diese Teufel ...«

Hier erlosch auf einmal sein Entzücken, er strich mit der Hand über die Korrekturfahnen und seufzte betrübt.

»Dieses Büchelchen ist mir durch die Lappen gegangen. Zwei Sammelbände habe ich gemeinsam mit Warjucha geschnappt, doch dieser – ist entwischt! Hast du die ›Beiträge zur Philosophie des Marxismus‹ und den Sammelband mit Aufsätzen von Martow, Potressow, Maslow gesehen?«

Er schloß das rechte Auge und verzog die Lippen zu einem breiten Grinsen, so daß zwei goldene Hauer im Unterkiefer und einer über ihnen sichtbar wurden.

»Man umreißt immerzu Marx. Umreißen – heißt begrenzen, wie? Nur Lenin löckt wider den Stachel, er ist eigensinnig wie der Protopope Awwakum.«

Schließlich steckte er die Korrekturfahnen in die innere Brusttasche und fragte wieder: »Na, was sagst du dazu? Das ist ein Ereignis, mein Lieber! Weißt du, Asef und das hier«, er deutete mit dem Finger auf seine Brust, »sind vernichtende Schnauzenhiebe, nicht wahr?«

Er wartete. Es mußte irgend etwas gesagt werden.

»Ich stellte bereits die unnötige, die polemische Zugespitztheit dieses Buches fest«, begann Samgin schulmeisterlich und ging dabei auf dem Fußboden umher wie auf einer über einen Bach gelegten dünnen Stange. »Es erneuert nochmals den uralten Streit zwischen Idealisten und ... Realisten. Die Leute bekommen den Realismus satt. Und nun ...«

Er fächelte mit der Hand in die Luft, um den Rauch zu verscheuchen, und beobachtete zugleich von der Seite, wie Dronow sich mit Wein vollsog und ihn auch unablässig mit seinen Schielaugen verfolgte. Samgin senkte den Kopf und fuhr fort: »Ja. In solchen ernsten Fällen muß man besonders fest im Auge behalten, daß Worte die tückische Eigenschaft haben, einen Gedanken zu entstellen. Das Wort erlangt eine allzu selbständige Bedeutung – du hast wahrscheinlich gemerkt, daß in letzter Zeit sehr viel vom Logos gesprochen und geschrieben wird und sogar eine Sekte der Logotheisten, der Wortanbeter, aufgetaucht ist. Das Wort hat überhaupt so viel Raum erobert, daß die Philologie sich bereits nicht mehr der Logik zu unterwerfen scheint, sondern nur der Phonetik ... Zum Beispiel: unsere Dekadenten, Balmont, Belyj ...«

»Was murmelst du da für Geschwätz, mein Lieber?« fragte Dronow verwundert. »Als wäre ich ein Gymnasiast oder – schlimmer noch – ein Mensch, mit dem man konspirieren muß. Wenn du nicht reden willst, so sag doch – ich will nicht.«

Er sprach wie ein Nüchterner, aber als er aufstand – wankte er und griff mit der einen Hand nach dem Tischrand, mit der anderen nach der Stuhllehne. Nach dem Vorfall mit Berdnikow fürchtete sich Samgin vor Betrunkenen.

»Warte«, sagte er so sanft, wie er konnte. »Ich wollte dich daran erinnern, daß Plechanow zu beweisen suchte, die Sozialdemokratie könne auf dem Weg von Petersburg nach Moskau mit der Bourgeoisie gemeinsam bis Twer fahren . . .«

»Weshalb, zum Teufel, brauche ich mich dessen zu erinnern?« Er riß die Korrekturfahnen aus der Brusttasche und schwang sie hoch in die Luft. »Hier ist nicht von einem zeitweiligen Bündnis mit der Bourgeoisie die Rede, sondern von einer vollständigen, bedingungslosen Übergabe aller Positionen der kritisch denkenden Rasnotschinzen-Intelligenz an die Bourgeoisie – so faßt diese Sache ein Arbeiter, ein Freund von mir, auf, ein Sozialdemokrat, ein Bolschewiklein . . . Dunajew. Er versteht sie richtig. ›Die Bourgeoisie‹, sagt er, ›hat ihr Interesse zu wahren gewußt, sie hat eine Verfassung bekommen, jedoch – was hat die Demokratie, was die Staatsintelligenz gewonnen? Die Stellung eines Handelsgehilfen bei den Kaufleuten?‹ Heißt das nicht – das ›Salz der Erde‹ geht unter die Handelsgehilfen?«

Dronow schrie, stampfte mit dem Fuß wie ein Pferd, schwang die Korrekturfahnen. Samgin fiel es bereits schwer, den Zusammenhang seiner Worte, den Sinn seines Geschreis zu verstehen. Klim Iwanowitsch stand an der anderen Tischseite und schwieg, auf das Schlimmste gefaßt. Aber Dronow rief auf einmal aus: »Ich werde unverblümt sprechen, obwohl ich vorhabe, von mir selbst zu reden«, er verstummte sofort, als hätte er sich auf die Zunge gebissen, blinzelte und sagte verwundert, mit seiner normalen Stimme: »Das habe ich fein gesagt, wie? T-teufel! Wie für ein Motto habe ich das gesagt, bei Gott! Mein Natürchen birgt allerhand Pfeffer, wie? Nun also – von mir selbst. Ich bin kein Bourgeois, bin kein Sozialist. Ich bin Gemeiner in der Armee aus Menschen freier Berufe. Bin ein Mann, der für sich selbst kämpfen muß, da er keinerlei Mittel fürs Leben besitzt, keinen Gönner und auch sonst nichts hat – außer dem Wunsch, anständig zu leben. Dieser Wunsch ist die Grundlage aller Talente und Handlungen, solcher, die mit Ruhm belohnt, wie solcher, die vom Gesetz geahndet werden. Ich muß elastisch sein, wendig und so weiter. Zu wem halte ich? Zum Proletariat der körperlichen Arbeit? Dazu tauge ich nicht, ich bin unfähig zu selbstlosen Taten. Ich esse gern gut, trinke gern viel und liebe verschiedene Weiber. Halte ich zu den Herren, zu den Bourgeois? Nein, das ist mir zuwider. Ich bin klüger als ein beliebiger Bourgeois. Ich kann und will nicht mich nett geben.« Er reckte die Schultern, wölbte den Bauch vor und fügte hinzu: »Und klein.«

Er hatte sich an dem letzten Wort verschluckt, hustete, trank rasch ein Glas Wein, blickte auf die Uhr und schlug feurig vor: »Klim Iwanowitsch, laß uns eine Zeitung herausgeben, mein Lieber! Eine einfach und rein demokratische, ohne jegliche Schnörkel aus der Philosophie, jedoch – mit Marx, aber – ohne Lenin, verstehst du, he? Ein Organ des gebildeten Proletariats – verstehst du? Wir werden nach rechts und nach links Schnauzenhiebe austeilen, wie?«

»Dazu brauchen wir Geld«, sagte Samgin vorsichtig.

»Ein heiliges Wort! Das ist es eben – dazu brauchen wir Geld.«

»Und zwar – viel.«

»Göttlich! Das ist es eben – viel. Na, ich habe mich bereits verspätet, ach Teufel. Die Korrekturfahnen müssen zurückgebracht werden. Ich übernachte bei dir – einverstanden?«

»Bitte schön«, sagte Samgin.

Als Dronow im Vorzimmer die Füße in die schweren Lederüberschuhe hineinzwängte, brach er auf einmal in ein Gelächter aus.

»Nein, überlege mal, wozu fordern die auf? Entsinnst du dich ans Gymnasium, an das Gebet – wie hieß es doch? ›Zum Trost der Eltern, zu Nutz und Frommen von Kirche und Vaterland.‹«

Die Mütze schwingend, sagte er im Ton eines kleinen Jungen, der seinen Kameraden neckt: »Ich aber – ich bin ein Mensch ohne Heimat und Vaterhaus und wünsche niemandem Nutzen außer mir selbst. Nehmt mich so, wie ich bin . . .«

Er stieß einen leisen Pfiff durch die Zähne aus und ging. Klim Iwanowitsch Samgin schüttelte sich wie ein Pudel, der vom Wasser einer Regenpfütze bespritzt worden ist, trat aus dem Halbdunkel des Vorzimmers in die Wärme und das Licht des Besuchszimmers, blieb stehen und zog, während er eine Zigarette hervorholte, die Bilanz: Ein Halunke. Ein trivialer Mensch und Gauner. Eine Zeitung – das ist alles, was er sich ausdenken konnte. Es hat so eine nicht beachtenswerte Zeitung gegeben, »Die Kopeke«. Aber er hat sich sehr gut mit den Worten charakterisiert: »Ich werde unverblümt sprechen, obwohl ich vorhabe, von mir selbst zu reden.«

Klim Iwanowitsch schnippte mit den Fingern, denn er hatte das Gefühl, zusammen mit Dronow sei alles verschwunden, was ihn zur Selbstverteidigung angespannt gehalten hatte. Es meldete sich eine andere Stimmung, sie suchte nicht nach Worten, die Worte stellten sich sehr leicht und, wenn auch ungeordnet, von selbst ein.

Sieben Bischöfe haben Lew Tolstoi exkommuniziert. Sieben Intellektuelle verurteilen, verwerfen die Tradition der russischen Intelligenz – ihr kritisches Verhalten zur Wirklichkeit, die Tradition des Intellekts, seine treibende Kraft.

Hier mußte er aus irgendeinem Grund an die Redewendung denken: »Einer mit dem Hakenpflug, sieben mit dem Löffel« und an das Märchen »Von den sieben Semionen, den leiblichen Brüdern«. Die Zahl Sieben erweckte Dutzende kleiner Gedanken, sie belästigten ihn wie Fliegen, und er mußte sich beträchtlich anstrengen, um zu den »Wechi« zurückzufinden.

Sie ersetzen das eine System von Sätzen durch ein anderes, das schon einmal meine Denkfreiheit einzuschränken suchte. Sie wollen, daß ich glaube, während ich wissen will. Sie wollen mir das Recht nehmen zu zweifeln.

Er ging lautlos auf dem dicken Teppich umher, sein Kopf tauchte immer wieder für einen Augenblick in dem altertümlichen, runden Spiegel auf, den Bronzeputten an der Wand festhielten. Klim Iwanowitsch Samgin blieb vor dem Spiegel stehen und betrachtete aufmerksam sein Gesicht. Das war ihm zur Gewohnheit geworden: sich sein Gesicht in den Augenblicken in Erinnerung zu rufen, wenn ihm wichtige, entscheidende Gedanken kamen. Er wußte, daß dieses Gesicht kalt, in seiner Mimik dürftig und wenig beweglich war wie die Gesichter fast aller Kurzsichtigen, aber er sah es immer öfter als das eindrucksvolle Gesicht eines freien Denkers, der sich auf das Studium seines Geisteslebens, auf die Arbeit seines Ichs konzentrierte. Er nahm die Brille ab und strich, mit der Stirn fast die Scheibe berührend, mit dem Finger über sein graumeliertes Schläfenhaar, zwirbelte den Schnurrbart und zeigte sich die gelben kleinen Zähne, die vom Tabakrauch verfärbt waren.

Die Gedanken dieser Autoren sind mir bekannt, vielleicht sind sie von mir gezeugt und ausgesät worden, dachte Klim Iwanowitsch nicht ohne Stolz. Doch hier erinnerte er sich an Gogols »Briefwechsel«, an die politische Philosophie Konstantin Leontjews, an die »Tagebücher« Dostojewskijs, an K. Probedonoszews »Moskauer Sammelband«, an die kleine Broschüre »Weshalb ich kein Revolutionär mehr bin« von Lew Tichomirow und noch an vieles andere.

In diesem Augenblick ergab sich die Notwendigkeit, die Toilette aufzusuchen, sie befand sich am Ende des Korridors, hinter der Küche, neben der Mädchenkammer. Samgin suchte im Speisezimmer nach einer Kerze, fand aber keine und machte sich, die Streichholzschachtel in der Hand, auf den Weg. Im Korridor hantierte jemand unter Keuchen herum, und das war so überraschend, daß Samgin die Streichhölzer fallen ließ und ausrief: »Wer ist das?«

Ihm antwortete eine gedämpfte, aber tiefe Stimme: »Ich bin es, Klim Iwanowitsch, ich, Nikolai.«

Ein Streichholz flammte auf und beleuchtete ein stoppeliges Gesicht und eine dunkle Hand, die eine Blechlampe hielt.

»Ich mache die Lampe zurecht. Die Klempner haben die gläserne zerschlagen.«

»Ach, Sie sind das? Ich hatte Sie nicht erkannt.«

»Ich habe mir den Bart abgenommen.«

Als Klim Iwanowitsch Samgin in der Toilette saß, kam ihm der beunruhigende Gedanke: Er ist ein Zeuge jener wahnsinnigen Tage und meiner unwillkürlichen Teilnahme an diesem Wahnsinn. Die Polizei erlegt den Hausknechten Spionspflichten auf – es wäre naiv, zu meinen, daß dieser hier eine Ausnahme von der Regel bildet. Er hat einen Soldaten getötet. Mich kann er erpressen.

Als Samgin in den Korridor hinaustrat, brannte an der Wand eine kleine Lampe, während Nikolai mit einem Reisigbesen den weißen Schutt auf dem Fußboden zusammenkehrte, er hatte sich im Korridor quer vorgebeugt und zwang dadurch den Hausherrn stehenzubleiben.

»Wieder in der Stadt?« fragte Samgin.

»Ja, ich bin nun zurückgekehrt. Im Dorf zu leben, Klim Iwanowitsch, ist beschwerlich geworden und auch gefährlich.«

»Weshalb denn?«

»Die Obrigkeit ist wegen des Jahres fünf sehr erzürnt. Man verfolgt die Bauern. Einen Vetter von mir haben sie für vier Jahre ins Zuchthaus getrieben, und einen Nachbarn – er war ein sehr kluger, ruhiger Bauer –, nun, den haben sie sogar aufgehängt. Selbst Weiber holen sie zur Antwort, wegen dem Früheren, jawohl! Ganz außer Rand und Band geraten ist die Obrigkeit, geradezu ... bis zur Schamlosigkeit! Und die neuen Gutsbesitzer, die mit Sonderland, mit Einzelhöfen, die arbeiten mit der Polizei Hand in Hand. Die armen Bauern sagen von ihnen: ›Einstmals – da haben sie selbst uns geführt, die Güter niederzubrennen, die Herren vom Land zu vertreiben, jetzt aber ...‹«

Im Korridor herrschte ein drückender Geruch von Petroleum, von Kalkstaub, und die schwerfällige Stimme des Hausknechts verdichtete gleichsam die Stickluft. Um Klim ins Zimmer gelangen zu lassen, hätte Nikolai zur Seite treten müssen, er stand mitten im

Korridor und hielt den Besen in der Hand, während er mit den Fingern der anderen erfolglos das Halsbündchen seines Hemds zuzuknöpfen suchte. Die Lampe, die seine Schulter überragte, beleuchtete die eine Hälfte seines eckigen, knochigen Gesichts. Ohne Bart hatte das Gesicht seine ehemalige hölzerne Gleichgültigkeit verloren, auf den Wangen und am Kinn bewegten sich rötliche Stoppeln, unter den zusammengezogenen Brauen blickten fordernd graue Augen hervor, er sprach halblaut, aber gleichsam vorwurfsvoll und als würde er im nächsten Augenblick schreien.

Ein Mörder, rief Samgin sich ins Gedächtnis.

»Die Bauern leben wie Eroberte, wie in Gefangenschaft, bei Gott! Die jüngeren – gehen weg, der eine hierhin, der andere dorthin, obwohl man jetzt schwer einen Paß bekommt. Und die eine große Familie haben und ein Pferdchen, nun, die bemühen sich, in ihrer Not auszuharren.«

Möglicherweise hält er mich für einen, der an irgend etwas schuld ist, überlegte Samgin.

»Die Fabrikarbeiter und die Handwerker, die ihre Landanteile behalten haben, verkaufen sie jetzt – sie zerstückeln das Dorf wie einen morschen Baum! Sie verkaufen ihr Land wie umsonst. Mein Nachbar, ein Weber, verkaufte anderthalb Deßjatinen für vierhundertachtzig Rubel und machte seinen Sohn dadurch arm, der Bursche ging dann bei einer Stärkefabrik in Arbeit. Und der Ofensetzer aus dem Kirchdorf gegenüber von uns, verlangte vierhundert für eine Deßjatine...«

»Sind Sie schon lange hier?« fragte Samgin.

»Seit dem Frühjahr. Warwara Kirillowna – ihrer guten Seele sei gedankt! – nahm mich gleich wieder. Hier hört man natürlich ab und zu ein menschliches Wort, hier haben die Menschen ein gutes Gedächtnis, sie vergessen nicht das Jahr fünf. Ich hatte gefürchtet, die Nachbarn könnten sich an irgend etwas, das mich betrifft, erinnern, aber – nein, wie es scheint, nicht. Und die Polizei in diesem Stadtviertel ist ganz neu, aus Petersburg. Sie verlangt natürlich Auskünfte von uns, den Hausknechten, aber da ist nichts zu wissen, die Einwohner leben still. Vor kurzem tauchte der Sohn der Hebamme auf, der Student, entsinnen Sie sich? Er hat neun Monate gesessen, dann wurde er verbannt, nun – seine Mutter hat ihn freibekommen. Neulich traf ich Lawruschka, angezogen wie ein Gauner und mit Schlips; er sagte, daß er irgendwo lernt. Er scheint zu schwindeln.«

Nikolai senkte die Stimme und fragte: »Wissen Sie, ob Genosse Jakow noch da ist?«

»Ich weiß es nicht«, antwortete Samgin entschieden und zwang Nikolai, indem er einen Schritt vorwärts machte, sich an die Wand zu drücken.

Entweder ist er ein Spion – oder er hält mich . . . für einen der Seinen, überlegte Klim Iwanowitsch, als er sich eine Zigarette angezündet hatte, im Besuchszimmer umherwanderte und melancholisch die Sachen darin betrachtete. Es waren viele Sachen, wie in einem Laden. An den Wänden schimmerten angenehm kleine grelle Ölstudien, aus einer von ihnen blickte mit zusammengekniffenen Augen ein dicklippiges, rasiertes Gesicht, als fragte es nach irgend etwas. Auf einem eleganten kleinen Regal standen etwa fünfzehn schön in Saffian gebundene Büchlein: von Miropolskij und Konjewskij, Gedichte von Block, Sologub, Balmont, Brjussow und Hippius; Villiers de L'Isle-Adam, Baudelaire, Verlaine, Richard Dehmel, Schopenhauers »Aphorismen«.

Ja, antwortete Klim Iwanowitsch, in Moskau kann ich nicht bleiben.

Und – er seufzte, nicht ohne Verdruß, das Haus schien ihm immer gemütlicher, man hätte sich darin nicht übel einrichten können. Über der breiten Ottomane hing eine Kopie des Bildes »Die Sünde« von Franz Stuck – eine nackte Frau, von einer Schlange umschlungen –, Samgin lächelte, denn er fand dieses beängstigende Bild durchaus angebracht über der Ottomane, die mit einer Unmenge weicher Kissen überhäuft war. Ihm fiel irgendwessen Ausspruch ein: Frauen haben nur für Einzelheiten Verständnis.

Dann kam ihm der Gedanke, daß Warwara ziemlich großzügig, aber nicht sehr geschickt Geld ausgegeben habe, um ihr Heim auszuschmücken. Es gab darin zuviel Krimskrams, Väschen, Porzellanfigürchen, Schächtelchen. Da waren auch die traditionellen sieben Elefanten aus Elfenbein, aus Ebenholz und einer aus Topas. Samgin setzte sich an den kleinen Tisch mit geschweiften vergoldeten Beinen, nahm den kleinen Topaselefanten in die Hände und dachte an die sieben Autoren des Sammelbands »Wechi«.

Dieses kühne Buch wird natürlich viel Staub aufwirbeln. Ein Glockenschlag mitten in der Nacht. Die Sozialisten werden wütend Einwände machen. Und nicht allein die Sozialisten. »Pfiffe und Läuten von allen Seiten.« An der Oberfläche des Lebens wird ein weiteres Dutzend Luftblasen aufsteigen.

Dieser Gedankengang erregte ihn, und so begann Samgin, nachdem er den Elefanten kräftig an seinen Platz zu den anderen sechs gestellt hatte, von neuem im Zimmer umherzuwandern. Wie ein vertrauter Gast stellte sich, schärfer als sonst, das Protestgefühl ein:

Weshalb konnte er sich nicht selbst einen großen Namen machen?

Ein halbes Leben ist verlebt. Weshalb habe ich es nicht auf mich genommen, die Ermordung Marinas in der Presse zu beleuchten? Das hätte sicherlich ebensoviel Aufsehen erregt wie der Brüder-Kritskij-Prozeß von Poltawa, der Generalin-Boldyrewa-Prozeß in Pensa, der Graf-Roniker-Prozeß in Warschau ... »Mysteriöse Verbrechen sind eine scharfe Würze im faden Spießerleben«, entsann er sich eines sarkastischen Satzes aus irgendeiner Zeitung.

Eine Zeitung? Möglicherweise hat Dronow recht – wir brauchen eine Zeitung. Eine unabhängige Zeitung. Wir haben noch keine Demokratie, die ihre Bedeutung als selbständige Klasse, als Sammelpunkt für die Kräfte der Kunst und Wissenschaft versteht, eine Klasse, die von der Gewalt des Kapitals und des Proletariats unabhängig ist.

Klim Iwanowitsch Samgin setzte sich auf die Armlehne eines Sessels und sagte fast laut: Das ist sie, meine Idee!

Im Speisezimmer bewegte sich bei Lampenschein, lautlos, wie durch die Luft, Felizata.

»Der Tee ist fertig«, sagte sie leise.

Samgin schwieg, er lauschte, wie in ihm ein unbekanntes, sanft und angenehm erregendes Gefühl heranreifte.

Die Menschheitsidee ist ebenso naiv wie die Gottheitsidee. Pylnikow ist ein Strohkopf. Niemand wird mich davon überzeugen, daß die Welt sich in Knechte und Herren teilt. Herren werden in der Umwelt von Knechten geboren. Die Knechte befeinden sich untereinander ebenso wie die Herren. Die Welt wird von den Kräften des Verstands, des Talents getrieben.

In dieser Stunde flogen Klim Samgins Gedanken ungewöhnlich rasch, eigenwillig, ja sogar, wie es schien, zusammenhanglos dahin, und jeder von ihnen hinterließ und festigte das Bewußtsein, daß Klim Iwanowitsch Samgin bedeutend origineller und klüger sei als viele andere Menschen, darunter auch die Autoren des Sammelbands »Wechi«.

Plötzlich tauchte ein Nebengedanke auf: Hat man vielleicht auch Besbedow getötet, damit er von dem schweige, was er weiß? Vielleicht war Tagilskij nur gekommen, um Besbedow zu beseitigen? Ist aber das Motiv des Mordes Besbedows Rache, dann verliert die Sache ihren mysteriösen und sensationellen Anstrich. Wenn man beweisen könnte, daß Besbedow bei seiner Tat einem fremden Willen gehorchte ...

Nein, ich muß darauf verzichten, die Sache wieder hervorzurufen, beschloß er. Ich muß versuchen, eine Erzählung zu schreiben. Im Geist Edgar Allan Poes. Oder – Conan Doyles.

Das angenehm erregende Gefühl verschwand nicht, sondern wurde gleichsam immer wärmer und half ihm, kühner, lebendiger zu denken als sonst. Samgin begab sich ins Speisezimmer, trank ein Glas Tee und entwarf dabei den Plan einer Erzählung, die in der neuen Zeitung gedruckt werden könnte. Dronow erschien nicht. Und als Klim Iwanowitsch sich schlafen legte, dachte er befriedigt, daß der abgelaufene Tag seines Lebens außerordentlich bedeutsam gewesen sei.

Das ist ein Festtag, wenn ein Mensch sich selbst findet, sagte er sich, als er vor dem Einschlafen die letzte Zigarette anzündete.

Dronow erschien am Nachmittag und hielt seinen Igelkopf so reglos, als fürchtete er, ihm würden gleich die Halswirbel brechen. Seine unruhigen Äugelchen waren in dem geschwollenen, braunroten Gesicht kaum zu bemerken, die lila Ohren standen komisch und unschön ab.

»Mir brummt der Schädel«, sagte er heiser und brüllte grob, als wäre er der Herr des Hauses: »Reiher, ist irgendein Wein da? Her damit, her damit! Ich war gestern auf der Namenstagsfeier eines Gauners, wir haben bis sechs Uhr morgens getrunken. Vierzig Rubel habe ich beim Kartenspiel verloren – ärgerlich!«

Nachdem er aber auf einen Schlag zwei Glas Wein getrunken hatte, begann er weniger heiser und sachlich zu reden. Die Bodenpreise stiegen in Moskau stark, im Stadtzentrum komme ein Quadratsashen bis auf dreitausend Rubel. Chomjakow, einer der »Stadtväter« und Nachkomme von Slawophilen, habe für ein winziges Stück unbebauten Bodens, das die Stadt für die Verbreiterung des Gehsteigs brauchte, hundertzwanzig- oder sogar zweihunderttausend Rubel verlangt, und als man ihm nicht soviel zahlen wollte, habe er das Stück mit einem Eisengitter umzäunt, wodurch der Verkehr noch mehr behindert worden sei.

»Ein netter Stadtvater ist mir das!« rief Dronow, sich die Hände reibend, begeistert und belehrend aus. »In diesem Stadtviertel gibt es natürlich keine derartigen Preise«, fuhr er fort. »Das Haus ist nur ein paar Heller wert, es ist alt, klein, unrentabel. Für das Grundstück kann man fünfundzwanzig- bis dreißigtausend bekommen. Ein Käufer ist vorhanden, der Verkauf kann innerhalb einer Woche vollzogen werden. Das Geschäft muß rasch, wie aus der Pistole geschossen, zum Klappen gebracht werden«, schloß Dronow, trank noch ein Glas Wein und fragte: »Nun, wie stehts's?«

»Ich habe beschlossen, zu verkaufen.«

»Richtig. Ein Intellektueller und zugleich Hausbesitzer – ist bereits kein Intellektueller mehr, sondern ein Hausbesitzer, er gehört folglich nicht zu unsresgleichen.«

Samgin zog die Augenbrauen zusammen und wollte etwas sagen, kam aber nicht dazu, sich auszudenken, was er sagen sollte und wie. Denn Dronow fuhr lebhaft, sachlich und immer eifriger fort: »Wir rufen also gleich an, und als Käufer wird der Notar Shiwotowskij erscheinen, ein Spekulant, sei auf der Hut! Doch zunächst, Klim Iwanowitsch, wozu brauchst du, zum Teufel, so viel Geld? Du brauchst kein Geld, sondern müßtest eine Zeitung besitzen oder – einen Buchverlag. Für eine Zeitung sind Zehntausende wenig, es sind anderthalb- bis zwanzigtausend, und ich verspreche dir, in einem Jahr zweihunderttausend daraus zu machen. Ich verspreche es, aber garantieren – kann ich nicht, ich wüßte nicht, womit. Ich kann Wechsel ausstellen, jedoch – was sind sie wert?«

»Wirst du Karten spielen?« fragte Samgin lächelnd.

»Wir werden an der Börse spielen, du und ich. Ich habe einen zuverlässigen Helfer, einen Mann mit unbegrenzten Möglichkeiten, einen künftigen Zuchthäusler oder – Selbstmörder. Er ist ehrlich, aber verrückt. Er wird uns helfen, zu Geld zu kommen.«

Sich mit der Hand am Tischrand festhaltend, stand Dronow auf. Er hatte sich so sehr in Feuer geredet, daß seine etwas kurzen Beine zitterten, auch seine Hand zitterte und ließ das leere Glas an der Flasche klingen. Samgin unterbrach den feinen Glasklang, indem er das Glas beiseite rückte.

»Geld wird da sein. Und eine Zeitung werden wir haben«, sagte Dronow. Sein Gesicht blähte sich auf wie eine Blase und wurde rot, die Augen blinzelten geblendet, als sähe er in allzu grelles Licht.

»Eine hervorragende Zeitung. Wie es noch nie eine gegeben hat. Wir werden alle Leuchten der Wissenschaft und Literatur, auch Leonid Andrejew hinzuziehen, werden den Realisten des ›Snanije-Verlags‹ den Krieg erklären – der Teufel soll den Realismus holen! Und – mit ihm zusammen die Politik. Ein Jahrhundert lang haben wir politisiert – wir sind es müde, wir haben es satt. Jedermann will jetzt Romantik, Lyrik, Metaphysik, Vertiefung in den Schoß der Geheimnisse, in das Gedärm des Satans. Die Köpfe werden von Dostojewskij, Andrejew, Conan Doyle beherrscht.«

Samgin, der Dronows Glas mit Weißwein füllte, seufzte leise und dachte: Wieviel Energie er hat.

Dronow ergriff eilig das Glas, trank gierig die Hälfte, und seine dicken, feuchten Lippen begannen von neuem zu beben, als sie die Worte hervorstießen: »Wir werden die Neuigkeiten der Wissenschaft, ihre Phantastik bringen, über literarischen Streit und Skandale berichten, werden eine Gerichtschronik führen, wie die Europäer sie sich nicht einmal hätten träumen lassen. Wir werden das Verbrechen von einer neuen Seite zeigen, es an der Wurzel fassen ...«

Das Glas am Kinn haltend, fuchtelte er mit der rechten Hand, griff mit den Fingern in die Luft, ballte und öffnete die Faust.

»Kultur und Kriminalität – verstehst du?«

»Das wäre Politik«, wandte Samgin ein.

»Nein! Das wäre eine Begründung für das Recht auf Rache«, sagte Dronow und stampfte sogar mit dem Fuß, schien aber sofort vor irgend etwas zu erschrecken, schwieg ein paar Sekunden lang mit offenem Mund, blinzelnd, dann murmelte er hastig und undeutlich: »Na, das kommt erst später! Das ist das Programm. Was sagst du dazu?«

Mit dem Taschentuch die Brille putzend, beeilte sich Samgin nicht, zu antworten. Das Wort von der Rache war so unerwartet entschlüpft und stand so kraß außer Zusammenhang mit allem, was Dronow gesagt hatte, daß sich die Frage erhob: Wer rächt sich, an wem, wofür?

Er ist der typische Abenteurer, energisch, ein Zyniker und kühn. Seine Kühnheit ist natürlich Prinzipienlosigkeit, Amoralismus, definierte Samgin, sich warnend – warnend, weil Dronow ihm bereits in irgendeiner Hinsicht gefiel.

»Im allgemeinen ist das interessant. Aber ich denke, daß in einem Land mit Repräsentativsystem eine Zeitung ohne Politik unmöglich ist.«

Dronow setzte sich und wiederholte verwundert: »Repräsentativ ...«

Doch nach einem Kopfschütteln fuhr er sogleich fort: »Es steht uns frei, die Politik der Parlamentarier in Form einer objektiven Erzählung oder in der Soße der Kritik zu bringen. Die Soße wird natürlich Politik sein. Die Moral auch. Aber darüber, daß die Schriftsteller einander schlagen und Katzen mit Hunden hetzen, kann man auch ohne Moral reden. Überlassen wir es dem Leser, sich mit ihr zu amüsieren.«

Danach fragte Dronow energisch: »Du hast zugegeben, daß es ein vernünftiges, interessantes Vorhaben ist, und – weiter?«

Und grob fügte er hinzu: »Bist du bereit, Geld dafür herzugeben?«

»Ich muß es mir überlegen.«

»Du mußt? Dir kann es doch nicht um in den Schoß gefallenes Geld leid tun?«

Was für ein Frechling! Ein Flegel, dachte Samgin, die Brille aufsetzend, Iwan Dronow indessen schrie erbittert: »Die Autoren der ›Wechi‹ haben recht: Ein Intellektueller liebt das Geld nicht, er schämt sich, reich zu sein, das ist Tradition, mein Lieber!«

Er redete noch lange und schloß damit, daß er Samgin riet: er solle die Sachen, die er behalten wolle, aussondern und einlagern, alles, was er zu verkaufen beabsichtige, schätzen lassen und den Verkauf in den Zeitungen inserieren oder eine Auktion veranstalten. Er ging und hinterließ den Hausherrn, in dem er das Verlangen erweckt hatte, zu träumen, in einem Zustand angenehmer Erregung. Und zum erstenmal in seinem Leben stellte Klim Iwanowitsch Samgin sich als Redakteur einer großen Zeitung vor, als einen Menschen, der alle Strömungen, alle Winkelzüge, das ganze Denkspiel seiner Zeit studiert, redigiert und korrigiert. Seinem gewichtigen Wort lauschen Politiker aller Parteien, Aufklärer, die um die kulturelle Entwicklung der untersten Volksschichten besorgt sind, Schriftsteller, die von den Widersprüchen der Kritiker konfus gemacht worden sind, Kritiker, die mit der Philosophie nur oberflächlich und mit dem wirklichen Leben schlecht bekannt sind. Er – ist einer von den Diktatoren des intellektuellen Lebens im Lande. Er ist der bedeutendste und ehrlichste Diktator, denn er ist an kein bestimmtes Programm gebunden, verfügt über eine sehr umfangreiche Erfahrung und verfolgt im Grunde keine persönlichen Zwecke. Er ist nicht ehrgeizig. Nicht ruhmgierig, Geld ist ihm gleichgültig. Er ist ein wirklich unabhängiger Mensch.

Den praktischen, den Wirtschaftsteil der Zeitung kann ich Dronow überlassen. Ja, Dronow ist ein Zyniker, er ist unverfroren, ungeschliffen, aber seine Energie ist eine sehr wertvolle Eigenschaft. An ihm ist etwas Sympathisches, irgendein Zug, der mir verwandt ist. Dieser Zug ist noch primitiv, er muß entwickelt werden. Ich werde sein Lehrmeister sein, ich werde aus ihm einen Menschen machen, der mich ergänzt. Ich muß mein Verhalten zu ihm ein wenig ändern.

Samgin rief sich Iwan Dronow ins Gedächtnis, wie er ihn noch in der Kindheit gekannt hatte, und entschied: Ja, er ist im Grunde ein origineller Mensch.

Am Morgen des nächsten Tages erschien Dronow mit dem Käufer. Dieser war ein kleines Männchen von unbestimmtem Alter, fast kahlköpfig, das schüttere graue Haar war von den Schläfen zum Scheitel hinaufgekämmt, auf der massigen roten Nase saß ein rauchfarbener Klemmer, hinter dessen Gläsern trübe, traurige Augen hervorschauten, das Gesichtchen war mit einem Muster roter Äderchen bedeckt und mit einem französischen Spitzbärtchen und einem Schnurrbart geschmückt, dessen Enden kampflustig emporgezwirbelt waren. Er hatte einen dunkelgrauen flauschigen Anzug an, der die wirklichen Ausmaße seines melonenrunden Bäuchleins sehr geschickt verkleinerte. Er sah mollig aus wie ein Teddybär oder Plüschaffe, der aus verschiedenen Stücken, aus Resten hergestellt ist.

»Kosma Iwanowitsch Semidubow«, sagte er und drückte Samgin mit heißen Fingern kräftig die Hand. Samgin waren Menschen von solchem Äußeren wiederholt begegnet, und fast immer waren das Menschen vom Typ Dronows oder Tagilskijs gewesen, sehr beweglich, sogar geschäftig, lustig. Semidubow rollte gemächlich, vorsichtig über den Erdboden dahin, sprach halblaut in müdem Tenor unter häufiger Wiederholung ein und desselben Wortes.

»Ein Haus ist dann ein Haus, wenn es ein rentables Haus ist«, erklärte er und patschte mit dem pelzgefütterten Lederhandschuh an die Wand. »Solche Häuser wie dieses sind das Unglück Moskaus«, fuhr er seufzend fort und zerrieb dabei mit der Sohle des riesengroßen Filzüberschuhs knirschenden Schnee. »Sie haben sich in ganz Moskau ausgebreitet wie Schimmel, ihretwegen hat die Stadt Moskau Trambahnen, Tausende von Droschken, von Laternen und überhaupt – ungeheure Unkosten.«

Seine Stimme klang immer kläglicher, immer freundlicher. »Gegen solche Häuser müßte man geradezu einen Napoleon herholen.«

Dann seufzte er von neuem: »Wir führen ein seichtes Leben, meine Herren, ein seichtes!«

»Richtig«, stimmte Dronow bei.

Semidubow, der im Hof umherging und ihn in Schritten ausmaß, fuhr fort: »Die Engländer sagen: ›Mein Haus ist meine Burg‹, aber die Engländer bauen in Stein, daher haben sie auch einen festen Charakter. Doch aus Holz – was ist das schon für eine Burg? Wie hoch schätzen Sie denn dieses Gut ein, meine Herren?«

»Auf fünfunddreißigtausend«, sagte Dronow rasch.

»Ein Preis, der nicht ernst zu nehmen ist. Das Geld ist mehr wert.«

»Und wieviel bieten Sie?«

»Die Hälfte von dreißig.«

»Sie machen sich über uns lustig.«

»Alsdann auf Wiedersehen«, sagte Semidubow betrübt und ging zum Tor. Dronow räusperte sich zornig, zischte: »S-spitzbube!« und folgte ihm, während Samgin mitten im Hof stehenblieb und das Gefühl hatte, daß diese kurze Szene in ihm irgendwelche unbestimmten Zweifel erweckt habe.

Am Abend nahmen diese Zweifel einen ganz realen Charakter an, den eines kränkenden, unverdienten Schlags. Samgin saß am Tisch und entwarf den Plan für eine Erzählung über den Fall Marina, als Dronow kam, seinen Mantel der langen Felizata in die Arme warf, rasch ins Speisezimmer ging, wobei er vergaß, die Mütze abzunehmen, sich an die Ofenkacheln lehnte und mit mürrischem Hüsteln fragte: »Wußtest du, daß dieses Objekt mit einer Hypothek in Höhe von zwanzigtausend Rubeln belastet ist? Du hast es nicht gewußt? Dann gratuliere ich! – es ist so.« Er nahm die Mütze ab, stülpte sie sich übers Knie und sagte verwundert, voller Empörung: »Wann hat Warwara es nur fertiggebracht, eine Hypothek aufzunehmen?«

»Sie war leichtsinnig«, sagte Samgin zu seiner eigenen Überraschung, hörte, daß er es zu zornig gesagt hatte, und rief sich ins Gedächtnis, daß er kein Recht habe, sich über Warwaras Handlungen zu entrüsten. Dann übertrug er seine Entrüstung auf Dronow.

Er spricht von Warwara wie von seiner Geliebten.

Dronow, der über seine Mütze strich, murmelte unterdessen: »Außerordentlich geschickt hat dieser Stier Stratonow die Frauen ausgeplündert.«

Samgin riß sich die Brille von der Nase und fragte: »Willst du damit sagen . . .«

»Ich habe es schon gesagt. Jetzt übt er, wie du siehst, die gesetzgebende Gewalt aus, liebt sein Vaterland. Und fährt mit der Hand bereits nicht mehr in fremde Brustausschnitte, nicht unter Frauenröcke, sondern – in die Tasche des Vaterlands: Er beschäftigt sich mit der Organisation der Banken, vereinigt die Passagierdampfschiffahrt auf der Wolga, ist Mitglied der Kommission für Wasserbau. Tja, Teufel . . . Ein rühriger Mann!«

Dronow blickte, während er sprach, in eine Zimmerecke, seine Schieläugelchen suchten dort noch irgend etwas, es war, als befände er sich im Halbschlaf.

»Immerhin ist es eine nützliche Einrichtung – die Duma, das heißt die Verfassung, sie enthüllt vortrefflich die wahren Absichten und Angelegenheiten der solidesten Bürger. Wohingegen . . . die nicht soliden, wie du und ich . . .«

Er unterbrach seine brummige Rede und begann sachlich zu sprechen: Wenn Warwaras Grundstück und Haus mit einer Hypothek von zwanzigtausend Rubeln belastet seien, hieße das, sie seien sicherlich das Doppelte wert. Das dürfe man nicht vergessen. Die Bodenpreise stiegen rasch. Er entwickelte irgendeinen komplizierten Plan für die Aufnahme einer zweiten Hypothek, aber Samgin hörte ihm unaufmerksam zu, denn er dachte daran, wie leicht und katastrophal kränkend seine gestrigen Träume zerstört worden waren. Steckte Iwan vielleicht mit diesem Semidubow unter einer Decke? Diese Vermutung konnte ihn nicht trösten, der Familienname des Käufers jedoch erinnerte ihn: Wieder – sieben.

Dronow blieb noch etwa fünf Minuten sitzen und verschwand dann plötzlich, ohne sich auch nur zu verabschieden.

Das Haus muß verkauft werden, erinnerte sich Klim Iwanowitsch und begann mit geschlossenen Augen leise durch die Zähne das Lied »Ich grolle nicht« vor sich hin zu pfeifen, wobei er an Warwara und Stratonow dachte: Eine Schweinerei.

Dronow gab sich über einen Monat lang mit dem Verkauf des Hauses ab, Samgin fand unterdessen Zeit, sich das Erbrecht zu sichern und in den Besitz einführen zu lassen, den Plan für die Erzählung zu vollenden und sogar einen Teil der Sachen, die er nicht brauchte, Warwaras Kleider und die Möbel zu verkaufen.

Dronow magerte sogar ab. Fast jeden Tag erschien er halb betrunken, gereizt und erbittert bei Samgin, trank Weißwein und erzählte seltsame Gaunereigeschehnisse.

»Das ist ein Wettstreit der Gauner. Nicht umsonst, mein Lieber, sind die Moskauer Gauner so berühmt. Wie sie Warwara mit ihrer idiotischen Hypothek hereingelegt haben, der Teufel soll ihre Seelen holen! Ich bin nicht wählerisch, bin kein böser Mensch, dennoch würde ich, stände es in meiner Macht, die Hälfte der Moskauer Einwohner nach Sibirien abtransportieren, nach Jakutien, nach Kamtschatka, überhaupt – in entlegene Gegenden. Mögen sie dort einander auffressen, diese Hundsfötter – von dort wird kein Klageschrei nach Europa dringen.«

Samgin hörte diesem betrunkenen Geschwätz fast gleichgültig zu. Er war überzeugt, daß Iwans Entrüstung über die Gauner den Zweck habe, ihn darauf vorzubereiten, sich selbst mit einer Gaunerei Dronows abzufinden. Er war verwundert, als Iwan rot, schweißbedeckt zu ihm kam, sich vor ihn hinstellte und feierlich erklärte: »Gemacht. Für zweiunddreißig. Du bekommst zwölf sechshundert in bar und zwei Wechsel zu drei für ein halbes Jahr und ein Jahr. Mit Gewalt habe ich sie entrissen.«

Er setzte sich keuchend in den Sessel und wischte mit dem Taschentuch sein Gesicht ab.

»Es ist heiß. So ein März! Ich habe an den Hypothekeninhaber verkauft. Man hätte vierzigtausend verlangen können und sogar noch ein halbes Tausend dazu, aber sieh dir mal diese Kopie des Hypothekenbriefs an, was für Knötchen da geknüpft sind.«

Er warf irgendein Papier auf den Tisch, aber der erfreute Samgin hob es mit dem Papiermesser hoch und reichte es ihm zurück.

»Nicht nötig. Ich mag nicht.«

Dronow kniff die Augen zusammen, blickte ihn an und murmelte: »Eine passable Geste, wohlanständig. Na, schon gut. Aber gibst du mir für diese Schererei tausend Rubel?«

»Nimm meinetwegen zwei.«

»Sieh mal an!« lächelte Dronow. »Mir, du Kauz, sind selbst tausend viel, nur in Anbetracht unserer Freundschaft habe ich gleich tausend verlangt. Also: Wir erhalten das Geld und – fahren heim? Ich habe Sehnsucht nach Tossja. Bitte sie doch, für dich eine Wohnung zu finden und einzurichten, sie baut gern Nester. Baut sie erfolglos.«

Er nieste zweimal und fragte sich selbst: »Habe ich mich etwa erkältet?«

Durch das Niesen hatte er offenbar seine Lebhaftigkeit verscheucht, sein Gesicht wurde trübsinnig hohlwangig, er wischte sich kräftig die Nase, räusperte sich und fuhr dann nachdenklich, abschätzend fort: »Semidubow hat mir sehr geholfen. Er ist ins Krankenhaus gegangen, wegen Blinddarmentzündung. Nun liegt er, wartet auf die Operation und philosophiert unterdessen.«

Semidubows Philosophie interessierte Samgin nicht, aber aus Liebenswürdigkeit fragte er, wer Semidubow eigentlich sei.

Dronow wischte plötzlich mit der Hand den Trübsinn von seinem Gesicht und ließ durch ein breites Lächeln seine goldenen Hauer aufblinken.

»Er ist interessant. Er ist – wie nennt man das bei euch Juristen? – Aspirant des Justizdienstes, ist das richtig? Nach Absolvierung der Universität kam er im selben Jahr auf die Anklagebank wegen des rechtswidrigen Verkaufs von Wasserleitungsrohren. Auf dem Theaterplatz hatten Rohre gelegen, er sah, daß sie nutzlos dalagen, na, und verkaufte sie an einen, der Rohre brauchte. Er ist bemerkenswert. Man sperrte ihn ein, für ein halbes Jahr wohl. Als er herauskam – begann er Karten zu spielen. Er hat Glück im Spiel, ist aber kein Falschspieler. Ich lernte ihn vor etwa zwei Jahren kennen, verspielte an ihn tausenddreihundert, alles, was ich hatte. Das verdarb mir natürlich die Laune. Doch er sagte –: ›Nehmen Sie fünfhundert Rubel von mir, spielen wir weiter.‹ – ›Ich habe ja nichts, um zurückzuzahlen‹, sagte ich. ›Weshalb denn zahlen? Ich spiele zu meinem Vergnügen. Ich bin Junggeselle, das Geld hat mich gern, vorgestern habe ich in zweiundvierzig Minuten siebzehntausend Rubel gewonnen.‹ Da nahm ich die fünfhundert, weißt du. Ich gewann das verlorene Geld zurück und sogar noch fünfundsechzig Rubel darüber hinaus. Ich bedankte mich und spiele jetzt mit ihm nur noch niedrig, Préférence oder Wint.«

Dronow hatte mit Vergnügen erzählt, fast ohne auf seinem Gesicht mit den starken Backenknochen das Lächeln zu löschen, und Samgin mußte feststellen, daß dieses Lächeln das grobe Gesicht des Enkels der Kinderfrau weicher, angenehmer machte.

»Wir sind eine bunte Nation, Klim Iwanowitsch, eine verschrobene«, fuhr Dronow nach einigem Schweigen etwas leiser, nachdenklicher fort, nahm die Mütze vom Knie, legte sie auf den Tisch und warf dabei fast die Lampe um, die er gestreift hatte. »Merkwürdige Menschen gibt es bei uns, und viel davon, und alle wissen sie nicht, wohin sie mit sich sollen. In die Revolution? Nun ist sie vorbeigebraust, hat gelächelt und – ist nicht mehr da. Du wirst sagen – sie kommt! Ich bestreite es nicht. Allem Anschein nach – wird sie kommen. Aber das Bäuerlein hat uns einen Schreck eingejagt. Die Organisatoren der Revolution hat man zum Teil ausgerottet, zum Teil im Zuchthaus versteckt, und viele – haben sich selbst versteckt.«

Er blickte Samgin an und – schloß: »Übrigens – was sage ich dir da? Du weißt das selbst alles.«

Samgin neigte stumm den Kopf, während Iwan nach einigem Schweigen wie zur Entschuldigung sagte: »Gewiß, dieser Semidubow – ist eine trübe Gestalt. Weiß der Teufel – wozu braucht es solche zu geben? Manchmal frage ich mich: Gleiche ich ihm nicht?«

Klim Iwanowitsch Samgin verzog voller Abscheu das Gesicht: Anscheinend – noch eine Beichte.

Aber Dronow sagte: »Tossja hat mir beigebracht, wahrheitsgemäß, ohne Beschönigung über mich selbst zu denken.«

Dann schlug er vor: »Fahren wir ins ›Jar‹?«

Samgin lehnte ab.

»Na, dann ins Künstlertheater, heute wird ›Nachtasyl‹ gegeben. Dazu hast du auch keine Lust? Mir aber gefällt dieses höchst naive Ding. Der Baron darin deutet sehr viel an: Er gibt viel an, aber es kommt nichts raus. Na, ich gehe.«

Im Weggehen bemerkte er mißbilligend: »Du rauchst – dem Feind zum Trutz. Wie ein glimmendes Holzscheit qualmst du.«

Klim Iwanowitsch Samgin rückte die Brille zurecht und blickte den Gast mißtrauisch, ja sogar erbost an, doch als Dronow verschwunden war – stellte er ihn in eine Reihe mit Ljutow, mit Tagilskij.

Er ist einer ihresgleichen. Verdorben, doppelzüngig, listig. Ehrlos. Er hat Angst, durchschaut zu werden, und tut so, als wäre er aufrichtig. Er trachtet nach Freundschaft. Vermag aber nur Diener zu sein.

Nach diesem abschließenden Urteil über Dronow rief er wieder den Traum des gestrigen Tages herbei. Das fiel ihm nicht schwer – vor ihm auf dem Tisch lag ein Bogen Briefpapier, und darauf stand in kleiner, aber leserlicher Handschrift:

Die Beziehungen Besbedows zu Marina zuspitzen, seiner Gesinnung den Anstrich vulgären revolutionären Charakters verleihen und ihn dadurch weniger idiotisch machen. Seine Liebelei ausbauen. Die von ihm Geliebte – ein listiges, gegen ihn kaltes Mädel, er interessiert sie nur als einziger Erbe der wohlhabenden Tante. Die Anrufung des Geistes bei den Chlysten darstellen?

Vor ihm stand die wohlbeleibte, entkleidete Frau, und Samgin dachte nochmals erbost, sie habe sicherlich gewollt, daß er sie in Besitz nähme. Dronows Geliebte hatte Ähnlichkeit mit Marina – sie war ebenso gut gebaut und gesund.

Sie hat mir beigebracht, wahrheitsgemäß über mich selbst zu denken. Was bedeutet das? Über sich selbst denkt der Mensch stets wahrheitsgemäß.

Gemächlich rauchend, begann er von neuem den Plan zu lesen und fand: Nein, er dürfe nicht zuviel Beweise gegen Besbedow anführen, aber es sei notwendig, daß er von irgendwelchen Geheimnissen Marinas wisse, durch dieses Wissen wäre dann auch die Ermordung Besbedows als eines Zeugen gerechtfertigt, der auf Personen hätte hinweisen können, denen Marina im Weg gewesen war.

Schon nach Paris hatte er, ohne es selbst zu merken, begonnen, feindselig an Marina zurückzudenken, und die feindselige Einstellung hatte sich allmählich immer mehr verschärft.

Was hat diese Frau in mein Leben hineingetragen? fragte er sich nicht selten und fand, daß sie seine Vorstellung von sich selber untergraben, ins Wanken gebracht habe. Ihr geheimnisvoller Tod hatte ihn nicht zum Teilnehmer eines aufsehenerregenden Kriminalprozesses gemacht, das kam nur daher, weil Besbedow gestorben war. Eine Teilnahme an der Gerichtsverhandlung als Zeuge hätte für ihn äußerst traurig enden können. Der Vertreter der Anklage hätte sich seine Vergangenheit zunutze gemacht, und zu dieser gehörte Verhaftung, Gefängnis, Teilnahme am Moskauer Aufstand, von der das Polizeidepartement natürlich wußte. Der Staatsanwalt hätte natürlich die Gelegenheit wahrgenommen, einen politisch tätigen Intel-

lektuellen in das Kriminalverfahren einzubeziehen – das gebot die
Reaktion und die allgemeine Erbitterung gegen die Linken. Als Klim
Iwanowitsch Samgin hieran dachte, empfand er irgendwo im Rücken nervöse Kühle und inhalierte gierig den betäubenden Rauch des
starken Tabaks.
 Ja, diese Riesenfrau hat einen düstern Wirrwarr in mein Leben
gebracht. Mehr noch – sie hätte mich beinahe ins Verderben gestürzt. Wenn es möglich wäre, Berdnikow hineinzubringen ... Ja,
über diesen Mord eine Erzählung zu schreiben – das wäre interessant. Man müßte sehr fein, durchdacht schreiben, in solch einer Stille
wie hier, in solch einem gemütlichen, warmen Zimmer, inmitten von
Dingen, die dem Auge wohltun.

Petersburg empfing ihn nicht sehr freundlich, am trüben Himmel
leuchtete unschlüssig eine weißliche Sonne, vom Meer her wehte
launisch und zornig in Stößen ein frischer Wind, am Tag zuvor oder
in der Nacht hatte es stark geregnet, durch die feuchen Straßen
schritten eilig die Einwohner, warm gekleidet, wie im Herbst, das
Pflaster strömte den Geruch von morschem Holz aus, die Häuser
waren majestätisch langweilig. Der Ton der Zeitung »Nowoje
wremja« stimmte nicht mit dem Wetter überein, der Leitartikel
frohlockte frühlingsmäßig und berichtete vom Steigen der Sparkasseneinlagen, ferner wurde mitgeteilt, daß die Zahl der ländlichen
Hausherren, die ihr Landteil gekauft hatten, fast sechshunderttausend erreicht habe. Als Samgin das gelesen hatte, trommelte er eine
Weile mit den Fingern auf dem Tisch herum und pfiff vor sich hin.
 Ich muß mir eine Wohnung suchen.
 Vor Anbruch des Abends ging er zu Dronow und vernahm dort,
als er im Vorzimmer ablegte, die Stimme des schwindsüchtigen Jurin: »Die Perser haben den Schah ›niedergelegt‹, die Türken den
Sultan, in Deutschland ist der Hansabund und ein Verband der Industriellen zum Kampf gegen den ›Bund der Landwirte‹ gegründet
worden, die deutsche Regierung hat Englands Vorschlag einer Beschränkung der Seestreitkräfte abgelehnt, bei unserer Bourgeoisie
macht sich eine Zunahme des Militarismus bemerkbar ... denkst
du, daß zwischen diesen Tatsachen kein Zusammenhang besteht? Es
besteht einer ... und zwar – ein sichtbarer ...«
 »Warte, es ist jemand gekommen. Oh, das ist Klim Iwanowitsch!«
 Samgin kam Taïssjas Ausruf freudig, ihr Händedruck besonders
kräftig vor, Jurin saß wie immer halb liegend im Sessel, die Beine unter den Tisch gestreckt, den Nacken gegen die Sessellehne gestützt
und blickte zur Decke; er reichte Samgin, ohne ihn anzusehen, die

kraftlose Hand. Taïssja saß neben ihm auf einem Stuhl, vor ihr lag ein Heft, in der Hand hielt sie einen Bleistift.

»Es ist gut, daß Sie gekommen sind, wir werden Tee trinken, und Sie erzählen uns von Moskau. Sonst belehrt mich Jewgenij immerzu.«

»Wissen ist Macht«, rief Samgin nicht sehr geistreich ins Gedächtnis.

»Ihm schadet das Sprechen ...«

»Mir – schadet alles«, entgegnete Jurin, die Füße bewegend, und trotzdem waren seine kurzen, heiseren Atemzüge zu hören.

»Wohin willst du?« fragte die Frau beunruhigt, er antwortete: »Musizieren.«

Taïssja half ihm beim Aufstehen, und vorsichtig, wie ein Blinder, ging er ins Besuchszimmer.

»Es geht zu Ende mit ihm – sehen Sie es?« flüsterte die Frau. Samgin zuckte stumm mit den Achseln und dachte bei sich: Sie war froh, daß ich seine Belehrung unterbrochen habe.

Ungeformt blitzten in ihm Worte auf: Marxismus ... Tod ... und verschwanden wieder.

Im Besuchszimmer begann das Harmonium langsam und holperig die Melodie irgendeines bekannten Lieds zu singen, Tossja schlug mit dem Bleistift leise den Takt auf dem Heft und fragte halblaut: »Möchten Sie, daß ich Ihnen helfe, eine Wohnung zu finden?«

Die Mauer vor dem Fenster leuchtete im Sonnenschein auf, und es sah aus, als wäre sie etwas weiter weggerückt.

»Wir könnten sogar gleich hingehen, es ist nicht weit von unserer Straße, aber ...«

Sie deutete mit dem Bleistift zum Besuchszimmer hinüber, das Lied war mißglückt und wurde von einem Choral abgelöst.

Ja, sie ist sicher sehr leicht zu haben. Und ist sogar verderbt, dachte Samgin, das Gesicht und den Busen der Frau musternd.

»Woran denken Sie?«

»Ich höre zu.«

»Er spielt stets traurige Sachen.«

»Wie alt sind Sie? Ist das eine indiskrete Frage?«

»Warum denn eine indiskrete? Ich bin vierundzwanzig. Aber ich sehe älter aus, ja?«

»Das finde ich nicht.«

Im Besuchszimmer heulten düster die Bässe.

»Alle finden, ich sähe älter aus. Das kann auch nicht anders sein. Mit siebzehn Jahren hatte ich schon ein Kind. Und ich habe viel gearbeitet. Der Vater des Kindes war ein Maler, jetzt ist er – wie es heißt – schon fast berühmt, er ist irgendwo im Ausland, doch damals lebten wir von Tee und Brot. Meine erste Liebe war die hungrigste.«

Noch eine Beichte, stellte Samgin fest und wiegte teilnahmsvoll den Kopf.

Den Bässen des Harmoniums schlossen sich seine Alt- und Diskantstimmen an, sie sangen etwas Unheilverkündendes, Strafendes, die Töne krochen wie Rauch ins Speisezimmer, und der Rauch von Samgins Zigarette war zu kräftig und schmeckte nicht. Und überhaupt – alles war unangenehm.

»Manchmal konnten wir uns nicht einmal Zucker kaufen. Aber – obwohl arm, war er doch gut, fröhlich. Mach keinen Lärm, Stepanida Petrowna.« Das war zu der Alten gesagt, die ein Tablett mit Geschirr hereinbrachte.

»Die Petrowna ist für mich wie eine Mutter, sie liebt mich, wie man eine Katze liebt. Sie ist sehr klug und ist Revolutionärin – finden Sie das komisch? Dennoch ist es wahr: Die Reichen, den Zaren, Fürsten und Popen kann sie nicht ausstehen. Sie kommt auch aus einem Kloster, war Novizin, aber kurz vor der Nonnenweihe hatte sie einen Roman, und man jagte sie aus dem Kloster. Sie arbeitete als Pflegerin in einem Krankenhaus, war Sanitäterin im Japanischen Krieg und erhielt eine Medaille für die Rettung von Offizieren aus einer brennenden Baracke. Was meinen Sie, wie alt sie ist – sechzig? Dabei ist sie erst dreiundvierzig. So ist das Leben!«

Jurin wiederholte immer wieder die gleichen Akkorde, und die Wiederholung schien sie immer düsterer zu machen, sie bedrückten Samgin und riefen bei ihm ein Gefühl der Müdigkeit hervor. Taïssja indessen warf ihm erbittert vor: »Ach, Klim Iwanowitsch, weshalb schreiben die Schriftsteller so wenig und so schlecht von Frauenschicksalen? Man schämt sich geradezu, es zu lesen: Immerzu Liebe und Liebe . . .«

»Aber erlauben Sie, die Liebe . . .«

»Ja, ja, ich weiß, das sagen alle: Der Sinn des Frauenlebens! Sicherlich denken so nicht einmal Kühe und Pferde. Die lieben ja nur einmal im Jahr.«

»›Liebe und Hunger regieren die Welt‹«, rief Samgin ihr ins Gedächtnis.

»Nein! Ich glaube nicht, daß dies immer so bleiben wird«, sagte die Frau.

Er stellte fest, daß ihre tiefe Stimme grob klang, ihr wenig bewegliches Gesicht hatte sich verfinstert, und die Pupillen waren unangenehm geweitet.

Sie ärgert sich, entschied er und hätte ihr gern irgend etwas Kränkendes gesagt, sie noch mehr erzürnt. Sie reizte nicht dadurch, wie sie sprach, sondern weil sie seine Vorstellung von ihr zerstörte, es war ihm langweilig.

»Sie werden sehen«, sagte sie, »es wird keinen Hunger mehr geben, und Liebe wird ein seltenes Glück sein, nicht eine schlechte Gewohnheit, wie heutzutage.«

»Eine langweilige Zukunft verheißen Sie da«, antwortete er auf ihre lächerliche Prophezeiung.

»Es wird einen Liebesmonat geben, in jedem Jahr – einen Monat des Glücks. Der Mai, ein Fest für alle Menschen . . .«

»Das ist ein Konditortraum, das hat etwas von süßem Kuchen«, sagte Samgin mit einem Lächeln.

Taïssja richtete sich auf, als wollte sie schreien, aber er fuhr fort: »Überlegen Sie mal: Wie wäre den Schwangeren zumute, wenn sie auf den Feldern arbeiten, das Korn schneiden müßten.«

Die Frau stand auf, setzte sich auf einen anderen Stuhl und sagte, ihr Gesicht hinter dem Samowar verbergend: »So ist das? Sie träumen nicht gern? Sie glauben nicht, daß wir besser leben werden?«

»›Wenn auch schlechter, so doch anders‹«, sagte Dronow, der in der Tür erschien. »Das ist unbestreitbar, so weit werden wir kommen. Nacheinander auf beiden Beinen leicht hinkend – heute auf dem linken, morgen auf dem rechten –, aber so weit werden wir noch kommen!«

»Du bist wie eine Maus«, begrüßte ihn Taïssja und ging ins Besuchszimmer.

»Ich belauschte vom Vorzimmer euer Gespräch . . . Und untersuchte meine Manteltaschen. Man hat mir die Handschuhe und den Schlagring geklaut. Der Schlagring war schon der zweite. Wie soll sich da einer bewaffnen? Beidemal haben sie mir den Schlagring in der Duma gestohlen, sie durchsuchen dort wahrscheinlich in der Garderobe die Taschen und – nehmen Überflüssiges weg.«

Jurin hörte auf zu spielen und hustete, Taïssja sagte eindringlich etwas zu ihm, und er antwortete: »Heißes ist für mich schädlich.«

Dronow, der Flaschen aus dem Büfett herausholte und mit Gläsern klirrte, erzählte irgend etwas von der kürzlich gebildeten Fraktion der Oktobristen.

»An ihrer Spitze steht Gololobow, er soll der Verfasser der seinerzeit sehr populären Erzählung ›Der Dieb‹ sein, die von Tolstoi gutgeheißen und vom ›Posrednik-Verlag‹ herausgegeben wurde. Diese kleine Erzählung ist wohl kaum autobiographisch, obwohl besagter Gololobow Vizegouverneur gewesen ist.«

Samgin fand den letzten Satz geistreich, warf lächelnd einen Seitenblick auf Iwan und dachte: Ein boshafter Schuft.

»Tja«, fuhr Dronow fort, der Klim gegenüber Platz nahm. »Die Rechten organisieren sich, und bei den Linken herrscht Demoralisation. Die Sozialrevolutionäre sind durch Asef aufgeflogen, die Sozialdemokraten haben die Gruppe ›Wperjod‹, es gibt die kleine Leningruppe, die Plechanow-Anhänger geben das ›Tagebuch des Sozialdemokraten‹ heraus, die menschewistischen Liquidatoren die ›Stimme des Sozialdemokraten‹, dann ist da noch die außerfraktionäre Gruppe Trotzkis. Ist das Geschichte oder – Kuddelmuddel?«

Samgin hörte ihm unaufmerksam zu, ihn interessierte mehr das sanfte Reden Taïssjas im Vorzimmer.

»Ich bitte dich – komm nicht! Du mußt liegen. Wenn du willst, lasse ich gleich morgen das Harmonium zu dir bringen.«

»Das wäre gut«, murmelte Dronow.

Samgin erkannte immer deutlicher, daß er diese Frau falsch eingeschätzt hatte, und sein Ärger über sie nahm zu.

»Es geht zu Ende mit ihm«, sagte sie, als sie sich an den Tisch setzte und Tee einschenkte. Ihre dichten Brauen hatten sich zu einem Strich zusammengezogen, und ihr Gesicht hatte sich verfinstert, war erstarrt. »Wie schwer das ist: Da geht ein Mensch zugrunde, und man kann ihm nicht helfen.«

»Zugrundezugehen?« fragte Dronow, nachdem er einen Schluck Wein getrunken hatte.

»Reiß keine Possen, Iwan.«

»Aber nein, ich meine das ernst! Ich kenne doch deinen ... Geschmack. Wenn es in meiner Macht stünde, würde ich speziell für dich eine ganze Reihe von Katastrophen herbeiführen, einen Krieg, ein Erdbeben, eine Hungersnot, eine Seuche, eine Sintflut – bitte, hilf den Menschen, Tossja!«

Taïssja seufzte und sagte leise: »Dummkopf.«

»Nein«, widersprach Dronow. »Dummköpfe haben es leicht im Leben, ich aber habe es schwer.«

»Sei nicht habgierig, dann wirst du es leichter haben.«

»Ich danke für den Rat, obwohl ich ihn nicht nutzen werde.«

Dann schnellte er auf dem Stuhl hoch, als hätte ihn ein Nagel gestochen, und sagte mit pathetischem Grimm: »Klim Iwanowitsch – wir brauchen eine Zeitung! Eine große de-mo-kra-ti-sche Zeitung. Mein Leben will ich dafür hergeben, aber eine Zeitung werden wir haben. Ich redete Semidubow zu: Gewinne für mich zweihunderttausend – dann mache ich dich in der ganzen Welt berühmt. Er brummte nur vor sich hin, der Teufel soll ihn schinden. Aber – ich fühle es – er schwankt bereits.«

»Ich würde bei der Zeitung als Korrektorin oder Kontoristin tätig sein«, schwärmte Tossja.

Doch im allgemeinen war es langweilig, an Samgin nagte leise das bedrückende Gefühl von seiner Überflüssigkeit in diesem Zimmer mit den Fenstern auf die blinde Mauer, die Dummheiten Dronows und seiner Dame.

Weshalb bin ich von ihnen abhängig?

Etwa fünf Minuten später schickte er sich an zu gehen.

»Also – morgen suchen wir eine Wohnung?« sagte Taïssja zuversichtlich.

»Ja«, antwortete er.

Eine Wohnung fanden sie sofort, drei kleine Zimmer im ersten Stock eines dreistöckigen rotbraunen Hauses mit grauen Flecken; Samgin dachte, daß Kühe manchmal so scheckig sind. An den Seiten des Haupteingangs bekundeten Messing- und Emailleschildern in schwarzen Buchstaben, daß in diesem Haus Leute mit sonderbaren Namen wohnten: Rechtsanwalt Ja. Assikritow, Hebamme Introligatina, Tanzlehrer Wolkow-Wolowik, Klavierstimmer und Reparateur von Musikinstrumenten aus Holz P. E. Skromnyj, »Schule der Kochkunst und fertiges Essen ins Haus, T. P. Fedkina«, »D. Ilke, Schreibmaschinenabschriften, zweiter Stock, Wohnung sechs«, und an der Tür einer Wohnung im ersten Stock besagte ein kleines Rechteck aus Messing, daß hinter der Tür Pawel Fjodorowitsch Nalim wohne.

Demokratie – Samgin verzog das Gesicht, als er diese Schilder gelesen hatte.

Aber die Zimmer waren hell, hatten Fenster zur Straße, hohe Decken und Parkettboden, es war eine Gasküche vorhanden, und so schloß sich Samgin der Demokratie des rotbraunen Hauses an.

Bei den Sorgen um die Einrichtung der Wohnung vergingen unbemerkt einige Wochen. Klim Iwanowitsch stattete sein Junggesellenheim ohne Übereilung, umsichtig und solide aus: Er mußte alles Notwendige um sich haben, und – es durfte nichts Überflüssiges da sein. Petersburg war eine feuchte Stadt, aber das Haus hatte Zentralheizung, und neue Möbel wären im Winter sicherlich ausgetrocknet, hätten nachts geknackt, und außerdem mißfielen ihm die neuen Möbel wegen ihrer Formen. Für sein Arbeitszimmer wählte Samgin einen Schreibtisch, einen Bücherschrank und drei schwere Sessel in Ebenholzimitation, in den achtziger Jahren waren solche Möbel unter den liberal gesinnten Provinzjuristen sehr beliebt gewesen, und der hervorragende Kenner äußerer Lebensdetails P. D. Boborykin hatte sie in einem seiner Romane den Stil der Enttäuschten genannt. Für das Besuchszimmer ließen sich die Möbel aus dem Moskauer Haus verwenden, in das kleine Wartezimmer stellte er einen runden Tisch und ein halbes Dutzend Wiener Stühle und hängte er irgendwessen Federzeichnung nach Goudons Voltaire-Bildnis, den Stich von Mathe, der den gestrengen Saltykow-Schtschedrin darstellt, und die kleine Radierung von Gavarni, auf der ein französischer Advokat eine Rede hält. Diese Einrichtung kam ihm originell genug vor und befriedigte ihn vollkommen.

Während er im Apraksin-Kaufhof und auf dem Alexandermarkt nach Möbeln fahndete, suchte er nach einem Anwalt, von dem er sich gern als Mitarbeiter hätte aufnehmen lassen. Er beabsichtigte nicht, sich der Rechtspraxis zu widmen, hielt es aber dennoch für notwendig, sein Schiff ins Kielwasser von Seefahrern zu lenken, die auf dem Meer des Großstadtlebens erfahrener waren. Er beauftragte Iwan Dronow, einen Anwalt mit großer Zivilpraxis zu finden, keinen allgemeinbekannten Geschäftemacher und – parteilos.

»Ich verstehe!« erriet Dronow. »Du möchtest nicht mit Liberalen und anderen Gaunern aus der Zahl der Schüchternen Arm in Arm gehen. Jawohl. Wir werden ein Murmeltier finden. Ein Tier, das nicht zu den seltenen gehört.«

Iwan Dronow wirbelte umher wie ein Kreisel. Samgin war gewohnt zu denken, daß das Peitschchen, das diesen Menschen antrieb – die gemeine Gier nach einem großen Geschäft sei, bei dem er viel Geld ergattern könne. Je mehr er jedoch den Enkel der Kinderfrau beobachtete, desto öfter kam ihm der Verdacht, daß Dronow in jedem gegebenen Augenblick und in allen seinen Beziehungen zu anderen ein unaufrichtiger Kerl sei. Er verhehle seine Habgier nicht, weil er dahinter etwas verberge, das vielleicht noch weit schlimmer sei. Samgin mußte an die Verdächtigungen denken, die Marina erweckt hatte, mußte an Jewno Asef denken. Er wies diese Verdächtigungen von sich und suchte sie unwillkürlich zugleich zu festigen.

Reorganisation des Lebens. Allgemeines Bestreben, das Chaos zu überwinden, Bedingungen juristischer Gesetzmäßigkeit, Bedingungen für eine freie Entfaltung noch gebundener Kräfte zu schaffen. Für viele ist die Wirklichkeit verführerischer geworden als ein Traum. Taïssja hat von Dronow gesagt: ein Träumer. Er ist einer gewesen, hat sich aber in einen Praktiker verwandelt. Man sollte nicht so oft mit ihm zusammentreffen. Aber Dronow war fast unentbehrlich. Er wußte alles, wovon in den »Couloirs« der Reichsduma, innerhalb der Fraktionen, in den Ministerien, den Zeitungsredaktionen gesprochen wurde, wußte eine Menge anekdotischen Unsinns aus dem Leben der Zarenfamilie, er fand Zeit, die laufende politische Literatur zu lesen, und überfiel Samgin mit Fragen: »Hast du ›Die soziale Bewegung‹ von Martow, Potressow gelesen? Nicht? Der erste Teil des zweiten Bandes ist soeben erschienen. Sieh ihn dir an – du wirst lachen!«

Samgin dachte an die Zeit in Moskau zurück, als er selbst auch Informator und ein Orakel gewesen war, es war ärgerlich, daß diese Position schon besetzt worden war, mühelos, nebenbei besetzt, und von ihrem Eroberer nicht gewürdigt wurde. Und es war äußerst peinlich, die Einwände Dronows zu hören, die er stets schnell, sogar in geringschätziger Weise machte.

Eines Tages stritt Nogaizew, der überhaupt keinen Widerspruch duldete, mit dem langen, sich wie einer aus dem geistlichen Seminar haltenden Landmesser Chotjaïnzew über die Bodenreform Stolypins. Nogaizew – rot, schweißbedeckt – schrie: »Sie urteilen bestialisch falsch! Entweder wird der Bauer wohlhabend, oder wir gehen zugrunde, ›wie die Awaren, die weder Heimat noch Vaterhaus hatten‹.«

Seine großen ungleichmäßigen Zähne entblößend, schlug Chotjaïnzew in kräftigem, aber unangenehm trockenem Baß vor: »Fahren Sie aufs Land, dann werden Sie sehen, wie dort die Dorfschmarotzer sich die Beute teilen.«

Samgin, der merkte, daß Tossja ihn fragend ansah, sagte schulmeisterlich: »Dennoch sind fünfhundertneunundsiebzigtausend neue Grundbesitzer geschaffen worden, und das sind natürlich die besten unter den Landwirten.«

»Da ha-aben Sie's!« griff Nogaizew auf. »Wir verdanken ihnen die prächtige Ernte des vergangenen Jahres.«

Gerade hier nun mischte sich, in seinem Notizbuch blätternd, Dronow ein; ohne jemanden anzublicken, sagte er schrill: »Du quatschst Unsinn, Pan. In diesem Jahr hat sich die Zahl der Stolypinschen Gutsbesitzer auf dreihundertzweiundvierzigtausend verringert! Sie hat sich verringert, weil die wirtschaftlich starken Bauern das Land der schwachen aufkaufen und richtige Großgrundbesitzer entstehen, erstens – das! Und zweitens: Es haben Kampfaktionen der Dorfarmut gegen die Besitzer der Anteilländereien begonnen, Einzelgehöfte werden niedergebrannt! Das muß man wissen, meine Verehrten. Ihr schreit umsonst. Trinkt lieber! Die göttliche Vorsehung beschert uns nicht jeden Tag Benediktiner.«

In Iwans schriller Stimme vernahm Samgin deutlich etwas Erbittertes, Rachsüchtiges. Unbegreiflich war, gegen wen die Erbitterung sich richtete, und das beunruhigte Klim Samgin. Dennoch zog es ihn zu Dronow hin. Dort, in dem ununterbrochenen Wirbel verschiedenartiger Systeme von Sätzen, Gerüchten und Anekdoten, wollte er seinen Platz als Organisator des Denkens, als Orakel und Prophet einnehmen. Ihm schien, daß er in seiner Jugend diese Rolle sehr gut gespielt habe, und er hatte immer geglaubt, gerade für solch ein Spiel wie geschaffen zu sein. Er dachte: Ich habe mich zu sehr der Beobachtung hingegeben und in mir den Willen zur Tat geschwächt. Worauf läßt sich, im allgemeinen und tieferen Sinn, das hauptsächliche Tun des Menschen, des Schöpfers der Geschichte, zurückführen? Auf Selbstbehauptung, auf die Abwehr der von ihm selbst hervorgebrachten Ideen, auf die freie Auslegung des Sinnes der Tatsachen.

Samgin wiederholte in Gedanken den letzten Satz und beschloß, ihn in das Heft einzutragen, worin er seine »Aphorismen und Maximen« sammelte.

In die Wohnung Dronows zog ihn, wie auf eine Theaterbühne, auch Tossja. Im Lauf einiger Wochen hatte er sie aufmerksam beobachtet und fand, das einzig Unangenehme an ihr sei ihre, vielleicht nur äußerliche, Ähnlichkeit mit Marina, sie war ebenso hochgewachsen, gesund und stattlich. Sie war nicht klug, war unerschütterlich ruhig. Aus Dummheit offenherzig, fast bis zur Unschicklichkeit. Wenn man sie nicht nach irgend etwas fragte, konnte sie eine ganze Stunde lang schweigen, aber sie redete gern und zuweilen mit einer komischen Naivität. Von sich erzählte sie schonungslos, wie von einer Fremden, und von Menschen überhaupt – leidenschaftslos, mit einem leichten Lächeln in den Augen, doch dieses Lächeln machte ihr Gesicht nicht weicher. Klim Iwanowitsch Samgin begann zu denken, daß dieses Geschöpf in seiner Wohnung nicht überflüssig und sehr passend wäre.

Sie reizte seine Neugierde immer mehr: eine sonderbare Gestalt. Dumm, aber scheinbar nicht ohne Pfiffigkeit.

Und da er einsah, daß seine Neigung zu dieser Frau leicht zunehmen könnte, verlieh er seinem Verhalten zu ihr eine ironische, halb feindselige Note.

Eines Abends spät klingelte er bei Dronow. Die Tür öffnete sich nicht so rasch wie sonst, die Sperrkette wurde nicht entfernt, und aus dem Spalt ertönte die ungehaltene Frage Taïssjas »Wer ist da?«

Im Vorzimmer zog ein Mann mit knochigem, asketischem Gesicht und schwarzem Bart einen Mantel an, der ihm zu eng war. Er hatte sich vorgebeugt, wand sich und ächzte unter leisen Teufelsflüchen.

»Kommen Sie, ich helfe Ihnen«, schlug Taïssja vor.

»Danke. Fertig«, antwortete ihr der Gast. »Diese Teufel ... Leben Sie wohl.«

Den Hut setzte er so auf, als wünschte er nicht, daß Samgin sein Gesicht sähe.

»Ich kenne diesen Mann«, erklärte Samgin.

»Ja?« fragte Taïssja.

»Er heißt Pojarkow.«

Taïssja fragte nach kurzem Schweigen: »Haben Sie ihn im Ausland kennengelernt?«

»In Moskau. Vor langer Zeit.«

Taïssja nickte stumm.

»Kennt Iwan ihn?«

»Nein«, sagte Taïssja, ihm ins Gesicht blickend, streng. »Ich weiß auch nicht, wer das ist. Shenja hat ihn hergeschickt. Shenja geht es schlecht. Aber Iwan braucht auch nicht zu erfahren, daß Sie hier einen gewissen Posharskij gesehen haben. Ja?«

»Er heißt Pojarkow.«

»Iwan braucht das nicht zu erfahren, verstehen Sie?«

Samgin nickte stumm, er dachte bei sich: Offensichtlich illegal. Was mag er jetzt, hier, in Petersburg, treiben? Und überhaupt in Rußland?

Samgins Gewohnheit, im Umgang mit Frauen nicht viel Umstände zu machen, führte zu folgendem Zwischenfall: Er war mit Tossja aus einem Laden heimgekehrt, in dem sie Geschirr eingekauft hatten; es war ein heißer Tag, Tossja, die halb aufgerichtet auf dem Sofa lag, schloß die Augen und öffnete die oberen Knöpfe ihrer Bluse. Klim Iwanowitsch setzte sich zu ihr und ließ seine Hand in die Bluse gleiten. Tossja fragte: »Was interessiert Sie denn dort?«

Sie hatte so vernichtend ruhig und komisch gefragt, daß Samgin unwillkürlich die Hand zurückzog und ein wenig lachte – das erlaubte er sich sehr selten –, er lachte und sagte: »Mir scheint, Sie haben Talent zur Komik.«

»Wenn ich es habe, dann – nicht dort«, antwortete sie.

Samgin erhob sich, trat von ihr weg und fragte: »Haben Sie nicht versucht, auf der Bühne zu spielen?«

»Man hat mich dazu aufgefordert. Mein Mann malte Bühnendekorationen; bei uns verkehrten scharenweise Schauspieler, na, und ich war ständig im Theater, hinter den Kulissen. Mir gefallen die Schauspieler nicht, sie alle sind Helden. Sowohl in nüchternem Zustand wie auch betrunken. Meiner Ansicht nach sehen sogar Kinder sich selbst richtiger als Leute dieses Handwerks, und besser als Kinder weiß niemand von sich selbst zu träumen.«

Samgin hörte eine Weile zu, dachte nach und sagte dann: »Sie sind sicher eine sehr heißblütige Frau.«

»Man hat mich bereits abgekühlt. Geliebt habe ich nur einen, und ich lebe – mit dem dritten. Sie sagten einmal: ›Liebe und Hunger regieren die Welt‹, nein, der Hunger regiert auch die Liebe. Es gibt allerhand Romane, aber über bettelarme Leute ist noch kein Roman geschrieben worden . . .«

»Das ist sehr treffend«, gab Samgin zu.

Er merkte, daß sich Tossjas Verhalten zu ihm nach seinem lockeren Versuch nicht geändert hatte: Sie kümmerte sich immer noch ebenso ruhig und gelassen um die behagliche Einrichtung seiner Wohnung.

Klim Iwanowitsch Samgin begriff, daß ein solch fürsorgliches Verhalten Taïssja von Dronow geraten worden war, und fand ihre Fürsorge natürlich.

Und sie baut gern Nester, gedachte er der Worte Iwans über Taïssja.

Sie fand für ihn ein Dienstmädchen, ein stämmiges, blatternarbiges, scharfäugiges Frauenzimmer, das sehr geschickt, reinlich, aber etwas übermäßig und verspätet lustig war: ihr Haar war an den Schläfen grau.

Im Herbst erkältete sich Klim Iwanowitsch: Er bekam erhöhte Temperatur, hatte Kopfschmerzen und einen lästigen Husten, ihn plagte schleichende Langeweile, und aus Langerweile fragte er: »Wie alt sind Sie, Agafja?«

»Ich bin, wie mir scheint, noch nicht alt: vierunddreißig«, antwortete sie bereitwillig.

»Sie haben sich früh graue Haare zugelegt.«

Sie lächelte, leckte mit der Zungenspitze ihre Lippen ab, sagte nichts, erwartete aber offenbar noch irgendwelche Fragen.

Samgin erinnerte sich an etwas, was er zufällig im Brockhaus-Wörterbuch gelsen hatte; Agafja, Name einer Heiligen, deren wirkliche Existenz zweifelhaft ist.

»Kennen Sie Frau Dronowa schon lange?«

»Recht lange schon, sieben bis acht Jahre, seit der Zeit, als Taïssja Romanowna noch mit dem Maler lebte. Wir wohnten im gleichen Haus. Die beiden – im Dachgeschoß und ich mit meinem Vater im Keller.«

Sie stand mit der Schulter an den Türpfosten gelehnt, hatte die

Arme auf der Brust verschränkt und maß den Hausherrn mit weit geöffneten Augen.

Samgin lag auf dem Sofa, er hätte Agafja sehr gern ausführlich über Taïssja ausgefragt, aber er dachte, daß er hierbei vorsichtig zu Werke gehen müsse, und so begann er, Agafja über ihr Leben zu befragen. Sie sagte, ihr Vater habe eine Bierschenke gehabt, und ging, da ihr einfiel, daß sie noch irgend etwas in der Küche zu tun hatte, rasch weg, wobei ihre Flucht Samgin etwas verdächtig vorkam.

Gleich bei der nächsten Begegnung bedankte er sich bei Taïssja: »Sie haben ein nettes Dienstmädchen für mich gefunden.«

»Ganka ist sehr gut«, bestätigte Taïssja.

Und auf die Frage, wer sie sei, erzählte Taïssja sehr lebhaft: Agafjas Vater sei Matrose bei der Kriegsmarine und Bootsmann bei der Handelsmarine gewesen, dann habe er eine Bierschenke eröffnet und angefangen, sich mit Schmuggel abzugeben. Er handelte mit Zigarren. Er benahm sich so, daß die Matrosen ihn für einen Sozialrevolutionär hielten. Irgend jemand denunzierte ihn, die Gendarmen nahmen eine Haussuchung vor, fanden die Zigarren, und es stellte sich heraus, daß er viele tausend Rubel auf der Bank liegen hatte. Der alte Mann wurde verhaftet.

Samgin stellte fest, daß sie immer lustiger und mit jenem Vergnügen erzählte, das stets aus Erzählungen von Menschen über Laster und Dummheiten ihrer Bekannten heraustönt.

»Ich erinnere mich noch an ihn: Er war dick, hatte keinen Hals, der Kopf wuchs unmittelbar aus den Schultern heraus, sein Gesicht war rot wie eine aufgeschnittene Wassermelone und gleichsam tätowiert, mit kleinen schwarzen Flecken, er hatte sich verbrannt, irgend etwas war explodiert und hatte ihm die Brauen abgesengt. Er hatte einen Schnauzbart, große Zähne, Augen wie ein Kater, lange Affenarme und einen so riesengroßen Bauch, daß er nicht wußte, wo er die Hände hintun sollte. Er hielt sie ständig im Rücken. Unverschämt war er, grob ... Agafja wohnte nicht bei ihrem Vater, er hatte sie an einen Ober-Hausknecht verheiratet, der fast ein Greis war, aber ihr Mann zwang sie manchmal, in der Bierschenke seines Schwiegervaters Bier zu verkaufen. Sie führte ein sehr unglückliches Leben und ich – ein Hungerdasein, und sie brachte mir und meinem Mann öfter etwas zu essen, sie ist gutherzig! Sie kam immer mal zu uns ins Dachgeschloß heraufgelaufen. Bei uns war es immer sehr lustig, junge Maler, Studenten und Shenja Jurin. Manchmal redete ich mit ihr die ganze Nacht hindurch bis zum Morgen darüber, warum alles so garstig sei. Aber einiges begriffen wir schon.

Als Ganka mit ihrem alten Vater auch wegen Schmuggels verhaftet wurde, bat mich Shenja, ich solle mich für ihre Kusine ausgeben, sie besuchen und ihr Schriften für weibliche politische Gefangene übergeben. Wir machten das sehr geschickt, wurden kein einziges Mal erwischt. Ein paar Monate später wurde sie wieder auf freien Fuß gesetzt, während ihr Vater im Gefängnis starb. Der Hausknecht wurde verurteilt. Nach dem Gefängnis trat Ganka in einen Selbstbildungszirkel ein, lernte dort einen Matrosen kennen, lebte etwa zwei Jahre mit ihm, bekam ein Kind, ein kleines Bübchen. Ihr Mann wurde Ende des Jahres fünf erschossen ... Vor seinem Dienst bei der Kriegsmarine war er Zirkusakrobat gewesen, er war so geschmeidig, leicht und feurig. Konnte sehr gut lesen und schreiben. War lustig wie ein Star, ein Tänzer. Nach seinem Tod erkrankte Ganka, man behandelte sie im Krankenhaus des heiligen Nikolai, das ist ein Irrenhaus.«

Samgin hörte der Erzählung schweigend und mit innerem Protest zu: Vor solchen Geschichten gab es kein Entrinnen! Doch als Taïssja aufhörte, zwang er sich zu einem Lächeln und sagte: »Also wird mich ... gewissermaßen eine politische Funktionärin bedienen, die zudem verrückt ist?«

Taïssja schaute finster drein, zog die Brauen zu einer Linie zusammen und entgegnete: »Sie lächeln umsonst. Sie ist gar keine Funktionärin, sondern einfach – eine Revolutionärin, wie alle redlichen Menschen des Armenstandes. Der Klasse«, fügte sie hinzu. »Und – sie ist nicht verrückt, sondern ... ganz einfach, hätte man einen Menschen getötet, den Sie lieben, so wäre das doch für Sie auch ein harter Schlag.«

Und da Samgin schwieg, sagte sie, als wollte sie ihn trösten: »Dafür haben Sie einen Menschen um sich, der Sie nicht überwachen, nicht zur Polizei laufen wird, um Sie zu denunzieren.«

»Das ist natürlich sehr viel wert. Ich werde versuchen, mich mit Schmuggel zu befassen oder Falschgeld zu drucken«, scherzte Klim Iwanowitsch Samgin. Taïssja blickte ihn mit hochgezogenen Brauen an.

»Sie wollen mich ärgern? Das ist schwierig.«

»Nein«, sagte Samgin eilig, »nein, das will ich nicht. Ich scherzte, weil Sie von traurigen Tatsachen erzählten ... ohne traurig zu sein. Verhaftung, Gefängnis, ein Mensch wurde erschossen.«

Sie blickte ihn fragend an, da sie noch irgendwelche Worte erwartete, aber sie wartete nicht ab und erklärte: »Weshalb sollte ich traurig sein? Gankas Vater wurde wegen Gaunerei verhaftet und verurteilt, sie wußte nichts von den Geschäften ihres Vaters und ihres Mannes, und das Gefängnis war für sie von Nutzen. Ihr zweiter

Mann wurde nicht wegen Raubes erschossen, sondern wegen seiner Teilnahme an revolutionärer Arbeit.«

Sie fächelte mit dem Taschentuch ihr Gesicht und fügte hinzu: »Ich kenne nicht nur eine solche Geschichte und erinnere mich ihrer sehr gern. Sie stammen bereits – aus einem anderen Leben.«

Samgin erriet, was sie mit dem anderen Leben meinte.

»Sie glauben, daß die Revolution noch nicht zu Ende ist?« fragte Samgin; sie drohte ihm mit dem Finger und sagte: »Sie halten mich wohl für ein dummes Gänschen, ja? Ich weiß doch: Sie sind kein Menschewik. Es ist Iwan, der schwankt und von einem Bündnis der Kleinbourgeoisie mit der Arbeiterklasse träumt. Wenn jedoch die Sozialrevolutionäre morgen wieder zum Terror greifen, wird Iwan sich einbilden, Terrorist zu sein.«

Sie lächelte.

»Ich sagte Ihnen schon, daß er immerzu über sich selbst hinaus will. Er ist überhaupt . . . Was ihm das letzte Buch sagt, lagert sich in seiner Seele zuoberst ab.«

Sie kann sehr leicht in eine andere Wohnung umziehen, dachte Samgin und hörte auf, von ihrer Umqartierung zu sich zu träumen. Sie ist eine Bolschewikin. Sicherlich nicht Parteimitglied, sondern eine von den Sympathisierenden. Ob Iwan das wohl begreift?

Das war eine um so unangenehmere Entdeckung, da sie sein Interesse für diese Frau erregte, die berufen zu sein schien, in seinem Leben Marina zu ersetzen.

Wie immer versammelte sich abends eine bunte Gesellschaft, und wie immer entbrannte ein Wortgefecht. Die Orechowa fing an, begeistert von Korolenkos Artikel »Eine alltägliche Erscheinung« zu reden, und Chotjaïnzew, der die Augen hinter den grauen Gläsern seiner Brille verbarg, flocht die Bemerkung ein: »Drei Jahre lang hat er geschwiegen . . .«

Die Orechowa brauste auf, fuchtelte mit den Armen: »Sie haben kein Recht, an der Aufrichtigkeit Korolenkos zu zweifeln! Das Recht haben Sie nicht.«

»Ich – bezweifle sie ja nicht, nur hat er etwas spät gemerkt, daß er nicht mehr schweigen kann. Übrigens hat auch Lew Tolstoi es nicht lange gekonnt«, trompetete er, seinen Baß nicht schonend.

»Und es ist gar nicht wahr, daß Korolenko Tolstoi nachgeahmt habe, er hat ihn nie nachgeahmt!«

»Ich sage ja nicht, daß er ihn nachgeahmt habe.«

»Sie sagen es nicht, deuten es aber an! Ach, wie verbissen Sie sind! Korolenko verteidigte die Menschen nicht weniger als Ihr Tolstoi, dieser ... göttliche Wirrkopf. Und Verfasser der unverzeihlichen ›Kreutzersonate‹.«

Sie stritten lange, bis der strahlende Nogaizew erschien und erklärte: »Meine Herrschaften! Ich habe die Abschrift eines erschütternd interessanten Dokuments: ein Brief des Moskauer Stadtkommandanten Reinbot an General Bogdanowitsch.«

Die Anwesenden verstummten, und darauf las er vor: »Bei uns in Moskau ist es still, ruhig. Für die Dumawahlen besteht absolut kein Interesse. Nicht einmal Wahlversammlungen veranstalten die Kadetten. Sie hatten versucht, eine abzuhalten, der Vorsitzende erlaubte sich beleidigende Ausdrücke gegenüber einem höheren Polizeibeamten, worauf dieser die Versammlung aufhob, und ich sperrte den Redner, um ein Exempel zu statuieren, für drei Monate ein. Die Revolutionäre traten vor kurzem zu einem Kongreß zusammen, auf dem sie auch zugaben, daß in Moskau die Dinge sehr schlecht stünden, aber bedauerlicherweise sind sie der Ansicht, in Petersburg stünden sie gut, in den Gouvernements Tschernigow, Charkow und Kiew sehr gut und in den übrigen mittelmäßig. Zur Zeit muß ich hauptsächlich das einfache politische Rowdyunwesen bekämpfen – im revolutionären Lager ist alles so entartet. An der Universität wird studiert, Versammlungen sind ganz unpopulär: Zu der ersten erschienen ungefähr zweieinhalbtausend Studenten (von neuntausend), zu der zweiten siebenhundert, vorgestern hundertfünfzig und gestern zu drei angesagten ungefähr hundert.«

»Sicherlich nimmt er den Mund voll«, bemerkte der magere, spitznasige Student Goworkow, sprang aber plötzlich auf und schrie freudig: »Warten Sie mal! Diesen Brief kenne ich doch. Er bezieht sich auf das Jahr 1907. Na selbstverständlich. Er ging noch im vergangenen Jahr von Hand zu Hand und wurde vorgelesen...«

Man fing an, über den Brief zu streiten, der Rauch von Zigaretten und Worten wurde sofort dichter. Auf dem Tisch brodelte der Samowar, eine graue Dampfsäule schoß wie kochender Staub unter seinem Deckel hervor. Den Tee schenkte die Hörerin der Frauenhochschule Rosa Greiman ein, sie war dunkelbraun, hatte riesengroße Augen, die tief in ihren Höhlen lagen, und einen grellen Mund, der wie geschminkt aussah.

Goworkow strich mit den Fingern seine schwarzen Haarsträhnen in den Nacken, richtete das hochmütige gelbe Gesicht aufwärts und schlug vor: »Wenden wir uns den Tatsachen zu!«

Man wandte sich ihnen zu – und fand, daß Goworkow recht hatte, während Chotjaïnzew tröstend mitteilte, daß es zur Beurteilung der Ruhe im Land gewichtigere Tatsachen gebe: Der Etat für den Unterhalt von Gefängnissen sei auf neunundzwanzig Millionen erhöht, die Kredite für Geheimausgaben der Regierung seien auch erhöht worden.

»Wie Sie sehen, kümmern sich um unsere Ruhe nicht nur die Reinbots in der Vergangenheit, sondern auch Stolypin in der Gegenwart. Die Ernennung des Erzreaktionärs Kasso zum Minister für Volksbildung . . .«

Aber man hörte ihm nicht zu. Ein Mann im Gehrock, der wie ein Militär aussah, mit gepflegtem, weichem Gesicht und einem dichten blonden Schnurrbart, warf Nogaizew in angenehmem Bariton, aber sonderbar und gleichsam absichtlich stotternd, vor: »Wo kriegen Sie alle die-se-se Ihre Apokryphen und – f-furchterregenden Schriftstückchen her, wem wollen Sie damit – angst machen und warum?«

»Fjodor Wassiljewitsch, ich habe keinerlei Apokryphen . . . Und – ich will niemandem . . .«

»N-nein, man merkt bei Ihnen eine Absicht, Sie wollen nichts anderes als mich erschrecken.«

»Ich? Mein Gott! Ich muß lachen, wenn ich das höre.«

Die glühend rote Orechowa schwang ein weißes Tuch und redete auf Keller und Chotjaïnzew ein: »Lesen Sie Thomas Masaryk, seine ›Philosophischen und soziologischen Grundlagen des Marxismus‹.«

»Miljukows ›Skizzen‹ habe ich gelesen und – gar nichts, ich bin noch am Leben! Sogar Le Bon habe ich gelesen«, brummte Keller.

»Marxismus ist nicht Sozialismus«, beharrte die Orechowa und wippte hin und her, als wankte der Boden unter ihren Füßen.

»Nein«, wiederholte eigensinnig, doch nicht übereilt Fjodor Wassiljewitsch, lächelte sanft und strich sich mit den gepflegten Fingern über den Schnurrbart, seine Fingernägel glänzten wie Perlmutt. »Nein, Sie suchen das Leben zu kompromittieren, Sie bestäuben es mit Unsinn. Das Leben jedoch, mein Werter, muß man lieben, eben – lieben, wie einen strengen, aber weisen Lehrer, ja, ja! Letzten Endes regelt es alles im guten.«

»N-nichts dergleichen«, rief ihm die Orechowa zu, er kniff seine freundlichen, aber etwas wäßrigen Augen zusammen, blickte zu ihr hinüber und sagte halblaut: »Ach, diese gute Frau . . . Was für dumme Worte: ›Nichts dergleichen‹! Alles gleicht doch irgend etwas anderem.«

Dann hob er wieder die Stimme und predigte weiter: »Sie, mein Werter, unterwerfen sich zu leicht den Tatsachen, zum Nachteil der Idee. Doch man muß wissen: Die Akzeptierung oder Nichtakzeptierung dieser oder jener Idee wird durch rein theoretische Erwägungen gerechtfertigt und keineswegs durch den Grad der Tauglichkeit oder Untauglichkeit dieser Idee für die Begründung der praktischen Tätigkeit.«

Die Orechowa hatte sich bereits von neuem in den Streit zwischen Keller und Chotjaïnzew eingemischt, indem sie auf sie einredete: »Marx – ist nicht frei vom Einfluß des Rassengedankens, von der Idee eines Volkes, das zum Leiden verurteilt ist. Er ist Pessimist und Rächer, Marx. Aber ich leugne nicht: Sein Recht auf Rache an der europäischen Menschheit ist nur allzu begründet.«

»Ein richtiger Gedanke.«

»Ich bin völlig einverstanden«, stimmte der schöne Mann zu. Sein angenehmer Bariton klang immer selbstsicherer, in den etwas leeren Augen leuchtete ein leichtes Lächeln, und es schien, als wüchse sein prächtiger Schnurrbart und würde immer prächtiger.

Das Gesicht eines Glückspilzes, stellte Klim Iwanowitsch Samgin fest.

In der Tür stand gleich einer Karyatide Tossja und stützte gewissermaßen den Lärm oder ließ ihn nicht in das benachbarte Zimmer, wo auch geschrien wurde, sie hatte eine Zigarette zwischen den Zähnen, fächelte sich mit der Hand den Rauch aus dem Gesicht und lauschte mürrisch der gemächlichen, selbstsicheren Rede des schönen Mannes.

Klim Iwanowitsch Samgin trank Tee und zwang sich zu einem Gespräch mit Rosa Greiman über die gegenwärtige Literatur, hörte auf das Geschrei der Streitenden, bemerkte bei ihnen das Bestreben, einander zu verletzten, und überlegte: Was verbindet sie denn?

Da erschien Dronow mit Tüten und Paketen unter den Armen und in den Händen; während er, seinen Gästen den Rücken zugewandt, die Einkäufe in die Vertiefung des Büfetts legte, erklärte er ungehalten: »Lew Tolstoi ist aus seinem Haus verschwunden. Man sucht – er ist nirgends zu finden.«

Das wurde mit großem Interesse aufgenommen, es versöhnte alle, der Orechowa traten sogar Tränen in die Augen: »Bis dahin haben sie ihn gequält!«

Man erkundigte sich bei Dronow nach Einzelheiten, aber er antwortete lakonisch: »Ich habe alles gesagt, was ich weiß ...«

Dronow setzte sich neben Samgin und bat: »Gib mir Wein, Rosa! Weißen.«

Dann seufzte er tief.

»Wer ist dieser schöne Mann?«

»Schemjakin, der Teufel soll ... Ich erzähle es nachher.«

Und während er zusah, wie die Greiman sich bemühte, den Korken aus dem Flaschenhals zu ziehen, murmelte er: »Ich war in einem geschlossenen Vortrag von Oserow. Dumamitglieder, Redakteure, Papa Suworin und andere Heilige. Industrielle, aus Produktionszweigen, die mit der Landwirtschaft zusammenhängen – sie sind festlich gestimmt. Dabei steht der Weizen im Export auf einundneunzig Kopeken, im Jahr acht wurde er zu einem Rubel zwanzig verkauft.« Er zog sein Notizbuch aus der Tasche und las vor: ›In der Metallurgie macht das Bankkapital dreihundertsechsundachtzig Millionen von der Gesamtsumme vierhundertneununddreißig aus, in der Steinkohlenindustrie hundertneunundvierzig von hundertneunundneunzig.‹ Wie ist das zu verstehen?«

»Ich bin kein Volkswirtschaftler«, entgegnete Samgin und dachte, daß Iwan jetzt an Tagilskij erinnerte, wie dieser bei Preiß gewesen war.

Dronow steckte das Notizbuch ein, trank von dem Wein und lauschte dem Wirrwarr der Worte.

»Der Größte unter den Großen«, schrie Nogaizew hysterisch. »Der Größte! Ich gebe nicht nach, Fjodor Wassiljewitsch, nein!«

»Beweisen Sie es ... Machen Sie mir begreiflich, welche Kraftidee er in sich verkörperte, welche Veränderungen diese Idee im Leben hervorgerufen hat. Kennen Sie die Lehre Guyaus, ja?«

»Ja-a! Tolstoi ... Er rührt mich nicht. Ein fremder Onkel. Ist das schlecht? Du schweigst ...«

»Nun – wer ist denn dieser Schemjakin?«

»Ein unehelicher Sohn irgendeiner angesehenen Persönlichkeit, der Teufel soll ... Er war bei einer Zollbehörde angestellt, machte vor etwa fünf Jahren eine Riesenerbschaft. Ist ein Mäzen. Er hofiert Tossja. Vielleicht wird er Geld für die Zeitung geben. Er hat Tossja im Theater kennengelernt, dachte, sie sei ein leichtes Mädchen. Nogaizew war auch beim Zoll angestellt, kennt ihn schon lange. Nogaizew war es auch, der ihn herbrachte, der Spitzbube. Übrigens: Sag ihm, dem Nogaizew, kein Wort von der Zeitung!«

Man könnte meinen, er benütze seine Geliebte, um Reiche anzulocken, dachte Samgin.

»Guyau?« brummte Goworkow. »Wer liest denn heute noch Guyau!«

»Oh, Gott!« rief verzweifelt Nogaizew. »Wieso denn? Es ist allgemein bekannt: Das Tolstojanertum war ...«

»Tolstoi reicht ihnen noch lange«, sagte Dronow.

»Laute Menschen«, bemerkte Samgin, um nicht zu schweigen.

Dronow, der das Glas wie einen Stock in der Hand hielt und gemächlich Wein trank, verbesserte Samgin: »Leere – wolltest du wohl sagen. Ja, aber diese Leute hier – die Orechowa, Nogaizew – machen das Wetter. Gerade weil sie leer sind, nehmen sie mit einer ungewöhnlichen Geschwindigkeit alles Neue in sich auf: Ideen, Programme, Gerüchte, Anekdoten, Klatsch. Sie sind überzeugt, daß sie ›Vernünftiges, Gutes, Ewiges säen‹. Wenn es notwendig ist, werden sie morgen jene Freuden und Leiden bestreiten, die sie heute bejahen . . .«

»Ganz wie Sie«, sagte unerwartet, halblaut Rosa Greiman.

»Nein, Rosotschka, nicht ganz so«, widersprach Dronow ernst.

»Doch«, sagte sie fest und bereits laut. »Auch Sie gehören zu jenen, die danach suchen, wie sie sich dem anpassen könnten, was radikal geändert werden müßte. Ihr alle hier seid geschäftige, kleinliche Bourgeois und werdet euer ganzes Leben lang solche kleinlichen Menschen bleiben. Ich – weiß es nicht genau auszudrücken, aber ihr redet nur von der Stadt, während bereits von der Welt gesprochen werden müßte.«

Sie sprach mit Akzent, reihte die Worte schwerfällig und langsam aneinander. Ihr Gesicht war blaß geworden, davon waren die Augen noch tiefer eingesunken, und ihr Kinn zitterte. Sie hatte eine farblose Stimme wie eine Lungenkranke, und daher wirkten ihre Worte noch schwerfälliger. Schemjakin, der neben Taïssja in einer Ecke saß, warf einen Blick auf Rosa, verzog das Gesicht, bewegte den Schnurrbart und raunte Taïssja etwas ins Ohr, sie machte böse eine mürrische Miene, hob die Hand und ordnete ihr Haar über dem Ohr.

Die Orechowa fragte schrill: »Was heißt – von der Welt?«

»Wissen Sie das nicht?«

Und Rosa begann aufzuzählen: »Von der Revolution der Türken, von der Auflösung der Medschlis in Persien, von der Aufhebung der finnischen Verfassung, von der Annexion Bosniens und der Herzegowina durch Österreich und Koreas durch Japan, davon, daß die Deutschen Englands Vorschlag einer Beschränkung der Seestreitkräfte abgelehnt und die Sozialdemokraten hierauf nicht reagiert haben. Sehen Sie – das ist die Welt!«

»Und – was befehlen Sie mir, mit ihr anzufangen?« fragte Nogaizew im Scherz.

Ohne ihm zu antworten, fuhr die Greiman fort: »Auch in China ist eine Bewegung. Sie reden von Tolstoi. Was sagten Sie von ihm? Er habe eine böse Frau, mißratene Kinder, und es gebe in ihm viel Widersprüchliches zwischen dem Künstler und dem Denker. Sonst nichts weiter. Doch Tolstoi ist ein Mensch der Welt, ihn lesen alle Völker – das Leben, sagt er, sei unmenschlich, schmachvoll, verlogen. Noch ist er nicht begraben, aber Sie beeilen sich schon, sein

Grab mit Unrat zu überschütten. Das ist empörend! Begreifen Sie doch: Tolstoi überzeugt davon, die Welt zu ändern, und Sie? Sie sind bestrebt, sich vom Leben abzusondern, suchen nach einem Platz über ihm, abseits von ihm, ja, ja. Gerade darauf läuft Ihre Kritik hinaus.«

Samgin hatte sich schon zu Beginn der Rede der Greiman erhoben und war an die Tür zum Besuchszimmer getreten, von wo er Taïssja und Schemjakin bequem beobachten konnte, der schöne Mann bewegte den Schnurrbart und glich dadurch einem sprungbereiten Kater. Taïssja stand seitwärts zu ihm und hörte zu, was Dronow ihr sagte. Als Samgin an den Gesichtern der Gäste erkannte, daß ein neuer Streit auszubrechen drohte, entschied er, daß er für diesmal genug habe, entfernte sich unauffällig ins Vorzimmer, zog sich an und ging nach Haus.

Es war schon sehr spät. In der öden Straße war kalter Nebel geronnen und konnte sich nicht entschließen, ob er sich in Schnee oder Regen verwandeln solle. In dem Nebel hingen die Blasen der Laternen, umgeben von trübem, regenbogenfarbenem Glanz, er war auch geronnen. Hie und da blinkten inmitten der schwarzen Fenster gelbe Lichtflecken.

Demokratie – überlegte Klim Iwanowitsch Samgin, als er an den phantastisch dicken Gestalten der Hausknechte vor den Toren der steinernen Häuser vorbeiging. Verdienen es diese Menschen, daß ich mich an ihre Spitze stelle? Die Rede Rosa Greimans, Pojarkow, das Verhalten Taïssjas – das alles vereinte sich von selbst zu einem Ganzen und Unerwünschten. Samgin fielen die Worte eines Kadetten ein, die er im Vorbeigehen im Vestibül der Reichsduma aufgeschnappt hatte: Anzeichen einer neuen Mobilisierung jener Kräfte, die dem gesunden Menschenverstand feind sind.

Ja, überlegte Samgin. Möglicherweise arbeitet Kutusow irgendwo. Falls er nicht in Moskau als einer der »Sieben« des Zentralkomitees verhaftet worden ist. Diese Jüdin ist offenbar ein böses Geschöpf. Eine Bolschewikin. Wer ist Schemjakin? Taïssja wird natürlich zu ihm gehen. Falls er sie ruft. Nein, es ist vorteilhafter, wenn ich mich mit Literatur befasse. Die Zeitung wird mir nicht entgehen. Wenn ich mir in der Literatur einen Namen gemacht habe, kann ich auch an eine Zeitung denken. Ohne Dronow. Ja, ja, ohne ihn . . .

Das war eine von seinen vielen Entscheidungen, mit ihr schlief er auch ein.

Aber am Morgen, als er noch im Bett lag und die erste Zigarette rauchte, kam ihm der Gedanke, daß Dronow – ein nützliches Tier sei. So wußte er zum Beispiel von irgendwoher einen ungemein schmackhaften Tabak zu beschaffen. Zur Einzugsfeier hatte Dronow ihm ein vortreffliches Landschaftsgemälde von Krymow geschenkt, und wahrscheinlich war er es auch, der Taïssja geraten hatte, ihm eine Studie von Shukowskij – Föhren mit blauen Schatten auf dem Schnee – zu schenken. Hier ein prächtiger Sommer und dort ein prächtiger Winter.

Durch den Fenstervorhang schien die Sonne herein, im Zimmer war es frisch, vor dem Fenster strahlte vermutlich der erste Wintertag, in der Nacht war wohl Schnee gefallen. Er hatte keine Lust aufzustehen. Im Nebenzimmer stapfte weich Agafja umher. Klim Iwanowitsch Samgin rief: »Bringen Sie den Kaffee hierher.« – Ja, Dronow ist nützlich. Wie Sancho Pansa. Obwohl ich ja kein Don Quichotte bin. Er ist nicht dumm, der Iwan.

Dronow machte ihn mit dem Rechtsanwalt Anton Sergejewitsch Prosorow in dessen Abwesenheit bekannt: »Eine Leuchte, die nicht zu den Großen gehört und – am Erlöschen ist. Von vielen Krankheiten angenagt, und bald werden sie ihn endgültig aufzehren. Ein Vielfraß und Schürzenjäger. Lebt mit der letzten von zehn. Er hat sie von der Estrade heruntergeholt, ihr eingeredet, daß sie im Drama spielen müsse, doch in der dramatischen Kunst erwies sie sich als gänzlich unbegabt, und nun rächt sie sich an ihm dafür, daß er ihr die Karriere verdorben habe: Hätte er sich nicht eingemischt – wäre sie jetzt berühmt wie Yvette Guilbert. Er fährt mit ihr jährlich nach Paris – ohne Paris kann sie nicht leben. Sein Kanzleibetrieb ist unordentlich, und ich warne dich – er hat keinen guten Ruf: Er nimmt Honorare, hat aber zweimal die Berufungsfrist versäumt, und in einem Fall hat er seinem Mandanten die eingeklagte Summe zahlen müssen: Das Richterkollegium, das die Klage des Mandanten prüfte, hatte die Forderung für begründet anerkannt.«

Prosorow erwies sich als ein langer, dünnbeiniger Mann mit aufgeblähtem Bauch, der aus Weste und Hose hervorquoll und einen weißen Hemdstreifen zeigte. Sein Kopf war unverhältnismäßig groß, und im Profil erinnerte er an einen Nagel, der in der Mitte verbogen ist. Auf dem halb kahlen gelben Schädel waren ergraute Überreste einstmals rostbrauner Locken verstreut. Die Wangen schmückte ein Bart, dessen glatte, spärliche Haare am Kinn in einem spitzen Keil endeten. Ein runzliges Gesicht, graue Säcke zogen die Lider herab und entblößten farblos gewordene feuchte Augen. Auf der Wurzel der langen, rötlichen Nase zitterte ein Klemmer, aber Prosorow blickte über ihn hinweg.

»Warum nicht? Sehr gut. Ich bin froh, einem Kollegen helfen zu können. Iwan Matwejitsch hat mir ausführlich erzählt . . . Ich werde die Akten heraussuchen, bei denen es nötig ist . . . Das heißt, die etwas zu lange liegengeblieben sind . . . Bitte.«

Er sah Samgin verwirrt, sogar gleichsam erschrocken an, schnaufte durch die Nase, seufzte und wischte sich mit dem Taschentuch die Augen.

»Ich hätte Sie mit meiner Frau bekannt gemacht, aber sie ist nach Nowgorod gefahren, dort befindet sich irgendeine bemerkenswerte Kirche. Meine Frau begeistert sich für Kunst, jetzt ist ja die Kunst in Mode . . . Die Jugend möchte sich zerstreuen, sie hat die Demonstrationen, die Verfassung, die Revolution satt.«

Er bewegte sich furchtsam im Sessel, rümpfte die Nase, so daß der Klemmer von ihr herunterfiel, und fügte eilig hinzu: »Ich verhalte mich natürlich nicht ablehnend . . . Aber ›alles zu seiner Zeit‹. Jetzt ist die Zeit des Vergnügens gekommen. Das ist normal.«

An ihm, am Anzug und in den Worten, war etwas Unordentliches, Unsicheres, und rund um ihn, in seinem Arbeitszimmer, war es ungemütlich, eng und herrschte der Geruch von Aktenstaub.

»Mein Schriftführer, Mironow, ist ein ganz gescheiter, sehr netter junger Mann, wenn auch ein Faulpelz. So ist das.«

Er stieß einen müden Seufzer aus und blickte Samgin so an, daß dieser begriff: Geh jetzt. Du bist mir lästig.

Als Samgin kam, um sich mit den Rechtsfällen bekannt zu machen, empfing ihn ein elegant gekleideter junger Mann mit langem Haar und einem liebenswürdigen Lächeln auf dem dunkelhäutigen Gesicht. Er kniff die schwarzen Augen zusammen und erklärte, daß sein Chef unpäßlich sei und nicht erscheinen werde, dann deutete er auf zwei Stapel von Schriftstücken in blauen Umschlägen mit der Aufschrift »Akte« und sagte: »Das empfiehlt er Ihrer Aufmerksamkeit. Benötigen Sie mich noch?«

»Nein.«

Der junge Mann machte einen Kratzfuß und verschwand, während Samgin die Akte »Prozeß der Bauern Uchow Iwan und Pelageja gegen den erblichen Ehrenbürger Lewaschow wegen Körperverletzung« aufschlug und sich in das Studium des Falls vertiefte. Es stellte sich heraus, daß der Bürger, als er mit seinen zwei Pferden an einem Bauern vorbeigefahren war, diesem ein Bein gebrochen, Rippen geprellt und eine Gehirnerschütterung zugefügt hatte, was den Tod des Bauern Alexej Uchow, eines Lastfuhrmanns, zur Folge hatte. Der Vater und die Frau des Verstorbenen wollten von dem Bürger fünftausend Rubel haben. Die Sache war im Bezirksgericht verhandelt worden, die Klage war zurückgewiesen, dann war Berufung eingelegt worden. Aus dem Polizeiprotokoll ersah Samgin, daß die Klage aussichtslos war. Auf der Rückseite der Akte las er die Aufstellung über das Honorar, das Prosorow erhalten hatte: hundertvierzig Rubel.

»Akte Fabrikant Keller wegen Vertragsbruch . . .«

Hinter Samgin öffnete sich eine Tür, und starker Parfümgeruch wehte herein. Darauf erschien neben ihm eine Frau von mittlerem Wuchs, in eine bunte Wolke aus Seide und Spitzen gehüllt, mit Pelzumhang um die Schultern und einem schweren Turban rotgefärbten Haars, rotwangig, mit keck aufgestülpter Nase, bläulichen Augen und lustigen Fünkchen darin. Ihr geschminkter Mund lächelte und ließ kleine Mausezähne sehen, sie war überhaupt betörend auffällig.

»Jelena Wikentjewna«, sagte sie, Samgin ihr kurzes molliges Händchen reichend, und lud ihn zu einem Frühstück ein.

Sie frühstückten sehr abwechslungsreich und schmackhaft. Sie tranken Wodka halb und halb mit »Picon«, tranken Wein, und Klim Iwanowitsch Samgin erfuhr mit Vergnügen nicht wenige sehr interessante Neuigkeiten aus dem Leben der höheren Kreise.

Die erste von ihnen war: Der Botschafter der Vereinigten Staaten in Paris hatte dem russischen Botschafter Nelidow erklärt, da die Frau des Grafen Nostitz vor ihrer Vermählung nackt, mit einem Fischschwanz im Aquarium einer Londoner music-hall aufgetreten sei, könne das Diplomatische Korps von Paris diese Dame nicht für würdig befinden, in seinen Kreis aufgenommen zu werden.

»Begreifen Sie, was für ein Skandal das ist? Nostitz ist, glaube ich, Botschaftsattaché. Überhaupt – eine gewichtige Persönlichkeit. Nein, denken Sie an unser Prestige im Ausland, Botschafter heiraten Damen mit Fischschwänzen . . .«

Sie brach in ein schallendes, »tremolierendes« Gelächter aus, das sehr angenehm klang, und teilte dann mit, die junge Zarin neige immer mehr zu Hysterie und – Beingeschwüren.

»Das alles sind Folgen ihrer unnormalen Beziehungen zu der Wyrubowa. Ich verstehe die Lesbierinnen nicht«, sagte sie achselzuckend. »Und dann ist da noch dieser entlaufene Mönch, Rasputin. Obwohl er, wie es scheint, nicht einmal Mönch, sondern ein einfacher Dorfmüller ist.«

Sie sprach mit Behagen, aber auch mit einem Unterton von Geringschätzung die Worte »Hofkreise« und »unsere Aristokratie« aus, und man konnte meinen, sie habe in diesen Kreisen und in der Aristokratie verkehrt. Betont verächtlich sprach sie von den Ministern: »Das sind lauter Emporkömmlinge mit kleinbürgerlichen Familiennamen – Schtscheglowitow, Kasso . . . Sie haben diesen Kasso nicht gesehen? Er hat erstaunlich häßliche Ohren, riesengroß, wie

Überschuhe. Und Chwostow, der Gouverneur von Nishnij Nowgorod, den sie auch zum Minister machen wollen, ist so dick, daß er ein Auto mit Spezialfederung besitzt.«

Sie saßen in einem großen, halbdunklen Zimmer, seinen drei Fenstern gegenüber erhob sich eine graue Hauswand, die ebenfalls von Fenstern durchschnitten war. An den schmutzigen Scheiben, den Balkonen und der eisernen Leiter, die im Zickzack zum Dach hinauf verlief, war zu erkennen, daß es Küchenfenster waren. In einer Ecke des Zimmers stand ein Flügel, darüber hing ein schwarzes Bild mit zwei gelben Flecken, der eine stellte eine Wange und eine massive, dicke Nase, der andere eine offene Hand dar. Eine andere Ecke wurde von einem schweren, schwarzen Büfett mit Perlmuttintarsien eingenommen, das fünf miteinander verbundenen Särgen glich.

In dem Zimmer war es ziemlich stickig, das starke Parfüm der Frau konnte den Geruch des von der Zentralheizung erwärmten Staubs nicht verdrängen.

Das Frühstück dauerte etwa zwei Stunden. Klim Iwanowitsch Samgin aß mit Genuß, trank ein wenig und geriet in gute Stimmung, während er mit liebenswürdigem Lächeln dem wohlklingenden Stimmchen und dem häufigen Lachen der Frau zuhörte und dachte: Sie ist dumm, aber – amüsant.

Unterdessen sprach sie zu ihm mit Begeisterung von der gewaltigen Schönheit der Fresken in der Neridiza-Erlöser-Kirche bei Nowgorod.

Beim Abschied sagte sie: »Sonnabends besuchen mich Schauspieler und Schriftsteller, wir musizieren und debattieren, kommen Sie doch auch!«

Ja, ich muß bei ihr verkehren, beschloß Samgin, es gelang ihm jedoch nicht so bald, sie ein zweites Mal zu sehen, denn die zahlreichen, aber verwickelten Fälle Prosorows beanspruchten viel Zeit, der elegante Schriftführer war sehr schlecht unterrichtet, er faulenzte und träumte von einer Reportertätigkeit bei der »Peterburgskaja gaseta«. Ja und Prosorow selbst, der immer schlapper wurde, rieb sich die Stirn, zupfte sich am Bart und verlor offensichtlich an Gedächtnis. Der Schriftführer wurde entlassen. Dronow ersetzte ihn durch ein mürrisches Bürschchen, das eine Gürtelbluse aus schwarzem Tuch trug, starke Backenknochen hatte und ständig die Zähne bleckte, und schon sein Äußeres ging Samgin auf die Nerven.

Lew Tolstoi war gestorben. Agafja war die erste, die es Samgin am Morgen sagte, als sie ihm die Zeitungen brachte: »Lew Nikolajewitsch ist verschieden.«

Sie hatte das halblaut gesagt und ging, blieb aber in der Tür stehen und fügte hinzu: »Hören Sie, wie bei allen im Haus die Türen schlagen? Als wären die Menschen erschrocken.«

»Haben Sie Tolstoi gelesen?« fragte er.

»›Polikuschka‹ habe ich gelesen, auch ›Das Märchen von den drei Brüdern‹ und ›Wieviel Erde braucht der Mensch?‹ Bei uns auf der Hintertreppe wurde gestern vorgelesen.«

Wie immer wartete sie noch ein wenig, ob ihr Herr nicht noch irgend etwas fragen würde. Der Herr – fragte nicht.

Er hörte nicht, daß irgendwo im Haus die Türen öfter oder lauter schlügen als sonst, und hatte nicht das Gefühl, daß Tolstois Tod ihn betrübt habe. An diesem Tag hatte er am Morgen vor Gericht die Vertretung in einer Beitreibungssache wegen siebentausenddreihundert Rubel, und ihm schien, daß die Klage nur deshalb für begründet gehalten wurde, weil sein Gegner sich schwach verteidigt und die Richter bei der Verhandlung unaufmerksam zugehört und eilig entschieden hatten.

Im Anwaltszimmer unterhielt man sich besorgt über die Form der Teilnahme an der Beerdigung, sollte man eine Delegation nach Jasnaja Poljana entsenden oder sich darauf beschränken, einen Kranz zu schicken. Irgend jemand erinnerte gewichtig daran, daß jetzt nicht das Jahr fünf sei, daß es einen Schtscheglowitow gebe...

Zufrieden darüber, daß er die Sache gewonnen hatte, rief Klim Iwanowitsch Samgin bei Prosorow an, am Telefon meldete sich Jelena, hörte seine Mitteilung an und fragte: »Wissen Sie, daß es in der Universität unruhig ist? Die Studenten randalieren, verlangen die Abschaffung der Todesstrafe...«

Dumme Gans, beschimpfte Samgin sie innerlich, nachdem er sofort aufgelegt hatte. Sie weiß doch, daß die Polizei die Telefongespräche abhört, aber er teilte die Neuigkeit dennoch einem rotwangigen Mann im Frack mit, worauf dieser die Augen zusammenkniff, zur Decke blickte und sagte: »Na und? Ein guter Vorwand. ›Er hat durch seinen Tod den Tod überwunden.‹ Wenn sie nur nicht auf die Straße gehen...«

Es erschienen noch zwei Befrackte mit Aktentaschen, und der eine von ihnen, schwarzhaarig, hochstirnig, mit tief eingefallenen Augen und galligem Gesicht, sagte zornig: »Ich behaupte: Das Bewußtsein der Notwendigkeit sozialer Disziplin, das Gefühl der Klassensolidarität ist nur möglich, wenn eine richtig und einmütig verstandene nationale Idee vorhanden ist. Das habe ich schon immer gesagt... Und solange es das nicht gibt, wird unsere Jugend...«

»Erlaub mal, erlaub! Die Verfassungsillusionen haben die Jugend drei bis vier Jahre im Zustand der Ruhe gehalten...«

»Aber jetzt hat der Tod Tolstois genügt, daß sie von neuem an der Wand hochgehen möchte.«

Der rotwangige Anwalt fragte vergnügt: »Wo haben Sie denn Klassensolidarität beobachtet, Roman Ossipowitsch?«

»In Frankreich, mein Freund. In England. In Deutschland, wo die organisierte Arbeiterklasse aktiv an der Staatsarbeit mitwirkt. Das alles sind Länder, in denen die nationale Idee dominiert...«

»Was Sie da sagen – ist Struvismus! Eros in der Politik und dergleichen mehr. Das ist Romantik...«

Samgin hörte noch etwa fünf Minuten dem Streit zu, dann ging er auf die Straße, in Wind und feinen Sprühregen. Ihm war, als bemerkte er heute in dem gewohnten Stadtlärm irgendein besonderes dumpfes, beunruhigendes Dröhnen. Die Menschen überholten einander, stürzten aus den Türen der Häuser und Läden oder hinter den Straßenecken hervor, und alle schienen nach Zuflucht vor Regen und Wind zu suchen. Auch Gedanken hasteten zusammenhanglos hin und her. Er mußte daran denken, daß die Anwälte der Hauptstadt sich ihm gegenüber kühl verhielten, mit einer sehr kränkenden Liebenswürdigkeit. In der grauen, feuchten Dämmerung erstand vor ihm die Gestalt des mürrischen Greises mit dem zerzausten Bart.

Er hat die Menschen beschworen, dem Übel nicht zu widerstreben, und ist am Ende seiner Tage vor der Gewalt seiner Frau, der Familie geflohen. Es brechen von neuem Studentenunruhen aus.

Er nahm eine Droschke, verkroch sich unter das Lederverdeck des Wagens und schloß die Augen. Kaum hatte er zu Hause abgelegt – kam Dronow hereingelaufen, der mit dem Taschentuch sein nasses Gesicht abtrocknete.

»Dieser Tolstoi, wie?« begann er. »Die Studenten rühren sich, und in den Fabriken scheinen auch Versammlungen stattzufinden. Eine schöne Geschichte! Zum Teufel...«

Er schnalzte mit den Lippen und fuhr fort: »Ich fahre gerade vorbei und sehe – du bist beim Haus vorgefahren. Hör mal: Was meinst du, wenn wir einen Sammelband über Tolstoi herausgäben, wie? Ich habe einige Bekanntschaften in der Literatur. Vielleicht – versuchst auch du, irgend etwas zu schreiben? Da hat nun ein Mensch fast sechs Jahrzehnte gearbeitet, hat Weltruf erlangt – war aber außerstande, Ruhe für seine Seele zu erarbeiten. Das wäre ein Thema! Er predigte: Widerstrebet nicht dem Übel, und rief: Ich kann nicht schweigen, was bedeutet das, wie? Wollte er schweigen, konnte es aber nicht? Aber – warum konnte er es nicht?«

»Ein Sammelband – das ist eine gute Idee«, sagte Samgin und begann, da er sich in die Quellen von Tolstois Moralphilosophie nicht vertiefen wollte, sachlich von dem Plan eines Sammelbandes zu sprechen.

Dronow hörte etwa fünf Minuten lang schweigend zu, rieb dabei die Stirn und die Igelborsten auf seinem Kopf, dann sprang er auf: »Ich fahre in die Duma. Willst du mit?«

»Nein.«

Er zog irgendeine kleine Zeitung aus der Tasche und drückte sie Samgin in die Hand: »Lenins ›Arbeiterzeitung‹, sie ist vor kurzem – erst dieser Tage – erschienen.«

Er verschwand, kam aber gleich, im Mantel, mit Mütze wieder zurück und murmelte: »Es geht das Gerücht, wir hätten vor, Persien zu annektieren. Österreich hat Bosnien und die Herzegowina an sich gerissen, und wir werden uns Persien nehmen. Wenn die Engländer uns nicht den Buckel verhauen – fahre ich zu den Persern, Teppiche einkaufen. Das ist ein stilles, ruhiges Geschäft. Perserteppich-Handlung von Iwan Dronow. Die kleine Zeitung bewahre auf.«

Er murmelte das und verschwand endgültig, ließ Samgin in einem Zustand der Gereiztheit zurück.

Ein Hanswurst. Ein schlauer Hanswurst. Eine verlogene Natur.

Er bemerkte nicht zum erstenmal, daß Iwan beim Weggehen, wie ein Schauspieler vor dem Fallen des Vorhangs, Worte zu sagen suchte, die das Gedächtnis besonders reizten und irgendwie doppeldeutig waren.

Seinen Rücken am Heizkörper wärmend, entfaltete Samgin die stark mitgenommene, zerlesene Zeitung. Sie brachte seine Gereiztheit nicht zum Erlöschen. Als er die einfachen, scharfen Worte ihres Leitartikels ansah, protestierte er verächtlich: Wen wollen sie mit sich ziehen in einem Land, in dem selbst Lew Tolstoi einsam und machtlos war . . .

Am Abend ging er zu Prosorow, der alte Mann empfing ihn im Schlafrock, mit verbundenem Hals, er bewegte sich, mit zitternder Hand nach den Sessellehnen greifend, fort und keuchte wie ein Fagott, als wäre er betrunken.

»›Sorgen und Krankheiten kamen über ihn‹, wie es bei diesem – wie heißt er doch? Der ›Das geistliche Seminar‹ schrieb? – lautet. Richtig, richtig – Pomjalowskij. Den Prozeß haben wir also gewonnen? Sehr angenehm. Sehr.«

Er sprach langsam, gedehnt, strich währenddessen über die linke Seite seines Halses und stieß gleichsam die Kinnlade nach oben, der Blick seiner trüben Augen suchte irgend etwas rings um Samgin, als sähe er ihn nicht.

»Jetzt wollen wir mal die Sache dieser Gräfin voranbringen. Morgen machen wir Berufung ... Dies werden wir auch gewinnen. Nun, wissen Sie, ich muß liegen, bemühen Sie sich doch bitte zu meiner Frau, sie hat nach Ihnen verlangt. Bei ihr sitzt ein Gast ... einer von dieser gewissen Sorte ... Einer von den Modischen ... Kunst, Philosophie und dergleichen mehr. Äh-äh-äh ...«

Er fuhr mit der linken Hand durch die Luft, reichte Samgin die rechte und hielt dessen Hand fest: »Dieser Tolstoi, wie? Zu meiner Zeit ... in meinen Jugendjahren – da rangierten Tschernyschewskij, Dobroljubow, Nekrassow vor ihm. Wir lasen sie wie die Kirchenväter, ich bin doch aus dem Priesterseminar. Die Überzeugungen bauten sich auf ihren Worten auf. Tolstoi war unbemerkt. Damals lernte man, über das Volk nachzudenken und nicht über sich selbst. Er fing an, über sich selber nachzudenken. Mit ihm begann dieses ... Drehen des Menschen um sich selbst. Hierüber ließe sich ein Kalauer machen: Es ist ein Sichdrehen um einen Teil – Sichwegdrehen vom Ganzen ... Na – auf Wiedersehen ... Mir schmerzt das Ohr ... Bitte ...«

Er wies mit der Hand auf die Tür zum Besuchszimmer. Samgin hob die schwere Portiere, öffnete die Tür, im Besuchszimmer war niemand, in einer Ecke brannte eine kleine Lampe unter einem blauen Schirm. Samgin wischte angeekelt mit dem Taschentuch das Gefühl warmen, klebrigen Schweißes von seiner Hand.

Die Tür zum Speisezimmer war spaltbreit geöffnet, dort saßen am Tisch drei Männer und Jelena. Im Leben Klim Iwanowitsch Samgins kamen unerwartete Begegnungen oft vor und verwunderten ihn nicht mehr, aber jede von ihnen erweckte immer mehr den peinlichen Eindruck, daß das Leben begrenzt, eng und armselig sei.

In dem dicken rothaarigen Mann mit dem aufgedunsenen, bläulichen, glattrasierten Gesicht eines Ertrunkenen und den dicken Lippen erkannte er seinen Lehrer Stepan Andrejewitsch Tomilin, ihm gegenüber saß glückselig lächelnd der Privatdozent Pylnikow.

»Und sie verschweigen einen Verzweiflungsschrei, den Schrei des Physiologen Du Bois-Reymond, mit dem er seine Rede ›Über die Grenzen des Naturerkennens‹ schloß, nämlich: ›Ignorabimus‹ – wir werden es nicht wissen!« sagte streng, gewichtig und gleichsam durch die Zähne Tomilin, der einen Löffel mit Konfitüre an sein rasiertes Kinn hielt.

»Völ-lig richtig«, bestätigte Pylnikow freudig, und gleich nach seinen Worten ertönte eilig ein dünnes Kinderstimmchen: »Ja, die beruflichen Interessen der einen und die gewohnte Leichtfertigkeit der anderen beschränken die Denkfreiheit.«

»Gerade das ist es!« bestätigte von neuem Pylnikow. »Das heißt zunächst das und danach die Politik der Regierung – der Selbstherrschaftsregierung selbstverständlich ...«

»Oh!« schrie Jelena, Samgin begrüßend, auf. »Das ist sehr schön! Machen Sie sich bekannt: Arkadij Kosmitsch Pylnikow, Jurij Nikolajewitsch Twerdochlebow.«

»Wir kennen uns«, sagte Samgin, der auf Tomilin zuging; ohne aufzustehen, die Lippen leckend, hob Tomilin seine rotbraunen Pupillen zu Samgin empor, und nachdem er langsam und wichtigtuend die Hand gehoben hatte, fragte er mißtrauisch: »Wir kennen uns? Wo hatte ich denn die Ehre? ...«

Durch seine Wichtigtuerei gekränkt, half Samgin trocken seinem Gedächtnis nach.

»Aha! Ja, ja, ich entsinne mich. Ich war Ihr Repetitor, und dort gab es noch andere Jungen. Einer von ihnen ertrank, glaube ich, oder so etwas Ähnliches ...«

Er wandte sein Gesicht von Samgin ab und nahm sich von neuem Konfitüre. Klim Iwanowitsch nahm gegenüber von Twerdochlebow Platz, das war ein kleines Männlein von der Größe eines Halbwüchsigen und mit einem Gesichtchen, beweglich wie das eines Affen, das dunkelhäutige Gesichtchen war von einem dunklen Bärtchen umrahmt, die Brauen waren verwundert hochgezogen, die dunklen Augen funkelten aufgeregt. An ihm ist etwas Spielzeughaftes, Unwirkliches, stellte Samgin fest, als er Tomilin feindselig musterte. Die spröden Haare des Lehrers hatten sich wahrscheinlich gelichtet, sie lagen glatt an wie ein Häubchen, unter den Augen waren blaue Säcke geschwollen, die rasierten Wangen waren auch aufgebläht, er strich sich mit den schwammigen Fingern der linken Hand oft über Wangen und Nase, während die rechte ununterbrochen Konfitüre, Biskuits und Konfekt an die dicken Lippen führte. Die Schälchen mit Konfitüre und Biskuits und die Konfektschachteln standen dicht an ihn herangerückt. Er war insgesamt irgendwie blasenartig geworden, sein aufgeblähter Bauch war, wie der von Berdnikow, gegen den Tischrand gestemmt, und wenn der Lehrer sich etwas nehmen mußte, erhob er sich ein wenig vom Stuhl, der Bauch war den Armen im Weg, verkürzte sie. Doch obwohl er so abnorm, krankhaft dick geworden war, konnte Samgin, als er ihn genauer betrachtete, in ihm nicht den schläfrigen, schwerfälligen Menschen erkennen, als der Tomilin in seiner Erinnerung lebte. Er sprach so sicher und gebieterisch, daß man ihn nicht mehr »eine Persönlichkeit unbekannter Bestimmung« nennen konnte, wie Warawka ihn genannt hatte. Und die Pupillen seiner Augen schienen nicht mehr an das Weiß der Augäpfel geklebt, sondern waren gleichsam in dessen milchige Substanz, die mit zartrosa Äderchen gemustert war, eingebettet, sie waren eingebettet, schwammen in ihr und leuchteten eigentümlich unheilverkündend.

Ein schreckliches und widerliches Gesicht, definierte Samgin, während er zuhörte.

»In meinem Vortrag ›Über die Verlockungen des vermeintlichen Wissens‹ wies ich darauf hin, daß die phantastischen, unvorstellbaren Zahlen der Mathematiker irreal sind, keine physikalisch klare Vorstellung vom Weltall, von unserer, der irdischen Natur und vom Leben des menschlichen Körpers vermitteln können, daß die Mathematik der Schatten der Metaphysik des 20. Jahrhunderts ist und diese Wissenschaft zur Scholastik des Mittelalters hinstrebt, in dem der Teufel physisch gespürt wurde und man die Zahl der Teufel auf einer Nadelspitze zusammenzählte. Die Frage nach der Zuverlässigkeit des Wissens, behaupte ich, muß von neuem und streng philosophisch gestellt werden. Es ist zu prüfen: Ist das Wissen nicht eine Falle, die der Teufel uns bei unserem Streben nach Gotteserkenntnis gestellt hat.«

»Verzeihen Sie, daß ich Ihre hochbedeutsame Rede unterbreche«, sagte Samgin mit kühler Höflichkeit. »Aber soweit ich mich erinnere, lehrten Sie, die Erkenntnis als einen Trieb aufzufassen, als dritten Lebenstrieb . . .«

»Ich lehrte, als ich noch lernte, und hörte auf zu lehren, als ich begriff, daß ich falsch gelehrt hatte«, antwortete Tomilin, der ein Konfekt auswickelte und seinen Schüler nicht ansah, und Samgin fühlte, daß er Tomilin gern Grobheiten gesagt hätte.

So ein Flegel!

Und indem er sich bemühte, seiner Stimme einen giftigen Ton zu verleihen, sagte er: »Gestatten Sie dann, die Frage nach der Verantwortlichkeit bei Lehrtätigkeit zu stellen.«

»Richtig. So stellen Sie sie doch an Christus und Pyrrhon, an den heiligen Augustinus und Voltaire . . .«

»Das war ein Hieb!« rief Pylnikow, sich an Twerdochlebow wendend, doch dieser fiel sofort über Samgin her und schrie: »Und denken Sie an den Grund für die Vertreibung unserer Urahnen aus dem Paradies! Und an die bitteren Früchte dieser Welt. Haben Sie Rosanow gelesen?«

Tomilin, der an seinem Konfekt kaute, bemerkte schulmeisterlich: »Rosanow ist ein Schwätzer, Wollüstling und Ketzer, er ist hier nicht am Platze. Für ihn steht ein Platz in der Hölle bereit.« Dann schielte er mit bös aufflackernden Augen zu Samgin hinüber und murmelte lässig: »Es gibt zweierlei Verantwortlichkeit: eine vor

Gott und eine vor dem Teufel. Sie zu einer zu vermengen – ist frevelhaft. Ganz zu schweigen davon, daß es auch unklug ist.«

Er leckte sich die Lippen ab, dann wischte er mit dem Taschentuch darüber und wandte sich an Jelena.

»Um auf Tolstoi zurückzukommen, will ich hinzufügen: Er lehrte denken, wenn man seine laut ausgesprochenen Gedanken über sich selbst als Lehren bezeichnen kann. Aber er lehrte nie leben, er tat dies nicht einmal in seinen sogenannten künstlerischen Werken, in dem Spiel mit Worten, das sich Kunst nennt. Die höchste Kunst ist die, in der Pracht der Einheit von Fleisch und Geist zu leben. Trenne das Gefühl nicht vom Verstand, sonst verwandelt sich dein Leben in eine Kette sinnloser Zufälligkeiten und – du bist verloren!«

Eine Kette sinnloser Zufälligkeiten – das hat er von Lew Schestow, stellte Samgin fest.

Klim Iwanowitsch erinnerte sich nicht, jemals so gereizt und bis zu einem solchen Grad erbost gewesen zu sein, wie er es in diesen Minuten war. Es war aufreizend und erregte sogar Widerwillen, wie Tomilin die Süßigkeiten verzehrte, er beförderte sie fast ununterbrochen und gleichsam automatisch mit seinen schwammigen Fingern in den dicklippigen Mund, wahrscheinlich war es gerade dieses gleichmütige Wiederkäuen, das den Glaubenslehrer zwang, die Worte durch die Zähne zu murmeln. Seine Predigt klang gleichmütig, und aus dieser Gleichmütigkeit tönte, für Samgin deutlich bemerkbar, ein geringschätziges Verhalten gegen ihn heraus. Der Sinn der Predigt seines ehemaligen Lehreres interessierte, berührte Samgin nicht. Klim Iwanowitsch kannte bereits etwas Ähnliches, das Problem der Zuverlässigkeit des Wissens, der Umschwung des Denkens in Richtung zur Religion, zur Metaphysik – das alles war sehr in Mode. Aber es lag etwas Kränkendes darin, daß Tomilin sich so schroff von dem Menschen unterschied, der er in der Jugend gewesen war. Der ehemalige Repetitor, der die knappen Bemerkungen und Einschaltungen Pylnikows und Twerdochlebows kurz abtat, beachtete Samgin nicht, und es sah so aus, als täte er das absichtlich.

Rächt er sich an mir? Weswegen? dachte Samgin, entsann sich, wie dieses rothaarige Leckermaul vor seiner Mutter auf Knien gelegen hatte, und entschied: Das kann nicht sein. Warawka machte sich gern über ihn lustig...

»›Der Mensch wird zum Unglück geboren wie die Funken, um emporzufliegen‹«, rief der kleine Twerdochlebow begeistert aus, und sein Gesichtchen schrumpfte zusammen, wurde noch kleiner. Tomilin, der eine Praline von ihrer Hülle befreite, indem er mit dem Fingernagel das Papier von ihr herunterkratzte, löschte die Begeisterung dieses Menschleins mit den kalten Worten: »Wir dürfen nicht alles in dem Buch Hiob so direkt auffassen, wie es geschrieben ist, denn dies ist das Buch einer anderen Rasse und anderen Blutes, einer Rasse, die sich unverzeihlich gegen Gott versündigt hat und noch mild bestraft wurde ...«

Er stand auf und glich nun einem Faß, das in etwas Dunkelgraues, aus Tuch Bestehendes gehüllt ist, in ein Mittelding zwischen Gehrock und langschößigem altrussischem Überrock. Er riß die Augen weit auf, warf einen Blick auf die Wanduhr, räusperte sich und strich sich mit der Hand über die Wange: »Für mich wird es Zeit. Ich muß mich noch etwas vorbereiten, um neun Uhr halte ich in einem Hause einen Vortrag über das Schicksal, wie es das Volk auffaßt, und über die Prädestination, wie die Kirche sie lehrt.«

Er küßte der Frau des Hauses die Hand, nickte den übrigen zu und ging auf schwerfällig schlurrenden Füßen davon; die Frau des Hauses folgte ihm.

»Hervorragend!« sagte halblaut Twerdochlebow.

»Ein sehr kluger Mann«, stimmte Pylnikow bei.

»Und – was für eine Gelehrsamkeit!«

Die Frau des Hauses kehrte zurück.

»Ist er nicht originell?« fragte sie und antwortete selbst: »Sehr.«

Pylnikow indessen sagte zu Samgin: »Jelena Wikentjewna hat eine erstaunliche Begabung, ausnehmend interessante Leute zu finden und um sich zu versammeln ...«

»Ich bin glücklich, in ihrer Mitte zu weilen«, sagte Samgin erbost und ohne seine Ironie zu verhehlen. Jelena blickte ihn lächelnd an.

»Oho, Sie sind bissig?«

»Nein, wirklich, er ist kein Dutzendmensch«, begann sie versöhnlich. »Ich lernte ihn vor etwa zwei Jahren kennen, in Nishnij, er konnte dort nicht Wurzel fassen. Eine Handelsstadt, und gerät alljährlich für anderthalb Monate von Sinnen: Lauter Kaufleute und Kaufleute, solche von kolossalem Format, die Verkaufsmesse, Frauen, unerhörte Gelage. Er trank dort stark und zog sich irgendeine Krankheit zu. Ich brachte ihm bei, möglichst viel Süßigkeiten zu essen, das heilt vollständig von der Trunksucht. Denn sonst, wissen Sie, philosophierte er in den Gaststätten und ließ sich dafür freihalten ...«

Samgin hörte ihr mit Vergnügen zu, ihre Worte erfrischten und beruhigten ihn, und als er das Weitere angehört hatte, lachte er sogar etwas leise.

»Sie können sich vorstellen: Kommt da so ein unheimlicher Mensch auf Sie zu und schlägt Ihnen vor: ›Möchten Sie nicht, daß ich Ihnen das Dasein Gottes beweise?‹ Und für eine halbe Flasche Wodka behauptete und leugnete, bewies er es. Sehr amüsant. Man soll ihn sogar geschlagen, ihn zur Polizei gebracht haben ... Aber nun sehen Sie, es hat sich gezeigt, daß er ... etwas bedeutet! Ein Philosoph, ja?«

»Ein recht origineller«, sagte Pylnikow betrübt, während Klim Iwanowitsch Samgin mit Vergnügen die Gesichter Pylnikows und Twerdochlebows ansah, sie schienen etwas fahl geworden zu sein. Pylnikow schmollte und hörte enttäuscht zu, das kleine Männlein indessen zuckte mit den Achseln und murmelte: »Eine Heimsuchung! Ich meine damit den Alkoholismus. So du nicht sündigst, kannst du nicht bereuen, so du nicht bereust, wirst du nicht erlöst.«

»Mein Mann ist ein alter Volkstümler«, fuhr Jelena lebhaft fort. »Er liebt das alles: selbstentwickelte Talente, Selbstgebildete ... Selbstmörder scheint er nicht zu mögen. Die Selbstherrschaft mag er auch nicht, das ist bereits so eine uralte Alltagsgewohnheit wie das Teetrinken. Ich verstehe ihn: Menschen, die vom Gymnasium, der Universität abgeschliffen wurden, sind ziemlich einförmig, denken nach Büchern, wohingegen solche ... tapfere Leute sich überall auf eigene Gefahr mit Gewalt Zutritt verschaffen. Das sind Barbaren ... Ich bin für die Barbaren, mit ihnen langweilt man sich nicht!«

»Jelena Wikentjewna!« heulte Twerdochlebow auf und schnellte dabei auf dem Stuhl hoch. »Das sagen Sie, Sie, deren Besuchszimmer der Treffpunkt der Elite ...«

»Jelena Wikentjewna scherzt«, machte Pylnikow ihm klar, aber seine Worte klangen fragend.

»Wie leicht er gleich alles merkt«, sagte die Frau zu Samgin; er stand auf, reichte ihr die Hand.

»O nein! Ich lasse Sie nicht gehen, ich habe noch ein Anliegen an Sie...«

Die zwei anderen begriffen, daß sie überflüssig waren, küßten ihr das mollige Händchen mit den Ringen an den rosigen Fingerchen und gingen. Jelena musterte Samgin ein paar Sekunden lang aufmerksam, mit einem Lächeln in den Augen, dann verzog sie ihr Lärvchen zu einer komisch traurigen Grimasse und fragte mit einem Seufzer: »Wollen wir über Tolstoi reden?«

»Das ist nicht unbedingt notwendig«, sagte Samgin.

»Danke. Über Tolstoi habe ich, Telefongespräche nicht mitgerechnet, schon viermal geredet. Lieber Klim Iwanowitsch – ich habe kein Geld im Haus und ziemlich viel kleine unbezahlte Rechnungen. Könnte ich nicht möglichst bald das Honorar für die Sache bekommen, die Sie gewonnen haben?«

»Ich will mich bemühen.«

»Bitte, bemühen Sie sich! Das wäre alles. Aber dies bedeutet nicht, daß Sie gehen müssen.«

Sie schlug vor, sich ins Besuchszimmer hinüberzubegeben. Sie ging leicht und schwebend, in federndem Tanzschritt, sie trug ein orangefarbenes Kleid, weit, wie ein Umhang. Im Gehen schwang sie, ihr Kleid ordnend, komisch die Arme, doch es sah aus, als stieße sie etwas von sich.

Sie ist angenehm, sagte sich Samgin und dachte: Sie hüllt sich wahrscheinlich in weite Kleider, weil sie eine schlechte Figur hat. Er war ihr sehr dankbar für das, was sie von Tomilin erzählt hatte, und sah sie, soweit ihm das möglich war, freundlich an.

Das Besuchszimmer war von einer Lampe beleuchtet, die von einer Laterne aus durchbrochenem persischem Kupfer umschlossen war, und alles im Zimmer war mit feinem Schattenmuster bedeckt. An den Wänden glänzten matt auf kleinen Regalen kupferne Krüge, Schalen und Vasen, und diese Fülle von Kupfer brachte Samgin auf den Gedanken:

Sie will originell sein.

Jelena lag halb aufgerichtet auf einer Ottomane unter einem großen Bild, das Bild stellte gelbe Sanddünen, eine Kamelkarawane und zwei dürre Palmen dar, deren Blätter zerzaust und vom Wind zerfetzt waren.

»Mein Mann wird wahrscheinlich ernsthaft krank«, sagte Jelena.

Samgin vernahm keinen Kummer in ihren Worten. Er fragte, wer Twerdochlebow sei.

»Nun . . . ein Nichtstuer«, sagte sie, halb auf die Ottomane gestreckt, hob die Arme und ordnete ihr üppiges Haar. Samgin stellte fest, daß sie eine hohe Brust hatte. »Er lebt von Begeisterungen. Er ist der Sohn eines sehr reichen Vaters, der irgend etwas ins Ausland verkauft. Ein Onkel von ihm ist Mitglied der Duma. Er und Pylnikow leben beide von Begeisterungen. Pylnikow hat sich vor kurzem aus der Provinz eine Frau mitgebracht, die auf dem rechten Auge schielt und fünfundzwanzigtausend Rubel Mitgift besaß. Besuchen Sie die Duma?«

»Ich bin einmal dort gewesen und habe es dieser Tage wieder vor.«

»Gehen wir doch zusammen hin. Dort ist es amüsant. Da sitzen sehr gute Bekannte, die ich betrunken bei den Zigeunern, in den Nebenräumen von Restaurants gesehen habe, und verfassen Gesetze.«

Sie kniff die Augen zusammen und fragte: »Dronow hat Ihnen doch sicherlich gesagt, daß ich Sängerin auf der Estrade gewesen bin? Nun also. Als solche hatte ich eine recht umfassende Bekanntschaft mit den besten Leuten Rußlands«, sagte sie mit lustigem Zwinkern. »Und selbstverständlich mußte ich, um gut angezogen zu sein, mich ganz entblößen. Schockiert Sie das?«

»Nicht im geringsten«, sagte Samgin eilig, worauf sie, mit dem Finger drohend, ihn warnte: »Aber lassen Sie es sich nicht einfallen, mich zu bemitleiden, mich zu bedauern und dergleichen mehr. Und – hegen Sie keine amourösen Hoffnungen, ich habe die Liebe schon reichlich satt. Und überhaupt jegliche Schweinerei. Lassen Sie uns gute Freunde sein – gut?«

»Sehr gut. Und ich danke Ihnen sehr für diesen Vorschlag«, sagte Samgin und dachte: Mit ihrem Mann geht es zu Ende, sie braucht einen Stellvertreter, der die Aufgabe ihres Mannes übernehmen könnte – für sie zu arbeiten.

»Nun also. Wir sehen uns zum viertenmal, aber . . . Kurz gesagt: Sie gefallen mir. Sie sind ernsthaft. Belehren in keiner Hinsicht. Sie belehren nicht gern? Dafür werden Ihnen viele Sünden vergeben werden. Die Lehrer habe ich auch satt. Ich bin dreißig, Sie können meinen, ich hätte zwei bis drei Jahre abgezogen, aber ich bin wirklich runde dreißig, und fünfundzwanzig Jahre lang hat man mich belehrt.«

Samgin hörte mit liebenswürdigem Lächeln ihrem übermütigen Geschwätz zu und sah: Wenn diese Frau mit den Fingern schnippte, schienen ihre Worte auch metallisch zu schnippen wie eine kleine Schere, und das lustige Glitzern in ihren blauen Augen leuchtete dann greller auf.

Sie ist interessanter als Alina, stellte Samgin fest. Ein abgeschlossener Charakter. Und – nicht dumm. Diese ist wohl kaum fähig, Tragödie zu spielen. Ihr gegenüber muß man sich sehr vorsichtig verhalten, entschied er.

Aber er besuchte Prosorow fast täglich; er arbeitete mit ihm, wenn der alte Mann sich wohler fühlte, und blieb danach zum Tee oder zum Essen da. Bei Tisch erzählte Prosorow ein wenig umständlich, aber doch interessant vom Leben der Intellektuellen in den siebziger und achtziger Jahren, er hatte fast alle bedeutenden Menschen jener Zeit gekannt und sprach von ihnen mit betrübtem Kopfwiegen wie von Leuten, die sich mutig dem Baal der Geschichte geopfert hatten.

»Nadson sang: ›Glaub mir, sterben wird Baal‹, aber nun ist er nicht gestorben. Die Gewalt Europas richtet unser bäuerliches Land immer rascher zugrunde, tja! Sicherlich sind Sie Marxist, wie jedermann heutzutage . . . Sogar dieser Flegel . . . Stolypin . . .«

»Darf ich noch Tee einschenken?« fragte Jelena, sie saß gewöhnlich mit einem Buch in der Hand da, ohne sich in die lyrischen Reden ihres Mannes einzumischen, blätterte rasch die Seiten um und bewegte die Brauen. Sie las französische Romane, die Schipownik-Sammelbände, »Die Fjorde«, war bezaubert von der skandinavischen Literatur. Klim Iwanowitsch Samgin merkte nicht, wie es zwischen ihm und ihr zu einer leichten Freundschaft kam, die ihm keinerlei unangenehme Verpflichtungen auferlegte und nicht den Charakter intimerer und verantwortlicher Beziehungen anzunehmen drohte.

Bei Jelena ruhte er von den Eindrücken aus, die ihn in Dronows Wohnung bedrückten, wohin – gleich trüben Regenbächen in eine Grube – Gerüchte, Gedanken und Tatsachen zusammenströmten, die ebenso unangenehm verschiedenartig waren wie die Leute, die sie mitbrachten. Die Zahl der Gäste wuchs ununterbrochen, sie gebärdeten sich geschäftig wie auf einem Bahnhof, und es war sehr schwer zu begreifen, wohin sie reisten und weshalb.

Samgin war gar nicht verwundert, als Dronow ihm mitteilte: »Vor einigen Tagen lernte ich den früheren Stellvertreter des Staatsanwalts, Tagilskij, kennen, das ist vielleicht ein Hund! Weißt du, die Sache Asef-Lopuchin muß wohl die junge Staatsanwaltschaft aufgerüttelt haben, die Jugend springt ab.«

Dronow wirbelte umher, brodelte und schwitzte, er suchte immer noch erbittert nach Geld für die Herausgabe einer Zeitung, und Tossja sagte lächelnd: »Er sucht hunderttausend Rubel wie eine Nähnadel in einem Heuschober!«

Aber Iwan war optimistisch überzeugt, daß er die Nadel finden werde, und sein Optimismus festigte Samgins dunklen Verdacht: Wovon lebt er?

Iwans gastfreundliches Heim nannte Samgin im stillen »illegales Restaurant«, »Gratisausschank« und hatte das Gefühl, daß er in diesem Heim fehl am Platz sei. Er bemerkte, daß alle Gäste Dronows einen gewissen Zug besaßen, den sie mit Iwan gemein hatten, sie waren ebenso wie Iwan über irgend etwas beunruhigt und säten Unruhe aus. Er sah, daß diese Leute weit umfassender als er, Samgin, über den Lauf der Geschehnisse des gegenwärtigen Lebens unterrichtet waren, und gelangte verletzt zu der Überzeugung, daß sie ihn nicht anhörten und nicht einmal beachteten. Samgin war es gewohnt, die Menschen rasch nach ihren Neigungen zu messen, zu charakterisieren und zu bewerten, sofern die Neigungen in Worten zum Ausdruck kamen, er unterteilte diese Leute in Organisatoren und Desorganisatoren. An der Spitze der ersten Gruppe stand der schönrednerische Nogaizew; fast bis zu Tränen erregt und drei Finger der rechten Hand wie zur Bekreuzigung aneinandergelegt, schüttelte er sie vor seinem Gesicht und redete auf die anderen ein: »Nach überstandener Revolution hat das Land sich beruhigt, es arbeitet, nimmt zu an Wohlstand – europäisiert sich. Stolypin ist schroff vorgegangen, aber dank seiner Agrarreform haben wir eine vortreffliche Getreideernte ...«

»Und auch aufgehängte Revolutionäre und landlose Bauern«, fügte Goworkow ruhig in tiefem Baß ein.

»Richtig!« unterstützte ihn der eben erst von der Universität relegierte Boris Depsames, ein lockiger Brünetter, breitschultrig, gut gebaut, in abgetragener Studentenjacke, deren Metallknöpfe durch schwarze und graue ersetzt waren.

»Sie, Goworkow, sind Mitglied einer Partei, die sich durch ihre moralische Blindheit für immer kompromittiert hat«, entgegnete Nogaizew bissig und begann, die aneinandergelegten drei Finger weiter vor seiner Nase schüttelnd, als röche er an ihnen, von neuem in lyrischem Singsang: »Wir Volkssozialisten sind Demokraten reinsten Wassers, wir denken uns das Wachstum der Kultur nicht ohne Beteiligung des Dorfes. Wir – sind nicht blind und begrüßen die Entwicklung der Metallurgie, denn das Dorf braucht landwirtschaftliche Maschinen. Persönlich begrüße ich die Genehmigung der Regierung, Roheisen zu herabgesetztem Tarif aus dem Ausland einzuführen, um den Roheisenhunger zu überwinden ...«

An der Spitze der Desorganisatoren stand Tagilskij – in einem dunklen Winkel sitzend und schlecht zu sehen, wandte er ohne Übereilung und sogar anscheinend träge ein: »Doch vielleicht wird das Roheisen an die ›Russische Gesellschaft für Geschoßfabrikation‹ und andere Fabriken dieses Typs gehen? Uns fehlt es nicht nur an Roh- und Gußeisen, sondern auch an Zement, an Ziegeln, und wir müssen sehr viel Getreide verkaufen, um das alles kaufen zu können.«

Er versenkte sich wollüstig, mit lächelnden Augen in Zahlen, reihte Millionen Rubel und viele zehn Millionen Pud aneinander.

»Und reden Sie nicht etwas früh von einer Beruhigung angesichts Tausender Brandstiftungen in Einzelgehöften und anderer Aktionen der landlosen Bauernschaft gegen die Besitzer von Sonderland?«

Sich seiner Leidenschaft für Zahlen erinnernd, zählte Tagilskij gemächlich und gemessen auf: Am ersten Dezember hätten sich in der Universität gegen zweitausend Studenten zu einer Versammlung eingefunden, Polizeimeister Hesse habe mit zweihundertfünfzig Polizisten die Universität besetzt, in Serentui und Wologda fänden Gefängnisrevolten statt.

»Fügen Sie noch die zwei legalen Zeitungen der Menschewiki und die bolschewistische ›Swesda‹ hinzu, die hier erscheint. Was bedeutet das?«

»Man will, daß die Sozialisten einander auffressen«, rief Chotjaïnzew zornig.

Am Teetisch begeisterte sich die Orechowa, die ihr rotes, schweißbedecktes Gesicht immer wieder mit dem Taschentuch trocknete, für die Tätigkeit der englischen Suffragetten und erzählte entzückt von ihrer Begegnung mit Lady Pankhurst. Rosa Greiman und Tossja hörten ihr schweigend zu, Schemjakin saß neben Tossja, warf hin und wieder einen Blick auf ihren Busen, zwirbelte am linken Ende seines Schnurrbarts und fügte bisweilen halblaut in grandseigneurhaftem Ton etwas ein wie:

> »Sie sprachen von Jesus, dem Herrn,
> Von Gänsebraten gern,
> Von Politik, von Poesie,
> Dann gingen Wodka trinken sie

– das ist, glaube ich, von Tschechow?«

Die Greiman sagte zornig: »Tschechow hat keine Gedichte geschrieben.«

»Er hat keine geschrieben? Zu Unrecht.«

Dieser frischgebackene große Herr reizte Samgin besonders, und wenn Klim Iwanowitsch fähig gewesen wäre zu hassen, hätte er ihn gehaßt. Er reizte durch seine hartnäckige und selbstsichere Art, Taïssja den Hof zu machen. Samgin war es klar, daß dieser korpulente Mann das Gewünschte erreichen werde. Doch Samgin gestand sich nicht ein, daß er Dronows Wohnung fast nur besuchte, um diese ruhige, wohlbeleibte, mollige Frau zu sehen. Noch nie war ihm eine Frau so geeignet vorgekommen, mit ihr zusammen zu leben. Ihm schien, sie sähe ihn immer noch fragend an, als erwartete sie irgend etwas von ihm. Aber jedesmal, wenn er zu ihr davon zu reden begann, daß sie ihm angenehm sei, wurde ihr Gesicht langweilig, hölzern, und sie schwieg gelassen.

»Gefällt Ihnen dieser Schemjakin?« fragte er.

»Nein«, sagte sie, und ihr Wort klang aufrichtig.

»Was tut er?«

Sie zuckte mit den Achseln und sagte: »Er ist reich.«

»Und was sonst noch?«

»Ich weiß nicht. Ja – er spielt Geige.«

»Haben Sie ihn spielen hören?«

»Wo denn? Bei uns – hat er nicht gespielt. Er sagt, er habe das Konservatorium besucht und Konzerte geben wollen.«

»Er macht Ihnen beharrlich den Hof.«

Sie zuckte wieder mit den Achseln.

»Er ist reich – das ist langweilig. Wenn man alles hat – was soll man dann tun?«

Ihre naiven Fragen gefielen Samgin, und fast immer entdeckte er hinter ihren Fragen noch kindlichere Gedanken.

»Gefallen Ihnen reiche Leute?«

»Natürlich nicht.«

»Weshalb?«

»Na – wozu sind sie da? Sie brauchen doch nichts mehr, haben alles gefunden, an nichts zu denken.«

Und dann sagte sie mürrisch: »Sie necken mich immerzu, als wäre ich ein kleines Mädchen.«

Er begann davon zu reden, daß die Reichen in den Armen den Wunsch wecken, auch reich zu werden, aber Taïssja unterbrach ihn mit verdüstertem Gesicht: »Hören Sie auf! Sonst müßte ich meinen, Sie wollten mich dumm machen.«

Nein, das wollte er nicht, er brauchte die Frau, und es lag nicht in seinem Interesse, daß sie dümmer werde, als sie war. Und vor kurzem hatte es einen Augenblick gegeben, in dem er das Gefühl bekam, daß Taïssja ein gefährliches Spiel treibe.

Er hatte fast eine Woche lang Dronow nicht besucht und wußte nicht, daß Jurin gestorben war, er begegnete dem Leichenzug auf der Straße. Im Winter sind Beerdigungen besonders traurig, und hier fiel ihm auch noch Warwaras Beerdigung ein: Es war ein ebenso feindselig kalter Tag, der Wind fauchte, feiner, stechender Schnee rieselte, genauso kamen dem Leichenwagen eilig gleichgültige Menschen entgegen oder überholten ihn, als ob sie ihn nicht bemerkten, und Samgin kam der gleiche trübselige Gedanke: So wird man auch mich ...

Acht Personen gaben Jurin das Geleit – fünf Männer und drei Frauen: Taïssja, die Greiman und eine kurzbeinige Alte in wattierter Jacke und in einen Schal gehüllt. Taïssja schritt hoch erhobenen Hauptes, mit zornig mürrischer Miene, und man sah, daß es ihr nicht paßte, mit der kleinen Rosa und der Alten Schritt zu halten, sie strebte immerzu voran oder stieß, wenn sie zurückblieb, gegen die Männer. Von diesen verbarg nur einer, der eine Persianermütze trug, sein bärtiges Gesicht hinter dem hochgeklappten Kragen des Pelzmantels, drei waren offenbar Arbeiter, und der fünfte – ein bejahrter Mann, glatt rasiert und mit grauem Schnurrbart – ging, die zottige kaukasische Pelzmütze in den Nacken geschoben, mit entblößter hoher Stirn und stach mit einem knorrigen Stock in den Schnee.

Samgin blieb nur ein paar Sekunden lang stehen und ermöglichte es dadurch Taïssja, ihn zu bemerken, sie nickte ihm zu. Es wäre ungehörig gewesen, nicht auf sie zuzugehen.

»Nun ist er gestorben«, sagte sie leise und begann sofort laut und griesgrämig zu reden: »Neunundzwanzig Jahre. Sechs davon saß er im Gefängnis. Mit siebzehn Jahren das erstemal. Man hat einen elendigen Spion als Begleiter ausgesandt, dort schleppt er sich hin!«

Sie nickte zum Bürgersteig hinüber.

»Laß das, Taïssja Romanowna«, sagte heiser der Mann mit dem Stock.

Samgin warf einen Seitenblick auf den Bürgersteig, konnte aber nicht feststellen, wer dort ein Spion sein sollte.

»Ist das seine Mutter?« fragte er, mit den Augen auf die Alte deutend.

»Seine Wirtin. Er hat keinerlei Angehörige. Außer diesen da.«

Und nach einem Blick über die Schulter auf die Begleiter fragte sie: »Warum sieht man Sie nicht mehr?«

Samgin sagte, er werde am Abend kommen, und entfernte sich.

Hinter äußerer Grobheit – eine gute, sanfte Seele. Der Typ wie Tanja Kulikowa, Ljubascha Somowa, die Anfimjewna. Der Typ eines Menschen, der sich dazu geschaffen fühlt, zu dienen, definierte er, während er eilig dahinschritt und sich unwillkürlich umblickte, ob ihn nicht irgendein Subjekt verfolge. Zu dienen – gleichgültig, wem. Mitrofanow war auch ein Mensch dieser Kategorie. Das Uralte, Knechtische, Christliche ist noch nicht beseitigt. Isaake, wie Vater sagte ...

Es war etwas ärgerlich, daß er Taïssja mit solchen kleinen Leuten in eine Reihe stellen mußte, aber zugleich festigte das seinen Wunsch, sie aus dem Milieu herauszuholen, in das sie zufällig geraten war. Er ging, sich vor Kälte krümmend, und skandierte Nekrassow:

> Als ich durch meiner Worte heiße Rede
> Aus der Verirrung düsterem Gehege
> Eine gefallne Seele riß ...

Ja, ich muß mit ihr entschlossen reden ...

Am Abend ging er dennoch nicht sehr gern zu Dronow – ihn beunruhigte die Möglichkeit, Tagilskij zu treffen. Er konnte nicht vergessen, daß er, als er Tagilskij bei Dronow erblickt hatte, schmählich vor irgend etwas erschrocken war und ein paar abscheuliche Sekunden lang überlegt hatte, ob er auf Tagilskij zugehen solle oder ob das nicht notwendig sei. Aber Tagilskij war selbst auf ihn zugekommen, rundlich, geckenhaft gekleidet, mit einem gutmütigen Lächeln auf seiner roten Fratze.

»Sodom und Gomorrha!« hatte er Samgin schauspielernd begrüßt, schüttelte ihm die Hand und blickte ihm unter die Brille. Lustig gestimmt, teilte er ihm innerhalb fünf Minuten mit, daß man ihn »gebeten« habe, aus der Staatsanwaltschaft auszuscheiden, und daß er jetzt ein »freier Junge« sei.

»Die Verfassung begünstigt mit bemerkenswertem Erfolg das Wachstum der Banken, und so verfasse ich als Freund ökonomischer Kunststücke allerhand Berichte über die Aussichten und Möglichkeiten. Die Banken wachsen wie Eiterbeulen, das heißt – wie Furunkel.«

Sein lustiges Gesicht und der scherzhafte Ton hatten Samgins Unruhe zwar ein wenig beschwichtigt, aber dennoch seine Überzeugung nicht erschüttert, daß Tagilskij ein verdächtiger, gefährlicher Mensch sei.

In der Sache Marina hat er das Spiel mit mir gewonnen, dachte Klim Iwanowitsch verdrossen. Er hat es gewonnen.

Zu Dronow hatte er sich absichtlich etwas früher auf den Weg gemacht, da er hoffte, Taïssja allein anzutreffen, aber dort saßen bereits Chotjaïnzew und Goworkow einer dem anderen gegenüber am Tisch und erfüllten das Zimmer mit Gebrüll und Gekreisch.

»Hören Sie auf, die böswilligen Bankrottierer zu verteidigen«, donnerte Chotjaïnzew, die Ellenbogen auf den Tisch gestützt und sich gegen ihn stemmend. »Ihre Partei ist von Asef mit Pech besudelt worden, die Liquidatoren der Gruppe ›Potschin‹, Awksentjew und Bunakow, haben ihr den Rest gegeben, Stjopa Sljotow, mein ehemaliger Freund und Zimmergenosse in der Verbannung, ist zwar ein guter Kerl, aber – kein Politiker, sondern ein höchst naiver Romantiker. Sie sehen ja, Jegor Sasonow hat sich erschossen, weil er sich der Führer schämte.«

Der Landvermesser hatte seine brüllende Stimme sehr gut in Gewalt, er sprach, als lese er, und neben seinem Baß waren die Entgegnungen und Ausrufe des Studenten nicht zu hören. Zum erstenmal konnte Klim Iwanowitsch die Gesichter dieser Leute betrachten: Chotjaïnzew hatte ein knochiges, langes Gesicht, es war unschön von einem scharfzähnigen Mund durchschnitten, von Pockennarben zerwühlt und mit unordentlichen Büscheln strohblonder Haare besät, Schöpfe ebensolcher farbloser Haare bedeckten wirr seinen aufwärts gestreckten Schädel, der einer Melone glich. Er selbst bezeichnete sich als einen »nicht gut eingerichteten« Menschen, aber sein Gesicht erhellten sehr schöne große Augen von bläulicher Farbe mit einem undefinierbaren leichten Lächeln auf ihrem Grund. Goworkow war von mittlerem Wuchs, wohlgebaut, mit dunkler Gesichtsfarbe, schwarzäugig, er hatte einen dicken Schnurrbart und ein quadratisches Kinnbärtchen, seine dunklen, rasierten Wangen zuckten nervös, er sprach mit hoher Stimme, schrill und als bisse er die Worte ab, sein lockiges Haar lag dem Kopf glatt an, glänzte wie Seide und enthielt nicht wenig graue Haare. Er war Physiklehrer irgendwo in der Provinz gewesen und hatte eine kleine Druckerei besessen, in der eine Lokalzeitung gedruckt worden war. Ende des Jahres sieben war die Zeitung verboten worden, Goworkow wurde verhaftet, aber bald darauf unter »Entzug der Berechtigung, sich pädagogisch zu betätigen«, wieder auf freien Fuß gesetzt. Er war nach Petersburg gekommen, um sich um die Wiedergewinnung seiner Lehrerlaubnis zu bemühen, hatte in der Duma Arbeit bekommen, und obwohl er seine Bemühungen eingestellt hatte, beklagte er sich: »Bedenken Sie, wie barbarisch unsinnig das ist – einem Menschen das Recht zu nehmen, sich mit seiner Lieblingstätigkeit zu befassen, ihn seines Lebens Sinn zu berauben!«

Nervös, jähzornig schrie er, auf dem Stuhl hochschnellend: »Das ist eine Lüge! Sasonow hat sich nicht deswegen erschossen...«

»Ich müßte mit Ihnen reden«, sagte Samgin halblaut zu Taïssja, sie sah ihn sehr aufmerksam an und antwortete: »Gut. Ich will erst ein wenig zuhören, wie sie...«

»Ich kenne das Dorf, weiß, wie Ihre Leute bei den Dumawahlen geredet haben«, donnerte Chotjaïnzew ohrenbetäubend. »Begreifen Sie, warum sich so viele Popen unter ihnen befinden? Aha!«

Da erschienen Dronow und Schemjakin, beide angeheitert, und schrien wie immer Neuigkeiten aus: Minister Kasso habe die Moskauer Universität auffliegen lassen, man habe die Absicht, von der Petersburger Universität vierhundert Studenten zu relegieren, von der Warschauer hundertfünfzig.

Chotjaïnzew, der sich so auf seine langen Lippen biß, daß das Kinn sich vorschob und sein graues Gesicht sich in Falten legte wie das Gesicht eines alten Mannes, hörte sich die Neuigkeiten an, seufzte laut und sagte düster: »Du, Wanetschka, freust dich wie ein Feuerwehrmann, der schon lange keinen Brand mehr gelöscht hat... Bei Gott!«

»Schweig, Mordwine!« schrie Dronow. »Und einen italienisch-türkischen Krieg – wünschen Sie den nicht? Ho-ho-ho! Das alles ist vorteilhaft... Die Italiener werden uns mehr Getreide abkaufen...«

Schemjakin stellte eine große Bonbonniere vor Tossja hin und sagte, zu ihrem Gesicht vorgebeugt, irgend etwas zu ihr – sie schüttelte verneinend den Kopf.

»Nein, beachten Sie«, brüllte Chotjaïnzew und warf die Arme hoch wie ein Ertrinkender. »In der Armee führen bei uns baltische Barone, die Rennenkampf und Stackelbergs, das Kommando, und überall gibt es beliebig viel dieser -bergs und -kampfs. In der Mittelschule sind Tschechen. Die Donkohle haben die Franzosen erobert. Jetzt kommt der bessarabische Bauer über uns: Kasso, Purischkewitsch, Kruschewan, Krupenskij und – weiß der Teufel, wer noch alles! Und wir Russen – was tun wir? Bastschuhe flechten, wie?«

»Sind Sie denn Russe?« fragte Goworkow boshaft.

»Ich?« Chotjaïnzew sah ihn verwundert an und wandte sich an Dronow: »Wanja, sag ihm, daß Mordwin ein Pseudonym von mir ist. Kindchen«, fuhr er, Goworkow kläglich anblickend, fort, »ein Russe bin ich, Russe, Sohn eines Dorfschullehrers, Enkel eines Popen.«

Samgin, der Schemjakin und Taïssja von der Seite beobachtete, dachte: Verkaufen wird Dronow sie diesem Tölpel.

Einer nach dem anderen erschienen die Leute, und jeder von ihnen brachte, wie die Biene ihre Beute, irgendeine Neuigkeit mit: eine Anekdote, eine Tatsache, einen Klatsch. Die Anekdoten erzählte vortrefflich der eben erst relegierte Student Jeruchimowitsch, Enkel eines jüdischen Kantonisten, ein junger Mann, der so stark behaart war, daß es schien, er sei nicht weniger als dreißig Jahre alt. Mit einer Kappe schwarzen und wahrscheinlich spröden Haars, dunkelblauen Wangen und einem breiten, blauen Streifen an Stelle eines Schnurrbarts, der gleichsam durch die starken Brauen ersetzt wurde, blickte er finster unter zusammengezogenen Brauen hervor, seufzte tief, schmatzte genießerisch mit seinen dicken, grellroten Lippen und erzählte, die Hände auf den Rücken gelegt, ohne zu lächeln, mit klangvoller, aber komisch trübseliger Stimme: »Da gingen auf dem Newskij Prospekt zwei Bürger, und der eine sagte zu dem anderen:

›Ach, so ein Dummkopf!‹

Da trat ein Polizist auf sie zu:

›Kommen Sie gefälligst mit aufs Polizeirevier.‹

›Weswegen?‹

›Wegen Beleidigung Seiner Majestät.‹

›Du hast wohl den Verstand verloren, mein Lieber? Ich habe doch meinen Freund beschimpft!‹

›Ich bitte, keinen Widerstand zu leisten. Es ist allgemein bekannt, wer hierzulande ein Dummkopf ist!‹«

Das belustigte die Gäste sehr, sie lachten mit Vergnügen und baten: »Na, noch etwas, Jeruchimowitsch! Noch was, bitte! Ach – wie begabt!«

Jeruchimowitsch sah alle mit dem starren Blick seiner steinernen Augen an und erzählte noch etwas.

Samgin kamen sämtliche Anekdoten gleichermaßen dumm vor. Er sah, daß es ihm heute nicht gelingen werde, sich mit Taïssja zu unterhalten, und wollte schon gehen, aber da erweckte Rosa Greimans Rede sein Interesse. Rosa war eben erst gekommen und hatte wahrscheinlich auch irgendeine Neuigkeit mitgebracht, die mißtrauisch aufgenommen worden war. Sie saß quer auf einem Stuhl, hielt sich mit der Hand an seiner Lehne fest, drohte Chotjaïnzew und Goworkow mit dem Finger der anderen und sagte: »Ihr benehmt euch wie Gymnasiasten. Ihr glaubt wohl, ihr habt Revolution gemacht, diese eure lächerliche Duma bekommen – und schon seid ihr erwachsene Menschen, schon Europäer, könntet bereits die Schulbücher verbrennen, um zu vergessen, was ihr gelernt habt?«

»Gerb ihnen das Fell, Rosa!« schrie mit Anstrengung Dronow, der zusammengekrümmt den Korken aus einer Flasche zog. »Gerb es ihnen, damit sie sich nicht zuviel einbilden!«

Sie brauchte keine Aufmunterung, ihr nicht starkes, dünnes, aber leidenschaftliches Stimmchen durchdrang den Lärm wie ein Bohrer, und die brummigen, halblauten Repliken Chotjaïnzews konnten sie nicht übertönen.

»Ihr denkt wohl: Wenn man euch nicht aufgehängt hat, so habt ihr gesiegt? Ja?«

»Was wollen Sie damit sagen?« schrie Goworkow.

Schemjakin blickte ihn an und verzog schmerzlich sein Gesicht, das einem riesengroßen rotwangigen Apfel ähnelte.

»Ihr kehrt zu der Selbstzufriedenheit der alten Volkstümler zurück«, sagte Rosa. »Ihr bildet euch ein, ein eigentümliches Land zu sein, das nach irgendwelchen eigenen Gesetzen lebt.«

»Na-na, das stimmt nicht«, sagte Chotjaïnzew mit sichtlichem Bedauern.

»Das stimmt nicht? Doch, es stimmt. Bis zum Jahre fünf – schon mit den achtziger Jahren beginnend – habt ihr dem Leben Europas und überhaupt der Welt mehr Aufmerksamkeit gewidmet. Jetzt interessiert euch Europa und die Außenpolitik der Regierung nicht mehr. Doch das ist eine verbrecherische Politik, verbrecherisch wegen ihrer Dummheit. Was bedeutet die Entsendung von Soldaten nach Persien? Und die dunklen Vorhaben auf dem Balkan? Und die Verstärkung der nationalistischen Politik gegen Polen, Finnland, gegen die Juden? Denkt ihr daran?«

Samgin ging unauffällig, ohne sich von jemandem zu verabschieden, fort. Es war unerträglich zu sehen, wie Schemjakin liebenswürdig tat, wie ölig seine Kateraugen glänzten und wie aufmerksam Taïssja seinen Reden zuhörte.

Dronow wird sich von diesem Kater Geld für die Zeitung erbitten und ihm die Frau abtreten, der Schuft, entschied er endgültig. Er wollte sich nicht eingestehen, daß diese Entscheidung ihn stärker betrübte und empörte, als zu erwarten war. Er bemühte sich sofort, sich von dieser kränkenden Schlappe abzuwenden. Und diese Jüdin – hat recht. Man muß sich mit den Fragen der Außenpolitik befassen. Ja.

Dann kam ihm der Gedanke, daß es bei Jelena bedeutend angenehmer sei als bei Dronow, daß aber ein Zusammenleben mit Jelena, das durchaus möglich war, nicht so bequem wäre wie das mit Taïssja.

Sie ist verwöhnt. Das Leben mit ihr wäre sehr turbulent, chaotisch. Aber – sie ist nicht dumm. Und mit ihr – brauchte ich mir keinen Zwang anzutun . . .

Die Tage, Wochen, Monate verstrichen mit einer Schnelligkeit, die fortwährend zunahm. Dieser Eindruck entstand wahrscheinlich deshalb, weil Prosorows Befinden ihm gar nicht mehr zu arbeiten erlaubte und Klim Iwanowitsch, da Prosorow eine recht große Klientel in der Provinz hatte, oft nach Nowgorod, Pskow und Wologda reiste. Die Provinz war die gleiche geblieben, wie er sie früher beobachtet hatte: Ebensolche umsichtig liberalen Anwälte, ebensolche langweiligen Klienten, linkisch dienstgefällige Kellner in den Gaststätten, langweilige, farblose Spießbürger, im Banne der Kleinigkeiten des Lebens, und ebenso wie früher und überall beklagten sich die Droschkenkutscher im Bezirk des Petersburger Obergerichtshofs über die hohen Haferpreise.

Wenn man von dem hölzernen Knarren und Poltern der Zeitungsblättchen des »Bundes des russischen Volkes« absah, war nicht zu merken, daß die Provinz, nachdem sie die Ereignisse der Jahre 1905 bis 1907 überstanden hatte, sich in irgend etwas verändert hätte, es sei denn, daß in den Menschen das Bewußtsein ihres Rechts, reichlich und abwechslungsreich zu essen, noch mehr erstarkt war.

Im Frühjahr brachte Jelena ihren Mann ins Ausland, und nach sieben Wochen erhielt Samgin von ihr ein Telegramm: »Anton gestorben, beerdige hier.« Ein paar Tage danach kehrte sie zurück, sie hatte sich das Haar noch greller färben lassen, das paßte gar nicht zu dem an ihr ungewohnten einfachen dunklen Kleid, und Samgin dachte, gerade dies ärgere sie. Es stellte sich aber heraus, daß die französische

Lebensversicherung ihr auf den Versicherungsschein Prosorows, der auf ihren Namen lautete, das Geld nicht ausgezahlt hatte.

»Weiß der Teufel, was sie brauchen!« entrüstete sie sich. »Da sieht man, wie sie das Geld lieben, diese netten Franzosen. Ich habe das Testament bei mir, der Konsul hat sich bemüht – sie zahlen nicht!«

Dann, friedfertiger, setzte sie hinzu: »Das heißt – sie zahlen, verlangen aber einen Abzug von fünfzigtausend Francs, ich jedoch möchte die ganzen zweihunderttausend erhalten.«

Und, bereits mit einem beglückten Lächeln: »Zudem werde ich hier sechzigtausend Rubel bekommen. Da läßt es sich leben, nicht?«

Dann schlug sie Samgin vor, alle Rechtssachen zu übernehmen und ihr von den alten Sachen Prosorows ein Viertel des Honorars zu zahlen.

»Ist ein Viertel zuviel?« fragte sie, ihm aufmerksam ins Gesicht blickend. Samgin hatte bisher die Hälfte des Honorars bekommen und sagte, daß ein Viertel genüge.

Sie lachte.

»Ich habe gescherzt, mein lieber Klim Iwanowitsch. Nichts brauche ich. Ich bin nicht gierig. Ich hatte Anton überredet, sich zu meinen Gunsten versichern zu lassen, das wohl! Aber wenn man sich schon verkauft, dann – um hohen Preis. Nicht wahr?«

»Was nennen Sie ›sich verkaufen‹?« fragte er achselzuckend, um zu zeigen, daß ihre Worte ihn empörten, aber sie strich lächelnd mit den Händen rund um sich herum, schüttelte ihre Röcke und sagte: »Das da. Tun Sie nicht liebenswürdig, lieber Freund, verstellen Sie sich nicht, das ist nicht notwendig! Ich bin mir meines Wertes bewußt.«

Ja, mit ihr war es leicht, einfach. Aber das Leben überhaupt begann von neuem durch Überraschungen zu beunruhigen. In Kiew war Stolypin ermordet worden. In Dronows Wohnung entbrannte eine außerordentlich erbitterte Debatte darüber, wer ihn ermordet habe: Die Ochrana? Oder Terroristen der sozialrevolutionären Partei? Die Erbitterung, mit der gestritten wurde, wunderte Samgin: Er hörte in ihr nicht die Freude, die Terrorakte gewöhnlich erweckten, und ihm schien, daß alle Streitenden über die Hinrichtung des Ministers unzufrieden, sogar betrübt seien.

Diese Stimmung wurde von Tagilskij festgehalten: Mit den Fingern über das Haarbürstchen an seinem Kinn streichend, sagte er: »Bekanntlich war nicht nur Asef Vertreter der Sozialrevolutionäre in der Ochrana und Vertreter des Polizeidepartements in der Partei. Es geht das Gerücht, daß der Schütze ein reumütiger Provokateur gewesen sei, auch heißt es, daß er beim Verhör erklärt habe: ›Das Leben ist nicht sinnlos, sondern sein Sinn läuft auf das Verzehren von Schnitzeln hinaus, und es ist doch unwichtig, ob ich noch weitere tausend Schnitzel esse oder sie zu verzehren aufhöre, weil man mich morgen aufhängen wird.‹ Da die Sasonows und Kaljajews nichts dergleichen gesagt haben, erlaube ich mir, die Tat des Herrn Bogrow als eine kleine Panne im Mechanismus des Polizeidepartements zu bewerten.«

Seine kleine Rede, die ruhig und lässig vorgebracht worden war, hatte die Stimmung abgekühlt, und Nogaizew erklärte mit jener Freude, der Samgin stets unaufrichtige Töne anmerkte: »Ganz richtig! ... Das ist ein offenkundig innerbehördliches Affärchen! Verfall, jawohl. Das Verhalten Lopuchins ist ja, wissen Sie, auch nicht sehr ... lobenswert!«

Als er dies gesagt hatte, geriet er in Verwirrung und rief sofort: »Doch hören Sie, was Marija Iwanowna über Rasputin erfahren hat.«

Die Orechowa begann unverzüglich, mit der Genauigkeit eines Augenzeugen von einem Gelage des sibirischen Bauern, von dessen Prahlen mit seinen nahen Beziehungen zur Zarenfamilie, von der Macht seines Einflusses auf die Zarin zu erzählen.

»Das alles gleicht sehr wenig einem normal funktionierenden Staat, nicht wahr?« fragte Tagilskij Samgin, mit einem Glas Tee in der einen Hand und einem Stück Gebäck in der anderen auf ihn zutretend.

»Ja, es ist irgendein Blödsinn«, antwortete Samgin.

»Aber – wir vergrößern die Armee, bauen die Flotte neu auf. Jedoch, der kleine junge Mann dort trägt amüsante Verschen vor – hören Sie es?«

Der junge Mann, schwarzhaarig, blaß, in schwarzem Anzug und mit einer Krawatte wie aus Goldbrokat, hatte die hohe Stirn in Falten gelegt und verkündete angespannt:

> »Wir flüchten vor der Lebensangst
> Zu Trinkgelagen und in Klöster,
> Zum Dienst an unsrer Väter Land
> Und zu den Tröstungen verlogner Bücher.«

»Er ist, glaube ich, ein Sohn des Permer Gouverneurs, mit hochtrabendem polnischem Familiennamen, oder eines Herrenhofverwalters. Allgemein gesagt – irgendeines angesehenen Bürokraten. Er hat zwei Selbstmordversuche gemacht. Ich und Sie sind dazu bestimmt, solche Leute im Leben zu ersetzen.«

»Eine nicht gerade angenehme Perspektive«, sagte Samgin vorsichtig.

»So? Ich jedoch, wissen Sie, würde gern Minister werden. Witte hat seine Karriere als so etwas wie ein Weichensteller begonnen ...«

Der Dichter rezitierte mit halbgeschlossenen Augen, wobei er sich auf den Beinen wiegte, die rechte Hand in der Tasche hielt und mit der linken irgend etwas in der Luft zu fangen suchte.

»Da nirgends wir ein Obdach finden,
Wir in der Worte Nebel flüchten ...«

»Dummkopf«, seufzte Tagilskij, beiseite tretend.

Sein Benehmen war nach wie vor beunruhigend, und es war an diesem Benehmen sogar etwas, das Samgins Eigenliebe verletzte. Dort, in der Provinz, hatte er gegen Klim Iwanowitschs Willen Beziehungen hergestellt, die er offensichtlich hier nicht fortführen wollte. Warum wollte er es nicht?

Dort beichtete er, gebärdete er sich liberal, hier dagegen begnügt er sich mit Begegnungen bei Dronow, er war nicht bei mir und äußert nicht den Wunsch, mich zu besuchen. Ich habe ihn zwar nicht eingeladen. Aber dennoch ... Und besonders beunruhigte irgend etwas Unausgesprochenes an der dunklen Sache der Ermordung Marinas. Hier scheint er es sogar zu vermeiden, mit mir zu sprechen.

Dem neuen Jahr, neunzehnhundertzwölf, begegnete Samgin bei Jelena.

Es hatten sich nicht weniger als fünfzig Personen versammelt. Es waren Schauspielerinnen, Anwälte, junge Schriftsteller, zwei Offiziere eines Pionierbataillons, auch ein kleiner alter Mann mit Halsbandorden und mit seiner jungen Frau, mollig, rotwangig wie ein Pfannkuchen; die Jugend herrschte vor, Studenten und irgendwelche jungen Männer von kleinem Wuchs, die geckenhaft gekleidet waren. In den drei Zimmern war es eng und laut wie in einem Theaterfoyer während der Pause, aber von Zeit zu Zeit, nach langwierigen Ermahnungen der Hausherrin, die bunt und grell gekleidet war wie ein Fasan, und nach den Rufen: »Achtung, Silentium! Ruhe! Die Kunst hat das Wort!« schlossen die Anwesenden widerstrebend den Mund.

Schauspieler und Redner traten auf. Die kleine, etwas hagere Schauspielerin Krasnochatkina, die in purpurne Seide gehüllt war, unter der ihre Ziegenfüßchen in kleinen roten Halbschuhen komisch hervorsprangen, richtete ihre schwarzen Äugelchen zur Zimmerdecke empor, griff mit den Händen ins Leere wie eine Blinde und trug betrübt vor:

>»Wir sind gefangene Tiere,
Wir jammern, so gut wir können.«

Man applaudierte ihr dankbar, sie erklärte sich gern bereit, mit Jeruchimowitsch ein Duett zu singen, es zeigte sich, daß er einen angenehmen, geschmeidigen Bariton hatte, und zu zweit mit der Krasnochatkina flehte er hoffnungslos:

>»O Nacht! O decke rasch und lind
Mit deinem Schleier meine Seele zu,
Reich die Phiole ihr mit heilendem Vergessen,
Ach, ihrer Sehnsucht Pein ist unermessen,
Und wie die Mutter ihrem Kind,
So gib ihr Ruh!«

Man klatschte von neuem, aber es ertönten auch protestierende Stimmen: »Meine Herr-schaften! Warum so traurig sein?«

»Richtig!« rief der Klavierbegleiter, ein junger, aber stark kahlköpfiger Mann im Frack, mit einem großen grünen Stein in der Krawattennadel und mit ebensolchen grünen Manschettenknöpfen.

»Weg mit der Verzagtheit!«

Der kleine Alte mit dem Orden hielt sich an seinem greisen Spitzbärtchen und belehrte die Jugend: »Wir feiern den Anbruch des Jahres zwölf, in dem sich unser Sieg über Napoleon und die Armeen Europas zum hundertsten Male jährt, wir feiern den Anbruch des siebenten Jahres der Repräsentativregierung – nicht wahr? Wir haben einen beachtenswerten Schritt getan, und schon jetzt . . .«

»Richtig!«

»Lustiger, Kinder.«

»Im Chor!«

»Unsere freundschaftlichen Beziehungen zu Frankreich werden uns hindern, das bedeutungsvolle Datum gebührend zu kennzeichnen«, sprach beharrlich der kleine Alte, die Jugend indessen stieß sich eine Weile herum, dann schloß sie sich zu einer dichten Gruppe zusammen und legte dröhnend los:

>»Aus dem Land, dem Land so weit . . .«

Ohne auch nur einen einzigen Zug seines steinernen Gesichts zu bewegen, sang Jeruchimowitsch deutlich:

>»R-ruhmvoll an das Werk zu gehen,
Zu ungezwungner Lustigkeit
Wir uns hier versammelt sehen . . .«

»Genug!« rief, vor den Chor springend, ein rothaariger junger Mann mit einem Zwicker auf spitzer Nase. »Fort mit den dummen Liedern! Aus welchem weitentfernten Land haben wir uns denn versammelt? Wir alle sind Russen, und wir befinden uns in der Hauptstadt unseres russischen Landes.«

»R-richtig!«

»Begleitung – das Lied ›Schnell wie die Wellen‹!«

»Bitte ›Die Wellen‹!«

Der mit den grünen Steinen geschmückte Mann warf den Kopf und die Hände hoch und schlug auf die Tasten, während Jeruchimowitsch ein Solo begann, und Samgin dachte, ob er sich nicht über die Leute lustig machte, als er die düsteren Worte sang:

»Stund um Stunde verkürzt sich
Unser Weg zum Grab!«

»Na, wissen Sie«, rief jemand aus dem Zimmer nebenan, »das neue Jahr mit solchen Liedern zu begrüßen...«

»›Mehr als originell‹ – wie Zar Nikolai II. gesagt hat«, unterstützte man ihn.

Aber Jeruchimowitsch sang unbeirrt:

»Stirbst du – begräbt man dich; als hättest du nie gelebt.
Wirst vermodern du – und nicht auferstehn...«

»Genug!« schrien mehrere Personen zugleich, wobei die Stimmen der Frauen sich besonders scharf abhoben, und von neuem sprang das rothaarige, hagere Kerlchen nach vorn, das einen sonderbar geschnittenen lehmfarbenen Rock mit einer Kordel am Rücken anhatte. Sich auf den Beinen drehend wie eine Wetterfahne an der Stange, legte er eine akrobatische Geschmeidigkeit des Körpers an den Tag, fuchtelte mit den Händen und sagte empört: »Man schämt sich zuzuhören! Drei Generationen junger Leute haben dieses dumme, stümperhafte Lied gesungen. Und – warum hat diese sonderbare Jugend, die an der politischen Bewegung der Demokratie tätigen Anteil nimmt, kein einziges Kampflied geschaffen außer dem ›Nagaikalein‹ – dem Lied der Geschlagenen?«

»Bravo!«

»Vortrefflich gesagt!«

»Richtig-ig«, bestätigte mit sichtlicher Freude der Klavierbegleiter.

»Bravo!«

Dem Redner wurde applaudiert, wodurch man ihn beim Reden

störte, aber sein Geschrei übertönte das Händeklatschen, das wie das Plätschern von Fischen klang.

Da hob sich Jeruchimowitschs Stimme ab: »Du solltest eben die Rolle eines Rouget de l'Isle übernehmen, Aljabjew, statt im ›Satirikon‹ den Spießer zum Lachen zu bringen . . .«

»Genug des Streits!«

»Sind Pessimismus und Jugend vereinbar?«

»Ja!« rief man ihm als Antwort zu. »Die meisten Selbstmörder sind junge Leute . . .«

»Genug!«

»Kommt, singen wir ›Wohlan, wer Recht und Arbeit achtet‹.«

»Versuch es mal, du Tölpel«, brummte Jeruchimowitsch; seine Kupferaugen in dem schweißbedeckten Gesicht blickten starr und stießen Samgin gleichsam zurück.

Er mußte zu diesem Mann irgend etwas sagen.

»Sie haben eine sehr angenehme Stimme«, sagte Samgin.

»Jedoch einen unangenehmen Charakter«, antwortete der Student.

»Wirklich?«

»Ja.«

Er ist grob und nicht klug, entschied Samgin und versuchte nicht, das Gespräch fortzusetzen.

Die »Arbeitermarseillaise« wurde nicht akzeptiert, man begnügte sich damit, zu singen:

> »Bittere Tränen der Bursche vergießt,
> Auf seinen samt'nen Kaftan.«

In dem kleinen Zimmer, wo Prosorows Schriftführer immer arbeitete, war ein Büfett eingerichtet, von dort kamen angenehm angeregte Leute herüber und griffen, nachdem sie den Imbiß zerkaut und sich die Lippen abgeleckt hatten, lebhaft in das Wortgefecht ein.

Der Lärm nahm zu, es entstanden mehrere Brandherde, aus denen die Worte heraussprühten wie Funken aus einem Lagerfeuer. Im Nebenzimmer schrie jemand fast hysterisch: »Nieder mit den Verkündern geistiger Armut, den Beschränkern der Freiheit, den Fanatikern des Rationalismus!«

Beim Flügel ließ sich ein bekannter Anwalt und Dichter über etwas aus, ein Mann von hohem Wuchs und der Haltung eines Seigneurs, grauhaarig und lockig, mit dem Gesicht eines Menschen, der vom Leben übersättigt, ermüdet ist.

»Das zwanzigste Jahrhundert ist ein Jahrhundert des Pessimismus, noch nie hat es in der Literatur und Philosophie soviel Pessimisten gegeben wie in diesem Jahrhundert. Niemand hat die Frage zu stellen versucht, worin die Ursache dieser Erscheinung wurzelt. Dabei liegt sie ganz offen zutage: Es ist der Materialismus! Ja, eben er! Materielle Kultur erzeugt kein Glück, sie erzeugt keins. Der Geist gibt sich nicht zufrieden mit einer Menge von Dingen, selbst wenn sie sehr schön sind. Und gerade hier – erhebt sich vor der Lehre von Marx ein unüberwindliches Hindernis.«

Jeruchimowitsch erzählte in ukrainischer Sprache eine neckische Anekdote von einem Zusammenstoß übermäßigen Zartgefühls mit unnötiger Bescheidenheit. Das Zartgefühl besaß ein wohlerzogener Mann von liberaler Denkart, während mit der Bescheidenheit von Jeruchimowitsch die Geschichte eines Landes bedacht wurde. Die Geschichte war eine Dame mittleren Alters, von Beruf – eine Tante der Adelsfamilie Romanow, eine Dame, die gern trank und aß, aber ein redliches Witwendasein führte. Die Beziehungen zwischen der Bescheidenheit und dem Zartgefühl liefen auf Kraftlosigkeit des einen und Mangel an Initiative bei dem anderen hinaus. Es endete damit, daß ein gewisser Dritter und sehr Kecker auftauchte, die Tante vergewaltigte und schwängerte und daß die Tante, die das Gefühl hatte, ein Naturgesetz erfüllt zu haben, zu allen überflüssigen Leuten sagte: »Schert euch weg, ihr Dummköpfe!«

Neben Klim Iwanowitsch schaukelte mit dem Stuhl der lange, hagere, genial zerzauste Schriftsteller Orlow, der »letzte Klassiker der Volkstümlerbewegung«, wie er selbst sich in einer Umfrage der »Börsennachrichten« klassifiziert hatte. Mit der Hand sein Knie streichelnd und mit der Zigarette dirigierend, erzählte er in dumpfem, verhaltenem Baß einer jungen, bescheiden gekleideten und häßlichen Schauspielerin im komischen Fach: »Mit Mohn werden Dummköpfe großgezogen. Das Bauernweib hat keine Zeit, sich mit dem Kind abzugeben, es zu stillen und überhaupt. Sie zerkaut Mohnkörner, macht aus ihnen einen Schnuller, steckt ihn dem Kind in den Mund, es lutscht daran und – schon ist es eingeschlafen. Ja. Mohn ist ein Schlafmittel, aus ihm wird Opium, Morphium hergestellt. Ein Narkotikum.«

»Alles wissen Sie, alles!« bemerkte mit einem Seufzer entzückt die Frau.

»Wohin kämen wir denn sonst? Da reden sie nun dort vom Marxismus, aber fragen Sie sie mal, wie das Bauernweib lebt. Das wissen sie nicht. Bücherwürmer sind sie, Pharisäer.«

Die Bücherwürmer hinter Samgin suchten und fanden eine Ähnlichkeit zwischen James' »Mannigfaltigkeit der religiösen Erfahrung« und Du Prels »Philosophie der Mystik«. Beim Flügel ärgerte sich der berühmte Anwalt: »Erlauben Sie! Die Engländer haben einen Shakespeare erfunden, wir jedoch haben einen Leonid Andrejew.«

Im Nebenzimmer verhieß jemand, der sehr lustig war: »Warten Sie! Die Italiener werden die Türken verhauen, dann werden sie unsere Nachbarn am Schwarzen Meer, öffnen die Dardanellen...«

»Nachher – werden wir sie verhauen...«

»Was denken Sie denn? Das ist möglich!«

Auf Samgin trat Jelena zu und fragte ihn lächelnd und mit Flüsterstimme: »Langweilen Sie sich nicht?«

»Nein.«

»Sagen Sie das aufrichtig?«

»Vollkommen.«

Sie drohte ihm mit dem Finger und blickte nach der Uhr.

»Es ist Zeit, sich zu Tisch zu setzen.«

Der Anwalt und Dichter faßte sie geschickt unter und sagte über seine Schulter hinweg eindringlich zu irgendwem: »Die Ereignisse am Ende des Japanischen Krieges und in den Jahren fünf bis sieben haben uns gezeigt, daß wir auf einem Vulkan leben, ja, ja, auf einem Vulkan!«

Der Tisch für das Abendessen füllte das Speisezimmer in seiner ganzen Länge aus und setzte sich ins Besuchszimmer fort, außerdem standen noch ein paar Tischchen an den Wänden, jeder mit vier Gedecken. Das kalte Licht der Glühbirnen war vorsorglich durch rote und orangefarbene Papierrosetten gedämpft, davon blinkte das Glas und das Silber auf dem Tisch wärmer, und die Gesichter der Menschen wirkten weicher, jünger. Am Tisch bedienten zwei alte Kellner im Frack und ein hakennasiges Stubenmädchen, das wie eine Zigeunerin aussah. Jelena Prosorowa stand auf einem Stuhl und kommandierte vergnügt: »Die Damen wählen die Plätze und ihre Tischherren.«

»Das ist ungerecht! Auf jede kommen zwei und sogar, wie es scheint, mit Überschuß.«

»Und wohin mit dem Überschuß?«

»Es wird sich schon Platz finden.«

»Unter dem Tisch?«

»Wir haben wenig Bedienung – ich fordere zu eigener Betätigung auf«, rief Jelena, während Samgin überlegte: Die Frauen – schätzen sie nicht: eine kleine Sängerin, die Geliebte eines alten Mannes. Aber sie bewahrt Haltung.

Der metallische Lärm von Messern und Gabeln und das Gläserklirren schienen die Worte und Sätze noch lebhafter und schärfer zu machen. Seinen rothaarigen Kopf hochwerfend, erging sich Aljabjew in einer Rede: »Zugegeben, die Repräsentativregierung ist unvollkommen. Aber das Beispiel Deutschlands, die Zunahme der Zahl von Vertretern der Arbeiterklasse im Reichstag zeugt unwiderleglich von der Entwicklungsfähigkeit dieses Systems.«

»Das läßt sich nicht bestreiten«, rief jemand.

»Deutschland wird der erste sozialistische Staat der Welt werden.«

In Aljabjews Zwickergläsern blinkten rote Flämmchen.

»Die Repräsentativregierung befreit die Jugend von der Notwendigkeit, sich mit Politik zu befassen. Die Politik macht Fausts zu Don Quichottes, doch der Mensch ist seinem Wesen nach ein Faust.

»Richtig«, sagte der Klavierbegleiter, der Samgin gegenüber saß und sorgfältig ein Stück Schinken bestrich, sagte es und nickte, ein Lächeln auf dem rotwangigen Gesicht, mehrmals beifällig mit seinem glatt frisierten Kopf.

Als Tischnachbarn saßen neben dem Klavierbegleiter: zur Linken der »letzte Klassiker« und die »komische« Schauspielerin, zur Rechten ein riesengroßer dicker Dichter. Samgin erinnerte sich, daß dieser massive Bursche noch vor dem Jahr neunzehnhundertfünf die bekannte, aber vor ihm von niemandem gebilligte Tat des Judas Ischariot in einem Sonett verherrlicht hatte. Das Gedächtnis soufflierte ihm mechanisch die Judastat Asefs und andere Akte politischen Verrats. Und ebenso mechanisch fiel ihm ein, daß Judas im zwanzigsten Jahrhundert sehr oft in Poesie und Prosa als Held auftritt, als ein Held, den man ausdeutet und rechtfertigt.

Tor Hedberg, Leonid Andrejew, Golowanow, eine gewisse Schwedin, der Deutsche Dreiser, dachte er, weil es langweilig war, den Debatten zuzuhören, dachte es und betrachtete eingehend die Gäste.

Neben dem Dichter zappelte nervös, mit der Gabel in einem Stück Schnäpel herumstochernd und als wollte er vom Tisch aufspringen, der rothaarige Aljabjew und stieß dabei gegen eine würdige, straff in fliederblaue Seide gezwängte Dame; sie beschwor ihren Tischnachbarn: »Stoßen Sie mich nicht, Mitja!«

Mit den Lippen schmatzend, sagte Samgins Nachbar ihm nachdenklich ins Ohr: »In unserer Generation herrschte mehr Einmütigkeit ... Jetzt sind die Menschen ... verschiedenartiger geworden. Vielleicht freisinniger, wie? Trinken wir einen Englischen Magenbitter ...«

Sie tranken Magenbitter, tranken noch irgendeinen Chinawein, und ein kahlköpfiger Tischnachbar, ebenfalls Anwalt, mit indifferentem Gesicht, schwarzen Brauen und glattrasiert wie ein Schauspieler, belehrte sie: »Bei Zuckerkrankheit ist Kognak nützlich, bei Darmverstimmung – mit schwarzen Johannisbeeren angesetzter Schnaps.«

Jeruchimowitsch trug Gedichte vor, seine Stimme klang komisch trübselig, und als er mit einem Seufzer sagte:

> »Groß, Euer Majestät,
> Ist Eurer Dummheit Quantität!«

lachte die Hälfte der Tischgäste freudig.

Sie brauchen nicht viel, dachte Samgin.

»Ruhe!« rief irgend jemand.

Die Uhr über dem Kamin begann gemächlich und trübselig das verflossene Jahr zu Grabe zu läuten. Alle erhoben sich, bemüht, dabei nicht zuviel Lärm zu machen. Und während die zwölf einförmigen Töne der Feder erklangen, dachte Samgin mit Selbstvorwurf: Noch ein Jahr spurlos verstrichen . . .

Man schrie hurra, die Gläser erklangen, und als hätten sie tatsächlich einen schweren Augenblick überstanden, beglückwünschten die Anwesenden einander lebhaft zum neuen Jahr und riefen: »Eine Rede! Meine Herrschaften – wir bitten Platon Alexandrowitsch . . . Eine Rede!«

Der bekannte Anwalt erklärte sich lange nicht bereit, die Anwesenden durch sein rednerisches Talent zu erfreuen, aber schließlich erhob er sich, strich mit der Linken seinen halb ergrauten Haarschopf glatt, legte die Hand in der Herzgegend auf die Weste und begann, die Rechte mit dem Glas darin hoch erhoben, mit einem Satz in Latein – der Satz ging in dem Lärm unter, der noch nicht aufgehört hatte.

». . . hat Mark Aurel gesagt. Das gleiche, aber mit anderen Worten sagte Seneca, und beide zitierten sie Zenon . . .«

»Dann hättest du eben mit Zenon beginnen sollen«, murmelte Jeruchimowitsch.

Platon Alexandrowitschs Augen, groß, schön, wie die einer Frau, waren wunderbar ausdrucksvoll, er beherrschte sie ebenso leicht und geschickt wie die Zunge. Wenn er schwieg, verliehen die Augen seinem gepflegten Gesicht einen Ausdruck von Enttäuschung, und wenn sie Frauen anblickten, öffneten sie sich und flehten gleichsam um Hilfe für einen Menschen, dessen Seele müde, von geheimen Leiden zermartert ist. Er genoß den Ruf, ein Frauenbezwinger, ein Zerstörer ehelichen Glücks zu sein, und wenn er von Frauen sprach, verzog sich sein Gesicht finster, die bläulichen Pupillen verdunkelten sich, und in seinem Blick tauchte etwas Verhängnisvolles auf. Jetzt, als er von den Moralphilosophen sprach, kniff er die Augen zusammen und ließ in ihnen ein hochmütiges kleines Lächeln aufleuchten, das sehr vorteilhaft sein gerötetes Gesicht erhellte.

»Ich bitte, mir diese Abschweifung in das Gebiet der Philosophie der antiken Welt zu verzeihen. Ich tat das, um an den Einfluß der Stoiker auf das Zustandekommen der christlichen Moral zu erinnern.«

Der kleine Vortrag über Philosophie drohte sich zu einem gründlichen auszuwachsen, Samgin wurde es langweilig, zuzuhören, und etwas unangenehm, das Mienenspiel des Redners zu verfolgen. Er wandte seine Aufmerksamkeit den Frauen zu, es waren ungefähr fünfzehn zugegen, und alle waren sie, bezaubert von der Stimme und dem vielsagenden kleinen Lächeln des beredsamen Platon, gleichsam erstarrt.

Alle außer Jelena. Das toll frisierte rötliche Haar, die flinken, scharfen Augen und die grelle Kleidung hoben Jelena hervor wie einen fremdartigen Vogel, der sich zufällig auf einen gewöhnlichen Geflügelhof verflogen hat. Unhörbar mit den Fingern schnippend, lächelnd und zwinkernd, erzählte sie mit Flüsterstimme irgend etwas einem bärtigen, dicken Mann, und dieser blähte sich beim Zuhören auf vor Anstrengung, ein Lachen zu unterdrücken, sein Gesicht war puterrot geworden, und seinen im Bart versteckten Mund hielt er mit der Serviette zu. Sein fast kahler Schädel glänzte, als dränge das Lachen durch Haut und Knochen hindurch.

Sie nimmt keine Rücksicht auf die Mode. Und – auf die Menschen, dachte Samgin beifällig.

»Und nun sehen wir endlich, daß diese jahrhundertelangen Versuche, das freie Wachstum der Seele zu beschränken, uns zum Sozialismus geführt haben und uns mit der furchtbaren Macht der Gleichheit bedrohen. Meine Herrschaften! Wir alle hier sind – Gott sei es gedankt! – ungleich. Ich bin überzeugt, daß keiner von Ihnen eine Wiederholung von mir zu sein wünscht, ebenso wie ich nicht eine Wiederholung irgend jemandes von Ihnen sein möchte, selbst wenn dieser Jemand genial wäre. Wir alle sind verschiedenartig wie die Blumen, die Metalle, die Mineralien, wie alles in der Natur, und jeder von uns bescheidet sich mit seiner Eigenart, jedem ist seine unwiederholbare Individualität teuer. Mein Neujahrstoast gilt der Mannigfaltigkeit der Individualitäten, der Entwicklungsfreiheit des Geistes.«

»Amen«, sagte mit tiefer Stimme Jeruchimowitsch, aber sein ironischer Ausruf wurde von einem wenn auch nicht sehr einmütigen, so doch lauten Hurra ausgelöscht. Der Anwalt trank von dem Wein und blickte danach ab und zu herausfordernd Jeruchimowitsch an, doch dieser goß Rotwein in sein Champagnerglas zu und ging völlig in dieser Beschäftigung auf. Nun sprang Aljabjew auf und begann rasch und schallend: »Ich begrüße die wunderschöne Rede des hochverehrten Lehrers und Kollegen, aber obwohl ich sie begrüße, muß ich . . .«

Es blieb unbekannt, was eigentlich und wem er etwas mußte, denn alle hatten bereits einen Rausch, und alle wollten gern reden.

»Die Komissarshewskaja hat man übermäßig gelobt . . .«

»Mein Gott! Sie sagen etwas Entsetzliches . . . Man hat sie – nicht verstanden und versteht sie – wie ich sehe – immer noch nicht . . .«

»Jaurès ist überzeugt, daß die deutschen Arbeiter keinen Krieg zulassen werden . . .«

»Und – sind die Arbeiter davon überzeugt?«

»Die Komissarshewskaja ist eine Schauspielerin für das romantische Drama und scheiterte, ohne voll zur Geltung gekommen zu sein, weil sie gezwungen war, ihr Talent für realistische Stücke zu vergeuden. Unsere Kunst wird vom Realismus zugrunde gerichtet.«

»Ach, das stimmt! Dies ist das Unglück des Landes . . .«

Jeruchimowitsch sagte, mit der Gabel die Luft durchbohrend, mit finsterer Miene: »Im Makrokosmos – Kometen, im Mikrokosmos – Bakterien, Mikroben, wie sollen wir Menschen leben? He? Ich frage: Wie sollen wir leben?«

»Das ist leeres Geschwätz!« rief ihm Aljabjew zu, während Jeruchimowitsch um sich blickte und fragte: »Wirklich?«

Der Alte mit dem Orden mischte sich ein, indem er im Befehlston fast schrie: »Das stimmt, das stimmt! Die Krankheiten nehmen zu, ja, ja! Bei uns im Finanzministerium – starben im vergangenen Jahr . . .«

Seine Dame erinnerte ihn: »Aber es waren doch alles alte Männer . . .«

Und gleich danach verbesserte sie sich: »Bedeutend älter als du.«

Irgendein semmelblonder junger Mann röchelte wie ein angeschossener Hase: »Mein Gott! Wie ideenarm wir doch sind . . . Wo bleiben bei uns die Aare?«

Und irgend jemand, der den Kopf hinter der Portiere vorgestreckt hatte, erwiderte gekränkt: »Und – Mereshkowskij? Lew Schestow? Wassilij Wassiljewitsch Rosanow?«

»Tja«, murmelte langsam, wie im Schlaf, Samgins Nachbar. »Die Persönlichkeit. Der Motor der Geschichte.«

»Die Engländer haben einen Shakespeare, einen Byron, einen Shelley, schließlich – einen Kipling, wir dagegen haben einen Leonid Andrejew und eine Apologie der Barfüßler«, dozierte der bekannte Anwalt.

»Aber – das kommt von Dostojewskij, von seinen ›Erniedrigten und Beleidigten‹ . . .«

»Unsere Schriftsteller lieben ihre Heimat nicht, sie hassen Rußland . . .«

Allmählich drang durch den Lärm eine weinerliche, schrille Stimme und übertönte ihn, sie kam vom Tischende, von einem Mann, der wankend neben der Frau des Hauses stand, es war ein hagerer Mann im Frack, mit kahlem, eiförmigem Kopf, einer großen Nase und grauem Spitzbärtchen, er schüttelte die eine Hand über Jelenas gefärbtem Haar, schwang in der anderen die Serviette und schrie: »Es ist eine Schmach und eine Schande vor Europa! Irgendein durchtriebener Kerl, der Barfüßler und Gauner Rasputin, prahlt mit einem Brief der Zarin an ihn, und in dem Brief schreibt sie, sie fühle sich nur dann wohl, wenn sie sich an seine Schulter schmiege. Die Zarin von Rußland, wie? Dieser Scharlatan nennt die Familie des Zaren – die Seinen, wie?«

»Über Rasputin gibt es verschiedene Ansichten . . .«

»Nicht allein die russischen Zaren zogen Narren, Sonderlinge und Besessene in ihren Kreis . . .«

»Nein, warten Sie! Bei ihm machen sich Höflinge lieb Kind, ihm gehorchen Minister – wie?«

Er schrie so erregt und weinerlich, als hätte Rasputin ihn persönlich gekränkt, seinen Platz eingenommen. Man zischte bereits, irgend jemand rief: »Zum Teufel mit Rasputin . . .«

Aber er kreischte und brüllte immer noch. Samgin fühlte, daß irgendwessen Hand ihn an der Schulter berührte. Das war – Jelena.

»Lieber Klim Iwanowitsch, sagen Sie etwas. Man kennt Sie wenig und wird Ihnen zuhören. Man muß dieses Durcheinander beenden. Wir werden die Tische wegräumen lassen, ein wenig tanzen . . . Ja? Bitte!«

Samgin hatte, ohne es selbst zu merken, mehr getrunken, als er sich sonst erlaubte. Es rauschte angenehm im Kopf, und noch angenehmer war das Bewußtsein, daß keiner von diesen Leuten mehr gesagt hatte, als er selbst hätte sagen können, keiner etwas gesagt hatte, das ihm nicht bekannt gewesen, von ihm nicht schon durchdacht worden wäre. Er – war reicher. Er – war stärker. Und es bedurfte keiner besonderen Tapferkeit, um vor ihnen aufzutreten. Über dem Tisch schwankte eine graublaue Wolke von Tabakrauch, in dem

Rauch schwammen verschiedenartige Gesichter, leuchteten ein wenig getrübte Augen, und alles ringsum war verschwommen, weich wie ein Traum. Er erhob sich, schlug mit der Gabel ans Glas und begann, ohne abzuwarten, bis die Leute etwas ruhiger würden, trokken und sachlich zu reden, wie er vor Gericht zu reden pflegte.

»Meine Herrschaften! Von allem, was hier gesagt wurde, waren am bedeutsamsten – die Worte über Faust und Don Quichotte. Es ist ein Thema, das wir schon seit langem kennen, ein Thema Turgenjews. Aber hier wurde es anders behandelt, so, wie es schon längst hätte behandelt werden sollen. Ja, man erzieht uns zu Don Quichottes. Von Kindheit an prägt man uns in der Familie, der Schule, der Literatur die Unvermeidlichkeit aufopfernden Dienstes an der Gesellschaft, am Volk, am Staat, an den Ideen des Rechts, der Gerechtigkeit ein. Die einzige Perspektive, die man uns völlig klar und deutlich weist, ist die Perspektive des biblischen Jünglings Isaak: Opfer der Götter unserer Väter, Opfer ihrer Traditionen zu werden . . .«

Als Klim Iwanowitsch Samgin merkte, daß der Lärm immer mehr nachließ, wurde er beseelter und senkte die Stimme, denn er wußte, daß seine etwas schwache Stimme in den höheren Tonlagen allzu trocken und knarrend klang. Durch den Rauchschleier sah er Augen, die reglos auf ihm ruhten und ihn maßen. Er empfand einen Andrang von Kühnheit und begriff zum erstenmal in seinem Leben, wie angenehm Kühnheit war.

»Sie wissen, daß Isaak durch einen Widder ersetzt wurde. In unserer Zeit opfert man die Widder nicht Gott, sondern schert sie oder näht aus dem Schaffell halblange Pelze. Aber zu den alten Idolen ist ein neues hinzugefügt worden – die Arbeiterklasse, und der Glaube an die Unvermeidlichkeit von Menschenopfern besteht weiter. Ich stelle und entscheide nicht die Frage, ob der Sozialismus durch die Diktatur des Proletariats zu verwirklichen ist, wie Lenin lehrt. Diese Frage liegt außerhalb meiner Kompetenz, denn ich bin kein Don Quichotte, aber mir ist natürlich der Gedanke, das Gefühl des verehrten und hochtalentierten Platon Alexandrowitsch sehr begreiflich, ein Gefühl, das er mit den Worten von der furchtbaren Macht der Gleichheit zum Ausdruck gebracht hat. Ich spreche davon, daß unser Verstand – das Organ des Pyrrhonismus, das Organ des Faust, der die Welt kritisch untersucht – gewaltsam in ein Organ des Glaubens umgewandelt wurde. Aber ein Glaube, der, von der Logik entfernt, seiner Stütze im Gefühl beraubt ist, führt zu einer Spaltung im Menschen, zu seiner inneren Zweiteilung. Gerade daraus, aus dieser Spaltung, ergeben sich Eigenschaften, die für die russische Intelligenz charakteristisch sind: Unbeständigkeit, geringe Dauerhaftigkeit ihrer Prinzipien, ein Übermaß an Widersprüchen, rascher Wechsel der Überzeugungen.«

Klim Iwanowitsch Samgin war überzeugt, er sage etwas sehr Originelles und Tiefeigenes, etwas in seinem ganzen bewußten Leben von seinem zähen Verstand Erdachtes, Ausgetragenes. Ihm schien, er lege das Ergebnis »kühler Beobachtungen des Verstandes und schmerzlicher Empfindungen des Herzens« schön, glanzvoll dar. Von seiner Kühnheit hingerissen, verlor er die gewohnte Vorsicht der Aussage und empfand zugleich den Genuß, sich an jemandem zu rächen.

»Aus dieser Unbeständigkeit des Hauptkriteriums ergeben sich solche Tatsachen wie die Ablösung des Marxismus bei Pjotr Struve durch seinen neoslawophilen Patriotismus, die Ablösung seiner ›Kritischen Bemerkungen‹ durch den Sammelband ›Wechi‹, der Zerfall der sozialdemokratischen Partei in zwei feindliche Fraktionen, der Provokateur im Zentralkomitee der Partei der Terroristen und überhaupt die Unmenge politischer Provokateure, die Unmenge von Fällen des Verrats . . .«

Er konnte seine Rede nicht fortsetzen, die Anwesenden waren des Zuhörens müde, und es ertönten bereits immer öfter betrunkene Ausrufe: »Ihr Don Quichotte und Faust sind Dostojewskijs Gott und Teufel . . .«

»Richtig . . .«

»In den siebziger Jahren betrachtete man als wirkende Kraft der Geschichte die Persönlichkeit . . .«

»Und als ein halbes Hundert Persönlichkeiten aufgeknüpft waren . . .«

»Sie reden abgeschmacktes Zeug!«

»Wieso denn – abgeschmacktes Zeug?«

»Zwanzig Jahre später begann man zu verkünden, daß die Rettung im unpersönlichen Willen der Massen liege . . .«

»Richtig!«

»Erlauben Sie: Was ist richtig?«

»Meine Herrschaften! Bedanken wir uns bei dem Redner . . .«

Etwa fünfzehn Männer und Frauen mit der Herrin des Hauses an der Spitze applaudierten Samgin einmütig, er verneigte sich, und ihm schien, er wäre so leicht geworden, daß das Händeklatschen ihn in die Luft höbe, ihn schaukelte. Der bekannte Anwalt drückte ihm fest die Hand und sagte freundlich: »Ich bin entzückt. Solche reifen Gedanken . . .«

Der großnasige Mann im Frack schrie den Klavierbegleiter fast hysterisch an: »Sie haben fünfzigmal ›richtig!‹ ausgerufen, aber was soll denn richtig sein?«

Das Letzte, woran Samgin sich klar erinnern konnte, war: Die beschwipste Jelena war auf ihn zugetreten, hatte sich bei ihm eingehakt und gesagt: »Von Politik versteh ich keinen Deut, aber Sie, mein Lieber, haben die anderen vortrefflich heruntergeputzt ... Und dieser Platon – glauben Sie ihm nicht. Er ist ein Dummkopf, aber schlau. Und – ein Leckermaul. Kommen Sie, gleich werde ich das Publikum unterhalten.«

Sie stand neben dem Flügel, der Klavierbegleiter spielte etwas Übermütiges, sie aber sang noch übermütiger, wobei sie die Worte mit sehr gewagten Gebärden begleitete, zwinkerte, sich wie eine Katze krümmte und die kleinen Füße unter den grellen Röcken hervor hochwarf.

> »Ja, zu leben ich verstand!
> Wo bliebst du, Jugend, heißer Brand?
> Wo, meine kleine weiße Hand?
> Wo, Füßchen mein, als hübsch bekannt?«

»Br-ravo-o!« schrie das Publikum und übertönte damit das wohlklingende, kreuzfidele Stimmchen.

> »Piff-paff! Es ertönte
> Der Quadrille Ritornell.
> Piff-paff! Man entflammte
> Von Kopf bis Fuß mich schnell!«

»Gött-lich!« rief jemand mit schluchzender Stimme.

> »Piff-paff! Mein Leben!
> Piff-paff! So manchen
> Ein wenig kenne ich,
> Ja, ein wenig kenne ich!«

Der kleine Alte mit dem Orden kicherte schmalzig und murmelte: »Sie ist unverwüstlich! Ach, mein Gott ...«

> »Könnt ich, du Modehase,
> Dir mit der Schuhspitz schlagen
> Den Zwicker von der Nase –
> Ich tät es mit Behagen«

und ihr Bein flog bis zur Schulterhöhe.

Unter dem Eindruck dieses spezifisch erregenden Liedchens ging

Samgin heim und erinnerte sich ihrer sofort, als er am Nachmittag erwachte.

Einen Tag später erzählte ihm Jelena im Arbeitszimmer Prosorows, wo Samgin die Mandanten zu empfangen und zu arbeiten pflegte, mit einer Zigarette in der Hand halb aufgerichtet auf dem Ledersofa liegend: »Bei der Neujahrsfeier haben Sie ja tüchtig gepichelt. Sie sind sehr . . . frisch. Und – mutig.«

Er trat auf sie zu, setzte sich zu ihr aufs Sofa und sagte so zärtlich, wie er konnte: »Béranger haben Sie sehr gut gesungen!«

»Ja? Es ist angenehm, daß es Ihnen gefallen hat.«

Sie legte sich bequemer hin, zwinkerte und sagte, mit den Fingern schnippend: »Das ist bei mir – so etwas Ähnliches wie ein Gebet. Wie heißt das auf lateinisch? Credo, qui absurdum, ja? Anton konnte dieses Lied nicht leiden. Er war ein Moralist, der Arme . . .«

Dann geschah etwas, was Samgin ein paar Minuten vorher nicht gedacht und was er nicht gewünscht hatte. Nachdem die Frau eine Weile schweigend, mit geschlossenen Augen dagelegen hatte, seufzte sie, öffnete ein ganz klein wenig die Augen und sagte halblaut: »Verhalten wir uns zu der Tatsache einfach. Sie verpflichtet uns zu nichts, bringt uns in keinerlei Verlegenheit, ja? Wenn wir Lust haben sollten, wiederholen wir sie, wenn wir keine haben, vergessen wir sie. Einverstanden?«

»Vortrefflich«, sagte Samgin eilig.

»Geben Sie mir einen Kuß«, befahl sie.

Ihr Lakonismus gefiel Klim Iwanowitsch sehr und hob diese Frau sehr in seinen Augen.

Ja, das ist nicht Alina. Einfach, ohne einen Schatten von Heuchelei. Ohne Hysterie . . .

Das Bewußtsein, daß die Verbindung mit ihr nicht von Dauer sein könne, betrübte ihn sogar ein wenig, erweckte ein verdrießliches Gefühl, aber diese Gefühle verschwanden rasch, während die Neigung zu der ruhigen, starken Taïssja nicht nur nicht verschwunden war, sondern zugenommen zu haben schien. Aber sich mit Taïssja auszusprechen gelang ihm nicht, sie war aus irgendeinem Grund schweigsamer, menschenscheuer geworden. Samgin merkte, daß sie ihn nicht mehr mit fragendem Blick ansah und es zu vermeiden schien, mit ihm zu zweit zu bleiben. Er war überzeugt, sie entscheide die Frage, ob sie von Iwan Dronow zu ihm, Klim Samgin, übersiedeln solle, und er hatte es nicht mehr sehr eilig, ihr entscheidendes Wort zu hören. Er war auch überzeugt, daß gerade jenes Wort gesprochen werden würde, das er erwartete.

Sie ist eine redliche Frau, dachte er.

Er bemerkte nichts, was seine einfache und klare Vorstellung von Taïssja hätte ändern können: Die Frau war Dronow in irgendeiner Hinsicht verpflichtet, sie diente ihm dankbar, und ihr war es peinlich, ihr fiel es schwer, den Herrn zu wechseln, obwohl sie alle seine Fehler sah und begriff, daß ein Leben mit ihm ihre Zukunft nicht sicher machte.

In den letzten Lebensjahren der Anfimjewna hatte Warwara sie sehr schlecht behandelt, aber die Anfimjewna hatte dennoch keine andere Stellung angetreten, rief er sich ins Gedächtnis, und ihm fiel ein, daß Taïssja das Maschineschreiben erlernen könnte.

Ihn beunruhigte Schemjakin, aber er war völlig überzeugt, daß Dronow ihm keine Hindernisse in den Weg legen werde, und Taïssjas Interesse für Politik regte ihn nicht im geringsten auf.

Das tut sie aus Langeweile. Aus Herzensgüte. Und das ist schon nicht zeitgemäß.

Um so mehr verblüffte ihn Dronow, als er spätabends halb betrunken bei ihm erschien und unter verdutztem Kopfschütteln mit heiserer Stimme murmelte: »Tossja ist weg. Verstehst du?«

Samgin, der ein Gefühl brennender Wut empfand, zuckte zusammen. Er saß am Tisch und las gerade die verworrene Akte über die Beitreibung von fünfzehntausend Rubel Konventionalstrafe, die Fjodor Petlin wegen Nichteinhaltung eines Vertrags an Gottlieb Kunstler zu zahlen hatte, morgen mußte er vor Gericht plädieren, und wenn er die Sache gewänne, brächte das ein ansehnliches Honorar ein. Er blickte Iwan über die Brille hinweg an und fragte zornig und selbstsicher: »Zu Schemjakin, ja?«

Dronow stellte einen Sessel vor sich hin und warf, sich mit der einen Hand an seiner Lehne festhaltend, mit der anderen wortlos einen zerknitterten Briefumschlag auf den Tisch, Samgin schnappte mit den Spitzen einer Schere nach dem Briefumschlag und nahm ihn angewidert in die Hand. Der Briefumschlag war feucht.

»Ist draußen feuchtes Wetter?«

»Es regnet, zum Teufel . . . Es regnet«, murmelte Dronow, der immerfort den Kopf schüttelte und die Augen zusammenkniff.

»Iwan, ich verlasse Dich«, las Samgin das in großen Buchstaben Geschriebene, die in irgend etwas Zahlen ähnelten. »Ich habe Deine Bekannten und dieses ganze Geschwätz und Getue satt. Ich begreife nicht, wozu Du das brauchst und überhaupt – wozu? Spitzbuben, Nichtstuer, und es werden immer mehr. Du weißt, daß ich mich Dir gegenüber nett, sehr freundschaftlich und offen verhalten habe, aber ich sehe, daß Du mich nicht mehr brauchst und mich nicht im geringsten achtest. Du siehst, wie Schemjakin mir den Hof macht, dabei ist er ein Halunke, und mir tut es natürlich sehr weh, daß es Dir einerlei ist, wie ein Halunke mit mir umgeht. Gewiß, ich könnte ihn selbst in die Fresse schlagen, aber ich kenne nicht Deine Angelegenheiten mit ihm, und ich möchte mich überhaupt nicht in Deine Angelegenheiten einmischen, aber sie gefallen mir nicht. Und Du trinkst immer mehr. Du bist gut, ich weiß, daß Du im Grunde gut bist, aber ich schäme mich, daß ich Deine Gäste mit Speisen und Getränken bewirten muß und daß darin alles für mich besteht. Ich denke, daß ich vielleicht zu etwas anderem tauge, ich möchte ernsthaft leben. Leb wohl, Iwan. Sei mir nicht böse, Taïssja.«

Samgin hatte den Brief zu Ende gelesen, warf ihn beiseite und betrachtete ein paar Sekunden lang verächtlich Dronow. Iwan machte auch den Eindruck, als wäre er feucht und schlaff geworden, er hielt sich immerfort an der Sessellehne fest und schnaufte unter Blinzeln und Seufzen durch die Nase.

Der Dummkopf. Er scheint dem Weinen nahe zu sein, dachte Samgin, sagte aber laut im Ton eines Richters: »Sie hat recht. Du hast aus deinem Heim eine Schenke gemacht, einen Bahnhof. Einen Klub höchst talentloser Schwätzer. Du glaubst, das sei ein politischer Salon. Sie hat recht . . .«

»Wer ist kein Gesindel?« fragte Dronow plötzlich mit fremder Stimme, hob den Sessel hoch und stieß ihn laut mit den Beinen auf den Boden. »Anfangs gefiel ihr das. Es kommen allerhand Leute, reden über alles . . .«

»Ohne etwas zu begreifen«, ergänzte Samgin.

»Da lügst du, mein Lieber«, entgegnete Iwan, als würde er nüchtern. »Du täuscht dich«, verbesserte er sich. »Alle begreifen, was sie begreifen müssen. Die Küchenschaben, die Mäuse . . . die Fliegen begreifen, die Hunde, die Kühe. Die Menschen – begreifen alles. Gib mir was zu trinken«, bat er, als er aber sah, daß der Hausherr sich nicht beeilte, seine Bitte zu erfüllen, wiederholte er sie nicht, sondern fuhr fort: »Toska begriff alles.«

»Sie ist eine sehr passende Frau für dich«, sagte Klim Iwanowitsch Samgin rachsüchtig.

»Das weiß ich«, gab Dronow, sich die Stirn reibend, zu. »Ja. Sie war für mich soviel wie eine Mutter. Ist das komisch? Nein, es ist nicht komisch. Sie war es«, murmelte er und begann noch nüchterner zu reden: »Sie schätzte dich sehr und erwartete, daß du . . . irgend etwas sagen, erklären würdest. Dann erfuhr sie, daß du am Silvesterabend irgendeine Rede gehalten hast . . .«

Dronow verstummte und betastete seine Brust, als wollte er sich überzeugen, ob seine Brusttaschen noch unversehrt seien.

»Na, und was – ist damit?« fragte Samgin halblaut.
»Womit?«
»Mit der Rede.«
»Ach, ja! Sie war betrübt. Sie erkundigte sich immerzu nach dir: Ist er denn kein Bolschewik?«
»Hattest du mich ihr denn als einen Bolschewiken dargestellt?«
Dronow nickte und nahm irgendein Büchlein aus der Tasche.
»Die Rede hat man ihr natürlich in entstellter Form wiedergegeben«, bemerkte Samgin.
»Ich weiß nicht.«
Dronow schlug sich mit dem Büchlein auf die flache Hand und begann von neuem: »Hier – ich habe zweiundvierzigtausend auf der Bank. Siebzehn- gewann ich beim Kartenspiel, neun- bei einer Spekulation mit Riemenleder für die Armee, vierzehn- sparte ich in kleinen Beträgen zusammen. Schemjakin hat fünfundzwanzig- versprochen. Das ist wenig, aber immerhin ... Semidubow wird was geben. Die Zeitung wird zustande kommen. Meine Seele will ich dem Teufel verkaufen, aber die Zeitung wird zustande kommen! Jeruchimowitsch als Feuilletonist. Er bringt alle Doroschewitsche ins Grab. Ein sehr giftiger Mensch. Die Zeitung – wird zustande kommen, Samgin. Aber diese Toska ... ach, Teufel ... Gehen wir irgendwohin zum Abendessen, wie?«

Samgin lehnte es ab, zu Abend zu essen, doch – er fragte, nicht ohne Hoffnung: »Vielleicht kehrt sie zurück?«

»N-nein, das erwarte ich nicht. Ich weiß doch, wohin sie gegangen ist ... Das war Rosa, die sie gelenkt hat«, murmelte Dronow und steckte das Büchlein in die Tasche.

Er ging, ließ Samgin zurück, unfähig, sich mit der Sache Kunstler und Petlin zu befassen. Klim Iwanowitsch zündete sich eine Zigarette an, trommelte zornig mit den Fingern gegen die dicke »Akte« und schloß die Augen, um die stattliche Gestalt Taïssjas, ihre hohe Brust, ihre ruhigen, sicheren Bewegungen, das wenn auch wenig bewegliche, so doch schöne Gesicht und die aufmerksamen, fragenden Augen besser zu sehen. Ihm fiel ein, wie er, als er ihr die Hand auf die Brust gelegt hatte, durch ihre ruhige und komische Frage: »Was interessiert Sie dort?« entmutigt worden war. Er erinnerte sich, wie ein andermal sie selbst unerwartet seine Hand ergriffen und nach einem Blick auf die Handfläche gesagt hatte: »Sie werden lange leben, die Lebenslinie ist lang.«

Sie ist weniger interessant, aber fast ebenso schön wie Marina. Die Jüdin wird ihr sicherlich Arbeit bei den Bolschewiki verschaffen, doch von ihnen ist nur der Weg ins Gefängnis und in die Verbannung sicher. Eugen Richter, scheint mir, hat gesagt, daß eine schöne Frau, wenn sie nicht dumm sei, sich nicht erlaube, an den Sozialismus zu glauben. Taïssja ist dumm.

Aber diese Überlegung tröstete nicht.

Trotz allem bin ich auch ein Don Quichotte, ein Träumer, neige dazu, das Leben zu erfinden. Sie jedoch – duldet keine Erfindungen – sie duldet es nicht, redete er sich zu und dachte weiter darüber nach, wie ruhig und gemütlich man ein Leben mit Tossja einrichten könnte.

Die Einbildungskraft Klim Iwanowitsch Samgins war nicht reich, doch obwohl er diesen Mangel kannte, zählte er ihn zu seinen Vorzügen. Nach seinem Auftritt am Silvesterabend hielt er sich für verpflichtet, die sozialistische Presse zu lesen, und sah, wenn auch mit Anstrengung, so doch mehr oder weniger genau die Zeitungen »Nascha sarja«, »Delo shisni«, »Swesda« und »Prawda« durch. Die beiden ersten ärgerten ihn durch ihre schwerfällige, plumpe Sprache und durch die kleinliche, scholastische Polemik mit den beiden anderen; Samgin hatte den Eindruck, diese Blättchen seien kraftlos, könnten den Leser nicht so beeinflussen, wie sie es sollten, die Form ihrer Artikel kompromittiere das ideelle Wesen der Polemik, zerstückele und zerstäube das Material, das Pathos des Zorns sei in ihnen durch kleinliche, persönliche Gehässigkeit gegen ehemalige Gesinnungsgenossen ersetzt. Überhaupt waren dies Blättchen einer Gruppe von Intellektuellen, die zwar begriffen, daß ein Land analphabetischer Bauern Reformen brauchte und keine Revolution, die nur als »erbarmungs- und schonungsloser Aufstand« möglich sei, wie es alle »politischen Bewegungen des russischen Volkes« waren, die von Daniil Mordowzew und anderen Volksfreunden geschildert worden waren, deren Bücher er in seiner Jugend gelesen hatte – die aber, obwohl sie das begriffen, nicht einfach, klar und überzeugend davon zu reden verstanden.

Klim Iwanowitsch Samgin war überzeugt, daß er alles, was in diesen langweiligen Blättchen gedruckt wurde, eindrucksvoller, markanter und schärfer hätte sagen können.

Die Zeitungen der Bolschewiki ärgerten ihn noch mehr, sie ärgerten und erregten ihn feindselig. Bei diesen Zeitungen spürte er die offenkundige Absicht, ihn mit sich selbst zu entzweien, ihn von der Ausweglosigkeit der Lage des Landes, von der Unrichtigkeit all seiner Urteile, all seiner Denkgewohnheiten zu überzeugen. Sie bedienten sich der Ironie, des Spotts, empörten ihn durch die Ungeschliffenheit ihrer Sprache, durch die Geradlinigkeit ihres Denkens. Ihr Material wurde von einer Sozialphilosophie beleuchtet, und dies war ein »System von Sätzen«, das anzufechten er außerstande war.

Klim Iwanowitsch war ein Meister kleiner Gedanken, aber er verstand immerhin zu denken und begriff, daß sich diesem »System von Sätzen« allein sein: »Ich will nicht!« entgegensetzen ließ.

Jedesmal, wenn er an die Bolschewiki dachte, verkörperte sich der Bolschewismus vor ihm in der Person des stämmigen, ruhigen Stepan Kutusow. Im Ausland weilte der Begründer dieser Lehre, aber Samgin nannte sie weiterhin ein phantastisches System von Sätzen, und Wladimir Lenin konnte er sich nur als Intellektuellen, als Buchgelehrten, der erbittert ist über den Entzug des Aufenthaltsrechts für die Heimat, und eher als Stimme, denn als realen Menschen vorstellen.

Wahrscheinlich etwas Hysterisches, so etwas wie Garschin oder Gleb Uspenskij. Ein Don Quichotte natürlich.

Kutusow war eine reale, lange bekannte Größe. Er befand sich irgendwo in der Nähe und war als Organisator tätig. Von Begegnung zu Begegnung erweckte er den Eindruck eines Menschen, der von seiner Bedeutung, von seinem Recht, zu lehren, zu handeln, immer mehr überzeugt ist.

Die letzte Begegnung hatte diesen Eindruck sehr verstärkt.

Zwei Tage etwa nach dem Auftreten bei Jelena hatte sie mit wohlwollendem Lächeln gesagt: »Wissen Sie, Klim Iwanowitsch, Ihre Rede hatte großen Erfolg. Von Politik verstehe ich wahrscheinlich nicht mehr als eine Pute, von Don Quichotte weiß ich durch die komischen Bildchen in einem dicken Buch, Faust ist für mich ein einfältiger Mann aus einer Oper, aber mir hat es auch gefallen, wie Sie gesprochen haben.«

Sie lächelte, dachte einen Augenblick nach und definierte: »Genauso wie ein Bäuerlein, das eine Weile in der Stadt gelebt hat, dann seine Dorfbewohner belehrt, wie man denken müsse. Kränkt Sie das nicht?«

»Im Gegenteil: Es ist sehr schmeichelhaft«, entgegnete Samgin.

»Bei uns, auf dem Landhaus, gab es solch ein Bäuerlein, es sagte so drollig: ›In der Stadt machen alle Musik, und jeder seine eigene.‹«

Dann teilte sie mit: »Laptew-Pokatilow lädt Sie ein – wissen Sie, wer das ist? Er ist ein kleiner Dummkopf, aber sehr interessant! Adeliger, Hausbesitzer, reich, und er ist, glaube ich, hier Stadtoberhaupt gewesen. Er hat eine Schwäche für Chansonetten, besonders für die französischen, und hat sie alle gekannt: die Otero, die Fougère, Yvette Guilbert – alle berühmten. Er besitzt ein interessantes Haus, die Decke des Speisezimmers gleicht einem Waschtrog und ist mit Ornamenten bemalt, er nennt das Bojarenstil. Ein ganzes Zimmer ist voll Porzellan, es sind wunderhübsche Sachen darunter.«

»Wozu braucht er mich denn?« hatte Samgin lächelnd gefragt; die Frau hatte geantwortet: »Ihm gefallen originelle Menschen. Gehen wir hin? Ich bin auch eingeladen, aus alter Freundschaft«, hatte sie mit einem Augenzwinkern hinzugefügt.

Und nun befand sich Klim Iwanowitsch Samgin in einem großen Zimmer, unter einem Plafond in Form einer verlängerten Kuppel, die bunt mit einem altertümlichen russischen Ornament bemalt war.

In einer Ecke des Zimmers – an einem Tisch – saßen zwei Männer: ein bekannter Professor mit einem Familiennamen, der einem griechischen ähnelte, seine Vorlesungen hatte Samgin gehört, aber an den schwierigen Familiennamen konnte er sich nicht mehr erinnern. Neben ihm saß ein langer Mann mit hagerem Gesicht und Backenbart, er glich einem Engländer, einem von denen, wie Karikaturisten Engländer darstellen. Sich mit der einen Hand am Tisch, mit der anderen an einem Knopf seines Rocks haltend, stand ein zerzaustes kleines Männlein und sagte hüstelnd, mit dünner Stimme: »Wir sehen also . . .«

Er hatte ein graues, runzliges, gleichsam erschrockenes Gesicht, und er sprach, als beklagte er sich über irgend jemanden.

Samgin wußte, daß die Industriellen, besonders die Moskauer, die Adelspolitik der Duma scharf kritisierten, daß bei Konowalow und bei den Rjabuschinskijs Unterhaltungen über Fragen der Ökonomik und Außenpolitik organisiert waren und daß dort Pjotr Struve und irgendein anonymer, aber bedeutender Menschewik Vorträge hielten. In diesem Zimmer war niemand zu bemerken, der wie ein Kaufmann oder Fabrikant ausgesehen hätte. Hier hatten sich Intellektuelle und nicht wenig Gestalten versammelt, die ihm persönlich oder von Pressebildern bekannt waren: Professoren, keine von den bedeutenden, Schriftsteller, der sich am Kinnbärtchen zupfende Leonid Andrejew mit seinem schönen blassen Gesicht und der schweren Kappe schwarzen Haars, der trübsinnige »letzte Klassiker der Volkstümlerbewegung«, der Redakteur der Zeitschrift »Sowremennyj mir«, ferner Nogaizew, die Orechowa, Jeruchimowitsch, Tagilskij, Chotjaïnzew, Aljabjew, ein paar elegant gekleidete Damen mit originellen Frisuren, bei einer von ihnen lag das Haar so an Wangen und Ohren, daß das Gesicht häßlich schmal und spitz wirkte. Alle waren sie mittleren Alters, über dreißig, nur eine von ihnen war eine kleine alte Frau mit Brille, grau, mit launisch schmollenden Lippen und einem Notizbüchlein in der Hand, sie benutzte das Büchlein als Fächer, indem sie sich damit das dunkle kleine Gesichtchen fächelte. Jelena war irgendwohin verschwunden.

Am Ende des Zimmers stand an der Wand eine dichte Gruppe von Männern, die wie Fabrikarbeiter aussahen, Ältere, Bärtige herrschten unter ihnen vor, einer war hochgewachsen, breitschultrig und fast noch ein junger Mann, nicht einmal ein Schnurrbart war in seinem beweglichen Gesicht mit starken Backenknochen zu bemerken, ein anderer reichte ihm nur bis zur Schulter, war krausköpfig und rothaarig.

»Im Land entwickelt sich rasch die Industrie. Die Großbourgeoisie baut ihre Presse auf: ›Slowo‹ – hier, ›Utro Rossii‹ – in Moskau. Die Moskauer, mit dem Finanzminister an der Spitze, verlangen eine Änderung der Handelsverträge mit den ausländischen Staaten, vor allem – mit Deutschland«, beklagte sich der erschrockene Mann und hüstelte immer stärker.

Man hörte ihm sehr aufmerksam zu. Das Zimmer, in dem nicht weniger als ein halbes Hundert Menschen atmeten, füllte sich mit warmer Stickluft. Samgin duckte sich unwillkürlich, neigte den Kopf, als in der Stille die bekannte Stimme Kutusows erklang: »Fügen Sie dem hinzu, daß die Duma die Maßnahmen der Regierung zur Vergrößerung von Flotte und Armee unterstützt.«

Darauf trat Kutusow aus der Arbeitergruppe heraus und sagte: »Da der verehrte Redner sich beim Sprechen Zeit läßt, aber offenbar einen großen Vorrat an Tatsachen besitzt und diese Tatsachen allen bekannt sind, ich jedoch nur über fünf Minuten verfüge und dann gehen muß, so bitte ich, mir zu gestatten, mich zu äußern.«

Samgin betrachtete ihn eingehend über die Schulter hinweg und sah, daß Kutusow eine schwedische Lederjacke anhatte, wie ein Bahnarbeiter aussah, daß er sich wieder einen großen Bart hatte wachsen lassen und schmalschultriger, aber größer geworden zu sein schien. Sein Gesicht jedoch hatte sich nicht im geringsten verändert, die grauen Augen waren immer noch ebenso weit geöffnet und zeigten das altbekannte Lächeln.

Er ist immer noch der gleiche. Erstaunlich, daß die Spitzel ihn nicht fangen können.

Dann stellte er fest, daß Kutusow äußerlich, in der Kleidung, von der Männergruppe um ihn nicht abstach.

Kutusow rauchte, sein Bart schwelte, seine Worte klangen klar und deutlich.

»Es gibt andersartige und nicht weniger interessante Tatsachen«, sagte er, als er Redeerlaubnis erhalten hatte. »Wie beteiligte sich die Regierung an der Organisierung des Balkanbundes? In welcher Beziehung steht sie zum Balkankrieg, der gleich nach dem italienisch-türkischen angezettelt wurde und wahrscheinlich die endgültige Vernichtung der Türkei zum Ziel hat? Will die Bourgeoisie uns nicht einen neuen Krieg bescheren? Gegen wen? Und – weshalb? Das sind Tatsachen und Fragen, über welche die Intelligenz nachdenken sollte.«

Samgin saß neben einer fast unsichtbaren Tür, die ebenso gestrichen und bemalt war wie die Wand und die Decke, die Tür war nicht fest geschlossen, hinter ihr gurrte jemand: »›Mein Freund‹, sage ich zu ihm, ›diese Dinge muß man bis aufs Letzte begreifen, oder man soll sie gar nicht begreifen, leb doch mit halb geschlossenen Augen.‹ – ›Aber – erlaube mal‹, entgegnete er, ›ich bin doch Premierminister!‹ – ›Dann – schließ die Augen ganz!‹«

»Au, das ist gut!« schrie Jelena auf.

Das lustige Gespräch hinter der Tür hinderte Samgin, Kutusow zuzuhören, aber er fing dennoch Stücke seiner Rede auf.

»Eine der Haupteigenschaften der russischen Intelligenz besteht darin, daß sie immer zu spät denkt. Nachdem die Arbeiter Frankreichs in den dreißiger und siebziger Jahren gezeigt hatten, wie stark das proletarische Klassenbewußtsein ist, redete und schrieb man bei uns immer noch darüber, wie gesund bäuerliche Arbeit sei und wie Fabrikarbeit das Wachstum des Verstands schwäche«, sagte Kutusow, während hinter der Tür vergnügt die Stimme Jelenas erklang: »Ich sah ihn ohne Hosen bei einer Freundin von mir . . .«

»Offensichtlich war er schon damals im Begriff, sich dem Jupiter Romanow zu präsentieren.«

»Ganz vor kurzem würdigten unsere legalen Marxisten nach ihnen die Menschewiki, wie lehrreich für sie das Beispiel der französischen Advokaten, das verlockende Beispiel der Briand, Millerand, Viviani und anderer geistesverwandter Bürschchen aus der Kleinbourgeoisie ist, die, nachdem sie der Großbourgeoisie mit dem Sozialismus gedroht haben, das Proletariat verraten und zu Waffenträgern der Kapitalisten werden . . .«

Samgin dachte: Ein Mann mit einem Bart sollte nicht in solch einem Ton reden.

»Verleumdung!« rief jemand, gleich nach ihm wiederholten zwei bis drei Stimmen dieses Wort, ein paar Personen sprangen auf, schrien und fuchtelten mit den Händen in Richtung von Kutusow.

»Unterstehen Sie sich . . .«

»Lüge!«

»Und – die ›Wechi‹? Die ›Wechi‹?«

»Aha!«

»Und die Definition der Demokratie als ›Anmarsch des Pöbels‹?«
»Als Hunnen, vor denen die ›Wächter des Denkens und Glaubens‹ fliehen, sich in Höhlen und Katakomben verstecken müssen.«
»In Rußland gibt es keine Katakomben!«
»Das stimmt nicht! Das Kiewer Kloster hat Katakomben . . .«
»In Odessa sind auch Katakomben.«
»Unter der russischen Intelligenz gibt es keine Verräter.«
»Soviel Sie wollen!«
»Beginnen Sie bei Lew Tichomirow . . .«
»Das heroische Leben der Intelligenz ist von der Geschichte bezeugt . . .«
»Erlauben Sie! Er sprach nicht von der gesamten Intelligenz als einem Ganzen . . .«

Kutusow lachte, sein Bart zitterte, er schrie auch: »Erlauben Sie, ich habe noch nicht geendet . . .«

»Das ist auch nicht nötig.«
»Wir kennen euch Verkleidete!«

Aus der kleinen Tür trat Jelena heraus und fragte: »Was ist los?«

Hinter ihr her rollte, wie ein Gummiball springend, ein rundliches Männlein mit rotwangigem Gesicht und den vergnügten Augen eines Glücklichen heraus.

Kutusow winkte ab und ging auf die Tür unter dem Rundbogen in der dicken Wand zu, ihm folgten noch einige Personen, das Geschrei jedoch nahm zu, wurde noch heißer, gekränkter, und immer öfter, hartnäckiger durchdrang den Lärm das bekannte helle Stimmchen Tagilskijs.

Auch Samgin fühlte sich durch die Rede Kutusows schmerzlich berührt und sogar bedrückt. Ihn bedrückte besonders das Bewußtsein, daß er nicht den Mut aufgebracht hätte, mit Kutusow zu streiten, dieser Mensch würde wohl kaum begreifen, daß ein Faust sich nicht mit einem Don Quichotte versöhnen kann.

»Ein Bolschewik. Die Bolschewiki sind keine Demokraten, nein!«

Jelena blickte mit zusammengekniffenen Augen zur Decke, dann auf die Anwesenden und fragte: »Das gleicht einer Pastete mit Pilzfüllung – nicht wahr?«

Samgin lächelte der Frau stumm zu und lauschte der aufreizenden Stimme Tagilskijs: »Die Bewertungen aller Lebenserscheinungen gehen von der Intelligenz aus, und die hohe Bewertung ihrer eigenen Rolle, ihrer gesellschaftlichen Verdienste stammt auch von ihr. Aber wir, die Intellektuellen, wissen, daß der Mensch sich geniert, von sich selbst schlecht zu reden.«

Zornige Ausrufe brausten auf: »Das ist nicht wahr!«

»Tolstojanertum!«

»Das grenzt an Demagogie!«

Doch Tagilskijs Stimme war schwer zu übertönen, sie durchschnitt den Lärm wie ein Pfiff.

»Seien Sie, bitte, unbesorgt! Ich habe nicht die Absicht, irgendwessen Verdienste zu schmälern, und eigene habe ich noch keine. Ich will nur das sagen, was ich sage: Ein Intellektueller in erster Generation ist etwas sehr Unbestimmtes, Veränderliches, Unbeständiges im Vergleich zum Bauern, zum Arbeiter . . .«

»Welch originelle Entdeckung!«

»Vergeuden Sie keine Ironie, wir besitzen wenig davon«, fuhr Tagilskij fort, die anderen zum Zuhören zwingend. »Ich weiß: Bei uns gibt es – wie in Frankreich – eine genügende Anzahl Intellektueller in zweiter Generation. Ihre Großväter waren Popen, Kleinhändler, Schankwirte, Unternehmer, überhaupt – städtisches Kleinbürgertum, aber ihre Väter gingen ins Volk, standen in der Sache der Hundertdreiundneunzig vor Gericht, saßen zu Hunderten im Gefängnis, wurden nach Sibirien verbannt, ihre Kinder können wir unter den Sozialrevolutionären und Menschewiki finden, aber natürlich wesentlich mehr unter der im Staatsdienst stehenden Intelligenz, das heißt jener, die in dieser oder jener Weise die Struktur des immer noch selbstherrschaftlichen Staates festigt, der im kommenden Jahr vorhat, sein dreihundertjähriges Bestehen zu feiern.«

»Kürzer!« befahl jemand, und Tagilskij fragte: »Bezieht sich dieser Befehl auf mich oder auf die Selbstherrschaft?«

Etwa drei Personen lachten.

Der rundliche Laptew-Pokatilow, der hinter Jelena stand und eine sehr wohlriechende Zigarette rauchte, nahm die Bernsteinspitze aus den Zähnen, beugte sich zur Schulter der Frau vor und sagte halblaut: »Es wäre sonderbar, wenn man mich morgen nicht zur Direktion der Geheimpolizei vorlüde.«

»Sie sollten eben keinen Unfug treiben, Pappchen«, entgegnete Jelena. »Ich hätte gar nicht gedacht, daß es bei Ihnen heute so zugehen würde.«

Der für Samgin unsichtbare Tagilskij fuhr fort: »Der bärtige Mann, den man hier beim Reden hinderte, ist ein neuer Typ des russischen Intellektuellen . . .«

»Solche hatten wir schon!«

»Ich bin keinem begegnet. Der Bolschewismus hat seine originellen Züge.«

»Welche denn? Es wäre interessant, das zu erfahren.«

»Lesen Sie die ›Prawda‹«, riet Tagilskij.

Hier begannen ungefähr zwanzig Personen zu gleicher Zeit zu reden, Samgin unterschied den hysterischen Ausruf Aljabjews: »Der Rat eines Ignoranten! In dem Jahrhundert, in dem Bergson eine neue Ära in der Geschichte der Philosophie beginnt . . .«

»Mitja zürnt«, sagte Jelena lächelnd zu Laptew, er lächelte auch. »Mitja empfindet den Demos als seinen persönlichen Feind. Wir alten Adeligen sind bedeutend duldsamer als die heutige Jugend . . .«

Irgendwo in der Nähe beklagte sich Nogaizew: »Was ist das denn? Hat man, weil der eigene Verstand nicht ausreicht, vom deutsch-jüdischen zu leben beschlossen? Mein Gott . . .«

Die kleine alte Frau mit der Brille schüttelte drohend ihr Notizbüchlein und rief Tagilskij mit tiefer Männerstimme zu: »Dieser Freund von Ihnen, der sich als Arbeiter verkleidet hat, sucht etwas Nichtexistierendes, ein Hirngespinst von Abenteurern darzustellen. Ich behaupte: Die Klassenlehre ist eine Lüge, es gibt keine Klassen, es gibt nur Menschen, die durch Materialismus und Atheismus, durch die Wissenschaft des Satans, durch Eitelkeit und Ehrsucht verderbt sind.«

»Das ist es! Richtig«, rief Nogaizew. »Die alten Lafargues, die Tochter von Marx und sein Schwiegersohn, begingen Selbstmord – da haben Sie ihn, den Materialismus!«

Trotz allem bohrte sich, sickerte durch den Stimmenlärm das dünne Stimmchen Tagilskijs: »Meine Frage – ist eine Frage an die Intellektuellen von gestern. Das Land befindet sich in einer gefährlichen Lage. Der Massenmord an den Arbeitern der Lena-Goldfelder hat von neuem eine Welle politischer Streiks hervorgerufen . . .«

»Das sind Wirtschaftsstreiks.«

»Nein. An den Wirtschaftsstreiks beteiligten sich nicht mehr als hundertfünfzigtausend, an den politischen über eine halbe Million . . .«

Tagilskij wies auf die Gefahr eines Krieges mit Deutschland hin, man entgegnete ihm: Die Mehrzahl im Reichstag besteht aus Sozialisten, Vizepräsident ist Scheidemann – sie würden der Bourgeoisie nicht erlauben, Krieg zu führen.

»Und wenn die Franzosen anfangen?«

»Denken Sie an die Kundgebung der Arbeiter Berlins wegen Agadir . . .«

»Die Franzosen – werden nicht anfangen!«

»Schon vierzig Jahre lang bereiten sie sich vor und – werden nicht anfangen? Sie scherzen!«

»Zur Ordnung, meine Herrschaften! Ich rufe zur Ordnung«, schrie der Professor, der unhörbar mit dem Bleistift auf den Tisch klopfte, und gleich nach ihm schrie, ja brüllte jemand schrill wie ein Ertrinkender: »Niemand unter den hier Anwesenden hat das heilige Wort ›Vaterland‹ ausgesprochen! Und das ist entsetzlich, meine Herrschaften! Durch dieses Vergessen des Vaterlands stellen wir uns außerhalb seiner, vertreiben wir uns selbst aus dem Land unserer Väter.«

»Nicht alle Väter erwecken Liebe bei ihren Kindern.«

»Sind wir denn nicht in den Fußstapfen unserer Väter dorthin gelangt, wo wir jetzt stehen?«

Aber der Redner, der sich wahrscheinlich durch sein hysterisches Geschrei betäubt hatte, hörte die Einwendungen nicht.

»Meine Herrschaften«, rief er. »Zollen wir . . .«

Es war verständlich, daß die Leute schon müde waren. Sie gliederten sich in kleine Gruppen, sprachen halblaut, hinter Samgin tobte ein leidenschaftliches Geflüster: »Seit fast hundert Jahren machen Advokaten die Geschichte Frankreichs . . .«

»Meine Herrschaften! Zollen wir der Partei der Konstitutionellen Demokraten, was ihr gebührt, denn diese Partei weiß, was ein Vaterland ist, sie hat ein Gefühl für das Vaterland, sie liebt es.«

»Die Anhänger Miljukows sind bereits keine Demokraten«, rief jemand, man entgegnete ihm sofort: »Aber noch keine Bourgeois!«

»Sie werden noch soweit kommen!«

»Das ist aber langweilig«, sagte Jelena und verzog das Gesicht; Laptew unterstützte sie sofort: »Und es ist schon längst langweilig!«

Es war sehr schwül, und die Leute gerieten immer mehr in Eifer, obwohl es merklich weniger wurden. Samgin, der Tagilskij nicht begegnen wollte, bewegte sich nach und nach auf die Tür zu, und als er die Straße betreten hatte, atmete er tief auf.

Es hatte soeben stark geregnet, ein kalter Wind, der Vorbote des Herbstes, trieb Fetzen schwarzer Wolken vor sich her, zwischen ihnen tauchte ab und zu der abnehmende Mond auf und beleuchtete ein paar Sekunden lang das Straßenpflaster, die Pflastersteine glänzten ölig und matt, als wären sie aus Zinn, die Fensterscheiben blinkten, und alles rundum schien zu blinzeln. Samgin wurde von zwei Männern überholt, der eine von ihnen ging, als steckte sein Hals in einem Kummet, auf seiner Schulter funkelte eine Baßtrompete, der andere ging gebeugt, hielt die Hände in den Taschen und hatte einen kleinen schwarzen Kasten unter den Arm geklemmt, er stieß gegen Samgin und murmelte: »Verzeihung«, dann fügte er hinzu: »Rein gar nichts wird's geben! So wird es sein: Wir werden ein bißchen dudeln, essen, trinken, schlafen, sterben . . .«

»Du wirst schon sehen«, sagte laut der Mann mit der Trompete.

Ja, es wird was geben, dachte Samgin. Einen Krieg? Wohl kaum. Aber – besser ein Krieg. Es würde eine einmütige Stimmung entstehen. Die Befugnisse der Duma würden sich erweitern.

Wie immer nach passiver Teilnahme an Zusammenkünften fühlte er sich wie von Worten zerdrückt, von der Buntheit und Unmenge an Widersprüchen erregt. Und wie immer trug er aus der Versammlung bei Laptew die gewohnte Menschenverachtung heim.

Sie sind weder Fausts noch Don Quichottes, dachte er und verlangsamte seinen Gang, nahm eine Zigarette heraus und erwog die Worte Tagilskijs über Kutosow: Ein neuer Typ des russischen Intellektuellen?

Dieser Gedanke regte ihn so auf, daß er sich zwang, nicht an Kutusow zu denken.

Er blieb stehen, zündete die Zigarette an und versuchte, während er langsam weiterging, sich einzureden: Ein solcher Typ wäre vielleicht ein Mensch, der Don Quichotte und Faust harmonisch in sich vereint. Tagilskij ... Was will dieser ... Jesuit? Was er sagte, war sicherlich eine Provokation. Er wollte wissen, wieviel Anhänger des Bolschewismus sich unter den Anwesenden befänden. Die Arbeiter – wenn das wirklich Arbeiter waren – hatten sich nicht geäußert. Vielleicht waren sie die einzigen Bolschewiki in – dieser Pastete mit Pilzfüllung. Jelena ist geistreich.

Dann dachte er schon fast erbost: Das sind farblose, seichte Menschen. Unterdessen bedroht uns das Leben aufs neue mit Ereignissen, denen wir sich wird widersetzen müssen. Man wird es müssen, denn sie drohen mit Knechtung, mit einer noch härteren Knechtung der Persönlichkeit. Ja, ja – jeder Gedanke hat das Recht, ausgesprochen zu werden, jede Persönlichkeit besitzt das unbestreitbare Recht, frei, unabhängig vom Zwang der Epoche und des Milieus zu denken – daran erinnerte sich Klim Iwanowitsch Samgin fest. Er hätte einen beliebigen Gedanken, jeden Satz, den ein beliebiger Mensch gesprochen hatte, ebenso frei und mit der gleichen Kraft wiederholen können, aber er fühlte, daß die ganze Flut dieser Gedanken durch eine einheitliche Form eingeschränkt, in Ufer, in ein Strombett geleitet werden mußte. Er sah, daß jeder der Menschen, an irgendeinen eigenen Strohhalm geklammert, an der Oberfläche des Lebens schwamm, und sah, daß die Regengüsse und Wirbel aus Worten, die für ihn, Samgin, nutzlos waren, sein gewohntes halb verächtliches Verhalten zu den Menschen verstärkten, dieses Verhalten zu trockener und scharfer Bosheit zuspitzten. Er hütete sich, in großen Versammlungen aufzutreten, weil er sah: Viele der Menschen beherrschten raffinierter als er die Kunst des Streitens, kannten mehr Tatsachen, hatten mehr Bücher gelesen. Es gab Leute, die talentierter waren als er. Ja, solche gab es leider. Und Klim Iwanowitsch Samgin gedachte des buckligen Mädchens, das mutig, tief überzeugt von seinem Recht den Erwachsenen zugerufen hatte: Was treiben Sie da? Es sind doch nicht Ihre Kinder!

Der Regen begann wieder zu tröpfeln. Samgin nahm eine Droschke, verkroch sich unter das Lederverdeck des Wagens. Der Gaul lief langsam, seine Kruppe hüpfte häßlich auf und ab, irgendein gelockerter Eisenteil klirrte, auf dem Leder über dem Kopf des Fahrgastes trommelte zornig der Regen.

Welch ein kärgliches Leben! dachte Klim Iwanowitsch gekränkt.

Aber diese Stimmung hielt bei ihm nicht lange an. Jelena erwies sich als eine Frau, die in jeder Hinsicht interessanter war, als er vermutet hatte. Geschickt in der Liebestechnik, erregte sie leicht seine Sinnlichkeit, ließ ihn süßeste Verzückungen von noch nie empfundener Intensität erleben, und er befand sich in dem Alter, in dem der Mann bereits einen Ansporn von seiten der Partnerin braucht und der Frau für ihre Initiative dankbar ist.

»Ich liebe gern, wie eine Berauschte«, sagte sie einmal nach einem der Liebesgeplänkel zwischen ihnen, das Samgin verblüfft hatte. »Lieben, mein Freund, muß man virtuos und nicht wie die Tiere oder Gardeoffiziere.«

Interessant war sie durch ihre Kenntnis des lustigen Lebens der Menschen aus der »großen Welt«, von Gardeoffizieren, namhaften Bürokraten, Bankiers. Sie besaß einen unerschöpflichen Vorrat an Tatsachen, Anekdoten, Klatschgeschichten und erzählte das alles mit der Spottlust einer ehemaligen Hausangestellten reicher Herrschaften – einer Hausangestellten, die selbst reich geworden ist und an die Dummköpfe zurückdenkt.

Da sie gerne las und schon viel gelesen hatte, bot sich ihr die Möglichkeit, Lebende mit Toten und wirklich existierende Gestalten mit erdichteten zu vergleichen.

»Ach, wenn man über euch Männer alles schreiben könnte, was ich weiß«, sagte sie, mit den Fingern schnippend, und in ihren Augen leuchteten grüne Funken auf. Behende, stets lebhaft gestimmt, rollte sie, ihren Backfischkörper in grelle chinesische Seide gehüllt, wie eine weiche kleine Kugel lautlos aus einem Zimmer in das andere, trällerte dazu französische Liedchen, stellte die vergoldeten Kupfer- und Bronzegegenstände von einem Platz auf den anderen und schwatzte wie eine Elster – die Leidenschaft für schillernde Dinge war bei ihr auch elsternhaft, und auch sie selbst schillerte bunt von oben bis unten.

Mit den Sachen ging sie ehrfürchtig, liebevoll um, streichelte sie zärtlich mit den Fingern und forderte Samgin auf: »Sieh dir mal an, wie geschickt das gemacht ist!«

»Hervorragend«, stimmte Samgin zu, der durch die Brille auf einen häßlichen chinesischen Götzen sah und den Verdacht hegte, daß sie ihn examiniere, seinen Geschmack kennenlernen wolle.

Wenn sie vom Herumlaufen müde wurde, legte sie sich mit einer Zigarette zwischen den Zähnen aufs Sofa und erzählte sehr gut Anekdoten, wobei sie das klangvolle Spiel ihrer Stimme mit schnellem Aufflimmern kleiner Grimassen begleitete.

»Eine Weltdame kommt mit einer Bekannten nach Hause und schreit das Dienstmädchen an: ›Weshalb haben Sie die Möbel und Sachen im Besuchszimmer so dumm und sinnlos umgestellt?‹ – ›Das war nicht ich, das hat das gnädige Fräulein befohlen.‹ Darauf sagt das Mamachen zu der Dame: ›Meine Tochter hat eine hervorragend witzige Phantasie‹«.

Samgin lächelte liebenswürdig, er fand Anekdoten dieses Typs platt, aus Witzblättern herausgelesen, und er vergaß sie sofort. Aber mitunter hörte er Anekdoten anderer Art: »In einem Sonderzimmer des Restaurants ›Medwed‹ fand ein Gelage statt, und ein Kreisadelsmarschall sagte, daß er für die vollständige Übergabe des Lands an die Bauern sei. ›Man muß ihnen das Land unentgeltlich abtreten!‹ – ›Besitzen Sie denn Land?‹ – ›Na, selbstverständlich! Aber – es ist verpfändet und von neuem verpfändet, so daß die Bank es verauktioniert. Und ich kann in der Duma Karriere machen, ich bin kein übler Redner.‹ Ist das komisch?«

»Ja«, gab Klim Iwanowitsch zu.

»Und weißt du, was der Minister Goremykin zu Suworin gesagt hat? ›Es ist nicht übel, daß die Bauern Gutshöfe niederbrennen. Der Adel muß aufgerüttelt werden, damit er aufhört, sich liberal zu gebärden.‹«

Samgin, den es nicht interessierte, woher sie die Meinung des Ministers kannte, fragte: »Wann war das?«

»Im Jahre fünf. In jenem Jahr fanden sehr viele Gelage statt. Aber der alte Suworin ist nett und klug. Er ist ein hervorragender Kenner des Theaters. Die Schauspieler jedoch – mag er nicht. An ihm ist etwas Bäurisches, Rauhes, die Schauspieler und Schauspielerinnen hält er für törichte Nichtsnutze. ›Der Schauspieler hat kein eigenes Gebet, doch jeder Mensch sollte sein eigenes Gebet haben‹, so drückte er das aus. Ich begegnete ihm ziemlich oft, ich wäre gern an sein Theater gekommen. Aber er sagte: ›Nein, Lena, Sie sind für die Operette geeignet, fürs Vaudeville, aber die Operette – liebe ich nicht, und Vaudevilles werden bei mir nicht aufgeführt.‹ Er ist sonderbar. Übrigens sind alle Russen sonderbar: Es ist nicht zu begreifen, was sie wollen – die Republik oder die Sintflut?«

Wenn Samgin solchen Erzählungen und Betrachtungen zuhörte, rauchte er nachdenklich und stumm und dachte, daß dies alles nicht zu der kleinen Frau, einer ehemaligen Kokotte, passe. Es paßte nicht zu ihr und störte ihn in irgendeiner Hinsicht ein wenig. Aber er überzeugte sich immer mehr davon, daß von allen Frauen, mit denen er zusammen gelebt hatte, diese die für ihn leichteste und bequemste sei. Und daß er durch den Verlust Taïssjas wohl kaum viel verloren habe.

Ihre Lebensgeschichte hatte Jelena sehr kurz erzählt und die Erzählung durch lange Pausen unterbrochen: Ihre Großmutter, Yvonne Dangereau, war Zirkusakrobatin gewesen, hatte sich ein Bein gebrochen und lebte dann mit einem Gutsbesitzer im Gouvernement Tambow zusammen; sie brachte eine Tochter zur Welt, der Gutsbesitzer starb, und die Großmutter eröffnete in Tambow ein Modenhaus. Die Mutter besuchte das Gymnasium, absolvierte es, zu dieser Zeit starb die Großmutter, von einem Löschzug der Feuerwehr überfahren. Die Mutter erteilte französischen und deutschen Sprachunterricht an einem Gymnasium und gab die Tochter in eine Ballettschule, von dort geriet sie in die Hände eines alten Herrn, des Direktors irgendeines Departements im Finanzministerium, Wassilij Iwanowitsch Lanen.

»Und nach ihm – ging es weiter!« schloß sie einfach.

»Und – deine Mutter?« fragte Samgin.

»Sie starb auf der Krim an Schwindsucht. Mein Vater, ein Physiklehrer, verließ sie, als ich fünf oder sechs Jahre alt war.«

Samgin hatte den Eindruck, daß Jelena jetzt anständig lebe und ihre früheren Bekanntschaften zwar noch aufrechterhalte, aber nicht mehr an Gelagen teilnehme und sogar, wie er aus Laptews Verhalten zu ihr bemerkt hatte, sich des Wohlwollens der Zechbrüder erfreue.

Er besuchte mit ihr die Reichsduma an dem Tag, als dort die Interpellation wegen der Ermordung der Arbeiter auf den Lena-Goldfeldern zur Verhandlung stand.

»Der Äußerste links in der Ministerloge ist der Ministerpräsident Makarow – weißt du?« flüsterte Jelena. »Nein, denk dir«, flüsterte sie weiter, »ich habe diesen lockeren Zeisig einmal bei einer Freundin, einer Französin, ohne Hosen gesehen, und ihn hat man mit der obersten Leitung Rußlands betraut... Das ist wahrhaftig ein Witz!«

Ihr Geflüster hinderte Samgin ärgerlicherweise, das Bild der Pariser Parlamentssitzung mit dem Bild zu vergleichen, das sich in dieser Stunde vor ihm entfaltete. Dort, in Paris, saßen zum größten Teil einförmig schwerfällige, stämmige Gestalten – sie saßen ruhig und ungezwungen, wie bei sich zu Hause, überzeugt, daß sie den Willen des französischen Volkes verkörperten. Unter ihnen gab es nicht wenige Juristen, Kenner des Rechts, und Juristen standen an ihrer Spitze, leiteten sie. Diese Männer lebten auf einem Boden, der unter ihnen nicht wankte. Sie vertraten seit langem bestehende Parteien, jede Partei hatte ihre Geschichte, ihre Traditionen.

Hier mußte Samgin an das in der Versammlung bei Laptew-Pokatilow ausgesprochene Wort »Vaterland« denken.

Diese Leute haben seit dem Jahre 1789 ein Vaterland. Sie haben es sich erkämpft.

»Wenn jemand Anekdoten zu erzählen versteht – dann er, Makarow«, flüsterte Jelena. »Aber schau nur, was für eine widerliche Fratze Makarow hat. Und dieser unfähige Hanswurst Purischkewitsch. Er zappelt, als würde er geschmort. Keine sehr solide Versammlung, wie?«

»Ja«, pflichtete Samgin bei, der angespannt die Männer betrachtete, die Gesetzgeber sein wollten, und dachte: Was kann mir Nogaizew geben?

Nogaizew wand sich in einem Sessel neben einem dicken, rotbärtigen, kahlköpfigen Mann in einem langschößigen, altrussischen Überrock. Samgin kam es vor, daß der Hals dieses Mannes bedeutend breiter sei als der Kopf und daß der Kopf nicht auf dem Hals ruhe, sondern in ihn hineingesteckt sei und auf ihm wackele wie eine Wassermelone auf einem Teller, gegen den jemand stößt. Das Vaterland dieses Mannes reichte wahrscheinlich bis an die Grenzen seines Kreises oder Gouvernements. Markow glich einem Diakon aus der Provinz, er hatte Backenknochen eines Fremdstämmigen, eines Mordwinen. Rodsjanko erinnerte an einen Oberkellner. Es herrschten irgendwelche Leute ohne Gesicht und wahrscheinlich ohne Meinungen vor. Diese Männer, die das Amphitheater füllten und höchst verschiedenartig gekleidet waren, benahmen sich nervös, wie Schüler in einer Klasse, die der Lehrer verlassen hat. Sie tuschelten miteinander, wobei sie sich zueinander vorbeugten und auf den Sesseln hochschnellten. Jetzt hat sich Professor Miljukow zu dem Abgeordneten umgewandt, der hinter ihm sitzt, er ist ein Mann mit einem runden silbernen Köpfchen, dem roten Gesichtchen eines Neugeborenen und einer dichten Reihe scharfer, glänzender Zähne; er lächelt, als wollte er beißen. Der hat eine Vorstellung vom Vaterland. Das – ist eine Größe. Jedoch – wer ist ihm noch gleich in der vielstämmigen Ansammlung von Männern, die miteinander tuscheln, sich umblicken und zuhören, wie einer von ihnen, mit der Hand fuchtelnd, irgendein Schriftstück verliest, mit dem er sein Gesicht verdeckt? Vor ihnen, in einem großen Kasten, glänzen die goldverbrämten Uniformen der Minister, und über einer der Uniformen zittert, wahrscheinlich vor Lachen, der leicht ergraute Bart des Justizministers.

Klim Iwanowitsch Samgin war nicht so ehrgeizig, sich als einen der Abgeordneten oder gar als Parteiführer vorzustellen, aber ihm fiel Ljutows Meinung über ihn ein, und, ohne im geringsten seine Einbildungskraft anzuspannen, sah er sich ganz deutlich in der Loge der Regierungsmitglieder.

Nun wurde schließlich der Satz ausgesprochen: »So war es, und so wird es bleiben!« Er rief zornigen, finsteren Lärm auf den Bänken der Linken, lauten Applaus der Monarchisten hervor. Besonders laut klatschte im Stehen und weit mit den Händen ausholend der Mann im langschößigen altrussischen Überrock, er schüttelte zugleich seinen kleinen Kopf, als suchte er ihn vom Hals abzuwerfen, der unnatürlich dick war. Nogaizew saß mit eingezogenem Kopf, gebeugtem Rücken und auf das Pult gelegten Händen da und sah aus, als setzte er zu einem Sprung an. Alle Leute im Saal waren in Bewegung geraten, als hätte jemand durch einen Stoß den ganzen Saal erschüttert. Den Satz hatte ein Minister ausgesprochen, der das Gesicht eines würdigen Kellners aus einem erstklassigen Restaurant besaß, er hatte ihn mit verzogenem Gesicht und im Ton eines Propheten ausgesprochen.

»Ach, dieser Schwätzer! Das hat er von Leonid Andrejew entlehnt«, raunte Jelena, die sich über irgend etwas freute, und stieß Samgin sogar mit dem Ellbogen in die Seite.

Samgin erinnerte sich des Genusses, den ihm seine Kühnheit bei der Silvesterfeier bereitet hatte, und dachte, daß dieser Minister jetzt sicherlich einen ebensolchen Genuß empfand. Dann erinnerte er sich, wie der Bezwinger der Pariser Kommune, General Galliffet, als er im Parlament mit den Rufen: »Mörder!« empfangen wurde, mit dem Fuß aufstampfend, gesagt hatte: »Der Mörder? Hier ist er!« Oh, wie sie da geschrien hatten!

»Wenn du wüßtest, was für ein Dummkopf er ist, dieser Makarow«, summte Jelena ihm ins Ohr wie eine Wespe. »Und der dort, der sich zu Nabokow gebeugt hat, Schura Protopopow, ist ein amüsantes Kerlchen. Nabokow ist ein sehr eleganter Mann. Doch wie plump und unansehnlich sind im großen ganzen alle anderen . . .«

Klim Iwanowitsch nickte zustimmend. Ja, man brauchte wahrscheinlich nicht einmal besondere Kühnheit zu besitzen, um mit diesen Leuten entschieden, im Ton des buckligen Mädchens, zu reden. Vor ihm tauchten nacheinander, als fielen sie irgendwohin, halb vergessene Bilder auf: Die Polizei treibt die Moskauer Studenten in die Manege, Bauern und Bäuerinnen reißen das Schloß vom Getreidespeicher ab, und da ziehen sie die Glocke auf den Kirchturm hinauf; mit Hurrageschrei begrüßen Tausende von Einwohnern Moskaus den blaugrauen Zaren, ebenso begrüßt man ihn in Nishnij Nowgorod, tausend Angehörige aller Stände liegen vor dem Winterpalais auf Knien, singen »Gott schütze den Zaren«, rufen »hurra«. Doch dieser Zar ist nach allgemeiner Meinung eine offenbare Null, ein unfähiger, willenloser Mensch, den seine deutsche Frau und irgendein Gauner, ein Bauer aus Sibirien, vielleicht der Nachkomme eines Schwerverbrechers, zu lenken scheinen. Da schließlich gehen Zehntausende von Moskauern unter roten Fahnen hinter dem roten, blumengeschmückten Sarg des Revolutionärs Nikolai Bauman her, wonach sie erschossen werden.

Hier haben sich die Vertreter jener versammelt, die auf Knien lagen, jener, die man erschoß, und jener, die zu erschießen befahlen. Die Menschen sind als Masse ebenso unfähig und willenlos wie ihr Zar. Sie werden nur dann zu einer geschichtlichen Macht, wenn sich irgendein kühner Mann an ihre Spitze stellt wie der ehemalige Leutnant Napoleon Bonaparte. Ja – »so war es, und so wird es bleiben«.

Jelena flüsterte immerfort, nannte die Namen der Abgeordneten und charakterisierte sie, Klim Iwanowitsch Samgin hatte seinen Kopf zu ihrem Gesicht geneigt, hielt das Ohr hin und gab sich den Anschein, als höre er zu, überlegte jedoch schnell: ... Kühnheit wird gebraucht und – eine einfache, klare Losung: Frankreich, Vaterland, Land der Väter. Diese Losung ist nur der Bourgeoisie verständlich, die ununterbrochen, von Generation zu Generation, Gewerbe und Handel ihres Vaterlandes entwickelt, seine Wirtschaft beherrscht und Afrikaner, Inder oder Chinesen für ihr Vaterland arbeiten läßt. Für jeden Engländer arbeiten fünf Inder. Ist die Losung »Rußland, Vaterland« in einem Land möglich, in dem sich ununterbrochen das Drama der Spaltung zwischen Vätern und Söhnen abspielt? In dem fast jedes Jahrzehnt die Intellektuellen in Menschen der sechziger, der siebziger Jahre, in Volkstümler, Narodowolzen, Marxisten, Tolstojaner, Mystiker scheidet? ...

Klim Iwanowitsch hatte das Gefühl, als wäre irgendwo in seinem Inneren eine Eiterbeule aufgebrochen, die ihn gehindert hatte, leicht zu atmen. In dieser Stimmung von Unbeschwertheit, von Kühnheit verließ er die Reichsduma, und ein paar Tage später sprach er in der gleichen Stimmung im Salon des bekannten Anwalts: »Die Romanows haben vor, in einigen Monaten eine Feier zu ihrer dreihundertjährigen Herrschaft über Rußland zu veranstalten. Die Reichsduma hat für dieses Fest fünfhunderttausend Rubel bewilligt. Wie werden wir, die Intelligenz, uns zu diesem kleinen Fest verhalten? Sollten wir uns nicht ins Gedächtnis rufen, womit diese dreihundert Jahre gefüllt waren?«

Er bemühte sich, nicht sehr laut zu sprechen, da er im Auge behielt, daß seine etwas trockene Stimme von Jahr zu Jahr in den höheren Tonlagen immer schärfer und unangenehmer klang. Er vermied es, pathetisch zu werden, erlaubte sich nicht, in Eifer zu geraten, und wenn er etwas sagte, das ihm besonders bedeutsam vorkam, senkte er die Stimme, da er gemerkt hatte, daß er durch diesen Kunstgriff die angespannte Aufmerksamkeit der Zuhörer steigerte. Wenn er sprach, nahm er die Brille ab, da er vermutete, daß der Glanz und Ausdruck der kurzsichtigen Augen die Kraft seiner Worte sehr vorteilhaft unterstreiche.

Er gab einen kurzen Abriß der Genealogie der Romanows, wies darauf hin, daß das letzte Mitglied dieser russischen Familie die Tochter Peters I., Elisabeth, gewesen sei, während nach ihr den Thron des Russischen Reiches ein Deutscher, ein Herzog aus dem Hause Holstein-Gottorp, bestiegen habe. Er war überzeugt, daß diese historische Tatsache für einige Zuhörer eine Neuigkeit sein werde, und ihm schien, daß er sich nicht getäuscht habe, denn einige unter den Zuhörern waren offenkundig erstaunt. Nachdem er ihre Unkenntnis mit einem verächtlichen Lächeln bewertet hatte, begann Herr Samgin kühner zu sprechen. Er zählte alle Volksaufstände von Rasin bis Pugatschow auf, ohne den Aufstand Kondrat Bulawins zu vergessen, von dem er nur wußte, daß es einen Donkosaken Bulawin und einen Aufstand gegeben hatte, doch was der Donkosak gewollt und in welchen Formen die von ihm organisierte Bewegung sich geäußert hatte, davon wußte er nur soviel wie alle anderen.

»Der junge Michail Romanow wurde von den Bojaren wegen seiner Dummheit zum Zaren gewählt«, teilte Samgin seinen Zuhörern schulmeisterlich mit. »Der einzige kluge Zar aus dieser Familie war Peter der Große, und dies war so ungewöhnlich, daß das gemeine Volk in dem Gesalbten Gottes den Antichristen, einen Diener des Satans erblickte, während einige unter den Bojaren in ihm einen Sohn des Patriarchen Nikon vermuteten, welch letzterer sich an der Zarin vergangen habe.« Er schilderte knapp die Regierung der Zarinnen, Alexanders, Nikolais I. und der beiden anderen Alexander und sagte darauf: »Es sieht sehr danach aus, daß der heute regierende

Nikolai II. mit Michail Romanow nur in bezug auf Dummheit verwandt ist.«

Hier machte er eine Pause, trank einen Schluck Tee, kratzte sich mit dem Nagel des kleinen Fingers an der linken Schläfe und fuhr, nachdem er tief Atem geholt hatte, fort: »Nun also, Rußland, unser Vaterland, wird die dreihundertjährige Macht von Leuten feiern, über die etwas Lobendes zu sagen im höchsten Grade schwierig ist. Unser konstitutioneller Zar begann seine Regierung mit der Chodynka-Katastrophe, setzte sie mit dem Blutsonntag am 9. Januar des Jahres fünf und mit der vor kurzem erfolgten Ermordung von Arbeitern der Lena-Goldfelder fort.«

»Sie haben den Krieg gegen Moskau vergessen«, rief jemand unsichtbar aus einer dunklen Ecke.

»Nein, ich habe ihn nicht vergessen«, entgegnete Samgin. »Ich denke an alles, aber ich verweile bei den effektvollsten Taten der Selbstherrschaft.«

»Was könnte effektvoller sein!«

»Die Moskauer Ereignisse des Jahres fünf kenne ich gut, aber ich habe darüber meine eigene Meinung, und – wollte ich sie jetzt äußern – würde sie uns weit von dem Thema abbringen, das ich gewählt habe.«

»Bitte keine Unterbrechungen«, sagte mißmutig und drohend ein hochgewachsener Mann mit langem, schmalem Kinnbart und geringeltem Schnurrbart. Er saß Samgin gegenüber und suchte vergeblich mit dem Löffel ein Teeblättchen zu angeln, das in seinem Glas mit längst erkaltetem Tee herumschwamm.

Klim Iwanowitsch Samgin sprach weiter. Er äußerte – in Form einer Frage – die Befürchtung: ob das treuuntertänige Volk nicht wie im Jahre 1904 auf den Schloßplatz gehen und anläßlich der Dreihundertjahrfeier vor dem Palais des Zaren niederknien würde.

»Wir Russen knien allzu gern nieder nicht nur vor Zaren und Gouverneuren nieder, sondern auch vor unseren Lehrern. Erinnern Sie sich:

> O Lehrer! Vor deinem Namen,
> Erlaub mir, demütig das Knie zu beugen.«

»Sie zitieren falsch«, stellte mit Vergnügen der Mann in der Ecke fest.

»Als man merkte, wie leicht wir das Knie beugen, machte sich Japan diese unsere Neigung zunutze, und nach ihm – die Deutschen, indem sie uns zwangen, mit ihnen einen Handelsvertrag zu schließen, der nur für sie vorteilhaft ist. Die Gültigkeit des Vertrages erlischt im Jahre 1914. Die Regierung vergrößert die Armee, verstärkt die Flotte und fördert die Rüstungsindustrie. Das ist umsichtig. In den Balkankriegen hat man noch nie ohne unsere Beteiligung auskommen können ...«

»Mir scheint es möglich, daß die Selbstherrschaft im Jahr ihres dreihundertjährigen Jubiläums uns – als Geschenk – einen Krieg anbieten wird.«

»Sogar ein kleiner Sieg kann uns großen Schaden bringen«, rief der Mann in der Ecke, unterbrach dadurch rücksichtslos Samgins Rede und zwang ihn zu sagen: »Ich habe Schluß gemacht.«

Die Gäste schwiegen und warteten, was der Herr des Hauses sagen werde. Der Hausherr, majestätisch wie ein Truthahn, erhob sich, schüttelte sein halb ergrautes, lockiges Schauspielerhaupt, strich mit der linken Hand über seine glattrasierte, bläuliche Wange und begann, die Zigarettenasche mit dem Finger in den Aschenbecher abschlagend, in deftigem Bariton: »Eine sehr interessante Rede. Ich möchte mir erlauben, nur einen Mangel an ihr zu unterstreichen: Ein ganz klein wenig zuviel Geschichte. Ach, meine Herrschaften, die Geschichte!« rief er halblaut und müde aus. »Wer kennt sie? Sie ist noch nicht geschrieben, nein! Man hat sie wie einen Roman geschrieben, zum Trost der Leute, die nach dem Sinn des Daseins suchen und ihn nicht finden, ich spreche nicht vom vergänglichen Sinn des Lebens, nicht davon, was das gebieterische Morgen uns diktiert, sondern vom Sinn des Daseins der Menschheit, die unseren Planeten so dicht mit ihrem Fleisch besät hat. Geschichte schreibt man zur Rechtfertigung und Verherrlichung der Taten von Nationen, Rassen, Imperien. Letzten Endes ist die Geschichte ein Gedenkbuch der Mißgeschicke, Leiden und notgedrungenen Verbrechen unserer Vorfahren. Und die aufmerksame Lektüre der Geschichte prägt uns überzeugender als das Evangelium ein: Seid barmherzig zueinander.«

Er schloß müde die Augen, wiegte eine Weile den Kopf, warf mit einer schönen Handbewegung die Zigarette in den Aschenbecher – warf sie wie eine abgelegte Spielkarte beiseite und fuhr nach einem tiefen Seufzer, das schöne Haupt energisch hochreißend, fort: »Die Lebensgeschichte großer Menschen dieser Welt – das ist die wahre Geschichte, die jeder kennen muß, der sich nicht durch Illusionen, durch Träume von der Möglichkeit eines Glücks der ganzen Menschheit betören lassen will. Kennen wir unter den ganz großen Menschen der Welt auch nur einen, der glücklich gewesen wäre? Nein, wir kennen keinen ... Ich behaupte: Wir kennen keinen und können keinen kennen, weil selbst bei unseren sehr bescheidenen Vorstellungen vom Glück – es von keinem der Großen erlebt worden ist.«

Sein Gesicht hatte einen gramvollen Ausdruck angenommen, und aus seiner saftigen Stimme klang auch Gram. Er spielte mit Stimme und Worten dank der feinen, vortrefflich ausgebildeten Kunst eines talentierten Schauspielers, verblüffte durch eine Menge überraschender Intonationen, durch melodischen Wohlklang der Worte, in die er Ironie und Trauer, stillen Zorn und das lyrische Bewußtsein von der Hoffnungslosigkeit des Daseins in schöner Weise hüllte. Mit einem Gefühl der Ehrfurcht und Vergötterung sprach er die Namen Leonardo da Vinci, Jonathan Swift, Verlaine, Flaubert, Shakespeare, Byron, Puschkin, Lermontow – eine unendliche Anzahl von Namen – aus und nannte alle ihre Träger Großmärtyrer: »Da sind sie, die Großmärtyrer unserer Kirche, einer Kirche der Intellektualisten, Großmärtyrer des Geistes, wie sie die Kirche Christi nicht kennt und nicht hat . . .«

»Meine Herrschaften!« rief er mit einer Begeisterung, die kunstvoll mit Trauer verbunden war. »Was können wir, die Menschen, vom Leben verlangen, wenn selbst unsere Götter tief unglücklich sind? Wenn sogar die Religionen in ihrer Mehrzahl – Religionen leidender Götter sind, solche eines Dionysos, eines Buddha, eines Christus?«

Er verstummte unter Kopfschütteln, strich sich über die breite Stirn, seine rechte Hand senkte sich langsam, er sank auf den Stuhl, und es sah so aus, als schwände er ganz dahin. Ihm wurde einmütig applaudiert, und der Mann in der Ecke sagte: »Amen! Aber – der Teufel soll sie holen, die Wahrheit, ich werde trotz allem leben. Ich werde es, allen Wahrheiten zum Trotz . . .«

»Sie spotten wie gewöhnlich, Charlamow«, sagte betrübt, jedoch, wie es schien, auch böse der Hausherr. »Sie sind ein verspäteter Nihilist, das sind Sie«, fügte er hinzu und forderte zum Abendessen auf, aber Jelena lehnte ab. Samgin begleitete sie. Es war schon spät und einsam, die schlafende Stadt brummte dumpf. Die im Lauf des Tages erwärmten Häuser atmeten nun auskühlend drückende Gerüche aus jedem Tor. In der einen Straße schien der Mond nur auf die obersten Stockwerke der Häuser an der linken Seite, in der nächsten Straße nur auf das Pflaster, und das reizte Samgin.

»Du solltest hören, wie er den Monolog des Hamlet oder Antonius vorträgt. Ein erstklassiger Schauspieler. Es heißt, daß Suworin ihn unter beliebigen Bedingungen an sein Theater rief.«

Samgin war mit sich unzufrieden, denn er fühlte, daß dieser

schöne Mann seine Rede weggewischt hatte, wie man mit einem
Lappen eine Kreideaufschrift von einer Schultafel wegwischt. Ihm
schien es, daß Jelena das auch begriffen habe, und darum rede sie so,
als wollte sie ihn, den Gekränkten, trösten.

Dumme Gans, sagte er innerlich zu ihr und fragte: »Spielt er denn
oft den Pessimisten?«

Sie antwortete bereitwillig: »Nein, er ist im allgemeinen lustig,
aber zu Hause wahrt er den Stil. Er steht sich schlecht mit seiner
Frau, er ist verheiratet. Sie ist sehr wohlhabend, die Tochter eines
Fabrikanten. Es heißt, sie gebe ihm kein Geld, und er – ist faul, befaßt sich wenig mit Rechtssachen, schreibt Verslein und kleine Artikel für die Zeitung ›Nowoje wremja‹.«

Samgin hörte ihr nicht mehr zu, er dachte, daß so ein Typ in
Frankreich wahrscheinlich keine Gedichte schreiben würde, die niemand kennt, sondern im Parlament säße.

Wir sind faul, sind nicht neugierig, erinnerte er sich und dachte
sofort: Er – hat niemanden zitiert. Das ist ein Zeichen von Selbstsicherheit. Das Spiel mit dem Pessimismus ist ein einfaches Spiel. Aber
schön sprechen – das kann er. Ich muß mich zusammennehmen, beschloß Klim Iwanowitsch Samgin, denn er fühlte, daß die Zeit mit
einer solchen Geschwindigkeit an ihm vorbeiglitt, als rollte alles,
womit sie gefüllt war, bergab. Aber der schnelle Wechsel an Ereignissen deckte sich nicht mit der Langsamkeit, die Klim Iwanowitsch
zu einer auffälligen Gestalt machte. Ihn grüßten liebenswürdig bedeutende Vertreter der Anwaltschaft, man lud ihn zu allerhand Versammlungen ein, hörte ihm, wenn er sprach, aufmerksam zu, das alles – war so, aber es befriedigte ihn nicht. Er konnte sehr gut fremde
Gedanken entwickeln, sie mit einer Menge mitunter origineller Zitate bekräftigen, sein Gedächtnisvorrat war unerschöpflich. Aber er
fühlte, daß seine Kenntnisse nicht zu einem harmonischen System
gruppiert, nicht von irgendeiner einheitlichen Idee beherrscht waren. Er war von jeher zu denken gewohnt, daß die Idee eine Organi-
sationsform von Tatsachen, ein Ergebnis der mechanischen Tätigkeit des Verstandes sei, und er war überzeugt, daß das grundlegend
Menschliche in einer geheimnisvollen Eigenschaft wurzele, die ausnehmend begabte Menschen hervorbringe, einen Kanonikus Jonathan Swift, einen Lord Byron, einen Fürsten Kropotkin und andere
dieser Art. Diese Eigenschaft – liege tief im Emotionsbereich verborgen, und sie gewährleiste dem Menschen volle Freiheit, volle
Unabhängigkeit des Denkens von der Gewalt der Geschichte, der
Epoche, der Klasse. Klim Iwanowitsch Samgin begriff, daß dies bereits eine Idee sei, wenn auch nicht eine neue, so doch – seine, eine

von ihm persönlich durchdachte und ausgetragene. Aber er war doch klug genug, um zu sehen: In seinem Besitz war diese Idee wirkungslos. Sie war auch gleichsam ein Erzeugnis oberflächlicher, mechanischer Tätigkeit des Verstands und nicht einmal fähig, die Fakten zu einem harmonischen System von Sätzen zu organisieren – ein Kunststück, welches selbst unbegabten Menschen leicht zugänglich war. Wie alle talentierten Menschen, deren Lebensgeschichte er kannte, war er mit dem Leben unzufrieden, mit den Menschen unzufrieden, und er fühlte, daß in ihm, wie eine Eiterbeule, scharfe Unzufriedenheit mit sich selbst entstand. Sie stellte ihm die beunruhigende Frage: Bin ich denn so gemütsarm, daß ich in meinem ganzen Leben so bleiben werde, wie ich bin?

Er dachte daran zurück, wie man ihn in seiner Kindheit beurteilt hatte, wie auffallend er in seiner Jugend und in den ersten Jahren seines Lebens mit Warwara gewesen war. Das tröstete ihn ein bißchen.

Jelena hatte in irgendwessen Gesellschaft eine Dampferfahrt auf der Wolga angetreten, danach wollte sie nach Kislowodsk reisen und ihn dort erwarten. Ja, er mußte sich auch einer Narsan-Trinkkur unterziehen, mußte sich erholen, er war müde. Aber er wollte die Art seiner Beziehungen zu dieser allzu populären und reichen Dame nicht besonders betonen, das konnte nachteilig für ihn sein. Ihre Vergangenheit war nicht vergessen, und sie sorgte sich nicht im geringsten darum, daß man sie vergäße. Und Samgin, der ihr durch Telegramme die Verschiebung seiner Ankunft mitteilte, wartete so lange, bis Jelena über Odessa nach Alexandria und von dort über Marseille zur Herbstsaison nach Paris gereist war. Dann fuhr er nach Kislowodsk, verbrachte dort fünf Wochen und reiste, sich Zeit lassend, über Tiflis, Baku, das Kaspische Meer nach Astrachan und die Wolga hinauf bis Nishnij, besuchte dort die Messe, sah sich an, wie die Stadt sich für die Feier des dreihundertjährigen Bestehens der Selbstherrschaft putzte, und besuchte zu gleichem Zweck Kostroma. Das alles bereitete ihm viel Vergnügen.

Er arbeitete viel, reiste oft in der Provinz, konnte immer noch nicht von Prosorow übernommene Rechtssachen zu Ende führen, zudem besaß er schon eine eigene Klientel, er hatte sogar als juristischen Gehilfen Iwan Charlamow herangezogen, einen Mann mit Absonderlichkeiten: Er pfiff fast ununterbrochen durch die Zähne und führte mitunter halblaut in sehr freundlichem Ton Selbstgespräche: »Schwant dir nicht, Wanja, wo hier ein Anlaß für eine Kassationsklage steckt?«

Er war breitschultrig und großköpfig, sein schwarzes Haar war in den Nacken gekämmt, lag dicht an, wie in sich verklebt, und ließ eine hohe Stirn frei, er hatte dichte Brauen und kirschrunde dunkle Augen in tiefen Höhlen. Die Haut auf seinem knochigen Gesicht war leicht grau, auf der linken Wange saß ein samtenes Muttermal von der Größe eines Zwanzigkopekenstücks, die knorpelige Nase war hakenförmig nach unten gebogen, während die Lippen dick und leuchtend waren.

Zur Zahl seiner Absonderlichkeiten gehörte das Interesse für konterrevolutionäre Literatur, er kannte eine Menge verschiedener Broschüren und Romane und klärte aus irgendeinem Grund seinen Chef beharrlich auf: »Hier, Klim Iwanowitsch, ist eine bemerkenswerte kleine Sache unserer Tage – ›Die Pest‹, ein Roman von Lopatin. Sie brauchen ihn nicht ganz zu lesen, ich habe ein paar Seiten angemerkt, Sie werden lächeln!«

Da Klim den Mann begreifen wollte, las er: »Die alten Fabrikarbeiter, die sich an den Aufstand auf der Presnja erinnerten, parodierten das Standgericht und erschossen jeden, der Uniform trug.«

»Hören Sie, Charlamow, das ist doch eine Lüge!« rief Samgin in das Zimmer hinüber, in dem vor sich hin pfeifend sein juristischer Gehilfe arbeitete.

»Bei ihm, diesem Lopatin, ist alles Lüge.«

»Weshalb interessieren Sie solche Bücher?«

»Ich lerne daraus«, antwortete Charlamow. »Haben Sie ›Unser Verbrechen‹ von Rodionow, ›Das kranke Rußland‹ von Mereshkowskij, ›Die Rechtfertigung des Nationalismus‹ von Lokot, die ›Reden‹ Stolypins gelesen? . . .«

Charlamow nannte, als brüstete er sich damit, Dutzende von Büchern. Samgin lag, rauchte, hörte zu und dachte daran, daß hohle, nichtige Menschen sich Absonderlichkeiten zulegen, damit man sie bemerke, ihnen das Almosen der Beachtung spende.

Almosen der Beachtung – das hat Nikolai Konstantinowitsch Michailowskij gesagt.

An der Erzählung arbeitete Samgin nicht, er hatte siebzehn Seiten Briefpapier großen Formats mit Notizen vollgeschrieben, mit Charakteristiken von Marina und Besbedow, hatte sich entschlossen, Berdnikow zum Anstifter, Besbedow zum faktischen Vollstrecker des Mordes zu machen und hinter sie als geheimnisvolle Figur Creighton zu stellen, dann hatte er begonnen, die Stadt zu schildern, aber es hatte sich ein trockenes Artikelchen ergeben, von der Art, wie sie im Brockhauslexikon üblich sind.

Hin und wieder erschien Dronow, fast immer angeheitert, erregt, nachlässig gekleidet, seine Augen waren gerötet, die Lider geschwollen.

»Toska haben sie nach Bui ausgewiesen, im Gouvernement Kostroma«, erzählte er. »Dorthin scheint man früher niemanden verbannt zu haben, weiß der Teufel, was für eine Stadt das ist, sie hat zweitausenddreihundert Einwohner. Toska ist allein dort, nur irgendein Pole ist dort hängengeblieben, er ist versimpelt, befaßt sich mit Bienenzucht. Ihr geht es einigermaßen, sie langweilt sich nicht, bittet um Bücher. Ich schickte ihr alle Neuerscheinungen – tat ihr aber damit keinen Gefallen! Sie schreibt: ›Du machst dich wohl über mich lustig?‹ Da haben wir's ... Wahrscheinlich ist sie ernsthaft in die Politik hineingeschlittert ...«

Von der Herausgabe der Zeitung sprach er nicht mehr, und auf Samgins Frage murmelte er: »Was für eine Zeitung jetzt, zum Teufel! Mit dem Geld, mein Lieber, wollte ich einen großen Schlag machen und habe mich verhauen.«

Er scheint zu lügen, dachte Samgin und erkundigte sich: »Hast du am Kartentisch verspielt?«

»Ich habe Zement gekauft, Ziegel ... Es besteht eine große Nachfrage nach Baumaterialien ... Ich hatte gehofft, mit Profit zu verkaufen. Mit dem Zement hat man mich hereingelegt ...«

Wenn er von Taïssja erzählte, bemerkte Samgin, daß Agafja im Speisezimmer aufhörte, mit dem Teegeschirr zu lärmen, und als Dronow gegangen war, fragte Samgin die blatternarbige Frau: »Haben Sie von Tossjas Los gehört?«

»Ja.«

Der Hausherr sah sie an, in Erwartung, was sie noch sagen werde. Und da sie ihn verstand, sagte sie schlagfertig: »Nun ja – es läßt sich überall leben, wenn nur die Seele lebendig bleibt ... Ein Landsmann von mir konnte kaum lesen und schreiben, als er in die Verbannung ging, doch als er zurückkehrte – ließ er Artikel drucken ...«

Das ist keine Anfimjewna, dachte Samgin.

Ihre Pflichten als »Alleinmädchen« erfüllte sie einwandfrei: Sie kochte schmackhaft, hielt die Wohnung sauber und ordentlich und benahm sich selbst geschickt, kam dem Hausherrn nicht zu oft vor die Augen. Überhaupt, sie gab keinen Anlaß, sie durch eine andere Frau zu ersetzen, Samgin hätte das jedoch gern getan – er fühlte in seinem Heim die Anwesenheit eines fremden Menschen – eines sehr fremden und nicht dummen, der fähig war, Tatsachen und Worte selbständig zu beurteilen.

Eines Abends erschien Dronow mit Tagilskij, beide waren nicht ganz nüchtern. Samgin hatte Tagilskij seit etwa einem halben Jahr nicht mehr gesehen und war unangenehm überrascht durch seinen Besuch, doch als er seine Gestalt genauer betrachtet hatte – empfand er hämische Neugier: Tagilskij hatte sich zum Schlechten verändert, war fast nicht wiederzuerkennen. Seine rundliche, robuste Gestalt hatte ihre Elastizität und Gewandtheit verloren, das graue, raffiniert geschnittene Jackett war zu weit und ließ eine früher nicht auffallende Eckigkeit in den Bewegungen zutage treten, das runde Gesicht war abgemagert, schlaff, und weit geöffnet waren die Samgin unbekannten jammervollen Hundeaugen. Er hatte auch früher äußerlich etwas Ähnlichkeit mit Dronow gehabt, war ebenso rundlich, stämmig und laut gewesen, aber früher hatte diese Ähnlichkeit nur Iwans Plumpheit hervorgehoben, jetzt jedoch schien Dronow besser auszusehen.

Mit den Lippen schnalzend, erzählte Tagilskij angetrunken, mit sinnlosen Pausen zwischen den Worten: »In Kiew wird allen Ernstes ein Prozeß aufgezogen wegen der Verwendung von Christenblut durch Juden.« Tagilskij brach in ein Gelächter aus und schlug sich mit den Händen auf die Knie. »Das ist sehr angebracht kurz vor dem Jubiläum der Romanows. Sind Sie Antisemit, Samgin? Es ist also notwendig, daß Sie sich als Philosemit ausgeben – verstehen Sie? Dronow ist anti, Sie jedoch – philo. Ich aber gehöre weder zu jenen noch zu diesen oder – je nach den Umständen und je nachdem, was vorteilhafter ist.«

»Er denkt, daß dies zu dem Zweck angezettelt worden sei, um noch einen Riß in der Gesellschaft herbeizuführen«, erläuterte Dronow, mit dem Stuhl schaukelnd.

»Ganz recht!« schrie Tagilskij. »Isolieren, trennen. Das ist dumm. Eine Gesellschaft gibt es nicht. Wen wollen sie trennen?«

»Zu trinken – ist wohl nichts da?« fragte Dronow, und als der Hausherr bestätigend und streng sagte: »Nichts!«, sagte Dronow: »Gleich wird etwas dasein! . . .« Und er ging in die Küche.

Samgin kam nicht dazu, gegen Dronows Eigenmächtigkeit zu protestieren, zudem war sie nichts Neues. Iwan ließ Agafja nicht zum erstenmal seinen Lieblingswein holen.

Lippenschnalzend, das schlaffe Gesicht zu Grimassen aufblähend, murmelte Tagilskij mit zusammengekniffenen Augen: »Gesellschaft, Volk – sind Fiktionen! Bei uns zulande – sind sie Fiktionen. Kennen Sie ein anderes Land, wo die Minister das Parlament – das heißt die Volksvertretung – sabotieren können, wie? Bei uns – sabotieren sie es. Schon seit einigen Monaten besuchen die Minister nicht mehr die Duma. Diese Beamtenfrechheit versetzt niemanden in Empörung. Niemanden. Auch Sie empört sie nicht, dabei sind Sie doch . . .«

Tagilskij lachte schrill auf und drohte Samgin mit dem Finger;

dann fuhr er keuchend fort: »Doch wissen Sie, ich hatte gedacht, Sie seien klug und versteckten sich darum. Aber Sie verstecken sich in zurückhaltendem Schweigen, weil Sie nicht klug sind und das zu zeigen fürchten. Ich jedoch habe begriffen, wie Sie sind...«

»Ich beglückwünsche Sie hierzu«, sagte Samgin, nicht sehr berührt durch die betrunkenen Worte.

»Seien Sie nicht beleidigt, ich bin auch ein Dummkopf. Mit der Sache Sotowa hätte ich auf einen Schlag Karriere machen können.«

»Auf welche Weise?« fragte Samgin, der unwillkürlich näher an ihn heranrückte und sogar die Stimme senkte.

»Ich hätte es können. Und hätte Geld grapschen können«, sagte Tagilskij wie im Fieber.

»Haben Sie erfahren, wer sie ermordet hat?«

Tagilskij saß, die Hände auf die Armlehnen des Sessels gestützt, vorgeneigt da, als wollte er aufstehen; er leckte sich die Lippen, sah mit seinen getrübten Augen Samgin ins Gesicht und murmelte.

»Ich habe es gewußt«, sagte er, den Kopf schüttelnd. »Das ist einfach. Beraubung als Zweck ist ausgeschlossen. Was bleibt? Eifersucht? Ist ausgeschlossen. Was noch? Konkurrenz. Man mußte den Konkurrenten suchen. Klar?«

»Ja, aber – wer denn?«

Samgin hatte es eilig, den Namen zu hören, da er begriff, daß Tagilskij in Gegenwart von Dronow nicht über dieses Thema reden würde.

»Der faktische Mörder ist sicherlich Besbedow, dem Straffreiheit zugesichert worden war, Anstifter ist eine Bande von Schurken, die übrigens ganz ehrbare Leute sind.«

»Sprichst du – von dieser Sache?« sagte Dronow, der ins Zimmer trat und seufzte, als er, sich die Stirn reibend, neben dem Hausherrn Platz nahm. »Diese kleine Sache – ist sein Sparren«, sagte er, mit dem Finger gegen Tagilskijs Schulter stoßend, während dieser sagte: »Besbedows Haus hat der Untersuchungsrichter gekauft. Er erwarb es verdächtig billig. Das erzhaltige Land irgendwo hinter dem Ural wurde an den Ingenieur Popow verpachtet oder verkauft, aber das ist nur ein Strohmann.«

In Klim Iwanowitschs Erinnerung erstand die schlaffe Gestalt Berdnikows, ertönte sein schmalziges, geiferndes Auflachen: P-fu-bu-bu-bu.

Sich dieses Menschen zu erinnern war natürlich, aber Samgin wunderte sich: Wie weit war Berdnikow in die Vergangenheit gerückt, und wie ruhig, lässig dachte er an ihn zurück! Samgin lächelte und distanzierte sich noch mehr von der Vergangenheit, als er dachte: Und diese ganze Geschichte mit Marina ist gar nicht so wichtig, wie ich mir angewöhnt habe zu meinen.

»Hör doch damit auf«, sagte Dronow mit geringschätziger Handbewegung. »Wen interessiert das alles? Es war einmal eine alleinstehende, reiche Witwe, man brachte sie wegen ihres Reichtums um, das erblose Gut fiel an die Krone, die Krone wird es verkaufen, das ist alles, und – zum Teufel damit!«

»Du bist dumm, Dronow«, entgegnete Tagilskij, als würde er nüchtern, schlug mit der Hand auf die Armlehne des Sessels und fuhr fort: »Wenn man neben den mittelalterlich anmutenden Prozeß wegen der Ermordung des kleinen Gauners Juschinskij durch Juden, obwohl er sicherlich von der Gaunerin Tscheberjakowa ermordet worden ist, den Prozeß wegen der Ermordung der Sotowa stellen würde und zunächst als Zeugen den Staatsanwalt, den Schwiegersohn des Gouverneurs, hinzuzöge – könnte ich garantieren, daß besagter Zeuge sich in einen Angeklagten verwandeln würde . . .«

»Das ist ein Märchen«, sagte durch die Zähne Dronow, der voller Erwartung ab und zu auf die Speisezimmertür blickte. »Ein Hirngespinst«, setzte er hinzu.

». . . wegen der widerrechtlichen Einstellung des Untersuchungsverfahrens, das wegen Ablebens des Verdächtigen nicht eingestellt werden durfte, denn unter den Prozeßakten befanden sich Dokumente, die deutlich von Personen sprachen, welche an der Ermordung mehr interessiert waren als Besbedow . . .«

»So scher dich doch zum Teufel!« rief Dronow und sprang auf. »Ich habe dich satt . . . mit deinem Gänsegeschnatter! Go-go-go . . . Wir wollen Krieg führen – das ist ein Verbrechen, ja-a! Schon Iswolskij sagte zu Suworin im Jahre acht, daß wir einen erfolgreichen Krieg brauchen, gleichgültig, gegen wen, und heute ist das die Überzeugung der Mehrzahl von Ministern, Monarchisten und anderen . . . Nihilisten.«

Während er mit kurzen Schritten rasch das Zimmer durchmaß und ins Speisezimmer blickte, sagte er unter zornigem Schnauben und mit den Händen seine Hüften reibend: »Wir bereiten das Hinterland vor, zum Teufel . . . Weshalb wird denn das dreihundertjährige Jubiläum gefeiert? Um die treuen Untertanen, diese Hundsfötter, an die großen Verdienste der Zaren zu erinnern. In Kiew wird eine gesamtrussische Handels- und Industrieausstellung stattfinden.«

»Ein Krieg? Das ist sehr schön«, sagte Tagilskij matt. »Wir brauchen etwas Katastrophales. Einen Krieg oder eine Revolution . . .«

»Nein, eine Revolution sage mal nicht voraus! Das stimmt ja nicht, daß ›von einem Wort nichts passiert‹. Wenn hinter dem Wort Tatsachen stehen, ›passiert‹ unvermeidlich was. Ja... Na los, Hausherr, lade uns zum Wein ein...«

»Ich möchte Tee«, sagte Tagilskij.

»Es gibt auch Tee, komm!«

Tagilskij rührte sich im Sessel, stand aber nicht auf, während Dronow den Hausherrn unterfaßte und diesen ins Speisezimmer führte, wo die Lampe über dem Tisch den zornig brodelnden, blankgeputzten Samowar, den goldgelben Wein in zwei Flaschen, das Glas und Porzellan des Geschirrs beleuchtete.

»Entschuldige, daß ich ihn mitgebracht habe und überhaupt hier schalte und walte«, sagte Dronow leise, während er Wein einschenkte.

»Du brauchst dich nicht zu entschuldigen«, genehmigte Klim Iwanowitsch.

»Hochmütig bist du geworden, eine bedeutende Person«, seufzte Dronow. »Offenbar... hast du deinen Weg gefunden. Ich jedoch zapple immer noch in meiner Schlinge. Vorläufig – ist sie weit, sie drückt noch nicht. Dennoch – ist das beunruhigend. ›Du willst auf den Berg, aber der Teufel packt dich am Bein.‹ Toska antwortet nicht auf meine Briefe – was ist nur los? Sie ist doch nicht geflüchtet? Oder gestorben?«

Samgin hörte ihm unaufmerksam zu, er dachte: Es wäre natürlich schön, Berdnikow als Anstifter zum Mord auf der Anklagebank zu sehen! Er dachte an seine Gäste, wie leicht sie den kleinen Stößen des Lebens, dem Einfluß von Tatsachen, von Ideen unterlagen. Um wieviel stand er höher und war er unabhängiger als sie und überhaupt – als Leute, die Ideen und Tatsachen unnormal, krankhaft aufnahmen!

»›Wir ertragen das Leben wie einen Schmerz‹ – wer hat das gesagt?«

Dronow warf einen Blick in das Nebenzimmer und sagte lächelnd: »Er schläft. Es wird mit ihm ein schlimmes Ende nehmen, er wird sich wahrscheinlich zuschanden trinken. Mit diesem Mordprozeß hat er sich die Karriere verpatzt.«

»Verpatzt?«

»Na ja. Man hat ihm sogar wegen irgendwelcher dienstlichen Fehlgriffe mit einem Gerichtsverfahren gedroht. Mit der Bank hat es auch nicht geklappt: Er ist irgendwem auf die Hühneraugen oder auf die Zunge getreten. Aber – er kann einem leid tun, er ist klug! Nun kommt er immerfort zu mir, sich seinen Kummer von der Seele zu reden. Wie ist das: Pflegt man sich in anderen Ländern auch den Kummer von der Seele zu reden – oder nicht?«

»Ich weiß nicht.«

»Das wird wohl nur bei uns so sein. Merkwürdig.«

Dronow sprach gleichsam mit zwei Stimmen – sowohl zornig als auch kläglich, zupfte mit den Fingernägeln an den spröden Haaren seines kurz gestutzten Schnurrbarts, zog sich am Ohr, seine Augen glitten verwirrt über den Tisch, schauten ins Weinglas.

»Gestern war ich in einem Vortrag über die Ursachen des nächsten Krieges. Der Redner war irgendein anonymer Mann, er hatte große Zähne, wie in aller Eile eingesetzt, schief und krumm. Der Vortrag war... ungewisser Bestimmung. Ein informativer, sozusagen: Hier habt ihr die Tatsachen, die Schlußfolgerungen zieht selbst. Es wurde über unsere Politik in Persien und auf dem Balkan, über die Dardanellen, den Persischen Golf und die Mongolei gesprochen. Meiner Ansicht nach wurde die Folgerung suggeriert: Wenn wir keine Kolonie Europas sein wollen, müssen wir uns eifrig mit der Erweiterung unserer Grenzen, das heißt mit Kolonialpolitik befassen. Tja, zum Teufel...«

Das Weinglas in der einen Hand vor dem Gesicht haltend und mit der anderen den Rauch von Samgins Zigarette vertreibend, schwieg er eine Weile, seufzte und trank den Wein aus.

»Gurko war dort, düster und erbittert gestimmt, er prophezeite eine Katastrophe, redete wie ein künftiger Napoleon. Nach der Geschichte mit Lidwal und dem Haferdiebstahl freut ihn, Gurko, natürlich das Leben nicht mehr. Dieser Idiot, der Oktobrist Stratonow, blies in das gleiche Horn wie er und verlangte: Gebt uns einen starken Mann! Nogaizew trat plötzlich als Monarchist auf. Das nennt man: Die Fahne nach dem Wind drehen. So ein Schurke.«

Er goß beim Einschenken den Wein am Glas vorbei, stieß einen unflätigen Fluch aus und fuhr mit ständig zunehmender Erbitterung fort: »Er hielt eine ganze Rede. Die Aristokratie, sagte er, sei von Gott erschaffen, er habe die frömmsten Menschen auserwählt und sie mit seiner Weisheit ausgestattet. Der Sozialismus jedoch sei von der Bourgeoisie, von den Krämern erfunden worden, um den Arbeiteraristokraten angst zu machen und sie zu betrügen, und darum sei der Sozialismus eine Lüge. Es waren Kadetten da, Maklakow – der Bruder des Ministers, er gleicht einem verschnittenen Kater, Schingarjow, Nabokow. Gutschkow war da. Langeweile war da, in rauhen Mengen. Dann fuhren ungefähr zwanzig Personen zum Abendessen, und nach dem Essen entbrannte eine Schlacht unter Schriftstellern, der Katzenschinder Kuprin raufte mit Leonid Andrejew, Muishel weinte, und es gab überhaupt ein großes Tohuwabohu ...«

Er schwieg von neuem eine Weile, dann schnellte er plötzlich auf dem Stuhl hoch und kreischte: »Du hüllst dich in Schweigen ... du Säule und Bestätigung der Wahrheit! Na, was schweigst du ... Ach, Samgin ... Geh zum Teufel ...«

»Komm zur Besinnung! Du bist betrunken«, sagte Klim Iwanowitsch streng.

»Geh zum Teufel«, wiederholte Dronow, der mit dem Fuß den Stuhl wegstieß und wankte. »Na ja, ich bin betrunken ... Und du – bist nüchtern ... Na – bleib nur nüchtern ... in Teufels Namen.«

Sich an den Stuhllehnen festhaltend, gelangte er mit Mühe in das Nebenzimmer und schrie dort, Tagilskij wachrüttelnd: »Komm ... he! Wach auf ... wir gehen!«

Samgin saß, die Zähne fest zusammengebissen, am Tisch und wartete, wann die Betrunkenen gehen würden, und kaum waren sie wie zwei Köter knurrend verschwunden, klingelte er Agafja und befahl: »Wenn Dronow das nächste Mal kommt, sagen Sie ihm, daß ich ihn nicht zu sehen wünsche.«

Das Gesicht der Frau, das wie von Vögeln zerhackt war, schien zu erröten, die von den Blattern gelichteten Brauen zuckten, ihre Augen öffneten sich weit, aber die Lippen kniff sie fest zusammen.

Sie ist ungehalten. Sie protestiert, begriff Klim Iwanowitsch Samgin und fragte streng: »Haben Sie gehört?«

»Natürlich.«

»Sie hätten antworten sollen: Zu Befehl oder – gut.«

»Zu Befehl«, antwortete Agafja nach kurzem Zögern und ging.

Ja, ich muß sie entlassen, beschloß Klim Iwanowitsch Samgin. Dieser Halunke wird wahrscheinlich morgen kommen, sich zu entschuldigen. Er ist familiärer geworden, als das für einen Sancho statthaft ist.

Aber Dronow kam nicht, und es verging mehr als ein Monat, bis Samgin ihn im Restaurant »Wien« erblickte. Dieses Restaurant teilte dem Publikum in Zeitungsinseraten mit, daß man nach dem Theater alle berühmten Schriftsteller im »Wien« sehen könne. Samgin hatte schon seit langem vor, dieses äußerst originelle Restaurant zu besuchen, denn man zeigte in ihm keine Chansonetten, Tänzer, Anekdotenerzähler und Zauberkünstler, sondern eben Schriftsteller.

Und nun saß er in einem Winkel des rauchigen Saales an einem Tischchen, das durch eine dürre Palme überdacht war, saß da und beobachtete unter einem breiten, fächerförmigen Blatt hervor. Das

Beobachten war schwierig, über den Tischen schwankte ein Schleier aus bläulichgrauem Rauch, und die Gesichter der Gäste waren schlecht zu unterscheiden, sie schwammen und zerrannen gleichsam in dem Rauch, alle Augen waren entfärbt, trübe. Aber der Stimmenlärm war gut zu hören, deutlich hoben sich laute, an alle gerichtete Sätze ab, und als Samgin ihnen zuhörte, mußte er an die Szene von dem Souper bei dem Bankier denken, die Balzac in seinem Roman »Das Chagrinleder« geschrieben hatte.

»Meine Herrschaften! Hier wird eine ketzerische Behauptung aufgestellt . . .«

»Ich schlage vor, auf Lew Tolstoi zu trinken.«

»Er ist tot.«

»Und hat durch seinen Tod den Tod bezwungen.«

»Man behauptet, daß Kuprin talentierter ist als unser teurer . . .«

»Hör auf! Sein Tod hat nichts bezwungen.«

»Und du – solltest nicht mit deiner Unwissenheit prahlen: Bezwingen bedeutet besiegen, töten!«

»Sieh mal an! Da danke ich dir! Doch ich hatte nicht geglaubt, daß du dumm seist.«

»Den Ketzern einen Fluch – Maran atha!«

»Gut! Dann auf das Wohl unseres teuren Leonid . . .«

»Nieder mit den Toasten!«

»Meine Herrschaften! Die Weisheit der Kinder des Lichts ist stets gegen die Klugheit der Söhne des Jahrhunderts. Wir – sind Kinder des Lichts.«

»Nieder mit der Weisheit!«

»Weisheit – das ist Freude!«

»Freuen wir uns!«

»Und preisen wir den Ruhm derer, die ihn verdient haben . . .«

»Ich schlage vor, auf das Wohl von Alexander Block zu trinken!«

»Wa-arum denn? Mag er selber trinken.«

»Erlaube! Die Wissenschaft . . .«

»Ist nur als Technik von Nutzen.«

»Richtig! Die Gelehrten sind Illusionisten . . .«

»Worin besteht der Unterschied zwischen Mystik und Atomistik? In dem Ato!«

»Bei uns im Gymnasium konnte der Physiklehrer nicht beweisen, daß Gegenstände von ungleichem Gewicht im luftleeren Raum mit der gleichen Geschwindigkeit fallen.«

»Und die Machtlosigkeit der Medizin?«

»Meine Herrschaften! Wir alle – sind gefallene Engel, die zur Ansiedlung ins Weltall verbannt wurden.«

»Schlecht! Nieder!«

»Ich bitte ums Wort! Ich möchte etwas über die Liebe sagen ...«

»Zu Papa, zu Mama?«

»Zu einer fremden Mama, nicht älter als dreißig.«

Ein feuriger kleiner Baß sprudelte: »Die Beilis-Affäre wie auch die Dreyfus-Affäre ...«

»Nieder mit der Kiewer Politik – wir haben die eigene bis oben hinauf satt.«

»Sät das Vernünftige, Kleine – Ewige!«

»Aber – erlauben Sie! Wozu haben wir denn Revolution gemacht?«

»Um Kaliban zu vermenschlichen ...«

»Millionen – sind nicht vernünftig.«

»Richtig.«

»Vernünftig – ist der Fünfer, das Fünfkopekenstück ...«

»Ich rede nicht vom Geld, sondern von den Menschen.«

»Achtung!«

»Richtig, eine Million ist übervernünftig.«

»Das Große ist unvernünftig.«

»Bravo-o!«

»Wie Gott.«

»Ja! Das Große ist unvernünftig, wie Gott. Das Große berauscht. Was ist vernünftig? Das Wirkliche, ja?«

»Ho-ho-ho! Zum Teufel mit dem Wirklichen.«

»Es ist unvernünftig. Man schafft es künstlich.«

»Die Minister machen es in der Duma.«

»Die Minister sollte man unangetastet lassen.«

»Vermenschlicht erst den Kaliban.«

»Wenn man sie antastet, fallen sie um.«

»Deutschland wird ein sozialistisches Land.«

»O Herr! Laß diesen bitteren Kelch an uns vorübergehen.«

»Damit darf man nicht scherzen!«

»Wir scherzen nicht, sondern beten.«

»Wir weinen ...«

»Nieder mit der Politik!«

»Meine Herrschaften! Wenn ...«

»Das Leben wird immer teurer ...«

»Und immer kribbliger ...«

»Vernichten Sie doch die Menge! Vernichten Sie dieses unpersönliche, schreckliche Etwas ...«

»Den Ka-liban!«

»Und ich behaupte, daß die Komissarshewskaja genial ist ...«

»Hör mal, ich habe eine Gans bestellt, eine Schnatterga-ans! Gogogo – hast du verstanden?«

»Meine Herrschaften – das zeitgemäßeste und tragischste Lied ist: ›Ich habe das Ringlein verloren.‹ Es gibt so ein Ringlein, es verbindet mich, den Menschen, mit einer Kette seinesgleichen . . .«

»Man muß die Frage der Honorarerhöhung aufwerfen.«

»Warte ein wenig! Man versteht nichts, sie schreien wie auf dem Jahrmarkt.«

»Ich habe das Ringlein verloren, ich sehe keinen meinesgleichen . . .«

Neben Samgins Tischchen skandierte eine grell angemalte Dame:

»Wir gleichen gefangenen Tieren
Und jammern, so gut wir können.
Verriegelt sind die Türen . . .«

»Nicht . . . nötig«, bat sie ein zerzauster beschwipster junger Mann mit schwarzen Augen und rosigem Gesicht – bat sie und streichelte ihr die Hand. »Keine Gedichte! Wir wollen in einfachen, ehrlichen Worten reden.«

Auf die Dame kam majestätisch ein hochgewachsener kahlköpfiger Mann zu – er bückte sich, sein üppiger Bart legte sich auf ihre dekolletierte Schulter, die Dame wich zurück, und der Kahlköpfige sagte deutlich: »General Bogdanowitsch hat nach Jalta an den Stadtkommandanten Dumbadse geschrieben, er solle Rasputin ertränken. Tatsache!«

»Woher weißt du das?« fragte die Dame, wobei sie das »du« stark betonte.

»Von der Generalin selbst . . .«

»Bist du wieder in diesem Provinznest gewesen?«

»Aber Liebste . . .«

Der junge Mann erhob sich, kam, nicht sehr sicher mit den Füßen schlurrend, auf Samgins Tisch zu, blieb mit seinen zerzausten Haaren an einem Palmenblatt hängen und sagte lächelnd zu Samgin: »Verzeihen Sie.«

Dann sagte er stirnrunzelnd: »Alles ohne Wert – sein ist das Schwert. Der Dichter hat auf der Welt nichts zu tun – verstehen Sie?«

Er sah mit feuchten Augen Samgin ins Gesicht, die Tränen rannen ihm aus den Augen auf die roten Wangen, er versuchte sich eine Zigarette anzuzünden, zerbrach sie aber und murmelte, während er sie betrachtete: »Sein ist das Schwert. Schwert, schwört. Wir schwören den Schwur. Wir schwingen das Schwert. Die Worte vernichten die

Gedanken. Das – hat Tjutschew gesagt. Wir müssen die Gedanken vernichten, sie ausrotten ... Uns im Gedankenlosen läutern ...«

An einem Tisch hinter der Palme nahmen zwei Personen Platz: mit dem Rücken zu Samgin – Dronow; das Gesicht zu ihm – ein wirrhaariger, rotbärtiger, langarmiger Mann mit dünner Stimme. »Eine Flasche Margot, mein Lieber«, befahl er dem Kellner und fragte Dronow: »Und Sie?«

»Graves – hellen.«

»Na also. Und – rasch!«

Dann wandte er sich von neuem an Dronow: »Das ist was für Gymnasiasten, mein Lieber. Er nimmt die Zeit als Maßstab für den Arbeitslohn – nicht wahr? Doch ich sammle da schon das dritte Jahr Materialien über die Musiker des achtzehnten Jahrhunderts, während ein Tischler mit Hilfe einer Maschine in diesen Jahren sechzehntausend Stühle herstellte. Der Tischler wird reich, selbst wenn er für jeden Stuhl nur zehn Kopeken erhält, und ich? Und ich – bin ein armer Schlucker, schreibe kleine Rezensionen für Zeitungen. Ich muß ins Ausland fahren – habe aber kein Geld. Nicht einmal Bücher kann ich mir kaufen ... So ist das, mein Lieber ...«

»Dennoch, die Arbeiterfrage muß gelöst werden«, sagte Dronow mürrisch.

»Muß? – Dann lösen Sie sie doch«, riet der Rotbärtige. »Trinken Sie Wein und – lösen Sie sie. Entscheiden, mein Lieber, soll man in Trunkenheit ... oder – mit geschlossenen Augen ...«

Dronow drehte sich auf dem Stuhl um und blickte um sich, seine Augen stießen auf Samgins Brille, er erhob sich, streckte dem alten Freund die Hand entgegen, sagte gutmütig, mit sichtlicher Freude: »Pah! Du bist hier?«

Samgin reichte ihm stumm die Hand, wonach Dronow seinen Stuhl umdrehte, Platz nahm und fragte: »Dieser Tagilskij! Hast du gelesen? Vorgestern stand es im ›Börsenblättchen‹ – er hat sich erschossen!«

»Er ist tot?«

»Na selbstverständlich! Schade, er war unsympathisch, aber klug. Die Klugen sind ja überhaupt unsympathisch.«

Samgin lauschte ehrlich in sich hinein: Welches Gefühl weckte der Selbstmord Tagilskijs, welche Gedanken rief er in ihm hervor? Er konnte nur eines feststellen: Ein unangenehmer und sogar in irgendeiner Hinsicht gefährlicher Mensch war für immer verschwunden. Das war gar nicht übel. Und Dronow hob seine Stimmung noch mehr, er sagte halblaut mit breitem Grinsen: »Du bist ja auch nicht sehr sympathisch, aber – sehr klug.«

Ich habe mich umsonst über ihn geärgert, dachte Samgin, während er Dronow betrachtete. Er ist ein Flegel, aber er ist aufrichtig. Diese Aufrichtigkeit von ihm wird auf einer gewissen Ebene zur Flegelei. Und – er war betrunken ... damals ...

Auf den Rothaarigen kam irgendein Dicker zu und nahm ihn mit. Der betrunkene junge Mann war verschwunden, auf die Dame trat ein hochgewachsener, hagerer, großnasiger Mann mit bleichem Gesicht zu, der einen Zwicker trug und einen schütteren Bart von unbestimmter Farbe hatte, er schubste ein rotwangiges junges Mädchen mit einem dickem Zopf goldblonden Haars an der Schulter:

»Hier, Liebste, gestatten Sie vorzustellen. Sie schwärmt brennend und glühend für die Bühne ...«

Seine Worte wurden von irgendwessen Geschrei übertönt: »›Ein Nichtiger für die Zeiten – bin ein Ewiger ich für mich‹ – das hat Baratynskij gesagt, ein vortrefflicher Dichter, den Sie nicht kennen. Ein Dichter, der wie keiner vor ihm die tragische Poesie des Sterbens tief empfunden hat.«

Dronow hatte bereits begonnen, die Pflichten des Sancho zu erfüllen, indem er Namen und Titel der Anwesenden nannte.

»Die meisten hier sind ›Troßgesindel‹, wie Andrej Belyj sie in der Presse genannt hat. Aber gerade sie machen den Lärm in der Literatur. Sie bestimmen hier über den Ruf eines jeden, mein Lieber.«

Dronow sprach geringschätzig, ohne rechte Lust, als spräche er nur aus Langerweile, und seinen Worten war kein Grimm gegen die halb betrunkenen, lärmenden Menschen anzumerken. Er charakterisierte die Schriftsteller nicht mit seinen Worten, sondern mit ihren Meinungen voneinander, die sie in Rezensionen, Parodien, Epigrammen und Anekdoten geäußert hatten.

Samgin hörte sich diese Charakteristiken an, die ihm zum Teil schon bekannt waren, er hörte schadenfroh zu, es behagte ihm immer mehr, die Menschen nichtig, klein zu sehen.

»Wenn ein Krieg ausbricht – werden sie zeigen, wer sie sind!« äußerte Dronow mürrisch.

»Weshalb bist du überzeugt, daß ein Krieg unvermeidlich ist?« fragte Samgin nach kurzem Schweigen.

Dronow blickte ihn an und zuckte mit den Achseln.

»Denkst du, die deutschen Sozialdemokraten verhindern ihn? Gewiß, sie sind eine Macht. Aber nicht nur die Deutschen wollen ja Krieg führen ... sondern auch die Franzosen und wir ... Das ist Demokratie«, sagte er lächelnd. »Erinnerst du dich noch, wie wir uns über Demokratie unterhielten?«

»Ja.«

Er erhob sich ein wenig vom Stuhl, blickte um sich und sagte gereizt: »Sie quaken wie die Frösche im Sumpf. Ist dir aufgefallen, daß schon seit Jahren das Hauptthema literarischer Gespräche der Tod ist?«

Samgin senkte den Kopf und sagte: »Ein gewichtiges Thema.«

Dronows wenig anziehendes Gesicht verzog sich zu einer häßlichen Grimasse.

»Na wieso denn ein gewichtiges? Spitzbüberei. Der Tod auferlegt uns keinerlei Pflichten – lebe, wie du willst! Das Leben jedoch ist eine gestrenge Dame: Wollt ihr Hundsfötter nicht gefälligst darüber nachdenken, wie ihr lebt? Darum handelt es sich.«

»Komisch, daß du ein Moralist bist«, bemerkte Samgin feindselig.

»Mit grober Schnauze darf man also nicht auf den Feinbäckermarkt?« fragte Dronow harmlos und lächelte. »Ach du . . . Aristokrat! Nein, dieses Spiel mit dem Tod – empört mich. Bei Gott, ein niederträchtiges Spiel. Andrejewskij, ein Dichter, aus den Reihen der Anwälte, las vor kurzem Abschnitte aus seinem ›Buch vom Tod‹ vor – er schreibt ein ganzes Buch – denk dir nur! Da hat er was gefunden. Er schildert alle Beerdigungen, die er gesehen hat. Stolypin, der ›verwitwete Bruder‹ des Ministers, hörte der Lesung zu, er sagte – das ist Unsinn und Abgeschmacktheit. Klim Iwanowitsch, was wirst du denn tun, wenn ein Krieg ausbricht?« fragte er unvermittelt, und sein Gesicht blähte sich in knapp zwei bis drei Sekunden wieder häßlich auf, die Augen wurden reglos, sein ganzer Körper spannte sich an, erstarrte.

»Ich werde das tun, was anständige Menschen anfangen«, antwortete Samgin ruhig.

»Ja-a . . . Natürlich«, brummelte Dronow unbestimmt, fuhr aber sogleich und sehr energisch fort: »Das ist keine Antwort! Der Teufel weiß, was anständige Menschen sind. Bin ich anständig? Na, sag doch!«

»Selbstverständlich«, sagte Samgin beschwichtigend, der ungehalten war über die Wendung des Gesprächs und darüber, daß Dronow ihn hinderte, die Worte der betrunkenen Gäste aufzufangen; es waren nur noch wenige da, aber sie lärmten stärker, und irgendwessen scharfe Stimme, die den Lärm übertönte, schrie: »Erinnern Sie sich noch an Mereshkowskijs Prophezeiung:

> Unverständlich unsre Reden
> Und dem Tod sind wir geweiht,
> Allzu frühe erste Boten
> Allzu zager Frühlingszeit.«

»Da – hörst du?« fragte Dronow.

»Ja. Aber das sind Verse, und den Sinn des Verses beherrschen Rhythmus und Reim. Ich muß jetzt heim ...«

Dronow erhob sich ebenfalls stumm, blieb mit gesenktem Kopf stehen, legte seine Streichholzschachtel bald hierhin, bald dahin und sagte dann: »Ich bleibe noch etwas sitzen.«

Eine Miniaturverkörperung Kalibans, dachte Samgin, als er auf dem Gehsteig dahinschritt. Ein Emporkömmling. Er findet seinen Platz nicht, daher all dieser Hokuspokus von ihm. Seine Rolle ist die eines Schlossers und Klempners. Wasserklosetts reparieren. Na, schließlich noch Verkäufer in einem Kolonialwarenladen. Er aber will in Politik spielen.

Es hatte stark geregnet, und es war sehr angenehm, die frische Luft einzuatmen, der Regen schien den unnatürlichen, aber für diese Stadt charakteristischen Modergeruch beseitigt zu haben. Der Mond schien hell, die Pflastersteine auf dem Platz schimmerten seidig, zwischen den Steinen schlängelten sich wie gläserne Würmer kleine Bäche.

Das blaue Silber des Mondes – erinnerte sich Samgin, verlangsamte seinen Gang und sah herablassend die Reiterfigur des Zaren mit dem goldenen Helm an.

Das ist nicht die schlechteste unter den Geschichten vom Kampf der Könige mit dem Adel. Der König und der Adel, wiederholte er und suchte nach einer Analogie. Er errang den Thron, indem er die besten Vertreter des Adels ausrottete. Dreißig Jahre regierte er. Hatte Puschkins Schicksal in der Hand.

Nachdem er im Lauf einer Stunde so viele Dummheiten angehört hatte, kam er sich wie ein Weiser vor und war ungewöhnlich guter Laune. All die zu Staub zermahlenen Ideen, über die man im Restaurant laut geschrien hatte, waren ihm bekannt, und er fühlte sich im Mittelpunkt aller Ideen, als ihr Gebieter. Er hatte das Gefühl, die Dummheit und Plattheit erhöben ihn und verliehen ihm das Recht, nicht über das Los der Menschen nachzudenken. Er besuchte immer lieber allerhand Versammlungen und hielt, den Debatten fernbleibend und ohne sich in Meinungsverschiedenheiten einzumischen, kurze ernsthafte Reden, in denen er darauf hinwies: Wenn jedem das Recht auf Meinungsfreiheit zuerkannt werde, mache es diese Freiheit jedem zur Pflicht, die Meinung des Gegners zu achten.

Gegenüber der Wirklichkeit ist jeder von uns ein Kläger, jeder verteidigt die Interessen seines »Ich« vor einer Vergewaltigung. Im Kampf um materielle Interessen sind die Menschen manchmal persönliche Feinde, aber das Leben läuft ja nicht ganz und gar auf einen

Kriminal- und Zivilprozeß hinaus, die Theorie vom Kampf ums Dasein darf nicht die höheren Interessen des Geistes verschlingen und verschlingt sie auch nicht, sie löscht den heiligen Drang des Menschen nach Selbsterkenntnis nicht aus.

Indem er diesen Gedanken mannigfach variierte und mit einer Menge von Zitaten schmückte, verbarg er dessen Abgenutztheit, dessen Hinfälligkeit geschickt hinter den Worten und gewann die Überzeugung, daß man aufmerksam zuhöre und vor ihm Achtung habe. Er war »ehrlich gegen sich selbst«, begriff, daß er für die Aufmerksamkeit, für die Achtung billig, in kleinen Kupfermünzen zahle, dadurch bekam sein Verhalten zu den Menschen, das noch geringschätziger wurde, den Anflug jener Leutseligkeit, wie sie für einen reifen, erwachsenen Menschen in seinen Gesprächen mit Halbwüchsigen natürlich ist. Im allgemeinen führte er ein recht ruhiges, behagliches Leben, und alles, was andere in verschiedenem Grad aufrichtig beunruhigte, diente ihm als Mittel, um das Anwachsen seiner Bedeutung und Popularität zu steigern.

Ende Januar kehrte Jelena zurück und sagte zu ihm gleich bei der ersten Begegnung, ohne ihre Verwunderung zu verhehlen: »Kannst du dir das vorstellen – ich langweile mich ohne dich! Ja, ja. Du bist für mich ein so herzig salziges ... säuerliches, erfrischendes Kerlchen«, sagte sie, ihn küssend. »Du hast dich an alle menschlichen Dummheiten gewöhnt und verstehst es sehr gut, einen nicht zu stören, wo ich es doch so gar nicht leiden kann, wenn mich jemand stört.«

Sie ist klug, rief sich Klim Iwanowitsch warnend und nicht zum erstenmal ins Gedächtnis; ihr Kompliment kam ihm nicht besonders schmeichelhaft vor, aber er freute sich, Jelena zu sehen. Wie gewöhnlich in irgend etwas Buntes, Wollenes, Weiches gekleidet, gewandt wie ein junges Kätzchen, mit einer Zigarette zwischen den Zähnen, halb aufgerichtet auf dem Sofa liegend, erzählte sie lebhaft und schnippte mit den Fingern der rechten Hand: »In Paris interessiert man sich sehr für uns, stimmt uns aber nicht zu. Dieser dumme Judenprozeß in Kiew erregt Mißfallen. Kokowzow sagte in Berlin, daß die Duma und die Presse durchaus noch nicht das Volk seien, und man tadelt überhaupt das Verhalten der Minister zur Duma. Ich geriet dort in einen Kreis von Politikern, eine alte Freundin von mir hat einen Advokaten geheiratet, er sitzt im Parlament, ist ein schrecklicher Patriot und haßt die Deutschen. Er ist dick, gerät furchtbar leicht in Zorn und wird so rot, daß man erwartet, er würde gleich vor Wut platzen. Und sie ist auch so eine Scharteke, sie ist aus Kostroma, Französisch spricht sie wie ein Schaf, ihr Mann lacht darüber wie verrückt. Er beklagte sich mir gegenüber, wie schwierig und schrecklich die russische Sprache sei. Er versteht sehr gut Russisch. Er lobte sehr, daß wir in der Duma nur dreizehn – ein Teufelsdutzend – Sozialisten haben und auch die sich nicht vertrügen, während alle übrigen in Sibirien oder Emigranten seien.«

»Wird von Krieg gesprochen?« fragte Samgin.

»Die Franzosen sprechen immer von Krieg«, antwortete sie überzeugt und erläuterte lächelnd, ihre Finger in die dürren Finger Samgins verflechtend: »Es gibt sehr viel Rechtsanwälte, und euer Beruf besteht darin, anzugreifen und zu verteidigen. Der Franzose jedoch hat außer der gewohnten Klientel noch sein Belle France, la patrie . . .«

»Das Vaterland ist kein Scherz«, bemerkte Samgin schulmeisterlich.

Seinen Arm hin und her schwingend, als prüfte sie dessen Gewicht, fuhr sie fort: »Es gibt wahrscheinlich Leute, denen es einerlei ist, was sie verteidigen. Bevor wir in diese Wohnung zogen, hatte ich mit meinem Mann eine in der Bassejnaja, in einem Haus, in dem eine Gräfin oder Fürstin wohnte, an ihren Familiennamen erinnere ich mich nicht mehr, so etwas Ähnliches wie Meyendorff, Meyenberg, jedenfalls etwas mit Meyen. Diese Gräfin also verteidigte das Recht ihres Hündchens, sein Geschäftchen auf der Haupttreppe zu besorgen . . .«

Klim Iwanowitsch Samgin hörte ihrem lustigen Geplauder mit Vergnügen zu, aber er mochte keine Anekdoten, in denen sich leicht ein allegorischer Sinn finden ließ. Und darum zwang er die Frau, von Worten zu dem überzugehen, was für sie, ebenso wie für ihn, stets angenehm war.

Er begriff, daß irgendwelche neuen und großen Ereignisse heranrückten. Für ihn war die Tatsache von Bedeutung, daß die Feier des dreihundertjährigen Jubiläums der regierenden Dynastie in den Hauptstädten mehr als bescheiden verlaufen war, gefeiert hatte die Provinz, die aktivste Teilnehmerin an den Ereignissen des Jahres 1613 – Jaroslawl, Kostroma, Nishnij Nowgorod. Aber auch in der Provinz feierte man geschraubt, ungern, man beschränkte sich auf kurze Gottesdienste und Paraden und fügte sich dem Terror des monarchistischen »Bundes des russischen Volkes« und des »Erzengel-Michael-Verbandes« – es war gut bekannt, daß die herrschende Rolle in diesen Verbänden der Polizei, der Geistlichkeit und mancherorts den Stadtoberhäuptern zufiel, meist namhaften Vertretern der kaufmännischen, aber nicht der industriellen Bourgeoisie. Man konnte meinen, das »Volk« habe die Unfähigkeit Nikolais II. richtig eingeschätzt und erinnere sich an die Hauptereignisse seiner Regierung – an Chodynka, den 9. Januar, den Krieg gegen Moskau, die Erschießung an der Lena, die zahllosen Massenmorde unter den Bauern und Arbeitern. Die europäischen Könige, Verwandte der Romanows, verhielten sich diesem Jubiläum gegenüber ebenfalls sehr vorsichtig, da sie anscheinend die Beziehungen zwischen dem Zaren und der Duma, die die Interessen der Großbourgeoisie vertrat, berücksichtigten. Im allgemeinen war es klar, daß die Selbstherrschaft sich nicht nur politisch und moralisch, sondern auch physisch überlebt hatte, der Thronfolger litt an einer unheilbaren Degenerationskrankheit. Und offensichtlich stand ein Krieg bevor, der den Zarismus endgültig vernichten und durch eine Republik ersetzen würde.

Klim Iwanowitsch Samgin war nicht realistisch genug, um sich eine klare Vorstellung von sich in der Zukunft zu machen. Er versuchte das auch nicht zu tun. Aber er hatte sich schon mehr als einmal gefragt, ob es nicht Zeit sei, in eine Partei einzutreten. Unter den bestehenden Parteien sah er jedoch keine einzige, die straff genug organisiert und fähig gewesen wäre, ihm einen seiner würdigen Platz zu sichern. Das konnten sie nicht, aber sie waren imstande, ihn durch irgendeinen Akt zu kompromittieren, wie etwa die Reise der Kadetten nach Wyborg.

Er verfolgte aufmerksam die Tätigkeit der Duma, besuchte sie, und ihm schien, daß alle Parteien sich reorganisierten, indem sie im allgemeinen nach links rückten. Die Konferenz der Kadetten erkannte für notwendig: das Wahlrecht zu demokratisieren, den Reichsrat zu reformieren, ein verantwortliches Ministerium zu verlangen. Die »Oktobristen« spalteten sich in »linke«, »Semstwoleute«, und »rechte«. Der »Oktobrist« Gutschkow erklärte öffentlich, daß »die Regierung das Land in eine Katastrophe führt«. Von nicht geringerer Bedeutung waren die Kongresse: der Handelsgehilfen, der zehntägige der Lehrer, der Kommunalbeamten und der landwirtschaftliche. Dronow frohlockte: »Die Demokratie rührt sich!«

Er wurde immer wohlhabender, das war aus der Vielfalt und Güte seiner Anzüge, aus seiner geschäftsmännischen Haltung und seinen Erzählungen zu ersehen.

»Es hat sich herausgestellt, daß Tagilskij eine Frau hatte, und – was für eine!« Er schloß das eine Auge und stieß einen gedehnten Pfiff aus. »Style moderne, keine einzige natürliche Bewegung, sie spricht mit der Stimme einer Sterbenden. Ich geriet durch das Inserat zu ihr: Bücher zu verkaufen. Hervorragende Büchlein, mein Lieber. Alle unsere Klassiker, gebunden von Schell oder Schnell, weiß der Teufel! Siebenhundert Rubel hat sie mir dafür abgeknöpft. Ich sagte ihr, daß ich ihren Mann gekannt habe, sie fragte: ›Ja?‹ Und ließ keinen Ton mehr über ihn verlauten, das Aas!«

»Du solltest heiraten«, riet ihm Samgin.

Dronow wunderte sich: »Wieso? Und – Toska? Ich werde sie bald freibekommen, mein Lieber. Man hat es mir schon kategorisch zugesichert.«

»Sie wird zu den Bolschewiki gehen«, neckte ihn Samgin. Dronow, der ihm nicht glaubte, sah ihn fragend an, schwieg eine Weile und sagte dann plötzlich: »Na, was wäre denn dabei? Ich auch mit ihr zusammen. Wir werden Literatur herausgeben. Dicke Literatur.«

Er hatte vor kurzem angefangen zu rauchen, und das paßte sehr schlecht zu ihm – klein, rundlich, erinnerte er mit einer Zigarette zwischen den Zähnen an einen Samowar. Und während er in diesem Augenblick mit verzerrtem Gesicht sich linkisch eine Zigarette anzündete, fuhr er fort: »Weißt du, ich denke, daß bei uns die Arbeiter mit Lenin gehen werden, er beweist doch so verführerisch klar die Notwendigkeit einer Diktatur des Proletariats ...«

Samgin pflegte sich vorsorglich einer Meinungsäußerung über brennende Fragen zu enthalten, aber Iwan reizte ihn durch irgend etwas, und so vermochte er nicht länger an sich zu halten und sagte durch die Zähne: »Der Notwendigkeit ist die Unmöglichkeit entgegengestellt – das ist sehr nützlich für die Erziehung des gesunden Menschenverstands ...«

Dronow heftete von neuem seine unruhigen Augen fragend auf Samgins Gesicht, und dieser ergänzte zu seiner eigenen Überraschung seinen Gedanken: »Lenin verurteilt seine Fraktion zu illegalem Dasein.«

»M-m«, brummte Dronow, verschluckte sich am Rauch und begann mit einem pfeifenden Nebengeräusch zu husten.

An die Arbeiterklasse dachte Klim Iwanowitsch Samgin fast ebensowenig wie an das Leben der verschiedenen Volksstämme, die dem Reich angehörten, diese Volksstämme brachten sich zuweilen durch solche Tatsachen wie den »Andishaner Aufstand« in Erinnerung, an die Arbeiter dachte er natürlich öfter: jedesmal, wenn welche erschossen wurden. Diese Gedanken hatten die Eigenschaft, flüchtig zu sein, sie passierten das Bewußtsein, ohne in ihm die Idee der Verantwortlichkeit für ein Leben wachzurufen, das auf Unterdrückung von Menschen, auf ihrer Ermordung beruhte. Aber seit die deutsche Sozialdemokratie die Mehrheit im Reichstag errungen und Scheidemann sich in den Sessel des ersten Vizepräsidenten gesetzt hatte, erinnerte sich Klim Iwanowitsch Samgin, daß er in einer Epoche lebte, in der Gestalten wie Jaurès, Vandervelde, Branting, Pablo Iglesias, Eugen Debs, Bebel und noch viele andere möglich waren, deren Namen bereits eine Errungenschaft der Geschichte darstellten. Wenn er sich dessen erinnerte, empfand er kein Verlangen, seinen Namen in eine Reihe mit diesen zu stellen, fühlte aber, daß bei Urteilen über die Arbeiterklasse jene Vorsicht geboten sei, die in der althergebrachten Binsenweisheit vorausgesehen ist: »Spucke nicht in den Brunnen – er könnte noch einen Trunk spenden müssen.« Er begriff, daß in diesem Sprichwort die Worte »dir selbst« ausgelassen waren und daß es nicht in einen Brunnen zu spucken verbot, aus dem andere trinken würden. Als er zu Dronow gesagt hatte, daß Lenin das revolutionäre Proletariat zu illegalem Dasein verurteile, hatte er gleichsam eine von ihm selbst gehegte Hoffnung angedeutet und warf sich deswegen Unvorsichtigkeit vor.

Gegen Sommer des Jahres vierzehn war Klim Iwanowitsch Samgin eine recht bedeutende Persönlichkeit unter jenen Leuten, deren Haupteigenschaft ein streng kritisches Verhalten zur Wirklichkeit war, die immer rascher und stürmischer verlief. Man sagte von ihm recht einmütig: »Ein kluger Mensch.«

Er begriff, daß sich bei diesen Leuten hinter der Kritik der Wunsch verbarg, alle Versuche und Absichten einzudämmen oder aber zu unterbinden, den Hals der Wirklichkeit nach rechts oder links zu verdrehen, so scharf zu verdrehen, daß die Kritiker irgendwo abseits, im Leeren bleiben, wo es keine Hoffnung gibt und Träumereien keinen Platz haben. Das Milieu, in dem er verkehrte, waren Anwälte mit starkem Selbstgefühl und armseliger Praxis, Pädagogen der Mittelschule, die von ihrer Tätigkeit ermattet und gereizt waren, wohlgenährte, aber lebensüberdrüssige Ästheten vom Typ Schemjakins, Frauen, welche die Geschichte der Französischen Revolution und die Memoiren von Madame Roland lasen und Politik entzückend mit Koketterie verflochten, junge Schriftsteller, die noch nicht von der Kritik, diesem Hund des Ruhmes, angebellt und gebissen worden waren, aber in ihrem Verhalten zur Frage nach der sozialen Verantwortung der Kunst schon Anzeichen von Tollwut zeigten, Vertreter der sogenannten »Boheme«, irgendwelche schweigsame Dumaabgeordnete, die dieser oder jener Partei angehörten, aber offenbar nicht überzeugt waren, daß die Programme ausreichten, um die Vielfalt ihrer Wünsche zu befriedigen. Einer von ihnen, ein breitstirniger, hagerer Mann mit dem Gesicht eines Asketen, brachte seine Beziehung zur Politik sehr deutlich zum Ausdruck, als er erklärte: »In ihren jetzigen Formen geht die Politik an den Grundfragen des Lebens vorbei. Ihre Grundlage ist die Statistik, aber die Statistik kann zum Beispiel nicht die Sexualverhältnisse, die Lage und Erziehung der Kinder bei einer Scheidung ihrer Eltern und überhaupt Fragen des Familienlebens beeinflussen.«

Und fast alle pflegten sie ihre Reden mit den Worten zu beginnen: »Wir Demokraten ... Wir, die russische Demokratie ...«

Der Rasnotschinze ist entartet, überlegte Samgin. Er war gut neben dem Adeligen, aber nicht neben dem Kaufmann. Um Gleichheit mit dem Adeligen zu erlangen, muß man Land besitzen. Gleichheit mit dem Bourgeois zu erlangen ist bedeutend leichter.

Unter ihnen befanden sich nicht wenige Neurastheniker, sie lasen Freud und, sicher, daß sie sich schon »selbst erkannt« hatten, waren sie besonders fest völlig von ihrer Außergewöhnlichkeit überzeugt. Die soziale Selbsteinschätzung dieser Leute wurde von Aljabjew zum Ausdruck gebracht: »Wir sind die letzte Reserve des Landes«, sagte er, und man widersprach ihm nicht. Alle diese Menschen wollten über der Wirklichkeit stehen, sie waren fast alle parteilos, denn sie fürchteten, die Partei- und Programmdisziplin könnte auf die Eigenart ihrer persönlichen »geistigen Konstitution« einen unheilvollen Einfluß ausüben.

Auf einer von den Versammlungen dieser Leute erinnerte sich Samgin: Als er in seiner Jugend illegale Epigramme, Karikaturen und von der Zensur verbotene Artikel gesammelt hatte, besaß er eine Korrekturfahne, auf der das Wort »soplemenniki« – was »Stammesbrüder« bedeutet – verkürzt »sopleki« gesetzt war, der aufmerksame oder ironisch gestimmte Zensor hatte das »e« gestrichen und deutlich in roter Schrift den russischen Buchstaben »ja« darüber geschrieben, so daß das Wort nun »sopljaki«, »Rotznasen«, lautete. Samgin begann zu merken, daß sich in ihm eine Vorliebe für das Komische und zugleich das Verlangen entwickelte, das Komische noch mehr zu karikieren.

Der Anblick menschlicher Nichtigkeit betrübte Klim Iwanowitsch Samgin nicht, aber erfreute ihn auch nicht, er hatte sich schon seit langem suggeriert, daß dieser Anblick normal sei. Es betrübte ihn auch nicht, als im Juli eine riesige und dichte Demonstrantenmenge über den Newskij Prospekt zum Winterpalais strömte, um ihr Vertrauen zum Zaren und ihr Entzücken über die gelassene Tapferkeit zu bekunden, mit der er im Lauf seiner ganzen Herrschaftszeit das Blut seiner Untertanen so freigebig vergeudet hatte. Der schwere, malmende Tritt Tausender von Menschen auf dem Holzpflaster des Newskij Prospekts erzeugte ein eigenartiges, unrhythmisches Geräusch, als würden in das Pflaster des Prospekts Holzpfähle gerammt. Das Straßenpflaster dröhnte dumpf, über den entblößten Köpfen der Menschen erhob sich ein vielstimmiges Heulen.

»Rette, o Herr, dein Volk ...«

»Hur-ra-a-u-u!«

»Sieg unserem rechtgläubigen Herrscher ...«

»Hur-ra-a-u-u!«

An der Spitze der Menge schritten, die beglückt strahlenden Gesichter zum Himmel erhoben, bekannte Gestalten von Dumaabgeordneten, Männer in goldverbrämten Uniformen, rotbeinige Generale, langhaarige Popen, Studenten in weißen Uniformjacken mit Goldknöpfen, Studenten in Uniformen, elegante Damen, irgendwelche Dickwänste sprangen herum, als wären sie aus Gummi, und neben ihnen wankten ärmlich gekleidete alte Leute mit einem Stock in der Hand, Frauen mit bunten Kopftüchern, viele von ihnen bekreuzigten sich, und die meisten gingen mit offenem Mund, blickten irgendwohin über die Köpfe der vorderen und füllten die Luft mit Geschrei und Geheul. In den Fenstern der Häuser und auf den Balkonen waren Frauen und Kinder, sie schrien auch, winkten mit den Händen, photographierten aber wohl mehr.

Morituri te salutant, dachte Samgin und zweifelte: Nein, das paßt nicht.

»Da ist sie, die Einigung des Zaren mit dem Volk«, sagte jemand hinter ihm.

»Auch das paßt wohl kaum ... Aber völlig klar ist – das ist eine spontane Bewegung ...«

Jelena sprach halblaut von irgend etwas, aber er hörte ihr nicht zu, und erst als er die Worte aufschnappte: »Jeder ist gewohnt, irgend etwas zu verteidigen«, warf er einen Seitenblick auf sie. Sie hatte sich bei ihm eingehakt, und ihr geschminktes Gesicht war bekümmert, mit einem Schatten von Traurigkeit bedeckt, als hätte sich auf ihm der graue Staub abgelagert, den die Menge aufgewirbelt hatte und der als undurchsichtige Wolke über ihr schwankte.

»Ach, ich bin umsonst nicht nach Paris abgereist«, seufzte sie. »Hier beginnt jetzt weiß der Teufel was ...«

»Das kann die Wirkung einer heilsamen Erschütterung haben«, sagte Samgin schulmeisterlich. »Weißt du, so wie bei einer gesättigten Salzlösung: Sie bildet keine Kristalle, wenn man sie nicht schüttelt ...«

»Nein, ich bin kein Salz und wünsche nicht geschüttelt zu werden«, sagte sie ärgerlich.

Samgin verstummte und stellte Bekannte fest: Nogaizew lief, fast die Leute beiseite stoßend, in einem Rock aus Rohseide, mit einem Gesicht, auf dem Begeisterung und Schweiß glänzten; unschlüssig schritt der lange Ieronimow; sich mit den Fingern der linken Hand ans Ohr fassend und den Kopf geneigt, ging Arm in Arm mit einer hochgewachsenen Dame in Weiß, die ein ungewöhnliches Hütchen trug, Pylnikow; gravitätisch stolzierte Stratonow mit einem dicken Stock in der Hand, neben ihm zappelte Purischkewitsch, fast kahlköpfig, mit farblosem Bärtchen, und es schritt Markow mit seiner dicken Fratze daher, der wie ein festlich gekleideter Schlachthoffleischer aussah. Sehr auffällig waren die Arbeitergruppen.

Sie sind nicht nachtragend, dachte Samgin und fragte dann irgend jemanden ironisch: Hat das Proletariat kein Vaterland?

Es kamen ungefähr dreißig Maurer vorbei, die in der Straße, in der Samgin wohnte, fast gegenüber den Fenstern seiner Wohnung, ein fünfstöckiges Haus errichteten, sie hatten alle, wie es bei Brjussow lautet, »weiße Schürzen um«. Er erkannte sie an der Gestalt ihres Artel-Meisters, eines dürren kleinen alten Mannes mit kahlem Schädel, dem Plüschschnäuzchen eines Affen und gellender Dulderstimme.

»Ihr Schmarotz-er«, hatte er gebrüllt und unflätig geschimpft, deswegen war er, nach einer Beschwerde der Einwohner, zur Polizei vorgeladen worden, hatte aber, nachdem er drei Tage gesessen hatte, am frühen Morgen des vierten wieder gellend gebrüllt: »Ihr Schmarotz-er – ihr Teufelspack . . .« Und von neuem waren die verbotenen Worte erschallt.

Hinter ihm schritt ein ebenfalls sehr auffallender Maurer, hochgewachsen, breitschultrig, mit einem Turban goldblonden Lockenhaars und großem, adrettem Bart, mit einem angenehmen, gutmütigen Lächeln auf seinem rotwangigen Gesicht und in den klaren himmelblauen Augen – er arbeitete näher zu Samgins Fenstern als die anderen, und Samgin hatte des öfteren seine bildschöne Gestalt bewundert.

Jungen und Mädchen in einförmig aschgrauer Kleidung trippelten vorüber, Waisenhauskinder, es kamen Briefboten, Gepäckträger, Wärterinnen irgendeines Krankenhauses, Zollbeamte, unbewaffnete Soldaten, und je weiter die Menge sich fortbewegte, desto offensichtlicher wurde, daß an ihrem Ende schon ein Element wirkte, welches die Spontaneität organisierte. Ganz deutlich trat es in einer Abteilung berittener Polizei zutage.

»Gehen wir ins Restaurant ›Medwed‹«, sagte Jelena anspruchsvoll. »Ich habe Staub geschluckt, möchte aber dennoch essen.«

Im »Medwed« wurde hurra geschrien, man stieß an, das Glas der Pokale klirrte, Pfropfen, die aus den Flaschen gezogen wurden, knallten, und das Ganze sah aus, als hätten sich Leute auf einem Bahnhof versammelt, um jemanden zu begleiten. Samgin lauschte dem ungestümen Lärm, nahm rasch die Brille ab und neigte, ihre Gläser putzend, den Kopf über den Tisch.

»Eine bekannte Stimme«, sagte Jelena und schnippte mit den Fingern.

Auch Samgin kannte dieses gellende und süßliche Stimmchen – es war Sachar Petrowitsch Berdnikow, der sein Gehör verletzte: »Wir führen menschenfreundlich Krieg, wir siegen dadurch, daß wir Zusatznahrung geben. Ganz Mittelasien haben wir ja durch Zuckerchen und Kattunchen erobert . . .«

Samgin blickte mürrisch durch die Brille in eine Ecke, dort ragte, als schwänge sie sich zur Decke empor, zwischen Lorbeerbäumen und Palmen die unvergeßliche, kugelförmige Gestalt, strahlte das rötliche, blasenförmige Gesicht, glänzten die scharfen Äugelchen, in der rechten Hand hielt Berdnikow ein Glas Wein, mit der Linken patschte er sich an die Brust – die Schläge klangen weich, wie auf Teig.

»Der Deutsche führt Krieg mit Eisen, mit Stahl – mit der Maschine und – vor allem – mit Verstand! Mit Ver-stand!«

»Jetzt erinnere ich mich – das ist Berdnikow«, sagte Jelena. »Ein Geschäftemacher, ein Wüstling, wie es wenige gibt . . .«

Samgin hörte nicht ihr zu, sondern dem leisen Dialog zweier Männer, die an einem Tisch neben ihm saßen; der eine war hager, glatzköpfig, hatte einen langen Schnurrbart und Goldzähne, der andere, auf dessen dicker Nase eine blaue Brille saß, war graubärtig und hochstirnig.

»Sachar ist in eine Schlinge geraten«, sagte der Goldzähnige.

»Der wird sich ihr entwinden. Er hat Beziehungen.«

»Na, was nützen denn Beziehungen! Unsere Minister wechseln jede Woche. Und in der Duma – wirken Neidhammel.«

»Das macht nichts. Krieg ruiniert den Handel nicht.«

Sie verstummten, während neben Berdnikow jemand wütend rief: »Stellen Sie den Bauern zufrieden!«

»Sie meinen also: abwarten?« fragte gedämpft der Goldzähnige, der Alte blickte auf die Uhr und antwortete noch leiser: »Es hat keine Eile. Gleich muß Mitja eintreffen, hören wir, was er erfahren hat.«

»Warum bist du so zerstreut?« fragte Jelena ungehalten.

»Ich höre zu«, erklärte ihr Samgin und vernahm: »Unsere humanitäre, radikale Intelligenz suchte ihr ganzes Leben lang die Geschichte zu überflügeln«, schrie Berdnikow höhnisch. »Geschichte machen lernte sie nicht bei Karl Marx, sondern bei Jemelka Pugatschow ...«

»Die Duma auflösen!« brüllte jemand.

»Sie sind bereits betrunken«, entschied Jelena. »Nein, ich kann hier nicht bleiben – ich ersticke! Ich will an die Luft, auf die Inseln«, erklärte sie launisch.

Samgin wäre auch gern gegangen, ihn beunruhigte die Möglichkeit, mit Berdnikow zusammenzutreffen, aber Jelena störte ihn. Bevor er noch dazu kam, ihr die Gründe darzulegen, warum er nicht auf die Inseln fahren könne, kam auf den Tisch nebenan eilig ein blondlockiger, rotwangiger junger Mann zu und sagte halblaut irgend etwas.

»Sehen Sie mal an, dieser Sachar«, sagte voller Lob der Alte. »Sie sagen, in der Schlinge, er aber ist uns schon zuvorgekommen ...«

Der goldzähnige Mann erblaßte, sank in sich zusammen und zuckte ratlos mit den Achseln.

»Wer hätte das gedacht ...«

»Ja, das ist ein Schlag! Er wird nicht weniger als 300000 verlangen ...«

»Aber – erlauben Sie, Miron Wassiljewitsch, wer kann es ihm nur gesagt haben?«

»Er hat überall die Hand im Spiel ...«

Der goldzähnige Mann sprang vom Stuhl auf und rief: »Du hast es ihm gesagt, du Schuft! Du!«

Er machte sich mit lautem, unflätigem Schimpfen Luft, und durch sein Geschimpfe begann sich in dem Saal Stille auszubreiten.

»Gehen wir doch«, sagte Jelena sehr ungeduldig.

Auf der Straße verabschiedeten sie sich. Samgin begab sich zu Fuß nach Hause. An ihm jagten fesche Droschken vorbei, Offiziere saßen darin, es schien, als säßen sie alle in der gleichen Pose wie der erste, den er bemerkt hatte: den Kopf stolz erhoben, den Säbel zwischen die Knie gestellt und die Hände auf dem Degengriff.

Berdnikow, dachte Samgin und versah diese Gestalt mit den tadelnden Worten: Ein Schuft, ein krimineller Typ ...

Er merkte, daß er den Dickwanst mechanisch und deshalb beschimpfte, weil man Beleidigung mit Beleidigung zu beantworten pflegt. Aber in ihm war keine Erbitterung gegen Berdnikow, es war nur ein Gefühl leichten Ekels zurückgeblieben.

»Das ist schon lange her. Und – es hat viel Ähnlichkeit mit einer Anekdote.«

An der Seite des Isakijeskaja-Platzes dröhnte und heulte das Blech einer Militärkapelle, dorthin gingen eilig Gruppen von Leuten, eine Abteilung berittener Gendarmen galoppierte vorüber, eine Unmenge von Polizisten in weißen Waffenröcken fiel auf, bei der Kasaner Kathedrale drängte sich das treuuntertänige Volk, Samgin näherte sich einer Gruppe, um zu hören, was die Leute sprachen, aber ein Polizeioffizier riet, wenn auch höflich, so doch entschieden: »Gehen Sie auseinander, meine Herrschaften!«

»Guten Tag«, sagte Schemjakin, der einen Panamahut auf seinem Kopf hatte und Samgins Ellenbogen berührte. »Wie steht's, wollen wir diesen Punkt übler Erinnerungen verlassen? Da haben Sie den Krieg ...«

»Ich brauche ihn nicht«, sagte Samgin trocken.

»So? Nein, ich halte den Krieg für sehr zeitgemäß, für außerordentlich nützlich – er individualisiert die Völker, einigt sie ...«

Schemjakin sprach laut, mit deftiger Stimme, und er roch so stark nach Parfüm, daß es schien, als wären auch seine Worte parfümiert. Auf der Straße wirkte er noch schöner als im Zimmer, aber weniger solide, zu stutzerhaft war sein hell fliederblauer Anzug, der keck eingedellte Panamahut, der Spazierstock mit Elfenbeingriff in Form einer Hand, die einen schwarzen Stein zwischen den Fingern hielt.

»Der Krieg beseitigt die Standesunterschiede«, sagte er. »Die Menschen sind nicht klug und heroisch genug, um friedlich leben zu können, aber angesichts des Feindes muß ein Gefühl der Freundschaft, der Brüderlichkeit entbrennen, muß das Bewußtsein erwachen, daß im Spiel mit dem Schicksal und um es zu besiegen, Einigkeit notwendig ist.«

Hinter einem Eisengitter marschierte in einem kleinen, staubigen Gärtchen eine Gruppe Kinder – Jungen und Mädchen – mit Schaufeln und Stöcken auf den Schultern, vor ihnen her schritt, auf einer Mundharmonika spielend, ein etwa zehnjähriger Musikant, neben ihnen ging eine Frau mit Brille und gestreiftem Rock.

»Serjosha – Schritt halten!« schrie sie. »Eins, zwei, eins, zwei!«

»Die deutschen Sozialisten sind unsere Lehrer«, gurrte Schemjakin, »schon im vergangenen Jahr stimmten sie für neue Steuern speziell für die Rüstung ...«

Aus einer Seitengasse quollen, wie Rauch aus einem Schornstein, rasch nacheinander Menschengruppen mit Ikonen in den Händen, mit dem Porträt des Zaren, der Zarin, des Thronfolgers, dann ritt, die Menschen mit seinem Pferd beiseite drängend und sie mit geschwungener Peitsche bedrohend, ein schwarzbärtiger Offizier der berittenen Polizei heraus und schrie: »Man hat euch doch gesagt: Einstellen! Zurü-ück! Marsch, zurück!«

»Rußland rührt sich«, erläuterte unermüdlich Schemjakin, der von Männern in Jacketts, in Kattunhemden an die Wand gedrängt worden war, einer von ihnen, ein graubärtiger, breitschultriger, mit dickem Stock, musterte Samgin und sagte gekränkt: »Der eine befiehlt dies, der andere das, man kann nichts begreifen! Und die Zeit – vergeht!«

»Wohin wollen Sie denn?« fragte Schemjakin.

»Das ist es ja eben, wir wissen es nicht.«

»Und wer sind Sie?«

»Verschiedene.«

»Vom städtischen Fuhrpark.«

»Wir sind Pflasterer.«

»Und weshalb gibt es Krieg, Herr?« fragte der Alte mit dem Stock Samgin.

»Im Manifest steht es.«

Samgin machte sich das Gedränge auf dem Gehsteig zunutze und entfernte sich von Schemjakin, unterdessen begannen irgendwo in der Nähe Trommeln zu wirbeln, eine Schalmei begann giftig zu pfeifen; die Zivilisten aus der Straße verdrängend, wie der Kolben den Dampf verdrängt, trappten hochgewachsene Gardisten, ihrer Regimentsfahne folgend, über das Straßenpflaster.

»Preobrashenzen«, sagte ehrerbietig irgend jemand, und eine andere Stimme: »Die Semjonowzen.«

»Tolle Jungs! Dem rechtgläubigen ... christlich gesinnten Heer – ein Hur-ra!«

Diesen Aufruf erwiderten nicht mehr als etwa zehn Stimmen. Eine Frau in grauem Kittel, mit der Armbinde des »Roten Kreuzes«, die Samgin überholte und ihn anstieß, sagte laut: »Unter den Soldaten sind ja Juden, Tataren ...«

Und sogleich rief neben Samgin ein kurzbeiniger Mann mit weißer Schürze und einem Strohhut auf dem Kopf hinter der Frau her: »In der Garde gibt es nur Getaufte, du dummes Frauenzimmer!«

»Bist selber ein dummer Kerl!« entgegnete die Frau, die ihm ihr weißes, mehliges Gesicht zuwandte. »Hast du sie etwa getauft?«

»Halt, halt! Wie unterstehst du dich ...«

Samgin bog in eine Nebenstraße ein, nahm den Hut ab und dachte, während er mit dem Taschentuch seine schweißbedeckten Schläfen abwischte:

Ungebildete Menschen ... Wegen solcher Leute ...

Der Gedanke fand kein Ende, ihn störte düstere Gereiztheit.

Ihm fiel ein, wie etwa drei Wochen vor diesem Tag die Polizei die Straße, in der er wohnte, für die Durchfahrt des Präsidenten der Französischen Republik in Bereitschaft versetzt hatte. Die Hausknechte der ganzen Straße wurden zur Polizei befohlen, dann gingen zwei Tage lang Polizisten von Haus zu Haus und kontrollierten irgend etwas, in drei Häusern hielten sie Haussuchung, in einem verhafteten sie irgendeinen Studenten, ein Polizist führte am hellichten Tage aus der Werkstatt, in der Musikinstrumente aus Holz repariert wurden, Agafjas Freund Benkowskij ab, einen kahlköpfigen, glattrasierten Mann unbestimmten Alters, der sehr viel Ähnlichkeit mit einem katholischen Priester hatte. Früh am Morgen strich man den Zaun um den Neubau mit bläulicher Farbe, dann wusch man die Straße mit Wasser und trieb einige Dutzend anständig gekleidete, stattliche, meist bärtige Männer dorthin zusammen. Unter ihnen befanden sich auch junge Leute, und diese unternahmen ein lustiges Spiel: Sie hielten Passanten an, drängten sie an den Zaun, die Farbe war noch nicht getrocknet, und der Passant beschmutzte seine Kleidung an der Seite oder am Rücken.

Gegen Mittag ertönte am Ende der Straße ein Alarmpfiff, und als gehorchte es ihm, glitt rasch ein glänzendes Auto vorüber, in ihm saß ein dicker Mann mit Zylinder auf dem Kopf, ihm gegenüber saßen zwei goldbetreßte Militärs, ein dritter saß neben dem Fahrer. Ein Teil der Ochrana-Agenten markierte Passanten, ein Teil Schaulustige, die sich für die Zuschauer in den Fenstern der Häuser interessierten, während Klim Iwanowitsch Samgin, der hinter einem Fensterpfosten hervorblickte, der Gedanke kam, daß der dicke Herr Poincaré ein Jahr früher – zum Jubiläum der Romanows – hätte kommen sollen.

Im Nebenzimmer befand sich Agafja, und als er in Schlafrock und Pantoffeln dorthin kam – empfing sie ihn, die bis zu den Ellenbogen nackten Arme auf der Brust verschränkt, mit einem vergnügten Lächeln.

»Freuen Sie sich, daß Sie das Haupt der Französischen Republik gesehen haben?«

»An ihm ist ja gar kein Haupt zu sehen, es ist alles nur Bauch, vom Zylinder bis zu den Stiefeln«, antwortete die Frau. »Es ist komisch, daß dieser Zar ein Zivilist ist, so etwas wie ein Kaufmann«, sagte sie. »Und der schwarze Eimer auf dem Kopf – für seine Würde brauchte er irgend etwas anderes, meinetwegen eine Kappe, wie sie die Oberpriester tragen, bei uns ist ja ein Polizeimeister schöner gekleidet.«

Samgin erlaubte es sich selten, mit ihr zu reden, doch diese Blatternarbige wurde immer familiärer, aufdringlicher. Aber sie arbeitete immer noch ebenso einwandfrei und gab keine Veranlassung, sie durch eine andere zu ersetzen. Er hätte gern in der Küche einen Mann angetroffen, aber außer Benkowskij sah er keinen, obwohl bei ihr irgendwelche Männer verkehren mußten: Agafja rauchte nicht, Benkowskij auch nicht, in der Küche war jedoch stets Tabakgeruch zu spüren.

Zwei Tage später zeigte ihm Jelena eine Karikatur, die grob mit der Feder gezeichnet war: In einem Quadrat aus Säbeln und Bajonetten befand sich eine Bombe mit dem Gesicht Poincarés, an den Ecken des Quadrats oben ein Rubelstück mit dem halb abgewetzten Gesicht Nikolai Romanows und der Eberkopf des Königs von England, unten die Könige von Belgien und Rumänien, und die Unterschrift »Der Punkt im Quadrat«, das heißt auf französisch: Poincaré.

»Das gab mir Charlamow zum Anschauen«, sagte sie. »Er hat immer irgendwelche interessante Sächelchen.«

»In meiner Jugend sammelte ich auch zum Zeitvertreib dergleichen ... Streiche von Feder und Bleistift«, sagte Samgin abfällig, fügte aber nicht hinzu, daß derartiger Unfug jetzt in ihm ein fast feindseliges Gefühl gegen die Unfugtreiber hervorrief. Ein ebensolches Gefühl erweckte allmählich auch Charlamow durch sein betontes Interesse für die verschiedenen Erscheinungen von spießbürgerlichem Konservativismus und konterrevolutionären Gesinnungen. Sein leises Vorsichhinpfeifen und seine halblauten Selbstgespräche, sogar die glatte, schwarze, gleichsam gußeiserne Haarkappe auf seinem Kopf, alles an ihm ließ irgendwelche sonderbaren, geradezu unsinnigen Verdächtigungen wach werden: Man konnte meinen, er färbe sich das Haar, lebe mit fremdem Paß, sei Sozialrevolutionär, Terrorist, ein Maximalist, der aus der Verbannung geflohen ist. Aber Jelena wußte, daß Charlamow ein Neffe zweiten Grades von Prosorow war, daß sein Vater Veterinär war und in Kursk lebte, die Mutter jedoch, die im Jahre sieben verhaftet worden war, im Gefängnis gestorben war.

Ein paar Tage vor der Vernichtung der Armee Samsonows bot Charlamow Samgin ein Blättchen Seidenpapier an: »Könnte Sie das interessieren?«

Samgin las das mit Schreibmaschine Getippte:

»Ihr Freunde, weg von dem Marxismus,
Der großen, heiligen Doktrin.
Viel teurer ist uns Götze Chauvinismus,
Den Klassenkampf – was brauchen wir ihn!

Steh auf und erheb dich, du Sozi-Patriot,
Führe Krieg mit dem äußeren Feind
Und schlag den deutschen Proleten.

Auf zu unseren neuen Brüdern,
Auf in Gutschkows Komitee,
Was soll Stöhnen hier und Fluchen,
Was das große Vermächtnis von Marx?

Steh auf und so weiter.

So schreit selbst Georgij Plechanow,
Scheidemann, Vandervelde und Guesde,
In der Duma wiederholt dann Burjanow
Von der Tribüne ihr Fiebergered.

Steh auf und so weiter.

Statt der Fahne der Freiheit, der roten,
greift zur Zarenfahne getrost;
Unsre Proletarierkolonnen
Auf den deutschen Arbeiter los!«

»Schlecht«, sagte Samgin.
»Schlechter ist es wohl kaum möglich!« entgegnete Charlamow.
»Roh«, setzte Samgin hinzu.
»Primitiv«, erklärte, als entschuldige er sich, mit Achselzucken Charlamow.

Macht er sich lustig? fragte sich Klim Iwanowitsch und stellte zum erstenmal fest, daß Charlamows Unterlippe dicker war als die obere, was seinem Gesicht einen Ausdruck von Ekel verlieh, und seine Augen waren wenig beweglich und blickten unverfroren geradeaus. Sofort fiel ihm ein, daß Charlamows Sätze oft zweideutig klangen.

Von der Demolierung der Deutschen Botschaft erzählte er folgendermaßen: »Man zerstörte ein Steinhaus unangenehmen Stils. Sie hätten auch die Nachbarhäuser zerstören können. Und – hätte die Polizei es zugelassen, so hätten sie auch das Winterpalais zertrümmert. Ein mir bekannter Gehilfe eines Revieraufsehers beklagte sich mir gegenüber: ›Der Krieg hat eben erst begonnen, und schon wird von Diebstahl geredet: Soeben haben wir einen Mann festgenommen, der dem Publikum versicherte, es werde ein Haus mit Genehmigung der Obrigkeit zertrümmert, weil der Hausbesitzer, ein Intendant, vierzigtausend Soldatenstiefel gestohlen und an die Deutschen verkauft habe.‹ Und als vom Dach der Botschaft die

Bronzegruppe heruntergeworfen wurde, erklärte irgendein kleiner alter Mann: ›Man sollte auch die kupfernen nackten Burschen auf der Anitschkowbrücke beseitigen.‹«

Samgin fragte trocken: »Leugnen Sie, daß sich in dieser Handlung der Zorn des Volkes kundtut?«

»Ich habe keinen Zorn bemerkt«, antwortete schuldbewußt Charlamow, der sich bereits unverhohlen lustig machte, und fügte hinzu: »Einfach – die Leute machen sich mit Genehmigung der Obrigkeit ein Vergnügen.«

»Das stimmt natürlich nicht, das ist Übertreibung!« erklärte Samgin, und Charlamow fügte noch hinzu: »Nun, die Presseleutchen – die zürnen: Man hat ihnen verboten, ihre Gefühle öffentlich zum Ausdruck zu bringen, hat sie der Gabe des Wortes beraubt – sogar die wohlgesinnte Kupplerin ›Retsch‹ – auch die hat man kaltgemacht.«

Für Samgin war völlig klar, daß das ganze Land von einem Ausbruch patriotischer Gefühle erfaßt worden war, zu Beginn des Krieges gegen die Japaner hatte er nichts dergleichen beobachtet. Jetzt jedoch hatte die liberale Bourgeoisie einmütig die Parole »Einigung des Zaren mit dem Volk« angenommen. Die Reichsduma hatte alle ihre Meinungsverschiedenheiten mit der Regierung feierlich gestrichen, die Studenten veranstalteten patriotische Kundgebungen, aus der Provinz kamen zu Hunderten Telegramme für den Zaren angeflattert, in ihnen war von Kampfbereitschaft und Siegeszuversicht die Rede, von den Zeitungen wurden Fälle von »Grausamkeit der Teutonen« gemeldet, Schriftsteller drohten in Prosa und Versen den Deutschen mit dem Untergang, und überall sprach man voller Lob vom Heldentum des Donkosaken Kosma Krjutschkow, der elf deutsche Kavalleristen niedergesäbelt und mit der Pike durchbohrt habe.

»Sicherlich hat er zehn hinzugefügt, um die Zivilisten in eine Hochglut kriegerischer Tapferkeit zu versetzen«, sagte Charlamow.

Er spielt den Skeptiker, weil er sich selbst hervorheben will, definierte Samgin. Es war unangenehm, daß Jelena immer öfter von Charlamow sagte: »Er ist interessant. Er ist amüsant. Ein Sonderling.«

»Sonderlinge gibt es bei uns zu viele, man wird ihrer müde«, bemerkte Samgin, doch ein paar Tage später bekam er zu hören: »Er ist begabt! Gestern las er mir so etwas Ähnliches wie eine Operette vor – es war zum Totlachen! Ein Chor frommer Bankiers sang darin urkomisch:

> Oh, welch ein Behagen
> An den Knochen des Nächsten zu nagen!«

»In diesen Tagen ist es wohl kaum angebracht, Possen zu reißen«, sagte Samgin, worauf sie unbeirrt erwiderte: »Nein, gerade an solchen Tagen sollte man lustiger leben als sonst! Nebenbei bemerkt: Verstehst du was vom Börsenspiel? Ich habe am Donnerstag achttausend Rubel gewonnen, aber man warnt mich, das sei unsicher, und es sei besser, Gold oder Goldsachen zu kaufen...«

»Ja, natürlich Gold«, bestätigte Klim Iwanowitsch gleichgültig.

Die Handlungen dieser Frau interessierten ihn nicht, ihre Lobreden auf Charlamow erweckten keine Eifersucht. Ihm machte die Lösung der Frage Sorgen: Welche Aussichten und Wege eröffnete ihm der Krieg? Der Krieg hatte eine solche Menge Menschen ans Gewehr gerufen, daß er gewiß nicht lange dauern konnte, jahrelang Krieg zu führen, dazu würden die Mittel nicht reichen. Die Entente würde selbstverständlich die Deutschen und Österreicher besiegen. Rußland würde Zugang zum Mittelmeer erlangen, sich auf dem Balkan festsetzen. Das alles war zwar so, aber – was würde er dadurch gewinnen? So fest wie er konnte, beschloß er, sich an einen sichtbaren Platz zu stellen. Es war längst Zeit.

Ich bin verpflichtet, das aus Achtung vor meiner Lebenserfahrung zu tun. Sie ist eine Kostbarkeit, die vor der Welt, vor den Menschen zu verbergen ich kein Recht habe.

Aber diese Formeln befriedigten ihn nicht. Er fühlte, daß er nicht vor den Menschen, sondern vor sich selbst etwas zu verbergen suchte, das ihn sein ganzes Leben lang beunruhigt hatte. Er hielt sich nicht für ehrsüchtig und fühlte sich nicht verpflichtet, den Menschen zu dienen, er war kein Misanthrop, betrachtete aber die meisten Menschen als nichtswürdig und empfand einige – als in ihrem Wesen feindlich. Man schlug ihm vor, in den Städteverband einzutreten, er – willigte ein, da er diesen Verband als bunte Vereinigung von Vertretern verschiedener Parteien und von Parteilosen ansah, doch als sich die düsteren Gerüchte von der Vernichtung der Armee Samsonows in Ostpreußen nach und nach verbreiteten, warf Samgin sich vor, seinen Beschluß übereilt zu haben. Und ein paar Tage später zeigte ihm Jelena, mit den Fingern schnippend, eine Photographie: »Schau mal, was für ein Kuriosum!«

Die Aufnahme war undeutlich, man konnte nicht gleich erkennen, was sie darstellte – es war ein Stück Straße, zwei Steinhäuschen, die Fensterrahmen waren zertrümmert, die Scheiben eingeschlagen, aus dem Hauseingang ragten auf den steinernen Vorplatz irgendwessen

Beine heraus, die ganze Straße war mit zerbrochenen Möbeln besät, ein Klavier mit abgerissenem Deckel lag umgekippt da, quer über die Straße lag ein gefällter Baum, ein Ahorn oder eine Kastanie, vor dem Baum ein Scheiterhaufen, aus dem ein Klavierdeckel herausragte, und vor dem Scheiterhaufen saß in einem großen Voltaire-Lehnstuhl, die Füße auf eine Schreibmaschine gestellt und das Gewehr zwischen den Beinen, ein russischer Soldat und blickte ins Feuer. Im Hintergrund waren verschwommen noch zwei Soldaten zu sehen, die ein unförmiges Pferd ein- oder ausspannten.

»Darunter könnte man schreiben: Der Sieger – nicht wahr?« fragte Jelena. Samgin sagte zornig: »Ich bin überzeugt, daß dieser ganze... Unfug absichtlich aufgebaut wurde, um ihn zu photographieren. Das waren irgendwelche Fähnriche oder Korrespondenten«, sagte Samgin. Jelena widersprach: »Nein, das hat Doktor Malinowskij aufgenommen. Er hat noch einen anderen Namen – Bogdanow. Praktiziert hat er nicht, aber er ist, weißt du, so ein – Gelehrter. Im ersten Jahr meines Lebens mit meinem Mann hielt er bei uns irgendwelche Vorlesungen. Er ist sehr bescheiden und zerstreut.«

Sie schüttelte die Schultern und die Brust, schnippte mit den Fingern und sagte mit Vergnügen: »Aber – weißt du, Krieg, das ist sehr interessant, er reißt sehr mit! Wacht man am Morgen auf, so denkt man: wer – wen? Und man wartet auf die Zeitung wie auf einen amüsanten Bekannten.«

»Für die Geschlagenen ist das wohl kaum amüsant«, bemerkte Samgin schulmeisterlich, worauf Jelena philosophisch entgegnete: »Soll man es doch so einrichten, daß man sich nicht schlägt.«

Und ein paar Tage später teilte sie verwundert mit: »Stell dir vor – Charlamow zieht als Freiwilliger in den Krieg!«

Es war unbegreiflich, warum in ihrer Verwunderung Freude klang.

Er fragte: »Weshalb ist dir das angenehm?«

Und erhielt die Antwort: »Du vergißt, daß ich ein bißchen Französin bin.«

Und es war sehr ärgerlich: Samgin hatte eben erst entschieden, Charlamow in einen Bezirk des Gouvernements Nowgorod zu schicken, und zwar in der Sache: Widerrechtlicher Besitz von Akkerland und Wiesen, die der Gutsbesitzerin Lewaschowa gehört hatten, durch Bauern des Kirchdorfs Pessotschnoje. Die Gutsbesitzerin war gestorben, ihr Erbe, der Abgeordnete der Reichsduma Nogaizew, hatte irgendeinen alten Gutsplan gefunden und Prosorow beauftragt, gegen die Dorfgemeinde zu klagen. Prosorow hatte geklagt und beim Kreisgericht gewonnen. Aber der Obergerichtshof hatte das Urteil aufgehoben, und zu gleicher Zeit hatte ein Kloster geklagt und sein Recht auf den Besitz eines Teils des strittigen Landes laut Schenkungsurkunde der Lewaschowa geltend gemacht, wobei es bewies, daß die Bauern über drei Jahre das Land bei ihm gepachtet hätten.

Der Wirrwarr war auf den Gipfel getrieben worden, als der Bauer Anissim Frolenkow erklärte, daß Nogaizew die Wiesen, die das Kloster nicht streitig machte, gleich nach der Entscheidung des Kreisgerichts an ihn verkauft habe und daß das Kloster das Heu von diesen Wiesen als Zahlung auf einen Wechsel verwendet habe, den Frolenkow ausgestellt hatte. Klim Iwanowitsch Samgin hatte auch früher schon begriffen, daß dies eine dunkle Sache war und daß Prosorow, als er sie übernahm, unvorsichtig gehandelt hatte, vor kurzem indes war Nogaizew bei ihm erschienen und hatte ihn endgültig überzeugt, der Prozeß müsse eingestellt werden. Nogaizew hatte Angst bekommen und verhehlte das nicht.

»Ich gestehe, mein Werter, ich habe in erster Erregung gehandelt. Ich bin kein Geschäftsmann und kenne mich in den Feinheiten der Gesetze nicht aus. Die überraschende Erbschaft, wissen Sie, dabei bin ich ein Mann mit beschränkten Mitteln und – mit Familie! Eine Familie – verpflichtet ... Der Plan verwirrte mich. Jetzt begreife ich, daß der Plan noch ... sozusagen – eine Hypothese war.«

Er war irgendwie besonders sauber gewaschen, gebügelt, bescheiden gekleidet und straff zugeknöpft, als hätte er vor einer Stunde das Bad besucht. Beim Sprechen streichelte er seinen Bart, die Schenkel, die Revers des dicken Rocks, sein gutmütiges Gesicht drückte Verwirrung, Bedauern aus, und in den Augen spiegelte sich ein spitzbübisches Lächeln.

Samgin fragte ungehalten, was er denn wolle.

»Frieden!« erklärte Nogaizew entschieden und etwas schrill und errötete tief. »Es ist peinlich, wissen Sie, es entspricht nicht dem gegenwärtigen Augenblick, wenn ein Abgeordneter der Duma mit den Bauern Krieg führt in diesen Tagen, wo ... Sie verstehen? Und ich bitte Sie inständig, zu den Bäuerlein hinzufahren und ihnen eine gütliche Beilegung vorzuschlagen. Sonst, wissen Sie, erfahren es die Zeitungen und greifen es auf. So aber – still, friedlich ...«

Das ist kein übler Vorschlag, überlegte Samgin. Und das ist die letzte von den Sachen, die ich von Prosorow übernommen hatte.

Es war sehr angenehm, sich zu vergegenwärtigen, daß er nach Abschluß dieser Sache von der Unvermeidlichkeit häufiger Begegnungen mit Jelena befreit war, die ihm durch ihre Nähe bereits etwas zur Last wurde und ihn manchmal durch ihr zu rücksichtsloses, zu familiäres Verhalten zu ihm auch kränkte.

Und nun rumpelte er in einer klapprigen Kalesche auf der ausgefahrenen Poststraße von Borowitschi nach Ustjushna. Durch den Nebel hindurch sprühte manchmal feiner, kalter Regen auf seine Knie, das Lederverdeck der Kalesche zitterte und berührte seinen Kopf, Samgin steckte den Schirm nach vorne hinaus und öffnete ihn, die Schirmspitze stemmte sich bei Stößen gegen den Rücken des alten Fuhrmanns, und der Alte schrie heiser: »No-o, vorwärts, vorwärts!«

Der Gaul war gut, lief flott, er brauchte keinen Ansporn, und es war sehr unsinnig zu sehen, daß man ihn gezwungen hatte, einen so abgenützten Wagen zu ziehen.

An beiden Straßenseiten schwebten im Nebel Bäume vorbei, schwankten schwarze Zweige, die vom Herbstwind kahl geworden waren, weißflankige Elstern flogen geschäftig herum und schwatzten, ein starker Geruch von Sumpfschlamm wehte der polternden Kalesche entgegen und begleitete sie, die Feuchtigkeit, die in die Haut eindrang, rief bedrückende Niedergeschlagenheit und ungewöhnliche Gedanken hervor. Wie nichtig waren die Sächelchen der Nogaizews, der Frolenkows und der Bauern des Kirchdorfs Pessotschnoje im Vergleich zu dem Drama, das sich im Norden Frankreichs abspielte und Paris – das »Athen der Welt« – mit dem Untergang bedrohte! Wenn die Deutschen siegten, würden die Franzosen nicht nur von neuem wirtschaftlich ausgeplündert, sondern von einem Volk in die Knie gezwungen werden, das unbegabter war als sie. Ja, das wäre ein Schlag, der die Schicksale ganz Europas und natürlich auch das Los der ganzen Menschheit beeinflussen würde. Möglicherweise würden die Deutschen, einer Revolution entgehend, einen eigenen Napoleon hervorbringen und sich das Ziel setzen, ganz Europa zu erobern. Und Japan würde unterdessen beginnen, Asien zu unterwerfen. Weiterhin drohten der Menschheit Kollisionen und Kämpfe der Rassen. Und wenn man sich vergegenwärtigte, daß dies alles auf einem kleinen Planeten vor sich ging, der sich in der Unendlichkeit des Weltalls, unter Tausenden von grandiosen Gestirnen, unter Millionen Planeten verloren hat, im Vergleich zu denen die Erde vielleicht ein Staubkörnchen ist, das einzige, auf dem der Mensch entstand und lebt, ein Wesen, dem nur fünf bis sechs Jahrzehnte zu leben beschieden ist ...

Gedanken dieser Art kamen Samgin nicht oft und stets durch Bücher, die den »Weltschmerz« um den Menschen im Kosmos behandelten, durch das System von Sätzen dieses oder jenes Helden, der aus Gründen, die nur seinem Schöpfer klar waren, pessimistisch dachte. Klim Iwanowitsch liebte diese Gedanken nicht und hütete sich, bei ihnen zu verweilen, da er fühlte, daß sie ihn ebenso unterwerfen könnten, wie jedes programmatische Denken die Menschen unterwirft. Aber er hielt sie in Reserve, da er ihnen eine recht wertvolle Eigenschaft zuerkannte – die Fähigkeit, den Menschen weit von der Wirklichkeit wegzuführen, ihn über sie zu erheben. Er sah deutlich, daß die Menschen einander klüger erschienen, wenn sie von der Relativitätstheorie sprachen, von der Temperatur im Sonneninneren, davon, ob die Milchstraße die Gestalt einer unendlichen Spirale oder eines Bogens habe, und davon, ob der Erdball verbrennen oder erfrieren werde. Ohne es selbst zu merken, bestimmte er in irgendeinem Augenblick den Wert dieser eleganten Gedanken ein für allemal mit den Worten: »Es läßt sich annehmen, daß dies alles so, vielleicht aber auch nicht so ist. Aber man kann leben, auch ohne diese Fragen gelöst zu haben.«

In diesen Stunden, in der Nebelwolke, die den Raum armselig begrenzte, dachte Samgin beim Quietschen und Klirren der Eisenteile der Kalesche zum erstenmal und sehr gern darüber nach, daß das Sein des Menschen rätselhaft sei und daß diese Rätselhaftigkeit sehr nach Sinnlosigkeit aussehe. In einem Zustand körperlicher Müdigkeit und Niedergeschlagenheit kam er gegen Abend in einem kleinen, dicht zusammengedrängten Städtchen an, es schien, als wäre es mit den Glockentürmen seiner fünfzehn Kirchen wie mit Nägeln an der Erde befestigt. Der schweigsame Fuhrmann trieb den Gaul entschlossen an ein paar kleinen Schmieden vorbei, im Dunklen glühten die Kohlen der Schmiedeöfen, klopften im Takt die Hämmer, am Ufer eines grauen Flusses herrschte auch Arbeitslärm, Balken wurden zersägt, Äxte hackten, irgend etwas knarrte, und in raschem Tempo erklang eilig das Lied:

> »Ej, Dubinuschka, eja!
> Ej, du grünes – das von selbst geht!
> Hau-ruck, hau-ruck
> Und vo-ran!«

»Es geht, es geht, es geht! Ganz schnell geht es, eja!«

Im Dämmerlicht zogen etwa zwanzig Männer ein gelbes, eben erst gebautes Schiff – eine »Tichwinka« – vom Ufer in den Fluß.

Immer noch das altüberkommene, primitive Leben, dachte Samgin. Wir sind hinter Europa zurückgeblieben. Sind ihm im Wege. – Erschrecken es durch unseren Menschenüberfluß, erwecken seinen Neid durch unseren Reichtum.

Ihm fiel der Soldat im Sessel ein, der die Füße auf die Schreibmaschine gestellt hatte.

Wilde sind wir. Wilde.

»Zum Gasthof«, sagte Samgin, der durch den Lärm etwas ermuntert worden war. Der Fuhrmann antwortete gelassen: »Warum? Ich weiß, wohin wir müssen!«

Er hielt den Gaul vor der Außentreppe eines zweigeschossigen Hauses an, es hatte fünf Fenster zur Straße, ihre Einfassungen waren mit feinem Schnitzwerk verziert, die hellblauen Läden waren mit Blumen bemalt und sahen aus, als wären sie mit Tapeten überklebt. Auf die Außentreppe trat ein großer bärtiger Mann heraus und sagte freundlich unter Verneigungen: »Seien Sie willkommen! Sie werden sicher müde sein? Olka! Rasch . . .«

Der Mann verschwand, es erschien Olka, ein hochgewachsenes, stattliches junges Mädchen mit starkem Zopf und einem Gesicht, das so rotwangig war, daß ihre üppigen Lippen fast gar nicht auffielen. Sie erwies sich auch als wortkarg und antwortete auf die Frage: »Wem gehört dieses Haus?« nur: »Dem Hausherrn.«

Und nun saß Klim Iwanowitsch Samgin am Tisch in einem hellen, sauberen Zimmer, das mit Wiener Stühlen ausgestattet und mit hellblauen geblümten Tapeten tapeziert war, deren Blumen sehr viel Ähnlichkeit mit Reizkerpilzen hatten. An der einen Wand stand ein Glasschrank, sein oberes Fach war dicht mit Teegeschirr gefüllt, mitten unter diesem stand eine gläserne Karaffe, in deren Innerem kunstvoll auf bemalten Holzspänchen eine Kirche errichtet war. An der Rückwand hingen Ostereier aus Zucker und ein riesengroßes rotes aus Holz, um das ein grünes Bändchen gebunden war. In den zwei übrigen Fächern standen irgendwelche Kästchen, Schachteln, Teller, Platten und leere Flaschen, eine in der Form eines Bären. An der anderen Wand hingen zwei Lithographien: »Die Heilige Familie« und Zar Nikolai II. mit seiner Frau, dem Thronfolger und den Töchtern, ein Bildchen, das zur Feier der dreihundertjährigen Regierung des Hauses Romanow herausgegeben worden war. Zwischen den Bildern pendelte lautlos in einem sargartigen Mahagonikasten das Perpendikel einer altertümlichen englischen Uhr. In der vorderen Ecke befanden sich fünf Ikonen, zwei in Silber und in Holzschreinen mit Weintraubenverzierung. Auf dem Tisch brodelte ein Samowar, aber es erschien niemand, um Tee einzuschenken, und in dem Haus war es still, als schliefen alle.

Samgin war verdutzt: Das war kein Gasthof, was bedeutete das nur?

Aber da erschien wieder dieser große Mann mit dem überaus

prächtigen hellblonden dichten Riesenbart, um den Warawka ihn hätte beneiden können.

»Trinken Sie bitte Tee«, forderte er mit klangvoller Stimme auf und setzte sich dem Samowar gegenüber an den Tisch.

»Verzeihen Sie, ich begreife nicht: Weshalb hat man mich zu Ihnen gebracht?« fragte Samgin.

»Man hat Sie richtig, der Depesche gemäß hergebracht«, beruhigte ihn der schöne Mann. »Herr Nogaizew schickte eine Depesche, Sie mit dem Wagen abzuholen und Ihnen überhaupt behilflich zu sein. Unsere Gegend ist ziemlich entlegen. Die guten Pferde hat man für den Krieg weggeholt. Ich heiße Anissim Jefimowitsch Frolenkow – um es Ihnen bequemer zu machen.«

Er sprach ungezwungen, fließend, hatte eine Altstimme wie eine Frau, aber das paßte sehr gut zu seiner schönen, stattlichen Figur und dem bildschönen Gesicht. Die Einmischung Nogaizews hatte in Samgin irgendwelchen Verdacht erweckt, aber Frolenkow hatte ihn gelöscht.

»Ich bin Schiffbauer, ich baue Mokschanen, Tichwinki und überhaupt allerhand kleine Flußfahrzeuge. Ich bitte vielmals um Entschuldigung: Meine Frau ist zu ihren Eltern gefahren, gerade nach Pessotschnoje, wohin auch wir morgen fahren müssen. Sie ist meine zweite, ich habe sie erst im Frühjahr geheiratet. Sie ist mit meiner Mutter gefahren, mit ihrer Schwiegermutter also. Der eine Sohn von mir – wurde als Schreiber zum Kriegsdienst eingezogen, der andere hilft mir hier. Mein Schwager, ein ehemaliger Lehrer, saß im Branntweinmonopol – ihn haben sie auch in den Krieg geschickt, na, und seine Tochter mit ihm zusammen als Rotkreuzschwester. Den Branntweinverkauf hat man gesperrt. Wie es heißt, hatte die Zarenkasse durch ihn eine Einnahme von anderthalb Milliarden Rubel?«

»Ich glaube – eine Milliarde . . .«

»Das ist auch eine hübsche Summe . . . Der Krieg wird sicherlich viel Geld kosten?«

Ohne eine Antwort abzuwarten, fuhr er fort: »Es ist sehr gut, daß man sich bereit erklärt hat, diesem langwierigen Prozeß ein Ende zu machen, er ruinierte die Bauern von Pessotschnoje. Der Dorfschulze von Pessotschnoje sitzt hier im Gefängnis, der Ordnungsrichter des Semstwo hat ihm einen Monat aufgebrummt, der Alte hat wenig Umsicht. Machen Sie sich keine Sorgen, Euer Wohlgeboren, ich bin in Pessotschnoje ein allgemein bekannter Mann.«

Wie sympathisch er ist, dachte Samgin. Und offenbar nicht dumm . . .

»Die Politik ist uns, den einfachen Leuten, etwas unverständlich.

725

Wie ist das: Der Krieg steigert die Ausgaben, aber die Einnahmen hat man verringert? Und überhaupt, wissen Sie, ohne Branntwein ist die Arbeit nicht mehr die gleiche! Wenn früher die Leute müde wurden, versprach man ihnen ein Eimerchen, und schon wurden sie wieder munter. Nach dem Sieg werden wir ja alles Verlorene zurückholen. Wenn es bloß rascher ginge! Wir sollten einmal losschlagen, dann noch einmal und danach verlangen: Ersetzt uns unsere Schäden und Verluste, sonst langen wir euch noch mal eins.«

Samgin erinnerte an den Untergang der Armee Samsonows.

»T-ja, er hat danebengehauen. Na – das macht nichts, wir haben genug Leute.« Er dachte einen Augenblick nach und zwinkerte: »Dennoch braucht man sich nicht besonders zu beeilen. Der Krieg hat ja auch seine Qualitäten. Das ist immer so: Einerseits Schaden, andrerseits Nutzen.«

»Und – worin sehen Sie den Nutzen?« fragte Samgin.

»Es ist ja schwer zu sagen! Jedoch – wie könnte ich es verschweigen? Volk haben wir viel zuviel, liebes Land jedoch – wenig. Für ein auskömmliches Leben reicht das Land nicht. Nach Sibirien gehen die Bauern nicht freiwillig, und sie mit Gewalt umzusiedeln, fehlt der Obrigkeit . . . ja wohl der Mut? Verzeihen Sie! Ich rede, wie ich denke.«

»Bitte schön«, sagte Samgin lebhaft und aufmunternd. »Je aufrichtiger, desto besser.«

»Zudem unterhalten wir uns ja unter vier Augen«, fuhr Frolenkow mit breitem Lächeln fort. »Was wir einander sagen, bleibt auch unter uns, so ist es doch?«

»Ganz recht«, stimmte Samgin bei und dachte: Er ist sehr klug.

Alles an diesem Mann gefiel ihm: seine klaren blauen Augen, das breite, sanfte Lächeln, die straffe, lebhaft rote Haut seiner Wangen. Die vier schwachen Stirnfalten waren akkurat gelegt, wie Notenlinien.

Da sieht man, was ein offenes Gesicht bedeutet, entschied er.

Ihm gefiel der üppige Bart, der durch den blauen Satin des Hemds vorteilhaft hervorgehoben wurde, ihm gefiel es, daß Frolenkow den Tee gleich aus dem Glas trank, ihn nicht in die Untertasse goß. Als Klim Iwanowitsch Samgin voller Wohlgefallen diesen Mann betrachtete, fühlte er, wie leicht neue Gedanken wie Bläschen in ihm aufperlten: Ein Bauernaristokrat. Ein Nachfahr von alten Flußpiraten, von weit herumgekommenen Leuten. Ein Sadko. Ein Wassilij Buslajew. Ein Deshnjow. Er gehört einer Rasse an, welche die Teutonen unterjochen, vernichten wollen . . .

»Ich sage das deshalb, weil die Bauernschaft infolge ihrer Armut rebelliert, man peitscht sie deswegen mit Ruten, schießt, pfercht sie in Gefängnisse. Dazu – haben sie den Mut. Aber den Überschuß nach Sibirien oder nach Asien auszusiedeln – dazu langt der Mut nicht! Sehen Sie – das ist nicht zu begreifen! Wie ist das möglich? Zu schlagen tut es ihnen nicht leid, aber umzusiedeln – entschließt man sich nicht. Hier macht, nach meinem Bauernverstand, die Politik Unsinn. Die Politik treibt Unfug. Was sagen Sie dazu?«

Frolenkows Augen schienen sich zu verengen, dunkel zu werden.

»Der Gedanke einer Zwangsumsiedlung ist ein sehr origineller Gedanke«, sagte Klim Iwanowitsch, der sich beeilte, weiter zuzuhören.

»Das Jahr fünf hat auch den Bauern denken gelehrt«, bemerkte Frolenkow mit einem leichten Lächeln und belehrend. »Denken haben wir gelernt, aber einer, mit dem man ein wenig reden könnte – der fehlt uns, und so ein Gast wie Sie ist für mich natürlich ein Fest. Unser Städtchen ist von alters her eine Gewerbestadt: Wir bauen kleine Schiffe, fördern Sumpferz, schmieden Nägel und allerhand Kleinigkeiten, sind berühmt durch unsere Zimmerleute.« Er verstummte, atmete auf, dann strich er mit beiden Händen seinen Bart auseinander, als wollte er ihn vom Gesicht abnehmen, und fuhr fort: »Überhaupt, Interesse am Leben – ist vorhanden. Aber es ist eine entlegene Gegend, Sümpfe, Seen, kleine Flüsse, Nebenarme der Mologa, die Tschagodoschtscha, Kowsha und Pes, es gibt einige Wälder – das alles ernährt einen natürlich leidlich. Zum Leben jedoch ist es etwas eng, und die Enge – die ist in der Kirche wie im Bad die gleiche. Im Vertrauen gesagt: Das Volk hier ist roh. Besonders die Jugend. Im Ausland schickt man, wie ich hörte, die überzähligen jungen Leute zu den Negern, zu den Indianern, nach Amerika, bei uns jedoch treiben sie sich in Mengen daheim herum ... Jetzt hat man sie in den Krieg geholt, na, da ist es etwas stiller geworden ...«

»Und – hat es bei Ihnen Streiks gegeben?« fragte Samgin.

»Nein, Streiks kommen jetzt bei uns nicht vor, wohl aber Trunksucht, Schlägereien, das ist es, was alles durcheinanderbringt!«

Frolenkow weitete seine klaren Augen und blickte nach der Uhr, dann stand er auf und sagte: »Ich bitte um Verzeihung! Sie brauchen Ruhe nach der Reise, hier in dem Zimmer nebenan ist alles bereit. Wenn Sie etwas benötigen – rufen Sie Olka.«

Und mit breitem Lächeln, bei dem er seine dichten, gelben Zähne zeigte, sagte er: »Bei uns ist ein öffentlicher Prediger eingetroffen, Bruder Demid, haben Sie nicht von einem Mann dieses Namens gehört? Er soll hervorragend sein. Ich gehe ihn mir anhören.«

Samgin, der sich ausgeruht fühlte, fragte: »Dürfte ich mitgehen?«

»Ja – seien Sie so gut!« antwortete Frolenkow erfreut. »Es ist gleich hier in der Nähe, fast nebenan!«

Ein paar Minuten später befand sich Samgin in einem Zimmer, in dem sich ein paar Dutzend Menschen versammelt hatten, etwa dreißig saßen auf Stühlen und Bänken und auf den drei Fensterbrettern, die übrigen standen so dicht Schulter an Schulter, daß Frolenkow nur mit Mühe sich nach vorne durchdrängte, wobei er wie einer, der die Macht hat, streng flüsterte: »Platz da! Laß mich durch . . .«

Das Zimmer diente sonst wahrscheinlich als Kanzlei irgendeiner Art, unter der Decke hingen zwei Lampen und beleuchteten die Köpfe der Anwesenden, an den Wänden befanden sich gerahmte Urkunden, an der rückwärtigen Wand ein Zarenporträt.

Frolenkow führte Samgin zur ersten Reihe. Er raunte einem kahlköpfigen alten Mann irgend etwas ins Ohr, worauf dieser devot seinen Stuhl frei machte. Samgin nahm Platz, putzte die angelaufene Brille blank, setzte sie auf und senkte sofort den Kopf. Durch einen kleinen Tisch an die Wand gedrückt, mit den Händen auf ihn gestützt und als schickte er sich an, über den Tisch hinwegzuspringen, stand vorgebeugt der grauhaarige Diomidow in weißem Hend, mit aufgeknöpftem Kragenbund und mit einem schwarzen gestickten Kreuz an der Brust. Über dem Tisch schaukelte, den schmalen grauen Bart streifend – er war noch länger geworden –, ein großes, ungefähr drei Werschok langes, vergoldetes oder kupfernes Kreuz, das an einer silbernen Halskette hing.

Mit dumpfer, farbloser Stimme sagte er traurig: »Ihr Leute Jesu Christi, unseres Königs und Gottes, des Friedenspenders, des Friedliebenden, der für uns auf sich genommen hat den Tod unter Pontius Pilatus, und gelitten hat, und begraben wurde, und auferstanden ist . . .«

Das Weiß des Hemds unterstrich stark die erdfarbene Haut des hageren, knochigen Gesichts und das runde, schwarze Loch des zahnlosen Mundes, der durch die grauen Haare des schütteren Schnurrbarts hervorgehoben wurde. Die himmelblauen Augen des Predigers hatten ihre ehemalige Klarheit verloren und wirkten klein, wie die Augen eines Halbwüchsigen, aber das kam wahrscheinlich daher, weil sie tief in ihre Höhlen eingesunken waren.

Erkennt er mich? überlegte Samgin, der nicht wünschte, daß Diomidow ihn erkenne, dann dachte er, daß dieser Mensch sich sicherlich bewußt Ähnlichkeit mit der Ikone Wassilijs des Seligen verleihe.

»Und von Christus haben wir, seine Knechte, die wir in irdischer Eitelkeit umherirren, uns abgewandt, ihn verleugnet. Was hat uns denn dazu gezwungen?«

Diomidow richtete sich auf und begann, seine Arme schüttelnd, von den »kläglichen Verlockungen der Welt«, dem »Hochmut des Verstands«, der »Pseudoweisheit der Wissenschaft«, vom schmählichen und tödlichen Triumph des Fleisches über den Geist zu sprechen. Seine Rede war reich mit Gebetworten, Psalmenversen und Zitaten aus der klerikalen Literatur geschmückt, aber zuweilen und fremd erklangen in ihr auch Sätze weltlicher Prediger der klerikalen Philosophie:

»Der Verstand, der Mörder der Liebe zum Nächsten . . .
Hält nicht das Wort sein Echo für die Wahrheit?«

Samgin stellte fest, daß Diomidow ebenso leidenschaftslos, mit Routine und gewohnheitsmäßig sprach, wie die Anklagevertreter vor Gericht in kleinen Strafsachen ihre Reden halten.

Immerhin ist er sich selbst treu. Und seinem Gott, dachte Samgin.

In dem Zimmer herrschte ein drückender Geruch irgendeiner sauren Feuchtigkeit. Neben Samgin saß, die Augen halb geschlossen, ein großer dicker Mann in langschößigem, altrussischem Überrock und mit rotem Gesicht, fast nach jedem in erhobenem Ton gesprochenen Satz des Predigers räusperte er sich leise und hatte schon zweimal gemurmelt: »Was du nicht sagst . . .«

Diomidow begann jetzt unter zornigem Aufkreischen zu reden: »Die Deutschen gelten als das gelehrteste Volk der Welt. Sie sind erfinderisch – sie haben das Wasserklosett erfunden. Sie sind Christen. Und nun haben sie uns den Krieg erklärt. Weswegen? Niemand weiß das. Wir Russen führen nur zum Schutze der Menschen Krieg. Bei uns hat nur Peter der Große gegen Christen Krieg geführt, um sein Land zu erweitern, aber dieser Zar war ein Feind Gottes, und das Volk erblickte in ihm den Antichristen. Unsere Zaren führten stets gegen Heiden, gegen Mohammedaner Krieg – gegen die Tataren, die Türken . . .«

Aus irgendeinem Winkel, aus der Dunkelheit erklang ein lustiges, schallendes Stimmchen: »Gegen das Volk auch . . .«

Die Zuhörer bewegten sich schweigend, als erwarteten sie noch etwas, und – es kam. Eine mürrische Stimme sagte: »Jedoch auch der Türke will ruhig leben.«

Ein Dritter brachte in Erinnerung: »Und weswegen begannen wir mit den Japanern eine Schlägerei?«

Samgins dicker Nachbar stand auf und sagte, mit der Hand winkend, heiser mit wuchtiger Stimme: »Ruhe, Publikum!«

Aber in einer Ecke wurde bereits gerufen: »Na was denn? Er hat es eben gesagt! Die Wahrheit hat er gesagt . . .«

729

»Die Schmiede machen Radau, die Nagelschmiede«, teilte Frolenkow mit, der hinter Samgin aufgetaucht war. »Wollen Sie vielleicht gehen?«

»Ja, das würde ich gern ...«

»Der Alte spricht langweilig«, sagte geradeheraus der dicke Mann und wandte sich an Diomidow, der, die Hände auf den Tisch gestemmt, dastand, sich hin und her wiegte und abwartete, bis der Lärm sich legen würde. »Ich habe dich, Ehrwürdiger, in Pskow reden hören, im Jahre drei, na, damals hast du – giftig gesprochen!«

Diomidow blickte ihn von der Seite an, schüttelte den Bart und wandte sich an die Frauen, die ihn umringten, und eine von ihnen, eine hochgewachsene, hagere, bestürmte ihn schrill: »Sag uns doch, Vater, wer ist da neben dem Zaren aufgetaucht, ein rühriges Bäuerlein?«

In einer Ecke wurde zornig gerufen: »Statt uns Dummköpfe zu belehren, sollte er in den Krieg ziehen, in den Kugelregen, und ihnen zureden, nicht zu raufen ...«

»Richtig!«

»Alle guten Pferde haben sie uns weggenommen ...«

Samgin beeilte sich zu gehen, es schien, Diomidow betrachtete ihn aufmerksam, erkenne ihn. Aber es gelang ihm nicht zu gehen. Denissow und Frolenkow waren von großen, bärtigen Männern umringt, und Diomidow, der irgendwelche Zettel schwang, die er in der linken Hand festhielt, streckte Samgin die rechte entgegen und murmelte: »Guten Tag, Klim. Du bist doch Klim, und du bist – du selbst? Jeder ist er selbst, jede – sie selbst. Nei-ein, ich lasse mich nicht verführen ... nein!«

Irgend jemand rief: »Er predigt nach Zettelchen, schaut mal! Papierzettel ... A-ach, du Scheinheiliger!«

Mit breitem Lächeln wandte sich Frolenkow an Samgin: »Gestatten Sie vorzustellen: Das ist unser Stadtoberhaupt, der Vieh- und Gänsezüchter Denissow, Wassilij Petrowitsch.«

Sie traten zu dritt auf die Außentreppe hinaus, in eine angenehme mondhelle Kälte, der Mond schien prächtig auf den samtenen, dikken Schmutz, auf das trübe Glas der zahlreichen Pfützen, auf eine Reihe zweigeschossiger Backsteinhäuser, auf eine bunt bemalte Kirche. Denissow drückte mit seiner breiten, weichen und heißen Hand Samgins Rechte und fragte: »Sagen Sie bitte – wären Sie nicht bereit, bei mir zu Abend zu essen?«

»Sich ein wenig zu unterhalten«, unterstützte ihn Frolenkow.

Samgin stimmte zu, worauf Denissow ihn unterfaßte, ihm seine dicke Hand unter die Achsel schob und nach der Mitteilung: »Es fängt an zu frieren!« den Gast über die Straße führte, wobei er ihn fast vom Erdboden hob.

Auf der Straße sah Denissow noch größer aus und erweckte in Samgin den Gedanken: Aus ihm könnte man zwei solche machen wie ich.

Frolenkow patschte mit den Stiefeln durch den Schmutz und brummte: »Die Nagelschmiede wollten wieder aus der Haut fahren! Was wirst du mit ihnen machen?«

»Wir werden schon was machen«, versprach zuversichtlich das Oberhaupt.

Dann saßen sie etwa zehn Minuten in einem halbdunklen Zimmer, das mit Truhen und Geschirrschränken vollgestellt war. Denissow hatte einen Blick in dieses Zimmer geworfen – hatte sich geräuspert und war verschwunden, Frolenkow indessen sah den Gast aus der Hauptstadt freundlich an und sagte: »Davon leben nun Menschen, unter anderem. Bei uns gibt es sehr viele Prediger: Einen Bruder Iwanuschka Tschurikow, einen Vater Ioann Kronschtadtskij hat es gegeben ...«

Nachdem er eine Weile nach einem dritten gesucht hatte, fügte er vorsichtig hinzu: »Und auch Lew Tolstoi. Jetzt heißt es allgemein, Grigorij Rasputin, ein sibirischer Bauer, sei eine große Kraft, haben Sie nicht davon gehört?«

»Rasputins Bedeutung – wird übertrieben«, sagte Samgin und erfreute dadurch sehr den schönen Mann.

»Auch wir hier sind der Meinung, daß man lügt! Die Wahrheit übertreiben – das tut man bei uns gern. Zum Beispiel – die Nagelschmiede: Sie beklagen sich über ihr kärgliches Leben, dabei verdienen sie mehr als die Zimmerleute. Die Zimmerleute jedoch – verweisen auf sie und sagen: Die Schmiede leben besser als wir. Geheimbünde gründen sie ... Wissen Sie, es ist schwer mit dem Arbeitervolk. Es müßte für jede Arbeit ein Einheitspreis festgesetzt werden ...«

In die Tür trat, sie ganz ausfüllend, Denissow und forderte auf: »Kommen Sie bitte!«

Sie gingen in ein großes Zimmer, es war von dem weißen Licht zweier Spirituslampen erleuchtet, die inmitten zahlreicher Teller, Platten und Flaschen auf dem Tisch standen. Denissow nahm Samgin bei der Schulter und schob ihn auf eine kleine, rundliche Frau zu, die ein rotes Kleid mit schwarzen Schleifen anhatte.

»Meine Gattin, Marja Nikanorowna, und das ist meine Tochter Sofja.«

Die Tochter war um einen Kopf größer als ihre Mutter und in den

Schultern breiter als sie, sie war üppig, hatte einen sehr dicken Zopf und rote Wangen, ihre großen freundlichen Augen erinnerten Samgin an das Stubenmädchen Sascha.

»Mein Patenkind«, erklärte Frolenkow und wandte sich an Denissows Frau: »Wohlan, Gevatterin, übernimm das Kommando!«

Samgin wurde neben die Tochter gesetzt, und sie fragte ihn sofort: »Hat Ihnen der Alte gefallen?«

»Ich bin kein Verehrer von Leuten dieses Berufs.«

»Ich auch nicht. Und er spricht schlecht . . .«

»Nein, warte«, sagte zu ihr der Vater. »Zuerst trinken wir was . . .«

Aber sie wartete nicht, sondern fuhr mit wohlklingender, deftiger Stimme fort: »Ach, wie hervorragend spricht man in Petersburg! Selbst wenn man nicht alles versteht, ist es angenehm zuzuhören.«

Die Eltern und der Pate blickten, die Gläser in der Hand haltend, voller Stolz auf den Gast, aber – nicht lange. Denissow sagte kurz entschlossen: »Wohlan, schaffen wir in Gottes Namen eine Grundlage mit einem Kräuterschnäpschen!«

Der Kräuterschnaps erwies sich als so brennend stark, daß es Samgin den Atem benahm und ihm vor den Augen schwarz wurde. Es stellte sich heraus, daß man auf diesen Kräuterschnaps in Essig eingelegte Paprikaschoten essen mußte. Danach mußte man »als Dämpfer« ein Glas einfachen Wodkas mit »Rigaer Balsam« trinken und Weißmeerhering nachessen.

»Das ist der zarteste und in seinem Geschmack beste Hering der ganzen Welt«, erklärte Denissow. »Bei den Deutschen gibt es den Bismarckhering – na, der ist Bast neben diesem! Und jetzt muß man den Nachgeschmack unbedingt durch einen Englischen Magenbitter benehmen.«

Sie tranken einen Bitteren. Auf dem Tisch erschien Suppe mit Gänseklein, Frolenkow wiegte sich genießerisch hin und her, rieb mit den Händen seine Knie und sagte: »Das ist meine Lieblingssuppe!«

Und Denissow sagte: »Bei uns ist nach altüberkommenem Brauch das Abendessen reichlich, wie ein Mittagsmahl. Wir essen nicht aus Notwendigkeit, sondern aus Vergnügen.«

Nach den drei Gläsern stattlichen Umfangs empfand Samgin eine wohlige Wehmut. Er hätte gern etwas Ungewöhnliches gesagt, aber das Gedächtnis soufflierte ihm nur sonderbare, unbestimmte Worte.

Ja, so ist es . . .

Und ihn störte das junge Mädchen Sofja, das ihn fragte: »Haben Sie Mereshkowskijs Roman über den Kaiser Julian gelesen? Und

Kingsleys ›Hypatia‹? Ich liebe schrecklich das Historische: ›Ben Hur‹, ›Quo vadis‹, ›Die letzten Tage von Pompeji‹ . . .«

Das hinderte sie nicht, zu essen, und Samgin dachte, wenn sie ebenso leicht und mit dem gleichen Genuß lese, lese sie wirklich viel. Ihr Mamachen aß mit einer solchen Hingabe, daß es klar war: Ihre Interessen, ihre Gedanken gingen in dieser Stunde nicht über die Grenzen des Tellers hinaus. Frolenkow und Denissow sättigten sich rasch, tranken oft und wechselten ab und zu ein paar Worte, und es war deutlich, daß Denissow sich beklagte und Frolenkow ihn tröstete: »Der Soldat wird alles auffessen.«

»Gans wird man ihm nicht geben.«

»Auch für die Gans wird sich ein Bauch finden.«

Eine freundliche, wohlriechende Wärme füllte das Zimmer, Honigduft umschmeichelte den Geruchssinn, und man hätte sich gerne ganz und gar in diese Wärme versenkt, sie überall eingeatmet. Klim Iwanowitsch Samgin betrachtete die großen Menschen rings um sich, und ihm fielen irgendwessen Lobesworte ein: Unser Rußland ist ein Land von unerschöpflicher Kraft . . . Nein, nicht wir, die Bücherwürmer, Träumer, Gefangene des schönen Worts, nicht wir entscheiden über die Schicksale unserer Heimat – es gibt eine andere, unsichtbare Kraft, die Kraft derer, die einfachen Sinnes und Herzens sind . . .

Die junge Denissowa fragte bekümmert: »Wissen Sie nicht, ob Reproduktionen des Bildes ›Die drei Recken‹ im Handel zu haben sind?«

Samgin kam nicht zum Antworten – der Vater des jungen Mädchens wandte sich an ihn: »Nun murren wir über den Krieg, beklagen uns über ihn. Der Krieg untergräbt unsere Geschäftchen. Ich hätte im Dezember etwas an die Deutschen liefern sollen, zehntausend Gänse . . .«

»Und mir – hat man die Pferde weggenommen. Ich habe nichts, um das Holz herzuholen, dabei habe ich eilige Bestellungen. Da sehen Sie, wie die Dinge stehen«, teilte Frolenkow freudig lächelnd mit.

»Gott hat keinen Gefallen an uns«, seufzte Denissow tief. »Du willst auf den Berg, aber der Teufel packt dich am Bein. Es ist nicht zu begreifen, wozu dieser Krieg angezettelt wurde.«

»Es ist schwer zu begreifen«, stimmte Frolenkow bei. »Was wollen die Deutschen? Wohin drängeln sie sich? Wir werden sie doch verdreschen. Sie trieben Handel – das war gut. Freiheit hatte er, der Deutsche, bei uns, soviel er wollte! Er mochte General sein, Verwalter, Bäcker, mochte sein, was er wollte, und leben, wie es ihm gefiel.

Sagen Sie uns: Was ist die Ursache des Krieges? Ist der König unzufrieden mit dem Zaren oder was?«

»Darf ich rauchen?« fragte Samgin die Herrin des Hauses, statt ihrer, und sogar gleichsam gekränkt, antwortete die Tochter: »Bitte sehr, wir sind keine Altgläubigen.«

»Wir sind aufgeklärte Leute«, sagte Frolenkow lächelnd. »Ich rauchte in meiner Jugend auch, aber meine Zähne fingen an darunter zu leiden, da ließ ich es.«

In dem runden, ebenfalls roten Gesicht der Gattin Denissows schossen blitzschnell scharfe, alles sehende Äugelchen umher, die bläulich waren wie Eis. Ihre etwas kurzen Arme huschten sicher und schnell über den Tisch, sie schienen die Gabe der Allgegenwart zu besitzen und sich über die ganze Länge des Tisches ausdehnen zu können, als wären sie aus Gummi.

»Essen Sie bitte«, redete sie dem Gast halblaut zu. »Essen Sie, ich bitte Sie.«

Nachdem Samgin sich eine Zigarette angezündet hatte, begann er, die Ursachen des Krieges darzulegen. Er war zwar noch nicht dazu gekommen, über diese Ursachen ernsthaft nachzudenken, fing jedoch bereitwillig an zu reden.

»Die Deutschen beneiden uns schon lange um die weiten Räume unseres Landes, um die Fülle unserer Naturschätze ...«

»Was für Räume sind das denn schon? Sümpfe und Wälder«, warf, sich laut räuspernd, Denissow ein, der Gevatter unterstützte ihn vergnügt: »Und die Naturschätze brauchen wir selbst.«

Samgin, der diese Sätze überhörte, begann vom Verhältnis der Germanen zu den Slawen zu reden und merkte, während er sprach, auf einmal, daß in ihm schnell ein feindliches Gefühl gegen die Deutschen entbrannte. Er hatte noch nie solch ein Gefühl empfunden und war sogar darüber verwirrt, daß es irgendwo in ihm verborgen geglommen hatte und nun plötzlich aufgeflammt war.

»Ihre Gelehrten, ihre Historiker erklärten mitunter, die Slawen seien der Dünger, grob gesagt – der Mist der Deutschen, und man könne uns behandeln wie die Amerikaner die Neger.«

»Schau mal an!« rief Frolenkow erstaunt aus und stieß mit dem Ellenbogen den Gevatter an. Denissow räusperte sich und brummte: »Ja, wie können sie denn, die Gelehrten ...«

»Nein! Mich kränkt das! Ich bin damit nicht einverstanden.«

Klim Iwanowitsch Samgin sprach, und während er seiner Rede zuhörte, überzeugte er sich davon, daß er an das, was er sagte, glaube, er machte Pausen und überlegte rasch: Ist eine Zeit angebrochen, in der es notwendig ist zu glauben, und gehorche ich einer

Notwendigkeit? Nein, so ist es nicht, sondern es gibt Worte, die keinen Schatten besitzen, keine Widersprüche nach sich ziehen. Zu ihnen gehören: Heimat, Vaterland ... Das Vaterland ist in Gefahr ...

Durch seine eigenen Worte und Gedanken hindurch hörte er das hartnäckige Gemurmel Denissows: »Im Handel zeigt der Deutsche keine Feindschaft, im Handel ist er korrekt.«

»Wie unverständig du bist, Gevatter!« erwiderte Frolenkow, der einen nach Honig duftenden hellgelben Likör in die Gläser einschenkte. »Du möchtest immerzu Handel treiben! Du wärst bereit, die ganze Stadt zu verkaufen ...«

»Städte – lassen sich nicht verkaufen«, entgegnete mürrisch Denissow, während seine Tochter Samgin zu beweisen suchte, daß Henryk Sienkiewicz historischer sei als Dumas der Ältere.

Nach zwei Gläsern des goldgelben Likörs fühlte Klim Iwanowitsch, daß seine Zunge schwer wurde, seine Beine wie gelähmt waren und sich nicht bewegen ließen.

Wie soll ich denn aufstehen und gehen? überlegte er, während er das unentwegte Stimmchen hörte: »Dumas ignoriert völlig die Landschaft ...«

Denissow schrie dumpf: »Es ist gesagt: ›Du sollst nicht töten!‹«

»Wer hat das gesagt?« fragte Frolenkow vergnügt. »Das ist eben die Frage – wer hat das gesagt?«

»Gott!«

»Er – hat unterschiedlich gesprochen. Zu Josua, Nuns Sohn, sprach er anders: ›Schlag zu, ich werde die Sonne stillstehen lassen am Himmel.‹«

»Gott hat ni-ichts dergleichen gesagt!«

»Ich werde die Sonne stillstehen lassen, damit du sehen kannst – wen du zu schlagen hast!«

»Pate, Sie bringen alles durcheinander«, beschwor ihn Sofja.

Dann verblaßte alles, zerrann, verschwand.

Zum bewußten Sein fand Klim Iwanowitsch Samgin erst wieder zurück, als er durch einen schneidenden Schmerz im Leib geweckt wurde, er hätte meinen können, daß sich in seinem Gedärm Glasscherben bewegten und knirschten. Er lag auf einem höchst weichen, heißen Federbett, in dem er wie in Teig ertrank, vor dem Fenster strahlte die Sonne und schien prächtig auf reifgeschmückte Bäume, während im Haus eine reglose Stille herrschte, außer dem Schmerz – war nichts zu merken. Samgin stöhnte auf – außer dem Schmerz empfand er auch noch Verwirrung. Gleich danach knackte an der Wand die Tapete, ein viereckiges Stück von ihr flog zur Seite, eine Tür wurde sichtbar, und ins Zimmer drang Denissow ein.

»Aha!« sagte er und leitete damit einen neuen schwierigen Tag ein. Er führte den Gast auf die Toilette, die das Anrecht auf den Rang eines Wasserklosetts hatte, denn ihr Steingutbecken besaß Wasserspülung. Neben dieser Vorrichtung befand sich eine nicht weniger kultivierte – eine Badewanne, und das Wasser in ihr war schon vorsorglich erwärmt.

Der große, schwere Mann erwies sich als sehr geschickt, er füllte rasch die Wanne mit Wasser, brachte Badelaken, Handtücher und Unterwäsche und teilte nebenbei mit: »Es ist Frost von elf Grad, Gott sei gedankt!«

Und er versuchte sogar, den verwirrten Gast zu beruhigen: »Der Honigschnaps wirkt. Man kann essen, soviel man will, er putzt wie ein Besen durch. Die Deutschen vertragen nicht mehr als vier Gläser davon, schon werden sie blau. Im allgemeinen besänftigt der Honigschnaps. Er ist ein Geheimnis meiner Frau, das sich in ihrer Familie schon ungefähr hundert Jahre behauptet oder auch länger. Selbst ich weiß nicht, wodurch das kommt, außer durch die Stärke – die ist gar nicht so erheblich, bloß fünfundsechzig bis siebzig Prozent.«

Als Samgin zum Tee erschien – saß beim Samowar nur das Stadtoberhaupt in blauem Hemd, rotbrauner Wollweste, unbändig weiten Pluderhosen aus schwarzem Tuch und Pelzpantoffeln. Sein rotes, von Fett gedrungenes Gesicht zierte nicht sonderlich ein schütterer grauer Bart, auf dem knorrigen Schädel wuchs spärlich ebenfalls graues Haar. Die verquollenen gelben Äugelchen strahlten gutmütig.

»Die Ihren schlafen wohl noch?« fragte Samgin.

»Die Meinen? N-nein, es ist ja schon spät, bald elf. Meine Tochter ist zur Probe gegangen, hier gibt es Theaterliebhaber, die Frau des Kreispolizeichefs führt das Kommando. Und die Mutter ist irgendwo im Haus, in seiner anderen Hälfte.«

»Ich kann mir nicht vorstellen, wie ich mit meinem verdorbenen Magen nach diesem Kirchdorf fahren soll«, sagte Samgin betrübt.

»Nun – Sie brauchen gar nicht hinzufahren! Der Gevatter hat richtig überlegt: Sie sind müde, wie könnten Sie da fahren? Er läßt die Bevollmächtigten mit dem Wagen holen, gegen Abend werden sie hier sein. Und Sie hätten gegen sechs Uhr morgens fahren müssen. Wie wollen Sie es halten: Bleiben Sie bei mir, oder gehen Sie zu Frolenkow hinüber?«

Der Zustand seines Magens erlaubte Samgin nicht, umherzuwandern, und so sagte er, daß er zu bleiben vorzöge.

»Tun Sie mir den Gefallen! Ich werde es als eine Ehre betrachten«, entgegnete Denissow mit Freude und verneigte sich sogar, sich vom Stuhl erhebend, vor dem Gast. Danach begann er: »Einigen von uns hier ist die Ursache des Krieges unverständlich. Gewiß, das liegt – wie Sie gestern sagten – an den Deutschen, sie lieben die Russen nicht, aber – welche Deutschen sind das denn? Der Händler, besonders der Grossist, der Großhändler ... der braucht das doch nicht – jemanden zu lieben. Der Händler – entschuldigen Sie unsere Auffassung – liebt den Handel, der Fabrikant – die Fabrikation. Gevatter Frolenkow liebt Schiffe zu bauen. Sehen Sie, er trägt sich mit dem Gedanken, eine Barke für Flachwasser zu bauen, so eine, die ohne Tiefgang über das Wasser gleitet, verstehen Sie? Jeder muß seine Sache lieben ... Jawohl. Ich zum Beispiel handle mit Gänsen. Meine Gänse leben und werden gefüttert bei den Minskern, bei den Litauern, das ist nahe bei den Deutschen.«

Er sprach mit Pausen, blähte in den Pausen die Wangen auf und zischte durch die gespitzten Lippen, wobei er einen langen Luftstrom ausstieß.

»Mich plagt Sodbrennen«, erklärte er das Zischen. Seine wuchtige, farblose Simme klang angestrengt, und es schien, als verließe sich das Stadtoberhaupt nicht auf den Sinn der Worte, sondern nur auf die Stärke seiner Stimme. »Bei uns hier sagt man, es sei Absicht des Zaren, den Deutschen ihre Störung im Türkischen Krieg zu vergelten. Sein Großvater soll damals schon die Hand ausgestreckt haben, sich Konstantinopel zu nehmen, aber die Deutschen hätten es nicht gegeben. Die Engländer machten damals mit den Deutschen gemeinsame Sache, aber jetzt sind sie gegen sie und sagten dem Zaren: Nimm dir Konstantinopel, wir haben nichts dagegen, nur mußt du die Deutschen schlagen. Und die Franzosen auch, die Franzosen sagten geradeheraus: Nimm dir, was du willst, aber – erlöse uns von den Deutschen ...«

Es war langweilig, Denissow zuzuhören, und Klim Iwanowitsch Samgin, der Qualen litt, wartete ungeduldig auf irgend etwas, das die zähe, schwerfällige Rede unterbräche. Im Haus herrschte eine reglose, warme Stille, nur einmal ertönte irgendwo beredt eine Frauenstimme: »Geh, sag ihm, dem Hundsfott ...«

»Meine Frau zankt«, erklärte Denissow. »Man hat seine liebe Not mit den Arbeitern, eine wahre Not!«

Dann seufzte er tief und fügte hinzu: »Mein Vater selig lehrte mich: Der Arbeiter muß dir gehorchen wie der Mönch dem Abt. T-ja ... Heutzutage ist er, der Arbeiter, ein Räuber, immerzu alles zerschlagen und zertrümmern tut er, und außerdem – nur fressen und schlafen.«

Hier fiel es Samgin ein, daß er einen guten Vorwand hatte, sich dem Hausherrn zu entziehen, und so sagte er ihm, daß er bis zur Ankunft der Bevollmächtigten noch einiges in den Akten nachlesen müsse.

»Bitte sehr, bitte sehr«, erwiderte Denissow eilig. »Ihr Köfferchen hat der Gevatter hergeschickt ...«

Das war umsichtig, dachte Samgin, als er sich in dem hellen Zimmer mit zwei Fenstern zum Hof und zur Straße, einem Riesengummibaum in einer Ecke und einem Bild von Jacobi umsah. Das Bild war eine Prämie der Zeitschrift »Niwa«, es stellte die Zarin Katharina II. und einen schwedischen Prinzen dar und hing über einem breiten grünen Sofa; an den Fenstern hingen Vogelbauer, in dem einen wirtschaftete ein würdiger rotbrüstiger Dompfaff herum, in dem anderen saß traurig auf einer kleinen Stange ein adrettes graues Vögelchen.

Wahrscheinlich eine Nachtigall, entschied Samgin.

Er setzte sich auf das Sofa, zündete sich eine Zigarette an und versank mit zusammengekniffenen Augen in Nachdenken. Aber der Magen gab keine Ruhe, er störte beim Nachdenken, und die Gedanken kleideten sich träge in unbestimmte Worte: Ja, so sind sie ...

Das Gedächtnis zeigte ihm etwa zwanzig Kreisstädte, in denen er gewesen war. Solche Städte gab es zu Hunderten. Menschen wie Denissow und Frolenkow gab es sicherlich Hunderttausende. Sie bildeten auch die Mehrheit der Bevölkerung in den Gouvernementsstädten. Ungebildete, aber kluge, arbeitsame Leute waren das ... In ihren Händen lagen die Gewerbe, der Kleinhandel. Ja, auch das Dorf befand sich in ihren Händen, sie belieferten es mit Waren.

Von ihnen gibt es natürlich bedeutend mehr als Fabrik- und Betriebsarbeiter. Das muß man genau erkunden, beschloß Klim Iwanowitsch, während er geängstigt horchte, wie in seinem Magen irgend etwas bullerte und einen Donner nachahmte. Es war erniedrigend, alle halbe Stunde auf die Toilette zu rennen und den Lauf wichtiger Gedanken zu unterbrechen. Aber sobald er auf das Sofa zurückkehrte, kehrten auch die Gedanken zurück.

Ihm kam der Gedanke, daß das Gymnasium und besonders die Universität solche Menschen ihrer Eigenart beraube, dabei mache doch im Grunde gerade diese Eigenart der Sprache, des Denkens, der Lebensweise, alles, worin sich noch Nachklänge der historischen Vergangenheit erhalten haben, das wahre Antlitz der Nation aus.

Unsere Literatur, die negative Charaktere und Erscheinungen darstellt, ist an diesen Leuten vorbeigegangen. Das ist die Hauptsünde der kritischen, moralisierenden Kunst. Unsere Kunst ist durch und durch moralistisch.

In diesem Augenblick trat mit einem Tablett in den Händen die rundliche Hausherrin ein und sagte mit trockener, durch die Zähne pfeifender Stimme, die gar nicht mit ihrer Figur übereinstimmte, denn diese sah aus wie ein gut aufgegangener Pfannkuchen: »Hier, trinken Sie mal das Bouillonchen – es wird Sie unbedingt stärken!«

Er trank es und fühlte sich bereits zehn Minuten danach weniger unruhig, wie innerlich gesalbt.

Es dämmerte bereits, als der fröhliche, rotwangige Frolenkow erschien und drei Bauern mitbrachte: Der eine war auch hochgewachsen, war breitstirnig und rothaarig, er hatte ein Holzbein und hielt ein Stöckchen in der stark behaarten Pratze, sein strenges, großnasiges Gesicht war von einem sorgfältig gestutzten Bart umgeben, die Augen lagen unter dichten Brauen versteckt, seine gewaltige Gestalt stak in einem blauen Kaftan; der zweite war von etwas kleinerem Wuchs, kahlköpfig, graubärtig und stumpfnasig, er hatte einen halblangen wattierten Kaftan an und trug Stiefel aus irgendeinem ungeschmeidigen Leder, wie aus Dachblech gemacht.

Solche gibt es viele, stellte Samgin fest, wobei er aufmerksam den dritten betrachtete.

Der dritte trug eine kurze wattierte Frauenjacke, die mit einem strickartig zusammengedrehten Schal umgürtet war, und hatte Filzstiefel an den Füßen. Auf den ersten Blick sah er kleiner aus als seine Kameraden, aber das kam daher, weil er sehr breitschultrig war. Auf seinem Kopf saß eine Kappe grauen Lockenhaars, mit ebensolchen Haaren war sein Gesicht dicht bewachsen, aus dem Bart ragte eine Nase heraus, die groß und gerade war wie ein Spechtschnabel, seine schwarzen Augen glänzten. Vom Kopf beginnend, verblüffte dieser Mann durch seine Zottligkeit, aus der löchrigen Jacke ragten Wattebäusche, auf dem Bauch hingen die Fransen des Schals – er sah aus, als hätte man versucht, ihn mit dem Beil zu behauen, ihn abzuhobeln, ihn weniger breit und eckig zu machen, das wäre aber nicht gelungen, und so sei er voller Beilkerben und Hobelspäne geblieben.

»Nun sind wir also da«, teilte Frolenkow mit. »Das hier sind sie – die Bevollmächtigten, meine ich . . .«

Die schwarzen Augen des zerzottelten Bauern liefen kurz auf Samgins Gesicht umher und machten, als sie seine Augen gefunden hatten, in unangenehmer Weise an ihnen Halt, als hafteten sie an ihnen.

»Dies ist der Held des Japanischen Krieges Stepan Dudorow, das – unser Weiser Michailo Stepanowitsch Jegerew . . .«

»Und ich bin Maxim Lowzow«, sagte klangvoll der Zerzottelte. »Diese zwei waren bevollmächtigt, zu prozessieren, und mich hat die Gemeinde bevollmächtigt, auf einen Vergleich einzugehen.«

Seine Kameraden tat er mit einer verächtlichen Handbewegung ab; sie standen zu beiden Seiten der Tür wie eine Wache.

»Setzt euch«, sagte Denissow widerwillig zu ihnen, sie setzten sich gehorsam, während Lowzow zwei Schritte vortrat, mit den Füßen auf dem Boden herumscharrte, als prüfte er seine Haltbarkeit, und fortfuhr: »Und um nicht lange drumrum zu reden, um kein falsches Spiel zu treiben, will ich gleich ...«

»Warte doch – warum hast du's so eilig!« schrie Frolenkow.

»Ich verlange also sofort: Geben Sie bekannt, wie Ihre Bedingungen sind.«

»Ach, du mein Gott!« rief Frolenkow aus.

»Du, Anissim, bist kein gefangener Hecht, drum zapple nicht! Nimm dir den Gevatter zum Vorbild – er sitzt da wie ein gußeisernes Grabmal auf dem Friedhof.«

»Und du solltest nicht Händel anfangen, Lowzow!« riet mürrisch das Stadtoberhaupt.

»Wieso fange ich Händel an? Ich – erklärte einfach dem Herrn Advokaten, weswegen ich hergeschickt worden bin ...«

In den höheren Tonlagen versagte Lowzows Stimme und schnarrte. Dieser Bauer stand ungezwungen da, er hatte die Hände hinter den Schal gesteckt, der ihm als Gürtel diente, und die Ellenbogen abgespreizt. Die Haare auf seinem Gesicht bewegten sich unschön, als wüchsen sie, sein unverwandter Blick ärgerte Samgin.

»Mein Vollmachtgeber schlägt vor: Er werde seine Klage gegen die Bauerngemeinde des Kirchdorfs Pessotschnoje zurücknehmen, und die Gemeinde solle auf die Widerklage gegen ihn, Nogaizew, verzichten.«

»Ist das alles?« fragte Lowzow.

»Ja. Alles.«

»Das ist billig. Und – wie steht es mit unseren Verlusten? Wer ersetzt uns die Verluste?«

»Was nennen Sie Verluste?« erkundigte sich Samgin und bekam das auf der Stelle ausführlich erklärt: »Als Verluste bezeichnet man Geldzahlen. Der Advokat, der vor Ihnen die Sache mehr als drei Jahre lang verschleppte und seine schamlosen Augen auch hinter einer Brille versteckte ...«

»Wie er redet, der Aufrührer!« unterstrich Frolenkow belustigt.

»Er knöpfte uns nach und nach elfhundertsechzig Rubel ab – erstens! Über neunhundertfünfzig Rubel haben wir Quittungen.«

»Er ist gestorben«, erinnerte ihn Samgin.

»Wir werden uns an die Erben heranmachen«, teilte der zerzottelte Bauer mit. »Wir wollen für die vierjährige Nutzung der Wiesen eine Summe haben – zweitens. Der Pächter der Wiesen – ist der da!«

Lowzow deutete mit dem Kopf auf Frolenkow – der lustige schöne Mann zeigte ihm die Faust, zwischen deren Mittel- und Zeigefinger der Daumen herausschaute, aber Lowzow schüttelte nur den Kopf und fuhr rasch und ruhig fort: »Wir haben alles zusammengerechnet.«

»Ich auch«, sagte Frolenkow.

»Von Herrn Nogaizew wollen wir fünfhundert Rubel haben, für unsere Unkosten, für seinen ungesetzlichen Prozeß, für die heimliche Vereinbarung mit den Mönchen, für die gefälschten Pläne.«

»Das alles, Ihre sämtlichen Forderungen ... sind naiv und unbegründet«, unterbrach ihn Samgin, der fühlte, daß er die Erregung nicht zügeln konnte, die der unverwandte, starre Blick der schwarzen Augen in ihm hervorrief. »Nogaizew zieht die Klage zurück und ist bereit, Ihnen zweihundert Rubel zu zahlen. Ich mache Sie aufmerksam: Er kann auch nicht zahlen ...«

»Er wi-ird zahlen!« erwiderte Lowzow ruhig. »Auch Frolenkow wird zahlen.«

»Glaubst du wirklich?« fragte Frolenkow schalkhaft.

»Du wirst bestimmt zahlen, Anissim! Neunzehnhundertdreißig Rubel. Obwohl du uns das Heu mit Unterstützung der Polizei wegnahmst, ist es dennoch gestohlen ...«

»Bitte – nun haben Sie gesehen, wie er redet«, beklagte sich Frolenkow. »Ach, Maxim, wann wirst du endlich Ruhe geben, du verrückte Küchenschabe?«

Samgin stand auf und sagte zornig, es handele sich ausschließlich darum, daß Nogaizew die Klage zurücknimmt und zweihundert Rubel zahlt.

»Mehr kann und werde ich nicht sagen«, erklärte er entschieden.

»Und ihr – warum schweigt ihr?« schrie Frolenkow streng den Lahmen und Jegerew an.

»Nun, wir – was sollten wir schon? Wir sind nur so Zeugen«, antwortete leise Jegerew, und Dudorow fügte hinzu: »Uns – trauen sie nicht, darum schickten sie Maxim her.«

»Mich schickten sie her, weil ihr Feiglinge seid, ich jedoch brauche niemanden zu fürchten, ich bin schon genug geschreckt«, sagte Lowzow.

Denissow versuchte auch aufzustehen, winkte aber nur mit der Hand: »Geht in die Küche, Jegerew, trinkt Tee.«

Lowzow indessen wandte den würdigen Männern den Rücken zu und sagte: »Sie – können nicht? Ich verstehe: Sie sind die gegnerische Seite. Wir werden gegen Sie unseren eigenen Advokaten aufstellen.«

Sie gingen. Frolenkow schloß hinter ihnen fest die Tür und wandte sich an Samgin: »Bitte, da sehen Sie es . . .«

Aber Denissow unterbrach ihn mürrisch.

»Du hast sie unnützerweise zu mir hergebracht, Gevatter. Ich habe kein Interesse an dieser Sache. Jetzt wird man sagen, ich hätte mich auch in diesen Unsinn verwickeln lassen . . .«

»Als ob du nicht in ihn verwickelt wärst?« fragte Frolenkow lächelnd. »Nun, Klim Iwanowitsch, haben Sie gesehen, was für ein charaktervolles Bäuerlein das ist? Er hat weder Haus noch Hof, es ist ihm um nichts leid, wenn er nur aufwiegeln kann! Und fast in jedem Dorf gibt es ein bis zwei dergleichen herzlose Leute. Dieser hat sogar mehrmals im Gefängnis gesessen und wurde in Etappen abgeschoben, jetzt ist er durch die Polizei verpflichtet worden, ständig in seinem Heimatort zu leben. Dabei versteht er überhaupt nicht zu leben, sondern bringt nur Schaden. Die Dörfer haben ihre liebe Not mit solchen Leuten.«

»All das hat das Jahr fünf versündigt . . . Moskau hat Unrat verstreut«, fügte Denissow verdrossen hinzu.

»Richtig!« stimmte Frolenkow bei. »Moskau hat viel Schuld uns gegenüber, Rußland gegenüber . . . bei Gott, wirklich!«

»Man sollte mal hören, was er dort sagt«, schlug Denissow vor, der sich schwerfällig erhob, und ging vorsichtig aus dem Zimmer hinaus, nachdem er noch die brummige Klage hinterlassen hatte: »Dennoch, Anissim, hast du sie unnützerweise zu mir hergebracht . . .«

»Na, das macht nichts, du wirst es schon aushalten«, murmelte der schöne Mann hinter ihm her und setzte sich neben Samgin auf das Sofa. »T-ja, Moskau . . . Im Jahre sechs kehrte der hiesige Bauer Sergej Postnikow zurück, er hatte drei Jahre als Hausknecht in Moskau gelebt, war früher ein stiller, sanftmütiger Arbeiter gewesen . . . Und nun fing er an, hier solche Sachen anzustellen, daß man ihn festnahm, nach Nowgorod transportierte und dort aufhängte. Das ging sehr rasch: Um ein Uhr mittags wurde er verurteilt und am nächsten Morgen – hingerichtet. Ich war Zeuge in seiner Sache und wunderte mich sehr! Da stand er, so ein Kerl, ungekämmt, redete aber zu den Richtern wie ein Machthaber.«

Frolenkow erzählte sanft, strich sich ruhig mit beiden Händen über den Bart, breitete ihn auf der Weste aus, sein rotwangiges Gesicht lächelte wohlwollend.

Er belehrt mich wie einen jungen Mann, stellte Samgin, ebenfalls wohlwollend, fest.

»Freilich – Moskau. Es hat die Duma erstritten. Die Duma, gewiß ... sie kann Nutzen bringen. Alles hängt von den Menschen ab. Von uns ist Nogaizew in die Duma geraten. Ihm haben im Jahre fünf die Bauern ein wenig mitgespielt, er bekam Angst, verkaufte sein bißchen Land an Denissow, und ich kaufte das Wäldchen. Jetzt jedoch hat es Nogaizew wieder zu den Gutsbesitzern gezogen ... Und – er hat sich geirrt. Er ist weise und demütig, glaubt an den Grafen Tolstoi, ist aber habsüchtig. So habsüchtig, daß es uns sogar komisch vorkommt, er ist habsüchtig, aber ungeschickt.«

Die Tür öffnete sich leise, das Stadtoberhaupt blickte herein und winkte mit dem Finger – Frolenkow stand auf und zwinkerte Samgin lächelnd zu.

»Er ruft uns. Kommen Sie.«

Sie betraten den Korridor und blieben in der Ecke neben einem großen Schrank stehen, hoch oben in der Wand war ein quadratisches Fenster ausgesägt, durch das auf die Schranktüren Licht fiel und deutlich Lowzows Stimme zu hören war: »Du, Jegerew, bist um gut zehn Jahre älter als ich, scheinst aber dümmer zu sein. Verstellst du dich vielleicht, um es im Leben leichter zu haben, wie?«

»Hör auf, Maxim, wir kennen deine Reden ...«

»Kann denn ein Bauer ihnen trauen? Hast du jemals gesehen, daß sie sich um uns sorgen? Sie kennen nur eine Sorge – dem Bauern das Fell abzuziehen. Was für einen Vorteil hast du durch sie gehabt? Für uns gibt es durch sie keinen Vorteil, sondern nur Kraftverlust.«

Samgin sah ein, daß es nicht lobenswert war, an einem Fenster zu horchen, aber Frolenkow hatte ihn mit seinem breiten Rücken in die Ecke zwischen Wand und Schrank gedrückt. Es war zu hören, wie sie den Tee aus den Untertassen schlürften und ein Messer an einem Ziegel wetzten, die Stimme einer alten Frau sagte brummig: »So trink doch, trink, du Plappermaul! Paß auf, sie werden dich wieder auf die Polizei bringen.«

Fette, stickige Küchengerüche strömten dicht durch die Fensteröffnung.

»Siehst du, Dudorow schnitten sie das Bein ab, ›der Kirche und dem Vaterland zum Ruhme‹, wie die Kinder in der Schule singen. Jetzt reißen sie wieder den Bauern die Köpfe, die Arme und die Beine ab, doch wozu? Zu wessen Vorteil zettelten sie den Krieg an? Für dich, für Dudorow?«

»So ein Hund!« flüsterte Frolenkow freudig. Klim Iwanowitsch Samgin schlüpfte hinter seinem Rücken hervor und dachte auf dem

Rückweg ins Zimmer: Ja, ein schädliches Bäuerlein. In diesen Tagen, wo sich von neuem die Frage erhebt, »ob die slawischen Bäche sich im russischen Meer vereinen werden oder ob es versiegt ...«

Mitten im Zimmer stand Denissow, er blickte zu Boden, hatte die Hände auf dem Bauch gefaltet und drehte langsam die Daumen; er warf einen Blick auf den Gast und schüttelte den Kopf.

»Dabei wird nichts herauskommen – mit Maximka läßt sich die Sache nicht regeln!«

»Ich gedenke, nach Pessotschnoje zu fahren und direkt mit den Bauern zu reden«, erklärte Samgin. Da kam Leben in Denissow, er löste die Hände voneinander, rieb sich die Hüften und sagte überzeugt: »Dabei wird auch nichts herauskommen. Die Bauern verstehen das Gesetz nicht, sie sind gewohnt, ungesetzlich zu leben. Und Nogaizew hat Sie vergebens bemüht, bei Gott, vergebens! Urteilen Sie doch selbst, was bedeutet – sich einigen? Das bedeutet: Die eigenen Interessen verraten. Klim Iwanowitsch, überlassen Sie diese Sache mir und meinem Gevatter, wir werden ein Mittel zu einem Friedensschluß finden.«

Hier erschien Frolenkow und sagte lächelnd: »Sie zanken sich. Ein Fläschchen war getrunken, und schon ging das Geschimpfe los.«

»Da ist auch noch der Branntwein: Man hat ihn verboten – und schon gibt es überall Selbstgebrannten, es werden allerhand Destillate gebraut, Holzgeist wird getrunken«, begann wieder Denissow zornig. Frolenkow ergänzte lustig, aber nicht ohne Neid: »Und das Kloster verkauft in aller Stille Wodka zu fünf Rubel das Fläschchen.«

»Tee trinken, Tee trinken!« forderte die elegant aufgeputzte Sofja auf, hakte sich bei Samgin ein und fragte bekümmert: »Sind Sie auch der Ansicht, daß die Hinwendung der Intelligenz zum religiösen Denken sie aus dem Nebel der Philosophie von Hegel und Marx herausführt, sie patriotischer macht und daß dies ein Verdienst Mereshkowskijs ist?«

»Es ist nicht einmal zu verstehen, wonach sie fragt!« knurrte Denissow entzückt und patschte seiner Tochter mit der Hand auf den Rücken. Frolenkow unterstützte sein Entzücken durch ein schallendes Lachen und fügte hinzu: »Zuweilen versammeln sie sich, die jungen Leute, und dann fangen sie an aufzutrumpfen! Man sitzt dabei, hört zu, und – wirklich! Es sind lauter russische Worte, aber ihr Sinn – läßt sich nicht erfassen!«

Klim Iwanowitsch Samgin sah, daß die Entzückungen der beiden Väter – des leiblichen und des geistigen – dem jungen Mädchen nicht gleichgültig waren, ihr rotwangiges Gesicht loderte selbstzufrieden, die runden Äugelchen waren wonnevoll zusammengekniffen. Menschen, die viel fragten, liebte er nicht. Ihm mißfiel dieses üppige Mädchen, das weich war wie ein Daunenkissen, und er war froh, daß die Väter, die ihn am Antworten gehindert hatten, dadurch Sofja dazu brachten, ihre Frage zu vergessen und eine andere zu stellen: »Kennen Sie Professor Pylnikow? Ja? Wie geistreich und talentiert er ist – nicht wahr? Im Herbst kam er zu uns zur Jagd ... hier bei uns auf dem See gibt es eine Unmenge Wildgänse ...«

»T-ja, wilder«, flocht Denissow skeptisch ein. Die Tochter erzählte: »Sie waren zu dritt: Der eine war ein Dichter, er war so riesengroß und aß gern, wer der andere war – ist unbekannt.«

»Es ist bekannt«, sagte Frolenkow. »Irgendein aus dem Dienst entlassener Beamter, er hieß Tagilskij.«

Ein Namensvetter, dachte Samgin, fragte aber dennoch: »Wie sah er aus?«

»Unangenehm«, sagte das Mädchen und rümpfte die Nase. Samgin nickte unwillkürlich und bestätigend.

»Er war nicht sehr groß und kränklich. Hatte graues Haar. War schweigsam«, fügte Frolenkow zu dem Wort seines Patenkindes hinzu.

Das junge Mädchen begann wieder kluge Fragen zu stellen, und Samgin, genug durch sie gereizt, hielt eine kleine Rede: »Sie interessiert sehr vieles«, fing er an, wobei er sich bemühte, sanft zu reden. »Aber mir scheint, daß in unseren Tagen das Interesse aller und eines jeden sich auf den Krieg richten sollte. Wir führen nicht sehr erfolgreich Krieg. Unser Kriegsminister verkündete mit lauter Stimme in der Presse, wir seien für den Krieg vorbereitet, aber es stellte sich heraus, daß dies – nicht wahr ist. Hieraus folgt, daß der Minister von dem Zustand der ihm anvertrauten Wirtschaft keine klare Vorstellung hatte. Das gleiche kann man vom Verkehrsminister sagen.«

Nachdem er darauf hingewiesen hatte, daß der Straßenbau nicht mit den Zwecken der Landesverteidigung übereinstimmte, sprach er vorsichtig ein wenig über die Tätigkeit des Finanzministeriums.

»Wir leben auf Pump, von den Darlehen französischer Bankiers, und schulden ihnen schon bald an die zwanzig Milliarden Francs.«

Er hatte seine Rede begonnen, um dem gebildeten jungen Mädchen den Mund zu stopfen, überzeugte sich aber bald, daß er eine Probe hielt, und mit Erfolg. Hiervon überzeugte ihn die gespannte Aufmerksamkeit Frolenkows und Denissows, die Gevattern saßen reglos da, sie waren so in Bewegungslosigkeit erstarrt, daß Frolenkow, der in der einen Hand einen Teelöffel voll Honig und in der anderen das Teeglas hielt, sich nicht entschloß, den Teelöffel in den

Mund zu stecken, der Honig zerrann und tropfte auf die Tischdecke, und als seine stille Gattin ihm irgend etwas zuraunte, fletschte er böse die Zähne. Denissow saß angelehnt auf dem Stuhl, hatte die Augen aufgerissen, seine schwere Hand auf die runde Schulter der Tochter gelegt und atmete schnaufend. Die Aufmerksamkeit, welche die stämmigen Einwohner der kleinen, in Sümpfen verlorenen Stadt so anschaulich zum Ausdruck brachten, regte die Beredsamkeit an und flößte Klim Iwanowitsch, während er seine Gastgeber beobachtete, durch irgend etwas Hoffnung ein, er rief sich nebenbei ins Gedächtnis, daß es Millionen solcher Menschen gebe, und sprach kühner, sicherer weiter.

»Fügen Sie hinzu, daß bei uns etwas Phantastisches, Häßliches möglich ist, das in Europa undenkbar wäre. Ich meine hiermit Rasputin. Wahrscheinlich ist die Hälfte von allem, was von seinem Einfluß auf die Zarin und den Zaren geredet wird, Erfindung und Klatsch. Aber es bleibt dennoch die Tatsache: In der Zarenfamilie spielt ein ... dunkler, halbgebildeter, käuflicher Mensch eine gewisse Rolle. Sie hörten gestern einen Prediger, den ich als jungen Mann kannte, als er noch Tischler war. Dieser Mann ... ist ein bedauernswerter Mensch, dessen Verstand sozusagen verstopft ist. Aber er ist ehrlich, glaubt aufrichtig an Gott und hat die Menschen in sein Herz geschlossen. Rasputin ist offensichtlich kein solcher Mensch.«

Frolenkow konnte nicht länger schweigen, er steckte den Löffel ins Glas, faßte sich mit der Hand in der Nähe des Kinns am Bart und neigte sich mit einem Ruck vor, der Stuhl unter ihm knarrte.

»Da sieht man mal, wie die Wahrheit klingt!«

»Was soll man da anfangen?« fragte Denissow betrübt. »Ach, du mein Gott ...«

»Man muß die Aufmerksamkeit für das Leben erweitern«, riet Klim Iwanowitsch schulmeisterlich. »Ihr, die Einwohner der zahlreichen Gouvernements, Kreise und gewerbetreibenden Dörfer – ihr seid das wahre Rußland ... seine wirklichen Herren, ihr seid eine Kraft, ihr seid Millionen. Nicht die Millionnäre, nicht die Beamten, sondern gerade ihr solltet das Land regieren, ihr, die Demokratie ... Ihr solltet nicht Nogaizews in die Duma schicken, sondern selbst hineingehen.«

»Und – die Geschäfte? Was wird mit den Geschäften?« fragte Frolenkow in jammerndem Ton.

»Bei den Geschäften ist man beengt!« knurrte Denissow mürrisch. »Dieser Krieg ... Man hat keine Ruhe! Die Geschäfte verlangen Ruhe.«

»Ach, da sind ja noch die Bauern, in der Küche«, erinnerte sich Frolenkow.

»So schick sie doch zu des Teufels Großmutter«, knurrte Denissow finster. »Sie mögen in eine Herberge gehen. Morgen, sag ihnen, morgen werden wir miteinander reden! Klim Iwanowitsch, überlassen Sie das alles uns. Wir werden es Nogaizew sagen . . . ihm schreiben. Die ganze Sache ist nicht der Rede wert. Sie sollten – sich nicht beunruhigen. Den Bauern kennen wir durch und durch.«

Frolenkow schickte seine Frau zu den Bauern, stand selbst auf und rief, während er in das Nebenzimmer ging: »Gevatter, komm doch mal her!«

Die junge Sofja machte sich das Weggehen der Väter zunutze und fragte sofort: »Haben Sie Rodionows Buch ›Unser Verbrechen‹ gelesen?«

»Nein«, sagte Samgin trocken.

Ihr war es heiß. Von der Wärme und dem Tee stark gerötet, fächelte sie mit einem Spitzentaschentuch ihr dickes Gesichtchen, ihr molliges Händchen huschte vor Samgins Augen hin und her.

Wie ein Stubenmädchen, stellte er fest, während das junge Mädchen munter und flott weitersprach: »Ein hervorragendes Buch. Er ist Semstwochef in Borowitschi. Seine Bauern hat er als so schrecklich dargestellt, daß Professor Pylnikow – er ist auch aus Borowitschi – sagte: ›Das alles stimmt, aber Rodionow möchte schon die Leibeigenschaft wiederherstellen.‹ Sagen Sie: Die Leibeigenschaft läßt sich doch nicht wiedererrichten?«

»Möchten Sie denn, daß man sie wieder einführt?«

»Ich verstehe nichts von Politik, liebe sie nicht. Aber man muß doch irgend etwas mit den Bauern tun, wenn sie so sind . . .«

Frolenkow blickte zur Tür herein und fragte: »Spielen Sie Poch?«

»Nein.«

»Und Ramsch?«

»Ich glaube schon.«

»Dann kommen Sie bitte! Bis zum Abendessen messen wir uns miteinander und spielen ein bißchen.«

Klim Iwanowitsch war von seiner Rede befriedigt, die Gevattern gefielen ihm immer mehr, er setzte sich gern an den Spieltisch und hatte Glück im Spiel, er gewann dreiundachtzig Rubel, und als er das Geld einsteckte, kam ihm sogar für einen Augenblick der Verdacht: Das ist, als hätten sie mich bestochen. Übrigens – weswegen? Ich bin manchmal ungerecht gegen andere.

Dann aßen sie reichlich zu Abend, tranken tüchtig. Samgin legte sich besinnungslos zu Bett und wurde gegen Mittag von Denissow geweckt.

»Sie müssen aufstehen, sonst verpassen Sie den Zug«, warnte er ihn. »Oder wollen Sie vielleicht noch ein Täglein mit uns verbringen? Sie sind ein Mensch ganz und gar nach unserem Herzen! Zum Abendessen würden wir diesen und jenen einladen, fünf bis sechs Leute etwa, zur Unterhaltung, wie?«

Samgin sagte, daß er sich auch sehr freue, so ehrbare Leute kennengelernt zu haben, daß er aber nicht bleiben könne, weil er nach Riga fahren müsse.

»Alles in Kriegsangelegenheiten? A-ach, der Krieg, der Krieg...«

Auf der ungefähr dreistündigen Fahrt bis Borowitschi wiegte er sich in einem bequemen, weich gefederten Tarantas, einem Reisewagen mit Verdeck, in Borowitschi erreichte er gerade rechtzeitig den Zug, und in Nowgorod wiederholte sich schon Erlebtes, jedoch in konzentrierterer Form.

In der Bahnhofsrestauration, die von Offizieren in Beschlag genommen worden war, hatte ein kleiner alter Kellner, glattrasiert und mit einem Gesicht wie ein katholischer Mönch, für Samgin noch einen Platz in einer Ecke gefunden, an einem Tisch, der durch einen Lorbeerbaum verdeckt war; zwei Drittel des Tisches waren von aufeinandergestapelten Tellern eingenommen, auf die frei gebliebene Fläche stellte der Kellner ein Gedeck; während er dies tat, sagte er, daß der Zug nach Riga Verspätung habe und man noch nicht wisse, wann er eintreffen werde, der Bahnhof sei mit Transportzügen voll sibirischer Soldaten verstopft, die eilig an die Front befördert würden, dadurch seien zwei nach Petrograd fahrende Sanitätszüge aufgehalten worden.

»Zudem treiben sich hier noch die Flüchtlinge aus Polen herum...«

Er weiß, daß er zu einem Mitglied des Städteverbands spricht, stellte Samgin fest und fragte: »Es herrscht Unordnung, wie?«

»Die Leute wissen nicht mehr, wo mit sich hin – es ist schwer, das mit anzusehen«, sagte der kleine Alte.

Der übliche Lärm des friedlichen Arbeitens von Messern und Gabeln klang neu, da er kriegerisches Säbelgerassel einbezog. Vor den Fenstern, auf dem Bahnsteig sang, heulte und ächzte das Blech einer Militärkapelle, durchdringende Pfiffe rangierender Lokomotiven und Alarmsignale der Weichensteller zerrissen die Musik, irgendwo in der Nähe ertönte ein Soldatenlied. Das Offizierskorps, straff gegürtet mit den Riemen des Degengehenks, benahm sich undiszipliniert und sehr auffallend. Es gab viele Frauen und Blumen, Sektpfropfen knallten, an einem großen Tisch in der Mitte des Restaurants stand ein Mann im Frack, mit zweigeteiltem Vollbart, hochstirnig, kahlköpfig, er hielt ein Glas Wein hoch, fast über dem Kopf, und sagte irgend etwas. Zu Samgin drangen nur einzelne Worte:

»Unser Fehler ... Wir hätten nicht ... Und im Jahr 71 hätten wir ... Und statt einer Gruppe von Kleinstaaten – bekamen wir Deutschland.«

»Be-ruhige dich, Papa!« schrie eine junge, helle Stimme. »Wir werden die Preußen in den Urzustand zu-rückversetzen. Auf unsere Armee – hur-ra!«

Hurra rief man mit Vergnügen, wenn auch ungeordnet. Irgend jemand schlug vor: »Auf das Wohl Seiner Majestät ...«

»Einstellen!«

»Wa-arum?«

»Wer hat das gewagt?«

»Eine Schenke ist nicht der Ort, unseren Herrscher hochleben zu lassen!«

»Richtig!«

»Nein, erlauben Sie ...«

Glückselig lächelnd trat ein kleiner, hagerer Offizier auf den Lorbeerbaum zu und schickte sich an, einen Zweig davon abzubrechen. Seine Uniform war nagelneu, die Riemen und Schnallen glänzten. Seine großen Augen strahlten. Sein gebräuntes, spitznasiges Gesicht mit dem kleinen schwarzen Spitzbärtchen brachte Samgin auf den Gedanken: Ein d'Artagnan.

Er war stark betrunken und wankte, seine Hände bewegten sich unsicher, der Zweig ließ sich nicht abreißen – darauf begann der Offizier, den Säbel aus der Scheide zu ziehen. Samgin stand vom Stuhl auf, denn er sagte sich, wenn der Krieger beginnen würde, an dem Lorbeerbaum herumzusägen oder herumzuhacken, dann wird der Säbel zuschlagen. Samgin entfernte sich eilig und stellte sich ans Fenster.

Der alte Kellner kam herbeigelaufen: »Gestatten Sie – ich werde mit dem Taschenmesser ...«

Der Offizier blickte ihn lächelnd an und murmelte: »Scher dich weg!« Dann holte er mit dem Säbel aus, wankte zurück und hieb gegen den Baum – ein paar Blätter flogen zur Seite, der Säbel traf die Teller auf dem Tisch.

Seitlich von Klim Iwanowitsch brüllte und johlte es, er blickte durch das Fenster, nur durch die doppelten Scheiben von ihm getrennt, schnitten bärtige, zähnebleckende Gesichter unheimliche Grimassen. Der Säbel des Offiziers hatte ihn nicht erschreckt, aber diese zwei Gesichter ließen ihn zusammenzucken. Nun waren es schon nicht nur zwei, sondern fünf, zehn und noch mehr, sie bleckten die Zähne und vermehrten sich unglaublich schnell. Zwei redeten, fuchtelten dabei mit den Händen und erweckten das unhörbare Gelächter einer Gruppe dicht aneinandergedrängter unförmiger Männer, die grau waren wie Pflastersteine. Sie stemmten sich immer fester gegen das Fenster, konnten die Scheiben eindrücken, ins Restaurant eindringen.

Ein paar Sekunden lang hatte Samgin das Gefühl, er wäre einer Ohnmacht nahe. Ihm kam es sogar vor, als hörte er ein johlendes, nicht mehr menschliches Gelächter und als hätte dieses Gelächter das eherne Heulen und Ächzen der Orchestertrompeten, das Pfeifen der Lokomotiven und die Signale der Weichensteller gelöscht.

Zwei beleibte Gendarmen führten den Haudegen ab, ein dicker Offizier begleitete sie; der kleine Alte las die Tellerscherben auf und erzählte brummig: »Jeden Tag stellen sie irgend so etwas an. Das war heute der zweite, einen brachten sie auf die Kommandantur: Er war in die Damentoilette eingedrungen und fing an, den Frauen seine Besonderheit vorzuzeigen.«

»Bringen Sie mir einen Kaffee«, bat Samgin, der ab und zu einen Seitenblick auf das Fenster warf und sich mit dem Taschentuch den Schweiß von Gesicht und Hals wischte.

An dem großen Tisch stimmten Militärs und Zivilisten, Männer und Frauen im Stehen mit Gläsern in den Händen, fürchterlich laut und einander betäubend die Nationalhymne »Gott schütze den Zaren« an, wobei sie wahrscheinlich nicht hörten, daß sie falsch und mißtönend sangen. Der ungestüme Gesang brach bei den Worten »der kraftvollen Macht« ab – irgend jemand schrie gellend: »Wie unterstehen Sie sich, an der Stärke der zaristischen Armee zu zweifeln?«

»Man sollte die Fenster verhängen«, sagte Samgin, als der Alte ihm den Kaffee brachte.

»Die Vorhänge wurden für ein Lazarett requiriert. Doch natürlich sollte man es. Die Soldaten bekommen keinen Wodka, aber die Offiziere, bitte, da sehen Sie's ... Sie trinken ja nicht nur Champagner, sondern konsumieren auch stärkere Getränke ...«

Samgin blickte hin und wieder zum Fenster hinüber. Auf dem Bahnsteig befanden sich weniger Soldaten als vorher, aber etwa drei Mann standen dicht vor den Scheiben, ihre undeutlichen, verschwommenen Gesichter waren jetzt reglos, hatten jedoch von dem lautlosen Lachen, das sie eben erst entstellt hatte, etwas Unheimliches beibehalten.

Sie sind eingezogen worden, das Vaterland zu verteidigen, dachte Samgin. Wie stellen sie sich das Vaterland vor?

Diese interessante Frage erhob sich sofort und mit noch nie dagewesener Schärfe vor ihm, richtete sich an ihn, und Klim Iwanowitsch fand eilig eine Antwort: Die Vorstellung: Vaterland – ist dem Massenmenschen unzugänglich. Wir sind keine Russen, wir sind Samaraer. Vaterland – das ist ein Begriff intellektueller Stärke. Für den, der die Geschichte seines Vaterlandes nicht kennt – existiert es nicht.

Es wurden immer weniger Gäste in dem Restaurant, die Frauen verschwanden eine nach der anderen, aber der Lärm nahm zu. Er konzentrierte sich in einer von Samgin abgelegenen Ecke, in der sich würdige Zivilisten, drei Offiziere und ein hochgewachsener, kahlköpfiger Mann in Intendantenuniform versammelt hatten, der eine Zigarre zwischen den Zähnen hielt und ein kreuzförmiges Pflaster auf der linken Wange hatte.

»Lernen sollten wir, lernen, und nicht uns schlagen«, sagte er in dröhnendem Baß. »Schlagen können wir uns nur mit den Türken, und auch die läßt man uns nicht schlagen . . .«

»Bismarck sagte . . .«

»Und – starb.«

»Sterben – werden wir alle.«

Die Geschichte ist das Ergebnis der kulturellen Tätigkeit der Intelligenz. Gewiß – das trifft zu. Die Lehre von der Rolle der Klassen in der Geschichte? Das ist einer von den fruchtlosen Versuchen, die sozialen Widersprüche theoretisch zu erklären. Nicht der Bourgeois, nicht die Proletarier schreiben die Geschichte, sondern jemand Drittes.

Der graue Mann? raunte ihm unangebrachterweise das Gedächtnis zu.

Er sah in den kleinen schwarzen, vom Tassenrand begrenzten Kreis aus Kaffee und suchte mit immer größerer Eile die Frage zu lösen, wobei er aus dem Lärm verschiedene Sätze auffing.

»Für mich ist das Vaterland etwas, ohne das ich nicht voll leben kann.«

»Meine Herrschaften! Gestatten Sie, Ihnen ins Gedächtnis zu rufen: Hier ist nicht der richtige Ort für politische Streitereien«, rief jemand eindringlich.

Und für Streitereien mit sich selbst, ergänzte Samgin, der den Streit automatisch fortsetzte. Das stimmt nicht: Es ist interessanter und angenehmer, in Paris zu leben als in Petersburg . . .

»Wir haben in Polen verloren, weil die Juden uns verraten. Hiervon wird noch nicht in den Zeitungen geschrieben, aber hiervon wird bereits geredet.«

»Die Zeitungen befinden sich in den Händen von Juden . . .«

»Die verräterische Haltung dieser Rasse, die von Gott ihres Vaterlandes beraubt worden ist, wurde bereits festgestellt«, schrie gellend und unter Aufkreischen in den höheren Tonlagen ein Mann mit kahlem Kopf in Form eines Hühnereis, mit rotem Gesicht und schütterem grauem Kinnbärtchen.

»Zum Teufel! Aber erlauben Sie doch: Habe ich als Grundbesitzer das Recht, von den Interessen meiner Wirtschaft zu reden?«

»Sie haben es nicht. In Kriegszeiten usurpiert alle Rechte der Staatsbürger gesetzlich Seine Majestät der Kaiser.«

Ein schrilles Glöckchen erklang, und es ertönte der Ruf: »Der Zug nach Riga fährt ein . . .«

In einem allgemeinen Durcheinander knarrten umhergeschobene Stühle und Tische, Geschirr klirrte, irgend jemand brüllte hysterisch: »Meine Herrschaften! In dieser verhängnisvollen Stunde . . .«

»Warum – verhängnisvoll, zum Teufel?«

Zehn Minuten später saß Samgin in einem Wagen zweiter Klasse. Der Wagen war alt, zuschanden gefahren, er knarrte, rasselte und holperte so stark, als wollte er aus den Schienen springen. Sein Krachen und krampfhaftes Beben erweckten in Samgin den Eindruck von Leichtigkeit, von Unzuverlässigkeit des prall mit Menschen beladenen Wagens. Drei Lämpchen – je eins an den Türen, eins in der Mitte des Wagens – beleuchteten trübe die Menschen auf den Polsterbänken, auf jeder drei Gestalten, die Leute wippten hin und her, und man konnte meinen, sie wären es, die den Wagen ins Schlingern brächten. Gegen Samgin stieß, sich mit ganzem Gewicht auf seine Schulter wälzend, eine große dicke Frau in rotbrauner Lederjacke mit rotem Kreuz auf der Brust und einer rotbraunen Baskenmütze auf dem Kopf; sie schlief, hielt mit beiden Händen einen kleinen Koffer auf dem Schoß, rollte den Kopf auf der Polsterlehne hin und her und pfiffelte durch die Nase, ihr gewaltiger Körper wabbelte schlaff, die Stöße des Wagens weckten sie, und wenn sie erwachte, murmelte sie halblaut kläglich: »Ach, du mein Gott, Pardon . . .«

Am Fenster saß und rauchte ein Mann in langschößigem altrussischem Überrock, mit einem seidenen Käppchen auf dem Kopf, sein grauer Bart schwelte, er sah mit vorgewölbten Augen auf einen Mann ihm gegenüber, das Gesicht dieses Mannes erinnerte an die vornehme Schnauze einer dänischen Dogge – seine untere Partie ragte zu weit vor, und die Stirn floh in den Nacken zurück, neben ihm schlummerten noch zwei, der eine lautlos, der andere unter bedauerndem und ungehaltenem Schmatzen. Das Dämmerlicht machte alle Leute häßlich, und das stimmte sehr mit Samgins Stimmung überein – er fühlte sich müde, zerschlagen, in Unruhe versetzt und in den Unsinn von Hieronymus Bosch hinabsinken. Voller Wehmut gedachte er des kleinen Städtchens, das durch ein Dutzend Kirchen am Erdboden befestigt war, des warmen, freundlichen Hauses von Denissow, des klugen schönen Frolenkow.

Der Mann mit dem Doggengesicht, der in eine karierte Reisedecke gehüllt war, sagte halblaut: »Verstehst du – der Herr des Hauses muß in der Wirtschaft Bescheid wissen, er ist jedoch ein Ignorant, er weiß nichts. Als der Grundstein zu den Kasernen zaristischer Schützen gelegt wurde, war er natürlich zugegen. ›Wie merkwürdig‹, sagte er, ›man legt allerhand Dreck an eine Stelle, gießt irgend etwas drauf, und daraus wird etwas Festes.‹«

»Halt, warte mal«, rief im Baß und freudig der Graubärtige halblaut aus. »Das ist doch bemerkenswert, das ist eine Vorstellung vom Staat!«

»Na, er ist wohl kaum der Ironie fähig!«

Sie reden vom Zaren, entschied Samgin, die Augen schließend. In der völligen Dunkelheit wurden die Laute irgendwie deutlicher. Jetzt war zu hören, wie vorne, auf der nächsten Polsterbank, bei der Tür, ein schwaches Stimmchen plätscherte, das von trockenem, halblautem Husten unterbrochen wurde, es plätscherte und sprach deutlich.

»Wir sind schon fast eine Kolonie. Unsere Metallurgie befindet sich zu siebenundsechzig Prozent in Händen Frankreichs, im Schiffbau ist das französische Kapital mit siebenundsiebzig Prozent beteiligt. Das Grundkapital aller unserer Banken beträgt fünfhundertfünfundachtzig Millionen, vierhundertvierunddreißig davon sind ausländisches Kapital; von dieser letztgenannten Summe sind zweihundertzweiunddreißig Millionen französisches Geld.«

Wahrscheinlich irgendein armer Schlucker, dachte Samgin. Noch ein zahlenbesessener Tagilskij.

»Wir führen Krieg, weil Herr Poincaré für das Jahr einundsiebzig Revanche haben will, er will die erzhaltige Gegend zurückhaben, die den Franzosen vor dreiundvierzig Jahren von den Deutschen weggenommen worden ist. Unsere Armee ist ein Söldnerheer...«

Die halblaute Rede wurde durch den entrüsteten Ausruf unterbrochen: »Ach, so verhält sich das! Sie legen die Ansichten des Anarchisten Lenin dar, ja? Sie sind ein sogenannter Bolschewik?«

»Néin, ich bin kein Bolschewik.«

»Oh, schon gut! Ich kenne mich in diesen Dingen aus . . .«

»Aber Lenin ist ein Mann, der vortrefflich zu rechnen versteht . . .«

»Warte, Igor«, mischte sich eine dritte Stimme ein, und eine vierte sagte im Baß: »Zum Streiten – werden wir noch Zeit haben.«

»Sie sagen also – Lenin?«

»Man rechnet bei uns schlecht«, sagte mit Kopfnicken der Graubärtige.

»Unsere Hauptindustrie – das Textilwesen – befindet sich ganz in unseren Händen!«

»Das heißt in Händen der Wtorows und Rjabuschinskijs.«

»Na, was denn sonst?«

Von neuem und anfangs undeutlich drang durch die lebhaften Stimmen hindurch die schwache Stimme, dann vernahm Samgin: »Wenn man von der phantastischen Idee einer Diktatur des Proletariats absieht – könnten unsere Minister viel von Lenin lernen, er ist ein Ökonom von außerordentlicher Sachkenntnis und Begabung . . . Zudem ist meiner Ansicht nach auch eine Diktatur der Arbeiterklasse . . .«

Die Lokomotive pfiff schrill, und gleich danach war es, als stieße sie auf ein Hindernis, die Wagen dröhnten, irgend etwas krachte wie ein Schuß, die Bremsen knirschten, die Frau in der Lederjacke mit dem roten Kreuz sprang auf, stieß Samgin mit dem Koffer gegen die Schulter und schrie: »Au, mein Gott, mein Gott – was, was ist das?«

Alle Leute erwachten, sprangen auf, stießen aneinander, liefen an die Türen.

»Ein Eisenbahnunglück«, sagte Samgin und preßte sich fest an die Lehne des Polstersitzes, völlig entkräftet durch die Erschütterung, das Krachen und durch die Panik unter den Leuten. Irgend jemand beschwichtigte bereits die Aufgeregten.

»Kurz vor der Station wurde die Einfahrt durch ein Signal gesperrt. Der Lokomotivführer ist ein tüchtiger Kerl . . .«

»Da, sehen Sie?« warf die Dame Samgin vor. »Und Sie schreien: Ein Eisenbahnunglück!«

»Ich habe nicht geschrien.«

»Na – wieso denn? Ich hörte es! Sind Sie vom Städteverband?«

Und dann begann sie sofort entrüstet davon zu reden, daß der Städteverband eine Organisation sei, die nicht wisse, wozu sie existiere, was sie zu tun und welche Rechte sie habe.

Samgin erklärte zornig, daß eine Kritik an dem Verband verfrüht sei, daß er eben erst mit seiner Tätigkeit beginne, aber die Frau entgegnete überzeugt: »Sie sind uns, dem ›Kreuz‹, bereits im Weg, sind der Intendantur im Weg . . .«

Und der Mann mit dem Doggengesicht flocht lässig ein: »Die Verbände, der Semstwo- und Städteverband, wissen sehr gut, was sie wollen: Sie sind die Reserve der Armee Miljukows, das sind sie. Wenn die Duma aufgelöst wird – werden sie als politische Organisation auftreten, jawohl!«

Samgin erhob widerwillig Einspruch, durch Ausrufe, Achselzukken, Fragen. Er hatte selbst keine klare Vorstellung von den Zielen des Verbands, und ihm gefiel jetzt der Gedanke, daß eine großangelegte Vereinigung der Demokratie außerhalb der Dumaparteien möglich wäre. Sofort und ohne daß er es wollte, soufflierte ihm sein verderbtes und dienstbeflissenes Gedächtnis ironisch: Man legt allerhand Dreck an eine Stelle, gießt irgend etwas drauf, und daraus wird etwas Festes . . . Aber über solch eine Organisation zu streiten und nachzudenken, störte ihn ein unangenehmer, sogar lästiger Eindruck: Er war überzeugt, daß vor fünf Minuten Tagilskij an ihm vorbeigegangen sei. Ja, das war zweifellos Tagilskij gewesen, aber in verringerten Maßen. Er ging langsam und blickte sich vor die Füße, man stieß ihn, er wankte, sich an die Wände des Wagens schmiegend, und stand ein paar Sekunden lang gesenkten Kopfes da, sein breites rasiertes Kinn fast auf die Brust gestützt.

Der Zug stand, die Stimmen der aufgeweckten Leute klangen deutlicher und fast alle gereizt, zornig; besser hörbar plätscherte die gemächliche Rede Tagilskijs: »Das Nationalvermögen Rußlands beläuft sich, wenn ich mich nicht irre, auf hundertzwanzig Milliarden. Zu diesem Vermögen sind auch die heruntergekommenen Werke im Ural und solche Gegenstände zu rechnen, wie zum Beispiel die Bohrmaschine vom Jahre 1845 und der Dampfhammer vom Jahre 1837, die in den Jekaterinburger Eisenbahnwerkstätten in Betrieb sind . . .«

»Die staatliche, verbürokratisierte Wirtschaft . . .«

»In der Textilindustrie haben wir noch mechanische Webstühle aus den siebziger Jahren. Zum Nationalvermögen ist auch das aus Holz hergestellte Arbeitsinventar der Bauernschaft zu rechnen – die Hakenpflüge, die Eggen . . .«

Er rechnet und rechnet . . . Ein sonderbarer Lebenszweck – zu rechnen, dachte Klim Iwanowitsch gereizt und gab es auf, dem trokkenen Rascheln der Worte Tagilskijs, die wie Sand rieselten, weiter zuzuhören. Gerade da stieß die Lokomotive einen kurzen Pfiff aus, zog mit einem Ruck an und rollte den Zug eine Minute lang gemächlich weiter, dann hielt sie wieder, und zwischen den Wagen, im Gepolter, Knirschen und Pfeifen, ertönte schrill ein Hornsignal und der gellende Schrei: »Ha-alt!«

Und nochmals rief das zornige Stimmchen des buckligen Mädchens Samgin ins Gedächtnis: Was treiben Sie da? Es sind doch nicht Ihre Kinder!

Jetzt stieß die Lokomotive wieder einen Pfiff aus und zog wie erbittert die Wagen an, so daß die Dame in der Lederjacke Samgin am Knie packte und der graubärtige Reisende sich an seiner Schulter festhielt.

«Ach, du mein Gott ... Pardon. Es ist schrecklich, wie unsere Lokomotivführer fahren«, sagte sie und erläuterte nach kurzem Nachdenken: »Wie auf einem Feldweg.«

»Der Zug fährt in zwei Minuten weiter«, verkündete der Schaffner, der durch den Wagen ging.

Noch nie waren Klim Iwanowitsch Samgin Minuten so qualvoll lang vorgekommen. Später dachte er nicht selten an diese schlaflose unruhige Nacht zurück – ihm schien, daß seine Einstellung zum Leben, zu den Menschen gerade seit dieser Nacht Gestalt gewonnen habe.

Der scharfe Ruck, der den Zug weitergerissen hatte, veranlaßte ihn, über den Lokomotivführer nachzudenken: Einem halbgebildeten Menschen, irgendeinem Schlosser, ist das Leben Hunderter Menschen anvertraut. Er fährt sie Hunderte von Werst weit. Er kann den Verstand verlieren, von der Lokomotive abspringen, davonlaufen, am Herzschlag sterben. Er kann, ohne sein Leben zu schonen, aus Bosheit gegen die Menschen ein Eisenbahnunglück anrichten. Seine Verantwortung mir gegenüber, anderen gegenüber – ist ganz gering. Im Jahre fünf fuhr ein Lokomotivführer der Nikolai-Bahn vor den Augen eines Exekutionstrupps mit revolutionären Arbeitern davon ...

Die Macht des Menschen, die Macht des einzelnen – ist auf immer gegeben. Schließlich und endlich wird die Welt trotz allem von einzelnen bewegt. Die Massen haben angefangen, einander im Interesse eben einzelner zu vernichten. So ist die Welt. So war es – und so wird es bleiben.

Ich sollte mein Gedächtnis von der Verunreinigung durch den ... Bücherstaub befreien. Dieser Staub schillert regenbogenfarbig nur in den Strahlen meines Verstands. Nicht der ganze Staub natürlich. Er enthält Körnchen von wahrhaft Schönem. Die Musik des Wortes ist wertvoller als die Musik des Tones, die mechanisch, durch die mannigfaltigen Kombinationen der sieben Töne auf mein Gefühl einwirkt. Das Wort ist vor allem eine Verteidigungswaffe des Menschen, sein Panzerhemd, Harnisch, sein Schwert oder Degen. Überflüssige Sätze erschweren die Bewegung des Verstands, sein Spiel. Fremdes Wort löscht mein Denken, entstellt mein Gefühl.

An diesen Gedanken war nichts Neues, aber sie stellten sich in festerem Zusammenhang und mit größerer Sicherheit ein als je vorher.

Bei Tagesanbruch rollte der Zug langsam in ein Schneegestöber, in das Pfeifen und Heulen des Windes, in das Durcheinander des Lebens einer Stadt hinein, die dicht mit Soldaten gefüllt war. Sie drängten sich auf dem Bahnhof, der Wind trieb sie durch die Straßen, in Gruppen und einzeln, sie gingen zu Fuß, ritten auf Pferden und fuhren auf grünen Wagen, fuhren Geschütze, und überall in der dichten, kalt brodelnden Schneemasse bewegten sich, huschten graue Gestalten, unbewaffnete und mit dem Gewehr auf der Schulter, bucklige, mit Säcken auf dem Rücken. Der Schnee wehte ihnen vom Straßenpflaster herauf entgegen, rieselte ihnen von den Hausdächern auf die Köpfe, an den Straßenkreuzungen kreisten und pfiffen Schneewirbel.

Klim Iwanowitsch Samgin war warm und bequem angezogen und mannhaft gestimmt, wie sich das für einen Menschen gehört, der berufen ist, an einem historischen Geschehen teilzunehmen. Ein verschneiter ungewöhnlicher Droschkenkutscher mit blauem Kapuzenmantel und finnischer Ledermütze, mit rotem Gesicht und Schnurrbart – er hatte sehr viel Ähnlichkeit mit dem Porträt irgendeines historischen Generals – erklärte Samgin gleichmütig mit lettischem Akzent, daß es in den Hotels keine freien Zimmer mehr gebe.

Sein grauer Schnurrbart wuchs aufwärts auf die Ohren zu, der Kutscher war sehr groß und dick, auch der Wagen war groß, der Gaul jedoch war klein, dürr und lief mit kleinen Schritten wie eine alte Frau, und der Droschkenkutscher rief ab und zu wütend: »Ojö, ojö!« – er wurde kräftig beschimpft, ein Soldat stieß den Gaul sogar mit dem Gewehrkolben in die Flanke.

In drei Hotels war tatsächlich kein Platz mehr, im vierten erklärte man, daß sie jedes Zimmer an zwei Personen abgeben. In dem Zimmer, das Samgin angewiesen wurde, war nachlässig die Kleidung eines Militärs verstreut, auf dem Tisch lag ein Säbel und ein Feldstecher, in einem Sessel ein Revolver, der an einem Gurt befestigt war, hinter einem Wandschirm schnarchte jemand wie eine Handsäge. Samgin blieb eine Weile vor dem trüben Spiegel stehen, brachte seinen zerknitterten Anzug und sein zerzaustes Haar in Ordnung, fand, daß sein Gesicht genügend eindrucksvoll sei, und ging ins Restaurant hinunter Kaffee trinken. Auf ihn kam sofort ein hochgewachsener Mann mit verbundener Backe zu und fragte durch die Zähne, ob nicht er irgendein Werk evakuiere. Und zusammen mit dem Kellner, der den Kaffee brachte, erschien ein Rotblonder, setzte sich ohne weiteres an den Tisch und fragte, während er nachdenklich seine Fingernägel betrachtete, mit langweiliger Stimme: »Was beabsichtigen Sie denn mit Ihrem Zucker zu machen? Au, Entschuldigung, Sie sind es ja nicht. Das heißt, Sie ... sind nicht der ... Weswegen sind Sie hier? Aha! Die Flüchtlinge. Na, sehen Sie, ich auch. Ich bin aus Orjol abkommandiert. Die Flüchtlinge müssen zu uns dirigiert werden, überhaupt – ins Landeszentrum. Aber – Eisenbahnwagen gibt man dazu nicht, und zu Fuß werden sie, denke ich, wie die Gänse erfrieren. Was sollen wir nur anfangen?«

Er redete so, daß deutlich war: Er dachte nicht an das, wovon er sprach. Samgin musterte sein rundes Gesicht mit einer Warze über der rechten Braue, und ihm kam der Gedanke, daß mit einem solchen Gesicht Schauspieler in der Oper »Boris Godunow« die Rolle des Dmitrij sängen.

Samgin stellte fest, daß nur er allein an einem Tisch saß, alle übrigen saßen zu zweit, zu dritt, und alle sprachen halblaut, mit gedämpfter Stimme, sich über die Tische zueinander beugend. An der Tür zum Billardzimmer, in dem schon die Kugeln klapperten, frühstückten an einem runden Tisch fünf Militärs, sie lachten ungeniert; das Lachen rief ein beleibter, schwarzbärtiger Intendant mit Seidenkäppchen auf dem Kopf hervor, er erzählte irgend etwas, sein tiefer Baß klang monoton, es stach nur das oft wiederholte: »Ich sage, Euer Ex-lenz ...« hervor.

»Ein ungeheurer Wirrwarr«, sagte der Mann mit der Warze. »Alle verlieren etwas, suchen irgend etwas. Aus Jaroslawl traf in Orjol ein Waggon Leinwand ein, er wurde unverzüglich hierher weitergeleitet und – verschwand hier unverzüglich.«

»Seife«, sagte irgend jemand hinter Samgin.

»Wie?« fragte geringschätzig Samgins Nachbar, der ihm über die Schulter blickte.

»Seife ist auch gestohlen worden.«

»Warum hat man gestohlen?«

»Warum gestohlen wird? Offensichtlich – aus Sport ...«

»Warum denken Sie, daß man sie gestohlen hat?«

»Wie belieben Sie zu denken?«

Klim Iwanowitsch Samgin war durch die Eindrücke der schlaflosen Nacht ermüdet. Während er gleichmütig dem gedämpften Gerede der Leute zuhörte, sah er durchs Fenster, vor den Scheiben schäumte dichter Schnee, unförmige graue Gestalten huschten in ihm umher, und es schien, als würden sich ihre bärtigen, bissigen Fratzen gleich lautlos lachend an die Scheiben drücken.

»Hören Sie mal«, wandte er sich an den Kellner, »könnten Sie mir nicht ein Glas Wodka verschaffen?«

»Nicht nötig – gib uns zwei Tassen«, sagte der Mann mit der Warze und holte aus der Innentasche seines Rocks eine flache Flasche hervor: »Kognak, Martell. Die würden Ihnen vergällten Spiritus vorsetzen.«

»Danke, aber . . .«

»Na, warum denn nicht? Wir haben Krieg.«

Dann, als er den Kognak in die Tassen einschenkte, stellte er sich vor: »Jakow Petrowitsch Palzew.«

Er sah mit einem ernsten verwirrenden Blick etwas trüber Augen von unbestimmter Farbe Samgin ins Gesicht, warf den Kopf zurück, kippte den Kognak in den Mund und rümpfte, nachdem er sich ein Stück Zucker in die Backe gesteckt hatte, schmerzlich seine dicke Nase. Die Ungezwungenheit Palzews, sein lässiges Reden, der teilnahmslose Blick seiner trüben Augen – das alles erweckte stark Samgins Neugier; während er der langweiligen Stimme zuhörte, definierte er: Er ist ungefähr vierzig Jahre alt. Ein Pechvogel. Wahrscheinlich ist ihm »alles egal, alles seit langem schal«.

»Hier gibt es eine Unmenge Spekulanten und Gauner«, erzählte Palzew, während er sich eine Zigarette anzündete, die in einem ungewöhnlich langen Mundstück steckte. »Einige von ihnen sind als Verbandshusaren gekleidet, so wie Sie. Ich habe es nicht geschafft, mir eine Uniform zu nähen. Der Mann, der hinter Ihnen saß, war Isakson; Isakson und Berman ist ein technisches Kontor, Import von Maschinen, Werkbänken, Elektrozubehör und so weiter und dergleichen mehr. Beides Spitzbuben, stehen vor Gericht.«

Er holte wieder die Flasche heraus und schenkte Kognak in die Tassen ein, Samgin bedankte sich, trank und hatte das Gefühl, daß Kognak etwas mit Eau de Cologne Verwandtes habe. Palzew, der sich mit der Hand über sein rotes, kurz geschorenes und wie Persianerpelz gekräuseltes Haar strich und die Brauen bewegte, warnte: »Isakson wird sich natürlich anbieten, Ihnen eine Gefälligkeit zu erweisen – das bedeutet: Sie hereinzulegen. Mich hat er schon um zweitausend Rubel betrogen.«

»Und wie können sie das machen?« fragte Samgin.

»Die wissen schon, wie. Spielen Sie Karten? Nicht. Das ist gut. Denn gestern hat irgendein Dummkopf drei Waggons Bretter verspielt: Er hatte sie als Geschenk für das ›Rote Kreuz‹ hergebracht, für Särge, und – verspielte sie . . .«

In dem Restaurant vibrierte fortwährend ein gedämpftes, besorgtes Stimmengewirr, im Billardzimmer klapperten die Kugeln, im Büfett klirrte eilig das Geschirr, und plötzlich fegte diesen ganzen Lärm mit einem Schlag ein hell frohlockender Tenor hinweg:
»Hur-ra!

>Hei, die Verwegenen aus Busuluk
Sind treuer Worte eingedenk . . .«

Etwa zehn Stimmen fielen einmütig nach einem Tanzmotiv in das Lied ein:

>»Rußland, unser Mütterchen,
Ist das Haupt der ganzen Welt!«

Und unter Pfeifen und Stimmengebrüll trappelten harte Absätze über den Parkettboden des Billardzimmers.

»Wahrscheinlich sind die Zeitungen gekommen«, murmelte Palzew, stand auf und ging eilig davon. Samgin stellte fest, daß diese Eile nicht mit der stämmigen schwerfälligen Gestalt und dem Benehmen dieses Mannes übereinstimmte. Klim Iwanowitsch warf sich vor, daß er es versäumt hatte, Palzew rechtzeitig zu fragen, wo die Flüchtlinge untergebracht seien, wie ihre Evakuierungsordnung und -technik aussähe, und sich überhaupt mit den Methoden dieser Arbeit bekannt zu machen. Er hätte das alles gern gewußt, bevor er mit den lokalen Vertretern des Städteverbands zusammentraf, wäre gern als ein wohlinformierter Mann bei ihnen erschienen, der fähig ist, unabhängig von irgendwelchen Leuten zu arbeiten, die vermutlich ihm ähnlich waren. Er blieb noch etwa zehn Minuten sitzen und hörte zu, wie im Billardzimmer das Lied ungestüm emporstieg und perlte, wie ein verwegenes Pfeifen es durchschnitt, wie das Lachen dröhnte, die Füße der Tänzer trommelten, und es war ihm bereits peinlich, allein dazusitzen, als protestiere er gegen die Lustigkeit der Helden. Er hätte gern einen Blick ins Billardzimmer geworfen, aber die Tür war dicht verstopft, fast alle im Restaurant hatten sich an ihr zusammengedrängt.

Er stand auf, wollte auf sein Zimmer gehen, aber im Vestibül hielt ihn ein sonderbarer Mann mit offenem pelzgefüttertem Mantel und einer Persianermütze in der Hand an, in seinem großen wulstigen Gesicht glotzten gierig runde, vorgewölbte Augen, auf dem Kopf hatte er Büschel halb ergrauten Schaffells, der Kopf war groß und saß auf den Schultern, ein Hals war nicht zu sehen, der Mann schien bucklig.

»Entschuldigen Sie«, sagte er leise, eilig und etwas heiser. »Ich heiße – Mark Isakson, jawohl! Eine recht bekannte Persönlichkeit in dieser Stadt. Ich möchte Sie warnen: Mit Ihnen hat ein Gauner gesprochen, jawohl. Der hier ansässige Friseur Jaschka Palzew, jawohl. Ein Betrüger und Spieler. Ein Spekulant. Überhaupt – ein Schurke, jawohl! Sie sind hier fremd ... Ich hielt es für meine Pflicht ... Hier ist meine Visitenkarte ... Entschuldigen Sie ...«

Er kehrte Samgin den Rücken und fragte oder teilte irgend jemandem heiser mit: »Fertig.«

Auf der Karte las Samgin die bekannten Worte: M. Isakson und K. Berman, technisches Kontor.

Dieser – ist ein offenkundiger Gauner, entschied Klim Iwanowitsch. Ein paar Minuten später saß er in einem Wagen, und es schneite stark auf ihn herab. Der Schneesturm toste immer noch ebenso wütend, die Schneewolken schienen schwerer, dichter, wahrscheinlich, weil der Tag heller geworden war. Durch diese rasch dahineilenden Wolken gingen endlos, Abteilung hinter Abteilung, Soldaten, die Bajonette durchkämmten die Schneewolken wie Zähne eines Kammes. Der Schnee rieselte von den Dächern auf sie herab, warf sich ihnen vor die Füße, kam von den Seiten geflogen, doch die Soldaten gingen und gingen, die Schneehaufen feststampfend, sie gingen stumm, in unhörbarem Gang, in dem tiefen steinernen Kanal zwischen den Häusern, deren zahllose Fenster vom Schnee blind gemacht waren. Es war etwas sehr Unheimliches, Bedrückendes an dieser lautlosen Bewegung der Tausende grauer Gestalten, die Rücken und Schultern der Soldaten waren mit weißem Moos bewachsen, und es war, als bemühte sich der Schneesturm, die roten Flecken der Gesichter wegzuwischen. Samgin kam es vor, als hätte er den Wind noch nie so wütend, so pausenlos pfeifen und heulen hören.

Dann saß Klim Iwanowitsch eine ganze Stunde lang in einem warmen und solide eingerichteten Herrenzimmer und hörte den Klagen eines großen, schwammigen Mannes zu, der ein Doppelkinn und das gutmütige Gesicht einer bejahrten Amme hatte. Dieses gepflegte, nackte Gesicht mit seiner straff gespannten, glänzenden, glacéledernen Haut, bläulich in der Bartgegend, sonst rosig durchblutet, mit kleinem, schwellendem Mund und einer Oberlippe, die launisch zu einer kleinen, weichen Nase hochgezogen war, die freundlichen bläulichen Äugelchen und das graue, gekräuselte Haar, ja das ganze Äußere dieses Mannes machten einen ganz bestimmten Eindruck – daß dies eine alte Frau in Männerkleidung sei.

Er ruderte hilflos mit den Armen über den Tisch und sagte in lyrischem Sopran, sanftmütig, wenn auch gekränkt: »Meine Verbandskameraden sind alle an der Front, ich jedoch kann kraft meiner Pflichten als Leiter der hiesigen Filiale der Russisch-Asiatischen Bank die Stadt nicht verlassen, zudem erlaubt mir das auch mein Gesundheitszustand nicht. Diese Flüchtlinge sind etwa vierzig Werst weit weg von hier in leeren Landhäusern untergebracht, aber es hat sich herausgestellt, daß diese Landhäuser vom ›Roten Kreuz‹ für Verwundete gemietet waren, und das ›Kreuz‹ verlangt, daß wir die Landhäuser unverzüglich räumen.«

Seine Rede floß glatt und ruhig dahin, und es war zu merken, daß er am Reden Gefallen fand.

»Es ist gar nicht zu begreifen, wer die Flüchtlinge hierher dirigiert hat. Und es sind, wissen Sie, lauter Juden, Arme und solche hysterische Leute, sie zetern. Sie haben eine Unmenge Kinder, die Kinder sterben, es ist kalt, und sie haben nichts zu essen! Und dann sind da noch irgendwelche Zimmerleute, man hatte sie nach Brest-Litowsk kommen lassen und jagte sie von dort davon; ihr Arbeitgeber ist davongelaufen, ohne sie bezahlt zu haben, und jetzt sind sie auch aufgeregt, verlangen Geld und Brot, fällen dort Bäume, heizen damit die Öfen, sie haben irgendwelche Nebengebäude abgerissen, machen Särge, treiben damit Handel – die Sterblichkeit unter den Flüchtlingen ist hoch! Und überhaupt – sie handeln eigenmächtig. Die Letten indessen sind ein hartherziges Volk, und dieses Fällen von Bäumen, die Beschädigung von Nebengebäuden auf den Grundstücken ... das nimmt natürlich nicht nur ein Lette übel! Ich möchte Sie also bitten, verehrter Klim Iwanowitsch ... diesen ... gordischen Knoten zu entwirren! Die Hauptsache sind die Zimmerleute! Die haben dort so einen Fürsprecher, einen höchst unangenehmen jungen Mann, aber – er kennt diese ganze Geschichte. Ich werde telefonieren, er soll Sie an der Bahn abholen. Er heißt – Lossew.«

Als er mit diesen Klagen fertig war, begann er in einem weit munteren Ton vom Warenmangel, Preisanstieg und von der Entwertung des Rubels zu reden.

»Zu Kriegsbeginn – stand der Rubel auf achtzig Goldkopeken, und jetzt steht er nur noch auf zweiundsechzig und zeigt die Tendenz, auf fünfzig Kopeken zu sinken. Gewiß, ›wo Unglück, ist auch Glück‹, der entwertete Rubel kann sich auch wohltuend auswirken ... aber immerhin, wissen Sie ... Die Finanzpolitik unseres Ministeriums ... zeichnet sich nicht durch besondere Weisheit aus. Die Rolle der Privatbanken wurde zu sehr eingeschränkt.«

Dann senkte er nach und nach die Stimme und rief plötzlich aus: »Aber wir sind uns doch schon begegnet! Entsinnen Sie sich? Irgendwo in der Provinz – in Nishnij, in Samara? Ich trug damals einen Bart, und mich interessierte das Sektenwesen . . .«

»Kormilizyn!« erinnerte sich Klim Samgin, und ihm fiel ein, daß dieser Mann ihm schon damals wie eine Frau vorgekommen war.

»Ganz richtig!« bestätigte der Finanzier freudig lächelnd. »Aber das ist mein Pseudonym.«

Für Samgin war diese Begegnung keine von denen, die einen freuen, ja er kannte überhaupt keine Begegnungen, die ihn hätten freuen können. In dieser Stunde jedoch fühlte er deutlich: Wenn Begegnungen mit Menschen in ihm so etwas wie Neid, wie Kränkung auf Grund der Leichtigkeit erweckten, mit der andere ihren Standpunkt, ihr System von Sätzen änderten, so war das sein Fehler.

Falsche Selbsteinschätzung, Mangel an Selbstvertrauen. Diese Tatsachen müssen mich nicht in Verlegenheit bringen. Im Gegenteil: Ich bin berechtigt, auf meine Standhaftigkeit stolz zu sein, überlegte er, als er im Eisenbahnzug Richtung Warschau saß.

Der Schneesturm tobte immer noch, man hätte meinen können, er sei es, der den Wagen rüttele und schüttele, ihn aus den Schienen zu heben suche. Die Lokomotive pfiff eine Weile angestrengt und schleppte dann den Zug vorsichtig zum Bahnsteig einer Siedlung von Landhäusern. Samgin trat aus dem Wagen in brodelnden kalten Schaum hinaus, er verklebte ihm sofort die Brille und zwang ihn, sie abzunehmen.

»Stillgesta-anden!« brüllte ein hochgewachsener Militär, der mit der einen Hand eine Ehrenbezeigung machte, mit der anderen den Säbel festhielt, dann aber rief er sofort erschrocken: »Rührt euch!«

Hinter ihm standen ungefähr dreißig mit Holzschaufeln bewaffnete Soldaten, ein Schaffner lief vorbei und befahl: »Laß sie einsteigen, einsteigen! Der Wagen neben dem Postwaggon! Rasch!«

»Im Laufschritt – marsch, marsch!«

Die Soldaten verschwanden, auf dem Bahnsteig blieben die rotköpfige Gestalt des Stationsvorstehers und ein großer bärtiger Gendarm zurück, aus dem Gepäckwagen sprangen und fielen unförmige Säcke heraus, alles geschah sehr schnell, der Schneesturm stieß den Zug, die Wagenkupplungen klirrten, die Schienen kreischten. Samgin stand da und schützte mit der behandschuhten Hand sein Gesicht vor dem Schnee, er erwartete irgendeinen jungen Mann, ihm schien, die Zeit schliche ungewöhnlich langsam dahin, ja sie schliche nicht einmal dahin, sondern drehe sich an einer Stelle. Und er kam darauf, daß er sich nicht klar darüber war, was er hier zu tun habe. Der Stationsvorsteher kam auf ihn zu und fragte mit heiserer Stimme: »Sind Sie vom Verband und wollen zu den Flüchtlingen?

Dann kommen Sie, bitte: Sie befinden sich gleich hier hinter dem Bahnhof, in dem grauen Haus.«

»Mich sollte hier ein gewisser Lossew abholen.«

»Loktew wahrscheinlich. Michail Iwanow Loktew«, sagte sehr laut der Stationsvorsteher, und der bisher reglos dastehende Gendarm kam mit großen, aber unhörbaren Schritten auf Samgin zu.

»Loktew ist vorübergehend verreist. In dem grauen Haus befinden sich Russen«, teilte der Gendarm mit, deutete mit weit ausholender Hand auf die schneebedeckten Säcke und fragte: »Ist das Ihr Brot?«

»Nein. Begleiten Sie mich?«

»Bitte sehr«, erklärte sich der Gendarm bereit und brummte: »Für tausenddreihundert Personen haben sie vier Säcke geschickt, darin sind zehn Pud, nicht mehr. Praktiker sind das ... Den dritten Tag haben die Leute kein Brot.«

Sie gingen durch den Bahnhof, dann stapften sie weiter durch Berge von Schnee.

Loktew, überlegte Samgin und vergegenwärtigte sich den unangenehmen jungen Mann, dem er so gern Verweise erteilt hatte. Mischa. Ich glaube, ich kenne schon die halbe Bevölkerung des Landes.

Ihm kam ein sehr sonderbarer und sogar kränkender Gedanke: Überall an seinem Weg seien Bekannte von ihm aufgestellt, gewissermaßen, damit sie beobachten, wohin er gehe. Der Wind wehte von einem Dach einen Haufen Schnee auf den Kopf des Gendarmen herab, hinter Klim Iwanowitschs Kragen geriet auch Schnee, er sammelte sich in seinen Überschuhen an. Aus der Front eines zweigeschossigen Holzhauses drang weißer Rauch, in dem Haus heulte und knarrte irgend etwas.

»Hier wohnen Polen und Juden«, sagte der Gendarm böse. »Bei den Juden ist jemand gestorben. Sie heulen immerzu – hören Sie?«

Das Zimmer hatte außer der Tür, durch die Samgin es betrat, noch zwei weitere, und aus dem ersten Stock führte eine breite, zwei Stiegen hohe Treppe zu ihm herab. Aus beiden Türen stürzten, als hätten sie sich an irgend etwas verbrannt, Halbwüchsige, Mädchen und Jungen, heraus, die Treppe herunter kamen würdevoll, sie beiseite drängend, bärtige, hagere Greise in langen Gewändern, mit Käppchen und zerknüllten Samtmützen, mit grauen Locken an den Wangen oberhalb des Bartes, und alte Frauen in weiten Mänteln und Überwürfen, sie murmelten alle, schrien, stöhnten, verneigten sich dabei und fuchtelten mit den Händen. In dem hysterischen Chaos polnischer und jiddischer Worte fing Samgin die russischen auf: »Und was sollen wir machen mit die Kindär . . .«

»Wir sterben.«

»Geben Sie uns ein bißchen Brot!«

»Und wo ist dieser Mischa, der versteht . . .«

Von der Treppe herunter rief hell eine junge Stimme: »Ihr tragt Brillen, um nichts zu sehen.«

Zu einem dichten, vielköpfigen Körper zusammengedrängt, bewegten sich die Leute immer näher auf Samgin zu, sie strömten einen starken, scharfen Geruch von Salzfisch, von Kinderwindeln aus, sie schrien: »Warum läßt man uns nicht in die Stadt?«

»Sind wir schuld, daß Krieg ist?«

»Man beraubt uns.«

»Hier kann man nichts kaufen . . .«

»Wir sind arme Leute.«

»Man sagte uns: Geht, und es wird sich schon alles regeln . . .«

»Man trieb uns mit Schlägen hierher . . .«

»Ihr lehrt, man solle Vernünftiges, Gutes säen, und macht Krieg«, schrie von der Treppe herab die junge Stimme, und irgendwoher aus der Tiefe des Hauses ergoß sich über die Köpfe der Leute auf der Treppe herab ein gedehnter Trauergesang, der an das Wehklagen der Bauernfrauen über einen Toten erinnerte.

»Na-na, wissen Sie, das ist . . . weiß der Teufel, was das ist!« murmelte Klim Iwanowitsch, sich an den Gendarmen wendend.

»Ein Irrenhaus«, entgegnete verdrossen der Gendarm und warf ihm vor: »Schlecht ist es bei Ihnen im Verband organisiert.«

»Aber – wohin ist nur dieser Dummkopf Loktew verschwunden? Er hätte mich abholen, mich aufklären sollen.«

Der Gendarm sagte nach kurzem Schweigen sehr leise: »Loktew ist nach Pskow gebracht worden, auf Verlangen der dortigen Gendarmeriedirektion.«

Durch den aufrührerischen Stimmenlärm, das erbitterte, schluchzende Geschrei der Frauen drang hartnäckig ein dumpfer, aber vernehmlicher Baß: »Da stirbt nun schon der siebente Mensch infolge der entsetzlichen Dummheit . . .«

Es sprach ein sehr großer Greis mit einem langen, spitz zulaufenden Bart, der Bart hing von einem dunklen, knochigen Gesicht herab, in dem runde, schwarze Augen funkelten und eine spitze Nase zitterte.

»Wir bitten: Gestatten Sie denen von uns, die ein bißchen Geld haben, nach Orjol oder in die Ukraine zu fahren. Hier plündert man uns aus, und wir sind so schon ruiniert.«

Neben ihm tauchte ein kleiner Alter auf, der in eine rote Bettdecke gehüllt war, er hielt sie mit der einen Hand am Hals zusammen und hob die andere, aber die Hand fiel kraftlos herab. In seinem runzeligen, tränenfeuchten Gesicht blinzelten kläglich trübe, gleichsam verräucherte Augen, und die Lider waren rot, als wären sie versengt.

Samgin bemühte sich, ihn nicht anzusehen, tat es aber doch und erwartete, der kleine Alte werde irgend etwas Ungewöhnliches sagen, dieser murmelte jedoch stockend, leise und getragen jiddische Worte, und seine roten Lider zitterten. Es waren noch mehr alte Männer und Frauen mit ebensolchen nackten Augen da. Eine kleine Frau, die mit der einen Hand ein schwarzes Netz über ihr zerzaustes rotes Haar zog und mit der anderen vor Samgins Gesicht fuchtelte, schrie: »Weswegen leiden die Kinder? Weswe-egen?«

Der Greis fing ihre Hand, warf sie beiseite und sagte: »Die Kinder müssen diese Tage vergessen... Scha!« fuhr er die Frau an, sie bedeckte mit den Händen ihr Gesicht und brach in ein schrilles Weinen aus. Es weinten viele. Von der Treppe herab wurde auch geschrien, man zeigte die Fäuste, das Holz des Geländers knarrte, Füße traten fehl, das Aufschlagen der Absätze und Schuhsohlen auf die Treppenstufen knallte wie Schüsse. Samgin schienen die Augen und Gesichter der Kinder besonders erbittert, keines von ihnen weinte, nicht einmal die kleineren, nur die Säuglinge weinten.

»Ein unglückliches Volk«, murmelte Samgin.

»Schmuggler und Spione...«

»Was läßt sich denn hier machen?« erkundigte sich Samgin. Der Gendarm sah ihn von der Seite an und antwortete: »Sie nach Orjol befördern, dort wird man das klären. Diese hier sind noch wohlhabend, sie essen jeden Tag, aber in den anderen Landhäusern...«

Das Geschrei und das Weinen reizten Samgin, der Geruch, der immer schwerer wurde, benahm ihm den Atem, doch am qualvollsten war es, zu fühlen, wie die Kälte an den Füßen brannte, die Zehen wurden wie mit glühenden Zangen zusammengepreßt.

Er sagte das dem Gendarmen, dieser riet ihm: »Gehen Sie in den Hof hinunter, dort in der Backstube wohnen warm russische Zimmerleute.«

»Gibt es denn keinen Gasthof?«

»Die Gasthöfe sind für die Verwundeten reserviert.«

In der geräumigen Backstube herrschte eine angenehme säuerliche Wärme. Drei quadratische, vom Schnee blind gemachte Fenster ließen wenig Licht unter die niedrige Decke herein, und in dem grauen Halbdunkel schien es Samgin, auch die Backstube wäre dicht mit Menschen gefüllt. Es waren aber nur ungefähr zwanzig, fünf von ihnen saßen an einem großen Arbeitstisch beim Kartenspiel, etwa sieben standen um die Spieler herum, zwei zerzauste Köpfe ragten über den Rand des niedrigen Ofens, ein Unsichtbarer sang in einer Ecke leise in sanftem Tenor ein schwermütiges Lied, ihn begleitete eine Ziehharmonika, auf der Brottruhe lag, die Hände im Nacken, ein großer lockiger Mann und pfiff zu dem Lied. In dem Ofenrohr seufzte rauh, heulte und pfiff der Wind. Die Kartenspieler riefen: »Ich habe einen Ganoven, mit Ärger!«

»Pik-Acht und zwei Nutten!«

»Treff-König und lauter Zehnen, zum Teufel . . .«

»Ruhe«, sagte ein kleiner Alter, der irgendein Kleidungsstück, das er ausbesserte, von seinem Schoß warf, steckte die Nähnadel an die Brust seines gelben Hemds und grüßte vergnügt: »Guten Tag, Semjon Gawrilytsch! Einen solchen Tag sollten wir den ganzen Winter über haben, damit die Deutschen alle erfrieren.«

»Immer macht man Spaß«, brummte zornig der Gendarm, blickte sich um und fragte: »Die Zwischenwand habt ihr wohl verheizt?«

»Das Zwischenwändchen haben wir für kleine Särge verwendet.«

»Ihr werdet euch wegen der Vernichtung fremden Eigentums zu verantworten haben.«

»Wir werden schon antworten. Diese offensichtliche Frage läßt sich leicht beantworten – der Krieg erlaubt jegliche Vernichtung.«

»Ein Schwätzer, so etwas wie ihr Ältester«, sagte der Gendarm verdrießlich. »Ich gehe auf den Bahnhof«, fügte er, auf die Uhr blickend, hinzu: »Wenn Sie mich brauchen sollten – lassen Sie mich holen.«

Samgin setzte sich auf eine Bank und versuchte, die Überschuhe auszuziehen, sie schienen an den Schuhen festgefroren, und die Zehen schmerzten unerträglich. Der kleine Alte im gelben Hemd beobachtete mit freundlichem Lächeln seine Bemühungen. Die Daumen hinter den Gürtel, einen mit Silber verzierten kaukasischen Gurt, gesteckt, stand er soldatisch, »Hacken zusammen, Fußspitzen auseinander«, da, ganz und gar ordentlich, freundlich, mit adrett gestutztem grauem Kinnbärtchen, spitznasig und flinkäugig.

Die Kartenspieler hörten auf zu spielen, auch sie sahen Samgins Hantieren zu, nur das Stimmchen des Sängers und die Ziehharmonika jaulten einmütig und trist.

»Gehn sie nicht runter?« fragte teilnahmsvoll der Alte.

In dieser Frage vernahm Samgin etwas Spöttisches, ja der kleine Alte kam ihm überhaupt unaufrichtig, listig vor. Er sah sich jedoch gezwungen, zu murmeln: »Könnten Sie mir nicht helfen?«

»Lexej, komm mal her«, rief der Alte. Von der Truhe sprang geräuschlos der Lockige auf den Boden herab, kauerte sich hin, zog Klim Iwanowitsch am Bein und ließ ihn, da er die Hose mitgefaßt hatte, aufspringen.

»Etwas sachter, Lexej, so reißt du ihm das Bein ab«, sagte der kleine Alte immer noch ebenso freundlich und reizte dadurch Samgin noch mehr. Die Überschuhe waren ausgezogen, Samgin stand auf.

»Ich danke Ihnen.«

»Wohl bekomm's«, sagte Alexej mit Trompetenstimme; er war etwa zwei Meter groß, breitschultrig, hatte ein rundes, rotwangiges Gesicht und lockiges Haar wie ein Engel auf einem mittelalterlichen Bild.

Welch ein schöner Mann, stellte Samgin, der auf dem Zementboden umherschritt, mißbilligend fest.

»Sie kommen wohl vom Verband?« erkundigte sich der Alte.

»Ja.«

»Der vierte«, sagte der Alte zu den Seinen und zeigte sogar vier Finger seiner linken Hand. »Sind Sie als Ersatz für Michail Loktew hergeschickt worden? Wegen der Flüchtlinge, sagen Sie? Nun also, wir sind eben diese, offensichtlich Flüchtlinge. Und sogar – noch schlimmer als das.«

Er sprang behende hoch, setzte sich rittlings auf die Tischecke und begann sehr flüssig, redegewandt zu sprechen: »Schlimmer, denn die Juden darf man veralbern, die Polen sind so etwas wie Gefangene, wir jedoch – sind Russen, zum Staat gehörende Leute.«

Samgin schritt vor ihm auf und ab, trat mit dem Absatz auf, schlug mit den Schuhsohlen gegen den Boden, um die Füße zu erwärmen, und fühlte, daß sich die Kälte über den ganzen Körper ergoß. Der Alte erzählte: Sie hatten in Polen für das »Rote Kreuz« gearbeitet, Baracken gebaut, der Bauunternehmer hatte Unterschlagungen gemacht, war davongelaufen, sie hatte man gedungen, die Arbeit gegen einen Tageslohn von anderthalb Rubel fortzusetzen.

»Bei Selbstverpflegung ist das wenig. Na, man sagte uns vorsorglich: Es ist Krieg, eure Brüder kämpfen offensichtlich, also seid mal nicht so gierig. Schon gut – wo hätte unsereins nicht schon den kürzeren gezogen?«

Neben den Erzähler trat ein anderer, der größer war als er, großäugig, kahlköpfig, in dicker wattierter Jacke und grauen Filzstiefeln bis ans Knie und mit einem langen knochigen Gesicht, das von einem rötlichen, ausgeblichenen Bart umgeben war. Der adrette kleine Alte operierte begeistert mit Zahlen: »Dreiundvierzig Tage, das macht zwölfhundertfünfundzwanzig Rubel, doch man zahlte uns für die

Verpflegung während der ganzen Zeit nur dreihundertfünf Rubel aus. Und – kommandierte: Fahrt nach Libau, dort werdet ihr entlohnt werden und Arbeit bekommen. In Libau jedoch nahm man uns vorsorglich die Lohnliste weg, betrachtete uns als Flüchtlinge und beförderte uns hierher.«

»Man ist nicht gut mit uns umgegangen, Euer Wohlgeboren«, sagte in dumpfem Baß der kahlköpfige Alte, der seine Arme auf der Brust gekreuzt und die breiten Hände auf die Schultern gelegt hatte, seine wuchtige Stimme rief mannigfaltiges Echo hervor; irgend jemand murmelte: »Man kränkt die Werktätigen, wie Gefangene . . .«

»Erbarmen mit dem Volk gibt es nicht.«

Und irgendwessen schrilles Stimmchen rief: »Das Volk ist eine Kartoffel!«

»He, ihr dort!« fuhr sie der Kahlköpfige, die rechte Hand hochschwingend, an. »Schweigt, wenn von der Arbeit gesprochen wird. Auch die Ziehharmonika sollte nicht jaulen.«

Aber man hörte nicht auf ihn, unter den Zimmerleuten, die am Tisch saßen, entbrannte rasch ein Streit, das schrille Stimmchen wiederholte beharrlich: »Das Volk ist eine Kartoffel, alle essen sie: Der Herr ißt sie, auch der Hase frißt sie.«

»Der Hase frißt keine, der Wurm frißt sie.«

»Erzähle mir keine Märchen! Auch der Hase nagt an ihr.«

»Der Käfer – ebenfalls.«

»Das Volk frißt mehr als alle anderen sich selbst auf.«

Während der adrette kleine Alte von den Mißgeschicken des Artels erzählte, gelang es Klim Iwanowitsch Samgin, zu der Einsicht zu kommen, daß er ja nicht wegen dieser Leute unter der Kälte und allerhand Unbequemlichkeiten leiden mußte und daß er nicht ihretwegen die Pflicht auf sich genommen hatte, dem Vaterland in seinem Kampf gegen einen starken Feind zu helfen. An der gewandten Erzählung des kleinen Alten, in seiner sichtlich geheuchelten Freundlichkeit waren ihm bissige Untertöne aufgefallen, die häufige Wiederholung der Worte »offensichtlich« und »vorsorglich« bewertete er als etwas Gekünsteltes, wie aus ehemaligen Volkstümlererzählungen Entlehntes. Da hatten nun diese Männer einen närrischen Streit begonnen, der an die Dialoge in den Skizzen von Gleb Uspenskij erinnerte.

Ein verdächtiges altes Kerlchen . . .

Die Füße hatten sich erwärmt, die feuchte Wärme der Backstube erlaubte ihm, den Mantel aufzuknöpfen. Samgin setzte sich auf eine Bank und fragte streng: »Was macht ihr denn hier? Weshalb fahrt ihr nicht irgendwohin arbeiten?«

Seine Fragen unterbrachen sofort den Streit, in der Stille ertönte deutlich und spöttisch nur eine einzige halblaute Stimme: »Nun ist es ihm endlich eingefallen, uns zu fragen ...«

»Das werde ich Ihnen, Euer Wohlgeboren, mit Verlaub erklären«, begann der Adrette, der auf dem Tisch wie auf einem Roß hochschnellte. »Da wir gewohnt sind, täglich zu essen, sorgen wir dafür, daß wir etwas zu essen haben. Auf drei Grundstücken rissen wir Nebengebäude, allerhand kleine Schuppen ab, um Holz zu haben. Wir fällten ein paar Bäume. Unser Vorgehen war offensichtlich rechtswidrig, wie der Gendarm sagte. Jedoch, hier gibt es viele Kinder, und sie leiden unter der Kälte, manche sterben sogar, und so zimmern wir für sie kleine Särge. Dadurch ernähren wir uns auch. Vorgestern hat eine Polin vorsorglich nicht entbunden, sondern ist gestorben, heute verschied am Morgen ein alter Mann ... Und so schlagen wir uns hier nach und nach durch.«

Er sprach bereits, ohne seinen Hohn zu verhehlen, und Samgin fühlte, daß sein Gesicht vor Empörung rot wurde und daß die Empörung ihn erwärmte. Er zündete sich eine Zigarette an, hörte zu und wartete ab, wann es am passendsten wäre, dem Erzähler für seine Beredsamkeit die gebührende strenge Abfuhr zu erteilen. Doch der kleine Alte schöpfte Atem und fuhr fort: »Und wir halten uns hier auf, Euer Wohlgeboren, weil wir, nachdem man uns zu Flüchtlingen erklärt hat, keine Bewegungsfreiheit haben. Wir könnten natürlich wegfahren, aber dazu müßten wir erst das von uns verdiente Geld erhalten. Hierher hat man uns unentgeltlich befördert, aber weiter, von Riga an, beginnt der Schwarzhandel. Für die Erlaubnis, in die Wagen nach Orjol einzusteigen, verlangt man von uns fünfzig Rubel. Das ist nicht wenig Geld, jedoch auch ein Fünfer ist viel, wenn man ihn nicht hat.«

»Das ist nicht möglich«, sagte Samgin streng. »Flüchtlinge werden unentgeltlich transportiert.«

»Sehen Sie, Ihr Vorläufer, Mischa, war der gleichen Meinung, er fing wegen dieser Unstimmigkeit sogar einen Streit an, darum holte ihn die Gendarmerie weg und sperrte ihn wohl in einen Keller; und uns – verhörten sie: Wiegelte Loktew euch auf? Da sehen Sie, wie vorsorglich die Sache gedeichselt wurde ...«

»Wahrscheinlich hat er euch ... irgendwelchen Unsinn erzählt.«

»Davon haben wir nichts gemerkt«, entgegnete der kleine Alte.

Aber der gewaltige schöne Alexej rief ihm in vorwurfsvollem Ton ins Gedächtnis: »Er sagte, daß der Krieg eine Dummheit aller Völker ist und daß die Deutschen auch Dummköpfe sind ...«

»Das hat dir geträumt, Aljoscha«, sagte freundlich der Alte. »Keiner hat solche Worte von ihm gehört.«

»Das hat der Bursche vorsorglich selbst erfunden«, wandte er sich an Samgin, wobei er seine Augen in den Runzeln eines Lächelns versteckte. »Und Mischa – ist unbestreitbar ein tüchtiger Mann! Wir hauten also dem ›Roten Kreuz‹ eine Beschwerde hin: Zahlt uns unser Geld aus, achthundert Rubel und etliches. Das ›Kreuz‹ verlangte schriftliche Unterlagen. Wir erklärten uns bereit, aber Mischa sagte: Nein, wir können nur Kopien davon geben . . . Er kennt sich vortrefflich in den bürokratischen Spitzfindigkeiten aus . . .«

Sein munteres Stimmchen konnte den zornigen Baß des kahlköpfigen Alten nicht übertönen: »Du Dummkopf solltest schweigen und dich nicht in die Gespräche der Älteren einmischen. Der Krieg – ist keine Dummheit. Wir haben ja gesehen, wie er im Jahre fünf das Volk aufgewühlt hat. Und jetzt, paß auf, wird das gleiche geschehen . . . Krieg – ist eine furchtbare Sache . . .«

Klim Iwanowitsch Samgin sagte sich, daß es Zeit sei, dem allem ein Ende zu machen.

»Krieg – ist eine historisch unvermeidliche Erscheinung«, begann er schulmeisterlich, wobei er die Brille abnahm und mit dem Taschentuch ihre Gläser blank rieb. »Der Krieg zeugt vom quantitativen und qualitativen Wachstum eines Volkes. Der Krieg beruht auf Konkurrenz. Jeder von uns will besser leben, als er lebt, ebenso will jeder Staat, jedes Volk . . .«

»Das Volk – ist eine Kartoffel«, murmelte das schrille Stimmchen.

»Aber es kommt vor, daß der Mensch sich täuscht, sich irrtümlicherweise für besser, für wertvoller hält als andere«, fuhr Samgin fort, überzeugt, daß es diesen Leuten nicht viel Mühe kosten würde, eine ihrem Verstand zugängliche Wahrheit anzuerkennen. »Die Deutschen gehören unglücklicherweise zu den Leuten, die überzeugt davon sind, daß gerade sie die besten Menschen der Welt seien und daß wir, die Slawen, ein wertloses Volk seien und uns ihnen unterwerfen müßten. Zu diesem Selbstbetrug wurden die Deutschen vierzig Jahre lang erzogen, durch ihre Schriftsteller, ihren Kaiser, ihre Zeitungen . . .«

»Wir lesen die Zeitungen«, flocht der adrette kleine Alte ein. »Gewiß, die Zeitungen schreiben vorsorglich . . .«

Diesmal sprach der Alte langsam, als wäre er müde oder – als hätte er keine Lust dazu. Und neben seinen Worten fing Samgin die irgendeines anderen auf: »Nein, dieser Brillenmensch ist etwas wäßriger als Loktew . . .«

»Sie verwenden unnützerweise die Worte ›vorsorglich‹ und ›offensichtlich«, sagte Klim Iwanowitsch Samgin gereizt. »Ihre Bedeutung ist Ihnen nicht ganz klar.«

»Was sind schon Worte?« entgegnete mit einem Seufzer der Alte. »Ein Wort bleibt, wie man es auch sagen mag, doch nur ein Wort. Und da wir schon, Euer Wohlgeboren, von unserer Sache abgeschweift sind und Sie bis morgen noch viel Zeit haben ...«

»Wieso – bis morgen?« erkundigte sich Samgin besorgt.

Der Alte erklärte ihm, daß es nur einen Zug nach Riga gebe, am Morgen. Damit betäubte er Samgin gleichsam, zerstörte sein Verlangen zu belehren und rief eine Reihe wesentlich wichtiger Fragen hervor: »Wo soll ich denn trinken, essen, schlafen?«

»Zum Schlafen – braucht man nicht viel Platz«, beruhigte ihn der Alte. »Wir können Sie mit Tee bewirten, wenn Sie das nicht verschmähen. Oljoscha, Foma«, rief er, »vorwärts, facht die Samoware an, es wird Zeit!«

Er stand vor Samgin, drückte ihn fast an den Ofen und erzählte, Unwillen und Mißtrauen in ihm weckend: »Wir ziehen wie Zigeuner umher, besitzen jedoch alles notwendige Haushaltsgerät: Zwei Samoware haben wir uns bei den Juden verdient, auch einigen weichen Plunder ... Diese Flüchtlinge legen keinen Wert auf Besitz, wenn sie nur mit dem nackten Leben davonkommen ...«

Der Ofen atmete Klim Iwanowitschs Rücken an, hüllte ihn in trockene und wohlige Wärme, die Wärme machte ihn schläfrig, besänftigte ihn, versöhnte ihn mit der Notwendigkeit, unter diesen Leuten zu bleiben, weckte irgendwelche schnellen, kleinlichen Gedanken. Unter den Windböen durch den knietiefen Schnee zum Bahnhof zu stapfen – hatte er keine Lust, obwohl er dort hätte bei einem der Angestellten übernachten können.

Allerhand Unbequemlichkeiten zu ertragen gehört zu der Reihe von Pflichten, die ich auf mich genommen habe, dachte er, innerlich lächelnd. Und zu alledem kam hinzu, daß Ossip seine Neugier erregte, in ihm das Verlangen weckte, die Autorität des freundlichen kleinen Alten zu untergraben.

Was kann solch ein listiges, halbgebildetes Menschlein dem Leben geben? Er ist im Artel eine Autorität, er ist auf seine Art auch ein »erklärender Herr«. Er baut Häuser für andere – interessant: Ob er selbst eins besitzt? Im allgemeinen leben »erklärende Herren« für die anderen als »Lehrmeister des Lebens«. Selbstverständlich ist das nicht immer Schmarotzertum, aber immer – Gewalt, irgendeinem Christus, einem System von Sätzen zuliebe.

In der Backstube hatte ein lebhaftes Treiben begonnen, der lockige Aljoscha und der spitzgesichtige, magere Halbwüchsige Foma richteten in der Ofengrube zwei Samoware her, scharrten Holzkohlen aus dem Ofen heraus, in einer Ecke klirrten Emaillebecher, der kahlköpfige Alte schnitt einen Brotlaib in Scheiben von gleichem Gewicht, der Tisch wurde abgewischt, Bänke wurden herangeschoben, über den Asphalt des Fußbodens patschten laut bloße Füße, vom Ofen kletterten zwei Männer in rosa Hemden, ohne Leibriemen, herunter, beide gleichermaßen zerzaust, sie schlüpften gleichzeitig wie mit ein und denselben Bewegungen in die Stiefel und halblangen Pelze und – gingen durch die Tür auf den Hof. Das alles geschah in bläulichem Dämmerlicht, das mit Machorkarauch gefüllt war, die Dämmerung wurde dunkler, das Seufzen, Heulen und Pfeifen des Winds im Ofenrohr vernehmlicher.

Samgin beobachtete das laute Hin und Her der Männer und dachte daran, daß es für sie Schulen, Kirchen, Krankenhäuser gab, daß Lehrer, Priester, Ärzte für sie tätig waren. Veränderten sich diese Menschen zum Besseren? Nein. Sie waren die gleichen wie vor zwanzig, vor dreißig Jahren. Eine ganze Ecke der Backstube war bis zur Decke hinauf mit kleinen Truhen gefüllt, in denen sich das Handwerkszeug der Zimmerleute befand. Für sie wurden Beile, Sägen, Scharfhobel, Stemmeisen hergestellt. Wagen, Landwirtschaftsmaschinen, Geschirr, Kleider. Für sie wurde Glas gemacht. Schließlich und endlich hatten ja auch die Kriege den Zweck, diesen Menschen Land und Arbeit zu verschaffen.

Natürlich wird dieser Gedanke sowohl für naiv wie auch für ketzerisch gehalten werden. Er verstößt gegen alle liberalen und sozialistischen Grundsätze. Aber es läßt sich durchaus annehmen, daß dieser Gedanke für den Verstand der Intelligenz leitend werden wird. Die hierarchische Struktur der menschlichen Gesellschaft beruht auf der Biologie. Sogar die Würmer sind ungleich . . .

Sein Denken verlief lustlos, automatisch und düster.

In der feuchten und dämmerigen Stickluft war außer dem starken Machorkarauch der Oxydgasgeruch der Holzkohlen zu spüren. Die Gedanken hinderten Samgin nicht, sich einzubilden, er befände sich in einem Gasthofzimmer, sie hinderten ihn nicht, dem Reden der Zimmerleute zuzuhören.

Zornig dröhnte der tiefe Baß des kahlköpfigen Alten: »Du, Ossip, spielst mit Worten, das ist es! Er jedoch – hat richtig gesagt: Der Krieg ist notwendige Geschichte, er wird von Gott gesandt.«

»Von Gott – war nicht die Rede«, widersprach der Adrette.

»Es gibt allerhand, wovon wir nicht reden, aber denken. Auch du sprichst nicht jegliche Wahrheit aus, jeder hat eine – die ihm selber schön, anderen dunkel scheint. Das Volk . . .«

»Eine Kartoffel ist das Volk!« kreischte das Stimmchen eines Mannes von mittlerem Alter mit Eulenaugen auf, der ein rundes rotes Gesicht voller goldroter Stoppeln hatte.

»Der Teufel soll dich holen! Du leierst immer nur das eine Wort. Wie ein Verrückter bist du, Semjon!« fuhr ihn der Kahlköpfige erbost an.

»Warte, Grigorij Iwanytsch«, bat Ossip.

»Wozu denn warten? Hör zu, du: Was schärfte Gott den Juden ein? Vernichte den Feind bis ins siebte Glied, das ist es. Das heißt also – vernichte alle samt und sonders. Sie taten es. Die Völker, von denen die Bibel erzählt, gibt es nicht mehr auf Erden . . .«

»Und dennoch, Grigorij, sind wir eine Kartoffel! Was man will, kann man mit uns machen . . .«

»Jedoch im Jahre fünf hat das Volk . . .«

». . . den Pferden die Schwänze abgeschnitten.«

»Na, hör auf, Semjon! Sie rebellierten tüchtig . . .«

»Hast du rebelliert?«

»Ich? Nein, ich war damals . . .«

»Warum hast du nicht rebelliert?«

»Ich hatte eben einen Grund . . .«

»Versteck dich nicht hinter einem Grund, sondern sag geradeheraus, warum du nicht rebelliert hast.«

»Laß es mich erklären!«

»Eh, du Kartoffelding!«

In der Ofengrube zu Füßen von Samgin unterhielten sich halblaut Alexej und Foma.

»Wäre Mischa da, er würde es erklären . . .«

Und am Tisch wurde weitergeschrien: »Aufstände waren auch vor dem Jahre fünf üblich. Die reichen Bauern waren sehr erbost gegen die Herren.«

»Sie wollten selbst Herren werden.«

»Das hat Mischa euch von den Reichen eingeblasen . . .«

»Stimmt es etwa nicht?«

»Nein, Mischa hat zuverlässig gesprochen«, mischte sich Ossip ein, der einen blauen Emaillebecher mit dem Handtuch abtrocknete.

»Ein ruhiger Bursche, aber mit kühnem Verstand . . .«

»T-ja. Als ich ihm zuhörte, dachte ich: Du Schelm bist zwanzig Jahre alt, und auch das ist noch hoch geschätzt, ich jedoch bin fünfundvierzig!«

»Er ist gebildet!«

»Das ist es eben. Er – versteht alles, wir beide jedoch haben keine Zeit gefunden, über unser Schicksal nachzudenken . . .«

»Wir hinken nach . . .«

Die Zimmerleute setzten sich an den Tisch, und die Reihe bärtiger Gesichter erinnerte Samgin an die zähnebleckenden, bärtigen Fratzen vor den Fensterscheiben des Bahnhofsrestaurants in Nowgorod.

Sie reden in meiner Gegenwart so kühn, als sähen sie mich nicht. Dabei bin ich wie ein Militär gekleidet . . .

Ossip kam auf ihn zu und bat ihn höflich: »Kommen Sie bitte zu Tisch . . .«

Und er machte sogar eine Handbewegung, als führte er ein Roß am Zaum. An den Bewegungen seines stattlichen Körpers, den Gesten seiner geschickten Hände beobachtete Samgin etwas ebenso Einschmeichelndes wie an seiner geschmeidigen Stimme und seinen freundlichen Reden, aber ungeachtet dessen erinnerte er durch irgend etwas an den ungeschliffenen und barschen Lowzow und überhaupt an Leute dreisten Denkens.

Auf dem Tisch standen zwei Samoware, die Dampf ausströmten, neben jedem flackerten Stearinkerzen und erhellten sehr schwach das bläuliche Halbdunkel.

»Lassen Sie es sich wohlschmecken«, sagte Ossip, als er einen Becher Tee vor Samgin hinstellte und zwei Zuckerstücke und eine Scheibe Brot dazulegte. »Wir sind es gewohnt, wenn wir arbeiten, viermal zu essen: am Morgen, mittags, das hier ist so etwas wie ein Vorabendessen, und zwischen sieben und acht Uhr gibt es Abendessen.«

Der kahlköpfige Grigorij Iwanowitsch, der als Brot- und Wasserkenner auftrat, brummte, das Brot sei sauer, das Wasser salzig, am entgegengesetzten Tischende krakeelte der rothaarige Semjon, er bewies mit schriller Stimme seinem Nachbarn, einem breitschultrigen Mann, der auf dem rechten Auge starblind war: »In Bastschuhen kommst du nicht ins Paradies, nei-ein!«

»Mich interessiert eine Frage, Euer Wohlgeboren, wie denken Sie darüber: Was ist der Mensch auf Erden – Gast oder Herr?« fragte Ossip unerwartet und laut. Diese Frage unterbrach sofort die Gespräche der Zimmerleute, und Samgin, der merkte, daß die Mehrzahl der Zimmerleute ihn voller Erwartung ansah, begriff, daß diese Frage ihnen bekannt war, sie interessierte. Er umfaßte mit den Händen den Teebecher und sagte: »Das Leben des Menschen auf Erden ist so kurzfristig, daß man ihn natürlich als Gast auf Erden ansehen muß.«

»Was nun?« stieß der kahlköpfige Grigorij triumphierend hervor. »Ich sagte dir doch . . .«

»Halt, warte mal!« bat ihn Ossip mit vergnügter Stimme und einer leichten Handbewegung. »Na, wenn man aber den Menschen in den Grenzen seines kurzen Lebens nimmt – was dann? Was ist er dann? Sehen Sie, einige sagen zuverlässig, daß die Menschen die Herren auf der Erde seien ...«

»Dabei sind sie ihre Gäste bis ins Grab«, flocht Grigorij ein und wandte sich an Samgin: »Er, Euer Wohlgeboren, will darauf hinaus, die Rebellion zu rechtfertigen, das ist es! Sehen Sie, er ist so etwas wie ein Ketzer, ein Raskolnik. Er denkt nicht gottbefohlen, sondern aus sich selbst heraus. Ist so etwas wie ein Aufwiegler ... Er ist erst seit kurzem bei uns, alles in allem ungefähr zwei Monate.«

»Laß doch die Antwort hören, Grigorij Iwanytsch!« bat Ossip ihn sanft. »Wie ist es nun, was ist der Mensch in den Grenzen seines Lebens?«

»Der Herr seiner Kraft«, antwortete Samgin nach einigem Zögern und überzeugte sich mit Vergnügen, daß diese Antwort den Philosophen sehr verwirrte, den Kahlköpfigen jedoch freute.

»Aha?« stieß er hervor und lachte laut, mit dem Finger auf Ossip deutend. »Hast du verstanden? Jeder Mensch ist Herr seiner selbst, und über ihm – stehen der Zar und Gott. Da hast du's!«

Alle schwiegen, Ossip bewegte sich, als wolle er von der Bank aufstehen, könne es aber nicht.

»Das heißt also – so«, begann er gedämpft. »Wer seine Kraft mehren kann, wer durch Wissenschaften gelehrt ist, der ist Herr, alle übrigen sind Gäste.«

Doch gleich danach erklang seine Stimme laut und energisch: »Also bin ich Gast. Und wir alle, liebe Brüder, sind Gäste. So. Na, und was für eine Bewirtung erhalten wir denn? Wir sind Gäste, jedoch keine Bettler, nicht wahr? Wir – und Bettler? Niemals! Wir selbst geben den Bettlern Almosen, wenn wir Geld haben. Wir sind Arbeiter, Arbeitskraft ... Jetzt bewirtet man uns mit Krieg ...«

Durch die Worte von der Wissenschaft fühlte Samgin sich persönlich verletzt.

»Es ist nicht wahr, daß die Wissenschaften die Gelehrten reicher machen. Unternehmer leben in größerem Reichtum als Professoren, aus der halbgebildeten Bauernschaft gehen reiche Fabrikanten hervor und so weiter. Erfolg im Leben ist eine Sache der Fähigkeiten.«

Ossip atmete laut auf und sagte: »Uns, möchte ich vorsorglich sagen, steht es natürlich nicht zu, mit Ihnen zu streiten. Wir sind offensichtlich ungelehrte Menschen, und, das stimmt, wir denken aus uns selbst heraus ...«

»Was jaulst du immerzu – wir, wir?« schrie Grigorij Iwanytsch streng. »Wer ist hier mit dir einverstanden? Wo ist er?«

»Hier, ich bin mit ihm einverstanden«, antwortete vom Tischende ein Mann von kleinem Wuchs und stand auf, damit man ihn sähe; Samgin kam er von weitem wie ein Jugendlicher vor, aber von seinen Ohren hingen zum Kinn die schütteren glatten Haare eines Bartes herab, der am Kinn dicht war und im Dämmerlicht auch bläulich aussah.

»Da, ich sage es in Gegenwart des Herrn: Ich bin mit ihm, mit Ossip, einverstanden und nicht mit dir. Und dich halte ich für schädlich, weil du mit dem Gendarmen unter einer Decke steckst und Mischa verleumdet hast ... Äh, du alter Teufel!«

Der rothaarige Semjon streckte seinen Kopf hinter dem Samowar hervor und rief schrill: »Ich sage es dir auch, du gemeiner Wurm ...«

Es brummten noch ein paar Stimmen, und irgend jemand sagte barsch: »Wir haben dich Grigorij, nicht zum Ältesten gewählt, doch du – kommandierst ...«

»Ossip Kowaljow ist gebildeter als du und haushälterischer.«

Der große, kahlköpfige Alte beugte sich über den Tisch, ergriff mit den Fingern beider Hände den Becher und knurrte, seinen spitzbärtigen Kopf nach rechts und nach links wiegend, undeutlich und zornig wie ein Köter, dem man einen Knochen wegnehmen will.

Kowaljow stand auf, erhob mit einer Dirigentengeste die Hände und begann hell: »Halt, liebe Brüder! Ich sage es zuverlässig: Ich dränge mich euch nicht als Vorgesetzter auf, das brauche ich nicht, ich habe eine andere Bestimmung ... Und laßt uns das nebensächliche Gespräch abbrechen. Kommen wir zur Sache.«

Er entfernte sich ein wenig von seinem Nachbarn, von Samgin, verneigte sich vor ihm und bat höflich: »Euer Wohlgeboren – helfen Sie uns, vom ›Kreuz‹ das Geld zu erhalten und von hier wegzukommen ...«

Alle Männer am Tisch rückten dichter zusammen, einige standen auf und sahen Seine Wohlgeboren erwartungsvoll an. Klim Iwanowitsch Samgin erklärte überzeugt und herrisch, daß er morgen alles tun werde, was möglich sei, jetzt aber würde er sich gern ausruhen, er habe in der Nacht schlecht geschlafen und bekomme Kopfschmerzen.

»Hier riecht es nach Kohlengas. Und es ist stickig.«

»Vorwärts, Jungs, ans Werk!« forderte Ossip Kowaljow auf.

Etwa fünf Minuten später lag Samgin in einer Ecke, in die sie die Brottruhe geschoben hatten, auf den Deckel der Truhe hatten sie einen halblangen Pelz gelegt und irgendwelchen weichen Plunder in saubere Handtücher gewickelt, so daß ein Kissen daraus entstanden war.

Klim Iwanowitsch war zufrieden, daß er sich nun abseits von diesen Leuten, ihren kleinen Sorgen und ungebildeten Streitereien befand.

Das Leben der meisten Menschen wird von Hoffnungen gelenkt, die durch Versprechungen erweckt werden. So war das schon immer, und es läßt sich schwer vorstellen, daß es jemals anders sein wird, dachte er.

Er lag hart, der Truhendeckel knarrte, seine eine Ecke stieß leise gegen irgend etwas.

So muß man nun leben, dachte er, sich selbst bemitleidend, fühlte sich durch irgend jemanden benachteiligt und war zugleich ein wenig stolz darauf, daß er Unbequemlichkeiten erduldete, und durch diesen Stolz wurde das Gefühl eines mißlungenen Anfangs seines Dienstes am Vaterland gemildert.

In der Backstube fluteten gedämpfte Geräusche hin und her, ein Teil der Zimmerleute legte sich zum Schlafen auf den Fußboden, Grigorij Iwanowitsch kletterte auf den Ofen, in der Ofengrube wurde ein Samowar angefacht, ein paar Mann saßen am Tisch und hörten einer bohrenden Stimme zu.

»Einmütigkeit ist nötig, und die Kartoffel zeigt dann Einmütigkeit, wenn man sie, die Kartoffel, in die Erde eingräbt. Wir haben in unserem Dorf dreiundsechzig Gehöfte, doch reich lebt nur Jewsej Petrow Koshin, ein Bauer mit bodenlosem Bauch, langem Arm und umfassendem Verstand. Es gibt noch dreie, na, die sind so etwas wie seine Handlanger, wie Unteroffiziere für einen Oberst. Er, der Jewsej, weiß schon im Frühling, was im Herbst sein wird, wie das Leben verlaufen und wie die Preise sein werden. Bittest du ihn: Gib mir Geld für Saatgut – so gibt er dir welches . . .«

»Diese Kunststücke – kennen wir.«

»Das ist es eben. Mein Onkel ist siebenundachtzig Jahre alt, er sagt: In der Leibeigenschaft, unter dem gnädigen Herrn, hatte der Bauer ein leichteres Leben . . .«

»So reden viele alte Leute . . .«

»Na, siehst du. Woher, Ossip, soll denn die Einmütigkeit kommen?«

Ein vernünftiger Mann, billigte Samgin die hoffnungslose Rede.

Die eine Kerze wurde gelöscht, die andere beleuchtete den kupferfarbenen Kopf des rothaarigen Zimmermanns, die steinernen Gesichter seiner Zuhörer und das kleine, silberbärtige Gesicht Ossips, es schaute hinter dem Samowar vor und war von der Kerzenflamme greller beleuchtet als die übrigen, Ossip kaute Brot, trank Tee dazu und bewegte sich, alle anderen saßen reglos da. Samgin sah ihn ein paar Sekunden lang an, dann schloß er die Augen, aber das halblaute deutliche Reden Ossips hinderte ihn am Einschlummern, machte ihn wieder wach.

Samgin konnte nicht schlafen, obwohl er sich müde fühlte. In der Backstube herrschte ein abgestandener Geruch von Sauerteig, Schaffell und Darmwind. Irgend jemand redete im Schlaf, sich an seinen eigenen Worten verschluckend, jemand schnarchte unter leisem Wimmern und Pfeifen, als äffte er das Wimmern des Winds im Schornstein nach, während die noch nicht schlafenden Zimmerleute sich halblaut unterhielten, und Samgin fing die verirrten Worte auf: »Gesetz . . . Beute . . . Der Waldteufel ist kein Tier.«

Ossips wohlklingendes Stimmchen: »Der eine hat Land nötig, und der andere hat seine liebe Not damit . . .«

»Er hält ihn an den Beinen fest.«

»Na ja . . .«

Samgins Haut wurde gestochen, und er hegte den Verdacht, daß das Ungeziefer war.

Was gehen ihn diese Zimmerleute und Juden an? Weshalb muß er Zeit und Kräfte vergeuden? Dienst am Volk! Bolschewik!

Sein Kopf war wirklich mit Lärm gefüllt, auf der Zunge spürte er metallischen säuerlichen Staub.

»Ich bin ein hochbetagter Greis, bin erst einundfünfzig Jahre alt, und grauhaarig bin ich nicht von der Zeit, sondern – vom Leben.«

Verlief denn dein Leben außerhalb der Zeit? entgegnete ihm Samgin in Gedanken.

»Mein Vater war Schmied, ein Mann von schroffem Charakter, ungesellig, und man wies ihn durch Rechtsspruch der Gemeinde nach Sibirien aus, es gab so eine Ordnung: Verträgt sich der Bauer nicht mit der Dorfgemeinde – nach Sibirien mit ihm als Schädlichem. Na, in Sibirien ist mein Vater dann für immer verschwunden. Als man ihn umsiedelte, war ich schon groß, hatte die Semstwoschule beendet. Mich nahm eine Tante zu sich und steckte mich in ein Kloster in Arsamas, sie hatte dort eine Freundin, eine Nonne. Aus dem Kloster lief ich vorsorglich weg, schlängelte mich wie eine Ringelnatter nach Nishnij und nagelte mich dort an den Zimmermann Assaf Andrejitsch an – das war ein alter Mann von großer Weisheit und ein Meister in seinem Handwerk, wie man ihn selten findet, obwohl er ein Erztrunkenbold war. Bis zu meinem siebzehnten Lebensjahr prügelte er mich so, daß ich mich sogar vorsorglich ertränken wollte, man zog mich aber aus dem Wasser, brachte mich wieder ins Leben.

Erst prügelte er, dann tröstete er mich: ›Das tat ich nicht aus Bosheit, sondern als Beispiel. Ich sage dir zuverlässig, Oska, außer dem Betrübtsein habe ich kein Mittel, dich zu belehren, jedoch – es muß ein Mittel geben, such du es selbst!‹ Ich war dumm, wie sich das geziemt, und ich war lange dumm, arbeitete, trank Wodka, trieb mich mit Mädchen herum und überlegte nichts.«

In der Backstube wurde es immer stiller, auf dem Ofen schnarchte und wimmerte bereits jemand, als wiederholte er das laute Heulen des Winds im Schornstein. Die sieben Männer am Tisch rückten dichter zusammen, zwei legten den Kopf auf den Tisch, der bauchige Samowar ragte majestätisch und komisch über ihnen empor. Hin und wieder glommen rote Zigarettenfeuerchen auf und beleuchteten das schöne Gesicht Alexejs, die kupferroten Wangen Semjons und irgendwessen lange Vogelnase.

»Zu denken begann ich in Paris, man hatte uns zu siebenundachtzig Mann vorsorglich zur Weltausstellung geschickt, ihren russischen Teil zu bauen. Vier starben sogar dort, an allerhand Krankheiten, vor allem jedoch – an Wein. Ungefähr fünf Mann blieben für immer dort wohnen. Paris, Brüder, ist eine glaubwürdig wunderschöne Stadt, es stellt alle unseren in den Schatten, auch sogar Petersburg. Vor allem ist es eine lustige Stadt, und die Arbeiterleute dort – sind auch lustig. Eine äußerst seltene Stadt, in Schönheit und Riesengröße sicherlich die erste in der Welt. Und nun kam dort ab und zu ein Mann zu uns, ein Russe, sein Familienname war Jean, er kam und fragte uns aus, wie Rußland lebe. Ich konnte damals nicht einmal das Wort ›Pavillon‹ richtig aussprechen, sagte immer ›Polivion‹. Nun also, dieser Jean. Er war auch wie mein Vater auf Befehl der Obrigkeit aus Rußland ausgewiesen worden. Ein großer Kenner des Lebens war das!«

Klim Iwanowitsch Samgin lächelte.

»Später begegnete ich solchen Männern auch bei uns in Rußland, sie sind leicht zu erkennen: Von sich selbst reden sie gar nicht, sondern nur vom Los des Arbeitervolks.«

»Manche schätzen Kartoffeln mehr als Brot . . .«

»Sie haben einen solchen Gedanken, daß das Volk der gesamten Welt, die Bauernschaft und die Arbeiter, die ganze Macht in ihre Hand nehmen sollten. Alle Menschen: die Franzosen, die Deutschen, die Finnen . . .«

»Das ist ein kindlicher Gedanke . . .«

»Warte, Semjon Pawlytsch.«

»Na – was gibt es da zu warten? Das ist geradezu ärgerlich. Jede Nation hat einen Zaren, einen König, ihr Land, ein Vaterland . . .

Bist du Soldat gewesen? Kennst du den Fahneneid? Aber ich – bin Soldat gewesen. Ich fuhr in den Krieg gegen die Japaner – zu meinem Glück kam ich zu spät zum Kämpfen. Siehst du, wenn alle Menschen Juden wären, die keinen Vaterlandsboden haben, dann wäre es eine andere Sache. Die Menschen, mein lieber Mann, laufen auf dem Boden herum, er hält sie an den Beinen fest, man kann seinen Boden nicht verlassen.«

»Das stimmt«, sagte jemand mürrisch.

»Er ist weder dein noch mein, und doch sind du und ich in ihm Kartoffeln . . .«

Wie klug er ist, dachte Samgin wieder beifällig im Einschlafen, und die letzten Worte, die er vernahm, waren die Worte Ossips: »Was ist das denn schon für ein Vaterland, wenn es für dich ein Zuchthaus ist?«

Klim Iwanowitsch schlief fest und lange, er erwachte erfrischt, geweckt hatte ihn Ossip: »Es wird Zeit, zur Bahn zu gehen. Hier habe ich etwas Schnee für Sie bereitgestellt – waschen Sie sich. Auch der Tee ist fertig. Ich fahre auch mit Ihnen, ich habe dort etwas zu erledigen.«

»Vortrefflich«, sagte Samgin, der sich die Schultern und Hüften rieb, die er auf dem harten Lager lahmgelegen hatte.

Bis Riga fuhren sie in verschiedenen Wagen, in Riga erstattete Samgin Kormilizyn eindringlich Bericht, machte ihm damit angst, daß allerhand Skandale und Unglücksfälle möglich, ja sogar unvermeidlich seien, überredete ihn, die Flüchtlinge unverzüglich nach Orjol bringen zu lassen, übergab ihm Ossip und fuhr, sich alles ins Gedächtnis rufend und abwägend, was ihm diese Reise gegeben hatte, noch am gleichen Abend nach Petrograd ab.

Unter den Menschen, die er in diesen Tagen gesehen hatte, stach besonders die monumentale Gestalt des schönen Frolenkow hervor. Es war angenehm, an seine gewandten, sicheren Bewegungen zurückzudenken, für jede von ihnen verausgabte dieser Mann nur gerade so viel Kraft, wie sie erforderten. Vielsagend war die Geringschätzung, mit der Frolenkow von den Schmieden gesprochen und die Frechheiten Lowzows angehört hatte.

Ein mutiger und kluger Mann. In Frankreich wäre er Abgeordneter seiner Stadt im Parlament. Lowzow ist ein Dorfrowdy. Das schlaue Dorf schickt ihn vor, stellt ihn an schwierige Stellen, weil er ein Mann ist, den es nicht braucht, um den es ihm nicht leid ist.

Das Gedächtnis reproduzierte unangebracht, als einen Widerspruch dazu, die Episode des Einbruchs in den Getreidespeicher, dann den Ofensetzer Kubassow; da Klim Iwanowitsch fürchtete, daß neben den Ofensetzer noch ebensolche Gestalten treten könnten, dachte er »vorsorglich«: Es gibt in einem Dorf wohl kaum Leute, um die es ihm leid ist ... Vielleicht schiebt es Menschen nur nach vorne, um sie loszuwerden ... Es spielt mit ihrem Ehrgeiz. Spielt bewußt und unbewußt. Trostbringend kamen ihm die Bauernerzählungen von Tschechow und Bunin in Erinnerung.

Aber das übersättigte Gedächtnis arbeitete mechanisch weiter, es reproduzierte den Hausknecht Nikolai, den adretten, schlauen Ossip, den rothaarigen Semjon, die Schauerleute im sibirischen Hafen von Nishnij Nowgorod und Dutzende nebenbei bemerkter dreister Menschen, deren lange Reihe die bärtigen, zähnebleckenden Fratzen der Soldaten auf dem Bahnsteig in Nowgorod abschlossen. Und es war ganz natürlich, sich des düsteren Buches »Unser Verbrechen« zu erinnern. Das alles verstimmte, erboste sogar, Samgin jedoch war nicht gern erbost.

Das Leben umströmt mich wie ein Fluß eine Insel, es umströmt mich und will mich unterspülen, sagte er sich traurig, und das kam so unerwartet, als hätte nicht er gesprochen, sondern jemand es ihm zugeraunt. Die Menschen, die das Gedächtnis ihm vor Augen geführt hatten, standen feindlich vor ihm.

Gerade mit solchen Leuten rechnen Kutusow, Pojarkow, der Genosse Jakow ... Brjussow nannte sie Hunnen. Lenin ist ein Attila ...

Seine Erbitterung nahm zu.

Eine Revolution mit Hilfe von Wilden. Ein Wahnsinn, wie ihn die Menschheit angesichts des Feindes noch nie erlebt hat. Ein Kosakentraum. Rasin, Pugatschow – waren Kosaken, sie waren Gegner Moskaus als einer staatlichen Organisation, die ihre anarchische Eigenwilligkeit einschränkte. Katharinas Gedanke, das Saporoshje zu vernichten, war richtig, dachte er rasch und fühlte, daß diese Gedanken ihn nicht trösten konnten.

Petrograd empfing ihn mit Tauwetter und Nebel, alles war in einen feuchten Schleier gehüllt, er erschwerte das Atmen, löschte die Gedanken aus, erweckte ein Gefühl der Ohnmacht. Zu Hause erwartete ihn eine Unannehmlichkeit: Agafja erklärte, wie immer die Arme auf der Brust gekreuzt, daß sie als Krankenwärterin in ein Lazarett ginge.

»Sehr schade«, murmelte Samgin ärgerlich. Diese blatternarbige Frau hatte die Arbeit eines »Alleinmädchens« sehr gut verrichtet und das Haushaltsgeld so bescheiden ausgegeben, daß anzunehmen war, sie habe, ohne ihn zu bestehlen, sich nur mit dem Rabatt der Händler begnügt.

»Wieviel wird dort, im Lazarett, gezahlt«, fragte er. »Ich kann Ihnen ebensoviel zahlen.«

»Ich tue es nicht wegen des Geldes«, sagte Agafja lächelnd und streichelte mit den Händen ihre Schultern. »Sie arbeiten doch auch nicht wegen des Geldes für den Krieg«, fügte sie hinzu.

Er hätte ihr gern etwas Kränkendes in ihr nicht dummes Gesicht gesagt und das Lächeln in ihren grünlichen Augen ausgelöscht. Ihm fiel die Anfimjewna ein, und es blitzte der scharfsinnige Gedanke auf: Bei der heutigen Gesellschaftsstruktur müßte es Menschen geben, denen das Recht auf persönliche Initiative, das Recht zu selbständigem Handeln entzogen ist.

»Ich habe für Sie ein junges Mädchen aus einer Kochschule ausfindig gemacht«, sagte Agafja, immer weiter lächelnd.

Sie ging und ließ den Hausherrn verwirrt über die Schärfe seines Denkens zurück. Er mußte es deuten, es abstumpfen.

Worauf läuft die soziale Rolle einer Hausangestellten hinaus? Selbstverständlich auf eine Befreiung der Nerven- und Hirnenergie des Intellektes von der Notwendigkeit, die Wohnung sauberzuhalten: Staub, Abfälle und Schmutz zu beseitigen. Ihrem Sinn nach ist das eine recht ehrbare Mitarbeit körperlicher Energie ...

Es müßte ein gewisser sozialer Katechismus geschaffen werden, ein Buch, das einfach und klar von der Notwendigkeit verschiedener Zusammenhänge und Rollen im Kulturprozeß, von der Unvermeidlichkeit von Opfern erzählt. Jeder Mensch bringt in irgendeiner Hinsicht Opfer ...

Aber hier fielen ihm die Worte seines Vaters von Abrahams Opfer ein, und er zündete sich voller Unwillen eine Zigarette an.

Agafja kehrte mit ihrer Stellvertreterin zurück. Das junge Mädchen war rundlich, rotwangig und stumpfnasig, ihre runden Augen waren trübe, wie mit bläulichem Staub bedeckt; beim Sprechen strich sie sich oft mit der Zungenspitze über die molligen Lippen, ihr Stimmchen war sanft und weich. Sie gefiel Samgin.

Am nächsten Tag berichtete Klim Iwanowitsch in einer kleinen Versammlung in der Wohnung eines Verbandsmitglieds von seiner Reise. In dem großen Speisezimmer mit einer Unmenge von Fayencesachen an den Wänden hörten ungefähr zwanzig Männer und Frauen Samgin zu, Leute stattlichen Umfangs, nur einer von ihnen war sehr mager, hatte aber ein Bäuchlein, rund wie ein Globus, er stand auf langen Beinen, hatte die Hände in die Taschen gesteckt, wiegte seinen schwarzhaarigen Kopf hin und her und hatte sein blasses, aufgedunsenes Gesicht in einem breiten Rahmen aus schwarzem Bart in Falten gelegt. Er lenkte die Aufmerksamkeit auch noch dadurch auf sich, daß er etwas mit dem hohen, bauchigen Krug gemein hatte, der über seiner Schulter emporragte.

An dem langen Tisch gegenüber von Samgin saß, ihn freundlich anblickend, Nogaizew und strich mit den Fingern über seinen Bart, neben ihm hatte ein rotwangiger Mann mit langem Haar wie ein Diakon und ziemlich unverfrorenem Blick seine dicken Ellenbogen auf den Tisch gestützt und die dicken Schultern hochgezogen – Samgin kamen diese kleinen Iltisaugen und das etwas schmutzige, rotgeäderte Weiß der Augen bekannt vor.

Nachdem Klim Iwanowitsch Samgin sachlich die Lage der Zimmerleute geschildert hatte, spürte er, daß dies eine zu belanglose Tatsache sei und daß er ihre Bedeutung stärker hervorheben müsse.

»Irgendein junger Propagandist hat bereits versucht, ihren berechtigten Unwillen zu entfachen, man hat ihn verhaftet.«

»Wahrscheinlich ein Fähnrich«, sagte Nogaizews Nachbar. »Alle Fähnriche sind Sozialisten.«

»Das ist eine Übertreibung!« rief entschieden eine Dame mit Brille. »Mein Sohn ist Fähnrich.«

»Sie gehören zu den Kadetten, doch die Kinder von Intellektuellen sind stets linker als ihre Eltern, und folglich ...«

Der lange Mann, der wie ein Krug aussah, neigte sich vor und sagte in dumpfem Baß: »Wir wollen den Redner nicht unterbrechen ...«

Samgin erzählte nun von den jüdischen Flüchtlingen und, sich auf seine nicht sehr reiche Einbildungskraft verlassend, von ihren Lebensbedingungen in den kalten Landhäusern, mit Kindern, alten Leuten, ohne Brot. Er erinnerte sich an den alten Mann mit den roten Augen und an den altersschwachen Greis, der stumm seinen kraftlosen Arm zu heben versucht hatte und ihn nicht hatte heben können. Er merkte sofort, daß man ihm nicht mehr zuhörte, und das zwang ihn, mit erhobener Stimme weiterzureden, aber nach ein bis zwei Minuten räusperte sich der Mann mit dem Diakonshaar laut und erklärte: »Zum Philosemiten werden Sie mich nicht machen.«

Irgendein Kahlköpfiger mit einem Bärtchen, das unordentlich über das graue Gesicht verstreut war, sagte, sich ans Ohr fassend, hastig und gekränkt mit saurer Stimme: »Ja, bitte, lassen Sie das! Weshalb denn reizen? Von der Front kommen beunruhigende Nachrichten über sie, über die Juden.«

»Spione sind sie«, sagte im Baß eine dicke Dame.

»Ja, da sehen Sie es, nicht wahr? Wir müssen auf die liberale Schablone verzichten ...«

»Vor dem Krieg waren sie Schmuggler, und jetzt sind sie Spione. Unsere Schlappheit ist durchaus noch nicht die Menschenliebe

Christi«, sagte aufgeregt, eilig und irgendwie schmalzig der Kahlköpfige. »Als das Wort gesagt wurde: ›Hier ist kein Jude noch Grieche‹, bedeutete das ja: alle sollen Christen sein . . .«

»Die Beilis-Affäre hat bewiesen, wie fest diese Leute zusammenhalten . . .«

»Und – die Dreyfus-Affäre?«

Samgin war frappiert über diesen unerwarteten und vielstimmigen, aber einmütigen Wutausbruch und begriff außerdem, daß er, noch bevor er die Schlacht begonnen, sie schon verloren hatte. Er stand da und sah zu, wie die Leute einander immer mehr aufstachelten, seine Finger spielten mit dem Bleistift, um ihr Zittern zu verbergen. Man begann bereits, einander anzuschreien, und der stumpfnasige Mann mit den Iltisaugen schlug so ohrenbetäubend mit der Handfläche auf den Tisch, daß die Gläser im Büfett klirrten.

Irgendwessen junge Stimme rief schrill: »Ihr selbst habt sie durch die Ansiedlungsgrenze verdorben.«

»In Rom gab es ein Getto . . .«

Die Leute stritten weiter, warfen einander Worte hin wie Trümpfe beim Kartenspiel.

»Asef!«
»Rasputin!«
»Heine!«
»Disraeli!«
»Die Schmach der Judenmassaker . . .«
»Auch in Deutschland hat es Judenmassaker gegeben.«

»Ich schlage vor, dieses . . . Durcheinander zu beenden«, sagte laut und gebieterisch der Mann, der wie ein Krug aussah. Er neigte sich zum Tisch vor, richtete sich aber, nachdem er die Hände aus den Hosentaschen genommen und auf den Rücken gelegt hatte, sofort wieder auf. »Wir haben uns nicht versammelt, um unsere Einstellung zur Judenfrage zu überprüfen. Es ist nicht der richtige Augenblick, dieses . . . Problem zu lösen, vor uns erhebt sich ein anderes, wichtigeres, tragischeres, es ist unser Problem, das Problem unserer schwergeprüften Heimat. Wenn wir daran denken, es zu lösen suchen, müssen wir objektiv sein . . . Gewiß, unter Juden kann es Spione ebenso geben wie unter Russen. Angenommen, es gibt prozentual zur blutsverwandten Masse mehr jüdische Spione als russische, das läßt sich geographisch erklären – die Juden leben an der Grenze. Aber ich möchte an den sarkastischen Scherz von Baudouin de Courtenay erinnern: Wenn ein Russe etwas gestohlen hat, sagt man: ›Ein Dieb hat gestohlen‹, wenn jedoch ein Jude etwas gestohlen hat, sagt man: ›Ein Jude hat gestohlen.‹«

Samgin hörte jemanden flüstern: »Hören Sie? Die Beimischung jüdischen Blutes macht sich bemerkbar.«

»Bei ihm? Ist das möglich? Er ist ein Fürst . . .«

»Ein Titel sichert nicht vor Ansteckung. Die Mutter des Großfürsten Alexander Michailowitsch lebte mit einem Juden . . .«

Irgendwo in der Nähe klirrte hin und wieder eine Klingel, eine Tür schlug gedämpft zu, in das Speisezimmer kamen vorsichtig Leute herein.

Die Stimme des langen Mannes klang ruhig und sicher, sie erinnerte immer mehr an das Brummen einer Hummel.

»Und man muß im Auge behalten, daß es bei uns in der Armee wahrscheinlich mehrere zehntausend Juden gibt. Wenn die unvorsichtigen, taktlosen Gerüchte in die Presse dringen, können sie in der Armee einen sehr schädlichen Widerhall hervorrufen.«

»Geschickt gedreht . . .«

»Ein Liberaler! Ihre Taktik ist: einschüchtern.«

»Man darf auch nicht vergessen: Wenn fünf sozialistische Abgeordnete zu Zwangsarbeit verurteilt worden sind, bedeutet das noch nicht, daß das Übel mit der Wurzel ausgerottet wäre. Die Institution, die zum Kampf gegen den inneren Feind berufen ist, hat sich zwar erlaubt, die technischen Methoden ihrer Tätigkeit durch die Fälle Asef und Bogrow etwas zu kompromittieren, ist aber dennoch über die Bewegung und die Absichten der feindlichen Kräfte genügend informiert, und diese Kräfte rufen Proteste und Streiks der Arbeiter hervor, propagieren die anarchistische Idee des Defätismus. Ich halte die Mitteilung des Redners, daß unter den Flüchtlingen auch Propaganda festgestellt wurde, für sehr wertvoll . . .«

Klim Iwanowitsch Samgin fühlte sich etwas verlegen.

Das hätte ich verschweigen können. Aber ich habe ja den Propagandisten nicht genannt.

Und gleich danach fragte er sich: Doch – weshalb hätte ich schweigen sollen?

Er kam nicht dazu, eine Antwort zu suchen. Hinter Samgin, in einer Ecke des Zimmers, wurde geflüstert: »Au, wie er einschüchtert . . .«

»Ja-a . . . Aber dennoch, wissen Sie . . .«

Der Redner holte seine Hände langsam hinter dem Rücken hervor und verschränkte die Arme auf der Brust, wobei er mit brummender Stimme fortfuhr: »Was sollen wir denn tun? Einige von den hier Anwesenden sind bereits mit der Idee vertraut, die ich proklamiere. Sie ist sehr einfach. Die Städte- und Semstwoverbände sollten sich straff zu einer Organisation zusammenschließen, der durch die Macht des historischen Augenblicks die Pflicht auferlegt ist, die Reichsduma während der Dauer ihrer Lähmung zu ersetzen. Dieser Einheitsverband fortschrittlich gesinnter Menschen hätte vor der Duma den Vorzug der Breite und sozusagen des Allumfassenden. Er bezieht in seinen Bereich alles Wertvolle, Vernünftige ein, was außerhalb der Dumatüren geblieben ist. Kurz gesagt: eine breite demokratische Vereinigung, der kleine Angestellte, gebildete Arbeiter und so weiter angehören. Wenn wir solch eine Organisation schaffen, entziehen wir, wie Miljukow sich ausdrückte, den ›Eseln der Linken‹ den Boden und erhalten die breite Möglichkeit, im ganzen Land eine Auslese der Besten vorzunehmen.«

»Also – von Linken?« fragte der Dicke mit den Iltisaugen. Der Redner würdigte ihn keines Blicks und fragte, ohne den Ton zu ändern: »Rechnen Sie denn sich und Ihre Parteigenossen zu den Schlechtesten?«

Er verstummte, als aber zwei bis drei Personen zu applaudieren versuchten, hob er die Hand zu einer verbietenden Geste.

»Noch ein paar Worte. Es ist sehr wohl bekannt, daß die Juden geschickte Propagandisten sind. Darum muß die Umsiedlung der Juden über die Ansiedlungsgrenze einer Isolierung gleichkommen, das heißt, man muß sie in Gegenden mit bäuerlicher und nicht dichter Bevölkerung schicken.«

»Und was werden sie dort tun?« fragte ungehalten die junge Stimme.

»Die – werden schon was zu tun finden«, sagte der Stumpfnasige. »Es ist eine Legende, daß die Juden verhungern . . .«

Die Idee des langen Redners und seine Art zu sprechen gefiel Samgin sehr. Sein besorgtes Hummelgebrumm ließ den festen Glauben eines Menschen daran spüren, daß er die schwierige Pflicht eines Verkünders unerschütterlicher Wahrheit erfülle und daß jedes seiner Worte ein sehr wertvolles Geschenk an die Zuhörer sei. Klim Iwanowitsch bedauerte sogar, daß das Äußere des Redners nicht mit seinem Glauben übereinstimmte, er hätte feuerrotes Haar, ein asketisches, blutleeres Gesicht, glühende Augen und weite Gestik haben müssen.

Der schmalzige, kahlköpfige kleine Alte kündigte eine Pause an, die Leute standen vom Tisch auf und bildeten sofort kleine Gruppen. Samgin stellte fest, daß ihre Zahl sich fast verdoppelt hatte. Auf ihn kam der rotwangige Dickwanst zu.

»Erkennen Sie mich nicht? Stratonow. Sie, mein Werter, sind auch alt geworden. Aber ich bin krank – ich leide an Zucker.«

Den Namen der Krankheit sprach er mit Genuß, mit Wichtigkeit aus und leckte mit der Zunge seine vorstehenden bläulichen Lippen ab. Stumpfnasig sah er deshalb aus, weil seine Wangen geschwollen, straff aufgebläht waren, und die Nase in ihnen ertrank.

»Es war angenehm zu hören, daß auch Sie auf die Illusionen des Jahres fünf verzichtet haben«, sagte er und tastete dabei mit dem eindringlichen Blick seiner unverfrorenen, aber schon etwas trüben Augen Samgins Gesicht ab. »Wir werden nüchterner. Den Deutschen sei gedankt – sie schlagen uns. Lehren. Wir träumten von Klassenrevolution, den feindlichen Nachbarn jedoch vergaßen wir, und nun hat er sich in Erinnerung gebracht.«

Auf ihn kam eine Dame mit goldener Brille zu, schob ihre Hand unter seinen Arm und führte ihn wortlos irgendwohin.

»Na, wohin willst du, wohin?« murmelte er, schwerfällig davonschreitend.

Die nächste unangenehme Begegnung war Tagilskij. Es war ärgerlich, ihn in einer ebensolchen Militärbeamtenuniform zu sehen, mit goldenen Achselstücken.

»Und ich las in den Zeitungen, daß Sie . . .«

»In welchen Zeitungen?« fragte Tagilskij.

»Das weiß ich nicht mehr.«

»In Petersburg war das nur in einer gedruckt. Die Zeitung hatte es eilig, mich sterben zu lassen.«

»Wie kam das?«

»Bei einer Sauferei. Wir führen Krieg, was?« fragte er, seinen kurzgeschorenen Igelkopf hochreißend. »Ein Alptraum! Im Jahre zwölf sagte Wannowskij, die Armee befände sich in einem erbärmlichen Zustand: Die Einkleidung sei schlecht und ungenügend, die Gewehre seien veraltet. Geschütze gebe es wenig. Maschinengewehre gar keine, die Soldaten würden durch Unternehmer verpflegt, und zwar schlecht, Geld für bessere Verpflegung sei nicht vorhanden, die Kredite kämen zu spät, die Regimenter seien verschuldet. Und trotz alledem haben wir uns in die Rauferei eingemengt, um Frankreich vor einer zweiten Zerschmetterung durch die Deutschen zu bewahren.«

Tagilskij, der ziemlich laut sprach, stieß dabei mit dem Finger an Klim Iwanowitschs Gurt und drängte ihn, indem er ihn zum Zurückweichen zwang, an die Wand, wo der schmalzige kleine Alte und Nogaizew sich im Flüsterton und beide lächelnd unterhielten.

Er hatte sich seit seiner Begegnung mit Samgin hier in Petrograd stark verändert: Sein Gesicht war gleichsam ausgetrocknet, eingeschrumpft und hatte sich mit einem grauen Spinnengewebe kleiner

Runzeln bedeckt. Man konnte meinen, er habe eine Halsverletzung, er hielt den Kopf zur linken Schulter geneigt, als lauschte er auf irgend etwas wie ein aufgescheuchter Vogel. Aber der scharfe Glanz der Augen und die trotzige, schrille Stimme erinnerten Samgin an Tagilskij als stellvertretenden Staatsanwalt, der mit irgendeiner besonderen Untersuchung der dunklen Sache der Ermordung Marina Sotowas beauftragt war.

Suchte er mich in diese Sache hineinzuverwickeln und in ihr zu ertränken oder – wollte er mich retten? dachte Klim Iwanowitsch, während er der unverfrorenen Rederei zuhörte.

»Erinnern Sie sich noch an Struves ›Eros in der Politik‹?« fragte Tagilskij und deutete zähneblinkend mit einer weit ausholenden Geste auf die Anwesenden. »Erotomanen, wie?«

»Sie haben ein ungerechtes Züngelchen, Anton Nikiforowitsch«, sagte seufzend Nogaizew.

»Ist es zur Mitarbeit bei der ›Nowoje wremja‹ geeignet?« fragte Tagilskij – der schmalzige kleine Alte nickte zweimal mit dem Kopf nach oben und nach unten, maß mit seinen Schlitzäugelchen Tagilskij und sagte kurz: »In unserem Organ arbeiten keine Sozialisten mit.«

»Weshalb? Der Sozialismus ist nicht mehr beängstigend, nachdem er Geld für den Krieg gegeben hat. Er ist besonders bei uns nicht beängstigend, wo Plechanow Arm in Arm mit Miljukow in die Geschichte eingegangen ist.«

Der kleine Alte löste sich in aller Ruhe von der Wand und entfernte sich wortlos.

»Menschikow«, nannte Tagilskij ihn lächelnd beim Namen. »Einer der Bedeutendsten im Lager der Federfuchser und Pressefälscher, wie Sie natürlich wissen. Im Brockhaus heißt es von ihm, als sittlich feinfühliger Mann sei er von dem aufrichtigen Bestreben besessen, die Wahrheit zu erkennen.«

Nogaizew sagte, mit den Fingern an seinem Bart spielend, halblaut unter wohlwollendem Lächeln: »Man merkt ihm die Heuchelei an, ein Pharisäer!«

»Ein Tolstojaner«, fügte Tagilskij hinzu.

Nogaizew prustete in den Bart hinein und entfernte sich, nachdem er Samgin ermöglicht hatte festzustellen, daß er Samtstiefel mit weichen Sohlen trug.

»Vor kurzem begegnete ich in einer ebensolchen Versammlung Struve«, wandte sich Tagilskij von neuem an Samgin. »Dieser ist seiner Natur gemäß immer noch blind wie ein Käuzchen bei Tage. Er erkundigte sich bei mir, wie ich dächte. Ich sagte: ›Wenn man Ideen loskaufen könnte wie Pferde, die sich im herrschaftlichen Hafer herumgetrieben haben, gäbe ich Ihnen für jede Idee von mir, die der Sammelband »Wechi« benutzt hat, fünf Kopeken.‹«

Da Klim Iwanowitsch Samgin schon lange gemerkt hatte, daß würdige Leute mißmutig zu Tagilskij hinübersahen, begriff er, daß auch er diesen Mann meiden sollte. Er machte schon einen Schritt von ihm weg, aber Tagilskij hielt ihn am Arm fest.

»Wohin wollen Sie? Warten Sie, hier wird zu Abend gegessen, und zwar sehr schmackhaft. Es gibt ein kaltes Abendessen und gar nicht üblen Wein. Die Besitzer dieses alten Geschirrs«, er deutete mit einer weit ausholenden Geste auf den bunten Wandschmuck, »sind gute Menschen und haben großzügige Ansichten. Ihnen ist es einerlei, wer bei ihnen ißt und was er redet, sie sind reich genug, um an der Geschichte teilzunehmen; den Krieg fassen sie als den Hauptsinn der Geschichte auf, als Heldenfabrikation und überhaupt als etwas, das das Leben sehr verschönt.«

Er erweckte in Samgin Regungen von Verdacht, die nicht neu waren.

Er benimmt sich unverschämt und scheint einen Skandal verursachen zu wollen, weil er durch Mißerfolge verbittert ist. Und vielleicht ist das seine Art, sich in den Augen der Gesellschaft zu rehabilitieren.

Aber neben dieser Vermutung und ohne sie zu verdrängen, lebte eine andere auf: Er ist Kundschafter. Ein Späher. Er schlägt die Laufbahn eines Radikalen ein, um die Rolle eines Asef zu spielen. Wie dem aber auch sei, sein Spott über das schöne Leben – ist der Spott des Pöbels, von dem Mereshkowskij geschrieben hat, es ist die Ablehnung der Kultur durch den Sohn eines Schankwirts und Freudenhausbesitzers.

»Aha, da ist unser Weiser erschienen, der unerschrockene Weise, hören wir uns die Offenbarungen an«, sagte Tagilskij, ohne die Stimme zu senken.

Als Weisen bezeichnete er einen kleinen Mann mit einem Gesicht in schwarzem Bart. Er saß auf einem Stuhl und stieß, während er hochschnellte, mit den Händen fuchtelte und sich betastete, eilig und laut die Worte hervor: »Wenn sich aber plötzlich herausstellt, daß er – der besagte dumme Iwanuschka, der Zarewitsch Iwan, von dem das Volk seit alters mit Vorliebe als von einem gerechten Zaren träumte – nur ein frommer Traum ist?«

Sein Gesicht, das aus kleinen Zügen modelliert und dicht mit schwarzem Haar bedeckt war, seine umherhuschenden Augen und die krampfhaften Körperbewegungen verliehen ihm Ähnlichkeit mit einem Affen, und er sprach, als glaubte er, zweifelte und empfände gleichzeitig brennende Angst.

»›Volkes Stimme ist Gottes Stimme‹? Nein, nein! Das Volk spricht nur vom Stofflichen, vom Materiellen, aber der geheimnisvolle Gedanke des Volkes, der Traum vom Königtum Gottes – ja! Das ist ein heiliger Gedanke und Traum! Heiligkeit verlangt Verstellung – ja, ja! Heiligkeit verlangt eine Maske. Kennen wir denn nicht Heilige, die sich als Narren in Christo, als religiös Verzückte, als Schwachsinnige verstellten? Sie taten das, damit wir sie nicht ablehnten, ihre Heiligkeit nicht mit unserem gemeinen Gelächter verspotteten . . .«

Ihm hörten stumm etwa zehn Personen zu, sie hörten, warfen einander Seitenblicke zu und warteten, wer als erster sich entschließen werde zu widersprechen, doch er sprach ununterbrochen, schnellte hoch, zappelte, legte flehend die Hände aneinander, breitete die Arme aus, umarmte die Luft, schöpfte sie mit kleinen hohlen Händen, und es sah aus, als ob seine schwarzen Äugelchen bald bis zu den Ohren rollten, bald zu den Nasenlöchern sänken und sich im Bart versteckten.

An ihm ist etwas von Bosch, etwas Groteskes, fand Samgin, der aufmerksam dem beunruhigenden Klang seiner Worte zuhörte.

»Und vielleicht ist alles Schändliche, das wir über dieses sibirische Bäuerlein hören, nur ein Narrenspiel und bezweckt nur, daß wir ihm nicht vorzeitig auf die Schliche kommen, ihn nicht in unsere jämmerlichen Streitereien, in unsere Parteien und Zirkel hineinziehen, ihn nicht im Sumpf unserer Gottlosigkeit ertränken . . . Meine Herrschaften – es entsteht eine Legende . . .«

»Schön singt er, der Hund,
Er singt überzeugend!«

sagte Tagilskij, und in der gleichen Sekunde ertönte die brummende Stimme des langbeinigen Mannes mit dem Bäuchlein: »Am allerwenigsten, mein Teurer und Verehrter, am allerwenigsten ist in unseren Tagen eine Märchenmystik angebracht, so schön auch Märchen sein mögen. Gestatten Sie, Sie daran zu erinnern, daß die Reichsduma seit Januar entschlossen begonnen hat, Handlungen der Regierung zu kritisieren, Handlungen, die in den tragischen Zeiten unseres Kampfes gegen einen Feind, dessen Macht unser nationales Dasein bedroht, ganz unzulässig sind, ja, so und nicht anders ist das! Er droht uns zu verknechten. Sie wissen natürlich von der Zunahme des Machtmißbrauchs bei den Verwaltungsbehörden der Provinz – Arten von Mißbrauch, die Revisionen durch den Senat hervorgerufen haben, von dem Pogrom gegen die Deutschen in Moskau, vom Verhalten Goremykins, der Auflösung der Freien Ökonomischen Gesellschaft und anderen Maßnahmen dieser Art, die den peinlichen Eindruck unserer Mißerfolge an den Fronten noch mehr verstärken.«

Er sprach immer aufgebrachter, und seine Stimme glich jetzt dem kalten pfeifenden Zischen eines Wasserstrahls, der unter starkem Druck aus einer Feuerspritze hervorschießt.

»Sie wissen auch, daß es uns, nicht ohne Mühe, gelungen ist, sechs Fraktionen der Duma zu einem progressiven Einheitsblock zusammenzuschließen, und daß die Notwendigkeit akut wird, den Semstwo- und den Städteverband zu einer Organisation zu verschmelzen. Das Dorf und die Stadt, der Gutsbesitzer und der Fabrikant haben ein und denselben Feind vor sich. Als Patrioten sind wir zu der Hoffnung berechtigt, daß alle wahrhaft fortschrittlichen Kräfte des Landes die Bedeutung dieses Blocks begreifen werden. Wir sind nicht nur berechtigt, dies zu hoffen, sondern halten uns für berechtigt, es zu verlangen. Darum hörte ich mit tiefer Betrübnis Ihrem literarisch geistreichen, aber politisch unbedingt schädlichen Versuch zu, Rasputin in irgendeiner Weise gerade in einer Zeit zu rechtfertigen, in der sein schändlicher, zersetzender Einfluß zunimmt.«

»Dir werde ich es zeigen!« knurrte Tagilskij, leckte sich die Lippen, steckte die Hände in die Taschen und ging vorsichtig wie ein Kater, der einen Vogel beschleicht, mit kleinen Schritten auf den Redner zu, während Samgin sich »vorsorglich« ins Vorzimmer begab, um, nachdem er Tagilskij zugehört hatte, in jedem beliebigen Augenblick gehen zu können. Aber Tagilskij kam nicht dazu, auch nur ein Wort zu sagen, denn die dicke Dame rief: »Ich bitte zu Tisch, meine Herrschaften! Nehmen Sie vorlieb mit dem, was Gott uns beschert hat . . .«

Nicht nur Tagilskij hatte auf diesen Augenblick gewartet – alle Anwesenden gingen sehr einmütig ins Speisezimmer. Samgin begab sich nach Hause, er dachte unterwegs an den progressiven Block und versuchte, sich seinen Platz in ihm vorzustellen, dachte an Tagilskij und an alles, was er an diesem Abend gehört hatte. Das alles mußte in Übereinstimmung gebracht, dicht nebeneinander verstaut werden, die Körnchen des Nützlichen mußten herausgelesen, das Nutzlose vergessen werden.

Die Zeit verging mit verblüffender Schnelligkeit. Ihre Nichtstofflichkeit offenbarend, verschwand sie spurlos in Strömen feuriger Reden, im Rauch von Worten, ohne eine Spur von Asche zu hinterlassen. Klim Iwanowitsch Samgin sah viel, hörte viel und blieb er selbst, als schwebte er in der Luft über dem breiten Strom der Geschehnisse. Die Tatsachen gingen an ihm vorbei und durch ihn hindurch, streiften ihn, kränkten ihn, manchmal – jagten sie ihm einen Schreck ein. Aber – alles verging, und er blieb unentwegt ein Zuschauer im Leben. Er merkte, daß das Gefühl der Achtung vor seiner Standhaftigkeit, das Bewußtsein seiner Unabhängigkeit immer mehr in ihm erstarkte. Er hätte sich nicht als einen gleichgültigen Menschen bezeichnen können, denn alles, was unmittelbar seine Person betraf, regte ihn sehr auf. So wiederholte sich zum Beispiel etwas, was er schon vor zehn Jahren erlebt hatte.

Auf der Fahrt an die Front entgleiste auf den ausgeleierten Schienen ein Güterzug, zu ihm gehörten drei Waggons mit Zucker, Buchweizen und Geschenken für die Soldaten. Diese Waggons befanden sich nicht unter den zertrümmerten, aber auch nicht unter denen, die bei der Entgleisung unversehrt geblieben waren. Klim Iwanowitsch Samgin wurde beauftragt, dieses Wunder zu untersuchen, weil das Gericht die Anfragen des Verbandes nicht beantwortete, der diese Waggons einem Regiment zum hundertsten Jahrestag seines historischen Lebens geschickt hatte.

Die Untersuchung führte ein Provinzbeamter, ein Weiser von sehr originellem Äußeren, er war hochgewachsen, hatte einen krummen Rücken und einen großen schweren Kopf voll Büschel grauer Haare, die zerzaust waren wie nach einer Rauferei, seine hohe Stirn, die durch Falten liniert war, zierten düster sehr dichte silberne Brauen und verdeckten Augen von der Farbe rostigen Eisens, die krumme Habichtsnase lag in einem dichten und dicken, wie gegossenen Schnurrbart versteckt, die grauen Schnurrbarthaare waren sehr auffällig vom Tabakrauch vergilbt. Er glich einem Militär im Rang nicht unter dem eines Obersten.

»Jewtichij Ponormow«, stellte er sich vor und reichte Samgin irgendwie widerstrebend oder unschlüssig die Hand, doch als er erfuhr, weswegen der Besucher gekommen war, sagte er: »Ich kann Sie nicht erfreuen: Weiß der Teufel, wohin diese verdammten Waggons verschwunden sind.«

Er hatte eine grobe, farblose Stimme von unbestimmtem Ton, sprach mit Bedauern, als hielte er es für seine Pflicht, den Menschen gerade Freude zu bereiten, und wäre betrübt, daß er diese Pflicht im gegebenen Fall nicht zu erfüllen vermochte.

»Es wurde festgestellt, daß die Bauern des Dorfes, in dessen Nähe der Zug entgleiste, die Waggons geplündert, sogar den Schaffner verprügelt, ihm den Schädel eingeschlagen haben und daß der Heizer eins in die Fresse bekommen hat, aber die Waggons können sie doch nicht gestohlen haben. Sie haben sie irgendwohin zum Teufel weggerollt. Sieben Personen sind verhaftet, darunter vier Frauenzimmer. Die Bauernweiber, mein Herr, sind außerordentlich erbittert über die Geschehnisse! Das ist zuviel, wissen Sie . . . Sozusagen unerfreulich.«

Samgin fragte, ob der Zug von Soldaten eskortiert gewesen sei.

»Was denn sonst? Von elf Mann. Die Soldaten wurden vom Militäruntersuchungsrichter verhaftet, nachdem er festgestellt hatte, daß sie die Plünderung begünstigt hatten. Wissen Sie: die Weiber, es geschah in der Nacht und so weiter. T-ja. Der Diebstahl gedeiht so recht, in allen Formen. Diebstahl und Betrug.«

Samgin sah, daß dieser von der mühevollen Arbeit, Diebe und Betrüger zu entlarven, gebeugte Mann schon seit langem müde war und sich seinem Beruf gegenüber zutiefst gleichgültig verhielt.

»Dürfte ich die Vernehmungsprotokolle einsehen?«

»Im allgemeinen ist das nicht üblich, aber – der Krieg und Ihre öffentliche Stellung . . . Ich denke – es geht.« Er begann lebhafter zu sprechen: »Übrigens: Wo sind Sie abgestiegen? Noch nirgends – t-ja! Ihr Koffer ist auf dem Bahnhof? Aha.«

Und bereits mit einem Unterton vom Triumph in der Stimme teilte er mit: »Absteigen – können Sie hier nirgends. Die Stadt ist mit Flüchtlingen vollgepfropft, mit Verwundeten, die von ihren Kriegsstrapazen ausruhen, mit Spekulanten, Betrügern und allerhand Marodeuren und nichtsnutzigem Pack. Aber ich kann Sie erfreuen: Hier verdienen sich alle Einwohner etwas, sogar die wohlhabenden, indem sie Zimmer vermieten. Die wertvollen kleineren Sachen verstecken sie und ziehen selbst in Schuppen, Badstuben, Gartenlauben. Meine Wirtin gehört auch zu dieser Sorte. Sie können bei ihr absteigen, aber in einem Zimmer, das bereits von einem Militär besetzt ist; einem Leutnant, er ist verwundet und – ein Dummkopf. Mit Mittagstisch, Tee oder Kaffee und Abendessen verlangt sie fünfundzwanzig Rubel – das Geld ist entwertet.«

Als Samgin sagte, er sei einverstanden, schien sich der Untersuchungsrichter zu wundern: »Obwohl, im Grunde genommen, was wollen Sie hier anfangen? Übrigens – geht mich das nichts an. Rufen wir die Wirtin.«

Er schob mit der Zunge die Zigarette vom rechten Mundwinkel in den linken und nahm den Telefonhörer ab: »Ja. Sofort.«

Die Wirtin erschien, eine kleine, gewandte, rothaarige Person mit grüner Schürze, rotwangigem Puppengesichtchen und naiven Augen von grauer Farbe.

»Polina Petrowna Witowt«, stellte der Untersuchungsrichter sie vor.

Sie lächelte sehr freundlich und führte Samgin in ein Zimmer mit Fenstern zum Hof, der mit Fässern vollgestellt war. Klim Iwanowitsch hatte in der Nacht schlecht geschlafen, der Zug aus Petersburg war langsam, mit Stockungen gefahren, hatte lange auf den Stationen gestanden, fast auf jeder drängelten sich Soldaten, Bäuerinnen, struppige alte Männer, kreischten widerlich Ziehharmonikas, erklangen johlende Lieder und Tanzgetrappel, und zum Fenster des Abteils blickten bärtige Fratzen von Reservisten herein. Es war ermüdend, sich an diesen Tag ganz mit Dröhnen und Knirschen von Eisen, mit Pfiffen, Liedergeheul, mit Geschrei, Schimpfworten und aufdringlichem, eintönigem Jaulen der Ziehharmonikas auch nur zu erinnern. Klim Iwanowitsch zog den Militärrock aus, legte sich auf das Sofa, schlief fast sofort ein und erwachte von einem sonderbaren Gefühl – ihm war, als wollte ihn irgendeine Kraft auf den Kopf stellen. Samgin hob den Kopf und erblickte zu seinen Füßen einen anderen; er war schwarz und stak zwischen zwei Offiziersachselstücken auf sehr dicken, breiten Schultern. Es war leicht zu erkennen, daß der Offizier, der das Sofa hochhob und schüttelte, sich offenkundig bemühte, ihn vom Sofa herunterzuwerfen. Samgin zog die Beine weg, indem er sie auf den Boden herunterließ, und erkundigte sich eilig: »Was tun Sie? Was wünschen Sie?«

»Das Buch, hier muß ein Buch liegen«, erklärte der Offizier, laut schmatzend, und richtete sich auf. Seine Stimme war heiser, erkältet oder zerrissen; seine Figur war stämmig und breitschultrig, an seiner Brust baumelte ein weißes Kreuzchen, über der niedrigen Stirn standen bürstenartig schwarze Haare hoch.

»Leutnant Walerij Nikolajewitsch Petrow«, sagte er, vor Samgin hintretend.

Klim Iwanowitsch stellte sich auch vor, streckte ihm die Hand hin, aber der Offizier warf den Kopf hoch und fügte hinzu: »Ich kann Ihnen nicht die Hand drücken.«

»Weshalb nicht?«

»Sie sitzen, und ich stehe. Ist es zulässig, daß ein Offizier vor einem Zivilisten, der ihm die Hand hinhält, steht?«

»Ich bin kurzsichtig und zudem eben erst erwacht«, erklärte Samgin friedfertig, der ein glattrasiertes Gesicht mit dicken Lippen, Mongolenäugelchen und einer breiten Nase vor sich sah.

»Sie hätten mich darüber aufklären sollen«, sagte der Offizier, nachdem er seine Hände auf den Rücken gelegt hatte.

»Das tue ich ja.«

»Zu spät. Sie gaben mir das Recht, zu denken, daß Ihr Benehmen das übliche Benehmen von zivilen Liberalen, Sozialisten und überhaupt jenen sei, die sich im Semstwo- und Städteverband verstecken und uns vor den Füßen herumquirlen ...«

Mit erhobener Stimme krächzte und pfiff er immer lauter: »Sie lächelten sogar, wodurch Sie Ihre Respektlosigkeit gegenüber einem Verteidiger der Heimat und der Ehre der Armee unterstrichen, eine Respektlosigkeit, die ich mit einer Revolverkugel zu beantworten berechtigt bin.«

Der – wäre dazu imstande, dachte Samgin und sagte friedfertig, wobei er sich bemühte, ein beunruhigendes Gefühl zu unterdrücken: »Ja, die Armee verdient es in den heutigen Tagen ...«

Petrow schnalzte genießerisch mit den Lippen.

»In den heutigen Tagen? Und in den Jahren sechs bis sieben, als sie die Revolutionäre vernichtete, verdiente sie es nicht, wie?«

»Selbstverständlich auch damals«, pflichtete Samgin ihm eilig bei.

»Das freut mich zu hören«, sagte Leutnant Petrow. »Es freut mich«, wiederholte er. »Andernfalls ... Ich bin für Duelle. Und Sie?«

»Ich war noch nicht genötigt, diese Frage zu entscheiden«, antwortete Samgin vorsichtig. »Aber im Krieg sind ja Duelle, glaube ich, verboten?«

»Ja. Doch – warum?« fragte der Leutnant hartnäckig.

»Das ist se-ehr begreiflich«, sagte Samgin, der fühlte, daß ihm Schweiß auf die Schläfen getreten war. »Stellen Sie sich vor, ein Zivilist fordert Sie, und Sie ... ein Mann von sehr hohem Wert, stellen sich seiner Kugel ...«

Leutnant Petrow blinzelte geblendet, schmatzte, verzog seine dicken Lippen zu einem breiten Lächeln, streckte Samgin die kurzfingerige Hand hin und krächzte beifällig, ja sogar freudig: »Bravo! Ihre Hand ... Es ist angenehm, einem vernünftigen Menschen zu begegnen ... Wir – trinken was! Bier, ja? Vorzügliches Bier.«

Er klopfte mit dem Finger an die Wand, worauf eine dicke semmelblonde Frau erschien.

»Bier«, sagte Petrow auf deutsch und zeigte ihr zwei Finger. »Zwei Bier! Sie versteht nichts, diese Kuh. Weiß der Teufel, wer sie braucht, diese kleinen Völker. Man sollte sie nach Sibirien aussiedeln, das wäre das Richtige! Überhaupt – man sollte Sibirien mit Fremdstämmigen besiedeln. Denn sonst, wissen Sie, leben sie an der Grenze, all diese Letten, Esten, Finnen, und fühlen sich zu den Deutschen hingezogen. Und alle sind sie Revolutionäre. Wissen Sie, im Jahre fünf hat in Riga die Unteroffiziersschule die Letten vorzüglich durchkämmt, sie schossen sie ab wie tolle Hunde. Prächtige Kerle sind die Unteroffiziere, vortreffliche Schützen . . .«

Die gräßliche Bekanntschaft wurde immer enger und bedrückender. Leutnant Petrow saß Schulter an Schulter neben Klim Samgin, schlug ihm mit der Hand aufs Knie, stieß ihn mit dem Ellenbogen, mit der Schulter an, freute sich über irgend etwas, und Samgin kam zu der Überzeugung, daß neben ihm ein nicht normaler, unzurechnungsfähiger Mensch sitze. Seine schmalen Mongolenaugen hüpften irgendwie unnatürlich in den Augenhöhlen und glitzerten wie Fischschuppen. Samgin erinnerte sich des Oberleutnants Trifonow, der war weniger gefährlich, vertrauensvoller gewesen als dieser.

Jener war ein Trunkenbold, ein Pechvogel, dieser jedoch ist ein Nervenkranker. Ein Geistesgestörter. Ein Held.

Die dicke Frau brachte das Bier und ein Schälchen Salzzwieback. Petrow legte, mit dem Säbel rasselnd, schnell Koppel und Waffenrock ab, verblieb in einem gestreiften Seidenhemd, krempelte den linken Ärmel hoch und fragte Samgin, ihm seinen Bizeps zeigend:

»Ist das nicht tröstlich? Trinken wir auf die Armee! Na, erzählen Sie mal, was dort, in Petrograd, los ist. Was ist das – Rasputin und überhaupt all diese Klatschgeschichten?«

Aber er wartete nicht auf die Erzählung, sondern zog das Hemd aus der Hose heraus, entblößte die linke Hüfte und erklärte, während er mit dem Finger gegen eine rote Narbe schnippte, voller Stolz: »Von einem Bajonett! Um einen Bajonettstich zu erhalten, muß man dicht an den Feind heranlaufen. Nicht wahr? Ja, wir an der Front schonen uns nicht, ihr jedoch, im Hinterland . . . Ihr seid schlimmere Feinde als die Deutschen!« rief er, mit dem Boden des Glases auf den Tisch schlagend, und stieß einen unflätigen Fluch aus, wobei er vor Samgin stand und mit seinen kurzen Armen wie ein Schwimmer ruderte. »Ihr Zivilisten habt das Hinterland zum Feind der Armee gemacht. Ja, ihr habt das gemacht. Was verteidige ich? Das Hinterland. Aber wenn ich meine Leute zum Sturmangriff führe, denke ich daran, daß ich eine Kugel ins Genick oder ein Bajonett in den Rücken bekommen kann. Verstehen Sie?«

»Ich habe von Fällen gehört, bei denen Offiziere von Soldaten getötet worden seien«, begann Samgin, weil der Leutnant auf eine Antwort wartete.

»Aha, Sie haben davon gehört?«

»Ja, aber ich glaube nicht daran . . .«

»Es ist naiv, nicht daran zu glauben. Sie verstellen sich wahrscheinlich, heucheln. Stellen Sie sich jedoch vor, daß unter den Soldaten, die ein Offizier gegen den Feind führt, vier sind, die dieser

Offizier im Jahr 1907 hat auspeitschen lassen. Und fast in jeder Kompanie kann es Verwandte von Bauern oder Arbeitern geben, die in den Revolutionsjahren ausgepeitscht oder erschossen worden sind.«

Der Gedanke an so heimtückische Möglichkeiten war Klim Iwanowitsch völlig neu, und er verblüffte ihn.

Leute wie Kutusow hätten natürlich der Nemesis gedacht, überlegte er sofort und sagte danach: »Hieran habe ich nie gedacht.«

»Sie haben nicht daran gedacht? Und was denken Sie jetzt?«

Klim Iwanowitsch Samgin zuckte mit den Achseln und sagte ganz aufrichtig: »Diese Situation erhöht die Tapferkeit und das Heldentum des Offizierskorps um das Doppelte. Das Vaterland zu verteidigen . . .«

»Unter der Voraussetzung – eine Kugel in die Stirn, die andere ins Genick – nicht wahr? Ja? Nicht wahr?«

»Ja-a«, entgegnete Samgin gedehnt auf das pfeifende Flüstern.

Leutnant Walerij Nikolajewitsch Petrow sah ihm ins Gesicht, legte ihm die Hände auf die Schultern und sagte gerührt: »Kommen Sie, mein Lieber, ich gebe Ihnen einen Kuß!«

Seine dicken Lippen sogen sich so dicht und lange fest, daß Samgin fast erstickt wäre, das widerliche Gefühl des Festsaugens wurde durch den stechenden Schmerz verschärft, den ihm der harte, gestutzte Schnurrbart zufügte. Der Leutnant rieb sich mit dem kleinen Finger der linken Hand die Tränen aus den Augen, lachte ein schluchzendes Lachen, schnalzte mit den Lippen und sagte: »Ich danke Ihnen, mein Lieber! Das ist eine Situation, zum Teufel, wie? Und dabei hat mein Regiment sehr tätig am Kampf gegen die Revolution des Jahres fünf teilgenommen – verstehen Sie?«

In der rechten Hand hielt er das Glas, die Hand zitterte und vergoß das Bier, Samgin versteckte die Füße unter dem Stuhl und hörte dem heiseren Brodeln der Worte zu: »Aber der Oberst riet uns, dem Offizierskorps, noch in Tambow, in den Kompanien das Vorhandensein und die Zahl von Ausgepeitschten und anderen politisch Unzuverlässigen festzustellen – sie festzustellen und sie zuallererst für Erkundungen und überhaupt zu verwenden – ist das klar? Er ist, wissen Sie, ein richtiger Kommandeursvater! Er beendet den Krieg sicher als Divisionskommandeur.«

Er erzählte sehr lange vom Kommandeur, von dessen Frau und dem Regimentsadjutanten; der Abend kam, durch das offene Fenster drangen, zusammen mit den Fliegen, irgendwelche unbestimmte Laute herein, irgendwo weit weg spielte ein Orchester »Carmen«, und hinter einem Berg von Fässern im Nachbarhof brachte ein zorniger Mann Soldaten das Singen bei und schrie wütend: »Du Idiot! Hör zu – so geht der Takt! Eins, zwei, links, links! Los – eins, zwei!«

Und ein schrilles Tenorstimmchen sang:

>»Zu leben der allein ist würdig,
>Wer z-zu sterben stets bereit.«

»Im Chor – los!«

Der Chor legte laut, aber disharmonisch los nach dem Motiv »Es war ein Treffen bei Poltawa«:

>»Rußlands Krieger rechten Glaubens
>Schlägt die Feinde, sonder Zahl . . .
>>Darum lauter, o Musik,
>>Blas das Siegeslied . . .«

»Einstellen, ihr Idioten!«

»Ich habe zweihundertdreißig geführt, geblieben sind sechzig«, erzählte der Leutnant, mit dem Fuß aufstampfend.

Samgin hörte ihm zu und versuchte sich vorzustellen, ob dieses Gespräch bald enden werde und womit.

»Hundertsechsundachtzig . . . siebzehn . . .«, vernahm er. »Den Krieg führen wir, die jüngeren Offiziere. Wir stehen an der Spitze von Bauern, die uns, den Adel, hassen, an der Spitze von Arbeitern, die ihr, die Intellektuellen, gegen den Zaren, den Adel und Gott aufhetzt . . .«

Er wankte, als wäre sein eines Bein plötzlich kürzer geworden, rieb sich kräftig die Stirn, schnalzte mit den Lippen und dachte eine Weile nach.

»Ich rede nicht von Ihnen persönlich, sondern – im allgemeinen von Zivilisten, von Intellektuellen. Eine Kusine von mir war mit einem Revolutionär verheiratet. Student der Bergakademie, ein kluger Kopf. Im Jahre sieben deportierte man ihn irgendwohin . . . wo sich die Füchse gute Nacht sagen. Hören Sie: Was denken Sie vom Zaren? Von diesem Gauner Rasputin, von der Zarin? Ist dieser ganze Unsinn wahr?«

»Zum Teil offenbar wohl . . .«

»Zum Teil«, brummte Petrow. »Und – wie groß ist dieser Teil?«

»Das läßt sich schwer sagen.«

Leutnant Petrow setzte sich auf das Sofa, nahm den Säbel, zog die Klinge halb aus der Scheide heraus und schob sie wieder hinein, der Stahl schnalzte genießerisch, Petrow wiederholte es und erzielte einen noch klangvolleren Schnalzer, warf den Säbel beiseite und sagte:

»Trotz allem ist es langweilig. Spielen Sie Karten? Aha! Diese Type, der Untersuchungsrichter, spielt ebenfalls. Seine Frau auch ... Gehen wir zu ihnen, sie werden uns viel Geld abgewinnen.«

Samgin entschloß sich, nicht abzusagen, und hatte auch keinen Grund dazu – er langweilte sich auch. Sie spielten lange und langweilig Karten, zuerst Preference und dann Poch. Während des ganzen Spiels sagte der Untersuchungsrichter nur einen Satz: »Letzten Endes ist nicht zu begreifen, ob man selbst spielt oder ob die Karten mit einem spielen.«

»Ebenso ist es mit den Lebensumständen«, fügte der Leutnant hinzu.

Als die Rothaarige eine Menge Briefmarken und Papiergeld gewonnen hatte, erklärte sie mit verlegenem Lächeln: »Ich kann nicht mehr.«

»Dann – gib uns noch Bier«, sagte der Untersuchungsrichter. Sie ging, die anderen begannen Chemin de fer zu spielen. Petrow trank ununterbrochen Bier, wurde aber nicht betrunken, sondern knurrte, schnurrte nur:

»Z-zu leben der allein ist würdig
Wer stets, ja-ja-ja-ja ...
Weder dorthin noch hierher, noch sonstwohin –
Alles Blödsinn ...«

Er spielte gleichmütig, riskierte unsinnig, verlor viel. Sie saßen mitten in einem Zimmer, das mit schweren ungepolsterten Möbeln aus imitiertem Mahagoni eingerichtet war, auf dem Bücherschrank ragte fast bis zur Decke eine Gipsbüste, über dem breiten, mit gemustertem Plüsch bezogenen Sofa hing ein Stich: Jan Sobieski vor Wien. Das eine der zwei Fenster zum Garten stand offen, vor ihm bewegten sich kaum bemerkbar und lautlos die Zweige einer Linde, ihr Apothekengeruch strömte ins Zimmer, unbestimmte Geräusche, die sich in der nächtlichen Dunkelheit verirrt hatten, drangen herein. Samgin hatte es abgelehnt, Chemin de fer zu spielen, er rauchte und versuchte, während er das wenig bewegliche Gesicht des Leutnants beobachtete, ihn sich im Augenblick eines Angriffs vorzustellen: vorn die Deutschen, hinten die Bauern, und er allein zwischen ihnen. Es war traurig, über den Leutnant nachzudenken.

Allein zwischen zwei Toden, und – er bleibt am Leben.

»Sagen Sie«, fragte er, »wenn Sie zum Angriff vorgehen, zücken Sie dann den Säbel, wie das die Schlachtenmaler darstellen?«

»Ich zücke ihn, ich zücke ihn«, murmelte der Leutnant, Geld zählend. »Und ich gehe nicht, sondern renne. Und – schreie. Und schwinge vor allem den Säbel. Die Hauptsache: Man muß ihn schwingen, sich bewegen! Wissen Sie, ich habe im Schützengraben wunderbare Worte aufgeschnappt, ein Soldat schrie einen anderen so richtig brutal an: ›Was bewegst du Esel dich wie ein Lebender?‹«

Der Leutnant lachte heiser und schaukelte auf dem Stuhl: »Ein hübsches Bonmot? Das ist es! So wirken die Umstände ...«

Der Untersuchungsrichter, der mit seinem tief krächzenden Lachen in Petrows Gelächter einstimmte, kündigte an: »Va banque!«

Und sprengte die Bank.

Leutnant Petrow stand auf, schüttelte die Hände über dem Tisch und sagte: »Das ist alles.«

Dann pfiff er leise durch die Zähne, ging zum Sofa, setzte sich, gähnte und fiel nach der Seite um.

»So geht das schon die zweite Woche«, sagte halb flüsternd der Untersuchungsrichter, der die Karten zusammenlas. »Er erholt sich nach dem Lazarett. Er war verwundet und verschüttet.«

Petrow schnarchte.

»Ist hiesiger Hausbesitzer, Sohn eines Gouvernementsregierungsrats, eines geachteten Mannes. Seine Familie hat er an die Wolga geschickt, das Haus ist vorteilhaft an eine Militärbehörde vermietet. Den Krieg wird er nicht überleben – er hat sich einen Herzfehler geholt.«

Das pfeifende Schnarchen des Leutnants hatte etwas Unheimliches, das durch das halblaute Flüstern des Untersuchungsrichters gesteigert wurde.

»Das ist Mickiewicz«, sagte er. »Meine Frau ist Polin.«

Es tagte bereits. Samgin wünschte ihm gute Nacht, ging auf sein Zimmer, zog sich aus und legte sich hin, er dachte müde an die übermäßig redseligen und langweiligen Menschen, an die einsamen Menschen, die, eng von Feinden umringt, heldenhaft ihre Pflicht erfüllten, und an sich selbst, an sich konnte er nur mit Bedauern denken, voller Verärgerung über die Menschen, welche die Bürde ihrer Eindrücke rücksichtslos und sogar gleichsam rachsüchtig aufeinander abwälzten. Er, Klim Iwanowitsch Samgin, erlaubte sich nie Klagen über das Leben, Offenheit, Intimitäten. Sogar Marina gegenüber hatte er sie sich nicht gestattet. Er schlummerte bereits, als Petrow eintrat, laut gähnte, sich mit rücksichtslosem Lärm auszog und, im Nachtzeug dasitzend, sich mit beiden Händen an der behaarten Brust kratzte.

»Schlafen Sie?« fragte er.

»Nein.«

»Jedoch – unter uns gesagt – das Leben, mein Teurer, ist sinnlos.

Völlig sinnlos. So liberal wir uns auch gebärden mögen. Ja-ja-ja. Gute Nacht.«

»Danke«, sagte Samgin leise, den die Äußerung des Leutnants über das Leben ungemein verwunderte, dieser Satz stimmte nicht mit dem Beruf des Helden, seiner Gesinnung und seinem Äußeren überein und erweckte, da er so unerwartet kam, den Eindruck, als hätte ein Schlag gegen eine Kupferglocke einen hölzernen Ton hervorgerufen. Klim Iwanowitsch erlaubte sich seit einiger Zeit, zuweilen, in Stunden der Müdigkeit und Mißerfolge, dem Leben vorzuwerfen, daß sein Sinn unklar sei, aber das glich den übertriebenen Vorwürfen, die er sich bei Streitigkeiten mit Warwara gestattet hatte, um sie zu kränken. Seit Tagilskij die Rolle und den Platz Samgins im Leben als die eines Aristokraten der Demokratie definiert hatte, konnte er, Samgin, natürlich nicht mehr ernstlich denken, daß sein Leben sinnlos sei. Der Leutnant jedoch dachte im Ernst so.

»Die Hauptsache ist, mein Lieber, daß es keinen Gott gibt!« murmelte der Leutnant, nachdem er sich eine Zigarette angezündet hatte, wobei er, wie um einer alten Gewohnheit Genüge zu tun, sich sorgfältig bald an der Brust, bald an den ebenso stark behaarten Beinen kratzte. »Verstehen Sie – es gibt keinen Gott. Nicht laut Voltaire oder laut diesem... wie heißt er doch? Na – der Teufel soll ihn holen! Ich sage: Es gibt keinen Gott, nicht gemäß der Logik, nicht auf Grund irgendwelcher Beweise, sondern – es gibt wirklich keinen, gefühlsmäßig, physisch, physiologisch und – wie heißt das doch noch? Kurz gesagt... In der Kindheit bildete sich bei mir so ein fester Glaube heraus: In Nishnij Nowgorod stände ein berühmtes Minin- und Posharskij-Denkmal. Eines stände in Moskau, ein zweites, besseres, in Nishnij. Ich kam dorthin, um das Kadettenkorps zu besuchen, doch das Denkmal – gab es nicht! War eins dagewesen? Es war nie eins dagewesen... So ist es auch mit Gott.«

Als Samgin, von eisernem Dröhnen geweckt, erwachte, war der Leutnant nicht mehr im Zimmer. Die Artillerie dröhnte, die auf dem Kopfsteinpflaster vorbeitrabte, mit dem Eisengepolter wetteiferte ein Glockengeläut, das so gewaltig war, daß es schien, es brächte sogar im Zimmer die Luft ins Wallen. Beim Kaffee erklärte der Untersuchungsrichter, in der Stadt sei eine Artillerieparade anberaumt, die aus Petrograd eingetroffen war, und man läute, weil Sonntag sei, die Kirchen riefen zum Spätgottesdienst.

»Meine Frau ist in die Kirche gegangen«, teilte er unnötigerweise mit, dann erzählte er sachlich, daß man die verschwundenen Waggons nicht hier suchen müsse, sondern näher zur Front.

»Doch Sie werden sie wahrscheinlich auch dort nicht finden«, fügte er gleichmütig hinzu, »Verpflegungsmaterial wird erstaunlich geschickt gestohlen, es stehlen Spekulanten, Heeresintendanten, Soldaten, überhaupt alle, die Gefallen daran finden.«

Dennoch stellte er einige Erwägungen an, aus denen folgte, daß man die Waggons irgendwohin nach Litauen verschoben habe. Samgin schien es, dieser Mann habe Gründe, zu wünschen, daß er, Samgin, verschwände. Aber der Untersuchungsrichter bekräftigte die Argumente zugunsten einer Reise durch das Angebot, ihm einen Brief an den Bruder seiner Frau, einen Rittmeister der Feldgendarmerie, mitzugeben.

»Er kann Ihnen sehr helfen.«

Die erste Reise in Sachen des Verbandes hatte auf Samgin einen hinlänglich unangenehmen Eindruck gemacht, aber er hielt es dennoch für seine Pflicht, einmal der Front näher zu kommen und, wenn möglich, die Soldaten bei ihrer Tätigkeit im Kampf, zu sehen.

Und nun saß er auf einem Stapel alter Eisenbahnschwellen, im Schatten eines riesengroßen Baums mit kleinen Blättern, die an der Oberseite hellgrün, an der Unterseite zinnfarben waren. Diese sonderbaren, leichten Blätter waren völlig reglos, obwohl alles rundum in Bewegung war: An dem trüben Himmel gleißte blendend und heiß die Sonne und schien auf eine weite, mit Erdhöckern bedeckte Ebene. Diese war an der einen Seite von einem mäßig hohen, sandigen Bahndamm, an der anderen von einem dichten Kleingehölz begrenzt, es hatte noch vor kurzem bis dicht an den Bahndamm gereicht, und von ihm waren eine Menge Baumstümpfe verschiedener Höhe übriggeblieben, die auf der ganzen Ebene hochragten.

Ungefähr hundert Schritt von Samgin entfernt wurde der Bahndamm von einem Fluß durchschnitten, der Fluß war von dem eisernen Gitterwerk einer Brücke überspannt, unter ihr strömte, wie Quecksilber glitzernd, rasch der Fluß heraus, versumpft und nicht breit, das eine Ufer war dicht mit Schilf und Riedgras zugewachsen, an dem anderen befanden sich Sandbänke, und längs der ganzen sichtbaren Uferstrecke wuschen sich Soldaten, gingen und schwammen umher oder wuschen Pferde, an drei Stellen fingen sie mit dem Schleppnetz Fische, rieben einander die Brust, die Beine, den Rücken mit dem warmen, dicken Schlamm des Flusses ab. Soldaten waren noch mehr da als Baumstümpfe und Erdhöcker, es waren so viele, daß es schien: Wenn sie sich auf die Erde legten, würde die Erde unter ihnen unsichtbar. An einer Stelle wurde im Sand gerungen wie im Zirkus, an einer anderen bedeckte man das Dach einer Baracke mit grünen Zweigen, in der Ferne, fast am Waldrand, wurde eine aus runden Stangen gebaute Baracke zerlegt. Da und dort Zelte, die mit Baumzweigen beworfen waren, grünen und verdorrten, herbstlich gefärbten; es gab viele solche Zweige, sie waren in die feuchte Erde gestampft, mit ihnen waren die Wege zwischen den Baumstümpfen und Erdhöckern ausgelegt. Die Schornsteine von Feldküchen rauchten, es rauchten Lagerfeuer. Samgin zählte acht Lagerfeuer, dann elf und hörte auf zu zählen, es waren auch noch kleinere Lagerfeuer da, über ihnen kochten Teekessel, neben ihnen saßen zu zweit und zu dritt Soldaten. Sie hatten weiße und leicht graue Hemden an, sehr viele ganz nackte flickten Wäsche. Es fiel auf, daß viele Soldaten allein umherschlenderten, als mieden sie das Zusammensein. Der Rauch, der schwerfällig und langsam aufstieg, vermischte sich mit heißer, feuchter Luft, dicht über den Menschen hing eine graue Wolke, der Rauch war mit dem Geruch von Sumpf und menschlichem Kot geschwängert. Die Leute schrien, ihr undeutliches Geschrei bildete auch gleichsam eine Wolke verschiedenartigen Lärms, ein soldatisches Marschlied hüpfte gleichmäßig auf und ab, ein Bauernlied zog sich trübselig in die Länge, Ziehharmonikas schnarrten metallisch und winselten, Äxte hämmerten, irgendwo übten unsichtbare Trommler, dreißig Schritt vom Bahndamm entfernt hatte sich ein dicker Ring angesammelt, in seiner Mitte tanzten zwei, und der Chor brüllte wie toll das altüberkommene Lied:

> »Die Bauern in der Regel
> Sind Schurken, Schweine, Flegel.
>   Hei – Schneeballstrauch, hei, Himbeerstrauch.
> Die Finger sie kappen, die Zähne sie reißen,
> Drücken sich vorm Dienst beim Zaren.
>   Sie wolln nicht!
> Schneeballstrauch, hei – Himbeerstrauch.«

Den Chor dirigierte der Fähnrich Charlamow. Samgin hatte ihn schon gesehen und mit ihm gesprochen. Der geckenhafte Leser konterrevolutionärer Literatur und Freund gepfefferter oppositioneller Anekdoten war sehr abgemagert, hatte sich gestreckt und sich einen Bart von unbestimmter Farbe wachsen lassen, aber seine Neigung zu kleinen Scherzen und Clownerien nicht eingebüßt.

»Ich übe mich in Patriotismus«, antwortete er auf die Frage, wie es ihm ginge.

»Waren Sie schon im Kampf?«

»In unmittelbare Nähe zum Feind bin ich noch nicht gekomen. Wir sitzen in einer langen, feuchten Grube und stehen durch Gewehrschüsse in Verbindung. Der Feind bevorzugt Maschinengewehre und eindrucksvollere Waffen zur Vernichtung des Lebens. Er trachtet auch nicht nach dem heroischen Kampf mit Bajonetten und Gewehrkolben oder mit den Fäusten.«

Während er in solch einem höhnischen und abgeschmackten Ton sprach, kniff er in einem fort die Augen zusammen und biß sich auf die Lippen. Doch zuweilen erklangen zwischen den platten Sätzen seiner feuilletonartigen Rede unangebracht, zu ihnen nicht passend, Sätze in anderem Ton.

»Meine Aufgabe läuft darauf hinaus, die Leute zu beobachten, daß sie ihre Pflichten streng erfüllen: keine Dummheiten reden, schießen, wenn sie schießen sollen, und nicht desertieren.«

»Desertieren sie denn?«

»Stellen Sie sich vor – sehr gern, und obwohl sie wissen, daß man deswegen erschossen wird.«

Er war der erste, der Samgin sagte, daß man ihn nicht näher zur Front vorlassen werde.

»Es findet eine Umgruppierung der Truppenteile statt, um die Front zu begradigen. Sie verstehen natürlich, was das bedeutet. Der Frontabschnitt, an dem mein Regiment stand, wird weiter ins Hinterland zurückverlegt.«

Er deutete mit einer weit ausholenden Handbewegung auf die Ebene, die von Soldaten wimmelte.

»Das ist Hinterland. Hier – wird ausgeruht. Das Bataillon, zu dem ich gehöre, ist zur Erholung hierhergeschickt worden, aber es sieht danach aus, daß auch wir zusammen mit anderen Ausruhenden uns noch weiter in die Sümpfe werden zurückziehen müssen.«

Samgin fragte, warum eine so feuchte, langweilige Gegend ausgesucht worden sei.

»Das – weiß ich nicht. Wie Sie sehen, ist es jenseits des Bahndamms trocken, der Boden ist sandig, früher stand dort Nadelwald, und hinter den Überresten des Waldes befanden sich Lazarette des ›Roten Kreuzes‹ und allerhand Wirtschaftsgebäude von ihm. Auf dem Fluß konnte man Stücke von rosa Verbandstoff, Wattebäusche und überhaupt einige Intimitäten der Chirurgen schwimmen sehen, aber die Soldaten protestierten gegen eine so originelle Verunreinigung des Flusses, dessen Wasser sie trinken.«

Charlamow schwieg ein paar Sekunden, dann fragte er: »Kennen Sie nicht einen gewissen Anton Tagilskij?«

»Ich bin ihm begegnet.«

»Hat er auch irgendwelche Beziehung zum Städteverband? Sie wissen es nicht? Er trägt nicht die ihm zugeteilte Uniform, hat irgend etwas mit Verpflegungsfragen zu tun und ist überhaupt so etwas wie ein Geheiminspekteur. Er weiß alles, rechnet immerfort.«

»Er liebt Zahlen«, teilte Samgin mit.

»Ganz recht! Ein außerordentlich interessanter und kluger Mann. Das Offizierskorps kann ihn nicht leiden und spricht sogar davon, daß er etwas mit dem Polizeidepartement zu tun zu haben scheine. Nach seinen Gesprächen mit den Soldaten zu urteilen, sieht es nicht danach aus.«

»Werden denn solche Gespräche geduldet?«

»Was für welche?« fragte Charlamow naiv, aber Klim Iwanowitsch begriff, daß die Naivität gekünstelt war.

»Gespräche mit Zivilisten.«

»Je nachdem, worüber«, sagte Charlamow lächelnd. »Zum Beispiel: Gespräche über den Sozialismus sind verboten. Über den Zaren – ebenfalls.«

»Ach, sieh mal an! Spricht er darüber?«

»Nein«, entgegnete Charlamow ernst und rasch. »Ich sagte nicht, daß er gerade über diese Fragen spräche. Er redet von verschiedenen Kleinigkeiten des Lebens, für die sich die Soldaten interessieren.«

»Und die Offiziere verhalten sich ihm gegenüber ablehnend?« fragte Samgin.

»Ja. Wie überhaupt Zivilisten gegenüber.«

»Jedoch, nicht jeder wird der Spionage verdächtigt«, sagte Samgin trocken und fügte – unwillkürlich – ebenso trocken hinzu: »Ich kannte ihn, als er noch stellvertretender Staatsanwalt war.«

»Sieh mal an!« sagte Charlamow halblaut.

Zwei Stunden nach diesem Gespräch sah Samgin, wie Tagilskij getötet wurde. Samgin trank Tee in einer Baracke – dem Speiseraum der Offiziere. In diesem langen Schuppen waren etwa zehn Männer, zwei waren an einem Fenster ins Schachspiel vertieft, einer schrieb einen Brief und blickte ab und zu lächelnd zur Decke, zwei weitere sahen in einer Ecke Illustrierte und Zeitungen durch, an einem Tisch trank ein dicker alter Mann mit Orden am Hals und an der Brust Kaffee, neben ihm saßen die übrigen, und einer von ihnen, mit schwarzem Schnurrbärtchen und Katzengesicht, erzählte halblaut irgend etwas, wodurch er den Alten zum Lachen brachte. Er hatte eben erst ein Gespräch mit dem Rittmeister Ruschtschiz-Stryjskij beendet, einem Mann von solch hünenhaftem Umfang, daß man sich kein Pferd vorstellen konnte, auf dem dieser riesengroße, schwere Mann hätte reiten können. Sein Schädel war mit einer äußerst dichten Masse grauen Kraushaars bedeckt, sein rundes, rotwangiges Gesicht zierten Schafaugen, eine rote Nase und ein dichter, dicker, schwarzer Schnurrbart, der schön von silbernen Fäden durchsteppt war. Als er Samgin angehört hatte, sagte er gutmütig und liebenswürdig mit tiefster Grabesstimme: »Geben Sie's auf, mein Guter! Das ist eine faule Sache. Noch zwei, drei Tage früher, dann vielleicht ... Jetzt jedoch tanzen wir ein bißchen rückwärts, das Material der Verpflegungszüge wird abgeschoben, wohin es sich nur abschieben läßt, alles ist durcheinandergeraten, und wir können selbst nichts finden. Die Munition muß weggeschafft werden, das ist es. Einiges werden wir wohl den Flammen übergeben müssen.«

Gerade in diesem Augenblick erschien Tagilskij. Er trat durch die offene Tür ein und schlug sie mit solcher Kraft hinter sich zu, daß die dünnen Barackenwände hinter Samgin erzitterten und die Scheiben in den Fensterrahmen dröhnten und klirrten, aber die Tür wurde mit der gleichen Kraft wieder aufgerissen, und gleich nach Tagilskij trat ein hochgewachsener, rothaariger Offizier mit einer Reitgerte in der rechten Hand ein.

»Antworten Sie gefälligst«, schrie er mit hoher Stimme und stampfte so mit den Füßen, daß sogar durch den Lärm des Kasinos hindurch, das wie ein Faß widerhallte, das Klirren seiner Sporen zu hören war.

»Ich bitte, mich in Ruhe zu lassen«, schrie ebenfalls Tagilskij, der sich an einen Tisch setzte und mit den Händen das Geschirr beiseite schob. Samgin merkte, daß Tagilskijs Hände zitterten. Ein dicker Offizier mit grauem Bärtchen im aufgedunsenen Gesicht, mit Orden an Hals und Brust, sagte streng: »Ich bitte, keinen Radau zu machen! Was ist los?«

Der rothaarige Offizier hatte ein graues Gesicht mit einem Stich ins Bläulichleichenhafte, das Gesicht wurde durch krampfhafte Grimassen entstellt, er versuchte, wie es schien, vor Schmerz, die Augen zu schließen, aber sie quollen vor.

»Gestern suchte dieser Herr uns einzureden, die sibirischen Butterhändler verkauften Butter an die Japaner, obwohl sie gut wüßten, daß sie von dort nach Deutschland weitergeht«, sagte er, sich mit der Reitgerte an den Stiefel schlagend. »Heute beschuldigte er mich und Hauptmann Saguljajew, wir hätten Unschuldige verurteilt ...«

»Ja«, schrie Tagilskij, auf dem Stuhle hochschnellend. »Sie haben Geistesgestörte erschießen lassen und nicht Deserteure.«

»Halten Sie den Mund!« rief wütend der dicke Offizier. »Wer hat Sie berechtigt ...«

»Solche Deserteure gibt es hier zu Dutzenden, dort gehen sie herum! Das sind Kranke. Sie haben den Verstand verloren. Sie wissen nicht, wohin ...«

Nur die Schachspieler waren sitzen geblieben, alle übrigen Offiziere, ungefähr sechs, kamen allmählich an den Tisch und traten an seine andere Seite, gegenüber von Tagilskij, neben den Dicken. Samgin merkte, daß sie alle Tagilskij mürrisch und zornig ansahen, nur einer stocherte gleichmütig mit einem Zahnstocher in seinen Zähnen herum. Der rothaarige Offizier stand neben Tagilskij und überragte ihn um eine halbe Körperlänge ... Er sagte irgend etwas – Tagilskij antwortete laut: »Ja. Ich bin Jurist und mir darüber im klaren, was ich sage. Nämlich das: Ermordung geistig Unzurechnungsfähiger ...«

Der Offizier holte mit der Reitgerte aus, aber Tagilskij sprang auf, kreischte: »Unterstehen Sie sich!« und – stieß ihn mit großer Kraft von sich, der Offizier wankte, die Reitgerte schlug laut gegen den Tisch, der Alte war aufgesprungen und rief keuchend: »Rittmeister Ruschtschiz ...«

In diesem Augenblick krachte ein Schuß. Samgin sah deutlich, wie Tagilskijs Gesicht zuckte und sich entfärbte, sah, wie er wuchtig auf den Stuhl herabsank und mit dem Stuhl zusammen zu Boden fiel, und in der Stille, die der Schuß herbeigeführt hatte, knarrte und zerbrach ein Stuhlbein. Dann sagte der Dicke gedämpft: »Äh, Hauptmann Weljaminow, immer wieder Sie ...«

Der rothaarige Offizier legte den Revolver auf den Tisch, schnallte das Koppel auf, nahm den Säbel ab und legte ihn auf den Tisch, worauf er halblaut zu Ruschtschiz sagte: »Zu Ihren Diensten, Rittmeister ...«

»Wie konnten Sie sich nicht zurückhalten!« fragte gedämpft, aber zornig der Dicke.

»Verzeihung«, sagte Ruschtschiz, der ebenfalls die Stimme senkte, wovon sie noch mehr dröhnte. Das letzte, was Samgin in Erinnerung blieb, war Tagilskijs Körper in zerknittertem Anzug, mit dem Kopf unter dem Tisch, und sein gelbes Gesicht mit zusammengezogenen Brauen ...

Samgin kam es vor, daß er, wenn er sich vom Stuhl zu erheben versuchte, ebenfalls umfallen würde.

Ich sehe nicht zum erstenmal, wie getötet wird, rief er sich ins Gedächtnis, aber das half nichts, und so beugte er sich über den Tisch, trank den ausgekühlten, widerlichen Tee und hörte den gesenkten Stimmen zu.

»Ist denn das Feldkriegsgericht für Zivilisten zuständig?«

»Daß Sie so etwas fragen können, mein Freund! Wie wurden denn die Revolutionäre in den Jahren sechs und sieben abgeurteilt?«

»Ach ja! Das hatte ich vergessen.«

»Die Hauptsache ist, daß es publik werden könnte ...«

»Die Soldaten ...«

Ohne daß Samgin es bemerkt hatte, waren zwei Offiziere an ihn herangetreten, und der eine von ihnen sagte: »Wir alle, mit dem General an der Spitze, bitten Sie, diesen traurigen Vorfall nicht auszuplaudern.«

»Ja. Ich – verstehe.«

Sie begannen beide zugleich zu reden: »Wenigstens – hier.«

»Und besonders – unter den Gemeinen.«

»Ich habe keinen Umgang mit Soldaten«, sagte Samgin.

»Man kann es als Selbstmord auslegen«, sagte freundlich der eine Offizier, und der andere fragte: »Haben Sie diesen Mann gekannt?«

»Ja, ich kannte ihn.«

»Er war doch in dem gleichen Verband wie Sie?«

»Kannten Sie ihn näher?«

»Nein, das nicht«, antwortete Samgin und fügte mechanisch hinzu: »Vor anderthalb oder zwei Jahren machte er tatsächlich einen Selbstmordversuch. Es stand in den Zeitungen.«

»Das ist ausgezeichnet!« sagte mit stiller Freude der eine, während der andere im gleichen Ton hinzusetzte: »Großartig! Erinnern Sie sich nicht, in welcher Zeitung und wann?«

»Nein, das weiß ich nicht mehr.«

»Das ist schade! Also – Ihr Ehrenwort?«

»Ja, ja«, sagte Klim Iwanowitsch.

Dann schlug der eine von ihnen die Hacken zusammen und sagte: »Habe die Ehre!«

Der andere – schlug auch die Hacken zusammen, sagte aber nichts, und beide entfernten sich sehr rasch an ihren Tisch.

Samgin stand auf, verließ die Baracke und ging auf dem Fußpfad an dem Bahngleis entlang; als er sich ungefähr anderthalb Werst von der Station entfernt hatte, setzte er sich auf die Eisenbahnschwellen und saß nun, den Blick auf das Soldatenlager gerichtet, das über die Ebene verstreut war. Dann erhob sich die für Klim Iwanowitsch nicht leichte Frage: Wer ist mehr ein Held – Leutnant Petrow oder Anton Tagilskij?

Die Ermordung Tagilskijs hatte ihn als die fast augenblickliche und erschreckende Verwandlung eines lebenden, gesunden Menschen in eine Leiche erschüttert und in Aufregung versetzt, der Tod dieses Sohns eines Schankwirts und Freudenhausinhabers jedoch erweckte kein Mitleid oder irgendwelche »guten Gefühle«. Klim Iwanowitsch erinnerte sich noch gut an die höchst unangenehmen Stunden seiner Gespräche mit Tagilskij im Zusammenhang mit Marinas Ermordung.

Er trieb damals irgendein sehr dunkles und verletzendes Spiel mit mir. Er ist der typische Abenteurer, aber ein Pechvogel, und es ist ganz natürlich, daß er in seinem Streben nach einer heroischen Pose so sinnlos ums Leben kam.

Er mußte daran denken, wie Tagilskij nach der Zerschlagung der Armee Samsonows in einer kleinen Versammlung in der Wohnung eines sehr bekannten Schriftstellers gesagt hatte: »Ich gehöre zu jener Zahl von Intellektuellen, die mehr proletarisiert sind als jeder beliebige Arbeiter. Selbst wenn ein Arbeiter keine sehr hohe technische Qualifikation besitzt, ist er nicht nur Herr über seine physische Energie, sondern auch ein Mensch, der seine technischen Kenntnisse als eine gewisse Wahrheit, als etwas offensichtlich Nützliches schätzen kann. Ich bin als Jurist qualifiziert, als Verteidiger der Gesellschaft gegen Anschläge auf ihre sozialpolitische Ordnung, auf das Eigentum, auf das Leben ihrer Mitglieder. Aber stellen Sie sich vor, bei mir ist das Bewußtsein, daß ich diese Ordnung zu schützen habe, verschwunden, stellen Sie sich vor, daß ich diese Ordnung als etwas mir Feindliches empfinde. Als etwas, das mich zum Krüppel macht.«

»Nun – ja! Dann sind Sie ein Anarchist«, hatte geringschätzig sein Opponent, Alexej Gogin, gesagt; ein ebensolcher Geck, wie er acht Jahre früher gewesen war, hatte er den lustigen Glanz seiner flinken Augen bewahrt, doch jetzt lag in diesem Glanz etwas Hochmütiges, Ironisches, und seine schöne weiche Stimme klang selbstzufrieden, entschieden. Gogin hatte auffallend zugenommen, und die schön zusammengezogenen Brauen machten sein gepflegtes Gesicht auf besondere Weise bedeutend.

»Möglicherweise bin ich Anarchist, aber nicht, weil ich mit dieser Theorie vertraut wäre, die nebenbei bemerkt sehr platt, primitiv und sogar ein wenig banal ist . . .«

»So?« hatte sich Gogin mißtrauisch gewundert.

»Ja, so. Sie sind ein Patriot, Sie verurteilen scharf die Defätisten. Ich verstehe Sie sehr gut: Sie arbeiten in einer Bank, Sie sind ihr künftiger Direktor und sogar der eventuelle Finanzminister einer künftigen Russischen Republik. Sie haben etwas zu verteidigen. Ich bin, wie Sie wissen, der Sohn eines Schankwirts. Selbstverständlich steht es mir ebenso wie Ihnen und jedem anderen Bürger unseres glorreichen Vaterlandes frei, noch eine Schankwirtschaft oder ein Freudenhaus zu eröffnen. Aber ich will nichts eröffnen. Ich – bin ein Mensch, der aus der Gesellschaft herausgefallen ist, verstehen Sie? Ich bin aus der Gesellschaft herausgefallen.«

»Wie ein Milchzahn bei einem Kind? Oder?« hatte Gogin gefragt.

»Wie Sie wünschen«, hatte Tagilskij müde gesagt, während der

Schriftsteller, die Brauen seines schönen, aber wenig beweglichen Gesichts zusammenziehend, kundig und prophetisch ausgesprochen hatte: »In Ihren Worten ist die Stimme des Todes zu vernehmen, Sie gehen dem Selbstmord entgegen.«

Tagilskij hatte nur stumm mit den Achseln gezuckt.

Nein, Tagilskij ist natürlich kein Held, entschied Klim Iwanowitsch Samgin. Sein Verhalten war eine Geste der Verzweiflung. Er hatte einen Selbstmordversuch gemacht – der war mißlungen, nun richtete er es so ein, daß man ihn tötete ... Einen Intellektuellen in erster Generation hatte er sich genannt. Ein Intellektueller? Aber – wie viele Menschen sind schon vor meinen Augen getötet worden! entsann er sich, worauf er eine Zeitlang dasaß und ganz abwesend zu ergründen suchte, ob er mit Stolz oder nur mit Verwunderung daran dachte.

Ich habe das Recht, auf die Vielfalt meiner Erfahrungen stolz zu sein, dachte er weiter, den Blick auf die Ebene gerichtet, auf der sich ununterbrochen, unermüdlich Hunderte von grauen Gestalten bewegten, während über ihnen eine Wolke vielstimmigen, bunten Lärms schwebte. Man konnte auf dieses sinnlose Getümmel sehen, seinem Tönen zuhören und – durch das flimmernde Netz der eigenen Gedanken und Erinnerungen nichts sehen, nichts hören.

Er hatte tatsächlich nicht gehört, wie ein hochgewachsener Soldat im Mantel und mit einem Stöckchen in der Hand auf ihn zugekommen war, er war auf ihn zugekommen und fragte halblaut: »Euer Wohlgeboren – haben Sie nicht eine Zeitung zum Lesen?«

Samgin blickte eilig um sich – ringsum war niemand, aber etwa hundert Schritt weit entfernt bewegten sich langsam noch drei.

»Nein«, antwortete er trocken.

Der Soldat seufzte laut und fragte, während er mit dem Stock in einer morschen Schwelle herumstocherte, von neuem: »Sie sind wohl vom Semstwoverband?«

»Ja.«

Und da er einsah, daß er beleidigend kurz geantwortet hatte, fragte er: »Sind Sie verwundet?«

»Das Rheuma plagt mich. In den Schützengräben greift es erbarmungslos um sich. Das ist hier eine feuchte Gegend. Sumpfig«, murmelte der Soldat, dann wartete er eine Weile auf eine weitere Frage, da aber keine kam, schwang er den Stock hoch und sagte teilnahmsvoll: »Ich beobachte Sie schon lange, von dort drüben – da sitzt nun ein Mann ganz allein und denkt über unsere mißlichen Dinge nach ...«

Samgin schwieg. Der Soldat seufzte nochmals langgezogen und

noch lauter, dann entfernte er sich, den Stock auf den Boden setzend, in Richtung zur Station.

Er hinterließ dumpfe Erregung, und an dieser Erregung entzündeten sich, erglommen sonderbare Gedanken:

Wieviel an höchst wertvollen Kräften, wieviel hartnäckige Belehrung wird für diese halbwilde, halbanalphabetische Menschenmasse vergeudet. Im Grunde sind sie nicht so sehr eine Hilfe als ein Hindernis im Leben.

Mit irgendeinem Zipfel seines Gehirns begriff Klim Iwanowitsch die komische Paradoxie dieser Gedanken, aber er ließ sie gewähren, und sie glommen in ihm, wie Zunder oder morsche Holzstückchen glimmen, und riefen in seiner Erinnerung die Bilder von der Plünderung des Kornspeichers, vom Hochziehen der Glocke und eine Menge ähnlicher hervor, bis hin zu den bärtigen Zähnebleckenden auf dem Bahnhof in Nowgorod, bis zu diesem Getümmel Hunderter von Soldaten hier inmitten der Stümpfe in aller Eile gefällter Bäume und zertretenen Bruchholzes.

Die drei Soldaten kamen immer näher. Samgin stand auf und ging schnell dem ersten Soldaten nach, und dieser dachte wahrscheinlich, daß der Herr ihn einholen wolle – blieb stehen und wartete. Hierauf verließ Klim Iwanowitsch, nachdem er die geeignetste Stelle gewählt hatte, den Bahndamm und ging auf die Stadt zu. Auf dieser Seite des Bahndamms war die Landschaft ordentlicher und nicht so dicht mit Menschen besät: Das Flüßchen schlängelte sich durch ein hügeliges, mit Grasnarben bedecktes Feld, das mit kleinen Birkengruppen geschmückt war, hie und da ragten bronzefarbene Föhrenstämme, unter dem dichten Grün ihrer Kronen standen weiße Zelte, gelbe Baracken und Stapel irgendwelcher Kisten, die mit Planen bedeckt waren, überall waren rote Kreuze, huschten die weißen Gestalten von Krankenschwestern umher, vor den Fenstern eines Bretterhäuschens saß ein Priester in lilafarbenem Talar – ein sehr angenehmer Farbfleck. Die Straße von der Station zur Stadt war mit kleinen Feldsteinen gepflastert, sie verlief am Ufer des Flusses entlang stromaufwärts und verbarg sich in dichtem Gestrüpp oder zwischen kleinen Gruppen engstehender Birken. Eine halbe Werst vor der Stadt trat aus dem Gesträuch ein Soldat in blauem Hemd ohne Gürtel, mit einer langen, biegsamen Eisenstange auf der Schulter, und gleich nach ihm – Charlamow.

»Haben Sie gehört?« sagte er halblaut und aufgeregt zu Samgin. »Hauptmann Weljaminow hat Tagilskij erschossen...«

»Zufällig?« fragte Klim Iwanowitsch mit einem Seitenblick auf das schmierige Gesicht des Soldaten.

»Aber nein! Sie stritten sich...«

Der Soldat bewegte den Schnurrbart, dann schüttelte er kaum bemerkbar und verneinend den Kopf.

Das ist Jakow, Samgin erinnerte sich an Moskau, an das Jahr fünf, an die Barrikade. Genosse Jakow...

Unterdessen sagte Charlamow voller Vorwurf gegen irgend jemanden: »Tagilskij hat mit Recht behauptet, daß man Kranke verurteilt und erschossen habe und nicht Deserteure, und dieser Weljaminow war der Richter.«

»Waren Sie... dabei zugegen?« fragte Samgin streng.

Genosse Jakow fragte ebenfalls Charlamow: »Darf ich gehen, Euer Wohlgeboren?«

»Ja, geh nur, geh...«

Jakow überquerte die Straße, die Eisenstange, die hinter ihm schaukelte, trieb ihn gleichsam. Charlamow, der die Mütze abgenommen hatte und sich mit ihr das Gesicht fächelte, sagte eilig und bedrückt, wie es sonst nicht seine Art war: »Fast jedes Artilleriegefecht schafft Menschen mit psychischem Trauma, der betäubte Mann geht immer der Nase nach, einige legen weite Strecken zurück, man fängt sie – ein Deserteur! Doch er begreift nichts, hat sogar verlernt, klar zu reden, und ist völlig unzurechnungsfähig!«

Samgin hörte zu und überlegte: Er hatte den Offizieren sein Wort gegeben, die näheren Umstände des Mordes nicht auszuplaudern, aber nun waren sie schon bekannt, und die Offiziere konnten denken, er bringe sie unter die Leute.

»Kennen Sie diesen... Soldaten schon lange?« fragte er und fühlte, wie kalte Wut ihm die Kehle zuschnürte.

Charlamow, der Samgin nicht ohne Verwunderung und fragend ins Gesicht blickte, sagte, daß er Jakow als den Schlosser kenne, der die Reparaturwerkstätte für den Nachschub, für Feldküchen und so weiter leite.

»Er ist ein sehr gescheiter Mann, kann lesen und schreiben. Warum?«

»Gehört es sich denn, daß Sie in seiner Gegenwart von diesem... Vorfall mit Tagilskij reden?« fragte Samgin und sah sofort ein, daß die Form der Frage ungeschickt war.

»Ein hüb-scher Vorfall!« rief Charlamow mit aufgerissenen Augen aus. »Aber – er wußte davon früher als ich, er arbeitet dort.«

Klim Iwanowitsch sagte sehr streng: »Wenn er es schon wußte, dann... ist das etwas anderes! Im allgemeinen bin ich der Ansicht, daß wir an diesen für uns traurigen Tagen die Autorität des Offizierskorps in den Augen der Gemeinen nicht untergraben sollten ...«

»Aha-a«, sagte Charlamow gedehnt, langsam und lächelnd. »Sind Sie ein Vaterlandsverteidiger?«

»Ja«, sagte Samgin mutig und bedauerte es sofort.

»Dann ist das ... tatsächlich etwas anderes!« bemerkte Charlamow, ohne seine Ironie zu verhehlen. »Aber sehen Sie: Ich weiß genau, daß Hauptmann Weljaminow im Jahre 1905 Leutnant beim Pskower Regiment und Chef der Kompanie war, die am Alexandergarten die Erschießungen vornahm. Das Pskower Regiment hat noch ein historisches Verdienst dem Vaterland gegenüber: Im Jahre 1831 bezwang es die polnischen Aufrührer ...«

Klim Iwanowitsch Samgin unterbrach seine Erzählung durch die Frage: »Was folgt denn daraus? Daß man die Armee zersetzen muß, ja?«

Charlamow wölbte mit sichtlicher Verblüffung die Augen vor, sein krummnasiges Gesicht errötete tief, er schwieg ein paar Sekunden lang und leckte sich die Lippen, dann zeigte er seine gewohnte Vorliebe für leichte Clownerien: Er schlug die Hacken zusammen, verzog das Gesicht zu einem häßlichen Lächeln, verneigte sich und sagte: »Wage nicht, Sie länger aufzuhalten!«

Er machte vor Samgin scharf linksum kehrt und ging davon.

Unverschämter Kerl, gab Samgin ihm stumm zum Geleit. Ein Clown. Operettenclown. Nihilist natürlich. Anarchist.

Er sah, sich eine Zigarette anzündend, hinter dem schnell Davongehenden her und dachte daran, daß in der Zeit, in der »dem Staat unter den Schlägen des Feindes die Vernichtung droht und sich alle einmütig, als unüberwindliche Granitmauer dem Feind entgegenstellen müssen«, daß in diesen furchtbaren Tagen solche verantwortungslosen Menschen wie dieser Geck und die Jakows, wie der Zimmermann Ossip oder Tagilskij zersetzende Gedanken und Ideen unter den Menschen aussäten. Es war ganz natürlich, sich des Rittmeisters Ruschtschiz-Stryjskij zu erinnern, aber hier erschrak Klim Iwanowitsch, da er sich in Gefahr fühlte.

Er hätte sagen können, daß die Wirklichkeit seit einiger Zeit begonnen habe, sich ihm gegenüber feindlich zu verhalten. Sie schüttelte ihn wie einen Sack und brachte dadurch alles, was er gesehen hatte, woran er sich erinnerte, in den Zustand eines kunterbunten und ermüdend widerspruchsvollen Chaos. Für kurze Zeit, eine Stunde, sogar nur zehn Minuten lang, empfand er plötzlich und beunruhigend, wie zusammenhanglos seine Lebenserfahrung war, daß eine verfestigende Übereinstimmung von Denken und Ziel in ihr fehlte, und hinter dieser Empfindung verbarg sich die Ahnung von der Sinnlosigkeit des Lebens. Vieles schien ihm überflüssig, ja sogar ohne jeglichen Sinn zu sein und zu verhindern, daß etwas anderes, Festeres und Klareres entstände. Klim Iwanowitsch Samgin enthielt sich exakter Definitionen, war sich aber bewußt, daß dieses Neue, Klare eine Einstellung verlangte, die seinem Wesen fremd war, eine Entschlossenheit, die er noch nicht besaß. Er begriff, daß die plötzlich aufgeblitzte Absicht, Rittmeister Ruschtschiz-Stryjskij von Charlamow und Jakow Mitteilung zu machen, sich nicht viel von der Mitteilung an Charlamow unterschied, daß Tagilskij stellvertretender Staatsanwalt gewesen war. Solche vorübergehenden Absichten tauchten immer öfter auf, sie ließen sich nicht mit persönlicher Antipathie erklären, für sie mußte es eine andere Erklärung geben. Klim Iwanowitsch Samgin fand sie nicht, weil er sich hütete zu suchen.

Im Schatten einer Gruppe junger Birken stand auf hohen Beinen ein langleibiges Pferd mit durchgebogenem Rücken, das vor einen Bauernwagen gespannt war, sein Fell war einstmals weiß gewesen, jetzt aber mit Staub durchsetzt, hatte ein schmutziges Grau angenommen und gelbliche Flecken bekommen, der große, knochige Kopf war kraftlos und tief zu Boden gesenkt, in der eingefallenen Augenhöhle glänzte trübe ein mattes, feuchtes Auge.

Samgin blieb stehen und betrachtete die groteske, aber traurige Gestalt des Tiers, erinnerte sich der Geschichte »Der Leinwandmesser« von L. Tolstoi, der Erzählung »Smaragd« von Kuprin und entschied, daß es besser wäre, wenn er mit dem nächsten Zug von hier wegführe.

Das Offizierskorps wird wahrscheinlich denken, von dem Vorfall mit Tagilskij habe ich erzählt ...

Hinter den Birkenstämmen kam vorsichtig ein alter Mann hervor, der ebenso grotesk aussah wie das Pferd: Er war hochgewachsen, gebeugt, hatte ein vom Staub graues Hemd aus grober Bauernleinwand und ebensolche Hosen an, die fast bis an die Knie hochgekrempelt waren und Beine von der Farbe rostigen Eisens frei ließen. Sein grauer Bart bestand aus starken und sonderbar glatten Haaren, sie hingen vom Gesicht herab wie Fäden, die Augen waren unter den grauen Brauen fast unsichtbar. Er zeigte Samgin eine große Tabakspfeife und sagte langsam, gedämpft, gleichsam widerwillig: »Ham Se keine Streichhölzer, Euer Wohlgeboren?«

Er nahm die Schachtel aus Samgins Hand entgegen, setzte mit zwei Streichhölzern sorgfältig die Pfeife in Brand und steckte die Schachtel in die Hosentasche.

»Geben Sie die Streichhölzer zurück«, forderte Samgin ihn auf – der Alte betastete mit den Fingern die Tasche, ob sie drin waren, und schüttelte den Kopf: »Schenken Sie sie mir doch.«

Und nachdem er Samgin von Kopf bis Fuß gemustert hatte, sagte er auf einmal: »Na – bei diesem Krieg wird nischt rauskommen . . . Nein. Sehen Sie, bei uns, in Staryj Jassen, haben sie das Korn geschnitten und dann restlos verbrannt, ebenso in Chalomery, auch in Udroje – restlos! Damit es nicht dem Deutschen in die Hände fällt. Der Bauer weint, das Weib – weint. Wozu weinen? Mit Tränen löscht man das Feuer nicht.«

Während er nachdenklich sprach, sah er zu Boden, vor Samgins Füße, ein scharfer grünlicher Rauch umhüllte seine Worte.

»Man fällt den Wald. Man fällt ihn so sorglos, als würden hundert Jahre lang keine Menschen mehr in dieser Gegend leben. Man kränkt die Erde, Euer Wohlgeboren! Die Menschen – tötet man, die Erde kränkt man. Wie soll man das verstehen?«

Dem Alten mußte etwas gesagt werden, und so fragte Samgin: »Was tun Sie hier?«

»Ich fahre Stroh für die Verwundeten. Nun warte ich auf mein Weib, sie bekommt das Geld . . . Dabei brauchen wir es gar nicht mehr, das Geld . . . Es steht schlimm, Euer Wohlgeboren. Das Leben ist traurig geworden . . .«

»Man muß durchhalten«, riet Samgin ihm einsichtsvoll. »Alle haben es schwer«, fügte er streng hinzu, worauf er überzeugt prophezeite: »Bald wird das alles ein Ende haben, und wir werden wieder ruhig leben . . .«

Er berührte mit dem Finger die Mütze und ging weg, wobei er irgend jemandem zornig widersprach: Das Land wird wohl kaum dadurch gewinnen, daß Analphabeten nachzudenken beginnen.

Er ging eilig, hätte sich gern umgewandt und einen Blick auf den Alten geworfen, tat es aber nicht, als fürchtete er, daß der Alte ihm nachgehen würde. Die Gedanken tauchten auch eilig auf, sie verschwanden, indem sie einander verjagten.

Charlamow sorgt wahrscheinlich dafür, daß die Leute nachdenken. Aus welchen Beweggründen tut er das?

Man kann der Ansicht sein, daß das Bestreben, die Bauernschaft und die Arbeiter zu politischem Denken zu bringen – eine Verzweiflungsgeste ehrgeiziger Leute sei. Nachdem sie den einen Einsatz verloren haben, wollen sie Revanche nehmen.

Eine Stunde später fuhr er in einem Sanitätszug, stand auf der Plattform eines Wagens und blickte auf die Felder hinaus, die mit Zelten wie mit weißen Blasen besät waren. Er fühlte sich sehr schlecht, der Nervenschock hatte körperliche Schwäche hervorgerufen, es rumorte in seinem Gedärm, in seinen Ohren war ein sonderbares Sausen, vor seinen Augen flimmerte das verwundert zuckende Gesicht Tagilskijs, die Erinnerung an Charlamow regte ihn auf. Das alles endete mit einem heftigen Durchfall, Samgin fürchtete, er bekäme die Ruhr, lag fünf Tage in irgendeinem Bahnhofslazarett und hütete, nach Petrograd zurückgekehrt, ein paar Wochen lang das Haus.

Die erfolglosen Fahrten an die Front hatten in ihm eine dumpfe, düstere Gereiztheit gegenüber bärtigen Soldaten, Zimmerleuten und Juden hervorgerufen. In dieser Gereiztheit lag etwas bereits Feindseliges gegen die Menschen, wie auch immer sie gekleidet sein mochten – in olivgrüne Hemdblusen oder in grobe Leinwand und Kattun. Früher hatte er sich Juden gegenüber gleichgültig verhalten, der Beilis-Prozeß war für ihn eine Affäre, die das Land kompromittierte, und das Antlitz des Landes – das war seine Intelligenz. Er war überzeugt gewesen, daß er sich dem Antisemitismus der Regierung gegenüber ebenso verhalte wie die Mehrheit der Intellektuellen und daß dies das richtige Verhalten sei. Als jedoch von der Front eine tolle, vergiftende Woge animalischen Judenhasses hereinbrach, dachte er: Wahrhaftig – weshalb nehmen die Juden bei uns eine so einflußreiche Stellung ein? Weshalb nicht die Tataren oder Georgier, die Armenier?

Ihm fiel ein, daß Georgier und Armenier im aktiven Herresdienst standen und bis zum Generalsrang aufrückten. In Rußland gab es keine jüdischen Generale, in England jedoch erlangten Juden zuweilen die Lordschaft, sogar einer der Vizekönige von Indien war Jude.

In Gestalt von Christus war das Judentum der Begründer einer Religion, zu der sich ganz Europa bekannte und die durch die katholische Kirche in der ganzen Welt verbreitet wurde. In der Person von Karl Marx säte das Judentum auf der Erde die zersetzende Lehre von der Unversöhnbarkeit der Interessen des Kapitals und der Arbeit, von der unvermeidlichen Zunahme des Klassenhasses, von einer unabwendbaren sozialrevolutionären Katastrophe.

Schließlich und endlich ist die Frage nach den Quellen des Antisemitismus eine äußerst dunkle Frage, aber ich bin nicht im geringsten verpflichtet, sie zu lösen. Und – überhaupt: Was bedeutet soziale Verpflichtung der Persönlichkeit, wo beginnt diese Verpflichtung, wo liegen ihre Grenzen?

In Petrograd fühlte er sich weit mehr am richtigen Platz, in Petrograd brodelte das Leben immer stärker, unruhiger, es peitschte die menschlichen Leidenschaften zu einem dichten Schaum von Raserei auf, und besonders wütete die Sucht nach Gewinn. In diesem Schaum schwamm, überschlug sich und tauchte ab und zu Iwan Dronow auf, stets berauscht, offenbar nicht so sehr vom Wein als von den Erfolgen seiner Tätigkeit. Samgin war ihm seit ein paar Monaten nicht mehr begegnet, hatte nicht einmal an ihn gedacht, aber eines Abends, im Theater der Granowskaja, während einer Pause, schoß Dronow auf ihn zu, packte ihn am Ellenbogen und schüttelte ihm die Hand, brachte, Samgin mit lustigen Augen hinter die Brille blickend und Weingeruch ausatmend, rasch seine Freude über die Begegnung zum Ausdruck und erzählte, daß er am Morgen aus Petrosawodsk zurückgekehrt und mit Lieferungen für die Murmanbahn beschäftigt sei.

»Wir arbeiten zu viert: zusammen mit Nogaizew, dem Ingenieur Popow – er kennt dich – und Saussailow, er ist auch Ingenieur, ›Technisches Büro Saussailow und Popow‹. Fabelhafte Leute! So eine Industrieboheme, weißt du, ein lustiges Völkchen! Und du – bist Verbandshusar? Na, wie steht's an der Front, wie? Hör mal – gehn wir Abend essen! Plaudern wir ein wenig, wie?«

Dronow war angeheitert. Er hatte sich den Kopf kahlrasieren und den Schnurrbart abnehmen lassen, sein rotes Gesicht war aufgedunsen, aufgebläht wie eine Blase, die Nase wie abgewetzt, fast nicht zu bemerken, während die dicken, fleischigen Lippen vorgeschoben waren, gierig zuckten und das Gold der Zähne zeigten, das unzerkauter, noch nicht geschluckter Nahrung glich. Und unter den rothaarigen Brauen glänzten umherrollend und springend die flinken Schieläugelchen. Es mußte interessant sein, sich mit ihm ein wenig zu unterhalten. Sie gingen ins »Hotel d' Europe«. Dort war es eng und laut, es waren viele schöne, reich gekleidete Frauen da, und ein kleines Streichorchester spielte. Zwischen den Tischen geisterten zwei Paare umher, und man konnte nicht gleich erkennen, daß sie tanzten. Neben dem Podium stand mit einem Weinglas in der Hand der Duma-Abgeordnete Woljai-Markow, der wegen seiner Ähnlichkeit mit Zar Peter dem Großen »der eherne Reiter« genannt wurde, er stand da, stach mit dem Finger in die Luft über seine Schulter und sagte irgend etwas, aber nicht seine Worte waren zu hören, sondern die eines kleinen Mannes, der neben Markow stand.

»Wir haben die materielle Kultur verachtet«, rief er, und es schien, daß er die unhörbaren Worte Markows wiederholte. »Uns machte es weit mehr Spaß, Weltliteratur, anarchische Theorien, ein unnachahmlich großartiges Ballett zu schaffen, Gedichte zu schreiben, Bomben zu werfen. Da wir nicht zu leben verstanden, lernten wir, uns zu amüsieren ... und bezogen den Terror unter die Belustigungen ein ...«

»Das scheint Schulgin zu sein«, murmelte Dronow ungeduldig. »Es heißt, er sei klug ... Jedoch – was heißt klug sein in unseren Tagen? Das ist die Frage!«

»Ein ganzes Jahrhundert lang kämpften wir gegen die Selbstherrschaft«, rief jemand mit angeheiterter Stimme, und eine Frau mit unnatürlich langem Rücken, die aussah, als hätte sie kein Gesäß, zitierte laut, aber falsch:

>»Der Schreckensjahre Rußlands Kinder wir,
>In finstren Zeiten die geboren wir ...«

Und plötzlich fing Samgin das ihm gut erinnerliche hohe Stimmchen Berdnikows auf: »Das ist ja Unsinn, Unsinn!« krähte er, auf irgend jemanden einredend, ihn beschwichtigend. »Wir besitzen eine Division, die man ›Rennverein‹ genannt hat, sie rennt just immer vor den Deutschen davon. Aber nein doch, wieso denn Verleumdung? Fragen Sie Militärs – sie werden es bestätigen!«

»Siehst du, das ist ein Wolf!« teilte Dronow ehrfurchtsvoll mit. »Das ist Berdnikow, eine Berühmtheit, ein völlig krimineller Typ von ungewöhnlichem Verstand. Ihn ziehen selbst die Minister in Betracht.«

Samgin beugte sich über den Tisch und hörte mit hochgezogenen Schultern zu.

»Na – was wollen Sie denn? Anfang des Krieges trieben sie eine ganze Armee in den Sumpf, ließen sie von den Deutschen gefangennehmen. Es gibt zuwenig Gewehre, keine Kanonen, keine Flugzeuge ... Die Soldaten wissen das alles besser als wir ...«

»Ich fordere Sie auf, dieses nichtswürdige Gerede einzustellen«, schrie Markow wütend.

»Aber bitte schön«, willigte Berdnikow ein, und Samgin, der nach links hinüberschielte, sah, wie leicht Berdnikow seinen Riesenbauch dahintrug, als er sich erhobenen Hauptes zwischen den Stühlen durcharbeitete und sein schwammiges Gesicht durch ein wohlwollend strahlendes Lächeln erhellte.

Ein hochgewachsener schwarzbärtiger Mann in langschößigem altrussischem Überrock sagte zu Markow laut über die Köpfe der Gäste hinweg: »Wir müssen die Wahrheit wissen! Die Soldaten – die wissen: Um einen Deutschen zu töten, verlieren wir drei von unseren ...«

»Lüge!«

»Sie verlieren die Nerven«, sagte Dronow seufzend. »Aber Berdnikow – siehst du? – bleibt ruhig. Wir brauchen vier Millionen Soldatenstiefel, das Leder jedoch befindet sich in seiner Hand. Ich hasse solche Menschen, aber – ich habe Achtung vor ihnen. Und solche wie dich, die mag ich, aber – ich habe keine Achtung vor ihnen. Wie bei den Frauen. Nimm es mir nicht übel, ich habe auch vor mir selbst keine Achtung.«

Samgin blickte streng in das schwammige Gesicht, wollte ihm etwas Ernüchterndes sagen, fragte aber statt dessen: »Und – Tossja, wo ist sie?«

»Vor Tossja habe ich Achtung. Vor ihr allein. Sie ist in Rostow am Don. Vor kurzem war ein Bote mit einem Briefchen von ihr hier, sie schrieb, ich solle ihm ihre Moneten übergeben, hundertdreißig Rubel. Ich gab ihm dreihundert. Ich habe viel davon, von dem Geld. Der Bote jedoch war so ein . . . ungeschlachter Kerl. Ein Dörrfisch. Er übernachtete bei mir. Er besuchte Tossja auch früher schon. Irgendein Tyrkow oder Toltschkow . . .«

»Pojarkow«, verbesserte Samgin mechanisch.

»Kann sein. Sie verbarg ihn vor mir. Ich dachte sogar: Ein alter Liebhaber. Aber er ist ein Dörrfisch. Ein Protopope Awwakum.«

Wie immer hörte Samgin gespannt den Stimmen der Menschen – einer Quelle der Weisheit – zu. Die Zahl der Gäste hatte sich verringert, in dem Saal war jetzt mehr Platz, es tanzten bereits drei Paare, und obwohl die Geigen und das Cello einschmeichelnd, armselig aufdringlich wimmerten, klangen die Stimmen der Gäste immer lauter und leidenschaftlicher.

Samgin beobachtete, wie verführerisch der schmale Körper einer hochgewachsenen Frau mit bis zur Taille entblößtem Rücken sich in den Armen eines Offiziers wand, der einen schwarzen Verband an der rechten Wange hatte, er sah zu und fing gewohnheitsmäßig Bruchstücke menschlicher Weisheit auf. Er war schon seit langem davon überzeugt, daß die Weisheit, deren man unmittelbar an ihrer Quelle, aus dem Mund des Menschen habhaft wird, wahrheitsgetreuer, aufrichtiger sei als jene, welche Bücher und Zeitungen bieten. Er war berechtigt zu denken, die Weisheit der Betrunkenen sei besonders aufrichtig, und in letzter Zeit schien ihm, daß alle Menschen nicht ganz nüchtern seien.

»Meine Herrschaften!« rief ein kleiner Mann mit rundem Gesicht, spärlichem, aber langem Katerschnurrbart und einem Zwicker, der auf seiner krummen Nase zitterte. »Meine Herrschaften«, rief er noch inständiger in bebendem dünnem Tenor. »Wir suchen nach der Ursache der Krankheit und finden sie in einem ihrer Symptome – Rasputin! Aber das ist doch lächerlich, meine Herrschaften, das ist lächerlich! Rasputin ist eine kleine Pustel, eine geringfügige Entzündung des Zellgewebes.«

»Das ist Pessimismus!«

»Hörst du?« fragte Dronow. Klim Iwanowitsch nickte bestätigend.

»Wir stehen vor einem Dilemma: entweder ein Sonderfrieden oder eine vollständige Vernichtung der Armee und eine Revolution, eine Bauernrevolution, ein Aufstand nach Pugatschow!« sagte der Redner mit gesenkter Stimme, und sofort schrien ihn zwei an: »Na, wissen Sie, ein Frieden...«

»Das ist empörend!«

»Sie verlieren die Nerven«, sagte Dronow wieder lächelnd und hob das Weinglas an seine dicken Lippen. »Doch weißt du, die Möglichkeit einer Revolution ahnen viele! Das steht fest. Nogaizew ist sogar nach Norwegen gefahren und hat sich dort auf alle Fälle ein Haus gekauft. Was meinst du: Ist sie möglich?«

»Nein«, antwortete Samgin streng und entschieden und forderte ihn auf: »Störe mich nicht beim Zuhören.«

»Ich jedoch, Bruderherz, werde auf die Revolution trinken«, murmelte Dronow. »Sie ist eine Lösung. Die Lösung des Wirrwarrs... meines persönlichen... Und – überhaupt...«

Auf den kleinen Redner kam eine hochgewachsene Dame zu, neigte sich, mit der Hand auf seine Schulter gestützt, elegant zu ihm herab und raunte ihm irgend etwas ins Ohr, er stand auf, reichte ihr den Arm und ging zu einem Offizier. Dronow sah zwinkernd hinter ihm her und schlug vor: »Fahren wir zu den Mädchen?«

Samgin lehnte ab, er übernachtete bei Jelena, bei der sich fast jeden Abend allerhand Leute versammelten und herumschrien, die über die Geschehnisse betrübt und durch sie ermüdet waren. Auffällig wuchs die Zahl derer, die wehmütig sagten: »Oh, wann wird nur dieser Krieg ein Ende nehmen?«

Unter ihnen befand sich Nogaizew, er warf freigebig mit freundlichen Worten und Lächeln um sich und sagte zustimmend: »Ja, ja! Die Kanonen schießen weit, aber das Ende des Krieges ist nicht abzusehen. Da haben Sie die deutsche Technik!«

Nogaizew bemühte sich zu trösten, während der Privatdozent Pylnikow die Unruhe steigerte. Er arbeitete an der Front als Zensor der Soldatenkorrespondenz, war wegen einer Blinddarmoperation hergekommen, hatte ungefähr einen Monat im Krankenhaus gelegen, war stark abgemagert und hatte sich ein frommes hellblondes Bärtchen zugelegt, sein weiches Gesicht war abgemagert und hart geworden, die Augen hatten sich geweitet, und in ihnen war etwas

Scheinheiliges, Trübseliges geronnen. Wenn er schwieg, preßte er die Kinnbacken zusammen, und sein Bart an den Ohren bewegte sich ununterbrochen, unangenehm, aber er schwieg wenig, er zog es vor zu reden.

»Sie können sich nicht vorstellen, wie die Briefe der Soldaten in ihr Dorf und die Briefe aus dem Dorf an die Front aussehen«, sagte er halblaut, als teilte er ein Geheimnis mit. Ihm hörte ein Professor der Zoologie zu, ein griesgrämiger Mann, der Jelena mürrisch und mit offensichtlichem Befremden ansah, als bereite es ihm Schwierigkeiten, ihren Platz unter den Tieren festzustellen. Es waren noch zwei Bekannte von Samgin da – ein kahlköpfiger, gepflegter alter Herr mit Orden und langem priesterlichem Familiennamen und eine träumerische üppige Dame, Schauspielerin am Theater Suworins.

»Über die Lage an der Front zu schreiben ist natürlich verboten, und die Briefe lassen sich ungefähr folgendermaßen einteilen: Die überwiegende Mehrheit verliert überhaupt kein Wort über den Krieg, als nähmen die Verfasser der Briefe an ihm nicht teil, die übrigen schreiben so, daß ihre Briefe vernichtet werden ...«

»Und einige müssen wahrscheinlich an die Staatsanwaltschaft weitergeleitet werden?« fragte, die Augen zusammenkneifend, überzeugt ein Verbandshusar mit langem Gesicht und ungleichmäßigen Zähnen.

»Ja, auch das kommt vor«, bestätigte Pylnikow und fuhr mit noch tiefer gesenkter Stimme fort: »Meine Herrschaften, unser Volk ist grauenhaft! Grauenhaft ist seine Gleichgültigkeit gegen das Schicksal des Landes, sein Angekettetsein an das Dorf, an das Land und an seine tierische, unerschütterliche Feindschaft gegen den Herrn, das heißt den kultivierten Menschen. Auf diese Feindschaft spekulieren natürlich, mit ihr spekulieren bereits die Germanophilen, die Defätisten, die Bolschewiki, et cetera, et cetera ...«

Pylnikow nahm ein Notizbuch aus der Rocktasche und bat, nachdem er es allen gezeigt hatte, um die Erlaubnis, Muster von Soldatenbriefen vorzulesen.

»Wir bitten darum«, sagte mit dünnem Stimmchen und sehr wohlwollend der alte Herr.

»›Daß man den Onkel Jegor ins Zuchthaus steckte, hat er auch verdient aber weil man ihm das Besitzrecht entzogen hat paß du auf‹«, las Pylnikow, nachdem er darauf aufmerksam gemacht hatte, daß in dem Brief außer Punkten keinerlei Satzzeichen vorkämen.

»›Und kümmer dich um die Erbschaft von Großvater Wassilij, umschmeichle ihn, wie's nur geht, sei lieb zu ihm, solange er am Leben ist und gib acht, daß Saschka nichts klaut. Die Kinder sind beide gestorben da können wir sage ich nichts dafür, Gott hat sie gegeben, Gott hat sie genommen, du jedoch erhalte vor allem die Mühle und bessere unbedingt zum Herbst die Flügel aus und nicht mit Schindeln, sondern mit Leinwand. Gegen den Gefangenen sei nicht nachsichtig, der Hundsfott soll nur arbeiten wenn der Teufel ihn gegen uns getrieben hat.‹ Da haben Sie's!« sagte Pylnikow und schwang wieder das Notizbuch hoch.

»Ich verstehe nicht, was Sie beunruhigt«, sagte der alte Herr achselzuckend. »Das hat ein sehr haushälterischer Bauer geschrieben.«

»Und sehr treuherzig«, bestätigte Jelena, die übrigen schwiegen abwartend, während Pylnikow auf dem Stuhl hochschnellte und traurig lächelte.

»Der Briefschreiber ist draußen Koch, er bedient eine Feldküche. Aber hier, als Pendant, ein anderer Brief eines Gemeinen«, sagte er und begann in erhobenem Ton zu lesen: »›Der Krieg zieht sich in die Länge, wir weichen immerfort zurück, und wohin das führen wird – weiß man nicht. Es wird jedoch davon geredet, daß die Soldaten selbst dem Krieg ein Ende machen müssen. Unter den Gefangenen gibt es welche, die russisch sprechen. Ein Arbeiter, der vier Jahre lang in Piter in einer Fabrik war, bewies direkt, daß es kein anderes Mittel gibt, den Krieg zu beenden, wenn sie diesen beenden, werden sie sowieso einen neuen anfangen. Krieg zu führen ist vorteilhaft, die Militärs werden befördert, die Zivilisten verdienen Geld. Und es müssen alle Regierungen entwaffnet werden, damit das ganze Volk einträchtig sich selbst von dem Elend erlösen kann.‹«

Pylnikow steckte das Notizbuch in die innere Rocktasche, und der alte Herr sagte lächelnd: »Ja, das ... ist ein anderer Ton! Das muß bekämpft werden.« Und mit seinem rosigen Fäustchen drohend, an dessen einem Finger ein Rubin funkelte, fügte er hinzu: »Vor allem aber darf die Duma den Zaren nicht ärgern.«

»Euer Exzellenz«, stöhnte Pylnikow auf, wobei er mit seinem ganzen Gesicht und sogar mit seiner Gestalt den Zustand eines Menschen darstellte, der zufällig ein Glas Essig ausgetrunken hat. »Aber wie steht es mit den germanophilen Tendenzen seiner Gattin und diesem Schandfleck Rasputin?«

»Professor, Sie glauben wahrscheinlich nicht an das Dasein Gottes, und für Sie – gibt es keinen Gott!« sagte der alte Herr sanft und fragte, durch eine Geste einen Einwand Pylnikows verhindernd: »Wie, wenn Sie versuchten, nicht an Rasputin zu glauben?«

»Ausgezeichnet gesagt!« rief die Schauspielerin und verdeckte sofort mit dem Taschentuch den Mund, ihre Augen lachten.

»Wir sprechen zuviel vom Bösen – und übertreiben dadurch die Macht des Bösen, begünstigen seine Zunahme.«

Jelena, die halb ausgestreckt in einem Sessel saß, rauchte und blies geschickt Rauchringe in die Luft. Pylnikow stand vor dem alten Herrn und hörte ungeduldig seiner langsamen Rede zu.

»Die Selbstherrschaft hat eine dreihundertjährige Tradition. Vergessen Sie nicht, daß noch keine drei Jahre verflossen sind, seit ganz Rußland einmütig dieses Jubiläum gefeiert hat, und daß es in Europa keinen zweiten Staat gibt, der sich der Festigkeit dieser Regierungsform rühmen könnte.«

Samgin wußte, daß der alte Herr eine wesentliche Rolle im Finanzministerium spielte, Jelena hatte ihm mitgeteilt, er habe vor kurzem bei irgendeiner Operation mit den Banken eine Menge Geld verdient und biete ihr an, sich von ihm aushalten zu lassen.

»Mich von ihm aushalten lassen – werde ich nicht, aber ich werde ihn ein wenig schröpfen. Er hat es gern, wenn man nett zu ihm ist, und zahlt gut . . .«

Diese Wort Jelenas fielen ihm ein, als der alte Herr belehrend sagte: »Der Zar ist einsam, Freunde hat er keine, seine Angehörigen verhalten sich feindselig gegen ihn, er ist jedoch ein weicher Mensch und hat es gern, wenn man nett zu ihm ist . . .«

Samgin, der neben Jelena saß, hörte zu und lächelte.

Als er heimkehrte, fand er einen Zettel von Jelena vor: »Fahre in Gesellschaft Murmanbahn besichtigen, von dort vielleicht auf Seeweg nach Archangelsk, Jaroslawl und Nishnij – die gepriesene Wolga ansehen. Tatarinow hat endlich Honorar gezahlt. Küsse Dich. Jel.«

Samgin verzog das Gesicht und beschimpfte sie in Gedanken: Gaunerin, denn das Geld hatte sie zwar für eine Sache erhalten, die noch von ihrem Mann übernommen worden war, die aber er, Samgin, zum Abschluß gebracht hatte, und die Hälfte des Honorars gehörte laut Verabredung ihm, aber er wußte genau, daß Jelena es nicht mit ihm teilen werde, wie das schon mehrfach vorgekommen war.

Die Verbindung mit dieser Frau war ihm auch früher schon lästig gewesen, während des Krieges jedoch begann Jelena ein ausgesprochen feindseliges Gefühl in ihm zu erwecken, in ihr war eine ängstliche Geldgier erwacht, sie beteiligte sich an irgendwelchen umfangreichen Spekulationen, war nervös, sagte Grobheiten, hatte Launen, legte – was Samgin besonders aufregte – immer deutlicher ein verächtliches Verhalten allem Russischen – der Armee, der Regierung, der Intelligenz, ihren Hausangestellten – gegenüber an den Tag und äußerte immer öfter, in verschiedenen Formen, ihre Besorgnis um das Schicksal Frankreichs.

»Der Teufel soll sie holen, die Deutschen, mit ihren langen Kanonen! Wenn sie Paris zerstören – wo soll ich dann leben? Eure Armee hätte die Deutschen in einem Sumpf ertränken sollen, statt selbst zu ertrinken. Prächtig sind eure Generale, die nicht wissen, wo es trocken ist und wo sumpfig...«

Samgin hielt es für überflüssig ihr zu widersprechen, aber diese Reden Jelenas stießen ihn ab. Eines Tages jedoch bemerkte er: »Ist Frankreich für dich nur Paris?«

»Ja, natürlich. Und wer das nicht begreift, hat keinen Begriff von Frankreich. Nur bei euch sind solche am Rande angehefteten Städte möglich wie diese hier. Ich begreife nicht: Was stellt Petersburg dar? Ihr seid deshalb alle solche Wirrköpfe, weil ihr kein Zentrum, kein eigenes Paris habt. Darum ist bei euch alles unklar, verworren, zusammenhanglos. So zum Beispiel – du. Du bist klug, kenntnisreich, aber – wo ist, worin besteht dein Ehrgeiz?«

So etwas zu hören, war bereits dermaßen unangenehm, daß ein feindseliges Gefühl gegen Jelena entstand. Aber er hielt es für nützlich, sie zu besuchen, weil sich bei ihr abends immer mehr Leute versammelten, die über die Ereignisse an den Fronten erschrocken waren, ihre Besorgnis wuchs, und nach und nach kam zu der Angst vor der Stärke des äußeren Feinds die Angst vor der Möglichkeit einer Revolution hinzu. Unter diesen Leuten kam Samgin sich wie ein Teufel vor – klüger, bedeutender als sie. Igendwoher tauchten immer mehr Ausländer von der »Entente cordiale« auf. Besonders viel Engländer, sie verkehrten überall, belehrten alle und benahmen sich überhaupt wie die »Ältesten im Hause«. Samgin wunderte sich nicht, als er bei Jelena einen Mann in englischer Offiziersuniform traf, zwischen seinen Zähnen rauchte eine Pfeife, der Rauch umhüllte als bläulicher Schleier das Gesicht, man konnte sich nicht gleich erinnern, daß dies Mister Creighton war. Samgin hatte sein Gesicht als rund, von einem gesunden Rot erhellt im Gedächtnis, jetzt war es lang geworden, der Unterkiefer schien schwerer, die Nase größer geworden zu sein, die Haut war verwittert, gebräunt, und die Augen, die früher ruhig, aufmerksam waren, strahlten jetzt ein müdes, lässiges und ironisches Lächeln aus. Er benahm sich würdevoll wie ein General, sprach ohne Gesten. Beim Anblick seiner stattlichen Gestalt kam Samgin der Gedanke, daß Creighton wahrscheinlich auch vor dem Krieg Offizier gewesen sei. Der Engländer sah ihn lächelnd an, kam aber nicht zu ihm, als erwartete er, daß der Russe zu ihm kommen müsse.

»Haben Sie mich erkannt?« fragte er gebieterisch, wobei er zwischen kräftigen, dichten Zähnen zwei mit Platinkronen zeigte, und nach den üblichen Redensarten über Gesundheit, Wetter und Krieg stellte er – aus unerfindlichem Grund halblaut – die Frage, die Klim Iwanowitsch erwartet hatte.

»Weiß man immer noch nicht, wer Frau Sotowa ermordet hat? Ihre Polizei arbeitet schlecht. Unser Scotland Yard hätte es herausbekommen, o ja! Sie war eine hervorragende russische Frau«, sagte er beifällig. »Sie war ein bißchen – wie sagt man doch? – überladen mit Kenntnissen, die keine praktische Bedeutung haben, besaß aber dennoch einen starken praktischen Verstand. Das bemerke ich bei vielen: Die Russen scheinen sich der Praxis zu schämen und verbergen sie, ornamentieren sie mit Religion, Philosophie, Ethik...«

Er sprach sehr laut, sprach mit der Überzeugung, daß die verschiedenartigen Leute, die in diesem Zimmer für chinesische Götzen versammelt waren, noch nie einen Europäer hätten reden hören, er bemühte sich, die Worte deutlich auszusprechen, und achtete auf die Betonungen.

»Vor kurzem las ich das sehr interessante Werk ›Die Philosophie der Wirtschaft‹, das ist ein beachtenswerter und phantasievoller Versuch, die Lehre von Marx theologisch auszulegen. Ein normaler Brite würde seinen Humor nicht für dieses Thema verschwenden ... Es ist möglich, daß ein Teutone sich auch durch die Aufgabe der Theologisierung des Materialismus verführen lassen würde, die Deutschen sind nicht weniger irrational als die Russen, aber die gewohnheitsmäßige Beschäftigung mit Philosophie hindert sie nicht, die Franzosen nochmals auszuplündern. Sie haben einen Kant, einen Hegel, aber am nächsten liegt ihnen die Philosophie Fichtes, Stirners, Nietzsches. Und sie wissen gut: Praxis – das ist Kampf ums Leben, um die Freiheit des Lebens.«

»Ein extremer Europäer«, sagte Pylnikow ehrfurchtsvoll halblaut zu Jelena. »Ein geographisch und intellektuell extremer.«

»Ich neige nicht dazu, die Verdienste Englands in der europäischen Geschichte der Vergangenheit zu übertreiben, aber jetzt sage ich ganz überzeugt: Wenn England nicht an Frankreichs Seite in den Kampf eingegriffen hätte, hätten die Deutschen es schon geschlagen, würden es ausrauben, bestialisch quälen und täten das gleiche bei Ihnen ... mit Ihnen.«

Er hörte auf, seine Weisheit zu entfalten, weil zu Tisch gebeten wurde, doch nach einiger Zeit erklang bei Tisch von neuem seine eindringliche Stimme, und seine Sätze prägten sich leicht dem Gedächtnis ein.

Man hörte Creighton widerspruchslos zu, Samgin dachte, das geschehe aus Höflichkeit gegen den Verbündeten und Gast. Der Engländer erregte Samgin so sehr, daß Klim Iwanowitsch seine Gewohnheit, sich nicht an Streitgesprächen zu beteiligen, aufgab und bereits nach dem geeignetsten Augenblick, nach der passendsten Form suchte, Creighton zu widersprechen.

Aber plötzlich begann Jelena keck und spöttisch: »Sie halten die Deutschen – für Räuber, für Tiere, aber es war doch Ihre Regierung, die den Preußen half, Frankreich zu zerschlagen, Sie haben sie gegen Österreich unterstützt, haben Bismarck unterstützt.«

Sich vorneigend, kniff sie ein wenig die Augen zusammen, wodurch ihr Blick stechender wurde, und fuhr fort: »Ich hatte einen Bekannten, einen gelehrten Araber; er sagte: ›Der Engländer ist in Europa ein Fuchs, in den Kolonien – ein Tier, für das es keinen Namen gibt . . .‹

Nehmen Sie es nicht übel, Mister Creighton, Sie wissen doch natürlich, daß die Engländer nicht sehr beliebt sind, und das haben sie verdient. Vor hundertundzwei Jahren haben Ihre Soldaten bei Waterloo das Feuer der Französischen Revolution endgültig gelöscht. Sie sind stolz auf dieses zweifelhafte Verdienst Europa gegenüber, durch das Sie es gehindert haben, zu Vereinigten Staaten zu werden, ich glaube, daß Napoleon das gewollt hat. Vor hundert Jahren haben Sie, eine ›aristokratische Rasse‹, Kompromißmenschen, Menschen von unübertroffener Heuchelei und Gleichgültigkeit den Schicksalen Europas gegenüber, haben Sie, lächerlich hochmütige Menschen, es fertiggebracht, so viele Völker zu versklaven, daß, wie es heißt, für jeden Engländer fünf Inder arbeiten, die anderen von Ihnen Versklavten nicht mitgerechnet.«

Samgin hörte verblüfft zu und verfolgte das Mienenspiel Jelenas. Ihr geschminktes Gesicht war tiefrot geworden, so tiefrot, daß die Puderschicht sichtbar wurde, der Hals war auch blutrot, und das Blut nahm Jelena offensichtlich den Atem, sie zuckte nervös und sonderbar mit dem Kopf, ihre Finger, an denen die Steine der Ringe glitzerten, zogen die Zuckerzange auseinander. Samgin hatte sie noch nie so erbost, so erregt gesehen, und, neben ihr sitzend, duckte er sich, zog den Kopf ein und fragte sich: Womit wird das enden?

Es endete mit Schweigen. Creighton, der sich anschickte, eine Zigarette anzuzünden, musterte fragend die Gäste und wartete offenbar, wer widersprechen würde.

»Lassen Sie uns das Gespräch über Politik abbrechen, solange es uns noch nicht entzweit hat«, sagte Jelena mit einem müden Seufzer.

Creighton, der mit dem Stuhl schaukelte, lachte. Pylnikow sah Jelena erschrocken an, die übrigen fünf, sechs Personen warteten, was kommen werde.

»Ja«, sagte tief seufzend die Schauspielerin. »Irgend jemand tut irgendwo irgend etwas, und plötzlich – bricht ein Krieg aus! Grauenhaft. Und wissen Sie, es ist, als gäbe es nichts mehr, worüber sich nicht streiten ließe. Alle streiten über alles und – bis zu gegenseitigem Haß.«

Samgin hörte diese traurigen Worte wie im Schlaf. Er warf ab und zu einen Seitenblick auf Jelenas geschminktes Gesicht und überlegte: Wie konnte Creightons Prahlerei sie, eine Tingeltangelsängerin, berühren, die nur deshalb keine Kokotte geworden war, weil sie es vorgezogen hatte, sich von einem alten Mann aushalten zu lassen? Er hatte sie geküßt, wann er wollte, hatte aber von ihr Urteile über Politik nie anders zu hören bekommen als in Form von Anekdoten oder Klatsch. Er glaubte fest an seine scharfe Beobachtungsgabe, glaubte an die Exaktheit seiner Beobachtungen, an die Richtigkeit seiner Urteile. An Jelena hatte er irgend etwas übersehen, und es war sehr unangenehm, sich davon zu überzeugen: Da er sie für einfältig gehalten hatte, war er ihr gegenüber möglicherweise offenherziger gewesen, als er es hätte sein dürfen. Während er beobachtete, wie sorgfältig Mister Creighton mit einer Art von Löffelchen die Asche aus der Pfeife in den Aschenbecher herausstocherte, hörte er seine deutlichen Worte: »Im Grunde habt ihr Russen den Krieg angefangen. Wenn sich in die Verhandlungen nicht euer Temperament eingemischt hätte . . .«

Die Äußerungen des Vertreters der »aristokratischen Rasse« interessierten ihn nicht. Creighton war ein Fremder, ein zufälliger Gast, wenn er sich den Herren Rußlands anschlösse, bekämen seine Reden Gewicht und Bedeutung, aber jetzt mußte Samgin sein Verhältnis zu Jelena überprüfen: Vielleicht sollte er die Verbindung zu ihr nicht abbrechen? Diese Verbindung besaß eine unbestreitbar angenehme Seite, sie erweiterte immer mehr den Kreis von Menschen, die sich in Zukunft als nützlich erweisen könnten. Jelena war, wie sich gezeigt hatte, fähig anzugreifen und zu verteidigen.

Samgin, der gern verschiedene Zusammenkünfte besuchte, fischte aus dem Chaos von Sätzen jene heraus, die ihm am vernünftigsten vorkamen, und fand, daß diese Sätze sich bei ihm zu etwas Wohlgegliedertem, Festem zusammenfügten. Er sah, daß die düsteren Ereignisse an den Fronten unter den Menschen eine immer stürmischere Unruhe erregten und daß die Menschen immer aufrichtiger wurden in ihrer Feigheit und Unverfrorenheit, in ihrem Zynismus, in ihrer Erkenntnis, daß es unmöglich sei, die Geschehnisse zu beeinflussen. Er kam sich unter ihnen wie ein Teufel vor, aber wie ein Teufel, der ihnen helfen will zu leben und es auch kann. Zurückhaltend und wortkarg wie immer, fischte er gewohnheitsmäßig gängige Sätze heraus, fand geschickt den geeigneten Augenblick für seine Reden und erteilte etwas trocken, schulmeisterlich Ratschläge.

»Unsere Tage sind nicht die Zeit, um Begriffe zu erweitern. Wir drehen uns vor der Notwendigkeit exakter, allgemeingültiger, objektiver Formulierungen. Selbstverständlich müssen wir die Gefahr einer Vulgarisierung der Begriffe vermeiden. Wir sind einmütig in dem Bewußtsein der Notwendigkeit eines Regierungswechsels, das ist schon viel. Aber die Wirklichkeit verlangt etwas noch Schwierigeres – Einigkeit, denn die Summe der gegebenen Umstände gebietet uns, gerade das auszusondern und zu festigen, was uns einigen könnte.«

Solche Bekundungen befriedigten, das heißt beschwichtigten die Besorgnisse jener Leute, die unbedingt fühlen wollten, daß sie, wenn sie sprachen, etwas Nützliches und sogar historisch Notwendiges täten. Zuweilen richtete man an ihn die Frage: »Worin und wie soll denn diese Einigkeit zum Ausdruck kommen?«

»Das ist gerade das Thema, das wir zu erörtern haben«, antwortete er, und wenn er sah, daß der Fragesteller nicht befriedigt war, blickte er danach auf die Uhr und ging weg.

In einer von den Zusammenkünften trat gegen ihn ein hochgewachsener Mann auf, er hatte einen krausen, fein geringelten Bart von grauer Farbe, unter seinen starken, zusammengezogenen Brauen blickten streng klare blaue Augen hervor, er trug einen zusammengewürfelten, zu kurzen und zu engen Anzug, eine braunschwarz karierte Hose, einen gestreiften grauen Rock und darunter eine blaue Gürtelbluse aus Satin. An diesem Mann war etwas Komisches und Naives, das für ihn einnahm.

»Hören Sie mal«, begann er, »Sie reden da immerfort von einer Vereinigung der Intellektuellen, doch mit wem sollen sie sich denn vereinigen? Da haben wir die Bolschewiki und die Menschewiki, die einen gehen mit Lenin, die anderen mit Plechanow, mit Martow – also: mit wem gehen Sie?«

Samgin, der eine Gefahr spürte, antwortete nicht sofort. Er sah, daß nicht nur dieser eine mit dem krausen Bart auf eine Antwort wartete, sondern alle dreißig bis vierzig Personen, die in irgendeinem herrschaftlichen Zimmer zusammengedrängt saßen, das mit verschlossenen Mahagonischränken vollgestellt war und wie eine Garderobe aussah, zwischen der ein langer Tisch stand. Samgin zündete sich in aller Ruhe eine Zigarette an und sagte: »Für mich persönlich liegt die Wurzel dieser Frage, ihr Sinn in dem Gegensatz von Internationalismus und Nationalismus. Sie wissen, daß die deutsche Sozialdemokratie durch ihre Zustimmung zu den Kriegskrediten den internationalen Sozialismus kompromittiert hat, daß Vandervelde diese Kompromittierung verstärkt hat und daß schon vorher das Verhalten solcher Sozialisten wie Viviani, Millerand, Briand et cetera auch gezeigt hat, wie kraftlos und zugleich traurig biegsam die Ethik der Sozialisten ist. Es ist noch nicht geklärt, ob diese Biegsamkeit eine Eigenschaft der Menschen oder der Lehre ist.«

Klim Iwanowitsch Samgins Praxis als Redner vor Gericht hatte ihn hinreichend gelehrt, gefährliche Stellen durch Ausweichen zu umgehen. Er war belesen genug, um einen beliebigen Terminus gerade mit dem Inhalt zu füllen, den der Tag und der Augenblick verlangten. Und schließlich wußte er gut, daß die Menschen immer ungebildeter sind als die Gedanken und Sätze, mit denen sie operieren, er wußte das, weil er sich sehr oft selbst so vorkam.

»Wenn man vom Internationalismus sprechen will, muß man sich erst darüber klar sein, was der Inhalt des Begriffs ›Nation‹ ist. Nehmen wir England. Die Engländer entsprechen am meisten dem Begriff einer Nation, sie sind ein Volk ein und desselben Blutes, ein Volk, das durch diese Einheit fest zu einer monolithischen Macht verschmolzen ist, die Hunderte Millionen Menschen anderen Blutes für sie zu arbeiten zwingt. Man kann annehmen, daß England deshalb ein Land ist, in dem der Sozialismus nur schwer Wurzel faßt. Dort gibt es die Fabier-Sozialisten, aber die braucht man nicht zu erwähnen, sie haben ihren Namen von dem römischen Feldherrn Fabius Cunctator genommen, das heißt der Zauderer, man weiß von ihm, daß er ein stumpfer, schlapper, konservativer Mann war und, indem er es anderen Feldherren überließ, mit den Feinden Roms zu kämpfen, den Feind erst dann schlug, wenn dieser seine Kräfte erschöpft hatte. Nach dem Vorbild benahmen sich die Engländer Anfang des 19. Jahrhunderts ...«

Der Mann mit dem krausen Bart warf einen verlegenen Blick auf die aufmerksamen Zuhörer und murmelte: »Ich begreife wirklich nicht – warum erzählen Sie das?«

Samgin mißfiel sehr der eindringliche Blick der klarblauen Augen – der Glanz des Blicks erinnerte an das bläuliche Flackern glühender Kohlen, im Bart des Mannes regte sich ein unangenehmes, lauerndes Lächeln.

»Die Amerikaner der Vereinigten Staaten sind noch keine Nation«, fuhr er fort. »Sie sind eine mechanisch vereinigte und noch nicht zu einem einheitlichen Konglomerat zusammengepreßte Ansammlung von Engländern, Deutschen, Juden, Italienern, Slawen und so weiter. Zwischen Amerika und Rußland gibt es viel Gemeinsames, aber Rußland ist ein noch weniger geschlossener, ein noch schärfer und tiefer zersplitterter Staat. Die Bevölkerung der Vereinigten Staaten besteht – in ihrer weit überwiegenden Mehrheit und mit Ausnahme der Neger – aus Europäern. Die Bevölkerung unseres Landes umfaßt siebenundfünfzig Nationalitäten, die ganz und gar nichts miteinander verbindet: die Polen verstehen nicht die Georgier, die Ukrainer nicht die Baschkiren und Kirgisen, die Tataren nicht die Mordwinen und so weiter und so weiter. Es gibt keinen einzigen Staat, der in solchem Maß eine kulturelle Zentralmacht, das Vorhandensein einer wohlwollenden, energischen intellektuellen Kraft brauchte...«

»Na also, jetzt ist es verständlich«, sagte der Krausbärtige und erhob sich langsam vom Stuhl. Er nahm eine zerknitterte Mütze aus der Rocktasche, schlug sich damit aufs Knie und sagte griesgrämig zu irgend jemandem: »Gehn wir, Mitja!«

Hierauf erhob sich ein mittelgroßer stämmiger Mann mit rundem, gutmütigem Gesicht und zerzaustem Kopf, in schwarzem Tuchhemd und Schaftstiefeln bis ans Knie, als er an Samgin vorbeikam, sagte er sonor: »Sie wissen ja so viel, daß...«

»... man sich schämen muß, Ihnen zuzuhören«, ergänzte griesgrämig der Krausbärtige.

»Ja-a! Sie wissen viel, aber verstehen wenig!« sagte der Schwarzhemdige, und beide gingen, wie Pferde über das Parkett stapfend, zur Tür.

»Sie hätten bis zu Ende zuhören sollen«, sagte Samgin hinter ihnen her. Mitja entgegnete: »Wir haben gehört. Wir lesen.«

»Die kenne ich«, erklärte drohend der rothaarige Leutnant Aljabjew, mit seinem Stock auf den Boden klopfend, auf seiner olivgrünen Feldbluse glänzte ein weißes Kreuzchen, es glänzten die neuen Achselstücke, die Goldzähne, die Schnalle des Leibriemens, er war gleichsam ganz durchsetzt vom Glanz verschiedener Metalle, und sogar seine Stimme klang metallisch. Er erhob sich, schwer auf den Stock gestützt, glättete seinen kupferfarbenen, langen Schnurrbart und fuhr anklägerisch fort: »Das sind Arbeiter von der Wyborger Seite, dort sind alle Bolschewiki, verflucht sollen sie sein!«

»Die Arbeiter soll man nicht reizen«, flocht Marja Iwanowna Orechowa versöhnlich, aber bestimmt ein.

»Wie? Nicht reizen? So?« schrie Aljabjew und musterte die Anwesenden, als wollte er im voraus feststellen, wer sich entschließen würde, ihm zu widersprechen. »Man sollte sie an die Front schicken, in die vordersten Stellungen – das sollte man. In den Kugelregen sollten sie! Jawohl! Genug mit der Gefühlsduselei, mit dem liberalen Getue und überhaupt dem Spielen mit Worten. Worte zähmen Widerspenstige nicht ...«

»Warum denn gleich schreien?« fragte, traurig seinen kahlen Schädel schüttelnd und schwer seufzend, der Rechtsanwalt Wischnjakow, ein Theaterfreund und Schachspieler. »Das Geschrei kommt zu spät«, antwortete er sich selbst und breitete weit die Arme aus. »Alles geht zugrunde, alles! Klim Iwanowitsch hat äußerst treffend darauf hingewiesen, daß Rußland ein tönerner Topf ist, und in ihm brodeln, ohne gar werden zu können, verschiedenartige, unvereinbare ...«

»Ein Koloß auf tönernen Füßen«, teilte die Orechowa mit, als wäre das eine Neuigkeit, drei Damen stimmten ihr einmütig bei, und eine vierte fragte mit sichtlicher Angst: »Würden denn all diese Burjäten, Kalmüken und Wilden in einer Republik das Recht erhalten, Russinnen zu heiraten?«

Sie war hochgewachsen und hatte ein langes Gesicht, das in ein grotesk spitzes Kinn auslief, auf ihrer knorpeligen Nase zitterte ein Zwicker, auf ihrer Brust glänzte das Abzeichen der Zöglinge des Smolnyj-Instituts.

Nun begannen etwa zehn Personen zugleich zu reden. Aljabjew schrie immer wütender, er wand sich wie ein Gepfählter, klopfte mit dem Stock, rückte einen Stuhl hin und her, schüttelte ihn, als zerrte er jemanden an den Haaren, und ließ die Metallteile an sich blinken.

»Fanatismus, Awwakumtum«, schrie er.

Ein dicker Mann in altmodischem Rock, der sich mit den Händen den Bauch hielt, dröhnte in dumpfem, fettem Baß: »Ein bastbeschuhter, stroherner Staat hat sich in eine Rauferei mit einem stahlgepanzerten Feind eingelassen, wie? Ist das nicht dumm, wie? Allein deswegen muß die Regierung gestürzt werden, obwohl ich durchaus kein Liberaler bin. Du Dummkopf, bau mal erst steinerne Hütten und decke sie mit Eisen, na, danach darfst du auch Krieg führen ...«

Irgend jemand schrie: »Wir bewegen uns wie Lebende, sind aber schon ...«

Und schließlich übertönte das ganze Geschrei die gellende Stimme Aljabjews: »Ich bin kein Kaufmann, ich bin Adeliger, aber ich weiß: Unsere Kaufmannschaft hat sich als völlig fähig erwiesen, die Kultur des Adels, die Traditionen der Aristokratie zu übernehmen und weiterzuführen. Die Kaufleute haben begonnen, die Kunst zu fördern, Sammlungen anzulegen, vortreffliche Bücher herauszugeben, schöne Häuser zu bauen ...«

»N-na, wissen Sie! Chomjakow wollte Moskau für sein Stück Boden zweihunderttausend Rubel abknöpfen«, rief jemand.

»Ich bitte, mich nicht mit Lappalien zu unterbrechen«, brüllte Aljabjew wütend, und da die Anwesenden die Möglichkeit eines Skandals spürten, begannen sie leiser zu sprechen, das veranlaßte auch Aljabjew, seine Weisheit ruhiger darzulegen.

»Der Sozialismus ist seiner Idee nach eine uralte, barbarische Form zur Unterdrückung der Persönlichkeit.« Er schrie, in höheren Tonlagen aufheulend, warf den Kopf zurück, die glatten Strähnen seines schwarzen Haars entblößten für eine Sekunde die kantige Stirn, fielen dann auf die Ohren, auf die Wangen herab, sein Gesicht wurde schmal, die Lippen zuckten, das Kinn zitterte, aber Samgin fand dennoch an dieser kleinen dürren Gestalt etwas Spielzeughaftes und Komisches.

»Der Sozialismus setzt Rechtsgleichheit voraus, aber das bedeutet: Alle Menschen als gleichermaßen befähigt anerkennen, wir wissen jedoch, daß der ganze Prozeß der europäischen Kultur auf dem Unterschied der Fähigkeiten beruht ... Ich würde auch den Sozialismus begrüßen, wenn er den naiven, trägen, aber gierigen Heiden, unseren Bauern vermenschlichen könnte, aber ich glaube nicht daran, daß der Sozialismus auf dem Agrargebiet anwendbar ist, insbesondere bei uns.«

Als Samgin sah, daß dieser Mann dauerhaft seine, Samgins, Position eingenommen hatte, ging er; wenn es eine Versammlung zu verlassen galt, fand er – wie ihm schien – stets einen Augenblick, der unter den Anwesenden Bedauern hervorrufen mußte: Nun geht der Mensch von uns, ohne das Wichtige, was er weiß, gesagt zu haben. Er war völlig überzeugt, daß er in den Augen der Leute gewinne, merkte, daß sie ihn immer verlangender ansahen, ihm immer aufmerksamer zuhörten. Diese Überzeugung, die in ihm ein Gefühl von Stolz erweckte, beunruhigte ihn zugleich immer spürbarer: Dieses »Wichtige« mußte er haben, doch es bildete sich noch immer nicht aus seiner bunten Erfahrung. Er fühlte immer öfter, daß es äußerst schwer war, aus der Menge Rohmaterial, das er gesammelt hatte, einen geschlossenen Sinn herauszupressen, ihm eine eigenartige Form zu verleihen, um vor den Menschen als Urheber einer neuen Entdeckung dazustehen, die alle fortschrittlichen Kräfte des Landes vereinen wird.

Vor kurzem hatte Dronow, zerzaust, unrasiert und wie immer halb betrunken, sich ihm gegenüber beklagt: »Meine Kompagnons haben mich um zweihundertachtundsiebzigtausend Rubel behumst. Nogaizew ist ein echter Gauner, der Teufel soll ihn holen!

Aber – um Saussailow und Popow tut es mir leid, sie sind nette Leutchen, weißt du, so kleine Räuber. Saussailow lebt gemäß Sologub: Das Leben ist ›das Gesetz meines Spiels‹. Popow – ist eine Schlafmütze, ein knochenloser Kerl, ein unglücklicher Spieler, aber ein sympathischer Hund. Im großen und ganzen – ist es langweilig. Hauptsächlich weiß ich nicht, was ich anfangen soll. Man muß ein klares, reales Ziel haben. Aber ich habe ja kein Ziel. Geld? Geld besitze ich, aber – das Geld schmilzt: Heute steht der Rubel auf dreiundvierzig Kopeken. Ja, und überhaupt ist Geld für mich kein Ziel. Wenn Toska da wäre, würde ich sie vergolden und mit Brillanten spicken – amüsiere dich!«

»Ist sie Bolschewikin?« fragte Samgin.

»Es sieht so aus«, antwortete Dronow, der Anstalten machte, etwas zu trinken. In der inneren Brusttasche des Rocks, in der würdige Leute die Brieftasche aufbewahren, trug Dronow eine flache Glasflasche, die mit einem silbernen Netz verziert war, und darin befand sich irgendein seltener Kognak. Während er behutsam ein Becherchen vom Flaschenhals losschraubte, mumelte er: »Dieses Fläschchen hat mir Tagilskij geschenkt. Es war eine Zeitungsente, daß er sich erschossen habe, vor einem Monat erzählte der Bruder Chotjainzews, ein Offizier, er sei irgendwo an der Front zufällig ums Leben gekommen. Er war interessant. Er hatte ausgerechnet, was der Apparat unserer Selbstherrschaft und der Französischen Republik kostet, es stellte sich heraus: Der Unterschied ist nicht groß, in dieser Hinsicht ist der Franc nicht weit hinter dem Rubel zurückgeblieben. Bei einer Republik läßt sich nichts einsparen.«

Soll ich erzählen? fragte sich Samgin. Doch wozu? Durch die zweite Frage war die erste gelöscht, und mit ihr zusammen schwand die Erinnerung an Anton Tagilskij. Aber es blitzte der Gedanke auf: Dronow ist ein Intellektueller in erster Generation.

Dronow zeigte Samgin bei jeder Begegnung eine beliebige Menge belanglosen Unsinns, den er aus der Tiefe des aufgerührten Lebenssumpfs schöpfte. Er schüttelte diesen Unsinn wie Staub von seiner stämmigen Figur, aber fast immer fand sich darin etwas für Samgin Wertvolles.

»Tossja hat da einen Burschen zu mir geschickt, einen Studenten der Odessaer Universität, Jurist, im dritten Studienjahr wegen Nichtbezahlung der Gebühren exmatrikuliert. Er arbeitete im Hafen als Schauermann, verkorkte Flaschen in einer Bierbrauerei, fing Fische bei Otschakow. Ein gescheiter, lustiger Kerl. Ich habe ihn zu meinem Sekretär gemacht.«

Er streichelte mit der rechten Hand die Flasche, kratzte sich mit dem Finger nachdenklich an der Braue und fuhr fort: »Siehst du, das ist ein rechtgläubiger Bolschewik! Er – hat ein Ziel. Bürgerkrieg, schlag die Bourgeoisie, mach Sozialrevolution in vollem, mustergültigem Sinn des Wortes, und sonst nichts weiter!«

»Glaubst du denn, daß so etwas möglich ist?« fragte Samgin gleichmütig.

»Ich? Ich – glaube an die Menschen. Nicht überhaupt an die Menschen, sondern an solche wie dieser Kantonistow. Ich komme zuweilen mit Bolschewiki zusammen. Denen, mein Lieber, ist es Ernst! Unter den Arbeitern herrscht Unruhe, es gibt schon Streiks mit Losungen gegen den Krieg, am Don schlugen sich die Grubenarbeiter mit der Polizei, der Bauer ist kriegsmüde, die Desertionen nehmen zu – die Bolschewiki haben jemanden, zu dem sie reden können.«

Er seufzte schwer und stand plötzlich auf, wobei er zornig sagte: »Du forschst mich immerwährend aus, Klim Iwanowitsch! Dabei weißt du natürlich selbst alles besser als ich. Weshalb dann ausforschen? Was für ein Dummkopf ich bin, weiß ich selbst, hilf mir begreifen, weshalb ich ein Dummkopf bin.«

»Du bist betrunken«, sagte Samgin.

Er war beleidigt und ging schmollend weg. Samgin, der ihn mit düsterem Blick verfolgt hatte, warf sogar einen Zigarettenrest hinter ihm her.

Charlamow ist sicher auch Bolschewik, dachte er, dann fiel ihm Chotjaïnzew ein, der vor kurzem auf einer Versammlung in einer Redaktion ohrenbetäubend laut verkündet hatte: »Schon Saint-Simon hat prophezeit, daß die Bankiers die Herren des Lebens sein würden. Sie werden in jedem Staat alle Kapitalien in ihre Geldbeutel fegen, sie danach in einen einzigen Beutel tun, ferner die konzentrierten Kapitalien aller Staaten aller Nationen in einem einzigen Sack vereinen und dann in der ganzen Welt die Produktion und den Konsum großmütig nach dem Gesetz strengster und sogar heiliger Gerechtigkeit organisieren, wie das gewisse, sehr kluge Deutsche, mit Ausnahme der verrückten Phantasten – wie Karl Marx und andere, die zu ihm halten – voraussagen. Also: Wovor haben wir Angst, und weshalb zittern wir? Wäre es nicht vernünftiger, zuversichtlich und ruhig die segensreichen Ergebnisse der energischen Tätigkeiten der Banken, der reformatorischen Arbeit der Bankiers zu erwarten? Es wäre naiv, zu fürchten, der Bankier werde uns Hemd und Hose ausziehen! Er wird sie uns ausziehen – jawohl! –, aber nur für kurze Zeit, zum Zweck der Konzentration, der Monopolisierung, dann jedoch wird er uns zwingen, Schuhwerk und Kleidung, Brot und Wein organisiert herzustellen, wird uns kleiden und mit Schuhwerk versorgen, wird uns zu trinken und zu essen geben. Weshalb sollen wir uns wegen der Meerengen und der Umwandlung von Balkanstaaten in russische Gouvernements Sorgen machen, weshalb?«

Klim Iwanowitsch Samgin schien es, daß sich hinter dem groben Humor dieser Rede ein gewisser gesunder Kern verberge, aber er liebte den Humor nicht, Satire stieß ihn ab, und besonders zuwider waren ihm Menschentypen wie Chotjaïnzew, wie Charlamow. Er sah in ihnen Sonderlinge, Unfugstifter, die hinter ihrem Wortunfug eine nihilistische Leidenschaft für Zerstörung verbargen. Charlamow gab sich den Anschein, als studierte er ernsthaft die konterrevolutionäre Literatur, als wäre er ein Verehrer von Leontjew, Katkow, Pobedonoszew. Chotjaïnzew spielte einen Sonderling, dem es gefällt, die Leute, ohne sich selbst zu schonen, durch Unsinn zu belustigen, aber seit einiger Zeit hüllte er immer beharrlicher sehr ernste Gedanken in höchst unsinnige sprachliche Formen. Ebenso wie Charlamow war er ein »Defätist«, ein Kriegsgegner, ein gegen das Schicksal seines Vaterlands gleichgültiger Mensch, dieses Schicksal jedoch wurde an den Fronten entschieden.

Die Zeit, gefüllt mit Zeitungslärm, mit Streitgesprächen in Versammlungen, düsteren Nachrichten von den Fronten und Gerüchten darüber, daß die Zarin sich um einen Separatfrieden mit den Deutschen bemühe, verging schnell, die Tage sprangen unmerklich rasch über die Nächte hinweg, immer öfter wiederholten sich die Worte Vaterland, Heimat, Rußland, die Menschen auf den Straßen gingen eiliger, unruhiger, wurden mitteilsamer, machten sich leicht miteinander bekannt, und das alles erregte Klim Iwanowitsch Samgin sehr und auf neue Art. Er erinnerte sich gut, wann eigentlich diese unbekannte Erregung in ihm ausgebrochen war.

Er hatte bei Jelena übernachtet, sie war beschwipst, sehr herausfordernd und launisch gewesen und hatte ihn ermüdet, er hatte schlecht und wenig geschlafen, war am frühen Morgen mit Kopfschmerzen erwacht und ging zu Fuß heim.

Schon seit langem wurden auf den Straßen und Plätzen der Stadt von morgens bis abends Soldaten ausgebildet, ertönte das Kommando: »Still-gesta-anden!«

Er hatte dieses Kommando seit seiner Kindheit im Gedächtnis, in der es sicher und gebieterisch in der Stille der Provinzstadt erklungen war, obwohl es aus der Ferne, vom Truppenfeld kam. Hier, in der Stadt, die alle Kräfte des Riesenlandes, das Leben von hundertfünfzig Millionen Menschen befehligte, klang dieser Ausruf gereizt und hoffnungslos oder trübsinnig und kraftlos, wie eine Bitte oder wie ein Verzweiflungsschrei.

Samgin, der seinen Ohren nicht traute, schüttelte den Kopf und blieb stehen. Vor ihm schritten über das Kopfsteinpflaster der Straße kleine Männer in schmutzfarbenen, nicht passenden Soldatenuniformen, und einige trugen noch ihre Zivilkleidung. Sie schritten gleichsam widerwillig und ohne zu glauben, daß sie, um zum Töten auszuziehen, besonders zackig auf die Kopfsteine oder auf das Holzpflaster auftreten müßten.

»Links! Links!« rief ihnen heiser ein hochgewachsener Soldat mit einem Kreuz an der Brust und mit Litzen am Ärmel, er hinkte ein wenig und stützte sich auf einen dicken Stock. Die verschiedenartigen Gesichter der kleinen Männer waren gleichermaßen straff gespannt vor düsterer Langeweile, und ihre verschiedenfarbigen Augen waren gleichermaßen leer.

»Still-gesta-anden!« schrien die Soldaten, die es müde waren, einen lebendigen, aber unbeholfenen Menschenhaufen zu kommandieren, auf sie ein; Samgin kamen sie zerknittert und leer vor wie ramponierte Gummibälle. Über den grabenartigen Straßen, über den Plätzen hing ein sumpfiger, höckeriger Himmel in zerfetzten Wolken, irgendwo tief hinter den Wolken stand aufgedunsen die fahle Sonne und warf trübes Licht aus.

»Still-gestanden!« kommandierten die Offiziere.

Die Stadt war schon erwacht, sie lärmte, von einem nicht fertiggebauten Haus wurden die Gerüste entfernt, ein Löschzug der Feuerwehr kehrte von der Arbeit zurück, die zerknautschten, nassen Feuerwehrmänner blickten gleichgültig auf die Leute, denen man beibrachte, Schulter an Schulter herumzumarschieren, hinter einer Hecke kam hoch auf scheckigem Gaul ein Offizier hervorgeritten, hinter ihm her krochen, den Feuerwehrleuten den Weg abschneidend, mit ihrem Eisen polternd, kleine Geschütze, dann kamen Soldaten in Stahlhelmen, und es kam ein kleiner Haufen verschiedenartig gekleideter Menschen vorbei, an seiner Spitze trug ein schwarzbärtiger Riese eine Ikone, und neben ihm schleppte ein Halbwüchsiger eine Stange mit der Nationalflagge auf der Schulter wie ein Gewehr.

Samgin stand auf dem Gehsteig, rauchte und beobachtete, er spürte dabei, daß dies alles ihn, wenn auch nicht bedrückte, so doch irgendwie störte, da es ein Gefühl der Verzagtheit, der Trauer hervorrief. Der Soldat mit dem Kreuz und den Litzen kommandierte gedämpft: »Rührt euch! Rauchen erlaubt...«

Ein wenig hinkend, den Stock auf das Holzpflaster aufsetzend, ging er vom Fahrdamm auf den Gehsteig, setzte sich auf einen Prellstein, zog eine Zeitung aus der Tasche und verdeckte mit ihr sein Gesicht. Samgin stellte fest, daß der Soldat nach einem Blick auf ihn hatte eine Ehrenbezeigung machen wollen, es sich aber aus irgendeinem Grund anders überlegt hatte.

»Bilden Sie aus?« fragte er. Der Soldat blickte ihn über die Zeitung hinweg an und antwortete halblaut und widerstrebend: »Ja, ich ... stutze sie zurecht. Jedoch – in einem Monat kann man einen Menschen nicht zum Soldaten machen. Das sehen Sie selbst.«

Samgin entfernte sich, aber danach blieb er, wenn er sah, wie Soldaten ausgebildet wurden, jedesmal für ein paar Minuten stehen, schaute zu, horchte auf die Bemerkungen der Passanten und ebensolcher Beobachter wie er selbst – die Bemerkungen klangen spöttisch, zornig, trostlos, verdrossen.

»Kleinkalibriges Volk ...«

»Die großen sind offenbar alle getötet.«

»Von derartigen Helden werden die Deutschen wohl kaum besiegt werden.«

Die Frauen seufzten: »O Gott, wann wird das ein Ende nehmen!«

Klim Iwanowitsch Samgins Beobachtungen formten sich immer deutlicher und fester zu kurzen Sätzen: Der Bürger verhält sich der Armee, den Soldaten gegenüber skeptisch. Das Land hat offenbar seinen ganzen Vorrat an auserlesener lebendiger Kraft erschöpft. Man hat den Krieg satt, er muß beendet werden.

Die Gerüchte von den Versuchen der Zarin, mit Deutschland einen Separatfrieden zu schließen, bestätigten seine Schlußfolgerungen, noch mehr aber wurden sie durch Tatsachen anderer Art bestätigt. Die Zahl gesunder junger Männer verringerte sich auffällig, was besonders deutlich an den Soldaten zu sehen war, die mit ihren Füßen auf allen Plätzen der Stadt herumstampften.

Die großen Ansammlungen kleiner Männer wurden unter ekelerfülltem Grimassenschneiden und hysterischem Geschrei von Offizieren kommandiert, die im Krieg gewesen, halb krank, wahrscheinlich verwundet oder verschüttet gewesen waren ... Die Schwerfälligkeit, die Begriffsstutzigkeit der Gemeinen erregte sie krankhaft, sie schimpften obszön, halblaut und blickten sich dabei nach den Zuschauern um. Samgin kam es vor, als hätten sie die künftigen Soldaten gern mit Stöcken geschlagen, und diese überanstrengten, verbrauchten Menschen erweckten in ihm Mitgefühl.

Die Intelligenz der Armee, dachte er. Die Intelligenz, welche die Masse für die Verteidigung des Vaterlands organisiert.

Das Gedächtnis zeigte ihm das Bild von der Ermordung Tagilskijs, die effektvolle Geste des Hauptmanns Weljaminow, – die Geste, mit der er seinen Säbel vor dem General auf den Tisch gelegt hatte.

Seit einiger Zeit konnte er, ohne seine Wohnung zu verlassen, sehen, wie Soldaten gemacht wurden, ihre Ausbildung fand fast vor seinen Fenstern statt, und wenn er es öffnete, vernahm er: »Stillgesta-anden! He, du Blatternarbiger, zieh den Bauch ein! Bist du ein schwangeres Weib? Die Fußspitzen, die Fußspitzen, der Teufel soll euch holen! Ich hab es doch gesagt: Hacken zusammen, Fußspitzen auseinander. Du Teufelsschnauze – wie stehst du da? Warum hältst du die eine Schulter höher als die andere? Ach, ihr Tölpel, ihr dummes Volk. Stillgesta-anden! Nach links richt't euch, im Gleichschritt . . . Wohin schiebt dich der Teufel, du Tambower Schwein, wohin? Still-gesta-anden! Rechts richt't euch, im Gleichschritt . . . marsch! Eins-zwei, eins-zwei, links, links . . . Halt! Na – ihr gottverlassenes Teufelspack, was soll ich nur mit euch anfangen, he?«

Es kommandierte ein großer, stämmiger Soldat mit breitem Gesicht und stumpfer Nase, rotem Schnurrbart und einem schwarzen Verband, der sein rechtes Auge verdeckte. Etwa zwei Stunden lehrte er Marschieren und nach einer kurzen Ruhepause – Bajonettfechten. Aus dem Hof des Hauses gegenüber von Samgins Wohnung wurde ein Holzgerüst herausgetragen, an dem ein mit Stroh gefüllter Bastsack hing. Die Soldaten schrien einer nach dem anderen »hurra!« und stachen, heranstürmend, die Augen weit aufgerissen, mit dem Bajonett in den Sack – es war unangenehm und komisch, dies mitanzusehen. Samgin hatte viel von der Leistungsfähigkeit der deutschen Artillerie, von der Stärke ihres Sperrfeuers gehört, er konnte sich nicht vorstellen, wie man den Feind mit dem Bajonett erreichen könnte, der Fechtunterricht an dem Strohsack schien ihm ein schmachvoller Unsinn. Er war überzeugt, daß die Passanten und die Bürger, die aus den Fenstern schauten, diese täppischen Sprünge ebenso einschätzten.

An einem feuchten Herbsttag nach nächtlichem Regen begann während einer Ruhepause, nach ein paar Minuten Stille, auf der Straße eine Balalaika zu klimpern, es ertönte gedämpftes Lachen. Samgin trat ans Fenster und blickte hinaus: Etwa zehn Soldaten, die dicht einen Laternenpfahl umgaben, hörten zu, wie ein kraushaariger junger Mann, dunkelhäutig wie ein Zigeuner, in olivgrüner Feldbluse und gewichsten Stiefeln, schmal und adrett, sang und sich auf der Balalaika begleitete. Er sang halblaut, und die Worte des flotten Tanzliedchens waren schwer zu verstehen, die Balalaika, das Scharren der Füße und das verhaltene Lachen hinderten dabei. Aber als Samgin genauer hinhörte, fing er den Vers auf:

»Wodurch unterscheidet, sagen wir mal,
Von einem Hund sich ein Korporal?«

»Ho, du«, rief einer der Zuhörer und trappelte sogar mit den Füßen den Takt. Die künftigen Soldaten lachten halblaut und um sich blickend, und in dieses verhaltene Lachen hinein bohrten sich gleichsam die lustigen Worte:

»Wir verstehn's, einander zu schlagen,
Doch bei dem, der uns schlägt – wir es nicht wagen!«

Samgin war empört.
Die Ohren langziehen sollte man dem Bengel, entschied er. Er mußte sowieso gerade ins Gericht gehen, er zog sich an, nahm die Aktentasche und stand zwei bis drei Minuten später verwundert und bereits etwas abgekühlt vor dem Jungen. In dem dunkelhäutigen Gesicht des Brünetten glänzten lustig sonderbar bekannte blaue Augen. Der Junge stand mit gesenkter Balalaika da, die er am Griffbrett hielt und hin und her pendeln ließ, in der Nähe erwies er sich noch kleiner und schmaler. Er sah, ebenso wie die Soldaten, Samgin fragend, abwartend an.

»Darf ich wissen, warum Sie Soldatenuniform tragen?« fragte Samgin streng. Der Junge antwortete klangvoll: »Bin Freiwilliger, gehöre zum Spielmannszug.«

»Ach so! Wie heißen Sie?«

»Spiwak, Arkadij«, sagte der Junge und fragte, finster dreinschauend, selbst: »Doch – wozu müssen Sie wissen, wer ich bin? Und was für ein Recht haben Sie, mich zu fragen? Sind Sie Verbandshusar?«

»Verbandshusar«, wiederholte Samgin mechanisch. »Heißt Ihre Mutter Jelisaweta Lwowna?«

»Ja.«

»Ist sie hier?«

»Sie ist tot. Kannten Sie sie?« fragte Spiwak weich.

»Ja, ich habe sie gekannt«, sagte Samgin und fügte, noch näher an ihn herantretend, halb mit Flüsterstimme hinzu: »Ich habe gehört, was Sie singen. Das war sehr gewagt von Ihnen ...«

»Wirklich?« fragte Spiwak, der die Balalaika stimmte, scherzhaft und laut. Samgin merkte, daß die Soldaten ihn feindselig ansahen wie einen, der stört. Und besonders eindringlich schauten zwei: Ein stämmiger, dicklippiger, großäugiger Soldat mit gesetztem, rötlichem Schnurrbart, und neben ihm kniff ein Mann in blauer Bluse mit einem Gesicht jüdischen Typs die Augen zusammen und biß sich auf die Lippe. Samgin berührte mit dem Finger die Mütze und entfernte sich, ihn begleitete der Ausruf: »Husar ohne Säbel, Lamettaflegel.«

Danach ertönten zwei halblaute Pfiffe.

Er wird nicht älter als sechzehn Jahre sein. Hat die Augen seiner Mutter. Ein hübscher Junge, überlegte Samgin, der ein Gefühl auszulöschen suchte, das so schmerzhaft war wie eine Brandwunde.

Was hat mich durcheinandergebracht? dachte er nach. Weshalb habe ich dem Jungen nicht gesagt, was ich hätte sagen müssen? Er ist natürlich von den Defätisten, den Bolschewiki instruiert und geschickt. Möglicherweise leitet ihn auch ein persönliches Gefühl – Rache für seine Mutter. So wird die Zimmerwalder Losung verwirklicht, den Krieg gegen den äußeren Feind in einen Bürgerkrieg im Inneren des Landes zu verwandeln. Das bedeutet: Das Land verraten, es zugrunde richten ... Natürlich, so ist es. Ein Bengel, ein halbes Kind – eine Null. Aber es handelt sich nicht um den Menschen, sondern um das Wort. Was muß ich tun, und was kann ich tun?

Eine Antwort auf diese Frage begann er nicht zu suchen, denn er verstand, daß die Antwort von ihm eine Tat verlangen würde, zu der er nicht die Kraft hatte. Er beschleunigte seinen Gang und bog um eine Ecke.

Aber – wie sinnlos ist doch das Leben! rief er innerlich aus. Dieser empörte Ausruf beruhigte ihn, ihm fiel wieder Arkadij ein, er stellte ihn sich unter Soldaten vor, das lustige Lächeln auf seinem braunen Gesicht, und erinnerte sich plötzlich: Und der mit den Sommersprossen, in der blauen Bluse, das ist ... ein Moskauer – wie hieß er doch? Der Lehrling des Kupferschmieds? Ja, das war er. Natürlich. Muß ich denn wirklich allen wieder begegnen, die ich einmal gekannt habe? Und – was bedeuten diese Begegnungen? Bedeuten sie, daß diese Menschen ebenso selten sind wie die großen Sterne oder – so zahlreich wie die kleinen?

Er weidete sich an der Verbindung der Dutzend Worte, in die er einen Gedanken und ein Bild gefaßt hatte.

Eine nicht große Menschengruppe versperrte ihm den Weg, sie nahm den ganzen Gehsteig ein, Samgin trat, um die Menge zu umgehen, ebenso wie die anderen Passanten auf den Fahrdamm hinunter und blieb dort horchend stehen: »Wir zogen uns aus Galizien zurück, und in einem fort brannte unterwegs das Korn: Mehl, Graupen, Proviantlager brannten, Dörfer – alles brannte! Auf den Feldern zerstampften wir unabsehbar viel Korn! Herr, du unser Gott! Was ist der Grund für diese Zerstörung des Lebens?«

Samgin stellte sich auf die Zehen, reckte sich und über die Köpfe der Menschen hinweg sah er: An die Wand gelehnt, stand ein hochgewachsener Soldat mit verbundenem Kopf und einer Krücke unter der Achsel, neben ihm – eine dicke Krankenschwester mit dunkler Brille im großen, weißen Gesicht, sie schwieg und wischte sich mit einem Zipfel des Kopftuchs die Lippen.

»Meine Herrschaften, meine guten«, flehte der Soldat, der an seinem Mantelkragen zerrte und dabei seinen spitzen Adamsapfel entblößte. »Man muß nach der Ursache dieses Zerstörungswerks suchen, man muß begreifen, was seine Ursache ist. Und was das bedeutet – Krieg.«

Samgin bewegte sich eilig weiter und dachte: Wie, wenn die Leute, die so oder anders durch den Krieg zu Schaden gekommen waren, seine Ursache dort erblickten, wohin die Bolschewiki wiesen?

Im 20. Jahrhundert ist ein Aufstand in der Art Pugatschows selbst in unserem bäuerlichen Land wohl kaum möglich. Aber man muß immer das Schlimmste erwarten und sich mit der Vereinigung aller fortschrittlichen Kräfte des Landes beeilen. Rußland braucht keine Revolution, sondern Reformen. Die Revolution kann man nicht anders denn als Krankheit, als Entzündung des gesellschaftlichen Organismus auffassen ... England, die Geburtsstätte der Repräsentativregierung und des sozialen Kompromisses, ist ohne Revolution groß geworden und hat die halbe Welt erobert. Das sind keine neuen Gedanken, aber man erinnert sich ihrer wenig. Die Rolle des englischen Liberalismus in der europäischen Geschichte der letzten zwei Jahrhunderte. Ich muß über dieses Thema einen Vortrag halten.

Hier warnte sich Klim Iwanowitsch Samgin: Ich denke wie ein gewöhnliches Mitglied der Kadettenpartei.

Er wußte, daß seine persönliche Lebenserfahrung sich in fremde Worte kleidete; als er jünger war, hatte ihn das gekränkt, aufgeregt, aber allmählich hatte er sich daran gewöhnt, diese Gewalt der Worte nicht zu beachten, die – so schien es ihm – seine eigenen Gedanken verflachten, sie daran hinderten, sich in vortrefflicher Form, mit origineller Kraft und eigenartigem Glanz darzubieten. Er hatte sich unbemerkt eingeredet, daß er, wenn die Umstände es verlangten, die fremden Sprachgewänder mit Leichtigkeit von allem abwerfen würde, was er erlebt und durchdacht hatte. Aber nun waren Tage angebrochen, in denen er fühlte, daß es bereits Zeit sei, sich des Ballasts zu entledigen, unter dem sich sein Wahres, Unwiederholbares verbarg.

Ich habe nicht dazu ein halbes Jahrhundert gelebt, um die Heilsamkeit des englischen Liberalismus anzuerkennen, dachte er mit düsterer Ironie. Er ging schnell, ihm schien, daß ihm beim Gehen die Gedanken freier kämen und leichter irgendwo hinter ihm zurückblieben. In den Straßen herrschte griesgrämige Unrast, vor den Lebensmittelläden drängten sich unter erregtem Geschrei zornige, zerzauste Frauen, an den Ecken standen kleine Männergruppen dicht beisammen, sie murmelten über irgend etwas, ein Droschkenkutscher, der auf dem Bock seines Wagens saß und sein behaartes Gesicht verzogen hatte, las, ab und an zum trüben Himmel emporblickend, eine Zeitung, und überall wimmelte es von Soldaten ... Sie marschierten mit blinkenden Bajonetten zur Ausbildung, gingen, vom ehernen Geheul der Militärkapellen begleitet, zu den Bahnhöfen, lange Reihen von Verwundeten zogen in Begleitung von Krankenschwestern irgendwohin.

Wenn ich mir selbst gegenüber aufrichtig sein will – muß ich zugeben, daß ich ein schlechter Demokrat bin, überlegte Samgin. Der Demos ist der Pöbel, seine Herrschaft bezeichneten die Griechen als Ochlokratie. Dem Volk dienen – bedeutet das Volk lenken. Nichts anderes. Als Individualist darf ich nur die hierarchische, aristokratische Gesellschaftsordnung für rechtmäßig und natürlich halten.

Irgend etwas Eigenes war gefunden, und als Klim Iwanowitsch Samgin beim Bezirksgericht stand, blickte er finster den Litejnyj Prospekt entlang und über die Newa hinaus, wo unschlüssig, spärlich die Fabrikschlote rauchten. Im Anwaltszimmer war ein vielstimmiger Streit entbrannt, etwa fünf Anwälte hatten einen breitgesichtigen, bärtigen Mann in eine Ecke gedrängt und schrien ihm ins Gesicht: »Sprechen Sie zu Ende!«

»Ja, ja!«

»Nei-ein, das ist ein gefährlicher Gedanke!«

Unter dichten Brauen hervor und aus einem breiten hellblonden Bart lächelten verlegen und freundlich große blaue Augen, der Bärtige sagte schuldbewußt mit hoher Stimme, fast im Sopran: »Ich sage das doch nur in Form einer Frage, ich behaupte es nicht. Mir scheint, daß gegen einen organisierten Gegner, wie es die Armee ist, leichter zu kämpfen ist als beispielsweise gegen Partisanentrupps von Sozialrevolutionären.«

Der sehr würdige Anwalt Wischnjakow, Syndikus einer der größten Banken, erklärte im Bariton entschieden: »Die Deutschen haben das internationale Prinzip der Lehre von Marx auf immer kompromittiert, indem sie zeigten, daß Sozialdemokraten durchaus gute Patrioten sein können ...«

»Jedoch – Zimmerwald ...«

»Ein Krampf ...«

An dem Tisch in der Mitte des Zimmers saß ein schlapper, schwammiger alter Herr mit rauchgrauer Brille, er kratzte sich unter der Achsel und sagte aufschnarchend, als zöge er seine langsamen Worte aus der Brusttasche: »Kareno, der Held der Trilogie von Hamsun, ein Anarchist, Nietzscheaner und Anhänger der Ideen Ibsens, verzichtete ohne weiteres auf all dies zugunsten eines Sitzes im Storting. Und, wissen Sie, hier sind nicht so sehr Ideen als Beispiele... Frankreich, mein Werter, Frankreich, wo die Rechtsgelehrten, die Juristen regieren...«

»Und es verstehen, Ideen so zu kleiden wie Frauen«, ergänzte sein Gesprächspartner, ein großnasiger brünetter Mann, der sein Haar wie Gogol trug; er hörte auf, mit Schriftstücken zu rascheln, drückte seine Hand darauf und sagte, ohne auf den Gesprächspartner zu hören, zornig und laut: »Nein, bedenken Sie: Das neunzehnte Jahrhundert begannen wir mit Karamsin, Puschkin, Speranskij, und im zwanzigsten haben wir – Gapon, Asef, Rasputin... Ein entarteter Jude zerstörte die stärkste und sozusagen nationale politische Partei des Landes, ein entarteter Bauer, der Dummkopf der Bauernmärchen, zerstört den Thron...«

»Na – er ist wohl kaum ein Dummkopf...«

Samgin, der nochmals die Akten durchsah, die er für die Gerichtsverhandlung vorbereitet hatte, lauschte dem Stimmengewirr, fischte Sätze heraus, die ihm am geschicktesten formuliert vorkamen. Er hatte immer noch nicht die Fähigkeit verloren, Meister des schönen Worts zu beneiden, und warf sich vor: Wie war er nicht auf den Gedanken gekommen, Gapon, Asef und Rasputin in eine Reihe zu stellen? Die ersten zwei boten die Möglichkeit sehr weitgehender Deutungen...

Der schlappe alte Herr riß sich die Brille von der Nase, schwang sie in der Luft und rief, sich aufblähend und aufschnarchend: »Nein, entschuldigen Sie. Wenn Plechanow die Defätisten verspottet und Kautsky und Vandervelde das ebenfalls tun, so sage ich: Man soll den Defätisten den Kopf rasieren! Jawohl. Den halben Kopf rasieren, wie man es mit den Zuchthausverurteilten tat! Damit ich sehe... damit alle sehen: Das ist ein Defätist, das heißt – ein Feind!«

Irgend jemand lachte, worauf der Alte noch hysterischer schrie: »Nein, entschuldigen Sie, das ist nicht lächerlich, das ist eine Schutzmaßnahme gegen den inneren Feind...«

»Kasimir Bogdanowitsch hat recht: Diese Leute müssen durch ein Kainsmal gekennzeichnet werden.«

»Die bolschewistischen Dumaabgeordneten hat man zu Zuchthaus verurteilt... aber wen hat das zufriedengestellt?«

»Es ist nur das Prinzip der Immunität der Abgeordneten verletzt worden.«

»Gestern – sie, morgen – wir.«

»Denken Sie an Wyborg.«

»Sie brauchen eine Niederlage Rußlands, um den Wahnsinn der Pariser vom Jahre 1871 zu wiederholen.«

»Na ja, natürlich! Sie verhehlen das nicht . . .«

»Wir – brauchen eine Niederlage der Selbstherrschaft . . .«

»Nicht wir, sondern das ganze russische Volk!«

»Der Internationalismus ist eine Lehre von Leuten mit atrophiertem Heimatgefühl und Vaterlandssinn . . .«

Die Zahl der Befrackten nahm zu, schon ungefähr fünfzehn, die rund um den Tisch standen, schrien – der Alte, der seine Arme über den Tisch ausgebreitet hatte, bewegte sie in der Luft, als schwämme er, und schrie mit emporgerichtetem, blutrotem Gesicht: »Ich bin kein Kaufmann, kein Adliger, ich gehöre zu keinem Stand. Ich leiste schwere Arbeit, indem ich die Rechte der Persönlichkeit in einem Staat verteidige, der immer noch nicht begreift, von welcher kulturellen Bedeutung der Umfang dieser Rechte ist.«

»Die soziale Revolution ist eine Utopie von Abenteurern.«

»Von Russen, von Russen . . .«

»Und – von Juden. Marx ist ein Jude.«

»Lenin ist Russe. Die europäischen Sozialisten träumen nicht von einer sozialen Revolution.«

Samgin vernahm nicht zum erstenmal, daß in den Stimmen der Menschen Angst vor einer Revolution klang, und gestern noch hätte er sagen können, daß er von dieser Angst gänzlich frei sei. Eine skeptische und sogar feindselige Einstellung zu den Menschenmassen hatte sich schon seit langem bei ihm gebildet. Die Gespräche und Bücher über das unglückliche, unterdrückte, leidende Volk hatte er schon in seiner Jugend satt gehabt. Er hatte sich mehrfach davon überzeugt, daß Demonstrationen und überhaupt Massenaktionen fruchtlos waren. Die unwillkürliche Teilnahme an den Ereignissen des Jahres 1905 hatte ihm eine skeptische Einstellung zu der Kraft der Massen eingeflößt, den Moskauer Aufstand wertete er seit langem als Laienaufführung. Den Anforderungen der Epoche gehorchend, hatte er natürlich einen Blick in die Bücher von Marx geworfen, hatte Plechanow, Lenin gelesen. Er hatte ungern und nicht sehr viel Zeit für diese Arbeit verwendet, aber sie erwies sich als vollauf genügend, um die Geschichtsphilosophie, die den Entwicklungsprozeß der Weltkultur in neuem Licht darstellte, entschieden abzulehnen. Nein, die Geschichte trieben natürlich nicht Klassen voran, nicht blinde Menschenhaufen, sondern einzelne, Helden, und der Engländer Carlyle kam der Wahrheit näher als der deutsche Jude Marx. Der Marxismus schränkte die Bedeutung der Persönlichkeit in der Geschichte nicht nur ein, sondern hob sie fast auf. Diese Denkweise hatte sich in Klim Iwanowitsch Samgin kompakt, dauerhaft gefestigt, und er faßte die Aufgabe seines Lebens darin zusammen, daß er in sich die Eigenschaften eines Führers, eines Helden, eines Menschen ausbilden müsse, der nicht von den Gewaltakten der Wirklichkeit abhängig ist.

Aber nun empfand er schon seit mehr als einem Jahr eine unbestimmte Unruhe, deren Ursachen er nicht festzustellen wagte. Und heute, in dem unruhigen Lärm der Reden seiner Kollegen, ertappte er sich plötzlich dabei, wie er, während er dem tollen Geschrei der Frackträger zuhörte, die neuen Personen aufzählte, die für ihn unannehmbar, ihm feind waren: Arkadij Spiwak, Genosse Jakow, Charlamow – ja, offensichtlich auch Charlamow. Wahrscheinlich war auch Tagilskij, ebenfalls ein Beschützer des unterdrückten Volkes, so eine überreizte Gestalt von der Art Ljutows. Makarow, der Bandit Inokow, Pojarkow, Tossja. Und noch viele andere. Und – schließlich Kutusow, ein alter Bekannter. Kutusow – ein harter, bedrückender Mensch. Das alles waren Leute, die an die Notwendigkeit einer sozialen Revolution glaubten, sie in den Fabriken propagierten, politische Streiks anzettelten, in der Armee Propaganda trieben, von einem Bürgerkrieg träumten.

Geschichte wird von Helden gemacht ... Wahnwitz der Tapferen ... Charlamow ...

Auf ihn zu kam, von einer Wolke starken Parfüms umgeben, sein Prozeßgegner Nifont Jermolow, ein schöner, reicher Mann, gepflegt wie eine Frau, rotwangig, mit verträumtem Blick brauner Augen, mit einem freundlichen Lächeln unter dem hochgezwirbelten Schnurrbart und über dem grauen Spitzbart.

»Mein lieber Klim Iwanowitsch, könnten Sie mir nicht den großen Gefallen tun, den Termin verschieben zu lassen, wie? Ich werde gleich eine kleine Sache führen, und dann habe ich eine sehr verantwortungsvolle Konsultationssitzung – ich bitte Sie sehr!«

Er reichte Samgin die Hand mit rosigen polierten Fingernägeln.

Samgin willigte mit Vergnügen ein, da er keinerlei Verlangen empfand, die Rechte seiner Mandanten zu verteidigen. Er steckte seine Akten in die Mappe und machte sich auf den Heimweg.

In der Zeit, die er im Gericht verbracht hatte, war das Wetter umgeschlagen: Von der See wehte ein feuchter Wind, der Vorbote des Herbsts, er jagte schmutziggraue Wolken über die Hausdächer, als bemühte er sich, sie in den Korridor des Litejnyj Prospekts hineinzupressen, der Wind stieß die Menschen gegen die Brust, das Gesicht, den Rücken, aber die Leute gingen, ohne seine Bemühungen zu beachten, schnell aneinander vorbei, verschwanden in Höfen und Haustoren. Samgin überholte eine Gruppe von ungefähr dreißig Häftlingen, die von einer Eskorte Gefängniswächtern mit blankem Säbel umringt waren, einer von den Häftlingen, ein kleiner, ging auf Krücken wie auf Stelzen. Er schien bucklig, der Wind raschelte und pfiff, als schliffe er die bläulichen Säbelklingen und flüstere: »Stillgesta-anden!«

Dann erschien auf dem Prospekt ein Leichenzug, man trug einen Helden zu Grabe, Trompeten bliesen die Melodie eines Trauermarsches, langsam schritten schwarze Pferde dahin und Soldaten, grünlich wie Sumpffrösche, der Leichenwagen wedelte mit seinen Quasten und Fransen; sich mit der Hand an ihm festhaltend, schritt hölzern eine hochgewachsene Frau, ganz in schwarzem Flor, der Flor flatterte über ihr, rund um sie, es war, als risse der Wind die Frau in Stücke oder als wollte er sie zu den Wolken hochwerfen. Es kam ein Zug von Verwundeten, an ihrer Spitze eine große, dicke Krankenschwester mit goldener Brille. Samgin hatte sie schon einmal gesehen. Die Passanten gingen eilig, besorgt ihren Tageszielen nach, ohne die Beerdigung des Helden, die Häftlinge und einander zu beachten.

Charlamow, dachte Klim Iwanowitsch Samgin, und in seiner Erinnerung erklangen die scherzhaften, ironischen Worte Charlamows, mit denen er Jelena die Absichten der Bolschewiki erklärt hatte: Alles, was brennen kann, brennt nur dann, wenn es bis zu einer bestimmten Temperatur erhitzt wird, und nur unter der Bedingung, daß genügend Sauerstoff zuströmt. Sind diese zwei Bedingungen nicht erfüllt, bekommen wir Fäulnis, aber kein Brennen. Die Fäulnis ist laut Marx ein Prozeß, den die Arbeiterklasse in ein Brennen, in einen Weltbrand verwandeln muß. In unseren Tagen sind die Arbeiter und Bauern genügend erhitzt, die Rolle des Sauerstoffs erfüllen vortrefflich die Bolschewiki, und darum muß das Arbeitervolk in Brand geraten. Er, Charlamow, ist nicht der einzige, der so denkt. Spaßmacher, Ironiker seines Typs sind den Bolschewiki verwandt. Er ist wahrscheinlich ein Intellektueller in erster Generation, wie Tagilskij. Wie Dronow. Menschen ohne Traditionen, die durch nichts außer der Schule mit der Geschichte ihres Vaterlands verbunden sind. Zufallsmensehen.

Ihm fiel sogar der Minister Deljanow ein, der »Kinder von Köchinnen« nicht hatte zum Gymnasium zulassen wollen, aber hier verwirrte ihn ein wenig die allzu schroffe Wendung seines Denkens, und während er seine Wohnungstür öffnete, versuchte er, sich zu rechtfertigen:

Ich bin ja nicht darüber beunruhigt, daß mich die Nihilisten des 20. Jahrhunderts überholen ...

Aber sein Denken glitt von selbst gleichsam eine schiefe Ebene hinab: Rom wurde von Barbaren zugrunde gerichtet, die von Römern erzogen worden waren.

Dann fielen ihm zum zehntenmal die Verse von Brjussow über die »kommenden Hunnen« ein und irgendwessen Worte anläßlich der Verurteilung der sozialistischen Abgeordneten zu Zuchthaus: Fünf – hat man zu Zuchthaus verurteilt, fünfhundert werden dieses Urteil als eine Herausforderung auffassen ...

Am Tisch sitzend, den Kopf auf die Hand gestützt, sah Samgin zu, wie die blauen Rauchwölkchen seiner Zigarette sich auf dem grünen Tuch ausbreiteten, wenn er sie anhauchte – verschwanden sie. Seine Gedanken krochen hintereinanderher wie dieser leichte Rauch und verschwanden ebenso schnell, wenn Gedanken anderer Art über ihnen auftauchten.

Ich müßte eine Spindel haben, die meine Gedanken zu einem festen, gleichmäßigen Faden zusammenspönne ... Die Spinne webt ihr Netz und verfolgt damit einen ganz bestimmten Zweck.

Diese unangenehmen Gedanken bargen einen gewissen kränkenden Vorwurf in sich, als raunten sie ihm zu, daß das Leben sinnlos sei, und Samgin löschte sie rasch aus wie die Flämmchen eines Streichholzes und kehrte zu seinen Gedanken über die Zufallsmenschen zurück.

Gapon, Asef, Rasputin. Irgendein Mönch Iliodor. Als Anwärter auf den Posten des Innenministers wird Protopopow genannt.

Er rief sich alles ins Gedächtnis, was über Protopopow geredet wurde: Ein politisch unbestimmter und nicht einmal sehr gebildeter Mann, aber geschickt, wendig, rührig, an seiner Rührigkeit fällt etwas Ungesundes auf. Provinzler, aus den Reihen kleiner Simbirsker Adliger, Besitzer einer Tuchfabrik, er hat sie nach dem Tod des Gendarmeriegenerals Silwerstow geerbt, der in Paris von dem polnischen Revolutionär Podlewski ermordet worden war. Im großen und ganzen – ein verschwommener, ganz unbedeutender Mann.

Offensichtlich hat das Land alle seine gesunden Kräfte verbraucht ... Die Partei Miljukows – das ist alles, was sich im 19. Jahrhundert gesammelt hat und die Bourgeoisie zu organisieren sucht ... In diese Partei eintreten? Mich durch ihr Programm einschränken, mich der Leitung von Machern unterwerfen, in ihrer Mitte mein Gesicht verlieren . . .

An den Eintritt in eine Partei dachte er zum erstenmal, unerwartet für ihn selbst, und das steigerte seine Erregung noch mehr.

Die Parteien verfallen wie alles ringsum, entschied er, den Zigarettenrest im Aschenbecher erbittert ausdrückend.

Wenn er in letzter Zeit seine Gedanken inspizierte, begegnete er unter ihnen immer öfter solchen ernüchternden, wie es die Gedanken an die Spindel, an das Spinnengewebe waren, dann fühlte er, daß der Gipfel, auf den er sich erhoben hatte, ein schwankender Gipfel war und daß er, um sich auf dieser Position zu halten, sie durch irgendwelche Handlungen festigen mußte. Er mußte den Menschen unanfechtbare Beweise seiner Kraft und seines Rechts auf ihre Aufmerksamkeit vorweisen. Aber jedesmal, wenn er an Versammlungen teilnahm, fühlte er, daß die gereizten Reden, die zornigen Streitigkeiten der Menschen fast in jedem von ihnen eine ebensolche brodelnde Unruhe, eine ebensolche Angst vor dem morgigen Tag, ebensolche Absichten, ihre Kräfte zu entfalten, und mangelnden Glauben an sie entlarvten. Er sah rings um sich Leute, die zum größten Teil parteilos waren, sah, daß diese Leute ebenso wie er auf ihre Unabhängigkeit stolz waren, unterstrichen, daß sie sich an Politik nicht beteiligten und in weitem Umfang von ihrem Recht Gebrauch machten, sie zu kritisieren. Die Zahl solcher Leute nahm zu. Manchmal kam es ihm vor, daß es allzuviel von solchen wie er, Samgin, gäbe, aber er überzeugte sich leicht, daß er der Vollkommenste und Hervorragendste unter ihnen sei. Besonders charakteristisch war eine Versammlung, die vor kurzem in der Wohnung von Leonid Andrejew stattgefunden hatte und in die er von Dronow mitgeschleppt worden war.

Iwan Dronow war stets ein wenig betrunken und stets bereit, noch mehr zu trinken, er war reich, aber nachlässig gekleidet, zerzaust, seine bunte Krawatte war nach links verrutscht, das rote Haar ragte hoch, das Gesicht mit den starken Backenknochen zuckte. Seine Stimmung schwankte unnatürlich schroff, im letzten Jahr war er noch unruhiger, geschäftiger geworden, aber manchmal erschien er völlig bedrückt, trübsinnig, heruntergekommen. Klim Iwanowitsch Samgin war es gewohnt, ihn als einen Informator, als ein Meßinstrument für den Ton der Ereignisse, als einen Apparat zu betrachten, der die Temperatur der laufenden Wirklichkeit registriert, und sah, daß Iwan diese Fähigkeit verlor, da er mit krampfhaften Versuchen beschäftigt war, über ein für Samgin unsichtbares und unverständliches Hindernis irgendwohin hinüberzuspringen, und überhaupt ausschließlich in sich selbst aufging. In dieser Stimmung war er um so unangenehmer, da er mürrisch um sich blickte, als würfe er einem irgend etwas vor.

»Bist du verkatert?« fragte Samgin.

»N-nein, so ... Ich bin müde.«

Aber manchmal erschien er im Zustand eines gleichsam lustigen Entsetzens – wenn ein solches Entsetzen überhaupt möglich ist. Redselig, ab und zu lächelnd und irgendwie humoristisch an sich herumzupfend, herumziehend, mit den Fingernägeln an den Westenknöpfen schnippend, schüttete er Neuigkeiten aus, wie aus einem Sack.

»Nein, Klim Iwanowitsch, denk dir nur!« jaulte er voller Wonne, sich im Zimmer herumtreibend. »Wann hat es das gegeben, daß der Premierminister, bei uns, eine öffentliche Schwatzbude, unter Leitung von Gakebusch, eingerichtet hat, und mit Beteiligung von Leonid Andrejew, Korolenko, Gorki? Gakebusch bekommt hunderttausend, Andrejew sechzigtausend, außer dem Zeilenhonorar, Korolenko und Gorki je einen Rubel für die Zeile. Das gibt es dir nicht in Europa! Das ist eine Weltattraktion und – gibt eine Unmenge Gelächter!«

Dann erzählte er eine sonderbare Geschichte: Bei Leonid Andrejew hatte sich ein paar Tage lang irgendein illegaler Bolschewik versteckt, er überwarf sich mit dem Hausherrn, und Andrejew hatte mit einem Revolver auf ihn geschossen; sofort danach und ohne Zusammenhang mit dem Vorhergehenden teilte Dronow mit, daß Gardeoffiziere in einer Modekneipe Rasputin verprügelt hätten und daß Gerüchte von einer Verschwörung der Hofaristokratie in Umlauf seien, sie habe beschlossen, den Zaren Nikolai zu entthronen und statt seiner Michail einzusetzen.

»Mich sollten sie einsetzen!« sagte er vergnügt und sang mißtönend, indem er Schaljapin parodierte:

»Ich täte ihnen das Reich regieren!
Ich täte ihnen den Staatsschatz dezimieren!
Nach Herzenslust würd ich leben,
Dazu wär mir ja die Macht gegeben ...«

»Worüber freust du dich?« fragte Samgin.

»Ja, ich ... weiß nicht!« sagte Dronow, sich in einen Sessel zwängend, und fuhr etwas ruhiger, nachdenklicher fort: »Vielleicht freue ich mich nicht, sondern habe Angst. Weißt du, ich bin ein versoffener und zu rein gar nichts tauglicher Mensch, und dennoch – bin ich nicht dumm. Das ist sehr kränkend, mein Lieber – kein Dummkopf, doch zu nichts nütze. Ja. Na also, weißt du, ich sehe allerhand Leute, die einen machen Politik, die anderen – Gemeinheiten, die Diebe haben sich dermaßen vermehrt, daß, wenn die Deutschen kommen, sie nichts mehr zu plündern finden! Die Deutschen – tun mir nicht leid, das geschähe ihnen ganz recht, denen gönne ich als Strafe – Napoleonisches Glück. Aber Rußland tut mir leid.«

Er sprang wie ein Ball aus dem Sessel und sagte überzeugt, während er sich Wein ins Glas einschenkte: »Wir werden eine gewaltige Revolution bekommen, Klim Iwanowitsch. Jetzt – haben die Arbeiter Streiks gegen den Krieg begonnen – weißt du das? Mit dem Essen ist es schwierig geworden, das ganze Brot ist an die Armee verfüttert. O weh, das alles wird damit enden, daß die Europäer auf unsere Kosten unter sich Frieden schließen, Rußland in kleine Stücke schneiden und beginnen werden, das Fleisch von seinen Knochen zu nagen.«

Nachdem er noch ungefähr drei Minuten über dieses Thema geredet hatte, schlug er Samgin vor, zu einer Beratung über die Gründung einer Ministerialzeitung zu gehen. Klim Iwanowitsch lehnte ab, ihn ermüdeten diese fast täglichen Zusammenkünfte, bei denen die Menschen eilig und nervös versuchten, ihre Unruhe loszuwerden, sie zu löschen. Er sah, daß die Quelle dieser Unruhe die allen gemeinsame Überzeugung von ihrem politischen Weitblick und das Vorgefühl einer unvermeidlichen und vernichtenden Katastrophe war. Er stellte fest, daß die Treffen in ihrer Zusammensetzung immer bunter wurden, und ihn befriedigte besonders die Tatsache, daß sich zu dem wesentlichen, parteilosen Kern solcher Treffen immer mehr Mitglieder von Reformparteien gesellten und immer öfter Leute öffentlich auftraten, die revolutionär gesinnt waren. Samgin kam es vor, als zerbröckelten, zerfielen die Parteien, und es vollzöge sich der Prozeß irgendeiner selbsttätigen Organisierung. Menschewiki waren aufgetaucht, die Dronow die »Goz-Liber-Dans« nannte und die Charlamow schon längst »bescheidene Schüler der deutschen Verrats-Orthodoxen« getauft hatte, Leute aus der Konstitutionell-Demokratischen Partei waren erschienen, sogar Oktobristen wie Stratonow, Aljabjew tauchten auf, in den Ecken versteckte sich Professor Platonow, die grauen Gestalten Mjakotins, Peschechonows huschten umher, es hüstelte, sich krank stellend, der Mitarbeiter der Zeitung »Nowoje wremja«, Menschikow, und noch viele andere namhafte Gestalten waren zu sehen. Es herrschte volle Meinungsfreiheit. Der provinzielle Kadett Adwokatow stellte die Frage: »Haben wir eine Demokratie im europäischen Sinne des Wortes?« und bewies in einer halben Stunde, daß es in Rußland keine Demokratie gebe. Man hörte ihm ebenso aufmerksam zu wie allen anderen, man merkte, daß jeder gern etwas Sicheres, Beruhigendes gesagt oder gehört, irgendein historisches, einigendes Wort gefunden hätte, für Samgin indessen erklang in dem Gestöber von Reden, von Worten nur das einfache soldatische: »Still-gestanden!«

Besonders bedrückend blieb ihm ein Gespräch dieser Art in der Wohnung von Leonid Andrejew in Erinnerung.

In einem großem Zimmer, dessen Fenster auf das Marsfeld hinausgingen, hatten sich ungefähr zwanzig Personen versammelt – interessante Damen mit über die Ohren gekämmtem Haar, schicke junge Männer in Anzügen, die für die Schneiderkunst Reklame zu machen schienen, würdige Anwälte, Schriftsteller. Das Zimmer war ungemütlich, als hätte man es eben erst bezogen und noch keine Zeit gehabt, es mit Einrichtungsgegenständen zu füllen. Samgin setzte sich ans Fenster. Vor den Fenstern herrschte herbstliche Finsternis und eine solche Stille, als stände das Haus auf einem Feld, weit vor der Stadt. Und wie immer gab es, um die Stille hervorzuheben, ein Geräusch – ein Draht kratzte ab und zu am Blech der Regenrinne.

In dem ziemlich leeren Zimmer klangen die Stimmen unnatürlich laut und zornig, die Gäste saßen rund um einen Tisch, aber getrennt, in Grüppchen von zwei oder drei Personen aufgeteilt. Auf dem Tisch stand in einer Dampfwolke ein großer Samowar, Kohlengeruch war zu spüren, den Tee schenkte hastig und linkisch eine schwarzhaarige Frau mit großem hartem Gesicht ein, und es schien, als ginge von ihr der Kohlenoxydgeruch aus.

Der Wohnungsinhaber in einer Samtjacke, mit schönem, aber wenig beweglichem Gesicht, sagte unter martialischem Kopfschütteln, die eine Hand auf den Tisch gelegt und mit der anderen eine Strähne seines langen Haars hinter das Ohr werfend: »Ich will kein Zeisig sein, der gelogen hat und fortfährt zu lügen. Nur Feiglinge oder Geistesgestörte können in der Nacht, in der Feinde ihr Haus in Brand gesteckt haben, Völkerverbrüderung predigen.«

»Aber das predigen ja Leute, die kein Zuhause haben«, sagte ein am Tischende sitzender hellblonder Mann, der gleichsam von der Tischecke an die Wand unter den schweren Rahmen irgendeines dunklen Bildes gedrückt war.

Der Schriftsteller hob und senkte seine dichten dunklen Brauen, wahrscheinlich weil er sich bemühte, dadurch sein Gesicht zu beleben.

»Das Vaterland ist in Gefahr – das ist es, was man vom Morgen bis zum Abend hinausschreien sollte«, schlug er vor und fuhr fort zu reden, wobei er mit Leichtigkeit interessante Wortverbindungen fand. »Das Vaterland ist in Gefahr, weil das Volk es nicht liebt und es nicht verteidigen will. Wir haben kunstvoll vom Volk geschrieben, innig von ihm gesprochen, haben es aber schlecht gekannt und lernen es erst jetzt kennen, wo es sich am Vaterland rächt durch Gleichgültigkeit gegenüber seinem Los.«

»So ein Unsinn«, sagte unhöflich der in die Ecke gedrückte Mann, seine Worte übertönte sofort die Frage eines Samgin bekannten Anwalts: »Und was sagen Sie zu den Juden, die an den Fronten fallen aus Liebe zu Rußland, dem Land der Judenpogrome?«

»Mich wundert nicht, daß Andersgläubige, Fremdstämmige die Interessen ihrer Unterdrücker verteidigen, die Römer eroberten die Welt mit Hilfe von Sklaven, so war es, so ist es und so wird es bleiben!« sagte schulmeisterlich der Schriftsteller.

»Oh, keine Prophezeiungen! Begreifen Sie doch, der Jude kämpft für die Interessen eines Menschen, der ihn, den Juden, für den Rassenfeind hält.«

Ihm entgegnete der Redakteur Jerusalimskij, ein großer, zur Wohlbeleibtheit neigender Mann mit blassem Gesicht, das durch ein schüchternes Kinnbärtchen geziert war.

»Schreien sollte man natürlich«, sagte er träge und langweilig. »Wir begannen mit Hurra, und jetzt müssen wir Zeter und Mordio schreien. Doch während wir schreien, werden die Deutschen uns beim Schlafittchen packen und uns gegen unsere Verbündeten führen. Oder die Verbündeten werden auf unsere Kosten mit den Deutschen Frieden schließen und sagen: ›Nehmt euch Polen, die Ukraine, und – der Teufel soll euch holen, hinein in den Sumpf mit euch! Uns jedoch laßt in Ruhe.‹«

Ein stämmiger Mann mit stoppligem Gesicht, ebenfalls Schriftsteller, teilte, sich räuspernd, hüstelnd und seinen Nacken, der mit grauem Flaum bedeckt war, mit der Hand reibend, mit: »Im Sommer wurden mit den Deutschen bereits Verhandlungen über einen Separatfrieden geführt.«

Das Gespräch zog sich langsam, unlustig dahin, die Leute schienen vorsichtig zu sein, hielten sich zurück, vielleicht waren sie müde, voreinander ein und dieselben Gedanken wiederholen zu müssen. Die meisten von ihnen gaben sich den Anschein, als interessierten sie sich für die Reden des berühmten Schriftstellers, der, um die Richtigkeit und Tiefe seiner Gedanken zu bekräftigen, Sätze aus seinen Büchern zitierte, wobei er die Zitate stets ungeschickt wählte. Eine grauhaarige alte Dame erzählte halblaut einer hochgewachsenen dicken Frau mit Klemmer und über die Ohren gekämmtem

Haar: »Mein Sohn ist sehr nervös. Nächtelang schläft er nicht, denkt immerzu, dichtet immerfort und trinkt starken Tee.«

Und nur zuweilen, aber immer öfter und stets in der Ecke unter dem dunklen Bild flackerte Gereiztheit auf, erklangen ungute Stimmen, stichelnde Wörtchen und spulte sich wie ein seidenes Band ein etwas trockenes Tenorstimmchen ab: »Das ist ja, wissen Sie, geradezu lächerlich, daß für Sie das Schicksal eines Hundertfünfzigmillionenvolkes vom Benehmen eines einzelnen, dazu noch so eines wie Grischka Rasputin, abhängt . . .«

Auf solche Stimmen aus den Ecken horchte Samgin immer aufmerksamer, er vernahm sie immer öfter, aber diesmal hinderte ihn am Zuhören der Wohnungsinhaber – während er Zucker in einem Glas sehr starken Tees verrührte, sagte er prophetisch laut und selbstsicher: »Die Menschen werden sich erst dann als Brüder fühlen, wenn sie die Tragik ihres Daseins im Kosmos begreifen, das Entsetzliche ihrer Einsamkeit im Weltall verspüren und mit den Stäben des eisernen Käfigs unlösbarer Geheimnisse des Lebens in Berührung kommen, eines Lebens, aus dem es nur einen Ausweg gibt – den Tod.«

Er trank ein Löffelchen Tee, und da er fand, daß der Tee nicht heiß genug oder nicht süß sei, goß er die Hälfte der Flüssigkeit aus dem Glas in die Spülschale, rückte sein Glas unter den Hahn des Samowars und ermahnte dabei feierlich, sanft und einschmeichelnd: »Die Sozialisten, die Bolschewiki träumen davon, die Menschen auf der Grundlage allgemeiner Sattheit zu einigen. Nein, nein! Das ist naiv. Wir sehen, daß die Satten in gegenseitiger Feindschaft leben, nun führen sie Krieg! Sie haben immer Krieg geführt und werden es weiterhin! Zu meinen, die Menschen könnten durch Sattheit besänftigt werden, das ist beleidigend für die Menschen.«

»Das ist, wissen Sie, eine Art von Fischphilosophie, bei Gott!« schrie der Mann in der Ecke, er stand auf, schwang die Hand hoch und glättete mit den Fingern seine zerzausten rötlichen Haare. »Das hört sich, wissen Sie, geradezu lächerlich an . . .«

»Gestatten Sie mir zu enden«, sagte sehr höflich der Schriftsteller.

»Nein, Schluß machen werde schon ich . . . das heißt nicht ich, sondern die Arbeiterklasse«, erklärte noch lauter und entschiedener der Rothaarige, bewegte sich, gleichsam sich von den Leuten abstoßend, die rund um ihn saßen, auf den Hausherrn zu und sagte: »Mit Ihnen ist es schon aus! Ihre gelehrte oder, was weiß ich, irgendwelche literarische Qualifikation ist beim letzten Ende angelangt, beim Tod. Machen Sie einen Punkt. Wort und Tat werden dem vor kurzem in die Geschichte Eingetretenen übergeben, ja, ja!«

»Du meine Güte, was für ein unangenehmer Mensch«, murmelte die grauhaarige Dame, sich an Samgin wendend. »Und Leoniduschka hat es nicht gern, wenn man sich mit ihm streitet. Er ist sehr nervös, schläft nächtelang nicht, dichtet immerzu, denkt immerfort nach und trinkt starken Tee.«

»Die Arbeiterklasse will satt werden und will das Recht auf Qualifikation erlangen, und deswegen, entschuldigen Sie, muß sie die Macht den Händen der Satten entreißen. Sie entreißen. Im Kampf! So ist das. Man hat es dahin kommen lassen, daß ein geringfügiges Stückchen Papier mit dem Aufdruck, es sei ein Rubel oder auch hundert Rubel, den gleichen Wert hat wie ein Mensch. Sogar Briefmarken sind als Geld im Umlauf. Es heißt: Herrschaft der Banken über die Industrie, das bedeutet – Monopol des Finanzkapitals, bedeutet – die ganze Arbeit verwandelt sich in Geld, in Sinnlosigkeit, in Idiotie. Es herrscht der Bankier, der Millionär, der Teufel soll seine Seele holen, er hat das werktätige Volk in feindliche Nationen gespalten ... sehen Sie doch, was für einen Riesenkrieg er angezettelt hat, Sie aber trinken gemütlich Tee und entwickeln eine Fischphilosophie ... Daß Sie sich nicht schämen!«

Man sah den Redner zornig verfinstert, geringschätzig lächelnd an, während ein vor Samgin sitzender glattrasierter und eigentümlich durch und durch grauer Mann murmelte, als hätte er einen Barsch geangelt: »Aha, da ist er, da ist er ...«

Der Schriftsteller hatte sich vor ihm auf dem Stuhl zurückgelehnt, sein schönes Gesicht hatte sich verdüstert, mit grauem Schatten bedeckt, die Augen schienen eingesunken zu sein, er biß sich auf die Lippe, und das hatte seinen Mund schief gemacht; er nahm aus der Schachtel auf dem Tisch eine Zigarette, die Frau am Samowar erinnerte ihn halblaut: »Du hast das Rauchen aufgegeben!«, worauf er die Zigarette auf das nasse Messingtablett warf, eine andere nahm und sie anzündete, wobei er mürrisch und durch den Rauch auf den Redner blickte. Der Redner war von kleinem Wuchs, schmalbrüstig, trug einen grauen Rock über dunkler Gürtelbluse und einen breiten Leibriemen, das wirre, zerzauste Haar machte seinen Kopf unverhältnismäßig groß, sein Gesicht war dicht mit Sommersprossen gesprenkelt. Samgin erkannte ihn in Sekundenschnelle: Lawruschka. Der Lehrling des Kupferschmieds.

»Der Ruhe und dem Wohlleben dieser Geldbesitzer, dieser Geldhändler zuliebe wollen Sie, daß ich mich irgendwohin in den Kosmos verkrieche, ins Innere des Weltalls, zu des Teufels Großmutter ...«

»Erlauben Sie, daran zu erinnern – hier sind Frauen zugegen«, erklärte beleidigt die dicke Dame mit dem übers Ohr gekämmten Haar.

»Ich sehe es! Was ist denn?«

»Sie müssen sich anständiger ausdrücken . . .«

»Ich habe nichts Unanständiges gesagt und habe es auch nicht vor«, erklärte ziemlich grob der Redner. »Doch wenn ich kühn spreche, so ist das, wissen Sie, auch notwendig, heutzutage versuchen sogar die Kadetten, kühn zu reden«, fügte er, die linke Hand hochschwingend, hinzu, den Daumen der rechten Hand hatte er hinter den Leibriemen gesteckt, und die übrigen vier Finger bewegten sich rasch, ballten sich zur Faust und öffneten sich wieder, auch der kleine kupferrote Schnurrbart in seinem scheckigen Gesicht bewegte sich.

»Ich bin nicht von selbst zu Ihnen gekomen, man hat mich aufgefordert, kluge Reden anzuhören.«

»Wer hat Sie aufgefordert, wer?« murmelte ein Mann mit klobigem Hinterkopf.

»Doch statt kluger – höre ich unsinnige, entschuldigen Sie! In der Klassengesellschaft spricht man nur zur Einschüchterung des Verstands von Kosmossen und Geheimnissen, einen anderen Grund gibt es nicht, weil die Kosmosse und Geheimnisse den Profit der Bourgeoisie nicht steigern. Diese kosmischen Fragen werden wir lösen, nachdem wir die sozialen gelöst haben. Und lösen werden sie nicht einzelne, die durch das Bewußtsein ihrer Einsamkeit, ihrer Schutzlosigkeit in Schrecken versetzt sind, sondern Millionen von Hirnen, die von der Sorge um die Beschaffung eines Stücks Brot befreit sind – so ist das! Und von dem irdischen Kerker, davon, daß ›der Tod durch die Welt schleicht‹ und daß wir ›gefangene Tiere‹ unter der Sonne sind, davon, wissen Sie, von dem allem schreibt Fjodor Sologub schöner als Sie, jedoch ebensowenig überzeugend.«

Er verstummte, beleckte seine Unterlippe, schwang wieder die Hand hoch und ging auf die Tür zu mit den Worten: »Na, und damit – leben Sie wohl!«

Bis zur Tür verfolgte man ihn mit Schweigen, nur der klobige Hinterkopf flüsterte nach einem lauten Seufzer: »Aha, er ist gegangen.«

Die Gäste warteten, was der Hausherr sagen würde. Er stellte die noch nicht zu Ende gerauchte Zigarette wie eine Kerze auf eine Untertasse und sagte, das Rauchsäulchen beobachtend, beifällig, mit der Lässigkeit eines Weisen: »Ein interessanter Bursche. Einer von denen, die davon träumen, in der ganzen Welt ein gleich angenehmes Wetter herzustellen . . .«

Ein Journalist, Bruder eines Revolutionärs, der seinerzeit der Provokation verdächtigt worden war, unterstützte ihn: »... wobei sie den Menschen aus dem anderen, tieferen Kellerloch vergessen, den Menschen, der sich für berechtigt hält, dem Wohlergehen einen Fußtritt zu versetzen, wenn er seiner überdrüssig wird.«

»Ja – wobei sie den Menschen Dostojewskijs vergessen, den freiesten Menschen, den die Literatur darzustellen gewagt hat«, sagte der Schriftsteller, mit seinem schönen Haupt nickend. »Aber man muß über Dostojewskij hinausgehen – bis zur äußersten Freiheit, zu jener, die nur durch das Gefühl für die Tragik des Lebens ermöglicht wird ... Was bedeutet schon Einsamkeit in Moskau im Vergleich zu der Einsamkeit im Weltall? In der Leere, wo nur Materie und kein Gott ist?«

Samgin hatte den Eindruck, man höre dem Hausherrn nur aus Höflichkeit, unaufmerksam, unter leisem Knurren und Vorsichhinsummen zu. Der Hausherr hatte das wahrscheinlich auch gemerkt, er brach kopfschüttelnd seine Rede ab, und darauf brausten gereizte Stimmen auf.

»War das so einer?« fragte der graue Mann mit dem quadratischen Hinterkopf. »Ein Bandit vom Jahre 1906! Aha?«

Besonders empörten sich die Damen, die dicke sagte mit schmerzlich verzogenem Gesicht: »Und die Sprache! Haben Sie beachtet, welche vulgäre Sprache?«

Ihr sekundierte eine Dame von geringerem Umfang, sie zog die Schultern bis zu den Ohren hoch und beklagte sich: »Das Gift des Materialismus greift mit erstaunlicher Schnelligkeit um sich ...«

Sie redeten alle zugleich, hörten einander wie immer unaufmerksam zu, unterbrachen sich gegenseitig, bestrebt, ihre Gedanken zur allgemeinen Kenntnis zu bringen. Eine Brünette, straff in ein rotes Kleid gezwängt, das glatt anlag wie ein Trikot, mit dicken Lippen und einem Zwicker auf der großen Nase, bewies mit angenehmer Bruststimme: »Wir verdanken das dem Realismus, er hat das Leben kühl werden lassen, die Menschen platt an die Erde gedrückt. Die grüne Schwermut und der Schimmel all dieser Sammelbände realistischer Literatur hat die Menschen geistig verarmt. Der Mensch muß zu sich selbst zurückgeführt werden, zu der Quelle tiefer Gefühle, erhabener Eingebungen ...«

Der Hausherr hörte zu, rauchte und nickte im Takt zu der Rede.

Samgin war über das Erscheinen Lawruschkas nicht verwundert, ihm fiel nur ein, wie er solche Begegnungen mit Sternen verglichen hatte: Gibt es ihrer viele oder wenige? Wie es scheint – bereits viele ...

»Mein Gott – wer war das, von wo kam er?« fragte mit ekelerfülltem Befremden theatralisch die dicke Dame, der stoppelige Schriftsteller antwortete unter Geräusper und Gehüstel: »Ein Poet, er schreibt Gedichte, veröffentlicht sie sogar, glaube ich, in kleinen bolschewistischen Zeitungen. Ich war es, der ihn mitgebracht hat – um zu zeigen ...«

Andrejew nickte bestätigend: »Ja, ich wollte mal sehen, wer den zarten Dichter der ›Schönen Dame‹, den Dichter der ›Ungeahnten Freude‹ ablöst. Und nun – habe ich ihn gesehen. Aber – nicht gehört. Es hat sich kein passender Augenblick gefunden, ihn seine Gedichte vortragen zu lassen.«

»Mein Gott, mein Gott! Wohin treiben wir?« fragte dramatisch eine Dame.

Samgin hörte wie immer zu, rauchte und schwieg, er enthielt sich sogar kurzer Repliken. Über die Scheiben des Fensters kroch der Zigarettenrauch, vor dem Fenster, in der Finsternis, versteckten sich irgendwelche kalten Lichter, ab und zu flammte ein neues Lichtchen auf, glitt dahin und verschwand, es erinnerte an Kometen und an ein Leben nicht mehr am Rande einer Stadt, sondern am Rande irgendeines tiefen Abgrunds, einer unergründlichen Finsternis. Samgin kam sich vor, als wäre er mit einer dicken, warmen und säuerlichen Flüssigkeit gefüllt, die in ihm hin und her schwankte und nach einem Ausweg suchte.

»Wir treiben nirgendwohin«, sagte er. »Wir treten bestürzt auf der Stelle, während sich unser riesengroßes, buntes, schweres Vaterland unablässig mit seiner ganzen Masse auf einer schiefen Ebene hinabbewegt, knarrt, zerfällt. Was bevorsteht – ist eine Katastrophe.«

Er verstummte und blickte um sich, ob man ihm zuhörte. Man hörte zu. Da er selten als Redner auftrat, sprach er nicht laut, etwas trocken und vermied Zitate oder Berufungen auf fremde Gedanken, er gab diese Gedanken mit anderen Worten wieder und war überzeugt, daß er durch dies alles die Zuhörer zwinge, die Originalität seiner Ansichten und Meinungen zu erkennen. So schien es auch zu sein: Man hörte Klim Iwanowitsch Samgin aufmerksam und fast widerspruchslos zu.

»Wir, die Intellektuellen, die Aristokraten, die Aristokratie des Demos, sollten vornean, am Steuer stehen, einmütig, nicht in Parteien zersplittert, sondern als einheitliche kulturpolitische Kraft und vor allem als kulturelle Kraft. Wir – sind keine Besitzer, wir sind nicht eigennützig, jagen nicht dem Gewinn nach ...«

»Nicht dem großen«, fügte jemand halblaut ein, aber eine andere, etwas lautere Stimme sagte sofort streng: »Das ist nicht wahr!«

Samgin fuhr fort, da er fühlte, daß er freimütiger sprach als sonst.

»Ich bin nicht gegen das Eigentum, nein! Eigentum ist die Grundlage des Individualismus, die Kultur ein Ergebnis individuellen Schaffens, das wird durch die ganze Kraft der positiven Wissenschaften und die ganze Schönheit der Kunst bestätigt. Man braucht kein Bolschewik, kein Marxist russischer Art, kein Anarcho-Marxist zu sein, um zu sehen: Die Macht der Großbesitzer wird zu einer verderblichen, zerstörenden und nicht schöpferischen. Der Krieg zeigt uns den Wahnsinn dieser Leute. Aber es gibt noch eine andere Gruppe von Besitzern, sie bilden die Mehrheit, sie leben in unmittelbarer Nähe zum Volk, sie wissen, was die Umwandlung des ungeformten Stoffs der Marterie in Gegenstände der materiellen Kultur, in Dinge, kostet, ich spreche von dem Kleinbesitzer unserer abgelegenen Provinz, von den bescheidenen Arbeitenden unserer Kreisstädte, Sie wissen, daß wir Hunderte von ihnen haben.«

Er umriß diese Gestalten und fuhr, einem Gefühl der Feindschaft gehorchend, fort: »Unsere Schriftsteller, die aus diesem gesunden Milieu hervorgegangen sind, stellen, nach Ruhm strebend, das provinzielle, kreisstädtische Rußland leichtsinnig, karikiert dar ...«

»Dort leben alte Tunten, wilde Fratzen, alptraumhafte Abbilder von Menschen«, sagte unerwartet und sehr zornig Andrejew. »Reden Sie mir nicht zu, in ihren Dienst zu treten – ich werde es nicht! ›Der Mensch wird zu Unglück geboren wie der Funken, um emporzustreben‹ – aber ich ziehe es vor, mit Napoleon zugrunde zu gehen, der Herrscher von ganz Europa werden wollte, nicht mit dem ungebildeten Jemjolka Pugatschow.« Und als er das gesagt hatte, rief er das lateinische: »Dixi!«

Seine Worte lösten die Zungen, die Anwesenden erwachten gleichsam aus einem Schlummer, als erster meldete sich der Redakteur zu Wort, er rieb sich mit der Hand das angegraute Kinnbärtchen und sagte: »Das ist zu verstehen. Die Demokratie scheint den rechten Augenblick versäumt zu haben, ja! Wir stehen kurz vor einem Zusammenstoß des Proletariers mit dem Kapitalisten.«

»Für uns, in unserem Land ist das verfrüht ...«

»Aber es scheint bereits unvermeidlich zu sein ...«

Der graue Mann sprach zu dem Schriftsteller vorgeneigt, er hatte ihn am Knie ergriffen und blickte wie ein Hund in das schöne, düster umwölkte Gesicht: »Sie müßten, mein Teurer, den Klügsten, Genialsten kennenlernen ...«

Die Brünette im roten Kleid stritt mit der dicken Dame.

»Wir brauchen einen Führer«, schrie die Brünette, und die Dicke, die mit dem Taschentuch ihr rotes Gesicht fächelte: »Jeder muß der Führer seiner Gefühle und Gedanken sein ...«

»Ja – ganz richtig: der Führer! Sachar Petrowitsch Berdnikow ...«

»Ich begegnete ihm ...«

»Er ist für ein Bündnis mit den Deutschen, mit ihnen verbündet, würden wir ganz Europa an der Gurgel packen! Was muß man begreifen?«

»Man soll nicht an der Gurgel packen ...«

»Nein – was muß man begreifen? Der Entente gehören über sechzig Prozent unseres Bankkapitals und den Deutschen nur siebenunddreißig! Bedauerlich, wie?«

Gegenüber von Samgin stand der Redakteur, er zupfte sich am Westenknopf und sagte: »Der Bolschewismus ist die Verzweiflungsgeste eines Bankrotteurs, der Sozialdemokratie. Wissen Sie, was Vandervelde gesagt hat?«

»Bitte zum Essen, nehmen Sie mit dem vorlieb, was Gott uns beschert hat«, rief die alte Dame. »Die Lebensmittel sind jetzt – oh, so knapp geworden! Und teuer, teuer ...«

Die Gäste begaben sich in das Nebenzimmer, während Samgin es ablehnte, von den teuren, aber knappen Lebensmitteln zu essen, und, ohne sich von jemandem zu verabschieden, nach Hause ging. Er fühlte sich nicht gut, war gekränkt, daß man ihn gehindert hatte, Gedanken auszusprechen, die er für besonders wertvoll und für seine ureignen hielt. Man hatte ihn gehindert, als er gerade ganz offen hatte sprechen wollen. Früher pflegte es so zu sein: Wenn er seine Gedanken laut ausgesprochen, sie wie auf einer Parade an sich hatte vorbeiziehen lassen, sah er, welche von ihnen die gespannteste Aufmerksamkeit erweckten und welche unklar, unbemerkt blieben, und das hatte ihm erlaubt, das Korn von der Spreu abzusieben. Diesmal jedoch hatte er bei aufmerksamem Hinhören gedacht: Mit der Macht der Ideen ist es offensichtlich zu Ende, jetzt sind die empörten Gefühle an der Reihe ...

Als er aus dem Haus auf den Platz hinaustrat, verschwand der Eindruck der Leere, durch die Finsternis und die in ihr versteinerten Bäume des Sommergartens hindurch waren der trübe Fleck eines weißen Gebäudes und gelbe Lichter jenseits der Newa zu sehen.

Die Stadt schwieg, als lauschte auch sie gleichsam in die Zukunft. Es war eine kalte, feuchte Nacht, die Schritte hallten dumpf, die weißen Flammen der Laternen zuckten und wurden rot, als wären sie im Begriff zu erlöschen.

Wo es Gefühle gibt – da gibt es Tragödien ... Alle diese Leute sind kraftlos, jämmerlich. Was können sie tun? Sie sind nicht für Tragödien geschaffen. Andrejew – faßt die Tragik des Daseins zu physiologisch, zu äußerlich auf; er vulgarisiert das Gefühl des Tragischen, vereinfacht es abstoßend. Das Tragische kann und darf nicht Eigenschaft der Demokratie sein, das Tragische war immer Eigenschaft der Ausnahmemenschen und wird es immer sein. Er wies Andrejew einen Platz in der Reihe der »erklärenden Herren« zu, die den Menschen eigensinnig ihre Gedanken und Überzeugungen aufdrängen. Es gab Gesinnungen, Gedanken, es gab Ideen, die Iwan Dronow gar nicht brauchte. Auch Tagilskij. Als er Tagilskij neben Dronow gestellt hatte, verlangsamte er sogar seinen Gang, da er fühlte, daß er auf eine gewisse Entdeckung gestoßen war.

Beide sind Intellektuelle in erster Generation. Ebenso Kutusow ...

Unter den »erklärenden Herren« war Kutusow ihm besonders feind. Er war hier, in Petrograd, tätig, und Samgin hatte vor kurzem seine Reden gehört. Das war bei Schemjakin gewesen, der einen Buchverlag plante und Samgin gebeten hatte, ihm einen Vertrag mit dem Papierfabrikanten aufzusetzen. Schon als er im Vorzimmer ablegte, vernahm er die bekannte, an ironischen Intonationen reiche Stimme. Kutusow sprach im Empfangszimmer des Verlegers, dort standen ein Flügel, ein breites, mit Stoff bespanntes Sofa, Ledersessel und sehr viele Blumentöpfe mit Geranien. Kutusow saß am Flügel, hinter ihm zeigte die Tastatur ihre Zähne, sein Kopf hob sich deutlich von dem hochgeklappten schwarzen Deckel ab, der aussah, als hätte er zum Schlag gegen ihn ausgeholt. Außer Kutusow befanden sich in dem Zimmer noch ein paar Personen.

»Unsere Armee ist bereits zerschlagen, und wir stehen kurz vor einer Revolution. Man braucht kein Prophet zu sein, um das zu behaupten, man braucht nur die Fabriken, die Arbeiterkasernen zu besuchen. Wenn nicht morgen, wird die Revolution übermorgen ausbrechen. Das Auftreten der Arbeiter nutzend, wird die Bourgeoisie die Selbstherrschaft stürzen, und gerade hiermit wird etwas Neues beginnen. Wenn es die Bourgeoisie, mit Hilfe der Soldateska, der Generale, fertigbringt, sich zu organisieren – wird das Proletariat einen Feind vor sich haben, der gefährlicher ist als der Zar und seine Umgebung.«

Samgin beugte sich über den Tisch und beobachtete mürrisch den Redner. An Kutusow empörte ihn alles: Die alberne demokratische Joppe, die bis an den Hals zugeknöpft war und an den Schultern und auf der Brust straff spannte, verlieh Kutusow Ähnlichkeit mit einem Lokomotivführer, während der dichte, spröde Bart, die kurz geschnittenen Haare und das große, grobe, wettergebräunte Gesicht ihn einem Viehhändler ähnlich machten. Aber besonders empörten Samgin die ironischen Augen, in denen unauslöschlich das seit langem bekannte und beleidigende Lächeln leuchtete, und diese selbstsichere, kräftige Stimme, diese Worte eines Menschen, dem alles klar war, der sich für berechtigt hielt zu prophezeien.

»Das Proletariat hat seine Aufgabe. Seine führenden Männer begreifen, daß bürgerliche Reformen der Arbeiterklasse nichts geben können und daß seine Aufgabe nicht darin besteht, die wütende Selbstherrschaft – durch eine Republik zur größeren Lebensbequemlichkeit der Satten und Fetten zu ersetzen.«

Er streichelte mit der einen Hand seinen Bart, strich sich mit der anderen von der Stirn zum Hinterkopf hin über den Schädel.

»An mich wurde die Frage gerichtet: Was soll die Intelligenz tun? Klar ist: Eine Dienerin des Kapitals bleiben und sich mit Reformen begnügen, die den Kapitalisten volle Rede- und Handlungsfreiheit gewähren. Ebenso klar ist: Mit dem Proletariat zur sozialen Revolution schreiten. Ja oder nein, die Logik schließt eine dritte Lösung aus, aber die Psychologie läßt sie zu, und darum gibt es entgegen den Gesetzen der Logik Menschewiki, Sozialrevolutionäre, sogar so etwas wie Volkssozialisten.«

Man hörte ihm schweigend zu, und Samgin war überzeugt, daß man voll Feindseligkeit zuhörte. Die Frau des Verlegers sagte leise: »Geradezu entsetzlich einfach ... Dabei heißt es von ihm, er sei einer von den bedeutenden Bolschewiki ... So etwas wie ein Oberst bei ihnen. Mein Mann wird gleich kommen – man erwartet ihn, ich habe ihn angerufen«, sagte sie mit ruhiger, farbloser Stimme nach einem Blick auf die Tür zum Empfangszimmer ihres Mannes und überlegte offenbar, ob sie die Tür schließen solle oder nicht. Von kleinem Wuchs, aber sehr gut gebaut, wirkte sie groß, ihr schönes Gesicht hatte etwas kindlich Unbestimmtes, ihre bläulichen Augen blickten fragend.

Ungefähr achtzehn Jahre, dachte Samgin und beschimpfte in Gedanken Schemjakin: So ein Vieh.

»Weshalb wird es dem Intellektuellen leichter sein, mit der Arbeiterklasse zu leben?« fragte jemand unvermittelt und leidenschaftlich.

Kutusow antwortete: »Sehen Sie, das – ist eine klare, merkantile Fragestellung! Aber ich denke nicht, daß das Proletariat die Intellektuellen mit Mormolade füttern wird. Jedoch – folgendes steht fest: Es sind bereits die technischen Voraussetzungen gegeben, unter denen sich die Arbeits-, die Produktionspraxis der Arbeiterklasse außerordentlich breit und vielartig entfalten läßt. Die Klassenidiotie der Bourgeoisie kommt unter anderem darin zum Ausdruck, daß das Kapital an der Entwicklung der Kultur nicht interessiert ist, der Fabrikant stellt Ware her, kümmert sich aber nicht im geringsten um die kulturelle Erziehung des Warenkonsumenten im eigenen Land, der für ihn ideale Konsument – lebt in Kolonien ... Das Proletariat als Herr des Landes – insbesondere jedoch unser Proletariat – wird eine höchst umfassende Tätigkeit auf dem Gebiet der industriell-technischen Organisation seiner riesengroßen Wirtschaft entfalten müssen. Hierzu werden Zehntausende, ja sogar Hunderttausende von Menschen hoher wissenschaftlicher, intellektueller Qualifikation erforderlich sein. Die Mormoladenfrage lasse ich offen.«

»Mormolade? Wie mir scheint, muß man doch ›Marmelade‹ sagen«, murmelte die Gattin des Verlegers. »Wünschen Sie Tee?« bot sie an.

Die Gäste verschwanden aus dem Empfangszimmer, sie verschwanden und ließen einen blauen Rauchschleier zurück. Samgin verzichtete auf Tee und fragte: »Dieser, der da gesprochen hat, bietet wohl irgendwelche Bücher zur Veröffentlichung an?«

»Ja, mein Mann sagt, es seien gängige Bücher, ich glaube, er hat sie bereits erworben ... Rasputin, die Bolschewiki ... die bessarabischen Gutsbesitzer«, sagte sie und sah dabei Samgin fragend ins Gesicht. »Das alles quillt gleichsam aus der Erde hervor als ... Wie nennt man das doch? Woraus besteht Lava?«

»Magma?«

»Ja, Magma. Schrecklich sonderbar ist alles.«

Sie saß mit übereinandergeschlagenen Beinen da, wippte mit dem linken und rauchte ein dünnes Zigarettchen, das in einer langen Spitze stak, ihre frablose Stimme klang leise und fast kläglich.

»Ich bin erst das zweite Jahr hier, ich lebte in Kischinjow, das war auch schrecklich, Kischinjow. Aber hier ... Es ist schwer, sich einzugewöhnen. So ein widerlicher, böser Fluß. Und alle wollen eine Revolution.«

Dann kam Schemjakin. Samgin schien er noch schöner, gepflegter als früher, ihn begleitete Dronow, wie um die Eleganz der Gestalt Schemjakins hervorzuheben. Während er nach Art des Haupthelden eines Dramas die Handschuhe auszog, sagte er: »Die letzte Neuigkeit: Völlige Zerrüttung des Transportwesens! Völligste«, fügte er hinzu und zeichnete, die Hand schwingend, ein Kreuz in die Luft. »Ein Viertel aller Lokomotiven benötigt eine Generalreparatur, vierzig Prozent bedürfen ständig kleiner Reparaturen.«

Seine Frau glättete die zu einem Knäuel gedrückten Handschuhe und sah ihn mit zusammengezogenen Brauen an, eine tiefe Falte durchschnitt ihre Stirn, und ihr Gesicht hatte sich so verändert, daß Samgin dachte, sie sei sicher an die Dreißig.

»Wer lärmt dort?« fragte Dronow sie freundschaftlich, sie antwortete: »Ein paar Schriftsteller und noch jemand.« Sie wandte sich an ihren Mann: »Dieser, der Bolschewik ...«

»Aha! Na – mit ihm wird es nichts. Und überhaupt wird aus allem nichts! Der Drucker und der Papierlieferant sind verrückt geworden, sie stellen so vernichtende Bedingungen, daß es einfacher wäre, ihnen gleich mein ganzes Geld zu geben und nicht erst abzuwarten, bis sie es mir hunderttrubelweise aus der Tasche ziehen. Nein, ich fahre, glaube ich, nach Japan.«

»Fahr nur«, sagte Dronow beifällig. »Gib mir Geld, ich werde den Verlag in Gang bringen, und du – kannst dich zurückziehen und ein Sybaritenleben führen. Ich werde das Geschäft in Gang, das Vaterland in Ordnung bringen – dann telegrafiere ich dir: Kehr zurück, alles bereit für ein süßes Leben, der Teufel soll dich holen!«

»Du Narr«, sagte Schemjakin lächelnd. »Also, Klim Iwanowitsch, die Besprechung über die Verträge mit der Druckerei und dem Papierlieferanten – wird verschoben ...«

»Gehen wir Tee trinken«, schlug seine Frau vor. Samgin lehnte ab, weil er Kutusow nicht begegnen wollte, und ging auf die Straße, in die dämmerige Kälte des kurzen Wintertags hinaus. Gereizt durch den fruchtlosen Besuch bei dem reichen Herrn, schritt er rasch dahin, vor ihm flammten, gleichsam die Passanten einholend, die Laternen auf.

»Vor wem läufst du davon?« fragte Dronow, der ihn eingeholt hatte, nahm die Sealskinmütze ab und wischte sich damit das Gesicht. »Kehren wir in ein Restaurant ein, trinken wir etwas, ich muß mit dir reden!« schlug er auffordernd vor und sagte, ohne auf Zustimmung zu warten: »Nach Japan will er. Er wird wegfahren und eine Menge Geld mitnehmen, dieser Stier! Stratonow hat Geld zusammengekratzt und – nach dem Altai, angeblich zur Kur, aber wahrscheinlich auch nach Japan. Einige Leute – fahren nach Schweden.«

»Du redest immerfort von Geld«, bemerkte Samgin ungehalten.

»Ja, ja, immerzu davon! Es klingt angenehm: don-din-don-buumm – gegen den Schädel. Mir scheint, ich habe es verpaßt – das Geld verliert seinen Wert, wenn es nicht Gold ist ... Hast du den Bruder gesehen?«

»Welchen Bruder?«

»Dmitrij. Du hast ihn nicht gesehen? Gehen wir hier hinein ...«

Sie betraten ein Restaurant, setzten sich an einen Tisch in einer

Ecke, Samgin schwieg geduldig in Erwartung einer Erzählung und überlegte: Wieviel Jahre hatte er seinen Bruder nicht gesehen, was für ein Mensch ist er jetzt? Dronow wählte in aller Ruhe einen Wein und bestellte Käse, dann fragte er: »Möchtest du Glühwein? Er wird hier hervorragend zubereitet.«

Samgin, der sich eine Zigarette anzündete, nickte und fragte, da er nicht länger an sich halten konnte: »Wo hast du Dmitrij gesehen?«

»Er übernachtete bei mir, Tossja hatte ihn geschickt. Er ist stark gealtert, sehr stark! Ihr – standet nicht im Briefwechsel?«

»Nein. Was treibt er?«

Dronow lächelte.

»Ich weiß nicht, ich habe ihn nicht gefragt. Im Jahre neun wurde er in Tomsk verhaftet und für drei Jahre ausgewiesen, wegen eines Fluchtversuchs brummte man ihm noch zwei Jahre auf und – ab nach Berjosow.«

»Er hatte zu fliehen versucht?« fragte Samgin, ein Fluchtversuch stimmte nicht mit seiner Vorstellung von dem Bruder überein.

»Du – glaubst es wohl nicht?«

Samgin hüllte sich in Schweigen.

»Er fragte nach deiner Adresse, ich gab sie ihm.«

»Natürlich.«

»Und Tossja ist in Jaroslawl tätig«, sagte Dronow nachdenklich.

»Mit den Bolschewiki?«

»Anscheinend – ja.«

Das Gespräch kam nicht in Fluß. Samgin fielen keine Fragen ein, da er sich durch die ironische Kontinuität seiner Begegnungen mit der Vergangenheit bedrückt fühlte.

Dmitrij ... Farblos, unbegabt ... Weshalb? Der Bruder. Die Mutter.

Er mußte daran denken, wie völlig einsam der Mensch sei: Mit zunehmendem Alter verglommen sogar die verwandtschaftlichen Beziehungen, verloren sie ihre Kraft.

Dronow trank schweigend Wein, verzog hin und wieder die Lippen, kniff die Augen zusammen und fragte halblaut, mit einem Lächeln: »Hörst du?«

Ja, Samgin hörte. »Ich behaupte: Die Kunst wird erst dann ihre providentielle Bestimmung erfüllen, wenn sie beginnt, eine unverständliche Sprache zu sprechen, die fähig ist, einen ebensolchen heiligen Schauder vor dem Geheimnis zu erwecken, wie er bei uns durch die kirchenslawische Sprache, bei den Katholiken durch die lateinische hervorgerufen wird.«

Das sagte mit hoher, aber matter Stimme ein dandyhaft gekleideter Mann von kleinem Wuchs, sein schwarzes Haar war in den Nakken gekämmt und ließ eine eckige hohe Stirn frei, er hatte dunkle Augen in tiefen Höhlen, eine gelbliche Wangenhaut, einen schmallippigen Mund mit schwärzlichen Streifen vom abrasierten Schnurrbart und ein spitzes Kinn. Er sprach im Stehen, hielt sich mit den Händen an der Lehne eines Stuhls fest, den er hin und her schaukelte, und schaukelte selbst mit. Seine Zuhörer, die an zwei zusammengerückten Tischen saßen, waren drei junge Mädchen, zwei Studenten, ein Zögling der Kriegsschule, ein breitschultriger Athlet in der Uniform der Marineschule und ein dicker, hellblonder junger Mann mit rotwangigem Gesicht und glücklichem Lächeln in den grauen Augen. Sie hörten nervös, uneinig zu und unterbrachen seine Rede durch Ausrufe des Beifalls und des Protests.

»Ja, ja – ich behaupte: Die Kunst muß aristokratisch und abstrakt sein«, sagte beharrlich der Redner. »Wir müssen begreifen, daß der Realismus, der Positivismus, der Rationalismus Masken ein und desselben Teufels – des Materialismus – sind. Ich begrüße den Futurismus – er ist immerhin ein Seitensprung von der bedrückenden Banalität der Vergangenheit weg. Von dieser Banalität vergiftet, haben unsere Väter den Symbolismus nicht begriffen . . .«

»Auch Tossja hält irgendwo Reden«, murmelte Dronow, den Weißwein im Glas schüttelnd. »Morgen fahre ich zu ihr. Ich weiß, wie ich sie finden kann«, sagte er gleichsam drohend. »Dmitrij Iwanowitsch erzählte interessant«, fuhr er mit einem Seufzer fort und störte Samgin beim Zuhören.

Samgin trank die letzten Tropfen des heißen Weins aus, stand auf und ging, nachdem er Dronow stumm zugenickt hatte.

Dmitrij erschien zwischen neun und zehn Uhr morgens, Klim Iwanowitsch war noch nicht mit dem Anziehen fertig. Damit beschäftigt, warf er durch den Spalt der angelehnten Tür einen Blick auf die Gestalt des Bruders. Dmitrij stand, die Hände auf dem Rükken, vor dem Bücherschrank, auf seinen etwas vorgebeugten Schultern hing ein langer, bis an die Knie herabreichender, blauer Rock, die schwarze Hose stak in Schaftstiefeln.

Ein Lokomotivführer. Wagenkuppler . . .

Es erforderte Überwindung – wenn auch keine große – auf den Bruder zuzugehen. Der Teppich und die weichen Winterpantoffeln dämpften die Schritte, und Dmitrij wandte sich erst um, als sein Bruder ihm guten Tag sagte.

Dmitrij umarmte ihn stürmisch, küßte ihn auf die Wange, und – ihn von sich stoßend, nieste er. Das war peinlich, Dmitrijs graues

Gesicht errötete, er murmelte: »Entschuldige . . . Das Eau de Cologne.« Er nieste noch zweimal und sagte: »Es riecht sehr stark.«

»Wir sind alt geworden!« sagte Klim Samgin, während er sich an den Tisch setzte und das Spirituslämpchen unter der Kaffeekanne anzündete.

»Das macht nichts, wir werden noch eine Weile leben!« antwortete Dmitrij munter und lobte ihn lächelnd: »Doch du bist noch ein Prachtkerl!«

Klim Samgin fand, daß ihm eine solche Begegnung von Brüdern bekannt war, sie war in irgendeinem Roman geschildert, wenn auch dort nicht geniest wurde, geschah aber auch dort irgend etwas Peinliches, Unangenehmes.

»Na, erzähle«, schlug er vor und musterte aufmerksam den Bruder. Dmitrij hatte sich offenbar eben erst die Haare schneiden lassen und sich rasiert, er hatte ein Gesicht wie ein Mann aus dem einfachen Volk, der borstige graue Schnurrbart verlieh ihm Ähnlichkeit mit einem Soldaten, auch war sein Gesicht wettergebräunt, wie bei Soldaten am Sommerende, im Lager. Dieses etwas grobe Gesicht erhellten Augen von graublauer Farbe, in der Kindheit hatte Klim sie Schafaugen genannt.

»Ein ungemütlicher Ort. Trübsinnig. Man schaut um sich«, sagte Dmitrij, »und ist empört über die Idiotie der Behörden, ihre blödsinnigen Methoden, das Leben zu ersticken. Na, und dann, wenn man dieses öde Land eingehender betrachtet, ist es, als fühlte man dessen Sehnsucht nach dem Menschen, wahrhaftig! Und es kommt einem so vor, als raunte einem der Wind zu: ›Aha, du bist erschienen? Na, dann fang mal an . . .‹«

Er phantasiert, poetisiert immer noch, dachte Klim. Dmitrij sprach mit sehr schallender Stimme, aber lispelnd, in undeutlichen Worten, als schmerzte ihn die Zunge.

»Wie sonderbar du sprichst«, bemerkte er.

»Das kommt von den Zähnen«, erklärte ihm Dmitrij, »ich habe mir in Jaroslawl zwei Prothesen einsetzen lassen, fast meinen ganzen Verdienst habe ich für diese Reform ausgegeben . . . Die echten Zähne hat mir der Skorbut zerstört. Dort ist es mit dem Gemüse schlecht bestellt, auch Fleisch ist eine Seltenheit, sogar Rentierfleisch. Immerzu Fisch, Fisch. Auch das Wetter dort kann nur einem Fisch zusagen, für eine Landratte ist das kränkend: Auf der Erde ist Sumpf, von oben regnet es. Und Pilze, Pilze . . . Das Flüßchen Soswa ist geradezu ein Fischbehälter. Und vierzig Werst weit entfernt fließt der Ob, auch ein Reich der Fische«, sagte Dmitrij, der mit sichtlichem Genuß Kaffee trank und aus unerfindlichem Grund mit der zur Faust geballten linken Hand fest auf die Tischplatte drückte.

Er erzählte, knapp und als hackte er die Gestalten mit einem Beil zurecht, von dem Sohn eines Kaufmanns in dem Ort, dem Kapitän eines Kama-Dampfers, der wegen seiner Beziehungen zu den Sozialrevolutionären in seine Heimat ausgewiesen worden war.

»Groß, eine Riesenmähne, rot, eine Stimme, dröhnend wie ein Diakon, einen Bart fast bis zum Gürtel herab, Augen wie ein Stier und ebensolche Kraft, so eine richtige Märchengestalt, weißt du. Bei einem Streit mit seinem Vater, einem alten Mann von sieben Pud, fesselte er ihn mit Handtüchern, schleppte ihn über eine Leiter aufs Dach, löste die Fesseln und setzte ihn rittlings auf den Dachfirst. Ein Trinker natürlich. Jedoch – mit Maßen. Dort trinken alle, es bleibt nichts anderes übrig. Von der über dreitausendköpfigen Bevölkerung sind nur fünf in Tomsk gewesen, und bloß einer wußte, was ein Theater ist, so ist das!«

Dmitrij verstummte, da er sich anscheinend an etwas Aufregendes erinnert hatte, ein Schatten legte sich auf sein Gesicht, er senkte die Augen und schob seine Tasse dem Bruder hin.

Er füllt die leeren Jahre seines Lebens mit Erfindungen, stellte Klim fest, während er Kaffee in die Tasse einschenkte, und fragte: »Na, was war denn mit diesem . . . Hünen?«

»Skorbut hat ihn aufgefressen, in einem halben Jahr«, antwortete der Bruder. »Eine sonderbare Sache«, fuhr er mit ratlosem Achselzucken fort, »aber ich habe beobachtet, je kräftiger ein Mensch ist, desto unerbittlicher zehrt an ihm der Skorbut, während die Schwächlichen ihn leichter überstehen. Wahrscheinlich stimmt das nicht, aber ich gewann diesen Eindruck. Man begegnet dort Aussätzigen, der Veitstanz ist keine Seltenheit . . . überhaupt – eine Gegend, die nicht zu den erfreulichen zählt. Und dennoch, weißt du, Klim – ein wunderbares Volk lebt im Staat der Romanows, der Teufel soll sie holen! Die Ostjaken zum Beispiel, und besonders – die Wogulen . . .«

Er erzählte lange und mit Leidenschaft von den Wogulen, von ihrer Stammesverwandtschaft mit den Madjaren, von den Ostjaken, von dem alljährlichen Jahrmarkt, auf dem die Ortskrämer die Fremdstämmigen unverschämt ausplünderten.

»Ausplündern – das verstehen sie, ja! Nur durch diese Fähigkeit sind sie den Einheimischen überlegen. Aber ihre Habgier ist kurzsichtig, kleinlich – töricht und sogar irgendwie ziellos. Letzten Endes sind diese Kulaken nichtsnutzige Leute, ein Pack, das vorübergehend das Amt ausübt, Mensch zu sein.«

Klim Iwanowitsch Samgin musterte seinen Bruder immer aufmerksamer. Unter dem Rock von Dmitrij schaute gleich einem Harnisch eine bis zum Kinn hinauf zugeknöpfte Weste aus Rentier- oder Elchleder hervor, das blaue Halsbündchen seines Kittelhemds war zu sehen. Seine Hände waren breit wie die eines Ruderers. Und obwohl seine Haare grau waren, erinnerte er an einen Studenten, der in Marina verliebt gewesen war und allen als Nachschlagebuch bei allerhand Fragen gedient hatte.

Er hat an einem leeren Ort gelebt und füllt ihn nun mit seinen Hirngespinsten aus, wiederholte Klim Samgin beharrlich, während er zuhörte.

»Irgendwelche einzelligen Organismen ohne Funktion«, sagte Dmitrij und lachte gutmütig auf. »Das ist, weißt du, mein Titel, ihn hat mir ein Genosse in Poltawa verliehen, ein Marxist. Ich war damals – entsinnst du dich noch? – reformatorisch gesinnt, mit den Bolschewiki nicht einig. Und einmal sagte er im Streit zu mir: ›Ihr Wissen, Samgin, ist groß, aber es ist ein steriles Wissen, es funktioniert bei Ihnen nicht. Sie haben sich einen guten Stoff für einen Anzug angeschafft, verstehen jedoch nicht, einen Anzug zu nähen, und sind überhaupt ein einzelliger Organismus, ohne Funktion.‹ Ich widersprach: ›Einen Organismus ohne Funktion gibt es nicht!‹ Er ließ nicht locker: ›Es gibt einen, und der – sind Sie!‹ Ich mußte lachen, aber – ich wurde nachdenklich, und darauf beschäftigte ich mich ernsthaft mit Marx und begriff, daß seine Geschichtsphilosophie alle bürgerlichen Soziologien und dergleichen Haarspaltereien mehr gänzlich aus dem Felde schlägt. Dann – Lenin, er ist, weißt du, ein ganz hervorragender politischer Denker ...«

Er verstummte, den Zigarettenrauch von sich abwehrend, und bemerkte: »Du rauchst viel!«

Dann fragte er: »Man sagt von dir, du hättest dich von der Partei zurückgezogen?«

Klim Samgin antwortete mit der Frage: »Wer sagt das?«

»Tossja, Antonida ...«

Ich bin nie Mitglied ... irgendeiner Partei gewesen und habe mich mit dieser Dame nie über Politik unterhalten.«

»Na, sie ist keine Dame, nein«, murmelte Dmitrij, während Klim, um eine weitere Unterhaltung über dieses Thema zu vermeiden, fragte: »Weißt du, daß Marina ermordet worden ist?«

»Ja, selbstverständlich weiß ich das! Stepan sagte es mir. Weiß man immer noch nicht, von wem, weswegen?«

»Nein.«

»Interessant«, sagte Dmitrij halblaut, steckte die Hände in die

Rocktaschen und sah über den Kopf des Bruders hinweg durchs Fenster – vor dem Fenster verstreute der Wind pfeifend Schnee.

»Du hast doch Familie?« fragte Klim.

»Nein, nein«, antwortete rasch der Bruder und schüttelte sogar verneinend den Kopf.

»Aber du sagtest doch, glaube ich . . .«

»Daraus ist nichts geworden. Es stellte sich heraus, daß sie, das heißt meine Frau, eine Menge Verwandte hatte, ihre Onkel waren Gutsbesitzer, ihre Brüder Beamte, Liberale, aber auch das, weil sie Separatisten waren, während ich ein Repräsentant der unterdrückenden Nation war, und so setzten sie mir zu . . . wie Hummeln und lagen mir immerfort mit ihrem Gebrumm in den Ohren! Na, und sie auch. Im allgemeinen war sie eine nette Frau. In der ersten Zeit schrieb sie mir sogar betrübte Briefe nach Tomsk. Immerhin hatte ich fast drei Jahre mit ihr gelebt. Ja. Um die Kinder tut es mir leid. Sie hat einen Jungen und ein Mädchen, prächtige Kinder! Der Junge ist jetzt fünfzehn und Julia schon siebzehn. Sie vertrugen sich gut mit mir . . .«

Er hatte das alles sehr rasch vorgebracht, doch als er verstummt war, rückte er Klim nochmals die Tasse hin und sagte, während er beobachtete, wie sein Bruder Kaffee einschenkte, leiser und – mit Erstaunen oder Bedauern: »Und ich, weißt du, war es gewohnt, in dir ein Parteimitglied zu sehen. Und als du mir im Jahre fünf sagtest, du seist kein Bolschewik, dachte ich mir, du konspiriertest . . .«

Vor Weiterem wurde Klim durch Dronow gerettet – er kam ins Zimmer hereingelaufen, als hätte man ihm einen kräftigen Stoß in den Rücken versetzt, schwang die Mütze hoch und verkündete schrill: »Heute nacht haben Purischkewitsch, Fürst Jussupow und einer von den kleinen Romanowfürsten, Dmitrij Pawlowitsch, Rasputin umgebracht.«

Ein paar Sekunden lang schwiegen sie alle drei, dann blickte Dronow die Brüder an, rieb sich mit der Mütze den Schnee vom Mantel und drang in sie: »Na – was sagt ihr dazu, wie?«

Zufrieden darüber, daß Iwan in einem unangenehmen Augenblick und dazu noch mit solch einer Neuigkeit erschienen war, lächelte Klim Iwanowitsch Samgin: »Du schreist das heraus, als handelte es sich um ein Ereignis von Weltbedeutung.«

»Interessant«, Dmitrij sagte dieses Wort auch zum zweitenmal halblaut, während Dronow, der den Mantel auszog, gekränkt murmelte: »Meinst du denn, dies sei das Finale einer Operette? Überlege mal: Gestern Rasputin, und morgen – Zar Nikolai.«

Dmitrij fuhr wegwerfend mit der Hand durch die Luft, nahm eine silberne Uhr ohne Kette aus der Hosentasche und sagte, während er auf ihr Zifferblatt blickte, langsam und gelangweilt: »Es gibt viele Romanows, man schafft es nicht, sie alle auszurotten, irgendeiner von ihnen wird einen Schreck bekommen und den Gutschkows-Miljukows vorschlagen: Setzt mich auf den Thron, ich werde euren Weisungen gehorchen.«

»Das ist natürlich ein außergewöhnliches Ereignis«, bemerkte Klim versöhnlich, Dronow rieb sich erregt die Hände, sprang herum, verdrehte die Augen, als bemühte er sich, sie zu verbergen, Samgin beobachtete ihn, da er nicht begriff, worüber Iwan erschrocken war oder was ihn befriedigte.

Dmitrij reichte seinem Bruder die Hand und sagte: »Ich muß jetzt gehen.«

Dronow folgte ihm auf dem Fuß und gab Klim Samgin Zeit, zu überlegen: Ich hätte ihm sagen sollen: Besuche mich, oder irgend etwas Ähnliches. Aber – es ist unsinnig, einem Bruder zu erlauben, seinen Bruder zu besuchen. Wir haben uns nicht gestritten, beschwichtigte er sich, während er dem Gespräch im Vorzimmer lauschte.

»Wie soll ich sie denn finden?« fragte Dronow.

Dmitrij antwortete widerwillig: »Ich sage Ihnen doch: Doktor Isakson wird Ihnen einen Hinweis geben.«

»Aha . . .«

Als Dronow zurückkehrte, fragte er rasch: »Wie findest du ihn, he?«

Und noch bevor es Samgin eingefallen war, was er antworten sollte, murmelte Dronow, der von der einen Wand zur anderen hin und her lief wie eine Maus in der Mausefalle, sich die Hände reibend: »Ich habe ihn als so . . . bescheiden in Erinnerung. Alles kracht, bricht zusammen. Die Revolution quillt aus allen Fugen. Die Revolution . . . macht mobil. Die Rechten rücken nach links, merkst du, wie einflußreich der progressive Block wird?«

Er stieß wie ein Blinder an einen Sessel, setzte sich und heftete seine Augen, während er sich mit den Händen auf die Knie klopfte, fragend und unangenehm auf Samgins Gesicht – dadurch veranlaßte er Klim Iwanowitsch, ihm ins Gedächtnis zu rufen: »Die Kongresse des Semstwo- und Städteverbands sind auseinandergejagt worden.«

»Und – die Kleinbürger? Die Arbeiter?«

»Die Kleinbürger machen keine Revolution. Die Arbeiter sind an den Fronten.«

Dronow seufzte schwer und schnalzte mit den Lippen.

»An den Fronten steht es auch schlecht. Dmitrij Iwanowitsch erzählte mir fast die ganze Nacht durch. Die Anzeichen sind bedrohlich. Und die Ermordung Rasputins ist auch kein kleiner Scherz! Nein...«

»Wovor hast du Angst?« fragte Samgin lächelnd.

»Ich weiß nicht«, sagte Dronow. »Vielleicht habe ich gar keine Angst.«

Er stand auf, blickte sich um, nahm die Mütze vom Sofa, blickte in sie hinein und teilte, die Schultern hochgezogen, mit: »Morgen fahre ich nach Jaroslawl. Ich will Tossja sehen. Ist das komisch?«

»Nicht sehr.«

»Ja. Sie war die Erste und Einzige. Ich lebte mit ihr... hervorragend gut. Fast drei Jahre lang, dabei bin ich bald fünfzig. Und ungefähr vierzig Jahre lebte ich... erniedrigend!«

»Ich hatte nicht erwartet, daß du in einem so... weinerlichen Ton zu reden anfangen würdest«, bemerkte Samgin spöttisch und trokken.

»Dmitrij Iwanowitsch hat mich ganz durcheinandergebracht«, murmelte Dronow, der den Mantel anzog, räusperte sich und sagte deutlicher: »Weißt du, Klim Iwanowitsch, es ist nicht leicht, einen Sinn im Leben zu finden.«

Schließlich ging er und hinterließ Samgin ermüdet und böse gestimmt. Er begab sich in sein Arbeitszimmer, setzte sich hin, um die Berufungsschrift in einer Sache aufzusetzen, die er beim Bezirksgericht verloren hatte, aber die Arbeit ging nicht recht vorwärts. Vor dem Fenster pfiff der Wind, er wirbelte immer dichteren Schnee herum, der Schnee scharrte an den Scheiben, als raunte er kalte, beunruhigende Gedanken zu.

Ja, es ist nicht leicht, einen Sinn im Leben zu finden... Die Wege zum Sinn sind mit Worten verstopft, mit ganzen Schneehaufen von Worten. Kunst, Wissenschaft, Politik – Trimurti, Santa Trinità – die Heilige Dreieinigkeit. Der Mensch lebt immer zu irgendeinem Zweck und vermag nicht, für sich selbst zu leben, niemand hat ihn diese Weisheit gelehrt. Ihm fiel ein, über das Thema Mensch an sich hatte Kumow sehr interessant gesprochen: Ihm bin ich noch nicht begegnet.

Dmitrij hat den Sinn in der Politik, im Bolschewismus gefunden. Das kann man als letzte Zuflucht für Menschen seines Typs – für unbegabte Menschen – auffassen. Für Pechvögel. Die Unmenge von Pechvögeln ist für die russische Intelligenz charakteristisch. Sie hat sich immer als ein Mittel betrachtet, niemand hat sie gelehrt, Selbstzweck zu sein, sich als eine höchst wertvolle Erscheinung der Welt zu betrachten.

Er saß da und rauchte; wenn er des Sitzens müde wurde – wanderte er von Zimmer zu Zimmer und trieb dabei einen Gedanken zum anderen, so verbrachte er die Zeit bis zur Abenddämmerung und ging dann zu Jelena. Auf den Straßen war es still und nicht kalt, der weiche Schnee dämpfte die Geräusche, es war nur ein Rascheln zu hören, das einem Flüstern glich. Allerhand Leute gingen eilig nach verschiedenen Richtungen, und es schien, als bemühten sie sich alle, möglichst wenig zu sprechen und leiser aufzutreten.

Bei Jelena waren, wie immer zum Abendtee, Gäste: Professor Pylnikow und irgendein hochgewachsener, hagerer Mann mit grauem Ziegenbärtchen in einem dunklen, gleichsam verräucherten Gesicht. Jelena empfing Samgin mit dem vergnügten Ausruf: »Haben Sie von Rasputin gehört? Das war ein Kunststück! Machen Sie sich bekannt.«

»Woïnow«, stellte sich in tiefem Baß widerwillig der Kahlköpfige vor; als Samgin ihm die kalte, harte Hand drückte, sah er über sich runde Ochsenaugen, es waren sonderbare, mit einem bläulichen Schleier bedeckte Augen, ihr trüber Blick war auf die Spitze der knorpeligen, langen Nase gerichtet. Er knickte in der Mitte zusammen, setzte sich und streckte seine langen Beine so vorsichtig aus, als fürchtete er, sie könnten sich lostrennen. Seine schmalen Schultern umspannte ein Militärrock, die Beine staken in einer Reithose und dicken Sportstrümpfen, an den Füßen trug er häßliche Halbschuhe mit dicker Sohle.

Pylnikow, der einen Zivilanzug aus flauschigem grünem Stoff anhatte, war gleichsam mit Baumflechte bewachsen, er war stark abgemagert; er schwang ein schwarzes, in Silber gefaßtes Notizbuch und sagte aufgeregt zu Jelena: »Ich war fast drei Jahre lang Zensor der Soldatenkorrespondenz, mir ist vortrefflich bekannt, wie sich die Stimmung in der Armee entwickelt hat, und ich behaupte: Eine Armee besitzen wir nicht mehr.«

»Ich habe keine Zitrone«, sagte Jelena, die Samgin mit zusammengekniffenen Augen ein Glas Tee hinrückte, zwischen ihren Zähnen rauchte eine Zigarette. »Es heißt, daß nur der italienische Gesandte mit Zitronen handle. Also?«

Pylnikow fuhr, vom Stuhl aufspringend, eilig fort: »Wassilij Kirillowitsch zensiert ein Jahr lang und kann es auch bestätigen: Es gibt einzelne Truppenteile, die kampffähig sind, aber eine Armee als Ganzes – nicht mehr!«

»Ja«, sagte Woïnow kopfnickend, steckte einen Finger hinter den Kragen des Militärrocks und verzog schmerzlich das Gesicht.

»Die machen mir angst«, wandte sich Jelena, die Zigarette in die

Spülschale werfend, an Samgin. »Sie kamen und sagten: Die Soldaten dächten an nichts als an Ackerland, wollten nicht Krieg führen und bei uns würde eine Revolution ausbrechen!«

»Meine Teure, Sie – übertreiben!«

»Nicht im geringsten. Ich habe bereits Angst. Ich will keine Revolution, sondern will nach Paris. Aber ich weiß nicht, wem ich sagen muß: He, ihr, ich bitte, keinerlei Revolution zu machen, und – hört auf, Krieg zu führen!«

Sie scherzte, aber Samgin wußte, daß sie sich ärgerte, ihr kunstvoll geschminktes Gesicht lächelte, aber die Augen funkelten trocken, und ihre kleinen, prall mit violettem Blut gefüllten Ohren wirkten geschwollen.

Nicht groß, gewandt, in einem sonderbaren Kleid aus verschieden großen roten Stoffstückchen, erinnerte sie an irgendeinen seltenen Vogel.

»Sie scherzen sehr nett«, unterbrach Pylnikow sie unnachgiebig, aber sie ließ ihn nicht zum Sprechen kommen.

»Sie möchten, daß ich ernst rede? Es geschehe!«

Dann drückte sie die Finger der Hände zu einer Faust zusammen, legte sie auf den Tischrand und sagte mit fester Stimme: »Soviel ich weiß, machen Soldaten nicht Revolution. Als die Franzosen gegen die Preußen zogen, sangen sie:

> Wir gehen, gehen, gehen
> Wie Hammel auf den Schlachthof.
> Man wird uns erschlagen wie Ratten,
> Und Bismark wird lachen!«

Sie wiederholte das Lied auf französisch und fuhr fort: »So geschah es auch: Die Preußen gaben ihnen Dresche. Aber als sie nach Paris zurückkehrten, erschlugen sie unverzüglich die Kommunarden. So sind die Soldaten! Wahrscheinlich wird es auch bei uns so kommen. Ob es so kommen wird oder nicht – werden wir sehen. Vorläufig jedoch bin ich teuflisch müde von diesen fast täglichen Klagen über die Soldaten, von der Angst vor einer Revolution, mit der man mich anstecken will. Ich bin eine Optimistin oder – wie nennt man das? – eine Fatalistin. Es wird eine Revolution geben? Also ist es notwendig, daß es eine gibt. Und daß sie euch aufrüttelt. Euch zwingt, irgend etwas für die Revolution oder gegen die Revolution zu tun – je nachdem, was euch besser gefällt. Verstanden?«

Samgin klatschte ihr lautlos Beifall, daß man hätte meinen können, es jucke ihn an den Handflächen.

Das ist nicht Alina, sie gibt sich nicht als Opfer oder Märtyrerin aus . . .

»Ja«, begann trübsinnig Pylnikow, sich an der Schläfe kratzend. »Aber, sehen Sie . . .«

Woïnow zog seine Beine ein, krümmte und streckte sie wieder, richtete sich in seiner ganzen Größe auf und begann langsam, als stotterte er, dickflüssige, schwerfällige Worte aus sich herauszupressen: »Der Krieg hat grausam einen fundamentalen, unversöhnlichen Widerspruch der Geschichte aufgedeckt, den man uns verkehrt aufzufassen lehrt. Es gibt eine Minderheit, die Kultur schafft, und eine Mehrheit, die in diesem Prozeß eine untergeordnete, mechanische Rolle spielt. Automaten. Eine physische Kraft. Aber zugleich – Spartakus. Stenka Rasin. Fast durchgehend Rasin. Ein Wilder, der sich und seine Frau mit Gold schmücken will. Nur das will er. Ja, das. Nietzsche, der geniale Denker, der Prometheus Ende des neunzehnten Jahrhunderts, hat als erster die Unrichtigkeit unserer Auffassung der Logik tief begriffen und sie uns aufgezeigt. Auch der Geschichtsphilosophie. Des Sinnes des Lebens.«

Woïnow steckte die Zeigefinger hinter den Kragen seines Militärrocks und schloß, nachdem er den Kragen nach verschiedenen Seiten geweitet hatte, für eine Sekunde die Augen, er tat das, ohne seine schwerfällige Rede zu unterbrechen.

»Der revolutionäre Intellektuelle gilt als Held. Er wird verherrlicht und gepriesen. Jedoch dem Sinn seiner Tätigkeit nach ist er ein Verräter an der Kultur. Seinen Absichten nach ist er ihr Feind. Ein Feind der Nation. Der Heimat. Er behauptet natürlich sich auch als Persönlichkeit. Er fühlt: Die Grundlage der Welt, der archimedische Stützpunkt ist die Dominanz der Persönlichkeit. Ja. Doch er denkt falsch. Die Persönlichkeit muß wachsen und sich erheben, nicht indem sie sich auf die Masse stützt, sondern indem sie sie niedertritt. Aristokratie und Demokratie. Das ist immer so. Und – auf immer.«

Er schritt auf Jelena zu, beugte sich nieder und drückte, mit der Hand auf den Tisch gestützt, die strengen Worte auf sie herab: »Wir stehen kurz vor einer Katastrophe. Zu scherzen ist geradezu verbrecherisch . . .«

»Sogar verbrecherisch?« fragte die Frau lächelnd.

»Sogar. Und verbrecherisch ist die Kunst, wenn sie das Leben der Demokratie in düsteren Farben darstellt. Echte Kunst ist tragisch. Das Tragische entsteht durch Vergewaltigung der Masse im Leben, wird aber von ihr in der Kunst nicht empfunden. Shakespeares Kaliban ist die Tragödie nicht zugänglich. Die Kunst muß aristokratischer und unverständlicher sein als die Religion. Genauer gesagt: als der Gottesdienst. Es ist gut, daß das Volk die lateinische und kirchenslawische Sprache nicht versteht. Die Kunst muß eine unverständliche und furchterregende Sprache sprechen. Darin stimme ich Leonid Andrejew zu.«

»Na, und ich kann ihn nicht ausstehen und lese ihn nicht«, erklärte ziemlich schroff Jelena. »Und überhaupt alles, was Sie sagen, ist für mich eine verteufelt hohe Weisheit. Ich bin keine Revolutionärin, schreibe keine Romane oder Dramen, ich habe einfach Freude am Leben, sonst nichts weiter.«

»Ich kann dem auch nicht zustimmen«, erklärte Pylnikow, jedoch nicht sehr entschieden, und fragte: »Und Sie, Klim Iwanowitsch?«

»Da so oft von Marx gesprochen wird, liegt es nahe, sich Nietzsches zu erinnern«, antwortete Samgin nach kurzem Zögern und schlug danach vor: »Hören wir weiter.«

Er konnte seine Einstellung zu dem Sinn des von Woïnow Gesagten nicht bestimmen, aber er fühlte, daß seine Gedanken verschiedentlich und immer öfter in der Nähe dieses Sinns kreisten.

Ihm fiel die Moral der Fabel »Der Einsiedler und der Bär« ein: Ein dienstfertiger Dummkopf ist gefährlicher als ein Feind.

Woïnow zwang die anderen wieder, ihm zuzuhören, die Art und Weise, wie dieser Mann sprach, erweckte die Hoffnung, daß er vielleicht doch etwas noch nicht Gehörtes sagen würde, aber vorläufig wiederholte er griesgrämig bereits Gesagtes. Pylnikow, der einverstanden mit dem Kopf nickte, mengte einschmeichelnd kurze Repliken in Woïnows schwerfällige Worte, mit der deutlichen Absicht, die ungeschliffene Rede zu glätten, sie zu mildern.

»Wer ist das?« fragte Samgin leise Jelena, sie blickte ihr Spiegelbild im Silber des Samowars an, glättete mit dem Finger ihre Brauen und antwortete halblaut: »Ich glaube, ein Semstwovorsteher, er hat ein Buch geschrieben oder schreibt eins, ein neuer Stern, wie man sich beim Ballett ausdrückt. Pylnikow schleppt allerhand... solche Leute zu mir, weil seine Frau ihm verbietet, sich mit Politik zu befassen, und er meint, mir bereite es Freude, es zu dulden, daß...«

Sie brach ihre Worte mit einem Lächeln ab, dann beendete sie den Satz mit einem nicht sehr geistreichen, aber gepfefferten Kalauer über Freudenhäuser und ging sofort zu einer wichtigen Frage über: »Hören Sie, mein Herr, was wird denn mit dem Geld? Man muß Gold kaufen. Verstehst du etwas von antiken Goldsachen?«

Nein, Samgin verstand davon nichts, aber heute gefiel ihm Jelena sehr, und da er ihr eine Annehmlichkeit bereiten wollte, sagte er, daß er einen Mann zu ihr schicken werde, der ihr in diesem Fall sicherlich helfen könnte.

»Iwan Dronow, ich schicke ihn morgen oder übermorgen her ...«

Majestätisch, wie auf der Theaterbühne, trat eine Dame in pelzbesetztem Kleid ins Zimmer, ihr folgte ein dandyhafter Student mit blutleerem Gesicht. Die Dame begann sofort von der Knappheit der Lebensmittel und von den hohen Preisen jener zu reden, die noch nicht aufgebraucht waren.

»Zwölf Rubel das Pfund!« rief sie mit Entsetzen in ihren schönen Augen. »Achtzehn Rubel! Und man kann überhaupt nur bei Jelissejew einkaufen, noch besser jedoch in dem ausgezeichneten Geschäft der Gardeoffiziere ...«

Pylnikow verhörte bereits streng den Studenten: »Wer sind Ihre Lehrmeister des Lebens? Nicht persönlich die Ihren ...«

Der Student antwortete knapp, in hohem Tenor: »Am liebsten werden gelesen: Rosanow, Lew Schestow, Mereshkowskij ... Von den Ausländern – Bergson, wie mir scheint.«

Woïnow zog gedehnt Worte von der Dominanz der Persönlichkeit hin, wodurch er Samgin von neuem an die Reden Kumows erinnerte, die Dame erzählte mit Begeisterung: »Es gibt eine Frau, die Wein und Pralinen aus den Vorräten des Winterpalais verkauft, wahrscheinlich die Frau irgendeines Schloßdieners. Sie geht mit einem Korb von Wohnung zu Wohnung und – bitte schön! Die Pralinen taugen nichts, aber der Wein ist vortrefflich! Bordeaux und Bourgogne. Ich schicke sie zu Ihnen.«

»Ist dieser – Andronow oder Antonow – nicht ein großer Gauner?« fragte Jelena, Samgin sagte beschwichtigend: »Nein, nein.«

Woïnow dröhnte: »Die Sozialisten proklamieren die Notwendigkeit eines Aufgehens der Persönlichkeit in der Masse. Das ist Mystik. Alchimie.«

Ihm zu Hilfe und hinter ihm her lief eilig das muntere Stimmchen Pylnikows: »Die Rückkehr des Menschen in den Urzustand, die Verwandlung eines durch Jahrhunderte kulturellen Lebens fein organisierten Geschöpfs in organische Substanz, als welche die Kulturgeschichte und die Soziologie uns die Horden der Urmenschen vor Augen führen ...«

Klim Iwanowitsch Samgin fühlte sich als Mensch, der wußte, was von weisen Buchgelehrten der ganzen Welt ausgesprochen und von Pylnikow und Woïnow des mehrfachen in zerstückelter Form wiederholt worden war. Er war überzeugt, auch alles zu wissen, was ein Mensch zum Schutz vor den Gewalttaten des Lebens gegen ihn sagen könne, alles zu wissen, was jene Leute gesagt hatten und zu sagen vermochten, die behaupteten, daß nur eine radikale Veränderung der Klassenstruktur der Gesellschaft den Menschen befreien könne.

Dmitrij Samgin, ein Befreier der Menschheit, dachte Klim Iwanowitsch Samgin im Ton der Reden Woïnows, Pylnikows und – lächelte, als er sah, wie der Student, der den Reden der Weisen zuhörte, sein unnatürlich weißes Gesicht bald dem einen, bald dem anderen zuwandte.

Ihm schien, daß die Menschen immer seichter, nichtiger würden, der Krieg erdrückte sie, walzte sie platt. Im Vergleich zu jedem beliebigen Menschen kam er sich wie ein Reicher vor, wie ein Mensch mit ungeheurer Erfahrung, diese Erfahrung erforderte andere Verhältnisse, um aufflammen und die Gestalt ihres Trägers grell beleuchten zu können. Aber es war zwecklos, mit Leuten zu reden, die nicht zuzuhören verstanden und selbst – er sah das – besser, mutiger redeten als er. Die Erfahrung fiel ihm zur Last, sie zerfiel fruchtlos, und obwohl das Leben ereignisreich war – lebte es sich für Samgin langweilig. Ihm war alles bekannt, er hatte alles satt. Er sehnte sich nach irgendeinem Schlag, einem Sturmläuten, einem Alarm, der die Menschen aufgeschreckt, aufgestachelt, in eine andere Stimmung versetzt hätte. Er sehnte sich nach dem Ende der Ungewißheit.

Das Ende schien sich zu nähern, aber mit wechselnder Geschwindigkeit, in Sprüngen, einen Sprung vor und gleich wieder zurück. Ende November trat die Duma ziemlich einmütig in Opposition, aber gleich danach erfolgte eine Spaltung des »progressiven Blocks«, dann löste die Regierung den Städte- und Semstwoverband auf. Als Registrierapparat für das Schwanken der Ereignisse diente Samgin Iwan Dronow. Er wohnte in der Nähe und erschien fast täglich, wenn er morgens auf die Jagd nach Geld ging, bei Samgin, er bombardierte ihn gleichsam mit Neuigkeiten, Gerüchten und Klatschgeschichten. Eines Tages fragte ihn Samgin: »Was machst du eigentlich, Iwan?«

»Geld.«

»Und – was ist damit?«

»Nichts.«

»Das heißt?«

»Na, was soll dieses ›das heißt‹?« entgegnete Dronow ungehalten. »Na – ich spekuliere, mal hiermit, mal damit. Ich zwacke jemandem fünf- bis zehntausend Rubel ab, dann zwackt man sie mir ab. Ein Spiel. Ein Glücksspiel. Was sollte ich sonst noch tun? Auch das ist durchaus angenehm.«

Er war stark gealtert, auf seinem Gesicht mit den hervorstehenden Backenknochen, neben den Ohren, auf den Schläfen waren Runzeln entstanden, unter den Augen hatten sich dicke graublaue Säcke gebildet, die Wangen, die noch vor kurzem dick, prall gewesen waren, schlabberten welk. Aus Jaroslawl kehrte er mißmutig zurück.

»Na, erzähle, wie geht es Tossja?«

Den Blick zu Boden gerichtet, sagte Dronow: »Sie läuft in zerrissenen Schuhen herum. Arbeitet in einer Machorka-Fabrik. Wohnt mit einer Freundin in einer armseligen Hütte bei irgendeiner Hexe.«

Er zupfte sich, während er sprach, an den Westenknöpfen und den Rockaufschlägen, als tastete er sich ab, und bemühte sich, komisch zu sprechen.

»Die Hexe fragte mich in der fünften Minute unserer Bekanntschaft streng: ›Warum macht ihr nicht Revolution, worauf wartet ihr noch?‹ Dann brüstete sie sich damit, daß ihr Mann erst im vergangenen Jahr aus der Verbannung wegen des Jahres sieben zurückgekehrt sei, vier Monate daheim verbracht habe und im Lauf einer Stunde gestorben sei, an der Beerdigung habe ein gutes Tausend vom Arbeitervolk teilgenommen. Sie unterhielt sich ungefähr zwei Stunden mit mir, ich brummte allerhand vor mich hin und hatte das Gefühl, daß sie mich verprügeln, davonjagen werde. Dann kam Tossja, sie ist finsterer geworden, wie aus Gußeisen, doch im allgemeinen ist sie die gleiche, die sie war. Die Freundin ist kraushaarig, langnasig, wahrscheinlich Jüdin, Intellektuelle. Um die beiden kreist der einbeinige Sohn der Hexe, ganz aus Knochen, Soldat, hat am Vormarsch und Rückzug teilgenommen und das Georgskreuz erhalten. Alle sind einmütig, beabsichtigen, den Krieg einfach in einen Bürgerkrieg zu verwandeln, wie in Zimmerwald geboten.«

Er verstummte und ließ seine Taschenuhr am goldenen Kettchen hin und her pendeln. Samgin wartete eine Weile, dann fragte er: »Was sagt denn Tossja?«

»Wahrscheinlich das, was sie denkt.« Dronow steckte die Uhr in die Westentasche, die Hände in die Hosentaschen. »Du möchtest wissen, wie sie zu mir war? Eines Gesprächs unter vier Augen hat sie mich nicht gewürdigt. Ihren Leuten empfahl sie mich einmal derart: Ein nicht ganz schlechter, aber völlig verständnisloser Mensch. Das gefiel dem Sohn der Hexe sehr, er erstickte fast vor Lachen.«

Dann versuchte er blinzelnd, seine umherirrenden Augen auf Samgins Gesicht zu heften, und begann leiser zu sprechen: »Ich glaube, ich tat ihr leid und sie mir. Die zerrissenen Schuhe ... Sie hat wunderschöne Füße, die Zehchen sind so adrett ... Jedes in seiner Art ein Prachtkerl. Und insgesamt ist sie schön, oh, so schön! Wäre sie eine Kokotte, sie hätte Hunderttausende verdient«, schloß er unerwartet und wunderte sich wahrscheinlich sogar selbst, wie er dazu gekommen war, etwas so Abscheuliches zu sagen. Er blickte Samgin mit offenem Mund an, aber Klim Iwanowitsch fragte mit düsterer Miene: »Erinnerst du dich an Alina Telepnjowa? Sie war auch eine schöne Frau ...«

»Ja. Wo ist sie?«

»Ich weiß nicht. Sie war eine Kokotte, war bei Aumont angestellt, lebte mit einem reichen ... Monstrum zusammen, er erschoß sich ...«

»Weiß der Teufel, was das alles ist«, murmelte Dronow, fest über das ausgeblichene rote Haar auf seinem Schädel streichend. »Ich erinnere mich – die Kinderfrau erzählte die Legenden von allerhand heiligen Einsiedlerinnen, Großmärtyrerinnen, sie verließen ihre reichen Familien, ihre geliebten Männer, Kinder, dann wurden sie von den Römern gemartert, mit Raubtieren gehetzt ...«

Klim Iwanowitsch Samgin mußte an die biblische Legende vom Opfer Abrahams denken, die ihm sein Vater erzählt hatte, er mußte an sich als Don Quichotte und Dronow als Sancho Pansa denken und sagte schulmeisterlich: »Es gab und wird immer Leute geben, die, da sie sich unfähig fühlen, der Gewalttätigkeit über ihre Innenwelt zu widerstehen, von selbst ihrem Schicksal entgegengehen, sich selbst opfern. Dafür gibt es den Fachausdruck Masochismus, und dadurch entstehen Sadisten, Leute, denen das Leiden anderer angenehm ist. Grob schematisch gesagt, sind die Sadisten und die Masochisten die zwei wesentlichen Menschentypen.«

Er verstummte, da er spürte, daß das Gesagte zweideutig sei und ihn, Samgin, irgendwohin von sich selbst abbringe. Aber er fand sofort einen Ausweg zu sich: »Stellen wir die Frage: Wer leidet mehr? Selbstverständlich jener, der stärker leidet. Byron hat natürlich tiefer, stärker gelitten als die Weber, für die er sich im Parlament einsetzte. Ebenso Hauptmann, als er das Drama von den Webern schrieb.«

Ab und zu vom Kaffee trinkend, fuhr er fort: »Man muß zwischen Opferfreudigkeit und Heroismus unterscheiden. Der Römer Curtius sprang in den Abgrund, der sich in Rom auftat – das ist der am meisten gepriesene Akt von Heroismus und ein völlig gerechtfertigter Akt von Selbstmord. Nichts hindert mich anzunehmen, daß Curtius von der Angst in den Abgrund getrieben wurde, die durch das Gefühl unvermeidlichen Untergangs hervorgerufen war. Ihn konnte auch der ehrgeizige Wunsch in den Abgrund gestoßen haben, als erster von den Römern unterzugehen, und der Ekel vor einem Untergang mit der Sklavenmenge.«

»T-ja«, sagte Dronow gelangweilt, »manchmal möchte man irgendwohin springen . . .«

Er hat nichts begriffen, dachte Klim Iwanowitsch entrüstet und sagte tadelnd: »Du scheinst bereits übermäßig viel umherzuspringen und herumzulaufen.«

Dronow murmelte, im Weggehen seinen Rock zuknöpfend: »In meiner Kindheit habe ich mich nicht ausspielen können. Die Kinder vornehmer Eltern nahmen mich nicht zu ihren Spielen. Und so hole ich das Spielen jetzt nach . . .«

Fühlt er sich etwa beleidigt? dachte Samgin und vergaß ihn sofort, wie man einen Diener vergißt, wenn er seine Pflichten geschickt erfüllt. Dronow existierte für ihn nur in den Stunden, wo er vor ihm erschien und von seinen verschiedenartigen Geschäften erzählte, davon, daß er eine Partie Leinwand oder Druckpapier vorteilhaft gekauft und weiterverkauft habe, er kaufte überhaupt und verkaufte, hatte auch zusammen mit Nogaizew in irgendeinem düsteren Keller ein kleines Theater »der Satire und des Humors« aufgezogen – als Samgin einmal einen Blick in dieses Theater warf, überzeugte er sich, daß der Humor sich auf einen Vorfall mit einem Notar beschränkte, der vor den Augen seiner Frau in seiner Aktenmappe das Höschen irgendeiner Dame entdeckte. Das Theater verwandelte sich, nachdem es nicht einmal einen Monat bestanden hatte, in ein Kabarett. Samgin fragte Dronow: »Hast du hierdurch Verlust gehabt?«

»Nein – Nogaizew hat Verlust gehabt. Es ist nicht das erstemal, daß er Verlust hat. Er ist dumm und gierig, ich möchte ihn ruinieren, damit dieser Hundsfott Straßenbahnschaffner oder Briefträger werden muß. Ich kann Tolstojaner nicht ausstehen.«

Dronow schüttelte energisch und voller Ekel den Kopf, dann fragte er: »Brauchst du nicht Geld?«

»Wozu?«

»Ganz allgemein. Bei mir hat sich viel angesammelt. Es wird bald viel Geld geben, man hat vor, eine Milliarde oder zwei zu emittieren . . .«

Geld brauchte Klim Samgin nicht, doch er schätzte Dronow sehr als Informator. Zerzaust, unausgeschlafen, mit entzündeten Augen pflegte er morgens zu erscheinen und mitzuteilen: »Die Führer des progressiven Blocks unterhalten sich mit der Schwarzhundertschaft, mit den Bundesleuten über eine Palastrevolution, sie wollen Zar Nikolai durch einen anderen ersetzen. Feinde werden zu Freunden! Wie denkst du darüber?«

»Ich glaube nicht daran«, sagte Samgin, womit er die einfachste

Antwort gewählt hatte, aber er wußte, daß alle Gerüchte, die Dronow mitbrachte, sich gewöhnlich bewahrheiteten; von den Verhandlungen des Innenministers Protopopow mit einem Vertreter Deutschlands über einen Separatfrieden hatte Iwan ihm Mitteilung gemacht, bevor noch in der Duma und der Presse die Rede davon war.

»Woher weißt du das?« fragte er. Dronow zog die Schultern bis zu seinen abstehenden Ohren hoch und sagte lässig: »Die Damen. Sie begreifen wenig, aber – sie wissen alles.«

Klim Iwanowitsch Samgin lebte etwas langweilig, fühlte aber mit jedem Tag deutlicher, daß sich ihm schon bald die breite Möglichkeit eines anderen Lebens bieten werde, das seiner, eines ausnehmend originellen Menschen, würdiger wäre.

Die Lebensmittelknappheit in der Stadt nahm den Charakter einer Katastrophe an, die die Arbeiter aufwiegelte, aber im Januar wurde die Arbeitergruppe des »Zentralen Kriegsindustriekomitees« verhaftet, und die am 6. Februar erlassene Proklamation des Petrograder Komitees der Bolschewiki, die zum Streik und zu einer Demonstration am 10. des Monats, dem Jahrestag des Gerichtsverfahrens gegen die sozialdemokratische Dumafraktion, aufrief – hatte keinen Erfolg.

Alles verläuft richtig, die Logik der Geschichte arbeitet, zerstört das eine, festigt das andere, dachte Klim Samgin.

Aber am 14. Februar, dem Tag der Eröffnung der Reichsduma, begannen Arbeiterstreiks, zehn Tage später – brach ein Generalstreik aus, und durch die Straßen der Stadt ergossen sich stürmisch wie die Frühjahrsfluten eines Flusses revolutionäre Demonstrationen.

Klim Iwanowitsch Samgin wartete tapfer ab und beobachtete. Da er nicht wollte, daß die dunklen Wogen der Demonstranten ihn mit sich fortrissen, in ihr Gedränge einsögen, beobachtete er von weitem, hinter Ecken hervor. Es hatte keinen Sinn, sich mit dieser bedrohlich brüllenden Menschenmasse zu vereinigen – er entsann sich noch sehr gut, wie die Gestalten und Gesichter der Arbeiter aussahen, er hatte genug Demonstrationen in Moskau gesehen, hatte hier auch den 9. Januar gesehen, den Sonntag, der den Namen »Blutsonntag« erhalten hatte.

Er sah zu, wie die von vieläugigen Steinwänden zusammengepreßte, endlose, ungewöhnlich dichte, graue, zottige Masse von Männern, Frauen, Jugendlichen an ihm vorbeiströmte, und hörte den taktfesten Gesang:

Wacht auf, Verdammte dieser Erde,
Die stets man noch zum Hungern zwingt . . .

»Brot! Brot!« schrien schallend die hohen Frauenstimmen. Manchmal verlangsamten die Menschen den Gang, traten sogar auf der Stelle, wenn sie irgendwelche Hindernisse auf ihrem Weg zu überwinden hatten, und es ertönten schrille Pfiffe und Geschrei: »Was ist dort? Weg damit! Genossen – vorwärts!«

Völker, hört die Signale!
Auf zum letzten Gefecht!

Der Chor war groß, er sang ununterbrochen. Samgin stellte fest, daß die Demonstranten wohl zum erstenmal so im Takt, harmonisch sangen und der bedrohliche Sinn der Arbeiterhymne so unerschrocken von ihnen enthüllt wurde. 1905, am 9. Januar, hatten sie nicht gesungen. Wahrscheinlich hätten sie auch nicht so singen können wie jetzt. Es war jedoch nicht ausgeschlossen, daß jener Sonntag sich wiederholen könnte . . . Das war nicht ausgeschlossen. Von der Masse der Demonstranten lösten sich einzelne Stücke, Gestalten, sie gingen verlegen lächelnd oder mit griesgrämig verdüsterter Miene an Samgin vorüber, aber ihnen entgegen kamen Dutzende neuer Menschen gelaufen, vereinigten sich mit der Masse.

Samgin blickte ab und zu auf die trüben Fensterscheiben, sah aber hinter ihnen nichts als graublauen Nebel und irgendwelche formlosen Flecken darin. Schließlich verschwand die Menge, und es war zu sehen, wie glatt der Schnee auf dem Straßenpflaster von ihr festgestampft worden war.

Neue Besen kehren gut, erinnerte sich Samgin, als er sich nach Hause begab, und ließ seinen Gedanken, deren Naivität er verstand, freien Lauf.

Es gibt weit mehr Menschen, die im Leben stören, als solche, die ich brauche und die mir angenehm sind. Es ist leicht, eine beliebige Denkrichtung zu wählen, aber schwierig, sich aus Mitmenschen eine befriedigende Umgebung zu schaffen.

Zu Hause empfing ihn das festliche Gesicht des Mädchens. Sie hatte stark zugenommen, lächelte lieblich, hatte sehr grelle, mollige Lippen, und in ihren Augen leuchtete unversiegliche Freude. Sie war sehr widerwärtig, wurde immer familiärer, aber Klim Iwanowitsch ertrug sie – sie war tüchtig, kochte billig und nicht schlecht, hielt die Zimmer tadellos sauber. Ab und zu fragte er sie: »Worüber freuen Sie sich?«

»Es ist sehr interessant geworden, Klim Iwanowitsch.«

»Was ist interessant? Der Krieg?«
»Der Krieg wird bald ein Ende nehmen.«
»Wer wird ihm denn ein Ende machen?«
»Die Arbeiter und die Bauern wollen nicht länger Krieg führen.«
»So? Wer wird ihnen denn erlauben, Schluß zu machen?«
»Na, sie selbst.«
»Ach, sieh mal an . . .«

Es war zwecklos, mit ihr zu reden. Samgin sah das, aber ihre »Freude am Dasein« regte ihn immer mehr auf. Und als er am Tag vor dem 27. Februar von der Straße zum Mittagessen heimkam, konnte er nicht länger an sich halten und fragte: »Na, was sagen Sie dazu?«

»Die Revolution hat angefangen, Klim Iwanowitsch«, sagte sie, fragte jedoch, nachdem sie mit der Zungenspitze ihre Lippen geleckt hatte: »Stimmt dasein?«

»Möglicherweise. Aber ebensogut ist das möglich, was am 9. Januar des Jahres fünf geschah. Wissen Sie, was damals geschah?«

»Ja, man hat es uns vorgelesen.«

»Was hat man vorgelesen? Wer und wo?«

»Unten im Speisezimmer, Arkascha, dort erklärt ein junger Mann die Zeitungen, er heißt Arkascha . . .«

»Bringen Sie das Essen«, sagte Samgin streng.

Er erinnerte sich gut an das Experiment Moskaus vom Jahre fünf und ging am 27. Februar nicht auf die Straße. Allein, in einem ungeheizten Zimmer, das von dem kümmerlichen Flämmchen eines Stearinkerzenstümpfchens erhellt wurde, stand er am Fenster und blickte in die Finsternis des späten Abends hinaus, sie war an zwei Stellen unheilverkündend glutrot von Feuerscheinen und schien zu schmelzen, die Feuerscheine wuchsen, breiteten sich aus und drohten, die ganze Luft über der Stadt zum Glühen zu bringen. Irgendwo in der Ferne krochen gemächlich bunte Feuerkugeln von Raketen empor und sanken ebenso langsam auf die Dächer der Häuser herab.

Das lustige Mädchen hatte am Morgen den Kaffee zubereitet und – war verschwunden. Er ernährte sich den ganzen Tag von Sardinen und Käse, aß alles auf, was er in der Küche fand, war hungrig und erbost. Die ungewohnte Dunkelheit im Zimmer verstärkte das Gefühl der Verlassenheit, die Dunkelheit zuckte, als suchte sie die Flamme der Kerze auszulöschen, die ohnehin nur noch höchstens für eine Viertelstunde reichte. Der Teufel soll euch holen . . .

Die Sprünge der Leuchtraketen in die Finsternis nahm er als etwas Banales, aber auch Unheilverkündendes auf. Er glaubte Schüsse zu hören – vielleicht schlugen auch nur Türen zu. Durch die Straße fuhren, die Fensterrahmen erschütternd, mit Gepolter zwei Lastkraftwagen, der vordere war vermutlich mit Eisen beladen, ihm folgte einer, auf dem ungefähr zwanzig Männer standen, einige von ihnen mit Gewehren, matt blinkten Bajonette auf.

Wen verhaften sie? überlegte Klim Iwanowitsch, der schon lange die Brille abgenommen hatte, aber immer noch ihre Gläser mit einem Stück Wildleder blank rieb, er lauschte angespannt und konnte nicht begreifen, warum keine Schüsse zu hören waren.

Klim Iwanowitsch war sehr verstimmt: Am vorhergehenden Abend hatte er sich mit Jelena schwer überworfen; ein von Dronow benannter Mann hatte ihr Goldmünzen aus der römischen Kaiserzeit verkauft, die Münzen hatten sich als moderne Imitation und die Bescheinigung über ihre Echtheit und ihr hohes Alter als gefälscht erwiesen; irgendein antiker Pokal war nicht aus Gold, sondern nur vergoldet. Jelena stampfte mit den Füßen, schrie hysterisch und behauptete, Dronow stecke mit dem Verkäufer unter einer Decke.

»Er hat ein Gaunergesicht, Ihr Freund!« schrie sie und forderte, daß er Dronow gerichtlich belange. Sie legte eine solche Wut an den Tag, daß Samgin einen Schreck bekam.

Wenn sie die Sache vor Gericht bringt – bleibt es mir nicht erspart, mit hereingezogen zu werden, sagte er sich und begann sie zu beschwichtigen, und hier nun hatte Jelena ihn so angeschrien und ihm so beleidigende Worte an den Kopf geworfen, daß er, vor Beleidigung ganz kalt, sie auch kräftig beschimpft hatte und gegangen war.

Als ein eiliges Klopfen an der Tür ertönte, entschloß sich Samgin nicht gleich, ins Vorzimmer zu gehen, er nahm den Leuchter in die Hand, wartete, das unruhige Flämmchen mit der Hand schützend, bis nochmals geklopft wurde, und konnte gerade noch denken, daß kein Grund vorliege, ihn zu verhaften, und daß wahrscheinlich Dronow anklopfe, denn sonst konnte es niemand sein. So war es auch.

»Hast du schon geschlafen?« fragte Dronow heiser, ganz außer Atem, hustend; häßlich dick, mit vorgewölbtem Bauch, begann er, den Mantel aufknöpfend, nachdem er ein schweres Paket vor seine Füße gestellt hatte, irgendwelche Päckchen aus den Taschen zu ziehen und Samgin in die Hände zu drücken. »Nahrung«, erklärte er, seinen Mantel aufhängend. »Mir hat diese – deine dicke Närrin gesagt, du hättest kein Krümchen zu essen.«

»Was geht in der Stadt vor sich?« fragte Samgin ungehalten.

»Die Revolution geht vor sich!« antwortete Iwan, sich mit dem Taschentuch den Schweiß von der Stirn wischend, und stieß sich mit dem Finger gegen die linke Wange.

»Das Pawlowskij-Regiment und – wie es heißt – auch andere Regimenter der Garnison haben sich auf die Seite des Volkes, das heißt der Duma gestellt. Das Volk jedoch – handelt: Polizeireviere sind demoliert, sie stehen in Flammen, das Kreisgericht, das Stadtgefängnis ebenfalls, Minister, Generale werden verhaftet ...«

Samgin stand mitten im Zimmer, hörte zu und glaubte es nicht, während Dronow sich mit der Hand die Wange streichelte und, ohne sich zu beeilen, sagte: »Ein Tohuwabohu und Durcheinander. Zu mir drangen sie mit Gewehren in die Wohnung ein und fragten: ›Sind Sie General Golombijewskij?‹ – so einen gibt es sicherlich überhaupt nicht.«

»Polizei? Gendarmen?« fragte Samgin, der sich am Kinnbärtchen zupfte und begriff, daß der Krach mit Jelena gelöscht war.

»Welche Polizei, zum Teufel? Die Polizei hat sich versteckt. Es heißt, sie säße auf Dachböden und habe vor, mit Maschinengewehren zu schießen ... Bist du ... krank?«

»Der Kopf ...«

»Na, der Kopf, der ... dreht sich allen. Mir, Bruderherz, auch ... Ich möchte bei dir übernachten, denn sonst, weißt du ...«

Dann schlug sich Dronow mit der Hand aufs Knie und sagte betrübt: »Um es ohne Fisimatenten zu sagen – ich habe einen Schreck bekommen. Fünf Mann hoch – zwei Studenten, ein Soldat, noch irgendwer, eine Weibsperson mit Revolver ... Ich sagte irgend etwas, machte einen Scherz, und da haute sie mir – bums – eins in die Fratze!«

Samgin setzte sich, denn er fühlte, daß nicht das vor sich ging, was er erwartet hatte. Mit Dronows Erscheinen war es im Zimmer kälter und vor den Fenstern dunkler geworden.

»Verhaftung der Minister – das ist verständlich. Aber – warum Generale, wenn die Truppen ... Was heißt – auf seiten des Volkes? Die Truppen haben die Macht der Duma anerkannt – nicht wahr?«

Dronow neigte den Kopf zur Schulter und blickte ihn mit einem Auge an, das andere war durch die Geschwulst fast verdeckt.

»Morgen werden wir alles erfahren«, sagte er. »Paß auf – die Kerze brennt ab, gib eine andere her ...«

Er öffnete die Päckchen, breitete Brot, Wurst, geräucherten Fisch auf dem Tisch aus, ließ Samgin einen Korkenzieher holen, entkorkte eine Flasche und redete dabei ununterbrochen: »Im allgemeinen herrscht eine gutmütige Stimmung, die Leute sind zwar hungrig, atmen aber erleichtert, lachen gern, mißmutige Gesichter sind nicht zu sehen, die tatfreudigen überwiegen. Überhaupt, der Anfang ... war schroff. Die Redner versichern überall, daß ›das Vaterland in Gefahr sei‹, daß ›Einigkeit stark mache‹ – und rufen sogar ›nieder mit dem

Zaren!‹ Soldaten, Verwundete treten auf, reden gegen den Krieg, und zwar sehr zündend. Sehr.«

Samgin wollte eine Kerze in den Leuchter stecken, aber das gelang ihm nicht, der Leuchter war stark erwärmt, die Kerze schmolz und fiel um. Dronow kam ihm zu Hilfe, sich einander behindernd, befestigten sie lange und ohne ein Wort zu verlieren, die Kerze, dann sagte Dronow: »Na, essen wir Abendbrot. Ich habe seit dem Morgen nichts gegessen.«

Und wieder schweigend tranken sie Kognak, aßen etwas Schinken, Sardinen und Schnäpel. Samgin trank einen Schluck Wein und sagte: »Ein bekannter Wein.«

»Aus den Weinkellern des Zaren«, murmelte Dronow. »Deine Dame hat mich mit der Frau bekannt gemacht, die mit dieser angenehmen Ware handelt.«

»Hast du für sie Gold gekauft?«

»Weshalb sollte ich einkaufen? Ich habe einen Antiquar geschickt.«

»Er hat sie – betrogen«, teilte Samgin mit. Dronow wunderte das nicht: »Na, wie sollte es auch anders sein? Alle Antiquare sind Gauner . . .«

Dronow hörte auf zu essen, schob den Teller von sich und trank ein großes Schnapsglas Kognak.

»Na, nun – haben wir doch noch die Revolution erlebt«, sagte er unangenehm laut – so laut, daß er sich sogar umblickte, als glaubte er nicht, daß das von ihm gesagt worden war. »Ich brauche die Revolution nicht, aber selbstverständlich werde ich auch gegen sie keinen Finger rühren. Es ist jedoch so gekommen, daß – vielleicht – die erste Ohrfeige der Revolution in meine Fratze geraten ist. Ein Geschenk nicht von der Art, auf die man stolz ist. Weißt du, Klim Iwanowitsch, als sie gegangen waren, diese . . . Generalshäscher, als sie gegangen waren, wurde mir sehr . . . traurig zumute. Ein verrücktes Leben. Du wohntest im ersten Stock, ich – im Kellergeschoß, in der Küche. Ihr vornehmen Kinder verhieltet euch gemein zu mir. Als wäre ich ein Neger, ein Jude, ein Chinese . . .«

Klim Samgins Gedächtnis raunte ihm Tagilskijs Worte vom Intellektuellen in dritter Generation zu, dann führte es ihm die Bilder des Pariser Lebens vor Augen, wie er es vom dritten Stock herab beobachtet hatte. Er lächelte, und um das Lächeln vor Dronows Blick zu verbergen, neigte er den Kopf, nahm die Brille ab und begann ihre Gläser zu putzen.

»Nur ein Mensch im Lauf von fast einem halben Hundert Lebensjahre – nur Tossja allein . . .«

Ich könnte ihm von Marina erzählen, dachte Samgin, der Dronow nicht zuhörte. Es wäre doch möglich, daß Marina sich auch als Bolschewikin entpuppt hätte. Wie viele Menschen gibt es, die nicht ins Leben hineingewachsen sind, in ihm keinen fest bestimmten Platz einnehmen.

Iwan Dronow klagte unterdessen, und es war bereits deutlich, daß er betrunken wurde.

»Mein Freund Dunajew, ein Metteur, redete mir zu: ›Hören Sie auf herumzutrödeln, lesen Sie, lernen Sie, widmen Sie sich der Sache der Arbeiterklasse, unserer bolschewistischen Sache.‹«

»Hast du dich nicht verführen lassen?« fragte Samgin, nur um irgend etwas zu sagen.

»Ich habe mich nicht verführen lassen, nein! Aber du – hast dich gedrückt ... Warum?«

»Warte«, bat Samgin, stand auf und trat ans Fenster. Es war schon gegen Mitternacht, und gewöhnlich trat zu dieser Zeit auf der Straße, die sogar tags still war, tiefste provinzielle Stille ein. Aber in dieser Nacht ließen die Doppelfenster fast ununterbrochen gedämpfte, weiche Geräusche des Straßenverkehrs ins Zimmer, Menschengruppen gingen vorbei, ein Auto hupte, ein Löschzug der Feuerwehr fuhr vorüber. Anlaß dafür, daß Samgin ans Fenster trat, war ein ungewöhnlich schweres Getöse, von dem die Fensterscheiben leise dröhnten und sogar das Geschirr im Büfett klirrte.

Samgin sah, daß in der Dunkelheit zwei Ungeheuer von kubischer Form sich langsam über das Straßenpflaster bewegten, sie waren von einem lockeren Ring bewaffneter Menschen umgeben, Bajonette schwankten, durchstachen die Finsternis, schlitzten sie auf.

Panzer – begriff er sofort. »Es kommen Panzer gefahren«, sagte er laut, von einer sonderbaren Freude erwärmt.

»Du meinst – sie werden schießen« murmelte Dronow schläfrig. »Sie werden es nicht, sie haben es satt ...«

Die Panzer waren vorbeigefahren. Dronow rekelte sich im Sessel und murmelte: »Nichts wird passieren. Sie haben Iwan Dronow eins in die Schnauze gegeben, und – Schluß!«

Samgin blickte ihn an und dachte: Er wird sich zuschanden trinken.

Dann ging er ins Schlafzimmer, holte ein Kissen, warf es aufs Sofa und sagte: »Leg dich hin.«

»Das geht. Das kann ich.«

Dronow erhob sich, machte einen Schritt auf das Sofa zu, und die Arme ausgestreckt wie ein Blinder, warf er sich darauf, als spränge er ins Wasser, legte sich hin und murmelte:

»Eine tiefe Grube ist gegraben mit dem Spaten . . .
Das Leben . . . ist sinnlos, das Leben . . . ist einsam . . .

Samgin, von wem sind diese Verse?«
»Von Nikitin.«
»Zum Teufel. Du – weißt alles. Alles.«
Er schlief ein. Klim Iwanowitsch Samgin fühlte sich auch benommen von der Sättigung und dem Wein, von den Ereignissen. Er zündete sich eine Zigarette an, stand eine Weile am Fenster und blickte hinunter in die Dunkelheit, dort schwammen, rasch und lautlos wie Fische, grob umrissene Menschengestalten umher, die man nur deshalb sehen konnte, weil sie dunkler waren als die Dunkelheit.

Also – Revolution. Die zweite in meinem Leben.

Er beschloß, am kommenden Tag gleich morgens hinauszugehen, um sich die Revolution anzusehen und seinen Platz in ihr zu bestimmen.

Am Morgen kochten sie sich Kaffee, vertilgten die restlichen Nahrungsmittel und verließen das Haus. Es war kalt, ein heftiger Wind wehte und streute feinen, trockenen Schnee, er stob ungestüm ein, zwei Minuten lang hin und her und erstarb, als sähe er ein, daß er sich mit seinem Schneestreuen bereits verspätet habe.

Samgin schritt vor Dronow her, blickte aufmerksam um sich und bemühte sich, irgend etwas Ungewöhnliches, aber gleichsam schon Bekanntes zu erhaschen. Dronow raunte ihm zu: »Merkst du, wie verarmt die Stadt ist?«

»Ja«, stimmte Samgin bei und erinnerte sich: Ebenso war es in Moskau im Herbst des Jahres fünf gewesen, verschwunden waren die Beamten, die Droschkenkutscher, die Gymnasiasten, die Polizisten, verschwunden die soliden, wohlanständig gekleideten Leute, die Straßen waren mit grauem Volk verstopft, aber dort war es schwer zu begreifen gewesen, wohin es durch die krummen Straßen ging, während hier ganz deutlich zu erkennen war, daß die meisten in einer Richtung gingen, daß sie eilig und sicher gingen. Es eilten Arbeiter mit dunklen Gesichtern, unbewaffnete Soldaten, irgendwelche zerzausten Frauen – Leute, die besser gekleidet waren, gingen nicht so schnell, mitunter kamen kleine Abteilungen von Soldaten mit Gewehren, aber ohne Offiziere vorbei, schwer bewegten sich Lastkraftwagen, die mit Soldaten und Arbeitern gefüllt waren. Es schimmerten rote Brustschleifen, Armbinden.

»He, he – Knjasew«, rief Dronow und lief einem Radfahrer nach, der einen langen Bart über die linke Schulter hängen hatte.

Samgin wartete einen Augenblick auf Dronow und ging dann weiter.

Ein Lastwagen fuhr vorbei, riesengroß, geschickt mit Wiener Stühlen beladen, die mit Stroh zusammengebunden waren, sie ragten fast bis zum ersten Stockwerk empor, der dicke Fuchs und der rotgesichtige Lastfuhrmann waren im Vergleich zu der Größe des Wagens lächerlich klein, neben dem Fuhrmann schritt ein Student mit offenem Mantel und der Mütze im Nacken, er fuchtelte mit den Händen und schrie: »Denk doch mal: das Volk . . .«

»Wir denken uns unser Teil«, brummte der Fuhrmann im Baß wie ein Diakon. »Rede du mal mit meinem Herrn, er wird dir alle Rätsel lösen. Er wird dir auch über das Volk etwas vorlügen.«

Der Lastfuhrmann lachte glücklich auf, Klim Iwanowitsch ging langsam weiter, weil er hören wollte, was der Fuhrmann weiter sagen würde. Aber auf dem Gehsteig standen vor einem Waffenschaufenster ungefähr zehn Personen, aus dem Laden trat ein stämmiger Mann mit glattrasiertem Gesicht unter einer Biberfellmütze und in einem Mantel mit Pelzstulpen, schwang die Hand hoch, sagte laut: »Auf den Zahnarzt!« und schoß. An einem weißen emaillierten Schild im Durchgang zum Hof verschwand der Buchstabe »a«, der Schütze blickte mit selbstzufriedenem Lächeln das Publikum an, und irgend jemand lobte ihn: »Gut gezielt!«

Ein schnurrbärtiger Mann in einer dicken, mit Ölflecken bedeckten Joppe streckte die Hand aus und bat: »Gestatten Sie, einen Blick darauf zu werfen!«

Er warf einen Blick auf die Waffe, stellte fest: »Ein Colt!«, steckte sie in die Tasche der Joppe und ging davon.

»W-wohin?« brüllte der Schütze und wollte dem Dieb nachlaufen, aber vor ihm pflanzten sich zwei Männer auf, der eine mit dem Gesicht, der andere mit dem Rücken zu ihm.

»Haben Sie es gesehen?« fragte er zornig.

»Wozu brauchen Sie dieses Spielzeug?« antwortete ihm friedfertig der junge Bursche, während der, welcher mit dem Rücken zu ihm stand, rief: »Gordejew, komm zurück!«

Dann wandte er sich an den Schützen: »Gehen Sie mal Ihres Wegs, mein Herr, Sie haben hier nichts zu suchen. Und Sie – was ist mit Ihnen?« fragte er Samgin und maß ihn mit einem Blick seiner bläulichen Augen. »Der Laden ist geschlossen, gehen Sie.«

Samgin entfernte sich gehorsam und gerne, ihn holte sofort der Schütze ein und sagte: »Ich begreife nichts! Was sind das für Leute? Das weiß der Teufel!«

Als er auf die andere Seite der Straße hinüberging, blickte er sich um, am Laden war ein Lastkraftwagen vorgefahren, die Leute, die vor dem Schaufenster gestanden hatten, trugen Kisten aus dem Laden heraus.

»Beraubung am hellichten Tag«, murmelte der Schütze, Samgin hüllte sich in Schweigen, er brauchte keinen Gesprächspartner. Der Gesprächspartner begriff das, und als sie an der nächsten Straßenecke angelangt waren, sagte er spöttisch: »Sie scheinen auch . . . irgend etwas . . .«

Danach verschwand er um die Ecke.

Näher zum Taurischen Garten hin gingen die Menschen in nicht dichter, aber fast geschlossener Menge, auf dem Litejnyj Prospekt, irgendwo neben der Brücke, vielleicht aber auch hinter der Brücke auf der Wyborger Seite, knallten ein paar Gewehrschüsse, das Kreisgericht war ausgebrannt, von ihm standen nur noch die Mauern, aber in deren riesigem Kasten knisterte immer noch gierig das Feuer, nagte an den letzten Holzresten, ab und zu seufzte irgend etwas schwer im Feuer, und dann lösten sich Rudel kleiner Flämmchen von ihm los, sie flogen flatternd in die Luft gleich Schmetterlingen oder Blumen und verwandelten sich rasch in dunkelgraue Papierasche. Gegenüber der Brandstätte hatte sich ungefähr ein halbes Hundert Menschen auf dem Gehsteig angesammelt, fast lauter bejahrte, viele ganz alte Leute, sie weideten sich am Spiel der Flammen und unterhielten sich gleichmütig wie gewohnheitsmäßige Zuschauer, die durch nichts mehr in Erstaunen zu setzen sind.

»Das Feuer haben Spitzbuben gelegt.«

»Na, selbstverständlich.«

»Das Stadtgefängnis – das waren auch sie.«

»Wer denn sonst! Auch die Polizeireviere sind ihr Werk!«

»Die Politischen haben sicherlich auch Hand angelegt . . .«

»Denen sind die Gendarmen ein Dorn im Auge.«

»Das Polizeidepartement . . .«

»Es ist nicht in Brand gesteckt.«

»Sie werden es in Brand stecken.«

Samgin bog in die Sergijewskaja ein, ging langsamer. Hier, auf dieser Straße, hatten noch vor kurzem kontusionierte, verwundete Soldaten Rekruten ausgebildet, hatten geschrien: »Stillgestanden!«

Am Gitter des Taurischen Gartens entlang ging eine Menschengruppe, ungefähr zwanzig, im Mittelpunkt schritten, von drei Soldaten eskortiert, zwei: der eine barhäuptig, hochgewachsen, hochstirnig, kahlköpfig, mit breitem Bart von kupfernem Glanz, der Bart war zerzaust, das breite Gesicht mit Blut beschmiert, die Augen waren halb geschlossen, er ging mit gebeugtem Nacken, neben ihm hinkte, wankte ein ebenfalls sehr hochgewachsener Mann mit über die Brauen geschobener Mütze, in schwarzem halblangem Schafpelz und Filzstiefeln. Die Leute gingen schweigend, ernst, wie bei einer Beerdigung, während hinter ihnen, als eskortierte er alle, hüpfend, mit kurzen Schritten ein kleiner Mann ging, mit doppelläufigem Gewehr auf der Schulter, in einem schäbigen Übergangsmantel, der straff mit einem roten Leibriemen umgürtet war, unter finnischer Mütze verbarg sich ein kleines, scharfäugiges Gesichtchen, das in den Rahmen eines dunklen, nicht sehr dichten, aber adretten Bartes gezwängt war. Samgin fragte, wen man da verhaftet habe und weswegen.

»Der größere ist ein Gendarm, der andere ein Unbekannter. Und festgenommen wurden sie, weil sie auf das Volk schossen«, sagte laut, mit angenehmer Stimme der kleine Mann und fügte, seinen Gang dem von Samgin anpassend, klar hinzu: »Diese Manier, auf die eigenen zu schießen, wird jetzt sogar beim Heer abgeschafft.«

»Wohin führt man sie denn?«

»In die Reichsduma, zur Abrechnung. Wie Sie natürlich wissen, hat Seine Majestät, der Herrscher, der Duma die Macht verliehen, Ordnung herzustellen, und so strömt also nun zu ihr ... alles Gute und Schlechte, wie ich es auffasse.«

Samgin warf einen Blick auf sein Gesicht – das knochige, scharfäugige, spitznasige Gesicht war angenehm durch lustige Runzeln gemildert.

»Sind Sie Jäger?« fragte Samgin. Der angenehme Mann hielt bereits mit ihm Schritt und stieß leicht mit dem Ellenbogen an ihn.

»Nein, ich übe ein Handwerk aus – ich bin Tapezierer und Dekorateur. Fjodor Prachow, eine nicht unbekannte Person. Die Jagd ist kein Handwerk, sie ist Zeitvertreib.«

Klim Iwanowitsch Samgin empfand keine Sympathie für die Menschen, aber ihm gefielen Leute mit gesundem Menschenverstand wie Mitrofanow, ihm schien, daß Menschen dieses Typs völlig dem Charakterbild des Großrussen entsprachen, wie es der Historiker Kljutschewskij entworfen hatte. Er hörte mit Vergnügen dem redseligen Begleiter zu, und der Begleiter sagte belehrend und leicht, wie etwas seit langem Durchdachtes: »Die Jagd ist eine tierische, vernichtende Tätigkeit. Der Fuchs vernichtet Birkhähne und allerhand Vögel, der Wolf – Lämmer, Kälber und fügt uns Schaden zu. Na, da muß der Mensch, auf sich selbst bedacht, die Wölfe ausrotten – so fasse ich es auf ...«

Am Gittertor des Taurischen Palais trennte die Menge Samgin von seinem Begleiter, schob ihn mit dem Rücken am steinernen Pfeiler des Tors vorbei, preßte ihn hinter das Gitter und drängte ihn in eine Ecke, wo mehr Platz war. Samgin atmete auf, prüfte die Vollzähligkeit seiner Mantelknöpfe, blickte um sich und stellte fest, daß die Menge auf dem Schloßhof nicht so dicht war wie auf der Straße, sie drückte sich an die Wände und ließ vor der Freitreppe des Palais Platz frei, aber es kamen dennoch keine Menschen von der Straße in den Schloßhof herein, als hielte sie irgendein Hindernis davon ab.

Und wie leer und still war es noch gestern in den Straßen.

Ihn umgaben Leute, die zum größten Teil wohlanständig gekleidet waren, hinter ihm stand auf einem steinernen Vorsprung des Gitters eine rundliche blauäugige Dame mit weißem Mützchen, unter dem Lammfell des Mützchens hingen schwarze Locken auf ihre rosige Stirn herab, neben Klim Iwanowitsch stand ein hochgewachsener alter Mann mit schwarzen Brauen, er trug eine graue, mit grüner Kordel besetzte Joppe, einen sonderbar kuchenförmigen Hut und hatte einen krausen, angegrauten Bart. Ein großer Mann mit einer Sealskinmütze, rundem Gesicht, roten Wangen und einem lustigen goldblonden Schnurrbärtchen drängte sich durch und sagte mit zischenden Worten zu der Dame: »Ganz richtig: Schidlowskij, Schingarjow, Schulgin, natürlich Miljukow, Lwow, Polowzew und dein Onkel. Das eben ist das Büro des ›Progressiven Blocks‹. Sie haben beschlossen, gegen die Regierung zu kämpfen und alle Maßnahmen zu ergreifen, damit die Armee sich ruhig schlagen kann.«

»Sich ruhig schlagen – kann man nicht!« bemerkte jemand.

»Pardon! Es wurde gesagt: Damit die Armee ruhig an der Front ihre Pflicht erfüllt und die Arbeiter sie ruhig mit Munition beliefern können.«

»Und womit soll man sie ernähren?« fragte ein kleiner, gelbgesichtiger Nachbar Samgins.

»Die Duma verantwortet den Kampf.«

»Und womit soll man die Soldaten ernähren?« fragte lauter, eindringlicher der Gelbgesichtige; der Mann mit dem Kordelbesatz beugte sich vor und flüsterte irgend etwas.

»Mir ist es einerlei, wer, jetzt wird darauf keine Rücksicht genommen«, erklärte der Gelbgesichtige, nahm die Mütze ab und schwang sie über seinem kahlen Kopf.

Dem Mann mit dem lustigen Schnurrbart hörten viele zu, er sagte: »Miljukow ... hat sehr klug ...«

»Miljukow ist kein Soldat, sondern Sanitäter, außerdem ...«

»Es ist notwendig, daß das Land schweigt, reden werden statt seiner wir, die Duma. Soeben hat eine Beratung der Senioren unter dem Vorsitz von Rodsjanko begonnen ...«

Das rotwangige Gesicht des Mannes mit dem Schnurrbart erbleichte, er wandte sich an den Kahlköpfigen: »Hören Sie – was wünschen Sie, zum Teufel?«

»Gehen wir, gehen wir«, sagte eilig die Dame, die auf die Erde herabgesprungen war, sie war kräftig gegen Samgin gestoßen und zerrte, ohne sich entschuldigt zu haben, den Schnurrbärtigen, ihn am Ärmel ziehend, zum Eingang des Palais weg.

»Wer war das?« fragte Samgin den kordelbesetzten Alten, der Alte antwortete nachdrücklich: »Herrschaften. Seine Erlauch...«, der Alte sprach das Wort nicht voll aus, es endete mit einem leisen, verwunderten Pfiff durch die Zähne. Heiser nach Bärenart brüllend, rollte ein Lastkraftwagen in den Hof, als Fahrer saß darin ein Soldat mit verbundenem Hals, seine Mütze war über das rechte Ohr geschoben, neben ihm saß ein Student, auf dem Auto standen zwei Arbeiter mit Gewehren in den Händen, ein Zivilist, dessen Hut über das eine Auge geschoben war, ein dicker, graubärtiger General und noch ein Student. Auf der Straße wurde es lauter, man rief sogar hurra, innerhalb der Umzäunung jedoch wurde es stiller.

»Was bedeutet denn das?« fragte der graue Alte leise Samgin.

»Sie sind verhaftet worden«, antwortete Klim Iwanowitsch unsicher und fügte, während er zusah, wie die Arbeiter den Zivilisten vom Auto herunterholten, hinzu: »Der Zivilist scheint der Justizminister zu sein...«

»Wer... ordnet denn das an?«

»Die Duma«, sagte laut der Gelbgesichtige. »Man wollte sie schließen, aber sie besteht noch...«

Samgin beobachtete. Der Minister erwies sich als leicht, als wäre er hohl, er ergriff rasch die entgegengestreckte Hand des Studenten und sprang selbst vom Auto herab, lief ebenso rasch die Stufen hinauf und verschwand hinter einer Säule, mit dem General mühte man sich lange ab, er war rund wie ein Faß, ächzte laut, ließ, auf dem Rand des Autos sitzend, behutsam das eine Bein mit dem roten Hosenstreifen herunter, zog es wieder hoch, ließ das andere herunter, und schließlich rief ihm der eine Arbeiter zu: »So springen Sie doch tapfer! Es geht ja nicht ins Meer...«

Neben Samgin trat Dronow und sagte, als stotterte er, sich räuspernd halblaut: »Eine Menschenmenge rückt an... ungefähr zwanzigtausend... vielleicht noch mehr, bei Gott! Ehrenwort. Arbeiter. Soldaten, mit Musik. Matrosen. Höchste Gefahr... zum Teufel... Hie und da wird geschossen – Tatsache! Von den Dächern herab...«

Es war deutlich – Dronow war erschrocken, sogar seine Schultern zitterten, er drehte den Kopf hin und her und musterte die Leute, als suchte er unter ihnen einen Bekannten, und murmelte: »Und dieser . . . Markow-Woljai, der feurige Dummkopf, führt, wie es heißt, aus Oranienbaum ein Maschinengewehrregiment herbei. Hör mal – wer ist hier der Starke?«

»Das kann ich auch nicht begreifen«, mischte sich der mit grünen Kordeln besetzte Alte ein.

»Wir müssen ins Palais hineingehen«, sagte Samgin.

Dronow stimmte sofort zu.

»Richtig! Dort können wir gesetzten Falls . . .«

Er ging vor Samgin her und bahnte sich rücksichtslos einen Weg, aber auf der Freitreppe hielt sie ein Offizier an, erklärte, er sei der Kommandeur der Dumawache, und ließ sie nicht ins Palais hinein. Sie blieben jedoch dessenungeachtet am Eingang des Vestibüls, hinter den Säulen, stehen, von hier, von der Höhe, konnte man sehr bequem die Revolution beobachten. Neben ihnen stand plötzlich der hochgewachsene Alte.

»Wenn eine Wache da ist, gibt es also eine Regierung«, sagte er in beschwichtigendem Ton. Dronow sah ihn von der Seite an und fragte: »Sind Sie ein herrschaftlicher Diener?«

»Jawohl, ich stand siebenundzwanzig Jahre in Diensten von Seiner Durchlaucht Mecklenburg-Strelizkij und bei anderen Herrschaften.«

Er war sichtlich erfreut, daß man ihn beachtet hatte, beugte sich über Dronows Kopf und zählte auf: »Graf Kapnist oder zum Beispiel Michail Wladimirowitsch Rodsjanko . . .«

Plötzlich stimmte irgendwo in der Nähe ein Blasorchester wuchtig die Marseillaise an, alle Menschen auf dem Schloßhof und auf der Straße gerieten in Bewegung, als wäre der Boden unter ihnen erbebt, und irgend jemand rief hysterisch, voll Freude oder Verzweiflung: »Es kommen Soldaten!«

Samgin verspürte so etwas Ähnliches wie einen Stoß gegen die Brust, und ihm war, als hätten sich die Steinplatten unter seinen Füßen bewegt, das war so unangenehm, daß er sich dieses beschämende, kleinmütige Gefühl physisch zu erklären versuchte und zu Dronow sagte: »Sei vorsichtiger, stoß nicht.«

»Ich bin es nicht, der stößt«, murmelte Dronow, sein verkatertes Gesicht zog sich in die Länge, der Mund öffnete sich halb, und das Kinn zitterte. Samgin stellte das fest und dachte: Wahrscheinlich hält er auch eine Wiederholung des 9. Januar nicht für ausgeschlossen.

Die Menschen auf der Straße verteilten sich schnell, die Mehrzahl ging unter nicht sehr überzeugtem Hurrarufen der Musik entgegen, die Minderheit setzte sich rasch nach rechts, vom Palais weg in Bewegung, während die Leute auf dem Schloßhof sich eng an die Wände des Gebäudes drückten und vor dem Palais eine Fläche frei machten, die mit zu grauem Staub zerstampftem Schnee bedeckt war.

Finster dreinschauend dachte Klim Iwanowitsch Samgin, daß diese kleine Fläche gleichsam absichtlich frei gemacht worden sei, damit er sehe, wie sie eilig, schweigend, zu zweit, zu dritt, besorgt von Leuten überquert wurde, in denen man untrüglich Arbeiter erkennen konnte. Auf der obersten Stufe hielt sie ein Offizier an, Soldaten versperrten ihnen mit gekreuzten Bajonetten den Weg, aber sie sagten, sie seien Abgeordnete aus den Fabriken, und er gab ihnen unter fröstelndem Achselzucken den Weg frei. Immer lauter erklang die eherne Melodie der Hymne Frankreichs, in der Luft wogte verdrossenes Stimmengewirr, und darauf legten sich ironisch unnötig die Worte des Dieners: »Wirkliche Herrschaften sind am Geruch zu erkennen, sie haben einen warmen Geruch, Hunde spüren das ... Die Herrschaften – befaßten sich seit ihren Vorfahren jahrhundertelang mit den Wissenschaften, um die Ursachen zu begreifen, und sind zum Verständnis gelangt, und nun hat der Herrscher ihnen die Duma gegeben, doch es hat sich unwürdiges Volk hineingedrängt.«

Der krause Bart des Dieners war einmal ebenso schwarz gewesen wie seine dichten Brauen, jetzt war er durch graue Haare entfärbt, als wäre er mit grobem Salz bestreut; seine Stimme klang laut, aber eintönig, blechern, und die ganze mattgraue Gestalt des Dieners sah aus, als wäre sie aus Zinn gegossen.

Dem Diener hörten stumm etwa sechs Personen zu, eine von ihnen, in einem pelzgefütterten Mantel mit hochgeschlagenem Kragen, einer Biberfellmütze und rotem, prallem Nacken, strich sich mit der behandschuhten Hand über den Schnurrbart und sagte seufzend: »Ach, Alterchen, du bist zu spät auf die Welt gekommen ...«

»Darum bin ich ja betrübt ... Studenten verhaften einen General – ist denn so etwas möglich?«

Samgin hörte den Reden des Dieners zu und dachte: Das gleicht der Stimme gesunden Menschenverstands.

Vor dem Gitter erschien eine ungewöhnlich dichte Menschenmenge, in der Mitte der ersten Reihe schritt mit einer roten Fahne in den Händen ein hochgewachsener, breitschultriger Mann mit schwarzem Schnurrbart, in halblangem Schafpelz, barhäuptig, der rechte Ärmel war an der Schulter eingerissen. Das war offenbar ein sehr starker Mann: Die Fahnenstange war dick, zwei Manneshöhen lang, das Fahnentuch war aus Samt, aber der Mann hielt sie leicht vor sich hin, wie eine Kerze. An seinen beiden Seiten ging je ein Soldat mit Gewehr, hinter ihm noch zwei, die ersten Menschenreihen waren fast durchweg bewaffnet, sogar Arkadij Spiwak, der kleine Flügelmann im ersten Glied, trug irgendein Gewehr ohne Bajonett auf der Schulter. Diese Menge füllte im Nu die Straße, strömte auf den Schloßhof, und der Mann mit der Fahne postierte sich vor den Eingangsstufen. Irgend jemand rief: »Senk doch nicht die Fahne, he, senk sie nicht!«

Durch die Menge zwängten sich wie durch ein Sieb Soldaten, sie schleppten Maschinengewehre auf den Schultern, irgendwelche Blechkästen, Kisten und riefen: »Platz machen!«

Niemand befehligte sie, und ohne den Offizier, den Kommandanten der Wache, zu beachten, ja sogar gleichsam ohne ihn zu sehen, gingen sie in die Tür des Palais hinein.

Mit nahendem Alter hatte Klim Iwanowitsch Samgin seine Kurzsichtigkeit verloren, seine Sehkraft war fast normal geworden, er trug die Brille bereits nicht so sehr aus Notwendigkeit als aus Gewohnheit; als er von oben das Antlitz der Menge genau betrachtete, sah er deutlich genug über der dunkelgrauen Masse unter zerknitterten Schirmmützen und Kappen die knochigen, schmierigen, rußigen, struppigen Gesichter und suchte aus ihnen ein Gesicht zu modellieren. Das gelang ihm nicht und fesselte ihn, da es ihn ärgerte, immer mehr. Unangebrachterweise fielen ihm die verzerrte, zerschlagene Welt von Hieronymus Bosch, die Masken Leonardo da Vincis, die schreckenerregenden Fratzen der Weisen um das Jesuskind auf dem Bild von Dürer ein.

Nein, das alles ist nicht so, nicht das Richtige. Alle Gesichter zu einem zusammenpressen, alle Köpfe zu einem, auf einem Hals ...

Ihm fiel ein, daß irgendeiner der römischen Herrscher das gewollt hatte, um dann den Kopf abzuhacken.

Menschenhaß, gesteigert bis zum Wahnsinn. Nein – von welcher Art muß der Führer, der Napoleon dieser Leute sein? Dieser Leute, die das Lebensglück nur im Sattsein erblicken?

»Rodsjanko-o!« brüllten Hunderte von Kehlen. »Her mit Rodsjanko-o!«

Klim Iwanowitsch hatte sich von dem Prozeß der Erschaffung einer Führergestalt so hinreißen lassen, daß er nur mechanisch merkte, was rings um ihn vorging: Nun stürzte aus der Tür des Palais der irgend jemandem ähnelnde Advokat Kerenskij den Soldaten entgegen und rief: »Bürger Soldaten! Ich beglückwünsche euch zu der hohen Ehre – die Reichsduma zu bewachen. Ich erkläre euch zur ersten revolutionären Wache ...«

In der Menge wurde hurra gerufen, und ein junger Soldat, der mit Blechkästen beladen war, rief Kerenskij zu: »Geh mir mal aus dem We-eg!«

»Wozu schleppen sie denn Maschinengewehre hinein? Wollen sie etwa aus den Fenstern schießen?« fragte bestürzt der Diener.

»Sie werden nicht schießen, Alterchen, sie werden nicht«, sagte der Mann mit Handschuhen und riß von dem, den er von der rechten Hand abgenommen hatte, den Daumen ab.

»Rassjanko-o!« schrie Fjodor Prachow, er stand an der untersten Stufe der Treppe, man stieß ihn voran, er kehrte den Nachdrängenden die Seite, den Rücken zu, brachte es fertig, am Fleck stehenzubleiben, und rief, jemandem zuzwinkernd: »Rassjanko-o!«

Aus der Tür des Palais trat ein riesengroßer, dicker Mann und rief wütend mit schallender, ohrenbetäubender Stimme: »Bürger!«

Er war so groß, daß es Samgin vorkam, dieser Mann wäre, aus der Nähe betrachtet, nicht mit einem Blick zu erfassen, wie ein Glockenturm. Auf dem Schloßhof vor dem Palais und sogar außerhalb des Gitters, auf der Straße, wurde es immer stiller, während Rodsjanko sich immer mehr aufblähte, sein dickes Gesicht vom Blutandrang anschwoll und seine unerschöpfliche fette Stimme brüllte: »Ein Chaos . . .«

Die zwei Laute »a« und »o« verschmolzen zu einem einzigen unmenschlichen Schrei, zu einem »Posaunenstoß«.

Samgin kam es vor, daß der Tapezierer Prachow sogar zusammenknickte, die Leute, die fast dicht bei dem Redner, aber eine Stufe tiefer standen als er, wankten, der behandschuhte Mann klappte den Mantelkragen hoch, verbarg den Kopf, und seine Schultern bebten, als lachte er.

»Der Feind steht vor den Toren von Petrograd«, brüllte Rodsjanko. »Wir müssen Rußland retten, unser teures, geliebtes, heiliges Rußland. Ruhe. Geduld . . . ›Wer aber beharret bis an das Ende, der wird selig.‹ Wir müssen arbeiten . . . kämpfen. Höret nicht auf die Leute, die da sagen . . . Das große russische Volk . . .«

Klim Iwanowitsch Samgin sah Rodsjanko zum erstenmal, ihm gefiel der große, donnerstimmige, vortrefflich herausgefütterte Nachkomme der Saporosher Kosakenaristokratie. Wahrscheinlich, weil er lange sprach, ging dem russischen Volk die Geduld aus, ihm zuzuhören, ein tausendstimmiges Hurra übertönte seine schallende Rede, der Redner kehrte dem großen Volk den Rücken und den roten Nacken.

»Ihn, Rodsjanko, muß man nackt sehen, wenn er badet«, sagte befriedigt und, wie es schien, sogar mit Stolz der Diener. »Oder, zum Beispiel, wenn er speist – dann ist er sein eigener Zar und Gott.«

Die unvermeidliche Mischung von Dummheit und Banalität, stellte Samgin ruhig und sogar mit einem Gefühl der Befriedigung fest.

Der Mann mit den Handschuhen zerriß den rechten, nahm mit einer schroffen Bewegung das Taschentuch heraus, wischte damit sein nasses Gesicht ab und tappte, zu den Türen des Palais vordringend, wie ein Blinder auf die Menschen zu. Er stieß Samgin mit der Schulter, entschuldigte sich aber nicht, sein Gesicht war knochig, in dunklem Bart, er biß sich fest auf die Unterlippe, während die obere hochgezogen war und ungleichmäßige, große Zähne entblößte.

Unter wildem Röhren, Dröhnen und Knattern fuhren mitten ins Menschengewühl Lastkraftwagen hinein, die Generale und Zivilisten mitbrachten, sie wurden behutsam vor der Treppe ausgeladen, und jede dieser Ladungen schien die Stimmung der Menge herabzusetzen, der Lärm wurde schwächer, die Gesichter der Menschen nachdenklicher oder zorniger, spöttischer, düsterer. Samgin fing die halblauten Worte auf: »Was werden sie denn mit ihnen tun?«

»Uns wird man nicht fragen.«

»Sie werden sie bis zu leichteren Zeiten in Gewahrsam nehmen . . .«

»Natürlich. Nachher wird man sie freilassen . . .«

»Dann wird man sie für die Unruhe . . . entschädigen!«

»In Klöster sollte man sie sperren, bei trocken Brot.«

»Was du dir nicht ausdenkst!«

»Deportieren sollte man sie irgendwohin . . .«

»Oder – an den Ladogasee bringen und ertränken«, sagte unter deutlicher Aussprache des »o« ein Mann mit schäbiger finnischer Mütze, in abgenutzter schwarzer Lederjoppe, die Mütze war über die Brauen geschoben, unter ihr blähten sich bläuliche Wangen, die mit grauen Stoppeln bedeckt waren; seine Atemnot überwindend, wiederholte der Mann: »Die Klöster . . . Bei uns – machten sich vorgestern die Weiber auf den Weg zum Alexander-Newskij-Kloster, um Brot für die Kinder zu bitten, die Kinderchen krepieren geradezu vor Hunger, man kann es nicht länger ertragen, sie anzusehen. Na, sie gingen also hin. Dort nahm irgendein Mönch, der Vorsteher, sogar Anstoß daran, der Hundsfott: ›Wir haben hier‹, sagte er, ›keinen Laden, wir handeln nicht mit Brot.‹ – ›Na, dann gebt es uns unentgeltlich, um Himmels willen. Wenn auch nur einen Sack Roggenmehl . . .‹ – ›Was denkt ihr denn, ihr Frauen‹, sagte er, ›wir leben selbst von weltlichen Almosen‹, sagte er. So ein Gesindel! Dabei haben sie ganze Lager voll. Versteht ihr? Lager. Zucker, Mehl, Buchweizen, Kartoffeln, Sonnenblumenöl und Hanföl, gedörrte Fische – fuhrenweise! Sie dienen Gott, wie?«

Ihn unterstützten griesgrämige Stimmen: »Ja-a, alle dienen Gott, aber dem Menschen – keiner!«

»Na, dem Menschen, dem dienen wir, wir arbeiten . . .«

»Putilow ist immerhin ein Mensch.«

»Parwiainen . . .«

»Es gibt ihrer viele . . .«

»Dem Volk – dient keiner, das ist es!« sagte laut eine hochgewachsene, magere Frau in einem Männermantel. »Keiner, außer der Partei der Sozialrevolutionäre.«

»Und die Bolschewiki?«

»Die sind selbst Arbeiter, die Bolschewiki.«

»Gibt es viele?«

»Das sind Bengel, Kleinzeug . . .«

»Das Kleinkörnige pflegt stark zu sein: der Pfeffer, das Pulver . . .«

»Seht – es werden noch mehr Verhaftete gebracht.«

Als die Verhafteten, ein General und zwei Zivilisten, die Stufen des Eingangs hinaufgegangen waren und die Menschen wie eine Woge hinter ihnen her ins Palais fluteten – überließ sich der frierende Samgin der Macht der Menge, wurde sofort in die Türen des Palais hineingepreßt, zur Seite gedrängt und stieß mit dem Knie gegen den Rücken eines Soldaten – der Soldat saß am Boden, hielt ein Maschinengewehr zwischen den Beinen und stocherte mit irgendeinem Werkzeug daran herum.

»Entschuldigen Sie«, sagte Samgin.

»Macht nichts, macht nichts – mach nur weiter!« entgegnete der Soldat, ohne sich umzusehen. »Ein bissel eng ist's, mein Lieber«, murmelte er, mit dem Stahl am Eisen herumkratzend. »Macht nichts, das sind die letzten Tage, an denen es uns so eng ist . . .«

Auf dem Boden rings um den Soldaten türmten sich Maschinengewehre, Patronengurte, Patronengurtkästen, Tornister, Gewehre, Bündel von Ausrüstungsgegenständen, Säcke, die mit irgend etwas gefüllt waren, das Pflastersteinen oder Wassermelonen glich. Mitten in diesem Chaos von Gegenständen und auf ihm schliefen zusammengekrümmt Soldaten, ungefähr zehn Mann.

»Wikentjew!« murmelte der Soldat, der nicht aufhörte, an dem Maschinengewehr herumzustochern, und stieß mit dem Fuß an die Schulter eines Schlafenden. »Wach auf, du Teufel! He, wo ist der Schraubenschlüssel?«

Auf ihn trat ein Arbeiter in rotbrauner Weste über schwarzer Tuchbluse zu, eckig, mit tief eingefallenen Augen im rußigen Gesicht, er bekam einen Hustenanfall, schaute sich um, wohin er ausspucken könnte, schluckte den Auswurf, da er keinen geeigneten Platz fand, hinunter und sagte heiser, gedämpft: »Sawjol, gib mir einen Laib Brot, mein Lieber! Für die Deputierten . . .«

»Nein, ich habe nicht das Recht«, sagte der Soldat, ohne auch ihn anzublicken.

»Du wunderlicher Kauz, für die Deputierten der Fabriken, für die Arbeiter . . .«

»Ich habe nicht . . .«

In diesem Augenblick jedoch hatte der Restaurator des Maschinengewehrs irgend etwas entdeckt und freute sich: »Aha, der Abzug? So-so-so . . .«

Er kniete sich hin, erhob sein rundes, lustiges, grauäugiges Gesicht, das mit spärlich über die Wangen verstreuten goldblonden Haaren verziert war, und – genehmigte: »Nimm dir eins.«

»Und – zwei?«

»Da – siehst du's?«

Er hob den langen Arm, an seinem Ende befand sich eine große, schwarze, ölige Faust. Der Arbeiter band einen Sack auf, nahm einen Brotlaib heraus, steckte ihn sich unter die Achsel und sagte: »Ich sollte ihn verbergen, man wird mich darum beneiden.«

»Und da verlangst du – zwei! Hier hast du eine Zeitung, wickle ihn ein . . .«

Klim Iwanowitsch Samgin stellte sich in den ununterbrochenen Menschenstrom, der durch die Türen hereinflutete, und trieb rasch mit ihm zusammen ins Innere des Palais, in den dröhnenden Lärm Hunderter von Stimmen, er bewegte sich fort und fing die interessantesten Worte, mit den Augen die auffallendsten Gestalten und Gesichter auf. Er geriet in irgendeinen endlosen Korridor, der vermutlich das ganze Dumagebäude durchschnitt. Hier war man unbehinderter, und je weiter, desto mehr – zu beiden Seiten des Korridors schlugen ununterbrochen Türen, die gleichsam nacheinander Menschen aus der Menge herausbissen. Sonderbarerweise endete dieser Korridor mit einem elegant eingerichteten Restaurant, in ihm hatten sich ungefähr dreißig griesgrämige, verzagte, aufgebrachte Menschen versammelt und unter ihnen ein vergnügter – Stratonow, in irgendeinem sehr saloppen, zerknitterten Anzug und weichen Stiefeln.

»Oh, guten Tag!« sagte er zu Samgin und breitete die Arme aus, als wollte er ihn umarmen.

Samgin trat einen Schritt zurück, fing seine Hand und drückte sie, während er der lebhaften, halblauten Rede Stratonows zuhörte: »Und mich, mein Guter, haben sie auf einem Lastkraftwagen hergebracht, ja-ja! Verhaftet haben sie mich, zum Teufel! Ich sagte: ›Hören Sie mal, das ist . . . das ist eine Gesetzesverletzung, als Abgeordneter bin ich unantastbar.‹ Irgendein miserabler Student lachte: ›Aber nun‹, sagte er, ›tasten wir Sie an!‹ Nicht ohne Humor hat er das gesagt, wie? Mit ihm war ein Matrose gekommen, solch eine Schnauze, wissen Sie: ›Unantastbar bist du?‹ schrie er. ›Und unsere Abgeordneten, die sie ins Zuchthaus geschickt haben – sind antastbar?‹ Na, was willst du so einem antworten? Er ist doch ein Bauer, er begreift nichts . . .«

Auf sie zu trat ein würdiger, warm gekleideter, glatt frisierter und außerordentlich blitzsauber gewaschener, geradezu ausgebleichter Mann mit farblosem und gleichsam verwischtem Gesicht, die Flügel seiner kleinen Nase aufblähend, die graublauen Lippen träge bewegend, fragte er mit sanfter Stimme: »Wie sieht es in den Straßen aus? Die Truppen – kommen sie?«

»Nein, keinerlei Truppen!« rief ein kleiner Mann und schlug dabei mit dem Teelöffel gegen ein leeres Glas. »Die Truppen haben uns verraten. Daß Sie das nicht begreifen!«

»Ich glaube es nicht!« sagte Stratonow lächelnd. »Ich kann es nicht glauben.«

»Man wird Sie dazu zwingen . . .«, sagte der Würdige, mit seinen dicken Schultern zuckend.

»Soldaten machen nicht Revolution.«

»Es gibt keine Armee! Ich bin an der Front gewesen . . . Eine Armee gibt es nicht mehr!«

»Glauben Sie das?« fragte Stratonow. Samgin blickte sich um und sagte: »Es gibt kein Brot. Verschaffen Sie Brot – dann wird es eine Armee geben.«

Er kam sofort darauf, daß er nicht hätte so sprechen sollen, und fügte unbestimmt hinzu: »Und dann wird überhaupt alles . . . seinen natürlichen Verlauf nehmen.«

»Maschinengewehre brauchen wir, Maschinengewehre und nicht Brot!« sagte gedämpft, aber deutlich ein elegant gekleideter Mann.

Dann trat noch jemand ein und – tröstete sie: »Die Maschinengewehre – sind in Gang! In der Admiralität hat irgendein General den Widerstand organisiert. Polizei und Gendarmen schießen von den Dächern.«

Irgendwo hinter einer Ecke hervor erschien ein alter Herr, dem Samgin hin und wieder bei Jelena begegnet war, an dessen Namen er sich aber aus irgendeinem Grund nicht mehr genau erinnerte: Lossew, Brossow, Barsow? Der alte Herr lenkte die Aufmerksamkeit auf sich, indem er mit dem Knauf seines Stocks auf den Tisch klopfte, und sagte belehrend: »Meine Herrschaften! Erlauben Sie, daran zu erinnern, daß wir zur Zeit unsere persönlichen Sympathien und Ansichten nur in besonders vorsichtiger Form zum Ausdruck bringen dürfen . . .« Er verstummte, klopfte mit der Gummizwinge seines Stocks gegen den Boden und nickte traurig mit seinem grauen Kopf. ». . . wenn wir nicht wollen, daß sich unser Persönliches in der Bewertung unseres Parteiprogramms durch unsere Feinde, in böswilliger Entstellung des edlen, russischen nationalen Ziels unserer Partei niederschlage. Ich rate natürlich nicht: ›Wer unter Wölfen ist, muß mit den Wölfen heulen‹, wie ein uraltes und politisch weises Sprichwort rät. Aber Sie wissen, daß den Ton ändern noch nicht bedeutet, den Sinn zu ändern, und daß Nachgeben in Worten nicht immer den Erfolgen einer Sache schadet.«

Samgin, der keinen weiteren Umgang mit Stratonow wünschte, verließ rasch das Büfett, er war unzufrieden mit sich selbst und hatte vor, nach Haus zu gehen und dort alles, was er gesehen und gehört hatte, zu überdenken.

Durch den Korridor ging mit offenem Mantel Dronow, er hatte die Mütze in die Tasche gesteckt und fuchtelte mit den Händen.

»Warte, wohin willst du?« hielt er Samgin an und begann sofort: »Ein provisorisches Dumakomitee hat die Macht übernommen, und es hat sich – wie im Jahre fünf – ein Sowjet der Arbeiterdeputierten gebildet. Was wird das denn: eine Doppelherrschaft?« fragte er und versuchte seine zuckenden Augen auf Samgins Gesicht zu heften.

Samgin antwortete eindringlich: »Wieso denn? Der Arbeitersowjet hat seine eigenen beruflichen Interessen . . .«

ANHANG

ANMERKUNGEN

5 *An der Universität wurde geschossen* – Nach der Rückkehr der Demonstranten von der Beerdigung Baumanns wurde aus der Manege von Schwarzhundertern auf sie geschossen, so daß viele den Tod fanden.

32 *Schanjawskij-Universität* – Mit den Mitteln des Generals a. D. Alfons Leonowitsch Schanjawskij (1837–1905) war in Moskau eine »Volksuniversität« gegründet worden, an der liberale namhafte Wissenschaftler arbeiteten und an der auch junge Menschen aus dem Volk ohne Gymnasialabschluß studieren konnten. Sie war deshalb auch als populäre »freie Hochschule« bekannt.

34 *Haus der Russischen Versicherungsgesellschaft* – In diesem Haus – heute Kalininstraße, gegenüber der Lenin-Bibliothek – wohnte im Dezember 1905 Gorki, der aktiv am Moskauer Aufstand teilnahm.

Genosse Teufel – Parteipseudonym des Bolschewiken Walerian Iwanowitsch Bogomolow (1881–1935), Mitglied der militär-technischen Gruppe des ZK der Partei.

36 *»Verband vom 17. Oktober«* – Im Oktober 1905 sah sich der Zar auf Grund der anwachsenden revolutionären Bewegung gezwungen, das Oktobermanifest zu erlassen, das viele Versprechungen enthielt. Als Zugeständnisse wurden Rede- und Versammlungsfreiheit, Koalitionsfreiheit, Unantastbarkeit der Person, die Bildung eines »russischen Parlaments« und einer gesetzgebenden Reichsduma genannt. Das Bürgertum war durch dieses Manifest vollauf befriedigt, stellte sich auf die Seite der Regierung und bildete den »Verband vom 17. Oktober«, die reaktionäre Partei der Oktobristen. Führer waren der Großindustrielle Alexander Iwanowitsch Gutschkow (1862 bis 1936) und der Latifundienbesitzer Michail Wladimirowitsch Rodsjanko (1859–1923).

97 *Haben ... Ihre Pissarew-Anhänger keinen Puschkin-Pogrom veranstaltet?* – Der revolutionär-demokratische Literaturkritiker Dmitrij Iwanowitsch Pissarew (1840–1868) trat in den sechziger Jahren gegen die einseitige Verherrlichung Puschkins als Dichter der »reinen« Kunst auf und kam in seiner Polemik zu einer ungerechtfertigten Beurteilung des Dichters.

119 *Familie Lordugin* – Pjotr Danilowitsch Lordugin (2. Hälfte des 19. Jh.) war der Führer einer religiösen, den Geißlern (Chlysten) nahestehenden Sekte.

150 *Hedonist* – Anhänger des Hedonismus, einer altgriechischen Lebensauffassung, nach der Genuß und Vergnügen als Ziel und Motiv des menschlichen Handelns, als höchstes Gut gewertet wurden.

162 *Blavatsky* – Helene Petrowna Blavatsky (1831–1891) gilt als die Be-

gründerin der Theosophie, einer Mischung aus idealistischer Philosophie und Theologie. Sie schuf die theosophische Gesellschaft mit Zentren in New York, Indien und London.

Besant – Annie Besant (1847–1933) war eine englische Publizistin und übernahm nach dem Tod von Helene Petrowna Blavatsky die Leitung der theosophischen Gesellschaft.

180 *Gnostiker* – Anhänger des Gnostizismus, einer mystisch-religiösen Strömung im 1. und 2. Jahrhundert, die den religiösen Glauben und die kirchliche Autorität durch eine Erkenntnis Gottes und seiner Ziele ersetzen wollte. Der Gnostizismus wurde so zu einer spekulativen Religionslehre, die griechisch-orientalische und vorchristliche Elemente eklektisch miteinander verband.

195 *der Kalender von Brjus* – Jakow Wilimowitsch Brjus (1670–1735) war Staatsmann, Generalfeldmarschall und einer der engsten Mitkämpfer von Peter I. Er befaßte sich neben seiner militärischen und diplomatischen Tätigkeit auch mit wissenschaftlichen Arbeiten. Ihm wird die Zusammenstellung eines Kalenders zugeschrieben, der 1709 bis 1715 in Moskau gedruckt wurde und verschiedene astronomische Angaben, kirchliche Auskünfte und astrologische Vorhersagen enthielt. Vorhersagen »nach Brjus« wurden später in vielen vorrevolutionären Kalendern veröffentlicht, ohne jedoch mit denen des Brjusschen Kalenders irgend etwas gemein zu haben.

204/205 *Leutnant Schmidt* – Im Oktober 1905 fand in Sewastopol eine Demonstration für die Befreiung politischer Häftlinge statt, die von der Ochrana zerschlagen wurde. Bei der Beerdigung der Erschossenen hielt Leutnant Pjotr Petrowitsch Schmidt (1867–1906) eine leidenschaftliche Rede, die ihn ungewöhnlich populär unter den Arbeitern und Matrosen werden ließ, so daß diese ihn beim Aufstand der Schwarzmeerflotte im November 1905 zu ihrem Führer machten. Gemeinsam mit den Hauptorganisatoren des Aufstands wurde er durch ein Kriegsgericht zum Tode verurteilt und 1906 hingerichtet.

227 *Stolypin* – Pjotr Arkadjewitsch Stolypin (1862–1911) wurde im April 1906 Innenminister und Vorsitzender des Ministerrats in der Regierung von Nikolai II. Mit seinem Namen verbindet sich eine Zeit grausamsten Terrors, die »Stolypinsche Reaktion«. Stolypin wurde 1911 von dem Ochranaagenten und Sozialrevolutionär Bogrow ermordet.

237 *Die Sonderländer sind ein geschickter Schachzug* – Die 1906 erlassenen Stolypinschen Agrargesetze gaben im Unterschied zu den bisher gültigen Regeln der Dorfgemeinde jedem Bauern das Recht, den ihm von der Dorfgemeinde zur Nutzung zugewiesenen Boden käuflich zu erwerben, ihn zu bewirtschaften oder aber auch zu verkaufen. Mit dem Erwerb des Bodens schied der Bauer aus der Dorfgemeinde aus, das Stück Land, das in seinen Besitz überging, war das Sonderland. Viele der Ärmsten nutzten diese Möglichkeit, ihren Boden spottbillig zu verkaufen und in die Stadt zu fliehen. Nur wohlhabenden Bauern war es möglich, bei Aufkauf des Bodens der Verarmten und unter Ausnutzung von deren Ab-

hängigkeit gute eigene Sonderland-Wirtschaften zu errichten. Die Forderung der Bauern nach eigenem Boden schien somit durch die Stolypinsche Agrarreform erfüllt, in Wirklichkeit jedoch bedeutete sie Fortbestehen des Großgrundbesitzes, des Kulakentums als Stütze der Regierung auf dem Land und zunehmende Verelendung der Masse der Bauern.

246 *Ich habe in Berlin das Theater Stanislawskijs gesehen* – Gemeint ist das Moskauer Künstlertheater, das 1906 unter der Leitung von Stanislawskij mit den Stücken »Nachtasyl« von Gorki, »Onkel Wanja« von Tschechow u. a. m. in Berlin gastierte.

287 *Preobrashenzen* – Angehörige des Preobrashenskij-Regiments, eines der bekanntesten Garderegimenter. 1687 von Peter I. geschaffen, nach seinem Standort bei Moskau benannt, dienten in ihm im 18. Jahrhundert vorwiegend Adlige, die sich an der Palastrevolution 1762, durch die Katharina II. an die Macht kam, beteiligten. Auch 1917 verteidigten sie den Zarismus.

297 *Maximalisten* – Kleinbürgerliche, halbanarchistische Gruppierung, die sich 1904 innerhalb der Sozialrevolutionäre entwickelt und 1906 verselbständigt hatte. Sie forderten wie die Sozialrevolutionäre die »Sozialisierung des Bodens«, darüber hinaus jedoch auch die schnelle »Sozialisierung« von Fabriken und Werken. Sie lehnten jede Form des legalen Kampfes ab und hielten den individuellen Terror für das entscheidende Kampfmittel.

301 *Arzybaschew* – Der russische Schriftsteller Michail Petrowitsch Arzybaschew (1878–1927) verherrlichte in seinem Roman »Sanin« (1907) Zynismus und Verrat.

308 *Montanistin* – Anhängerin einer von Montanus (gest. 180) begründeten asketisch-christlichen Bewegung, die bald zur Sekte geworden war. Die Montanisten wandten sich gegen die Verweltlichung von Kirche und Priesterherrschaft und hofften auf die baldige Wiederkehr Jesu.

377 *Bosch* – Hieronymus Bosch (1450–1516), niederländischer Maler, der seine Beobachtungen der Natur und des Menschen in phantastischen, höchst suggestiven Formen mit einer Unzahl symbolischer Einzelheiten und mit satirisch-grotesken oder naturgebundenen Zügen zum Ausdruck brachte.

380 *Trudowiki* – Angehörige einer Gruppe kleinbürgerlicher Demokraten, die im April 1906 entstand und sich aus Bauernabgeordneten der I. Reichsduma zusammensetzte. Die Trudowiki forderten die Abschaffung aller nationalen und ständischen Beschränkungen, die Demokratisierung der ländlichen und städtischen Selbstverwaltung und die Verwirklichung des allgemeinen Wahlrechts bei den Wahlen zur Reichsduma. In der Reichsduma schwankten sie zwischen Kadetten und Sozialdemokraten.

400 *Dubassow* – Fjodor Wassiljewitsch Dubassow (1845–1912) wurde 1905, nach grausamer Niederschlagung von Bauernaufständen in verschiedenen Bezirken, zum Moskauer Generalgouverneur ernannt und leitete

die Niederschlagung des Moskauer Dezemberaufstands 1905. *Trepow* – Dmitrij Fjodorowitsch Trepow (1855–1906) unterstützte als Moskauer Polizeichef die Subatowmethode und wurde, in Moskau durch Brutalität und Grausamkeit bekannt geworden, zwei Tage nach dem Blutsonntag 1905 zum Generalgouverneur von Petersburg mit diktatorischen Vollmachten und zum Chef der Petersburger Garnison ernannt. Er war »einer der in ganz Rußland meistgehaßten Diener des Zarismus« (Lenin).

409 *Katkow* – Michail Nikiforowitsch Katkow (1818–1887), Publizist und Journalist. Ab 1856 gab er die Zeitschrift »Russkij westnik« (Russischer Bote) heraus und war Redakteur der Zeitung »Moskowskije wedomosti« (Moskauer Nachrichten). Beides waren seit Beginn der sechziger Jahre systemfreundliche Presseorgane, in denen Katkow einen erbitterten Kampf gegen jeglichen Fortschritt in der gesellschaftlichen Entwicklung und in der Literatur führte. Dabei scheute er keinerlei Verleumdung und verteidigte leidenschaftlich monarchistische und chauvinistische Ansichten.

416 *der Verräter Aristide* – Gemeint ist Aristide Briand (1862–1932), französischer Staatsmann und Diplomat.

433 *die gesegneten Zeiten, die Tschechow verheißen hat* – In mehreren Werken Tschechows träumen die Helden von einem wunderbaren Dasein in ferner Zukunft.

434 *Lawrow* – Pjotr Lawrowitsch Lawrow (1823–1900) war ein bedeutender Ideologe der Volkstümlerbewegung. Er vertrat die subjektivistische Schule in der Soziologie und schuf die reaktionäre Volkstümlertheorie vom »Helden« und der »Masse«.

Michailowskij – Nikolai Georgijewitsch Michailowskij (1842–1904) war vorwiegend als Publizist, Literaturkritiker und Philosoph tätig und führte seit 1892 als Redakteur der Zeitschrift »Russkoje bogatstwo« (Russischer Reichtum) einen erbitterten Kampf gegen den Marxismus.

435 *die gottverzückten Sjutajews* – Wassilij Kirillowitsch Sjutajew (1820 bis 1892) schuf als Bauer eine der Kirche feindliche religiös-sittliche Lehre, nach der das wahre Christentum in der Liebe der Menschen zueinander bestand. Zur Verwirklichung dieses Ideals wollten er und seine Anhänger durch Selbstvervollkommnung gelangen.

die Bondarews – Timojej Michailowitsch Bondarew (1820–1898) erhob in seinen Schriften die Landarbeit zum religiösen Grundgesetz des Lebens und forderte von jedem Menschen körperliche Arbeit.

der verschrobene Graf – Gemeint ist Lew Tolstoi, der mit Sjutajew bekannt war und mit Bondarew korrespondierte. Tolstoi betonte aus vielerlei Anlässen, daß er diesen zwei einfachen russischen Bauern mehr verdanke als allen Wissenschaftlern und Schriftstellern.

438 *die Kadettchen haben sich durch ihre Reise nach Wyborg . . .* – Gemeint ist das Verhalten der Kadetten bei der Beratung der I. Reichsduma im Juli 1906 in Wyborg. Im Wahlkampf zur I. Reichsduma hatten die Kadetten versichert, in der Duma ein Gesetz zur Aufteilung allen Gutsbe-

sitzerlandes durchzusetzen. Das von ihnen dann vorgelegte Projekt war weit von dieser Forderung entfernt. Aus Furcht vor neuen Bauernunruhen löste die Regierung die I. Duma auf, was die Kadetten mit einem erfolglosen Aufruf an die Bevölkerung beantworteten, keine Steuern mehr zu zahlen und keinen Mann als Soldaten zu stellen.

444 *Suworin* – Alexej Sergejewitsch Suworin (1834–1912) war ein reaktionärer Journalist und Schriftsteller, von 1876 bis 1912 Redakteur der Petersburger Tageszeitung »Nowoje wremja« (Neue Zeit).

456 *»Russkije wedomosti«* – (Russische Nachrichten); Tageszeitung der rechten Kadetten.

»Nowoje wremja« – (Neue Zeit); eine von der zaristischen Regierung gekaufte Tageszeitung, die gegen jegliche Revolution und auch gegen die liberal-bürgerliche Bewegung kämpfte.

»Russkoje slowo« – (Das russische Wort); verbreitete bürgerliche Tageszeitung liberaler Prägung.

462 *Ich bin kein Peter Schlemihl* – Adelbert von Chamisso (1781–1838) schuf in seiner Märchennovelle »Peter Schlemihls wundersame Geschichte« (1814) die Gestalt eines Menschen, der seine Seele dem Teufel als Schatten verkauft, um dafür ein langes Leben in Reichtum und Wohlstand zu erwerben. Doch er kann ohne seinen Schatten nicht leben und leidet sehr.

Inguschen – Angehörige eines nordkaukasischen Volksstammes; sie wurden in den Jahren 1905 und 1906 von vielen Gutsbesitzern zum Schutz ihrer Höfe gedungen.

478 *Raskolnikow ... Porfirij* – Hauptgestalten aus Dostojewskijs Roman »Schuld und Sühne« (1866).

481 *Saratower Gouverneur* – Gemeint ist Pjotr Arkadijewitsch Stolypin, der von 1903 bis 1906 Gouverneur des Saratower Gouvernements, ab 1906 Ministerpräsident unter Nikolai II. war.

499 *Leskows Roman »Bis aufs Messer«* ... *Dostojewskijs »Dämonen«, Pissemskijs »Aufgewühltes Meer«* – Alle drei Romane, 1871, 1871/72 und 1863 erschienen, zeigen, daß die Autoren nicht an eine revolutionäre Veränderung der Welt glaubten. Die Gestalt des Revolutionärs wird verzerrt, seine Tätigkeit entstellt geschildert.

505 *die fad-grünen Sammelbände des »Snanije-Verlages«* – Der Verlag »Snanije« war 1898 von einer Literatengruppe auf Initiative von Konstantin Petrowitsch Pjatnizkij (1864–1938) gegründet worden. Gorki trat dieser Gemeinschaft 1900 bei, leitete sie seit 1902 und machte sie zum Zentrum des Realismus und fortschrittlichen Denkens in der Literatur. Besonders populär waren die Sammelbände, die in hellgrüner Ausstattung erschienen und von denen von 1904 bis 1913 vierzig verschiedene Titel herausgegeben wurden.

Miljukow – Pawel Nikolajewitsch Miljukow (1859–1943) war Historiker und Publizist. Er gehörte 1905 zu den Begründern der liberalmonarchistischen Partei der Kadetten, der stärksten bürgerlichen Partei Rußlands, und war als Vorsitzender ihres ZK und Redakteur ihres

Zentralorgans »Retsch« (Die Rede) ein bedeutender Ideologe der russischen Bourgeoisie.

520 *Ein Provokateur im Parteizentrum* – Gemeint ist die Partei der Sozialrevolutionäre und Jewno Fischelewitsch Asef (1869–1918), einer der Organisatoren dieser Partei und langjähriges Mitglied ihres ZK. Er arbeitete seit 1892 als Spitzel im Auftrag des Polizeidepartements. Um sich das Vertrauen der SR-Führung zu erwerben, organisierte er einige Terrorakte, gab dabei jedoch laufend Mitteilungen über die Zusammensetzung der Parteiführung, über Pläne, Sitzungen oder Vorhaben an die Polizei weiter. 1906 verhütete er einen Anschlag auf den Innenminister und 1907 ein Attentat auf Nikolai II. (1868–1918). 1908 wurde Asef als Agent der Ochrana entlarvt.

529 *Lunatscharskij und Bogdanow sollen da irgendeinen Unsinn verfaßt haben* – Gemeint ist der 1908 von beiden herausgegebene Sammelband »Beiträge zur Philosophie des Marxismus«, der nach Lenin richtiger »Beiträge gegen die Philosophie des Marxismus« hätte heißen müssen und den Lenin in seinem Werk »Materialismus und Empiriokritizismus« (1908) heftig kritisierte. – Anatolij Wassiljewitsch Lunatscharskij (1875–1933) war Publizist, Literaturkritiker und Philosoph. Seit Anfang der neunziger Jahre in der revolutionären Bewegung, wurde er nach der Gründung der revolutionären marxistischen Arbeiterpartei 1903 Bolschewik und übernahm verschiedene Funktionen. In den Jahren der Reaktion wich er vom Marxismus ab, vertrat revisionistische Ansichten, korrigierte sie jedoch bald wieder und wurde nach 1917 besonders als Kulturpolitiker aktiv. – Alexander Alexandrowitsch Bogdanow (1873–1928) war Arzt, Philosoph und Ökonom. Seit den neunziger Jahren an der Arbeit marxistischer Zirkel beteiligt, wurde er 1903 Bolschewik. In den Jahren der Reaktion versuchte er, den Marxismus zu revidieren und sein eigenes System zu schaffen, den »Empiriomonismus«.

548 *Sytin* – Iwan Dmitrijewitsch Sytin (1861–1934) war ein russischer Verleger.

548/549 *Iwanow-Rasumnik* – Rasumnik Wassiljewitsch Iwanow, später Iwanow-Rasumnik (1878–1946), war ein subjektiv-idealistischer Kritiker, Literaturwissenschaftler und Soziologe.

549 *Gorki? Mit dem ist es aus ... er sei emigriert, obwohl ihm keinerlei Gefahr gedroht habe* – So lauteten die Angriffe reaktionärer Kritiker, die bald nach der Veröffentlichung der »Mutter« vom Ende Gorkis als Künstler sprachen, da er sein Leben und Schaffen mit der Partei der Bolschewiki verbunden habe. Von gleicher Seite stammten die Verleumdungen im Zusammenhang mit seiner Auslandsreise im Jahre 1906.

552 *Die Wyrubowa* – Anna Alexandrowna Wyrubowa (1884–?) war eine der Zarenfamilie sehr nahestehende Hofdame mit großem Einfluß auf die Zarin Alexandra Fjodorowna.

irgendein einfacher sibirischer Bauer – Gemeint ist Grigorij Jefimowitsch Rasputin (1872–1916), ein Bauernsohn und Abenteurer, der nach 1905 Günstling der Zarenfamilie von Nikolai II. wurde. Zunächst als Wundertäter und »Prophet« von Kloster zu Kloster pilgernd, wurde er dann bei Hof vorgestellt und vermochte der Zarenfamilie vorbehaltlosen Glauben an seine göttliche Berufung und an die schicksalhafte Verbindung seines Lebens mit dem ihrigen einzuflößen. Dadurch gelang es ihm, das Leben am Hof und die Politik weitgehend zu bestimmen, selbst eine Ministerernennung war von seinem Willen abhängig. Entscheidend war sein Einfluß besonders in den Jahren des ersten Weltkriegs, den letzten Jahren des Zarenregimes. Seine reaktionäre Politik und die Mißerfolge im ersten Weltkrieg führten 1916 in Petersburg zu seiner Ermordung durch eine Gruppe radikaler Monarchisten.

554 *die Mätresse des Großfürsten Alexej uns mehr koste als Tsushima* – Bei Tsushima wurde im Russisch-Japanischen Krieg 1904/05 die russische Flotte von der japanischen vernichtend geschlagen. Das bedeutete nach den vorangegangenen Niederlagen den militärischen Zusammenbruch Rußlands.

569 *Petja Struve* – Pjotr Bernhardowitsch Struve (1870–1944) war einer der Herausgeber und Autoren des 1909 in Moskau erschienenen Sammelbandes »Wechi« (Marksteine), dessen Artikel die Abkehr der Intelligenz von der Revolution zum Ausdruck brachten. Lenin setzte sich ausführlich damit auseinander (s. Über die »Wechi«, Lenin, Ges. Werke Bd. 16, S. 17ff.) Die von Dronow anhand der Korrekturfahnen vorgelesenen Zitate stammen alle aus Artikeln dieses Buches.

573 *Rasnotschinzen* – Die Rasnotschinzen waren Intellektuelle im zaristischen Rußland, die aus verschiedenen sozialen Schichten wie Kaufmannschaft, Kleinbürgertum, Geistlichkeit, niederem Beamtentum, niederem Adel oder auch Bauernschaft stammten. Sie vertraten meist demokratische und liberale Ideen und waren in der revolutionären Bewegung von 1861 bis etwa 1895 eine bestimmende fortschrittliche politische Kraft. Hervorragende Vertreter waren z. B. Belinskij, Tschernyschewskij, Dobroljubow u. a.

576 *Potjomkin* – Fürst Grigorij Alexandrowitsch Potjomkin (1739–1791) war Staatsmann und Generalfeldmarschall, der als Teilnehmer der Palastrevolution 1762 Katharina II. zur Macht verhalf, ihr Günstling wurde und großen Einfluß auf die Staats- und Regierungsangelegenheiten gewann.

605 *Die Gruppe »Wperjod«* – Alexander Alexandrowitsch Bogdanow (1873–1928), ursprünglich Sozialdemokrat und Bolschewik, gründete im Dezember 1909 nach dem Zerfall der Fraktionsgruppe der Otsowisten und Ultimativisten die antibolschewistische Gruppe »Wperjod« (Vorwärts), die gegen Lenins Linie des weiteren revolutionären Kampfes unter veränderten Bedingungen auftrat. Die Gruppe verbündete sich bald mit den Trotzkisten, bald mit den Menschewiki; sie hatte keinen großen Einfluß auf die russische Arbeiterbewegung. Sie stützte sich hauptsächlich auf Emigranten und einige schwache Vereinigungen. Ohne Resonanz in der Arbeiterbewegung, zerfiel die Gruppe faktisch 1913/14, formal nach der Februarrevolution 1917.

614 *Korolenkos Artikel »Eine alltägliche Erscheinung«* – Der 1910 von Wladimir Galaktinowitsch Korolenko (1853–1921) veröffentlichte Artikel richtete sich gegen die Militärgerichte, die wegen angeblicher Anstiftung zu Bauernunruhen unzählige Todesurteile gegen Revolutionäre und Bauern aussprachen und vollstreckten.

637 *Volkssozialisten* – Mitglieder der kleinbürgerlichen Volkssozialistischen Arbeitspartei, die sich 1906 beim Zerfall der Sozialrevolutionäre aus dem rechten Flügel gebildet hatte. Sie schwankten in ihrer Position zwischen den Kadetten und den Sozialrevolutionären, traten jedoch meist gemeinsam mit den Kadetten auf. Lenin charakterisierte sie als kleinbürgerliche Opportunisten, die sich in allen Fragen, den Fragen der Landauftellung, der Republikbildung, der Kampfmittel und -methoden, den Interessen des tüchtigen Mittelbauern anpaßten.

641 *die Liquidatoren der Gruppe »Potschin«* – Liquidatoren erstrebten die Auflösung einer illegal arbeitenden Partei, um sich zu diesem Preis bei der Polizei das Recht für legale politische Tätigkeit zu erkaufen. Die Gruppe »Potschin« (Initiative) war eine Liquidatorenströmung bei den Sozialrevolutionären, die für die Beendigung des Terrors und für die Entfaltung legaler Tätigkeit eintrat, der sie die Hauptbedeutung im politischen Kampf beimaß.

647 *die Sasonows und Kaljajews... die Tat des Herrn Bogrow* – Es geht um die von der Regierung bzw. der Ochrana gelenkte Tätigkeit von Ochranaagenten als Provokateure und die Aufdeckung dieser Regierungsmethode. Der Mörder Stolypins, D. Bogrow, war Ochranaagent und handelte im Auftrag der Ochrana. Die Sozialrevolutionäre Jegor Sergejewitsch Sasonow und Iwan Platonowitsch Kaljajew dagegen waren zwar Attentäter, jedoch keine Ochranaagenten.

Das Verhalten Lopuchins – Alexej Alexandrowitsch Lopuchin (1864 bis 1927) war von 1902 bis 1905 Direktor des Polizeidepartements. Er informierte die Öffentlichkeit über die von der Regierung organisierten Pogrome, entlarvte auch Asef 1908 als Agenten der Ochrana in der Partei der Sozialrevolutionäre und wurde deswegen nach Sibirien verbannt.

666 *die Zeitungen »Nascha sarja«, »Delo shisni«, »Swesda« und »Prawda«* – »Nascha sarja« (Unser Morgenrot) und »Delo shisni« (Sache des Lebens) waren legale Monatszeitschriften der menschewistischen Liquidatoren in Petersburg 1910–1914 bzw. 1911; die »Swesda« (Stern) und »Prawda« (Wahrheit) waren legale Zeitungen der Bolschewiki 1910–1912 bzw. ab 1912 in Petersburg.

668 *Unterhaltungen bei Konowalow und bei den Rjabuschinskijs* – Alexander Iwanowitsch Konowalow (1875–1948) war ein bedeutender Textilfabrikant, der auch politisch sehr aktiv war. Pawel Pawlowitsch Rjabuschinskij (1872–1924) war ein namhafter Moskauer Bankier und Industrieller. Sie schufen die Organisation »Ökonomische Gespräche«, bei deren Zusammenkünften vorwiegend bürgerliche Professoren, Ökonomen und Publizisten, auch z. B. Autoren des Sammelbandes »Wechi«, auftraten.

672 *Sache der Hundertdreiundneunzig* – Der »Prozeß der 193« war eines der größten Gerichtsverfahren der zaristischen Regierung gegen die Volkstümler. 1877/78 verurteilte das Gericht in diesem Prozeß 193 schon längere oder kürzere Zeit inhaftierte Volkstümler zu Zuchthaus, Verbannung, Ausweisung in abgelegene Gebiete u. ä. Der Prozeß wirkte sich stark auf die russische Gesellschaft aus und verschärfte den Kampf der Revolutionäre gegen die Zarenmacht.

673 *Der Massenmord an den Arbeitern der Lena-Goldfelder* – Auf den Goldfeldern an der Lena, die vorwiegend britischen Kapitalisten, aber auch Angehörigen des Zarenhauses und hohen zaristischen Würdenträgern gehörten, begannen am 1. 3. 1912 die Arbeiter einen Streik gegen die unmenschlichen Arbeitsbedingungen. Der zunächst spontane Streik wurde, von den Bolschewiki gelenkt, allmählich zum Generalstreik aller 6000 Arbeiter. Am 4. 4. 1912 ging das zaristische Militär gegen die Streikenden vor; die Aktion forderte 270 Tote und 250 Verletzte. Dieses Blutbad rief politische Massenstreiks im ganzen Land hervor und bewirkte einen neuen revolutionären Aufschwung in Rußland.

die Kundgebung der Arbeiter Berlins wegen Agadir – Im Juli 1911 entsandte die deutsche Regierung als Antwort auf die Besetzung der marokkanischen Hauptstadt Fes durch Frankreich das Kanonenboot »Panther« nach Agadir, dem Haupthafen im Süden Marokkos. Diese politische Provokation verschärfte die 2. Marokkokrise und vergrößerte die Gefahr eines imperialistischen Krieges. In Berlin sprachen auf einer von mehreren Protestkundgebungen im Treptower Park linke sozialdemokratische Führer, unter ihnen Karl Liebknecht, zu etwa 200000 Werktätigen.

682 *die Feier der Romanows zu ihrer dreihundertjährigen Herrschaft* – Dieses Jubiläum fand im Jahre 1913 statt.

690 *In Kiew wird ... ein Prozeß aufgezogen wegen der Verwendung von Christenblut durch Juden* – Gemeint ist der provokatorische Prozeß gegen den Juden Mendel Beilis (1873–1934), der 1913 in Kiew von der zaristischen Regierung inszeniert wurde. Wider besseres Wissen wurde Beilis des Mordes aus rituellen Gründen an einem christlichen Jungen beschuldigt; in Wirklichkeit war der Mord von Schwarzhunderten organisiert worden. Dieser Prozeß sollte Antisemitismus entfachen und die Massen von der immer stärker werdenden revolutionären Bewegung ablenken. Der Prozeß rief starke Erregung in der Öffentlichkeit hervor; Beilis mußte freigesprochen werden.

694 *Gurko* – Wladimir Josifowitsch Gurko (1863–1927) war 1906 stellvertretender Innenminister.

Geschichte mit Lidwal – W. J. Gurko hatte Ende 1906 dem Kaufmann Lidwal Staatsgelder zur Verfügung gestellt, die dieser nicht zur Erledigung der übernommenen Aufträge, sondern in eigenem Interesse verbrauchte. Gurko wurde deswegen vor Gericht gestellt und seines Amtes enthoben.

697 *die Dreyfus-Affäre* – Gemeint ist der im Jahre 1894 von monarchisti-

schen Kreisen des französischen Militärs inszenierte provokatorische Prozeß gegen den französischen Generalstabsoffizier jüdischer Abstammung Alfred Dreyfus (1859–1935), gegen den falsche Anklage wegen Spionage und Landesverrat erhoben wurde. Das Kriegsgericht verurteilte Dreyfus zu lebenslänglicher Deportation; die Überprüfung des Falles führte 1906 zur Rehabilitierung von Dreyfus.

716 *Vernichtung der Armee Samsonows* – Die 2. Armee unter General Samsonow gehörte im ersten Weltkrieg zur russischen Nordwestfront und erlitt schon im August 1914 eine schwere Niederlage in Ostpreußen.

717 *Gutschkows Komitee* – Alexander Iwanowitsch Gutschkow (1862 bis 1936), einer der politischen Führer der russischen Bourgeoisie, Organisator und Führer der Partei der Oktobristen, war während des ersten Weltkriegs Vorsitzender des Zentralen Kriegsindustriekomitees. Die Kriegsindustriekomitees wurden 1915 mit behördlicher Genehmigung von der russischen Großbourgeoisie geschaffen, um den Zarismus in seiner Kriegführung zu unterstützen. Sie selbst organisierte sich dabei lohnende Rüstungsaufträge. Um Einfluß auch auf die Arbeiter zu gewinnen und sie für den Krieg zu begeistern, ließen die Vertreter des Kapitals, die alle Komitees leiteten, in ihnen „Arbeitergruppen" bilden. Sie sollten Einigkeit zwischen Bourgeoisie und Proletariat im Kampf gegen den gemeinsamen Feind demonstrieren. Die Bolschewiki riefen zum Boykott der Kriegsindustriekomitees auf und führten ihn mit Unterstützung der Mehrheit der Arbeiter auch erfolgreich durch.

Demolierung der deutschen Botschaft – Am 4. Tag des Krieges wurde in Petersburg die Deutsche Botschaft demoliert. Hier wie auch bei späteren Pogromen gegen Ausländer in Moskau griff weder die Polizei noch das Militär ein.

719 *Städteverband* – Der Gesamtrussische Städteverband war eine 1914 geschaffene Organisation der Stadtbourgeoisie. Er stellte sich die Aufgabe, den Militärbehörden bei der Organisierung von Krankenhaus- und Hospitalplätzen oder Pflegestätten für Verwundete, bei Evakuierungen, der Beschaffung warmer Kleidung für die Armee u. ä. zu helfen. Er erhielt dazu staatliche Subsidien und führte auch Spendensammlungen durch. Er war eng mit dem Gesamtrussischen Semstwoverband (»Gesamtrussischer Semstwoverband zur Hilfe für kranke und verwundete Krieger«) verbunden, in dem sich 1914 Bourgeoisie und Gutsbesitzer zum gleichen Zweck organisiert hatten. Auch er erhielt finanzielle Mittel aus der Staatskasse und führte Spendensammlungen durch. Beide Verbände vereinigten sich 1915; ihre Mitglieder nannten sich Verbandshusaren. Der Kriegsverlauf ließ die Opposition gegen Zarismus und Krieg im Verband wachsen; er erhob politische Forderungen nach Mitspracherecht in der Regierung, so daß die Regierung dem Verband gegenüber immer mißtrauischer wurde und seine Tätigkeit 1916 verbot.

725 *Den Branntweinverkauf hat man gesperrt* – Gemeint ist das Branntweinmonopol, das S. J. Witte 1895 einführte. Es untersagte jegliche Form der Herstellung, der Verwertung und des Handels von und mit

Branntwein auf privater Ebene und sicherte diese Finanzquelle allein dem Staat.

751 *Der graue Mann* – Symbol des Schicksals in dem populären Drama »Anathema« des russischen Schriftstellers Leonid Andrejew.

782 *das Saporoshje zu vernichten* – Die Saporosher Kosaken organisierten sich im Kampf gegen die Türken und später gegen die Polen schon früh zu einer sich selbst verwaltenden Einheit. Sie behielten ihre staatliche Selbständigkeit mit eigener Verfassung, eigenem Heer, eigener Verwaltung u. ä. bis zu ihrer Aufhebung durch Katharina II. im Jahre 1775.

785 *die Ansiedlungsgrenze* – Unter dem Zarismus lebten die Juden nur auf dem ihnen in den westlichen Teilen Rußlands zugewiesenen Territorium. Der Krieg brachte es mit sich, daß die Grenze in ihrer Ansiedlung von ihnen überlaufen wurde; er machte auch Umsiedlungen von Juden erforderlich. Darin sahen antisemitische Kreise eine Gefahr.

789 *Plechanow Arm in Arm mit Miljukow* – Georgij Walentinowitsch Plechanow (1856–1918) war ein hervorragender Vertreter der russischen Arbeiterbewegung, der erste Propagandist des Marxismus in Rußland, Begründer der ersten russischen marxistischen Organisation 1883 in Genf und Verfasser vieler bedeutender marxistischer Arbeiten. Nach dem II. Parteitag der SDAPR 1903 jedoch gehörte er zu den Menschewiki, und in den Jahren des ersten Weltkriegs vertrat er, ähnlich wie der Ideologe der Kadetten, Pawel Nikolajewitsch Miljukow, sozial-chauvinistische Ansichten.

792 *Pogrom gegen die Deutschen in Moskau* – Gerüchte über angebliche Spionage und feindseliges Auftreten ausländischer Einwohner während des Krieges sowie das Verhalten zaristischer Staatsorgane – die Moskauer Stadtduma empfahl auf ihrer ersten Sitzung nach Kriegsausbruch, alle Angehörigen einer feindlichen Staatsmacht aus den Stadtämtern u. ä. zu entlassen; die Polizei und das Militär griffen bei der Demolierung der Deutschen Botschaft in Petersburg nicht ein – ermunterten reaktionär-chauvinistische Gruppen zu Pogromen gegen Ausländer, ihre Geschäfte und ihre Wohnungen. Diese Ausschreitungen erreichten im Mai 1915 in Moskau ihren Höhepunkt.

Verhalten Goremykins – Gemeint ist das Verhalten von Iwan Loginowitsch Goremykin (1839–1917), der von 1914 bis 1916 Vorsitzender des Ministerrats war und als Monarchist die Spannungen in der Reichsduma derart schürte, daß diese im August 1915 aufgelöst wurde.

zu einem progressiven Einheitsblock zusammenzuschließen – Als 1915 das Vertrauen der bürgerlichen Parteien und Organisationen zur Zarenregierung auf Grund des Kriegsverlaufes nachließ, beschlossen sechs Dumafraktionen, sich zu einem »Progressiven Block« mit gemeinsamem Programm, gemeinsamem Sekretariat u. ä. zusammenzuschließen. Sein Ziel war, eine Übereinstimmung der verschiedenen Dumafraktionen mit dem Reichsrat zu schaffen, um so den Sieg zu gewährleisten. Der Block forderte u. a. die Ablösung der Militärführung, eine Aktivierung der Industrie für die Front und eine Verstärkung des dafür zuständigen Ministeriums unter Beteiligung der Bourgeoisie. Diesem Block gehörten weder die Rechten an, die grundsätzlich eine Vereinigung ablehnten, noch die Linken, die mehr forderten als im Programm der Blocks enthalten war. Der »Block« zerfiel 1916.

830 *Fabier-Sozialisten* – Die 1883/84 in England gegründete »Gesellschaft der Fabier« war eine sozialreformerische Gesellschaft bürgerlicher Intellektueller. Ihre Anhänger vertraten die Theorie vom friedlichen Hineinwachsen in einen bürgerlichen Sozialismus und lehnten jeden Klassenkampf oder andere revolutionäre Aktionen des Volkes ab.

841 *die Zimmerwalder Losung* – Gemeint ist Lenins Forderung nach Umwandlung des imperialistischen Krieges in einen Bürgerkrieg, nach Umwandlung des Kampfes für die Sache Fremder in einen Kampf für die eigene Sache. Schon früher von Lenin vertreten, forderte er dies auch auf der Internationalen Sozialistischen Konferenz 1915 in Zimmerwald. Da die Mehrzahl der Delegierten jedoch Zentristen waren, kam Lenin mit seiner Forderung nicht durch, und das Manifest enthält als Hauptforderung nur die, für den Frieden zu kämpfen.

846 *Carlyle* – Thomas Carlyle (1795–1881) war ein schottisch-englischer Philosoph, Historiker und Publizist. Der Kern seiner Philosophie besteht in einer Heroentheorie, nach der die Geschichte ausschließlich von Leistungen großer Einzelpersönlichkeiten bestimmt wird.

850 *eine öffentliche Schwatzbude* – Gemeint ist die reaktionäre Zeitung »Russkaja wolja« (Russischer Wille), die im Herbst 1916 vom Innenminister A. D. Protopopow ins Leben gerufen wurde und die Einheit zwischen den Großindustriellen und der Ochrana verkörperte. Redakteur war Michail Michailowitsch Gakkebusch (1874–1929); Leonid Andrejew war für die Belletristik, die Kritik und die Theaterspalte zuständig. Gorki und Korolenko beteiligten sich nicht daran.

851 *Goz-Liber-Dans* – Die bolschewistische Presse jener Zeit nannte die konterrevolutionären Menschewiki nach dem Namen ihrer Führer Liber und Dan verächtlich die »Liber-Dans«. Goz war einer der Gründer der Partei der Sozialrevolutionäre.

891 *der Taurische Garten* – Das Taurische Palais im Taurischen Garten war der Sitz der Reichsduma.

NACHWORT

»Klim Samgin« – historischer Roman als Bewußtseinsroman

Seinem letzten und weitaus umfangreichsten Roman hat Gorki in der endgültigen Fassung einen doppelten Titel gegeben: »Das Leben des Klim Samgin.[1] Vierzig Jahre.« Mit diesem Titel stellt Gorki zwei unterschiedliche Anliegen und Zielsetzungen einfach nebeneinander, ohne sie verklammern zu wollen.[2] Welches sind die beiden Anliegen Gorkis? Das eine ist die Aufarbeitung des Zeitabschnitts der russischen Geschichte von 1880 bis 1917, einer nicht nur für den Historiker bis heute besonders wichtigen und interessanten Periode. Gorki ist 1869 geboren, er schildert hier also die vorrevolutionäre russische Geschichte, die er selbst kennt. Das andere Anliegen, das zunächst eng an das erste anschließt, ist die Schilderung der russischen Intelligenz, die aus der Sicht eines ihrer Vertreter, also »von innen heraus«, erfolgen soll.

Im Jahre 1926 hat Gorki nach der Fertigstellung des ersten Buches des Romans eine Notiz »für die ausländische Presse« verfaßt, in der er seine Zielsetzung selbst so benennt: »In seinem neuen Roman stellte sich M. Gorki die Aufgabe, vierzig Jahre russischen Lebens möglichst in ihrer ganzen Fülle zu schildern, und zwar von den 80er Jahren bis zum Jahr 1918. Der Roman soll den Charakter einer Chronik haben, die alle wichtigen Ereignisse dieser Jahre bringt, besonders aber die Regierungszeit Nikolais II. Ort der Romanhandlung ist Moskau, Petersburg und die Provinz; im Roman wirken Vertreter aller Klassen mit. Der Autor will eine Reihe von russischen Revolutionären, Sektierern, deklassierten Menschen usw. zeichnen. Im Mittelpunkt des Romans steht die Gestalt eines ›Revolutionärs wider Willen‹, eines ›Revolutionärs‹ aus Furcht vor der unvermeidlichen Revolution, die Gestalt eines Menschen, der sich als ›Opfer der Geschichte‹ fühlt. (Durch das Prisma seiner Lebensauffassung werden die Ereignisse gezeigt.) Diese Gestalt hält der Autor für typisch. Im Roman sind viele Frauen, eine Reihe kleiner persönlicher

---

[1] Der Titel der Übersetzung gibt dies leider nicht vollständig wieder.
[2] Die Entstehungsgeschichte des Romans zeigt, daß die Konzeption der Lebensgeschichte älter ist als der Untertitel »Vierzig Jahre«.

Dramen, Bilder der Chodynka-Katastrophe, der 9. Januar 1905 in Petersburg, der Moskauer Aufstand usw. hin bis zum Marsch des Generals Judentisch auf Petersburg. Zu den episodisch auftretenden Gestalten gehört Zar Nikolai II., Sawwa Morosow, einige Künstler, Literaten, was dem Roman auch nach der Meinung des Autors teilweise den Charakter einer Chronik verleiht.«[3]

Die Gestaltung aus der Sicht des Helden ist auf der thematischen Ebene der Ausgangspunkt dafür, daß »Klim Samgin« ein Bewußtseinsroman wird. Die Darstellung subjektiver Bewußtseinszustände tritt an die Stelle der Abbildung von realer Welt aus der Perspektive eines objektiven Erzählers. Durchaus im Sinne des »modernen« Romans des 20. Jahrhunderts korrespondiert mit der Brüchigkeit von Welt die Auflösung der traditionellen Kompositionsform des Romans. Gorki überwindet mit diesem Roman seine eigene bisherige Romankonzeption. Gorkis Spätwerk mit dem »Klim Samgin« ist in dieser Hinsicht nicht mit Werken wie »Die Mutter« und der autobiographischen Trilogie, die bis heute die bekanntesten sind, gleichzusetzen. Aus rezeptionsgeschichtlichen Gründen, auf die noch einzugehen sein wird, ist »Klim Samgin« bisher stärker als historischer denn als Bewußtseinsroman rezipiert worden. Wir werden zu zeigen haben, wie die doppelte Zielsetzung sich in den Verfahren und der gesamten Komposition des Romans niederschlägt.

Entstehungsgeschichte und Textgeschichte

»Klim Samgin« wird gerne als »Quintessenz«, »Krönung und Abschluß«[4] des Gesamtwerkes bezeichnet. Das liegt daran, daß sich zum einen frühe Entwürfe zu nicht geschriebenen Werken als Vorarbeiten zu diesem Roman bezeichnen lassen und daß es zum anderen in diesem umfangreichsten Werk Gorkis eine Reihe von thematischen wie strukturellen Bezügen zu verschiedenen früheren Werken gibt. Gorki hat selbst auf die weit zurückreichende Entstehungsgeschichte verwiesen: »Dieses Buch habe ich schon vor langer Zeit geplant, und zwar nach der ersten Revolution von 1905–1906.«[5]

---

[3] Maxim Gorki, Unveröffentlichtes Material und Abhandlungen zum »Klim Samgin«, Weimar 1954, S. 40.

[4] H. Jünger (Leitung), Geschichte der russischen Sowjetliteratur 1917–1941, Berlin (Ost) 1973, S. 273.

[5] Eine Äußerung Gorkis aus dem Jahre 1911, zitiert nach M. Gor'kij, Polnoe sobranie sočinenij, Chudožestvennye proizvedenija, Moskau 1976, Bd. 25, S. 41.

Zwei Entwürfe belegen dies und können als Vorstufen zu »Klim Samgin« betrachtet werden. Der erste Entwurf wird sogar auf die Jahre zwischen 1900 und 1905 datiert und skizziert nur den »Plan eines Romans«, dessen Kompositionsform die Lebensgeschichte ist, der aber weder die spätere Realisierung als historischen noch als Bewußtseinsroman andeutet. Wir können folgern, daß die Form der Lebensgeschichte wie die Darstellung eines Intellektuellen die am weitesten zurückzudatierenden Elemente des Romans »Klim Samgin« sind. Der ganze Entwurf lautet: »Roman. ›Das Leben des Herrn Platon Iljitsch Penkin.‹ Der Held ist ein Intellektueller-Rasnotschinez. Von durchschnittlicher Begabung. Herkunft und Erziehung flößen ihm eine hohe Meinung von der Kraft und Originalität seines Intellekts ein und, seinen Dilettantismus verdeckend, wecken sie in ihm ehrgeizige Wünsche, im Leben etwas zu bedeuten. Das Mißverhältnis zwischen Kräften und Wünschen soll stark hervorgehoben werden. Radikalismus – Volkstümlerbewegung – Opportunismus – Konservativismus – Dekadenz. Vollständiger moralischer Zusammenbruch. Erkenntnis. Reue. Tod.«[6]

Der zweite Entwurf sind die »Aufzeichnungen des Dr. Rjachin« aus dem Jahre 1911. Dieses Fragment ist in der Ich-Form geschrieben, der Held führt ein Tagebuch. Interessant mit Blick auf den Bewußtseinsroman »Klim Samgin«, der ja in der Er-Form geschrieben ist, ist die Verbindung von Ich-Form mit Selbstironie[7], die uns in »Klim Samgin« als Ironie wiederbegegnet. Gorki hat außer seiner späteren Autobiographie niemals einen Roman in der Ich-Form geschrieben, offensichtlich aber dies zur Darstellung der Innensicht eines Helden doch erwogen. In dem Fragment erinnert das Motiv des »Sich selbst Erfindens«, einzelne Handlungselemente und die Tatsache, daß der Held auch ein Intellektueller ist, an »Klim Samgin«. Auch die Verbindung von Ich-Form und Ironie macht die »Aufzeichnungen des Dr. Rjachin« zu einer Vorstufe des »Klim Samgin«. Weniger als eine Vorstufe denn als ein Werk mit einigen thematischen Parallelen ist die Erzählung »Immer dasselbe« aus dem Jahre

---

[6] Maxim Gorki, Unveröffentlichtes Material und Abhandlungen zum »Klim Samgin«, Weimar 1954, S. 46.

[7] »Ich habe viel Papier verbraucht mit den Versuchen, meine Aufzeichnungen mit irgendwelchen besonderen, runden und schönen Worten zu beginnen. Ich wollte sie so wählen, daß sie dem Leser gleich Interesse an mir einflößen sollten. Er sollte denken, daß ich ein ungewöhnlicher, besonderer Mensch bin.« (M. Gor'kij, Zapiski d-r'a Rjachina, in Polnoe sobranie sočinenij, Chudožestvennye proizvedenija, Moskau 1971, Bd. 10, S. 661 bis 684; S. 661.)

1915 zu bezeichnen, deren Held den Namen Samgin trägt.[8] Der wichtigste thematische Bezug zwischen »Klim Samgin« und den übrigen Werken Gorkis ist das Thema der Intelligenz, das Gorki in einigen Erzählungen und dann in Dramen mehrfach gestaltet hat.[9] Strukturelle Bezüge ergeben sich zu den späten Erzählungen, in denen Gorki deutlich erkennbar die spezifische Erzählweise des »Klim Samgin« entwickelte.[10]

Gorki beginnt den Roman »Klim Samgin« im Frühjahr 1925, bei seinem Tod im Jahre 1936 ist der Roman noch unvollendet. Die ersten drei Bücher erscheinen 1927, 1928 und 1930 beim Verlag »Kniga« in Berlin (in russischer Sprache) und in Auszügen gleichzeitig in verschiedenen sowjetischen Zeitschriften. Nach Gorkis Tod erscheint im Jahre 1937 eine Zusammenstellung des vierten Buches, von dem nur die ersten 82 Seiten den Vermerk des Autors »Endgültige Fassung« tragen. In dem Vorwort der Redaktionskommission heißt es unter anderem: »Der vierte Teil des Romans beginnt, was die Zeit der Handlung betrifft, im Sommer 1906, während der dritte Teil mit den Ereignissen des Sommers 1907 oder sogar im Jahre 1908 endet. Das erklärt sich daraus, daß der Autor das dritte Buch überarbeiten und einen Teil des Materials des vierten Buches in das dritte übertragen wollte.«[11] Das bedeutet, daß auch das dritte Buch in seiner vorliegenden Gestalt als nicht endgültig zu betrachten ist. An die Textgeschichte dieses Romans knüpfen sich eine Fülle von Fragen, die die Entwicklung der einzelnen Themen und Verfahren betreffen. Schließlich hat Gorki insgesamt elf Jahre an dem Roman gearbeitet. Jahre, in denen in der Sowjetunion viele Veränderungen vor sich gingen, die der Schriftsteller mit großer Aufmerksamkeit verfolgte und an denen er im Bereich der Kulturpolitik auch aktiv beteiligt war. Die verschiedenen Fassungen sämtlicher Bücher waren lange Zeit nicht zugänglich und wurden erst kürzlich publiziert. Dieses außerordentlich umfangreiche Material[12]

[8] M. Gor'kij, Vse to že, in Polnoe sobranie sočinenij, Chudožestvennye proizvedenija, Moskau 1971, Bd. 11, S. 354-445.

[9] Hier sind vor allem »Sommergäste« (1904), »Kinder der Sonne« (1905) und »Barbaren« (1905) zu nennen. Außerdem der Aufsatz »Die Zerstörung der Persönlichkeit« aus dem Jahre 1909. Vgl. Nachwort zu Band 8 (Wie ich schreibe) dieser Ausgabe, S. 740 ff.

[10] Zum »neuen Ton« des Spätwerks, vgl. Nachwort zu Band 4 (Der Vagabund und andere Erzählungen) dieser Ausgabe, S. 716 ff.

[11] M. Gor'kij, Polnoe sobranie sočinenij, Chudožestvennye proizvedenija, Moskau 1975, Bd. 24, S. 579.

[12] In der neuen Gesamtausgabe Gorkis sind bisher neben dem 25. Band der Reihe Werke (Chudožestvennye proizvedenija), der frühe Entwürfe und

ist daher von der Wissenschaft überhaupt noch nicht erschlossen. Es ist zu hoffen, daß schon in den nächsten Jahren mehrere zur Zeit in der Sowjetunion laufende Forschungsvorhaben neue Ergebnisse bringen werden.

»Klim Samgin« als historischer Roman

Aus den verschiedenen Äußerungen Gorkis zu seinem Roman wird deutlich, daß er den zeitlichen Rahmen des Romans wie die Bewußtseinsdarstellung erst im Verlaufe des Schreibens zu der heute vorliegenden Gestalt entwickelt hat und daß die Ausformung *beider* Stränge zu seinem enormen Umfang führte, über den Gorki selbst gar nicht glücklich war. »Den zweiten Band des Samgin habe ich beendet. Ich bin froh. Ob der Leser sich auch freuen wird, weiß ich nicht. Ich möchte es ihm aber raten. Sonst schreibe ich nämlich noch einen Band.«[13]

Wenn Gorki Mitte der zwanziger Jahre beginnt, einen historischen Roman zu schreiben, so verbirgt sich dahinter keinesfalls die mangelnde Bereitschaft, über das nachrevolutionäre Rußland zu schreiben.[14] Es liegt nahe, daß Gorki, der ein sehr am Material[15] eine besonders umfangreiche Kommentierung enthält, im Jahre 1978 die Bände 6 und 7 der Reihe Varianten (Varianty) erschienen. Diese beiden Bände enthalten nur Fassungen des ersten (!) Buches des Romans, die Fassungen der folgenden Bücher werden in den Bänden 8 (in zwei Teilen), 9 und 10 der Reihe Varianten erscheinen. Trotz des Umfangs dieser Veröffentlichungen ist angesichts des literarischen und literaturwissenschaftlichen Interesses an diesem Werk und der Bedeutung, die Gorki nicht nur für die sowjetische Literatur hat, der Hoffnung Ausdruck zu geben, daß diese Publikationen möglichst vollständig sein werden, damit den bis heute um Gorki und seine Werke sich rankenden Spekulationen durch Informationen begegnet wird. – Übrigens scheint es in der Sowjetunion ein neues Leserinteresse an Gorki zu geben, der doch schon zu einem Klassiker und Schulbuchautor geworden war.

[13] Gorki an Gruzdev am 21. 2. 1928, zitiert nach Polnoe sobranie sočinenij, Chudožestvennye proizvedenija, Moskau 1976, Bd. 25, S. 68.

[14] »Ihre Frage, warum ich nicht über die Gegenwart schreibe, ist leicht zu beantworten: ich darf mir nicht gestatten, über etwas zu schreiben, was ich nicht sehe, was ich nur fühle und errate.« (M. Gorki an F. Gladkov am 2. 10. 1927, in Gor'kij i sovetskie pisateli. Neizdannaja perepiska, Moskau 1963, S. 103.)

[15] »Ich kann nicht anders, als ›Das Leben des Klim Samgin‹ zu schreiben. Ein phantastisch umfangreiches Material hat sich bei mir angesammelt (. . .) Ich habe kein Recht zu sterben, solange ich das nicht getan habe . . . Es gibt ein Buch von Mendeleev mit dem durchaus gewichtigen Titel ›Zum Erken-

orientierter Schriftsteller war, nicht über die junge Sowjetunion schreiben wollte, solange er – seit 1924 – in Sorrent lebte. Mit der Darstellung der Zeit von 1880 bis 1917, eines nicht nur besonders interessanten, sondern bis heute in der Historiographie besondes umstrittenen Zeitabschnitts der russischen Geschichte[16], nimmt Gorki an einer nach 1917 aktuell gewordenen Diskussion um die Interpretation der russischen Geschichte teil. Es geht dabei um Legitimation und historische Ableitung der siegreichen Revolution.[17] Um die Mitte der zwanziger Jahre gab es in der sowjetischen Literatur Tendenzen nicht nur zu epischer Breite, sondern im Zusammenhang damit zur Behandlung historischer Stoffe. Die enormen politischen und sozialen Umwälzungen, die die Revolution mit sich gebracht hatte, verlangten nach Darstellung, ob nun Schreckensbilder der Revolution oder ihre Apologie daraus entstanden. Um nur einige Werke zu nennen: A. Serafimowitsch, Der eiserne Strom (1924), M. Scholochow, Der stille Don (1929–34), A. Tolstoi, Der Leidensweg (1922–41) und Peter der Große (1929–45). Gorkis letzter Roman, der übrigens von allen seinen Romanen am ehesten als historischer Roman zu bezeichnen ist, geht dabei am weitesten zurück in die Vergangenheit.

Im Zentrum von Gorkis Interesse steht zweifellos die Rolle der Intelligenz in diesen vierzig Jahren. Die Rolle der Intelligenz vor, während und nach der Revolution war nicht nur ein aktuelles Thema

nen Rußlands‹. Ich wäre glücklich, wenn man meine Chronik auch so nennen könnte.« »(. . .) seit dem Jahre 1907 habe ich fleißig gewühlt im Staub und Abfall der Literatur und Publizistik jener Intelligenz, die sich von der Arbeiterklasse abgewandt hat und in die Dienste der Bourgeoisie getreten ist. Das ist eine schwere Arbeit, aber ich muß sie machen, um möglichst alles zu kennen, was das Wachsen des revolutionären Rechtsbewußtseins des Proletariats aufhalten und vergiften kann. Wieviel Gemeines und Dummes ich gelesen habe!« (Polnoe sobranie sočinenij, Chudožestvennye proizvedenija, Moskau 1976, Bd. 25, S. 46 und 43.)

[16] »Die Auffassungen vom Charakter und den treibenden Kräften der drei russischen Revolutionen gehen weit auseinander. Sie werden auch heute noch weitgehend von den Vorstellungen derjenigen gesellschaftlichen Gruppen und Parteien bestimmt, die an ihnen selbst teilgenommen haben.« (R. Lorenz, Sozialgeschichte der Sowjetunion 1, 1917–1945, Frankfurt/Main 1976, S. 47.)

[17] »Auch ohne die gesamte Geschichte Rußlands als geradlinige Entwicklung zur Oktoberrevolution hin zu betrachten oder schlicht ›Erfolgsbeurteilungen von Siegern post festum‹ abzugeben, wird man davon ausgehen müssen, daß sich die Bolschewiki an die Spitze dieser revolutionären Massenbewegung stellten.« (Ebenda.)

der zwanziger Jahre[18], sie beschäftigte Gorki, der seiner Herkunft nach Vertreter der neuen, nicht bürgerlichen Intelligenz war, schon seit langem. Bekanntlich hatte Gorki nach 1917 ideologische Differenzen mit Lenin und gab die gegen die Bolschewiki polemisierende Zeitschrift »Neues Leben (Novaja žizn')« (1917–1918) heraus, die als »Irrtum« Gorkis eingestuft leider bis heute in der Sowjetunion nicht nachgedruckt wurde. Bezeichnenderweise geht es gerade hier wiederholt um die Intelligenz. »Wenn ich ›russisches Volk‹ sage, verstehe ich darunter keineswegs nur die werktätigen Massen der Arbeiter und Bauern; nein, ich spreche ganz allgemein vom Volk, von allen seinen Klassen, denn Unwissenheit und Unkultiviertheit sind der ganzen russischen Nation eigen. Aus dieser viele Millionen zählenden Masse ungebildeter Menschen, die vom Wert des Lebens keine Vorstellung haben, kann man nur die unbedeutenden paar Tausend der sogenannten Intelligenz aussondern, d. h. Menschen, die sich der Bedeutung des intellektuellen Elements im historischen Prozeß bewußt sind. Diese Menschen sind, ungeachtet ihrer Fehler, das Bedeutendste, was Rußland im Laufe seiner ganzen schwierigen und widerwärtigen Geschichte hervorgebracht hat; diese Menschen waren und bleiben wirklich das Hirn und Herz unseres Landes. Ihre Fehler erklären sich durch den Boden Rußlands, der für intellektuelle Begabungen unfruchtbar ist.«[19] Später wird Gorki sich von dieser hohen Einschätzung der russischen Intelligenz distanzieren[20], wird wieder stärker differenzieren[21] zwischen den Kräften, die sich

[18] Vgl. A. V. Lunačarskij, Ob intelligencii, Moskau 1923.

[19] Maxim Gorkij, Unzeitgemäße Gedanken über Kultur und Revolution, Frankfurt/Main 1972, S. 248/249.

[20] Schon 1918 rückt Gorki von den in »Novaja žizn'« vertretenen Positionen wieder ab. 1930, als die ersten drei Bücher von »Klim Samgin« schon vorlagen, die ja auch seine weitere Auseinandersetzung mit dieser Frage belegen, nimmt Gorki noch einmal zu dem Konflikt mit den Bolschewiki Stellung: »Ich teilte nicht die Meinung der Kommunisten hinsichtlich der Rolle, die die Intelligenz in der russischen Revolution spielte; eben die Intelligenz hatte die Revolution vorbereitet, und zu ihr gehörten alle ›Bolschewiki‹, die Hunderte von Arbeitern im Geiste des sozialen Heldentums und hoher Intellektualität erzogen hatten. Die russische Intelligenz, sowohl die wissenschaftliche als auch die Arbeiterintelligenz, war, ist und wird noch lange das einzige Zugpferd vor dem schweren Wagen der russischen Geschichte sein.« »So dachte ich vor dreizehn Jahren, und so – irrte ich mich.« (Ebenda, S. 304.)

[21] Zur klassenmäßigen Differenzierung der Intelligenz durch Lenin, der Gorki in seinen frühen Dramen weitgehend folgte, vgl. das Nachwort von Helene Imendörffer in M. Gorki, Sommergäste, Stuttgart 1975, S. 130–133.

der Revolution angeschlossen, und denjenigen, die andere Positionen eingenommen haben.[22] Gorkis Anliegen unmittelbar nach der Revolution aber war der Aufbau des neuen Sowjetrußland, und er wollte die Intelligenz für diese Aufgabe gewinnen.[23] »In einem Land, das reich beschenkt ist mit natürlichen Reichtümern und Begabungen, trat als Folge seiner geistigen Nichtigkeit die Anarchie auf allen Gebieten der Kultur offen zutage. Industrie und Technik sind in einem rudimentären Zustand und ohne feste Verbindung zur Wissenschaft; die Wissenschaft selbst findet sich irgendwo auf Hinterhöfen, in der Finsternis und unter der feindseligen Aufsicht eines Beamten; die Kunst, durch die Zensur eingeschränkt und entstellt, hat sich von der Allgemeinheit losgelöst, hat sich in das Suchen neuer

[22] Eine wie auch immer »fortschrittliche« Einstellung wurde schon im 19. Jahrhundert der Intelligenz insgesamt zugeschrieben. »Doch schon in den neunziger Jahren genügte es nicht mehr, wenn man Bildung besaß und eine Rolle im öffentlichen Leben spielte; man mußte in unerschütterlicher Gegnerschaft zum gesamten politischen und wirtschaftlichen System des Alten Regimes stehen und zur aktiven Teilnahme am Kampf zu seinem Sturz bereit sein. Anders ausgedrückt, der Intelligenz anzugehören bedeutete, daß man ein Revolutionär war.« (S. weiter zur Geschichte der russischen Intelligenz bei R. Pipes, Rußland vor der Revolution. Staat und Gesellschaft im Zarenreich, München 1977, S. 256.) Vgl. auch V. R. Lejkina-Svirskaja, Intelligencija v Rossii vo vtoroj polovine XIX veka, Moskau 1971.

[23] »Seit den Dramen von 1905, wo es darum ging, die kleinbürgerlichen Intelligenzler satirisch zu zeichnen, und diejenigen, die sich dem Proletariat angeschlossen hatten, dagegen abzuheben, hatte sich die Situation der Intelligenz in Rußland mehrfach verändert.« »(. . .) die Zeit von 1905 bis 1917 erscheint, im Ganzen gesehen, als eine Periode der allgemeinen Diffamierung des Stichwortes (sc. Intelligencija), ähnlich den Achtziger Jahren.« »Die alte (bourgeoise) Intelligencija mußte nach dem Sieg der Oktoberrevolution entpolitisiert und der Herrschaft der in der Partei verkörperten Arbeiterklasse unterworfen werden. Soweit sie dazu nicht bereit war, hatte sie in bolschewistischer Sicht als eine feindliche und schädliche ›reaktionäre‹ Intelligencija zwangsläufig keine Daseinsberechtigung mehr.« »Der Begriff der ›Intelligencija‹ selbst war daher unter den neuen Machtverhältnissen neu zu überdenken.« Nicht nur Gorki allein war klar, daß die bürgerliche Intelligenz gewonnen werden mußte: »Nach der Oktoberrevolution sieht sich die Führung der Partei jedoch veranlaßt, jene ideologisch falsch eingestellte (charakterlos-dekadente, undisziplinierte usw.) bourgeoise *Intelligencija der Spezialisten* für den sozialistischen Aufbau des Landes zu gewinnen. Die Identifikation von wahrer Intelligencija und revolutionärem Klassenkampf wird zunehmend verdrängt durch die Gleichsetzung von Intelligencija und beruflichem Fachwissen.« (O. W. Müller, Intelligencija. Untersuchungen zur Geschichte eines politischen Schlagwortes, Frankfurt/Main 1971, S. 386 und 387.)

Formen vertieft und den lebendigen, bewegenden und veredelnden
Gehalt verloren.« »Die Revolution hat die Monarchie gestürzt, das
ist wahr!« »Der Prozeß der intellektuellen Bereicherung des Landes
verläuft äußerst langsam; um so notwendiger ist dieser Prozeß für
uns, und die Revolution muß jetzt durch ihre führenden Kräfte unbedingt die Verpflichtung auf sich nehmen, Institutionen und Organisationen zu schaffen, die sich beharrlich und unverzüglich mit der
Entwicklung der intellektuellen Kräfte des Landes befassen. Die intellektuelle Kraft ist qualitativ die wichtigste Produktivkraft. Die
Sorge um ihr schnellstmögliches Wachstum muß die brennende
Sorge aller Klassen sein. Wir müssen die Arbeit einer allseitigen Entfaltung der Kultur gemeinsam auf uns nehmen.«[24]

1917/18 nahm Gorki also generell für Angehörige der Intelligenz
Partei, auch wenn diese seine Ansichten nicht teilten[25], er machte
sich zum Anwalt der Intelligenz. Im »Klim Samgin« aber setzte er
sich noch einmal wie in seinen frühen Dramen kritisch mit der Intelligenz auseinander. Diese Auseinandersetzung hat nun auch einen
ganz persönlichen und aktuellen Anlaß, insofern als Gorki noch
einmal klar macht, daß er sich von den Emigranten der zwanziger
Jahre distanziert.[26] Einige der historischen Personen, die laut einer
Notiz Gorkis Prototypen zu der Figur Samgins waren, hatten Gorki
in früheren Jahren durchaus nahe gestanden.[27] Erst die Äußerungen

---

[24] Maxim Gorkij, Unzeitgemäße Gedanken über Kultur und Revolution, Frankfurt/Main 1972, S. 13/14.
[25] »Ohne die Beschlüsse des Soldatenrates in der Frage der Abkommandierung von Schauspielern, Malern und Musikern an die Front abzuwarten, schickte das Bataillonskomitee des Izmajlovschen Regiments 43 Schauspieler, darunter außerordentlich begabte und für die Kultur sehr wertvolle Menschen, in die Schützengräben.« »Nein, ich protestiere aus tiefster Seele dagegen, daß man aus begabten Menschen schlechte Soldaten macht.« (Ebenda, S. 32/33).
[26] »Ich brauche Sie offenbar nicht daran zu erinnern, daß die Intelligenz, die in der Emigration im Ausland lebt, die die Sowjetunion verleumdet, Verschwörungen organisiert und sich überhaupt mit Gemeinheiten beschäftigt – diese Intelligenz besteht in der Mehrzahl aus Samgins.« (M. Gor'kij, Beseda s pisateljami-udarnikami po voprosam, predloženym rabočim redakcionnym soventom VCSPS, in Sobranie sočinenij v tridcati tomach, Moskau 1953, Bd. 26, S. 72–95; S. 93.)
[27] M. Gor'kij, Polnoe sobranie sočinenij, Chudožestvennye proizvedenija, Moskau 1976, Bd. 25, S. 20/21. Das gilt wohl vor allem für K. P. Pjatnickij (1864–1938), der um 1905 einer der Redakteure des Verlags »Znanie«, der Gruppe von »Realisten« um Gorki, war. Später war es allerdings zu Differenzen zwischen Gorki und Pjatnickij gekommen.

Gorkis zur russischen Intelligenz in der Zeitschrift »Neues Leben« einerseits, wie andererseits seine kritische Auseinandersetzung mit ihr im Frühwerk, machen eigentlich verständlich, warum Gorki sich in den zwanziger und dreißiger Jahren in seinem letzten Roman erneut mit dieser Frage beschäftigt.[28] Vor allem aber wird so unseres Erachtens auch verständlich, warum die Intelligenz so sorgfältig, in der Form des Bewußtseinsromans von innen, und auch keineswegs *nur* ablehnend dargestellt wird[29], wie von der sowjetischen Forschung oft behauptet wurde.[30] Daher ist auch die Bezeichnung Samgins als »negativer« Held unzutreffend.[31]

[28] Auch Rühle hat bei der Interpretation von »Klim Samgin« die »Unzeitgemäßen Gedanken« herangezogen. Seinen Schlüssen können wir jedoch keineswegs zustimmen, wenn er folgert: »In den vier Bänden des Romans steht die Abrechnung Gorkis mit sich selbst.« »Nach 1800 Seiten kommt der Roman zu dem Punkt, um dessentwillen er geschrieben wurde: zur Auseinandersetzung zwischen Humanität und Bolschewismus.« »Klim steht freier und unangreifbarer denn je in der Welt, und Kutusow hat ihm nichts entgegenzusetzen als ein System von Phrasen.« Allerdings ist es Rühles Verdienst, in der Bundesrepublik zu einem Zeitpunkt auf diesen Roman aufmerksam gemacht zu haben, als die Rezeption Gorkis noch nicht wieder neu eingesetzt hatte: »Ich hingegen halte dieses Buch, das wie ein Granitblock unbewältigt inmitten der Sowjetliteratur liegt, für eines der großen Werke unseres Jahrhunderts, einen Schlüsselroman zum Verständnis des modernen Rußland und überhaupt der Menschen unserer Zeit.« (J. Rühle, Literatur und Revolution, Köln-Berlin 1960, S. 37, 44, 30.)

[29] Lunatscharskijs Einstellung zu dieser Frage aus dem Jahre 1932 ist in sich schon ein Dokument für die Brisanz des Themas: »In welchem Maße hat Gorki die Intelligenz in diesem Werk verurteilt? Setzt Gorki die Intelligenz insgesamt mit der Figur Samgins in eins?« »In ›Das Leben des Klim Samgin‹ unternimmt Gorki keinesfalls eine Verurteilung der Intelligenz in Bausch und Bogen. Das konnte man von ihm aber auch nicht erwarten. Natürlich hat Gorki keine Sympathien für die Masse der Kleinbürger und Spießer, auch wenn sie über ein Diplom verfügen. Eigentlich greift das neue Werk Gorkis das gebildete Kleinbürgertum, das früher so manchen Hieb hatte einstecken müssen, verhältnismäßig wenig an. Jedenfalls kommt an Heftigkeit nichts hinzu zu dem, was Gorki in ›Warenka Olessowa‹, in ›Sommergäste‹ oder ›Barbaren‹ schon gesagt hat.« (A. V. Lunačarskij, Samgin, in Sobranie sočinenij v vos'mi tomach, Moskau 1964, Bd. 2, S. 170–202; S. 185.)

[30] Noch in jüngsten Arbeiten werden negative Charaktereigenschaften Samgins gerne betont: »Samgin wird mit der Zeit zum Verräter, und dies ist die einzige durchgängige Linie seines Verhaltens, die einzige beständige Eigenschaft seines Charakters.« (A. Volkov, Chudožestvennyj mir Gor'kogo. Sovetskie gody, Moskau 1978, S. 298.)

[31] Vgl. D. Zatonskij, Iskusstvo romana i XX vek, Moskau 1973, S. 308.

Offenbar besteht ein enger Zusammenhang zwischen Gorkis Auseinandersetzung mit der Intelligenz und der Tatsache, daß er von seiner Geschichtskonzeption her mit »Klim Samgin« ein umfangreiches Kapitel russischer Philosophiegeschichte, Literatur- und Kunstdiskussion, also Ideengeschichte und nicht etwa Sozialgeschichte vorlegt. »Im Zusammenhang mit dem ökonomischen und industriellen Aufschwung und der sozialen Umgestaltung Rußlands durch das Entstehen einer Bourgeoisie ist auch ein Neuansatz politischer und geistiger Interessen der Gesellschaft zu bemerken. Diesen Prozeß kann man seit etwa Mitte der neunziger Jahre des 19. Jahrhunderts verfolgen. Im gesamten Kulturbereich – in Philosophie, Literatur, bildender Kunst, Musik, Theater, Ballett – fand ein bemerkenswerter Aufschwung statt, der oft als ›Geistige Renaissance‹ oder ›Silbernes Zeitalter der russischen Kultur‹ bezeichnet wird.«[32] Gorki war Zeitgenosse dieser Entwicklungen, mit denen er sich kritisch auseinandersetzte und die er in »Klim Samgin« noch einmal in großem Überblick darstellt. Es ist zu betonen, daß Gorki keineswegs die historische Epoche in toto zu schildern versucht, wie dies in manchen sowjetischen Arbeiten den Anschein hat. Der »permanenten« Diskussion in den Kreisen der Intelligenz auf nahezu zweitausend Romanseiten sind als Kontrast bestimmte historische Ereignisse gegenübergestellt, die nach der leninistischen Konzeption Hauptetappen auf dem Wege zur Revolution waren. Dazu gehören u. a. die Darstellung der die Entwicklung des Kapitalismus im Rußland der neunziger Jahre repräsentierenden Allrussischen Industrie- und Kunstausstellung von 1896 in Nishnij Nowgorod (Buch I, 486–509) und des Massenunglücks auf dem Chodynkafeld, ebenfalls im Jahre 1896, bei der Krönung des Zaren Nikolaus II. (Buch I, 415–450), das antimonarchistischen Stimmungen starken Auftrieb gab. Auch an der Revolution von 1905 nimmt Samgin als »Augenzeuge« teil (Buch II, 1002–1093). Weniger geht es Gorki um einen Kontrast zwischen dem Leben der Intelligenz und der Geschichte der Arbeiterbewegung oder der bolschewistischen Partei. Die Figur des Bolschewiken Kutusow ist nur deshalb von der sowjetischen Forschung vielfach überbewertet worden, weil sie auf der Suche nach dem »positiven Helden«, einem der Postulate des sozialistischen Realismus, in Kutusow diesen »positiven Helden« zu finden meinte.

---

[32] J. Scherrer, Die russischen religiös-philosophischen Vereinigungen als Ausdruck des religiösen Suchens der Intelligencija zwischen Jahrhundertwende und 1917, in Forschungen zur osteuropäischen Geschichte, Bd. 20, Berlin 1973, S. 57–75; S. 57.

»Klim Samgin« als Bewußtseinsroman

Wir können das Verhältnis zwischen Bewußtsein und Wirklichkeit als das zentrale Thema dieses Romans bezeichnen. Ein wichtiges Motiv im ersten Buch ist das des »Erfindens, Erdenkens«.[33] Wirklichkeit ist dabei in einer im historischen Roman üblichen Weise sowohl fiktionale als auch historische Wirklichkeit. Anders als in der Gattung des historischen Romans sonst üblich ist das Ausmaß der Bewußtseinsdarstellung, ja allein die Tatsache, daß *ein* Held nicht nur im Mittelpunkt des Romans steht, sondern daß dieser ständig im Text anwesend ist. Welcher Held kann geeignet sein, ein so breites historisches Panorama zu erleben? Gorki wählt den »mittleren« Helden, und er macht ihn nicht zum Gestalter, sondern zum – manchmal nur stummen – Augenzeugen[34] historischer Ereignisse. Seit dem Erscheinen des ersten Buches des Romans bewegte Kritiker, Leser und Forscher die Frage nach der »Geeignetheit« des Helden Klim Samgin. Man hat festgestellt, daß Gorki ihm einen »geeig-

[33] Im Russischen klarer erkennbar in der Verwendung immer desselben Wortes: »vydumyvat'«: »Da mußte er (sc. Klim) erfinden, daß sein Name rund wie ein Fäßchen sei. Es kam ihm der Einfall, der Großvater spreche in lila Worten.« (Buch I, 15) »Das Erdenken war nicht leicht, aber er begriff, daß gerade deswegen alle im Hause, mit Ausnahme des ›richtigen alten Mannes‹, ihn dem Bruder Dmitrij vorzogen.« (Buch I, 15) »Klim begann ziemlich früh zu merken, daß die Wahrheit der Erwachsenen etwas Unwahres, Erdachtes enthielt.« (Buch I, 18). »Er ist eben ein ›richtiger alter Mann‹, er stützt sich sogar im Sitzen mit beiden Händen auf seinen Stock, wie die alten Männer auf den Bänken im Stadtpark. ›Das alles ist sehr schädlicher Unsinn‹, brummte er. ›Ihr verderbt das Kind (sc. Klim), ihr erdenkt es euch.‹ Sofort begann zwischen dem Großvater und dem Vater ein Streit. Der Vater suchte ständig zu beweisen, daß alles Schöne auf Erden erdacht sei (...)« (Buch I, 14). Später äußert sich Klims also schon von Kindheit an stark reflektiertes Verhältnis zur Wirklichkeit auch in der Abwehr konkreter historischer Wirklichkeit: »Sein ganzes Leben lang hatte diese verdammte phantastische Wirklichkeit ihn gehindert, sich selbst zu finden, indem sie in ihn hineinsikkerte und ihn zwang, über sie nachzudenken, ihm jedoch nicht erlaubte, als ein von ihren Gewalttaten freier Mensch über ihr zu stehen. Er fühlte sich erschüttert, als er las, daß in Petersburg ein Sowjet der Arbeiterdeputierten gebildet worden war.« (Buch II, 1094)

[34] Samgin nimmt als Augenzeuge an den blutigen Unruhen des 9. Januar 1905 in Petersburg teil. Diese Rolle wird in seinen Reflexionen folgendermaßen formuliert: »Nach einem Vorfall, der sich plötzlich am Zugang zur Dworanskaja-Straße abspielte, fühlte sich Samgin endgültig als Teilnehmer eines sehr wichtigen historischen Ereignisses – als Teilnehmer und nicht als Zeuge.« (Buch II, 1010)

neten« Beruf gibt: er ist Jurist und daher als freier Rechtsanwalt häufig auf Reisen. So kann er Augenzeuge revolutionärer Ereignisse in Moskau und Petersburg wie in der Provinz sein. Wenn wir »Klim Samgin« als Bewußtseinsroman bezeichnen, so meint dies, daß im gesamten Roman nur Wahrnehmungen und Reflexionen des Helden dargestellt werden.[35] Damit verbindet sich jegliche Darstellung im Roman, Personendarstellung, Großstadtschilderung, Massenszenen etc. Mit dem Begriff Bewußtseinsroman meinen wir also den dargestellten Gegenstand und die daraus resultierenden Verfahren. Man kann nachweisen, daß die Wahl der Erzählperspektive die gesamte Struktur des Romans bestimmt.[36] Der Leser nimmt jedoch dank des reichen Wechsels der Verfahren die Präsenz des Helden in unterschiedlich starkem Maße wahr. In manchen Szenen wird die Anwesenheit Samgins auch nur nachträglich erwähnt. Gorki stellt also eine Flut von Wahrnehmungen und vor allem Reflexionen dar, ohne daß allerdings hier schon von einem »Bewußtseinsstrom« mit seiner Auflösung grammatischer Normen gesprochen werden kann. Die Reflexionen Samgins mit den darin eingebetteten Leitmotiven, Erinnerungen, Zitaten und thematischen Motiven bilden eine eigene Welt. Es gibt in »Klim Samgin« drei Leitmotive, die in diesem Roman ihren Ort alle nur in der Reflexion des Helden haben und thematisch mit seiner Auseinandersetzung mit der Wirklichkeit verknüpft sind. Das wichtigste und häufigste Leitmotiv lautet: *»Ja – ist denn ein Junge dagewesen, vielleicht war gar kein Junge da?«* (Buch I, 77). Die beiden anderen Leitmotive beziehen sich stärker auf die historische und politische Wirklichkeit: *»Stillgesta-anden!* erinnerte er sich des Kommandogeschreis eines Unteroffiziers, der Soldaten ausbildete. Vor langer Zeit, in der Kindheit, hatte er dieses Geschrei gehört. Dann fiel ihm das bucklige kleine Mädchen ein: *Was treiben Sie da?* – Vielleicht war gar kein Junge da.«[37]

Die gedankliche Welt des Helden befindet sich in ständiger Auseinandersetzung mit der Außenwelt. Manchmal kontrastieren beide miteinander, die Sicht Samgins wird also relativiert. »Eines Tages

[35] Ausführlicher dazu s. Helene Imendörffer, Die perspektivische Struktur von Gor'kijs Roman »Žizn' Klima Samgina«, Berlin-Wiesbaden 1973.
[36] Die einzige Abweichung am Anfang des ersten Buches zeugt davon, daß die Beschränkung auf das Wahrnehmungszentrum Samgin für Gorki vermutlich keineswegs von Anfang an fest stand. Ein raffender Überblick des Erzählers ist in einem historischen Roman ein besonders naheliegendes Verfahren. »Klims erste Lebensjahre fielen in die Zeit des verzweifelten Kampfes um Freiheit und Kultur (...).« (Buch I, 8).
[37] Buch IV, 501. Kursivsatz der Leitmotive H. Imendörffer.

stand Samgin im Kreml und betrachtete das Häuserchaos der Stadt, das von der winterlichen Mittagssonne festlich beleuchtet wurde. (...) man konnte meinen, unter diesen Dächern wohnten einträchtig in lichter Wärme lauter liebe Menschen.« Diomidows direkt anschließende Äußerung über Moskau kontrastiert mit den Empfindungen Samgins: »Eine entsetzliche Stadt.« (Buch I, 386/387). Damit setzt der Autor Akzente, ohne sich allerdings selbst als Erzähler einzumischen. Das bedeutet, daß etwa im vierten Buch die Diskrepanz zwischen der Haltung Samgins und der sich zuspitzenden revolutionären Situation im Lande nicht eindeutig bewertet wird. Es wird vielmehr die Diskrepanz zwischen bestimmten Kreisen der Intelligenz und den revolutionären Gruppen deutlich, die Beurteilung dieser Diskrepanz jedoch dem Leser überlassen. »Samgin, der sich eine Zigarette anzündete, nickte und fragte, da er nicht länger an sich halten konnte: ›Wo hast du Dmitrij gesehen?‹ ›Er übernachtete bei mir, Tossja hatte ihn geschickt. Er ist gealtert, sehr stark! Ihr – standet nicht im Briefwechsel?‹ ›Nein. Was treibt er?‹ Dronow lächelte. ›Ich weiß nicht, ich habe ihn nicht gefragt. Im Jahre neun wurde er in Tomsk verhaftet und für drei Jahre ausgewiesen, wegen eines Fluchtversuchs brummte man ihm noch zwei Jahre auf und – ab nach Berjosow.‹ ›Er hatte zu fliehen versucht?‹ fragte Samgin, ein Fluchtversuch stimmte nicht mit seiner Vorstellung von dem Bruder überein. ›Du – glaubst es wohl nicht?‹ Samgin hüllte sich in Schweigen. ›Er fragte nach deiner Adresse, ich gab sie ihm.‹ ›Natürlich.‹ ›Und Tossja ist in Jaroslawl tätig‹, sagte Dronow nachdenklich. ›Mit den Bolschewiki?‹ ›Anscheinend – ja.‹ Das Gespräch kam nicht in Fluß. Samgin fielen keine Fragen ein (...).« (Buch IV, 864). Die Sicht Samgins kann in Kontrast zur Anordnung des Materials, zu den geschilderten Ereignissen und vor allem zu den im Dialog von anderen Personen geäußerten Meinungen treten. Insgesamt nimmt der Dialog, gesteigert auch zum Polylog[38], im Roman einen besonders großen Raum ein. Wie Samgin als Intellektuellem, was die psychologische Motivierung betrifft, die dauernde Reflexion zugeordnet wird, so den Kreisen der Intelligenz das dauernde Gespräch.

In der russischen Literatur gilt Dostojewskij als Vertreter des dialogischen Prinzips. Seine Romane sind gekennzeichnet durch den

[38] Mit Polylog wird das »Stimmengewirr« bezeichnet, bei dessen Wiedergabe der Held als Gesprächsteilnehmer wie als Wahrnehmungszentrum stark zurücktritt. »Es ergab sich ein Gestöber von Worten, ein spaßiges Durcheinander von Sätzen: ›In England kann selbst ein Jude Lord sein!‹ ›Um einen Birkhahn ganz der Qualität seines Fleisches angemessen zu braten (...)‹ ›Plechanowtum!‹« (Buch I, 383f.)

Verzicht auf den auktorialen Erzähler, also auf die monologische Position, als deren bedeutendster Vertreter Tolstoi gilt. »Dostoevskij ist der Schöpfer des polyphonen Romans.«[39] Neuere Arbeiten haben »Klim Samgin« mit Dostojewskijs Romanen verglichen. Inwieweit »Klim Samgin« ein »polyphoner Roman« genannt werden kann, ist allerdings eine heute überhaupt noch nicht erforschte Frage. Genauer als bisher wären dabei vor allem die Erzählstrukturen zu untersuchen. Erst im zweiten Schritt ist das Ergebnis zu der weltanschaulich-ideologischen Ebene in Beziehung zu setzen. Dies muß deshalb betont werden, weil man sich bisher zu oft mit dem reinen Nachzeichnen der polemischen Absetzung Gorkis gegenüber dem weltanschaulichen Kontrahenten begnügte. Denn gewisse Gemeinsamkeiten liegen auf der Hand: »Die Romane Dostojewskijs beeindrucken uns damit, daß sie stark philosophisch ausgerichtet sind. Hier werden die schwierigsten und brennendsten Probleme des menschlichen Daseins aufgeworfen.« »Dadurch erklärt sich, daß in den Kompositionen der Romane Dostojewskijs die Alltagsdarstellung stark zurücktritt, der Liebeskonflikt nur noch eine untergeordnete Rolle spielt, die Landschaftsdarstellung und vieles andere fast gar nicht mehr vorkommt, was die Romane Turgenjews und Gontscharows ausmachte«.[40] Es ist richtig, daß all dies auch in »Klim Samgin« zurücktritt und zwar nicht nur zugunsten der Bewußtseinsdarstellung, sondern auch der Auseinandersetzung, in die der Träger dieses Bewußtseins gestellt ist, nämlich der Auseinandersetzung mit den Ideen und geistigen Strömungen wie den historischen Ereignissen seiner Zeit. »In ›Das Leben des Klim Samgin‹ treten einige hundert Personen auf und sie alle geraten in der einen oder anderen Weise in den Strudel des Kampfes der verschiedenen Ideen dieser Epoche. Im Roman finden ununterbrochen Streitgespräche, Dis-

---

[39] M. Bachtin, Probleme der Poetik Dostoevskijs. München 1971, S. 10. »Die Vielfalt selbständiger und unvermischter Stimmen und Bewußtseine, die echte Polyphonie vollwertiger Stimmen ist tatsächlich die Haupteigenart der Romane von Dostoevskij.« (Ebenda, S. 9.) Vgl. auch als weiterführende Arbeit: W. Schmid, Der Textaufbau in den Erzählungen Dostoevskijs, München 1973. »Dostoevskijs Erzählungen markieren in der russischen Literatur die Wende zu einem neuen ästhetischen Kanon. Deshalb mußten sie bei den Zeitgenossen, die sich an der traditionellen Poetik orientierten und Dostoevskijs Vorläufer ausschließlich durch das Prisma dieser (von jenen bereits destruierten) Poetik wahrnahmen, auf Unverständnis und Ablehnung stoßen.« (S. 282.)

[40] M. Ja. Ermakova, Romany Dostoevskogo i tvorčeskie iskanija v russkoj literature XX veka (L. Andreev, M. Gor'kij), Gor'kij 1973, S. 303 und 304.

kussionen zu Fragen der Logik, der Geschichte, der Moral, der Ästhetik, der Religion etc. statt. Ausführlichst werden die geistigen Kämpfe der Marxisten mit den Narodniki (Volkstümler), der legalen Marxisten mit den orthodoxen Marxisten, der Bolschewiki mit den Menschewiki und der Revolutionäre mit den Konterrevolutionären beschrieben. In diesen Streitgesprächen werden nicht nur die sozialen und politischen Positionen der Gesprächspartner, sondern immer auch ihre philosophische Ausgangsbasis bloßgelegt. Es werden zahllose Namen von Philosophen der Vergangenheit und ›modischer‹ Philosophen der Gegenwart genannt, es wird das ganze Arsenal der geistigen Auseinandersetzung aufgeboten.«[41]

Wir hatten eingangs die These aufgestellt, daß Gorki mit seinem letzten, durchaus »modern« zu nennenden Roman »Klim Samgin« seine bisherige Romankonzeption überwindet. Diese Überwindung liegt zentral im Verzicht auf die auktoriale Position[42] des allwissenden Erzählers und zieht die Änderung der gesamten Struktur des Romans nach sich. Diese einschneidende Wendung vollzieht sich im russischen wie im westeuropäischen Roman. Die Arbeiten der letzten zehn Jahre zu »Klim Samgin« haben sich daher – endlich – zunehmend den verschiedenen Wechselbeziehungen zwischen »Klim Samgin« und dem Roman des 20. Jahrhunderts zugewandt.[43] Insge-

---

[41] Ebenda, S. 305.
[42] So konstatiert neuerdings Kluge zu Gorkis frühem Roman »Die Mutter«: »Die lineare, eindimensionale Struktur des Romans ›Die Mutter‹, von der die Rede war, korrespondiert mit einer einheitlichen ideellen Konzeption, die in der Forschung und Kritik einhellig im revolutionären marxistischen Sozialismus gesehen wird. Sie bestimmt alle Darstellungsfaktoren. Und insofern erscheint dieser Roman auch als der erklärte Gegentyp zur ›polyphonen‹ Struktur der Romane Dostoevskijs, in denen es keinen einheitlichen Standpunkt gibt, von dem aus die Komplexität des Geschehens einer abschließenden Lösung zugeführt wird. Diese bleibt offen; das Ergebnis der Diskussion ist eine Frage.« (R.-D. Kluge, Gorkij. Die Mutter, in Der russische Roman, hsg. von B. Zelinsky, Düsseldorf 1979, S. 242–264; S. 256.)
[43] Es gibt hier die verschiedensten Ansätze. Eigentlich die erste komparativistische Arbeit zu »Klim Samgin« stammt von Ralf Schröder, ihm kommt das Verdienst zu, in dieser Hinsicht bahnbrechend gewesen zu sein. Schröder arbeitet zunächst die Faust-Rezeption Gorkis in »Klim Samgin« auf und zeigt eine Vielzahl von Motiven. »Die Gestalten in Gorkis ›Samgin‹ ziehen zur Klärung ihrer eigenen ideologischen und geschichtlichen Problematik wiederholt Goethes ›Faust‹ zum Vergleich heran. Klim Samgin wird schon in seiner Jugend sowohl mit Faust als auch mit Mephisto verglichen. Auf dem Höhepunkt seines Ruhms als Ideologe der ›dritten Kraft‹ bezeichnet Samgin sich selbst und seine soziale Schicht als ›faustisch‹ und versucht, im Sinne sei-

samt ist dieses Thema noch keineswegs erschöpfend behandelt. Ein Autor, der bei Vergleichen mit »Klim Samgin« häufig untersucht wurde, ist Thomas Mann.

Neuerdings hat Kiseleva in einer sehr sorgfältigen Arbeit die Erzählstruktur von »Klim Samgin« untersucht und mit Thomas Manns »Doktor Faustus« verglichen. Sie bringt eine Reihe wichtiger Beobachtungen insbesondere zur Kompositionsform der Reihung, die nicht einer vorgegebenen Kausalität folgt, sondern thematisch oder assoziativ verfährt. In der Tat tritt hier die äußere Handlung und damit die Intrige als Träger von Spannung vollkommen zurück. Die Komposition folgt auch nicht eigentlich einer Logik, die sich aus dem Ablauf der historischen Ereignisse oder aber aus dem Ablauf

ner Faustrezeption zu handeln. Vor der Revolution von 1905 fühlt er sich bei seiner ihm selbst nicht völlig bewußten provokatorischen Tätigkeit innerhalb der Arbeiterbewegung und unter den Liberalen fast wie ein provozierender Teufel, und vor der Revolution von 1917 als kluger, bedeutender und helfender Teufel seiner Schicht. Ferner gibt die stark autobiographische Züge tragende Romangestalt Inokow unter dem Eindruck der alten russischen Heldenepen – von der Volkssängerin Fedossowa 1896 auf der Messe in Nishnij-Nowgorod vorgetragen – eine revolutionäre Umdeutung des allegorischen Bildes der ›Mütter‹ aus Goethes ›Faust‹. In der schöpferischen Kraft und Schönheit des Volkes, die in dem Gesang der Volksepen zum Ausdruck kommt, sieht er – man vergleiche Gorkis bekannte Worte über das Volk als Schöpfer aller materiellen und geistigen Werte – die wahren ›Mütter‹. Samgins erste Geliebte heißt Margarita (Margarete) und seine letzte Jelena (Helena).« (R. Schröder, Die dialektische sozialgeschichtliche Auflösung der Faust-Problematik in Gorkis Roman-Epopöe »Klim Samgin«, in Weimarer Beiträge, 1965, 5, S. 659–731; S. 672.) In einer späteren Arbeit hat Schröder am Beispiel der Faust-Thematik das Romanschaffen Gorkis mit dem Th. Manns verglichen. (R. Schröder, Maxim Gorki, Thomas Mann und die Überwindung der spätbürgerlichen Romankrise, in Weimarer Beiträge, 1967, 2, S. 246–314; S. 247.)

Von einem anderen Ansatz, der nicht eigentlich komparativistisch genannt werden kann, geht das letzte Buch Ovčarenkos aus, der sich bei der Materialauswahl an der Lektüre Gorkis in den zwanziger Jahren orientiert und dabei »Klim Samgin« erstmalig auch mit einer Reihe von amerikanischen und französischen Romanen vergleicht. Diese Darstellung ist entstehungsgeschichtlich interessant, kann aber eine strukturell und thematisch vergleichende Darstellung nicht ersetzen. Sie zeigt allerdings erstmalig in diesem Umfang, wie sehr Gorki nicht nur die russische, sondern auch die westeuropäische und amerikanische Literatur seiner Zeit zur Kenntnis nahm und auch, welche Fülle von Quellenmaterial er durcharbeitete, um seinen historischen Roman »Klim Samgin« zu schreiben. (A. I. Ovčarenko, M. Gor'kij i literaturnye iskanija XX stoletija, Moskau 1978[3].)

der Lebensgeschichte des Helden ergeben könnte. Sie verläuft eher sprunghaft, ausschnitthaft in bezug auf diese beiden Stränge, reiht oft scheinbar völlig übergangslos aneinander.[44] Gorki geht also in der Überwindung der in seinem Romanwerk so häufigen Form der Lebensgeschichte noch einen Schritt weiter als in dem zuvor geschriebenen Roman »Das Werk der Artamonows«, wo er mehrere Helden nacheinander ins Zentrum stellte und jeweils deren Sichtweise folgte.[45] In »Klim Samgin« kehrt Gorki nur teilweise zur Lebensgeschichte zurück. Diese gerät zunächst in Konflikt mit dem Ablauf von Geschichte.[46] Beide jedoch, also Lebensgeschichte und Ablauf von Geschichte, vermögen für das aufnehmende Bewußtsein das Material nicht zu organisieren. Die Komposition folgt dem Fortgang der Reflexion des Helden, die gelegentlich sprunghaft ver-

---

[44] Manchmal stehen zwei Szenen nebeneinander, die erst nachträglich verknüpft werden: »Es schien, als hätte sie nicht viel Haar, aber wenn sie den Zopf auflöste, bedeckte es den Rücken oder die Brust fast bis zu den Hüften, und sie bekam Ähnlichkeit mit der büßenden Magdalena. / Als Antwort auf die grausame Abrechnung mit den Bauern im Süden ertönte der Schuß Kotschuras auf den Charkower Gouverneur. Samgin sah, daß sogar Leute, die den Terror ablehnten, diesen wenn auch mißglückten Racheakt insgeheim wieder guthießen.« (Buch II, 931) Eine Liebesszene mit der Nikonowa und ein politisches Ereignis stehen hier zunächst unvermittelt nebeneinander. Es folgt kurz die Stellungnahme Mitrofanows zu diesem politischen Ereignis, danach kommt die Verknüpfung wieder zu Nikonowa: »Als Samgin diese Anekdote der Nikonowa erzählt hatte, brüstete er sich (...)«. (Buch II, 932) Wir können solche Verknüpfungen als assoziativ oder thematisch bezeichnen, hierin unterscheidet sich »Klim Samgin« auch von der reinen Assoziationskette des »stream of consciousness«.

[45] Vgl. Nachwort zu Bd. 6 (Foma Gordejew. Eine Beichte. Das Werk der Artamonows) dieser Ausgabe, S. 832.

[46] Bedeutsam in dieser Hinsicht ist der Schluß des Romans. In der posthumen Fassung des vierten Buches von 1937 sind über den Schluß der vorliegenden Übersetzung hinaus einige kurze Fragmente enthalten, in einem von ihnen wird Samgin während der Revolutionsereignisse 1917 auf der Straße zu Tode getrampelt. Daraus ist oft der Schluß gezogen worden, daß Samgin von der Geschichte überrollt wird. Das hieße, daß hier die Lebensgeschichte in den allgemeinen Gang der Geschichte einmündet und von diesem in letzter Radikalität bestimmt wird. Allerdings liegen uns mehrere Schlußvarianten vor. Deshalb können sie auch nicht in eine Reihenfolge gebracht werden, die dem Leser einen dieser Schlüsse dann als den vom Autor gemeinten nahelegt. Es gibt auch Varianten, die Samgin erst 1919 sterben lassen, möglicherweise in der Emigration, möglicherweise indem er Selbstmord begeht. Alle Fragmente und Äußerungen des Autors sehen, dem Konzept der Lebensgeschichte folgend, den Tod Samgins vor.

läuft und Wirklichkeit, die über die Sinneswahrnehmung in den Roman eindringt, nicht immer zu gliedern und nicht entsprechend in den Griff zu bekommen vermag.[47]

In Widerspruch zu ihren eigenen Ergebnissen legt die Autorin Kiseleva Wert darauf, Gorki wie auch Thomas Mann nicht als »Modernisten« bezeichnet zu haben: »Die ständige Bewegung des Textes ohne Kapitelunterteilung, oft sogar ohne die Hervorhebung neuer Ereignisse durch Absätze, d. h. äußere (Absätze, Kapitel, Unterkapitel) und innere Pausen; der durchgehende Bewußtseinsstrom des Helden; die assoziative, manchmal abgehackte, sprunghafte Verknüpfungstechnik; die Verdinglichung des Bewußtseins und der Gedankenwelt, die äußerliche Verdrängung des Autors und anderes, es scheint, als ob alle diese an der Oberfläche von Gorkis Roman und in der Struktur des Romans von Thomas Mann liegenden Eigenschaften manchmal die kühnsten formalen Experimente des zeitgenössischen Romans im Ausland vorwegnehmen (den Bewußtseinsstrom, die Verdinglichung des Bewußtseins, absurde Literatur, den Antiroman und ähnliches) oder auch manchmal in ihren Bahnen verlaufen. Aber die Position der Autoren Gorki und Mann ist grundsätzlich unterschieden von der Position der Modernisten. Diese Position markiert die Grenze zwischen Realismus und Modernismus, obwohl ›Doktor Faustus‹ und ›Das Leben des Klim Samgin‹ zweifellos, was die Neuheit ihrer Erzählverfahren betrifft, zur Weltliteratur des 20. Jahrhunderts gehören.«[48] Kiseleva erkennt aber die Spezifik von »Klim Samgin« und benennt den Unterschied zu dem in der sowjetischen Literatur vorherrschenden Romantypus. »Allerdings nimmt Gorkis Roman ›Das Leben des Klim Samgin‹, so merkwürdig das auch ist, in der sowjetischen und wohl auch in der ausländischen Literatur des sozialistischen Realismus bisher eine Sonderrolle ein.« »Die Romane M. Scholochows, A. Tolstois, L. Leonows, K. Fedins, A. Fadejews und schließlich Gorkis selbst (vor dem ›Klim Samgin‹) tendieren ihrer Struktur nach zum alten Roman des 18. und 19. Jahrhunderts, zur ›ursprünglichen Erzählordnung‹.«[49]

---

[47] Zahlreiche Ergebnisse Kiselevas bestätigen die Dissertation von Helene Imendörffer (s. Fußnote 35). Nicht zustimmen können wir Kiseleva darin, daß sie das zusammenhanglose Nebeneinander von Szenen nicht auf das Zentrum des Ganzen, das aufnehmende und reflektierende Bewußtsein des Helden bezieht. (L. F. Kiseleva, Vnutrennjaja organizacija proizvedenija, in Problemy chudožestvennoj formy socialističeskogo realizma, Moskau 1971, Bd. 2, S. 98–170; S. 107.)

[48] Ebenda, S. 100/101. – [49] Ebenda, S. 169.

Die Gattungsbestimmung von »Klim Samgin« hat von Anfang an die Aufmerksamkeit von Kritikern und Forschern auf sich gelenkt. Wir meinen, daß das Wesentlichste in der Kombination von historischem Roman und Bewußtseinsroman liegt. Mit eben dieser Kombination werden auch die in »Klim Samgin« enthaltenen Elemente eines Bildungsromans überwunden. Steht das Konzept der Lebensgeschichte diesem noch nahe, so ist der Bildungs- und Entwicklungsgedanke im »Klim Samgin« nicht mehr tragend. »Das entscheidende Kriterium, das den Bildungsroman von anderen Formen des Entwicklungsromans abhebt, ist seine Tendenz zum ausgleichenden Schluß: Der Bruch zwischen idealerfüllter Seele und widerständiger Realität, der dem Helden zum existentiellen Problem wird, soll am Ende überwunden werden.« »Das Konzept des Bildungsromans ist historisch nur begreifbar aus seinem Zusammenhang mit der optimistischen Mentalität des aufsteigenden Bürgertums: Die Welt erscheint ihm als Objekt handelnder Besitzergreifung und als Medium aktiver Selbstverwirklichung.«[50] Der »klassische« Roman des sozialistischen Realismus mit seiner stark ausgeprägten sozialpädagogischen Dimension vertritt in gewisser Weise wieder diesen Typus des Bildungsromans. Allerdings ist »Klim Samgin« auch nicht als Antibildungsroman zu bezeichnen, daher ist auch der Begriff des »negativen Helden« nicht angemessen. Die Auseinandersetzung zwischen Bewußtsein und Wirklichkeit vollzieht sich hier eher in konzentrischen Kreisen: »Charakteristisch für diesen Roman ist auch eine andere Art von ›Zyklisierung‹, nicht nur der Situationen auf der Ebene der Handlung, sondern der Empfindungen und Eindrücke des Helden. Es geht hier nicht um das für die Komposition von literarischen Werken übliche Zurückkehren der Reflexion des Helden zu etwas Vergangenem, sondern um eine sozusagen besondere Anhäufung neuer und immer neuer Eindrücke im Lichte der Reflexion des Helden«.[51]

Die Rezeption von »Klim Samgin«

Die Rezeption von Gorkis »Klim Samgin« durchläuft in der Sowjetunion einen weiten Weg von krasser Ablehnung bis zu höchstem Lob, in der Bundesrepublik ist dieser Roman bis heute so gut wie gar nicht zur Kenntnis genommen worden. Wie immer ist die Re-

[50] J. Jacobs, Wilhelm Meister und seine Brüder. Untersuchungen zum deutschen Bildungsroman, München 1972, S. 271 und 274.
[51] I. Novič, Chudožestvennoe zaveščanie Gor'kogo »Žizn' Klima Samgina«, Moskau 1965, S. 374.

zeption Gorkis ein Streit um ihn; nicht nur seine Person, auch sein Werk wird politisch verstanden. So stößt er entweder auf schärfste Kritik oder wird verteidigt um jeden Preis. In den zwanziger Jahren, als Gorki von den Vertretern der verschiedenen literarischen Gruppen in der Sowjetunion teilweise recht heftig kritisiert wird, trifft das erste Buch von »Klim Samgin« zunächst überwiegend auf Unverständnis und Ablehnung. Der Roman wird »lang und ermüdend« genannt, wobei Gorki schon die Wahl seines Gegenstandes zum Vorwurf gemacht wird. »(...) daß der Autor es hier mit ihm zutiefst fremden Figuren zu tun hat, führte zu einer Reihe von unerfreulichen Eigenschaften dieses Romans.« Diese Frage, ob nämlich Gorki als Autor mit seinem Helden identifiziert werden kann oder nicht, wird wie ein roter Faden die weitere Rezeption durchziehen: »Und es stellt sich uns die Frage, ob Gorki nicht übertrieben hat bei der Wiedergabe dieser endlosen Diskussionen, die er selbst nach eigenem Eingeständnis so haßte.«[52] Solche Äußerungen, so interessant sie im Hinblick auf die literaturpolitische Position des Autors sind, werfen auch ein Licht auf die Besonderheiten des Werkes und bestätigen, daß Gorki seine Schreibweise verändert und weiterentwickelt hat. Insofern können wir Krasunov zustimmen, wenn er schreibt: »Den Zeitgenossen Gor'kijs fiel es nicht leicht, sich gleich mit den neuartigen Absichten des Autors zurechtzufinden. Sie betrachten ›Das Leben des Klim Samgin‹ entweder mit den Maßstäben der gewohnten Vorstellung von der Gattung des historischen Romans oder aber behandeln es wie Memoiren, wie einen autobiographischen Roman.« »Was die künstlerische Seite des Romans betrifft, so ist der eigentliche Grund für die Bemerkungen der Kritiker, daß die Handlung schwach, die nicht endenden Dialoge ermüdend, der Roman überfüllt sei mit Personen usw., unserer Meinung nach in den spezifischen Besonderheiten des Werkes selbst zu suchen.«[53]

Eben diese Spezifika von »Klim Samgin« erfaßt ein Hinweis Michajlovs auf die Bewußtseinsdarstellung im Roman aus dem Jahre 1929 schon eher: »(...) die psychologische Ausrichtung des Romans, die die Bilder des realen Lebens, der Natur und überhaupt die Handlung herausdrängt, schafft viel Freiraum für analysierende und psychologisierende Verfahren.« »Die Komposition des Romans ist nicht durchgearbeitet. Die einzelnen Szenen in ihm sind nicht real

[52] M. Poljakova, »Žizn' Klima Samgina«, in Pečat' i revoljucija, 1928, 1, S. 102–105; S. 102 und 103.
[53] V. K. Krasunov, Načal'naja stranica kritičeskoj letopisi (»Žizn' Klima Samgina« v kritike 20-ch godov), in Vorposy gor'kovedenija (»Žizn' Klima Samgina« M. Gor'kogo), vyp. 2, Gor'kij 1976, S. 82–88; S. 85/86.)

in der Wirklichkeit, sondern nur durch Klims Bewußtsein verbunden.« Michajlov aber kritisiert etwas anderes am Roman: die Darstellung des Proletariats und der Revolutionäre. »Kutusow ist ein Schema. Ebenso schematisch sind die Arbeiter dargestellt.« Von diesem Ansatzpunkt her polemisiert er nun dagegen, daß der ganze Roman nur die Sichtweise Samgins wiedergibt, die lediglich durch die Äußerungen anderer handelnder Personen, nicht aber die eines allwissenden Erzählers ergänzt wird. Diese Kritik gilt auch der Darstellung historischer Ereignisse: »Der 9. Januar wird nach den Empfindungen Klims und Turobojews geschildert, er wird nicht als Ganzes, sondern außerhalb einer allgemeinen Dynamik erfaßt. Die Schilderung hält sich streng an die Grenzen der Beobachtungen Samgins.«[54]

Die Reaktionen von Emigranten sind noch ablehnender, lassen aber auch Betroffenheit spüren: »Als ein Sittengemälde ist ›Das Leben des Klim Samgin‹ recht farbenfroh und zum Bekanntmachen mit den Stimmungen der vorrevolutionären Intelligenz nützlich. Aber es ist traurig und bezeichnend, daß Gorki im Alter, nach so vielem Suchen und so vielen Fragen, in diesen Jahren heute, da all dieses Suchen und alle diese Fragen einer so entsetzlichen Überprüfung unterzogen werden, nur ein ›nützliches‹ Buch schrieb und nichts mehr.«[55] In der Sowjetunion wird in den dreißiger Jahren der allgemeine Tenor hingegen freundlicher und damit auch einheitlicher. Jetzt versucht man man, den Roman auf den inzwischen geprägten Begriff des sozialistischen Realismus zu beziehen. Gestützt auf Gorkis eigene Äußerungen wird erstmalig darauf hingewiesen, daß der Polylog in »Klim Samgin« von Balzac übernommen ist. Val'be geht es aber vor allem um etwas anderes: »Die vergleichende Untersuchung der Methode und Meisterschaft von Gorkis ›Klim‹ im Lichte der künstlerischen Verfahren des französischen realistischen Romans macht uns all das deutlich, was das Schaffen des großen proletarischen Künstlers von den Klassikern des Realismus unterscheidet.«[56] Schon dieser Aufsatz aus dem Jahre 1933 beginnt mit der sich in der sowjetischen »Klim Samgin«-Forschung lange und allzu lange haltenden Tendenz, die Bewußtseinsdarstellung aus dem

---

[54] A. Michajlov, »Žizn' Klima Samgina« M. Gor'kogo, in Na literaturnom postu, 1929, 6, S. 30–41 und 7, S. 46–54; Nr. 7, S. 54 und 6, S. 35 und 36.

[55] G. Adamovič, Maksim Gor'kij, in Sovremennye zapiski, Pariž 1936, LXI, S. 389–393; S. 393.

[56] B. Val'be, O »Klime Samgine«, in Literaturnaja učeba, 1933, 6–7, S. 58–70; S. 59.

Roman nachgerade eliminieren zu wollen. »Die Versuche, die Methode des ›Klim‹ als psychologisch zu bezeichnen, sind nicht stichhaltig.«[57] Folgerichtig wird so getan, als gäbe es eine auktoriale Instanz: »Der Bericht des Autors ist, soweit er die einen oder anderen Ereignisse beleuchtet, den Urteilen Klims völlig entgegengesetzt (...).«[58] Die Debatte um das Vorhandensein einer Stimme des Autors – die Kategorie des Erzählers wird vielfach gar nicht eingeführt und so trägt mangelnde Begrifflichkeit zu sachlicher Vewirrung bei – resultiert aus einem Postulat des sozialistischen Realismus, das zwar niemals explizit formuliert, aber darum nicht weniger wirksam lange verfochten wurde. »Hinsichtlich der Erzählerperspektive wird ein überlegener allwissender Erzähler bevorzugt, der das Geschehen überblicken, ordnen und entsprechend der marxistisch-leninistischen Weltanschauung ausdeuten kann«[59] Abzuleiten ist dieses Postulat aus der Orientierung der literarkritischen Kriterien am auktorialen, »monologischen« Roman, dem Roman des 19. Jahrhunderts, als dessen wichtigsten Repräsentanten wir Tolstoi nannten.

Die sowjetische Literaturkritik und Forschung hatte noch ein weiteres Problem bei der Interpretation von »Klim Samgin« zu überwinden. Zum einen ist konsequente Bewußtseinsdarstellung, die wir in »Klim Samgin« wie in zahlreichen anderen Romanen des 20. Jahrhunderts vorfinden, ohnehin unlösbar mit dem Verzicht auf den auktorialen Erzähler verknüpft. Zum anderen waren bedeutende Repräsentanten des Bewußtseinsromans, nämlich James Joyce und Marcel Proust, auf dem ersten sowjetischen Schriftstellerkongreß von 1934 auch noch ausdrücklich scharf kritisiert worden. Bis heute ist der »Ulysses« nicht vollständig ins Russische übersetzt und in der Sowjetunion auf dieses Verdikt hin praktisch nicht rezipiert worden. Die Abgrenzung gegenüber der Literatur des Auslands, die mindestens bis zum Jahre 1954 dauern sollte, beginnt hier: »Sollen wir von großen Schriftstellern wie Proust die Kunst lernen, jede kleinste Regung im Menschen zu skizzieren, zu schildern? Nicht darum handelt es sich. Es handelt sich darum, ob wir unseren eigenen Weg haben oder ob uns die Experimente des Auslands den Weg weisen sollen.« »Was ist das Bemerkenswerteste an Joyce? Das Bemerkenswerteste an ihm ist die Überzeugung, daß es im Leben nichts Großes gibt – keine großen Ereignisse, keine großen Men-

[57] Ebenda, S. 69.
[58] Ebenda, S. 66.
[59] H. Günther, Sozialistischer Realismus, in Reallexikon der deutschen Literaturgeschichte, Berlin – New York 1979, Bd. 4, S. 57–64; S. 59.

schen, keine großen Ideen.«[60] »Aber selbst wenn man sich einen Augenblick lang vorstellen wollte, daß Joyces Methode sich für die Beschreibung kleiner, unbedeutender, banaler Leute, ihrer Handlungen, Gedanken und Gefühle eigne, so braucht man doch nur daran zu denken, daß diese selben Menschen schon morgen an großen Taten beteiligt sein könnten, um zu erkennen, daß diese Methode sich als absolut unbrauchbar erwiese, wollte der Autor mit seiner Filmkamera die großen Ereignisse des Klassenkampfes aufnehmen, die titanischen Auseinandersetzungen der modernen Welt.« Radeks pauschale Verdammung der Bewußtseinsdarstellung ist schon gefährlich nah an einer Verdammung des »Klim Samgin«: »Es versteht sich von selbst, daß der Versuch, nach der Joyceschen Methode ein Bild der Revolution zu malen, dem Versuch gleichkäme, ein Schlachtschiff mit einem Kescher zu fangen.«[61]

Diese Ausgangsposition hat die Erforschung von »Klim Samgin« verzögert. Auf dem Schriftstellerkongreß 1934 wird dieser Roman nicht erwähnt, der Roman »Die Mutter« hingegen zum literarischen Exemplum für den sozialistischen Realismus statuiert. Ein weiterer Hinweis darauf, daß sich die Strukturelemente des frühen Werkes in Gorkis Spätwerk nicht ohne weiteres wiederfinden lassen. Den entscheidenden Durchbruch für die sowjetische Rezeption hat noch Lunatscharskij geleistet, der vor allem die Darstellung der Epoche[62] sowie den Kontrast zwischen der Sicht Samgins und der der anderen Personen oder dem Fortschreiten der historischen Ereignisse herausgearbeitet hat.[63] Erst in den sechziger Jahren setzt eine breite Erforschung dieses Romans ein.[64] Fußend auf den zuerst von Vajn-

---

[60] K. Radek, Die moderne Weltliteratur und die Aufgaben der proletarischen Kunst, in Sozialistische Realismuskonzeptionen. Dokumente zum 1. Allunionskongreß der Sowjetschriftsteller, hsg. von H.-J. Schmitt und G. Schramm, Frankfurt/Main 1974, S. 140–213; S. 203 und 205.
[61] Ebenda, S. 206.
[62] »Der mehrbändige Roman ›Das Leben des Klim Samgin‹ (erschienen sind bisher die ersten drei Bände) ist eines der bedeutendsten und vielschichtigsten Werke Gorkis.« »Wie wir schon sagten, ist das letzte Werk Gorkis nur zum Teil eine Art negativer ›Bildungsroman‹; hauptsächlich ist er wohl eine künstlerische Chronik oder, wie wir es formulierten, das bewegliche Panorama der Jahrzehnte.« (A. V. Lunačarskij, Samgin, in Sobranie sočinenij v vos'mi tomach, Moskau 1964, Bd. 2, S. 170 und S. 197.)
[63] Zu der Frage, ob von Satire in »Klim Samgin« gesprochen werden kann, s. Helene Imendörffer, Die perspektivische Struktur von Gor'kijs Roman »Žizn' Klima Samgina«, Berlin-Wiesbaden 1973, S. 151ff.
[64] Um nur die umfangreichsten Arbeiten zu nennen: P. Strokov, Ėpopeja M. Gor'kogo »Žizn' Klima Samgina«, Moskau 1962; I. Novič, Chudožest-

berg[65] unternommenen Untersuchungen zum literarischen Zitat in »Klim Samgin« und weiteren Arbeiten anderer Forscher enthält der 25. Band der neuen Gorki-Gesamtausgabe nun auch einen ausführlichen Kommentar, der die vielen historischen Realien erläutert. In den Arbeiten der siebziger Jahre geht es, nachdem eine Reihe grundlegender Fragen bearbeitet sind, mehr um Detailfragen[66] und um die besonders wichtige Frage der Einordnung von »Klim Samgin« in die Weltliteratur.[67] Dieser Schritt ist auf dem Hintergrund der einstigen nationalen Abgrenzung besonders erfreulich, weil er die internationale Rezeption und Wirkung dieses Romans zu begünstigen vermag. Wie schon ausgeführt, ist nun das Problem der »Psychologisierung« bzw. Bewußtseinsdarstellung ein auch von der sowjetischen Forschung behandeltes Thema.[68] Inzwischen vorliegende Ergebnisse zur Untersuchung der Romanstruktur von »Klim Samgin« zu berücksichtigen, fällt jedoch offenbar manchmal noch schwer: »Über Gorki spricht man manchmal als über einen Schriftsteller, dem *angeblich* wenn nicht alle, so doch viele ›Entdeckungen‹ der modernistischen Prosa nicht fremd gewesen seien, so die Sujetlosigkeit, eine merkwürdige Kompliziertheit der Komposition, eine Vermengung der Zeitebenen, Montage und das, was man das ›kinematographische Gefühl‹, den ›Bewußtseinsstrom‹ nennt.« Wenn Gorki mit Proust

vennoe zaveščanie Gor'kogo »Žizn' Klima Samgina«, Moskau 1965, 1968²; L. Ja. Reznikov, Povest' M. Gor'kogo »Žizn' Klima Samgina«. Problemy žanra i stilja, Petrozavodsk 1964; N. Žegalov, Roman M. Gor'kogo »Žizn' Klima Samgina«. Osnovnye problemy i obrazy, Moskau 1965; Al. Ovčarenko, Roman-epopeja M. Gor'kogo »Žizn' Klima Samgina« Moskau 1965; B. Val'be, »Žizn' Klima Samgina« v svete istorii russkoj obščestvennoj mysli, Moskau – Leningrad 1966.

[65] I. Vajnberg, »Žizn' Klima Samgina« M. Gor'kogo. Istoriko-literaturnyj kommentarij, Moskau 1971; I. Vajnberg, Za Gor'kovskoj strokoj. Real'nyj fakt i pravda iskusstva v romane »Žizn' Klima Samgina«, Moskau 1972.

[66] G. P. Prudnikova, Priemy metaforičeskogo upotreblenija glagolov v romane A. M. Gor'kogo »Žizn' Klima Samgina«, in Studii z movoznavstva, Kiiv 1975, S. 247–252; E. F. Mišina, Slovo vydumat' (vydumyvat') v romane M. Gor'kogo »Žizn' Klima Samgina«, in Leksika, terminologija, stili. Mežvuzovskij sbornik, vyp. 4, Gor'kij 1975, S. 32–43.

[67] N. T. Nefedov, Maksim Gor'kij – čitatel' Tomasa Manna, in Voprosy russkoj literatury, vyp. 1(21), L'vov 1973, S. 36–42; I. A. Bernštejn, O nekotorych kriterijach sopostavlenija sovetskogo i zarubežnogo romana, in Idejno-estetičeskie problemy, Moskau 1975, S. 95–102.

[68] L. Dement'eva, Iz nabljudenij nad masterstvom Gor'kogo-psichologa (»Žizn' Klima Samgina«), in Problemy psichologizma v sovetskoj literature, Leningrad 1970, S. 197–222.

und Joyce verglichen wird, so werden die Unterschiede betont: »Klim Samgin spinnt sein intellektuelles Spinngewebe nicht weniger kunstvoll und eifrig als der Held Marcel Prousts. Ähnlich ist auch dessen Aufgabe: sich abzukapseln gegen das Leben, gegen alles Neue, gegen den Fortschritt, gegen alles Unbekannte und Ungewohnte.« »(. . .) genauso wie der Held Marcel Prousts, mit dem einzigen, allerdings wesentlichen Unterschied, daß Proust seinen Helden vergöttert, sich mit ihm identifiziert und in ihm ein verfeinertes intellektuelles Geschöpf unserer Zeit erblickt, für Gorki sich hingegen hinter solchen Typen die äußerste Stufe des bürgerlichen Individualismus, das niederträchtige Streben, die Wirklichkeit zu verleumden, den Menschen jeden Nimbus zu nehmen und hinter den Handlungen und Worten eines jeden von ihnen ›irgend etwas ganz Einfaches‹ zu finden.«[69] Wenn wir auch dieser Darstellung schon deshalb nicht zustimmen können, weil sie zu oberflächlich und schematisch verfährt, so liegt die Besonderheit des Verhältnisses zwischen Gorki und seinem Helden Klim Samgin natürlich in der kritischen Distanz des Autors. Die Identifikation, die zur Bewußtseinsdarstellung und zur ausführlichen Darstellung – satirische Personendarstellung ist eher gekennzeichnet durch Kürze und Prägnanz – dennoch nötig ist, bringt es mit sich, daß Samgin dem Leser streckenweise durchaus sympathisch zu erscheinen vermag. Dies ist wohl besonders im dritten Buch des Romans der Fall. Der Leser wird es unterschiedlich einschätzen, weil der Autor ihm eben den Freiraum läßt, die Personen nicht und schon gar nicht Samgin satirisch eindeutig festlegt. Was das Verhältnis zu Proust und Joyce angeht, so ist vor allem zu betonen, daß dazu keine ausführlichen Untersuchungen vorliegen und ein Urteil darüber daher auch noch nicht gefällt werden kann. Die ideologische Abgrenzung sollte allerdings eine solche Untersuchung nicht weiterhin verhindern.

Das erste Buch von »Klim Samgin« ist schon im Jahre 1929 von Rudolf Selke ins Deutsche übersetzt worden. Dieser Übersetzung lag nur ein Manuskript und nicht die spätere überarbeitete Fassung des ersten Buches zugrunde. Sie enthält außerdem eine Reihe von Veränderungen und Auslassungen, mit denen der Übersetzer einem deutschen Publikum offenbar entgegenkommen zu müssen glaubte.

[69] I. Kuzmičev, M. Gor'kij i chudožestvennyj process, Gor'kij 1975, S. 146 und 141 (Kursivsatz H. I.). Kuzmičev spielt hier offenbar auf folgende Stelle an: »Klim Samgin machte sich leicht fremde Gedanken zu eigen, wenn sie den Menschen vereinfachten. Vereinfachende Gedanken erleichterten ihm sehr die Notwendigkeit, über alles eine eigene Meinung zu haben.« (Buch I, 81)

So ist etwa die Ausführung über Dostojewskij am Anfang des Romans um einen nicht unwesentlichen Nebensatz gekürzt: »Ein äußerst genialer Künstler, der die Macht des Bösen so erstaunlich scharf empfand, daß es schien, als wäre er dessen Schöpfer, *der sich selbst entlarvende Satan* – dieser Künstler rief in einem Land, in dem die Mehrzahl der Herren ebensolche Sklaven waren wie ihre Diener (. . .).« (Buch I, 10)[70] Die Rezeption dieser Übersetzungen geriet in die Abwertung und Diffamierung Gorkis im Dritten Reich hinein, d. h. es herrschte außer wenigen eher negativen Rezensionen einfach Stillschweigen. Dabei ist zu betonen, daß die Werke Gorkis gerade in den zwanziger Jahren in Deutschland viel aufgelegt worden waren. Sie erschienen in russischer Sprache bei Ladyshnikow in Berlin, in deutscher Sprache im Malik-Verlag als Gesammelte Werke in Einzelausgaben (1923–1930) und bei Reclam als Ausgewählte Erzählungen in sieben Bänden (1929). Der Roman »Klim Samgin« erscheint erst seit 1952 und nun vollständig in der bis heute einzigen vorliegenden Übersetzung von Hans Ruoff. Das Spätwerk Gorkis ist in der Bundesrepublik nicht nur wenig untersucht, sondern offenbar überhaupt kaum zur Kenntnis genommen bzw. gelesen worden, so daß wir seit Jahrzehnten überholte Einschätzungen tradiert finden: »Gorki stand allem Suchen in der Form zu Beginn des 20. Jahrhunderts verständnislos gegenüber, sein romantisch-pathetischer Realismus leitet vom 19. Jh. zur Literatur des sozialistischen Realismus über.«[71]

Die angeführten Rezeptionsbeispiele in der Sowjetunion wie in der Bundesrepublik zeigen, wie die Reduktion auf nur eine der beiden Zielsetzungen Gorkis es verhinderte, daß das Spezifische des Romans, das in der Verbindung von historischem und Bewußtseinsroman liegt, zur Kenntnis genommen wurde.

Oldenburg   Helene Imendörffer

[70] (Der kursive Satztteil fehlt in der Übersetzung). Rasskazov hat neuerdings diese Übersetzung untersucht und zeigt noch eine Reihe ähnlich auffälliger »Fehler«. (V. Rasskazov, O nekotorych osobennostjach perevoda romana A. M. Gor'kogo »Žizn' Klima Samgina« (I č.) v Germanii (Vejmarskoj respubliki) i otklikach na nego nemeckoj kritiki, in M. Gor'kij i voprosy literaturnych žanrov. Mežvuzovskij sbornik, Gor'kij 1978, S. 101–114.)

[71] W. Kasack, Lexikon der russischen Literatur ab 1917, Stuttgart 1976, S. 130.

INHALT

Viertes Buch 371
Anmerkungen zu Buch 3 und 4 907
Nachwort 919

Mit freundlicher Genehmigung des Eulenspiegel Verlages Berlin, DDR, wurde als Abbildung auf der Kassette das Plakat »Es lebe die Rote Armee« von Wladimir Fidman aus dem Band »Rußland wird rot« von Georg Piltz (1977) verwendet.

Maxim Gorki bei Winkler

Autobiographische Romane
Meine Kindheit/Unter fremden Menschen/
Meine Universitäten
Übertragen von G. Schwarz. Mit einem Vorwort zur Gesamtausgabe und einem Nachwort von H. Imendörffer sowie Anmerkungen. 790 Seiten.

Der Vagabund und andere Erzählungen
Übertragen von I. Müller, G. Schwarz, E. Tittelbach, I. Wiedemann und B. Brecht. Mit einem Nachwort von H. Imendörffer und Anmerkungen. 728 Seiten.

Dramen
Übertragen von W. Creutziger, G. Jäniche und G. Schwarz.
Mit einem Nachwort von H. Imendörffer und Anmerkungen.
828 Seiten.

Drei Menschen/Die Mutter
Übertragen von H. Burck und A. Hess, bearbeitet von J. Müller.
Mit einem Nachwort von H. Imendörffer und Anmerkungen.
684 Seiten.

Foma Gordejew/Eine Beichte/Das Werk der Artamonows
Übertragen von E. Boehme, bearbeitet von H. Burck,
D. Pommerenke und K. Brauner. Mit einem Nachwort von
H. Imendörffer und Anmerkungen. 842 Seiten.

Klim Samgin
Vierzig Jahre, Roman. Übertragen von H. Ruoff. Nach dem Text der vollständigen Gorki-Ausgabe, Moskau 1974/75. Bearbeitet und mit Anmerkungen versehen von E. Kosing. Mit einem Nachwort von H. Imendörffer. Zwei Bände im Schuber, insgesamt 2088 Seiten.

Konawalow und andere Erzählungen
Übertragen von C. Berger, S. Goldenring, A. Kurella, B. v. Loßberg, A. Luther, I. Müller, G. Schwarz, E. Tittelbach. Mit einem Nachwort von H. Imendörffer und Anmerkungen. 752 Seiten.

Ein Sommer/Das Städtchen Okurow/Matwej Koshemjakin
Übertragen von D. Pommerenke, H. v. Schulz, T. und G. Stein.
Mit einem Nachwort und Anmerkungen von H. Imendörffer.
886 Seiten.

Artemis & Winkler, Martiusstr. 8, 8000 München 40